Mit fast fünfundzwanzig internationalen Bestsellern gehört Victoria Holt zu den populärsten und beliebtesten Romanautorinnen der Welt. Schon ihr Vater, ein englischer Kaufmann, fühlte sich zu Büchern stärker hingezogen als zu seinen Geschäften. In ihrem Domizil hoch über den Dächern von London schreibt sie die spannenden, geheimnisumwitterten Geschichten aus vergangenen Zeiten, in denen sich der milde Glanz der Nostalgie, interessante Charaktere und aufregende Vorgänge aufs glücklichste ergänzen.

Vollständige Taschenbuchausgabe 1988
© 1988 by Droemersche Verlagsanstalt Th. Knaur Nachf., München

Das Werk einschließlich aller seiner Teile ist urheberrechtlich geschützt.
Jede Verwertung außerhalb der engen Grenzen des Urheberrechtsgesetzes
ist ohne Zustimmung des Verlags unzulässig und strafbar. Das gilt
insbesondere für Vervielfältigungen, Übersetzungen, Mikroverfilmung und
die Einspeicherung und Verarbeitung in elektronischen Systemen.
Umschlaggestaltung Manfred Waller
Umschlagillustration Albert Maier
Druck und Bindung Elsnerdruck, Berlin
Printed in Germany 5 4 3 2 1
ISBN 3-426-01697-4

Victoria Holt

Tanz der Masken

Der Teufel zu Pferde

Verlorene Spur

Drei Romane

Victoria Holt:
Tanz der Masken

Roman

Schon immer wollte Suewellyn das Schloß in England sehen, auf dem ihr Vater einst gelebt hatte. Als ein Vulkanausbruch auf der australischen Insel, die ihren Eltern zur zweiten Heimat geworden war, Suewellyns Leben mit einem Schlag verändert, rückt der Besitz des Schlosses in greifbare Nähe – aber in England wartet auch eine Bluttat auf ihre Sühne. Ein spannender Roman menschlicher Irrungen; die Geschichte eines unseligen Erbes und der alles überwindenden Kraft der Liebe.

Vollständige Taschenbuchausgabe
© Droemersche Verlagsanstalt Th. Knaur Nachf., München 1985
Titel der Originalausgabe »The Mask of the Enchantress«
© 1980 by Victoria Holt
Aus dem Englischen von Margarete Längsfeld

Inhalt

Drei Wünsche im Zauberwald 7
Anabels Erzählung 61
Die Insel 155
Tanz der Masken 181
Susannah auf der Insel 205
Der Grollende Riese 237
Der Betrug 253
Briefe aus der Vergangenheit 317
Nach der Entlarvung 375

Drei Wünsche im Zauberwald

Ich sitze in der Falle. Ich bin in einem Netz gefangen, und es ist nur ein kleiner Trost, daß ich das Netz selbst gesponnen habe. Der Gedanke an die Tragweite dessen, was ich getan habe, erfüllt mich mit lähmender Angst. Ich habe niederträchtig, vielleicht sogar verbrecherisch gehandelt; jeden Morgen, wenn ich aufwache, schwebt eine drohende Wolke über mir, und ich frage mich, welch neues Mißgeschick dieser Tag für mich bereithält.
Wie oft habe ich gewünscht, ich hätte nie von Susannah, Esmond und den anderen gehört – besonders aber von Susannah. Ich wünsche, ich hätte nie einen Blick auf Mateland geworfen, dieses stattliche, ehrwürdige Schloß, das mit seinem mächtigen Pförtnerhaus, seinen grauen Mauern und Zinnen wie der Schauplatz eines Ritterromans aus dem Mittelalter wirkte. Dann wäre ich nie in Versuchung geraten.
Am Anfang sah alles so einfach aus, und ich war so verzweifelt.
»Dieser alte Teufel packt dich am Ellbogen und verführt dich«, hätte meine alte Freundin Cougaba auf der Vulkaninsel gesagt.
Es stimmte. Der Satan hatte mich verführt, und ich war der Versuchung erlegen. Deshalb befinde ich mich hier auf Schloß Mateland und suche, gefangen und verzweifelt, nach einem Ausweg aus einer Lage, die mit jedem Tag bedrohlicher wird.
Die Anfänge liegen weit zurück – eigentlich begann alles schon vor

meiner Geburt. Es ist die Geschichte meines Vaters und meiner Mutter; es ist die Geschichte Susannahs – und natürlich auch meine. Doch als mir zum erstenmal bewußt wurde, daß es mit mir eine besondere Bewandtnis hatte, war ich gerade sechs Jahre alt.
Ich verbrachte die frühen Jahre meiner Kindheit in der Holzapfelhütte am Dorfanger von Cherrington. Der Anger lag im Schatten der Kirche. In seiner Mitte befand sich ein Weiher. An schönen Tagen ließen sich dort die alten Männer auf der Holzbank nieder und verplauderten den Vormittag. Auch ein Maibaum stand auf dem Anger, und am ersten Mai wählten die Dorfbewohner eine Königin. Ich beobachtete die Feierlichkeiten durch die Ritzen in den Jalousien vor dem Fenster der guten Stube, sofern es mir gelang, den wachsamen Augen Tante Amelias zu entkommen.
Tante Amelia und Onkel William waren sehr fromm und meinten, der Maibaum solle entfernt werden und mit diesen heidnischen Bräuchen müsse Schluß sein; doch glücklicherweise waren wir anderen nicht dieser Ansicht.
Wie gerne wäre ich dort draußen gewesen. Ich sehnte mich danach, das junge Grün aus den Wäldern zu holen, eines der Bänder zu ergreifen und mit den ausgelassen Feiernden um den Maibaum zu tanzen. Ich hielt es für den Gipfel der Glückseligkeit, zur Maikönigin gewählt zu werden. Doch für diese Ehre mußte man wenigstens sechzehn Jahre alt sein, und ich war damals noch nicht einmal sechs.
Ich hätte mein seltsames Leben vermutlich noch eine ganze Weile so hingenommen, wären da nicht all diese Winke und Andeutungen gewesen. Einmal hörte ich Tante Amelia sagen: »Ich weiß nicht, ob wir auch das Richtige getan haben, William. Miss Anabel hat mich gebeten, und ich gab einfach nach.«
»Denk doch auch an das Geld«, mahnte Onkel William.
»Aber es bedeutet doch, daß wir eine Sünde billigen.«
Onkel William versicherte ihr, daß niemand behaupten könne, sie hätten gesündigt.
»Wir haben einer Sünderin vergeben, William«, beharrte sie.
William erwiderte, sie hätten keine Schuld auf sich geladen. Sie hätten nur getan, wofür sie bezahlt würden, und womöglich könnten sie damit der Hölle eine Seele entreißen.

»Die Sünden der Väter werden den Kindern vergolten«, erinnerte ihn Tante Amelia.
Er nickte nur und ging hinaus zum Holzschuppen, wo er eine Weihnachtskrippe für die Kirche schnitzte.
Mir wurde allmählich klar, daß Onkel William nicht so ausschließlich danach strebte, gut zu sein, wie Tante Amelia. Er lächelte hin und wieder – zwar ein verschämtes Lächeln, aber es deutete sich doch zuweilen an; und als er mich einmal während der Festlichkeiten am ersten Mai durch die Jalousien spähen sah, ging er ohne etwas zu sagen aus dem Zimmer.
Gewiß, ich schreibe dies erst nach Jahren auf, doch ich glaube mich zu erinnern, daß ich sehr bald merkte, daß in Cherrington gewisse Mutmaßungen über mich geäußert wurden. Onkel William und Tante Amelia waren ein für die Betreuung eines Kindes ungeeignetes Paar.
Matty Grey, die eine der Hütten am Anger bewohnte und an Sommertagen vor ihrer Tür zu sitzen pflegte, galt im Dorf als eine Art Original. Ich plauderte gern mit Matty, wann immer es mir möglich war. Das wußte sie, und wenn ich in ihre Nähe kam, stieß sie seltsame schnaufende Laute aus, und ihr fetter Körper zitterte, welches ihre Art zu lachen war. Dann rief sie mich zu sich und lud mich ein, mich zu ihren Füßen niederzusetzen. Sie nannte mich »armes kleines Würmchen« und befahl ihrem Enkel Tom, ja nett zur kleinen Suewellyn zu sein.
Mein Name gefiel mir recht gut. Er war von Susan Ellen abgeleitet. Ich glaube, das »w« hatte man dazwischengeschoben, um die zwei nebeneinander stehenden »e« zu trennen. Ich fand den Namen hübsch. Ausgefallen. In unserem Dorf gab es eine Menge Ellens und eine Susan, die Sue gerufen wurde. Aber Suewellyn war einmalig.
Tom gehorchte seiner Großmutter. Er sorgte dafür, daß die anderen Kinder aufhörten, mich zu hänseln, weil ich anders war. Ich besuchte die private Elementarschule, deren Vorsteherin eine ehemalige Gouvernante vom Gutshaus war. Sie hatte die Tochter des Gutsherrn unterrichtet. Als die junge Dame ihre Dienste nicht mehr benötigte, hatte sie ein kleines Haus unweit der Kirche bezogen und eine Schule eröffnet, in welche nun die Dorfkinder gingen. Unter ihnen war auch

Anthony, der Sohn der Tochter des Gutsherrn. Nach einem Jahr würde er einen Hauslehrer bekommen, und später würde er ins Internat gehen. Es war schon eine buntgemischte Gesellschaft, die sich da in Miss Brents Stube versammelte und mit Holzstäbchen Buchstaben in mit Sand gefüllte flache Kästen kritzelte und das Einmaleins herunterleierte. Wir waren zwanzig, im Alter von fünf bis elf, aus allen Volksschichten; für manche war die Ausbildung mit elf Jahren zu Ende, andere würden sie fortsetzen. Außer dem Erben des Gutsherrn waren da noch die Töchter des Arztes und die drei Kinder eines ortsansässigen Bauern sowie all diejenigen, die so waren wie Tom Grey. Unter ihnen war ich das einzige Kind, das ungewöhnlich war.
Mit mir hatte es nämlich etwas Geheimnisvolles auf sich. Ich war bereits geboren, ehe ich eines Tages im Dorf auftauchte. Die Ankunft der meisten Kinder war sonst ein vielbesprochenes Ereignis, bevor der Neuankömmling wirklich in Erscheinung trat. Mit mir war das anders. Ich lebte bei einem Ehepaar, das für die Betreuung eines Kindes höchst ungeeignet war. Ich war immer gut angezogen und trug zuweilen Kleider, die weit kostspieliger waren, als es der Stand meiner Pflegeeltern erlaubt hätte.
Dann waren da die Besuche. Einmal im Monat kam *sie*.
Sie war schön. Sie fuhr in der Bahnhofsdroschke vor der Hütte vor, und ich wurde zu ihr in die gute Stube geschickt. Ich wußte, daß es ein bedeutendes Ereignis war. Denn die gute Stube wurde nur zu besonderen Gelegenheiten benutzt, etwa wenn der Pfarrer zu Besuch kam. Die Jalousien waren stets heruntergelassen, aus Furcht, die Sonne könne den Teppich ausbleichen oder den Möbeln schaden. Hier herrschte eine heilige Atmosphäre. Vielleicht lag es an dem Bild von Christus am Kreuz oder an dem Heiligen – ich glaube, es war Sankt Stephan –, in dem lauter Pfeile steckten und aus dessen Wunden Blut tropfte; gleich daneben hing ein Jugendbildnis unserer Königin, die sehr streng, hochmütig und mißbilligend dreinschaute. Das Zimmer wirkte bedrückend auf mich, und nur bei verführerischen Ereignissen, wie es die Festlichkeiten am ersten Mai waren, traute ich mich hinein, um durch die Ritzen auf das übermütige Treiben auf dem Anger zu spähen.
Doch wenn *sie* da war, war das Zimmer wie verwandelt. Sie hatte

prachtvolle Kleider. Sie trug stets mit Rüschen und Bändern besetzte Blusen, lange Glockenröcke und kleine, mit Federn und Schleifen verzierte Hüte.

Sie sagte jedesmal: »Hallo, Suewellyn!«, so, als sei sie mir gegenüber ein wenig schüchtern. Dann lief ich auf sie zu und ergriff ihre ausgestreckte Hand. Sie hob mich hoch und musterte mich so eindringlich, daß ich mich ängstlich fragte, ob mein Scheitel gerade war und ob ich nicht vergessen hatte, mich hinter den Ohren zu waschen.

Wir setzten uns nebeneinander auf das Sofa. Eigentlich haßte ich dieses Sofa. Es war aus Roßhaar und piekte sogar durch meine Strümpfe hindurch an den Beinen; doch wenn *sie* da war, merkte ich nichts davon. Sie stellte mir eine Menge Fragen, die alle mich betrafen. Was aß ich gern? War mir im Winter kalt? Wie ging es mir in der Schule? Waren alle nett zu mir? Als ich lesen lernte, wünschte sie, daß ich ihr zeigte, wie gut ich es beherrschte. Sie drückte mich an sich, und wenn die Droschke wieder vorfuhr, um sie zum Bahnhof zu bringen, umarmte sie mich und machte ein Gesicht, als würde sie gleich weinen.

Das war alles sehr schmeichelhaft. Denn wenn sie sich auch eine Weile mit Tante Amelia unterhielt und ich unterdessen aus der guten Stube geschickt wurde, schien es doch, als ob ihre Besuche vornehmlich mir galten.

Wenn sie fort war, kam es mir vor, als habe sich im Haus etwas verändert. Onkel William sah aus, als strenge er sich mächtig an, damit seine Miene sich nicht zu einem Lächeln verzog, und Tante Amelia ging umher und murmelte vor sich hin: »Ich weiß nicht, ich weiß nicht.«

Natürlich wurden die Besuche im Dorf bemerkt. James, der Droschkenkutscher, und der Stationsvorsteher flüsterten über *sie*. Später wurde mir klar, daß sie ihre eigenen Schlüsse aus der eigentlich gar nicht so geheimnisvollen Angelegenheit zogen, und ich bezweifle nicht, daß ich schon viel früher davon erfahren hätte, wenn Matty Grey ihrem Enkel nicht eingeschärft hätte, sich meiner anzunehmen. Tom hatte klar zu verstehen gegeben, daß ich mich unter seinem Schutz befand und daß jeder, der mich beleidigte, es mit ihm zu tun bekäme. Ich liebte Tom, obgleich er sich nie herabließ, viele Worte

mit mir zu wechseln. Doch für mich war er mein Beschützer, mein Ritter in schimmernder Rüstung, mein Lohengrin.
Aber selbst Tom konnte nicht verhindern, daß die Kinder die Köpfe zusammensteckten und über mich tuschelten, und eines Tages bemerkte Anthony den Leberfleck rechts an meinem Kinn, unmittelbar unter meinem Mund.
»Seht mal, Suewellyn hat ein Zeichen im Gesicht«, rief er. »Da hat sie der Teufel geküßt.«
Alle lauschten mit weit aufgerissenen Augen, als er ihnen erzählte, daß der Teufel um Mitternacht komme und sich die Seinen auserwähle. Dann küsse er sie, und wo er sie berührt hätte, hinterlasse er ein Mal.
»Unsinn«, sagte ich. »Eine Menge Leute haben Leberflecke, das weiß doch jeder.«
»Dies ist eine ganz bestimmte Sorte«, sagte Anthony düster. »Die erkenne ich auf den ersten Blick. Ich hab' einmal eine Hexe gesehen, die hatte genauso einen Fleck wie den da an ihrem Mund... versteht ihr?«
Alle starrten mich entgeistert an.
»Sie sieht aber nicht wie eine Hexe aus«, meinte Jane Motley, und ich war sicher, daß sie recht hatte. In meinem braven Kattunkleid und mit meinem streng aus der Stirn gekämmten Haar, das zu zwei mit marineblauen Samtbändern zusammengehaltenen Zöpfen geflochten war, sah ich ganz gewiß nicht wie eine Hexe aus. Eine ordentliche, saubere, anständige Haartracht sei das, wie Tante Amelia oft betonte, wenn ich mein Haar offen tragen wollte.
»Hexen können ihre Gestalt verwandeln«, erklärte Anthony.
»Ich hab' ja immer gewußt, daß Suewellyn irgendwie anders ist«, sagte Gill, die Tochter des Schmieds.
»Wie schaut er denn aus, der... Teufel?« fragte jemand.
»Ich weiß es nicht«, antwortete ich. »Ich hab' ihn nie gesehen.«
»Glaubt ihr kein Wort«, sagte Anthony Felton. »Sie hat das Teufelsmal.«
»Du bist ja blöde«, sagte ich zu ihm, »und niemand würde auf dich hören, wenn du nicht der Enkel des Gutsherrn wärst.«
»Hexe«, sagte Anthony.

Tom war an diesem Tag nicht in der Schule. Er mußte seinem Vater bei der Kartoffelernte helfen.
Ich hatte Angst. Die sahen mich alle so merkwürdig an, und auf einmal wurde mir bewußt, daß es mit mir eine besondere Bewandtnis hatte, daß ich anders war als die Masse.
Es war ein seltsames Gefühl – einerseits frohlockte ich, weil ich anders war, andererseits war mir bange.
Dann kam Miss Brent herein, und es wurde nicht mehr geflüstert; doch als der Unterricht aus war, rannte ich schleunigst aus der Schule.
Ich fürchtete mich vor diesen Kindern. Ich hatte es ihren Augen angesehen, daß sie wirklich glaubten, der Teufel habe mich des Nachts heimgesucht und mir sein Mal aufgeprägt.
Ich lief über den Anger zu Matty Grey, die vor ihrer Tür saß, einen Halbliterkrug neben sich, die Hände im Schoß gefaltet.
Sie rief mir entgegen: »Wo rennst du denn hin... als wäre dir der Teufel auf den Fersen.«
Kalte Furcht ergriff mich. Ich blickte über meine Schulter.
Matty brach in Gelächter aus. »Ist doch bloß so 'ne Redensart. Kein Teufel ist hinter dir her. Aber du siehst ja wirklich zu Tode erschrocken aus.«
Ich ließ mich zu ihren Füßen nieder.
»Wo ist Tom?« fragte ich.
»Der buddelt noch immer Kartoffeln aus. Ist 'ne gute Ernte dieses Jahr.« Sie leckte sich die Lippen. »'s geht nichts über 'ne gute Kartoffel. Schön heiß und mehlig, mit 'ner leckeren braunen Pelle. Was Besseres gibt's nicht, Suewellyn.«
Ich sagte: »Es ist wegen meines Leberflecks im Gesicht.«
Matty beäugte mich, ohne sich zu rühren. »Was ist damit?« fragte sie. »Das ist doch bloß ein Schönheitsfleck, weiter nichts.«
»Da hat mich der Teufel geküßt, haben sie gesagt.«
»Wer hat das gesagt?«
»Die in der Schule.«
»Sie haben kein Recht, so was zu sagen. Ich werd's Tom erzählen, und dann sorgt er dafür, daß sie aufhören.«
»Warum ist der Fleck dann da, Matty?«
»Oh, manchmal wird man damit geboren. Die Menschen kommen

mit allen möglichen Sachen auf die Welt. Die Cousine meiner Tante sah bei ihrer Geburt aus, als hätte sie ein Büschel Erdbeeren im Gesicht ... bloß weil ihre Mutter 'ne Vorliebe für Erdbeeren hatte, bevor sie auf die Welt kam.«
»Und was für eine Vorliebe hatte meine Mutter, daß ich mit so einem Fleck auf die Welt kam?«
Ich dachte: Und wo ist meine Mutter? Das war eine weitere Merkwürdigkeit an mir: Ich hatte keine Mutter. Ich hatte keinen Vater. Es gab Waisen im Dorf, aber die wußten wenigstens, wer ihre Eltern gewesen waren. Ich dagegen wußte es nicht.
»Je nun, das kann man nie wissen, Mäuschen«, sagte Matty begütigend. »Solche Dinger kriegt man eben ab und zu. Ich kannte mal ein Mädchen, das kam mit sechs Fingern auf die Welt. Na, das ließ sich schwerlich verheimlichen. Was ist schon ein Leberfleck, der bisher niemandem aufgefallen ist? Ich will dir was sagen. Ich finde, der ist richtig hübsch. Manche Leute machen ein Riesengetue um so 'n Ding. Sie malen es sogar dunkler, damit man's besser sieht. Du brauchst dir deswegen wirklich keine Sorgen zu machen.«
Matty war einer der gütigsten Menschen, die mir in meinem Leben begegnet sind. Sie war mit ihrem Los zufrieden, obwohl es aus wenig mehr bestand als einem Dasein in der dunklen kleinen Hütte – »eins rauf, eins runter, ein Eckchen zum Waschen und Kochen und ein Abtritt hinten im Garten« – so beschrieb sie ihre Behausung. Ihr Sohn, Toms Vater, wohnte in der Hütte gleich nebenan. »Nahe, aber nicht zu dicht«, pflegte sie zu sagen, »just wie es sein soll.« Und wenn sie an trockenen Tagen draußen sitzen und das Geschehen beobachten konnte, dann begehrte sie nichts weiter.
Mochte Tante Amelia auch mißbilligend bemerken, daß Matty, wenn sie vor ihrer Tür saß, das harmonische Bild des Angers störe – Matty lebte ihr Leben nach ihrem eigenen Willen und hatte einen Zustand der Zufriedenheit erreicht, wie es nur wenigen Menschen gelingt.
Als ich am nächsten Tag zur Schule kam, flüsterte mir Anthony Felton ins Ohr: »Du bist ein Bastard.«
Ich starrte ihn an. Ich hatte diesen Ausdruck als Schimpfwort gehört und setzte dazu an, Anthony zu sagen, was ich von ihm hielt; aber da kam Tom hinzu, und Anthony verzog sich sofort.

»Tom«, flüsterte ich, »er hat Bastard zu mir gesagt.«
»Mach dir nichts draus«, meinte Tom und fügte geheimnisvoll hinzu: »Bastard nicht in dem Sinn, wie du denkst.« Ich fand das damals sehr verwirrend.
Zwei oder drei Tage vor meinem sechsten Geburtstag befahl Tante Amelia mich in die gute Stube, um etwas mit mir zu besprechen. Sie tat sehr feierlich, und ich wartete zitternd auf das, was sie mir zu sagen hatte.
Es war der erste September, und einem Sonnenstrahl war es gelungen, durch eine Ritze der nicht ganz geschlossenen Jalousien hereinzudringen. Ich sehe heute noch alles ganz deutlich vor mir: das Roßhaarsofa, die passenden Roßhaarsessel, die gottlob nur selten benutzt wurden, mit ihren säuberlich über die Rückenlehnen gestreiften Schonbezügen; die Etagere in der Ecke mit ihren Verzierungen, die zweimal in der Woche abgestaubt wurde; die Heiligenbilder an der Wand und das Konterfei der jungen Königin mit dem mißbilligenden Blick, den verschränkten Armen und dem Hosenbandorden über der Schulter. In diesem Zimmer gab es nichts Heiteres, und deshalb wirkte der Sonnenstrahl so fehl am Platz. Ich war sicher, daß Tante Amelia ihn bald bemerken und die Jalousien vollends schließen würde.
Aber sie tat zu meiner großen Überraschung nichts dergleichen. Sie war offensichtlich mit ihren Gedanken ganz woanders und schien recht besorgt.
»Miss Anabel kommt am dritten«, sagte sie. Der dritte September war mein Geburtstag.
Ich faltete die Hände und wartete. Miss Anabel war stets an meinem Geburtstag gekommen.
»Sie denkt an ein kleines Fest für dich.«
Mein Herz klopfte schneller. Ich wartete atemlos.
»Wenn du brav bist...«, sprach Tante Amelia weiter. Es war die übliche Einschränkung, und ich achtete kaum darauf. Sie fuhr fort:
»...kannst du dein Sonntagskleid anziehen, obwohl es ein Donnerstag ist.«
An einem Donnerstag Sonntagskleider zu tragen, das erschien mir wahrhaft ungeheuerlich.

Tante Amelia hatte die Lippen fest zusammengepreßt. Ich sah ihr an, daß ihr das Vorhaben mißfiel.
»Sie will an diesem Tag mit dir ausgehen.«
Ich war fassungslos. Ich konnte mich kaum beherrschen. Am liebsten wäre ich auf dem Roßhaarsessel auf- und niedergehüpft.
»Wir müssen darauf achten, daß du nichts falsch machst«, sagte Tante Amelia. »Ich möchte nicht, daß Miss Anabel denkt, wir erziehen dich nicht wie eine Dame.«
Ich platzte heraus, daß ich alles recht machen würde. Ich wollte nichts vergessen, was man mich gelehrt hatte. Ich würde nicht mit vollem Mund sprechen. Ich wollte mein Taschentuch bereithalten, falls es gebraucht würde. Ich wollte nicht vor mich hinsummen. Ich wollte immer erst reden, wenn ich gefragt würde.
»Sehr gut«, sagte Tante Amelia, und später hörte ich sie zu Onkel William bemerken: »Was denkt sie sich nur dabei? Mir gefällt das nicht. Es setzt dem Kind Flausen in den Kopf.«
Der große Tag kam. Mein sechster Geburtstag. Ich hatte meine schwarzen Knöpfstiefel an und meine dunkelblaue Jacke, darunter ein Kleid aus glänzender Baumwolle. Ich trug dunkelblaue Handschuhe und einen Strohhut mit einem Gummiband unter dem Kinn, damit er nicht fortfliegen konnte.
Miss Anabel kam in der Droschke vom Bahnhof, und als sie zurückfuhr, saß ich mit darin.
Miss Anabel wirkte an diesem Tag verändert. Ich hatte den Eindruck, daß sie sich in Tante Amelias Gegenwart ein wenig fürchtete. Sie lachte unentwegt, umklammerte meine Hände und sagte zwei- oder dreimal: »Ist *das* schön, Suewellyn!«
Unter den neugierigen Blicken des Stationsvorstehers stiegen wir in den Zug, und kurz darauf dampften wir davon. Ich konnte mich nicht erinnern, zuvor schon einmal mit der Eisenbahn gefahren zu sein, und ich wußte nicht, was ich aufregender fand, das Geräusch der Räder, die ein munteres Lied zu singen schienen, oder die vorübersausenden Felder und Wälder; das größte Vergnügen jedoch war die Gegenwart von Miss Anabel, die ganz dicht neben mir saß und ab und zu meine Hand drückte.
Ich hätte Miss Anabel gern so viele Fragen gestellt, doch ich besann

mich, daß ich Tante Amelia gelobt hatte, mich wie ein wohlerzogenes Mädchen zu benehmen.

»Du bist so still, Suewellyn«, sagte Miss Anabel, und ich erklärte ihr, daß ich nur reden dürfe, wenn ich gefragt würde.

Sie lachte; sie hatte ein glucksendes Lachen, das mich jedesmal, wenn ich es hörte, zum Mitlachen reizte.

»Oh, das kannst du vergessen«, sagte sie. »Ich möchte, daß du mit mir sprichst, wann immer du Lust dazu hast. Du sollst mir alles erzählen, was dir in den Sinn kommt.«

Seltsam, als der Bann gebrochen war, fiel mir nichts ein. Ich sagte: »Fragen Sie mich was.«

Sie legte den Arm um mich und drückte mich an sich. »Ich möchte, daß du mir sagst, daß du glücklich bist. Du hast Onkel William und Tante Amelia doch gern, nicht wahr?«

»Sie sind alle beide sehr gut«, erwiderte ich, »besonders Tante Amelia.«

»Ist Onkel William nicht nett zu dir?« fragte sie rasch.

»Doch, doch. Sogar netter. Tante Amelia ist nämlich so schrecklich gut, daß sie selten nett sein kann. Sie lacht nie...« Ich brach ab, weil Miss Anabel furchtbar lachen mußte und es so aussah, als behauptete ich, sie sei nicht nett.

Sie umarmte mich und sagte: »O Suewellyn... was bist du doch für ein kleines Mädchen.«

»Bin ich nicht«, widersprach ich. »Ich bin größer als Clara Feen und Jane Motley. Und die sind älter als ich.«

Sie drückte mich an sich, so daß ich ihr Gesicht nicht sehen konnte, und ich hatte den Eindruck, daß sie es absichtlich vor mir verbarg.

Der Zug hielt, und sie sprang auf. »Hier steigen wir aus«, sagte sie. Sie nahm mich bei der Hand, und wir verließen den Zug. Wir rannten fast den Bahnsteig entlang. Draußen stand ein zweirädriger Einspänner. Eine Frau saß darin.

»O Janet«, rief Miss Anabel, »ich wußte, daß du kommen würdest.«

»'s ist nicht recht«, sagte die Frau mit einem Blick auf mich. Sie hatte ein blasses Gesicht und braunes, im Nacken zu einem Knoten zusammengefaßtes Haar. Sie trug eine braune Haube, die mit Bändern unter dem Kinn befestigt war, und ich mußte plötzlich an Onkel William

denken, weil ich merkte, daß sie sich bemühte, ein Lächeln zu unterdrücken.
»Das ist also das Kind, Miss«, sagte sie.
»Ja, das ist Suewellyn«, erwiderte Miss Anabel.
Janet schnalzte mit der Zunge. »Ich weiß nicht, warum ich...«, begann sie.
»Janet, das wird ein wundervoller Tag. Ist der Korb da?«
»Alles wie befohlen, Miss.«
»Komm, Suewellyn«, sagte Miss Anabel. »Steig in die Kutsche. Wir machen eine Spazierfahrt.«
Janet saß vorn und hielt die Zügel. Miss Anabel und ich nahmen hinter ihr Platz. Miss Anabel umklammerte meine Hand. Sie lachte wieder.
Der Einspänner setzte sich in Bewegung, und bald fuhren wir über baumgesäumte Feldwege. Ich wünschte, es würde ewig so weitergehen. Es war, als betrete ich eine verzauberte Welt. Die Bäume begannen gerade, sich bunt zu färben; ein schwacher Dunst lag in der Luft, und der diesige Sonnenschein verlieh der Landschaft etwas Geheimnisvolles.
»Ist dir warm genug, Suewellyn?« erkundigte sich Miss Anabel.
Ich nickte glücklich. Ich wollte nicht sprechen. Ich hatte Angst, den Zauber zu brechen; ich fürchtete, ich würde in meinem Bett aufwachen und feststellen, daß ich alles nur geträumt hatte. Ich versuchte, jeden Augenblick einzufangen und festzuhalten; *jetzt*, sagte ich zu mir. Es ist freilich immer jetzt, aber ich wünschte, dieser Augenblick des Jetzt bliebe mir ewig erhalten.
Ich war nahezu unerträglich aufgeregt, nahezu unerträglich glücklich.
Als der Einspänner plötzlich anhielt, stieß ich einen Seufzer der Enttäuschung aus. Aber es sollte noch mehr kommen.
»Das ist die Stelle«, sagte Janet. »Aber, Miss Anabel, ich finde, es ist viel zu nahe, um sich hier sorglos niederzulassen.«
»Ach was, Janet. Es ist vollkommen sicher. Wie spät ist es?«
Janet blickte auf die Uhr, die sie an ihrer schwarzen Bluse befestigt hatte.
»Halb zwölf«, sagte sie.

Miss Anabel nickte. »Nimm den Korb«, sagte sie. »Mach alles bereit. Suewellyn und ich machen einen kleinen Spaziergang. Das ist dir doch recht, Suewellyn, oder?«
Ich nickte. Mir wäre alles recht gewesen, was ich mit Miss Anabel zusammen tat.
»Geben Sie nur acht, Miss«, sagte Janet. »Wenn man Sie sieht...«
»Man wird uns schon nicht sehen. Bestimmt nicht. So nahe gehen wir nicht heran.«
»Das will ich auch nicht hoffen.«
Miss Anabel nahm mich bei der Hand, und wir spazierten davon.
»Ist die aber schlecht aufgelegt«, sagte ich.
»Sie ist auf der Hut.«
»Was heißt das?«
»Sie will nichts riskieren.«
Ich verstand zwar nicht, wovon Miss Anabel sprach, war aber zu glücklich, um mir darüber den Kopf zu zerbrechen.
»Laß uns in den Wald gehen«, sagte sie. »Ich möchte dir etwas zeigen. Los, komm!«
Wir sausten zwischen den Bäumen hindurch über das Gras. »Fang mich doch«, rief Miss Anabel.
Es gelang mir beinahe; sie lachte und entwischte mir wieder. Ich geriet außer Atem und war noch glücklicher als im Zug und in der Kutsche. Die Bäume hatten sich gelichtet; wir waren am Waldrand angelangt.
»Suewellyn«, sagte Miss Anabel mit sanfter Stimme. »Schau.«
Und dort, ungefähr eine Viertelmeile von uns entfernt, stand es, von einem Graben umgeben, auf einem kleinen Hügel. Ich konnte es deutlich sehen. Es war wie ein Schloß aus einem Märchen.
»Was sagst du nun?« fragte Miss Anabel.
»Ist das... echt?« wollte ich wissen.
»Aber ja... es ist echt.«
Ich besaß schon immer ein ausgeprägtes Erinnerungsvermögen. Hatte ich nur ein- oder zweimal einen Blick auf etwas geworfen, konnte ich mir alle Einzelheiten merken. Deshalb war es mir auch möglich, das Bild von Schloß Mateland in den kommenden Jahren im Gedächtnis zu bewahren. Ich beschreibe es jetzt so, wie ich es kenne.

Als ich es mit sechs Jahren zum erstenmal erblickte, war der Tag von einem Zauber verklärt, und es blieb mir für einige Jahre in Erinnerung wie ein Traum.
Das Schloß war prächtig und geheimnisvoll. Es war von hohen Mauern umringt, mit mächtigen Rundtürmen an den vier Ecken; an jeder Mauerseite stand ein eckiger Turm, und auch das traditionelle, mit Pechnasen bewehrte Pförtnerhaus fehlte nicht. Lange, schmale Fensterschlitze waren in die Quadermauern eingelassen. Die Brüstung des seitlichen Wachtturms, der das darunterliegende Portal schützte, erinnerte auf schaurige Weise daran, daß einst siedendes Öl auf jeden herabgegossen wurde, der den Versuch wagte, die Befestigungen zu überwinden. Hinter den Zinnen auf den Mauern befanden sich Wandelgänge, von denen die Verteidiger ihre Pfeile niederprasseln ließen. Dies alles und noch viel mehr erfuhr ich erst später, als ich jeden Kragstein, jede Pechnase, jede Biegung der Wendeltreppen kennenlernen sollte. Doch das Schloß zog mich bereits von jenem ersten Augenblick an in seinen Bann; es war fast, als ergreife es Besitz von mir. Später gefiel ich mir in der Vorstellung, daß es mir meine Handlungsweise aufzwang.
Damals aber vermochte ich nur neben Miss Anabel zu stehen, sprachlos vor Staunen.
Ich hörte sie lachen, und sie flüsterte: »Gefällt es dir?«
Ob es mir gefiel? Dies schien mir ein viel zu schwaches Wort, um auszudrücken, welche Gefühle der Anblick des Schlosses in mir erweckte. Es war das Herrlichste, was ich je gesehen hatte. In Miss Brents Schulzimmer hing ein Bild von Schloß Windsor. Es war wunderschön. Aber das hier war etwas anderes. Das hier war echt. Die Septembersonne ließ die kleinen scharfen Quarzstückchen im Mauerwerk funkeln.
Miss Anabel wartete auf meine Antwort.
»Es ist schön... Es ist echt.«
»O ja, es ist echt«, wiederholte Miss Anabel. »Es steht schon seit siebenhundert Jahren dort.«
»Siebenhundert Jahre«, echote ich.
»Eine lange Zeit, hm? Und denk nur, du bist erst seit sechs Jahren auf dieser Erde. Ich freue mich, daß es dir gefällt.«

»Wohnt da auch jemand?«
»O ja, da wohnen Leute.«
»Ritter...«, flüsterte ich. »Vielleicht die Königin.«
»Nein, nicht die Königin, und es gibt heutzutage auch keine Ritter in Rüstungen mehr... nicht einmal in siebenhundert Jahre alten Schlössern.«
Plötzlich erschienen vier Leute – ein Mädchen und drei Knaben. Sie ritten über den Rasen vor dem Schloßgraben. Das Mädchen hatte ein Pony; sie fiel mir besonders auf, weil sie ungefähr in meinem Alter sein mußte. Die Knaben waren älter.
Miss Anabel hielt den Atem an. Sie legte ihre Hand auf meinen Arm und zog mich ins Gebüsch.
»Kein Grund zur Aufregung«, flüsterte sie wie zu sich selbst. »Sie gehen hinein.«
»Wohnen die dort?« fragte ich.
»Nicht alle. Nur Susannah und Esmond. Malcolm und Garth sind zu Besuch.«
»Susannah«, sagte ich. »Das klingt ein bißchen wie mein Name.«
»O ja, gewiß.«
Ich beobachtete, wie die Reiter die Brücke, die über den Graben führte, überquerten und durch das Pförtnerhaus im Schloß verschwanden.
Ihr Erscheinen hatte Miss Anabel tief bewegt. Sie ergriff plötzlich meine Hand, und ich erinnerte mich an Tante Amelias Geheiß, nicht zu reden, wenn ich nicht gefragt wurde.
Miss Anabel lief zurück unter die Bäume. Ich versuchte sie zu fangen, und wir lachten wieder.
Wir kamen zu einer Lichtung; dort hatte Janet den Korb ausgepackt und ein Tuch auf dem Gras ausgebreitet; sie legte Besteck und Teller auf.
»Wir wollen noch etwas warten«, sagte Miss Anabel.
Janet nickte mit verkniffenen Lippen, als halte sie eine unfreundliche Bemerkung zurück.
Miss Anabel schien ihre Gedanken zu erraten, denn sie sagte: »Es ist nicht deine Sache, Janet.«
»O nein«, erwiderte Janet mit einem Gesicht wie eine Henne, der sich

die Federn sträuben, »das weiß ich sehr gut. *Ich* tu' nur, was man mir aufträgt.«

Miss Anabel gab ihr einen leichten Schubs. Dann sagte sie: »Horcht!«

Wir lauschten. Ich hörte das unverkennbare Geräusch von Pferdehufen.

»Er ist es«, sagte Miss Anabel.

»Seien Sie vorsichtig, Miss«, warnte Janet. »Es könnte jemand anders sein.«

Ein Reiter kam in Sicht. Anabel stieß einen Freudenschrei aus und lief ihm entgegen.

Er sprang vom Pferd und band es an einen Baum. Miss Anabel, die für eine Frau recht groß gewachsen war, wirkte neben dem Mann mit einemmal sehr klein. Er legte ihr seine Hände auf die Schultern und blickte sie ein paar Sekunden lang an. Dann fragte er: »Wo ist sie?«

Miss Anabel streckte ihre Hand aus, und ich lief zu ihr.

»Das ist Suewellyn«, sagte sie.

Ich machte einen Knicks, wie ich es vor dem Gutsherrn und dem Pfarrer zu tun pflegte, weil man es mich so gelehrt hatte. Der Mann hob mich hoch, hielt mich in seinen Armen und sah mich prüfend an.

»O je«, sagte er, »wie klein sie noch ist.«

»Vergiß nicht, sie ist erst sechs«, erwiderte Miss Anabel. »Was hast du denn erwartet? Eine Amazone? Dabei ist sie groß für ihr Alter, nicht wahr, Suewellyn?«

Ich sagte, ich sei größer als Clara Feen und Jane Motley, und die seien älter als ich.

»Fein«, sagte er, »das ist ein Glück. Ich bin froh, daß du die zwei überholt hast.«

»Aber Sie kennen sie doch gar nicht«, meinte ich.

Da mußten sie beide lachen.

Er ließ mich hinunter und strich mir übers Haar. Ich trug es heute offen, denn Miss Anabel konnte Zöpfe nicht leiden.

»Jetzt wollen wir essen«, verkündete Miss Anabel. »Janet hat alles vorbereitet.« Sie flüsterte dem Mann zu: »Höchst widerwillig, das kann ich dir versichern.«

»Das brauchst du mir nicht eigens zu versichern«, erwiderte er.

»Sie glaubt, dies sei wieder einer von meinen verrückten Plänen.«
»Na und, ist es das nicht?«
»Oh, du hast es genauso gewollt wie ich.«
Seine Hand lag noch immer auf meinem Kopf. Er zerzauste mein Haar und sagte: »Ich glaube schon.«
Anfangs war ich ziemlich enttäuscht, daß er und Janet zugegen waren. Ich hätte Miss Anabel lieber für mich allein gehabt. Doch nach einer Weile änderte ich meine Meinung. Jetzt war es nur noch Janet, die ich nicht dabei haben wollte. Sie saß ein Stück von uns entfernt, und ihre Miene gemahnte mich an Tante Amelia. Das wiederum erinnerte mich an die unerfreuliche Tatsache, daß dieser märchenhafte Tag einmal enden würde, ich in das Haus am Anger zurückkehren mußte und mir nur die Erinnerung blieb. Doch vorerst war Jetzt, und das Jetzt war wunderbar.
Wir setzten uns zum Essen nieder, ich saß zwischen Miss Anabel und dem Herrn. Ein- oder zweimal sprach sie ihn mit seinem Vornamen an. Er hieß Joel. Man sagte mir nicht, wie ich ihn nennen sollte, was mich ein wenig verlegen machte. Er hatte etwas Besonderes an sich, und es war unmöglich, sich diesem Flair zu entziehen. Ich spürte, daß Janet Achtung vor ihm hatte. Mit ihm sprach sie nicht so wie mit Anabel. Wenn sie ihn anredete, nannte sie ihn Sir.
Er hatte dunkelbraune Augen, und sein Haar war von etwas hellerem Braun. Er hatte ein tiefes Grübchen im Kinn und strahlend weiße Zähne. Seine Hände waren kräftig und gepflegt. Sie fielen mir besonders auf; am kleinen Finger trug er einen Siegelring. Mir schien, daß er mich und Miss Anabel beobachtete, und Miss Anabel ihrerseits beobachtete ihn und mich. Janet, die ein wenig abseits saß, hatte ihr Strickzeug hervorgeholt, und ihre klappernden Nadeln schienen ebenso von ihrer Mißbilligung zu künden wie ihr verkniffener Mund.
Miss Anabel erkundigte sich bei mir nach dem Leben in der Hütte bei Tante Amelia und Onkel William. Sie hatte mich das meiste schon vorher gefragt, und mir wurde klar, daß sie die Fragen wiederholte, damit Joel die Antworten hören konnte. Er lauschte aufmerksam, und hin und wieder nickte er.
Das Mahl war köstlich; vielleicht war ich aber auch so verzaubert, daß

mir alles anders vorkam als im Alltagsleben. Es gab Hähnchen, knuspriges Brot und eine Art Gewürzgurken, die ich noch nie gekostet hatte.
»Oh«, sagte Miss Anabel, »Suewellyn hat den Wunschknochen.« Sie nahm den Knochen von meinem Teller und hielt ihn in die Höhe. »Komm, Suewellyn, wir müssen ziehen. Wenn du die größere Hälfte erwischst, hast du einen Wunsch frei.«
»Drei Wünsche«, sagte der Mann.
»Nein, nur einen, Joel, das weißt du doch«, widersprach Miss Anabel.
»Heute sind es drei«, erwiderte er. »Es ist ein besonderer Geburtstag, hast du das vergessen?«
»Natürlich ist es ein besonderer Tag.«
»Also gibt es auch besondere Wünsche. Und jetzt geht's los.«
»Du weißt, was du zu tun hast, Suewellyn«, sagte Miss Anabel. Sie nahm den Knochen. »Du legst deinen kleinen Finger um dieses Ende, und ich lege meinen kleinen Finger um das andere Ende, und dann ziehen wir. Wer das größere Stück bekommt, darf sich etwas wünschen.«
»Dreimal«, sagte Joel.
»Eine Bedingung ist dabei«, erklärte Miss Anabel. »Du darfst deine Wünsche nicht verraten. Fertig?«
Wir legten unsere kleinen Finger um den Knochen. Es knackte. Der Knochen war durchgebrochen, und ich schrie entzückt auf, weil ich das größere Stück in der Hand hielt.
»Suewellyn hat gewonnen!« rief Miss Anabel.
»Mach die Augen zu und denk dir deine Wünsche«, sagte Joel und lächelte dabei.
Ich hielt den Knochen in der Hand und überlegte, was ich mir am allerliebsten wünschte. Ich wollte, daß dieser Tag nie endete, aber das wäre ein törichter Wunsch gewesen, denn nichts, nicht einmal ein Hühnerknochen, könnte ihn erfüllen. Ich dachte angestrengt nach. Ich hatte mir immer einen Vater und eine Mutter gewünscht, und ehe ich mich versah, war der Wunsch gedacht – aber ich wollte nicht irgendwelche Eltern. Ich wollte einen Vater wie Joel und eine Mutter wie Miss Anabel. Damit war der zweite Wunsch gedacht. Ich wollte

nicht in der Holzapfelhütte leben müssen. Ich wollte bei meinen Eltern wohnen.
Die drei Wünsche waren gedacht.
Ich öffnete die Augen. Die beiden beobachteten mich eindringlich.
»Bist du fertig mit deinen Wünschen?« fragte Miss Anabel.
Ich nickte und preßte die Lippen zusammen. Es war sehr wichtig, daß die Wünsche in Erfüllung gingen.
Danach aßen wir köstliche, mit Kirschmarmelade gefüllte Törtchen, und als ich in den süßen Kuchen biß, dachte ich, eine größere Seligkeit kann es nicht geben.
Joel fragte mich, ob ich reiten könne.
Ich verneinte.
»Das sollte sie aber«, sagte er mit einem Blick auf Miss Anabel.
»Darüber müßte ich mit deiner Tante Amelia sprechen«, meinte Miss Anabel.
Joel erhob sich und reichte mir seine Hand. »Komm, laß uns sehen, ob es dir Spaß macht«, sagte er.
Ich ging mit ihm zu seinem Pferd, und er hob mich in den Sattel. Er führte das Pferd zwischen den Bäumen herum. Ich fand, dies sei der aufregendste Augenblick meines Lebens. Plötzlich sprang Joel hinter mir auf, und schon preschten wir davon, aus dem Wald hinaus auf ein Feld. Das Pferd verfiel in Galopp, immer schneller, und einen Moment dachte ich: Vielleicht ist er der Teufel und will mich entführen.
Doch seltsamerweise hatte ich nichts dagegen. Ich wollte, daß er mich entführte. Ich wollte mein ganzes Leben lang bei ihm und Miss Anabel bleiben. Es war mir einerlei, ob er der Teufel war. Wenn Tante Amelia und Onkel William Heilige waren, dann war mir der Teufel lieber. Ich hatte das Gefühl, daß Miss Anabel stets in seiner Nähe war, und wenn ich mit einem von ihnen zusammen wäre, so wäre auch der andere nicht weit.
Doch der aufregende Ritt ging zu Ende, und das Pferd schritt wieder langsam durch die Bäume zu der Lichtung, wo Janet die Picknickreste zusammenpackte und den Korb in dem Einspänner verstaute.
Joel stieg ab und hob mich herunter.
Ich war unbeschreiblich traurig, denn ich wußte, daß mein Besuch im

Zauberwald mit dem fernen Schloß vorüber war. Es war wie ein schöner Traum, und ich sträubte mich heftig, daraus zu erwachen. Doch ich wußte, es half nichts.
Joel hob mich auf seine Arme und gab mir einen Kuß. Ich legte meine Arme um seinen Hals. Ich sagte: »Oh, war das schön.«
»Nie habe ich einen Ritt mehr genossen«, erwiderte er.
Miss Anabel sah uns mit einem Blick an, als wüßte sie nicht, ob sie lachen oder weinen sollte; da sie aber nun einmal Miss Anabel war, lachte sie.
Joel stieg auf sein Pferd und folgte uns zur Kutsche. Miss Anabel und ich kletterten hinein. Er verschwand in die eine Richtung, und wir fuhren in die andere Richtung zum Bahnhof. Dort stiegen wir aus.
»Vergiß nicht, mich vom Zug abzuholen, Janet«, sagte Miss Anabel.
Dies gemahnte mich auf traurige Weise daran, daß der Tag fast vorüber war, daß ich bald wieder in die Hütte zurückkehrte und daß die Erlebnisse dieses Tages der Vergangenheit angehörten. Wir saßen nebeneinander im Zug und hielten uns fest an den Händen, als wollten wir uns nie wieder loslassen. Wie der Zug raste! Wie gern hätte ich ihn aufgehalten! Die Räder lachten mich aus: »Bist bald zurück! Bist bald zurück!« sagten sie wieder und wieder.
Kurz vor der Ankunft legte Miss Anabel ihren Arm um mich und fragte: »Was hast du dir gewünscht, Suewellyn?«
»Oh, das darf ich nicht verraten«, rief ich. »Sonst geht es nicht in Erfüllung, und das wäre schrecklich.«
»Waren deine Wünsche denn so dringend?«
Ich nickte.
Sie schwieg eine Weile, und dann sagte sie: »Es stimmt nicht ganz, daß du sie *niemandem* verraten darfst. Einem Menschen darfst du's erzählen, wenn du willst... und wenn du flüsterst, gehen die Wünsche trotzdem in Erfüllung.«
Ich war selig. Es ist sehr tröstlich, wenn man seine Erlebnisse mit jemandem teilen kann, und mit niemandem hätte ich sie lieber geteilt als mit Miss Anabel.
Also sagte ich: »Zuerst habe ich mir einen Vater und eine Mutter gewünscht. Dann wünschte ich, daß es Sie und Joel sind; und danach wünschte ich, daß wir alle zusammen sein könnten.«

Sie sprach lange kein Wort, und ich hätte gern gewußt, ob es ihr leid tat, daß sie es erfahren hatte.
Wir waren am Bahnhof angelangt. Die Droschke erwartete uns, und in wenigen Minuten kamen wir zur Holzapfelhütte. Sie wirkte trostloser denn je, nachdem ich in dem wundersamen Wald gewesen war und das Zauberschloß gesehen hatte.
Miss Anabel küßte mich und sagte: »Ich muß mich beeilen, sonst versäume ich meinen Zug.« Sie sah immer noch so aus, als fange sie gleich an zu weinen, obwohl sie lächelte. Ich lauschte auf das Klappern der Pferdehufe, die sie davontrugen.
In meinem Zimmer lagen zwei Päckchen, die Miss Anabel für mich dagelassen hatte. Das eine enthielt ein mit Bändern verziertes Kleid aus blauer Seide. Es war das hübscheste Kleid, das ich je gesehen hatte. Das war Miss Anabels Geburtstagsgeschenk. In dem anderen Päckchen war ein Buch über Pferde, und ich wußte, daß es von Joel war.
Was für ein herrlicher Geburtstag! Doch das Traurige an herrlichen Erlebnissen ist, daß sie die folgenden Tage um so trüber erscheinen lassen.
Tante Amelia bemerkte zu Onkel William über den Ausflug: »So was setzt ihr nur Flausen in den Kopf!«
Möglicherweise hatte sie recht.

In den folgenden Wochen lebte ich wie in einem Traum. Immer wieder betrachtete ich das blaue Kleid, das in meinem Schrank hing. Ich zog es nie an. Es sei höchst unangemessen, meinte Tante Amelia, und ich sah ein, daß sie recht hatte. Es war zu schade, um getragen zu werden. Es war nur zum Anschauen da. In der Schule sagte Miss Brent: »Was ist in dich gefahren, Suewellyn? Du bist neuerdings sehr unaufmerksam.«
Anthony Felton behauptete, ich ginge nachts zum Hexensabbat; dort zöge ich alle meine Kleider aus, tanzte immer im Kreis herum und küßte Bauer Mills Ziege.
»Sei nicht albern«, sagte ich zu ihm, und ich glaube, die anderen stimmten mit mir überein, daß er phantasierte. Tante Amelia hätte nie zugelassen, daß ich nachts fortging und meine Kleider auszog,

weil es sich nicht schickte; und Ziegen zu küssen war ungesund.
Ich las, soviel ich vermochte, in dem Buch über Pferde. Zwar begriff
ich nicht alles, aber ich hoffte unentwegt, daß Miss Anabel eines Tages wiederkäme, um mich in den Zauberwald zu bringen. Ich wollte
unbedingt etwas über Pferde wissen, wenn ich Joel wieder begegnete.
Ich dachte, wie töricht ich doch war, weil ich mir nichts gewünscht
hatte, das leichter zu erfüllen wäre – etwa noch so einen Tag im Wald,
anstatt Eltern. Väter und Mütter mußten schließlich verheiratet sein.
Sie glichen nicht im geringsten Miss Anabel und Joel.
Ich fing an, mich für Pferde zu interessieren. Anthony Felton hatte
ein Pony, und ich bat ihn, mich darauf reiten zu lassen. Zuerst lachte
er mich aus, doch dann fiel ihm wohl ein, daß ich, wenn ich zu reiten
versuchte, bestimmt hinunterfallen würde; und das gäbe einen Heidenspaß. Wir gingen also zur Pferdekoppel beim Gutshaus; ich stieg
auf Anthonys Pony und ritt eine Runde durch die Koppel. Es war
ein Wunder, daß ich nicht abgeworfen wurde. Ich dachte immerfort
an Joel und bildete mir ein, daß er mich beobachtete. Ich wollte vor
seinen Augen bestehen.
Anthony war sehr enttäuscht und ließ mich danach nie wieder auf
seinem Pony reiten.
Im November kam Miss Anabel wieder. Sie war blasser und magerer
geworden. Sie erzählte mir, daß sie krank gewesen sei; sie habe eine
Rippenfellentzündung gehabt und deshalb nicht früher kommen
können.
»Gehen wir wieder in den Wald?« fragte ich.
Sie schüttelte den Kopf, und ich fand, daß sie sehr traurig aussah.
»Hat es dir dort gefallen?« fragte sie gespannt.
Ich faltete die Hände und nickte. Es war nicht in Worten auszudrükken, wie sehr es mir gefallen hatte.
Sie schwieg mit traurigem Blick, und ich sagte: »Es war ein wunderbares Schloß. Es sah gar nicht echt aus, und ich glaube, es ist nicht
immer da. Obwohl – das Mädchen und die Jungen sind hineingegangen. Und das Pferd war auch da. Ich bin auf dem Pferd geritten ... wir
sind galoppiert. Das war aufregend.«
»Es hat dir also sehr gefallen, Suewellyn.«
»Ja, besser als alles, was ich bisher erlebt habe.«

Später hörte ich sie mit Tante Amelia sprechen.
»Nein«, sagte Tante Amelia, »das geht nicht, Miss Anabel. Wo sollten wir es denn lassen? So etwas können wir uns nicht leisten. Das gäbe nur noch mehr Gerede. Und ich versichere Ihnen – es wird bereits mehr als genug geklatscht.«
»Es wäre aber doch gut für sie.«
»Die Leute tuscheln schon. Ich glaube nicht, daß Mister Planter damit einverstanden wäre. Es gibt Grenzen, Miss Anabel. Und in so einem Dorf... Ihre Besuche zum Beispiel. Die sind doch schon ungewöhnlich genug.«
»O ja, ich weiß, ich weiß, Amelia. Aber ihr würdet gut bezahlt...«
»Es geht dabei nicht um Geld. Es geht um den äußeren Anschein. In so einem Dorf...«
»Schon gut. Lassen wir das vorerst. Es wäre mir nur lieb gewesen, wenn sie reiten würde, und ihr hätte es Freude gemacht.«
Das war alles sehr geheimnisvoll. Ich wußte, daß Miss Anabel mir zu Weihnachten ein Pony schenken wollte, und Tante Amelia war dagegen.
Ich war sehr zornig. Ich hätte mir ein Pony wünschen sollen. Das wäre etwas Vernünftiges gewesen. Aber ich war so töricht gewesen und hatte mir etwas Unmögliches gewünscht.
Miss Anabel ging, doch ich wußte, daß sie wiederkommen würde, obwohl ich Tante Amelia zu ihr hatte sagen hören, sie möge nicht allzuoft kommen. Das waren böse Aussichten.
Ich bat Anthony Felton, mich noch einmal auf seinem Pony reiten zu lassen, doch er weigerte sich. »Warum sollte ich?« fragte er.
»Weil ich beinahe auch eins bekommen hätte«, erklärte ich ihm stolz.
»Was soll das heißen? Wieso hättest ausgerechnet du ein Pony bekommen sollen?«
»Aber, ich hätte wirklich beinahe eins bekommen«, beharrte ich.
Ich malte mir aus, wie ich auf einem Pony, das viel hübscher war als Anthonys, an der Pferdekoppel der Feltons vorüberritt, und war so zornig und enttäuscht, daß ich Anthony und Tante Amelia haßte. Das konnte ich Tante Amelia natürlich nicht sagen, aber Anthony bekam es von mir zu hören.

»Du bist eine Hexe und ein Bastard«, schrie er zurück, »und beides zusammen ist das Allerschlimmste auf der Welt.«

Matty Grey saß nicht mehr draußen vor ihrer Hütte. Es war zu kalt.

»Der Wind, der da über den Anger fegt, fährt mir in die Knochen«, sagte sie. »Tut meinem Zipperlein nicht gut.« Ihr Zipperlein war ihr Rheumatismus, und im Winter war er so schlimm, daß sie sich nicht vom Feuer entfernen konnte. »Das alte Zipperlein macht mir heute den Garaus«, pflegte sie zu sagen. »Aber, Scherz beiseite, so weit ist es noch nicht mit mir. Tom macht mir ein schönes Feuerchen, und was gibt es Schöneres als ein gemütliches Holzfeuer? Und wenn dann noch ein Kessel auf dem Herd summt... dann hat man's fast so gut wie die Engel im Himmel.«

Ich machte es mir zur Gewohnheit, auf dem Heimweg von der Schule bei Matty hereinzuschauen. Ich konnte nie lange bleiben, weil Tante Amelia nichts davon wissen durfte. Sie hätte es nicht gebilligt. Wir waren »bessere Leute« als Matty. Ich begriff das nicht ganz. Wenn wir auch nicht zum Stand des Arztes oder des Pfarrers gehörten, die ihrerseits nicht den Rang des Gutsherrn erreichten, so waren wir doch etwas »Besseres« als Matty.

Matty hieß mich eine Scheibe von dem großen Weißbrotlaib herunterschneiden. »Von der unteren Seite, Mäuschen.« Und ich spießte das Brot auf eine lange Röstgabel, die Toms Onkel in der Schmiede gefertigt hatte, und hielt es ans Feuer, bis es goldbraun war.

»Eine Tasse voll gutem starkem Tee und eine Scheibe guter brauner Toast; ein eigener Herd, und wenn draußen der Wind heult und nicht hereinkann... ich wette, was Besseres kann's nicht geben.«

Da war ich anderer Meinung. Ich wußte, was es noch geben konnte: einen Zauberwald, ein Tuch auf dem Gras; Wunschknochen vom Huhn und zwei schöne Menschen, die anders waren als alle, die ich kannte; ein Zauberschloß, das man durch die Bäume erspähte, und ein Pferd, auf dem man galoppieren konnte.

»Woran denkst du, Suewellyn?« fragte Matty.

»Es kommt drauf an«, meinte ich. »Manche Leute wollen vielleicht keinen Toast und keinen starken Tee. Sie mögen vielleicht lieber ein Picknick im Wald.«

»Nun, das meine ich ja. Auf die Phantasie kommt es an. Von meinen Träumen habe ich nun erzählt, jetzt bist du dran.«
Und ehe ich mich versah, schilderte ich ihr, was ich erlebt hatte. Sie hörte zu. »Und du hast den Wald wirklich gesehen? Und das Schloß? Und jemand hat dich mitgenommen, hm? Ich weiß schon, die Dame, die immer kommt.«
»Matty«, fragte ich aufgeregt, »hast du gewußt, daß man drei Wünsche hat, wenn man einen Hühnerknochen durchbricht und die größere Hälfte erwischt?«
»O ja, das ist ein altes Spielchen. Als ich klein war, gab es ab und zu ein Rebhuhn bei uns, ein richtiger Festschmaus war das. Erst wurde es gerupft und gefüllt... und wenn es aufgefuttert war, haben wir Kinder uns um den Wunschknochen gebalgt.«
»Hast du dir auch mal was gewünscht? Sind deine Wünsche in Erfüllung gegangen?«
Sie schwieg eine Weile, dann sagte sie: »Ja. Ich denke, ich hatte ein schönes Leben. Ja, meine Wünsche sind wahr geworden.«
»Glaubst du, daß meine auch in Erfüllung gehen?«
»Ja, ganz bestimmt. Eines Tages wirst du's richtig gut haben. Das ist eine sehr hübsche Dame, die dich immer besuchen kommt.«
»Sie ist schön«, sagte ich. »Und er...«
»Wer ist er, Liebes?«
Ich dachte: Ich rede zuviel. Das darf ich nicht... nicht einmal mit Matty. Ich hatte Angst, darüber zu sprechen, weil ich dann womöglich entdecken würde, daß alles gar nicht wirklich geschehen war, sondern daß ich nur geträumt hatte.
»Ach niemand«, sagte ich.
»Du verbrennst den Toast. Macht nichts. Kratz das Schwarze über dem Ausguß ab.«
Ich kratzte das Verbrannte vom Brot herunter und strich Butter darauf. Ich bereitete Tee und schenkte ein. Dann saß ich eine Weile und starrte in die Flammen. Das Holz glühte rot, blau und gelb. Jetzt glaubte ich sogar, das Schloß zu sehen.
Plötzlich fiel die Glut zusammen, und das Bild erlosch.
Es wurde Zeit, daß ich heimging. Sonst würde Tante Amelia mich vermissen und peinliche Fragen stellen.

Weihnachten rückte näher. Die Kinder sammelten im Wald Efeu und Stechpalmenzweige, um das Schulzimmer zu schmücken. Miss Brent stellte in ihrer Diele einen Briefkasten auf, in den wir die Karten an unsere Freunde steckten. Am Tag vor Heiligabend, dem letzten Schultag, spielte Miss Brent den Postboten; sie öffnete den Briefkasten und nahm die Karten heraus; dann setzte sie sich an ihr Pult. Sie rief uns einzeln zu sich, und wir nahmen die für uns bestimmten Karten in Empfang.

Wir waren alle sehr aufgeregt. Die Karten hatten wir im Klassenzimmer selbst gebastelt, und es gab dabei viel Geflüster und Gekicher. Wir bemalten das Papier, falteten es mit großer Geheimnistuerei zusammen, schrieben dann die Namen derjenigen, an die der Gruß gerichtet war, darauf und steckten die Karten in den Kasten.

Nachmittags sollte ein Konzert stattfinden. Miss Brent würde Klavier spielen, und wir würden alle im Chor singen; diejenigen unter uns, die eine gute Stimme hatten, sollten ein Lied vortragen, andere Gedichte aufsagen.

Es war für uns alle ein großer Tag, und wir freuten uns schon Wochen vor Weihnachten darauf.

Noch aufregender aber war für mich Miss Anabels Besuch. Sie kam am Tag vor der Schulfeier. Sie brachte mir einige Päckchen mit, auf die sie »Am Weihnachtstag öffnen« geschrieben hatte. Doch ich fand Miss Anabel selbst immer viel aufregender als ihre Mitbringsel.

»Im Frühling«, sagte sie, »machen wir wieder ein Picknick.«

Ich war begeistert. »An derselben Stelle!« rief ich. »Gibt es dann auch wieder Hühnerknochen?«

»Ja«, versprach sie. »Dann darfst du dir wieder etwas wünschen.«

»Aber vielleicht erwische ich diesmal gar nicht das größere Stück vom Knochen.«

»Ich denke doch«, meinte sie lächelnd.

»Miss Anabel, kommt er... kommt Joel auch?«

»Ich glaube schon«, sagte sie. »Du mochtest ihn gern, nicht wahr, Suewellyn?«

Ich zögerte. Gernhaben war nicht ganz das richtige Wort, um es auf Götter anzuwenden.

Sie wirkte beunruhigt. »Er hat dich doch nicht... erschreckt?«

Wieder schwieg ich, und sie fuhr fort: »Möchtest du ihn wiedersehen?«
»O ja«, rief ich begeistert, und sie schien zufrieden.
Ich war traurig, als die Droschke kam, um sie zum Bahnhof zu bringen, aber nicht so traurig wie sonst; denn war der Frühling auch noch weit, er würde doch gewiß kommen, und ich freute mich heute schon auf den herrlichen Ausflug in den Wald.
Onkel William hatte die Weihnachtskrippe in seinem Holzschuppen fertiggeschnitzt, und nun stand sie mit dem Abbild des Christkindes in der Kirche. Drei Jungen von der Schule sollten die drei Weisen darstellen. Einer war der Sohn des Vikars, und ich fand es ganz natürlich, daß sein Vater ihn dabeihaben wollte. Der zweite war Anthony Felton, denn er war der Enkel des Gutsherrn; seine Familie spendete großzügig für die Kirche und stellte ihre Gartenanlagen oder, wenn es regnete, die große Halle für Feste und Wohltätigkeitsbasare zur Verfügung. Tom war der dritte, weil er eine schöne Stimme hatte. Es war kaum zu glauben, daß ein so schlampiger Bengel eine so wunderbare Stimme besaß. Ich freute mich für Tom, denn es war eine Ehre für ihn. Matty war entzückt. »Sein Vater hatte eine gute Stimme. Und mein Großvater auch«, erzählte sie mir. »So was vererbt sich in der Familie.«
Tom hatte einen riesigen Stechpalmenzweig über der *Heimkehr des Seemanns* in Mattys Stube befestigt, was dem Bild einen nahezu heiteren Anstrich verlieh. Ich hatte die *Heimkehr des Seemanns* oft betrachtet; denn dies war ein Bild, das ich in Mattys Besitz eigentlich nicht vermutet hätte. Es hatte etwas Schwermütiges an sich. Aber das lag vielleicht auch daran, daß es kein farbiger Druck war. Der Seemann stand mit einem Bündel über der Schulter in der Hüttentür. Seine Frau starrte entgeistert vor sich hin, als sähe sie etwas Entsetzliches und erlebe nicht die Rückkehr eines geliebten Menschen. Matty hatte mit Tränen in den Augen über das Bild gesprochen. Seltsam, daß jemand, der sich über die Heimsuchungen des wirklichen Lebens lustig machen konnte, über die scheinbaren Probleme einer Person auf einem Bild Tränen vergoß.
Ich hatte sie bedrängt, mir die Geschichte zu erzählen. »Also«, sagte sie, »das war so: Du siehst das Bettchen mit dem kleinen Kind. Dieses

Kind dürfte aber gar nicht da sein, weil der Seemann drei Jahre fort war, und sie hat das Baby bekommen, während er weg war. Das gefällt ihm nicht... und ihr auch nicht.«

»Warum gefällt es ihm nicht? Er sollte doch froh sein, wenn er heimkommt und ein kleines Kind findet.«

»Nun, es ist eben nicht seins, und darum gefällt es ihm nicht.«

»Warum nicht?«

»Na ja, er ist – nun, sagen wir – eifersüchtig. Eigentlich waren es zwei Bilder; sie gehörten zusammen. Meine Mama hat sie aufgeteilt, als sie starb. Sie sagte, die *Heimkehr* ist für dich, Matty, und der *Abschied* ist für Emma. Emma ist meine Schwester. Sie ist nach ihrer Heirat in den Norden gezogen.«

»Und den *Abschied* hat sie mitgenommen?«

»Ja. Dabei hat sie sich gar nicht viel daraus gemacht. Und ich hätte so gern beide Bilder gehabt. Obwohl der *Abschied* sehr traurig war. Der Mann hat die Frau umgebracht, weißt du, und die Polizei holte ihn ab, um ihn aufzuhängen. Das war mit *Abschied* gemeint. Oh, wie gern hätte ich den *Abschied* auch noch besessen.«

»Matty«, fragte ich, »was ist aus dem kleinen Kind in dem Bettchen geworden?«

»Jemand hat es in seine Obhut genommen«, sagte sie.

»Das arme Kind! Jetzt hat es keinen Vater und keine Mutter mehr.«

Matty sagte schnell: »Tom hat mir von eurem Briefkasten in der Schule erzählt. Ich hoffe, du hast eine hübsche Karte für Tom gemacht. Er ist ein guter Junge, unser Tom.«

»Ich hab' ihm eine ganz schöne Karte gemalt«, erwiderte ich, »mit einem Pferd.«

»Da wird er sich aber freuen. Er ist ganz vernarrt in Pferde. Wir wollen ihn zu Schmied Jolly in die Lehre geben, denn Schmiede haben schließlich viel mit Pferden zu tun.«

Meine Besuche bei Matty gingen immer viel zu schnell zu Ende. Außerdem waren sie stets davon überschattet, daß Tante Amelia zu Hause auf mich wartete.

Die Holzapfelhütte wirkte nach den Besuchen bei Matty immer besonders freudlos. Das Linoleum auf dem Fußboden war gefährlich glatt gebohnert, und an den Bildern von Christus und Sankt Stephan

steckten keine Stechpalmen. Die hätten dort auch völlig deplaciert gewirkt, und die mißmutige Königin mit einem Zweig zu schmücken, hätte an Majestätsbeleidigung gegrenzt.
»Dreckszeug«, hatte sich Tante Amelia einmal darüber geäußert. »Rieselt bloß runter, und die Beeren treten sich überall fest.«
Der Tag der Schulfeier war gekommen. Wir stimmten unseren Gesang an, und die Begabteren unter uns – zu denen ich nicht gehörte – trugen ihre Gedichte und Lieder vor. Der Briefkasten wurde geöffnet. Von Tom bekam ich eine wunderschöne Pferdezeichnung, und auf der Karte stand geschrieben: »Fröhliche Weihnachten, immer Dein Tom Grey.« Jeder in der Schule hatte jedem eine Karte geschenkt, und das Austeilen dauerte sehr lange. Anthony Felton wollte mich mit seiner Karte wohl eher verletzen, als mir gute Wünsche übermitteln. Er hatte eine Hexe gemalt, die auf einem Besenstiel ritt. Ihr offenes, dunkles Haar schien im Wind zu flattern, und sie hatte ein schwarzes Mal am Kinn. »*Zauber*hafte Weihnachten« hatte Anthony darauf geschrieben. Es war eine sehr schlechte Zeichnung, und ich stellte schadenfroh fest, daß die Hexe Miss Brent wesentlich ähnlicher war als mir. Ich rächte mich mit dem Bild eines ungeheuer fetten Jungen (Anthony war nämlich ausgesprochen gefräßig und deshalb ganz schön pummelig) mit einem Plumpudding in der Hand. »Werde Weihnachten nicht zu fett, sonst kannst du nicht mehr reiten«, hatte ich dazu geschrieben, und er würde wissen, daß ich ihm das genaue Gegenteil wünschte.
Am Heiligen Abend fielen ein paar Schneeflocken, und alle hofften, sie würden liegenbleiben. Doch sie schmolzen, kaum daß sie den Boden berührten, und gingen bald in Regen über.
Ich besuchte mit Tante Amelia und Onkel William die Christmette; dieser nächtliche Ausflug hätte ein Erlebnis werden können; aber leider konnte mich nichts freuen, wenn ich zwischen meinen zwei strengen Wächtern einherschreiten und steif mit ihnen in der Kirchenbank sitzen mußte.
Ich schlief während des Gottesdienstes fast ein und war froh, als ich endlich wieder ins Bett schlüpfen konnte. Dann kam der Weihnachtsmorgen, und ich war sehr aufgeregt, obwohl es für mich keinen Weihnachtsstrumpf gab. Ich wußte, daß andere Kinder solche

Strümpfe bekamen, und stellte es mir wundervoll vor, meinen Strumpf von lauter guten Dingen ausgebeult vorzufinden und mit einer Hand hineinzufahren, um die Köstlichkeiten hervorzuziehen.
»Das ist kindisch«, sagte Tante Amelia, »und nicht gut für die Strümpfe. Du bist schon zu alt für solchen Firlefanz, Suewellyn.«
Aber ich hatte ja Anabels Geschenke. Wieder war es etwas zum Anziehen – zwei Kleider, von denen eines besonders schön war. Ich hatte das blaue, das sie mir geschenkt hatte, nur ein einziges Mal getragen, und zwar als sie kam. Jetzt besaß ich noch ein zweites Seidenkleid; dazu noch ein wollenes und einen hübschen Muff aus Seehundsfell; außerdem bekam ich drei Bücher. Ich war von den Geschenken entzückt und bedauerte nur, daß Anabel nicht da war, um sie mir persönlich zu überreichen.
Von Tante Amelia erhielt ich eine Schürze und von Onkel William ein Paar Strümpfe. Das waren keine besonders aufregenden Geschenke.
Am Morgen gingen wir in die Kirche, und dann nahmen wir zu Hause das Festmahl ein. Es gab Huhn, was in mir Erinnerungen weckte, aber von Wunschknochen war nicht die Rede. Danach folgte der Plumpudding.
Am Nachmittag las ich in meinen Büchern. Der Tag wurde mir sehr lang. Wie gern wäre ich zu den Greys hinübergelaufen. Matty war zur Feier des Tages nach nebenan gegangen, und fröhlicher Lärm drang auf den Anger hinaus. Tante Amelia hörte das und meinte kopfschüttelnd, Weihnachten sei doch eigentlich ein ernstes Fest. Es sei Christi Geburtstag. Die Menschen sollten Würde zeigen und sich nicht wie die Heiden aufführen.
»Ich finde, es sollte ein Freudenfest sein«, hielt ich ihr entgegen, »gerade weil Christus geboren wurde.«
Tante Amelia sagte: »Ich hoffe nicht, daß du dir komische Ideen in den Kopf setzt, Suewellyn.«
Ich hörte sie zu Onkel William bemerken, daß es in unserer Schule alle möglichen Kreaturen gäbe und es bedauerlich sei, daß Leute wie die Greys ihre Kinder zusammen mit denen aus besseren Kreisen dorthin schicken durften.
Ich hätte fast herausgeschrien, daß die Greys die besten Menschen

seien, die ich kannte, doch ich wußte, daß jegliche Mühe umsonst sei, Tante Amelia davon zu überzeugen.
Der zweite Weihnachtsfeiertag war noch stiller als der erste. Es regnete, und der Südwestwind fegte über den Anger.
Es war ein endlos langer Tag. Ich konnte mich nur an meinen Geschenken ergötzen und mich fragen, wann ich wohl das Seidenkleid anziehen könnte.
Im neuen Jahr kam Anabel wieder. Tante Amelia hatte in der guten Stube Feuer gemacht – ein seltenes Ereignis – und die Jalousien hochgezogen, weil sie sich ja nun nicht mehr beklagen konnte, daß die Sonne den Möbeln schadete.
Selbst im Schein der Wintersonne sah das Zimmer immer noch recht trostlos aus. Keines der Bilder wurde durch das Licht freundlicher. Sankt Stephan blickte noch gequälter in die Stube, die Königin noch mißbilligender, und Christus hatte sich überhaupt nicht verändert.
Miss Anabel kam wie gewöhnlich kurz nach dem Mittagessen. Sie sah wunderschön aus in ihrem pelzverbrämten Mantel mit einem Muff aus Seehundsfell, der mir wie der große Bruder von meinem erschien.
Ich umarmte sie und bedankte mich für die Geschenke.
»Eines Tages«, sagte sie, »bekommst du ein Pony. Ich bestehe darauf.«
Wir unterhielten uns wie immer. Ich zeigte ihr meine Hefte, und wir sprachen über die Schule. Ich erzählte ihr nie etwas von den Hänseleien, die ich von Anthony Felton und seinen Kumpanen zu erdulden hatte, weil ich mir gut vorstellen konnte, daß es ihr Kummer machen würde.
So verging dieser Tag mit Anabel viel zu schnell, und als die Droschke kam, um sie zum Bahnhof zu bringen, schien es ein Besuch wie jeder andere gewesen zu sein. Aber das war nicht ganz der Fall.

Matty erzählte mir von dem Mann, der im Gasthof King William abgestiegen war.
Tom arbeitete dort nach der Schule; er trug das Gepäck in die Zimmer und machte sich auch sonst nützlich. »Das ist sein zweites Eisen im Feuer«, sagte Matty, »falls es mit dem Schmied nicht klappt.«

Tom hatte ihr von dem Mann im Gasthof berichtet, und Matty erzählte es mir weiter.
»Ein richtiger Meckerfritze ist im King William abgestiegen«, berichtete sie. »Ein aufgeplusterter Gentleman. Wohnt im besten Zimmer. Kam mit schlechter Laune an. Weil nämlich keine Droschke da war, um ihn zum King William zu bringen, als er aus dem Zug stieg. Je nun, es konnte schließlich keine da sein. Die Droschke war unterwegs, nicht wahr?« Matty gab mir einen Stups. »Du hattest doch gestern Besuch, nicht? Also, da mußte Mister Großmächtig eben warten, und eins mögen Gentlemen dieser Sorte gar nicht gern – daß man sie warten läßt.«
»Aber die Droschke braucht doch nicht lange für den Weg zur Holzapfelhütte und zurück zum Bahnhof.«
»Das nicht, aber reiche, großmächtige Gentlemen mögen eben nicht einmal ein Minütchen warten, während andere bedient werden. Ich hab's von Jim Fenner.« (Das war unser Stationsvorsteher, Gepäckträger und Bahnhofsfaktotum.) »Der Mensch stand wutschnaubend auf dem Bahnsteig, während die Droschke mit deiner jungen Dame davonfuhr. Er fragte immer wieder: ›Wo fährt sie denn hin? Wie weit ist das?‹ Und der alte Jim sagte, ganz außer sich, weil er doch sah, daß dies ein richtiger Gentleman war, Jim sagte also: ›Sir, es dauert nicht lange. Die junge Dame fährt bloß zur Holzapfelhütte am Anger.‹ ›Holzapfelhütte‹, brüllte er, ›und wie weit ist das?‹ ›Gleich am Anger, Sir. Dort bei der Kirche. Kaum mehr als einen Steinwurf weit. Die junge Dame wäre zu Fuß in zehn Minuten dort. Aber sie nimmt jedesmal die Kutsche und läßt sich auch wieder abholen.‹ Nun, damit schien er zufrieden, und er sagte, er würde warten. Er stellte Jim eine Menge Fragen, und als seine Wut verraucht war, entpuppte er sich als ein ganz umgänglicher Gentleman. Er wurde sehr höflich und gab Jim fünf Schilling. So jemanden kriegt Jim nicht alle Tage zu sehen. Hoffentlich bleibt der Gentleman lange hier, sagt er.«
Leider konnte ich nicht mehr länger bei Matty bleiben und lief eilends zur Hütte zurück. Es wurde jetzt früh dunkel, und wenn wir aus der Schule kamen, dämmerte es bereits. Miss Brent hatte vorgeschlagen, im Winter schon um drei Uhr Schluß zu machen, damit die Kinder, die weiter weg wohnten, vor Anbruch der Dunkelheit zu Hause wa-

ren. Im Sommer war die Schule um vier Uhr aus. Dafür fingen wir jetzt schon um acht Uhr früh an, statt um neun wie im Sommer, und um acht Uhr war es noch ziemlich dunkel.
Tante Amelia stellte Blätter zu einem Strauß zusammen. Sie sagte: »Die bringe ich in die Kirche, Suewellyn. Sie sind für den Altar. Schade, daß es in dieser Jahreszeit keine Blumen gibt. Der Vikar meint, es sähe so kahl aus, wenn die Herbstblumen verblüht sind, deshalb versprach ich, ein paar Blätter zu sammeln, um die Kirche damit zu schmücken. Er schien das für eine gute Idee zu halten. Du kannst mitkommen.«
Ich brachte meine Schultasche in mein Zimmer und ging gehorsam hinunter. Wir überquerten mit wenigen Schritten den Anger und traten in die Kirche.
Drinnen herrschte tiefe Stille. Die bunten Glasfenster sahen düster aus, wenn die Sonne nicht hereinschien und auch kein Gaslicht brannte. Allein wäre mir wohl ein wenig bange gewesen; ich hätte befürchtet, daß die Christusgestalt vom Kreuz steigen könnte, um mir meine Sünden vorzuwerfen. Ich glaubte, die Bilder in den bunten Glasfenstern könnten lebendig werden. Sie stellten alle möglichen Martyrien dar, und dort oben war auch mein alter Bekannter Sankt Stephan, dem es auf Erden so schrecklich ergangen war. Unsere Schritte hallten unheimlich auf den Steinplatten wider.
»Wir müssen uns beeilen, Suewellyn«, sagte Tante Amelia. »Bald wird es ganz dunkel sein.«
Wir stiegen die drei steinernen Stufen zum Altar hinauf.
»So!« meinte Tante Amelia. »Die machen sich ganz gut. Ich denke, ich stelle sie am besten ins Wasser. Hier, Suewellyn, nimm diesen Krug und lauf damit zur Pumpe.«
Ich ergriff den Krug und lief damit auf den Kirchhof hinaus. Die Grabsteine sahen aus wie kniende alte Männer und Frauen, die ihre Gesichter mit grauen Kapuzen verhüllt hatten.
Die Pumpe befand sich nur wenige Meter von der Kirche entfernt. Um dorthin zu gelangen, mußte ich an einigen der ältesten Grabsteine vorbei. Ich hatte die Inschriften darauf schon oft gelesen, wenn wir aus der Kirche kamen. Diese Toten waren schon vor langer, langer Zeit begraben worden: einige Daten reichten zurück bis ins sieb-

zehnte Jahrhundert. Ich lief an den Gräbern vorbei zur Pumpe, pumpte kräftig und füllte das Gefäß.

Plötzlich hörte ich Schritte. Ich blickte über meine Schulter. Es war dunkel geworden, seit ich mit Tante Amelia die Kirche betreten hatte. Ich spürte, wie mir ein Schauder über den Rücken rieselte. Ich hatte das Gefühl, daß jemand... daß etwas mich beobachtete.

Ich wandte mich wieder der Pumpe zu. Es war ziemlich anstrengend, mit einer Hand die Pumpe zu bedienen und mit der anderen den Krug zu halten.

Mir zitterten die Hände. Sei nicht albern, redete ich mir zu. Warum sollte nicht jemand auf den Friedhof kommen? Vielleicht war es die Frau des Vikars auf dem Heimweg oder noch eine andere eifrige Kirchgängerin, die auch den Altar schmücken wollte.

Ich hatte den Krug zu voll gemacht und verschüttete ein wenig Wasser. Dann hörte ich das Geräusch wieder. Mir blieb vor Schreck fast die Luft weg: dort, zwischen den Grabsteinen, stand eine Gestalt. Ich war überzeugt, daß es ein Geist war, der einem Grab entstiegen war.

Ich stieß einen Entsetzensschrei aus und rannte, so schnell ich konnte, zum Kirchenportal. Das Wasser im Krug schwappte über und bespritzte meinen Mantel. Doch ich hatte die schützende Tür der Kirche erreicht.

Ich blieb einen Moment stehen und blickte über meine Schulter. Niemand war zu sehen.

Tante Amelia wartete ungeduldig am Altar.

»Komm, mach schon«, sagte sie.

Ich reichte ihr den Krug. Meine Hände waren naß und kalt, und ich zitterte.

»Es ist nicht genug«, schalt sie. »Du unachtsames Kind, du hast es verschüttet.«

Ich blieb entschlossen stehen. »Draußen ist es dunkel«, sagte ich störrisch. Nichts hätte mich bewegen können, noch einmal zur Pumpe zu gehen.

»Ich denke, es wird reichen«, sagte Tante Amelia mürrisch. »Suewellyn, ich weiß nicht, warum du nichts anständig machen kannst.«

Sie ordnete die Blätter, und wir verließen die Kirche. Ich hielt mich

dicht an Tante Amelia, als wir den Friedhof überquerten und auf den Anger hinaustraten.
»Es ist nicht ganz das, was ich gern für den Altar gehabt hätte«, murmelte Tante Amelia. »Aber es muß genügen.«

In dieser Nacht konnte ich nicht schlafen. Ich döste nur und sah mich wieder bei der Pumpe auf dem Kirchhof stehen und malte mir aus, wie der Geist sich aus der Erde erhob, um die Menschen zu erschrekken. Mich hatte er jedenfalls gründlich erschreckt. Ich hatte mir Geister immer als nebelhafte, weiße, durchsichtige Wesen vorgestellt. Wenn ich mich jedoch recht besann, soweit meine verschwommene Erinnerung und meine Angst es zuließen, so war dieser Geist vollkommen angekleidet gewesen. Es war ein Mann gewesen, ein sehr großer Mann mit einem glänzenden schwarzen Hut. Ich hatte keine Zeit gehabt, viel mehr von ihm wahrzunehmen als einen starren Blick, und den hatte er fest auf mich gerichtet.
Schließlich schlief ich ein, so tief, daß ich am nächsten Morgen zu spät aufwachte.
Tante Amelia musterte mich mit grimmiger Miene, als ich zum Frühstück hinunterkam. Sie hatte mich nicht gerufen. Das tat sie nie. Man erwartete von mir, daß ich von selbst rechtzeitig aufwachte und pünktlich zur Schule ging. Das hatte etwas mit Disziplin zu tun, auf welche Tante Amelia mindestens ebensoviel Wert legte wie auf Ehrbarkeit.
Ich kam infolgedessen zu spät zur Schule, und Miss Brent, die der Meinung war, Erziehung zur Pünktlichkeit sei ebenso wichtig wie Lesen, Schreiben und Rechnen, sagte, wenn ich nicht rechtzeitig erscheinen könne, so müsse ich eine halbe Stunde nachsitzen und das Glaubensbekenntnis aufschreiben.
Das bedeutete hinwiederum, daß ich keine Zeit haben würde, bei Matty hereinzuschauen.
Der Tag verging, und um drei Uhr saß ich an meinem Pult und schrieb: »Ich glaube an Gott, den allmächtigen Vater...« Nach zwanzig Minuten war ich fertig. Ich ging nach oben, klopfte an die Tür von Miss Brents Wohnzimmer und reichte ihr meine Strafarbeit. Sie sah sie durch, nickte und sagte: »Und nun beeil dich, damit du daheim

bist, bevor es dunkel wird. Und, Suewellyn, bemühe dich, pünktlich zu sein. Unpünktlichkeit zeugt von schlechten Manieren.«
Ich sagte demütig: »Ja, Miss Brent«, und rannte los.
Wenn ich die Abkürzung über den Kirchhof nähme, hätte ich gerade noch Zeit, bei Matty hereinzuschauen und ihr von dem Geist zu berichten, den ich tags zuvor auf dem Friedhof gesehen hatte, und käme ich dann zu spät nach Hause, könnte ich Tante Amelia von dem Nachsitzen und dem Glaubensbekenntnis erzählen. Sie würde grimmig nicken und Miss Brents Vorgehen gutheißen.
Es mag merkwürdig scheinen, daß ich nach dem Erlebnis am Vortag den Weg über den Kirchhof nahm. Doch es war bezeichnend für mich und wirft vielleicht ein wenig Licht auf das, was später geschah, daß gerade meine Furcht dem Kirchhof einen besonderen Reiz verlieh. Es war noch nicht ganz dunkel. Der Tag war heiterer, als der vergangene gewesen war, und die Sonne stand noch als großer roter Ball am Horizont. Ich hatte Angst; ich zitterte, war gleichzeitig aufgeregt und beklommen, doch irgendwie fühlte ich mich unwillkürlich zum Kirchhof hingezogen.
Sobald ich ihn betrat, schalt ich mich töricht, weil ich hergekommen war. Kalte Furcht ergriff mich, und ich verspürte den dringenden Wunsch, kehrtzumachen und davonzulaufen. Aber ich tat es nicht. Ich machte einen Bogen um den alten Teil und schlug den Weg zwischen den helleren Steinen ein, deren Inschriften noch nicht von der Zeit und der Witterung verblaßt waren.
Ich wurde verfolgt. Ich wußte es. Ich hörte die Schritte hinter mir und fing an zu rennen. Wer immer hinter mir her war, er hatte es ebenfalls eilig.
Wie dumm von mir, hierherzukommen! Ich hatte mich selbst herausgefordert. Das Erlebnis gestern war bereits eine Warnung gewesen. Wie hatte ich mich gefürchtet, und dabei war Tante Amelia nicht weit weg gewesen. Ich brauchte nur zu ihr zu laufen. Und doch war ich zurückgekommen – allein.
Vor mir tauchten die grauen Mauern der Kirche auf. Wer immer mir folgte, er war schneller als ich. Es... Er... war mir dicht auf den Fersen.
Ich blickte auf das Kirchenportal und erinnerte mich, daß ich einmal

gehört hatte, Kirchen seien Zufluchtsorte, weil sie heilige Stätten seien. Für böse Geister sei dort kein Platz.
Vor der Kirchentür zögerte ich... sollte ich hineingehen oder weiterrennen?
Eine Hand berührte mich.
Ich holte tief Luft.
»Was hast du denn, Kleine?« fragte eine wohltönende und sehr freundliche Stimme. »Du brauchst keine Angst zu haben.«
Ich fuhr herum und stand einem sehr großen Mann gegenüber. Der schwarze Hut, den er auch gestern getragen hatte, thronte auf seinem Kopf. Der Mann lächelte. Er hatte dunkelbraune Augen, und sein Gesicht sah keineswegs so aus, wie ich mir ein Geistergesicht vorstellte. Vor mir stand ein lebendiger Mann. Er nahm seinen Hut ab und verbeugte sich.
»Ich möchte mich doch nur mit dir unterhalten«, fuhr er fort.
»Sie waren gestern auf dem Kirchhof«, hielt ich ihm vor.
»Ja«, sagte er. »Ich liebe Kirchhöfe. Ich lese die Inschriften auf den Grabsteinen so gern. Du nicht?«
Doch, ich las sie auch gern, aber ich sagte nichts. Ich zitterte vor Angst.
»Die Pumpe ging ein bißchen streng, nicht wahr?« fuhr er fort. »Ich wollte dir helfen. Einer hätte den Krug halten können, während der andere pumpte, meinst du nicht?«
»Ja«, sagte ich.
»Magst du mir die Kirche zeigen? Ich interessiere mich für alte Kirchen.«
»Ich muß nach Hause«, erklärte ich ihm. »Ich bin schon spät dran.«
»Ja, später als die anderen. Warum?«
»Ich mußte nachsitzen... um das Glaubensbekenntnis aufzuschreiben.«
»Ich glaube an Gott, den allmächtigen Vater. Glaubst du an ihn, Kleine?«
»Natürlich. Jeder glaubt an ihn.«
»Wirklich? Dann weißt du auch, daß Gott über dich wacht und dich vor allen Gefahren und Bedrängnissen der Nacht beschützt... auch vor Fremden auf dem Kirchhof. Komm... nur für einen Augenblick.

Zeig mir die Kirche. Ich glaube, die Leute hier sind sehr stolz auf die bunten Glasfenster.«

»Der Vikar schon«, bestätigte ich. »Es ist sogar darüber geschrieben worden. Er hat die Ausschnitte alle gesammelt. Sie können sie sehen, wenn Sie wollen. Er zeigt sie Ihnen bestimmt.«

Er hielt noch immer meinen Arm und zog mich zum Kircheneingang. Er musterte neugierig die Anschläge in der Vorhalle, auf denen die Veranstaltungen angekündigt waren.

Im Innern der Kirche war mir wohler. Die heilige Atmosphäre machte mir wieder Mut. Ich spürte, daß mir hier bei dem goldenen Kreuz und den bunten Glasfenstern, auf denen das Leben Jesu in wunderschönem Rot, Blau und Gold dargestellt war, nichts Böses zustoßen konnte.

»Eine schöne Kirche«, sagte der Mann.

»Ja, aber ich muß gehen. Der Pfarrer wird Sie herumführen.«

»Einen Moment noch. Ich möchte sie lieber bei Tageslicht sehen.«

»Es wird gleich dunkel«, sagte ich. »Und ich...«

»Ja, du mußt daheim sein, ehe es dunkel ist. Wie heißt du?«

»Suewellyn.«

»Ein hübscher und ungewöhnlicher Name. Und weiter?«

»Suewellyn Campion.«

Er nickte, als sei er mit meinem Namen zufrieden.

»Und du wohnst in der Holzapfelhütte?«

»Woher wissen Sie das?«

»Ich habe dich dort hineingehen sehen.«

»Sie haben mich also beobachtet.«

»Ich war zufällig in der Nähe.«

»Ich muß gehen, sonst wird Tante Amelia böse.«

»Du wohnst bei deiner Tante Amelia, nicht wahr?«

»Ja.«

»Wo sind deine Eltern?«

»Ich muß gehen. Der Vikar kann Ihnen alles über die Kirche erzählen.«

»Ja, gleich. Wer war die Dame, die dich vorgestern besucht hat?«

»Ich weiß, wer Sie sind. Sie sind der Mann, der sich wegen der Droschke so aufgeregt hat.«

»Ja, das stimmt. Man sagte mir, sie sei nur zur Holzapfelhütte gefahren. Sie ist eine äußerst reizvolle Dame. Wie heißt sie?«
»Miss Anabel.«
»Aha. Besucht sie dich oft?«
»O ja.«
Plötzlich griff er mir ans Kinn und blickte mir ins Gesicht. Da dachte ich, er sei der Teufel und wolle sich den Leberfleck an meinem Kinn anschauen.
Ich sagte: »Ich weiß, wonach Sie suchen. Lassen Sie mich gehen. Ich muß jetzt nach Hause. Wenn Sie die Kirche besichtigen wollen, fragen Sie den Vikar.«
»Suewellyn«, sagte er, »was hast du denn? Wonach suche ich? Willst du es mir nicht sagen?«
»Es hat nichts mit dem Teufel zu tun. Man wird damit geboren. Es ist wie mit den Erdbeeren im Gesicht, wenn die Mutter eine Vorliebe für Erdbeeren hatte.«
»Was?« fragte er.
»Es ist nichts, wirklich. So was haben viele Leute. Es ist nur ein Leberfleck.«
»Er ist sehr hübsch«, sagte er. »Wirklich, sehr hübsch. Suewellyn, du warst sehr nett zu mir, und jetzt begleite ich dich nach Hause.«
Ich rannte beinahe aus der Kirche. Er blieb an meiner Seite, und wir schritten rasch über den Kirchhof zum Anger.
»Da drüben ist ja die Holzapfelhütte schon«, sagte er. »Lauf schnell hinüber. Ich passe hier auf, bis du drinnen bist. Gute Nacht, Suewellyn, und danke, daß du so nett zu mir warst.«
Ich rannte los.
Auf dem Weg zu meinem Zimmer begegnete ich Tante Amelia.
»Du kommst zu spät«, sagte sie.
»Ich mußte nachsitzen.«
Sie nickte und lächelte zufrieden.
»Ich mußte das Glaubensbekenntnis aufschreiben.«
»Das wird dich lehren, faul im Bett zu liegen«, bemerkte sie.
Ich lief in mein Zimmer. Ich konnte ihr nichts von dem Fremden erzählen. Das war alles so sonderbar. Warum war er mir gefolgt? Warum wollte er, daß ich ihm die Kirche zeigte, wenn er sich, als er

drinnen war, kaum dafür zu interessieren schien? Das war ziemlich rätselhaft. Doch ich hatte wenigstens meine Furcht überwunden. Ich hatte mich auf den Kirchhof gewagt und entdeckt, daß der Geist nur ein Mensch war.
Ich fragte mich, ob ich ihn wohl jemals wiedersehen würde.
Aber ich sah ihn nicht wieder.
Als ich am nächsten Tag zu Matty hereinschaute, erzählte sie mir, daß der Gentleman aus dem King William ausgezogen sei. Tom hatte ihm seine Reisetasche in die Droschke getragen, und er war mit dem Zug abgereist, und zwar erster Klasse.
»Das war ein echter, anständiger Gentleman«, sagte Matty, »reist erster Klasse und läßt sich im King William nur vom Besten geben. Von der Sorte steigen nicht viele bei John Jeffers ab, und Tom hat er einen Schilling geschenkt fürs Rauftragen von seinem Gepäck und noch einen fürs Runtertragen. Ein richtiger Gentleman.«
Ich überlegte, ob ich Matty von meiner Begegnung auf dem Kirchhof mit diesem echten, anständigen, richtigen Gentleman berichten sollte.
Ich zögerte, denn ich war meiner selbst nicht ganz sicher. Vielleicht würde ich es ihr eines Tages erzählen, aber jetzt noch nicht... nein, jetzt noch nicht.

Bis zum Ende der Woche hatte meine innere Spannung nachgelassen, die ich verspürte, seit ich dem Mann auf dem Friedhof zum erstenmal begegnet war. In der Kirche war er immerhin recht freundlich gewesen. Er hatte ein sympathisches Gesicht und erinnerte mich ein wenig an Joel. Seine Stimme klang ähnlich, und er hatte das gleiche Lächeln. Er wollte die Kirche besichtigen und hatte geglaubt, daß ich, die ich im Dorfe lebte, ihm etwas darüber erzählen könnte, weiter nichts. Ich wußte, daß er am nächsten Tag den Vikar nicht aufgesucht hatte, war er doch am nächsten Morgen abgereist.
Es war ein kalter Tag. Miss Brent hatte im Schulzimmer Feuer gemacht; dennoch waren unsere Finger klamm vor Kälte, was unserer Handschrift nicht gerade zugute kam. Wir waren alle heilfroh, als es drei Uhr war und wir nach Hause eilen konnten. Ich schaute bei Matty vorbei, die vor einem lodernden Feuer saß. Der von schwarzem

Ruß bedeckte Kessel stand auf dem Herd, und es würde nicht mehr lange dauern, bis Matty sich ihren Tee bereitete.
Sie begrüßte mich wie immer mit ihrem glucksenden Lachen, das ihren molligen Körper erzittern ließ.
»Das is 'n Tag und noch 'n halber dazu«, sagte sie. »Der Wind kommt direkt von Osten. Nicht mal 'n Hund würde an so 'nem Tag rausgehen... wenn er nicht muß.«
Ich machte es mir zu ihren Füßen gemütlich und wünschte, ich könnte den ganzen Abend hierbleiben. In der Holzapfelhütte war es bei weitem nicht so behaglich. Freilich, Mattys Kaminsims war mit einer Staubschicht bedeckt, und unter ihrem Stuhl lagen Krümel; doch all dies war von einer Gemütlichkeit, die ich daheim vermißte. Ich dachte daran, wie ich in meinem eiskalten Schlafzimmer mich auskleiden und über das gefährlich glatte Linoleum schaudernd ins Bett hüpfen mußte. Neben Mattys Kamin lag eine Wärmflasche aus Steingut, die sie mit ins Bett nahm.
Tom kam herein und sagte: »Hallo, Oma.« Er nickte mir zu, denn mir gegenüber war er immer etwas schüchtern.
»Wirst du im King William nicht gebraucht?« fragte Matty.
»Hab' noch 'ne Stunde Zeit, bevor der Betrieb losgeht. Ist sowieso nicht viel zu tun... an so 'nem Abend.«
»Je nun, es kommen nicht alle Tage so feine Herren zu euch.«
»Leider«, meinte Tom.
Ehe ich's mich versah, erzählte ich ihnen von der Begegnung auf dem Kirchhof. Ich hatte es gar nicht beabsichtigt, aber ich mußte einfach darüber sprechen; Tom hatte das Gepäck des Herrn getragen und einen Schilling von ihm bekommen. Sie sollten wissen, daß auch ich seine Bekanntschaft gemacht hatte.
»Leute wie er interessieren sich immer für Kirchen und dergleichen«, sagte Tom.
Matty nickte. »Einmal war einer hier... der hatte es auf die Grabsteine abgesehen. Hat sich da hingehockt... vor Sir John Ecclestones geschnitztes Bild, und hat es auf 'n Stück Papier abgemalt. O ja, so was gibt's.«
»Als ich nachsitzen mußte, bin ich über den Kirchhof nach Hause gegangen. Er war dort und... hat gewartet.«

»Gewartet?« echote Tom. »Worauf?«
»Ich weiß nicht. Er wollte, daß ich ihm die Kirche zeige, und ich hab' ihm gesagt, der Vikar könnte ihm alles viel besser erzählen, was er wissen möchte.«
»Oh, das macht der Vikar gern. Wenn er einmal loslegt und sich über die Gewölbe und die Fenster ausläßt, ist er nicht mehr zu halten.«
»Komisch«, sagte ich, »mir war, als wollte er eigentlich mich sehen... nicht die Kirche.«
Matty sah Tom scharf an.
»Tom«, sagte sie streng, »ich hab' dir doch gesagt, du sollst Suewellyn im Auge behalten.«
»Tu' ich ja auch, Oma. Sie mußte an dem Tag nachsitzen, an dem ich zur Arbeit ins Gasthaus mußte. Nicht wahr, Suewellyn?«
Ich nickte.
»Du solltest mit fremden Männern keine Kirchen besichtigen, Mäuschen«, sagte Matty. »Keine Kirchen und nichts.«
»Ich wollte ja gar nicht, Matty. Er hat mich irgendwie gezwungen.«
»Und wie lange wart ihr in der Kirche?« fragte Matty eindringlich.
»Ungefähr fünf Minuten.«
»Und er hat bloß mit dir geredet? Er hat nicht... hm...«
Ich war verwirrt. Ich verstand nicht, was Matty mit ihrer Andeutung meinte.
»Laß gut sein«, fuhr sie fort. »Seine Hoheit ist weg, und damit basta. Der besichtigt hier keine Kirchen mehr.«
Es wurde ganz still in der Hütte. Dann sackte das Feuer in der Mitte zusammen, und ein Funkenregen ergoß sich über die Herdplatte.
Tom ergriff den Haken und kniete nieder, um das Feuer zu schüren. Sein Gesicht war ganz rot.
Matty war ungewöhnlich schweigsam.
Ich konnte nicht länger bleiben, aber ich nahm mir vor, wenn ich mit Matty allein wäre, sie zu fragen, warum sie wegen des Mannes so beunruhigt war.
Doch dazu sollte es nie kommen.

Es war ein milder, nebliger Tag gewesen. Als ich kurz nach drei Uhr von der Schule nach Hause ging, war es schon fast dunkel. Wie ich

den Anger überquerte, sah ich die Bahnhofsdroschke vor der Holzapfelhütte stehen und wunderte mich, was das zu bedeuten habe. Miss Anabel gab uns immer Bescheid, bevor sie kam.
Ich schaute deshalb nicht, wie ich es vorgehabt hatte, bei Matty herein, sondern rannte so schnell ich konnte nach Hause.
Als ich eintrat, kamen Tante Amelia und Onkel William aus der guten Stube. Sie sahen verstört aus.
»Da bist du ja«, bemerkte Tante Amelia überflüssigerweise; sie schluckte, und dann war es kurze Zeit still. Schließlich sagte sie: »Es ist etwas passiert.«
»Miss Anabel...«, begann ich.
»Sie ist droben in deinem Zimmer. Geh nur hinauf. Sie wird es dir erklären.«
Ich raste die Treppe hinauf. In meinem Zimmer herrschte ein wildes Durcheinander. Meine Kleider lagen auf dem Bett, und Miss Anabel war dabei, sie in eine Reisetasche zu packen.
»Suewellyn!« rief sie, als ich eintrat. »Wie bin ich froh, daß du pünktlich bist!«
Sie lief auf mich zu und umarmte mich. Dann sagte sie: »Du kommst mit mir. Ich kann es dir jetzt nicht erklären... Später wirst du alles verstehen. O Suewellyn, du willst doch sicher mitkommen!«
»Mit Ihnen? Aber natürlich, Miss Anabel.«
»Ich fürchtete... schließlich warst du so lange hier... ich dachte schon... ach, nichts. Ich habe deine Kleider eingepackt. Hast du sonst noch was?«
»Meine Bücher.«
»Gut... gib sie her...«
»Fahren wir in die Ferien?«
»Nein«, sagte sie, »du gehst für immer fort. Du wirst jetzt bei mir leben und... und... Aber das erzähle ich dir später. Fürs erste möchte ich nur, daß wir den Zug erwischen.«
»Wohin fahren wir?«
»Das weiß ich selbst nicht genau. Aber weit fort. Suewellyn, hilf mir mal.«
Ich suchte meine wenigen Bücher zusammen und stopfte sie zu meinen Kleidern in die Reisetasche, die Miss Anabel mitgebracht hatte.

Ich war ganz durcheinander. Insgeheim hatte ich immer gehofft, daß etwas Derartiges geschehen möge. Und nun, da es eingetreten war, fühlte ich mich dermaßen überrumpelt, daß ich überhaupt nichts begriff.
Miss Anabel schloß die Tasche und faßte nach meiner Hand.
Wir blickten uns noch einmal in dem Zimmer um, in dieser spärlich möblierten Kammer, die, solange ich zurückdenken konnte, mein Zuhause war. Glänzend gebohnertes Linoleum, Sprüche an den Wänden – alle mahnend und ein wenig drohend. Derjenige, der mich am tiefsten beeindruckt hatte, lautete: »Mit dem ersten Betrug in unserem Leben / ein unentwirrbares Netz wir weben.«
Daran sollte ich mich in den kommenden Jahren noch oft erinnern.
Da stand das schmale, eiserne Bettgestell mit der Flickensteppdecke, die Tante Amelia gemacht hatte – jeder Flicken von akkuraten Hexenstichen eingerahmt, ein Sinnbild vorbildlichen Fleißes. »Du solltest anfangen, für eine Flickendecke zu sammeln«, hatte Tante Amelia einmal gesagt. Jetzt nicht, Tante Amelia! Ich gehe fort, für immer fort, von Flickendecken, kalten Schlafzimmern und noch kälterer Fürsorge. Ich gehe mit Miss Anabel.
»Sagst du deinem Zimmer Lebewohl?« fragte Miss Anabel. Ich nickte.
»Tut es dir ein bißchen leid?« erkundigte sie sich besorgt.
»Nein«, erwiderte ich heftig.
Sie lachte das Lachen, das ich so gut kannte, aber es klang jetzt etwas anders, spitzer, ein wenig hysterisch.
»Komm«, sagte sie, »die Droschke wartet.«
Tante Amelia und Onkel William waren in der Diele.
»Ich muß schon sagen, Miss Anabel...«, begann Tante Amelia.
»Ich weiß... ich weiß...«, erwiderte Miss Anabel. »Aber es muß sein. Ihr bekommt euer Geld...«
Onkel William blickte hilflos auf sie.
»Ich möchte nur wissen«, fuhr Tante Amelia fort, »was die Leute dazu sagen werden?«
»Die klatschen doch schon seit Jahren«, gab Miss Anabel leichthin zurück. »Sollen sie doch.«
»Wer nicht hier lebt, hat gut reden«, murrte Tante Amelia.

»Laß gut sein, es war nicht so gemeint. Komm, Suewellyn, sonst verpassen wir noch den Zug.«
Ich blickte zu Tante Amelia auf. »Lebwohl, Suewellyn«, sagte sie, und ihre Lippen zuckten. Sie beugte sich herunter und drückte ihre Wange an meine; das war das höchste an Zärtlichkeit, dessen sie fähig war. »Bleib ein braves Mädchen... wohin es dich auch treibt. Vergiß nicht, deine Bibel zu lesen, und vertraue auf den Herrn.«
»Ja, Tante Amelia.«
Dann war Onkel William an der Reihe. Er gab mir einen richtigen Kuß. »Bleib ein braves Mädchen«, wiederholte er und drückte mir die Hand.
Dann hastete Miss Anabel mit mir zur Droschke.

Wenn man über einen Zeitraum von vielen Jahren zurückblickt, ist es nicht immer leicht, sich an das zu erinnern, was man erlebte, als man noch nicht ganz sieben Jahre alt war. Ich nehme an, das Bild verfärbt sich ein wenig; vieles ist vergessen; doch ich weiß sicher, daß ich furchtbar aufgeregt war und ich es nicht bedauerte, die Holzapfelhütte zu verlassen. Nur um Matty tat es mir leid, und natürlich um Tom. Ich hätte gern noch einmal bei Matty am Feuer gesessen und ihr erzählt, wie ich Miss Anabel in der Hütte beim Packen meiner Sachen antraf, während die Droschke wartete, um uns zum Bahnhof zu bringen.
Ich erinnere mich, wie der Zug durch die Dunkelheit fuhr, wie dann und wann die Lichter einer Stadt auftauchten und wie anders die Räder diesmal sangen: Du gehst fort. Du gehst fort. Du gehst fort mit Anabel.
Miss Anabel hielt meine Hand ganz fest und fragte: »Bist du glücklich, Suewellyn?«
»O ja«, antwortete ich.
»Und es macht dir wirklich nichts aus, Tante Amelia und Onkel William zu verlassen?«
»Nein«, erwiderte ich. »Ich hab' Matty liebgehabt und Tom auch ein bißchen, und Onkel William hatte ich gern.«
»Sie haben natürlich gut für dich gesorgt. Ich war ihnen sehr dankbar.«

Ich schwieg, denn ich verstand nichts.

»Gehen wir wieder in den Wald?« fragte ich. »Schauen wir uns das Schloß an?«

»Nein. Wir fahren weiter weg.«

»Nach London?« Miss Brent hatte oft von London gesprochen, und es war auf der Landkarte mit einem großen schwarzen Punkt markiert, so daß ich es auf der Stelle finden konnte.

»Nein, nein«, sagte Miss Anabel. »Viel weiter. Mit einem Schiff. Wir verlassen England.«

Mit einem Schiff! Ich war so aufgeregt, daß ich unwillkürlich auf dem Sitz auf- und niederhüpfte. Sie lachte und umarmte mich, und ich dachte, daß Tante Amelia jetzt sicher sagen würde, ich solle stillsitzen.

Wir stiegen aus und warteten auf dem Bahnsteig auf einen anderen Zug. Miss Anabel holte eine Tafel Schokolade aus ihrer Reisetasche.

»Das lindert die Pein«, sagte sie und lachte. Obgleich ich nicht wußte, was sie meinte, lachte ich mit ihr und biß herzhaft in die köstliche Schokolade. Tante Amelia hatte in der Holzapfelhütte keine Schokolade geduldet. Anthony Felton hatte manchmal welche mit in die Schule gebracht und sich ein Vergnügen daraus gemacht, sie allein vor unserer Nase aufzuessen und uns zu sagen, wie gut sie schmeckte.

Es war Nacht, als wir den Zug verließen. Miss Anabel hatte mehrere Reisetaschen dabei, und zusammen mit meiner hatten wir eine ganze Menge Gepäck. Wir fuhren mit einer Droschke zu einem Hotel, wo wir ein großes, luxuriöses Doppelzimmer bekamen.

»Morgen müssen wir früh raus«, sagte Miss Anabel. »Kannst du früh aufstehen?«

Ich nickte selig. Man brachte uns etwas zu essen aufs Zimmer – heiße Suppe und köstlichen Schinken; und dann schliefen Miss Anabel und ich zusammen in dem großen Bett.

»Ist das nicht himmlisch, Suewellyn?« meinte sie. »So habe ich es mir immer gewünscht.«

Ich wollte nicht schlafen, weil ich mein Glück noch länger auskosten wollte; aber ich war so müde, daß mir bald die Augen zufielen. Als ich aufwachte, war ich allein im Bett. Ich entsann mich, wo ich war,

und stieß einen erschreckten Schrei aus, weil ich glaubte, Miss Anabel hätte mich verlassen.
Doch dann sah ich sie am Fenster stehen. »Was ist denn, Suewellyn?« fragte sie.
»Ich dachte, Sie wären fort. Ich dachte, Sie hätten mich verlassen.«
»Nein«, sagte sie, »ich verlasse dich nie mehr. Komm her.«
Ich trat ans Fenster, von wo aus sich mir ein seltsamer Ausblick bot: Inmitten von lauter Gebäuden lag etwas, das wie ein großes Schiff aussah.
»Das ist der Hafen«, erklärte sie. »Siehst du das Schiff? Heute nachmittag legt es ab, und wir fahren mit.«
Das Abenteuer wurde von Minute zu Minute spannender, obwohl es doch nichts Schöneres geben konnte, als mit Miss Anabel zusammenzusein.
Wir frühstückten in unserem Zimmer. Dann brachte der Träger unsere Taschen hinunter, und wir fuhren in einer Droschke zum Hafen. Man nahm uns das ganze Gepäck ab, und wir gingen die Gangway hinauf. Miss Anabel hielt meine Hand ganz fest und führte mich eine Treppe hinauf, durch einen langen Flur. Wir gelangten zu einer Tür, und sie klopfte an.
»Wer ist da?« fragte eine Stimme.
»Wir sind's«, rief Miss Anabel.
Die Tür ging auf, und da stand Joel!
Er riß Miss Anabel in seine Arme und drückte sie an sich. Dann hob er mich hoch und hielt mich fest. Mein Herz klopfte heftig. Ich mußte an den Wunschknochen im Wald denken.
»Ich hatte Angst, du könntest nicht...«, begann er.
»Aber natürlich konnte ich«, sagte Miss Anabel. »Und ich wäre auf keinen Fall ohne Suewellyn gekommen.«
»Nein, natürlich nicht«, erwiderte er.
»Jetzt sind wir in Sicherheit«, sagte sie, aber es kam ein wenig ängstlich heraus, wie ich fand.
»Erst in drei Stunden... wenn wir ablegen.«
Sie nickte. »Dann bleiben wir solange hier in der Kabine.«
Er blickte auf mich herunter. »Was hältst du davon, Suewellyn? Bißchen überraschend, was?«

Ich nickte, schaute mich in dem Raum um, den man, wie ich erfahren hatte, Kabine nannte. Er enthielt zwei Betten übereinander. Miss Anabel öffnete eine Tür, und ich blickte in einen anderen, sehr kleinen Raum.
»Da schläfst du, Suewellyn.«
»Schlafen wir denn auf dem Schiff?«
»O ja, wir schlafen eine ganze Weile hier.«
Ich war zu verwirrt, um zu begreifen. Dann ergriff Miss Anabel meine Hand, und wir setzten uns alle auf das untere Bett, ich in der Mitte.
»Ich möchte dir etwas sagen«, begann Miss Anabel. »Ich bin nämlich deine Mutter.«
Eine Woge des Glücks schlug über mir zusammen. Ich hatte eine Mutter, und diese Mutter war Miss Anabel! Es war das Wunderbarste, das mir widerfahren konnte – noch viel, viel schöner, als mit einem Schiff zu verreisen.
»Da ist noch etwas«, sagte Miss Anabel. Sie wartete.
Dann erklärte Joel: »Und ich bin dein Vater.«
Darauf herrschte in der Kabine tiefe Stille, bis Miss Anabel fragte: »Woran denkst du, Suewellyn?«
»Ich glaube, Hühnerknochen können wirklich zaubern. Meine Wünsche... sie sind alle drei in Erfüllung gegangen.«

Kinder nehmen so vieles als selbstverständlich hin. Schon nach kurzer Zeit war mir, als hätte ich schon immer auf einem Schiff gelebt. Ich gewöhnte mich bald an das Rollen, Schlingern und Stampfen, das mir überhaupt nichts ausmachte, während andere Leute dabei seekrank wurden.
Als das Schiff einen Tag auf See war und England weit hinter uns lag, bemerkte ich eine Veränderung bei meinen Eltern. Ihre Spannung ließ nach. Sie wirkten glücklicher. Ich hatte das unbestimmte Gefühl, daß sie vor irgend etwas flohen. Aber nach einer Weile dachte ich nicht mehr daran.
Mir schien, als seien wir eine Ewigkeit auf dem Schiff. Ganz plötzlich war es Sommer geworden, zu einer Zeit, da es eigentlich gar nicht Sommer sein sollte – und es war noch dazu ein sehr heißer Sommer.

Wir glitten auf dem ruhigen blauen Meer dahin, und ich war entweder mit Joel oder Anabel – oder mit beiden – an Deck; wir beobachteten Tümmler, Wale, Delphine und fliegende Fische, die ich bisher alle nur aus Bilderbüchern kannte.
Auch hatte ich einen neuen Namen. Ich hieß nicht mehr Suewellyn Campion. Ich war jetzt Suewellyn Mateland. Ich könne mich Suewellyn Campion Mateland nennen, schlug Anabel vor, dann würde ich den Namen nicht verlieren, den ich nahezu sieben Jahre lang getragen hatte.
Anabel war Mrs. Mateland. Ich solle nun nicht mehr Miss Anabel zu ihr sagen, meinte sie. Wir überlegten, wie ich sie nennen sollte. Mama klang zu förmlich, Mutter zu streng. Wir wollten uns vor Lachen ausschütten! Schließlich sagte sie: »Nenn mich doch einfach Anabel, ohne Miss.« Das schien die beste Lösung, und Joel nannte ich Vater Jo.
Ich fühlte mich wie im siebten Himmel, denn endlich hatte ich Vater und Mutter. Anabel liebte ich abgöttisch. Ich betete sie an. Und Joel? Ihm gegenüber empfand ich eine ungeheure Ehrfurcht. Er war so groß und sah so bedeutend aus. Ich glaube, jedermann fürchtete ihn ein wenig... sogar Anabel.
Ich zweifelte nicht daran, daß er der großartigste und stärkste Mann der Welt war. Er war wie ein Gott. Doch Anabel war keine Göttin. Sie war das lieblichste menschliche Wesen, das ich kannte, und nichts war meiner Liebe zu ihr vergleichbar.
Ich erfuhr, daß Joel Arzt war; denn als eine Mitreisende erkrankte, wurde er gerufen.
»Er hat schon vielen Menschen das Leben gerettet«, erzählte Anabel. »Einmal, als ...«
Ich wartete, daß sie fortführe, doch sie schwieg, und da ich so in meine Gedanken vertieft war über die wunderbare Wendung, die mein Leben genommen hatte, fragte ich nicht weiter. Ich hatte nicht nur Eltern bekommen, sondern ausgerechnet diese beiden. Das war wahrhaftig ein Wunder, nachdem ich vorher jahrelang niemanden hatte.
Die Reise ging weiter, und die Temperaturen kletterten höher. Ich konnte mir kaum noch vorstellen, wie der Ostwind über den Anger fegte und ich im Winter die dünne Eisschicht durchstoßen mußte, um

an das Waschwasser in dem Krug in meinem Schlafzimmer zu gelangen.
Das lag nun alles weit zurück, und die Erinnerung daran wurde immer verschwommener, je mehr mein neues Leben das alte verdrängte.
Und eines Tages erreichten wir Sydney, eine schöne und aufregende Stadt. Ich stand zwischen meinen Eltern, als wir mit dem Schiff die Hafenmauern passierten. Mein Vater erzählte mir, daß vor vielen Jahren Gefangene von England hierhergebracht wurden. Die Küste glich der englischen – vielmehr der von Wales – und hieß deshalb Neusüdwales.
»Sydney hat immer noch den schönsten Hafen der Welt«, sagte mein Vater.
Eigentlich war alles, was auf mich einstürmte, zu viel, um von einem Kind in meinem Alter verarbeitet zu werden. Eine neue Familie, ein neues Land, ein neues Leben. Aber ich war jung, lebte einfach von einem Tag zum anderen, und jeden neuen Morgen wachte ich aufgeregt und glücklich auf.
Ich lernte Sydney recht gut kennen. Wir blieben drei Monate hier. Wir mieteten ein Haus in Hafennähe, wo wir ein ziemlich zurückgezogenes Leben führten. Eine ungewisse Beklommenheit, die auf dem Schiff nicht zu spüren gewesen war, hatte sich über unsere kleine Familie gesenkt. Bei Anabel bemerkte ich sie häufiger als bei meinem Vater. Es war beinahe, als fürchtete sie sich vor allzuviel Glück.
Auch ich fühlte eine unbestimmte Furcht.
Einmal fragte ich Anabel: »Anabel, wenn man zu glücklich ist, kann dann jemand kommen und einem alles wieder wegnehmen?«
Sie sah mich betroffen an und begriff sogleich, daß sich ihre Angst auf mich übertragen hatte.
»Nichts kann uns auseinanderbringen«, sagte sie schließlich fest.
Mein Vater verließ uns für eine, wie es schien, endlose Zeit. Jeden Tag warteten wir auf die Ankunft des Schiffes, das ihn zurückbringen würde. Ich wußte, daß Anabel traurig war, obwohl sie sich bemühte, es mich nicht merken zu lassen. Wir lebten zu zweit so weiter, wie wir es zu dritt getan hatten, doch es entging mir nicht, daß Anabel verändert war. Ständig blickte sie aufs Meer hinaus.

Und eines Tages kam er zurück.
Er war sehr vergnügt, umarmte Anabel stürmisch und hob mich hoch, während er sie immer noch mit einem Arm festhielt.
Jubelnd erzählte er: »Wir gehen fort. Ich habe den richtigen Ort gefunden. Er wird euch gefallen. Dort können wir uns niederlassen... weit draußen im Ozean. Da wirst du dich sicher fühlen, Anabel.«
»Sicher«, wiederholte sie. »Ja... das ist es, was ich mir wünsche... daß ich mich sicher fühlen kann. Wohin gehen wir? Wo ist es?«
»Ich zeig's euch auf der Landkarte.«
Wir steckten alle drei unsere Köpfe über die Landkarte. Australien sah wie eine etwas unförmig geknetete Teigplatte aus. Neuseeland wirkte wie zwei sich gegenseitig anfauchende Hunde. Und weit draußen im blauen Meer waren mehrere kleine schwarze Punkte. Auf einen davon deutete mein Vater.
»Ideal«, sagte er. »Abgeschieden... bis auf eine Gruppe ähnlicher Inseln. Diese ist die größte. Dort ist nicht viel los. Die Bevölkerung ist freundlich und zugänglich. Der Kokosnußanbau ist dort noch sehr spärlich entwickelt, und die ganze Insel ist voller Palmen. Ich habe sie Palmeninsel genannt, obwohl sie schon einen anderen Namen hat: Vulkaninsel. Sie brauchen dort einen Arzt. Es gibt keinen auf der Insel... keine Schule... nichts. Es ist ein Ort zum Untertauchen... ein Ort, den man entwickeln, aus dem man etwas machen kann. Oh, Anabel, mir gefällt es dort. Und dir wird es auch gefallen.«
»Und Suewellyn?«
»An Suewellyn habe ich auch gedacht. Du kannst sie ein paar Jahre selbst unterrichten, und danach kann sie in Sydney zur Schule gehen. Es ist ja nicht allzu weit entfernt. Ab und zu legt ein Schiff an und holt Kopra, die getrockneten und zerkleinerten Kokosnußkerne, ab. Es ist genau der richtige Ort, Anabel. Das wußte ich gleich, als ich die Insel sah.«
»Was müssen wir mitnehmen?« fragte sie.
»Eine Menge Zeug. Aber wir haben etwa einen Monat Zeit. Das Schiff geht alle zwei Monate. Ich möchte, daß wir das nächste nehmen, das dorthin fährt. Bis dahin gibt es viel zu tun.«
Jetzt waren wir sehr beschäftigt. Wir kauften die unterschiedlichsten Sachen – Möbel, Kleider und Vorräte aller Art.

Mein Vater muß ein sehr reicher Mann sein, dachte ich bei mir. Tante Amelia sagte immer, sie muß jeden Pfennig zweimal herumdrehen, bevor sie ihn ausgibt. Wer den Pfennig nicht ehrt, ist des Talers nicht wert – das war eines ihrer Lieblingssprichwörter. Spare in der Zeit, so hast du in der Not, lautete ein anderes. Jede Brotkruste mußte zu Brotpudding verarbeitet werden, und im Winter hatte ich oft Mühe, etwas für die hungernden Vögel zu finden.

Mein Vater sprach immerzu von der Insel. Palmen wuchsen dort im Überfluß, aber auch andere Bäume wie etwa der Affenbrotbaum, außerdem Bananen, Orangen und Zitronen.

Es stand dort auch ein Haus, das für den Mann gebaut worden war, der begonnen hatte, den Kokosnußanbau zu einem Wirtschaftszweig zu entwickeln. Mein Vater hatte es zu einem günstigen Preis erworben.

Eines Tages wurde dann unser gesamtes Gepäck auf das Schiff verfrachtet, und wir liefen aus. Ich weiß nicht mehr, zu welcher Zeit des Jahres das war. Es gab hier ja keine Jahreszeiten, wie ich sie kannte. Es war immer Sommer.

Meinen ersten Eindruck von der Vulkaninsel werde ich nie vergessen. Zuerst gewahrte ich den massiven, spitzen Berg, der sich aus dem Meer zu erheben schien und schon lange, bevor wir die Insel erreichten, zu sehen war.

»Einen merkwürdigen Namen hat die Insel«, sagte mein Vater. »Übersetzt bedeutet er etwa Grollender Riese.«

Wir drei standen Hand in Hand an Deck, begierig, einen ersten Blick auf unsere neue Heimat zu werfen. Und da war sie – ein mächtiger, spitzer Berg, der sich aus dem Meer erhob.

»Warum grollt er?« wollte ich wissen.

»Er hat schon immer gegrollt. Manchmal, wenn er richtig zornig wird, spuckt er sogar glühende Steine und, du wirst es kaum glauben, Felsbrocken aus.«

»Ist er wirklich ein Riese?« fragte ich. »Ich hab' noch nie einen Riesen gesehen.«

»Nun, bald wirst du mit dem Grollenden Riesen Bekanntschaft machen; aber es ist kein richtiger Riese«, antwortete mein Vater. »Es ist ein Berg, weiter nichts. Aber er beherrscht die ganze Insel. Die

Eingeborenen nennen sie die Insel des Grollenden Riesen, doch vor langer Zeit kamen Reisende hierher und tauften sie in Vulkaninsel um, und so heißt sie auch auf den Landkarten.«

Wir standen an Deck und schauten dem Berg entgegen, und bald nahm das Land rund um den Berg Gestalt an: überall gelber Sand und wogende Palmen.

»Wie das Paradies«, seufzte Anabel.

»Das wird es auch für uns«, erwiderte mein Vater.

Wir konnten nicht direkt an der Insel anlegen, sondern mußten etwa eine Meile entfernt vor Anker gehen. Am Ufer herrschte ein lebhaftes Treiben. Braunhäutige Menschen paddelten in leichten, schlanken Booten umher, die man, wie ich später erfuhr, Kanus nannte. Die Leute riefen und gestikulierten, und meistens lachten sie.

Unser Hab und Gut wurde auf mehrere Rettungsboote des Schiffes und auf die Kanus verfrachtet und an Land gebracht.

Als alles drüben war, kamen wir an die Reihe.

Dann wurden die kleinen Boote hochgezogen, und das große Schiff lief wieder aus und ließ uns in unserer neuen Heimat auf der Vulkaninsel zurück.

Es gab viel zu tun und viel zu sehen. Ich konnte fast nicht glauben, daß dies alles Wirklichkeit war. Ich kam mir vor wie eine Gestalt aus einer Abenteuergeschichte.

Anabel bemerkte meine Verwirrung und sagte: »Eines Tages wirst du alles verstehen.«

»Erzähl's mir jetzt«, bat ich.

Sie schüttelte den Kopf. »Das wäre heute zuviel für dich. Ich möchte warten, bis du größer bist. Aber ich fange jetzt an, alles aufzuschreiben, damit du es später lesen und begreifen kannst. Oh, Suewellyn, ich wünsche so sehr, daß du uns verstehst. Ich möchte nicht, daß du uns eines Tages etwas vorwirfst. Wir lieben dich. Du bist unser Kind, und weil es eben auf diese Weise geschah, lieben wir dich um so mehr.«

Sie sah meinen verwunderten Blick und küßte mich, drückte mich an sich und fuhr fort: »Später werde ich dir alles erklären. Warum du hier bist... warum wir alle hier sind... und wie es dazu kam. Es blieb uns nichts anderes übrig. Du darfst weder deinem Vater Vorwürfe

machen... noch mir. Wir sind nicht wie Amelia und William.« Sie lachte leise. »Die leben... gesichert. Ja, das ist das richtige Wort. Wir nicht. Das liegt nicht in unserer Natur. Ich habe das Gefühl, daß du genauso veranlagt bist.« Wieder lachte sie. »Nun, so sind wir eben. Und doch... Suewellyn, wir werden uns hier niederlassen... wir werden gern hier sein. Immer, wenn wir Heimweh haben, müssen wir daran denken... daß wir zusammen sind und daß dies die einzige Möglichkeit für uns ist, beieinander zu bleiben.«
Ich schlang die Arme um ihren Hals. Mein Herz floß fast über vor Liebe zu ihr.
»Wir werden nie mehr auseinandergehen, nicht wahr?« fragte ich ängstlich.
»Niemals«, erwiderte sie heftig. »Nur der Tod kann uns scheiden. Aber wer mag schon an den Tod denken? Hier ist das Leben. Spürst du es, Suewellyn? Hier wimmelt es von Leben. Du brauchst nur einen Stein aufzuheben, und schon...« Sie zog eine Grimasse. »Ich könnte ganz gut ohne Ameisen, Termiten und dergleichen auskommen... Aber das hier ist das Leben... und es ist unser Leben... wir drei beisammen. Hab Geduld, mein geliebtes Kind. Sei glücklich. Laß uns jeden Tag neu erleben, ja?«
Ich nickte lebhaft, und wir wanderten zusammen zu den Palmen am Strand, wo sich das warme Wasser der Tropen am Ufer kräuselte.

Anabels Erzählung

Jessamy hat in meinem Leben eine große Rolle gespielt. Sie war von Anfang an dagewesen. Sie war reich und verwöhnt, das einzige Kind hingebungsvoller Eltern. Ich habe sie nie um ihre schönen Kleider und ihren Schmuck beneidet, denn ich bin keine neidische Natur. Das ist einer meiner wenigen und daher erwähnenswerten Vorzüge. Ich war jedenfalls immer der Ansicht, daß ich mehr besaß als Jessamy. Sicher, ich lebte nicht, von Lakaien umgeben, in einem hochherrschaftlichen Haus. Ich hatte auch nicht mehrere Ponys, auf denen ich nach Herzenslust reiten konnte. Ich lebte mit meinem Vater – meine Mutter war bei meiner Geburt gestorben – in einem geräumigen Pfarrhaus, und wir hatten nur zwei Hausmädchen, Janet und Amelia. Sie waren beide nicht besonders liebevoll zu mir, doch ich glaube, Janet hatte mich auf ihre Art gern, wenn sie es auch niemals zugab. Sie waren aber beide sehr gewissenhaft, wenn es darum ging, mir meine Fehler vorzuhalten. Dennoch lebte ich glücklicher, viel glücklicher als Jessamy.

Jessamy war nämlich, wohlwollend ausgedrückt, ausgesprochen fade, und so übertrieben aufrichtige Menschen wie Janet, denen niemals eine Lüge über die Lippen kam, gleichgültig, wie sehr sie dadurch die Gefühle eines Menschen geschont hätten, bezeichneten Jessamy geradeheraus als langweilig.

»Na wenn schon«, pflegte Janet zu sagen. »Ihr Vater kauft ihr 'nen

netten Ehemann. Sie dagegen, Miss Anabel, müssen wohl selbst einen finden.« Dabei schürzte sie die Lippen, als sei sie überzeugt, daß für mich nur eine geringe Hoffnung bestehe, einen Mann zu finden. Die gute Janet, sie war die beste Seele auf der Welt, doch sie war von einer unerschütterlichen Wahrheitsliebe durchdrungen, von der sie niemals abließ.
»Ein Glück, daß du nicht vor der Inquisition aufgewachsen bist, Janet«, sagte ich einmal zu ihr. »Du hättest noch angesichts des Scheiterhaufens auf dem letzten Körnchen Wahrheit bestanden.«
»Was reden Sie da, Miss Anabel«, gab sie zurück. »Mir ist noch nie jemand begegnet, der sich solche Phantastereien ausdenkt wie Sie. Eines Tages werden Sie böse auf die Nase fallen, lassen Sie sich das gesagt sein.«
Sie wurde noch Zeuge, wie ihre Prophezeiung wahr wurde, aber das war einige Jahre später.
Ich lebte also im Pfarrhaus mit meinem geistesabwesenden Vater, der überaus redlichen Janet und Amelia, die mindestens ebenso tugendhaft war wie Janet, aber dies noch viel stärker herauskehrte.
So mancher mag sich darüber wundern, wie ich das Leben in so vollen Zügen genießen konnte. Es gab ja für mich so viel zu tun. Ich fand einfach alles interessant. Meinem Vater ging ich nach Kräften zur Hand. Einmal schrieb ich sogar eine Predigt für ihn, und erst, als er sie bereits zur Hälfte vorgetragen hatte, merkte er, daß dies nicht ganz die Art von Predigt war, die seine Pfarrkinder zu hören wünschten. Sie handelte von den guten und schlechten Eigenschaften der Menschen, und ich hatte meine Meinung aus Versehen mit der Beschreibung von Fehlern einiger Zuhörer in den Bänken untermalt. Glücklicherweise wechselte mein Vater geistesgegenwärtig in eine andere Predigt über, die er in der Schublade bereithielt. Sie handelte von Gottes Gaben in der Natur und war eigentlich für das Erntedankfest gedacht, doch da mein Vater den Wechsel vornahm, ehe meine aufrührerischen Worte die Versammlung aus ihrem üblichen Dämmerschlaf riß, fiel es niemandem auf.
Danach durfte ich leider keine Predigten mehr verfassen, dabei hätte es mir wirklich Spaß gemacht.
Auch die Sonntage sind mir noch gut in Erinnerung. Die Familie Se-

ton saß stets in ihrer Bank vorn unter der Kanzel. Sie waren eine angesehene Familie: Sie wohnten im Gutshaus, und ihnen verdankte mein Vater sein Auskommen, denn sie waren mit uns verwandt. Lady Seton war meine Tante; sie war die Schwester meiner Mutter. Amy Jane hatte gut daran getan, Sir Timothy Seton zu ehelichen; er war ein reicher Mann und besaß eine Menge Ländereien und Liegenschaften. Es war eine sehr harmonische Verbindung, abgesehen von einer Kleinigkeit: Sie hatten keinen Sohn, der den illustren Namen Seton fortführen konnte, und ihre ganze Hoffnung ruhte auf ihrer einzigen Tochter Jessamy. Jessamy wurde verwöhnt und verhätschelt, doch das schadete seltsamerweise ihrem Charakter keineswegs. Sie war ein schüchternes Kind, und wenn wir zwei allein waren, war ich ihr überlegen. Waren aber Erwachsene zugegen, so hatte in deren Augen alles insofern seine Richtigkeit, als ich Jessamy als die Überlegene erscheinen ließ.
Bevor Jessamy eine Gouvernante hatte, kam sie zum Unterricht ins Pfarrhaus, wo der Vikar meines Vaters uns unterwies.
Doch laß mich von vorn beginnen. Amy Jane und Susan Ellen waren Schwestern. Sie waren die Töchter eines Pfarrers, und als sie heranwuchsen, verliebte sich Susan Ellen, die jüngere, in den Vikar, den Assistenten ihres Vaters. Der war arm und nicht in der Lage, einen Hausstand zu gründen. Doch Susan Ellen hatte sich noch nie um die praktischen Seiten des Lebens gekümmert. Sie schlug die Ratschläge ihres Vaters, der gesamten Dorfgemeinschaft und ihrer energischen Schwester in den Wind und brannte mit dem Vikar durch. Sie waren sehr arm, weil er nichts verdiente, deshalb gründeten sie eine kleine Schule, in der sie eine Zeitlang gemeinsam unterrichteten. Unterdessen hatte Amy Jane, die kluge Jungfrau, die Bekanntschaft des reichen Sir Timothy Seton gemacht. Er war ein kinderloser Witwer und wünschte sich sehnlichst Nachkommen. Amy Jane war eine gutaussehende, äußerst tüchtige junge Dame. Ihrer Heirat stand nichts im Wege. Er brauchte eine Herrin für sein Haus und Kinder für seine Kinderstuben. Amy Jane schien durchaus befähigt, ihm beides zu verschaffen.
Amy Jane war überzeugt, daß sie die passende Frau für ihn und, was noch wichtiger war, daß er der richtige Mann für sie sei. Reichtum,

Ansehen, Sicherheit – das waren in Amy Janes Augen drei sehr erstrebenswerte Ziele. Und nach der kümmerlichen Heirat ihrer Schwester mußte schließlich jemand das Familienglück wieder aufrichten.
Also heiratete Amy Jane und machte sich energisch an die Erfüllung der Pflichten, die sie auf sich genommen hatte. Fortan war Sir Timothys Haushalt in äußerst bewährten Händen, sehr zu seiner und weniger zu der Dienstboten Freude; denn diejenigen, die nach Amy Janes Ansicht ihren Lohn nicht wert waren, wurden entlassen; die übrigen erkannten, daß ihr Schicksal von ihrer Fähigkeit abhing, Amy Jane zufriedenzustellen, und sie bemühten sich nach Kräften, dem nachzukommen.
Alsbald fand sich auch für den Vikar und seine leichtsinnige junge Frau eine Stellung und eine Bleibe, und zwar im Bereich von Seton Manor, dem Herrensitz der Setons.
Nachdem dies geordnet war, nahm Amy Jane ihr nächstes Vorhaben in Angriff, nämlich die Kinderstuben von Seton Manor zu füllen.
Hierin war sie jedoch weniger erfolgreich. Sie erlitt eine Fehlgeburt, was sie für ein Versehen des Allerhöchsten hielt, da sie doch gebetet hatte. Jetzt ließ sie das ganze Dorf um einen Sohn beten, und sie wurde auch sogleich wieder schwanger. Diesmal ging die Schwangerschaft erfolgreich zu Ende, und war das Ergebnis, ein Mädchen, auch nicht ganz zufriedenstellend, so war es doch immerhin ein Anfang.
Sir Timothy war hingerissen von dem wimmernden Säugling, bei dem es, wie die Hebamme bemerkte, eines besonders kräftigen Klapses auf den Po bedurft hatte, um ihn zum Atmen zu bewegen. »Das nächste Kind wird ein Knabe«, behauptete Amy Jane mit einer Stimme, die den Himmel hätte erzittern lassen können. Doch der Arzt widersprach und meinte, Amy Jane würde ihr Leben aufs Spiel setzen, wenn sie noch einmal eine Schwangerschaft durchzustehen versuchte. Sie möge es bei dem Mädchen bewenden lassen. Das Kind werde schließlich bei entsprechender Behandlung groß und stark werden. »Lassen Sie es nicht noch einmal darauf ankommen«, riet der Arzt. »Ich könnte mich für die Folgen nicht verbürgen.« Und da weder Amy Jane noch Sir Timothy ein solches Unheil heraufbeschwören wollten, bekamen sie keine weiteren Kinder mehr. Nachdem Jessa-

mys Zustand ein paar Wochen lang bedenklich schwankte, verlangte sie eines Tages plötzlich energisch nach Nahrung, und von da ab strampelte und schrie sie wie alle anderen Babys auch.
Einige Monate nach Jessamys Geburt hielten im Pfarrhaus Leben und Tod Hand in Hand Einzug. Amy Jane erlitt einen Schock. Meine Mutter hatte sie schon immer zutiefst enttäuscht: Sie hatte nicht nur diese unziemliche Ehe geschlossen, sondern gerade, als ihre tüchtige Schwester ihr mit einer sehr angenehmen Stellung, die Sir Timothy mit einiger Anstrengung besorgt hatte – es gab schließlich verdienstvollere Menschen als meinen Vater –, auf die Beine half, hatte sie einem Kind das Leben geschenkt und war dabei gestorben. Ein Baby in einem Pfarrhaus bei einem überaus hilflosen Mann, das war, gelinde gesagt, verdrießlich, doch eine Frau wie Amy Jane ließ sich nicht einschüchtern. Sie engagierte Janet, damit sie für mich sorge, und Amy Jane, als nächste Verwandte meiner Mutter, behielt mich natürlich im Auge.
So wurde ihre vergötterte Jessamy zu einem Bestandteil meiner Kindheit und Jungmädchenzeit. Jessamys Kleider wurden ins Pfarrhaus geschickt und für mich geändert. Ich war etwas größer als Jessamy, was durch ihre breiteren Schultern wieder ausgeglichen wurde, so daß ihre Sachen mir nicht zu kurz waren. Janet meinte, es sei ein Kinderspiel, die Kleider etwas enger zu nähen, außerdem seien sie aus besseren Stoffen, als wir sie uns sonst in diesem Haus leisten könnten.
»Sie sehen darin entschieden besser aus als Miss Jessamy«, pflegte sie zu sagen, und aus dem Munde der wahrheitsliebenden Janet war das sehr schmeichelhaft.
Auf diese Weise wurde ich daran gewöhnt, abgelegte Kleider zu tragen. Ich kann mich nur an ganz wenige erinnern, die ich nicht von Jessamy bekam. Da ich also viel mit ihr zusammen war, noch dazu in ihren abgelegten Kleidern, wurde auch ich zu einem Bestandteil ihres Lebens.
Eine Zeitlang hielt Tante Amy Jane es für schicklich, daß Mädchen eine Schule besuchten, und es war die Rede davon, uns gemeinsam hinzuschicken. Ich war begeistert, Jessamy dagegen ängstigte sich. Doktor Cecil, der Arzt, der entschieden hatte, daß es in den Kinder-

stuben der Setons außer Jessamy keinen weiteren Nachwuchs mehr geben dürfe, meinte jedoch, sie sei für eine Internatsschule zu zart. »Ihre Brust«, sagte er nur. So wurde es nichts mit der Schule, und da Jessamy zu schwach auf der Brust war, durfte ich natürlich auch nicht gehen, war meine Brust auch noch so kräftig – und weder ich noch Doktor Cecil hatten irgendwelche Anzeichen für das Gegenteil festgestellt. Sir Timothy hätte das Schulgeld zahlen müssen, und es ging natürlich nicht an, daß man mich hinschickte und für mich bezahlte, während seine Tochter zu Hause blieb.

Wenn auf Seton Manor eine Gesellschaft gegeben wurde, besann sich Tante Amy Jane auf ihre Pflicht und lud mich jedesmal ein. Wenn sie uns im Pfarrhaus aufsuchte, kam sie in der Kutsche angefahren, im Winter mit einem Fußwärmer, im Sommer mit einem Sonnenschirm. An Wintertagen hatte sie ihren vornehmen Zobelmuff dabei und entstieg der Kutsche, während der Kutscher ihr ehrerbietig die Tür aufhielt, und dann marschierte sie ins Haus. Im Sommer reichte sie ihren Sonnenschirm dem Kutscher, der ihn feierlich aufspannte und mit einer Hand über sie hielt, während er ihr mit der anderen beim Aussteigen behilflich war. Ich pflegte dieses Ritual vom Fenster aus halb belustigt, halb ehrfürchtig zu beobachten.

Mein Vater war jedesmal furchtbar verlegen, wenn er Tante Amy Jane empfing. Er suchte krampfhaft nach seiner Brille, die er auf den Kopf hinaufgeschoben hatte. Sie rutschte immer zu weit nach hinten, und er dachte dann, er hätte sie verlegt, was hin und wieder durchaus vorkam.

Tante Amy Janes Visiten galten eindeutig mir, denn ich war ihre *Pflicht*. Sie hatte keinen Grund, sich wegen eines Mannes herzubemühen, der seinen Lebensunterhalt ihrem – oder Sir Timothys – Wohlwollen verdankte; aber schließlich kamen alle Segnungen, mit denen unser Haushalt bedacht wurde, von ihr. Dann schickte man nach mir, und ich wurde eindringlich gemustert. Janet meinte, daß Lady Seton mich eigentlich nicht leiden könne, weil ich gesünder aussehe als Jessamy und sie an die schwache Brust und andere Unpäßlichkeiten ihrer Tochter erinnerte. Ich war nicht sicher, ob Janet Recht hatte, doch ich spürte, daß Tante Amy Jane mich nicht sehr liebte. Ihre Sorge um mein Wohl beruhte auf *Pflicht*, nicht auf Zu-

neigung, und es behagte mir ganz und gar nicht, ein Gegenstand der *Pflicht* zu sein.
»Kommenden Freitag veranstalten wir einen musikalischen Abend«, bemerkte sie eines Tages. »Anabel soll auch kommen. Es wird spät werden, deshalb bleibt sie am besten über Nacht bei uns. Das Kleid, das sie tragen wird, ist bei Jennings in der Kutsche. Er wird es gleich hereinbringen.«
Mein Vater, um Selbstachtung ringend, sagte: »Oh, das ist nicht nötig. Wir können doch ein Kleid für Anabel kaufen.«
Tante Amy Jane lachte. Mir war aufgefallen, daß ihr Lachen selten heiter klang. Es war auch geringschätzig gemeint und sollte demjenigen, dem es galt, seine Dummheit vor Augen halten.
»Das ist ganz unmöglich, mein lieber James.« Wenn sie »mein lieber« sagte, war damit meist ein Vorwurf verbunden. Ich war von dergleichen tief beeindruckt. Lachen sollte eigentlich Fröhlichkeit bekunden; Koseworte waren dazu da, jemanden Zuneigung spüren zu lassen, doch Tante Amy Jane verkehrte sie ins Gegenteil. Ich nahm an, das kam daher, daß sie eine so tüchtige, hochgestellte, unfehlbare Persönlichkeit war. »Es ist kaum zu erwarten, daß du von deinem Gehalt angemessene Kleidung kaufen kannst.« Wieder ließ sie dieses Lachen hören, während ihre Augen durch unser bescheidenes Empfangszimmer schweiften, das sie im Geiste mit der vornehmen Halle von Seton Manor verglich, die seit Jahrhunderten von der Familie Seton benutzt wurde, mit schimmernden Schwertern an den Wänden und mit Gobelins, die sich seit Generationen im Familienbesitz befanden. »Nein, nein, James, überlaß das nur mir. Das bin ich Susan Ellen schuldig.« Ihre gesenkte Stimme ließ erkennen, daß sie von einer Toten sprach. »Sie hätte es so gewünscht. Sie hätte gewiß nicht gewollt, daß Anabel wie eine Wilde aufwächst.«
Mein Vater öffnete den Mund zum Protest, doch da hatte Tante Amy Jane sich bereits mir zugewandt. »Janet kann es umändern. Das ist ganz einfach.« In Tante Amy Janes Augen waren die Aufgaben anderer Leute immer ganz einfach. Nur die Pflichten, die sie selbst übernahm, waren aufreibend. Sie musterte mich mißbilligend, wie ich fand. »Ich hoffe, Anabel«, fuhr sie fort, »daß du dich anständig beträgst und Jessamy nicht aufregst.«

»Ja, Tante Amy Jane.«
Ich empfand einen unwiderstehlichen Drang zu kichern, der mich damals, fürchte ich, in Gegenwart vieler Leute überkam.
Das schien meine Tante zu spüren, und mit dumpfer Grabesstimme sprach sie: »Denke stets daran, was deine Mutter gewollt hätte.«
Beinahe hätte ich erwidert, ich sei nicht sicher, was meine Mutter gewollt hätte, denn ich war eine streitbare Natur und konnte nie der Versuchung widerstehen, einer Sache auf den Grund zu gehen. Ich hatte von mehreren Dienstboten in Seton Manor gehört, daß meine Mutter durchaus nicht die Heilige war, zu der Tante Amy Jane sie erhob. Meine Tante hatte anscheinend vergessen, daß meine Mutter ihren Dickkopf durchgesetzt und einen mittellosen Vikar geehelicht hatte. Die Dienstboten erzählten mir, Miss Susan Ellen sei ein ›lustiges Haus‹ gewesen. »Immer zu Späßen aufgelegt. Wenn man's recht bedenkt, Miss Anabel, Sie sind ihr genaues Ebenbild.« Das war, weiß Gott, unverzeihlich.
Ich ging also in Jessamys Seidenmoirékleid, das wirklich sehr hübsch war, zu dem musikalischen Abend, und Jessamy bestätigte mir: »Es steht dir viel besser als mir, Anabel.«
Jessamy war ein liebes Mädchen, und deshalb ist alles, was ich ihr antat, um so verwerflicher. Dauernd brachte ich sie in Bedrängnis. Die Sache mit den Zigeunern ist ein typisches Beispiel dafür.
Es war uns verboten, allein in den Wald zu gehen, und gerade diese Tatsache machte die Wälder für mich besonders verlockend.
Jessamy wollte nicht in den Wald. Sie war ein Mädchen, das am liebsten genau das tat, was man von ihr verlangte, wenn sie einsah, daß es zu ihrem Besten war. Das hatte man uns, weiß Gott, oft genug erklärt. Ich aber war das genaue Gegenteil, und es bereitete mir großes Vergnügen zu erproben, was stärker war – meine Überzeugungskraft oder Jessamys Wunsch, auf den Pfaden der Tugend zu wandeln.
Jedesmal behielt ich die Oberhand, weil ich Jessamy so lange zusetzte, bis sie nachgab, und auf diese Weise überredete ich sie schließlich, sich mit mir in den Wald zu wagen, wo ein paar Zigeuner kampierten. Wir wollten bloß einmal ihnen kurz zuschauen, versprach ich ihr, und wieder verschwinden, bevor sie uns bemerkten.
Wegen der Zigeuner durften wir natürlich erst recht nicht in den

Wald. Ich war jedoch fest entschlossen und setzte Jessamy so unbarmherzig zu, daß sie sich schließlich bereit erklärte, mich zu begleiten.
Wir gelangten zu einem Wohnwagen, neben dem auf qualmendem Feuer ein Kochkessel stand. Es duftete sehr verlockend. Auf den Stufen des Wohnwagens hockte eine Frau mit einem zerlumpten roten Schal und Ohrringen aus Messing. Sie war eine richtige Zigeunerin, mit wirren schwarzen Haaren und großen, funkelnden dunklen Augen.
»Schönen guten Tag, hübsche Damen«, rief sie, als sie uns erblickte.
»Guten Tag«, erwiderte ich und packte Jessamys Arm, weil ich den Eindruck hatte, sie wolle kehrtmachen und davonlaufen.
»Nur nicht so schüchtern«, lud die Frau uns näher. »Meine Güte! Ihr seid ja zwei feine junge Damen. Ich wette, daß euch ein rosiges Schicksal erwartet.«
Ich war fasziniert von der Aussicht, in die Zukunft schauen zu können. Das hat mich schon immer gereizt, und noch heute kann ich keiner Wahrsagerin widerstehen.
»Komm schon, Jessamy«, sagte ich und zog die Widerstrebende vorwärts.
»Ich finde, wir sollten lieber zurückgehen«, flüsterte sie.
»Ach was«, sagte ich und hielt sie fest. Sie mochte sich nicht weiter widersetzen. Sie fürchtete, sich vor den Zigeunern ungehörig aufzuführen. Jessamy wägte stets gute und schlechte Manieren gegeneinander ab und hatte Angst, sich letztere zuschulden kommen zu lassen.
»Na, ihr zwei kommt doch sicher aus dem feinen Haus«, sagte die Frau.
»Sie schon«, erklärte ich. »Ich bin vom Pfarrhaus.«
»Oh, heilig, heilig«, sagte die Frau. Ihre Augen ruhten auf Jessamy, die eine feine Goldkette mit einem herzförmigen Medaillon trug. »Ja, meine Hübsche«, fuhr sie fort, »ich bin sicher, daß dich ein angenehmes Schicksal erwartet.«
»Mich auch?« fragte ich und hielt ihr meine Hand hin. Die Frau ergriff sie. »Du wirst dein Glück selbst machen müssen.«
»Tut das nicht jeder?« fragte ich.

»Oh, du bist schlau, was? Ja, du hast recht... mit ein bißchen Hilfe vom Schicksal, hm? Du hast eine große Zukunft vor dir. Ein großer, dunkler Fremder wird dir begegnen, und du wirst übers Meer fahren. Und Gold... ja, ich sehe Gold. Oh, du hast eine große Zukunft vor dir, jawohl, Missie. Jetzt will ich mir aber auch die andere kleine Dame anschauen.«
Jessamy zögerte, und ich zog ihre Hand nach vorn. Mir fiel auf, wie braun und schmuddelig die Hand der Zigeunerin im Vergleich zu Jessamys war.
»Oooh. Dir lacht das große Glück, wahrhaftig. Du wirst einen feinen Herrn heiraten und in seidener Bettwäsche schlafen. Du wirst goldene Ringe an den Fingern tragen... feiner als diese Kette.« Sie hatte die Kette in die andere Hand genommen und begutachtete sie. »O ja, dir steht eine schöne, rosige Zukunft bevor.«
Ein Mann kam herbeigeschlendert. Er war ebenso dunkelhaarig wie die Frau.
»Hast wohl den Damen die Zukunft geweissagt, Cora?« fragte er die Zigeunerin.
»Die lieben kleinen Seelchen«, gurrte sie schmeichlerisch. »Sie wollten ihr Schicksal wissen. Die Kleine hier wohnt in dem feinen Haus.«
Der Mann nickte. Sein Blick gefiel mir ganz und gar nicht. Er hatte die stechenden Augen eines Frettchens; die Frau dagegen war dick und sah recht gutmütig aus.
»Hoffentlich haben sie dir ein Silberstück in die Hand gedrückt, Cora«, sagte er.
Sie schüttelte den Kopf.
Die kleinen Frettchenaugen glitzerten. »Oh, das ist aber Pech. Ihr müßt der Zigeunerin ein Trinkgeld geben.«
»Und wenn wir's nicht tun?« fragte ich neugierig.
»Dann kehrt sich alles um. Aus gut wird schlecht. Ach, das ist wirklich Pech... wenn man der Zigeunerin kein Silberstück gibt.«
»Wir haben kein Silber«, sagte Jessamy bestürzt.
Der Mann griff nach dem Kettchen. Er zerrte daran, und der Verschluß riß auf. Er lachte, dabei bemerkte ich seine scheußlichen schwarzen Zähne.

Nun sah ich ein, daß die Erwachsenen recht gehabt hatten und daß es wirklich unklug gewesen war, in den Wald zu gehen.
Der Mann hielt die Kette in die Höhe und begutachtete sie von allen Seiten.
»Das ist meine beste Kette«, sagte Jessamy. »Die hat mir mein Papa geschenkt.«
»Dein Papa ist ein reicher Mann. Der schenkt dir bestimmt eine neue.«
»Ich habe sie zum Geburtstag bekommen. Bitte, geben Sie sie mir zurück. Meine Mutter wird böse, wenn ich sie verliere.«
Der Mann versetzte der Frau einen Stups. »Und Cora wird bestimmt böse, wenn wir sie nicht bekommen«, sagte er. »Schaut, sie hat euch einen Dienst erwiesen. Sie hat euch euer Schicksal geweissagt, und das muß natürlich belohnt werden. Ihr müßt der Zigeunerin ein Trinkgeld geben... wenn nicht, wird furchtbares Unheil über euch hereinbrechen. Das stimmt doch, nicht wahr, Cora? Cora weiß es. Sie hat überirdische Kräfte. Sie steht mit denen in Verbindung, die alles wissen. Und auch der Teufel ist ein guter Freund von ihr. Er sagt zu ihr: ›Wenn dich jemand übers Ohr haut, Cora, dann gib mir Bescheid.‹ Nun, sich das Schicksal voraussagen zu lassen, ohne der Zigeunerin ein Silberstück zu geben, das verstößt gegen die Regel. Aber Gold tut's auch... mit Gold geht's genausogut.«
Jessamy war vor Schreck wie gelähmt. Sie starrte nur auf ihre Kette in der Hand des Mannes. Doch ich witterte Gefahr. Ich sah, wie diese kleinen Augen unsere Kleider, besonders Jessamys, musterten. Sie trug auch noch ein goldenes Armband, aber das war zum Glück von ihrem Ärmel verdeckt.
Wir mußten schleunigst von hier verschwinden. Ich ergriff Jessamys Hand und stürzte davon; ich rannte, so schnell ich konnte, und zerrte Jessamy mit mir. Aus dem Augenwinkel sah ich, daß der Mann hinter uns hersetzte.
Die Frau schrie ihm nach. »Laß sie in Ruhe. Sei kein Narr, Jem. Laß sie gehen und schirr die Pferde vor den Planwagen.«
Jessamy folgte mir keuchend. Dann blieb ich stehen und lauschte. Der Mann hatte Coras Rat befolgt und lief uns nicht mehr nach.
»Er ist weg«, sagte ich.

»Und meine Kette auch«, jammerte Jessamy.
»Wir sagen, er hat sich an uns rangemacht und dir die Kette weggerissen.«
»Aber das stimmt doch gar nicht«, widersprach Jessamy. Du liebe Güte, dachte ich, diese Wahrheitsfanatiker können einem ganz schön auf die Nerven gehen!
»Er hat sie dir weggeschnappt«, beharrte ich. »Wir dürfen nicht erzählen, wie weit wir in den Wald hineingegangen sind. Wir sagen einfach, er hat sich an uns herangemacht und sie dir weggeschnappt.«
Jessamy war sehr geknickt. Ich erzählte also zu Hause die Geschichte, hielt mich so weit wie möglich an die Wahrheit, ohne jedoch die Frau und ihre Wahrsagerei zu erwähnen.
Große Bestürzung war die Folge – nicht so sehr wegen des Verlustes der Kette, sondern weil wir, wie Tante Amy Jane es ausdrückte, belästigt worden waren. Ein paar Männer wurden in den Wald geschickt, doch der Wohnwagen war verschwunden, und nur die Radspuren und die Überreste des Feuers zeugten davon, daß dort Zigeuner gehaust hatten.
Tante Amy Jane, die sich um die meisten Belange des Dorfes ebenso kümmerte wie um die Angelegenheiten von Seton Manor, ließ überall im Wald Tafeln mit der Aufschrift »Zutritt für Unbefugte verboten« aufstellen, und von da an durften keine Zigeuner mehr im Wald kampieren. Mich plagte dabei das schlechte Gewissen, weil ich dies verursacht hatte, doch ich beruhigte mich mit dem Gedanken, daß ich den Zigeuner nicht zum Dieb gemacht hatte – das war er bereits gewesen –, und ich kam zu dem Schluß, daß ich mir eigentlich nichts vorzuwerfen brauchte.
Die arme, unschuldige Jessamy aber machte sich Vorwürfe. Sie errötete jedesmal, wenn von Zigeunern oder Wahrsagerei die Rede war. Wir hätten uns einer Lüge schuldig gemacht, sagte sie, und der Engel, der die guten und bösen Taten der Menschen aufzeichnete, würde es vermerken. Wir würden zur Verantwortung gezogen, wenn wir in den Himmel kämen.
»Bis dahin ist noch viel Zeit«, tröstete ich sie. »Und wenn der liebe Gott so ist, wie ich ihn mir vorstelle, dann kann er diesen kleinen

Petzengel nicht besonders gut leiden. Es ist nicht nett, den Menschen nachzuspionieren und ihre Taten in ein Buch einzutragen.«
Jessamy rechnete beständig damit, daß der Himmel sich auftun und Gott eine schreckliche Strafe über mich verhängen würde. Ich versicherte ihr jedoch, daß der Herr schon häufig Gelegenheit dazu gehabt und bisher nichts dergleichen unternommen hätte, und das müsse wohl bedeuten, daß er mich nicht für gar so sündhaft hielt.
Jessamy schwankte. Ihr Dasein war mit Ängsten und Unschlüssigkeit beladen. Die arme Jessamy – sie besaß so viel und verstand es kaum zu nützen.

Ich nahm stets regen Anteil an Amelia Lang und William Planter. Soweit ich zurückdenken konnte, hatten sie zum Haushalt des Pfarrhauses gehört, und all die Jahre hindurch war nichts Besonderes an ihnen gewesen. Dann entdeckte ich plötzlich, daß »zwischen ihnen etwas war«, wie Janet es ausdrückte. Von Stund an wurde ich von Neugier verzehrt und wollte unbedingt herausfinden, was das war. Ich unterhielt mich mit Jessamy darüber und dachte mir die wildesten Gerüchte über die beiden aus. Williams Name machte mir Spaß. William Planter (Pflanzer) sei ein hübscher Name für einen Gärtner, sagte ich zu Jessamy. War er nun Gärtner geworden, weil er Planter hieß, oder war es einfach ein Scherz Gottes... oder dessen, dem er diesen Namen ursprünglich zu verdanken hatte? William war nämlich der Sproß einer langen Ahnenreihe von Planters, und die waren alle für ihr gärtnerisches Geschick bekannt.
Jetzt überkam mich der Übermut, und ich steckte Jessamy damit an; wir vergaßen alle Benimmvorschriften und bedachten die Leute mit ähnlichen Namen wie William Planter. Die Köchin, meinte ich, müsse Mrs. Backegut heißen statt Mrs. Wells. Thomas, der Butler, müsse einen ihm gemäßen Namen haben. Offenbar wußte niemand, wie er richtig hieß. Er wurde immer nur Thomas genannt. Der Lakai sollte Jack Dienstmann heißen, der Kutscher George Pferdemeier. Und Jessamy müßte Jessamy Gütlich heißen.
Das alles fand ich unglaublich komisch.
Doch dieses »Etwas« zwischen William und Amelia ließ mir keine Ruhe. Einmal bot sich mir die seltene Gelegenheit, Amelia deswegen

auszuhorchen. Ja, es herrsche ein Einverständnis zwischen ihnen, doch William habe nie gesprochen, und solange er dies nicht tue, müsse alles bleiben wie bisher.
Ich verstand nicht, was sie meinte, denn ich hatte William schon häufig sprechen hören. Er sei doch nicht stumm, bemerkte ich. »Er hat nicht gesprochen«, beharrte Amelia, und mehr wollte sie nicht sagen.
Es war mein Werk, daß er schließlich ›sprach‹. Mir gelang es, sie eines Nachmittags zusammenzubringen. Ich hatte Amelia in den Garten gelockt, um ein paar Rosen zu pflücken, nachdem ich festgestellt hatte, daß William in den Rosenbeeten arbeitete. Als sie auf diese Weise beisammen waren, sagte ich: »William, du willst nicht sprechen. Du mußt aber, und zwar sofort. Die arme Amelia kann nichts tun, wenn du nicht *sprichst*.«
Sie sahen einander an; Amelia wurde puterrot und William nicht minder.
Dann sagte er: »Willst du, Amelia?«
Und Amelia erwiderte: »Ja, William.«
Ich betrachtete sie zufrieden, aber sie schienen mich total vergessen zu haben. Doch William hatte ›gesprochen‹, und jetzt waren sie verlobt.
Das Verlöbnis währte etliche Jahre, aber jedermann wußte, daß William und Amelia von diesem Tag an einander versprochen waren, und als Janet mir erklärte, dies bedeute, daß nun niemand anders sie haben könne, bemerkte ich, ich nähme nicht an, daß jemand anders sie wolle, und ich erzählte ihr, wie ich William zum ›Sprechen‹ gebracht hatte.
»Kleine Intrigantin!« rief sie aus und lachte dabei.
Es gab immer neue Gründe, weshalb Amelia und William nicht heiraten konnten. William lebte in einer winzigen Behausung auf dem Grund, der zum Pfarrhaus gehörte. Es war kaum mehr als ein Gartenhäuschen und bot nicht genügend Platz für zwei. Mit der Hochzeit mußten sie also warten, bis sie eine geeignete Unterkunft fanden. Amelia war über diese Verzögerung verstimmt, und doch war sie glücklich, weil William gesprochen hatte. Ich erinnerte mich oft daran, daß ich dabei meine Hand im Spiel hatte.

Mehrere Jahre vergingen, und dann passierte es: William fiel an einem Herbsttag vom Baum. Er war auf eine Leiter geklettert, um Äpfel von den oberen Ästen zu pflücken, dabei verfehlte er eine Sprosse. Er brach sich ein Bein und wurde nie mehr ganz gesund. Er humpelte, bekam Rheumatismus in dem kranken Bein, und mein Vater sprach mit Sir Timothy über ihn.

Sir Timothy war ein herzensguter Mensch, dem sehr am Wohl seiner Untergebenen gelegen war, und diejenigen, die bei uns lebten, fielen – natürlich dank Tante Amy Jane – ebenfalls unter seine Zuständigkeit.

Es war klar, daß etwas für William Planter getan werden mußte. Sir Timothy, dessen Liegenschaften offensichtlich im ganzen Land verstreut waren, besaß eine Hütte am Anger von Cherrington. Wegen des Holzapfelbaumes, der davor stand, wurde sie Holzapfelhütte genannt.

William konnte seit seinem Unfall nicht mehr richtig arbeiten. Es wurde ihm eine Leibrente versprochen, und er sollte Amelia heiraten, die er schon viel zu lange hingehalten hatte, um dann mit ihr in die Holzapfelhütte zu ziehen, die sie auf Lebenszeit bewohnen durften.

Also heirateten William und Amelia und zogen zufrieden nach Cherrington.

Amelia schickte uns jedes Jahr zu Weihnachten eine Karte. Sie schienen sich in die Ehe ebensogut eingelebt zu haben wie in der Holzapfelhütte.

Gelegentlich half uns ein Gärtner von Seton Manor aus, und eine Witwe aus dem Dorf übernahm an Amelias Stelle die Arbeiten im Haus.

Wir wuchsen heran. Jessamy war zwar ein paar Monate älter als ich, aber ich kam mir ihr gegenüber immer älter vor.

Inzwischen waren wir nun siebzehn geworden und sollten bald in die Gesellschaft eingeführt werden, allerdings erst, wenn wir das achtzehnte Lebensjahr erreicht hatten. Das Ganze hatte nur den einen Zweck, nämlich geeignete Ehemänner für uns zu finden. Vor diesem großen Ereignis fanden ein paar Gesellschaften statt, die ich ›Schnüffelabende‹ nannte, und eine davon, die mir damals nicht sonderlich bedeutsam erschien, hatte doch unser ganzes Leben verändert.

Tante Amy Jane lud ein paar Leute zu einem sogenannten ›kleinen Tanzfest‹ in ihr Haus. Es sollte kein Ball werden, nur ein vergnüglicher Abend, eine Art Generalprobe für den großen Feldzug, der gestartet werden sollte, sobald Jessamy achtzehn war.

Ich wollte wieder eines von Jessamys umgeänderten Kleidern anziehen, doch mein Vater protestierte und meinte, ich solle in der Stadt Stoff kaufen und mir von der Dorfschneiderin ein Kleid nähen lassen. Mir war aber klar, daß kein Stoff, den wir im Ort bekommen konnten, und keine noch so geschickte Verarbeitung durch die fleißige Sally Summers einen Vergleich mit einem umgeänderten Kleid aus Jessamys Garderobe standhalten konnte; denn Jessamys Kleider kamen aus London oder aus Bath und waren nicht nur nach der neuesten Mode geschnitten, mit der Sally Summers' biedere Näherei nicht Schritt halten konnte, sondern sie waren aus so zarten und feinen Stoffen, wie wir sie uns niemals hätten leisten können.

So überzeugte ich denn meinen Vater, daß ich mich in Jessamys abgelegten Kleidern ganz wohl fühlte, und wenn Janet sie geändert hatte, sah ihnen niemand an, daß sie für mich umgearbeitet worden waren.

Es war ein sehr schönes Kleid – mit einem enganliegenden Mieder, das die Taille betonte, und einem Rock mit Hunderten von Rüschen, die kaskadenartig herabfielen. Es war Jessamy zu eng geworden und ließ sich ohne Schwierigkeiten ändern.

Jessamy hatte dunkles Haar und war ein wenig bläßlich; sie schlug ihrem Vater nach und hatte dessen ziemlich große Nase geerbt. Jedoch ihr liebes Gesicht und die wunderschönen dunklen Rehaugen machten das wieder wett. Ich fand, sie hätte ausgesprochen reizvoll sein können, wäre sie nur ein wenig lebhafter gewesen. Das Kleid, welches ich trug, war rosa und hatte nicht zu ihrem Teint gepaßt. Ich war blond und hatte hellbraune Augen mit sehr langen Wimpern, die an den Spitzen golden schimmerten; meine scharf gezeichneten Brauen waren von einer dunkleren Schattierung als mein Haar und fielen daher besonders auf. Meine Haut war sehr hell, und ich hatte eine Stupsnase und einen breiten Mund. Ich wußte, daß ich attraktiv war, denn Leute, die mich zum erstenmal sahen, schauten gleich noch einmal hin. Ich war keineswegs schön, doch war ich immer guter

Laune, und nichts konnte meinen Frohsinn trüben. Immer hatte ich etwas zum Lachen und war glücklich, wenn ich meine Freude mit jemandem teilen konnte. Für manche Leute – solche wie Tante Amy Jane und Amelia – war dies entschieden ein Fehler; sie schüttelten die Köpfe und taten alles, um diese Eigenschaft zu unterdrücken. Andere dagegen fanden es amüsant und reizvoll, wie ich an der Art, wie sie mich anlächelten, merken konnte.
Da waren wir nun auf diesem Tanzfest, das sich als so schicksalhaft für meine Zukunft erweisen sollte.
Man hatte mir die Kutsche geschickt, was wirklich sehr aufmerksam von meiner Tante war, denn es wäre recht umständlich gewesen, in meinem Aufputz zu Fuß zum Herrschaftshaus zu gehen.
Ich traf noch vor den anderen Gästen ein und ging in Jessamys Zimmer. Sie trug ein über und über mit Rüschen und Volants besetztes blaues Seidenkleid. Mir wurde das Herz schwer, denn die Farbe stand Jessamy gar nicht, und außerdem machten Rüschen sie zu plump. Am besten sah sie in ihrem grauen Reitkostüm mit der streng geschnittenen Jacke und dem Hut mit dem grauen Seidenband aus.
Sie war wie immer davon begeistert, wie gut das Kleid zu mir paßte.
»Es ist zauberhaft«, rief sie aus. »Warum stehen dir meine Sachen immer besser als mir?«
»Liebe Jessamy, das bildest du dir ein«, schwindelte ich, denn ich war nie von Janets Wahrheit-um-jeden-Preis-Philosophie angehaucht. »Du siehst reizend aus.«
»Ist ja nicht wahr. Alles wird mir zu eng. Warum nehme ich nur dauernd zu? Du bist schlank wie eine Gerte.«
»Ich bewege mich mehr als du, Jessamy. Ich esse weiß Gott genausoviel wie du. Aber du bist nur hübsch mollig. Mary Macklin sagt, Männer mögen mollige Frauen, und sie muß es schließlich wissen.«
Ich kicherte, denn Mary Macklin war das leichte Mädchen unserer Gemeinde, und Tante Amy Jane setzte alles daran, sie aus dem Dorf zu vertreiben.
»Hat sie das zu dir gesagt?« fragte Jessamy.
»O nein, ich weiß es nur vom Hörensagen.«
Just in diesem Augenblick kam Onkel Timothy mit zwei kleinen Pappschachteln herein.

»Für meine Mädchen«, sagte er und betrachtete uns voller Stolz. Die Schachteln enthielten Orchideen. Ich stieß einen entzückten Schrei aus. Dies war genau das, was ich brauchte, um meinem umgeänderten Kleid einen Hauch von Eleganz zu verleihen. Noch dazu waren die Orchideen sorgfältig ausgewählt, denn sie paßten haargenau zu unseren Kleidern.
Onkel Timothy stand da und machte ein Gesicht wie ein vergnügter Schuljunge, und auf einmal kam mir seine Güte zu Bewußtsein. Er hatte den Planters die Holzapfelhütte überlassen, und mir schenkte er eine wunderschöne Orchidee, die vollkommen mit meinem Kleid harmonierte.
Ich legte meine Blume auf den Tisch und schlang meine Arme um Onkel Timothys Hals und gab ihm einen herzhaften Kuß. Ausgerechnet in diesem Augenblick kam meine Tante herein.
»Was geht hier vor?« verlangte sie zu wissen.
Ich löste meine Arme von Onkel Timothys Hals und sagte: »Onkel Timothy hat uns so wunderschöne Orchideen geschenkt.«
Onkel Timothy errötete und blickte ein wenig schuldbewußt drein, und meine Tante fuhr fort: »Ihr führt euch ja sehr ausgelassen auf. Ich stecke dir deine Blume ans Kleid, Jessamy. Es gibt nämlich eine richtige und eine falsche Stelle dafür.«
Onkel Timothy sagte: »Na, dann will ich mal wieder gehen. Es gibt noch eine Menge zu tun.«
»Das kann man wohl sagen«, erwiderte meine Tante frostig.
Ich trat vor den Spiegel und steckte meine Orchidee an. Ich war ganz hingerissen, bemerkte aber nebenbei, wie Tante Amy Jane mir ein- oder zweimal einen mißbilligenden Blick zuwarf.
Einer der Gäste war Captain Lauder. Ich schätzte ihn auf Anfang zwanzig; er war groß, elegant und sehr zuvorkommend. Er war der Sohn von Sir Geoffrey Lauder, und seine Familie gehörte unverkennbar zu den einflußreichen Mitgliedern der Gesellschaft; denn Tante Amy Jane behandelte sie ausgesprochen freundlich.
Captain Lauder wurde Jessamy vorgestellt und tanzte mit ihr. Er war sehr charmant, und es gelang ihm auf Anhieb, Jessamy ihre Befangenheit zu nehmen, was durchaus nicht einfach war. Bei Captain Lauder jedoch blühte sie auf, und ich gewahrte, daß Jessamy eigent-

lich recht attraktiv war; sie brauchte nur jemanden, der ihr den Glauben an sich selbst verlieh.
Auch ich wurde häufig zum Tanzen aufgefordert und bemerkte hin und wieder, daß Tante Amy Jane mich eindringlich beobachtete. Hoffentlich hatte ich nichts falsch gemacht, denn ich liebte derlei Veranstaltungen über alles, und es wäre mir unerträglich gewesen, wenn man mich davon ausgeschlossen hätte. Es gab so vieles, das mir Spaß machte und über das ich noch hinterher lachen konnte. Kurz vor dem Essen tanzte ich mit einem netten jungen Soldaten, und als wir ins Speisezimmer traten, stießen wir auf Jessamy und Captain Lauder.
»Das ist meine Cousine«, sagte Jessamy.
Captain Lauder sah mich an. Aus seinen Augen strahlte Bewunderung, als er meine Hand ergriff und sie küßte.
»Sie sind also Anabel Campion«, sagte er. »Miss Seton hat mir von Ihnen erzählt.«
Ich schnitt eine Grimasse, und Jessamy sagte schnell: »Aber nur Gutes.«
»Vielen Dank, daß du den Rest für dich behalten hast«, erwiderte ich, und alle lachten.
Wir nahmen zu viert an einem Tisch Platz, und es wurde eine sehr fröhliche Mahlzeit; doch immer, wenn ich aufblickte, ruhten Captain Lauders Augen auf mir.
Als wir das Speisezimmer verließen, war er an meiner Seite.
»Ich möchte mit Ihnen tanzen«, sagte er.
»Gut«, erwiderte ich, »sie fangen gerade wieder an zu spielen.«
Wir tanzten. »Sie sind schön«, stellte er fest.
Das war nicht wahr, aber ich hatte längst gelernt, daß es das beste war, die Leute bei ihrer guten Meinung zu lassen, und sei sie noch so falsch.
»Ich wollte, ich wäre Ihnen früher begegnet«, fuhr er fort.
»Aber Sie haben den Abend doch gewiß auch ohne meine Gesellschaft genossen.«
Er lachte. »Wie ich höre, sind Sie die Tochter des Pfarrers.«
»Ach du liebe Güte, da hat Sie Jessamy aber ausführlich aufgeklärt.«
»Sie hat Sie sehr gern.«

»Ich sie auch. Sie ist eine liebe Person.«
»O ja, das habe ich gemerkt. Trotzdem wünschte ich, der faszinierenden Miss Campion früher begegnet zu sein.«
»Was für bezaubernde Dinge Sie sagen.«
»Das klingt, als ob Sie die Wahrheit meiner Worte bezweifeln.«
»Sollte ich das? Ich habe eine so hohe Meinung von mir, daß es mir gar nicht in den Sinn kam, all die Nettigkeiten, mit denen Sie mich bedenken, nicht für bare Münze zu nehmen.«
»Finden Sie es nicht heiß hier drin? Wollen wir hinausgehen?«
Jetzt hätte ich natürlich nein sagen müssen, aber das tat ich keineswegs. Mir war sehr warm, und ich wollte genau wissen, wie weit Tante Amy Janes erlauchter Gast gehen würde.
Draußen schien der Halbmond zwischen den Sternen.
»Sie sehen im Mondlicht zauberhaft aus«, sagte er.
»Weil es nicht so viel enthüllt«, gab ich zurück.
Er hatte mich in den Schatten eines Baumes gezogen und seine Arme um mich gelegt.
Ich wand mich aus seiner Umarmung. »Nüchtern betrachtet«, sagte ich, »sollten wir in den Ballsaal zurückkehren.«
»Ich kann unmöglich nüchterne Betrachtungen anstellen, wenn Sie in meiner Nähe sind.«
Plötzlich packte er mich mit festem Griff, aus dem ich mich nicht befreien konnte, und dann lagen seine Lippen auf den meinen.
Das geschah viel schneller, als ich es für möglich gehalten hatte. Ich wollte doch gar nicht im Garten sein und gewaltsam von einem Mann geküßt werden, den ich kaum kannte! Aber er war einfach stärker als ich.
Plötzlich hörte ich ein Husten, und er hörte es wohl auch, denn er ließ mich abrupt los. Zu meinem Schrecken kam Tante Amy Jane auf uns zu.
»Oh«, sagte sie mit bestürzter Stimme, als sie sah, wen sie beim Küssen unter ihrem Baum ertappt hatte, und sie fügte hinzu: »Captain Lauder... und... hm... Anabel. Mein Kind, du wirst dich erkälten. Geh sofort hinein.«
Ich war heilfroh, der Situation entrinnen zu können, und im Davonlaufen hörte ich meine Tante gleichmütig fortfahren: »Ich möchte

Ihnen meine Hortensien zeigen, Captain Lauder. Da wir gerade hier draußen sind...«
Ich eilte geradewegs in Jessamys Schlafzimmer. Meine Haare waren zerzaust, mein Gesicht leicht gerötet, und auf der Wange hatte ich einen roten Fleck. Ich untersuchte ihn gründlich. Er würde bald verschwinden.
Rasch brachte ich mein zerzaustes Kleid und meine Frisur in Ordnung und ging in den Ballsaal zurück. Jessamy tanzte mit einem Gutsherrn aus der Nachbarschaft.
Am nächsten Tag machte ich mich auf eine Strafpredigt von Tante Amy Jane gefaßt. Sie hatte mit eigenen Augen gesehen, wie der Captain mich küßte, und ich war sicher, daß ich, da er zu ihren bevorzugten Gästen gehörte, für den Vorfall verantwortlich gemacht werden würde. Captain Lauder kam aus einer zu angesehenen und zu reichen Familie, um im Unrecht zu sein. Er war Junggeselle und ein durchaus angemessener Freier, und die Entdeckung eines idealen Gentleman in eben dieser Kategorie war ja Tante Amy Janes nächstes Ziel, und zwar eines, das sie beharrlich verfolgte. Wenn Captain Lauder daher bei ungehörigem Betragen ertappt wurde, so mußte er folglich zu dieser Unbesonnenheit verleitet worden sein.
Zu meiner Verwunderung ließ sie aber darüber kein einziges Wort fallen, nur hin und wieder fing ich einen recht seltsamen Blick von ihr auf.
Eine Weile wiegte ich mich in dem Glauben, sie hätte es vergessen. Aber Tante Amy Jane vergaß nie etwas.
Aus diesem Grund wurde ich auch nicht eingeladen, als Jessamy mit ihren Eltern Schloß Mateland einen Besuch abstattete, und ich war sicher, daß dies nur an jenem peinlichen Vorfall lag, denn ich hatte Jessamy schon häufig bei Besuchen begleitet, und Jessamy bat immer, daß ich mitkommen dürfe. Gewiß hatte sie es auch diesmal getan, doch Tante Amy Jane war unerbittlich.
Ich kam also nicht mit nach Schloß Mateland. Sonst hätten die Dinge womöglich eine andere Wendung genommen, und ich würde dies alles nicht für dich aufschreiben, Suewellyn. Dein und mein Leben wäre in glatteren Bahnen verlaufen. An welch dünnen Zufallsfäden hängen doch die großen Ereignisse in unserem Dasein! Dein und

mein Leben hätte so anders sein können... und das alles wegen eines unfreiwilligen Kusses unter einer Eiche!

In einem Zustand, den ich nur als verträumt bezeichnen kann, kehrte Jessamy von Schloß Mateland zurück. Eine Zeitlang bekam ich kein vernünftiges Wort aus ihr heraus; dann aber zeigte sich an ihr eine erstaunliche Veränderung.
Jessamy war wie neugeboren; sie war lebhafter geworden, was ihr meiner Ansicht nach immer gefehlt hatte, um attraktiv zu sein. Aus dem schlaksigen Mädchen war eine hübsche junge Frau geworden. Natürlich verlor ich keine Zeit, ihr alles Vorgefallene zu entlocken. Schloß Mateland schien ein zauberhaftes Anwesen zu sein, eine Mischung aus Eldorado, Utopia und den elysischen Gefilden. Es war von Göttern und einer Göttin bewohnt, und seit Jessamy über diese magische Schwelle geschritten war, hatte sich die Welt für sie verändert.
»Nie werde ich den ersten Anblick vergessen«, schwärmte sie. »Wir stiegen aus dem Zug, und die Kutsche von Mateland erwartete uns, um uns zum Schloß zu bringen. Die Fahrt an den Feldern vorbei wird mir unvergeßlich bleiben...«
»Es hat sich deinem Gedächtnis für immer eingeprägt. Das hast du bereits zweimal erwähnt. Weiter, Jessamy.«
»Es ist genau so, wie man sich ein Schloß vorstellt. Es stammt aus dem Mittelalter.«
»Wie die meisten Schlösser. Laß jetzt mal das Schloß beiseite. Was ist mit den Leuten?«
»Oh, die Leute...« Sie schloß die Augen halb und seufzte.
»Da ist zunächst Egmont Mateland...«
»Egmont! Ein mittelalterlicher Name, richtig zu einem Schloß passend.«
»Anabel, wenn du mich ständig unterbrichst und dich über alles lustig machst, erzähle ich dir nichts mehr.«
Ich war verblüfft. Anzeichen von Auflehnung bei unserer braven Jessamy! Ja, es mußte wirklich etwas geschehen sein.
»Da wäre also Egmont«, fuhr ich fort. »Und weiter?«
»Er ist der Vater.«
»Von wem?«

»Von David und Joel. David hat einen süßen kleinen Sohn namens Esmond. Er wird eines Tages das Schloß erben.«
»Wie interessant«, meinte ich kühl, als besagte das überhaupt nichts.
»Wenn du's natürlich nicht wissen möchtest...«
»Sicher möchte ich es wissen. Aber du machst so langsam.«
»Also gut. Dort leben die zwei Brüder David und Joel. David ist der ältere. Er ist mit Emerald verheiratet.«
»Die Namen gefallen mir.«
»Du unterbrichst schon wieder, Anabel. Wenn du's hören möchtest...«
»Und ob«, sagte ich zerknirscht.
»David verwaltet die recht ansehnlichen Güter. Joel ist Arzt...«
Aha, dachte ich, es ist Joel. Ich kannte meine Jessamy zu gut, als daß mir die Veränderung ihrer Stimme entgangen wäre, als sie seinen Namen erwähnte. Ich bemerkte auch das leichte Zucken ihrer Lippen.
»Erzähl mir von dem Arzt«, bat ich.
»Er ist so ein guter Mensch, Anabel. Ich meine, er tut wirklich eine Menge Gutes... für eine Menge Menschen.«
Mein Interesse erlahmte ein wenig. Leute, die für eine Menge Menschen eine Menge Gutes taten, waren einzelnen Personen gegenüber häufig gleichgültig. Sie liebten die Menschen als Masse, nicht als Einzelwesen. Überdies waren sie meist von ihren guten Werken so in Anspruch genommen, daß sie ansonsten etwas langweilig wirkten. Mein einziges Interesse an Joel galt der Wirkung, die er auf Jessamy ausübte.
»Inwiefern?« fragte ich.
»Durch seine Arbeit natürlich. Er hat eine Praxis in der kleinen Stadt. Das Schloß liegt etwas außerhalb... mitten auf dem Land. Er wohnt natürlich bei seiner Familie im Schloß. Die Matelands leben seit Jahrhunderten dort.«
»Seit den Tagen von Wilhelm dem Eroberer, möchte ich wetten.«
»Du machst dich schon wieder über sie lustig. Nein, *nicht* seit den Tagen von Wilhelm dem Eroberer. Das Schloß wurde erst hundert Jahre, nachdem er nach England kam, erbaut.«

»Ich sehe, du bist in der Familiengeschichte bestens bewandert. Sehr beachtlich nach einem einzigen kurzen Besuch.«
»Mir ist, als hätte ich Mateland zeit meines Lebens gekannt.«
»Das Schloß oder seine faszinierenden Insassen?«
»Du weißt schon, was ich meine.«
»Ja, Jessamy. Erzähl mir mehr von dem atemberaubenden Joel Mateland.«
»Er ist der jüngere Sohn.«
»Ja, das hast du mir bereits erzählt; er hat einen älteren Bruder namens David mit einem entzückenden Sohn Esmond, gezeugt mit der prächtigen Emerald. Die und Großpapa Egmont sind mir bereits bekannt. Jetzt erzähl mir von Joel.«
»Er ist groß und stattlich.«
»Selbstverständlich.«
»Er wollte seit jeher Arzt werden. Seine Familie war zuerst dagegen, weil die Matelands noch nie einen Arzt in der Familie hatten.«
»Das kann ich mir denken. Die sind bestimmt viel zu aristokratisch, um sich mit einem Beruf zu besudeln.«
»Laß doch die Sticheleien, Anabel. Du kennst die Leute ja gar nicht.«
»Glücklicherweise sind deine Kenntnisse so umfangreich, daß sie aus dir nur so heraussprudeln. Wie alt ist Joel?«
»Er ist nicht mehr so ganz jung.«
»Ich denke, er ist der jüngere Bruder?«
»Ist er auch. David ist etwa zwei Jahre älter. Er war schon zehn Jahre verheiratet, als Esmond geboren wurde. Joel war auch verheiratet, aber er hat keine Kinder. Wie alle angesehenen Familien wünschten sie sich einen Erben.«
»Was ist mit Joels Frau?«
»Sie ist gestorben.«
»Also Witwer, hm?«
»Er ist der interessanteste Mensch, dem ich je begegnet bin.«
»Das ist mir nicht entgangen.«
»Meiner Mutter hat er sehr gut gefallen. Mein Vater hat die Familie irgendwo kennengelernt... wo, habe ich vergessen. Deshalb haben wir sie besucht.«
»Es war offensichtlich eine sehr erfolgreiche Visite.«

»O ja«, seufzte Jessamy beseligt.
Sehr bezeichnend, dachte ich. Ein Witwer. Vielleicht der bestgeeignete Ehemann für Jessamy. Und Schloß Mateland! Es bestanden gute Aussichten, daß Tante Amy Jane ihren Segen dazu geben würde.
Dies schien wirklich der Fall zu sein, denn nach etwa einem Monat erfolgte ein weiterer Besuch auf Schloß Mateland. Er sollte nur ein paar Tage dauern, aber Jessamy und ihre Eltern blieben zwei Wochen fort.
Nach ihrer Rückkehr suchte mich eine strahlende Jessamy auf.
Ich erriet die Neuigkeit, bevor Jessamy sie mir erzählte. Sie hatte sich mit Joel Mateland verlobt. Tante Amy Jane hatte die Schlacht gewonnen, noch ehe sie richtig begonnen hatte. Keine großen Bälle für Jessamy – was bedeutete, wie mir mit einem schmerzlichen Stich bewußt wurde, daß es auch für mich keine geben würde. Ich hätte an Jessamys Bällen teilgenommen, konnte jedoch nicht erwarten, daß sie eigens für mich veranstaltet wurden.
Ich zuckte die Achseln.
Aber Jessamy, dieses gutmütige Geschöpf, fand noch Zeit, an mich zu denken.
»Wenn ich auf Schloß Mateland bin, mußt du mich besuchen und eine Weile bleiben.«
Ich sah ihren klaren Augen an, was für Pläne sie schmiedete. Jessamy hatte ihr Glück schon immer gern geteilt. Sie würde den besten Ehemann der Welt bekommen, und sie würde mit Freuden den zweitbesten für mich finden.
Ich gab ihr einen Kuß. Ich wünschte ihr alles Glück der Erde.
»Du verdienst es, liebste Jessamy«, sagte ich, und dieses Mal meinte ich es ernst.
Die Matelands kamen nicht nach Seton Manor. Joel habe so schrecklich viel zu tun, erklärte Jessamy, außerdem wäre sie mit ihren Eltern auf Mateland jederzeit willkommen.
Die Hochzeit sollte jedoch bei den Setons stattfinden. Tante Amy Jane stürzte sich mit Eifer auf die Vorbereitungen, denn dies sollte eine Veranstaltung werden, die alles bisherige übertraf. Da durften keine Kosten gescheut werden. Die ersehnte Hochzeit der einzigen Tochter mußte mit allen Ehren und aller Würde begangen werden.

Eines Nachmittags, kurz nach der Verlobung, kam Tante Amy Jane in ihrer Kutsche zum Pfarrhaus. Es war Anfang Mai – kein Wetter für Fußwärmer und Muff noch für einen Sonnenschirm. Der Lakai der Setons half ihr aus der Kutsche, und sie begab sich ins Haus. Janet führte sie in unseren ziemlich schäbigen kleinen Salon, in dem mein Vater üblicherweise seine Pfarrkinder empfing, wenn sie zu ihm kamen, um ihre Sorgen vor ihm auszuschütten.
Auch ich wurde herbeibefohlen.
Tante Amy Jane hatte auf dem einzigen bequemen Lehnstuhl Platz genommen, und selbst bei diesem hingen die Federn durch. Sie gaben ächzende Protestlaute von sich, wenn jemand sich niedersetzte, und ich fragte mich, wie sie das nicht unbeträchtliche Gewicht meiner Tante aushalten sollten. Sie musterte unser Zimmer mit abschätzigem Blick, doch mit den Gedanken war sie woanders. Sie schien außerordentlich guter Laune zu sein. Die Hochzeit ihrer Tochter würde das zweitgrößte Ereignis ihres Lebens werden, das lediglich von dem Triumph ihrer eigenen Vermählung mit dem reichen Sir Timothy überstrahlt wurde.
»Wie ihr wißt«, verkündete sie, »wird Jessamy heiraten.«
Ich konnte mich nicht enthalten zu murmeln: »Wir haben davon gehört.«
Tante Amy Jane zog es vor, meine Unverschämtheit zu ignorieren, und fuhr fort: »Die Hochzeit soll so glanzvoll wie möglich werden.« Sie lächelte selbstgefällig. ›Glanzvoll‹ – das bedeutete der Glanz von Onkel Timothys Geld, und es war wohlbekannt, wer das verwaltete.
»Timothy und ich haben beschlossen, daß es ein unvergeßlicher Tag für Jessamy und uns werden soll. Aber bis dahin gibt es noch viel zu tun. Ich weiß gar nicht, wie ihr Brautkleid rechtzeitig fertig werden soll. Aber um von der eigentlichen Feier zu sprechen... Jessamy hat einen Wunsch geäußert. Sie möchte, daß du ihre Brautjungfer bist, Anabel.«
»Oh, wie lieb von Jessamy. Sie denkt wirklich immer an andere.«
»Jessamy ist eben anständig erzogen.« Ein strenger Blick traf meinen Vater, dem dieser Seitenhieb völlig entging, da er sich abmühte, seine Brille zu fassen, die noch weiter als sonst nach hinten gerutscht war.
»Es steht also fest, daß du die Brautjungfer wirst. Dazu müssen wir

dich entsprechend einkleiden. Ich lasse Sally Summers kommen und ein Kleid für dich nähen.«
»Vielleicht könnten wir selbst etwas finden...«, begann mein Vater.
»Nein, James. Das Kleid wird nicht gefunden. Es wird gemacht. Es muß für diese Gelegenheit genau passend sein. Ich dachte an dottergelb.«
Dottergelb gefiel mir gar nicht. Es gehörte nicht gerade zu den Farben, die mir besonders gut standen, und ich hatte den Verdacht, daß Tante Amy Jane sie gerade deswegen ausgewählt hatte.
»Jessamy ist mehr für blaßrot oder azurblau«, fuhr sie fort.
Die gute Jessamy! Sie wußte genau, welche Farben am besten zu mir paßten.
»Ich vermute, daß sie als die Braut in diesem Fall die Entscheidung trifft«, meinte ich.
Meine Tante erwiderte nichts darauf. Statt dessen sagte sie: »Sally kommt in ein paar Tagen mit dem Stoff. Die Sache duldet keinen Aufschub. Ich habe Sally angewiesen, das Kleid hier zu machen. Sie dürfte ungefähr einen Tag dazu brauchen. Du wirst natürlich den Gottesdienst abhalten, James, und Anabel kann sich vor der Kirche der Hochzeitsgesellschaft anschließen, und hinterher kommt ihr zur Feier ins Gutshaus. Das Brautpaar macht seine Hochzeitsreise nach Florenz. Ihr könnt ins Pfarrhaus zurückkehren, wenn sie aufgebrochen sind. Ich stelle euch die Kutsche zur Verfügung.«
»Oh, Tante Amy Jane, wie gut du organisieren kannst!« rief ich aus. »Alles ist bis ins kleinste Detail geplant. Ich bin sicher, es wird wunderschön.«
Sie bedachte mich mit einem seltenen, zustimmenden Blick, und als sie fort war, kam mir in den Sinn, wie anders das Leben für mich sein würde, wenn Jessamy verheiratet war. Ihre Anwesenheit war mir so selbstverständlich, und ich würde sie sehr vermissen.
Aber ich konnte sie ja in diesem prachtvollen, zauberhaften Schloß besuchen und würde den Mann kennenlernen, der ein solches Wunder an ihr vollbracht hatte.
Zwei Tage später kam der Stoff für mein Kleid, ein weicher, azurblauer Seidenchiffon.
Die gute Jessamy! dachte ich.

Ein lieblicher Morgen brach an. Der Juni war der richtige Monat zum Heiraten, und morgen sollte Jessamys Hochzeitstag sein.
Im Gutshaus würde es wie in einem Tollhaus zugehen, wenn die vielen Gäste eintrafen. »Wir haben das Haus voll«, erklärte Tante Amy Jane stolz. »Die Familie des Bräutigams wohnt selbstverständlich bei uns im Haus.«
Ich hatte mich erboten, beim Schmücken der Kirche zu helfen. Schon am frühen Morgen waren aus den Gärten der Setons Rosen geschickt worden, die jetzt in Eimern im Vorraum der Kirche standen. Sally Summers beherrschte die Kunst des Blumenarrangierens ebenso vollkommen wie das Schneidern und war von meiner unermüdlichen Tante mit dieser Aufgabe betraut worden. Die arme Sally; sie hatte ganz dunkle Ränder um ihre Augen und war völlig überarbeitet, so sehr hatte man sie in den letzten Wochen herumgehetzt.
»Ich gehe schon mal hin«, sagte ich zu ihr. »Du kannst später kommen und die Blumen richtig arrangieren. Aber es ist für dich sicher eine Erleichterung, wenn sie bereits auf die verschiedenen Gefäße verteilt sind.«
Sally nickte mir dankbar zu, und ich begab mich an diesem Junimorgen, einem Tag vor Jessamys Hochzeit, gleich nach dem Frühstück in die Kirche, um mit der Dekoration zu beginnen.
Es war ein prächtiger Morgen, und ich war bester Laune. Morgen war ein großer Tag. Wer hätte es für möglich gehalten, daß Jessamy so bald heiraten würde! Die schüchterne kleine Jessamy hatte den Mann ihrer Wahl gefunden, und er war in einem Schloß zu Hause! – wenn er es auch mit David, Emerald, dem kleinen Esmond und Großvater Egmont teilte. Und der Bräutigam war noch dazu Arzt. Welch angesehener Beruf. Nie würde sie an mysteriösen Krankheiten leiden; denn er würde stets wissen, was ihr fehlte, und wem sollte er wohl aufmerksamere Pflege angedeihen lassen als seiner eigenen Frau? O ja, Jessamy glich der Prinzessin aus einem Roman. Nie hätte ich das für möglich gehalten. Ich hatte eigentlich immer gedacht, daß ich trotz meiner überwältigenden Benachteiligung als erste heiraten würde.
Nun, das Schicksal – oder Tante Amy Jane, was für mich ein und dasselbe war – hatte anders entschieden. Und so stand ich denn hier mit

Kübeln voller herrlicher Blumen, die den Vorraum der Kirche mit ihrem köstlichen Duft erfüllten, um mich einer Aufgabe zu unterziehen, für die ich nicht sonderlich geeignet war; doch für die bedauernswerte, überarbeitete Sally war ich immerhin eine Hilfe.
Ich trug die Eimer in die Kirche und holte die Vasen aus der Sakristei. Dann machte ich mich ans Werk. Ich sortierte die Blumen nach Farben und holte frisches Wasser von der Pumpe.
Eine Stunde lang arbeitete ich, vorsichtig mit den dornigen Stielen hantierend, und fing an, die Blumen, so gut ich es vermochte, zu arrangieren.
Es waren wunderschöne Blumen – nur die edelsten Blüten kamen für Tante Amy Jane in Betracht, und ich konnte mir vorstellen, wie sie die Gärtner herumkommandiert hatte, seit sie wußte, daß die Hochzeit stattfinden würde. Ich beschloß, die herrlichen rosa Rosen, die noch köstlicher dufteten als die anderen, auf den Altar zu stellen, und zwar in einem ziemlich schweren Metallgefäß. Dummerweise beging ich den Fehler, diese Vase zuerst mit Wasser zu füllen und die Blumen darin zu ordnen, um sie dann die teppichbelegten Stufen zum Altar hinaufzuschleppen. Ich hätte sie natürlich erst zum Altar tragen und dann füllen sollen. Aber ich hatte mir soviel Mühe mit dem Arrangement gegeben und wollte es deshalb nicht zerstören. Ich war überzeugt, daß ich ein solches Kunstwerk kein zweites Mal zustande bringen würde. Daher hob ich das Gefäß auf und stieg die Stufen zum Altar hinauf.
Bis heute weiß ich nicht genau, wie es passierte; ob ich hörte, wie die Kirchentür knarrte und dann aufging, worauf ich mich umdrehte und hinfiel, oder ob ich zuerst stolperte und stürzte und die Tür erst dann aufging. Jedenfalls drehte ich mich zur Tür um und sah einen Mann dort stehen... und dann entglitt das Gefäß meinen Händen. Zwar bemühte ich mich krampfhaft, die Vase zu retten. Doch vergebens. Die Rosen fielen heraus, und die Dornen zerkratzten meine Hände. Ich lag der Länge nach über die drei Stufen hingestreckt. Das alles geschah in weniger als einer Sekunde. So lag ich da, die Kittelschürze, die ich über mein Kleid gezogen hatte, war klatschnaß, die Blumen um mich verstreut, und die Vase war, im Fallen die edlen Blüten aus den Setonschen Gärten verstreuend, die Treppe hinuntergepoltert.

Ein Mann blickte auf mich herab.
»Was ist passiert? Ich fürchte, ich habe Sie erschreckt«, hörte ich ihn sagen.
Schon oft habe ich von derlei dramatischen Augenblicken gehört, in denen man Menschen begegnet, die einen augenblicklich in ihren Bann ziehen. Ich hatte nie daran geglaubt. Meiner Meinung nach mußte man einen Menschen erst lange kennen, ehe man beurteilen konnte, ob man ihn mochte oder nicht. Ein tiefes Gefühl muß erst erwachen. Doch auf diesen Altarstufen geschah irgend etwas mit mir. Zwar war ich versucht, die Situation auf die leichte Schulter zu nehmen, aber es lag etwas in der Luft, das keine Leichtfertigkeit duldete.
Der Mann war groß; er hatte dunkles Haar und dichte Augenbrauen. Sein Gesicht schien mir unergründlich, doch ich hätte es unaufhörlich betrachten mögen.
Ich konnte höchstens ein paar Sekunden dort gelegen und zu ihm emporgeblickt haben, doch es kam mir wie eine Ewigkeit vor. Dann kniete er neben mir nieder und half mir auf.
»Ich habe das Wasser über den Teppich gegossen«, klagte ich.
»Ja. Aber zuerst wollen wir sehen, ob mit Ihnen alles in Ordnung ist. Kommen Sie. Stehen Sie auf.«
Ich gehorchte.
»Geht's?« fragte er.
»Mein Fuß tut ein bißchen weh.«
Er kniete sich hin und befühlte mit sicherer, doch vorsichtiger Berührung meinen Knöchel.
»Sie müssen fest auftreten«, sagte er. »Verlegen Sie Ihr ganzes Gewicht auf den Fuß. In Ordnung?«
»In Ordnung.«
»Es ist nichts gebrochen. Was ist mit Ihrem Handgelenk? Sie sind darauf gefallen, glaube ich.«
Ich betrachtete meine Hände. Sie waren blutbefleckt.
»Nur ein paar Kratzer von den Dornen«, murmelte ich und rieb meine Hände aneinander.
Der Mann lächelte mich an, und erst jetzt wurde mir bewußt, wie unordentlich ich aussehen mußte in dem viel zu großen Kittel und mit meinen Haaren, die sich aus den Klammern gelöst hatten.

»Danke«, sagte ich mit niedergeschlagenen Augen.
»Wollen wir das hier nicht aufheben?« fragte er.
Er bückte sich und hob die Vase auf.
»Sie hat nichts abbekommen«, bemerkte er.
»Gottlob. Sie ist eines der besten Stücke aus dem Kirchenfundus.«
»Ja, sie ist recht hübsch. Wo soll sie hin?«
»Auf den Altar. Aber zuerst muß ich sie mit Wasser füllen und die Rosen wieder hineinstellen.«
»Ich an Ihrer Stelle würde es nicht noch einmal versuchen, die volle Vase die Stufen hinaufzutragen.«
»Es war dumm von mir, ich habe mir nichts dabei gedacht.«
Er stellte die Vase auf den Altar, und ich bückte mich nach dem Wasserkübel. Der Mann nahm ihn mir ab und trug ihn zum Altar hinauf. Ich stopfte die Blumen wahllos in die Vase. Sally Summers würde einen einen argen Schock bekommen.
»Morgen findet hier eine Hochzeit statt«, sagte ich. »Ich bin gerade dabei, die Kirche zu schmücken. Nicht besonders gut, wie Sie sehen, aber es wird alles noch ordentlicher hergerichtet. Sie wollen wohl die Kirche besichtigen?«
»Ja, es ist ein schönes altes Gebäude.«
»Normannisch. Jedenfalls zum Teil. Mein Vater führt Sie gern herum. Er ist in der Geschichte bestens bewandert.«
Der Mann musterte mich eindringlich. »Sie sind also die Tochter des Pfarrers.«
»Ja.«
»Es freut mich, Ihre Bekanntschaft zu machen. Ich bedaure nur, daß Ihnen durch mein Erscheinen ein solches Mißgeschick widerfahren ist.«
»Sie dürfen es meiner Unachtsamkeit zuschreiben.«
»Sind Sie wieder ganz in Ordnung?«
»Ja, völlig. Vielen Dank.«
»Kein bißchen mitgenommen?«
»Nein. Als Kind bin ich oft hingefallen.«
Er lächelte. »Haben Sie noch lange mit den Blumen zu tun?«
»Eigentlich schon. Aber ich muß gehen. Die Schneiderin kommt jeden Moment, und ich möchte sie nicht warten lassen. Sie hat soviel

zu tun, und sie ist außerdem noch für den Blumenschmuck zuständig, daher muß sie sich nicht nur vergewissern, ob ich für den großen Tag richtig angezogen bin, sondern sie muß auch noch mein trostloses Werk verschönern.«
»Nun«, meinte er, »dann darf ich Sie nicht länger aufhalten.«
»Ich hätte Ihnen gern die Kirche gezeigt«, sagte ich bedauernd. Ich hatte die Kunst, meine Gefühle zu verbergen, noch nicht gelernt, und aus irgendeinem Grunde fühlte ich mich ungeheuer beschwingt, was mir selbst unerklärlich war; denn bei anderen, ebenso gutaussehenden Männern, war mir das noch nie passiert. Unsere Unterhaltung war auch nicht gerade sehr geistreich gewesen. Ich war zwar eher etwas einsilbig, aber ich fühlte eine innere Seligkeit, daß er in die Kirche gekommen war.
»Vielleicht ein andermal«, meinte er.
»Kommen Sie öfter in diese Gegend?«
»Ich bin zum erstenmal hier«, erklärte er. »Aber ich komme wieder. Und dann müssen Sie mir alles genau zeigen.«
Zusammen verließen wir die Kirche. Er verbeugte sich und setzte seinen Hut auf, den er beim Eintritt abgenommen hatte. Er war in Reitkleidung und ging zu seinem Pferd, das am Friedhofstor festgebunden war. Ich kehrte ins Pfarrhaus zurück. Sally Summers war bereits da und sah nervös auf die Uhr.
»Schon gut, Sally«, sagte ich. »Ich war in der Kirche. Ich habe Wasser geholt und die meisten Blumen in die Vasen gestellt. Nicht besonders schön, aber es wird dir die Arbeit erleichtern.«
»O danke, Miss Anabel. Jetzt wollen wir mal sehen, ob das Kleid richtig sitzt. Ich war gestern im Gutshaus bei Miss Jessamy. Wie ein richtiges Gemälde sieht sie aus.«
Ich zog meine Schürze und das alte Kleid aus und streifte das blaue Seidenchiffonkleid über.
»Um Himmels willen, Miss Anabel, Sie haben ja Blut an den Händen«, rief Sally aus.
»Ich habe mich an den Rosenstielen gestochen. Ich bin über die Stufen gestolpert und habe die Vase und die Blumen fallen lassen.«
Sally stieß einen erschrockenen Laut aus und sagte: »Ich möchte nicht, daß Blut an das Kleid kommt, Miss.«

»Es hat ja schon aufgehört zu bluten«, beschwichtigte ich verträumt.
Und da stand ich nun in meinem prachtvollen Brautjungfernkleid und wünschte, der Fremde könnte mich jetzt sehen.
Ich stellte mir vor, er käme in die Kirche und würde fragen: »Ist die Pfarrerstochter da? Sie hat versprochen, mir die Kirche zu zeigen.«
Und dann würden wir zusammen herumgehen, und er würde wieder und immer wieder kommen.

Ich konnte mir gut vorstellen, wie es an diesem Morgen im Gutshaus zuging. Alle rannten sie sicher hin und her, und Tante Amy Jane würde, einem Kapitän auf der Brücke seines Schiffes gleich, darüber wachen, daß die Befehle ausgeführt wurden.
Und Jessamy? Sie würde früh aufwachen, falls sie überhaupt geschlafen hatte. Man würde ihr ein Frühstückstablett aufs Zimmer bringen. Das Brautkleid – Sally Summers ganzer Stolz – hing im Schrank bereit. Dann würde das Ankleideritual beginnen, um die kleine Jessamy in eine liebreizende Braut zu verwandeln.
Ich hätte eigentlich dabeisein sollen. Es war gemein von Tante Amy Jane, mich auszuschließen. Immerhin war ich Jessamys Vertraute. Ich hatte alle Geheimnisse ihrer Kindheit mit ihr geteilt. Sie würde gewiß jetzt gern mit mir reden wollen. Und ich hätte gern so vieles von ihr gewußt. Ich war sicher, daß Jessamy keine Ahnung von den ehelichen Pflichten hatte. Mein Wissen über diese Dinge war auch nicht eben groß, aber ich hielt Augen und Ohren offen und hatte dadurch einiges in Erfahrung gebracht.
Der Vormittag zog sich schier endlos hin. Mein Vater war nervös. Ihm oblag die wichtige Aufgabe, den Gottesdienst abzuhalten und die Trauung vorzunehmen.
»Es ist doch bloß eine Hochzeit wie jede andere auch«, versuchte ich ihn zu beruhigen. Doch an diese Worte sollte ich später noch denken.
Ich betrachtete mein Spiegelbild voller Genugtuung. Mein Brautjungfernkleid war äußerst elegant. Ich hatte noch nie ein eigens für mich angefertigtes Kleid besessen und kam mir darin großartig vor.
Endlich war es Zeit, zur Kirche zu gehen. Dort sollte ich auf die Braut warten. Und da kam sie mit Onkel Timothy, strahlend in ihrem wei-

ßen Satinkleid mit dem langen Schleier und Orangenblüten im Haar.
Sie fing meinen Blick auf und lächelte, als ich aus der hinteren Bank trat, um ihr und Onkel Timothy zum Altar zu folgen.
Die Gäste trafen ein – auf der einen Seite nahm die Gefolgschaft der Braut Platz, auf der anderen die des Bräutigams. Unsere kleine Kirche war bald bis auf den letzten Platz besetzt.
Dann kam der Bräutigam. Und ich brauche dir, Suewellyn, nicht zu sagen, wer er war, denn das hast du längst erraten. Er war der Mann, den ich tags zuvor in der Kirche getroffen hatte. Es war Joel Mateland, der im Begriff war, Jessamys Gatte zu werden.
Zunächst verstand ich meine Gefühlsregungen nicht, aber später wurde ich mir darüber klar. Ich spürte nur, wie Trauer mich wie eine große, schwere Wolke einhüllte. Und noch heute, wenn ich Rosenduft einatme, muß ich daran denken, wie Joel in der Kirche nach vorne schritt und an Jessamys Seite trat, und ich höre noch heute ihre Stimmen, die sich das Jawort gaben.
Und von der Stunde an hatte sich die Welt für mich verändert.
Wie durch einen Schleier sah ich ihn Arm in Arm mit Jessamy den Mittelgang entlangschreiten. Ich erinnere mich an den Hochzeitsempfang im Gutshaus, an die vielen Menschen und die aufwendige Pracht; Jessamy sah bezaubernd und glücklich aus, und der allgegenwärtige Rosenduft war überwältigend.
Joel trat zu mir und sagte: »Keine bösen Nachwirkungen?«
»Oh, der Sturz«, stammelte ich. »Danke, nein. Ich hatte ihn schon vergessen.«
Er stand da und blickte mich an – er lächelte nicht, sah mich nur an.
»Das Kleid steht Ihnen sehr gut«, sagte er.
»Danke. Jedenfalls besser als mein Kittel.«
»Der stand Ihnen auch«, meinte er.
Eine merkwürdige Unterhaltung zwischen Bräutigam und Brautjungfer.
Ich hörte mich sagen: »Ich hatte keine Ahnung, daß Sie der Bräutigam sind.«
»Ja, ich war ungerechterweise im Vorteil, denn ich wußte, wer Sie sind.«

»Warum haben Sie sich nicht vorgestellt?«
Er antwortete nicht, denn Jessamy war hinzugetreten.
»Oh, ihr macht euch ja schon miteinander bekannt. Das ist meine Cousine Anabel, Joel.« Sie sprach seinen Namen ziemlich schüchtern aus, fand ich.
»Ja, ich weiß«, erwiderte er.
»Ich hoffe, ihr werdet euch gut verstehen.«
»Das tun wir bereits. Aber vielleicht sollte ich nicht für Anabel sprechen.«
»Doch, doch, das dürfen Sie ruhig«, erwiderte ich.
Tante Amy Jane steuerte auf uns zu. »Na, ihr zwei...« Sie tat schalkhaft und genoß ihre neue Rolle als Schwiegermutter. Doch anstatt mich wie gewöhnlich über ihr Gehabe lustig zu machen, stieg diesmal ein gereizter Widerwille in mir hoch.
Das ist ungerecht, dachte ich. Oder doch nicht. Sie hätte mich mit auf das Schloß nehmen sollen. Dann wäre ich ihm früher begegnet. Was dachte ich da? Was war mit mir los? Ich wußte es ganz genau. So etwas kam zuweilen vor. Er hatte etwas an sich, das mich zu ihm hinzog, so daß ich gleichzeitig hätte lachen und weinen mögen. Dergleichen geschah hin und wieder, wenn auch selten. Und für mich war es zu spät geschehen.

Die Tage nach der Hochzeit vergingen nur schleppend. Ich war niedergeschlagen und vermißte Jessamy mehr, als ich es für möglich gehalten hätte. In der Bibliothek meines Vaters las ich ein Buch über Florenz und malte mir aus, ich sei dort... mit ihm. Ich versuchte mir Jessamy dort vorzustellen. Sie hatte sich nie besonders für Kunstwerke interessiert. Im Geiste sah ich sie vor mir, wie sie am Arno entlang spazierten, wo Dante Beatrice begegnet war, und wie sie auf der Ponte Vecchio klotzige, mit Steinen überladene, sündteure Armreifen kauften.
»Was ist denn plötzlich in Sie gefahren«, erkundigte sich Janet. »Sie machen ein Gesicht wie sieben Tage Regenwetter.«
»Das macht die Hitze«, sagte ich.
»Die hat Ihnen doch sonst nie was ausgemacht«, erwiderte sie. »Ich glaube, Sie sind eifersüchtig.«

Du lieber Himmel, das sah Janet ähnlich; sie ahnte die Wahrheit und zögerte nicht, sie mir vorzuhalten.
»Rede keinen Unsinn«, fuhr ich sie an.
Der August verging. Die Vorbereitungen zu dem Kirchenfest, das im Garten von Seton Manor stattfinden sollte, nahmen viel Zeit in Anspruch.
»Voriges Jahr«, klagte Tante Amy Jane, »war Jessamy hier und hat uns geholfen.«
Ich versuchte, mich am Dorfleben zu beteiligen, aber ich war nicht mit dem Herzen dabei. Das war ich zwar sonst auch nie gewesen, aber früher hatte ich alles spaßig gefunden. Jetzt aber langweilte mich alles.
Anfang September kam Jessamy für eine Woche nach Hause. Ich konnte es kaum erwarten, sie zu sehen. Ich war neugierig, was ich empfinden würde, wenn ich Joel wiedersah.
Doch ich wurde nicht nach Seton Manor eingeladen. »Jessamy möchte eine Weile mit ihren Eltern allein sein«, behauptete Tante Amy Jane. »Ohne Außenstehende... nicht einmal Verwandte.«
Sie war mit der Heirat sichtlich zufrieden.
Jessamy suchte mich jedoch bei der ersten Gelegenheit auf. Sie kam herübergeritten und sah bezaubernd aus in ihrem dunkelblauen Reitkostüm und dem frechen Hut mit einer winzigen blauen Feder.
Sie war zweifellos glücklich. Wir umarmten uns.
»O Jessamy, es war gräßlich ohne dich.«
Das überraschte sie. »Wirklich, Anabel?«
»Ich saß hier fest und schenkte auf dem Gartenfest eine Tasse Tee nach der anderen aus... die Tasse zu einem Penny, alles für einen guten Zweck; und du warst unterdessen mit deinem Märchenprinzen im romantischen Italien. Laß dich anschauen, mein Dornröschen, das durch einen Kuß erweckt wurde.«
»Du redest Unsinn, Anabel, wie immer. Ich hatte überhaupt nicht geschlafen, das kann ich dir versichern. Zum Glück. Sonst hätte ich Joel nicht gesehen.«
»Und ist er genau so, wie du es dir in deiner Phantasie ausgemalt hast?«
»O ja... und ob.«

»Warum hast du ihn nicht mit zu uns gebracht?«
»Er ist gar nicht hier. Er hat ja seine Arbeit.«
»Natürlich. Und er hat nichts dagegen, daß du hier bist?«
»O nein. Es war sein Vorschlag. Er sagte: ›Alle möchten dich gewiß sehen, dein Vater, deine Mutter, deine Cousine...‹ Er hat von dir gesprochen, Anabel. Ich glaube, du hast einen großen Eindruck auf ihn gemacht. Das war wieder mal bezeichnend für dich, Altarstufen hinunterzufallen.«
»Ja, das sah mir ähnlich. Ich muß ziemlich dämlich ausgesehen haben in Sallys Schürze, naß, mit hängenden Haaren und von Rosen umgeben.«
»Er hat's mir erzählt und hat darüber sehr gelacht. Er sagte, er fand dich sehr...«
»Ja?«
»Amüsant und... attraktiv.«
»Ich sehe, du hast einen scharfsichtigen Mann geheiratet.«
»Gewiß, sonst hätte er mich ja nicht genommen.« O ja, Jessamy hatte sich verändert. Sie trat sicher und selbstbewußt auf. Das hatte sie ihm zu verdanken. Glückliche Jessamy!
»Ich bin so neugierig«, sagte ich. »Du mußt mir von Florenz erzählen und von den Flitterwochen und vom Leben in dem zauberhaften Schloß.«
»Wenn du dich so sehr dafür interessierst, Anabel, mache ich dir einen Vorschlag.«
»Ja?«
»Komm doch mit, wenn ich zurückfahre.«
»O Jessamy!« rief ich. Es war, als blitzten rund um mich Lichter auf. Jubel... unbeschreiblicher Jubel, und dann warnte mich eine innere Stimme: Nein, nein. Du darfst nicht. Warum nicht? Du weißt, warum.
»Möchtest du nicht mitkommen, Anabel?« Ihre Stimme klang verwundert. »Ich denke, du interessierst dich so für das Schloß.«
»Das schon, aber...«
»Ich dachte, du würdest gern mitkommen. Gerade hast du gesagt, wie langweilig es hier ist...«
»Ist es ja auch... Soll ich wirklich?«

»Was um Himmels willen soll das heißen?«
»Jung vermählt und so. Das fünfte Rad am Wagen...«
Sie brach in Gelächter aus. »So ist es ganz und gar nicht. Wir leben ja nicht allein in unserem Heim. Wir wohnen mit den anderen zusammen im Schloß. Ich bekomme Joel nicht allzuoft zu sehen.«
»Was, du siehst ihn nicht oft?«
»Er hat seine Praxis in der Stadt. Manchmal übernachtet er auch dort. Zuweilen fühl' ich mich ein bißchen einsam.«
»Einsam? Was ist denn mit David und Emerald, mit dem kleinen Esmond und Großpapa?«
»Das Schloß ist so unendlich groß. Du hast nie in einem Schloß gelebt, Anabel.«
»Nein. Und du auch nicht, ehe du diese glänzende Partie gemacht hast.«
»Sprich nicht so darüber.«
»Wie?«
»Als ob du dich darüber lustig machst.«
»Du kennst meine vorlaute Art, Jessamy. Es war nicht so gemeint. Es liegt mir fern, mich über deine Ehe lustig zu machen. Du hast es verdient, glücklich zu sein. Du bist so ein *guter* Mensch.«
»Ach Unsinn«, sagte Jessamy.
Ich gab ihr einen Kuß.
»Du bist sentimental geworden«, meinte sie.
»Jessamy«, sagte ich fest, »ich komme mit dir.«

Vorher gab es noch eine Menge zu erledigen.
»Ja, du solltest wirklich gehen«, meinte mein Vater. »Es wird dir guttun. Du warst in letzter Zeit nicht recht auf der Höhe.«
»Kommst du ohne mich zurecht?«
»Natürlich. Es gibt genug Leute im Dorf, die mir gern helfen.«
Das stimmte. Als Witwer hatte mein Vater eine ganze Anhängerschaft mehr oder weniger älterer Damen, die sich nach Kräften bei ihm einschmeichelten. Er hat ihre Beweggründe nie durchschaut und glaubte, es sei lediglich die Kirche, der ihr Interesse galt. Er war ein überaus argloser Mensch, und ich war so ganz und gar nicht nach ihm geartet.

»Du brauchst etwas Neues zum Anziehen«, meinte Jessamy und kam mit einem Armvoll Kleider herüber. »Ich war eben dabei, sie auszusondern. Ich trage sie nicht mehr.«
Janet brannte geradezu darauf, sie umzuändern. Sie war mit meiner Reise nach Mateland durchaus einverstanden. Ich glaube, daß sie mich auf ihre zurückhaltende Art wirklich liebte und der Meinung war, nur mit Hilfe von Jessamy könne es gelingen, den richtigen Mann für mich zu finden. Janet hatte ihre Hoffnung auf die großen Bälle für Jessamy gesetzt, an denen ich teilnehmen sollte, und sie war überzeugt gewesen, daß ich diejenige sein würde, der die Freier nachliefen.
Tante Amy Jane hingegen war unschlüssig. »Warte noch eine Weile«, meinte sie. »Anabel kann dich später besuchen.«
Doch Jessamy gab nicht nach, und so saßen wir zwei an einem strahlenden Septembertag in einem Abteil erster Klasse und rollten Richtung Mateland.
Für Mateland war eigens eine Haltestelle eingerichtet worden, und ein Schild auf dem Bahnsteig verkündete: ›Schloß Mateland‹. Wir stiegen aus. Eine Kutsche mit einem livrierten Diener wartete bereits auf uns. Er verbeugte sich und nahm uns das Handgepäck ab. Er sagte zu Jessamy: »Der Rest wird mit dem Lastfuhrwerk abgeholt, Madam.«
Kurz darauf rumpelten wir die Straße hinunter zum Schloß.
Nie werde ich den ersten Anblick vergessen. Du hast es gesehen, Suewellyn. Ich habe es dir gezeigt, und du warst genauso beeindruckt wie ich. Deshalb will ich es dir nicht in allen Einzelheiten schildern. Ich brauche dir die würdevollen alten Mauern nicht zu beschreiben, das mächtige Pförtnerhaus, die Türme mit den Pechnasen und den schmalen Fensterschlitzen.
Ich war wie verzaubert. Ein goldener Schimmer lag über allem, und mir war, als stünde ich auf der Schwelle zu einem aufregenden Drama, in dem ich die Hauptrolle spielen sollte.
»Du bist von dem Schloß beeindruckt, wie ich sehe«, sagte Jessamy. »Das ergeht jedem so. Als ich es zum erstenmal sah, dachte ich, es sei aus einem der Märchen, die wir früher gelesen haben; weißt du noch?«

»O ja. Meistens wurde dort eine Prinzessin gefangengehalten, die es zu erretten galt.«
»Und alle Prinzessinnen waren schön und hatten langes blondes Haar. Wie du, Anabel.«
»Ich glaube, die Rolle paßt nicht ganz zu mir. Du bist die Prinzessin, Jessamy, aus jahrelangem Schlummer in Seton von Prinz Joel wachgeküßt.«
»Oh, ich bin so froh, daß du mitgekommen bist, Anabel.« Wir fuhren durch die Pforte in einen Hof. Diener eilten herbei und halfen uns beim Aussteigen.
»Danke, Evans«, sagte Jessamy äußerst würdevoll. Das Leben in einem Schloß hatte sie bereits geprägt, fand ich.
Du hast das Schloß von außen gesehen, Suewellyn, aber nicht von innen. Glaube mir, das Innere ist ebenso überwältigend. Die Vergangenheit scheint sich auf dich herabzusenken, sobald du die Eingangshalle betrittst. Es wundert mich nicht, daß die Matelands diesem Ort in Ehrfurcht zugetan sind. Es steht seit Jahrhunderten. Es wurde im zwölften Jahrhundert von einem Vorfahren errichtet, aber damals war es kaum mehr als eine Festung, die im Laufe der Jahrhunderte ausgebaut wurde. Ich glaube, die Matelands hängen an jedem einzelnen Stein. Sie haben das Schloß gepflegt und vergrößert. Es ist ihr Heim und ihr Stolz. Sogar ich spürte etwas von seiner Anziehungskraft, obwohl meine Verbindung mit ihm doch nur durch Jessamy zustande kam, die dort eingeheiratet hatte.
Die Eingangshalle hatte kunstvoll behauene Steinwände, an denen Waffen hingen; und etliche Rüstungen, die wohl einst verschiedenen Mitgliedern der Familie gehört hatten, standen wie Wächter herum. Sie hatte eine Decke aus edlen Hölzern, und am Ende war ein Podium für musikalische Vorträge; auf der anderen Seite befanden sich durchbrochene Zwischenwände, und neben dem Podium zog sich eine wunderschöne Treppe hoch. Jessamy blickte mich von der Seite an, um zu sehen, welchen Eindruck dieser Anblick auf mich machte. Ich muß gestehen, ich war sprachlos vor Staunen.
»Ich bringe dich in dein Zimmer«, sagte Jessamy. »Es liegt dicht bei meinem. Komm mit.«
Wir gingen durch die Halle und die Treppe hinauf. Oben befand sich

eine lange Galerie. »Das ist die Bildergalerie. Hier hängen die Familienmitglieder, die erlauchten und die anderen.«
»Du willst mir doch nicht erzählen, daß es auch ›andere‹ Matelands gab.«
»Jede Menge«, sagte sie lachend.
Ich wäre gern noch geblieben, doch sie drängte mich weiter. »Du hast später genug Zeit, sie zu betrachten«, sagte sie. »Komm, ich möchte dir dein Zimmer zeigen.«
»Wissen die anderen schon, daß du zurück bist? Wissen sie, daß ich mitgekommen bin?«
»Daß ich da bin, wissen sie. Von dir habe ich nichts erwähnt, weil du dich nicht gleich entschieden hattest.«
»Vielleicht wollen sie mich gar nicht hier haben.«
»Aber ich«, sagte sie und umarmte mich.
»Ein sonderbares Hauswesen ist das hier, findest du nicht?«
»Ja, weil es so furchtbar weitläufig ist. Jeder geht seiner Wege. Keiner stört den anderen. Das klappt recht gut. Ich dachte, du möchtest gewiß nicht abgeschieden irgendwo im Schloß wohnen. Deshalb hast du ein Zimmer in meiner Nähe.«
»Das ist gut so. Ich hätte wirklich nicht allein sein mögen. Ich würde mir einbilden, sämtliche längst verblichenen Matelands, die guten wie die ›anderen‹, kämen zu mir herabgestiegen.«
»Du hattest schon immer eine lebhafte Phantasie. Später zeige ich dir alles... die Bibliothek, die lange Galerie, die Waffenkammer, den Speisesaal, den Salon, das Musikzimmer... alles.«
»Es wundert mich nicht, daß es deiner Mutter hier gefiel und daß sie fand, dies sei eine angemessene Umgebung für ihr geliebtes Töchterchen.«
»O ja, meine Mutter war vom ersten Augenblick an begeistert.«
»Seton Manor erscheint dagegen wie eine Tagelöhnerhütte.«
»Ach komm, das darfst du nicht sagen.«
»Nein, natürlich nicht. Es ist ungerecht gegenüber dem guten alten Seton. Seton ist schön. Ich bin nicht sicher, ob es mir nicht sogar lieber wäre als das Schloß.«
»Jetzt hör aber auf mit dem Unsinn. Hier ist dein Zimmer.«
Ich blickte mich um. Es war ein kreisrunder Raum. Er hatte drei hohe,

schmale Fenster mit Vorhängen aus scharlachrotem Samt. Das Himmelbett hatte goldfarbene Gardinen und eine goldene Tagesdecke. In einem Alkoven befanden sich eine Waschschüssel und ein Wasserkrug. Der Fliesenboden war mit Perserteppichen bedeckt, darauf standen ein Tisch, mehrere Stühle, eine kleine Spiegelkommode und etliche niedrige Schränke. Ich war hingerissen von der Ausstattung.

»Wir befinden uns im westlichen Eckturm«, erklärte Jessamy. Ich trat ans Fenster und blickte auf Rasenflächen, grasbewachsene Hügel und entfernte Wälder.

»Meins... unseres liegt gleich da drüben, über den Flur.«

Ich sagte spontan: »Darf ich euer Zimmer sehen?« und wünschte augenblicklich, ich hätte es nicht gesagt. Ich wollte ihr Zimmer nicht sehen, wollte nicht an die beiden denken.

»Aber sicher. Komm und schau's dir an.« Ich folgte ihr drei Stufen hinunter auf einen Flur. Sie stieß eine Tür auf. Es war ein geräumiges, hohes Zimmer mit einem großen, mit feinen Seidengardinen versehenen Bett, einer Frisierkommode, Stühlen und zwei großen Wandtischen sowie einem Alkoven, der dem meinen ähnelte.

Im Geiste sah ich die beiden hier zusammen vor mir, aber ich mußte dieses Bild verdrängen. Es machte mich unglücklich.

Ich wandte mich ab und ging in mein Zimmer zurück.

»Wo wohnen die anderen?« fragte ich.

»David und Emerald wohnen im Ostflügel. Wir sehen sie bei den Mahlzeiten.«

»Und der Großvater?«

»Er bewohnt eine eigene Zimmerflucht, die er nur selten verläßt. Du, Anabel, ich muß dich auf etwas aufmerksam machen.«

»Ja?«

»Es handelt sich um Emerald. Sie ist gebrechlich. Sie hat eine Gesellschafterin.«

»Oh, als Invalidin hatte ich sie mir nicht vorgestellt.«

»Sie hatte vor ein paar Jahren einen Reitunfall, und nun sitzt sie die meiste Zeit in einem Sessel. Elizabeth ist ihr sehr zugetan.«

»Elizabeth?«

»Elizabeth Larkham. Sie ist fast so was wie eine Freundin. Sie ist Witwe und hat einen Sohn... Garth. Er ist im Internat. In den Ferien

kommt er hierher, damit er bei seiner Mutter sein kann. Weißt du ... die gehört beinahe zur Familie. Beim Abendessen wirst du alle kennenlernen.«
»Und ... dein Mann?«
»Er wird auch da sein, denke ich.«
Es klopfte an der Tür. »Oh, das ist dein Gepäck. Möchtest du dich waschen? Man wird dir heißes Wasser bringen. Und vielleicht möchtest du dich ein bißchen ausruhen? Wir essen im kleinen Speisezimmer. Ich führe dich hin, wenn du fertig bist. Man verirrt sich anfangs leicht in diesem Schloß. Jedenfalls ist es mir so ergangen.«
Mein Gepäck wurde hereingetragen, und ein Mädchen brachte warmes Wasser.
Ich nahm ein Kleid heraus – ein blaues mit enganliegendem Mieder und ziemlich weitem Rock –, eines der vielen umgeänderten, aus denen meine ganze Garderobe bestand; es war eine recht umfangreiche Garderobe, doch das einzige Stück, das eigens für mich angefertigt wurde, war das Brautjungfernkleid aus blauem Seidenchiffon.
Ich wusch mich und legte mich eine Weile auf mein Bett.
Wie seltsam war dies doch alles, sinnierte ich, und wie rasch ist alles gegangen. Letztes Jahr um diese Zeit hatten wir noch nie etwas von dem Namen Mateland gehört, und jetzt waren wir hier.
Während ich auf meinem Bett lag, überlegte ich hin und her, wie das Zusammentreffen mit Jessamys Mann ausfallen würde. Ich war ihm ja nur zweimal begegnet, einmal, als ich in der Kirche die Blumen arrangierte, und dann bei der Hochzeit; und doch konnte ich mich an jede Einzelheit seines Gesichtes erinnern. Ich wußte noch genau, wie er mich angeschaut hatte, fragend und eindringlich, als übte ich dieselbe Wirkung auf ihn aus wie er auf mich.
Mein Verlangen, ihn wiederzusehen, wurde nahezu unerträglich, dennoch vernahm ich gleichzeitig eine warnende innere Stimme.
Du hättest nicht herkommen dürfen, sagte sie.
Aber ich mußte doch Jessamys Einladung in ihr neues Heim annehmen. Nicht einmal Tante Amy Jane war dagegen gewesen.
Es klopfte an der Tür.
»Bist du fertig?« fragte Jessamy beim Eintreten. »Du siehst reizend aus.«

»Erkennst du es wieder?«
»Ja, aber ich habe damit nicht so gut ausgesehen.«
»Aber jetzt würde es dir stehen. Du bist so hübsch geworden. Die Ehe bekommt dir gut, Jessamy.«
»Ja«, sagte sie. »Das glaube ich auch.«
Sie schob ihren Arm durch den meinen.
»Morgen führe ich dich herum und zeige dir das Schloß.«
»Wie ein Monarch, der sein Reich inspiziert.«
»O nein. Das kommt mir nicht zu. Großvater Egmont ist der Schloßherr... und nach ihm David. Dann Esmond. Sie sind die Monarchen. Wir stehen am Rand. Du mußt bedenken, Joel ist der jüngere Sohn.«
»Ich glaube, dem alten Schloß gehört eure ganze Liebe.«
»Und ob, Anabel. Vielleicht empfindest du es nicht so... weil du keine Mateland bist. Einst haben sie um das Schloß gekämpft... haben ihr Leben dafür hingegeben.«
»Davon bin ich überzeugt. Und jetzt bist du eine von ihnen, liebe Cousine. – Gott, ist das ein weitläufiges Haus.«
»Ich sagte dir doch, das Schloß ist sehr groß.«
»Auf die Besichtigung freue ich mich richtig.«
»Es ist zum Teil recht schauerlich. Es gibt Verliese und so.«
»Meine liebe Jessamy, ich wäre schrecklich enttäuscht, wenn es hier keine Verliese gäbe.«
Wir waren zu einer von einem steinernen Spitzbogen umrahmten Tür gekommen, hinter der ich Stimmen vernahm. Jessamy drückte die Klinke und trat in ein Zimmer. Ich folgte ihr.
Es war kein großer Raum. Ein Feuer im Kamin verbreitete eine anheimelnde Atmosphäre. Ich sah mehrere Leute, und als wir eintraten, erhob sich ein Mann und kam auf uns zu.
Er sah nicht ganz so aus wie Joel, der meine Gedanken beherrschte, seit ich ihm begegnet war, und doch war eine Ähnlichkeit vorhanden, so daß ich sogleich wußte, daß dies David war, der ältere Bruder und Erbe des Schlosses. Er hatte dunkles Haar und leuchtende braune Augen. Er ergriff meine Hände und drückte sie fest. »Willkommen auf Mateland«, begrüßte er mich. »Ich wußte gleich, wer Sie sind. Miss Anabel Campion. Jessamy hat von Ihnen erzählt.«
»Und Sie sind gewiß...«

»David Mateland. Ich habe die Ehre, der Schwager Ihrer Cousine zu sein.«

Er hatte seinen Arm durch den meinen geschoben. Seine Hände waren warm, beinahe liebkosend.

»Hier ist sie, meine Liebe«, sagte er. »Jessamys Cousine Anabel. Wir dürfen Sie doch Anabel nennen? Sie gehören doch jetzt zur Familie.«

Das also war Emerald. Sie war alles andere als ein kostbarer Edelstein, obwohl ihr Name von *emerald*, dem englischen Namen für Smaragd, abgeleitet war. Sie war bleich und hatte sandfarbenes Haar. Ihre hellblauen Augen lagen in tiefen Höhlen, und ich fragte mich, ob sie viele Schmerzen litt. Ihre Beine waren in eine blaue Wolldecke gehüllt, und die dünnen, blaugeäderten Hände ruhten schlaff in ihrem Schoß.

Sie lächelte mich an. Es war ein gütiges Lächeln.

»Wir freuen uns, Sie bei uns im Schloß zu haben«, sagte sie. »Wie schön für Jessamy. Elizabeth, meine Liebe, komm und begrüße Anabel.«

Eine große, noch ziemlich junge Frau war ins Zimmer getreten. Ich schätzte sie auf Ende zwanzig. Sie war schlank; ihr glattes dunkles Haar trug sie in der Mitte gescheitelt und im Nacken zu einem Knoten zusammengefaßt. Sie hatte große, schläfrig wirkende Augen und volle rote Lippen, die nicht recht zu dem übrigen Gesicht paßten. Die ziemlich schmale Nase verlieh ihr ein etwas herbes Aussehen. Im ganzen war es aber ein interessantes Gesicht.

Sie streckte ihre Hand aus und umfaßte die meine mit festem Griff.

»Wir haben durch Jessamy schon so viel von Ihnen gehört«, sagte sie. »Sie wollte unbedingt, daß Sie für eine Weile herkommen.«

»Wir waren schon immer gute Freundinnen«, erwiderte ich.

Sie betrachtete mich mit abschätzigem Blick, und ich glaubte, in den schläfrigen Augen ein hintergründiges Glitzern wahrzunehmen.

»Wo ist Joel?« fragte David. »Kommt er noch?«

»Er weiß, daß ich heute nach Hause kommen wollte«, sagte Jessamy. »Ich bin sicher, er wird bald hier sein.«

»Das will ich hoffen«, meinte David. »Er ist noch nicht lange genug verheiratet, um einfach wegzubleiben. Laßt uns etwas trinken, wäh-

rend wir warten. Vielleicht möchte Miss Anabel unser Mateland Cup kosten. Das ist ein ganz besonderes Gebräu, wie Sie gleich feststellen werden, Miss Anabel.«
»Danke«, sagte ich. »Ich probiere es gern.«
»Trinke nicht zuviel davon«, warnte Jessamy. »Es ist sehr stark.«
»Du hättest sie nicht warnen sollen«, sagte David. »Ich hatte gehofft, daß vielleicht damit die Zurückhaltung schwinden und die wahre Miss Anabel hervortreten würde.«
»Ich kann Ihnen versichern, daß ich jetzt so bin, wie ich immer bin«, sagte ich. »Es gibt keine andere, die zum Vorschein kommen könnte.«
Er trat neben mich. Sein Blick ruhte auf mir, und ich hatte ein recht unbehagliches Gefühl dabei. »So?« meinte er. »Ich habe gleich gemerkt, daß Sie eine sehr ungewöhnliche Dame sind.«
Elizabeth Larkham brachte mir den Mateland Cup in einem Zinnbecher.
»Es wird Ihnen bestimmt schmecken«, meinte sie. »David braut es eigenhändig. Da läßt er niemand anderen heran.«
»Nur ich besitze die Zauberformel«, sagte er, indem er mir in die Augen blickte.
»Ich will es gern probieren«, erwiderte ich und setzte den Becher an meine Lippen.
»Jetzt bin ich gespannt, was Sie dazu sagen«, erklärte er.
»Es ist gut... sehr gut sogar.«
»Dann trinken Sie aus und nehmen Sie noch einen.«
»Ich bin gewarnt worden«, erinnerte ich ihn.
Er zog eine Grimasse, und Jessamy trat zu mir. »Ich trinke nie viel davon«, sagte sie.
»Dann will ich's auch nicht tun.«
Sie lächelte mich ein wenig besorgt an. Liebe Jessamy, dachte ich. Sie verdient von allem das Beste. Ein Schloß, einen Gatten, den sie liebt und von dem sie geliebt wird. Man mußte Jessamy einfach gernhaben.
Als wir uns zum Essen niedersetzen wollten, kam Joel.
Er ergriff meine Hand, und eine kribbelnde Erregung durchlief mich. Es schien, wir sahen einander länger an, als es die Sitte unter diesen

Umständen erlaubte, aber vielleicht bildete ich mir das auch nur ein.
»Ich freue mich, daß Sie gekommen sind«, sagte er.
»Danke. Und ich freue mich, daß ich hier bin.«
Wir setzten uns zu Tisch. Mein Platz war neben Joel, und ich war kaum je in meinem Leben so aufgeregt gewesen.
»Ich hoffe, es gab keine Komplikationen«, meinte er.
Ich war einen Augenblick lang verwirrt, und er fuhr fort:
»Der Sturz. Ihr Knöchel... Ihr Handgelenk...«
»O nein. Überhaupt keine.« Und dann dachte ich: Das ist nicht wahr. Es gab Komplikationen, aber die sind von der Art, daß man nicht davon sprechen kann. Denn seither ist nichts mehr so, wie es früher war.
Er sagte zu den anderen: »Als ich Miss Campion zum erstenmal sah, lag sie auf den Altarstufen.«
»Das hat gewiß etwas zu bedeuten«, meinte David.
»Ich war von Rosen umgeben.«
»Als Opferlamm?«
»Kaum. Ich hatte eine große Kittelschürze an und wollte eigentlich den Altar schmücken.«
»Aha, in der Ausübung guter Werke.«
»Für Jessamys Hochzeit«, ergänzte ich.
»Die Blumen waren zauberhaft«, rief Jessamy aus. »Nie werde ich diesen Rosenduft vergessen.«
»Ich bin sicher, sie waren äußerst kunstvoll arrangiert«, lächelte David.
»O ja, aber nicht von mir. Ich bin für dergleichen überhaupt nicht begabt.«
»Aber Sie verstehen sich bestens darauf, Altarstufen hinunterzufallen, da Sie dieses Mißgeschick ohne Schaden an Knöchel oder Handgelenk überstanden haben.«
David Mateland war mir ein Rätsel. Sein offenkundiges Interesse an meiner Person war mir unbehaglich. Er war durchaus freundlich, aber gleichzeitig spürte ich seinen leisen Spott.
»Ich hoffe, Sie werden sich hier im Schloß wohl fühlen«, sagte Emerald.
»Das nehme ich doch an«, erwiderte Jessamy an meiner Stelle.

»Es ist ein wenig zugig«, bemerkte Emerald. »Aber in dieser Jahreszeit ist das nicht unangenehm.«
»Es heißt, daß man im Winter, wenn der Wind von Osten weht, mit einem Schlachtschiff durch die Korridore segeln könnte«, fügte David hinzu.
»So schlimm ist es nun auch wieder nicht«, wandte sich Joel an mich, indem er seine Hand leicht auf meinen Arm legte. »Und außerdem haben wir noch nicht Winter.«
»Ich erinnere mich, als ich das erstemal hierher kam, war es recht unwirtlich«, sagte Emerald. »Ich bin aus Cornwall, wo das Klima milder ist.«
»Aber auch feuchter«, ergänzte Elizabeth Larkham. »Mir ist es hier lieber.«
»Oh, Elizabeth liebt diesen Ort und alles, was damit zusammenhängt.«
»Für mich ist es ein reines Glück, daß ich hier bin«, sagte Elizabeth zu mir. »Emerald ist so gut zu mir. Außerdem, es ist eine große Erleichterung, daß ich meinen Sohn während der Schulferien hier bei mir haben kann.«
»Liebe Elizabeth«, murmelte Emerald.
Die Unterhaltung verlief während der Mahlzeit in dieser Art weiter. Ich verspürte eine gewisse Spannung im Raum. Die Umgebung war so fremd für mich. In einem Zimmer mit Wandteppichen und mit einer Rüstung in der Ecke zu speisen, mit lauter Fremden – abgesehen von Jessamy – in einem mittelalterlichen Schloß zu weilen – das war weiß Gott neu für mich. Aber was noch viel interessanter war: daß das Leben dieser Menschen hier viel komplizierter war, als es den Anschein hatte.
Da war Emerald in ihrem Sessel, beflissen umsorgt von Elizabeth Larkham mit ihren katzenhaften Bewegungen und diesen merkwürdigen Augen, die so schläfrig schienen und doch alles aufnahmen, was um sie herum vorging. Und dann David. Es war leicht zu durchschauen, daß er Damengesellschaft liebte. Doch seine Blicke waren allzu kühn, als daß ich mich dabei hätte wohlfühlen können. Sein Mund hatte einen leicht grausamen Zug, der auch in seinen Reden zum Ausdruck kam. In seinen Worten schwang immer ein wenig

Sarkasmus mit, und ich konnte mir vorstellen, daß es ihm ein gewisses Vergnügen bereitete, verletzende Dinge zu sagen. Vielleicht war es falsch, ein vorschnelles Urteil zu fällen, aber das war nun mal meine Art. Wie oft hatte ich meine Einschätzung schon berichtigen müssen! David hatte eine invalide Frau, und das war für einen Mann mit seinem – wie ich mir denken konnte – sinnlichen Naturell gewiß eine harte Prüfung. Doch die erste Stelle in meinem Denken nahm Joel ein. Joel war mir ein Rätsel. Er war schwer zu durchschauen. Er schien sich von den anderen abzusondern. Er war Arzt, und es war kaum angebracht, daß ein Arzt in einem solchen Haus seinem Beruf nachging. Er hatte seine Praxis in der Stadt, die etwa drei Kilometer vom Schloß entfernt lag. Jessamy hatte erzählt, daß er in seiner Arbeit aufging und daß er manchmal über Nacht in der Stadt blieb. Ich konnte nicht ganz verstehen, warum er Jessamy geheiratet hatte.
Schon wieder zog ich voreilige Schlüsse. Wer kann schon wissen, was die Menschen zueinander hinzieht? Daß Jessamy ihn vergötterte, war unverkennbar, und die meisten Männer genießen es, vergöttert zu werden. Auch ich gehörte zu seinen Anbeterinnen. Wenn er zugegen war, galt meine ganze Aufmerksamkeit nur ihm. Ich verpaßte kein Wort, das er an mich richtete, und ich spürte jeden Blick, den er mir zuwandte, und ich glaube nicht, daß es lediglich Einbildung war, daß er dies ziemlich häufig tat.
Er erregte mich. Ich wollte in seiner Nähe sein. Ich wollte seine Aufmerksamkeit auf mich lenken, mit ihm reden, alles über ihn erfahren. Ich wollte wissen, was es bedeutete, in einem Schloß geboren zu sein, an einem solchen Ort zu leben, mit Bruder David aufgewachsen zu sein. Ich war wie von ihm besessen.
Den Kaffee nahmen wir in einem kleinen Salon ein. Es wurde sehr viel geredet. Morgen sollte ich Großvater Egmont vorgestellt werden und den kleinen Esmond kennenlernen. Er war vier Jahre alt, und ich erfuhr, daß er ein Jahr vor Emeralds Unfall geboren wurde.
Um zehn Uhr meinte Jessamy, sie wolle mich in mein Zimmer bringen. Sie sei müde von der Reise, und mir ergehe es gewiß ebenso. Morgen wolle sie mir das Schloß zeigen.
Ich wünschte Gute Nacht, und Jessamy begleitete mich mit einer Kerze in einem Messingleuchter die Treppe hinauf.

Mir war etwas unheimlich zumute, wie ich hinter Jessamy die Treppe hinaufstieg. Wir gingen die Galerie entlang. Die Bilder sahen im Kerzenschein anders aus; man hätte meinen können, es seien lebendige Menschen, die auf uns herabblickten.

»Wir können unmöglich Gaslicht im Schloß haben«, meinte Jessamy. »Das wäre ziemlich unpassend, nicht wahr?«

Ich stimmte ihr zu.

»Zu manchen Gelegenheiten stellen wir in der großen Halle Fackeln auf. Ich kann dir sagen, das wirkt fabelhaft.«

»Das kann ich mir denken. Jessamy, du liebst euer Schloß, nicht wahr?«

»Ja. Würdest du es nicht auch lieben?«

»Ich glaube schon«, erwiderte ich.

Wir waren in dem Turmzimmer angelangt, und Jessamy zündete auf der Frisierkommode zwei Kerzen an.

Ich wollte nicht, daß sie schon ging. Mir war, als würde ich in dieser Nacht nicht gut schlafen.

»Jessamy«, sagte ich, »lebst du gern hier mit all den Leuten?«

Sie riß die Augen weit auf. »Aber natürlich. Joel ist doch hier.«

»Aber es ist eigentlich nicht wie in einem eigenen Heim, nicht wahr? Da sind David und Emerald... eine eigene Familie. Du weißt, was ich meine.«

»Familien wie diese haben immer zusammengelebt. In alten Zeiten waren es noch viel mehr Personen. Wenn Esmond heranwächst und heiratet, wird er mit seiner Familie ebenfalls hier leben.«

»Und eure Kinder vermutlich auch.«

»Natürlich. Das ist Tradition.«

»Und du verstehst dich gut mit David und Emerald?«

Sie zögerte einen Augenblick. »Ja... ja... natürlich. Warum auch nicht?«

»Das beteuerst du mir zu stark. Warum nicht?, fragst du. Ich denke, es gibt genug Gründe für Unstimmigkeiten. Die Menschen müssen nicht unbedingt gut miteinander auskommen, nur weil sie gezwungen sind, zusammenzuleben. Es ist sogar eher wahrscheinlich, daß sie sich nicht vertragen.«

»O Anabel, das sieht dir ähnlich. Ich kann nicht sagen, daß ich Eme-

rald ausgesprochen gern hätte. Sie ist ziemlich zerstreut und in sich gekehrt. Das liegt an ihrem Zustand. Es ist schrecklich. Früher war sie immer geritten. Diese Unbeweglichkeit muß sich ja schließlich auf ihr Gemüt legen, nicht wahr? Und David – nun, ihn verstehe ich überhaupt nicht. Der ist mir zu raffiniert. Er sagt so spitze Sachen... manchmal...«
»Spitze Sachen?«
»Verletzende Sachen. Er und Joel kommen nicht gut miteinander aus. Brüder müssen sich nicht immer gut verstehen, oder? Manchmal glaube ich, David ist eifersüchtig auf Joel.«
»Eifersüchtig? Warum? Hat er Absichten auf dich?«
»Natürlich nicht. Aber da ist etwas... Und dann... Elizabeth.«
»Sie scheint eine sehr verschlossene junge Dame zu sein.«
»Sie ist wunderbar zu Emerald. Ich glaube, David ist ihr sehr dankbar für das, was sie für Emerald tut. Und sie ist natürlich froh, daß sie hier ist. Sie ist schließlich Witwe und hat einen Sohn. Er ist ungefähr acht... etwa vier Jahre älter als Esmond und im Internat, und wenn er in den Ferien herkommen darf, ist sie so dankbar. Das befreit sie von einem großen Problem. Anabel, du magst Joel doch, oder?«
»Ja«, sagte ich ruhig, »ich mag ihn. Ich mag ihn sehr.«
Sie legte ihren Arm um mich.
»Darüber bin ich froh, Anabel«, sagte sie, »sehr froh.«

Am nächsten Morgen machte Jessamy mit mir einen Rundgang durch das Schloß. Joel sei schon in die Stadt gegangen, erklärte sie mir.
Ich war von allem, was ich sah, bezaubert.
Sie schlug vor, ganz unten zu beginnen. Wir stiegen eine steinerne Wendeltreppe hinab. Man mußte sich an einem Seil festhalten, da die Stufen nicht sehr breit waren und sich auf einer Seite zu schmalen Stegen verengten.
Die Verliese mit ihren kleinen, stickigen Zellen, von denen viele nicht einmal ein winziges Gitterfenster hatten, flößten mir Angst ein.
Jessamy sagte: »Ich finde es gräßlich hier unten. Hierher kommt nie jemand... außer wenn wir Gäste herumführen. Früher hatte jedes Schloß seine Verliese. Es gab einmal einen Mateland, zu König Ste-

phans Zeiten, glaube ich, als sich das Land im Aufruhr befand, der hatte Reisenden aufgelauert und sie hier festgehalten, um Lösegeld zu erpressen. Sein Sohn war noch schlimmer. Der hat sie sogar gefoltert.«
Ich schauderte. »Laß uns weitergehen und den Rest besichtigen«, schlug ich vor.
»Du hast recht. Es ist grauenvoll hier unten. Ich habe angeregt, die Verliese zumauern zu lassen, aber die Matelands wollen nichts davon hören. Bei der bloßen Erwähnung irgendwelcher Veränderungen im Schloß läuft Egmont puterrot an.«
»Das kann ich verstehen. Aber hier unten... ich finde, was hier geschah, sollte man am besten vergessen.«
Wir stiegen, wiederum mit Hilfe eines Halteseils, eine andere Treppe hinauf und gelangten in eine steinerne Halle.
»Hier befinden wir uns genau unter der großen Eingangshalle«, erklärte Jessamy. »Wenn du dort die Treppe hinaufgehst, kommst du in einen schmalen Durchgang, und dann stehst du vor der Tür, die in die Haupthalle führt. Dies hier ist eine Art Krypta. Wenn jemand stirbt, wird die Leiche für eine Weile hier aufgebahrt.«
»Es riecht nach Tod«, sagte ich.
Sie nickte. »Sieh dir das Kreuzgewölbe aus hartem Kalkstein an. Und fühl nur mal diese massiven Säulen.«
»Sehr beeindruckend«, sagte ich. »Dies ist sicher der älteste Teil des Schlosses.«
»Ja, es gehört zum ursprünglichen Bau.«
»Das Leben muß damals sehr hart gewesen sein.«
Die Verliese gingen mir nicht aus dem Sinn. Sie würden mich noch verfolgen, wenn ich wieder in meinem luxuriösen Zimmer war.
Wir kehrten in die Halle zurück, wo Jessamy mich auf die kunstvollen Steinmetzarbeiten und die wahrhaft edlen Hölzer an der gewölbten Decke hinwies. Sie zeigte mir die erlesene Faltenfüllung, die angebracht worden war, als Königin Elisabeth das Schloß besuchte, und die Schnitzereien am Fuß des Musikantenpodiums, die Szenen aus der Bibel darstellten. Dann begaben wir uns zu der langen Galerie, wo ich die Portraits einstiger und heutiger Matelands betrachtete. Es war interessant, Großvater Mateland dort zu sehen und einen Ein-

druck von dem Mann zu bekommen, den ich bald kennenlernen sollte. Er hatte große Ähnlichkeit mit David, dieselben dichten Brauen und die durchdringenden Augen. Von Joel und David hingen ebenfalls Bilder dort.
»Der kleine Junge ist wohl noch nicht gemalt worden«, bemerkte ich.
»Nein, sie werden nicht eher gemalt, als bis sie einundzwanzig geworden sind.«
»Wie aufregend, auf all deine Vorfahren zurückzublicken. O Jessamy, vielleicht werden deine Nachkommen dies alles eines Tages erben.«
»Das ist kaum wahrscheinlich«, sagte sie. »Erst müßte ich einmal ein Kind haben... und dann gibt es doch Esmond. Seine Kinder werden die Erben sein. David ist der ältere.«
»Angenommen, Esmond würde sterben... oder er bliebe unverheiratet... und deshalb gäbe es keine rechtmäßigen Erben.«
»Oh, sprich nicht davon, daß Esmond stirbt! Er ist so ein niedlicher kleiner Junge.«
Sie schien es auf einmal sehr eilig zu haben, von der Bildergalerie fortzukommen.
Wir besichtigten die übrigen Räume, den Salon, das Speisezimmer, wo wir am Abend zuvor gegessen hatten, die Bibliothek, die Waffenkammer – eine solche Gewehrsammlung hatte ich noch nie gesehen –, das Elisabethzimmer, das Adelaidezimmer – beide Königinnen hatten das Schloß mit ihrer Gegenwart beehrt – und die vielen Schlafgemächer. Ich wunderte mich, wie jemand den Weg durch das Schloß finden konnte, ohne sich zu verirren.
Schließlich kamen wir zur Kinderstube, und dort machte ich Esmonds Bekanntschaft. Er war, wie Jessamy gesagt hatte, ein hübscher kleiner Knabe. Er saß mit Elizabeth Larkham auf einer Bank vor einem Fenster; Elizabeth las ihm vor.
Er stand auf, als wir eintraten. Er kam auf uns zu, und Jessamy sagte: »Das ist Esmond. Esmond, das ist Miss Campion.«
Er ergriff meine Hand und küßte sie. Es war eine reizende Geste, und ich fand ihn sehr hübsch mit seinem dunklen Haar und den schönen braunen Augen... unverkennbar ein Mateland.

»Du bist Jessamys Cousine«, stellte er fest.
Ich bejahte und erklärte, daß ich mir das Schloß anschaute.
»Ich weiß«, sagte er.
Elizabeth legte ihm eine Hand auf die Schulter. »Esmond hat ständig nach Ihnen gefragt«, sagte sie.
»Das ist aber nett von dir«, wandte ich mich an den Jungen.
»Kannst du lesen?« fragte er. »Dies ist die Geschichte von den drei Bären.«
»Ich glaube, die kenne ich«, sagte ich. »›Wer hat auf meinem Stuhl gesessen?‹ ›Wer hat von meinem Mus gegessen?‹«
»Es war kein Mus. Es war Brei«, berichtigte er mich ernsthaft.
»Ich nehme an, das wechselt mit den Jahren«, erwiderte ich. »Mus oder Brei, was macht das schon?«
»Das macht sehr viel«, beharrte er. »Mus ist kein Brei.«
»Esmond ist ein Kleinkrämer«, sagte Elizabeth.
»Wieso bin ich ein Krämer?« fragte Esmond. »Was ist ein Krämer?«
Elizabeth sagte: »Das erkläre ich dir ein andermal. Ich wollte gerade mit ihm hinausgehen«, wandte sie sich an uns. »Es ist Zeit für seinen Morgenspaziergang.«
»Noch nicht«, sagte Esmond.
Sie nahm ihn fest bei der Hand.
»Du hast später noch Zeit genug, um dich mit Miss Campion zu unterhalten«, sagte sie.
»Und wir setzen jetzt unseren Rundgang fort«, meinte Jessamy.
»Es ist phantastisch hier, nicht wahr?« Elizabeth blickte mir ins Gesicht, und wieder hatte ich das Gefühl, daß etwas Abschätzendes in ihrem Blick lag.
Ich stimmte ihr zu.
»Wir gehen zu den Zinnen hinauf«, verkündete Jessamy. »Ich möchte dir den Wandelgang zeigen.«
»Wir sehen uns später«, sagte ich zu Esmond. Er nickte und meinte bekümmert: »Es war bestimmt kein Mus.«
Jessamy und ich stiegen erneut eine von diesen beschwerlichen Wendeltreppen hinauf, und dann befanden wir uns bei den Zinnen.
»Esmond ist ein sehr ernsthaftes Kind«, sagte Jessamy. »Er müßte mehr mit anderen Jungen in seinem Alter zusammen sein. Nur wenn

Garth und Malcolm hier sind, bekommt er andere Jungen zu sehen. Und die sind beide älter als er.«
»Von Garth habe ich gehört«, sagte ich. »Aber wer ist Malcolm?«
»Er ist eine Art Vetter. Sein Großvater war Egmonts jüngerer Bruder. Ich habe einmal gehört, daß es vor Zeiten einen Streit zwischen Egmont und seinem Bruder gegeben hatte. Egmont hat dann eingelenkt, und Malcolm kommt nun regelmäßig zu Besuch. Ich glaube, Egmont sieht in ihm einen möglichen, wenn auch nicht wahrscheinlichen Erben des Schlosses. Falls Esmond stürbe und Joel und ich keine Kinder hätten, wäre Malcolm wohl der nächste in der Reihe. Malcolm ist ungefähr so alt wie Garth... manchmal sind sie beide zusammen hier. Das ist gut für Esmond. Elizabeth ist natürlich in ihn vernarrt, und ich glaube, sie ist ein bißchen eifersüchtig, wenn er sich jemand anderem zuwendet.«
»Auf mich braucht sie nicht eifersüchtig zu sein. Ich bin nur ein vorüberziehender Gast.«
»Sag das nicht, Anabel. Ich möchte, daß du oft herkommst. Du weißt ja nicht, wie sehr deine Gegenwart mich aufheitert.«
»Dich aufheitert! Als ob du das nötig hättest.«
»Ich meine, deine Gegenwart hilft mir sehr.«
Ihre Worte ließen mich aufhorchen. Offensichtlich standen die Dinge auf dem Schloß nicht so, wie sie schienen. Jessamy war nicht vollkommen glücklich. Ich war sicher, daß es etwas mit Joel zu tun hatte.

Drei Tage war ich nun schon im Schloß. Ich hatte die Bekanntschaft von Egmont gemacht, einem recht grimmig dreinschauenden alten Herrn mit den buschigen, bei ihm allerdings ergrauten Augenbrauen der Matelands. Er war sehr leutselig zu mir. »Er hat dich ins Herz geschlossen«, stellte Jessamy fest.
Sie erzählte mir, er stehe in dem Ruf, in seiner Jugend ein Schürzenjäger gewesen zu sein und überall in der Umgebung Maitressen gehabt zu haben. Im ganzen Bezirk wimmelte es geradezu von Matelands.
»Ich glaube, er hat nie versucht, seine Vaterschaft zu leugnen«, sagte Jessamy. »Er war stolz auf seine Männlichkeit und hat sich stets um seine Abkömmlinge gekümmert.«

»Und was sagte seine Frau zu all diesen Bastarden?«
»Sie hat sie still geduldet. Was hätte sie auch sonst tun können? Damals war dergleichen ja noch viel selbstverständlicher als heute, da die Königin mit so gutem Beispiel vorangeht.«
»Sie erhebt die Tugend zur Mode«, bemerkte ich, »aber das bedeutet manchmal, die Unmoral nur zu verschleiern, statt sie zu unterdrücken.«
Jessamy runzelte die Stirn, und ich fragte mich, was sie wohl dachte. Ich bekam allmählich ein gutes Gespür für ihre Stimmungen. Zum erstenmal in ihrem Leben verbarg Jessamy etwas vor mir. Irgend etwas stimmte nicht. Doch so sehr ich mich auch bemühte, ich konnte sie nicht dazu bewegen, mir ihre Probleme anzuvertrauen, und je länger ich mich im Schloß aufhielt, um so fester war ich überzeugt, daß es dort Geheimnisse gab.
Joel sah ich häufig, aber nie allein. Manchmal hatte ich den Eindruck, daß wir uns beide aus dem Weg gingen. Doch eines Tages trafen wir zufällig zusammen.
Ich war einige Male ausgeritten. Jessamy ritt sehr viel. Das hatte sie in Seton schon getan, und Tante Amy Jane hatte widerwillig erlaubt, daß ich zusammen mit Jessamy Reitunterricht nahm. Ich war immer gern geritten, und zu den glücklichsten Tagen meiner Kindheit zählten diejenigen, an denen ich, in Jessamys umgeänderten Reitkleidern, über die Felder preschte oder die Wege entlangtrabte. Damals hatte ich nichts Aufregenderes gekannt, als vom Wind zerzaust auf einem Pferd übers Land zu galoppieren.
Es machte Spaß, auf Mateland zu reiten, wo selbstverständlich in einem großen Reitstall mehrere Pferde zur Verfügung standen. Wir suchten das richtige Tier für mich aus, und Jessamy und ich ritten täglich.
Einmal trafen wir unterwegs auf David. Er befand sich auf seiner Runde durch die Matelandschen Güter, die er verwaltete, und als er uns sah, gesellte er sich zu uns.
Er plauderte liebenswürdig und erkundigte sich, was ich von dem Reitstall auf Mateland hielt und von dem Pferd, das wir für mich ausgesucht hatten, ob ich eine erfahrene Reiterin sei und so weiter.
Jessamy verlangsamte ihr Tempo, um mit einer Frau vor einer der

Hütten zu plaudern. Ich bemerkte ein seltsames Lächeln auf Davids Lippen. Er ließ sein Pferd schneller gehen, und ich tat es ihm nach. Er bog in einen Feldweg ein, und da wurde mir klar, daß er versuchte, Jessamy abzuschütteln.
Ich fragte: »Weiß sie, daß wir diesen Weg nehmen?«
»Sie wird es schon merken.«
»Aber...«
»Ach, kommen Sie, Anabel. Nie habe ich eine Chance, mit Ihnen zu sprechen.«
In seiner Stimme schwang ein Ton mit, der mich auf der Hut sein ließ.
»Wir werden Jessamy verlieren«, wandte ich ein.
»Vielleicht ist es Absicht.«
»Meine nicht«, gab ich ihm zu verstehen.
»Anabel, Sie sind eine sehr attraktive junge Dame, das wissen Sie selbst. Und Sie sind nicht so spröde, wie Sie mich glauben machen wollen. Sie haben uns alle behext.«
»Sie alle?«
»Meinen Vater, mich und meinen jungvermählten Bruder.«
»Es schmeichelt mir, daß ich einen solchen Eindruck auf Ihre Familie mache.«
»Anabel, Sie würden überall Eindruck machen. Sie haben mehr als nur Schönheit. Wußten Sie das?«
»Nein, aber es interessiert mich, eine Aufzählung meiner Vorzüge zu hören.«
»Sie sind so vital... so empfänglich...«
»Empfänglich wofür?«
»Für das, was Sie in Männern erwecken.«
»Hier bekomme ich eine ganze Menge beigebracht, aber jetzt muß ich darauf bestehen, daß die erste Lektion hiermit beendet ist und daß die erste Lektion die letzte bleibt.«
»Ich finde Sie sehr amüsant.«
»Sonst noch ein Talent? Sie machen mich ganz eingebildet.«
»Ich sage Ihnen nichts, was Sie nicht schon wissen. Seit Sie ins Schloß gekommen sind, denke ich immerzu an Sie. Haben Sie auch an mich gedacht?«

»Ich denke natürlich an die Menschen, in deren Gesellschaft ich mich befinde. Jetzt aber denke ich, daß wir uns wieder zu Jessamy begeben sollten.«
»Erlauben Sie mir, Sie auf den Gütern herumzuführen. Es gibt eine Menge, das Sie interessieren wird, Anabel...«
Ich machte kehrt und rief nach Jessamy, die uns bereits suchte.
»Ich habe euch nicht in den Weg einbiegen sehen«, sagte sie vorwurfsvoll.
In meinem Innern war ich sehr aufgewühlt. Es war mir klar, daß ich nicht länger auf dem Schloß bleiben durfte. Dieser Mann war mir unheimlich. Ich wollte fort von ihm.

Lange dachte ich über Davids Worte nach. Die Männer in der Familie waren alle von mir beeindruckt, hatte er gesagt. Ich wußte, daß *er* beeindruckt war. Was versprach er sich von mir? Einen kurzen Flirt, eine flüchtige Affäre? Er war mit einer behinderten Frau verheiratet, und das war gewiß eine harte Prüfung für einen Mann von seinem Naturell. Ich bezweifelte nicht, daß er versuchte, jede Frau, mit der er in Berührung kam, zu verführen, daher sollte ich seine Annäherungsversuche vielleicht nicht allzu wichtig nehmen. Ich mußte ihm nur zeigen, daß es nicht meine Art war, mich auf kurze Liebesabenteuer mit verheirateten Männern einzulassen... und selbst wenn, daß er mich keineswegs reizte.
Ich saß gern bei Großvater Egmont und plauderte mit ihm. Auch er machte mir Komplimente und gab mir eindeutig zu verstehen, daß er mich für eine anziehende junge Frau hielt. Ich hatte zuvor nicht viel darüber nachgedacht, und es war, als habe ich mich verändert, seit ich über die Schwelle von Schloß Mateland getreten war, als wäre eine Zauberformel über mich gesprochen worden. »Jeder Mann, der dich erblickt, wird dich begehren!« So oder ähnlich. Großvater Egmont deutete mit einem listigen Augenzwinkern an, daß er, wäre er dreißig Jahre jünger, mir den Hof machen würde. Das amüsierte mich, und ich ging unbeschwert und kokett darauf ein, was ihn entzückte. Mir fiel auf, daß er sich gegenüber Jessamy, Emerald und Elizabeth ganz anders benahm. Tatsächlich schien ich etwas in mir zu haben, das diesen Funken in den Matelands entzündete.

Ich wußte auch, daß Joel für meine Gegenwart empfänglich war, doch er schien mir auszuweichen. Aber eines Tages traf ich beim Ausritt mit ihm zusammen. Jessamy hatte irgendwelche Pflichten zu erledigen und mich gefragt, ob es mir etwas ausmachte, heute allein auszureiten.
Ich verneinte, und als ich durch das große Tor und den Hügel hinab auf den Wald zuritt, gesellte sich Joel zu mir.
»Hallo«, sagte er und tat überrascht. »Reiten Sie heute allein?«
»Ja. Jessamy hat zu tun.«
»Haben Sie ein bestimmtes Ziel?«
»Nein. Ich reite einfach drauflos.«
»Haben Sie etwas dagegen, wenn ich Sie ein Stück begleite?«
»Im Gegenteil«, erwiderte ich.
So ritten wir durch den Wald, und ich spürte dieselbe Erregung wie bei unserer ersten Begegnung in der Kirche und dann bei der Hochzeit. Dieses eigenartige innere Feuer konnte nur er in mir entfachen. Er fragte, ob ich meinen Besuch genieße, und dann sprach er von der Pfarrei und der Kirche, die ihn so beeindruckt hatte, und ich unterhielt mich prächtig. Ich jubelte innerlich; ich wollte die Minuten einfangen und festhalten, damit sie nicht vorübergingen.
»Es ist nichts Besonderes an mir. Ich vermute, alle Pfarrerstöchter und -frauen führen ein ähnliches Dasein«, plauderte ich. »Ansonsten gibt es immer ein besonders wichtiges Anliegen bei den Pfarreien. Entweder ist es das Dach, der Kirchturm oder Glockenstuhl... Wir haben jetzt in England das Jahrhundert der verfallenden Kirchen, was vermutlich ganz natürlich ist, weil die meisten vor mindestens fünfhundert Jahren erbaut wurden. Sie haben gewiß auch Probleme mit dem Schloß.«
»Ständig«, bestätigte er. »Unser großer Feind, der Totenkäfer, zwingt uns unaufhörlich zum Handeln. Wenn wir glauben, wir hatten ihn vernichtet, dann hören wir ihn an einer anderen Stelle klopfen. Das ist die große Sorge meines Bruders.«
»Und die Ihre ist Ihr Beruf. Gibt es viele Ärzte in Ihrer Familie?«
»Nein. Ich bin der erste. Es gab Streit deswegen, aber ich blieb eisern.«
»Das kann ich mir denken.«

»Oh, Sie haben sich ein Bild von mir gemacht, wie?«
»Ja. Ich halte Sie für einen Mann, der alles erreicht, was er sich in den Kopf gesetzt hat.«
»Ganz so ist es nicht. Es sprach eigentlich nichts dagegen, daß ich Arzt wurde. So etwas war einfach noch nie dagewesen, und wenn Ihnen ein dümmerer Grund einfällt, etwas nicht zu tun, nur weil es das noch nie gegeben hat, so nennen Sie ihn mir bitte.«
»Ich wüßte keinen«, sagte ich. »Sie haben also studiert und Examen gemacht.«
»Ja. Ich war schließlich nicht der Erbe. Die zweiten Söhne haben mehr Freiheiten als die Erstgeborenen. Manchmal ist es nicht übel, der zweite Sohn zu sein.«
»In Ihrem Fall gewiß nicht. Erzählen Sie mir von Ihrem Studium. Sind Sie als Spezialist ausgebildet?«
»Nein... als praktischer Arzt...« Er berichtete mir von seiner Ausbildung und wie er schließlich eine Praxis in der Stadt eröffnet hatte. »Es wurde höchste Zeit«, sagte er. »Es gibt zu wenig Ärzte in dieser Gegend. Ich habe viel zu tun, das dürfen Sie mir glauben.« Er wandte mir unvermittelt sein Gesicht zu. »Möchten Sie meine Praxis sehen? Ich zeige sie Ihnen gern. Ich hoffe, daß ich bald in der Lage sein werde, in der Stadt ein Hospital zu bauen, denn das haben wir dringend nötig.«
»Ja«, sagte ich, »gern.«
»Dann kommen Sie mit. Es ist nicht weit.«
Wir waren am Stadtrand angelangt und ritten schweigend weiter. Ich fragte mich, ob er sich oft auch mit Jessamy so unterhielt. Es machte ihm sichtlich Vergnügen, über seine Arbeit zu sprechen.
Mateland war eine kleine Stadt, und als wir durch die Straßen ritten, riefen mehrere Leute Joel einen Gruß zu. Er machte seine Bemerkungen dazu. »Da drüben geht eine Herzerweiterung. Schwieriger Fall. Der Mann traut sich entschieden zuviel zu.«
»Die Nieren«, sagte er über eine magere kleine Frau, die »Guten Morgen, Doktor« rief, als wir vorüberkamen.
Ich lachte. »Für Sie sind das also Herzen und Nieren oder was sonst bei ihnen nicht in Ordnung ist.«
»Das ist schließlich mein Beruf.«

»Wir übrigen sind vermutlich ganze Körper, bis Sie feststellen, daß eines unserer Organe besondere Aufmerksamkeit verdient.«
»Ganz recht.«
Wir waren bei einem dreistöckigen Haus angelangt. Es stand etwas abseits von den anderen Häusern in der Straße. Eine Wagenauffahrt und ein halbkreisförmiger Fußweg mit einem Tor an jedem Ende führten zum Haus. Wir ritten hinein, stiegen ab und banden unsere Pferde an.
Als wir ins Haus traten, kam eine Frau ins Vestibül, die ich sogleich für die Haushälterin hielt.
»Dorothy«, sagte Joel, »das ist Miss Campion, die Cousine meiner Frau.«
Dorothy musterte mich mit abschätzendem Blick.
»Guten Tag, Miss«, sagte sie.
»Irgendwelche Nachrichten?« fragte Joel.
»Jim Talbot war hier. Sie möchten heute nachmittag mal bei seiner Frau hereinschauen. Er sagt, es geht ihr besser, aber sie ist noch nicht wieder ganz auf dem Damm.«
»Ich gehe heute nachmittag zu ihr, Dorothy.« Er wandte sich an mich. »Möchten Sie Tee oder Kaffee? Ich denke, dazu haben wir noch Zeit, Dorothy, ehe die Sprechstunde beginnt.«
»Ich hätte gern Kaffee«, bat ich, und Dorothy ging hinaus.
Es wurde eine zauberhafte Stunde für mich. Joel erzählte mit glühender Begeisterung von seiner Arbeit, und ich hatte den Eindruck, daß er sich nur mit wenigen Menschen so angeregt unterhalten konnte wie mit mir. Sein Leben verlief so anders als das der übrigen Familie. Er war ein moderner Arzt, und dazu diese mittelalterliche Umgebung!
Während wir Kaffee tranken, erläuterte er mir seine Lage.
»Wäre ich der ältere«, sagte er, »so wäre mir dies alles nicht möglich gewesen. Es bedeutet mir sehr viel. Ich kann nicht beschreiben, wie aufregend das ist. Man weiß nie, ob man nicht eine entscheidende Entdeckung macht... ein unbekanntes Symptom, ein Heilmittel... etwas, das einem einen Hinweis gibt, wie man weitermachen soll. Mein Interesse für die Medizin wurde durch einen alten Arzt geweckt, als ich noch ein kleiner Junge war. Der Arzt kam zum Schloß,

um meine Mutter zu behandeln, und ich beobachtete ihn und hörte ihm zu. Mein Vater lachte mich aus, als ich erklärte, ich wolle Arzt werden. ›Warum nicht?‹ fragte ich. ›David wird das Schloß und die Güter verwalten.‹ Es wäre ihnen natürlich lieb gewesen, wenn ich ihn dabei unterstützt hätte. Dabei wäre es gewiß zu Reibungen gekommen. Ich weiß nicht, wer sturer ist, er oder ich. Jeder von uns will seinen eigenen Weg gehen, und wenn zwei Menschen wie wir in verschiedene Richtungen streben, muß einer nachgeben. Warum waren Sie nicht dabei, als Jessamy das erste Mal aufs Schloß kam? Sagten Sie nicht, Sie waren oft auf Seton Manor?«

»Man hat mich nicht gefragt«, sagte ich.

Er blickte mich ganz fest an, und dann äußerte er etwas, das mich gleichzeitig erschreckte und entzückte. Er sagte einfach: »Wie schade!«

Ich hörte mich rasch erwidern: »Nun, jetzt bin ich ja hier.«

Er schwieg einen Augenblick, dann sagte er: »Wir sind eine eigenartige Gesellschaft im Schloß, finden Sie nicht?«

»Wieso?«

»Sind Sie etwa nicht der Meinung?«

»Man ist nie auf Menschen vorbereitet, die man noch nicht kennt.«

»Sie glauben also nicht, daß es mit uns etwas Besonderes auf sich hat?«

»Nein. Außer daß Sie Ihre Vorfahren über Hunderte von Jahren zurückverfolgen können und in einem Schloß leben.«

»Einen großen Teil meiner Zeit verbringe ich hier.« Er zögerte.

»Gefällt es Jessamy hier auch?« fragte ich.

»Sie ... sie ist noch nicht oft hier gewesen. Ich übernachte hier, wenn ich am nächsten Morgen früh auf den Beinen sein muß oder spät abends noch arbeite.«

»Es ist nicht sehr weit bis zum Schloß.«

»Aber manchmal ist es bequemer, hierzubleiben.«

Seltsam, als Jessamy das erwähnte, hatte es ganz anders geklungen.

»Um von der Besonderheit unserer Familie zu reden«, fuhr er fort, »es hat immer Gerüchte über uns gegeben. Es heißt, auf uns lastet ein Fluch, der die Ehefrauen der Matelands betrifft.«

»Oh, was ist das für ein Fluch?«

»Das ist eine lange Geschichte. Kurz gesagt, während des Bürgerkrieges brach ein Zwist zwischen dem Schloß und einigen Stadtbewohnern aus. Sie waren für das Parlament. Die Schloßbewohner waren natürlich strenge Royalisten. Die Armee des Königs war in der Übermacht und überfiel die Stadt; ein Bewohner floh mit seiner jungen schwangeren Frau ins Schloß. Sie baten um Hilfe. Sie wurde ihnen verweigert, und einer meiner Vorfahren drohte, er werde sie den Mannen des Königs ausliefern. Sie gingen fort, und die Frau starb im Straßengraben. Ihr Mann verfluchte daraufhin die Matelands. Sie hätten seine Frau ermordet, sagte er, und deshalb sollte das Unglück über alle ihre Frauen kommen.«

»Nun, ich nehme an, der Fluch hat sich als unwirksam erwiesen.«

»Dessen bin ich mir nicht so sicher. Das Merkwürdige an diesen Legenden ist, daß sie sich ab und zu bewahrheiten, und dann lebt die Erinnerung an sie um so stärker wieder auf.«

»Und wenn nicht, geraten sie vermutlich in Vergessenheit.«

»Meine Mutter bekam Lungentuberkulose, als ich zehn Jahre alt war«, sagte er. »Sie wissen, Jessamy ist meine zweite Frau. Nie werde ich den Abend vergessen, als Rosalie starb. Sie war meine Frau... meine erste Frau. Sie war achtzehn. Wir kannten uns seit unserer Kindheit. Sie war zierlich, hübsch und ein wenig frivol. Sie tanzte für ihr Leben gern und war sehr eitel... auf charmante Art eitel, verstehen Sie?«

»Ja«, sagte ich, »ich verstehe.«

»Auf dem Schloß sollte ein Ball stattfinden. Rosalie schwärmte seit Tagen von ihrem Kleid. Es war über und über mit Rüschen besetzt... fliederfarben, das weiß ich noch. Sie war begeistert und probierte es am Abend vor dem Ball an. Sie tanzte darin wild im Zimmer herum, geriet zu nahe an die Kerzenflamme; wir versuchten sie zu retten... aber es war zu spät.«

»Wie furchtbar. Das tut mir sehr leid.«

»Wir konnten nichts mehr tun«, sagte er ruhig.

Ich berührte seine Hand. »Aber jetzt sind Sie glücklich.«

Er nahm meine Hand und hielt sie fest, erwiderte aber nichts.

»Dann«, fuhr er fort, »geschah ein Reitunfall. Emerald. Meine Mutter... Rosalie... Emerald...«

»Aber jetzt haben Sie Jessamy, und das Glück wird bleiben.«
Er blickte mich unentwegt an und sprach kein Wort. Zwischen uns war etwas geschehen. Es gab vieles, das nicht gesagt zu werden brauchte. Ich verstand. Er hatte bei Jessamy einen gewissen Frieden gefunden, aber er wollte mehr.
Woher wußte ich das? Ich erkannte das Verlangen in seinen Augen und das Wissen in ihnen, daß meine Empfänglichkeit für ihn nicht verborgen blieb.
Sorgfältig stellte ich meine Kaffeetasse hin.
»Jetzt treffen wohl bald Ihre Patienten ein«, sagte ich.
»Ich bin froh, daß Sie gekommen sind«, erwiderte er.
»Es war sehr interessant.«
Er ging mit mir zu den Pferden.
Nachdenklich ritt ich davon, und als ich den Waldrand erreicht hatte, hörte ich Pferdehufe hinter mir, und dann war ein Reiter an meiner Seite.
»Guten Morgen.« Es war David.
»Guten Morgen«, sagte ich. »Ich wollte gerade zum Schloß zurück.«
»Ich hoffe, Sie haben nichts dagegen, wenn ich Sie begleite. Ich bin auch auf dem Rückweg.«
Ich neigte den Kopf.
»Entdecke ich da einen Mangel an Begeisterung? Ich sehe, ich habe nicht solches Glück wie mein Bruder. Was halten Sie von seiner Praxis?«
»Sind Sie mir gefolgt?«
Er lächelte hämisch. »Ich habe Sie zufällig mit dem alten Joel herauskommen sehen. Sie machten beide einen äußerst zufriedenen Eindruck.«
»Ich hatte ihn zufällig getroffen, und er erbot sich, mir sein Haus in der Stadt zu zeigen. Mir scheint, an einer so natürlichen Begebenheit gibt es nichts, was Ihre Belustigung rechtfertigen könnte.«
»Ganz recht«, sagte er. »Alles höchst anständig und natürlich. Warum sollte unser vortrefflicher Doktor seiner angeheirateten Cousine seine Praxis nicht zeigen? Ich dachte nur, ich sollte eine leise Warnung in Ihre unschuldigen Ohren träufeln. Zwischen uns gibt es keinen Unterschied, müssen Sie wissen. Wir sind alle gleich. Alle

männlichen Matelands haben denselben schweifenden Blick... seit jeher... wir sind seit König Stephans Zeiten dafür bekannt. Unsere Art ändert sich so wenig wie die Flecken des Leoparden. Hüten Sie sich vor den Matelands, Anabel, und besonders vor Joel.«
»Ihre Phantasie geht mit Ihnen durch. Sie und Ihr Bruder sind beide glücklich verheiratet.«
»So?« fragte er.
»Außerdem«, sagte ich, »finde ich diese Unterhaltung ziemlich geschmacklos.«
»In diesem Fall«, meinte er, indem er spöttisch den Kopf neigte, »müssen wir sie abbrechen.«
Wir kehrten schweigend zum Schloß zurück. Ich war sehr verstört, und es war mir klar, daß ich von hier fort mußte und nie wiederkommen durfte.

Wie langweilig war es doch im Pfarrhaus. Meine Gedanken eilten immer wieder zum Schloß zurück.
Jessamy schrieb mir:

> Ich vermisse Dich, Anabel. Du solltest zu Weihnachten herkommen. Wir begehen das Weihnachtsfest im Schloß auf traditionelle Weise, so wie es seit Hunderten von Jahren üblich ist... Weihnachtslieder werden gesungen, und in der Halle wird eine große Schale mit dampfendem Punsch aufgesetzt. Esmond hat mir davon erzählt. Esmond und ich sind allmählich gute Freunde geworden. Am Heiligen Abend findet in der Halle ein Gottesdienst mit Gesang statt, und anschließend werden Lebensmittelkörbe an alle bedürftigen Dorfbewohner verteilt. Die Leute kommen ins Schloß, um die Körbe in Empfang zu nehmen. Die Gärtner haben bereits mit den Dekorationen begonnen. Du mußt unbedingt kommen, Anabel, sonst ist mir die Freude am Fest verdorben. Joel hat schrecklich viel zu tun. Ich habe ihn in den letzten Wochen kaum gesehen. Er sagt, es gibt so viele Kranke in der Stadt. Er arbeitet sehr hart. Großvater Egmont ist damit ganz und gar nicht einverstanden. Er meint, das habe es noch nie gegeben, daß ein Mateland für das, was er tut, wahrhaf-

tig Geld nimmt. Er findet es entwürdigend. Von den Armen nimmt Joel natürlich nichts. Er hat es ja gar nicht nötig. Alle Matelands sind reich... sehr reich, glaube ich. Joel ist ein sehr guter Mensch, Anabel, wirklich...

An dieser Stelle hielt ich im Lesen inne. Ich fand, Jessamy war ein wenig zu emphatisch. Ich dachte über Joel nach. Daß er als Arzt den Armen half, war sehr löblich. Doch er hatte so einen eigenwilligen Zug um den Mund... ich konnte ihn nicht beschreiben, doch das ließ vermuten, daß er kein Heiliger war. Er war ein Mann, der nicht ruhte, bis er erreichte, was er sich in den Kopf gesetzt hatte. Er konnte auch unbarmherzig sein, und doch war ich wie von ihm besessen. Ich wünschte, ich wäre ihm nie begegnet. »Wir sind alle gleich«, hatte David gesagt. Ob das heißen sollte, daß sie alle Schürzenjäger waren?
Hör endlich auf, an die Matelands zu denken, ermahnte ich mich.
Im Pfarrhaus gab es genug zu tun, zumal ich mich entschlossen hatte, über Weihnachten nicht nach Mateland zu fahren. Tante Amy Jane und Onkel Timothy waren ebenfalls aufs Schloß eingeladen und hatten vor, hinzugehen.
»Weihnachten auf einem Schloß, das wird gewiß interessant«, sagte Tante Amy Jane. »Ich hoffe, hier geht alles gut, James.« Sie wollte damit ausdrücken, daß sie dieses Jahr zum erstenmal Weihnachten nicht zu Hause war, um die Feierlichkeiten zu beaufsichtigen. »Zum Kinderfest bin ich aber hier«, fuhr sie fort. »Und ich gestatte dem Mütterverein, seine Jahresversammlung in unserer Halle abzuhalten. Alles ist in die Wege geleitet. Ich glaube, daß ich den Rest euch überlassen und guten Gewissens abreisen kann.«
Wie gern wäre ich mitgekommen! Sei nicht albern, schalt ich mich. Du hast selbst Schuld. Du warst schließlich eingeladen.
Weihnachten schien sich endlos hinzuziehen. Den ganzen Heiligen Abend regnete es. Mit Hilfe einer Frau aus dem Dorf briet Janet die Gans. Für sie allein sei es zuviel Arbeit, sagte sie, nachdem Amelia in die Holzapfelhütte gezogen sei.
Der Doktor kam mit seiner Frau und den beiden Töchtern am ersten Feiertag zum Essen zu uns. Es war recht still im Vergleich zu den

Weihnachtsfesten, die wir auf Seton Manor begangen hatten. Der Tag schien endlos, und dann folgte noch der zweite Feiertag.
Ich ritt aus. Ich hatte die Erlaubnis, ein Pferd aus den Setonschen Stallungen zu benutzen. Der Stallknecht, der es für mich sattelte, meinte: »Ohne Miss Jessamy ist hier alles ganz anders. Sie war so eine reizende junge Dame.«
»Sie *ist*, Jeffers«, rief ich. »Sprich nicht von ihr, als gehöre sie der Vergangenheit an.«
Ich war deprimiert und fand kein Vergnügen an diesem Morgen, obschon es ein angenehmer, sehr milder Tag war. Ein schwacher Nebel durchzog die Luft. Ich bemerkte eine Menge Beeren an den Stechpalmen, ein Zeichen für einen strengen Winter, wie diejenigen erklärten, die mit dem Landleben vertraut waren.
Jessamy machte mir Sorgen. Ich wußte selber nicht, warum. Sie hatte alles. Warum war mir bange um ihre Zukunft? Ich mußte aufhören, an Schloß Mateland und seine Bewohner zu denken. Mein Leben würde in ganz anderen Bahnen verlaufen.
Ich brachte das Pferd in den Stall zurück und ging zum Pfarrhaus. Mein Vater war nicht zu Hause.
»Er ist noch nicht zurück«, sagte Janet. »Ich erwarte ihn seit einer Stunde. Ich möchte endlich das Essen auftragen.«
»Meinst du, er ist noch in der Kirche?«
»Er wollte hinübergehen, um ... ich weiß nicht mehr, weswegen.«
»Er hat die Zeit vergessen«, sagte ich. »Ich gehe ihn holen.«
Ich ging in die Kirche. Ich konnte sie nicht mehr betreten, ohne daran zu denken, wie ich auf den Altarstufen ausgestreckt lag und Joel Mateland dort stand. Bis zu diesem Zeitpunkt war ich ein anderer Mensch gewesen.
Ich rief nach meinem Vater und erhielt keine Antwort.
Er muß in der Sakristei sein, dachte ich, oder in der Marienkapelle. Und dann sah ich ihn. Er lag ganz nahe bei der Stelle, wo ich hingefallen war. Ich lief zu ihm und rief: »Vater, was ist passiert?«
Ich kniete neben ihm nieder. Zuerst dachte ich, er sei tot. Dann sah ich seine Lider flattern. Ich rannte hinaus, um Hilfe zu holen.

Er hatte einen Schlaganfall erlitten. Er war auf einer Seite gelähmt und hatte die Sprache verloren.
Ich pflegte ihn mit Janets Hilfe. Ein Vikar kam, um das Amt zu übernehmen, solange mein Vater krank war – so hieß es jedenfalls; doch Janet und ich wußten, daß er nie wieder predigen würde.
Tom Gillingham war ein ernster junger Mann. Er war Junggeselle. Janet behauptete, er sei uns aus einer ganz bestimmten Absicht geschickt worden.
»Wessen Absicht?« fragte ich. »Gottes oder des Bischofs?«
»Ich würde sagen, daß beide ein bißchen beteiligt waren«, erwiderte Janet.
Janet, getreu ihrer Gewohnheit, frei heraus zu sprechen, machte mir die Sache klar.
»Ihr Vater wird nie wieder genesen«, sagte sie. »Wir können Gott danken, wenn es nicht schlimmer wird. Und was wird aus Ihnen? Sie müssen auch mal an sich denken. Oh, gucken Sie ruhig, als wollten Sie sagen, ich soll mich um meine eigenen Sachen kümmern. Aber das *ist* meine Sache. Ich arbeite schließlich hier, oder? Was wird aus Ihnen und mir, wenn Ihr Vater stirbt?«
»Er kann noch jahrelang leben.«
»Sie wissen genau, daß das nicht wahr ist. Sie sehen doch, er wird von Tag zu Tag schwächer. Zwei Monate noch... höchstens drei, schätze ich. Dann werden Sie sich einiges überlegen müssen. Ich bezweifle, daß der Herr Pfarrer Ihnen ein Vermögen hinterläßt.«
»Deine Zweifel sind berechtigt, Janet.«
»So, und was bleibt Ihnen dann? Gesellschafterin einer alten Dame? Das ist nichts für Sie, Miss Anabel. Gouvernante... vielleicht schon eher, aber auch nicht das Richtige. Doch wenn's das nicht ist, dann müssen Sie eben hierbleiben.«
»Und wie soll ich das anfangen?«
»Ist doch sonnenklar, weil dieser Tom Gillingham nämlich Junggeselle ist.«
Ich mußte unwillkürlich lächeln. »Was würde er wohl sagen, wenn er wüßte, daß du seine Zukunft in die Hand nimmst?«
»Er hätte nichts dagegen... wenn er sähe, *wie* ich sie in die Hand nehme. Er hat ein Auge auf Sie geworfen, Miss Anabel. Es würde

mich nicht wundern, wenn er auch schon auf diesen Gedanken gekommen wäre.«
»Er ist ein sehr sympathischer junger Mann«, gab ich zu.
»Und Sie sind in einem Pfarrhaus aufgewachsen... kennen sich aus mit dem ganzen Drum und Dran.«
»Das ist ja alles ganz vortrefflich, bis auf eine Kleinigkeit.«
»Und die wäre?«
»Ich will Tom Gillingham nicht heiraten.«
»Die Liebe kommt dann mit der Zeit, wie man so sagt.«
»Sie kann auch schwinden, und wenn sie nicht von Anfang an vorhanden ist, kann sie nicht einmal das. Nein, Janet, wir müssen uns etwas anderes ausdenken.«
»Um mich ist mir nicht bange. Ich könnte vorübergehend bei meiner Schwester Marian unterkommen. Wir haben uns nie besonders gut vertragen, aber ich hätte eine Bleibe, während ich mich nach einer Stellung umschaue.«
»O Janet«, rief ich, »ich fände es schrecklich, wenn ich mich von dir trennen müßte.«
Ihr Gesicht verzog sich schmerzlich, doch sie behielt ihre Gefühle stets unter Kontrolle.
Wir schwiegen. Eine trostlose Zukunft lag vor uns.

Als Tante Amy Jane und Onkel Timothy zurückkamen, vernahmen sie erschüttert, was meinem Vater zugestoßen war.
»Das bringt dich in eine heikle Lage, Anabel«, sagte Tante Amy Jane.
»Du mußt natürlich nach Seton Manor kommen«, meinte der gute Onkel Timothy.
Tante Amy Jane bedachte ihn mit einem kalten Blick. Sie konnte es nicht leiden, wenn er mir seine Zuneigung zeigte.
»Anabel möchte gewiß nicht von der Wohltätigkeit anderer leben«, behauptete sie. »Dazu ist sie viel zu stolz.«
»Wohltätigkeit!« rief Onkel Timothy aus. »Sie ist doch unsere Nichte.«
»*Meine* Nichte. Deshalb, Timothy, bin ich diejenige, die weiß, was das beste für sie ist. Sie wird eben etwas *tun* müssen.«

»Ich werde wissen, was ich zu tun habe, wenn es soweit ist«, sagte ich frostig.
Tante Amy Jane bekam einen nachdenklichen Blick. Ich sah ihr an, daß sie sich daranmachte, einen Plan für meine Zukunft auszuarbeiten.
Als sie erfuhr, daß Tom Gillingham bereits in der Pfarrei eingetroffen und sogar dazu bestimmt war, das Amt nach dem Tod meines Vaters zu übernehmen, war ihr die Lösung ebenso klar wie Janet. Tom Gillingham sollte mich heiraten, ob er wollte oder nicht. Er würde zur Vernunft gebracht werden – wie jeder, der in Tante Amy Janes Machenschaften eine Rolle spielte.
Ich wußte, daß Tom keine Einwände erheben würde. Er war mir zugetan, und ich brauchte ihm nur zu zeigen, daß er mir nicht gleichgültig war, und schon würde er mir einen Heiratsantrag machen.
Aber ich konnte es nicht. Es wäre, als schriebe ich das Schlußkapitel meiner Lebensgeschichte, denn alles Kommende wäre genau vorhersehbar.
Wäre nur Jessamy nicht fortgegangen. Wenn ich Schloß Mateland nie gesehen, wenn ich nie erfahren hätte, daß es auf der Welt noch andere Ziele gab als das Streben nach einem einigermaßen angenehmen Dasein, so hätte ich mich möglicherweise in das Unvermeidliche gefügt. Doch ich hatte einen Blick von einem anderen Leben erhascht. Ich war Joel Mateland begegnet, und ungeachtet dessen, daß er der Ehemann meiner Cousine war, mußte ich unentwegt an ihn denken.
Eine friedliche Existenz als Pfarrersfrau in der Kirche von Seton – das war kein Leben für mich.
Im Frühling starb mein Vater. Der Augenblick der Entscheidung war gekommen.
Tom Gillingham gab mir klar zu verstehen, daß ich nichts zu überstürzen brauchte; doch es schickte sich freilich nicht, daß ich als unverheiratete Frau weiterhin im Pfarrhaus wohnte. Wäre mein Vater am Leben geblieben – wenn auch als hilfloser Invalide –, so wäre es etwas anderes gewesen.
Am Tag des Begräbnisses hielt Tom den Trauergottesdienst, und wir folgten den Sargträgern auf den Friedhof. Als wir am Grab standen, wurde ich von Verzweiflung übermannt. Ich dachte an meinen lieben,

gütigen Vater, an seine Nachgiebigkeit, seine zerstreute, doch stets selbstlose Art.
Ein Lebensabschnitt war zu Ende.
Eine Hand schob sich in die meine; ich wandte mich um und erblickte Jessamy. Ihr Anblick tat mir wohl; ein leichter Hoffnungsschimmer durchflutete mich und linderte meinen Jammer ein wenig.

Die Trauernden waren alle fort. Jessamy saß, die Arme um die Knie geschlungen, auf dem Schemel in meinem Schlafzimmer und sah mich an. Sie hatte immer so dagesessen. Dieser Anblick rief so viele Erinnerungen an unsere Kindheit zurück – wie ich Jessamy unterdrückt, bisweilen sogar schikaniert und in Bedrängnis gebracht hatte. Liebe, liebe Jessamy – sie hatte nie aufgehört, mich zu lieben, und war ich auch noch so gemein zu ihr.
»Was willst du jetzt anfangen, Anabel?« fragte sie.
Ich zuckte die Achseln.
»Meine Mutter sagt, du wirst Tom Gillingham heiraten. Das tust du doch nicht, oder?«
»Diesmal irrt sich deine Mutter. Ich mag Tom, aber...«
»Natürlich kannst du ihn nicht heiraten«, stellte Jessamy fest. »Aber was nun?«
»Es bleibt mir wohl nichts anderes übrig, als eine Stellung anzunehmen.«
»Ach, Anabel, wie gräßlich für dich!«
»Wenn man kein Geld hat, muß man oft Dinge tun, die einem nicht zusagen. Doch ich mache mir Sorgen um Janet. Sie will nicht hierbleiben, und bei ihrer Schwester kann sie nur vorübergehend unterkommen. Sie muß sich eine neue Stellung suchen... und das ist nicht einfach.«
»Anabel, ich möchte, daß du mit mir aufs Schloß kommst. Du fehlst mir sehr. Ich bin zuweilen recht einsam. Um die Wahrheit zu sagen, Joel ist so häufig fort und dann... Ich glaube, er ist nicht sehr...«
»Was?«
»Nicht sehr zufrieden mit unserer Ehe. Manchmal ist er beinahe abweisend. Emerald kann so verletzende Dinge sagen, und David erst recht. Bisweilen glaube ich, daß Joel und David sich hassen. Und dann

Elizabeth... aus ihr werde ich überhaupt nicht schlau. Ich fühle mich dort so allein... mir ist ein bißchen bange. Nein, nicht richtig bange, aber...«

»Ich dachte, du bist dort so glücklich.«

»Bin ich ja auch... besonders jetzt... Anabel, ich bekomme ein Baby.«

Ich sprang auf, ergriff ihre Hand, zog sie vom Schemel und umarmte sie.

»Ist das nicht aufregend?« fragte sie.

»Joel ist gewiß überglücklich.«

»O ja. Anabel, du mußt mit mir kommen. Du mußt einfach... besonders jetzt.«

»Ich glaube nicht, daß das richtig wäre, Jessamy.«

»Aber du mußt. Du darfst mich nicht im Stich lassen.«

»Im Stich lassen! Du hast einen Mann... und du bekommst ein Kind. Du hast alles. Was willst du da noch mit mir?«

»Ich brauche dich.« Sie schwieg einen Augenblick. Dann sagte sie: »Anabel, ich würde mich besser fühlen, sicherer, wenn du da wärst.«

»Sicherer? Wovor fürchtest du dich?«

»Es ist... es ist nichts Bestimmtes.« Sie lachte nervös auf. »Ich weiß es nicht. Vielleicht liegt es einfach an dem Schloß. Die Vergangenheit ist dort so gegenwärtig. Alle die längst verblichenen Matelands... Manchmal scheint es, sie lauern dort... in den Ecken... Dann diese Legende von den Frauen. Es soll angeblich Unglück bringen, die Frau eines Mateland zu sein.«

»Jessamy«, sagte ich, »du fürchtest dich vor etwas.«

»Du weißt doch, ich war schon immer ein bißchen einfältig. Anabel, ich brauche dich. Ich habe mir alles genau überlegt. Janet könnte auch mitkommen, als deine Zofe. Damit wäre alles gelöst.«

»Aber... vielleicht wollen die anderen mich nicht dort haben. Dein Mann... dein Schwiegervater...«

»Da irrst du dich aber. Da irrst du dich ganz und gar. Alle haben sich gefreut, als ich den Vorschlag machte... Sie haben so nett von dir gesprochen. Großvater Egmont sagte, du würdest Schwung ins Haus bringen. David meinte, deine Gegenwart sei angenehm, weil du so amüsant seist.«

»Und Emerald?«

»Sie zeigt nie große Begeisterung, aber sie hat auch keine Einwände gemacht.«

»Und dein Mann?«

»Ich glaube, er würde sich ebenso freuen wie die anderen. Er findet, es würde mir gut tun, dich bei mir zu haben. Im Schloß ist Platz genug. Und Janet kann auch kommen. Meinst du, das würde ihr gefallen?«

»Bestimmt«, sagte ich. »Aber ich glaube nicht, daß es klug wäre.« Ich fügte entschlossen hinzu: »Nein, Jessamy, ich werde nicht kommen.«

Doch ich wußte, daß ich gehen würde. Zwei Wege standen mir offen – der eine war trostlos und konnte mir nichts bieten, und der andere lockte mich in Abenteuer und Aufregung, und sollte er sich als gefährlich erweisen – nun, es war seit jeher meine Natur gewesen, die Gefahr herauszufordern. Sie verlockte und faszinierte mich.

Einen Monat nach dem Tod meines Vaters befanden sich Janet und ich auf dem Weg nach Schloß Mateland.

Ich zog also in mein Turmzimmer ein. Schloß Mateland war meine neue Heimat. Janet war begeistert.

»Ist schon ein kleiner Unterschied zum Pfarrhaus«, bemerkte sie. »Und hier kann ich ein Auge auf Miss Jessamy werfen, das liebe, kleine Ding; ich bin nämlich nicht ganz sicher, das mit ihr alles seine Richtigkeit hat.«

»Wie meinst du das?« wollte ich wissen.

»Ich wette, sie wird vernachlässigt, jawohl. Und hier gibt's Leute, denen muß man auf die Finger schauen.«

Janet also betätigte sich freudig als Wachhund des Schlosses.

Allmählich gelang es mir, den Tod meines Vaters zu verwinden. Solange er lebte, war mir gar nicht klar geworden, wie sehr ich ihn liebte. Er war mir immer so weltfremd erschienen, so abwesend und in seine Bücher vertieft; er war seinen Pflichten nachgekommen, hatte jeden Sonntag eine nicht eben feurige Predigt gehalten vor Leuten, die weniger gekommen waren, um ihn zu hören, sondern weil es von ihnen erwartet wurde, daß sie kamen. Nun, da er tot war, er-

kannte ich, was für ein selbstloser Mensch er gewesen war. Seine gütige Art fehlte mir.
Er hatte mir ein wenig Geld hinterlassen – nicht genug, um davon zu leben, aber es reichte für ein paar notwendige Anschaffungen und konnte mir ein geringes Maß an Unabhängigkeit ermöglichen.
Das Pfarrhaus zu verlassen und mit dieser neuen und aufregenden Umgebung zu vertauschen – das war das beste Mittel gegen meinen Kummer. Ich hatte in meinem Vater nie einen Aufpasser gesehen; er hatte selten die Zügel in die Hand genommen, sondern sich meistens im Hintergrund gehalten; doch nun, da er tot war, fühlte ich mich einsam.
Ich war im Schloß durchaus willkommen. Großvater Egmont kam am ersten Abend zum Essen herunter und hieß mich, neben ihm Platz zu nehmen. »Sie werden ein bißchen Leben ins Schloß bringen«, sagte er und wackelte mit dem Kinn, was bei ihm ein Zeichen von Amüsement war. »Hab' immer gern hübsche Frauen um mich gehabt.«
David zog eine Augenbraue hoch und zwinkerte mir zu. »Nun sind Sie also hier«, meinte er, »und gehören zu uns. Ich brauche Ihnen nicht zu sagen, was ich davon halte. Tausendmal willkommen auf Schloß Mateland, schöne Anabel.«
Und Joel? Er blickte mir ins Gesicht; seine Augen lächelten und sagten deutlicher als Worte, wie sehr er sich freute, daß ich da war.
Emerald pflegte ohnehin kaum zu zeigen, was sie empfand. »Ich hoffe, es gefällt Ihnen hier«, sagte sie mit einem zweifelnden Ton in der Stimme.
Elizabeth Larkham meinte, Jessamy sei gewiß von meinem Kommen begeistert, als ob Jessamy die einzige sei, der meine Gegenwart Annehmlichkeiten brachte.
Jetzt war ich also hier. Ich hatte für mich und Janet eine Bleibe gefunden. Janet war höchst befriedigt. Selbst sie war nicht frei von diesem eingefleischten Dünkel, der den meisten Dienstboten anzuhaften scheint: je vornehmer der Haushalt, dem sie dienen, um so eingebildeter sind sie. Von einem Pfarrhaus, wo eine gewisse Sparsamkeit unumgänglich war, zu einem Schloß, wo weltliche Güter im Überfluß vorhanden zu sein schienen, war es ein großer Schritt nach oben.

Ich wußte von Anfang an, daß ich mich vorsehen mußte. David war zweifellos entschlossen, mir nachzustellen. Immer, wenn er mich ansah, leuchteten seine Augen auf. In seiner Einbildung war ich bereits seine Geliebte, wohingegen ich fest entschlossen war, es in Wirklichkeit nicht dazu kommen zu lassen, doch ich sah, daß er genauso fest entschlossen war, eben dies zu erreichen. Er war ein skrupelloser Mensch. O ja, ich mußte mich in acht nehmen. Nicht, daß ich befürchtete, seinen Umgarnungen zu erliegen. Das würde mir nicht passieren. Doch ich war überzeugt, daß er alles daransetzen würde, um mir eine Falle zu stellen und mich in Verlegenheit zu bringen.

Was Joel betraf, so war ich mir nicht ganz sicher, was er für mich empfand. Zuweilen las ich in seinen Augen dasselbe Verlangen, wie ich es bei David bemerkt hatte. Wenn er in meiner Nähe war, berührte er meinen Arm, meine Hand, meine Schultern, und ich spürte, daß er mir noch näher sein wollte.

Ich hätte gefühllos sein müssen, um nicht zu erkennen, daß ich in den Brüdern Mateland ungeahnte Leidenschaften geweckt hatte.

Zuweilen lag ich in meinem Turmzimmer und sagte mir: Wärest du eine gute und tugendhafte Frau, so würdest du von hier fortgehen. Du weißt, daß nichts Gutes dabei herauskommen kann. David ist ein Freibeuter, ein Nachfahre jener Männer, die Reisende überfielen und sie ins Schloß schleppten, um Lösegeld zu erpressen oder sie zu foltern. Er würde alles tun, um seine Begierde zu stillen. Von ihm droht dir ernstlich Gefahr. Und du... du sehnst dich mehr und mehr nach Joel. Er erregt dich. Du suchst sogar manchmal seine Nähe. Die Wahrheit ist, du bist im Begriff, dich in Joel Mateland zu verlieben; du verstrickst dich mit jedem Tag tiefer. Wenn du seine Geliebte würdest, so wäre das noch weit schlimmer, als die von David zu werden, weil Joel Jessamys Mann ist.

Es herrschte eine unbehagliche Atmosphäre im Schloß. Ich verriegelte jeden Abend meine Schlafzimmertür und war froh, daß Jessamy nur ein paar Schritte entfernt war. Ich stellte mir vor, wie sie und Joel zusammen waren. Aber zu meiner Verwunderung hielt er sich weit häufiger in seinem Haus in der Stadt auf.

Jessamy war von einer seltsamen Unruhe befallen. Einmal hatte sie einen Alptraum und schrie laut. Ich lief in ihr Zimmer, wo sie sich

im Bett hin- und herwälzte. Sie murmelte etwas von dem Fluch, der auf den Frauen der Matelands lastete.
Ich rüttelte sie wach, beruhigte sie und blieb den Rest der Nacht in ihrem Zimmer.
»Du hast geträumt«, sagte ich. »Du darfst keine Alpträume haben. Das schadet dem Baby.«
Janet und ich brauchten ihr nur zu sagen, daß etwas dem Baby schade, und schon war Jessamy äußerst besorgt. Das Baby war der Mittelpunkt ihres Lebens, als wenn sie eine Art Trost von ihm erwartete.
Es gab so vieles, was ich Jessamy über ihre Ehe fragen wollte, doch ich wagte nicht, darüber zu reden. Ich fürchtete, meine Gefühle für Joel würden mich verraten.
Das Unvermeidliche mußte seinen Lauf nehmen. Und dir, Suewellyn, möchte ich begreiflich machen, daß weder Joel noch ich in böser Absicht gehandelt haben. Wir haben uns redlich bemüht, es nicht soweit kommen zu lassen. Aber wir konnten uns nicht mehr an gesellschaftliche Zwänge halten. Während meiner ersten Monate auf dem Schloß kämpften wir mit aller Kraft dagegen an, doch die Liebe war stärker.
Jessamy durfte nun nicht mehr reiten, und ich ritt allein aus. Eines Tages traf ich Joel im Wald. Ich wußte, daß er auf mich gewartet hatte.
»Ich muß Sie sprechen«, begann er. »Sie wissen, daß ich Sie liebe, Anabel.«
»Das dürfen Sie nicht sagen«, widersprach ich ziemlich matt.
»Ich muß es sagen, weil es wahr ist.«
»Sie sind mit Jessamy verheiratet.«
»Warum sind Sie beim erstenmal nicht mitgekommen? Dann wäre jetzt alles anders.«
»Wirklich?« fragte ich.
»Das wissen Sie doch. Zwischen uns bestand vom ersten Augenblick unserer Begegnung auf den Altarstufen eine gewaltige, innige Zuneigung. Ach Anabel, hätte ich Sie doch nur früher getroffen!«
Ich bemühte mich krampfhaft, Jessamy gegenüber Anstand zu wahren.
»Aber es ist nun einmal anders gekommen«, beharrte ich. »Und Sie

haben Jessamy geheiratet. Warum haben Sie das getan, wenn Sie Jessamy nicht liebten?«

»Ich habe Ihnen doch von meiner ersten Ehe erzählt. Ich mußte wieder heiraten. Ich wünschte mir Kinder. Ich hatte jahrelang gewartet. Das ist ja die Ironie des Schicksals. Hätte ich nur noch ein bißchen länger gewartet...«

»Jetzt ist es aber zu spät.«

Er beugte sich zu mir herüber. »Es ist nie zu spät.«

»Aber Jessamy ist Ihre Frau... und bald wird sie Ihr Kind zur Welt bringen.«

»Sie sind hier«, sagte er, »und ich bin hier...«

»Ich glaube, ich sollte das Schloß verlassen.«

»Das dürfen Sie nicht tun. Ich würde Ihnen folgen, so daß es Ihnen gar nichts nützen würde, wenn Sie fortgingen. Anabel, Sie und ich sind vom gleichen Schlag, wir sind füreinander bestimmt, von Anfang an – das wissen Sie so gut wie ich. Es geschieht nur selten im Leben, daß man dem richtigen Menschen zur richtigen Zeit begegnet.«

»Wir sind uns aber zur falschen Zeit begegnet«, erinnerte ich ihn. »Zu spät...«

»Wir werden uns doch nicht von gesellschaftlichen Zwängen einengen lassen. Wir werden diese von Menschen geschaffenen Barrieren beiseite schieben. Sie sind hier, und ich bin hier, das genügt.«

»Nein, nein«, beharrte ich. »Jessamy ist meine Cousine, und ich habe sie sehr gern. Sie ist so gut, unfähig zu Untreue und Rücksichtslosigkeit. Wir dürfen sie nicht hintergehen.«

»Und ich sage Ihnen, wir werden zusammen sein, Anabel«, behauptete er unbeirrt. »Unser ganzes Leben lang, das schwöre ich. Ich lasse Sie nicht gehen. Sie sind nicht der Mensch, der sich von Konventionen das Leben zerstören läßt.«

»Nein, vielleicht nicht. Aber wir müssen an Jessamy denken. Wenn es jemand anderer wäre...«

»Lassen Sie uns unsere Pferde hier anbinden und miteinander reden. Bitte bleiben Sie noch... ich möchte Ihnen begreiflich machen...«

»Nein«, sagte ich rasch. »Nein.« Und ich wendete mein Pferd und galoppierte davon.

Doch das Schicksal nahm unvermeidlich seinen Lauf. Eines Nachmittags kam er in mein Zimmer. Jessamy saß im Garten. Es war ein lieblicher Septembertag, und alle freuten sich an der Spätsommersonne. Joel schloß die Tür hinter sich, blieb stehen und betrachtete mich. Ich hatte mein Kleid ausgezogen und wollte mich eben umziehen, um Jessamy im Garten Gesellschaft zu leisten.
Er zog mich in seine Arme und küßte mich; er küßte mich unaufhörlich und so heiß, daß die Leidenschaft mich ebenso wie ihn ergriff. Doch unten saß Jessamy, unschuldig und arglos, und ich klammerte mich an meine Treue und Liebe zu ihr.
»Nein, nein«, protestierte ich. »Nicht hier.«
Das war immerhin ein Zugeständnis. Er hielt mich auf Armeslänge von sich und sah mich an.
»Du weißt, meine geliebte Anabel, daß wir zusammengehören. Nichts auf der Welt kann uns mehr trennen.«
Ich wußte es.
Er fuhr fort: »Dann also bald...«
Und er lächelte.

Ich will keine Entschuldigungen vorbringen. Es gibt einfach keine Entschuldigung. Wir wurden ein Liebespaar. Es war Sünde, aber wir waren schließlich keine Heiligen, außerdem konnten wir nichts dagegen tun. Unsere Gefühle waren stärker als wir. Es kommt gewiß selten vor, daß zwei Menschen sich so lieben wie wir... vom ersten Augenblick an. Sich so zu lieben, das ist sicherlich das größte Glück auf Erden... wenn man die Freiheit dazu hat. Wir versuchten, zu vergessen, daß wir Jessamy betrogen; leider gelang mir das nicht ganz, und das war der Wermutstropfen in meinem heimlichen Glück. Wenn wir in innigster Zweisamkeit vereint waren, konnte ich es vielleicht für kurze Zeit vergessen, doch es fiel mir schwer, Jessamy aus meinen Gedanken zu verbannen. Sie war stets gegenwärtig – außer in diesen kostbaren Augenblicken –, und ich verachtete mich dafür, daß ich sie hinterging; und wenn ich meine Situation so überdachte, wurde mir klar, daß ich von vornherein gewußt hatte, daß etwas Derartiges auf mich zukommen würde, wenn ich mit aufs Schloß käme. Ich hätte mich als edel und selbstlos erweisen müssen; ich hätte eine Stellung

bei einer griesgrämigen alten Dame annehmen, ihren Wünschen zuvorkommen und ihren garstigen kleinen Köter ausführen sollen, oder ich hätte versuchen sollen, mich mit der Erziehung kleiner Ekel in einer fremden Kinderstube zu plagen! Ich schauderte bei dem Gedanken, und doch hätte ich, wie jämmerlich mir auch zumute sein mochte, meinen Kopf hoch tragen können.
Jessamy hatte eine schwierige Schwangerschaft. Der Arzt riet ihr, im Bett zu bleiben. Sie beklagte sich mit keinem Wort und freute sich auf den Tag, da ihr Kind zur Welt kommen würde. Sie machte sich meinetwegen Gedanken. »Du darfst nicht den ganzen Tag im Haus hocken, Anabel«, meinte sie. »Nimm ein Pferd und reite aus.«
Die gute Jessamy und die verachtenswerte Anabel! Ich nahm also ein Pferd und ritt zu dem Haus in der Stadt, wo Joel auf mich wartete. Er litt nicht so stark unter Gewissensbissen wie ich. Er war ein Mateland, und die Matelands hatten sich die Befriedigung ihrer Sinne wohl nie versagt. Es war mir durchaus bewußt, daß er vor mir schon viele Frauen besessen hatte. Doch das betrachtete ich seltsamerweise als Herausforderung. Er sollte nur noch an mich denken. Ich bestand damals aus lauter Gegensätzen: Einerseits hätte ich jauchzen mögen vor Glück, doch andererseits erfüllten mich Scham und heftiger Abscheu vor mir selbst. Aber eines wußte ich bestimmt: Ich konnte nicht anders handeln. Es war, als zwinge eine ungeheure Macht uns zusammen. Ich glaube, Joel empfand genauso. Er sagte, etwas Derartiges habe es in seinem Leben noch nie gegeben, und obwohl man leicht derlei Banalitäten sagt, glaubte ich ihm.
Du sollst wissen, Suewellyn, wäre dieses überwältigende Gefühl nicht gewesen, diese Überzeugung, daß Joel der einzige Mann war, den ich lieben konnte, so hätte ich mich nie auf dieses Verhältnis eingelassen. Ich bin kein guter Mensch, aber ich bin auch keine leichtfertige Frau.
Während also Jessamy die Geburt ihres Kindes erwartete, hatte ich ein glühendes Liebesverhältnis mit ihrem Mann. Wir gingen vollkommen ineinander auf, doch nur, wenn wir in seinem Haus allein waren, konnten wir es wagen, uns so zu benehmen, wie uns zumute war. Im Schloß mußten wir unsere Gefühle verbergen, und wir wußten, daß uns Gefahren von allen Seiten drohten. Wir mußten ja nicht

nur Jessamy täuschen. Ich spürte ständig Davids wachsamen Blick. Es amüsierte ihn, daß ich ihn zurückwies, und sein Verlangen wurde dadurch um so mehr angestachelt.

Falls Emerald es merkte, so war es ihr offenbar gleichgültig. Ich nehme an, daß sie an Davids Ausschweifungen gewöhnt war. Oft ertappte ich Elizabeth Larkham dabei, daß sie mich beobachtete. Sie war Emeralds Freundin, und es lag auf der Hand, daß sie Davids Interesse für mich nicht billigte.

Den alten Herrn hätte die Lage, falls er davon gewußt hätte, gewiß köstlich amüsiert.

Es war ein merkwürdiges Hauswesen. Am besten vertrug ich mich mit dem kleinen Esmond. Wir waren gute Freunde geworden. Oft saßen wir bei Jessamy, die an einem Babykleidchen arbeitete, und ich las laut vor. Es war mir ein Trost, den Jungen dabeizuhaben; mir war äußerst unbehaglich zumute, wenn ich mit Jessamy allein war.

Ich glaube, der einzige Mensch, der wußte, was zwischen Joel und mir vorging, war Dorothy. Sie war durch nichts zu erschüttern, und ich vermochte nicht zu sagen, was sie dachte. Ich nahm an, daß bereits vor mir schon Frauen ins Haus gekommen waren. Ich fragte Joel danach, und er gab zu, daß es ein- oder zweimal der Fall war, aber er versicherte mir leidenschaftlich, daß das alles etwas ganz anderes gewesen sei. Etwas wie dieses habe es noch nie gegeben. Ich glaubte ihm.

In den Sommerferien kam Elizabeth Larkhams Sohn aufs Schloß. Er war ein lauter, aufdringlicher Junge, der sich benahm, als gehöre das Schloß ihm allein. Er war etliche Jahre älter als Esmond und gab beim Spielen den Ton an. Ich fragte mich, ob Esmond gern mit ihm zusammen war. Wenn nicht, so war er zu höflich, um es zu zeigen. Seine Mutter meinte, es sei gut für ihn, jemanden um sich zu haben, der annähernd in seinem Alter war, und vielleicht hatte sie damit recht. Es kam noch ein anderer Junge zu einem kurzen Besuch, ein entfernter Cousin namens Malcolm Mateland, dessen Großvater Egmonts Bruder war.

Heute scheint mir das, was damals geschah, unvermeidlich gewesen zu sein. Jessamys Baby kam im November zur Welt, und ich hatte inzwischen entdeckt, daß auch ich ein Kind bekommen würde.

Es war eine niederschmetternde Erkenntnis, obschon ich damit hätte rechnen müssen. Ein paar Tage lang behielt ich meine Entdeckung für mich.
Jessamys Baby war ein Mädchen. Sie wurde Susannah genannt. Es war in unserer Familie Brauch, den Mädchen Doppelnamen zu geben. Amy Jane zum Beispiel. Meine Mutter hieß Susan Ellen. Jessamys und mein Name waren aus zweien zusammengezogen, aus Jessica Amy und Ann Bella. So kam Jessamy auf den Gedanken, aus Susan Anna Susannah zu machen.
Jessamy war so mit ihrem Baby beschäftigt, daß sie von meinem Zustand nichts bemerkte.
Ich sprach mit Joel über meinen Zustand, und er war von der Aussicht auf ein Kind hellauf entzückt und tat alle Schwierigkeiten mit einer Handbewegung ab. Ich verstand Joel durchaus. Wie alle Matelands war er ein furchtloser Mann. Wenn er in eine schwierige Situation geriet, so war er fest davon überzeugt, daß sich eine Lösung finden würde.
»Nun, mein Herz«, sagte er, »so etwas ist schon millionenmal passiert. Wir werden auch einen Weg finden.«
»Ich muß fort von hier«, meinte ich. »Ich muß mir einen Vorwand überlegen, um das Schloß zu verlassen.«
»Ja, vorübergehend. Aber dann kommst du zurück.«
»Und das Kind?«
»Wir werden etwas arrangieren.«
Wir brauchten geraume Zeit, um einen Plan zu ersinnen. Wir kamen überein, daß ich den Leuten im Schloß erzählen sollte, entfernte Verwandte meines Vaters, die in Schottland lebten, wünschten mich dringend zu sehen. Ich hätte meinen Vater diese Leute erwähnen hören, doch es habe in der Familie offenbar Streit gegeben, und nun, da mein Vater tot sei, wollten sie mich kennenlernen.
Ich sagte zu Jessamy, daß ich der Meinung sei, ich müsse die Leute aufsuchen, und Jessamy, die jegliche Familienstreitigkeiten haßte, schlug vor, ich solle für eine oder zwei Wochen dorthin gehen.
Dabei ließ ich es bewenden. Ich würde angeblich für eine Woche oder so fortgehen und dann einen Grund finden, um meinen Aufenthalt zu verlängern.

Ich war jetzt im dritten Monat schwanger. Janet war in mein Geheimnis eingeweiht. Es war unmöglich, vor ihr irgend etwas zu verbergen. Anfangs war sie empört, doch dann gewann ihr eingefleischter Hochmut die Oberhand. Der Vater meines Kindes trug immerhin einen bedeutenden Namen und war in einem Schloß zu Hause. Das machte die Sünde in Janets Augen verzeihlich. Sie würde mit mir kommen.
Wir fuhren nicht nach Schottland, sondern in ein kleines Bergdorf am Fuß des Penninischen Gebirges, wo wir die Geburt des Kindes erwarteten. Joel kam mich in dieser Zeit zweimal für ein paar Tage besuchen. Das waren friedliche, glückliche Tage. Wir machten zusammen Spaziergänge in die Berge und spielten uns vor, wir seien verheiratet, und es gäbe keinen Grund, unser Kind heimlich zur Welt zu bringen.
Ja, und zu gegebener Zeit wurdest du geboren, Suewellyn, und du sollst wissen, daß kein Kind mehr geliebt wurde als du.
Was konnte ich tun? Ich hätte mich irgendwo häuslich einrichten können. Wir haben uns das überlegt. Joel hätte uns besuchen können. Aber damit war ich nicht einverstanden. Ich wollte es für uns alle so einfach wie möglich machen. Und Joel wollte mich bei sich auf dem Schloß haben. Daher kamen wir überein, dich Amelia und William Planter anzuvertrauen. Dort könnte ich dich oft besuchen und dich im Auge behalten; die Planters waren zuverlässige Leute und würden ihre Pflicht tun – außerdem wurden sie ja auch nicht schlecht dafür bezahlt.
Sie nahmen dich zu sich und zogen dich auf, und wie du weißt, kam ich dich regelmäßig besuchen.
Das war durchaus keine ungewöhnliche Situation. Doch die Leute schöpften (natürlich) Verdacht. Die Menschen in der Umgebung der Planters müssen etwas geahnt haben. Ich sagte immer wieder zu Joel, wir sollten dich dort fortholen. Ich wollte dich bei mir haben. Ich wußte, daß die Planters dich zwar niemals schlecht behandelten, daß sie dich aber auch nicht liebten. Ich habe mir viel Sorgen um dich gemacht.
Erinnerst du dich an den Tag, als ich dich nach Mateland brachte? Ich zeigte dir das Schloß, und dann kam Joel. Du warst glücklich an die-

sem Tag, nicht wahr? Du hattest drei Wünsche, und ich bin fast zusammengebrochen, als du sie mir erzähltest.
Es scheint wie ein Wunder, daß sie wahr geworden sind. Ich wollte nur, sie hätten sich auf etwas andere Weise erfüllen können.
Ich habe dir von David erzählt. Er war ein gemeiner Kerl. Zwar sind Joel und ich absolut keine Heiligen, und ich weiß, daß wir unsere Leidenschaft über unsere Pflicht siegen ließen. Auch haben wir dich gedankenlos in die Welt gesetzt, obwohl es uns nicht möglich war, dich so aufzuziehen, wie Eltern ihre Kinder aufziehen sollten. Unser selbstsüchtiges Verlangen ging uns über alles. Aber wir liebten uns, Suewellyn, wir liebten uns. Das ist meine einzige Entschuldigung. David konnte nichts und niemanden lieben außer sich selbst. Sein Stolz mußte befriedigt werden, koste es, was es wolle. Noch dazu war er von Mißgunst erfüllt. Ich habe rasch gemerkt, daß er neidisch auf Joel war. Gewiß, David war der Erstgeborene und hatte einen Erben. Doch Joel besaß eine innere Zufriedenheit. Seine Arbeit mit den Kranken verschaffte ihm einen seelischen Ausgleich, der David fehlte. Zudem war David ein sehr sinnlicher Mensch. Nicht, daß Joel das nicht auch wäre. Das ist er ganz gewiß. Dein Vater ist ebenso unnachgiebig wie David. Sie sind beide echte Matelands. Beide werden von der Liebe zur Macht beherrscht, und man sagt ja, daß Macht den Charakter verdirbt. Doch Joel war daneben auch zur Liebe fähig. David besaß diese Fähigkeit nicht. Ihm ging es nur um die Befriedigung seiner Wünsche. Ich hatte ihn zurückgewiesen, was sein Verlangen gewiß nur noch steigerte; und nun wollte er nicht nur mich, sondern er wollte auch noch Rache.
David war wie ein Mensch aus einem anderen Jahrhundert. Er paßte in die Zeit, als der Schloßherr ein Feudalherr war, dem alle gehorchten und von dem das Schicksal aller abhing. Ich bin überzeugt, er war zu äußerster Grausamkeit fähig und fand ein ausgesprochenes Vergnügen daran, andere zu quälen.
Aus diesem Grund bist du denn in der Holzapfelhütte aufgewachsen, Suewellyn, und ich gelobte mir, dich eines Tages für diese frühen Jahre zu entschädigen. Niemals haben wir dich im Stich gelassen. Ich habe mich schmerzlich nach dir gesehnt. Joel und ich sprachen immerzu von dir.

Ständig betete ich, daß wir alle zusammensein könnten. Das war mein innigster Wunsch... genau wie deiner.

Die Jahre verflogen. Es waren gefährliche Zeiten. David beobachtete mich, und ich vermutete, daß er wußte, wie es um Joel und mich stand.

Mit der Zeit bekam ich heraus, daß Elizabeth Larkham seine Geliebte war. Sie war eine seltsame, eine ungewöhnliche Frau. Ich glaube, sie hatte Emerald sehr gern, doch wie bei Joel und mir waren ihre Gefühle wohl stärker als ihre Vernunft. Diese Matelands konnten eine ungeheure Macht ausüben.

Ich war Elizabeth dafür in gewisser Weise dankbar, weil sie Davids Aufmerksamkeit von mir ablenkte. Um die Wahrheit zu sagen: Ich fühlte mich nicht wohl, es lag etwas Bedrohliches über dem Schloß. Es war einst Schauplatz vieler Tragödien gewesen; innerhalb seiner Mauern waren schaurige Dinge geschehen. Zuweilen glaubte ich, daß Gewalt, Leidenschaft, Tod und Verderben Schatten zurücklassen, die sich auf die nachfolgende Generation herabsenken.

Zeitweise war die Atmosphäre wie in einem brodelnden Hexenkessel, der überzulaufen drohte: David, mißgünstig, sinnlich, bestrebt, seine unersättlichen Gelüste zu befriedigen; Emerald in ihrem Sessel, still und grau wie ein Geist aus der Vergangenheit – oft fragte ich mich, wie sich ihr Leben mit David vor dem Unfall abgespielt haben mochte –, dann Elizabeth Larkham, die sich Emerald – und Emeralds Mann – unentbehrlich machte; ich und Joel in unserer verbotenen Leidenschaft und uns nach etwas sehnend, das niemals sein konnte, solange Jessamy lebte; und schließlich Jessamy, die gute, unschuldige Jessamy, die spürte, daß mit ihrer Ehe etwas nicht stimmte; sie litt unter der Gleichgültigkeit ihres Mannes und ihrem eigenen Versagen. Und dann die Kinder: Esmond, aufgeweckt und klug, kurz vor dem Eintritt in die Schule; Garth, der in den Ferien kam, und Malcolm, dessen Besuche weniger häufig waren – ein herrischer Junge, der bereits Matelandsche Züge erkennen ließ; und natürlich Susannah – ein hübsches Kind, das schreiend seinen Willen durchzusetzen trachtete und selig gluckste, wenn es ihm schließlich gelungen war – fürwahr eine echte Mateland.

Trotz alledem kam eine Zeit, da mich ein Gefühl der Sicherheit ein-

lullte. Wie dumm von mir! David würde niemals klein beigeben. Vielleicht wurde er Elizabeths allmählich überdrüssig; jedenfalls stellte er mir immer heftiger nach. Wenn ich ausritt, folgte er mir stets. Ich hatte größte Schwierigkeiten, in das Haus in der Stadt zu gelangen, ohne von ihm gesehen zu werden.
Zu den seltsamsten Zeiten stahl ich mich davon, und wenn es mir nicht gelang, ihm zu entkommen, ging ich nicht in das Haus, und Joel wartete vergebens.
Ich entdeckte, daß er David aus tiefster Seele haßte. Joels Gefühle waren immer leidenschaftlich. Halbheiten waren ihm fremd. Er warf sich mit ganzem Herzen auf alles, von dem er besessen war: er war von seiner Arbeit besessen, und er war von seiner Liebe zu mir besessen. Oft dachte ich, wie glücklich wir hätten sein können, Suewellyn – er, du und ich in dem Haus in der Stadt.
Und nun komme ich zu dem Tag, als ich dich zum letztenmal in der Holzapfelhütte besuchte – nein, das letzte Mal kam ich, um dich abzuholen. Ich meine das vorletzte Mal.
Ich merkte nicht, daß mir jemand folgte. Eigentlich hätte ich darauf gefaßt sein müssen. Doch er war sehr geschickt. David hatte ausspioniert, daß ich das Schloß oft für einen Tag verließ, angeblich, um Verwandte meines Vaters zu besuchen, die zu einem Zweig jener Familie gehörten, bei denen ich angeblich war, als ich dich zur Welt gebracht hatte.
Nun, an diesem Tag folgte David mir bis zur Holzapfelhütte. Er quartierte sich für ein paar Tage im Gasthaus ein und stellte eine Menge Fragen. Er sah dich... und erschreckte dich, glaube ich. Was er entdeckte, entsprach genau dem, was er erwartet hatte. Du existiertest... meine und Joels Tochter.
Er kam äußerst befriedigt zurück, und gleich am nächsten Tag folgte er mir, als ich in den Wald ritt.
»Anabel«, sagte er, »ich muß Sie sprechen.«
»Nun, was haben Sie mir mitzuteilen?« fragte ich.
»Es geht um das ewige Dreigespann... Sie, Joel und mich.«
»Ich will gar nicht hören, was Sie zu einem solchen Thema zu sagen haben«, gab ich zurück.
»Oh, es geht aber nicht um das, was Sie zu hören wünschen. Es geht

um das, was ich Ihnen sagen möchte. Ich weiß alles, süße Anabel. Ich weiß, was zwischen Ihnen und Joel vorgeht. Während er angeblich den Kranken beisteht, vergnügt er sich mit Ihnen in seiner Junggesellenwohnung. Ich wundere mich über Sie, Anabel; über meinen Bruder dagegen freilich nicht.«

»Ich kehre ins Schloß zurück.«

»Noch nicht. Ich weiß alles, Anabel. Ich weiß von dem Liebesnest über dem Sprechzimmer. Ich weiß auch von dem kleinen Mädchen. Sie ist entzückend... genau, wie ich es von Ihrer Tochter – und Joels, natürlich – erwarten würde.«

Mir war vor Schreck ganz übel. Ich hatte vermutet, daß er etwas von meinem Verhältnis mit Joel ahnte, aber daß er von deiner Existenz wußte, das machte mir Angst.

Ich hörte mich stammeln: »Sie... Sie sind hingegangen und haben sie angesprochen...«

»Gucken Sie doch nicht so entgeistert. Kleine Mädchen reizen mich nicht. Ich mag die großen, schönen, solche wie Sie, Anabel.«

»Warum erzählen Sie mir das alles? Warum haben Sie mir nachspioniert?«

»Das wissen Sie genau; Sie sind schließlich ein kluges Kind. Ich bin gespannt, was Jessamy sagen wird, wenn sie hört, daß ihre liebe Freundin die Geliebte ihres Mannes ist. Und ein kleines Mädchen hat sie auch! Wissen Sie, Ihr Kind sieht Susannah sehr ähnlich. Der Altersunterschied ist nicht groß. Beide sind echte Matelands, ohne Zweifel.«

Mir war sehr elend. Ich dachte an Jessamy und konnte mir ihr betroffenes Gesicht vorstellen, wenn sie alles erführe. Und ausgerechnet ich... ihre Cousine und beste Freundin! Ich war diejenige, die sie hintergangen hatte!

»Sie dürfen es Jessamy nicht erzählen«, flehte ich.

»Das habe ich auch eigentlich nicht vor. Und ich tu's auch nicht... unter einer Bedingung.«

Kaltes Entsetzen ergriff mich. »Was ––– für eine Bedingung meinen Sie?«

»Ich hätte angenommen, das läge für jemanden mit Ihrem Scharfsinn auf der Hand.«

Ich versuchte, mich mit meinem Pferd hinter ihm vorbeizuschieben, aber er hielt meine Zügel fest.
»Nun«, sagte er, »es ist doch nur noch eine Frage der Zeit, nicht wahr?«
Ich hob meine Peitsche. Ich hätte ihm in sein maliziös lächelndes Gesicht geschlagen, er aber packte meinen Arm.
»Warum so empört?« fragte er. »Sie sind schließlich keine scheue Jungfrau mehr, oder? Ich meine, es wäre doch nicht das erste Mal, daß Sie sich auf ein solches Abenteuer einlassen.«
»Ich verachte Sie.«
»Und ich begehre Sie. Und zwar so sehr, süße Anabel, daß ich bereit bin, Ihretwegen einiges zu unternehmen.«
»Ich will Sie nie mehr sehen.«
»Wohin sollen wir gehen? Ins Schloß? Das wäre doch amüsant, oder? Wann werden Sie kommen?«
»Niemals«, sagte ich.
»Ach, die arme, gute Jessamy, sie wird außer sich sein.«
»Haben Sie denn keinen Funken Anstand im Leib?«
»Nein.«
»Ich hasse Sie.«
»Das macht es nur um so interessanter. Hören Sie, Anabel, ich habe darauf gewartet... jahrelang. Ich weiß von Ihnen und Joel. Warum sind Sie zu dem einen Bruder so zärtlich und zu dem anderen so grausam?«
»Weil Joel und ich uns lieben«, sagte ich heftig.
»Wie rührend. Ich könnte weinen.«
»Ich bezweifle, daß Sie überhaupt weinen können, es sei denn vor Wut.«
»Sie müssen noch vieles über mich lernen, Anabel. Aber das kommt noch. Sie haben Zeit genug dazu. Sie müssen Ihre Niedertracht vor Jessamy verbergen, nicht wahr? Und das ist nur auf eine Weise möglich.«
»Ich gehe zu ihr und sage es ihr selbst.«
»So? Die arme Jessamy! Sie ist ein sehr empfindsames Mädchen, und es geht ihr seit Susannahs Geburt nicht besonders gut. Sie hat es auf der Brust, und auch ihr Herz ist nicht ganz in Ordnung. Ich bin neu-

gierig, wie sie die Nachricht aufnimmt. Ich meine, die Geschichte von Ihrer Gemeinheit. Sie und ihr Mann... der Ehemann und die beste Freundin. So etwas kommt leider häufig vor.«

Ich gab meinem Pferd die Sporen und sprengte davon. Ich wußte nicht, wohin, wußte nicht, was tun. Schließlich kehrte ich zum Schloß zurück. Jessamy ruhe sich aus, sagte man mir. Ich war außer mir vor Angst. Jessamy durfte es auf keinen Fall erfahren.

Und die andere Möglichkeit...

Ich zitterte vor Angst. Ein einziger Gedanke nur hämmerte in meinem Kopf: Jessamy darf es nicht erfahren.

Wieder und wieder dachte ich an diese Szene im Wald. Ich konnte Davids glitzernde Augen und seine vollen, sinnlichen Lippen nicht vergessen. Ich wußte genau, was in seinem Kopf vorging: Er glaubte, er hätte mich endlich in seine Gewalt gebracht.

Langsam öffnete sich meine Tür. Ich sprang erschrocken auf, als Jessamy eintrat.

»Hab' ich dich erschreckt?« fragte sie.

»N...nein«, antwortete ich.

»Ist etwas nicht in Ordnung?«

»Nein, wieso?«

»Du siehst so... verändert aus.«

»Ich hab' ein bißchen Kopfweh«, erklärte ich.

»Ach herrje, Anabel, es kommt so selten vor, daß dir nicht wohl ist.«

»Es ist ja nicht weiter schlimm.«

»Du mußt dir von Joel ein Mittel geben lassen. Möchtest du dich nicht lieber hinlegen? Ich bin eigentlich gekommen, um mit dir über Susannah zu sprechen.«

»Was ist mit ihr?«

»Sie kann sehr eigensinnig sein, wie du weißt. Immer versucht sie, ihren Kopf durchzusetzen, und das gelingt ihr meistens auch.«

»Sie ist eben eine Mateland«, sagte ich.

»Ich sollte dich wohl jetzt nicht damit belästigen. Es ist ja nicht so wichtig. Ich wollte bloß mal darüber reden, denn ich war ein bißchen besorgt, und immer, wenn ich besorgt bin, komme ich zu dir. Ist dir eigentlich bewußt, daß du jetzt schon sieben Jahre im Schloß bist?«

»Damals war ich siebzehn«, bemerkte ich, nur um etwas zu sagen.

»Dann bist du jetzt also vierundzwanzig. Du solltest dich nach einem Ehemann umsehen, Anabel.«
Ich schloß die Augen. Die Unterhaltung wurde unerträglich. Jessamy redete weiter, als sinne sie laut vor sich hin. »Wir müssen deinetwegen etwas unternehmen, Gesellschaften geben... Bälle... Ich werde mit Joel sprechen... wenn ich ihn sehe. Was ist mit dir? Fühlst du dich auch wirklich wohl? Ich plappere drauflos, dabei hast du Kopfweh. Du mußt dich ausruhen, Anabel!«
Sie bestand darauf, daß ich mich hinlegte. Sie deckte mich zu. Am liebsten hätte ich laut herausgeschrien: Du solltest mich hassen! Das hätte ich verdient!
Sie ging hinaus, und ich lag da und versuchte zu überlegen, was zu tun sei.
Doch ich fand keinen Ausweg. Jessamy würde es erfahren. Ein unerträglicher Gedanke. Ich mußte mit Joel sprechen, aber ich hatte Angst. Was würde er tun? Ich wußte, daß er wütend auf seinen Bruder sein würde, und doch mußte ich es ihm sagen.
Ich verließ, immer noch in Reitkleidung, mein Zimmer. Als ich in die Halle trat, rief David meinen Namen. Ich lief zur Tür, doch er war noch vor mir dort.
»Sie haben nur eine kurze Bedenkzeit«, erklärte er. »Sagen wir, vier Stunden. Ich fände es sehr nett, wenn Sie in mein Zimmer kämen. Es liegt im vorderen Rundturm. Es ist sehr gemütlich. Ich lasse rechtzeitig Feuer machen und werde dort auf Sie warten. Ich nehme an, mein aufopfernder Bruder ist in seiner Praxis. Er legt anscheinend keinen Wert darauf, bei seiner Frau zu sein. Wir beide wissen freilich, warum. Er hat Wichtigeres zu tun. Also dann, meine liebe Anabel, bis heute abend.«
Ich lief an ihm vorbei, hinaus zu den Stallungen, stieg auf mein Pferd und preschte davon, jedoch nicht in die Stadt. Ich wagte nicht, Joel von dem Vorfall zu erzählen. Und doch würde ich es tun müssen.
Ich galoppierte waghalsig über die Felder und fragte mich unentwegt, was ich tun sollte.
Es war später Nachmittag. Ich mußte zu Joel. Ich mußte es ihm sagen. Wir hatten uns gegenseitig versprochen, alles miteinander zu teilen. Er war gerade mit der Behandlung seiner Patienten fertig und sicht-

lich erfreut, mich zu sehen. Ich warf mich in seine Arme und schluchzte.
Ich erzählte ihm alles, und er wurde bleich. Schließlich sagte er: »Wenn er dich heute abend erwartet, werde ich mich statt deiner bei ihm einfinden.«
»Joel«, rief ich, »was wirst du tun?«
»Ich bringe ihn um«, sagte er kalt.
»Nein, Joel. Wir müssen nachdenken. Du darfst nichts überstürzen. Es wäre Mord... an deinem eigenen Bruder.«
»Es wäre nicht schlimmer, als eine Wespe zu töten. Ich hasse ihn.«
»Joel... bitte... versuche doch, ruhig zu bleiben.«
»Dies ist meine Sache, Anabel.«
»Ich will nicht, daß Jessamy es erfährt. Sie würde sich nie mehr auf jemanden verlassen. Sie hat mir vertraut. Wir standen uns immer so nahe... wir waren die besten Freundinnen. Es wäre mir unerträglich, wenn sie erfährt, was ich getan habe, Joel.«
Ich sah, wie der Zorn in ihm aufstieg, und wußte, daß er für keine weiteren Einwände mehr zugänglich war. Er konnte rasen vor Zorn. Einmal, als ein Kind in der Stadt von seinen Eltern übel zugerichtet wurde, hatte seine Wut auf sie keine Grenzen gekannt. Er hatte die Eltern ins Gefängnis geschickt und das Kind zu jemand anderem in Pflege gegeben. Seine Wut war natürlich gerechtfertigt, doch er hatte nicht bedacht, daß die Eltern überarbeitet waren und nicht viel Verstand besaßen. Ich hatte mit ihm darüber diskutiert, aber er war uneinsichtig geblieben. Und nun sann er nur noch auf Rache an David – nicht, weil dieser uns nachspioniert und dich, Suewellyn, gefunden hatte, sondern für das, was er von mir verlangte. Joel nannte es Erpressung, und das war es ja wohl auch. Und mit Erpressern, sagte er, könne man nur eines tun, nämlich sie beseitigen.
Mir war angst und bange, wenn ich bedachte, welche Leidenschaften ich in diesen beiden Männern entfacht hatte. Ich kannte ihre hitzigen Naturen, und das flößte mir Angst ein.
Wir kehrten zusammen zum Schloß zurück. Ich begab mich in mein Zimmer, schützte Kopfweh vor und ging nicht zum Abendessen hinunter. Jessamy kam nach dem Essen zu mir und erkundigte sich, wie es mir ginge. Sie erzählte mir, daß eine sehr merkwürdige Stimmung

geherrscht habe. Joel hätte kaum gesprochen, und David schien so eigenartig vergnügt gewesen zu sein. »Er hat die ganze Zeit Witze gemacht... anzügliche Witze, die ich nicht verstehen konnte«, berichtete Jessamy. »Ich war froh, als die Mahlzeit vorüber war. Arme Anabel. Es ist so ungewohnt, daß du dich nicht wohl fühlst. David sagte, er könne sich nicht erinnern, daß es dir jemals schlecht ging... außer damals, vor sechs oder sieben Jahren, als du die Verwandten deines Vaters besuchtest. Er meinte, bevor du fortgingst, sei es dir eine Zeitlang gar nicht gutgegangen, aber als du zurückkamst, hättest du dich offensichtlich wieder erholt. Es war eine gräßliche Mahlzeit, Anabel. Ich war so froh, als sie vorüber war. Aber du bist müde.« Sie beugte sich zu mir herunter und gab mir einen Kuß. »›Morgen sieht alles anders aus‹, hat die alte Amme Perkins immer gesagt, erinnerst du dich noch?«

»Danke, Jessamy«, sagte ich. »Ich hab' dich lieb. Vergiß das nicht.« Sie lachte. »Du mußt dich ja wirklich elend fühlen, wenn du so sentimental wirst. Gute Nacht, Anabel.«

Ich hätte sie an mich ziehen mögen, hätte ihr am liebsten alles zu erklären versucht und sie um Verzeihung gebeten.

Eine Weile blieb ich so liegen. Joel hatte gesagt, er wolle mich abholen, und dann wollten wir zusammen in Davids Zimmer gehen. Er kam aber nicht, und während ich, die Augen auf die Tür geheftet, wartete, hörte ich von irgendwo außerhalb des Schlosses den gedämpften Laut eines Schusses.

Ich stand auf und lauschte angespannt. Von unten drang kein Geräusch herauf. Der Schuß hatte sicher etwas mit David und Joel zu tun. Ich schlich zu Jessamys und Joels Zimmer und horchte an der Tür. Sicherlich war Jessamy wieder allein.

Aber dann hielt ich es nicht mehr aus. Ich machte mich auf den Weg zu Davids Zimmer im Turm. Vor der Tür blieb ich stehen und lauschte. Kein Laut drang heraus. Vorsichtig öffnete ich die Tür und schaute hinein. Im Kamin flackerte ein Feuer. Der Raum war von mehreren Kerzen erhellt. Ein Sessel stand am Feuer, und auf der samtenen Bettdecke lag ein seidener Morgenmantel.

Niemand war im Zimmer.

Mit jeder Sekunde wuchs meine Angst. Ich rannte die Treppen hin-

unter und in den Hof hinaus. Ich mußte wissen, was geschehen war, doch gleichzeitig fürchtete ich mich entsetzlich vor dem, was ich entdecken würde. Ich hörte eilige Schritte und hielt lauschend den Atem an.
Joel kam auf mich zugelaufen, und da wußte ich, daß sich etwas Furchtbares abgespielt hatte.
Ich warf mich in seine Arme. Ein dicker Klumpen saß mir in der Kehle, so daß ich kaum atmen konnte.
Ich stammelte: »Ich habe... einen Schuß gehört...«
»Er ist tot«, sagte Joel. »Ich habe ihn erschossen.«
»Gott steh uns bei«, murmelte ich.
»Ich ging in sein Zimmer«, berichtete Joel, »und sagte ihm, daß ich Bescheid wisse und ihn töten werde. Er meinte, wir sollten das wie zivilisierte Menschen regeln. Er schlug Pistolen vor. ›Wir sind beide gute Schützen‹, sagte er. Wir holten also die Pistolen aus der Waffenkammer. Er hat sich immer für den besseren Schützen gehalten... deshalb hat er es auch vorgeschlagen... aber diesmal war er der schlechtere.«
»Du hast ihn getötet, Joel«, flüsterte ich. »Bist du ganz sicher, daß er tot ist?«
»Ja. Ich habe direkt aufs Herz gezielt. Er oder ich... er mußte es sein... deinetwegen... meinetwegen... und wegen Suewellyn.«
»Joel!« rief ich. »Was willst du jetzt tun?«
»Ich wußte, daß ich ihn eines Tages umbringen würde... oder er mich. Wir waren ein- oder zweimal nahe daran. Aber das ist vorbei. Ich gehe fort. Ich muß gehen... noch heute nacht...«
»Joel... nein!«
»Du kommst mit mir. Wir müssen das Land verlassen.«
»*Jetzt*...?«
»Jetzt... heute nacht. Alles muß sorgfältig geplant werden. Es ist nicht unmöglich. Mit meiner Bank kann ich alles arrangieren, wenn wir in Sicherheit sind. Wir können Wertsachen mitnehmen... alles, dessen wir habhaft werden und was wir bequem tragen können. Geh in dein Zimmer. Packe zusammen, soviel zu kannst. Laß niemanden wissen, was du vorhast. Bis zum Morgen sind wir fort. Wir reiten eine kurze Strecke und fahren dann mit dem Zug nach Southampton. Wir

nehmen ein Schiff nach... höchstwahrscheinlich nach Australien... und von dort aus sehen wir weiter.«

»Joel«, hauchte ich, »das Kind.«

»Ja«, sagte er. »Natürlich habe ich auch an das Kind gedacht. Du mußt es gleich holen. Wir gehen zu dritt fort.«

Ich raste in mein Zimmer, und eine Stunde, nachdem ich den Pistolenschuß gehört hatte, ritt ich mit Joel durch die Nacht.

Am Bahnhof trennten wir uns. Er fuhr nach Southampton. Ich sollte später mit dir nachkommen. Nachdem ich auf verschiedene Anschlußzüge warten mußte, konnte ich erst am folgenden Tag zu dir kommen. Den Rest kennst du.

Das ist meine Geschichte, Suewellyn. Du liebst deinen Vater und mich, und nachdem du nun weißt, was geschah, wirst du uns verstehen.

Die Insel

Von allem, was seit jenem Tag, als meine Mutter mich aus der Holzapfelhütte abholte, geschah, sind mir die Jahre auf der Insel als die glücklichste Zeit meines Lebens in Erinnerung geblieben. Für mich bleibt die Insel ein zauberhafter Ort, ein verlorenes Paradies.
Im Rückblick ist es nicht immer einfach, sich ganz deutlich zu erinnern. Die Ereignisse verschwimmen im Laufe der Jahre. Heute kommt es mir vor, als seien jene Tage – außer natürlich während der Regenzeit – voller Sonnenschein gewesen. Doch auch den Regen liebte ich! Ich stellte mich ins Freie und ließ mich von ihm bis auf die Haut durchnässen. Wenn dann die Sonne herauskam, dampfte die Erde, und in wenigen Minuten war ich wieder trocken. Jeder Tag war voller Glückseligkeit. Aber nur für mich. Zeitweise spürte ich bei meinen Eltern eine gewisse Furcht. Wenn während der ersten Jahre ein Schiff draußen anlegte, gab meine Mutter sich jedesmal alle Mühe, ihre Angst vor mir zu verbergen, und mein Vater saß, ein Gewehr auf den Knien, am obersten Fenster, von wo man die Bucht überblicken konnte.
Wenn das Schiff, das uns allerlei Pakete gebracht hatte, wieder losmachte, war alles aufs neue in Ordnung, und lachend und ausgelassen tranken wir eine Flasche besonders guten Wein. Ich ahnte, daß meine Eltern fürchteten, mit dem Schiff würde jemand kommen, den sie nicht zu sehen wünschten.

An dem Tag, als wir auf der Insel anlangten, wurden wir von Luke Carter, dessen Haus mein Vater gekauft hatte, empfangen. Ihm gehörte die Kokosplantage, die der Insel einen gewissen Wohlstand gebracht hatte. Er erzählte meinem Vater, daß er seit zwanzig Jahren hier lebte. Nun aber wurde er alt und wollte sich zurückziehen. Zudem war das Geschäft in den letzten Jahren ins Stocken geraten. Der Absatz war zurückgegangen; die Einheimischen wollten nicht mehr arbeiten – sie lagen lieber in der Sonne und huldigten dem alten Grollenden Riesen. Luke Carter wollte noch so lange bleiben, um meinem Vater alles zu zeigen, aber dann würde das nächste Schiff, das von der Insel ablegte, ihn mitnehmen.

Er war jetzt ganz allein. Sein ehemaliger Partner war einer der auf der Insel verbreiteten Fieberkrankheiten, die während der feuchten Jahreszeit besonders tückisch waren, erlegen.

»Sie sind Arzt«, sagte Luke Carter. »Da werden Sie wohl wissen, wie Sie damit fertig werden.«

Mein Vater erklärte, die hier heimischen Fieberkrankheiten seien auch ein Grund, weshalb er sich ausgerechnet auf dieser Insel habe niederlassen wollen. Vielleicht könnte er ein Mittel entdecken, um sie zu bekämpfen.

»Da werden Sie sich aber mit dem alten Wandalo anlegen«, meinte Luke Carter. »Der beherrscht die ganze Insel. Er entscheidet, wer sterben wird und wer nicht. Er ist der Medizinmann und der Hohepriester, dabei sitzt er unter seinem Banjanbaum und denkt über den Sinn der Welt nach.«

An den folgenden Tagen führte Luke Carter meinen Vater auf der Insel herum.

Meine Mutter ließ mich nie allein aus dem Haus. Wenn wir hinausgingen, hielt sie mich fest an der Hand, und ich war ziemlich verwundert, als ich feststellte, daß unser Anblick die Inselbewohner erheiterte, vor allem die Kinder, deren Kichern durch einen Klaps auf den Rücken zum Verstummen gebracht werden mußte. Manchmal lugten sie durch die Fenster zu uns herein, und wenn wir aufblickten, flitzten sie davon, als fürchteten sie um ihr Leben.

Abends klärte uns Luke Carter über die Insel und ihre Bewohner auf.

»Die Eingeborenen sind intelligent«, berichtete er, »aber auch geschickte Langfinger und haben keine Achtung vor fremdem Eigentum. Sie müssen auf Ihre Habe aufpassen. Die Leute lieben bunte Farben und funkelnden Glanz, aber sie können nicht zwischen einem Diamanten und einer Glasscherbe unterscheiden. Wer sie gut behandelt, zu dem sind sie freundlich. Eine Kränkung vergessen sie ebensowenig wie einen guten Dienst. Und wenn man ihr Vertrauen gewinnt, sind sie sehr anhänglich. Ich habe zwanzig Jahre lang unter ihnen gelebt, ohne mit einer Keule erschlagen oder als Opfer für den Grollenden Riesen in den Krater geworfen zu werden, also habe ich meine Sache wohl ganz gut gemacht.«

»Ich hoffe, daß ich ebensogut mit ihnen auskommen werde«, sagte mein Vater.

»Die Leute werden Sie akzeptieren... mit der Zeit. Fremden gegenüber sind sie schüchtern. Deshalb hielt ich es für das beste, noch eine Weile hierzubleiben. Bis ich fortgehe, werden sie sich daran gewöhnt haben, daß Sie nun auch zur Insel gehören. Sie lieben Kinder und sind im Grunde anspruchslos. Nur müssen Sie dem Riesen Respekt erweisen, das ist das einzige, worauf Sie achten müssen.«

»Erzählen Sie uns von diesem Riesen«, bat meine Mutter. »Ich weiß natürlich, daß es der Berg ist.«

»Wie Sie wissen, gehört diese Insel zu einer Gruppe vulkanischer Inseln, die vor Millionen von Jahren entstanden sind, als die Erdkruste sich bildete und die Erde von inneren Eruptionen erschüttert wurde. Dabei wurde nach Meinung der Eingeborenen der alte Riese emporgeschleudert. Er ist der Gott der Insel. Die Leute glauben, er sei Herr über Leben und Tod und muß versöhnlich gestimmt werden. Sie huldigen ihm, indem sie die Berghänge mit Muscheln, Blumen und Federn schmücken, und wenn er zu grollen anfängt, bekommen sie furchtbare Angst. Er ist ein alter Teufel, dieser Berg. Einmal ist er wirklich ausgebrochen. Das muß vor dreihundert Jahren gewesen sein. Die Insel wäre um ein Haar vernichtet worden. Jetzt grollt er von Zeit zu Zeit und spuckt dabei Steine und Lava aus... sozusagen, um das Volk zu warnen.«

»Wir hätten uns wohl besser eine andere Insel aussuchen sollen«, meinte meine Mutter. »Das Rumoren dieses Grollenden Riesen gefällt mir nicht.«

»Er ist nicht gefährlich. Sie müssen bedenken, es ist dreihundert Jahre her, seit er das letzte Mal richtig aktiv war. Das bißchen Grollen ist so etwas wie ein Sicherheitsventil. Mit seinen Ausbrüchen ist es vorbei. Noch einmal hundert Jahre, und er ist vollends erloschen.«
Luke Carter machte uns mit Cougaba bekannt, die ihm das Haus geführt hatte und bereit war, auch bei uns in Dienst zu treten. Er hatte gehofft, daß wir sie behalten würden, da es ihr jetzt schwerfallen dürfte, das große Haus zu verlassen und wieder in eine der Eingeborenenhütten zu ziehen. Sie war fast die ganzen zwanzig Jahre, die er auf der Insel verbracht hatte, bei ihm gewesen. Außerdem hatte sie noch eine Tochter namens Cougabel; und es sei ratsam, meinte Luke Carter, sie mit ihrer Mutter zusammen im Haus wohnen zu lassen.
»Die beiden werden Ihnen gute Dienste leisten«, sagte er. »Sie werden eine Art Boten zwischen Ihnen und den Eingeborenen sein.«
Meine Mutter erklärte sogleich, wie froh sie sei, die beiden zu haben, denn sie hatte sich bereits gesorgt, wo sie brauchbare Dienstboten herbekommen sollte.
So gingen die ersten Wochen auf der Vulkaninsel dahin, und als Luke Carter uns verließ, hatten wir uns eingewöhnt.
Mein Vater hatte auf die Bevölkerung großen Eindruck gemacht. Er war ein stattlicher Mann – 1,93 Meter –, wohingegen die Inselbewohner eher kleinwüchsig waren. Das verschaffte ihm von vornherein einen Vorteil. Dazu kam seine Persönlichkeit. Er war zum Befehlen geboren und versuchte auch hier sogleich, seine Autorität zu beweisen. Luke Carter hatte den Inselbewohnern erzählt, mein Vater sei ein großer Doktor, und er sei gekommen, um die Leute gesund zu machen. Er verfüge über besondere Heilmittel und könne der Insel gewiß viel Gutes bringen.
Die Inselbewohner waren enttäuscht. Sie hatten Wandalo. Wozu brauchten sie noch einen zweiten Medizinmann? Sie wollten jemanden, der das Kokosnußgeschäft wieder in Gang brachte und der Insel wieder zu Wohlstand verhalf.
Es war wirklich schade, den natürlichen Reichtum dieser Gegend nicht auszunutzen. Unsere Vulkaninsel war die größte der Gruppe und bot alles, was man sich von einer Südseeinsel versprach – heiße Sonne, schwere Regenfälle, wogende Palmen und sandige Strände.

Als mein Vater die Insel zum erstenmal gesehen hatte, hatte er sie Palmeninsel taufen wollen, doch sie hieß bereits Vulkaninsel, was bezüglich des Riesen ebenso passend war.
Es war eine schöne Insel, gut achtzig mal sechzehn Kilometer groß, üppig, fruchtbar, von dem großen Berg beherrscht. Er war gewaltig, dieser Berg, geradezu ehrfurchterregend, und wenn man dicht davor stand – und es war auf dieser Insel nicht möglich, weit von ihm entfernt zu sein –, schien er tatsächlich ein drohendes Eigenleben zu besitzen. Die Täler waren fruchtbar, doch wenn man hinaufblickte, so konnte man auf den oberen Abhängen die Zerstörungen wahrnehmen, wo der Zorn des Riesen getobt und die Erde verwüstet hatte. In den Tälern aber wuchsen Bäume und Sträucher im Überfluß. Kasuarinen, Kaurifichten und Affenbrotbäume gediehen üppig neben Sagopalmen, Orangenbäumen und Ananaspflanzen, Bananenstauden und natürlich den unvermeidlichen Kokospalmen.
Hüte dich vor dem Riesen. Er kann zornig werden, belehrte mich Cougaba, die mich rasch in ihr Herz schloß und so etwas wie meine Kinderfrau wurde. Ich mochte sie recht gern, und meine Mutter freute sich darüber und förderte unsere Freundschaft. Cougaba war dankbar, weil nicht nur sie, sondern auch ihre Tochter im Haus bleiben durfte. Sie liebte ihr Kind abgöttisch, das ungefähr so alt wie ich sein mußte; allerdings war es schwierig, das Alter der Eingeborenen zu schätzen. Das Mädchen war von beträchtlich hellerer Hautfarbe als seine Mutter und hatte einen glatten, hellbraunen Teint, der sie sehr reizvoll machte. Sie besaß strahlende braune Augen und schmückte sich gern mit Muscheln und Perlen, die zumeist mit Drachenblut, dem Saft des Drachenbaumes, rot gefärbt waren. Cougabel wurde von ihrer Umgebung bevorzugt behandelt. Man zollte ihr einen gewissen Respekt, was auf ihre Herkunft zurückzuführen war. Sie erzählte mir, sie sei ein Kind der Maske, und was das bedeutete, erfuhr ich später.
Ich lernte eine Menge von Cougabel. Sie nahm mich mit, wenn sie Muscheln und Hahnenfedern an den Berghang legte, um den Riesen zu besänftigen.
»Du mitkommen«, radebrechte sie. »Riese vielleicht böse auf euch. Ihr kommen auf Insel, und Wandalo nicht froh. Er sagen Medizin-

mann hier. Wandalo will, daß Mann Seile und Körbe und Kokosöl verkaufen... will nicht Medizinmann.«
Ich erwiderte: »Mein Vater ist Arzt. Er ist nicht hier, um Geschäfte mit Kokosnüssen zu machen.«
»Du bringen Muscheln zu Riese«, sagte Cougabel und nickte weise, als halte sie es für sehr klug, wenn ich ihren Rat befolgen würde. Ich gehorchte.
»Riese kann schrecklich wütend sein. Grollen... grollen... grollen... Spucken glühende Steine aus. Ich sehr böse, er sagen.«
»Es ist doch nur ein Vulkan«, erklärte ich ihr. »Davon gibt es noch mehr auf der Welt. Das ist eine ganz natürliche Erscheinung.«
Das Englisch von Cougaba und Cougabel war besser als das der meisten Eingeborenen, denn sie hatten beide lange bei Luke Carter im Haus gelebt. Trotzdem ließen ihre Sprachkenntnisse viel zu wünschen übrig. Cougaba drückte sich jedoch meist mit sehr beredten Gebärden aus, die wir recht gut verstanden.
»Er warnen«, erzählte sie uns. »Er sagen, ich böse. Dann wir bringen Muscheln und Blumen. Als ich kleines Mädchen war wie Sie, Missie, haben sie Mann in Krater geworfen. War sehr schlechter Mann. Hat seinen Vater getötet. Deshalb haben sie ihn hineingeworfen... aber Riese nicht zufrieden. Wollte nicht schlechten Mann als Opfer. Wollen guten Mann. Deshalb haben sie Heiligen Mann hineingeworfen. Aber alter Riese immer noch zornig. Sie achtgeben auf alten Riesen. Er eines Tages ganze Insel vernichten.«
Ich versuchte ihr zu erklären, daß es sich um eine ganz natürliche Erscheinung handele. Sie hörte ernsthaft nickend zu, aber ich wußte, sie verstand kein Wort von dem, was ich sagte – und selbst wenn, so hätte sie es nicht geglaubt.
Nach und nach lernte ich alle Legenden der Insel kennen, von meinen Eltern, von Cougaba und Cougabel und von dem Zauberer Wandalo, der nichts dagegen einzuwenden hatte, daß ich mich zu ihm unter den Banjanbaum hockte.
Wandalo war ein kleiner, magerer Mann, nur mit einem Lendenschurz bekleidet. Ich war von seinen vorstehenden Rippen fasziniert. Wenn man ihn anschaute, so war es, als betrachte man ein Skelett. Er bewohnte eine kleine Rundhütte am Rande einer Lichtung zwi-

schen den Bäumen, und dort saß er den ganzen Tag und zeichnete mit seinem Zauberstock Linien in den Sand.
Das erste Mal sah ich ihn, kurz nachdem Luke Carter abgereist war. Die Besorgnis meiner Mutter hatte ein wenig nachgelassen, und ich durfte mich draußen umsehen, wenn ich mich nicht allzuweit vom Haus entfernte.
Ich stand am Rande der Lichtung und beobachtete fasziniert Wandalo. Er sah mich und winkte mich zu sich heran, gerade als ich fortlaufen wollte. Ich ging langsam zu ihm, gebannt und ängstlich zugleich.
»Setz dich, Kleine«, sagte er.
Ich setzte mich.
»Du spähst und guckst«, hielt er mir vor.
»Bloß... Sie sind so anders...«
Er verstand nicht, aber er nickte.
»Du bist weit übers Meer gekommen.«
»O ja.« Ich erzählte ihm von der Holzapfelhütte, und wie wir mit dem Schiff gefahren waren; er hörte aufmerksam zu und begriff wohl auch ein wenig.
»Medizinmann nicht wünschen... Mann für Plantage... du verstehen, Kleine?«
Ich bejahte und erklärte ihm, was ich zuvor schon Cougaba auseinandergesetzt hatte: daß mein Vater kein Geschäftsmann, sondern Arzt sei.
»Medizinmann nicht wünschen«, wiederholte er beharrlich. »Plantagenmann. Volk arm. Machen Volk reich. Nicht Medizinmann.«
»Die Menschen müssen das tun, was sie am besten können«, gab ich ihm zu verstehen.
Wandalo malte Kreise in den Sand.
»Kein Medizinmann.« Er berührte den Kreis, den er gemalt hatte, mit dem Stock und verwischte den Sand. »Bringen nichts Gutes... Medizinmann gehen... Plantagenmann kommen.«
Verwirrt und verängstigt lief ich heim, es hatte etwas Drohendes in Wandalos Handlungen und Worten gelegen.
Cougabel und ich spielten viel zusammen. Es war schön, eine Gefährtin zu haben. Sie kam zu den Unterrichtsstunden, die meine Mutter

mir erteilte, und Cougaba war außer sich vor Freude, als sie ihre Tochter neben mir sitzen und mit einem Griffel Zeichen auf eine Schiefertafel malen sah. Cougabel war ein sehr intelligentes kleines Mädchen und unterschied sich durch ihre helle, kakaofarbene Haut von den anderen Inselbewohnern. Die meisten waren dunkelbraun, viele waren sogar ganz schwarz. Bald unternahmen wir alles zusammen; Cougabel kannte sich überall aus und zeigte mir, welche Früchte eßbar waren; sie war ein fröhliches Kind, und ich war froh über ihre Gesellschaft. Sie zeigte mir, wie wir unsere Finger mit Muscheln einritzen und unser Blut vermischen mußten. »Wir jetzt richtige Schwestern«, sagte sie.

Leider waren meine Eltern nicht immer so glücklich, wie sie es sich erhofft hatten. Immer, wenn ein Schiff erwartet wurde, überkam sie eine große Unruhe, die sich erst wieder legte, wenn das Schiff abfuhr. Dann waren wir überaus fröhlich. Ich saß bei meinen Eltern und lauschte ihren Gesprächen. Dabei hockte ich auf einem Schemel, lehnte mich an die Knie meiner Mutter, und sie fuhr mir mit den Fingern durchs Haar.

Ich wußte, daß mein Vater hierhergekommen war, um Malaria, Wechselfieber, Sumpffieber und Dschungelfieber, die hier auftretenden Krankheiten, zu erforschen. Er wollte versuchen, die Inselbewohner davon zu befreien und plante, demnächst ein Hospital zu bauen.

Einmal sagte er: »Ich möchte Leben *retten*, Anabel. Ich möchte wiedergutmachen...«

Sie erwiderte rasch: »Du hast viele Menschenleben gerettet, Joel, und du wirst noch mehr retten. Du darfst nicht grübeln. Es mußte sein.«

Und während ich ihrer Unterhaltung zuhörte, überlegte ich, auf welche Weise ich ihnen zeigen konnte, wie sehr ich sie liebte und wie dankbar ich war, daß sie mich aus der Holzapfelhütte geholt hatten.

Wir waren etwa seit sechs Monaten auf der Insel, als der Riese heftig zu grollen anfing.

Eine Frau hörte es als erste, als sie eine Opfergabe auf einen Berghang legen wollte. Es klang zornig. Offensichtlich war der Riese nicht zufrieden. Die Kunde verbreitete sich rasch, und ich sah die Angst in Cougabas Augen.

»Alter Riese grollen«, sagte sie zu mir. »Alter Riese nicht zufrieden.«
Ich lief zu Wandalo, der vor seiner Hütte hockte und mit seinem Stock in flinken Bewegungen Kreise in den Sand malte.
»Geh weg«, befahl er mir. »Keine Zeit. Riese grollen. Riese zornig. Medizinmann hier nicht wünschen, sagen Riese. Wünschen Plantagenmann.«
Ich rannte fort.
Cougaba war gerade dabei, den Fisch auszunehmen, den sie kochen wollte.
Sie schüttelte den Kopf. »Kleine Missie... großer Ärger kommen. Riese grollen. Bald kommen Maskentanz.«
Nach und nach bekam ich heraus, was es mit diesem Maskentanz auf sich hatte – ein wenig erfuhr ich von Cougaba, etwas mehr von Cougabel, und dann hörte ich meine Eltern darüber sprechen, was sie erfahren hatten.
Seit Hunderten von Jahren, seit die Vulkaninsel von Menschen bewohnt war, wurden diese Maskentänze aufgeführt. Diesen Brauch gab es sonst nirgends auf der Welt, und der Tanz fand immer dann statt, wenn das Rumoren des Vulkans unheilvoll wurde und Muscheln und Blumen den Riesen nicht mehr zu besänftigen vermochten.
Der Heilige Mann – zur Zeit war es Wandalo – machte Zeichen mit seinem Zauberstock. Der Gott des Berges gab ihm Anweisungen, wann das Maskenfest abgehalten werden sollte. Es mußte immer bei Neumond stattfinden, weil der Riese wünschte, daß die Rituale bei Dunkelheit vollzogen wurden. Wenn die Nacht festgesetzt war, nahmen die Vorbereitungen ihren Lauf und währten die ganze Zeit, während der alte Mond abnahm. Die Masken waren aus dem verschiedensten Material gefertigt, doch meistens bestanden sie aus Lehm. Sie mußten das Gesicht des Trägers vollkommen verdecken, dessen Haare mit dem Saft des Drachenbaumes rot gefärbt wurden. Dann wurde das Festmahl vorbereitet. Es gab Fässer mit Kavabier und Arrak, dem gegorenen Saft aus Palmenmark. Auf großen Feuern auf der Lichtung, wo Wandalos Behausung stand, wurden Fische, Schildkröten, Wildschweine und Hühner gebraten. Die Nacht wurde nur

von den Sternen und von den Feuern, auf denen das Essen garte, erleuchtet.

Jeder, der an dem Tanz teilnahm, mußte jünger als dreißig Jahre sein, und alle mußten vollständig maskiert sein, so daß niemand sie erkennen konnte.

Während des ganzen Tages, der dem Fest vorausging, schlugen die Trommeln, anfangs ganz leise, später heftiger... die ganze Nacht hindurch. Die Trommelschläger durften nicht schlafen, sonst würde der Riese böse werden. Noch während des Festmahls schlugen sie, und als das vorüber war, schwollen die Trommeln, die lauter und lauter geworden waren, zum Crescendo an, was das Zeichen zum Beginn des Tanzes war.

Ich durfte den Maskentanz zum erstenmal sehen, als ich schon viel älter war, und nie werde ich die Verrenkungen und Zuckungen dieser braunen, glänzenden, mit Kokosöl eingeriebenen Leiber vergessen. Die erotischen Bewegungen zielten darauf ab, die Teilnehmer in Ekstase zu versetzen. Dies war der Tribut an den Gott der Fruchtbarkeit, welcher ihr Gott war, der Gott des Berges.

Im Verlauf des Tanzes verschwanden die Teilnehmer paarweise im Wald. Einige sanken zu Boden, unfähig, weiterzugehen. Und in dieser Nacht lag jede Frau mit einem Liebhaber beisammen, und weder Mann noch Frau wußten, mit wem sie in dieser Nacht den Beischlaf vollzogen hatten.

Es war einfach festzustellen, wer in dieser Nacht empfangen hatte, denn vorher war einen vollen Monat lang allen Männern und Frauen der Geschlechtsverkehr untersagt. Cougabel war deswegen so geachtet, weil sie in der Nacht der Masken empfangen worden war.

Die Leute glaubten, daß der Grollende Riese in den würdigsten unter den Männern eingegangen war und die Frau erwählt hatte, die sein Kind gebären sollte; daher galt jede Frau, die neun Monate nach der Nacht der Masken ein Kind zur Welt brachte, als vom Grollenden Riesen gesegnet. Der Riese war durchaus nicht immer verschwenderisch mit seiner Gunst. Wenn nicht ein einziges Kind empfangen wurde, so war das ein Zeichen, daß er zürnte. Es kam oft vor, daß aus solchen Nächten kein Kind hervorging. Einige Mädchen fürchteten sich, und die Angst machte sie unfruchtbar; denn, so erzählte mir

Cougaba später, der Riese schenkte seine Gunst keinem Feigling. Wenn in dieser Nacht kein Kind gezeugt wurde, so mußte ein ganz besonderes Opfer gebracht werden.
Cougaba erinnerte sich, daß einmal ein Mann ganz dicht an den Rand des Kraters kletterte. Er wollte ein paar Muscheln hineinwerfen, doch der Riese hatte ihn gepackt. Der Mann wurde nie mehr gesehen.
Nie werde ich das erste Maskenfest nach unserer Ankunft vergessen. Die Eingeborenen führten sich höchst seltsam auf. Sie wendeten die Augen ab, wenn wir in der Nähe waren. Cougaba war besorgt. Sie schüttelte unentwegt den Kopf.
Cougabel wurde etwas deutlicher. »Riese böse mit euch«, sagte sie, und ihre strahlenden Augen weiteten sich vor Furcht. Sie legte ihre Arme um mich. »Ich nicht wollen, du sterben«, sagte sie.
Ich vergaß diese Bemerkung gleich wieder, doch als ich eines Nachts aufwachte, fiel sie mir wieder ein und dazu die Geschichten über Menschen, die zur Besänftigung des Riesen in den Krater geworfen worden waren. Cougabel hatte mich wissen lassen, daß wir uns in Gefahr befanden.
»Riese böse«, erklärte sie. »Maske kommen. Er zeigen in Nacht der Maske.«
»Du meinst, er wird euch sagen, warum er böse ist?«
»Er böse, weil er Medizinmann nicht wollen. Wandalo Medizinmann. Nicht weißer Mann.«
Ich erzählte es meinen Eltern.
Mein Vater tat meinen Bericht mit der Bemerkung ab, sie seien nur eine Horde Wilder, die ihm eher dankbar sein sollten. Er hatte gehört, daß erst an diesem Tag wieder eine Frau an einem Fieber gestorben war. »Wäre sie zu mir gekommen, statt zu diesem alten Hexenmeister zu gehen, könnte sie womöglich noch leben«, sagte er.
»Ich finde, du solltest die Plantage wieder in Schwung bringen«, schlug meine Mutter vor. »Das ist es, was sie wollen.«
»Sollen sie's doch selbst machen. Ich verstehe nichts von Kokosnüssen.«
Die Bambustrommeln setzten ein. Sie dröhnten den ganzen Tag.
»Ich mag das Geräusch nicht«, sagte meine Mutter. »Es hört sich so bedrohlich an.«

Cougaba ging durchs Haus und blickte uns nicht an. Cougabel umarmte mich und brach dabei in Tränen aus.
Ich wußte, daß sie uns warnen wollten.
Stundenlang hörten wir die Trommeln; wir sahen den Feuerschein und rochen das Schweinefleisch. Meine Eltern saßen die ganze Nacht am Fenster. Mein Vater hielt sein Gewehr auf den Knien, und ich wachte mit ihnen. Zwischendurch schlummerte ich ein und träumte von furchterregenden Masken; dann wachte ich wieder auf und lauschte in die plötzlich eingetretene Stille; die Trommeln hatten zu schlagen aufgehört.
Bis zum nächsten Morgen blieb es ruhig. Doch dann geschah etwas Sonderbares. Eine Frau kam weinend zu unserem Haus. Einmal hatte sie mir angedeutet, daß sie einem Kind das Leben geschenkt hatte, das beim letzten Maskentanz empfangen worden war. Es war also ein besonderes Kind.
Dieser Junge war nun krank. Wandalo hatte ihr gesagt, er werde sterben, weil der Riese böse sei, und in letzter Not hatte die Mutter das Kind zu dem weißen Medizinmann gebracht.
Mein Vater ließ ein Zimmer im Haus für den Jungen herrichten. Er wurde zu Bett gebracht, und seine Mutter blieb bei ihm.
Bald verbreitete sich die Kunde, was geschehen war, und allmählich sammelten sich die Inselbewohner um unser Haus.
Mein Vater war ziemlich aufgeregt und erklärte, daß der Junge an Sumpffieber leide. Falls es noch nicht zu spät sei, könne er ihn retten.
Es war uns bewußt, daß unser Schicksal vom Leben dieses Kindes abhing. Falls der Junge stürbe, würden sie uns vermutlich töten – bestenfalls aber von der Insel vertreiben. Schließlich wollten sie keinen Medizinmann; sie wollten, daß die Plantage wieder in Schwung kam.
Aber nach einigen Stunden sagte mein Vater triumphierend zu meiner Mutter: »Er spricht auf die Behandlung an. Wahrscheinlich kann ich ihn retten. Wenn mir das gelingt, Anabel, baue ich die Plantage wieder auf, ganz bestimmt. Ich verstehe nichts von dem Geschäft, aber das läßt sich ja lernen.«
Wir blieben die ganze Nacht auf. Ich blickte aus meinem Fenster und

sah draußen die Leute dasitzen. Sie hatten Fackeln angezündet, und Cougaba sagte, wenn der Junge stürbe, würden sie unser Haus in Brand stecken.
Mein Vater war ein ungeheures Wagnis eingegangen, als er den Jungen ins Haus nahm. Aber das Risiko reizte ihn.
Am nächsten Morgen war das Fieber des Knaben gefallen. Im Verlauf des Tages besserte sich sein Zustand immer mehr, und am Abend stand fest, daß er gerettet war.
Seine Mutter kniete nieder und küßte meinem Vater die Füße, er aber hieß sie aufstehen und das Kind mitnehmen. Er gab ihr noch eine Medizin mit, die sie dankbar entgegennahm.
Diesen Augenblick werde ich nie vergessen. Sie kam aus dem Haus und hielt das Kind auf dem Arm, und niemand brauchte nach dem Erfolg zu fragen. Der stand ihr im Gesicht geschrieben. Die Leute scharten sich um sie. Sie berührten staunend das Kind, dann wandten sie sich um und starrten meinen Vater voller Ehrfurcht an.
Er hob seine Hand und sprach zu ihnen.
»Der Junge wird gesund und stark werden. Ich kann auch noch andere von euch heilen. Ich möchte, daß ihr zu mir kommt, wenn ihr krank seid. Vielleicht kann ich euch gesund machen, vielleicht auch nicht. Das hängt davon ab, wie krank ihr seid, denn ich möchte euch allen helfen. Ich möchte das Fieber vertreiben. Und dann werde ich auch die Plantage wieder aufbauen. Wir werden hart arbeiten müssen, und ich muß eine Menge dabei lernen.«
Tiefe Stille trat ein. Dann wandten sich die Leute einander zu und rieben sich, einer am anderen, die Nasen, was wohl eine Art Gratulation bedeutete.
»Und das alles verdanken wir fünf Gran Kalomel, derselben Menge einer Verbindung aus Kolozynth und Skammoniumpulver und ein paar Tropfen Chinin«, grinste er, wieder ins Haus tretend.

In dieser Nacht der Masken war kein Kind empfangen worden. Damit will der Riese uns ein Zeichen geben, sagten die Inselbewohner. Er habe sie für unwürdig erachtet, denn er hatte ihnen seinen Freund, den weißen Medizinmann gesandt, und sie hatten es versäumt, ihm die nötige Achtung zu erweisen.

Der weiße Mann hatte das Kind des Riesen gerettet, und darüber freute sich der Riese, und deshalb hatte er seinen Freund gebeten, nach dem Maskentanz den Plantagenbetrieb wieder aufzunehmen. Die Insel würde gedeihen, solange sie dem Riesen huldigten.
Jetzt beherrschte mein Vater die Insel. Er wurde Daddajo genannt, und meine Mutter war Mamabel. Ich wurde Kleine Missie gerufen oder Kleine Weiße. Endlich waren wir anerkannt.
Mein Vater stand zu seinem Wort und machte sich daran, die Landwirtschaft der Insel wieder in Gang zu bringen, was dank seines ungeheuren Tatendrangs nicht lange dauerte. Die Bewohner waren trunken vor Glück. Daddajo war zweifellos der Abgesandte des Grollenden Riesen und würde ihnen den dahingeschwundenen Wohlstand wieder zurückbringen.
Mein Vater legte eine neue Kokosnußpflanzung an. Luke Carter hatte seine Fachbücher im Haus zurückgelassen, und aus ihnen holte sich mein Vater die notwendigen Kenntnisse. Er wählte ein Stück Land aus und verteilte darauf vierhundert reife Kokosnüsse. Die Inselbewohner schwirrten aufgeregt umher und sagten ihm, was er tun solle, er aber hielt sich strikt an das Buch, und als sie das sahen, erstarrten sie vor Ehrfurcht, denn er tat genau das, was Luke Carter seinerzeit auch getan hatte. Die Nüsse wurden von einer zwei bis drei Zentimeter dicken Schicht aus Sand, Seetang und Schlamm bedeckt.
Mein Vater wies zwei Männer an, die Nüsse täglich zu bewässern. Das dürften sie unter keinen Umständen vergessen, sagte er mit einem Blick auf den Berg.
»Nein, nein, Daddajo«, beteuerten sie. »Nein... nein... wir nicht vergessen.«
»Das möchte ich euch auch geraten haben.« Mein Vater scheute sich nicht, den Berg als Drohmittel zu benutzen, und das klappte vorzüglich, seit die Leute überzeugt waren, daß er der Freund und Diener des Riesen sei.
Die Nüsse waren im April in die Erde gesteckt worden, und sie mußten umgepflanzt werden, bevor der Septemberregen einsetzte. Alle Eingeborenen der Umgebung sahen bei dieser Arbeit zu, wobei mein Vater die Aufsicht führte; sie schwätzten und nickten mit dem Kopf und rieben ihre Nasen aneinander. Sie waren sichtlich begeistert.

Sodann wurden die Pflanzen im Abstand von sechs Metern in sechzig bis neunzig Zentimeter tiefe Löcher gesteckt, und ihre Wurzeln wurden in Schlamm und Seetang eingebettet. Mein Vater ermahnte die Bewässerer, während der nächsten zwei bis drei Jahre ihrer Aufgabe pünktlich nachzukommen. Die jungen Bäume wurden mit geflochtenen Palmenwedeln vor der sengenden Sonne geschützt, und es würde ungefähr fünf oder sechs Jahre dauern, bevor sie Früchte trügen. Doch in der Zwischenzeit gab es genug Arbeit, denn andere Palmen, die auf der Insel im Überfluß vorhanden waren, trugen bereits ausgereifte Früchte.

Die Baumschule war ein Quell reiner Freude. Sie galt als Anzeichen, daß der Wohlstand auf die Insel zurückkehren würde. Der Grollende Riese zürnte dem Volk nicht länger. Statt seinen Grimm an den Menschen auszulassen, hatte er Daddajo geschickt, um den Platz von Luke Carter einzunehmen, welcher alt und unachtsam geworden war, so daß jedermann seine Arbeit vernachlässigte und infolgedessen der Insel kein Gewinn mehr beschieden war.

Mein Vater machte sich mit großer Begeisterung ans Werk. Die Leute akzeptierten ihn zwar bereits als Arzt, doch er brauchte noch ein weiteres Feld für seinen ungeheuren Tatendrang, und das fand er in diesem Projekt. Heute ist mir klar, daß er und meine Mutter ständig von innerer Unruhe erfüllt waren. Ihre Gedanken weilten oft in England. Sie waren von der zivilisierten Welt abgeschnitten und kamen nur jeden zweiten Monat mit ihr in Berührung, wenn das Schiff vor der Insel ankerte. Anfangs hatten sie eine Zuflucht gesucht, wo sie sich verstecken und zusammensein konnten. Die hatten sie gefunden, und da sie sich nun einigermaßen sicher fühlten, war es eine verständliche menschliche Regung, daß sie vermißten, was sie aufgegeben hatten.

Daher bedeutete ihnen das Kokosnußprojekt sehr viel. Sie gingen ganz darin auf. Auf der Insel war mit der Zeit eine neue Stimmung eingekehrt. Bald schon konnten Kokosnußladungen nach Sydney geschickt werden. Ein Vertreter suchte meinen Vater auf und übernahm den Verkauf der Produkte. Mein Vater bezahlte die Eingeborenen mit Kaurimuscheln, der Inselwährung, und es war erstaunlich, wie zufrieden die Leute waren, seit sie etwas zu tun hatten. Als wir ankamen, hatten die Frauen in Gruppen unter einem Baum gesessen und

lustlos an Körben geflochten; nun saßen sie auf an den Seiten offenen, durch ein Strohdach vor der Sonne geschützten Veranden, die mein Vater hatte errichten lassen, und fertigten außer den Körben noch Fächer, Seile und Bürsten aus Kokosfasern an. Dazu hatte mein Vater etliche Rundhütten in eine Fabrik für Kokosöl umgewandelt.
Es war ein ganz anderes Leben als damals bei unserer Ankunft. Es war nun wieder so wie damals, als Luke Carter ein junger und tatkräftiger Mann gewesen war.
Mein Vater ernannte Aufseher für die verschiedenen Tätigkeiten, und diese fühlten sich als die stolzesten Männer der Insel. Es war amüsant zuzusehen, wie sie einherstolzierten, und jeder männliche Insulaner strebte danach, ebenfalls Aufseher zu werden.
Morgens wurden zu einer festgesetzten Stunde die Kranken zur Behandlung ins Haus gebracht, aber der Gesundheitszustand der Bevölkerung hatte sich seit unserer Ankunft sichtlich gebessert. Als den Leuten das klar wurde, brachten sie meinem Vater noch mehr Achtung und Ansehen entgegen. Auch meine Mutter hatten sie ins Herz geschlossen, und ich wurde von ihnen geradezu verwöhnt.
Innerhalb von zwei Jahren hatte sich mein Vater zum Herrn der Insel hinaufgearbeitet, und meine Mutter erzählte mir später, daß im Laufe der Zeit ihre Angst vor dem Schiff geschwunden sei, da es unwahrscheinlich war, daß jemand eintreffen würde, um meinen Vater abzuholen und wegen Mordes vor Gericht zu stellen. Vielmehr sahen sie jetzt der Ankunft des Schiffes freudig entgegen, weil es Bücher, Kleider, Nahrungsmittel, Wein und Medikamente brachte.
Es war wahrhaftig aufregend, wenn man aufwachte und das große Schiff vor der Insel vor Anker liegen sah. Noch ehe die Sonne aufging, fuhren die Kanus hinaus und kehrten mit den Waren, die mein Vater bestellt hatte, zurück. Wie schön sahen diese Kanus aus – wendig, schlank, spitz zulaufend. Einige waren etwa sechs Meter lang, andere hatten die stattliche Länge von achtzehn Metern. Die hochgezogenen Bugschnäbel und Hecks waren wunderschön geschnitzt und bildeten den Stolz ihrer Besitzer. Cougabel erklärte mir, daß Bug und Heck die Insassen der Kanus vor den Pfeilen ihrer Feinde schützten, denn einstmals habe es heftige Kämpfe unter den Eingeborenen gegeben.
Wenn die Kanus etwa eine Meile vom Land entfernt waren, sahen

sie wie aufs Meer gestreute Halbmonde aus. Sie schimmerten im Sonnenlicht, denn ihre Bug- und Heckteile waren oft mit Perlmutter verziert. Ich staunte, wie geschwind die schmalen, zugespitzten Paddel sie durchs Wasser bewegten.
Wir hatten uns also vortrefflich auf der Vulkaninsel eingelebt.

Ich wuchs heran. Die Jahre vergingen so schnell, daß ich sie nicht mehr zählte. Meine Mutter unterrichtete mich und bestand darauf, mir täglich Lektionen zu erteilen. Sie ließ immer neue Bücher aus Sydney kommen, und ich denke, ich war gewiß ebenso gebildet wie die meisten Mädchen in meinem Alter, die aufgrund ihres Standes von einer Gouvernante erzogen wurden.
Cougabel nahm nach wie vor an meinen Unterrichtsstunden teil. Sie entwickelte sich körperlich viel schneller als ich, denn die Mädchen auf der Insel waren mit vierzehn Jahren heiratsfähig, und viele waren in diesem Alter bereits Mütter.
Cougabel liebte meine Kleider und probierte sie gern an. Meine Mutter und ich trugen lose Kittel – eine modische Erfindung meiner Mutter –, denn die auf dem Festland übliche Kleidung wäre in der Hitze unerträglich gewesen. Wir hatten große Hüte aus geflochtenem Bast, den meine Mutter vorher mit Öl tränkte, um ihn geschmeidig zu machen – ebenfalls eine Erfindung von ihr. Sie färbte die Fasern – hauptsächlich rot mit sogenanntem Drachenblut, dem Saft des Drachenbaumes. Doch sie fand auf der Insel auch andere Kräuter und Blüten, aus denen sie Farben bereiten konnte. Cougabel wünschte sich ebensolche Kittel und bunten Hüte, wie wir sie trugen, und sie und ich liefen oft ähnlich gekleidet auf der Insel herum. Doch manchmal besann sie sich auf ihre einheimische Tracht, und dann zog sie nichts weiter als einen Fransenschurz aus Muscheln und Federn an, der ihr über die Schenkel fiel und den Oberkörper frei ließ. Um den Hals trug sie Muschelschnüre und aus Holz geschnitzten Schmuck. Sie sah dann ganz verändert aus, und in gewisser Weise veränderte sich auch ihre Persönlichkeit. Wenn sie in ihrem Kittel bei mir saß und ihre Lektionen lernte, konnte ich vergessen, daß wir nicht der gleichen Rasse angehörten. Abgesehen von ihrer Hautfarbe hätten wir zwei Schwestern in einem Landhaus sein können.

Cougabel aber wünschte keinesfalls, daß ich vergaß, daß sie ein Kind der Insel war, und zwar ein ganz besonderes.
Einmal wanderten wir zum Fuß des Berges, und sie erzählte mir, daß der Grollende Riese ihr Vater sei. Ich verstand nicht, wieso ein Berg ein Vater sein konnte, und verhöhnte sie deswegen, worauf sie sehr wütend wurde. Überhaupt konnte sie zuweilen sehr jähzornig werden. Ihre Stimmung änderte sich abrupt, und ihre großen dunklen Augen blitzten vor Zorn.
»Er ist mein Vater«, schrie sie. »Er ist mein Vater! Ich bin ein Kind der Maske.«
Ich merkte immer auf, wenn von den Masken die Rede war, und Cougabel fuhr fort: »Meine Mutter tanzen auf Fest der Maske, und der Riese kommen durch einen Mann zu ihr... einen unbekannten... so macht er immer auf Maskenfest. Er schießen mich in sie hinein, und ich wuchs und wuchs, bis ich ein Baby war und geboren wurde.«
»Das ist bloß eine Legende«, sagte ich. Ich hatte damals noch nicht gelernt, meinen Mund und meine Meinung für mich zu behalten.
Sie fuhr mich an: »Du hast keine Ahnung. Du bist noch zu klein. Du bist weiß... du machen Riese böse.«
»Mein Vater steht mit dem Riesen auf gutem Fuß«, sagte ich ein wenig spöttisch, denn ich hatte gehört, wie meine Eltern sich über den Riesen lustig machten.
»Riese schicken Daddajo. Er schicken dich, um mich zu lernen...«
»Zu lehren«, berichtigte ich. Es machte mir Spaß, Cougabel zu korrigieren.
»Er schicken dich, um mich zu lernen«, beharrte sie, und ihre Augen verengten sich. »Wenn ich groß bin, gehe ich zum Maskentanz, und dann komme ich zurück und habe Baby des Riesen in mir.«
Ich starrte sie erstaunt an. Ja, dachte ich, wir werden erwachsen. Bald ist Cougabel alt genug, um ein Baby zu bekommen.
Ich wurde nachdenklich. Die Zeit verging, und wir zählten die Jahre nicht mehr.

Inzwischen war ich dreizehn Jahre alt geworden. Seit sechs Jahren lebte ich auf der Insel. Während dieser Zeit hatte mein Vater die Landwirtschaft zu neuer Blüte gebracht, und wenn auch noch immer

viele Leute an verschiedenen Fieberkrankheiten starben, so war die Todesrate doch erheblich gesunken.
Daneben stellte mein Vater ein Buch über Tropenkrankheiten zusammen, ferner beabsichtigte er, ein Hospital zu bauen. Er wollte alles, was er besaß, in dieses Vorhaben stecken. Alle seine Träume und Hoffnungen hingen an diesem Projekt.
Meine Mutter hingegen schien sich wegen irgend etwas Gedanken zu machen. Eines Nachmittags, als die größte Hitze nachgelassen hatte, saßen wir zusammen im Schatten einer Palme und sahen den übers Wasser gleitenden fliegenden Fischen zu.
»Du wirst erwachsen, Suewellyn«, sagte sie. »Ist dir eigentlich klar, daß du die Insel noch nie verlassen hast, seit wir hierhergekommen sind?«
»Du und Vater aber auch nicht.«
»Wir müssen hierbleiben... aber wir haben viel über dich gesprochen. Wir machen uns Sorgen um dich, Suewellyn.«
»Um mich?«
»Ja, wegen deiner Ausbildung und deiner Zukunft.«
»Aber wir sind doch zusammen, so wie wir es uns gewünscht haben.«
»Eines Tages sind dein Vater und ich vielleicht nicht mehr da.«
»Wie meinst du das?«
»Ich sehe lediglich den Tatsachen ins Auge. Weißt du, das Leben währt nicht ewig. Suewellyn, du mußt auf eine Schule gehen.«
»Eine Schule! Hier gibt's doch keine Schule!«
»Aber in Sydney.«
»Was! Ich soll die Insel verlassen?«
»Das wäre doch nicht so schlimm. In den Ferien würdest du zu uns kommen; Weihnachten... und im Sommer. Mit dem Schiff dauert es nur eine Woche von Sydney. Eine Woche hin... eine Woche zurück. Du brauchst eine bessere Ausbildung, als ich sie dir ermöglichen kann.«
»Darüber habe ich noch nie nachgedacht.«
»Wir müssen dich einigermaßen auf die Zukunft vorbereiten.«
»Ich kann euch doch nicht verlassen!«
»Es wäre ja nur vorübergehend. Mit dem nächsten Schiff fahre ich

mit dir nach Sydney. Wir schauen uns die verschiedenen Schulen an, und dann sehen wir weiter.«

Ich war verblüfft und weigerte mich zunächst, mich mit diesem Gedanken vertraut zu machen, doch nach einer Weile sprachen sie beide mit mir, und die in mir schlummernde Freude an Abenteuern erwachte. Ich war auf wunderliche Art aufgewachsen, hatte sechs Jahre in der Holzapfelhütte gelebt, wo ich nach strenger Sitte erzogen worden war; dann hatte man mich unversehens fortgeholt und auf eine primitive Insel gebracht. Die Welt draußen war mir fremd.

Die folgenden Wochen verbrachte ich mit gemischten Gefühlen. Ich wußte nicht, ob ich die Entscheidung meiner Eltern bedauern oder ob ich mich darüber freuen sollte. Doch ich sah ein, daß ihr auch positive Seiten abzugewinnen waren.

Als ich Cougabel erzählte, daß ich in eine Schule gehen sollte, wurde sie fuchsteufelswild. Sie starrte mich aus großen, blitzenden Augen haßerfüllt an.

»Ich mitkommen. Ich mitkommen«, sagte sie immer wieder.

Ich versuchte ihr zu erklären, daß sie nicht mitkommen könne. Ich müsse allein gehen, denn meine Eltern schickten mich dorthin, weil weiße Menschen eine Ausbildung brauchten und daß die meisten von uns eine Schule besuchten, um diese Ausbildung zu erhalten.

Sie hörte mir nicht zu. Es war eine Angewohnheit von Cougabel, sich allem zu verschließen, was sie nicht hören wollte.

Eine Woche, bevor das Schiff kommen sollte, hatten meine Mutter und ich alle Vorbereitungen für unsere Abreise getroffen. Es war August. Im September sollte ich mit der Schule beginnen und im Dezember zur Insel zurückkehren. Es sei keine lange Trennung, wiederholte meine Mutter immerzu.

Eines Morgens war Cougabel verschwunden. Ihr Bett war unberührt. Sie schlief in einem schmalen Bett in dem Zimmer neben meinem; denn als sie unsere Betten gesehen hatte, wollte sie auch in einem Bett schlafen. Sie wollte alles haben, was ich hatte, und ich war sicher, wenn ich ihr vorgeschlagen hätte, mit mir zur Schule zu gehen, so hätte sie freudig eingewilligt.

Cougaba war verzweifelt.

»Wohin sie gegangen? Sie hat Schmuck mitgenommen. Sehen hier,

ihr Kittel. Sie gehen in Muscheln und Federn. Wohin sie gehen?«
Ihr Gejammer hörte sich mitleiderregend an.
Mein Vater erklärte ruhig, Cougabel müsse auf der Insel sein, es sei denn, sie hätte ein Kanu genommen, um auf eine der anderen Inseln zu fahren, daher sei es ratsam, die Insel abzusuchen.
»Sie gehen zu Riese«, sagte Cougaba. »Sie ihn bitten, er nicht lassen Kleine Missie fortgehen. Oh, es ist schlimm... Schlimm, Kleine Missie wegschicken. Kleine Missie gehören... Kleine Missie nicht fortgehen.«
Sich vor- und zurückwiegend, wiederholte Cougaba in monotonem Singsang: »Kleine Missie nicht fortgehen.«
Mein Vater sagte ungeduldig, er bezweifle nicht, daß Cougabel zurückkommen werde. Sie habe ihre Mutter nur erschrecken wollen.
Aber der Tag verging, und sie kam nicht wieder. Ich war verstimmt und zürnte ihr, weil sie die Zeit verkürzt hatte, die wir noch hätten zusammen verbringen können.
Doch als der zweite Tag auch verging, ohne daß sie erschien, waren wir alle sehr besorgt, und mein Vater schickte Suchtrupps auf den Berg.
Cougaba zitterte vor Angst und Kummer, und meine Mutter und ich versuchten, sie zu beruhigen.
»Ich mich fürchten«, sagte sie. »Mich sehr, sehr fürchten, Mamabel.«
»Wir werden sie finden«, beschwichtigte meine Mutter sie.
»Ich sagen zu Master Luke«, jammerte Cougaba. »Ich sagen: ›Nicht schlafen in großem Bett von Master Luke einen ganzen Monat. Bei Neumond ist Maskentanz!‹ Und Master Luke lachen und sagen: ›Nicht für mich und dich. Tu, was ich sage, Cougaba.‹ Ich ihm erzählen vom Grollenden Riesen, und er lachen und lachen. Dann ich schlafen in Bett. Und in Nacht der Maske ich bleiben in Master Lukes Bett, und dann... ich bekommen Kind. Alle sagen: ›Ah, das ist Kind von Riese, Cougaba gesegnete Frau. Riese kommen zu ihr.‹ Aber es war nicht der Riese... Es war Master Luke, und wenn sie wissen... sie mich töten. Darum sagen Master Luke: ›Laß sie glauben, Riese ist Vater‹, und er lachen und lachen. Cougabel nicht Kind von Maske. Und jetzt ich fürchten. Ich glauben, Riese sehr böse mit mir.«

»Du brauchst keine Angst zu haben«, beruhigte sie meine Mutter. »Der Riese weiß bestimmt, daß es nicht deine Schuld war.«
»Er sie nehmen. Ich weiß, er sie nehmen. Er strecken Hand aus und ziehen sie hinab... hinab zu glühenden Steinen, und sie muß ewig brennen. Er sagen, Cougaba gesündigt. Dein Kind meins, er sagen. Jetzt sie meins.«
Wir vermochten Cougaba nicht zu trösten. Sie lamentierte immerfort: »Alter Teufel nehmen mich am Ellbogen. Will mich verführen. Ich war böse. Ich gesündigt. Ich große Lüge gesagt, und nun Riese zornig.«
Meine Mutter schärfte ihr ein, keiner Menschenseele etwas davon zu sagen, was die bedauernswerte Cougaba erleichtert befolgte. Die Eingeborenen waren uns wohlgesinnt, seit sie meinen Vater als Abgesandten des großen Riesen anerkannten, doch ich fragte mich, was sie wohl mit uns anstellen würden, wenn sie sich gegen uns wandten. Und was Cougaba getan hatte, war in den Augen der Inselbewohner gewiß eine unverzeihliche Sünde.
In dieser Nacht wurde Cougabel gefunden. Mein Vater entdeckte sie auf dem Berg. Sie hatte sich ein Bein gebrochen und konnte nicht mehr gehen.
Er trug sie zum Haus und schiente ihr Bein. Die Inselbewohner sahen staunend zu. Dann mußte Cougabel sich hinlegen und durfte sich nicht bewegen.
Ich setzte mich zu ihr und las ihr vor, während Cougaba ihr allerlei Heiltränke aus Kräutern bereitete, denn in solchen Dingen besaß sie großes Geschick.
Cougabel erzählte mir, sie sei auf den Berg gegangen, um den Riesen zu bitten, daß er mich nicht fortgehen lassen möge, und dann sei sie gestürzt und habe sich verletzt. Sie nahm dies als Zeichen, daß der Riese wünschte, daß ich fortging; er habe sie bestraft, weil sie die Weisheit seiner Wünsche bezweifelt habe.
Und mit dieser Erklärung waren wir alle einverstanden.
Cougaba sprach nicht mehr von der Täuschung, die sie hinsichtlich der Geburt ihrer Tochter begangen hatte. Der Riese könne ihr nicht sehr böse sein, meinte meine Mutter, da er Cougabel lediglich das Bein gebrochen habe, und mein Vater sagte, da sie jung sei und kräf-

tige Knochen habe, könne er ihr Bein heilen, und niemand werde merken, daß es gebrochen gewesen war.

So verbrachte ich die Tage vor meiner Abreise überwiegend mit Cougabel, und als die Zeit kam, da ich fort mußte, war sie ruhig und gefaßt.

Mein Vater war sehr traurig, als meine Mutter und ich aufbrachen, doch er wußte, daß es das einzig Richtige für mich war.

Wir kamen nach Sydney, und der großartige Hafen, vor allem aber der Zauber der Großstadt – ich war ja nur an landschaftliche Schönheit gewöhnt –, versöhnten mich mit meinem neuen Lebensabschnitt. Ich fand die vielen Menschen ungeheuer aufregend, liebte die alten, winkligen Gassen, doch mehr noch liebte ich die breiten Straßen, und nach wenigen Tagen fühlte ich mich wie zu Hause. Ich ging mit meiner Mutter in den großen Geschäften einkaufen. Dergleichen hatte ich noch nie gesehen. Ich hatte nie geahnt, daß so viele Waren in so großen Häusern zum Kauf angeboten wurden.

Ich brauchte Kleider für die Schule, bestimmte Mutter im Hotelzimmer. »Doch zuerst«, fügte sie hinzu, »müssen wir eine Schule finden.«

Sie zog Erkundigungen ein, und wir besichtigten drei Schulen, ehe wir uns für eine entschieden. Sie lag mitten in der Stadt, nicht weit vom Hafen. Meine Mutter suchte die Vorsteherin auf und erklärte ihr, daß wir auf einer Insel im Pazifik gelebt hatten und daß sie mich bislang unterrichtet habe. Ich mußte eine Prüfung ablegen, die ich zu meiner Freude glänzend bestand; offensichtlich war meine Mutter eine gute Lehrerin gewesen. Zu Beginn des neuen Schuljahres sollte ich als Internatsschülerin aufgenommen werden; das ließ meiner Mutter genügend Zeit, um bis zum Schulbeginn zu bleiben und mit dem nächsten Schiff zur Vulkaninsel zurückzukehren.

Was waren das für Wochen! Wir waren wie von einem Rausch des Kaufens besessen.

Wir erstanden meine Schuluniform in der Elizabeth Street in einem Geschäft, das die Schulvorsteherin uns empfohlen hatte, kauften Kleider, Vorräte und Medikamente und ließen sie zu dem Schiff schicken, das die Vulkaninsel anlief; und als wir unsere Pflichten erledigt hatten, durchstreiften wir mit großem Vergnügen die Stadt, beobachteten die Schiffe, die in den Hafen einliefen, besichtigten die Stelle, wo Captain Cook gelandet war, und mir war, als sei ich wieder das Kind, das von Miss Anabel aus der Holzapfelhütte abgeholt wurde und mit ihr einen Ausflug machte.

Dann kam der Tag, an dem mich Mutter zu meiner Schule brachte und wir uns Lebewohl sagten. Ich war schrecklich unglücklich und dachte, vor Heimweh nach meinen Eltern und der Insel sterben zu müssen.

Doch im Laufe der Wochen gewöhnte ich mich ein. Meine Fremdartigkeit stellte eine Attraktion dar. Die Mädchen hörten stundenlang zu, wenn ich von der Insel erzählte. Ich schien für sie ein Kuriosum darzustellen; da ich jedoch gescheit war und mich behaupten konnte, machte mir die Schule allmählich Spaß.

Als ich zu Weihnachten auf die Insel zurückkehrte, war ich eine andere geworden. Überhaupt – alles hatte sich verändert. Cougabel war inzwischen wieder wohlauf, und ihrem Bein war nicht anzusehen, daß es gebrochen gewesen war. Ein neuerlicher Triumph für meinen Vater!

Aber Cougabel war nun nicht mehr der richtige Umgang für mich. Schließlich war sie nur eine Inselbewohnerin, während ich hingegen draußen in der großen, weiten Welt gewesen war.

Alles erweckte nun mein Interesse, und ich stellte eine Menge Fragen. Was taten wir hier? Meine Mutter hatte hin und wieder auf die Vergangenheit angespielt, war aber unangenehmen Fragen immer ausgewichen. Das gelang ihr nun nicht mehr. Ich wurde neugierig. Ich wollte wissen, warum wir auf einer abgelegenen Insel leben mußten, wenn es doch Städte wie Sydney und eine ganze Welt zu erkunden gab.

Auch das Schloß kam mir in den Sinn, das ich vor Jahren gesehen hatte. Es hatte für mich immer eine magische Bedeutung gehabt, und jetzt war ich geradezu davon besessen. Es gab so vieles, was ich wissen wollte. Die Schule hatte mich aus meiner trägen Gleichgültigkeit gegenüber der Vergangenheit gerissen, und ich wollte unbedingt erfahren, was es mit uns auf sich hatte.

Aus diesem Grund beschloß meine Mutter, das Vergangene für mich aufzuschreiben.

Als ich das nächste Mal zu den Ferien nach Hause kam, zeigte sie mir ihre Aufzeichnungen, die ich begierig las. Und nun begriff ich alles. Ich war weder darüber schockiert, daß ich ein uneheliches Kind noch daß mein Vater ein Mörder war. Aber ich überlegte mir, was nach der Flucht meines Vaters in England noch geschehen sein mochte, dachte an Esmond und Susannah, die mich beide sehr interessierten, und ich hätte sie zu gern kennengelernt. Von Stund an war ich nur noch von dem Wunsch beseelt, dieses Zauberschloß zu sehen und meine Familie zu besuchen.

Tanz der Masken

Seit zwei Jahren ging ich zur Schule, und meine Eltern hatten beschlossen, daß ich sie nach meinem sechzehnten Geburtstag verlassen und zur Insel zurückkehren sollte. Inzwischen hatte ich die Bekanntschaft der Halmers gemacht. Laura Halmer und ich hatten uns in der Schule angefreundet. Sie fühlte sich von Anfang an von meiner ungewöhnlichen Herkunft angezogen und lauschte begierig, wenn ich von meiner Insel erzählte. Ich hingegen war von Lauras sicherem Auftreten angetan. Sie kannte sich in Sydney aus und betrachtete die Läden und Geschäfte als ihre Jagdgründe. Ihre Familie lebte auf dem Land, wo sie eine große Farm besaßen, das »Gut«, wie sie zu sagen pflegten. Dieses Gut lag etwa achtzig Kilometer nördlich von Sydney. Laura, das jüngste Kind und einzige Mädchen der Familie, war ziemlich verwöhnt, und während meines zweiten Schulhalbjahres schlug sie vor, ich sollte doch für die einwöchigen Zwischenferien, die ohnehin zu kurz waren, um auf die Insel zu fahren, zu ihr nach Hause kommen. Freudig nahm ich die Einladung an.
Bei den Halmers geriet ich zu meinem Erstaunen in eine ganz andere Welt. Als Lauras Freundin wurde ich von der Familie herzlich aufgenommen, und mir war, als kenne ich sie schon seit Jahren. Auf dem Gut wurde tüchtig gearbeitet. Die Leute standen bereits im Morgengrauen auf. Die Männer gingen noch vor dem Frühstück auf die Felder. Gegen acht Uhr kamen sie zurück, um sich reichlich an Steaks

oder Koteletts, Brot und Milch zu laben. Es gab viele Arbeiter auf dem Gut, und jeder hatte seine bestimmten Pflichten zu erfüllen. Es war schließlich ein sehr großes Anwesen.
Dort lernte ich Philip Halmer kennen. Er war der jüngste von Lauras drei Brüdern. Die beiden älteren waren große, sonnengebräunte Kerle, und anfangs konnte ich einen nicht vom anderen unterscheiden. Sie sprachen unentwegt von Schafen, denn Schafe waren der Haupterwerbszweig der Familie. Die beiden Brüder lachten und aßen sehr viel; und weil ich Lauras Freundin war, betrachteten sie mich als ihresgleichen.
Philip war anders. Er war damals ungefähr zwanzig. Er sei der klügste ihrer Söhne, erzählte mir seine Mutter. Er hatte weiches, blondes Haar, blaue Augen und ein empfindsames Gemüt, und als ich erfuhr, daß er Arzt werden wollte, fühlte ich mich sogleich zu ihm hingezogen. Ich erzählte ihm, daß mein Vater auf die Insel gegangen sei, um verschiedene Tropenkrankheiten zu erforschen, und daß er hoffte, dort ein Hospital errichten zu können. Ich schilderte die Arbeit meines Vaters in glühenden Farben und erweckte damit Philips Interesse. Dadurch waren wir häufig zusammen und sprachen von der Insel, und allmählich entwickelte sich zwischen uns ein inniges Verhältnis.
Während dieser Ferienwoche erfuhr ich eine Menge über das Leben im Busch. Laura, Philip und ich ritten oft hinaus; wir machten ein Lagerfeuer und kochten dann Tee. Dazu aßen wir in glühender Asche gebackene Fladenbrote und Maiskuchen. Selten hatte mir etwas so gut geschmeckt. Philip erweckte mein Interesse für Bäume und erzählte mir viel darüber. Ich war fasziniert von den hohen Eukalyptusbäumen, deren Äste plötzlich und lautlos aus großer Höhe herabfallen und einen Mann durchbohren konnten, weshalb sie im Volksmund auch Witwenmacher genannt wurden. Ich sah von verheerenden Waldbränden versengte Bäume und verbrannte Erde und erfuhr von all den Plagen, welche die Siedler in diesem zuweilen unwirtlichen Land heimsuchen konnten.
Viel Neues hatte ich so nach dieser Woche bei den Halmers erfahren. Ich kehrte zur Schule zurück, und dann stand Weihnachten vor der Tür.

»Alle möchten, daß du Weihnachten bei uns verbringst«, sagte Laura.
Aber das ging natürlich nicht; schließlich wurde ich auf der Vulkaninsel erwartet.
Aber dort fühlte ich mich eingeengt und gefangen. Es war das erste Mal, daß ich bei meiner Familie nicht vollkommen glücklich war.
Meine Mutter wußte, was in mir vorging. »Ach, Suewellyn«, seufzte sie eines Tages, »du hast dich verändert. Du hast etwas von der Welt gesehen. Du weißt, daß ein abgesondertes Dasein auf einer kleinen Insel nicht alles ist, was das Leben zu bieten hat. Es war richtig, daß ich dich zur Schule geschickt habe.«
»Vorher bin ich so glücklich gewesen.«
»Aber Bildung und Wissen sind durchaus erstrebenswert. Du kannst nicht dein ganzes Leben auf dieser kleinen Insel verbringen. Du möchtest bestimmt nicht hierbleiben, wenn du einmal erwachsen bist.«
»Aber was ist mit dir und Vater?«
»Ich bezweifle, daß wir jemals von hier fortgehen werden.«
»Ich frage mich, was... dort vorgeht«, grübelte ich laut.
Sie brauchte mich nicht zu fragen, wo ich mit meinen Gedanken war. Sie wußte, daß ich an das Schloß dachte. Ich hatte gelesen, was sich dort zugetragen hatte, und ihr Bericht hatte mir alles ganz deutlich vor Augen geführt.
»Nach all den Jahren...«, fuhr ich fort.
»Wir würden uns niemals sicher fühlen, wenn wir von hier weggingen«, sagte meine Mutter. »Dein Vater ist ein guter Mensch, Suewellyn. Das mußt du immer bedenken. Er hat seinen Bruder in der Hitze der Leidenschaft getötet, und das kann er nie vergessen. Er spürt, daß er das Kainszeichen trägt.«
»Er hatte allen Grund, aufgebracht zu sein. David hatte den Tod verdient.«
»Das stimmt, doch viele würden sagen, daß kein Unrecht durch ein anderes wiedergutgemacht werden kann. Ich fühle mich in gewisser Weise ebenfalls schuldig. Es ist meinetwegen geschehen. Ach, Suewellyn, wie leicht wird man doch absichtslos in Unheil verstrickt.«

Ich schwieg und sollte mich später an ihre Worte erinnern. Wie recht sie doch hatte!
Sie fuhr fort: »Eines Tages kehrst du vielleicht nach England zurück. Du könntest das Schloß aufsuchen. Gegen *dich* liegt ja nichts vor.«
Und dann erzählte sie von dem Schloß, und ich hatte das Bild mit den zinnenbewehrten Türmen und den mächtigen Mauern so deutlich vor mir wie damals, als sie es mir gezeigt hatte.
Sie schilderte mir das Innere des Schlosses. Sie beschrieb die Räume, die Eingangshalle, die steinerne Krypta, die Bildergalerie, die Kapelle. Es war fast, als verfolge sie damit einen bestimmten Zweck. Im Geiste war ich dort... ich nahm alles in mich auf, sah es durch ihre Augen. Es war, als sollte ich auf etwas vorbereitet werden. Vielleicht war ich inzwischen auch etwas abergläubisch geworden. Aber war das ein Wunder? Ich lebte schließlich auf der Insel im Schatten des Grollenden Riesen.
Meine Eltern hörten es gern, wenn ich von meinem Aufenthalt bei den Halmers erzählte. Sie waren begeistert. Das war genau das, was sie für mich erstrebten. Sie liebten mich zärtlich, und mir wurde immer wieder bewußt, daß ich den besten Vater und die beste Mutter auf der Welt hatte. Wir hingen mit inniger Liebe aneinander, weil wir anfangs so lang voneinander getrennt gewesen waren; und doch waren nun meine Eltern bereit, mich ziehen zu lassen, weil sie wußten, daß es zu meinem Besten war. Dies erfuhr ich von meinem Vater; denn seit ich in ihr Geheimnis eingeweiht war, bestand ein uneingeschränktes Vertrauen zwischen uns.
»Während all der Jahre«, sagte meine Mutter, »mußten wir die Wahrheit verschweigen. Jetzt gibt es keine Geheimnisse mehr. Wie froh bin ich, daß das vorbei ist.«
Sie sprach sehr offen zu mir. »Ich würde es wieder tun, Suewellyn. Ohne deinen Vater wäre mein Leben leer gewesen. Ich denke oft an Jessamy und die kleine Susannah. Sie ist so alt wie du... ein bißchen älter, aber nicht viel... nur ein paar Monate. Ich frage mich, wie es Esmond und Emerald ergehen mag, und Elizabeth... und was wohl aus den beiden Jungen Garth und Malcolm geworden ist. Nach Davids Tod hat sich gewiß alles sehr verändert. Der alte Herr dürfte inzwischen gestorben sein. Das bedeutet, daß der Besitz nun Esmond ge-

hört. Besonders an Jessamy habe ich viel gedacht. Sie ist die einzige, um die es mir ehrlich leid tut. Sie muß verzweifelt gewesen sein. Sie hat auf einen Schlag ihren Mann und ihre beste Freundin verloren. An sie denke ich am meisten. Ihretwegen ist es mir unmöglich, meinen Seelenfrieden zu finden, so wie es deinem Vater wegen David unmöglich ist. Wir leben mit Kompromissen, wir beide. Wir sind zusammen, aber immer steht ein Schatten zwischen uns. Wenn wir einmal glücklich sind, kommt plötzlich die Erinnerung und wischt alles fort. Das Glück währte immer nur eine oder zwei Stunden... manchmal auch einen ganzen Tag. Aber die Reue ist des Glückes ärgster Feind. Deshalb möchte dein Vater dieses Hospital bauen. Früher pflegten die Könige ihre Sünden durch die Stiftung von Kirchen und Klöstern zu tilgen. Dein Vater ist in einer Art auch ein König, Suewellyn. Er ist als Respektsperson zum Herrschen und Befehlen geboren. Wie ein König in alten Zeiten will er die Ermordung seines Bruders durch die Errichtung eines Hospitals sühnen, und ich werde ihn dabei unterstützen. Er steckt alles da hinein, was er besitzt. Er hat in England einen guten Freund, einen Bankier, der ihm schon manche Gefälligkeit erwiesen hat. Der verkauft alles, was dein Vater in England besitzt, und das Geld wird für das Hospital verwendet. Dein Vater will Ärzte und Krankenschwestern herkommen lassen. Oh, es ist ein großartiges Vorhaben. Auf diese Weise will er sein Verbrechen sühnen.«

Meine Mutter war sehr mitteilsam geworden; seitdem sie mich eingeweiht hatte, war es, als haben sich Schleusentore geöffnet.

Seit jenen Tagen, als sie als Miss Anabel zur Holzapfelhütte kam, war sie schon der wichtigste Mensch in meinem Leben gewesen; doch nun, da sie so verwundbar schien, liebte ich sie mehr denn je. Ich wußte, daß ihr vor meinem Heranwachsen bangte, weil sie glaubte, ich müsse jede Chance erhalten, um ein anderes Leben zu führen, als es die Insel mir bieten konnte.

Die nächsten kurzen Ferien verbrachte ich wieder bei den Halmers. Ich war enttäuscht, weil Philip nicht da war. Er arbeitete in Sydney, wie man mir sagte, und stand kurz vor seinem Examen.

Ich wollte keinesfalls auf dem Gut müßig herumsitzen und bestand darauf, mich in der großen Küche nützlich zu machen. Es war die Zeit der Schafschur, und neben den ständigen Arbeitern waren eine Menge Aushilfskräfte zu verköstigen, dazu kamen noch die Gelegenheitsarbeiter, die als Lohn für ihre Dienste Brot und Unterkunft erhielten. Ich lernte, knuspriges Brot, Fladen und Maiskuchen zu bakken, und bald kannte ich auch die verschiedenen Zubereitungsarten für Hammelfleisch, von dem auf dem Gut mehr als genug vorhanden war. Vor allem den großen Pasteten, die in die Öfen geschoben wurden, galt meine Bewunderung.

So glitten die Tage dahin. Ich plauderte mit den Viehtreibern und den Aborigines, die auf dem Gut arbeiteten, und genoß jede Minute meines Aufenthaltes. Besonders liebte ich die hohen Eukalyptusbäume, die gelben Akazien und die Passionsfrüchte, die in dem von Mrs. Halmer sorgsam gehegten Garten gediehen.

Ich hatte die Familie gern; mir gefiel die zwanglose Art, mit der sie mich aufnahmen, indem sie überhaupt kein Aufheben von mir machten, was bedeutete, daß sie mich als eine der ihren betrachteten.

Als Philip eigens wegen mir nach Hause kam, fühlte ich mich geradezu geehrt. Wir ritten weite Strecken zusammen aus. Das ganze Gebiet gehöre zum Gut, erklärte er mir, und dann erzählte er mir, wie sehr er sich darauf freue, bald als Arzt arbeiten zu können.

Er stellte mir eine Reihe Fragen über meinen Vater, und ich erzählte ihm wieder von dem geplanten Hospital. Mit jedem Gespräch wuchs sein Interesse mehr.

»Ein solches Projekt würde mich auch reizen«, sagte er. »Aus England hierherzukommen, um so etwas zu schaffen, das finde ich großartig.«

Ich erzählte ihm freilich nicht, warum wir gekommen waren, doch ich glühte vor Stolz auf meinen Vater und schilderte Philip, wie wir die Achtung der Eingeborenen errungen und sogar das Kokosnußgeschäft wieder in Gang gebracht hatten. »Mein Vater ist überzeugt, daß die Menschen nur gesund sind, wenn sie eine befriedigende Beschäftigung haben.«

»Darin stimme ich mit ihm überein«, sagte Philip. »Eines Tages möchte ich deinen Vater auf der Insel besuchen.«

Ich versicherte ihm, er sei gewiß willkommen.

»Und«, fuhr er fort, »wenn du mit der Schule fertig bist, kommst du uns doch ab und zu besuchen, nicht wahr?«
Dazu bedürfe es aber dann einer Einladung, erwiderte ich. Er beugte sich zu mir herüber und küßte mich flüchtig auf die Wange. »Sei nicht albern«, sagte er. »Du brauchst keine Einladung.«
Ich war sehr glücklich, denn mir wurde allmählich klar, daß Philip Halmer mir sehr viel bedeutete.
Als ich Weihnachten nach Hause kam, waren Arbeiter bereits mit der Errichtung des Hospitals beschäftigt. Das war eine kostspielige Angelegenheit, weil sämtliches Material zur Insel transportiert werden mußte und viele Leute zum Bau benötigt wurden. Mein Vater konnte sich an seinem Werk richtig berauschen, wohingegen meine Mutter weniger euphorisch war. Als wir einmal allein waren, sagte sie: »Ich habe so ein ungutes Gefühl. Wenn nun Leute herkommen, vielleicht sogar von zu Hause... Ich weiß, was es bedeutet, ein Geheimnis hüten zu müssen. Angenommen, jemand deckt nach all den Jahren dieses Geheimnis auf.«
»Es ist inzwischen gewiß längst vergessen«, suchte ich sie zu trösten, doch ich war selbst nicht so überzeugt davon.
Sie fuhr fort: »Irgend etwas wird passieren. Ich habe so ein unangenehmes Gefühl. Ich kann es nicht erklären. Mir bangt vor diesem Hospital. Es ist mir irgendwie unheimlich.«
»Du sprichst wie Cougaba... zwar klingt dein Englisch anders, aber die Empfindungen sind dieselben. Meine liebe Anabel, ob wohl alle Menschen nach Warnzeichen und Omen suchen, wenn sie eine Zeitlang bei einem abergläubischen Volk gelebt haben?«
Mir war jedoch selbst ein wenig unbehaglich zumute, und zwar wegen Cougabel. Wir waren uns in der letzten Zeit fremd geworden, und ich mochte nicht mehr so oft mit ihr beisammen sein wie einst. In einem Kanu zu paddeln, war für mich kein Abenteuer mehr, auch wollte ich die Geschichten über die Inselbewohner nicht mehr hören. Meine Gedanken flogen hinaus in die weite Welt.
Cougabel folgte mir eine Weile auf Schritt und Tritt und blickte mich mit großen, vorwurfsvollen Augen an, und manchmal glaubte ich, einen unterschwelligen Haß darin zu entdecken. Ich versuchte, mit ihr zu reden, und erzählte ihr von Sydney, von der Schule und dem

Gut der Halmers, aber sie hörte nur halb interessiert zu. Cougabel konnte sich einfach nicht vorstellen, daß es eine Welt gab, auf der es anders zuging als auf der Insel.
Und wieder kehrte ich zur Schule zurück und verbrachte die darauffolgenden kurzen Ferien bei den Halmers. Sie veranstalteten zu der Zeit gerade ein großes Fest, weil Philip sein Schlußexamen bestanden hatte.
»Suewellyn«, sagte er, »ich mache mein Vorhaben wahr. Ich komme auf die Vulkaninsel, um deinen Vater kennenzulernen und das Hospital zu besichtigen.«
Ich war begeistert, weil ich wußte, daß meine Eltern sich freuen würden. Sie hatten sich sehr über meine Bitte gefreut, meine Freunde mit nach Hause bringen zu dürfen.
Es war also abgemacht, und in den nächsten Ferien kamen Philip und Laura mit mir.
Es wurden wundervolle Ferien. Meine Eltern hatten die Halmers auf Anhieb gern, und mein Vater und Philip verstanden sich aufs beste. Philip war von dem noch unvollendeten Hospital begeistert. Immer noch kamen Material und Arbeiter vom Festland herüber, und die Inselbewohner sahen in ehrfürchtigem Staunen zu, wie das Haus wuchs. Der leuchtend weiße, moderne Bau hatte das Gesicht der Insel verändert und ihm das Gepräge einer zivilisierten Siedlung gegeben.
Mit verträumten Augen saß mein Vater bei Tisch und sprach noch lange, nachdem die Mahlzeit beendet war, daß er aus der Vulkaninsel ein zweites Singapur machen wollte. Dort hatte Stanford Raffles es geschafft. Warum sollte er, Joel Mateland, so etwas nicht hier vollbringen? Wir alle lauschten hingerissen, und keiner hörte ihm so eifrig zu wie Philip.
»Was war denn Singapur, bevor Raffles den Sultan von Jahor überredete, das Terrain an die Ostindische Gesellschaft abzutreten? Damals lebte dort kaum ein Mensch. Wer hätte es für möglich gehalten, daß es einmal zu dem werden könnte, was es heute ist? Das Gebiet wurde der Gesellschaft erst Anfang des Jahrhunderts überlassen. Raffles hat Singapur geschaffen... Er hat die Zivilisation nach Singapur gebracht. Und genau das habe ich mit dieser Inselgruppe vor. Die Vulkaninsel soll das Zentrum werden. Hier machen wir mit unserem

Hospital den Anfang. Ich werde ein blühendes Inselreich schaffen. Wir haben hier zwar nur einen einzigen Gewerbezweig, aber was ist das für ein produktives Gewerbe!« Er wies uns auf die Eigenschaften der Kokosnuß hin. »Kein bißchen Abfall. Alles ist einfach und ohne große Kosten herzustellen. Ich habe bereits Pläne, auch auf anderen Inseln Palmenhaine anzulegen. Ich möchte den Anbau vergrößern... und zwar rasch.«
Seine Hauptsorge galt jedoch dem Hospital. »Wir brauchen Ärzte«, sagte er. »Ob wohl viele bereit sind, hierherzukommen? Im Augenblick ist es noch hart, aber wenn wir uns entwickeln... und es hier mehr Annehmlichkeiten gibt...« So schwärmte er vor sich hin.
Laura und Philip Halmer fanden meine Familie zweifellos interessant, und ich war glücklich, weil meine Eltern die beiden so gern hatten.
Doch inzwischen kam eine gewisse Unruhe in der Bevölkerung der Insel auf. Ich hatte von Kind an hier gelebt und war deshalb mit den Empfindungen dieser Menschen vertraut. Ich spürte, daß etwas nicht stimmte. Ich merkte es an der verstohlenen Art, wie sie meinem Blick auszuweichen suchten, an der alten Cougaba, die unentwegt nickte und vor sich hinmurmelte, und an den Blicken, die ich einige Leute auf das große, weiße, in der Sonne glitzernde Gebäude werfen sah.
Dann erhielt ich eines Tages eine deutliche Warnung. Ich lag, von meinem Moskitonetz umhüllt, im Bett. Leise hörte ich meine Tür aufgehen. Zuerst dachte ich, es sei meine Mutter, die gern abends zu mir hereinkam, um mit mir zu plaudern.
Eine Sekunde lang erschien niemand. Mein Herz fing plötzlich heftig zu klopfen an. Die Tür ging ganz langsam auf.
»Wer ist da?« rief ich.
Keine Antwort. Dann sah ich sie. Sie war leise ins Zimmer getreten. Um die Hüften trug sie einen Gürtel aus Muscheln, die wie Perlen an einer Schnur aufgereiht waren. Die Muscheln waren grün, rot und blau; um den Hals hingen mehrere Ketten aus ähnlichen Muscheln, die zwischen ihren Brüsten herabhingen. Von der Taille aufwärts war sie nackt, wie es auf der Insel Brauch war. Es war Cougabel.
Ich richtete mich hastig auf. »Was willst du hier so spät am Abend, Cougabel?«

Sie trat an mein Bett und blickte mich vorwurfsvoll an. »Du Cougabel nicht mehr liebhaben.«
»Sei nicht albern«, sagte ich. »Natürlich hab' ich dich lieb.«
Sie schüttelte den Kopf. »Du haben... Schulfreundin, und haben ihn. Ja, ich weiß. Die du liebhaben... nicht mich. Ich arme Halbweiße. Sie ganz weiß.«
»So ein Unsinn«, sagte ich. »Ich hab' sie gern, das stimmt, aber das hat nichts mit dir zu tun. Wir waren doch immer Freundinnen.«
»Du lügen. Das nicht gut.«
»Du solltest zu Bett gehen, Cougabel«, sagte ich gähnend.
Sie schüttelte den Kopf. »Daddajo sollen sie fortschicken, sagen Riese. Daddajo dir nicht geben diesen Mann.«
»Was redest du da?« rief ich. Doch ich wußte, was sie meinte. Cougabel – und somit ihre Mutter und alle auf der Insel – nahmen an, Philip sei hierhergekommen, um mich zu heiraten.
»Schlimm, schlimm«, fuhr sie fort. »Riese mir sagen: ›Ich Kind von Riese.‹ Ich gehen zu Berg, und er mir sagen: ›Weißen Mann wegschicken. Wenn er nicht gehen, ich zorniger Riese.‹«
Sie war natürlich eifersüchtig, und das war meine Schuld. Ich hatte sie vernachlässigt, weil Laura und Philip hier waren. Das hätte ich nicht tun dürfen. Cougabel war mit Recht beleidigt, und das wollte sie mir auf diese Weise zu verstehen geben.
»Hör zu, Cougabel«, sagte ich. »Es sind unsere Gäste. Ich muß mich um sie kümmern. Deshalb kann ich nicht soviel mit dir zusammen sein wie sonst. Das tut mir leid; aber zwischen uns ist alles beim alten geblieben. Ich bin deine Freundin, und du bist meine. Wir haben unser Blut getauscht, nicht wahr? Das bedeutet, wir sind auf ewig Freundinnen.«
»Und wer Freundschaft brechen, ist verflucht.«
»Niemand wird sie brechen. Glaub mir, Cougabel!«
Tränen liefen ihr über die Wangen. Sie wischte sie nicht ab, sondern sah mich nur an. Ich sprang aus dem Bett und nahm sie in meine Arme.
»Cougabel... kleine Cougabel... du darfst nicht weinen. Wir bleiben zusammen. Ich erzähle dir alles über die große Stadt jenseits des Ozeans. Wir sind Freundinnen... auf immer.«

Das schien sie zu trösten, und nach einer Weile ging sie hinaus.
Am nächsten Tag erzählte ich Laura und Philip von Cougabels nächtlichem Besuch und schilderte ihnen, wie wir als Kinder miteinander gespielt hatten.
»Bring sie doch mit uns zusammen«, schlug Philip vor. »Kann sie reiten?«
Ich bejahte, und ich war Laura und Philip dankbar, daß sie so nett zu ihr waren. Wir fuhren in einem Kanu am Ufer entlang. Cougabel und ich paddelten, und es gab viel zu lachen.
»Sie ist ein schönes Mädchen«, sagte Philip. »Durch ihre hellere Hautfarbe hebt sie sich von den anderen ab.«
Manchmal trug Cougabel ihre alten Kittel, doch in Muscheln und Federn kam ihre Schönheit erst richtig zur Geltung. Ich bemerkte, daß ihre Augen oft auf Philip ruhten, und sie richtete es stets so ein, daß sie ihm ganz nahe war. Galt es etwas anzubieten, so bediente sie ihn zuerst. Philip war über ihre Bemühungen amüsiert.
Doch dann fingen neue Unannehmlichkeiten an. Cougabel kam wieder mit einer Mahnung zu mir: »Riese grollen. Er sehr böse. Wandalo ihn fragen, warum. Riese will kein Hospital.«
Mein Vater war bereits von Wandalo davon unterrichtet worden, wenn auch nicht so deutlich. Vor einigen Tagen hatte man gehört, daß der Riese grollte. Eine Frau, die zum Berg gegangen war, um dem Riesen Muscheln zu bringen, hatte ein zorniges Grollen vernommen. Irgend etwas war nicht in Ordnung. Der Riese wollte jemanden nicht auf der Insel haben. Er war lange ruhig gewesen; während der ganzen Zeit, als das Hospital gebaut wurde und die Arbeit auf der Plantage gute Fortschritte machte, hatte er geschwiegen. Warum grollte er nun auf einmal?
Mein Vater war verärgert. »Nach all den Jahren«, rief er, »wollen sie uns nun Hindernisse in den Weg legen!«
»Aber sie erkennen doch gewiß den Nutzen des Hospitals und der Plantage«, meinte Philip.
»Das schon, aber sie sind derartig abergläubisch, daß sie sich von dem alten Vulkan beherrschen lassen. Ich habe versucht, ihnen beizubringen, daß es davon Hunderte auf der Welt gibt und daß an einem erloschenen Vulkan, der, während er zur Ruhe kommt, hin und wieder

ein bißchen ›grollt‹, wie sie es nennen, nichts Besonderes ist. Seit dreihundert Jahren hat es keinen richtigen Ausbruch mehr gegeben. Ich wollte, ich könnte ihnen das klarmachen.«
Ich hatte Philip von dem Maskentanz erzählt und ihm berichtet, daß Cougaba ihre Tochter als ein Kind des Riesen ausgegeben hatte. Philip war von den Legenden der Insel ungeheuer fasziniert und ließ sie sich gern von Cougabel erzählen. Sie tat es mit Begeisterung, und ich merkte, daß mit ihr wieder alles in Ordnung war.
»Natürlich«, sagte mein Vater, »ist es dieser alte Teufel Wandalo, der den ganzen Ärger macht. Er hat mich nie leiden können. Es zählt nicht, daß wir mit unseren modernen Behandlungsmethoden viele Menschen vor diesen tückischen Fieberkrankheiten, die in einem solchen Klima zur Seuche werden, gerettet haben. Nur daß ich den alten Hexenmeister von seinem Platz verdrängt habe, zählt, und er wartet jetzt auf eine Gelegenheit, das Hospital zu vernichten.«
»Was Sie natürlich niemals zulassen werden«, sagte Philip.
»Eher soll er tot umfallen«, erwiderte mein Vater.
Der alte Wandalo aber saß höchst lebendig unter dem Banjanbaum und kritzelte mit seinem alten Stock Zeichen in den Sand, während uns immer neue Berichte über das Grollen des Riesen zugetragen wurden.
Beim nächsten Neumond sollte wieder ein Maskentanz stattfinden. Philip und Laura waren begeistert. Daß sich dies ausgerechnet während ihres Besuches ereignen sollte, erschien ihnen als ausgesprochener Glücksfall.
Ich war mir der eigenartigen ekstatischen Stimmung, die sich auf der Insel ausgebreitet hatte, mehr denn je bewußt. Ich ahnte, daß die Leute alle Wohltaten, die mein Vater ihnen gebracht hatte und die sie auch eine Zeitlang zu schätzen schienen, innerhalb einer einzigen Nacht vergessen konnten, um zu ihren alten, wilden Gewohnheiten zurückzukehren. Es war meinem Vater nie gelungen, die Furcht vor dem Grollenden Riesen zu beseitigen, und er wie auch meine Mutter mußten einsehen, daß wir uns nur deshalb in diesem Glauben hatten wiegen können, weil der Riese so lange geschwiegen hatte.
Cougabel bebte vor Aufregung. Zum erstenmal würde sie auch zu den Tänzern gehören. Sie bereitete sich im geheimen darauf vor, und

meine Mutter beschwor uns, besonders rücksichtsvoll zu ihr zu sein, da sie jetzt ein mannbares Mädchen sei.
Für sie als Tochter des Riesen – für die sie sich selbst und die Inselbewohner sie hielten – hatte diese Zeremonie eine besondere Bedeutung. Es konnte durchaus sein, daß der Riese seiner Tochter seine Gunst erwies. »Wäre das nicht ein Fall von Inzest?« fragte ich meine Mutter.
»Ich bin sicher, daß man in so erlauchten Kreisen über eine solche Kleinigkeit hinwegsieht«, erwiderte sie lächelnd. »Aber, Suewellyn, wir müssen so tun, als nähmen wir die Sache ernst. Der alte Wandalo mit seinen Andeutungen macht deinem Vater tatsächlich Angst.«
»Glaubst du, er hat die Leute wirklich davon überzeugen können, daß der Riese das Hospital nicht will?«
»Es handelt sich im Grunde nur um einen Streit zwischen Wandalo und deinem Vater, und ich bezweifle nicht, daß dein Vater siegen wird. Aber er muß gegen das Vorurteil jahrhundertealten Aberglaubens kämpfen.«
Es waren spannungsgeladene Tage, und während Philip und Laura alles überaus faszinierend fanden, spürte ich die Unruhe, die sich meiner Eltern bemächtigt hatte.
Cougabel suchte nach wie vor Philips Nähe. Sie saß vor der Haustür, und wenn er herauskam, lief sie hinter ihm her. Ich hatte die beiden unter Palmen sitzen sehen, wobei sie auf ihn einredete.
Er erzählte mir: »Ich sammle alle möglichen Legenden von der Vulkaninsel und bekomme sie direkt aus der Quelle.«
Inzwischen galt nun auch das Gesetz, daß einen vollen Monat lang kein Ehemann seine Hütte mit seiner Frau teilen durfte. Philip fand das höchst amüsant, war jedoch beeindruckt von dem Ernst und der Entschlossenheit der Inselbewohner, sich dieser Tradition zu beugen. Infolgedessen lebten die Frauen von den Männern getrennt in gesonderten Hütten. Cougaba und ihre Tochter wohnten weiterhin bei uns, und da wir keine männlichen Eingeborenen im Haus hatten, war nichts dagegen einzuwenden.
Wie die Spannung sich in diesen Wochen steigerte! Mein Vater wurde ungeduldig. Er sagte, die Leute vernachlässigten die Arbeit, sie hätten nur noch die Anfertigung ihrer Masken im Sinn.

Meine Mutter meinte: »Wenn alles vorbei ist, wird sich die Aufregung legen. Aber dein Vater ist zutiefst enttäuscht. Hatte er doch gehofft, sie würden sich von dem ganzen Zauber abwenden. Wie du weißt, hat er ein paar fähige Männer, die ihm zur Hand gehen, und er hoffte, sie für das Hospital ausbilden zu können, wenn er auch natürlich vor allem einen Arzt braucht, der ihn unterstützt; auch wollte er etliche Frauen zur Krankenpflege heranziehen. Doch nun ist es fraglich, ob ihm das je gelingen wird. Wenn sie um dieses kultischen Tanzes willen alles stehen- und liegenlassen, so beweist das, daß sie von ihrer Primitivität nichts eingebüßt haben. Aber dein Vater gibt die Hoffnung nicht auf, mit dieser albernen Riesenlegende aufzuräumen.«

»Dazu würde er wohl Jahre brauchen«, bemerkte ich.

»Da ist er aber anderer Meinung. Er glaubt, wenn sie die Wunder der modernen Medizin vor Augen haben, werden sie einsehen, daß sie von diesem Berg nichts weiter zu befürchten haben als einen Ausbruch... und dabei ist der Vulkan höchstwahrscheinlich bereits seit Jahren erloschen. Ich glaube, sie erfinden das Grollen nur, um ein bißchen Aufregung in ihr Leben zu bringen. Übrigens, hat Philip dir schon erzählt, was dein Vater vorschlägt?«

»Nein«, sagte ich gespannt.

»Na so was! Nun ja, vermutlich will er erst noch einmal darüber nachdenken. Dein Vater sagt aber, Philip sei nicht abgeneigt. Er zeigt großes Interesse für das Experiment, und dein Vater braucht einen Arzt. Suewellyn, ich wäre so froh, wenn Philip sich entschließen würde, zu uns zu kommen.«

Ich fühlte, wie ich vor Aufregung errötete. Wenn Philip das tun würde, wäre ich überglücklich.

Ich brauchte nichts zu sagen. Meine Mutter nahm mich in ihre Arme und drückte mich fest an sich. »Es wäre eine wundervolle Lösung«, meinte sie. »Es würde bedeuten, daß du hierbleiben könntest... du und Philip. Du hast ihn sehr lieb. Glaube nicht, daß mir das entgangen wäre. Wenn er sich entschließt, hierherzukommen, so hat das gewiß etwas mit dir zu tun. Natürlich ist er auch von dem Hospital begeistert. Er hält es für eine fabelhafte Idee und findet es großartig. Deinen Vater bewundert er. Und ist es nicht erstaunlich, daß er genau wie dieser von der Erforschung der Tropenkrankheiten besessen ist?«

»Glaubst du, daß Philip mich heiraten will? Er hat nie davon gesprochen.«

»Ach, Liebling, wir brauchen uns doch nichts vorzumachen. Ich weiß, daß er noch nichts gesagt hat. Schließlich ist das ein schwerwiegender Schritt... Vielleicht will er zuerst mit seinen Eltern darüber sprechen. Er müßte hier leben... Sicher, wir sind nur eine Woche vom Festland entfernt, trotzdem ist es ein folgenschweres Unterfangen. Ich, für meine Person, wäre sehr glücklich darüber. Das Hospital und das Kokosgeschäft sind das Ergebnis von deines Vaters Arbeit. Eines Tages wird das alles dir gehören. Alles, was dein Vater besitzt, hat er in diese Insel gesteckt. In England ist ihm nichts geblieben. Wir haben jahrelang von seinem Vermögen gelebt, und nun hat das Hospital alles geschluckt. Ich meine, es ist dein Erbe... und dein Vater und ich wünschen uns nichts sehnlicher, als seinen Nachfolger hier zu sehen, bevor... bevor...«

»Ihr beide werdet noch viele Jahre leben.«

»Sicher, aber es ist beruhigend, die Dinge geregelt zu wissen. Wenn wir uns nur von diesem widerwärtigen alten Wandalo und seinem Grollenden Riesen befreien und die Leute dazu bringen könnten, wie zivilisierte Menschen zu leben, dann wäre alles so einfach. Aber du wirst ja verlegen! Das sollst du nicht. Ich hätte vielleicht nicht davon sprechen sollen, aber ich wollte dir sagen, wie glücklich wir wären, wenn... wenn alles klappte. Philip ist ein reizender Mensch; dein Vater mag ihn und ich auch. Und, mein liebes Kind, auch du hast ihn sehr gern.«

Das stimmte. Ich mochte ihn sehr. Ich sah die Zukunft vor mir: Wir lebten alle hier. Die Insel würde wachsen und gedeihen. Wir würden neue Annehmlichkeiten schaffen. Mein Vater besaß ein ungeheures Organisationstalent. Ich glaube, Philip war ihm nicht unähnlich. Sie würden gut zusammenarbeiten. Bereits heute schon hielt sich Philip oft während der Sprechstunden bei meinem Vater auf und ließ sich von ihm die Methoden zur Behandlung der auf der Insel heimischen Krankheiten demonstrieren.

Wenigstens zwölf Inseln gehörten zu der Gruppe um die Vulkaninsel.

Mein Vater war überzeugt, daß die ganze Gruppe eines Tages zu großem Wohlstand gelangen würde. Das Kokosnußgewerbe würde man weiterentwickeln, und vielleicht konnte man auch noch andere Industrien aufbauen. Dann würden die Schiffe die Inseln möglicherweise öfter als alle zwei Monate anlaufen; doch das eigentliche Ziel meines Vaters war es, den Ursprung und die Behandlung der Fieberkrankheiten zu erforschen.
Die Tage waren wie im Flug vergangen, und jäh hatte das Trommelschlagen eingesetzt. Cougabel hatte sich in ihrem Zimmer eingeschlossen. Ich wußte, daß sie, wie alle Mädchen und Männer, die an dem Ritual teilnahmen, sich in einen Zustand ekstatischer Erregung versetzte.
Überall, wohin wir auch gingen, konnten wir die Trommeln hören. Während der ersten Stunden schlugen sie leise, wie ein Flüstern, doch bald würde das Geräusch anschwellen.
Ich lag in meinem Bett und dachte daran, wie Cougabel zu mir gekommen war, um mir zu verstehen zu geben, daß sie eifersüchtig war. Etwas in ihrem Blick hatte mich erschreckt. Es hätte mich nicht gewundert, wenn sie einen dieser lanzettenförmigen Dolche, wie sie die Eingeborenen benutzten, hervorgezogen und mir ins Herz gestoßen hätte. Ja, sie hatte wahrhaft mörderisch ausgesehen, als sinne sie auf Rache, weil ich sie vernachlässigt hatte.
Arme Cougabel! Als Kinder hatten wir kaum gemerkt, daß wir verschieden waren. Wir waren Freundinnen, Blutsschwestern, und waren miteinander glücklich gewesen. Doch die Veränderung war unausweichlich. Ich hätte sanfter, rücksichtsvoller zu ihr sein sollen. Doch hatte ich nicht geahnt, daß sie mit so tiefer Zuneigung an mir hing. Allerdings hätte ich es wissen müssen; war sie doch auf den Gipfel des Berges gestiegen, als ich zur Schule gehen sollte.
Das Trommeln hielt uns die ganze Nacht wach, und uns war unbehaglich zumute: Mein Vater ärgerte sich, weil die Leute zu dieser primitiven Sitte zurückgekehrt waren; meine Mutter sorgte sich seinetwegen, und ich war bekümmert wegen Cougabel und gleichzeitig freudig erregt aufgrund der Andeutungen, die meine Mutter über Philip gemacht hatte.
In dieser Nacht träumte ich von meiner Zukunft, und mir erschien

durchaus möglich, daß Philip zu uns ziehen würde. Dadurch würde sich alles ändern. War es denn wirklich wahr, daß er sich in mich verliebt hatte, daß er mich heiraten und mit uns auf der Insel leben wollte?
Das waren herrliche Aussichten, die jedoch für eine Weile aufgeschoben werden mußten. Ich mußte ja noch ein weiteres Schuljahr absolvieren.
Wenn sie doch nur mit dem Trommeln aufhören wollten!
Sie trommelten den ganzen folgenden Tag. Der Essensgeruch drang von der Lichtung, wo Wandalo seine Behausung hatte, zu uns herüber. Wir warteten auf die Dunkelheit und das plötzliche Schweigen der Trommeln, das ebenso erschreckend war wie das Schlagen.
Endlich war es totenstill.
Es war ganz dunkel. Ich konnte mir alles genau vorstellen, obwohl ich es nie gesehen hatte.
Wir sollten im Haus bleiben, hatte mein Vater gesagt. Er wisse nicht, wie die Leute reagieren würden, wenn sie einen Fremden in ihrer Mitte entdeckten; und ungeachtet der Tatsache, daß wir so lange unter ihnen gelebt hatten, waren wir in einer solchen Nacht doch Fremde für sie.
Wir versuchten, unseren üblichen Beschäftigungen nachzugehen, aber das fiel uns schwer.
Laura kam in mein Zimmer.
»Es ist so aufregend, Suewellyn«, sagte sie. »Solche Ferien habe ich noch nie erlebt.«
»Ihr habt mir auf eurem Gut aber auch herrliche Ferien beschert.«
»Ein Gut ist etwas ganz Normales«, sagte sie. »Hier ist alles so fremd ... so etwas habe ich noch nie gesehen. Philip ist ganz vernarrt in diese Insel.« Sie blickte mich lächelnd an. »Sie hat ja auch viele Reize zu bieten. Du mußt mir etwas versprechen, Suewellyn.«
»Laß mich erst hören, was es ist.«
»Du lädtst mich zu deiner Hochzeit ein und ich dich zu meiner, einerlei, was geschieht.«
»Das kann ich leicht versprechen«, meinte ich unbekümmert. Ich ahnte ja nicht, welch schwerwiegende Folgen dieses Versprechen haben sollte.

»Ich gehe nun nicht mehr zur Schule«, sagte Laura.
»Es wird tödlich ohne dich.«
»Nächstes Jahr um diese Zeit hast du die Schule auch hinter dir.«
»Welch ein Glück, daß ich dich getroffen habe! Nur schade, daß du nicht ein Jahr später geboren bist; dann könnten wir die Schule gemeinsam verlassen. Horch!«
Die Stille war vorüber. Die Trommeln hatten wieder zu schlagen angefangen.
»Das Festmahl ist beendet. Jetzt beginnt der Tanz.«
»Ich wollte, ich könnte zuschauen.«
»Lieber nicht. Mein Vater und meine Mutter haben ihn einmal gesehen. Es war gefährlich. Wären sie entdeckt worden – weiß der Himmel, was man mit ihnen angestellt hätte. Mein Vater ist überzeugt – der alte Wandalo hat so etwas auch einmal angedeutet –, daß die Leute sehr wütend würden. Sie würden feststellen, daß der Grollende Riese unzufrieden ist, und dann würde etwas Furchtbares geschehen. Der Grollende Riese würde es befehlen – natürlich durch Wandalo. –– Wo ist übrigens Philip?«
»Ich weiß es nicht. Er wollte zum Hospital.«
»Was will er da? Es ist doch noch gar nicht fertig.«
»Er ist eben gern dort und macht alle möglichen Pläne.«
Furcht ergriff mich. Philip war sehr an alten Bräuchen interessiert. War es möglich, daß er hinausgegangen war, um den Tanz zu beobachten? Das war nicht gut. Er ahnte ja nicht, in welcher Gefahr er schwebte. Er hatte nicht lange genug unter diesen Menschen gelebt. Er kannte sie nur freundlich und entgegenkommend und wußte nichts von der anderen Seite ihrer Natur. Ich fragte mich, was die Eingeborenen wohl mit einem heimlichen Zuschauer bei ihrem Fest machen würden.
»Dort ist er bestimmt nicht hingegangen«, sagte Laura, als habe sie meine Gedanken erraten.
»Natürlich nicht«, pflichtete ich ihr bei. »Mein Vater hat erklärt, wie gefährlich das wäre.«
»Das würde ihn allerdings nicht zurückhalten«, sagte Laura. »Aber wenn er weiß, daß es deinem Vater mißfällt, ist er sicher nicht hingegangen.«

Damit gab ich mich zufrieden.
Wir blieben eine Weile beisammen sitzen. Wir hörten das Crescendo der Trommeln, und dann war es still. Das bedeutete, daß jetzt nur noch die alten Leute auf der Lichtung waren. Die jungen waren im Wald verschwunden. Die Stille verursachte eine noch größere Spannung als der Lärm. Ich ging zu Bett, aber ich konnte nicht schlafen. Von einem inneren Gefühl getrieben, stand ich wieder auf und trat ans Fenster. Da sah ich Philip, der, leise und verstohlen, aus der Richtung des Hospitals kam.
Ich war überzeugt, daß er die Tanzenden beobachtet hatte. Also hatte er die Warnungen meines Vaters in den Wind geschlagen.

Am nächsten Morgen wurde ich von Cougabel geweckt. Sie trug ihren Lendenschurz und hatte sich Muscheln und Amulette um den Hals gehängt.
Sie wirkte irgendwie verändert; aber das mochte auf das gestrige Fest zurückzuführen sein.
Lachend kam sie ganz dicht an mich heran und flüsterte: »Ich habe Samen von Riese in mir. Ich habe Kind von Riese.«
»Nun, Cougabel«, sagte ich, »das müssen wir erst einmal abwarten.«
Sie hockte sich auf den Boden und sah mich an. Ich blieb im Bett liegen. Sie lächelte, und ihr abwesender Ausdruck verriet, daß sie an die vergangene Nacht dachte.
Cougabel war über Nacht zur Frau geworden. Sie hatte am Maskenfest teilgenommen und glaubte nun, wie wohl alle Frauen, bis ihnen das Gegenteil bewiesen wurde, daß sie den Samen des Riesen in sich trug.
Cougabel war sich ganz sicher. Sie blickte mich unentwegt mit siegesbewußter Miene an.
Als ich Philip später allein traf, sagte ich zu ihm: »Ich habe dich gestern abend gesehen.«
Er machte ein verlegenes Gesicht. »Dein Vater hat mich gewarnt.«
»Du bist aber trotzdem hingegangen.«
»Es wäre mir peinlich, wenn dein Vater es erführe.«
»Ich werde es ihm nicht verraten.«

»Ich konnte mir das einfach nicht entgehen lassen. Ich möchte dieses Volk verstehen. Und wann kann man die Leute besser kennenlernen als in einer solchen Nacht?«
Ich stimmte ihm zu. Schließlich hatten auch mein Vater und sogar meine Mutter einmal beim Maskenfest zugeschaut. Sie hatten sich gut versteckt. Mein Vater hatte gemeint: »Die sind viel zu sehr mit sich selbst beschäftigt, um auf heimliche Zuschauer zu achten.«
Philip fuhr fort: »Weißt du, ich komme ganz bestimmt wieder.«
»O Philip, das freut mich«, sagte ich bewegt.
»Ja, ich habe mich entschieden. Ich werde mit deinem Vater arbeiten. Doch vorher muß ich ein Jahr in Sydney im Krankenhaus hospitieren. Bis dahin bist du mit der Schule fertig, Suewellyn.«
Ich nickte glücklich. Diese Bemerkung kam einem Versprechen gleich.

Ich vermißte Laura, als ich nach Sydney zurückkehrte. Ich machte einen Besuch auf dem Gut. Der Verwalter und Laura waren sich sehr nahegekommen. Ich hatte den Eindruck, daß sie verliebt waren, und als ich Laura auf den Zahn fühlte, stritt sie es nicht ab.
»Du wirst eher auf meiner Hochzeit tanzen als ich auf deiner«, sagte sie. »Denk an dein Versprechen.«
Ich hatte es nicht vergessen.
Philip war nicht da. Er absolvierte sein Hospitantenjahr und konnte nicht aus dem Krankenhaus weg.
Als ich in den Ferien auf die Insel zurückkehrte, stand Cougabels Niederkunft bald bevor. Es war eine ganz besondere Geburt, da sie neun Monate nach dem Maskenfest erwartet wurde; und nachdem Cougabel bis dahin Jungfrau gewesen war, wie sie mir stolz versicherte, konnte kein Zweifel bestehen, wessen Kind das war.
»Sie ist Maskenkind, und sie hat Maskenkind«, verkündete Cougaba stolz.
Es war bezeichnend, daß Cougaba auch jetzt noch annahm, es stehe für uns alle fest, daß Cougabel bei einem Maskentanz empfangen worden war, obwohl Cougaba uns doch selbst erzählt hatte, daß das Mädchen Luke Carters Tochter war. Dies war ein Wesenszug der Inselbewohner, der uns manchmal zur Verzweiflung trieb. Selbst ange-

sichts des untrüglichen Beweises einer Unwahrheit bestanden sie felsenfest darauf, daß es eine Tatsache sei.
Ich hatte ein Geschenk für das Baby gekauft, denn mir war sehr daran gelegen, Cougabel dafür zu entschädigen, daß ich sie in jüngster Zeit so vernachlässigt hatte. Sie empfing mich nahezu huldvoll und nahm die goldene Kette mit dem Anhänger wie eine Königin entgegen. Ich hatte den Schmuck in Sydney gekauft, und meine Mutter konnte sich nicht enthalten zu bemerken, daß Cougabel Weihrauch und Myrrhe ebenso willkommen gewesen wären wie Gold. Cougabel war ohne Zweifel eine sehr bedeutende Persönlichkeit geworden. Sie wohnte noch bei uns im Haus, doch meine Mutter sagte, wir könnten sie nun nicht mehr lange behalten; denn sobald das Baby geboren sei, würde man einen Ehemann für sie auswählen. Und man würde sicher unter vielen Bewerbern wählen können. Ein Mädchen, das in der Nacht der Masken empfangen hatte und sich deshalb des besonderen Schutzes des Riesen erfreute, und das dazu noch selbst ein Kind der Maske war, galt als begehrenswerte Ehefrau. Und da Cougabel überdies zu den Schönheiten der Insel zählte, durfte sie eine Menge Angebote erwarten.
Ich sagte Cougabel, wie sehr ich mich für sie freute.
»Ich auch froh«, erwiderte sie und gab mir deutlich zu verstehen, daß sie auf meine Gesellschaft nun nicht mehr so erpicht war wie einst.
Eines Nachts erwachte ich von ungewohntem Lärm und Schritten vor meinem Zimmer. Ich zog einen Morgenmantel an und ging nachsehen. Meine Mutter erschien. Sie zog mich ins Schlafzimmer zurück und schloß die Tür.
»Bei Cougabel haben die Wehen eingesetzt«, sagte sie.
»So bald schon?«
»Einen Monat zu früh.«
Meine Mutter machte ein geheimnisvolles und zugleich besorgtes Gesicht.
»Du weißt, was das bedeutet, Suewellyn. Man wird behaupten, das Kind sei nicht in der Nacht der Masken gezeugt worden.«
»Könnte es denn keine Frühgeburt sein?«
»Das schon, aber du weißt doch, wie die Leute sind. Sie werden sagen, der alte Riese hätte es nicht zugelassen, daß es zu früh geboren wurde.

Du liebe Güte, das kann Ärger geben. Cougaba ist ganz außer sich. Ich weiß nicht, was wir tun sollen.«
»Das ist doch alles purer Unsinn. Wie geht es Cougabel?«
»Gut. Diese Naturvölker haben keine Schwierigkeiten beim Kinderkriegen.«
Es klopfte. Meine Mutter öffnete. Cougaba stand vor der Tür. Sie sah uns mit großen, verwirrten Augen an.
»Ist etwas nicht in Ordnung, Cougaba?« fragte meine Mutter erregt.
»Sie mitkommen«, sagte Cougaba.
»Ist etwas mit dem Kind?« erkundigte sich meine Mutter.
»Kind groß, kräftig – ein Junge.«
»Dann ist Cougabel...«
Cougaba schüttelte den Kopf.
Wir gingen in das Zimmer, wo Cougabel ein wenig erschöpft, doch triumphierend auf dem Rücken lag. Meine Mutter hatte recht. Den Frauen auf dieser Insel bereitete Kinderkriegen keine Mühe.
Neben ihr lag das Kind. Es hatte dunkelbraunes, glattes Haar – nicht dicht und lockig, wie es bei den Babys der Vulkaninsel üblich war. Das Verblüffende war jedoch seine Haut. Sie war fast weiß und kündete zusammen mit dem glatten Haar von der Tatsache, daß dieses Kind das Blut Weißer in den Adern hatte.
Ich sah Cougabel an. Ein merkwürdiges Lächeln umspielte ihre Lippen, als ihre Augen meinem Blick begegneten.

Wir waren alle sehr bestürzt. Meine Mutter sagte als erstes, niemand dürfe erfahren, daß das Kind geboren war. Sie ging sogleich zu meinem Vater, um sich mit ihm zu beraten.
»Ein fast weißes Kind!« rief er. »Mein Gott, das ist eine Katastrophe. Und noch vor der Zeit geboren!«
»Es könnte natürlich eine Frühgeburt sein«, meinte meine Mutter.
»Das werden sie niemals hinnehmen. Das könnte schlimm ausgehen für Cougabel... und für uns. Sie werden sagen, sie war schon vor dem Maskentanz schwanger, und das ist, wie du weißt, in deren Augen eine Todsünde.«
»Und dazu ist das Kind auch noch fast weiß.«
»Cougabel hat schließlich weißes Blut...«

»Ja, aber...«
»Du glaubst doch nicht etwa, daß Philip... nein, das ist absurd«, fuhr mein Vater fort. »Aber wer sonst? Sicher, Cougabels Vater war Weißer, und daher wäre es genetisch durchaus erklärlich, daß ihr Kind weißer ist als sie selbst. *Wir* wissen das, aber wie sollen wir das den Inselbewohnern begreiflich machen? Eines ist sicher. Außerhalb dieses Hauses darf niemand erfahren, daß das Kind geboren ist. Cougaba muß es geheimhalten. Nur einen Monat lang. Das mußt du ihr erklären. Es muß sein... für uns alle.«
Gesagt, getan. Es war nicht einfach, denn die Geburt von Cougabels Kind wurde ungeduldig erwartet. Die Leute versammelten sich bereits in Gruppen vor unserem Haus. Sie legten Muscheln rings herum, und viele stiegen auf den Berg, um dem Riesen zu huldigen, dessen Kind nun bald geboren werden sollte.
Cougaba erzählte ihnen, daß Cougabel Ruhe brauchte. Der Riese sei ihr im Traum erschienen und habe ihr gesagt, daß es eine schwierige Geburt werde. Die Geburt dieses Kindes sei eben keine gewöhnliche Geburt.
Glücklicherweise gaben sich die Leute damit zufrieden.
Mein Vater, immer bestrebt, Unheil in Vorteil zu verkehren, wies Cougaba an, den Leuten zu erzählen, der Riese sei ihr abermals im Traum erschienen, und diesmal habe er gesagt, das Kind werde ihnen ein Zeichen bringen. Der Riese wolle sie wissen lassen, was er von den Veränderungen auf der Insel hielt. Ich wußte, daß Cougabel Angst hatte, auch wenn sie sich noch so tapfer gab. Sie kannte ihr Volk besser als wir, und in den Augen der Leute war die Frühgeburt gewiß ebenso verwerflich wie die Hautfarbe des Kindes. Daher waren Cougabel und Cougaba durchaus bereit, die Anordnungen meines Vaters zu befolgen.
Also mußten wir die Geburt einen Monat lang geheimhalten. Dank der Leichtgläubigkeit der Inselbewohner war dies nicht einmal so schwierig, wie wir befürchtet hatten. Cougaba brauchte nur zu sagen, der Riese habe dies oder jenes befohlen, und die Leute nahmen es hin.
Wie erleichtert waren wir aber, als wir der wartenden Menge das Baby zeigen konnten! All unsere Mühe hatte sich gelohnt.

Selbst Wandalo mußte zugeben, daß die Farbe des Kindes bezeugte, daß der Riese mit den Vorgängen auf der Insel einverstanden war. Er war mit dem wachsenden Wohlstand zufrieden.

»Und er ist sogar so entgegenkommend«, frohlockte meine Mutter, »mit seinem scheußlichen Grollen aufzuhören. Das kommt mir wirklich sehr gelegen.«

So hatten wir diese heikle Situation denn einigermaßen heil überstanden. Doch trotz der Erklärung meines Vaters, daß es nichts Ungewöhnliches sei, wenn eine Farbige, die einen weißen Vater hatte, ein hellhäutiges Kind zur Welt brachte, mußte ich immerzu an Philip denken; und das Bild, wie er mit Cougabel gescherzt hatte, ging mir nicht aus dem Sinn.

Ich glaube, damals änderten sich meine Gefühle für Philip. Oder vielleicht änderte auch ich mich. Ich wurde erwachsen.

Susannah auf der Insel

Bald danach brach mein letztes Halbjahr in der Schule an, und als ich nach Hause zurückkehrte, hatte sich Philip bereits auf der Insel niedergelassen.

Das neuerliche Zusammensein mit ihm stärkte meine Überzeugung, daß mein Verdacht unbegründet war. Cougabels Verhalten hatte mich auf diesen Gedanken gebracht, und wahrscheinlich hatte sie es absichtlich getan. Ich erinnerte mich, daß Luke Carter gesagt hatte, die Inselbewohner seien nachtragend und versäumten es niemals, sich zu rächen. Ich war es, die Cougabel eifersüchtig gemacht hatte, und da sie meine Gefühle für Philip kannte, zahlte sie es mir mit gleicher Münze heim.

Dummes Ding! dachte ich. Aber noch dümmer war es, daß ich so etwas auch nur eine Minute lang hatte glauben können.

Das Baby gedieh prächtig. Die Inselbewohner brachten ihm Geschenke, und Cougabel war von ihrem Sohn entzückt. Sie trug ihn auf den Berg hinauf, um dem Riesen zu danken. Ich fand Cougabel ungeheuer mutig; erst hatte sie ihr Volk getäuscht, und nun wagte sie sich auch noch auf den Berg, um dem Riesen ihre Ergebenheit zu erweisen.

»Vielleicht hat sie ihm aber nur gedankt, weil sie aus ihrer mißlichen Lage befreit wurde«, meinte meine Mutter. »Eigentlich sollte sie uns dafür danken.«

Die folgenden Monate waren himmlisch. Philip war wie ein Mitglied der Familie. Ich hatte die Schule hinter mir, und meine Eltern waren glücklicher, als sie jemals zuvor gewesen waren. Endlich hatten sie ihren Frieden gefunden. Mit den Jahren verringerte sich die Gefahr, und nun brauchten sie sich auch meinetwegen nicht mehr zu sorgen. Sie rechneten fest damit, daß ich Philip heiraten und den Rest meines Lebens hier auf der Insel verbringen würde, aber nicht so eingeengt, wie sie es gewesen waren – sondern ich würde ausgedehnte Reisen nach Australien und Neuseeland unternehmen und vielleicht auch zu einem längeren Aufenthalt in die Heimat fahren können. Die Inseln waren auf dem besten Weg, sich zu einem zivilisierten Gemeinwesen zu entwickeln. Das war der Traum meines Vaters: Er wollte viele Ärzte und Krankenschwestern herkommen lassen; die würden dann heiraten, sagte er, und Kinder haben...
Ja, dies waren die Träume, die er und meine Mutter gemeinsam hegten; am meisten aber freute sie die Tatsache, meine Zukunft gesichert zu wissen.
Und noch eine Angelegenheit wendete sich zum Guten. Ich hatte bemerkt, daß einer der Plantagenaufseher, ein verhältnismäßig groß gewachsener, gutaussehender junger Mann, sich ständig in der Nähe des Hauses aufhielt, um einen Blick von Cougabel zu erhaschen. Es machte ihm Spaß, ihr das Baby abzunehmen und es in seinen Armen zu wiegen.
Ich sagte zu meiner Mutter: »Ich glaube, Fooca ist der Vater von Cougabels Baby.«
»Der Gedanke ist mir auch schon gekommen«, erwiderte sie und lachte. Sie lachte viel in diesen Tagen.
»Ich kann mir denken, wie es passiert ist«, fuhr sie fort. »Sie waren ein Liebespaar. Cougabel hat beim Maskenfest vermutlich schon gewußt, daß sie schwanger war. So ein raffiniertes kleines Ding! Man kann sich wirklich nur wundern. Klug ist sie, das muß man ihr lassen. Luke Carter war ein geriebener Bursche, und seine Tochter hat wohl einige von seinen Eigenschaften geerbt. Es ist erstaunlich, wie sie es zustande gebracht hat, ihre peinliche Lage zum Vorteil zu wenden.«
So lachten wir über Cougabels List, und als Fooca bei Cougaba um ihre Tochter freite, waren wir alle frohgemut.

Weil sie bei uns im Hause gelebt hatte, durften wir der Hochzeitszeremonie beiwohnen. Cougabel verbrachte die Nacht zuvor in einer Hütte, zusammen mit vier auserwählten Mädchen – alles Jungfrauen –, die sie mit Kokosöl einrieben und ihr das Haar flochten. Fooca befand sich mit vier jungen Männern, die ihm aufwarteten, in einer anderen Hütte. Am späten Nachmittag fand dann auf der Lichtung die Trauungszeremonie statt. Die Mädchen führten Cougabel aus der Hütte, und die jungen Männer geleiteten Fooca heran. Cougaba stand etwas abseits mit dem Baby auf dem Arm; zwei Frauen nahmen es ihr feierlich ab und übergaben es Cougabel. Braut und Bräutigam hielten sich an den Händen, während Wandalo einen für uns unverständlichen Gesang anstimmte, und dann sprangen Cougabel und Fooca zusammen über einen Palmenstamm. Dieser Stamm wurde in Wandalos Hütte aufbewahrt, und es hieß, daß er vor vielen Jahren, als der Riese die Insel beinahe vernichtet hatte, aus dem Krater geschleudert wurde. Der Stamm war ein Symbol: So wie er sollte auch die Ehe Bestand haben.

Anschließend wurde auf der Lichtung gefeiert und getanzt, allerdings nicht so ekstatisch wie beim Tanz der Masken.

Nachdem wir die Zeremonie verfolgt und gesehen hatten, wie die beiden über den Stamm sprangen, wanderten Philip und ich zum Strand hinunter. Aus der Ferne hörten wir den Hochzeitsgesang. Wir setzten uns an das sandige Ufer und blickten aufs Meer hinaus. Es war eine wunderschöne Stimmung. Die Palmenblätter wogten leicht in der sanften Brise, die vom Wasser herüberwehte; die Sonne, die bald untergehen würde, hatte die Wolken blutrot gefärbt. Hinter uns ragte drohend der mächtige Riese empor.

Philip sagte: »Nie hätte ich mir träumen lassen, daß es einen solchen Ort auf der Erde gibt.«

»Bist du glücklich hier?« fragte ich.

»Mehr als das«, sagte er. Er drehte sich zur Seite, stützte sich auf einen Ellbogen und sah mich an. »Ich bin so froh«, fuhr er fort, »daß du dich mit Laura angefreundet hast. Nie wärst du sonst auf das Gut gekommen, und wir könnten nicht hier zusammen sein. Wenn man bedenkt...«

»Was?«

»O Suewellyn«, murmelte er, »was für eine Tragödie wäre das gewesen!«

Ich lachte. Ich war so glücklich.

Unwillkürlich fragte ich: »Wie findest du Cougabel?«

Ein Rest von Mißtrauen lauerte noch immer in meinem Herzen, obwohl ich beinahe selbst glaubte, daß es Unsinn war. Jedoch, ich wollte darüber sprechen. Ich wollte Gewißheit.

»Oh, sie ist raffiniert«, sagte er. »Weißt du, es würde mich nicht wundern, wenn sie diesen – – – wie heißt er doch gleich? Fooco? – an der Nase herumführt.«

»Sie gilt als sehr attraktiv. Die Menschen hier sind oft sehr schön, aber sie sticht heraus, weil sie anders ist. Ihr weißes Blut...«

»Ach ja, dein Vater hat mir erzählt, daß ihr Vater ein Weißer ist, der früher hier gelebt hat.«

»Ja. Wir waren ganz verblüfft, als das Baby geboren wurde. Es ist sogar noch heller als Cougabel selbst.«

»So etwas kommt zuweilen vor. Das nächste Baby kann ganz schwarz sein. Und dann bekommt sie vielleicht wieder eins von hellerer Farbe.«

»Nun, jetzt ist sie über den Stamm gesprungen.«

»Ich wünsche ihr viel Glück«, sagte Philip. »Und allen anderen auf der Insel auch.«

»Die Insel ist jetzt auch deine Zukunft.«

Er nahm meine Hand in die seine. »Ja«, sagte er. »Meine Zukunft... unsere Zukunft.«

Die Sonne stand tief am Horizont. Wir sahen zu, wie sie versank. Sie verschwand immer ganz schnell, als falle ein großer, roter Ball ins Meer. Es wurde rasch dunkel. Hier gab es keine Dämmerung, wie sie mir von meiner Kindheit in England her verschwommen in Erinnerung war.

Philip sprang auf. Er reichte mir seine Hand, um mir aufzuhelfen. Fürsorglich legte er seinen Arm um mich, und wir wanderten zum Haus.

Von fern hörte ich den Gesang der Hochzeitsfeier und hatte das Gefühl, daß alles auf der Welt in bester Ordnung war.

Eine Woche verging. Tagtäglich warteten wir auf das Schiff. Besonders mein Vater war ungeduldig. Es sollte von ihm bestellte, dringend benötigte Waren bringen.
Auch auf Post wurde gewartet. Wir unterhielten zwar keine umfangreiche Korrespondenz, doch Laura schrieb eifrig, und es war jedesmal ein Brief von ihr dabei.
Ich war neugierig, wie sich ihre Liebesaffäre entwickelt hatte und ob sie wirklich eher heiraten würde als ich. Ich war sicher, daß Philip mich liebte und um meine Hand anhalten würde, und ich fragte mich nur, warum er so lange zögerte. Schließlich war ich schon siebzehn, aber vielleicht hielt er mich noch immer für zu jung. Ich schien möglicherweise jünger, als ich war, weil ich so lange in dieser Abgeschiedenheit gelebt hatte. Aber wie dem auch sei – Philip hatte zwar vielsagende Anspielungen auf die Zukunft gemacht, jedoch hatte er mich noch nicht gefragt, ob ich seine Frau werden wollte.
So lagen die Dinge, als das Schiff ankam.
Eines Morgens wachte ich auf, und da lag es weiß und glänzend draußen in der Bucht, etwa eine Meile entfernt; das Wasser um die Insel war sehr flach, so daß es nicht näher herankommen konnte.
Es herrschte das übliche Gewimmel, nicht anders als sonst; und wenn ich später daran zurückdachte, so wunderte ich mich wieder einmal, daß uns das Schicksal keinen Wink gibt, bevor ein großes Ereignis über uns hereinbricht und unser ganzes Leben verändert.
Die Beiboote wurden herabgelassen, und die Kanus der Eingeborenen waren bereits unterwegs zum Schiff. Die Leute gerieten jedesmal ganz aus dem Häuschen, wenn das Schiff vor Anker ging. Der Lärm und das Palaver waren so ungeheuer, daß wir unser eigenes Wort nicht verstehen konnten.
Meine Eltern und ich standen am Ufer, um die ankommenden Boote zu empfangen. Zu unserer Verwunderung sahen wir, daß jemand zu einem der Beiboote herabstieg. Es war eine Frau. Sie kletterte die schwankende Leiter hinunter und wurde von zwei Matrosen aufgefangen, die sie ans Ufer ruderten.
»Wer um alles in der Welt kann das sein?« fragte Anabel.
Unsere Augen starrten gebannt auf das näherkommende Boot. Jetzt konnten wir die Frau deutlicher erkennen. Sie war jung und trug ei-

nen großen, mit Margeriten verzierten Hut, der ihr Gesicht beschattete. Es war ein sehr eleganter Hut.
Sie erblickte uns und hob die Hand zum Gruß, als ob sie wüßte, wer wir waren.
Knirschend glitt das Boot auf den Sand. Ein Matrose sprang heraus. Er reichte der Frau seine Hand, und sie stand auf. Sie hatte ungefähr meine Statur, war also ziemlich groß, und trug ein weißes, enganliegendes Seidenkleid. Ich fand sie sehr attraktiv, und irgendwie kam sie mir bekannt vor.
Plötzlich fiel es mir wie Schuppen von den Augen. Mir war, als täte ich einen Blick in einen Spiegel – in einen ungenauen Spiegel zwar, der einem ein schmeichelhaftes Abbild entgegenhält. Die Person, an die ich mich erinnert fühlte, war ich selbst.
Der Matrose hatte die Frau aus dem Boot gehoben. Er trug sie ans Ufer, damit sie keine nassen Füße bekam.
Und dann stand sie da und sah uns mit lächelnder Miene an.
»Ich bin Susannah«, sagte sie.

Wir glaubten wohl alle zu träumen – bis auf Susannah. Sie hatte die Lage vollkommen in der Hand.
Meine Eltern standen wie gelähmt. Anabel starrte Susannah unentwegt an, als könne sie es nicht fassen, daß sie wirklich vor ihr stand. Unsere Verwirrung war Susannah nicht entgangen, und ich merkte bald, daß ihr kaum etwas entging. Offensichtlich fand sie die Situation sehr amüsant.
»Ich mußte einfach herkommen, um meinen Vater endlich einmal zu sehen«, sagte sie. »Sobald ich wußte, wo ich ihn finden würde, habe ich mich auf den Weg gemacht. Und Anabel... ich kann mich noch gut an dich erinnern. Und wer...«
»Das ist unsere Tochter«, sagte Anabel. »Suewellyn.«
»Deine Tochter, und...« Sie blickte meinen Vater an.
»Ja«, sagte er. »Unsere Tochter Suewellyn.«
Susannah nickte bedächtig und lächelte. Dann sah sie mir ins Gesicht.
»Da sind wir ja Schwestern... Halbschwestern! Ist das nicht aufregend? In meinem Alter zu entdecken, daß man eine Schwester hat!«
»Ich wußte schon länger von deiner Existenz«, sagte ich.

»Da bist du ungerechterweise im Vorteil!« Ihre Augen ließen mich nicht los. »Wir sehen uns ziemlich ähnlich, hm?« Sie nahm ihren Hut ab. Das Haar fiel ihr fransig geschnitten in die Stirn.

»Wir sind wahrhaftig Schwestern«, fuhr sie fort. »Und wir könnten uns noch ähnlicher sehen, wenn wir gleich angezogen wären. Oh, ist das aufregend. Gott, was bin ich froh, daß ich euch endlich gefunden habe!«

Die Matrosen stellten ihr Gepäck neben Susannah in den Sand.

»Es sieht so aus, als wolltest du länger bleiben«, sagte Anabel.

»Ich mache nur einen Besuch. Das heißt, wenn ich bleiben darf. Ich habe eine weite Reise hinter mir.«

»Laßt uns ins Haus gehen«, sagte Anabel. »Es gibt viel zu besprechen.«

Susannah trat zu meinem Vater und schob ihren Arm durch den seinen.

»Freust du dich, daß ich hier bin?« fragte sie.

»Natürlich.«

»Ich bin so froh. Ich kann mich noch gut an dich erinnern... und an Anabel.«

»Deine Mutter...«, setzte er an.

»Sie ist gestorben... vor ungefähr drei Jahren. An Lungenentzündung. O ja, ich habe dir viel zu erzählen.«

Ein paar Jungen und Mädchen waren herbeigekommen und starrten die Fremde an. Mein Vater rief ihnen zu: »Los, helft uns mal mit dem Gepäck.«

Sie griffen kichernd zu, beglückt, an dem unerwarteten Erlebnis teilzuhaben.

Wir gingen zum Haus, verwirrt und betroffen.

Philip kam heraus, als er uns hörte. Als er Susannah erblickte, blieb er stehen und starrte sie an.

Anabel erklärte: »Das ist die Tochter meines Mannes. Sie ist aus England gekommen, um uns zu besuchen.«

»Sehr interessant«, meinte er und kam näher.

Susannah reichte ihm die Hand. »Guten Tag«, sagte sie.

»Das ist Doktor Halmer«, stellte mein Vater vor. »Doktor Halmer, Susannah Mateland.«

»Bleiben Sie länger hier?« fragte Philip.
»Eine Weile schon, hoffe ich. Die Reise ist zu weit, um nur für einen Tag zu kommen. Ich glaube, das Schiff fährt morgen schon wieder zurück, und ich hoffe nicht, meinen Verwandten so zu mißfallen, daß sie mich gleich wieder fortschicken.«
»Sie sehen genauso aus wie...«
Sie wandte sich zu mir um und strahlte mich an. »Das ist ganz natürlich«, sagte sie, »haben wir doch denselben Vater.«
Wir gingen hinein. Cougaba kam uns entgegen, hinter ihr erschien Cougabel. Sie hatte gerade ihre Mutter besucht, und auf dem Arm trug sie das Baby, dessen vorzeitiger Eintritt in die Welt uns so viel zu schaffen gemacht hatte.
»Cougaba«, sagte Anabel. »Unsere Tochter ist aus England gekommen. Sieh zu, daß ein Zimmer für sie hergerichtet wird.«
»Ja, ja, ja«, stotterte Cougaba verlegen. »Cougabel, du kannst mir helfen.«
Cougabel stand da mit dem Baby auf dem Arm und lächelte. Ihre Augen wanderten von mir zu Philip und blieben dann an Susannah hängen.
»Ein gemütliches Haus habt ihr«, meinte Susannah.
»Wir haben auch eine Menge daran verbessert, seit wir hierhergekommen sind«, erwiderte mein Vater.
»Das muß jetzt elf Jahre her sein. Ich war sieben, als ihr... fortgingt.«
»Ja, es ist elf Jahre her«, bestätigte Anabel. »Doch du bist gewiß durstig. Ich hole dir etwas zu trinken, während Cougaba dein Zimmer fertigmacht.«
»Cougaba! Ist das dieses Weibsbild, das mich so bösartig angeglotzt hat, als sei ich ein der Hölle entsprungener Teufel?«
»Cougaba ist die ältere«, sagte ich.
»Ach so. Ich meinte die Junge mit dem Baby. Das sind wohl eure Dienstboten. Oh, wie habe ich mich danach gesehnt, euch zu finden. Es kam alles so plötzlich damals... euer Verschwinden.«
Meine Mutter brachte eine Limonade, angereichert mit Kräutern, die dem Getränk ein besonders köstliches, erfrischendes Aroma verliehen.

»Wir essen in einer Stunde«, sagte sie. »Bist du sehr hungrig? Soll ich früher anrichten lassen?«
Susannah verneinte. Der Trunk sei erfrischend gewesen, meinte sie, und eine Stunde oder so könne sie schon noch aushalten.
Sie bedachte meinen Vater mit einem schelmischen Blick. »Du wunderst dich gewiß, wie ich euch gefunden habe. Der alte Simons, der deine Geschäfte abgewickelt hat, ist voriges Jahr gestorben. Sein Sohn Alain ist sein Nachfolger, und dem habe ich dein Geheimnis entlockt. Ich habe niemandem etwas davon erzählt, aber ich wollte dich unbedingt wiedersehen.«
»Wie ist Jessamy gestorben?« fragte Anabel.
»Es war in dem kalten Winter vor drei Jahren. Wir waren wochenlang im Schloß eingeschneit. Ihr wißt ja, wie der Wind durch die Flure pfeift. Es ist schrecklich zugig in dem alten Gemäuer. Nun, das war einfach zuviel für meine Mutter. Sie hatte ja immer schon schwache Bronchien. Elizabeth Larkham – ihr erinnert euch doch an Elizabeth? – starb ein paar Monate später an demselben Leiden. In jenem Winter wurden viele Leute krank.«
»Und wie erging es deiner Mutter, als...«, begann Anabel.
Susannah lächelte auf diese verstohlene, etwas hintergründige Art, die mir bereits aufgefallen war. »Als ihr fortgingt?« fragte sie. »Ach, verheerend! Sie wurde furchtbar krank. Sie hatte Bronchitis und konnte vor lauter Atembeschwerden an nichts anderes mehr denken. Das habe sie davor bewahrt, an gebrochenem Herzen zu sterben, habe ich sie einmal sagen hören.«
Anabel schloß die Augen. Susannah hatte an eine alte Wunde gerührt.
»Aber das gehört schließlich der Vergangenheit an«, fuhr Susannah fort. »Im Schloß sieht jetzt alles ganz anders aus.«
Cougabel kam herunter und meldete, daß das Zimmer fertig sei.
»Brauchen nur Bett machen«, sagte sie, und mit einem Blick auf Susannah fuhr sie fort: »Zimmer immer sauber in diesem Haus. Mamabel wollen es so.«
»Wie lobenswert«, bemerkte Susannah.
Cougabel zog die Schultern hoch und kicherte.
»Komm, ich zeige dir dein Zimmer«, sagte ich. Ich dachte, meine El-

tern wollten sich nach diesem Schock erst einmal eine Weile allein unterhalten. Philip würde das sicher auch begreifen. Er war ein sehr feinfühliger Mensch, und ich nahm an, daß er sich mit einer Entschuldigung entfernen würde.
Susannah erhob sich bereitwillig. Ich hatte den Eindruck, daß sie darauf brannte, mit mir allein zu sein.
Als wir in ihrem Zimmer anlangten, blickte sie sich nur flüchtig um und wandte sich dann mir zu. Ich interessierte sie offenbar viel mehr.
»Ist das nicht... komisch«, sagte sie. »Ich hatte keine Ahnung, daß ich hier eine Schwester finden würde.«
Sie schüttelte ihr Haar und betrachtete sich im Spiegel. Lachend trat sie zu mir, ergriff meinen Arm und zog mich zum Spiegel, und so standen wir Seite an Seite davor.
»Eine verblüffende Ähnlichkeit«, konstatierte sie.
»Na ja, vielleicht.«
»Was soll das heißen... vielleicht! Ich sage dir, Schwesterherz, mit einer Ponyfrisur... und einem eleganten Kleid... wenn du nur nicht gar so ernsthaft wärst... verstehst du? Und du hast sogar einen Leberfleck an derselben Stelle wie ich!«
Verblüfft starrte ich auf den Fleck. Ich hatte ganz vergessen, wie bedeutend dieser Leberfleck vor langer Zeit gewesen war, als Anthony Felton mich deswegen so gequält hatte.
»Für mich ist es ein Schönheitsfleck«, erklärte Susannah.
»Deiner ist aber dunkler als meiner«, stellte ich fest.
»Liebe, ahnungslose Suewellyn! Ich will dir etwas verraten, aber nur dir allein. Mit einem Stift, den ich eigens zu diesem Zweck habe, frische ich ihn ein bißchen auf. Schau, ich habe tadellose Zähne... genau wie du, Schwesterherz... und ein Leberfleck an dieser Stelle lenkt den Blick auf die Zähne. Deswegen haben die Frauen früher auch Schönheitspflästerchen getragen. Schade, daß man das heute nicht mehr tut. Ulkig, daß du den Fleck genau an derselben Stelle hast. Oh, jetzt habe ich eine Idee. Ich betone den deinen ein bißchen, und dann tauschen wir die Kleider. Du meine Güte, es ist richtig aufregend, daß ich dich gefunden habe, Suewellyn!«
»Ja«, bestätigte ich.

»Später mußt du mir die Insel zeigen. Der Doktor gefällt mir. Wirst du ihn heiraten? Er sieht recht gut aus. Nicht so vornehm wie unser lieber Herr Papa, aber wer kann sich schon mit einem Mateland messen?«

»Ich finde Philip sehr nett«, sagte ich. »Verlobt sind wir aber nicht.«

»Das kommt noch«, meinte sie. Ich hatte das Gefühl, daß Susannah in mir lesen konnte wie in einem offenen Buch. Einesteils faszinierte sie mich, doch gleichzeitig war mir unbehaglich zumute. Meine Gedanken waren völlig verwirrt, und ich war von Susannahs Erscheinung zu gebannt, daß ich kaum erfaßte, was sie sagte. Sie war wie ich und doch ganz anders. Sie war so, wie ich möglicherweise geworden wäre, wenn ich in einer anderen Welt gelebt hätte... in einer Welt, wo es Schlösser und kultivierten Luxus gab. Das war der grundlegende Unterschied zwischen uns. Susannah strahlte Selbstbewußtsein aus, und sie glaubte, daß sie anziehend und schön war – und weil sie dies glaubte, war sie es auch. Ihre Züge glichen den meinen so sehr, daß es nur diese Überzeugung sein konnte, die sie attraktiver machte als mich. Wie ein Schlag traf mich die plötzliche Erkenntnis, daß ich genau wie sie sein könnte.

Sie betrachtete mich im Spiegel, und wieder hatte ich dieses unangenehme Gefühl, daß sie meine Gedanken lesen konnte. Als hätte ich laut gedacht, führte sie meine Überlegungen fort: »Ja, wir sind uns ähnlich... in den Grundzügen. Deine Nase ist nur eine Kleinigkeit länger als meine. Aber Nasen sind sehr wichtig. Wie war das noch mit Kleopatra? Wäre ihre Nase nur um eine Spur länger – oder war es kürzer? – gewesen, so hätte sie die Weltgeschichte verändert; so heißt es doch, nicht wahr? Nun, ich glaube nicht, daß der Unterschied bei *unseren* Nasen dermaßen ins Gewicht fällt. Ich sehe ein bißchen frecher aus als du... übermütiger, dreister. Aber das mag an meiner Erziehung liegen. Unsere Münder sind auch verschieden. Deiner ist viel lieblicher als meiner – eine richtige Rosenknospe. Meiner ist breiter... ein Zeichen, daß ich die Freuden des Lebens zu genießen weiß. Unsere Augen... die gleiche Form, nur ein winziger Unterschied in der Farbe. Außerdem bist du ein bißchen blonder als ich. Wenn man so genau hinsieht, ist die Ähnlichkeit gar nicht so auffallend, aber wenn wir die Kleider tauschen würden... wenn sich die

eine für die andere ausgäbe... dann sähe die Sache schon anders aus. Das machen wir eines Tages, Suewellyn. Mal sehen, ob wir die Welt hinters Licht führen können. Ich bezweifle allerdings, daß uns das bei Anabel gelingt. Sie kennt doch gewiß jeden Zug in deinem Gesicht. Du bist ihr kleines Lämmchen, nicht wahr? Weißt du, ich hatte immer das Gefühl, daß Anabel ein Geheimnis hütete. Kannst du dich noch an früher erinnern, Suewellyn?«
»Ja natürlich.«
»Du wurdest versteckt gehalten, nicht wahr? Und in der Nacht, als unser Vater Onkel David tötete, haben sie dich – mir nichts dir nichts – geschnappt und auf diese gottverlassene Insel gebracht. Wir Matelands führen schon ein aufregendes Leben, nicht wahr?«
»Das unsere hier kann man wohl kaum als solches bezeichnen.«
»Arme Suewellyn, das müssen wir ändern. Wir müssen dein Leben amüsanter machen.«
»Ich nehme an, du gehörst zu den Menschen, die immer etwas Aufregendes erleben.«
»Aber nur, weil ich dem nachhelfe. Ich muß dir unbedingt beibringen, wie man das macht, kleine Schwester.«
»So klein bin ich gar nicht«, gab ich zurück.
»Aber jünger. Um wieviel? Weißt du das?«
Wir verglichen unsere Geburtsdaten. »Aha, ich bin die ältere«, stellte sie fest. »Daher darf ich dich mit Recht kleine Schwester nennen. Und dich hat man also versteckt, ja? Hat Anabel dich regelmäßig besucht? An jenem Abend damals muß es einen fürchterlichen Streit gegeben haben. Nie werde ich vergessen, wie ich am nächsten Morgen aufwachte und spürte, daß etwas passiert war. Ein entsetztes Schweigen herrschte im Schloß, und die Kinderfrauen wollten mir absolut keine Antwort auf meine Fragen geben. Ich fragte immer wieder nach meinem Vater. Was war mit Onkel David geschehen? Warum lag meine Mutter auf dem Bett, als wäre sie tot, genau wie mein Onkel? Es dauerte lange Zeit, bis ich erfuhr, was sich zugetragen hatte. Kindern wird ja nie die Wahrheit gesagt, nicht wahr? Die Erwachsenen können sich nicht vorstellen, daß das, was man sich heimlich ausmalt, womöglich viel schlimmer sein kann als das, was wirklich passiert ist.«

»Es war eine Tragödie, wie sie nicht schlimmer hätte sein können.«
»Du hast es gewußt, nicht wahr? Sie haben es dir vermutlich erzählt. Ich nehme an, du weißt, warum es passiert ist.«
»Sie werden es dir erzählen, wenn sie der Meinung sind, daß du Bescheid wissen solltest«, sagte ich. Sie brach in lautes Lachen aus.
»Du bist sehr selbstgerecht, kleine Schwester. Du tust wohl immer nur, was recht und anständig ist, stimmt's?«
»Das will ich nicht unbedingt sagen.«
»Ich möchte es auch nicht annehmen... wenn du eine Mateland bist. Aber stell dir das Gefühl vor, einen Mörder zum Vater zu haben! Das habe ich allerdings erst später erfahren. Ich mußte es auf eigene Faust herausfinden... indem ich an den Türen horchte. Dienstboten schwätzen ja immer. ›Wo ist mein Vater? Warum ist er nicht mehr hier?‹ fragte ich ständig, und sie preßten die Lippen zusammen; doch ich sah es ihren Augen an, daß sie darauf brannten, es mir zu erzählen. Auch im Haus des Doktors war niemand mehr, die armen Patienten wurden weggeschickt. Und meine Mutter... sie war von Stund an immer krank. Sie wollte mir nichts sagen. Wenn ich meinen Vater erwähnte, brach sie in Tränen aus. Aber schließlich erfuhr ich es von Garth. Er wußte alles, und er konnte es nicht für sich behalten. Eines Tages eröffnete er mir, daß ich die Tochter eines Mörders sei. Das habe ich nie vergessen. Ich glaube, er fand eine gewisse Befriedigung darin, mich darüber aufzuklären. Er sagte, seine Mutter würde mich hassen, weil mein Vater Onkel David ermordet hatte.«
Sie legte ihre Hand auf meinen Arm. »Ich rede und rede«, sagte sie. »Aber so bin ich immer. Uns bleibt noch genug Zeit zum Schwatzen, nicht wahr? Ich habe dir noch so viel zu erzählen... und ich möchte so vieles von dir wissen. Wir essen ja erst in einer Stunde, wie Anabel sagte.«
»Soll ich dir beim Auspacken helfen?«
»Ach was, ich hole irgendwas aus dem Koffer und ziehe mich um. Ob mir das boshafte schwarze Weib wohl etwas heißes Wasser bringen kann?«
»Ich lasse es dir heraufschicken.«
»Sag ihr aber, sie soll es nicht verhexen. Sie sieht aus, als ob sie Zaubermixturen braut.«

»Eigentlich ist sie ganz gutmütig. Nur wenn man die Leute hier beleidigt, muß man sich vor ihnen in acht nehmen. Ich lasse dir heißes Wasser bringen. Soll ich dich abholen, wenn das Essen fertig ist?«
»Das wäre reizend, kleine Schwester.«
Ich verließ ihr Zimmer, und kurz darauf fiel mir ein, daß das Schiff mir einen Brief von Laura gebracht hatte.
Noch während ich den Umschlag aufschlitzte, dachte ich an Susannah.

> Meine liebe Suewellyn!
> Endlich ist es soweit. Die Hochzeit ist im September. Das trifft sich fabelhaft mit dem Fahrplan des Schiffes. Du kannst eine Woche früher kommen und bei den Vorbereitungen helfen. Alles ist schrecklich aufregend. Meine Mutter wünscht eine große Hochzeit. Meine Brüder tun so, als sei das purer Unsinn. Aber ich glaube, im Grunde sind sie ganz begeistert.
> Ich lasse mir ein weißes Hochzeitskleid nähen. Die Brautjungfernkleider werden blaßblau. Du sollst eine der Brautjungfern sein. Ich lasse dein Kleid fertigmachen, soweit es geht, und wenn du kommst, brauchst du nur noch eine kurze Anprobe. Ich schreibe auch an Philip. Ihr könnt zusammen fahren. O Suewellyn, ich bin so glücklich. Ich bin dir zuvorgekommen, siehst du ...

Ich legte den Brief beiseite. Mit dem nächsten Schiff würden Philip und ich also fahren. Vielleicht käme er bei Lauras Hochzeit auf den Gedanken, daß ich fast so erwachsen war wie seine Schwester und daß es auch für mich Zeit zum Heiraten sei.
Ich lächelte vor mich hin. Alles fügte sich aufs beste, aber im Innern hatte ich das Gefühl, daß sich durch Susannahs Ankunft einiges ändern würde.

Ich behielt recht. Ihre Gegenwart veränderte die ganze Insel; alles geriet ihretwegen in Aufregung. Die Frauen und Mädchen schwätzten über sie und kicherten, wenn wir vorübergingen. Die Männer verfolgten sie mit Blicken.

Susannah genoß diese Anteilnahme. Ihr Aufenthalt auf der Insel bereitete ihr sichtlich Vergnügen.

Sie war charmant, entgegenkommend, liebenswürdig, und dennoch wirkte ihre Anwesenheit auf uns ganz und gar nicht erquicklich ... Ich wußte, daß sie Anabel an Jessamy erinnerte und ihren Seelenfrieden störte. Das Unrecht, das sie Jessamy zugefügt hatte, kam Anabel nun wieder ebenso stark zu Bewußtsein wie am Anfang unseres Inselaufenthalts.

»Meine arme Mama«, sagte Susannah, »sie war immer so traurig. Janet ... du erinnerst dich doch an Janet? Janet meinte, Mama habe keinen Lebenswillen. Janet war sehr ungeduldig mit ihr. ›Was geschehen ist, ist geschehen‹, sagte sie immer. ›Es ist sinnlos, über verschüttete Milch zu jammern.‹ Als ob der Verlust des Ehemannes und der besten Freundin mit einem zerbrochenen Milchkrug zu vergleichen wäre!« Susannah lachte schallend, wenn sie Janet so treffend nachahmte. Doch wenn es auch amüsant war, so rief es in Anabel bittere Erinnerungen herauf.

Und mein Vater? »Ein neuer Arzt kam nach Mateland. Die Leute haben noch jahrelang über euch geredet. Es war ja auch eine Sensation, nicht wahr? Armer Großvater Egmont! Er sagte immerfort: ›Ich habe meine beiden Söhne auf einen Streich verloren.‹ Und dann kümmerte er sich eingehend um Esmond und lud Malcolm ein, öfter zu kommen. Wir fragten uns, ob Malcolm wohl der nächste in der Erbfolge sei, aber sicher waren wir uns darüber nicht, weil Egmont immer einen tiefen Groll gegen Malcolms Großvater hegte. Mich hatte Egmont sehr gern, und manche Leute glaubten, ich würde die nächste, falls Esmond kinderlos bliebe. Großvater war schon immer in Mädchen vernarrt ... er mochte sie viel lieber als Jungen ...« Sie lachte. »Dieser Charakterzug der Männer hat sich durch die Jahrhunderte erhalten. Egmont hat anscheinend begriffen, daß Mädchen auch mit anderen Eigenschaften als gutem Aussehen und Charme aufwarten können. Er führte mich durch das Anwesen, zeigte mir alles und sprach mit mir darüber. Er meinte, es sei immer gut, mehrere Eisen im Feuer zu haben, woraufhin Garth uns, Esmond, Malcolm und mich, die ›Drei Eisen‹ nannte.«

Sie wußte genau, wie sie in scheinbar oberflächlicher Plauderei ihre

heimlichen Stiche austeilen konnte, und dabei machte sie ein so unschuldiges Gesicht, daß niemand annehmen konnte, sie sei sich ihres Tuns bewußt.
An dem Hospital bekundete sie großes Interesse, brachte es jedoch irgendwie zuwege, es herabzusetzen. Es sei wundervoll, etwas Derartiges auf einer abgeschiedenen Insel zu haben, meinte sie. Es könne wahrhaftig eine Abteilung eines europäischen Krankenhauses sein, nicht wahr? Aber nun müsse man wohl diese Schwarzen zu Krankenschwestern ausbilden. Höchst faszinierend!
Sie bewegte sich und sprach immer so, als sei sie auf einer Bühne, und mir fiel auf, daß mit Philip eine Veränderung vorging. Sein Gesicht zeigte nicht mehr diese Begeisterung, wenn er von seinen und meines Vaters Plänen sprach.
Daneben fragte ich mich, ob selbst mein Vater sein Vorhaben inzwischen als irrwitzigen Traum betrachtete.
Einmal, Anabel und ich saßen gerade an unserem Lieblingsplatz unter den Palmen im Schatten des Grollenden Riesen, und wir blickten über das blaugrün schillernde Meer und lauschten auf die sich sanft am Ufer brechenden Wellen, sagte Anabel: »Ich wollte, Susannah wäre nicht gekommen.«
Ich schwieg. Ich konnte ihr nicht zustimmen, weil ich Susannah so aufregend fand. Seit sie hier war, hatte sich alles verändert, und wenn sich die Dinge auch nicht gerade angenehm für uns entwickelt hatten, so stand ich doch völlig im Bann meiner Halbschwester.
»Ich bin vermutlich ungerecht«, sagte Anabel. »Es ist ganz natürlich, daß sie Erinnerungen an Dinge weckt, die wir lieber vergessen möchten. Man darf ihr das nicht ankreiden. Aber sie bringt uns dazu, uns selbst Vorwürfe zu machen.«
Ich erwiderte: »Für mich ist das alles so eigenartig... irgendwie aufregend. Manchmal habe ich das Gefühl, als sehe ich mich selbst.«
»Die Ähnlichkeit ist gar nicht so frappierend. Sicher, ihr gleicht euch. Aber ich weiß noch, wie sie als kleines Mädchen war: heimtückisch. Und dergleichen beobachtet man nicht oft bei Kindern. Oh, wie gesagt, ich bin ungerecht.«
»Sie ist zu uns allen sehr nett«, überlegte ich. »Ich glaube, sie wünscht, daß wir sie mögen.«

»Manche Menschen sind eben so. Vermutlich meint sie es nicht böse... und eigentlich richtet sie auch keinen sichtbaren Schaden an, aber sie bringt – wie es scheint, unabsichtlich – andere Menschen aus ihrer Ruhe. Seit sie hier ist, haben wir uns alle verändert.«
Darüber dachte ich lange nach. In gewisser Weise stimmte es. Meine Mutter hatte ihre übersprudelnde gute Laune eingebüßt. Ihre Gedanken weilten oft bei Jessamy. Auch mein Vater lebte jetzt öfter in der Vergangenheit. Schon seit jeher lastete der Tod seines Bruders schwer auf ihm. Er brauchte niemals an seine Tat erinnert zu werden, und er wollte sie sühnen, indem er sich der Rettung von Menschenleben widmete. Aber jetzt erdrückte ihn sein Schuldbewußtsein fast. Darüber hinaus war das Hospital von einer großartigen Unternehmung zu einem kindischen Spleen herabgewürdigt worden.
Philip war ebenfalls ein anderer geworden. Doch ich wollte nicht über Philip nachdenken. Anfangs hatte ich geglaubt, er würde sich in mich verlieben. Ich war viel und gern mit ihm zusammen. Doch vielleicht mußte er sich erst an den Gedanken gewöhnen, daß ich erwachsen wurde. Ich meinte, er hätte es gemerkt, als er auf die Insel kam, und hatte mir eingebildet, daß unter anderem auch ich ein Grund war, weshalb er überhaupt gekommen war. Auch meine Eltern dachten so. Wir waren alle so glücklich und sorglos gewesen. Der Alptraum von dem entsetzlichen Erlebnis früherer Jahre war verblaßt, wahrscheinlich würde er niemals gänzlich verschwinden. Und jetzt hatte Susannah alles wieder aufgerührt. Man konnte ihr das kaum zum Vorwurf machen; schlimm war nur, daß durch ihre Gegenwart alles wieder so bewußt wurde. Was aber war mit Philip? Wie hatte sie es zustande gebracht, auch ihn zu verändern? Sie hatte ihn wahrhaftig umgarnt.
Cougabel sagte eines Tages zu mir: »Nimm dich vor ihr in acht; sie ist Zauberin und machen großen Zauber für Phildo.«
Phildo war Philip. Es hatte ihn belustigt, als er den Namen zum erstenmal hörte. Er bedeutet Philip, der Doktor.
Cougabel legte ihre Hand auf meinen Arm und sah mich mit ihren klaren Augen bedeutungsvoll an. »Cougabel dich beschützen«, sagte sie.
Aha, dachte ich, jetzt sind wir also wieder Blutsschwestern.
Natürlich freute es mich, daß wir uns nun wieder besser verstanden,

doch ihre Andeutungen beunruhigten mich – zumal ich wußte, daß sie wahr waren.
Es war natürlich, daß Philip sich zu Susannah hingezogen fühlte. Er hatte sich ja auch zu mir hingezogen gefühlt, und sie war wie ich, nur in einer prächtigeren Hülle. Ihre Kleider, ihre Redeweise, ihr Gang... das alles war sehr reizvoll. Ich hätte sie leicht nachahmen können, aber das widerstrebte mir. Es stimmte mich traurig, zuzusehen, wie Philips Interesse an mir schwand, während er sich mehr und mehr für Susannahs raffinierte Reize erwärmte.
Meine Mutter verhielt sich ihm gegenüber kühl, und mein Vater tat es ihr gleich. Sie hatten wohl über die Veränderung gesprochen, und es wurde ihnen allmählich klar, daß Susannah, obwohl sie nichts anderes tat als äußerst charmant zu uns zu sein, unsere Zukunftspläne durchkreuzte.
Mit mir war sie ausgesprochen gern zusammen, und ich hinwiederum war von ihr fasziniert – aber gleichzeitig stieß sie mich auch ab.
Es war wie an jenem zauberhaften Tag, als ich das Schloß zum erstenmal erblickte und meine drei Wünsche ausgesprochen hatte. Auch Susannah war zweifellos von dem Schloß besessen. Sie beschrieb es mir in allen Einzelheiten... soweit es das Innere betraf. Das Äußere hatte sich meinem Gedächtnis für immer eingeprägt.
»Es ist wundervoll«, sagte sie, »zu einer solchen Familie zu gehören. Wie gern saß ich in der großen Eingangshalle und betrachtete die hohe, gewölbte Decke und die herrlichen Schnitzereien an der Empore für die Musikanten, und dann stellte ich mir meine Vorfahren beim Tanz vor. Einmal war auch die Königin gekommen – Königin Elisabeth. Das steht alles in der Chronik. Ihr Besuch hatte die Matelands an den Rand des Ruins gebracht. Sie mußten etliche Eichen aus dem Park verkaufen, um die Kosten für die Bewirtung der Königin aufzubringen. Ein anderer Vorfahr hatte neue Bäume gepflanzt, als er von Charles nach der Restauration von 1660 für seine Loyalität belohnt wurde. Man kann sämtliche Matelands in der Galerie bewundern. O ja, es ist wirklich aufregend, zu einer solchen Familie zu gehören... wenn es unter uns auch Räuber, Verräter und Mörder gibt. O Verzeihung. Aber ihr solltet wegen Onkel David nicht so empfind-

»Das ist unmöglich.«
»Wieso ist es unmöglich, daß zwei Menschen ein Kind haben?«
»So wie Sie es sehen, ist es nicht unmöglich, aber im Hinblick auf Rudolphs Stellung . . .«
»Die hatte doch damit nichts zu tun. Er war mit meiner Schwester verheiratet, und es ist die natürlichste Sache von der Welt, daß sie ein Kind bekamen.«
»Davon verstehen Sie nichts.«
»Ich wäre Ihnen dankbar, wenn Sie mich nicht wie ein Kind behandeln würden, und wie ein schwachsinniges noch dazu.«
»Oh, ich halte Sie nicht für ein Kind, und ich bin überzeugt, daß Sie alles andere als dumm sind. Ich weiß außerdem, daß sie eine sehr ungestüme junge Dame sind.«
»Die Sache ist für mich sehr wichtig. Meine Schwester ist tot, aber ich dulde nicht, daß ihr Andenken besudelt wird.«
»Das sind harte Worte, meine liebe junge Dame.«
Er hatte sich zu mir herübergebeugt und griff nach meiner Hand. Ich zog sie entschieden zurück. »Ich bin nicht Ihre liebe junge Dame.«
»Hm . . .« Er legte den Kopf auf die Seite und musterte mich. »Sie sind jung, und Sie sind eine Dame . . .«
»Aus einer Familie, die nicht würdig ist, Ausländer zu ehelichen, die unserem Land die Ehre geben, es gelegentlich zu besuchen.«
Er lachte laut auf. Ich bemerkte die klaren Konturen seines Kinns und die schimmernden weißen Zähne. Er erinnerte mich unwillkürlich an Arthur . . . weil er das genaue Gegenteil war.
»Würdig . . . würdig gewiß«, sagte er. »Aber wegen bestimmter politischer Verpflichtungen dürfen solche Heiraten nicht sein.«
»Glauben Sie etwa, ein Mädchen wie meine Schwester hätte sich herabgelassen, die Geliebte dieses hochmächtigen Potentaten zu werden?«
Er blickte mich ernst an und nickte.
»So ein Unsinn«, sagte ich.

»Ich habe mich geirrt«, sagte er, indem er mich auf eine merkwürdig eindringliche Art ansah, »als ich Sie *meine* liebe junge Dame nannte. Meine sind Sie nicht.«
»Ich finde diese Unterhaltung absurd. Wir sprachen von einer äußerst ernsten Angelegenheit, und Sie haben diesen frivolen Ton angeschlagen.«
»Es ist oft klug, in leichtfertigem Ton über ernste Angelegenheiten zu sprechen. Das verhindert, daß man aufbrausend wird.«
»Bei mir nicht.«
»Sie sind ja auch eine sehr heißblütige Dame.«
»Hören Sie«, sagte ich. »Wenn Sie nicht bereit sind, ernsthaft über diese Sache zu reden, ist es sinnlos, daß wir uns überhaupt unterhalten.«
»Oh, finden Sie? Das ist bedauerlich. Ich war immer der Meinung, daß es durchaus sinnvoll ist, sich über alles mögliche zu unterhalten. Ich möchte Sie gern näher kennenlernen und hoffe, daß auch Sie ein wenig neugierig auf mich sind.«
»Ich muß herausfinden, was mit meiner Schwester passiert ist und warum. Und ich möchte mich vergewissern, daß für das Kind gesorgt ist.«
»Sie fordern eine ganze Menge. Die Polizei war nicht imstande, das Geheimnis zu lösen und zu klären, was sich in jener Nacht in der Jagdhütte abgespielt hat. Und was das nicht existierende Kind betrifft . . .«
»Ich werde Ihnen nicht mehr zuhören.«
Er sprach nicht weiter, sondern saß still da und sah mich von der Seite an. Am liebsten wäre ich aufgestanden und fortgegangen, aber der Wunsch, die Wahrheit zu erfahren, gewann wieder die Oberhand. Ich machte zwar Anstalten, mich zu entfernen, doch er ergriff meine Hand und sah mich flehend an. Ich spürte, wie ich errötete. Er hatte etwas, das mich erregte. Mir mißfielen seine Arroganz und die Behauptung, Francines Baron könne sich niemals herabgelassen haben, sie zu heiraten. Die Anspielung, die ganze Angelegenheit sei eine romantische Phantasterei von Francine und mir gewesen, machte mich wütend, und doch – ich konnte mir nicht erklären, was es war, weil ich noch zu unerfahren war – und doch

gab mir seine Nähe ein Gefühl der Erregung, wie ich sie nie zuvor verspürt hatte. Ich redete mir ein, das liege daran, daß ich im Begriff war, etwas zu entdecken, und daß hier jemand war, der Baron Rudolph gekannt hatte. Irgendwie hatte ich bei diesem Mann den Eindruck, daß er mehr wußte, als er zugab, und ich sagte mir, daß ich ihn so oft wie möglich sehen müsse, egal, welche Wirkung er auf mich ausübte.

Ich weiß nicht, wie lange wir so verharrten: er meine Hand haltend, und ich in dem halbherzigen Versuch, mich von ihm loszureißen, während er mich mit einem eigenwilligen Lächeln betrachtete, als könne er meine Gedanken lesen, und mehr noch, als wisse er um meine Verletzlichkeit.

»Bitte setzen Sie sich. Mir scheint, wir haben einander viel zu sagen«, meinte er.

Ich setzte mich. »Sie wissen ja, wer ich bin«, begann ich. »Meine Schwester und ich lebten in Greystone Manor. Dann ging sie zu diesem unseligen Ball.«

»Wo sie ihren Liebhaber kennenlernte.«

»Sie kannte ihn schon vorher, und die Gräfin hat sie eingeladen. Es war nicht einfach, hinzukommen. Sie müssen nicht denken, daß diese Einladung für uns in Greystone Manor eine große Ehre war. Meine Schwester konnte den Ball nur mit großer List besuchen.«

»Mit Lug und Trug?« fragte er.

»Sie sind wohl absichtlich beleidigend.«

»Bestimmt nicht. Aber ich muß darauf bestehen, daß wir den Tatsachen ins Gesicht sehen, wenn wir etwas herausfinden wollen. Ihre Schwester stahl sich im Ballkleid aus dem Haus und ging nach Granter's Grange. Ihre Familie, mit Ausnahme ihrer kleinen Schwester, die in das Geheimnis eingeweiht war, wußte nichts davon. Ist das richtig?«

»Ja ... mehr oder weniger.«

»Und dort hat sie sich in den Baron verliebt. Sie brannten durch, sie reiste als seine Frau ... um den Konventionen zu genügen.«

»Sie *war* seine Frau.«

»Jetzt sind wir wieder beim Anfang angelangt. Die Ehe konnte gar nicht geschlossen werden.«

»Doch. Ich weiß es.«
»Lassen Sie es mich Ihnen erklären. Rudolphs Land ist ein kleiner Staat, der ständig darum kämpft, seine Unabhängigkeit zu wahren. Deshalb darf man nicht von den Konventionen abweichen. Die habgierigen Nachbarstaaten sind ständig darauf aus, ihr Reich zu vergrößern und ihre Macht auszudehnen. Eines Tages werden sie sich alle zu einem einzigen Reich zusammenschließen, und das wird zweifellos gut sein, aber im Augenblick sind es lauter Kleinstaaten: Herzogtümer, Markgrafschaften, Fürstentümer und so weiter. Eines davon ist Bruxenstein. Rudolphs Vater ist ein alter Mann. Rudolph war sein einziger Sohn. Er sollte aus Gründen der Staatsräson die Tochter des Regenten eines Nachbarstaates heiraten. Er wäre diese Mesalliance niemals eingegangen. Es stand zuviel auf dem Spiel.«
»Er hat es aber getan.«
»Halten Sie das wirklich für möglich?«
»Ja. Er war verliebt.«
»Wie reizend, aber Liebe ist etwas anderes als Politik und Pflicht. Das Leben von Tausenden steht auf dem Spiel ... es geht um den Unterschied zwischen Krieg und Frieden.«
»Er muß meine Schwester innig geliebt haben. Ich kann das verstehen. Sie war die bezauberndste Person, die ich je gekannt habe. Oh, ich sehe, Sie verspotten mich. Sie glauben mir nicht.«
»Doch, ich glaube Ihnen alles, was Sie von ihr erzählen. Ich habe ja Sie, ihre Schwester, gesehen, und deshalb kann ich es mir leicht vorstellen.«
»Sie machen sich über mich lustig. Ich weiß, ich bin unansehnlich und Francine gar nicht ähnlich.«
Er ergriff meine Hand und küßte sie. »Das dürfen Sie nicht denken. Ich bin sicher, Sie sind ebenso charmant wie Ihre Schwester, aber vielleicht auf andere Weise.«
Wieder zog ich entschlossen meine Hand zurück. »Sie dürfen sich nicht über mich lustig machen«, sagte ich. »Sie wollen gar nicht über dieses Thema sprechen, nicht wahr?«
»Es gibt eigentlich wenig dazu zu sagen. Ihre Schwester und Rudolph wurden in dem Jagdhaus ermordet. Meiner Ansicht

nach war es ein politischer Mord. Jemand wollte den Erben aus dem Weg räumen.«

»Und wer soll dieses Herzogtum erben ... oder Fürstentum ... was immer es ist? Vielleicht ist er der Mörder.«

»So einfach ist es nicht. Der nächste in der Erbfolge war zu der Zeit nicht im Lande.«

»Aber solche Leute haben ihre Agenten, nicht wahr?«

»Es gab eine gründliche Untersuchung.«

»So gründlich kann sie nicht gewesen sein. Die sind wohl nicht sehr tüchtig in dem kleinen Nest.«

Er lachte. »Doch. Es gab eine eingehende Ermittlung, aber dabei kam nichts ans Licht.«

»Ich nehme an, meine Schwester wurde getötet, weil sie zufällig dort war.«

»Es sieht so aus. Es tut mir leid. Welch ein Jammer, daß sie Greystone Manor verlassen hat.«

»Wenn nicht, hätte sie womöglich Cousin Arthur heiraten müssen ... aber das hätte sie nie getan.«

»So ... es gab also noch einen Verehrer.«

»Mein Großvater hat diese Heirat gewollt. Ich vermute, das ist ziemlich ähnlich wie bei Ihnen in Bruxenstein. Er hat zwar kein Herzogtum oder Fürstentum, aber ein schönes altes Haus, das seit Generationen im Familienbesitz ist. Und er ist sehr reich, glaube ich.«

»Da haben Sie ja dieselben Probleme wie wir in Bruxenstein.«

»Probleme, die nur vom Standesdünkel der Menschen kommen. Solche Probleme dürfte es überhaupt nicht geben. Niemand sollte es wagen dürfen, anderen Menschen die Ehepartner vorzuschreiben. Wenn Menschen sich lieben, sollten sie auch heiraten dürfen.«

»Wohl gesprochen!« rief er aus. »Endlich haben wir etwas gefunden, worin wir übereinstimmen.«

Ich sagte: »Ich muß jetzt gehen, Miss Elton sucht mich bestimmt schon.«

»Wer ist Miss Elton?«

»Meine Gouvernante. Sie verläßt uns aber bald, weil man meint, daß ich keine mehr brauche.«

»Schon fast eine Frau«, bemerkte er.
Er trat zu mir und legte seine Hände auf meine Schultern. Ich wollte nicht, daß er mich berührte, als er es aber tat, überkam mich ein unergründliches Verlangen, bei ihm zu bleiben. Es war die entgegengesetzte Wirkung von jener, die Arthurs schlaffe Hände auf mich ausübten, doch beide Männer schienen die gleiche Vorliebe für das Anfassen zu haben.
Er zog mich an sich und küßte mich sachte auf die Stirn.
»Warum haben Sie das getan?« Ich wurde scharlachrot und wich hastig zurück.
»Weil ich es wollte.«
»Fremde küßt man nicht.«
»Wir sind doch keine Fremden. Wir haben zusammen Tee getrunken. Ich dachte, das sei ein englischer Brauch. Wenn man zusammen Tee trinkt, muß man befreundet sein.«
»Sie haben offenbar keine Ahnung von englischen Bräuchen. Man kann mit seinen ärgsten Feinden Tee trinken.«
»Dann habe ich die Lage mißdeutet, und Sie müssen mir vergeben.«
»Das vergebe ich Ihnen gern, nicht aber Ihre Einstellung zu meiner Schwester. Ich weiß, daß sie verheiratet war. Ich habe Beweise, aber es hat ja doch keinen Sinn zu versuchen, Sie zu überzeugen.«
»Beweise?« fragte er in scharfem Ton. »Was für Beweise?«
»Briefe. Ihre Briefe zum Beispiel.«
»Briefe an Sie? In denen sie beteuert, daß sie verheiratet ist?«
»Sie hat es nicht beteuert. Das hatte sie nicht nötig. Sie brauchte es lediglich mitzuteilen.«
»Darf ich . . . diese Briefe sehen?«
Ich zögerte.
»Sie müssen mich überzeugen, wissen Sie.«
»Also gut.«
»Wollen wir uns hier treffen . . . oder möchten Sie lieber ins Landhaus kommen?«
»Hier«, erwiderte ich.
»Ich werde morgen zur Stelle sein.«
Ich lief weg. Am Waldrand angekommen, blickte ich zurück

und sah ihn zwischen den Bäumen stehen. Ein eigentümliches Lächeln lag auf seinen Lippen.

Ich war den ganzen Tag über wie benommen. Miss Elton war mitten im Packen begriffen und bemerkte meine Geistesabwesenheit nicht. Sie würde in wenigen Tagen abreisen, und ich wußte, daß sie sich um mich sorgte, aber auch keinen richtigen Ausweg aus meinen Schwierigkeiten wußte. Ich nahm mir vor, meiner Großmutter von diesem Mann zu erzählen, doch aus irgendeinem Grunde zögerte ich. Ich kannte ja nicht einmal seinen Namen. Er benahm sich allzu vertraulich. Wie hatte er es wagen können, mich zu küssen! Was dachte er sich eigentlich? Daß alle Mädchen hier sich bereitwillig küssen ließen und intime Beziehungen ohne Trauschein eingingen?

In dieser Nacht blieb ich lange auf und las die Briefe meiner Schwester. Alles war so klar: Francines Begeisterung, ihre Ehe. Und hatte ich nicht den Eintrag im Register gesehen? Ich hätte dem Mann von diesem untrüglichen Beweis erzählen sollen. Warum hatte ich es nicht getan? Hatte ich es absichtlich zurückgehalten, damit er, wenn ich ihm später damit bewies, daß er unrecht hatte, sich um so mehr gedemütigt fühlte? Natürlich war Francine verheiratet gewesen. Sie hatte von ihrem Baby erzählt, dem wonnigen kleinen Cubby. Angenommen, sie hätte mir wirklich nur von der Heirat berichtet, weil sie es für schicklich hielt, das Kind hätte sie doch nie erfunden. Francine war keine übertrieben mütterliche Frau, dessen war ich sicher; aber als sie erst einmal ein Kind hatte, da liebte sie es innig, und das merkte man ihren Briefen an.

Am folgenden Tag fand ich mich zeitig an unserem Treffpunkt ein, aber der Mann war bereits da.

Bei diesem Anblick schlug mein Herz schneller. Ich wünschte, er hätte nicht diese Wirkung auf mich, weil ich mich dadurch im Nachteil fühlte. Er trat auf mich zu; er verbeugte sich ein wenig spöttisch, wie ich fand, und küßte mir die Hand.

»Diese Förmlichkeiten können Sie sich bei mir sparen«, sagte ich.

»Förmlichkeiten! Das sind keine Förmlichkeiten. Eine übliche Begrüßung in meiner Heimat. Ältere Damen und Kinder be-

kommen freilich oft einen Kuß auf die Wange statt auf die Hand.«
»Da ich weder das eine noch das andere bin, können Sie darauf verzichten.«
»Wie schade«, meinte er.
Ich war jedoch entschlossen, den Ernst der Lage nicht durch diese recht unverschämten Neckereien beeinträchtigen zu lassen.
»Ich habe die Briefe mitgebracht«, sagte ich. »Wenn Sie die gelesen haben, werden Sie sich mit der Wahrheit abfinden müssen.«
»Setzen wir uns. Der Boden ist ziemlich hart, und dies ist nicht der bequemste Ort für eine Konferenz. Sie hätten ins Haus kommen sollen.«
»Ich glaube kaum, daß das recht wäre, wenn Ihre Herrschaft nicht da ist.«
»Mag sein«, sagte er. »Hm . . . kann ich die Briefe sehen?«
Ich reichte sie ihm, und er begann zu lesen.
Ich betrachtete ihn. Diese ausgeprägte Männlichkeit war es wohl, die dermaßen auf mich wirkte. So ähnlich mußte es Francine ergangen sein. Aber nein, das war ja lächerlich. Sie hatte sich leidenschaftlich verliebt. Meine Gefühle waren ganz anders. Eigentlich war ich diesem Mann feindlich gesinnt, obwohl seine Gegenwart mich überaus erregte. Ich kannte nur wenige Männer. Antonio und die Menschen auf der Insel konnte man nicht zählen. Damals war ich viel zu jung gewesen. Aber hin und wieder kamen Leute zu meinem Großvater ins Haus, und weil ich jeden an Cousin Arthur maß, wirkten sie alle ausgesprochen attraktiv auf mich.
Ich zuckte plötzlich zusammen. Ich hatte das Gefühl, daß wir beobachtet wurden. Ich drehte mich ruckartig um. Bewegte sich da nicht etwas zwischen den Bäumen? Es mußte Einbildung gewesen sein. Seit ich diesem Mann begegnet war, befand ich mich ständig in einem Zustand der Erregung . . . und das nur, weil ich glaubte, ein paar Teile in das geheimnisvolle Puzzlespiel um den Mord in der Jagdhütte eingesetzt zu haben. Vielleicht hatte ein Knacken im trockenen Farnkraut oder das plötzliche Flattern eines aufgescheuchten Vogels in mir

dieses seltsam unheimliche Gefühl erweckt, daß wir beobachtet wurden.
»Ich glaube, jemand beobachtet uns«, sagte ich.
»Beobachtet? Wieso?«
»Es gibt Leute, die . . .«
Er ließ die Briefe sinken und sprang auf. »Wo?« rief er. »Welche Richtung?« Jetzt war ich sicher, daß ich eilige Schritte hörte.
»Da drüben«, sagte ich, und er rannte in der genannten Richtung davon. Nach ein paar Minuten kam er zurück.
»Niemand zu sehen«, sagte er.
»Aber ich war sicher . . .«
Er lächelte mich an. Er setzte sich, nahm die Briefe wieder zur Hand und las. Danach sah er mich mit ernster Miene an.
»Ihre Schwester dachte wohl, es würde Sie beruhigen, wenn sie Ihnen erzählte, sie sei verheiratet.«
Jetzt war der Augenblick gekommen. »Es gibt noch etwas, das Sie nicht wissen«, eröffnete ich ihm triumphierend. »Ich habe einen unumstößlichen Beweis. Ich habe das Kirchenregister gesehen.«
»Was?« Es hatte sich gelohnt, bis zu diesem Augenblick damit zu warten. Er war fassungslos.
»O ja«, fuhr ich fort. »Dort steht es klipp und klar. Sie sehen also, Sie befanden sich absolut im Irrtum.«
»Wo?« fragte er schroff.
»In der Kirche von Birley. Miss Elton und ich sind hingegangen und haben den Eintrag gefunden.«
»Das hätte ich Rudolph nie zugetraut.«
»Ob Sie es ihm zugetraut haben oder nicht, das spielt keine Rolle. Die Trauung hat stattgefunden. Ich kann es beweisen.«
»Warum haben Sie das nicht gleich gesagt?«
»Weil Sie so eigensinnig und stur waren.«
»Ich verstehe«, sagte er langsam. »Wo ist diese Kirche?«
»In Birley, nicht weit von Dover. Sie sollten hingehen. Sehen Sie es mit eigenen Augen . . . dann glauben Sie es vielleicht.«
»Gut«, sagte er, »wird gemacht.«

»Sie können mit der Eisenbahn nach Dover fahren. Es ist ganz einfach. Von dort nehmen Sie eine Kutsche nach Birley. Es ist ungefähr drei Meilen von Dover entfernt.«
»Ich gehe hin, ganz bestimmt.«
»Und wenn Sie es gesehen haben, kommen Sie zurück und bitten mich um Entschuldigung.«
»Untertänigst.«
Er faltete die Briefe zusammen und wollte sie wie geistesabwesend in seine Tasche schieben.
»Die gehören mir.«
»Ach ja.« Er gab sie mir zurück.
Ich sagte: »Ich weiß nicht einmal Ihren Namen.«
»Konrad.«
»Konrad . . . und weiter?«
»Mit dem Rest möchte ich Sie nicht behelligen. Der wäre für Sie unaussprechlich.«
»Ich könnte es immerhin versuchen.«
»Lassen Sie nur. Für Sie bin ich einfach Konrad, das genügt.«
»Wann fahren Sie nach Birley, Konrad?«
»Morgen, denke ich.«
»Und wollen wir uns übermorgen hier wieder treffen?«
»Mit dem größten Vergnügen.«
Ich stopfte die Briefe in mein Mieder.
»Es sieht so aus«, sagte er, »als verdächtigen Sie mich, daß ich sie stehlen will.«
»Wieso kommen Sie darauf?«
»Sie sind von Natur aus ziemlich mißtrauisch, und insbesondere gegen mich.«
Er trat zu mir und legte seine Hand in den Ausschnitt meines Mieders. Ich schrie erschrocken auf, und er ließ die Hand sinken.
»War nur Spaß«, sagte er. »Sie haben sie aber auch an eine sehr verführerische Stelle gesteckt.«
»Sie sind unverschämt.«
»Ich fürchte, Sie haben recht. Aber Sie dürfen nicht vergessen, ich komme aus diesem ausländischen Nest, von dem Sie nie gehört hatten, bis Ihre Schwester dorthin ging.«

Mein Blick wurde verschwommen: Ich stellte mir Francine an jenem Abend vor, als sie fortging. Er bemerkte meine Traurigkeit und legte seine Hände auf meine Schultern.
»Verzeihen Sie mir«, sagte er. »Ich bin ebenso ungeschickt wie unverschämt. Ich weiß, was Sie für Ihre Schwester empfinden. Glauben Sie mir, ich achte Ihre Gefühle. Wir treffen uns also übermorgen. Ich bin bereit, demütig Abbitte zu leisten, wenn es sich erweist, daß ich im Unrecht war.«
»Darauf dürfen Sie sich gefaßt machen. Und ich erwarte, daß Sie mich untertänigst um Verzeihung bitten.«
»Das können Sie haben, wenn Ihre Behauptung bewiesen ist. So, das ist besser, jetzt lächeln Sie ... zufrieden ... selbstsicher. Weil Sie wissen, daß Sie recht haben?«
»Ja. Leben Sie wohl.«
»*Au revoir.* Auf Wiedersehen. Nicht Lebewohl. Das mag ich nicht. Es klingt so endgültig. Es würde mir ganz und gar nicht behagen, wenn wir uns Lebewohl sagen müßten.«
Ich drehte mich um und rannte davon. Ich war sogar ein wenig bedrückt, weil ich ihn einen ganzen Tag nicht sehen würde. Doch übermorgen würde ich voll Befriedigung seine Bestürzung sehen, und es lohnte sich, darauf zu warten.
Sobald ich ins Haus trat, nahm ich mir vor, meine Großmutter zu besuchen. Sie würde ihren Mittagsschlaf beendet haben und jetzt vermutlich Tee trinken. Ich mußte ihr von Konrad erzählen, aber ich würde mich vorsehen, um nicht zu verraten, welche Wirkung er auf mich hatte. Was das anbetraf, war ich wohl ziemlich albern. Aber es war einfach der erste Mann, der mir auf diese Weise begegnete, und wenn Miss Elton meine Geistesabwesenheit aufgefallen wäre, hätte sie sicher gesagt, daß mir das zu Kopf gestiegen sei. Das traf zu. Ich war einsam. Niemand hatte mir je Aufmerksamkeit geschenkt, außer Cousin Arthur, der auf Anweisung meines Großvaters handelte. Und hier war nun ein attraktiver Mann, der mir gegenüber ein recht kokettes Benehmen an den Tag legte. Manchmal hatte ich das Gefühl, daß er es ernst meinte und mich wirklich gern hatte; dann wieder glaubte ich, daß er sich über mich lustig machte. Vielleicht war von beidem ein bißchen richtig.

Ich klopfte bei meiner Großmutter an, und Agnes Warden kam an die Tür. »Ach du bist es, Philippa. Deine Großmutter schläft.«
»So? Ich dachte, sie trinkt jetzt Tee.«
»Sie hatte heute nachmittag einen leichten Anfall, und jetzt ruht sie sich aus.«
»Einen Anfall?«
»Ja. Du weißt doch, sie hat ein schwaches Herz. Hin und wieder bekommt sie solche Anfälle. Die nehmen sie sehr mit, und danach muß sie unbedingt ruhen.«
Ich war enttäuscht.
Auf dem Weg zu meinem Zimmer traf ich Miss Elton auf dem Flur. »Wenn es möglich ist, möchte ich morgen abreisen«, sagte sie, »und nicht mehr bis zum Wochenende warten. Meine Cousine kann mich abholen, und sie meint, wir könnten uns noch eine Woche Ferien gönnen, ehe wir uns bei unseren Herrschaften einfinden. Sie hat es arrangiert, daß wir bei einer Freundin von ihr wohnen können. Glauben Sie, Ihr Großvater ist einverstanden, daß ich morgen gehe?«
»Bestimmt. Sie sind ja ohnehin nicht mehr richtig bei ihm angestellt.«
»Aber ich möchte ihn trotzdem nicht verärgern. Ich muß an meine Referenzen denken.«
»An Ihrer Stelle würde ich ihn gleich aufsuchen. Ich bin sicher, daß er Sie gehen läßt.«
»Gut, dann gehe ich jetzt zu ihm.«
Ungefähr zehn Minuten später kam sie in mein Zimmer. Ihre Wangen waren gerötet, und sie sah zufrieden aus.
»Er ist einverstanden; ich kann gehen. O Philippa, es ist so aufregend. Meine Cousine sagt, es ist ein angenehmes Haus, und die Kinder sind reizend.«
»Schon ein kleiner Unterschied zu Greystone, hm? Mein Großvater war nicht gerade der beste Brotherr.«
»Aber ich hatte ja Sie zwei, Sie und Ihre Schwester. Ich glaube kaum, daß ich für andere Schülerinnen jemals dasselbe empfinden werde.«
»Wie für Francine, natürlich.« Wieder überkam mich Traurigkeit. Miss Elton legte ihren Arm um mich.

»Für Sie auch . . . genauso. Ich hatte Sie beide sehr gern. Deshalb bin ich ja jetzt so besorgt um Sie.«
»Sie werden mir fehlen.«
»Philippa, was haben Sie vor? Bald ist es soweit . . .«
»Ich weiß. Ich weiß . . . Ich kann im Augenblick einfach nicht nachdenken. Aber ich werde mir etwas einfallen lassen.«
»Die Zeit wird knapp.«
»Bitte, Miss Elton, machen Sie sich meinetwegen keine Sorgen. Manchmal träume ich, daß ich nach Bruxenstein gehe und herausfinde, was wirklich passiert ist. Und da ist ja auch noch das Kind, wie Sie wissen.«
»Am besten, Sie vergessen es. Aber Sie müssen fort von hier, es sei denn, Sie wollen sich den Wünschen ihres Großvaters fügen.«
»Nie . . . niemals!« sagte ich entschieden. Seit ich Konrad kannte, war der Gedanke an Arthurs schlaffe Hände, die mich betasteten, zu einem Alptraum geworden.
Miss Elton schüttelte den Kopf. Ich sah ihr an, daß sie glaubte, am Ende würde ich mich wohl doch mit meinem Schicksal abfinden. Und weil ich nur an Konrad denken konnte, hatte ich nicht das Bedürfnis, mit ihr zu sprechen, wie ich es sonst getan hätte. Ich verstand mich selbst nicht, aber im Unterbewußtsein dachte ich wohl, durch ihn würde sich eine Lösung bieten, so wie sie sein Landsmann Francine gebracht hatte.
»Nun«, sagte Miss Elton, »morgen heißt es Lebewohl. Es ist immer arg, sich von seinen Schülerinnen zu trennen, aber dieser Abschied fällt mir besonders schwer.«
Als sie hinausgegangen war, sah ich auf das Bett, das einst Francines gewesen war, und mich ergriff Verzweiflung. Meine Großmutter war krank, Miss Elton ging fort; ich war ganz allein.
Da wurde mir bewußt, wie sehr ich auf diese zwei Menschen angewiesen war.
Und doch ging mir Konrad nicht aus dem Sinn.

Am nächsten Morgen reiste Miss Elton ab. Ich umarmte sie ein letztes Mal. Sie war sehr gerührt. »Möge es Ihnen wohl ergehen«, sagte sie bewegt.

»Ihnen auch«, erwiderte ich.
Dann war sie fort.
Ich ging zu meiner Großmutter hinauf. Agnes kam an die Tür. »Du darfst nicht lange bleiben«, sagte sie. »Sie ist sehr schwach.«
Ich setzte mich zu ihr ans Bett, und sie lächelte matt. Ich hätte ihr so gern von Konrad erzählt und von den eigentümlichen Gefühlen, die er in mir erregte. Ich wollte mir darüber klar werden, ob das an ihm selbst lag oder lediglich daran, daß er von dort kam, wo Francine den Tod gefunden hatte. Doch ich merkte, daß meine Großmutter nicht so recht wußte, wer da an ihrem Bett saß, und mich zuweilen mit Grace verwechselte, und als ich sie verließ, war mir trostloser zumute denn je.
Ich konnte Konrads Rückkehr kaum erwarten. Ich war vor der verabredeten Zeit im Wald. Er war pünktlich, und mein Herz machte einen Sprung, als er mir entgegenkam.
Er ergriff meine Hände und verbeugte sich, bevor er zuerst die eine, dann die andere küßte.
»Nun?« sagte ich.
»Ich war dort«, sagte er. »Es war eine ganz nette Fahrt.«
»Haben Sie es gesehen?«
Er sah mich fest an. »Ich habe die Kirche gefunden. Der Pfarrer war sehr hilfsbereit.«
»Er war nicht da, als ich mit Miss Elton dort war. Wir haben mit dem Küster gesprochen.«
Sein Blick wurde eindringlicher. »Sie dürfen es sich nicht zu Herzen nehmen. Ich weiß, Sie dachten, Sie hätten den Eintrag gesehen . . .«
»Ich *dachte?* Ich habe ihn gesehen! Was reden Sie da?«
Er schüttelte den Kopf. »Der Pfarrer hat mir das Register gezeigt. Da ist kein Eintrag.«
»Das ist ja absurd. Ich habe ihn gesehen!«
»Nein«, beharrte er. »Da war nichts zu sehen. Ich hatte zweifellos das richtige Datum. Da ist kein Eintrag.«
»Sie wollen mich auf den Arm nehmen.«
»Ich wünschte, es wäre so. Ich bedaure, daß ich Ihnen so viel Verdruß bereite.«
»Sie bedauern! Sie sind froh. Außerdem ist es gelogen. Das

können Sie mir nicht weismachen. Ich versichere Ihnen, ich habe es mit eigenen Augen gesehen.«
»Wissen Sie, was ich denke?« sagte er beschwichtigend. »Sie wollten es sehen, und da haben Sie es sich eben eingebildet.«
»Mit anderen Worten, ich leide an Wahnvorstellungen, ich bin verrückt, wie?«
Er sah mich traurig an. »Meine liebe, liebe Philippa, es tut mir leid. Glauben Sie mir, ich hätte es gern gesehen. Ich wollte, Sie hätten recht.«
»Ich werde selbst nachsehen. Ich gehe noch einmal hin. Ich werde es finden. Sie müssen an der falschen Stelle nachgeschaut haben.«
»Nein. Ich hatte das richtige Datum. Das Datum, das Sie mir angegeben haben. Wenn sie getraut worden wären, hätte es dort gestanden. Es ist nichts eingetragen, Philippa. Ganz bestimmt nicht.«
»Ich gehe hin. Ich werde keine Zeit verlieren.«
»Wann?«
»Morgen.«
»Ich komme mit. Ich zeige Ihnen, daß Sie sich geirrt haben.«
»Und ich zeige Ihnen, daß ich mich nicht geirrt habe«, erwiderte ich heftig.
Er ergriff meinen Arm, doch ich wehrte ihn ab.
»Nehmen Sie es sich doch nicht so zu Herzen«, sagte er. »Es ist erledigt. Ob sie verheiratet war oder nicht, was spielt das jetzt noch für eine Rolle?«
»Für mich spielt es eine Rolle ... und für das Kind.«
»Es gibt auch kein Kind«, sagte er. »Keine Ehe und kein Kind.«
»Wie können Sie es wagen, zu behaupten, daß meine Schwester eine Lügnerin war, oder daß ich verrückt bin? Gehen Sie ... gehen Sie doch in Ihre Heimat zurück.«
»Ich fürchte, das werde ich wohl müssen ... bald. Aber vorher fahre ich mit Ihnen nach Birley ... morgen.«
»Ja«, sagte ich entschlossen, »morgen.«

Aber ich hatte mir keine Gedanken darüber gemacht, wie ich das anstellen sollte. Beim letzten Mal war es einfacher gewesen. Doch ich ließ mich nicht entmutigen. Ich wollte unbedingt beweisen, daß Konrad sich irrte. Ich erzählte Mrs. Greaves, ich wolle eine alte Kirche besichtigen und wisse nicht, wie lange ich fort sei.
»Ihrem Großvater wird es nicht recht sein, daß Sie ohne Begleitung gehen.«
»Ich gehe nicht ohne Begleitung.«
»Und mit wem gehen Sie? Mit Miss Sophia Glencorn?«
Ich nickte. Es blieb mir nichts anderes übrig. Ich wollte keine Auseinandersetzung vor dem Weggehen.
Konrad war wie verabredet am Bahnhof.
Als ich ihm gegenübersaß, dachte ich, wie vergnüglich es doch sein könnte, wenn wir einfach einen Ausflug machten. Ich betrachtete ihn, als er so mit verschränkten Armen dasaß und mich ansah.
Er hatte ein markantes Gesicht mit scharfen Zügen und tiefliegenden blauen Augen und blondes Haar, das über der hohen Stirn nach hinten gestrichen war. Ich stellte mir vor, wie er als wikingischer Eroberer in einem dieser schlanken Schiffe an unserer Küste landete.
»Nun«, sagte er, »machen Sie sich ein Bild von mir?«
»Bloß oberflächlich«, gab ich zurück.
»Ich hoffe, ich gefalle Ihnen.«
»Spielt das eine Rolle?«
»Und ob.«
»Sie machen sich schon wieder über mich lustig. Weil Sie wissen, was wir in der Kirche finden werden. Sie treiben wohl Ihren Scherz damit. Ein übler Scherz.«
Er beugte sich vor und legte seine Hand auf mein Knie.
»Es würde mir nicht im Traum einfallen, über etwas zu scherzen, was Ihnen so sehr am Herzen liegt«, sagte er ernst. »Ich möchte nur nicht, daß Sie allzu unglücklich sind, wenn...«
»Wollen wir nicht von etwas anderem sprechen?«
»Vom Wetter? Ein schöner Tag für diese Jahreszeit. In meiner Heimat ist es im Winter nicht so warm. Das liegt wohl am Golfstrom, mit dem Gott die Engländer gesegnet hat.«

»Ich glaube, wir sollten lieber schweigen.«
»Wie Sie wollen. Ihr Wunsch ist mir Befehl . . . jetzt und immerdar.«
Ich schloß die Augen. Seine Worte rührten an eine Saite tief in meinem Innern. Es hörte sich an, als sei unsere Beziehung für ihn nicht nur eine flüchtige Bekanntschaft, wie ich angenommen hatte, und dieser Gedanke hob meine Stimmung.
Schweigend fuhren wir weiter. Er sah mich an, doch ich schaute aus dem Fenster, ohne jedoch viel von der Landschaft wahrzunehmen. Schließlich konnte ich die See riechen, und wir näherten uns der Stadt. Wieder sah ich die weißen Klippen und die Festung, die von den Königen des Mittelalters das Tor Englands genannt worden war.
Wir gingen in das Gasthaus, denn Konrad bestand darauf, daß wir etwas aßen.
»Wir müssen auch wegen des Einspänners dorthin«, sagte er. »Außerdem brauchen Sie eine kleine Erfrischung.«
»Ich kann nichts essen«, sagte ich.
»Aber ich«, erwiderte er. »Und Sie werden auch etwas zu sich nehmen.«
Wieder gab es Brot, Käse und Apfelmost. Es gelang mir sogar, ein wenig zu essen.
»Sehen Sie«, bemerkte er, »ich weiß, was gut für Sie ist.«
»Wann können wir gehen?« fragte ich.
»Geduld«, erwiderte er. »Wissen Sie, unter anderen Umständen wäre das hier ein richtiges Vergnügen. Vielleicht können wir demnächst ein paar Ausflüge in die Umgebung machen. Was halten Sie davon?«
»Das würde mein Großvater niemals erlauben.«
»Hat er es heute erlaubt?«
»Ich habe ein bißchen . . . geschwindelt.«
»Oh, Sie sind also zu Intrigen imstande?«
»Ich mußte hierher«, sagte ich. »Nichts hätte mich abhalten können.«
»Sie sind so ungestüm. Das gefällt mir. Mir gefällt überhaupt vieles an Ihnen, Miss Philippa. Dabei weiß ich so wenig von Ihnen, muß Sie erst noch richtig kennenlernen. Das dürfte eine fabelhafte Entdeckungsreise werden.«

»Ich fürchte, Sie dürfte ziemlich langweilig für Sie werden.«
»Was sind Sie doch für eine widersprüchliche Frau! Zuerst zürnen Sie mir, weil Sie denken, daß ich Sie zu gering schätze, und in der nächsten Minute erzählen Sie mir, daß Sie einer Erforschung nicht wert sind. Was soll ich nur von Ihnen halten?«
»Ich würde mit dem Erforschen aufhören, wenn ich Sie wäre.«
»Aber ich bin so gefesselt.«
»Glauben Sie, wir sind jetzt soweit?«
»Immer diese Ungeduld!« murmelte er.
Wir gingen zu dem Einspänner hinaus, und als wir uns der Kirche von Birley näherten, konnte ich meine Ungeduld kaum zügeln.
»Wir gehen zuerst ins Pfarrhaus zu dem freundlichen Pfarrer«, sagte er. »Er war so hilfsbereit. Ich habe vor, einen großen Beitrag zur Instandhaltung der Kirche zu spenden.«
Das Pfarrhaus war beinahe so alt wie die Kirche. Eine Frau, offenbar die Pfarrersfrau, kam an die Tür. Wir hätten Glück, meinte sie. Der Pfarrer sei soeben nach Hause gekommen.
Wir traten in eine etwas ärmliche, aber gemütliche Wohnstube.
»Welche Freude, Sie wiederzusehen«, begrüßte der Pfarrer Konrad herzlich.
»Ich habe eine Bitte«, erklärte Konrad. »Wir möchten das Register noch einmal sehen.«
»Das ist kein Problem. Hatten Sie das falsche Datum?«
Mein Herz klopfte schneller. Ich war überzeugt, daß irgendwo ein Irrtum unterlaufen sei, der nun aufgedeckt werden würde.
»Ich bin nicht sicher«, meinte Konrad. »Es wäre möglich. Dies ist Miss Ewell; sie ist besonders daran interessiert. Sie war auch schon einmal hier.«
»Ich habe Sie damals nicht angetroffen«, sagte ich zu dem Pfarrer. »Sie waren nicht da. Ich habe mit dem Küster gesprochen.«
»Ach ja, Thomas Borton. Ich war vor kurzem eine Weile weg.

Wenn Sie jetzt mit in die Kirche kommen, zeige ich Ihnen, was Sie wünschen.«

Wir gingen in die Kirche. Wieder war da dieser Geruch von Feuchte, alten Gesangbüchern und der merkwürdigen Möbelpolitur.

Wir traten in die Sakristei. Das Register wurde uns vorgelegt, und ich blätterte die Seiten um. Ich starrte auf das Papier. Der Eintrag war nicht da! An dem betreffenden Tag war keine Trauung verzeichnet.

Ich stammelte: »Da muß ein Irrtum vorliegen . . .«

Konrad hatte seinen Arm unter den meinen geschoben, doch nun stieß ich ihn ungeduldig zurück. Ich sah von ihm zu dem Pfarrer.

»Aber ich habe es doch gesehen«, fuhr ich fort. »Es stand da . . . es stand in dem Buch –«

»Nein«, sagte der Pfarrer. »Das kann nicht sein. Sie müssen sich im Datum irren. Sind Sie sicher, daß Sie das richtige Jahr haben?«

»Ganz bestimmt. Ich weiß, wann es war. Die Braut war meine Schwester.«

Der Pfarrer machte ein betretenes Gesicht.

Ich fuhr fort: »Sie müssen sich doch auch erinnern. Es muß eine ziemlich eilige Trauung gewesen sein . . .«

»Ich war damals noch nicht hier. Ich habe die Pfründe erst vor zwei Jahren übernommen.«

»Es *stand* hier«, konnte ich nur beharrlich wiederholen. »Ich habe es gesehen . . . da stand es . . . ganz deutlich . . . jeder konnte es lesen.«

»Es muß ein Irrtum vorliegen. Sie haben bestimmt das falsche Datum.«

»Ja«, sagte Konrad. Er stand dicht neben mir. »Es ist ein Irrtum. Es tut mir leid, aber Sie wollten ja unbedingt selbst nachsehen.«

»Der Küster war mit uns hier!« rief ich. »Er wird sich erinnern. Er hat uns das Buch gezeigt und war dabei, als wir den Eintrag fanden. Wo ist der Küster? Ich muß ihn sprechen. Er wird es noch wissen.«

»Das ist doch nicht nötig«, sagte Konrad. »Es steht nicht da. Es

war ein Irrtum. Sie haben nur gemeint, Sie hätten es gesehen ...«
»Man meint nicht, daß man etwas sieht! Ich sage Ihnen, ich habe es gesehen. Ich möchte den Küster sprechen.«
»Das ist gewiß möglich«, meinte der Pfarrer. »Er wohnt im Dorf. Haus Nummer sechs auf der Hauptstraße. Es gibt nur eine Straße im Dorf, die diese Bezeichnung verdient.«
»Wir gehen sofort zu ihm«, sagte ich.
Konrad wandte sich an den Pfarrer. »Sie haben uns wirklich geholfen«, sagte er.
»Ich bedaure, wenn sie Ärger gehabt haben.«
Ich warf noch einmal einen Blick in das Register. Ich versuchte heraufzubeschwören, was ich an jenem Tag mit Miss Elton gesehen hatte. Es half nichts. Es war einfach nicht da.
Konrad warf zur Freude des Pfarrers beim Hinausgehen zwei Goldmünzen in den Opferstock.
»Sie treffen Tom Borton gewiß in seinem Garten an. Er ist ein eifriger Gärtner.«
Es war nicht schwierig, ihn zu finden. Er sah uns mit einiger Verwunderung an.
»Der Pfarrer hat uns gesagt, wo Sie wohnen«, erklärte Konrad. »Miss Ewell möchte Sie dringend sprechen.«
Als der Küster sich mir zuwandte, deutete nichts in seinem Blick darauf hin, daß er mich wiedererkannte.
Ich sagte: »Sie erinnern sich gewiß an mich. Ich war mit einer Dame hier.«
Er kniff die Augen zusammen und schnippte eine Fliege vom Jackenärmel.
»Sie müssen sich doch erinnern«, beharrte ich. »Wir haben uns das Register in der Sakristei angesehen. Sie haben es uns gezeigt ... und ich habe darin gefunden, was ich suchte.«
»Ab und zu kommen Leute, um sich das Register anzusehen ... nicht oft ... nur hin und wieder.«
»Sie erinnern sich also. Der Pfarrer war nicht da ... wir haben Sie in der Kirche getroffen.«
Er schüttelte den Kopf. »Nicht daß ich wüßte.«
»Aber Sie müssen es doch wissen. Sie waren dort. Sie *müssen* sich erinnern.«

»Es tut mir leid, aber ich kann mich überhaupt nicht erinnern.«
»Ich habe Sie sofort wiedererkannt.«
Er lächelte. »Ich kann nicht behaupten, daß ich Sie schon mal gesehen hätte, Miss . . . hm, Ewell, sagten Sie?«
»Nun denn«, ließ sich Konrad vernehmen, »es tut uns leid, daß wir Sie gestört haben.«
»Ach, das macht nichts, Sir. Bedaure, daß ich Ihnen nicht helfen konnte. Ich glaube, die junge Dame muß mich verwechseln. Ich habe sie bestimmt noch nie gesehen.«
Konrad führte mich fort. Ich war verwirrt. Mir war, als wäre dies ein Alptraum, aus dem ich bald erwachen müßte.
»Kommen Sie, wir müssen unseren Zug erreichen«, sagte Konrad.
Wir waren fünf Minuten vor der Zeit am Bahnhof und setzten uns. Konrad hatte meinen Arm genommen und hielt ihn ganz fest. »Nicht verzweifeln«, sagte er.
»Ich bin aber verzweifelt. Was kann ich dafür? Ich habe den Eintrag deutlich gesehen, und dieser Mann hat gelogen. Er muß sich an mich erinnert haben. Er hat selbst gesagt, daß nicht oft Leute kommen, um sich das Register anzuschauen.«
»Hören Sie, Philippa, jedem passiert manchmal etwas Seltsames. Sie hatten eben eine Art Halluzination.«
»Wie können Sie es wagen, so etwas zu behaupten?«
»Was gäbe es sonst für eine Erklärung?«
»Ich weiß es nicht. Aber ich werde es herausfinden.«
Der Zug kam, und wir stiegen ein. Ich war froh, daß wir ein Abteil für uns allein hatten, denn ich war erschöpft von der Aufregung, und eine unbestimmte Furcht hatte mich ergriffen. Ich war nahe daran zu glauben, daß ich mir das Ganze nur eingebildet hatte. Miss Elton war fort, sie konnte ich nicht fragen. Sie hatte mit mir in das Register geschaut. Aber hatte sie den Eintrag tatsächlich gesehen? Ich war nicht sicher. Ich erinnerte mich nur, daß ich ihn gesehen und triumphierend aufgeschrien hatte. Ich versuchte, mich an die Szene zu erinnern, aber ich wußte nicht mehr, ob Miss Elton tatsächlich neben mir gestanden und in das Buch geschaut hatte.

Und der Küster hatte behauptet, er hätte mich noch nie gesehen. Dabei zeigte er das Register nur selten jemand. Er *mußte* sich erinnert haben.
Konrad setzte sich zu mir und legte seinen Arm um mich. Zu meiner Verwunderung tröstete mich dies ein wenig.
Er sagte: »Hören Sie auf mich, Philippa. Es gibt keinen Eintrag. Nun ist das alles vorbei. Ihre Schwester ist tot. Hätten Sie einen Eintrag gefunden, so wäre sie davon auch nicht wieder lebendig geworden. Es ist eine traurige Geschichte, aber es ist vorbei. Sie müssen Ihr eigenes Leben leben.«
Ich hörte kaum, was er sagte. Ich spürte nur den Trost seiner Nähe und wollte nicht von ihm fort.
Wir verließen den Bahnhof, und Konrad brachte mich bis an den Wald. Ich wollte nicht, daß er noch weiter mitging. Es hätte zu vieler Erklärungen bedurft, wenn man mich mit einem Mann gesehen hätte.
Als ich ins Haus trat, stand Mrs. Greaves oben auf der Treppe.
»Sind Sie es, Miss Philippa?« sagte Sie. »Gottlob, daß Sie zurück sind. Ihre Großmutter ist heute nachmittag schwer erkrankt.«
Sie sah mich unverwandt an.
Ich sagte: »Sie ist tot, nicht wahr?«
Und Mrs. Greaves nickte.

Unter Mordverdacht

Ich war völlig durcheinander. Ich hatte mir eine Erklärung für meine Abwesenheit zurechtgelegt, aber sie war nicht vonnöten, da mich wegen Großmutters Tod niemand vermißt hatte.

»Sie ist ganz sanft im Schlaf gestorben«, sagte Mrs. Greaves zu mir.

Es mußte genau zu der Zeit geschehen sein, als ich fassungslos vor dem Register stand.

»Hat sie nach mir gefragt?« erkundigte ich mich.

»Nein, Miss, sie war den ganzen Tag nicht bei Bewußtsein.«

Ich ging in mein Zimmer hinauf. Ich blieb mitten im Raum stehen. Verzweiflung brach über mich herein und ein Gefühl unendlicher Verlassenheit. Ich hatte alle verloren, Francine, Daisy, Miss Elton und nun meine Großmutter. Ein grausames Schicksal nahm mir alle Menschen, die mir etwas bedeuteten.

Plötzlich fiel mir Konrad ein. Er war rührend gewesen. Ich war sicher, daß es ihm wirklich leid tat, daß ich den Eintrag nicht finden konnte.

Als wir abends beim Essen saßen, redete mein Großvater über die Vorkehrungen für das Begräbnis und sagte, daß die Familiengruft geöffnet werden müsse. Da er den Pfarrer nicht leiden konnte, sollte Cousin Arthur zu ihm gehen. Großvater wollte auch vermeiden, dort womöglich Grace oder ihrem Mann zu begegnen.

Cousin Arthur sagte: »Ich bin sehr glücklich, daß ich Ihnen behilflich sein kann, Onkel.«

Mein Großvater erwiderte: »Das bist du doch immer, Arthur.«

Der senkte den Kopf und sah so zufrieden drein, wie es die Umstände und seine übertriebene Bescheidenheit zuließen.
»Es ist ein harter Schlag für uns alle«, fuhr mein Großvater fort, »aber das Leben muß weitergehen. Sie hätte keinesfalls gewollt, daß ihr Tod das Leben der anderen durcheinanderbringt. Wir müssen also daran denken, was sie gewünscht hätte.«
Ich dachte, daß er das jetzt wohl zum ersten Mal tat. Mußten die Menschen denn erst sterben, bevor man ein wenig Rücksicht auf sie nahm?
Man hatte den Sarg ins Haus gebracht, ein prunkvolles Stück aus poliertem Mahagoni mit vielen Messingbeschlägen. Er wurde in den Raum neben dem Zimmer meines Großvaters gestellt. Hier war sie ihm näher, als sie es seit vielen Jahren gewesen war. Das Begräbnis sollte in fünf Tagen stattfinden. Unterdessen lag sie dort, und die Dienstboten defilierten nacheinander vorüber, um ihr bedrückt die letzte Ehre zu erweisen.
Die ganze Nacht hindurch brannten Kerzen in dem Zimmer, je drei am Kopfende und am Fußende des Sarges.
Ich ging zu ihr hinein. Der Holzgeruch und der Anblick dieses Totenzimmers prägten sich meinem Gedächtnis auf immer ein. Es hatte überhaupt nichts Unheimliches. Sie lag da, und man konnte nur ihr Gesicht sehen, die Haare waren unter einer gestärkten Haube verborgen. Sie wirkte jung und schön. So ähnlich mußte sie ausgesehen haben, als sie einst als Braut nach Greystone Manor gekommen war ... Man brauchte sich nicht zu ängstigen, selbst wenn der Raum voller Schatten war, die das flackernde Kerzenlicht warf. Sie war im Leben so gütig und liebevoll gewesen, warum sollte man sich da im Tod vor ihr fürchten?
Aber eine schreckliche Einsamkeit überkam mich, ein beklemmendes Gefühl der Verlassenheit und die Erkenntnis, daß ich nun ganz allein auf der Welt war.
Zwei Tage später ging ich in den Wald. Es war die Zeit, zu der ich meistens spazierenging. Ich setzte mich unter einen Baum und hoffte, Konrad wäre da. Würde er es merken und kommen?

Als ich ihn bald darauf tatsächlich kommen sah, war ich sehr erleichtert.

Er setzte sich neben mich, ergriff meine Hand und küßte sie.

»Nun, wie geht's?« fragte er.

Ich sagte: »Als ich nach Hause kam, war meine Großmutter gestorben.«

»Kam es unerwartet?«

»Eigentlich nicht. Sie war alt und gebrechlich und in letzter Zeit sehr krank. Aber es war ein schlimmer Schock, zumal ich . . .«

»Erzählen Sie«, bat er.

»Alle sind weg«, fuhr ich fort. »Meine Schwester und das Hausmädchen Daisy, die wie eine Freundin war. Dann Miss Elton und nun meine Großmutter. Jetzt ist niemand mehr da.«

»Mein liebes kleines Mädchen . . .«

Ausnahmsweise machte es mir nichts aus, ein kleines Mädchen genannt zu werden. Er fuhr leise fort: »Wie alt sind Sie?«

»Ich werde bald siebzehn.«

»So jung . . . und so unglücklich«, murmelte er.

»Wären meine Eltern nicht gestorben, dann wäre alles anders gekommen. Wir wären auf der Insel geblieben. Francine wäre nicht gestorben. Und ich stünde nicht allein hier . . . ohne einen Menschen.«

»Und Ihr Großvater?«

Ich lachte bitter. »Der will mich zwingen, Cousin Arthur zu heiraten.«

»Sie zwingen! Sie sehen nicht so aus wie eine, die sich zwingen läßt.«

»Das habe ich zwar immer behauptet, aber ich hätte etwas unternehmen müssen. Das hat Miss Elton auch gesagt. Ich hätte mir eine Stellung suchen sollen. Aber wer würde mich in meinem Alter beschäftigen?«

»Sie sind allerdings sehr jung«, stimmte er zu. »Und Sie sind natürlich nicht gerade in Cousin Arthur vernarrt.«

»Ich hasse ihn.«

»Warum?«

»Wenn Sie ihn sähen, würden Sie es verstehen. Francine hat

ihn auch gehaßt. Erst sollte sie ihn heiraten. Sie war die Ältere, wissen Sie, aber dann hat sie Rudolph geheiratet. Denn sie *waren* verheiratet, das weiß ich genau.«
»Wir wollen uns jetzt lieber mit Ihrem Problem befassen. Das ist wirklich wichtiger.«
»Wenn ich siebzehn bin, will mein Großvater mich mit Cousin Arthur verheiraten, und ich werde bald siebzehn. Dann heißt es ›Heirate Arthur oder verschwinde!‹. Ich würde gern fortgehen, aber wohin? Ich muß eine Stellung finden. Wäre ich nur . . . sagen wir, zwei Jahre älter . . . verstehen Sie, was ich meine?«
»Ja, vollkommen.«
»Meine Großmutter war so lieb und gütig und verständnisvoll. Mit ihr konnte ich reden. Jetzt habe ich niemanden mehr.«
»Aber ich bin doch da«, sagte Konrad.
»Sie!«
»Ja, ich. Mein armes kleines Mädchen, ich mag nicht, wenn Sie unglücklich sind. Ich mag es, wenn Sie hitzig gegen mich wüten . . . ja. Obwohl ich Sie vielleicht doch lieber zärtlich hätte. Aber jedenfalls, ich mag Sie nicht verzweifelt sehen.«
»Ich bin es aber. Ich wollte mit meiner Großmutter reden. Ich wollte ihr von dem Register erzählen. Jetzt habe ich niemanden mehr, mit dem ich sprechen kann. Ich bin ganz allein.«
Er nahm mich in die Arme und hielt mich fest. Er wiegte mich sanft und küßte mich auf die Stirn, auf die Nasenspitze und schließlich auf die Lippen. In diesem Augenblick war ich trotz allem beinahe glücklich.
Ich hatte Angst vor meinen Gefühlen und wich ein wenig zurück. Es kam mir seltsam vor, daß ich so für jemanden empfinden konnte, der eben erst bewiesen hatte, daß ich mich in einer Angelegenheit irrte, die mir so sehr am Herzen lag.
Ich war verwirrt und wußte nicht ein noch aus.
Konrad sagte sanft: »Sie sind nicht allein. Ich bin doch da. Ich bin Ihr Freund.«
»Mein Freund!« rief ich aus. »Sie! Und dabei haben Sie versucht, mir den Glauben an meine Zurechnungsfähigkeit zu nehmen.«

»Sie sind ungerecht. Ich habe Sie lediglich der Wahrheit gegenübergestellt. Man muß der Wahrheit stets ins Auge sehen ... auch wenn sie unangenehm ist.«
»Das war nicht die Wahrheit. Es muß eine Erklärung geben. Wenn ich sie doch nur wüßte!«
»Eines kann ich Ihnen sagen, meine liebe Philippa. Sie sind so in der Vergangenheit gefangen, daß Sie die jetzigen Gefahren einfach auf sich zukommen lassen. Was wollen Sie denn wegen Cousin Arthur unternehmen?«
»Ich werde ihn auf keinen Fall heiraten.«
»Und wenn Ihr Großvater Sie hinauswirft ... was dann?«
»Mir fällt gerade ein, daß sich die Sache durch den Tod meiner Großmutter verzögern dürfte. Eine Hochzeit kann doch nicht so dicht auf eine Beerdigung folgen, nicht wahr? Mein Großvater würde sich stets an die Anstandsregeln halten.«
»Sie denken also, der Unglückstag ist aufgeschoben.«
»Ich habe zumindest mehr Zeit, einen Ausweg zu finden. Meine Tante Grace wird mir bestimmt helfen. Sie ist von Greystone Manor geflohen und ist jetzt sehr glücklich. Vielleicht könnte ich eine Weile im Pfarrhaus unterkommen.«
»Immerhin ein Hoffnungsschimmer«, sagte Konrad. »Und was glauben Sie, wie Ihnen zumute wäre, wenn Sie als Dienstbote in einen fremden Haushalt gehen müßten? Nach dem Leben, das Sie bisher geführt haben?«
»Das war nicht gerade glücklich, seit ich hierhergekommen bin. Ich habe mich in Greystone Manor immer eher wie eine Gefangene gefühlt, und Francine ging es genauso. Es ist also keine sehr prächtige Vergangenheit, auf die ich zurückblicken kann. Außerdem könnte ich Gouvernante werden. Gouvernanten sind doch eigentlich keine Dienstboten.«
»Irgendwas dazwischen«, sagte er. »Arme, arme Philippa. Das sind schlimme Aussichten, die sich Ihnen da bieten.«
Ich schauderte, und er hielt mich noch fester.
»Ich muß Ihnen sagen«, fuhr er fort, »daß ich England morgen abend verlasse.«
Ich war dermaßen erschüttert, daß ich nicht sprechen konnte. Ich starrte unglücklich vor mich hin. Alle gingen fort, und ich blieb der Gnade von Großvater und Arthur ausgeliefert.

»Darf ich annehmen, daß es Ihnen ein wenig leid tut, daß ich fortgehe?«
»Es war tröstlich für mich, mit Ihnen sprechen zu können.«
»Und Sie verzeihen mir die Rolle, die ich in dieser unseligen Registerangelegenheit gespielt habe?«
»Sie konnten nichts dafür. Ich mache Ihnen keinen Vorwurf.«
»Ich dachte, Sie würden mich deswegen hassen.«
»Ganz so dumm bin ich nicht.«
»Und Sie versprechen mir, daß Sie das alles vergessen? Werden Sie aufhören, immer wieder darauf zurückzublicken?«
»Das kann ich nicht. Ich muß alles erfahren. Sie war meine Schwester.«
»Ich weiß. Ich verstehe vollkommen. Liebe Philippa, verzweifeln Sie nicht, denn es wird sich etwas für Sie finden. Es tut mir leid, daß ich fort muß, aber es ist von größter Wichtigkeit.«
»Ich nehme an, Ihre Herrschaften haben Sie zurückgerufen?«
»Das stimmt. Aber ich habe noch einen Tag. Wir treffen uns morgen. Ich versuche, eine Lösung zu finden.«
»Wie wollen Sie das bewerkstelligen?«
»Ich bin eine Art Zauberer«, sagte er. »Haben Sie das nicht geahnt? Daß ich nicht bin, was ich scheine?«
Ich lachte gezwungen. Mir war elend zumute, weil er fortging, und ich wollte ihn nicht merken lassen, wie tief mich das berührte.
»Ich werde Sie vor Cousin Arthurs Armen bewahren, Philippa . . . wenn Sie mich lassen.«
»Ich glaube nicht, daß Ihre Zauberkraft so weit reicht.«
»Abwarten. Wollen Sie mir vertrauen?« Er erhob sich. »Ich muß jetzt gehen.«
Er streckte eine Hand aus und half mir auf. Wir standen dicht beieinander. Dann hielt er mich in den Armen. Seine Küsse waren jetzt anders, verwirrend und ein wenig erschreckend. Und ich wünschte, sie würden nie aufhören.
Als er mich losließ, lachte er. »Ich glaube, jetzt sind Sie mir ein wenig wohler gesonnen«, meinte er.

»Ich weiß nicht, was ich fühle . . .«
»Uns bleibt nicht mehr viel Zeit«, sagte er. »Werden Sie mir vertrauen?«
»Eine merkwürdige Frage. Soll ich?«
»Nein«, erwiderte er. »Vertrauen Sie niemandem. Und schon gar nicht Menschen, von denen Sie nichts wissen.«
»Soll das eine Warnung sein?«
Er nickte. »Gewissermaßen eine Vorbereitung.«
»Das hört sich so geheimnisvoll an. Zuerst wollen Sie mir helfen, und im nächsten Moment warnen Sie mich vor sich.«
»Das Leben ist voller Widersprüche. Wollen wir uns morgen wieder hier treffen? Vielleicht fällt mir eine Lösung ein. Das hängt natürlich von Ihnen ab.«
»Ich werde morgen hier sein.«
Er nahm mein Kinn in seine Hände und sagte: »*Nil desperandum.*« Dann küßte er mich sachte und ging mit mir bis an den Waldrand. Dort trennten wir uns.
Ich ging ins Haus und am Totenzimmer vorbei in mein Zimmer hinauf. Dort warf ich mich auf Francines Bett, wodurch sie mir näher zu kommen schien.
Es gab keinen Zweifel. Konrad erregte mich, und ich wollte bei ihm sein. Bei ihm konnte ich fast alles andere vergessen.

Ich konnte es nicht ertragen, in diesem Todeshaus zu sein, und doch war das Gefühl der Einsamkeit ein wenig gewichen. Morgen würde ich mich mit Konrad treffen, und er hatte gesagt, daß er eine Lösung finden wollte. Ich hielt es zwar kaum für möglich, dennoch war es ein tröstlicher Gedanke. Das Zusammensein mit ihm war wie ein Betäubungsmittel, und in meiner Verzweiflung klammerte ich mich willig an alles, was sich mir bot.
Ich hielt es im Haus nicht mehr aus und ging in den Garten. Dort kam einer von Daisys Brüdern und sagte zu mir: »Ich soll Ihnen das geben, wenn keiner guckt, Miss.«
Ich nahm es entgegen. »Wer . . .?« begann ich.
»Jemand von Granter's Grange.«
»Danke«, sagte ich.
Ich schlitzte den Umschlag auf und entnahm ihm ein weißes

Blatt Papier mit einem goldenen Wappen. Briefpapier vom Landhaus, dachte ich, und dann las ich:

Philippa,
ich muß morgen in aller Frühe aufbrechen. Ich muß Sie sehen, bevor ich gehe. Bitte kommen Sie heute abend um zehn, wenn Sie können. Ich erwarte Sie am Landhaus bei den Büschen.   *Konrad.*

Meine Hände zitterten. Morgen ging er also fort. Er hatte gesagt, er würde eine Lösung für mich finden. War das möglich?
Ich müßte aus dem Haus schleichen und die Tür unverschlossen lassen. Doch nein, das könnte entdeckt werden. Aber es gab ein niedriges Fenster zum Innenhof. Wenn ich das entriegelte, könnte ich leicht hineinschlüpfen ... nur für den Fall, daß die Tür bei meiner Rückkehr verschlossen wäre.
Ich mußte ihn sehen.
Ich weiß nicht, wie ich den Tag überstand. Ich schützte Kopfweh vor und ging nicht zum Abendessen zu Großvater und Cousin Arthur hinunter. Die Entschuldigung schien durchaus plausibel, zumal die übliche Routine im Haushalt durch den Tod meiner Großmutter und wegen der Vorkehrungen für das Begräbnis ohnehin etwas durcheinandergeraten war.
Ich hatte das Fenster zum Innenhof ausprobiert. Dort kam selten jemand vorbei, daher konnte ich mich einigermaßen sicher fühlen.
Um viertel vor zehn machte ich mich auf den Weg. Konrad wartete bei den Sträuchern auf mich, und als er mich sah, umfing er mich mit den Armen und drückte mich an sich.
»Lassen Sie uns ins Haus gehen«, sagte er.
»Sollen wir?«
»Warum nicht?«
»Es ist nicht Ihr Haus. Sie sind nur der Haushofmeister.«
»Sagen wir, ich habe die Verantwortung. Kommen Sie.«
Wir traten in das Landhaus, und beim Durchqueren der Halle sah ich furchtsam hinauf zu den Öffnungen hoch oben in der Wand, durch die man, wie ich wußte, vom Sonnenzimmer aus herunterspähen konnte.

»Niemand kann uns sehen«, flüsterte Konrad. »Sie schlafen alle. Sie waren den ganzen Tag mit den Vorbereitungen für die Abreise beschäftigt.«
»Reisen alle morgen ab?«
»Die anderen fahren einen Tag später.«
Wir stiegen die Treppe hinauf. »Wohin gehen wir?« fragte ich. »In die Weinstube?«
»Sie werden sehen.«
Er stieß eine Tür auf, und wir traten in einen Raum, in dem ein Kaminfeuer brannte. Es war ein großes Zimmer mit schweren Samtvorhängen. Ich bemerkte einen Alkoven mit dem Himmelbett.
»Wessen Zimmer ist das?« stieß ich hervor.
»Meins«, erwiderte er. »Hier sind wir sicher.«
»Ich verstehe nicht . . .«
»Macht nichts. Kommen Sie, setzen Sie sich. Ich habe einen ausgezeichneten Wein hier. Den müssen Sie kosten.«
»Ich verstehe nichts von Wein.«
»Aber Sie trinken doch gewiß welchen in Greystone Manor?«
»Mein Großvater ordnet stets an, was es gibt, und jedermann muß es trinken und gut finden.«
»Ein Despot, Ihr Großvater.«
»Was wollten Sie mir sagen?«
»Ich reise ab. Ich mußte Sie sehen.«
»Ja«, sagte ich, »das haben Sie mir geschrieben.«
Konrad ergriff meine Hand und zog mich mit sich auf einen großen thronartigen Sessel, so daß ich auf seinen Knien saß.
»Haben Sie keine Angst«, sagte er. »Sie brauchen nichts zu fürchten. Ihr Wohlergehen soll von nun an meine größte Sorge sein.«
»Sie reden sehr ungewöhnliches Zeug. Ich denke, ich bin hierhergekommen, um Ihnen Lebewohl zu sagen.«
»Das hoffe ich nicht.«
»Was denn sonst?«
»Ihre Schwierigkeiten sind nicht unüberwindlich.«
Seine Hände streichelten zärtlich meinen Hals. Leise regte

sich in mir der Wunsch, für immer in diesem Zimmer zu bleiben.
»Was fühlen Sie für mich?« fragte er.
Ich versuchte, mich von seinen tastenden Händen zu befreien.
»Wir kennen uns doch kaum«, stammelte ich. »Sie sind kein
. . . Engländer.«
»Ist das ein großer Nachteil?«
»Natürlich nicht, aber es bedeutet . . .«
»Was?«
»Daß wir vielleicht bei allem verschiedener Auffassung sind. Jetzt würde ich lieber auf einem Stuhl sitzen und mir anhören, was Sie mir zu sagen haben.«
»Aber ich möchte lieber, daß Sie hier bei mir bleiben. Philippa, Sie müssen wissen, daß ich drauf und dran bin, mich in Sie zu verlieben.«
Plötzlich war ich wie trunken von Glückseligkeit; mir war, als sinke ich in einen tiefen Brunnen von Zufriedenheit; dennoch machte mir eine warnende innere Stimme bewußt: Es war ein gefährlicher Brunnen.
»Philippa«, fuhr Konrad fort, »welch schöner Name! Philippa.«
Ich sagte: »Meine Familie hat mich immer Pippa genannt.«
»Pippa. Eine Abkürzung von Philippa. Gefällt mir. Es erinnert mich an ein Gedicht, ›Pippas Gesang‹ . . . oder ›Pippa geht vorüber‹. Sehen Sie, ich bin zwar kein Engländer, aber ich bin hier erzogen. Ich kenne meinen Browning. ›Gott ist im Himmel – in Frieden die Welt.‹ Das ist Pippas Gesang. Trifft es auch auf Sie zu?«
»Sie wissen genau, daß es nicht so ist.«
»Aber vielleicht könnte ich Ihnen dazu verhelfen. Ich wäre sehr glücklich, wenn es mir gelänge. ›In Frieden die Welt.‹ Ich möchte, daß es für Sie wahr wird.«
»Sie gehen fort, und ich sehe Sie heute abend zum letzten Mal.«
»Darüber will ich ja mit Ihnen reden; denn ob wir uns wiedersehen oder nicht, hängt ganz von Ihnen ab.«
»Ich verstehe Sie nicht.«
»Ich könnte Sie mitnehmen.«

Dann könnte ich nach England gehen... und nach Schloß Mateland. Damit würde der gefährliche Teil beginnen.
Ein Satz aus Emeralds Brief ging mir nicht aus dem Sinn: »Ich habe schon fast vergessen, wie Du aussiehst. Es ist so lange her.«
Wenn das kein Zeichen war!
Ich dachte immerzu an das Schloß. Aus Anabels und Susannahs Schilderungen glaubte ich einiges über Emerald zu wissen. Sie schrieb, daß wir uns lange nicht gesehen hatten; sie erwähnte ihr schwaches Augenlicht. Ihr Brief war wie ein lockender Wink mit dem Finger, als ob das Schicksal mir zurief: Komm. Es ist alles ganz einfach.
Esmond war der einzige, der Susannah so gut gekannt haben mußte, daß er eine Schwindlerin sogleich entlarvt hätte. Aber Esmond war tot.
So zu träumen und mir ein solch phantastisches Abenteuer auszumalen, hatte mich abgelenkt und aus dieser entsetzlichen Depression befreit.
Hatte ich doch lediglich zugelassen, daß Roston mich für Susannah hielt, hatte ihre Post abgeholt und geöffnet, weiter nichts. Daran war eigentlich nichts Schlimmes.
Nun mußte ich es dabei bewenden lassen und anfangen, vernünftig zu denken.
Und wieder wurde ich von Jammer übermannt. Ständig sah ich Anabel vor mir, wie sie mich in der Holzapfelhütte besuchte und an jenem unvergeßlichen Abend mit sich nahm – am lebhaftesten aber sah ich sie, wie sie meine Hand hielt, als wir zusammen das Schloß betrachteten.
Das Leben hatte für mich keinen Sinn mehr, es sei denn... es sei denn...

Ich verbrachte eine unruhige Nacht. Im Eindösen träumte ich immer wieder, ich sei auf dem Schloß.
»Jetzt gehört es mir«, sagte ich im Traum.
Dann wachte ich auf, warf mich von einer Seite auf die andere, aber der Traum blieb gegenwärtig.
Am Morgen war mein erster Gedanke: Sicher ist Mr. Roston auf der

Suche nach Susannah. Er wird annehmen, daß sie gar nicht bis zur Insel gekommen ist. Inzwischen wird er wissen, daß sie die Besitzerin des Schlosses ist und daß ihr dies in den Briefen mitgeteilt wurde, die er mir gegeben hatte. Er erwartete gewiß, daß sie ihn aufsuchte. Ich hatte bereits eine vollendete Tatsache geschaffen. Das hatte ich ganz vergessen. Ja, ich war tiefer in die Geschichte verstrickt, als ich zunächst gedacht hatte.
Statt mich zu entsetzen, regte dieser Gedanke eher mich an.
Die Matelands lebten gefährlich, und ich war eine von ihnen.
Ich wußte jetzt, daß ich das unerhörte Abenteuer wagen würde, und war im Begriff, das größte Täuschungsmanöver meines Lebens zu begehen. Sicher, es war unrecht, und ich begab mich in äußerste Gefahr. Aber ich wollte, *mußte* es tun. Es war der einzige Ausweg aus dem Meer der Verzweiflung.
Im Grunde war es mir einerlei, was aus mir wurde. Der Grollende Riese hatte mich mit einem Schlag all dessen beraubt, was ich geliebt hatte, und jetzt wollte ich diese Verzweiflungstat wagen, weil sie, abgesehen von einer Unmenge anderer Gründe, mir neuen Lebensmut gab.
Außerdem begehrte ich das Schloß. Von dem Augenblick an, als ich es erblickte, war ich von ihm fasziniert gewesen, und der Drang, es zu besitzen, wurde mit jeder Stunde stärker, weil nur dies allein den Wunsch zum Weiterleben in mir erwecken konnte.

Während ich die Hunter Street entlangging, überlegte ich mir, was ich Mr. Roston sagen sollte, und als ich das Gebäude betrat und die Treppen hinaufstieg, wußte ich es immer noch nicht genau. Es hätte mich nicht gewundert, wenn ich mit der Wahrheit herausgeplatzt wäre und meinen Betrug gebeichtet hätte. Doch als Mr. Roston mich in seinem Büro empfing, tat ich nichts dergleichen. Er begrüßte mich mit den Worten:
»Miss Mateland, ich bin froh, daß Sie gekommen sind. Ich habe Sie bereits erwartet. Es ist schrecklich. Es bestand freilich immer die Möglichkeit, daß der Vulkan ausbrach, aber niemand hielt es für wahrscheinlich, sonst hätte mein Vater Ihnen von vornherein von der Reise dorthin abgeraten. Es muß ein schlimmer Schock für Sie gewe-

sen sein. Und jetzt... ein noch größerer Schock. Der Tod Ihres Cousins.«
»Ich... ich kann es einfach noch nicht glauben. Es ist furchtbar.«
»Natürlich, natürlich. Wie ich höre, war es eine plötzliche Krankheit. Völlig unerwartet. Ein entsetzlicher Schlag für Sie.« Er sprach zwar freundlich und anteilnehmend, doch ich merkte, daß es ihn drängte, zur Sache zu kommen.
»Sie werden vermutlich nach England zurückkehren.«
»Ja, unbedingt. Ich habe aber nicht genug Geld für die Reise...«
»Meine liebe Miss Mateland, das ist doch kein Problem. Wir haben Anweisungen von Carruthers Gentle. Ich kann Ihnen vorstrecken, soviel Sie brauchen. Natürlich können wir die Schiffspassage für Sie buchen. Wie ich höre, wartet Ihre Tante ungeduldig auf Ihre Rückkehr.«
Mein Vorsatz, ehrlich zu sein, wankte. »Der alte Satan«, die Abenteuerlust, hatte mich wahrhaftig am Schlafittchen gepackt.
Hier, in Mr. Rostons Büro, wußte ich plötzlich, daß ich weitermachen würde.

Nicht ganz drei Wochen später fuhr ich auf der »S. S. Victoria« nach England. Meine Gedanken wanderten in die Vergangenheit, zu jener Reise, die ich vor mehr als zehn Jahren mit meinen Eltern unternommen hatte. Welch ein Unterschied zu damals! Und doch waren beide Reisen von einem Gefühl von Abenteuer und Erregung beherrscht. In beiden Fällen war ich unterwegs zu einem neuen Leben.
Irgend etwas geschah mit mir, etwas Unheimliches. Mein Charakter veränderte sich. Ich hatte zuweilen das Gefühl, daß ich mich immer mehr in Susannah verwandelte. Eine gewisse Skrupellosigkeit kam über mich. War es möglich, daß die Seele eines Verstorbenen sich eines anderen Körpers bemächtigte? So etwas sollte es geben. Manchmal war mir, als hätte Susannahs Seele von meinem Körper Besitz ergriffen.
Mr. Roston hatte mir einen Koffer mit Kleidern und Papieren ausgehändigt, den Susannah seiner Firma in Verwahrung gegeben hatte. Bevor ich Sydney verließ, hatte ich mir den Inhalt angesehen. Ich probierte die Kleider und die eleganten Hüte. Alles paßte vorzüglich.

Ich fing an, mich wie Susannah zu bewegen und wie sie zu sprechen. Das Mädchen, das ich gewesen war, hätte nie gewagt, was ich nun tat. Und was bezeichnend war: Ich hatte aufgehört, mich vor mir selbst zu rechtfertigen.

Ich war eine Mateland; ich war Susannahs Schwester, ich gehörte zum Schloß. Warum sollte ich nicht Susannahs Rolle übernehmen? Wem konnte das schaden? Susannah war tot. Ich brauchte nur meinen Vornamen zu ändern. Aus Suewellyn wurde Susannah. Sie klangen ohnehin ähnlich.

Die Koffer trugen die Initialen S. M. Mein eigenes Monogramm. Während der langen Seereise hatte ich genügend Zeit, mich mit meinem neuen Ich vertraut zu machen, und allmählich gewann ich an Selbstvertrauen. Ich war zu einer attraktiven jungen Frau geworden, und zwar zu einer, die weiß, wer sie ist und was sie will.

Die Tatsache, daß es kein Zurück mehr gab, steigerte noch mein Selbstbewußtsein. Ich war willens, weiterzumachen. Kein Mensch würde etwas bemerken. Von nun an war ich Susannah Mateland, Erbin eines Schlosses und eines Vermögens.

Dieses wahnwitzige Abenteuer tat meiner Niedergeschlagenheit ausgesprochen wohl. Alles war so irrsinnig, so gefährlich, und ich hatte so viel zu lernen, daß mir keine Zeit blieb, über mein Elend nachzugrübeln. Ich konnte sogar lächeln bei dem Gedanken, daß Susannah, die ihre Überlegenheit immer so genossen hatte, nun nicht mehr existierte, und daß es nun an mir war, zu genießen, was ihr gehörte.

Auf dem Schiff gab es allerlei Geselligkeiten. Der Kapitän widmete mir viel Zeit. Er wußte, daß ich meine Verwandten auf der Vulkaninsel verloren hatte, und war voller Anteilnahme. Er beglückwünschte mich, weil ich durch Zufall verschont geblieben war.

»Wäre es eine Woche später passiert, so wäre ich dort gewesen«, berichtete ich. »Ich wollte ihnen einen letzten Besuch abstatten, bevor ich nach England zurückkehrte.«

»Sie haben großes Glück gehabt, Miss Mateland.«

Ich schaute traurig aufs Meer hinaus. Es gab Augenblicke, da ich mich alles andere als glücklich fühlte und wünschte, ich wäre dort bei den anderen gewesen.

Der Kapitän tätschelte meine Hand. »Sie dürfen sich nicht grämen,

Miss Mateland; sicher, es ist eine Tragödie, daß die Insel so verwüstet wurde.«

Er spürte, daß mich das Thema schmerzlich berührte, und sprach fortan nicht mehr davon. Er war überaus liebenswürdig zu mir, und ich erzählte ihm, daß ich nach Hause reise, um mein Erbe anzutreten.

»Durch den Tod meines Cousins ist Schloß Mateland an mich gefallen«, erklärte ich ihm.

»Aha, da erwartet Sie ja bei der Rückkehr einiges. Kennen Sie das Schloß denn, Miss Mateland?«

»O ja... ja... ich bin dort zu Hause.«

Er nickte. »Sie werden sich gewiß besser fühlen, wenn Sie heimkommen.«

Wir plauderten weiter über das Schloß, und ich glühte dabei vor Stolz. Fast meinte ich zu spüren, wie Susannah in meinem Innern mich anfeuerte und mir Beifall zollte. Und ich dachte: Genau das würde Susannah auch tun. Ich werde Susannah.

Das war der einfache Teil.

Es war April, als wir in Southampton anlegten und ich den nächsten Zug nach Mateland nahm. Es war gleichsam die Umkehr von jener Reise vor langer Zeit, als ich Anabels Hand umklammert hielt und in einem Meer von Glückseligkeit schwamm, weil meine drei Wünsche in Erfüllung gegangen waren.

Welche Zuversicht hatte Anabel ausgestrahlt, und wie himmlisch war dieses neue Gefühl der Geborgenheit gewesen. Jetzt war von diesem Gefühl nichts zu spüren; vielmehr wurde ich von Minute zu Minute nervöser.

Der Bahnhof von Mateland. Wie beklemmend vertraut er wirkte! Ich stieg aus dem Zug, und ein Mann mit einer Schirmmütze trat auf mich zu.

»Na so was, Miss Susannah!« rief er. »Willkommen daheim. Sie werden sehnlichst erwartet. Wie schön, Sie wiederzusehen. Eine schreckliche Tragödie, nicht wahr... daß Mr. Esmond so plötzlich sterben mußte.«

»Ja«, stammelte ich, »schrecklich... schrecklich...«

»Ich hab' ihn noch kurz vor seinem Tod gesehen. Er war gerade von

einer Reise zurückgekommen. Ich sehe ihn noch hier aus dem Zug steigen, lächelnd... auf seine ruhige Art. ›Bin wieder daheim, Joe‹, hat er gesagt. ›Wirst es nicht erleben, daß ich lange von Mateland fortbleibe.‹ Nicht so wie Sie, Miss Susannah.«
»Nein, Joe, nicht so wie ich.«
»Sie haben sich aber verändert.«
Mein Herz klopfte schneller in plötzlich aufwallender Furcht. »Oh... nicht zum Schlechten, hoffe ich.«
»Nein... nein, das nicht, Miss Susannah. Mrs. Tomkin wird sich freuen, daß Sie wieder da sind. Erst neulich hat sie zu mir gesagt: ›Es wird Zeit, daß Miss Susannah zurückkommt, Joe. Dann wird sich oben im Schloß einiges ändern.‹«
»Grüßen Sie Mrs. Tomkin von mir, Joe.«
»Mach' ich, Miss. Kann's gar nicht erwarten, bis ich heimkomme, um's ihr zu erzählen. Werden Sie abgeholt?«
»Ich wußte nicht genau, wann ich ankomme...«
»Dann hole ich die Droschke und bringe Sie zum Schloß, soll ich?«
Ich nickte dankbar.
Als ich in der Droschke über die Feldwege rumpelte, wußte ich, daß dies meine erste Probe sei. Ständig mußte ich nun Augen und Ohren offenhalten. Ich durfte mir nicht die geringste Kleinigkeit entgehen lassen, sondern mußte immerfort dazulernen. Schon während dieser kurzen Begegnung hatte ich erfahren, wie der Stationsvorsteher hieß, daß er eine Frau hatte und daß Esmond ihm gegenüber ziemlich zurückhaltend gewesen war.
Es war beängstigend, schauerlich und gleichzeitig ungeheuer aufregend.
Und auf einmal lag das Schloß in seiner ganzen Pracht vor mir. Ich war tiefbewegt, als ich die hoch aufragenden Mauern und die mächtigen Türme an den vier Ecken erblickte, das zinnenbewehrte Pförtnerhaus, die gewaltigen, uneinnehmbaren grauen Quadern und die schmalen Fensterschlitze.
Voller Liebe betrachtete ich das Gebäude: Mateland. Mein Eigentum.
Die Droschke trug uns durch das Fallgatter in einen Innenhof. Zwei Diener kamen herbeigelaufen und waren mir beim Aussteigen be-

hilflich. Ich wußte nicht, ob ich sie kennen mußte oder nicht. Der ältere sagte: »Miss Susannah...«
»Ja«, erwiderte ich, »ich bin zurück.«
»Wie schön, Miss Susannah.«
»Danke«, sagte ich.
»Sie waren lange fort, Miss Mateland, und inzwischen ist eine Menge passiert. Das hier ist Thomas, der neue Stallbursche. Er ist seit ungefähr einem Monat bei uns.«
»Guten Tag, Thomas.«
Thomas tippte an seinen Mützenrand und murmelte etwas.
»Ich lasse Ihr Gepäck in Ihr Zimmer hinaufbringen, Miss Susannah. Und Sie wollen gewiß gleich zu Mrs. Mateland. Sie hat bereits ungeduldig auf Sie gewartet.«
»Ja«, nickte ich. »Ja.«
Ich betrat das Schloß. Ich kannte die große Halle aus Anabels und Susannahs Beschreibungen. Alles war so, wie ich es mir vorgestellt hatte, die prachtvoll getäfelte Decke und die steinernen Wände, an denen Teppiche neben Speeren und Lanzen hingen. Ich wußte auch, daß hoch oben in der Wand ein Guckloch war, von unten kaum wahrnehmbar, wenn man die genaue Stelle nicht kannte. Dahinter befand sich ein kleiner Alkoven, von dem aus die Damen des Hauses auf die Festlichkeiten in der Halle herabzublicken pflegten, wenn sie noch zu jung waren, um daran teilzunehmen, oder wenn die Gelage zu wüst für sie waren. Ich wußte, daß dieses Guckloch heute dazu diente, festzustellen, wer zu Besuch gekommen war, und wenn man ihn nicht zu empfangen wünschte, so konnte man sich verleugnen lassen.
Ich hatte das unangenehme Gefühl, daß ich beobachtet wurde, und auf einmal packte mich das Entsetzen. War ich nicht allzu leichtfertig gewesen? Ich hatte nicht bedacht, wohin mich das führen konnte. Ich war eine Hochstaplerin, eine Betrügerin. Ich hatte unrechtmäßig von diesem herrlichen Anwesen Besitz ergriffen.
Es half jetzt nichts mehr, daß ich mir einredete, ich habe ein moralisches Recht dazu, wie ich es mir seit Beginn dieses wahnsinnigen Abenteuers immer wieder gesagt hatte.
Ich war hergekommen, weil ich das Schloß haben wollte. Es war, als handelte ich wie unter einem geheimnisvollen Zwang. Jetzt hatte ich

das Gefühl, als ob hundert Augen mich beobachteten, lauernd, spöttisch, und mich aufforderten, es doch nur zu versuchen, das Schloß in meine Gewalt zu bringen.

In diesem allerersten Augenblick saß ich in der Falle. Hier stand ich nun mitten in der riesigen Halle und wußte nicht, wohin ich mich wenden sollte. Susannah hätte sich geradewegs in ihr Zimmer oder zu Emerald begeben. Susannah hätte Bescheid gewußt.

Am Ende der Halle befand sich eine Treppe, die, wie ich wußte, zur Bildergalerie hinaufführte. Sowohl Anabel wie Susannah hatten sie häufig erwähnt. Ich stieg hinauf und sah zu meiner Erleichterung eine Frau auf dem Absatz stehen.

Sie war in mittlerem Alter und machte einen recht selbstzufriedenen Eindruck. Sie hatte braunes, streng aus der Stirn gekämmtes Haar und durchdringende braune Augen.

»Miss Susannah«, sagte sie. »Meiner Treu, das wurde aber auch höchste Zeit.«

»Hallo«, tastete ich mich vor.

»Lassen Sie sich anschauen. Hm. Sie haben sich verändert. Das Ausland hat Ihnen gutgetan. Aber ein bißchen dürr sind Sie. Das kommt wohl von all der Aufregung.«

»Ja, vermutlich.«

Wer ist das? fragte ich mich. Irgend jemand vom Personal, aber in bevorrechtigter Stellung. Ein erschreckender Gedanke schoß mir durch den Kopf. Sie war womöglich eine Amme, die das Kind von Geburt an gekannt hatte. Wenn ja, so würde sie mich bald entlarven.

»Das war ein schwerer Schlag... Mr. Esmond... und so plötzlich. Möchten Sie zuerst in Ihr Zimmer oder zu Mrs. Mateland?«

»Ich denke, ich suche sie lieber gleich auf.«

»Soll ich mit Ihnen hinaufgehen und ihr Bescheid sagen?«

Ich nickte erleichtert. »Wie steht es mit ihren Augen?« fragte ich.

»Es ist viel schlimmer geworden. Sind beide vom grauen Star befallen. Sie kann noch etwas sehen... aber es wird immer schlechter.«

»Das tut mir leid.«

Sie musterte mich eindringlich. »Nun, Sie wissen ja, sie hat nie viel Aufhebens um ihre Beschwerden gemacht... aber als Mr. Esmond starb...«

»Verstehe«, murmelte ich.
Die Frau stieg die Treppe hinauf, und ich ging erleichtert neben ihr her.
»Ich melde Sie lieber an, bevor Sie hereinplatzen«, meinte sie.
Wir schritten die Galerie entlang. Ich kannte sie ja so gut. Hier hingen alle meine Ahnen. Demnächst würde ich sie mir mit Muße betrachten.
Wir stiegen weiter hinauf. Oben blieb die Frau stehen. Sie blickte mich an, und mir war, als müsse mein Herz zerspringen.
Sie fragte: »Haben Sie Ihren Vater gesehen?«
Ich nickte.
»Und Miss... Anabel...« Ihre Stimme zitterte bei diesen Worten, und da wußte ich plötzlich, wer sie war; sie war mir gleich irgendwie bekannt vorgekommen. Sie war die Frau, die damals bei dem Picknick das Essen aufgedeckt und den Einspänner kutschiert hatte und die, wie Anabel mir erzählte, immer sagte, was sie meinte, keine Lüge über die Lippen brachte und kaum ein gutes Haar an irgend etwas ließ. Ein paar Sekunden lang suchte ich in den Tiefen meines Gedächtnisses nach ihrem Namen. Janet! Sie mußte Janet sein, doch ich ließ mich nicht dazu verleiten, ihren Namen auszusprechen, bevor ich nicht ganz sicher war.
»Ja«, erwiderte ich, »ich habe beide gesehen.«
»Waren sie...«
Ich unterbrach heftig: »Sie waren glücklich. Mein Vater hat auf der Insel großartige Arbeit geleistet.«
»Wir haben gerade erst die Nachricht bekommen von dieser Explosion oder was das war.«
»Es war ein Vulkanausbruch.«
»Was es auch war, sie sind beide dabei umgekommen. Miss Anabel... eigensinnig war sie... aber sie hatte ein gutes Herz...«
»Das stimmt«, sagte ich.
Janet bedachte mich abermals mit diesem eindringlichen Blick. Dann zuckte sie die Achseln. »Sie hätte es nicht tun sollen.«
Wir gingen weiter. Vor einer Tür blieb sie stehen, klopfte an, und eine Stimme rief »Herein«. Die Frau legte den Finger an die Lippen.
Ich hörte eine Stimme fragen: »Bist du's, Janet?«

Also hatte ich recht gehabt. Die Frau war Janet. Wieder war ich einen Schritt weitergekommen.

»Miss Susannah ist zurück, Mrs. Mateland.«

Ich trat in das Zimmer.

Dies also war Emerald, die Gattin von David, den mein Vater im Duell getötet hatte. Sie saß, vom Licht abgewandt, in einem Sessel. Sie war offenbar groß und sehr schlank; ihre Miene zeugte von Entsagung; ihr Gesicht war bleich, ihr Haar von grauen Strähnen durchzogen.

»Susannah...«, begann sie.

Ich hörte mich sagen: »Ach, Tante Emerald, es tut so wohl, dich zu sehen.«

»Ich dachte schon, du würdest gar nicht mehr kommen.« Ihre Stimme hatte einen mürrischen Klang.

»Es gab noch verschiedene Angelegenheiten zu regeln«, entschuldigte ich mich und küßte sie auf die welke Wange.

»Es ist so schrecklich«, ließ sie sich wieder vernehmen. »Esmond...«

»Ich weiß«, murmelte ich.

»Es kam ganz plötzlich. Diese furchtbare Krankheit. Eine Woche zuvor war er noch gesund, dann wurde er auf einmal krank, und eine Woche später war er tot.«

»Was war das für eine Krankheit?«

»Irgendein Fieber... das gastrische Fieber. Wenn doch Elizabeth noch lebte! Sie wäre mir wahrlich ein Trost. Malcolm ist überaus praktisch. Er hat alles arrangiert. Ach, meine liebe Susannah, wir müssen gemeinsam trauern. Ihr wolltet heiraten, und er war mein Sohn... mein einziger Sohn. Alles, was ich hatte. Jetzt habe ich niemanden mehr.«

»Wir müssen uns gegenseitig trösten«, sagte ich.

Sie stieß ein seltsames leises Schnauben aus. »Das ist doch wohl etwas unpassend, nicht wahr?«

Verlegen tätschelte ich ihre Hand, weil ich nichts zu erwidern wußte.

»Nun«, fuhr sie fort, »wir müssen versuchen, zurechtzukommen. Ich nehme nicht an, daß du mich aus meinem Heim zu vertreiben gedenkst.«

»Aber Tante Emerald! Wie kannst du nur so etwas annehmen!«

»Nun, da Esmond tot ist, habe ich vermutlich nicht mehr dieselben

Rechte. Als seine Mutter stand es mir selbstverständlich zu... ach, laß gut sein. Alles kommt, wie es kommen muß. Es ist schrecklich.«
»Aber ich habe nicht die Absicht, irgend jemanden in seinen Rechten zu beschneiden. Alles soll bleiben, wie es war.«
»Das Reisen hat dir gutgetan, Susannah.«
»Oh, du meinst, ich habe mich verändert?«
»Ich weiß nicht. Es liegt wohl daran, daß ich dich so lange nicht gesehen habe. Du kommst mir irgendwie anders vor. Vielleicht stimmt es wirklich, daß Reisen den Menschen verändern.«
»Inwiefern, Tante Emerald?« fragte ich gespannt.
»Es ist nur so ein Gefühl. Ich finde, du bist nicht mehr so... nun ja, ich hatte immer den Eindruck, daß du hart seist, Susannah. Ich weiß nicht...«
»Sag mir, wie steht es mit deinen Augen, Tante Emerald?«
»Sie werden zusehends schlechter.«
»Kann man nichts dagegen tun?«
»Nein. Es ist ein chronisches Leiden. Es ist sehr verbreitet. Ich muß es eben ertragen.«
»Das tut mir leid.«
»Siehst du, das meine ich. Du bist sanfter geworden. Deine Anteilnahme hört sich echt an, dabei hätte ich nie gedacht, daß du auch nur einen Gedanken an meine Augen verschwenden würdest.«
Ich wandte mich ab. Sie glaubte, meine Besorgnis um ihr Augenlicht sei völlig selbstlos. Sicher, sie tat mir leid, aber ich konnte nicht umhin, in ihrem Leiden einen Vorteil für mich zu sehen.
Sie fuhr fort: »Möchtest du Tee? Oder möchtest du zuerst in dein Zimmer gehen?«
Wie ein Schlag traf mich der Gedanke, daß ich herausfinden mußte, welches mein Zimmer war. Wenn ich wartete, bis man mein Gepäck hineingestellt hatte, könnte ich es daran erkennen.
Ich sagte: »Ich möchte wissen, ob mein Gepäck schon da ist.«
»Zieh an der Klingelschnur«, erwiderte sie. »Ich lasse Tee kommen, und wir erkundigen uns, wann dein Gepäck gebracht wird.«
Janet erschien. »Laß Tee für uns heraufbringen, Janet«, befahl Emerald.
Janet nickte und verschwand.

»Janet bleibt immer die alte«, meinte ich.
»Janet... oh. Sie ist etwas vorwitzig, wenn du mich fragst. Sie hält sich offenbar für etwas Besonderes. Ich war überrascht, daß sie hierblieb, nachdem dein Vater damals fortgegangen war. Sie ist mit Anabel hierhergekommen. Du hast doch Anabel und deinen Vater besucht?«
»Ja.«
»Auf dieser komischen Insel? Manchmal glaube ich, die Matelands sind alle wahnsinnig.«
»Das kann man wohl sagen«, erwiderte ich mit einem leisen Lachen.
»Eine schreckliche Affäre. Zwei Brüder... ich werde nie darüber hinwegkommen. Ich war froh, daß Esmond zu jung war, um zu begreifen, was vorgefallen war. Und dann geht Joel auf diese Insel und führt dort ein Leben wie ein Provinzgouverneur. Dein Vater war immer exzentrisch und David nicht minder. In eine seltsame Familie habe ich eingeheiratet.«
»Nun, das war vor langer Zeit, Tante Emerald.«
»Viele qualvolle Jahre liegen hinter mir. Du hast mir gewiß eine Menge zu erzählen... von ihnen... und auch sonst.«
»Bei Gelegenheit werde ich dir alles berichten«, versprach ich.
Der Tee wurde hereingebracht.
»Susannah, würdest du bitte einschenken?« bat sie. »Ich sehe so schlecht. Ich lasse den Tee womöglich auf die Untertasse schwappen.«
Ich setzte mich, schenkte ein und reichte ihr eine Tasse. Auf einem Teller lagen Kekse sowie Brot und Butter.
»Esmond war sehr beunruhigt, als du weg warst«, sprach sie weiter. »Wirklich, Susannah, mußtest du denn so lange fortbleiben?«
»Es war so weit weg, und nachdem ich diese weite Reise unternommen hatte, wollte ich natürlich auch eine Weile bleiben.«
»Das sieht dir ähnlich, das Versteck deines Vaters zu entdecken! Und als du nach Sydney zurückgekehrt warst, ist also die ganze Chose in die Luft geflogen. Welch ein Höhepunkt für das geheime Melodram. Irgendwie passend.«
»Es war... entsetzlich«, unterbrach ich sie heftig.
»Aber du bist heil davongekommen, Susannah.«

»Manchmal wünsche ich...«
Sie wartete. Ich mußte auf der Hut sein. Ich durfte meine Gefühle nicht zu stark zum Ausdruck bringen. Ich hatte den Eindruck, daß Susannah sich kaum etwas aus Dingen gemacht hatte, die nicht sie selbst betrafen.
»Ich wünsche«, endete ich stockend, »sie hätten mich nach Sydney begleitet. Erzähl mir von Esmond.«
Nach kurzem Schweigen sagte sie: »Es war ein Rückfall in diese mysteriöse Krankheit, die er hatte, bevor du fortgingst. Erinnerst du dich?«
Ich nickte.
»Damals war er furchtbar krank. Wie du weißt, dachten wir, das sei das Ende... aber er ist genesen. Wir glaubten, er würde es auch beim zweitenmal überstehen. Es war ein schwerer Schlag. Malcolm hat inzwischen die Gutsgeschäfte in die Hand genommen. Er ist eng mit Jeff Carleton befreundet.«
»So?«
»Ja. Ich glaube, Jeff ist der Meinung, der Besitz hätte nach Esmond an Malcolm fallen sollen. Ich hatte eigentlich auch damit gerechnet. Aber dein Großvater hatte immer ein Vorurteil gegen Malcolm wegen *seines* Großvaters. Sie haben sich gehaßt, diese zwei Brüder. Es ist weiß Gott eine streitsüchtige Familie.«
Mir wurde unbehaglich zumute. Eigentlich sollte ich all diese Leute kennen. Ich bewegte mich auf sehr dünnem Eis und mußte zwangsläufig irgendwann an eine Stelle geraten, wo es gefährlich wurde – und dann käme es zur Katastrophe.
»Ich nehme an, Jeff Carleton möchte dich so bald wie möglich sprechen. Er ist ein bißchen besorgt, aber das ist ja verständlich.«
»Natürlich«, erwiderte ich und suchte verzweifelt in meinem Gedächtnis nach einem Hinweis, wer denn dieser Jeff Carleton sein könnte.
»Er hofft, daß alles so weiterläuft wie bisher. Ich nehme nicht an, daß du etwas zu ändern gedenkst, obwohl nach meiner Meinung der liebe Esmond eine Spur zu großzügig war.«
Ich nickte. Langsam machte ich mir ein Bild von Esmond. Zurückhaltend. Großzügig.

»Ich glaube, er hat Jeff ziemlich freie Hand gelassen, und Jeff hofft natürlich, daß es so weitergeht.«
»Das kann ich mir denken«, sagte ich.
»Es wurde immer soviel Aufwand mit den Gütern getrieben, und ich glaube, nach Davids Tod hat Jeff sich Autorität verschafft. Er fand Geschmack daran, und Esmond war ja noch so jung.«
»Und großzügig«, fügte ich hinzu.
Sie nickte.
Ich trank etwas von dem heißen Tee. Er wirkte belebend, aber essen konnte ich nichts. Ich war zu aufgeregt.
Emerald plauderte weiter, und ich bemühte mich fieberhaft, vernünftige Zwischenbemerkungen zu machen. Das war überaus anstrengend, und als es an der Tür klopfte und Janet erschien, um zu melden, daß mein Gepäck jetzt in meinem Zimmer sei, erhob ich mich eilends. Ich sehnte mich danach, ein paar Stunden allein zu sein, um das, was ich erfahren hatte, zu verarbeiten.
Ich sagte, ich wolle mich in mein Zimmer zurückziehen.
»Wir sehen uns dann beim Abendessen«, meinte Emerald, und ich verließ den Raum.
Jetzt war der Augenblick gekommen, da ich mein Zimmer finden mußte. Ich vermutete, daß es ein Stockwerk höher lag. Verstohlen blickte ich über die Schulter – ich durfte auf keinen Fall gesehen werden – und eilte die Treppe hinauf. Als ich oben ankam, tauchte am anderen Ende des Flurs eine Gestalt auf. Es war Janet.
»Sie sind wohl gerade auf dem Weg in Ihr Zimmer, Miss Susannah?«
»Hm... ja«, erwiderte ich.
»Ihr Gepäck ist da. Ich bin mit hinaufgegangen, um mich zu vergewissern, daß alles in Ordnung ist.«
»Vielen Dank.« Geh weg, hätte ich am liebsten geschrien. Was lungerst du hier herum? Fast war es, als ahne sie, in welcher Zwickmühle ich steckte, und als wolle sie die Falle zuschnappen lassen.
Ich schritt hinter ihr her. Sie ging auf die Treppe zu. Der Flur hatte ein Fenster. Ich blieb davor stehen und tat so, als betrachte ich die Landschaft dort unten... die grünen Wiesen und in der Ferne die Wälder.

Als ich dachte, Janet sei gegangen, wandte ich mich der ersten Tür zu. Gerade wollte ich sie hastig öffnen, als ich Janets Stimme vernahm. »Nein... nein... nicht, Miss Susannah. Das würde ich an Ihrer Stelle nicht tun.«
Sie war zurückgekommen und stand hinter mir, eine Hand auf meinem Arm.
»Das wäre zu schmerzlich für Sie. Es ist noch genauso, wie er es verlassen hat. Seine Mutter wollte nicht, daß wir etwas verändern. Ich glaube, sie kommt manchmal hierher, obwohl sie sich so schlecht bewegen kann. Die meiste Zeit sitzt sie nur da und grübelt und grämt sich über seinen Tod.«
Esmonds Zimmer! dachte ich. Welch glückliche Fügung. Janet glaubte, ich wollte hineingehen, um mich meinem Kummer hinzugeben.
Doch ich wollte sie loswerden, und mit beherrschter Stimme sagte ich: »Ich muß hineingehen, Janet.«
Sie seufzte und trat mit mir in das Zimmer. Es war sehr ordentlich. Es enthielt ein Bett und eine Reihe Bücherregale an der einen Wand, in der Ecke einen Schreibtisch, ein paar Lehnstühle und bronzefarbene Vorhänge mit Chrysanthemenmuster.
Janet stand dicht hinter mir. »In diesem Bett ist er gestorben«, bemerkte sie. »Seine Mutter wollte nichts verändert haben. Aber ich würde Ihnen nicht raten, hierzubleiben, Miss Susannah. Ich weiß nicht. Es ist unheimlich. Tut Ihnen nicht gut.«
»Ich möchte dennoch ein Weilchen hierbleiben, Janet. Ich möchte allein sein.«
»Na gut. Tun Sie, was Sie nicht lassen können.«
Sie ging langsam hinaus und schloß die Tür. Ich setzte mich auf einen Stuhl und sann nicht über Esmond nach, sondern über Janet und wie ich mein Zimmer finden könnte, ohne daß sie merkte, daß ich es suchte.
Nach einer Weile öffnete ich vorsichtig die Tür und spähte in den Flur. Alles war ruhig und verlassen. Ich schlich verstohlen den Gang entlang, öffnete eine Tür nach der anderen und hielt Ausschau nach meinem Gepäck.
Es waren lauter Schlafzimmer. Vorsichtig öffnete ich dann die Tür

ganz am Ende des Flurs, und endlich hatte ich das Zimmer gefunden, in dem meine Koffer standen.
Überreizt und nervös trat ich ein und ließ mich aufs Bett sinken. Und dabei hatte ich erst ein paar Stunden hinter mir!

Während ich auspackte, klopfte es an der Tür. »Herein«, rief ich, und mein Herz fing wie immer, wenn ich mich einer neuen Prüfung gegenüber wähnte, zu hämmern an.
Es war Janet.
»Kann ich Ihnen behilflich sein?«
»Nein danke. Ich komme schon zurecht.«
»Brauchen Sie noch irgend etwas?«
»Ich glaube nicht.«
»Grace, das neue Hausmädchen ... sie fürchtet sich ein bißchen vor Ihnen.«
»Warum denn?«
»Ach, sie hat von Ihren Wutausbrüchen gehört. Und jetzt sind Sie ja hier die Herrin, wenn man so sagen darf.«
Ich lachte verlegen.
»Ah, Sie räumen die Sachen in die Schublade. Alles säuberlich zusammengelegt. Das sieht Ihnen aber gar nicht ähnlich, Miss Susannah. Ein so liederlicher Mensch wie Sie war mir noch nie vorgekommen. Immer alles auf dem Fußboden verstreut. Und nun sind Sie ordentlich geworden. Haben Sie das auf der Reise gelernt?«
»Kann schon sein. Wenn man dauernd ein- und auspackt, sieht man ein, daß man seine Sachen ein bißchen beieinanderhalten muß.«
Sie nickte. »Ich möchte mit Ihnen sprechen.« Sie senkte die Stimme. »Über Anabel.«
»Ja?« fragte ich beklommen.
»Sie haben sie ja auf der Insel gesehen. Wie ist es ihr ergangen?«
»Es ging ihr gut. Sie war glücklich und schien mit ihrem Leben zufrieden.«
Janet schüttelte den Kopf. »Es war ein furchtbarer Schlag für mich, als sie fortging. Sie war wie mein eigenes Fleisch und Blut. Sie hätte mich nicht einfach so verlassen sollen.«
»Sie hätte Sie schwerlich mitnehmen können.«

»Wieso nicht? Ich bin ja auch mit ihr vom Pfarrhaus hierhergekommen. Ich gehörte zu ihr... nicht hierher.«
»Aber Sie sind hiergeblieben.«
»Ich hatte sie sehr gern«, sagte Janet nachdenklich. »Sie hatte es wohl faustdick hinter den Ohren... man wußte nie, was ihr als nächstes einfallen würde... aber sie hatte ein gutes Herz.«
Ich konnte nicht sprechen aus lauter Angst, meine Bewegung zu verraten.
»Und sie waren glücklich dort... sie und dieser Mr. Joel?« fuhr Janet fort. »Nie werde ich diese Nacht vergessen. Dieses hastige Hin und Her... der Lärm und das Geschwätz... und dann hat man ihn da draußen gefunden. Auf einer Bahre haben sie ihn hereingetragen. Irgendwie schien das alles so unwirklich. Aber so ist es nun mal im Leben. Ach, meine arme Miss Anabel!«
Ich dachte: Da steckt eine Absicht dahinter. Sie ist mißtrauisch. Sie will mich auf die Probe stellen. Das hat doch etwas zu bedeuten.
»Sie hatte eine kleine Tochter«, fuhr Janet fort. »Ich habe sie einmal gesehen. Ein niedliches kleines Ding. Ich wüßte gern, was aus ihr geworden ist.«
»Sie war dort... bei ihnen«, sagte ich.
»Ach du meine Güte! Aber das hätte ich mir denken können. Miss Anabel wäre nicht fortgegangen, ohne sie mitzunehmen.«
»Nein, gewiß nicht.«
»Sie haben sie also auf der Insel gesehen, Miss Susannah?«
»Ja. Suewellyn hieß sie.«
»Stimmt. Sie haben einmal ein Picknick gemacht, da war ich dabei.«
»O ja?« Mein Herz raste. Ich fürchtete, es würde meine Ergriffenheit verraten.
»Ja, ein niedliches, schüchternes kleines Ding. Was ist aus ihr geworden?«
Janets Augen ließen nicht von mir ab, und ich erwiderte schnell: »Sie war auf der Insel... als es passierte.«
»Das arme Würmchen. Sie hatte eine gewisse Ähnlichkeit mit Ihnen. Ungefähr im gleichen Alter... dieselbe Statur... und dieses gewisse Etwas, an dem man sozusagen roch, aus welchem Stall sie stammte! Eine schreckliche Tragödie... und was haben Sie für ein Glück ge-

habt, daß Sie nicht dort waren. Wieso waren Sie eigentlich just zur rechten Zeit in Sydney?«

»Sie scheinen ja genau Bescheid zu wissen, Janet.«

»Ja, wissen Sie, Mrs. Mateland erhielt die Nachricht von diesen Anwälten. Eigentlich wäre ja Mr. Joel nach Esmond der Erbe gewesen, wenn er nicht enterbt worden wäre. Trotzdem hat es die Sache erleichtert, daß er sozusagen aus dem Weg war. Der alte Mr. Egmont hat mächtig getobt, als er mit einem Schlag beide Söhne verlor, das kann ich Ihnen sagen. Aber schließlich war Mr. Esmond ja noch da. Wer hätte gedacht, daß der so mir nichts dir nichts sterben würde. Bin ich froh, daß das kleine Mädchen bei Miss Anabel war. Ich war ja nur ein kleines Weilchen mit den beiden zusammen, aber es war ergreifend, die beiden zusammen zu sehen... wenn es auch nicht recht war. Meine arme Miss Anabel. Sie hätte was Besseres verdient.«

»Ja«, sagte ich bewegt, »das stimmt.«

Janet sah mich durchdringend an, und ich fuhr rasch fort: »Aber nun ist alles vorbei.«

»Und so viele Menschen mußten sterben«, fügte Janet hinzu. »Dieser Vulkan... nun, das ist Gottes Werk. Und dann der arme Mr. Esmond. Ich möchte bloß wissen, wie lange sein Zimmer noch so bleiben soll. Seine Mutter wünscht nicht, daß irgendwas angerührt wird. Werden Sie sich daran halten, Miss Susannah? Die Papiere auf seinem Schreibtisch... seine Bücher... nichts darf angerührt werden... alles muß genauso bleiben, wie es bei seinem Tod war... nun ja, wenn seine Mutter es so will.«

»Wir werden sehen, Janet«, sagte ich.

Sie blickte mich bekümmert an und ging hinaus. Ich setzte mich aufs Bett und starrte ins Leere.

Ob sie etwas ahnt? fragte ich mich.

Den Abend überstand ich ganz leidlich. Mit Emerald kam ich gut zurecht, weil sie fast blind war und keinen Unterschied zwischen Susannah und mir feststellen konnte. Außerdem hatte sie genug mit sich selbst zu tun, und das war mir in meiner Lage eine große Hilfe. Wenn ihr doch ein Unterschied auffiel, so machte sie sich darüber wenig Gedanken und schrieb die Veränderung dem Einfluß der Reise zu.

Anders die Dienstboten. Einige hatten Susannah schon seit ihrer Kindheit gekannt, doch ich glaube, obwohl sie mich verändert fanden, hielten sie mich für Susannah.

Einzig von Janet hatte ich etwas zu befürchten. Sie wußte zuviel. Sie wußte von Suewellyns Existenz. Sie konnte zwei und zwei zusammenzählen. Und was dann?

Gleich am ersten Abend erkannte ich, wie leicht ich mich verraten konnte. Wer hätte gedacht, daß mir ein simpler Pudding beinahe zum Verhängnis werden könnte?

An diesem Abend gab es Ingwerpudding zum Dessert. Ich hatte wenig Appetit und nahm nach dem Hauptgericht etwas Käse und Biskuits. Den Pudding lehnte ich höflich ab. Chaston, der Butler, muß dies in der Küche berichtet haben, denn als ich Emerald gute Nacht gewünscht hatte und gerade die Treppe zu meinem Zimmer hinaufgehen wollte, kam eine aufgeregte Frau mit gerötetem Gesicht hinter der Trennwand hervor und pflanzte sich zwischen mich und die Treppe.

»Ist etwas nicht in Ordnung?« fragte ich.

»Ja, Miss Susannah, das kann man wohl sagen.«

»Was ist es denn?«

»Ich möchte wissen, Miss, ob Sie der Meinung sind, daß ich nicht mehr würdig bin, für dieses Haus zu kochen.«

Eine solche wortreiche Äußerung, vorgebracht auf eine Art und Weise, die ich nur als anmaßend bezeichnen konnte, zeugte davon, daß der Zorn dieser Dame über Gebühr herausgefordert worden war.

Ich überlegte kurz, warum man mich dermaßen zur Rede stellte, bis mir einfiel, daß man mich ja für Susannah hielt, die Herrin dieses weitläufigen Hauswesens.

»Aber nein«, erwiderte ich. »Das Essen war vorzüglich.«

»Und was war mit meinem Ingwerpudding, daß er unangetastet zurückgeschickt wurde?«

»Nichts, gar nichts.«

»Aber wegen irgendwas müssen Sie doch die Nase gerümpft haben. Ich habe ihn eigens für Sie gemacht, weil Sie doch immer eine Vorliebe für Ingwerpudding hatten. Da mach' ich mir die Arbeit gleich an Ihrem ersten Abend... wie immer, wenn Sie von irgendwo nach Hause kamen... und jedesmal ist kaum was übriggeblieben, wenn die Schüssel wieder zu mir in die Küche kam. Und heute... nicht mal ein kleines Löffelchen haben Sie probiert.«

»Oh, Mrs. ...« Ich kannte ja ihren Namen nicht. »Es tut mir leid. Ich bin heute abend einfach zu müde, um hungrig zu sein.«

»Nein«, fuhr sie fort, ohne auf meine Unterbrechung einzugehen, »er ist zurückgekommen, wie er aufgetragen wurde. Ich sagte zu mir, als ich den unberührten Pudding sah: ›Also, Mrs. Bates, es scheint, deine Kochkunst ist bei Weltreisenden nicht mehr gefragt.‹ Ich kann Ihnen sagen, Miss, gar nicht weit von hier gibt es Leute, die würden jemanden, der einen so guten Ingwerpudding machen kann wie ich, mit offenen Armen aufnehmen.«

»Es ist doch nur, weil ich so müde bin, Mrs. Bates.«

»Sie und müde! Sie waren nie müde. Und wenn das Reisen so auf Sie wirkt, dann wären Sie besser zu Hause geblieben.«

»Möchten Sie morgen abend einen Ingwerpudding machen, Mrs. Bates?« schmeichelte ich.

Sie schnaubte leise, doch ich sah, daß sie sich beschwichtigen ließ. »Sicher, wenn man es mir aufträgt.«

»Ich werde ihn gewiß mit Genuß verzehren. Jetzt bin ich einfach zu erschöpft... ich hatte wirklich zu wenig Appetit, um Ihren Pudding heute abend recht zu würdigen.«

»Sie haben Käse genommen, hat Chaston mir erzählt«, entgegnete sie vorwurfsvoll. »Wegen Käse haben Sie meinen Ingwerpudding stehen lassen. Wenn ich daran denke, wie Sie auf einem Schemel standen, die Finger in der Schüssel, und naschten, wenn ich nicht hinguckte...« Ihr Gesicht verzog sich zu einem Schmunzeln. »Sie sagten zu mir: ›Es ist der Ingwer, Mrs. Bates. Der Teufel hat mich verführt.‹ Sie waren 'ne ulkige Nummer, und Ingwerpudding war Ihr Leibgericht. Und nun, scheint mir...«

»O nein, nein, Mrs. Bates, ich esse ihn immer noch gern. *Bitte* machen Sie ihn morgen.«

Sie blinzelte. »Ich konnte mir keinen Reim darauf machen«, sagte sie, »als ich sah, daß mein Pudding genauso herauskam, wie er hineingetragen wurde. Das hätte jeder Köchin das Herz gebrochen.«

Sie war besänftigt. Sie nahm meine Entschuldigung an. Was für ein Getue um einen Pudding! Ich mußte weiß Gott aufpassen.
Erschöpft erreichte ich mein Schlafzimmer. Ich war um viele Erfahrungen reicher geworden; vor allem um die, wie leicht ich mich verraten konnte.

Ich schlief gut, denn ich war körperlich und seelisch erschöpft, und erwachte mit jenem Gefühl, das mir inzwischen schon zur Gewohnheit geworden war – einer Mischung aus Beklommenheit und Erregung. Jede Stunde konnte meinen Betrug ans Licht bringen. Ich hatte Glück, wenn ich das ein paar Wochen durchhielt.
Ich stand auf, kleidete mich an und ging zum Frühstück hinunter. Ich wußte, daß man es zwischen acht und zehn Uhr einnahm und sich vom Buffet bediente. Als ich in das Zimmer trat, wo wir abends zuvor gegessen hatten, war der Frühstückstisch gedeckt, und die Speisen brutzelten in Silberschüsseln auf dem Buffet.
Ich bediente mich und setzte mich hin, froh, allein zu sein. Trotz meiner inneren Unruhe war ich hungrig.
Während ich aß, schaute Janet herein. »Oh, so früh«, sagte sie auf ihre unverblümte Art. »Sieht Ihnen gar nicht ähnlich, Miss Susannah, daß Sie um diese Stunde schon auf den Beinen sind. Was ist nur in Sie gefahren? Haben Sie im Ausland Ihre alten Gewohnheiten abgelegt? Aus Fräulein Faulenzerin ist wahrhaftig ein Fräulein Frühaufsteherin geworden.«
Schon wieder ein Fehler! Das mußte ich mir merken.
»Ich nehme an, Jeff Carleton wird nicht vor zehn Uhr hier sein«, fuhr Janet fort. »Er erwartet bestimmt nicht, daß Sie zu dieser Stunde mit ihm einen Rundgang über das Gut machen wollen. Er war mächtig froh, als er hörte, daß Sie zurück sind, denn, so sagt er, es ist eine große Verantwortung für ihn, wenn er die nötigen Vollmachten nicht bekommt. Aber Sie müssen wissen, Mr. Esmond hat ihm mehr oder weniger freie Hand gelassen. Er sagt, er nimmt nicht an, daß Sie es genauso machen.«
Ich merkte auf. Heute früh sollte ich also mit Jeff Carleton, dem Verwalter, einen Rundgang durch die Güter machen. Ich war Janet dankbar, daß sie mich so ausführlich unterrichtete, und fühlte mich leicht

beflügelt, weil ich so viel erfahren hatte. Allmählich lernte ich, Augen und Ohren offenzuhalten.
»Ich bin bereit, wenn er kommt«, sagte ich. »Um zehn Uhr, nicht wahr?«
»Sicher. Um die Zeit sind Sie und Mr. Esmond doch immer mit ihm gegangen, oder?«
»O ja«, erwiderte ich.
»Er hat Jim aufgetragen, Blackfriar für Sie zu satteln. Jeff ist felsenfest davon überzeugt, daß Sie auf der Stelle die Güter besichtigen wollen.«
Wieder sagte ich: »O ja.«
»Ich nehme nicht an, daß Blackfriar Sie vergessen hat. Pferde haben ein gutes Gedächtnis, sagt man. Sie haben sich ja immer gut mit ihm verstanden.«
Das war eine Warnung. Übelkeit stieg in mir auf. Wenn das Pferd mich nun zurückwies? Janets Worte ließen darauf schließen, daß Blackfriar zwar sanft zu Susannah war, aber dazu neigte, sich Fremden gegenüber weniger gutmütig zu verhalten.
»Jetzt frühstücken Sie aber erst mal zu Ende«, sagte Janet.
Nach dem Frühstück ging ich in mein Zimmer hinauf und zog ein Reitkostüm an, während ich ein Dankgebet zu meinem Vater schickte, weil er ein paar Pferde auf die Insel geholt hatte, und ein zweites zu den Halmers, weil ich auf ihrem Gut so viel Gelegenheit zum Reiten hatte. Sie waren alle ausgezeichnete Reiter, und als ich mit ihnen durch den Busch galoppierte, hatte ich gelernt, Schritt zu halten, und damit Selbstvertrauen gewonnen und eine gewisse Fertigkeit im Umgang mit Pferden erlangt.
Kurz nach zehn Uhr kam Jeff Carleton. Ich ging zu ihm hinunter.
»Tag, Miss Susannah«, sagte er und drückte mir die Hand. »Gut, daß Sie zurück sind. Wir hatten gehofft, Sie würden schon früher kommen. Eine schreckliche Tragödie ist das.«
»Ja«, erwiderte ich, »schrecklich.«
»Es kam alles so plötzlich. Noch eine Woche vorher bin ich mit ihm und Mr. Malcolm hier durch die Gegend geritten, und dann ... nun ist er tot.«
Ich schüttelte den Kopf.

»Verzeihen Sie, daß ich darüber spreche. Wir müssen weitermachen, nicht wahr, Miss Susannah, und ich muß natürlich wissen, ob Sie irgendeine Vorstellung haben, wie das mit dem Gut jetzt laufen soll.«
»Nun, ich möchte mir zuerst einmal alles ansehen...« Ich hatte keine Ahnung, ob ich ihn Jeff, Carleton oder Mr. Carleton nennen sollte – daher sprach ich ihn lieber gar nicht an.
»Sie wollen die Sache bestimmt selbst in die Hand nehmen, darauf gehe ich jede Wette ein«, meinte er lachend.
»O ja, gewiß.«
Wir kamen zu den Stallungen. Der Stallbursche begrüßte mich:
»Guten Tag, Miss Susannah. Ich habe Blackfriar für Sie gesattelt.«
»Danke.« Hätte ich doch nur die Namen von all den Leuten gewußt! Ich tappte völlig im dunkeln.
Gut, daß ich wenigstens das Pferd gleich erkannte. Es war ein schönes Tier mit schwarzem Fell und ein paar weißen Flecken am Hals. Der Name paßte zu ihm.
»Da freut sich aber einer, daß er Sie wiederhat, Miss Susannah! War ja immer Ihr Pferd, der Blackfriar. Ich möchte schwören, er hatte Sehnsucht nach Ihnen, als Sie weggingen. Aber auch er mußte sich an Ihre Abwesenheit gewöhnen, als Sie so lange in Frankreich waren.«
»Ja, sicher«, sagte ich.
Ich war heilfroh, daß ich den Umgang mit Pferden gewohnt war. Zuversichtlich trat ich zu Blackfriar und klopfte ihn vorsichtig aufs Fell. Er spitzte die Ohren. Er war auf der Hut.
»Blackfriar«, flüsterte ich, »ich bin's, Susannah... ich bin wieder bei dir.«
Gespannt beobachtete ich den Hengst, da ich nicht wußte, ob er mich zurückweisen würde. Ich tätschelte ihn und sprach mit sanfter Stimme auf ihn ein: »Du hast mich nicht vergessen. Du kennst mich doch.« Ich holte ein Zuckerstückchen aus meiner Tasche, denn so hatte es Susannah mit unseren Pferden auch immer gemacht. Mit Pferden war sie wirklich liebevoll umgegangen.
»Na also«, sagte der Stallbursche, »er erinnert sich.«
Ich schwang mich in den Sattel, und indem ich Blackfriar abermals tätschelte, murmelte ich: »Guter, alter Blackfriar.«

Ich war nicht sicher, ob das Tier merkte, daß ich nicht seine Herrin war, aber jedenfalls litt er mich auf seinem Rücken, und ich war sehr erleichtert, als wir aus dem Stall hinausritten.

»Wohin möchten Sie zuerst?« fragte Jeff Carleton.

»Das überlasse ich Ihnen.«

»Ich denke, wir schauen mal bei den Cringles vorbei.«

»Ja«, erwiderte ich, »wenn Sie meinen.«

Ich ließ ihn voranreiten. Als wir auf die Straße kamen, die hinter dem Wald vorbeiführte, ließen wir unsere Pferde Seite an Seite im Schritt gehen.

»Sie werden etliche Veränderungen vorfinden, Miss Susannah.«

»Damit habe ich gerechnet.«

»Es ist ziemlich lange her, seit Sie das letzte Mal hier waren.«

»Ja, wenn man die kurze Zeit nicht rechnet, als ich aus Frankreich zurückkam.«

»Da sind Sie ja gleich wieder weggefahren. Möglicherweise wollen Sie hier einiges ändern.«

»Wir werden sehen.«

»Sie hatten ja immer Ihre eigenen Vorstellungen.«

Ich nickte und fragte mich, was für Vorstellungen Susannah wohl hatte.

»Wir haben natürlich nie angenommen, daß...«

»Natürlich nicht. Aber so etwas kann eben passieren.«

»Mr. Malcolm war sehr aufgeschlossen. Er war vor ungefähr einem Monat hier.«

»Ach ja?«

»Ich glaube, er hatte so seine Ideen... schließlich ist er ein Mann. Als Mr. Esmond starb... da nahm er wohl an, Sie würden sich nicht um das Gut kümmern wollen. Ich dachte bei mir, da kennen Sie Miss Susannah aber schlecht!«

Ich stieß ein kurzes Lachen aus.

»Natürlich«, fuhr Jeff Carleton fort, »bei einem solchen Besitz denken die Leute vielleicht, wenn ein Mann in der Familie ist, sollte der sich besser um alles kümmern.«

»Und Sie denken, Malcolm ist auch dieser Meinung?«

»Na klar. Er dachte, er wäre nach Esmonds Tod der nächste, weil Sie ja eine Dame sind, auch wenn er wußte, genau wie wir alle, daß Ihr Großvater wegen dieses alten Streits ihn nicht zum Erben einsetzen wollte.«

»Ja«, sagte ich.

»Der jüngere Bruder Ihres Großvaters hätte sozusagen einen Anspruch auf den Besitz gehabt, und dieser Anspruch wäre auf seinen Sohn und seinen Enkel übergegangen. Das ist ganz plausibel. Manche Familien setzen keine Damen zu Erben ein. Bei den Matelands ist das anders.«

»Ja, bei den Matelands ist das anders.«

Ich mußte einsehen, daß Malcolms Anspruch begründet war. Er war der Enkel von Großvater Egmonts jüngerem Bruder. Ein eindeutiger Anspruch. Und ich betrog ihn nun um sein Erbe.

Mir lief es kalt über den Rücken. Aber der Tag war so herrlich; die Wiesen waren mit Butterblumen und Gänseblümchen übersät, und die Vögel zwitscherten fröhlich, die Sonne stand hoch am Himmel und kündete den kommenden Sommer an. Wie sollte ich da nicht heiter gestimmt sein!

»Die Pachthöfe werfen gute Gewinne ab«, fuhr Jeff Carleton fort. »Alle bis auf den von den Cringles. Ich weiß nicht, was Sie davon halten; vielleicht haben Sie einen Vorschlag.«

»Die Cringles«, wiederholte ich gedehnt, als erwöge ich die Angelegenheit.

»Die Tragödie hat ihnen den Garaus gemacht.«

»Oh... ja.«

Was war das nun wieder für eine Tragödie? Ich mußte mich behutsam vorwärtstasten.

»Der alte Mann ist seitdem nicht mehr ganz bei sich. Aber am schlimmsten von allen scheint es Jacob getroffen zu haben. Klar, weil Saul sein Bruder war. Ich glaube, sie waren Zwillinge... haben sehr aneinander gehangen. Jacob hat sich immer auf Saul verlassen. Es war ein schwerer Schlag für ihn.«

»Das kann ich mir denken.«

»Und der Hof hat natürlich darunter gelitten. Ich habe schon überlegt, ob ich ihnen den wegnehmen soll. Sie holen nicht genug aus dem Land heraus. Aber Esmond wollte nichts davon hören. Er hatte ein

gutes Herz, unser Mr. Esmond. Die wußten alle, daß sie mit ihren Sorgen zu ihm kommen konnten. Ich weiß, Sie waren manchmal ein bißchen ungehalten über ihn.«
»Ja«, murmelte ich.
»Nun... ich glaube, alle erwarten, daß sich etwas ändert. Bei Oma Bell muß das Hüttendach repariert werden. Wenn wir es nicht abdichten, regnet's bald bei ihr rein. Sie wollte Esmond darum bitten, aber just an dem Tag, an dem ich's ihm sagen wollte, ist er krank geworden. Deshalb ist bis jetzt nichts gemacht worden. Möchten Sie sich das Dach mal anschauen?«
»Nein«, sagte ich, »erledigen Sie das.«
»Es wäre wirklich ratsam. Aber um auf die Cringles zurückzukommen...« Ich blickte mich um. Ich sah Weizenfelder und in der Ferne weidende Schafe. In einem Tal lag ein Bauernhaus. »Sie kümmern sich nicht genug um den Hof. Saul war da anders. Er war einer unserer besten Arbeiter. Es ist ein Jammer. Niemand hat die Sache richtig durchschaut.«
»Nein«, bestätigte ich vage.
»Nun, das ist alles längst vorbei. Ein Jahr oder noch länger... höchste Zeit, daß es vergessen wird. Wenn jemand sich das Leben nimmt... der wird schon seine Gründe haben; und ich sage immer, man soll sein eigenes Leben leben, und es steht uns nicht zu, über andere zu richten. Möchten Sie bei den Cringles hereinschauen?«
Ich zögerte. Dann stimmte ich zu: »Ja, ich denke doch.«
Wir schlugen eine andere Richtung ein und ritten zwischen Roggen- und Weizenfeldern zu dem Bauernhaus hinüber.
Wir stiegen ab, und Jeff Carleton band unsere Pferde fest. Dann führte er mich über einen Hof, wo Hühner im Sand scharrten.
Jeff Carleton stieß eine angelehnte Tür auf.
»Ist jemand zu Hause?« rief er.
»Ach, du bist es«, ertönte eine mürrische Stimme. »Du kannst reinkommen.«
Wir traten in eine Küche mit Steinboden. Es war heiß. Im Herd wurde irgend etwas gebacken. Am Tisch stand eine Frau. Sie hatte die Hände in einer Schüssel und knetete Teig. In der Ecke beim Kamin saß ein alter Mann.

»Tag, Moses«, grüßte Jeff Carleton. »Tag, Mrs. Cringle. Miss Susannah ist hier.«
Die Frau machte widerwillig einen Knicks. Der alte Mann brummte.
»Wie geht's?« fragte ich freundlich.
»Wie immer«, sagte Moses mürrisch. »Bei uns herrscht Trauer im Haus.«
»Ich weiß«, erwiderte ich. »Es tut mir leid. Aber wie steht es mit dem Hof?«
»Jacob schuftet wie ein Sklave«, schnaubte der alte Mann. »Morgens, mittags, abends, wie ein Sklave.«
»Und die Kinder gehen ihm zur Hand«, fügte die Frau hinzu.
»Trotzdem läuft nicht alles so, wie es sollte«, bemerkte Jeff Carleton.
»Saul fehlt uns eben«, brummte der alte Mann verdrießlich.
»Ich weiß«, sagte ich.
»Die Kinder wachsen schnell heran«, meinte Jeff begütigend. »Ich hab' mir überlegt, ob es nicht ratsam wäre, die drei Morgen bei Gravel nächstes Jahr brachliegen zu lassen. Das Land hat in den letzten zwei Jahren keinen guten Ertrag abgeworfen.«
»Alles wegen Saul«, warf Moses ein.
»Nun«, erwiderte Jeff bedachtsam, »Saul hätte da auch nicht mehr rausholen können. Das Feld sollte wirklich ein Jahr brachliegen.«
»Ich werd's Jacob ausrichten«, sagte die Frau.
»Tun Sie das, Mrs. Cringle, und wenn er meinen Rat braucht, ich bin jederzeit erreichbar. So, wir müssen jetzt weiter.«
»Das war aber kein freundlicher Empfang«, bemerkte ich, als wir draußen waren und Jeff die Pferde losband.
»Haben Sie von den Cringles etwas anderes erwartet? Die Sache mit Saul läßt sie nicht los. Es ist furchtbar, wenn ein Mensch sich das Leben nimmt. Sie betrachten es als eine Schande für die Familie. Er ist an der Weggabelung begraben. Der Pfarrer wollte ihn nicht in geweihter Erde beisetzen. Das geht Leuten wie den Cringles natürlich an die Nieren.«
»Das kann ich mir denken.«
Es drängte mich, das Bauernhaus so schnell wie möglich hinter mich zu lassen.
Wir waren auf die Straße geritten und kamen an einem Waldstück

vorüber, als etwas an meinem Kopf vorbeischwirrte und, mich um wenige Zentimeter verfehlend, auf die Straße polterte.
»Was war das?« fragte ich erschrocken.
Jeff Carleton sprang vom Pferd und bückte sich. Er hielt einen Stein in die Höhe. »Spielende Kinder, schätze ich.«
»Ein gefährliches Spiel«, gab ich zurück. »Wenn der mich getroffen hätte... oder Sie... das hätte eine böse Verletzung geben können.«
Er rief: »Wer hat den Stein geworfen?«
Keine Antwort.
Jeff sah mich achselzuckend an und warf den Stein auf die Straße. Dann flitzte er zwischen die Bäume und rief: »Wer ist da?«
Ich war sicher, daß ich jemanden durch das Farnkraut laufen hörte.
Jeff kam zurück und stieg auf sein Pferd. »Niemand da«, sagte er. »Wollen wir weiter?«
Ich nickte.
Wir ritten über die Güter, und ich lernte noch einige Höfe und ihre Pächter kennen. Ich überstand es, ohne ernsthafte Schnitzer gemacht zu haben, nur der Stein gab mir zu denken. Ich hatte das sichere Gefühl, daß ihn jemand von der mysteriösen Familie Cringle nach mir geworfen hatte.

Als ich zurückkam, begegnete mir Janet in der Halle. Ich wurde den Gedanken nicht los, daß sie mich ständig beobachtete. Offensichtlich schien sie erleichtert, mich zu sehen.
»Nun, Sie hatten gewiß einen schönen Vormittag, Miss«, sagte sie.
»Ja danke, Janet.«
»Ich möchte mit Ihnen sprechen. Es geht um Mr. Esmonds Zimmer. Natürlich haben Sie zu bestimmen, was getan werden soll, aber ich dachte, wenn Sie ohnehin beabsichtigen, sich das Zimmer vorzunehmen... zum Beispiel die Papiere auf seinem Schreibtisch... Irgendwann muß es ja mal gemacht werden, und Mrs. Emerald bringt es nicht übers Herz... und sie hat ja auch so schlechte Augen. Ich dachte, wenn Sie es ohnehin vorhaben... dann sollten Sie's vielleicht bald tun.«
»Danke«, sagte ich. »Ich werde mir seine Sachen demnächst ansehen.«

Eine heimliche Erregung befiel mich. Wer weiß, vielleicht konnte ich aus den Unterlagen in Esmonds Schreibtisch einiges über das Gut in Erfahrung bringen. Ja, das war eine fabelhafte Idee. Die Papiere konnten für mich von unschätzbarem Wert sein und mir alle für meine Rolle entscheidenden Auskünfte verschaffen.
Ich wusch mich rasch und aß mit Emerald zu Mittag. Mit ihr hatte ich es leicht, und ihre Gesellschaft war für mich ausgesprochen erholsam. Ihre zunehmende Erblindung kam mir sehr gelegen – das war zwar herzlos gedacht, dennoch mußte ich mir eingestehen, daß es mir das Zusammensein mit ihr erleichterte; darüber hinaus war es ein Segen, daß Emerald fast ausschließlich mit sich selbst beschäftigt war. Sie erkundigte sich, wie ich den Vormittag verbracht habe, und ich erzählte ihr, daß ich mit Jeff Carleton über die Güter geritten sei.
»Du machst dich ja gleich richtig an die Arbeit«, sagte sie. »Du hast Esmond ja ständig gedrängt, er möge mehr Interesse an den Tag legen. Ich habe immer gesagt, du bist mehr in das Schloß verliebt als in Esmond.«
»Aber Tante Emerald«, widersprach ich, »wie kannst du nur so etwas sagen. Allerdings, das Schloß habe ich immer geliebt.«
»Das brauchst du mir nicht zu erzählen ... Du bist also mit Jeff über die Güter geritten. Ein Glück für dich, daß du dich ungehindert bewegen kannst. Ich wollte, ich könnte ...«
Damit waren wir bei ihrem Lieblingsthema, und ich war für den Rest der Mahlzeit gerettet.
Ich beschloß, Janets Vorschlag so bald wie möglich in die Tat umzusetzen, und als Emerald sich zur Mittagsruhe zurückgezogen hatte und Stille im Haus herrschte, begab ich mich in Esmonds Zimmer. Sorgsam schloß ich die Tür hinter mir und sah mich um. Es war ein ganz gewöhnliches Zimmer – soweit man das von einem Raum in Schloß Mateland überhaupt sagen konnte. Allein schon durch das Bogenfenster und die steinerne, in die Wand eingelassene Sitzbank darunter unterschied es sich von den Zimmern, die ich bis dahin gekannt hatte; die Einrichtung aber war von herkömmlicher Art. Ein Sofa, zwei Sessel, ein Stuhl, ein kleiner Tisch mit einer Öllampe und der Sekretär in der Ecke. Das Zimmer verriet nichts von Esmonds Persönlichkeit.

Ich ging geradewegs zu dem Sekretär, wo sich die von Janet erwähnten Unterlagen befinden mußten.

In einer Schublade fand ich mehrere Notizbücher. Ich nahm eines heraus und schlug es auf. Es enthielt ein säuberlich eingetragenes Namensverzeichnis. Seite um Seite blätterte ich um und entdeckte viele Informationen über die Leute hier; ich erkannte sogleich, daß es sich um Leute handelte, die auf den Matelandschen Gütern lebten.

Diese Eintragungen konnten mir sehr nützlich sein. Wenn ich das Heft sorgfältig durcharbeitete, konnte ich einiges über die Menschen, die auf dem Besitz lebten, erfahren.

Am liebsten hätte ich laut herausgerufen: »Danke, Janet, für den Hinweis.«

»Emma Bell«, las ich oben auf der Liste. Ich schlug die Seite auf, die im Verzeichnis angegeben war. »Um die siebzig. Bewohnt die Hütte, seit sie vor fünfzig Jahren heiratete. Ist jetzt allein. Lebt von dem, was sie als Näherin verdient.«

Das war also die Emma Bell, deren Dach dringend repariert werden mußte.

»Tom Camber. Achtzig. Kam mit zwölf Jahren nach Mateland. Behält Hütte bis zu seinem Tod. Danach bekommt sie eventuell Tom Gelder, wenn er das Hausmädchen Jessie Gill heiratet.«

Das war ja wunderbar. Ich konnte aus diesem Heft alles über die Leute erfahren, bevor ich sie kennenlernte. Damit konnte ich meine Position erheblich festigen.

Ich las mit wachsender Genugtuung weiter und beschloß, das Heft mitzunehmen, um es gründlich zu studieren. Ich fühlte mich unendlich beschwingt bei dem Gedanken, über die Güter zu reiten, dabei vielleicht Tom Gelder zu begegnen und ihm sagen zu können, daß er die Hütte bekommen würde, sobald sie leer stünde.

Die Menschen wurden vor meinen Augen richtig lebendig, und ich hatte nur den einen Wunsch, sie glücklich zu machen, so daß sie sich freuten, daß ich nun die Schloßherrin war. Das würde mein Gewissen beträchtlich erleichtern, und während ich die Aufzeichnungen las und mir überlegte, was ich für die Leute tun könnte, wich ein Teil meines überwältigenden Schuldgefühls von mir.

Noch war ich ganz in das Buch vertieft, als ich hörte, wie die Tür aufging. Ich fuhr erschrocken auf und fühlte, wie mir die Röte ins Gesicht schoß.
Janet stand in der Tür.
»Ah, ich dachte, ich hätte hier jemanden gehört«, sagte sie. »Aber ich war mir nicht sicher. Sie sichten also die Papiere, wie ich's Ihnen geraten habe.« Sie blickte mich scharf an, und ich hatte das ungute Gefühl, daß sie mir mißtraute.
»Ich habe Ihren Rat befolgt«, gestand ich.
»O ja, einige von den Papieren müssen unbedingt durchgesehen werden«, erwiderte Janet. »Ich bin froh, daß Sie es tun. Wir möchten nicht, daß Mrs. Emerald sie sich vornimmt und sich dabei mit Sicherheit aufregt.«
»Hier müssen sich doch auch Unterlagen über die Güter befinden.«
»Das ist anzunehmen. Vielleicht im Sekretär.«
»Der Sekretär ist abgeschlossen.«
»Da muß doch irgendwo ein Schlüssel sein. Wo hat Mr. Esmond den nur aufbewahrt?«
Sie musterte mich mit einem merkwürdigen Ausdruck – halb belustigt, halb empört. Mir wurde Janet immer rätselhafter.
Sie schnippte mit den Fingern und fuhr fort: »Ich glaube, hier in dieser Vase. Richtig. Ich hab' ihn mal beim Staubwischen gefunden. Ich dachte, hier drin mach' ich lieber selber sauber. Sie wissen ja, wie die Dienstmädchen sind, wenn's um die Sachen von Verstorbenen geht. Sobald jemand stirbt, glauben sie, er verwandelt sich in einen Poltergeist – dabei war Mr. Esmond die Güte selbst, zu keinem hat er ein ungutes Wort gesagt. Ah, da ist er ja. In dieser Vase. Probieren Sie mal, der müßte passen.«
»Und Sie meinen, es ist nichts Schlimmes dabei?«
»Wie bitte?«
»Ich meine... persönliche Papiere durchzusehen.«
Ihr Blick ließ mein Gesicht nicht los, und ihr Mund kräuselte sich zu einem Lächeln. Einen angstvollen Moment lang dachte ich: Sie weiß Bescheid, sie macht sich über mich lustig. Dieses Lächeln bedeutete, daß sie es lachhaft findet, daß ich, die ich diesen großen Schwindel begehe, überhaupt noch zu Skrupeln fähig bin.

Doch ihr Gesicht nahm augenblicklich wieder seinen üblichen gleichmütigen Ausdruck an.

»Je nun, irgendwer muß es ja mal tun. Sie sind doch sozusagen an seine Stelle gerückt, nicht wahr?«

»Ja, so kann man's sehen.«

Ich nahm den Schlüssel entgegen.

»Also, Miss«, sagte sie, »dann will ich Sie mal allein lassen.«

»Danke, Janet.«

»Wenn Sie fertig sind, schließen Sie den Sekretär am besten wieder ab und legen den Schlüssel in die Vase zurück.«

»Ist gut.«

Die Tür schloß sich hinter ihr. Janet war mir wirklich eine große Hilfe, und doch war mir irgendwie bange vor ihr. Sie tauchte immer so unvermittelt auf, und ich hatte den Eindruck, daß sie etwas wußte.

Vielleicht rührte dieses Gefühl aber auch nur von meinem schlechten Gewissen her.

Ich schloß den Sekretär auf. Alle Papiere waren säuberlich in kleine Fächer gestapelt. Ich sichtete quittierte Rechnungen, verschiedene Aufstellungen von den Erträgen der einzelnen Pachthöfe und ein Verzeichnis der Reparaturen, die am Schloß vorgenommen worden waren.

All dies waren Dinge, über die ich Bescheid wissen mußte. Als ich ein Bündel Rechnungen zurücklegte, stieß meine Hand an einen Stapel kleiner, ledergebundener Bücher. Ich nahm sie heraus. Sie waren mit rotem Zwirn zusammengehalten. Es waren Notizkalender, nach Jahren geordnet. Den obersten blätterte ich kurz durch. Er war vom letzten Jahr, und die Eintragungen brachen im November ab. Ich wußte warum. Im November war Esmond gestorben.

Dies waren Esmonds Tagebücher, und wenn ich sie las, würde ich etwas über sein Leben erfahren.

Ich saß da und hielt die Bücher in meinen Händen. Mir war, als sei ich im Begriff, eine Grabschändung zu begehen. Mein besseres Ich wollte mich vor meinem Tun zurückhalten. Daß dieses Ich überhaupt noch existierte, mochte zwar verwunderlich sein, aber es war wahrhaftig noch vorhanden.

Der Trieb zum Überleben war jedoch stärker; ich erkannte, daß dies ein ergiebiger Tag werden konnte. Ein Glück, daß ich in der Lage war, mich schon so bald in diesem Zimmer umzusehen, und das hatte ich Janet zu verdanken. Was ich hier erfahren konnte, war für mich von allergrößtem Wert.

Ich nahm mir das unterste Tagebuch vor. Die Eintragungen waren kurz. Zum Beispiel: »Tantalus hat heute morgen ein Hufeisen verloren. Zu Jolly gebracht. Gewartet, während er sie beschlug. Erzählte von seiner Tochter, die in diesem Jahr heiratet. Zur Verabredung mit S. zu spät gekommen. Sie war wütend. Hat den ganzen Tag nicht mit mir gesprochen.«

Ich blätterte die Seiten flüchtig durch. »Mit S. nach Bray Woods. Schöner Tag. S. gutgelaunt, ich auch. Mit Jeff draußen gewesen. Jeff will mich unbedingt für die Geschäfte interessieren. War ganz vergnüglich.«

Dann nahm ich eines der neueren Bücher. Es enthielt eine Menge über Susannah, und der Stil der Eintragungen hatte sich etwas geändert. Sie waren gefühlvoller und bestanden nicht mehr ausschließlich aus kurzen Angaben von Tatsachen; ich las zwischen den Zeilen, daß dies an Susannah lag.

Jetzt griff ich nach dem Buch, das die Aufzeichnungen aus der Zeit kurz vor Susannahs Reise nach Australien enthalten mußte. Ich hoffte, hier mehr über die jüngeren Ereignisse zu finden, denn ich mußte soviel wie möglich über Susannah erfahren.

»S. macht mich ganz verwirrt. Ich werde überhaupt nicht klug aus ihr. Manchmal ist sie zauberhaft. Dann wieder glaube ich, es macht ihr Spaß, mir weh zu tun. Wie dem auch sei, es ist nicht zu ändern. Heute morgen war sie abscheulich. Hat die ganze Zeit gestritten. Sie war unverschämt zu dem armen Saul Cringle. Er hat ein ganz unglückliches Gesicht gemacht. Als ich ihr vorhielt, daß sie mit ihren Äußerungen die Gefühle der Leute verletzt und deren Stolz und Selbstachtung vernichtet, hat sie mich ausgelacht. Sie meinte, ich sei zu weichherzig und verstünde nicht, mit dem Schloß umzugehen. Sie sagte: ›Ich muß dich wohl heiraten, oder die ganze Chose geht zugrunde.‹ Da konnte ich mich nicht mehr zurückhalten. Ich fragte sie: ›Ist das dein Ernst, Susannah?‹ und sie sagte: ›Natürlich ist es mein

Ernst.‹ Dann nahm sie mein Gesicht in ihre Hände und küßte mich auf eine sonderbare Art. Ich war ganz benommen.«

In diesem Tagebuch ging es nur noch um Susannah. Kein Zweifel, sie hatte Esmond vollkommen in ihren Bann gezogen. Sie hatten sich verlobt. Er wollte sie auf der Stelle heiraten, aber sie hatte ihre Schulausbildung noch nicht beendet.

Langsam nahm die Geschichte Gestalt an. Ich konnte mir Susannah vorstellen mit ihrer Arroganz, die dem sicheren Bewußtsein entsprang, daß sie eine ungeheure Anziehungskraft besaß. Sie hatte etwas Unwiderstehliches. Sie konnte grausam sein, doch ihre Grausamkeit wurde ihr verziehen. Ich glaube, sie verfügte über eine außerordentliche körperliche Anziehungskraft.

Ich legte das Buch auf den Schreibtisch, als mich die Erkenntnis traf, was für eine Dummheit ich begangen hatte. Wie hatte ich nur annehmen können, daß ich wie Susannah werden könnte!

Aber dann griff ich erneut wieder danach.

»Gestern ist Garth angekommen. Er bleibt eine Zeitlang hier. Wir drei sind zusammen ausgeritten. S. hat eine Abneigung gegen Garth. Schade, er gibt sich solche Mühe. ›Er ist aufdringlich‹, sagt sie. Sie war sehr grob zu ihm und gab ihm zu verstehen, er sei ja nur der Sohn einer Gesellschafterin, eines besseren Dienstmädchens. Elizabeth wäre wütend gewesen.«

»Heute ausgeritten. Bei den Cringles vorbeigekommen. Saul Cringle war mit einer Sichel beim Heckenschneiden. Wir haben angehalten. S. meinte, ein paar Zäune müßten repariert werden. Saul wurde ganz rot im Gesicht. Er sah aus wie ein Schuljunge, der sich vor den Hausaufgaben gedrückt hat. Und gerade weil er so groß ist – er mißt gewiß mehr als 1,90 m –, tat er mir erst recht leid. Er stammelte Entschuldigungen. Susannah sagte mit einer Stimme, die ich an ihr überhaupt nicht leiden kann, weil sie die Leute ängstigt, die darauf angewiesen sind, beim Schloß ihren Lebensunterhalt zu verdienen: ›Wenn ich Sie wäre, Saul Cringle, so würde ich mich um die Zäune kümmern.‹ Die Sichel entglitt ihm, und er hat sich ziemlich böse geschnitten. Augenblicklich war Susannah wie ausgewechselt. Sie sprang vom Pferd, warf mir die Zügel zu und lief zu ihm, um festzustellen, wie schlimm die Verletzung war. Sie schob Saul in die Hütte und hat ihn eigenhändig verbunden. Ich sah diese Veränderung mit Freuden. Aber so ist Susannah eben. Als wir fortritten, sagte sie: ›Es war nichts. Bloß ein kleiner Schnitt. Er hat es schlimmer gemacht, als es war. Er wollte, daß ich Mitleid mit ihm hatte.‹ ›Ach, das glaube ich nicht‹, erwiderte ich. Darauf warf sie mir vor, ich sei wieder einmal zu weichherzig, und ich würde sie brauchen, um den Besitz zu verwalten. Sie wüßte, wie man mit Leuten wie Saul Cringle umgehen müsse. Dann brach sie in lautes Lachen aus. Nein, ich werde nicht klug aus Susannah.«

»Mir scheint, sie will Saul Cringle schikanieren. An allem auf dem Hof findet sie etwas auszusetzen. Sie benimmt sich sehr merkwürdig. Eines Abends sah ich sie spät nach Hause kommen. Es regnete, und sie war völlig durchnäßt. Ich ging ihr entgegen, und da wurde sie wütend. ›Hör zu, Esmond Mateland‹, sagte sie, ›wenn du mir nachspionieren willst, heirate ich dich bestimmt nicht. Ich heirate keinen Mann, der mich bespitzelt.‹«

»Den ganzen Tag hat Susannah kaum ein Wort mit mir gesprochen. Gestern abend kam sie zu mir ins Zimmer. Sie hatte einen Morgenmantel an und sonst nichts. Sie zog ihn aus und kroch in mein Bett. Sie lachte und lachte. Sie sagte: ›Wenn du mich heiraten willst, mußt du dich daran gewöhnen.‹ Ach, Susannah...«

Ich konnte fast nicht mehr weiterlesen. Er ist tot, sagte ich mir immer wieder. Ich schnüffle in Dingen herum, die nur ihn allein etwas angehen.

Es überraschte mich nicht, daß Susannah so in sein Zimmer gekommen war. Ihre Sinnlichkeit war der wesentliche Kern ihrer Anziehungskraft. Verheißung hatte in den Blicken gelegen, die sie denen zuwarf, die sie zu umgarnen trachtete, und ich war überzeugt, daß sie nicht gezögert hätte, diese Verheißung wahrzumachen, wenn ihr danach zumute war.

Ich fragte mich, was wohl zwischen ihr und Philip vorgegangen war, wo sie doch fest entschlossen war, Esmond zu heiraten.

Eigentlich mochte ich nicht mehr weiterlesen. Und doch wurde ich dazu getrieben. Wenn ich meine Rolle perfekt spielen wollte, so mußte ich genau wissen, wie Susannah gewesen war. Ihr Einfluß auf Esmond lehrte mich eine ganze Menge; außerdem hatte ich erlebt, wie sie mit Philip umgegangen war.

Wie konnte ich nur jemals annehmen, daß ich Susannah werden könnte!
Ich packte die Geschäftspapiere und die Tagebücher zusammen. Ich mußte sie mit in mein Zimmer nehmen, um sie gründlich zu studieren.
Sorgfältig schloß ich den Sekretär ab, legte den Schlüssel in die Vase zurück und machte die Tür von Esmonds Zimmer leise hinter mir zu.

Am Abend las ich im Bett die geschäftlichen Unterlagen durch. Ich war überzeugt, daß ich nun in der Lage war, auf einem Rundritt über die Güter mit den Leuten zu reden, als seien sie alte Bekannte. Neues Selbstvertrauen erfüllte mich. Ich erprobte meine neuerworbenen Kenntnisse in einer Unterhaltung mit Emerald, und es klappte sehr gut. Freilich, mit ihr war es einfach; sie kümmerte sich kaum um die Leute, außer daß sie ihnen zu Weihnachten Kohlen und Decken, zu Ostern knusprige süße Brötchen (ein drolliger Brauch, den eine wohlmeinende Witwe vor mehr als hundert Jahren auf Mateland eingeführt hatte) und zu Michaelis eine Gans zukommen ließ. Emerald besorgte diesen Liebesdienst jedoch nicht selbst, sondern ordnete an, daß die Gaben verteilt wurden. Ich nahm an, daß dies von nun an meine Aufgabe sein werde.
In den Plaudereien mit Janet brachte ich meine Kenntnisse an, wobei sie zustimmend mit dem Kopf nickte und ich mir wie ein Kind vorkam, das seine Lektionen gut gelernt hat.
Die nächsten Tage verliefen reibunglos, und ich ritt jeden Morgen über den Besitz. Ich suchte einige Leute auf und vertraute dabei auf mein neuerworbenes Wissen. Die alte Mrs. Bell staubte extra einen Stuhl für mich ab, als ich bei ihr eintrat, und klagte über das Dach.
»Es ist alles in die Wege geleitet, Mrs. Bell«, konnte ich ihr berichten. »Der Dachdecker wird in Kürze an die Arbeit gehen.«
»Ach, Miss Susannah«, rief sie aus, »da bin ich aber froh. Es ist wahrhaftig kein angenehmes Gefühl, wenn man im Bett liegt und nicht weiß, ob's bald auf einen draufregnet oder nicht.«
Ich beruhigte sie, daß es nicht so weit kommen werde, nur müsse sie mich oder Mr. Carleton immer verständigen, wenn etwas zu erledigen sei.

»Gott segne Sie, Miss Susannah«, sagte sie.
»Wir lassen Sie nicht im Stich, Mrs. Bell«, versicherte ich ihr.
»Das tut wohl. Sie sind anders geworden, Miss Susannah; nehmen Sie's mir nicht übel, wenn ich das so rundheraus sage... irgendwie gütiger. Mr. Esmond war so ein gütiger Herr; hat alles versprochen, wenn er's auch nicht immer eingelöst hat... Sie wissen schon, was ich meine. Gottlob wird nun alles anders...«
»Ich werde mein Bestes tun, um jedermann zufriedenzustellen«, versprach ich. »Es ist ein Jammer, wenn die Leute sich in einer so hübschen Umgebung nicht wohl fühlen.«
»Oh, es ist wirklich schön hier, Miss. Das habe ich gleich zu Bell gesagt, als wir hierherkamen... fünfzig Jahre sind seitdem vergangen, Miss.«
Nach meiner Bemerkung, Mrs. Bell werde noch weitere fünfzig Jahre in ihrer Hütte verbringen, mußte sie lachen. »Sie waren schon immer 'ne ulkige Pflanze, aber nehmen Sie's mir nicht übel – seit Sie zurück sind, sind Sie 'ne nettere ulkige Pflanze.«
In gehobener Stimmung verließ ich sie. Ich war jedenfalls besser gelitten als Susannah.
Anschließend besuchte ich die Thorns, eine bettlägerige Frau mit ihrer Tochter Emily, einem mageren, knochigen, mäuschenhaften Geschöpf Ende Vierzig, mit flinken Bewegungen, ergrauendem Haar und kleinen, dunklen, erschreckten Augen, die ängstlich hin und her huschten, als wittere es Gefahr. Ihre Verhältnisse waren mir aus Esmonds Aufzeichnungen bekannt. Emily hatte als Zofe eine gute Stellung gehabt, bis ihr Vater starb und sie nach Hause kommen mußte, um ihre vom Rheumatismus verkrüppelte Mutter zu pflegen. Sie verdiente ihren Lebensunterhalt durch Stickereien und die Fertigung von Kleidern für ein Geschäft in Mateland. Das war praktischer für sie, weil sie da die Arbeit mit nach Hause nehmen konnte. Die arme Miss Thorn tat mir von Herzen leid.
Sie war sehr nervös und sah mich an, als sei ich ein Unglücksbote.
»Ich besichtige gerade die Güter, Miss Thorn«, sagte ich, »und möchte mich erkundigen, wie es allen ergeht.«
Sie nickte und fuhr sich mehrmals mit der Zunge über die Lippen. Sie war total verängstigt, und ich hätte gern gewußt, warum. Ohne

sie allzu auffällig auszufragen, mußte ich versuchen, dahinterzukommen. Arme Miss Thorn – sie war wirklich eine verschreckte Maus.
Während ich mit ihr redete, ertönte ein Klopfen an der Zimmerdecke. Ich blickte erschrocken auf.
»Das ist meine Mutter«, erklärte sie. »Sie wünscht irgendwas. Würden Sie mich einen Moment entschuldigen, Miss Susannah? Ich sage ihr, daß Sie da sind.«
Ich blieb sitzen und sah mich in dem kleinen Zimmer mit der offenen Feuerstelle um. Auf der abgeschabten, aber sauberen Tischdecke lag etwas in Seidenpapier eingewickelt, vermutlich eine Handarbeit. Von oben vernahm ich das eintönige Jammern einer Stimme.
Fünf Minuten später erschien Miss Thorn wieder. »Tut mir leid«, sagte sie. »Ich habe meiner Mutter erklärt, daß Sie hier sind.«
»Kann ich zu ihr?«
»Gern, wenn Sie möchten...«
Das hätte ich nicht sagen sollen. Im gleichen Moment wußte ich, daß Susannah ein solches Ansinnen niemals gestellt hätte. Miss Thorns verwunderte Miene bestätigte meine Vermutung. Sie stand auf, und ich folgte ihr die Stiege hinauf. Die Hütten waren alle mehr oder weniger gleich. Unten befanden sich zwei Räume mit einer Stiege, die vom Hinterzimmer zu den beiden oberen Kammern führte.
Hier lag Mrs. Thorn, die genau die gleichen Gesichtszüge wie ihre Tochter hatte, aber damit war es mit der Ähnlichkeit auch schon zu Ende. Ich erkannte auf Anhieb, daß Mrs. Thorn eine recht eigensinnige Person war. Daher also die eingeschüchterte Miene ihrer Tochter. Es war leicht auszumachen, daß Mrs. Thorn das Zepter fest in der Hand hatte.
Sie starrte mich an, und einen Moment lang dachte ich, sie werde mich entlarven.
»Wie nett von Ihnen, daß Sie sich die Mühe machen, Miss Susannah«, sagte sie. »Das hatte ich nicht erwartet. Es ist das erste Mal, daß jemand vom Schloß mich besuchen kommt.« Sie stieß ein verächtliches Schnauben aus. »Bin ja zu nichts mehr nütze, so vom Rheumatismus verkrüppelt. Seit Jack Thorn von mir gegangen ist, hab' ich eigentlich gar kein Recht mehr, hierzusein.«

»Aber, Mrs. Thorn, das dürfen Sie nicht sagen. Es ist Miss Thorn gewiß nicht recht, daß Sie so denken.«
»Ach die...« Mrs. Thorn warf ihrer Tochter einen finsteren Blick zu. »Hat ihre Stellung aufgegeben, um sich um ihre alte Mutter zu kümmern, na ja. Das dürfen wir wohl nicht so schnell vergessen.«
»Sie hält die Hütte gut in Schuß«, lobte ich, da ich das Gefühl hatte, die kleine, mäuschenhafte Tochter vor ihrer grimmigen, wenn auch verkrüppelten Mutter beschützen zu müssen.
»'ne Zierpuppe ist sie... 'ne richtige Zierpuppe... hat in Herrschaftshäusern gelebt, jawohl... hochwohlgeborenen Damen hat sie gedient.«
Mein Mitleid mit der Maus wuchs von Minute zu Minute.
»Es steht schlimm um mich, Miss Susannah. Hier liege ich tagein, tagaus. Keinen Muskel kann ich rühren, ohne daß es wehtut. Ich komme nie 'raus. Ich weiß nicht, was sich tut. Mr. Esmond war schon eine Woche tot, als ich davon hörte. Und das ganze Gerede über seine erste Krankheit, und was Saul Cringle sich angetan hat... davon hab' ich auch nichts mitgekriegt. Da kommt man sich richtig eingeschlossen vor... Sie verstehen.«
Ich versicherte ihr, daß mir das alles sehr leid täte, aber ich sei gekommen, um zu sehen, ob die Hütten alle in Ordnung seien.
»Hier ist alles in Ordnung«, warf Miss Thorn hastig ein. »Ich tu, was ich kann...«
»Das weiß ich«, erwiderte ich. »Alles sieht sehr sauber und adrett aus.«
Miss Thorn fragte ängstlich: »Es heißt, es wird sich einiges ändern, da Sie nun wieder da sind, Miss Susannah.«
»Zum Besseren, hoffe ich«, gab ich zurück.
»Mr. Esmond war ein sehr gütiger Herr.«
»Ja, ich weiß.«
Ich erhob mich und verabschiedete mich von Mrs. Thorn. Miss Thorn geleitete mich die Stiege hinab und blieb mit flehendem Blick an der Tür stehen. »Es ist wirklich für alles gut gesorgt. Ich tu mein Bestes«, wiederholte sie.
Ich hätte gern gewußt, was sie bedrückte, und nahm mir vor, es im Laufe der Zeit zu ergründen.

Ich ritt weiter und stellte fest, daß ich mich in der Nähe der Cringles befand. Der Hof und seine Bewohner hatten es mir angetan. Dieser Saul ging mir nicht aus dem Kopf. Ich konnte mir seinen betrübten Blick vorstellen, als er die Hecke stutzte und von Susannah verhöhnt wurde. Sie hatte eine Abneigung gegen ihn, wollte ihn verspotten, wohl um ihm zu zeigen, daß er dem Schloß sein Auskommen verdankte.

Wieder stieg ich ab und band mein Pferd fest. Ein Junge kam herbeigelaufen. Er blieb stehen und starrte mich an.

»Hallo«, begrüßte ich ihn.

Er machte kehrt und rannte davon.

Während ich den Pfad zum Haus entlangging, überkam es mich: Ich hätte nicht herkommen sollen, war ich doch erst neulich mit Jeff Carleton hiergewesen. Krampfhaft überlegte ich mir einen Vorwand. Ich würde fragen, was Jacob davon hielt, die drei Morgen brachliegen zu lassen.

An der Tür angekommen, klopfte ich an. Der alte Mann saß in seinem Sessel, Mrs. Cringle scheuerte den Tisch, und ein junges Mädchen bündelte Zwiebeln und legte sie auf ein Brett.

»Ah, Miss Susannah, Sie sind's wieder«, sagte die Frau.

Das Mädchen sah mich aus wunderschönen braunen Augen an, aber ihr Blick wirkte gequält.

»Ich bin nur gekommen«, erklärte ich, »um mich zu erkundigen, ob Sie sich wegen des Feldes entschieden haben.«

»Es ist nicht an uns, Entscheidungen zu treffen«, stellte die Frau fest. »Wir hören zu und tun, was man von uns verlangt.«

»Ich möchte aber nicht, daß es so ist«, wandte ich ein. »Sie verstehen doch viel mehr von dem Hof als ich.«

»Jacob sagt, wenn es brachliegt, verlieren wir eine Ernte; und wenn sie auch nicht so gut ist, wie sie sein könnte, so ist es doch immerhin eine Ernte.«

»Da haben Sie recht«, stimmte ich zu. »Ich denke, Jacob und Mr. Carleton sollten sich das gemeinsam überlegen und eine Entscheidung treffen.«

»Biete Miss Susannah einen Schluck von deinem Apfelmost an, Carrie«, sagte der alte Mann.

»Ach, der ist für ihresgleichen bestimmt nicht gut genug.«
»Früher war unsereins gut genug«, bemerkte der alte Mann bitter, und ich fragte mich, wie er das meinte. »Hol's schon, Mädchen«, fuhr er das junge Mädchen an, das die Zwiebeln bündelte.
»Geh schon, Leah«, sagte die Frau.
Das Mädchen stand gehorsam auf und ging zu dem Faß, das in der Ecke stand. Ich wollte keinen Apfelmost, doch ich fand es unhöflich, abzulehnen, denn die Leute waren weiß Gott schon genug gereizt.
»Sie hat ihn selbst gebraut«, sagte der Mann mit einem Kopfnicken zu der Frau hinüber. »Und es ist ein guter Tropfen. Er wird Ihnen schmecken, Miss Susannah. Das heißt, wenn Sie nicht zu stolz sind, mit unsereins zu trinken.«
»Unsinn!« rief ich. »Warum sollte ich?«
»Man braucht nicht immer einen Grund«, bemerkte der alte Mann. »Beeil dich, Leah.«
Leah drehte den Zapfhahn auf und ließ eine goldgelbe Flüssigkeit in einen Krug laufen. Man reichte mir einen Zinnbecher. Ich kostete. Es schmeckte mir nicht besonders, aber ich mußte trinken, wenn ich die Cringles nicht beleidigen wollte – und sie schienen schon genug gekränkt worden zu sein –, also setzte ich den Zinnbecher an die Lippen und trank. Das Zeug hatte es in sich. Alle beobachteten mich gespannt.
»Ich seh' Sie noch als kleines Mädchen«, sprach der alte Mann mich an. »Das ist Jahre her ... damals lebte Ihr Onkel noch, und Ihr Vater war noch hier ... das war, bevor er sich aus dem Staub machte, nachdem er seinen Bruder umgebracht hatte.«
Ich schwieg. Mir war sehr unbehaglich zumute. Ich spürte den Haß des Mannes und der Frau. Das Mädchen allerdings schien ihren eigenen Gedanken nachzuhängen. Sie war ein zierliches, hübsches Geschöpf, und ihre flehenden, wachsamen großen Rehaugen erinnerten mich an die stets Gefahr witternde Miss Thorn.
Instinktiv ahnte ich, daß das Mädchen schwanger war – ich erkannte es weniger an der noch kaum sichtbaren Wölbung unterhalb ihrer Taille als an ihrem Gesichtsausdruck. Ich hätte schwören mögen, daß ich recht hatte.
Ich fragte: »Wohnen Sie mit Ihrem Mann hier?«

Auf die Wirkung meiner Worte war ich nicht gefaßt. Das Mädchen wurde puterrot und starrte mich an, als sei ich eine Hexe, die dank übernatürlicher Kräfte ihre Gedanken las.
»Unsere Leah... mit einem Mann! Sie hat keinen Mann!«
»Nein... ich... ich bin nicht verheiratet.« Es hörte sich an, als sei das eine ungeheure Katastrophe.
In diesem Augenblick gewahrte ich einen Schatten am Fenster. Ich drehte mich heftig um. Ich sah etwas Dunkles vorbeiflitzen, und schon war, wer immer hereingespäht hatte, verschwunden.
Mein Unbehagen wuchs. Jemand hatte am Fenster gestanden und mich beobachtet. Ein scheußliches Gefühl.
»Da war jemand«, sagte ich.
Die Frau schüttelte den Kopf. »Eine Krähe ist am Fenster vorbeigeflogen.«
Zwar glaubte ich nicht, daß es eine Krähe war, aber ich sagte nichts.
»Nein«, fuhr die Frau fort, »unsere Leah ist nicht verheiratet. Sie ist erst sechzehn. Sie muß noch ein Jährchen oder so warten, und wenn sie heiratet, bleibt sie nicht hier wohnen. Soviel gibt der Hof nicht her. Sie meinen ja ohnehin schon, daß er nicht genug einbringt.«
»Der Meinung bin ich nicht. Mrs. Cringle.«
»Aber Sie sind doch wegen irgendwas hergekommen, Miss Susannah. Es wäre uns wirklich lieber, wenn Sie's uns rundheraus sagen würden.«
»Ich möchte alle Leute auf den Gütern kennenlernen.«
»Aber Miss Susannah! Sie kennen uns doch schon unser Leben lang! Freilich, Sie waren eine Zeitlang weg, als es Mr. Esmond so schlecht ging und er dem Tode nahe war, und als unser Saul...«
»Halt den Mund, Weib«, schnauzte der alte Mann sie an. »Davon will Miss Susannah nichts hören. Das ist bestimmt das letzte, das sie hören will.«
»Ich denke, wir sollten uns lieber der Zukunft zuwenden«, begütigte ich ihn.
Der alte Mann stieß ein heiseres Glucksen aus. »Das ist 'ne feine Art, Miss, wenn man's nicht erträgt, in die Vergangenheit zu gucken.«
Der Apfelmost war wirklich stark, und sie hatten mir einen großen Becher voll gegeben. Konnte ich ihn stehenlassen, ohne unhöflich zu

sein? Nein, befand ich, die Leute waren ohnehin schon gereizt genug.
Rasch leerte ich den Becher und erhob mich. Der Apfelmost tat seine Wirkung. Die Küche verschwamm vor meinen Augen. Ich spürte, wie sie mich mit kaum verhohlenem Triumph beobachteten. Das Mädchen allerdings hatte zuviel eigene Probleme, um sich über meine Schwäche zu freuen. Das konnte ich verstehen, falls sie tatsächlich schwanger war. Ich ahnte, was ein uneheliches Kind in einer solchen Familie bedeutete.
Als ich das Pferd losband, kam der Junge, den ich bei meiner Ankunft gesehen hatte, herbeigelaufen.
»Helfen Sie mir, Miss«, bat er. »Meine Katze hat sich in der Scheune verfangen. Ich kann nicht an sie heran. Aber Sie könnten es versuchen. Sie schreit. Helfen Sie mir.«
»Zeig mir den Weg«, sagte ich.
Er strahlte übers ganze Gesicht. »Ich zeig Ihnen, wo's langgeht, Miss. Holen Sie mir meine Katze herunter?«
»Wenn ich kann.«
Er machte kehrt und schritt rasch voran. Ich folgte ihm. Wir kamen zu einer Scheune, deren Tor weit offen stand.
»Die Katze ... sie ist da drin ... ganz oben ... und sie kann nicht herunter. Sie könnten sie holen, Miss.«
»Ich will's versuchen«, sagte ich.
»Hier geht's rein, Miss.«
Er trat zur Seite, um mich vorbeizulassen. Kaum war ich drinnen, wurde das Tor hinter mir zugeschlagen, und ich stand plötzlich im Dunkeln. Nach der Helligkeit draußen konnte ich zunächst kaum etwas erkennen.
Ich stieß einen empörten Schrei aus, doch der Junge war verschwunden, und ich hörte nur noch, wie ein Riegel vorgeschoben wurde. Ich war allein.
Ich sah mich um, und plötzlich überlief mich eine Gänsehaut. Oft hatte ich Leute davon reden hören, daß sich ihnen die Haare sträubten, und nun erlebte ich es am eigenen Leibe. Denn dort an einem Balken hing ein Toter. Er baumelte an einem Seil und drehte sich langsam hin und her.

Erschrocken schrie ich auf: »O nein... nein!«, und wollte kehrtmachen und davonlaufen.
Die ersten Sekunden waren grauenhaft. Der Junge hatte mich hier mit einem Toten eingeschlossen... mit einem Mann, der sich aufgehängt hatte oder erhängt worden war.
Entsetzen packte mich. Es war so finster und unheimlich in der Scheune. Einfach unerträglich. Das hatte der Junge absichtlich getan. Hier war gar keine Katze... nur eine Leiche an einem Seil.
Ich zitterte am ganzen Leibe. Absichtlich hatte mich der Junge hierhergelockt. Er mußte gewußt haben, daß der Tote hier hing. Warum hatte er das mit mir gemacht?
Panik ergriff mich. Ich wußte nicht, was ich tun sollte. Die Scheune war ein gutes Stück vom Wohnhaus entfernt. Wenn ich rief – würde man mich hören? ...und wenn, würden die Cringles mir zu Hilfe kommen?
Das wäre das letzte, das sie tun würden. Ich hatte die Wellen des Hasses gespürt, die mir dort in der Küche entgegenschlugen... allerdings nicht von Leah. Die Kleine hatte zuviel mit ihren eigenen Problemen zu tun. Eine entsetzte Ratlosigkeit überfiel mich. Was sollte ich tun? Angenommen, der Mann war gar nicht tot. Ich mußte versuchen, ihn da herunterzuholen, mußte versuchen, ihn zu retten. Doch mein erster Impuls war, wegzulaufen, jemanden zu rufen, Hilfe zu holen. Vergeblich versuchte ich, das Tor aufzustoßen; es war von außen verriegelt. Ich rüttelte und hämmerte, daß die baufällige Scheune in ihren Fugen erzitterte.
Ich mußte feststellen, ob der Mann noch lebte; ich sollte ihn herunterholen.
Allein der Gedanke daran verursachte mir Übelkeit, und ich kam mir so hilflos vor. Ich sehnte mich hinaus in den Sonnenschein, fort von diesem Ort des Grauens.
Wieder blickte ich auf das schauerliche Bild. Jetzt sah ich, daß die Gestalt schlaff und leblos an einem Seil hing.
Voller Entsetzen starrte ich sie an, denn sie hatte sich gedreht und wandte mir eine groteske Fratze zu... das war kein menschliches Gesicht. Es war weiß... weiß wie frischgefallener Schnee, mit einem grinsenden, weit aufgerissenen blutroten Mund.

Das war kein Mann! Das war kein menschliches Wesen, wenn es auch mit den Cordhosen und der Tweedkappe eines Landarbeiters bekleidet war.

Zaghaft trat ich einen Schritt vorwärts, doch alle meine Instinkte sträubten sich dagegen, daß ich mich dem Ding näherte.

Ich hielt es hier keine Sekunde länger aus. Wieder hämmerte ich gegen das Tor und schrie: »Laßt mich raus! Hilfe!«

Verzweifelt kehrte ich dem baumelnden Ding den Rücken zu, hatte ich doch das unheimliche Gefühl, es könne lebendig werden und das Seil von seinem Hals abstreifen, und dann würde es zu mir kommen und ... nicht auszudenken!

Der Apfelmost hatte mich ein wenig benommen gemacht. Das war kein gewöhnlicher Apfelmost gewesen. Die hatten mir absichtlich zuviel von ihrem stärksten Gebräu aufgetischt. Sie haßten mich, diese Cringles. Wer war der Junge, der mich in diese Scheune eingeschlossen hatte? Ein Cringle, davon war ich überzeugt. Ich wußte, daß sie zwei Söhne und eine Tochter hatten.

Wieder hämmerte ich gegen das Tor und schrie unentwegt um Hilfe.

Meine Augen schweiften umher. Da hing es ... das grauenhaft grinsende Etwas.

Ich mußte versuchen, mich zu beherrschen. Doch pausenlos fragte ich mich, was das bedeuten konnte. Die Cringles hatten mich erschrecken wollen. Hatten sie deshalb dem Jungen gesagt, er solle mich hierherlocken und einschließen? Aber warum? Wollten sie mich hierbehalten? Vielleicht, um mich umzubringen?

Das war absurd, doch in meiner Furcht hielt ich alles für möglich.

Ich mußte hier heraus. Ich hielt es nicht mehr aus in dieser Scheune mit dem entsetzlichen grinsenden Ding, das an seinem Seil baumelte und mich anstarrte.

Wieder rief ich und bearbeitete dabei das Tor, bis es unter meinen Schlägen erzitterte. Was erhoffte ich mir davon? Wer würde hier schon vorbeikommen? Wer würde mich hören? Wie lange mußte ich mit dieser Gestalt hier eingesperrt bleiben?

Erschöpft lehnte ich mich gegen das Tor. Ich mußte versuchen, ruhig und vernünftig zu überlegen. Ein ungezogener Junge hatte mich hier eingeschlossen. Aber was sollte dieses baumelnde Gespenst bedeu-

ten? Warum hatte der Junge mich mit der Geschichte von der Katze hierhergelockt? Jungen waren eben von Natur aus ungezogen. Die meisten hatten Vergnügen an schlimmen Streichen. Vielleicht fand der Junge es lustig, mich mit diesem Ding hier einzuschließen. Er war der Junge, den ich bei meiner Ankunft auf der Farm gesehen hatte. Er mußte ein Cringle sein. Nur er konnte die Figur aufgehängt und dann auf mich gewartet haben. Aber warum? Das hatte etwas zu bedeuten, dessen war ich sicher.
Ewig konnte ich nicht hierbleiben. Man würde mich vermissen. Aber wer wußte schon, wo man mich suchen sollte?
Wenn ich dieses Ding näher in Augenschein nähme... Aber ich konnte mich nicht dazu überwinden. Es war so unheimlich, so grauenhaft in dem Halbdunkel. Wie die Puppe eines Bauchredners. Aber die hier hatte etwas besonders Erschreckendes an sich... sie schien lebendig.
Wieder hämmerte ich gegen das Tor. Meine Hände waren wund. Ich rief, so laut ich konnte, um Hilfe.
Angestrengt lauschte ich, und mein Herz tat einen freudigen Sprung, als ich eine Stimme hörte.
»Hallo... was ist passiert? Wer ist da?«
Wieder schlug ich mit aller Kraft gegen das Tor. Die ganze Scheune schien zu wackeln.
Dann vernahm ich Pferdegetrappel und eine Stimme. »Einen Augenblick. Ich komme.« Das Pferd war stehengeblieben. Kurze Zeit war es still. Dann war die Stimme wieder da, näher diesmal. »Einen Augenblick.« Der Riegel wurde zurückgezogen. Ich hörte, wie er quietschend aus der Halterung glitt. Ein Lichtstrahl fiel in die Scheune, und fast wäre ich dem Mann, der hereinkam, in die Arme gesunken.
»Guter Gott!« rief er. »Was machst du denn hier, Susannah?«
Wer war das? Ich hatte keine Ahnung. Ich konnte in diesem Augenblick vor lauter Erleichterung über nichts anderes nachdenken.
Er hielt mich einen Moment fest und sagte: »Ich dachte schon, die ganze Scheune bricht zusammen.«
Heiser stammelte ich: »Ein Junge hat mich hier hereingelockt und das Tor verriegelt. Und als ich aufblickte, sah ich – das da.«
Der Mann starrte auf das baumelnde Ding.

Langsam sagte er: »Mein Gott! So ein gemeiner Streich... was für ein dämlicher Scherz.«

»Ich dachte zuerst, es sei ein Mann. Das Gesicht war auf der anderen Seite.«

»Vergessen die denn nie...« Ich wußte nicht, wovon er sprach, aber mir wurde mit einemmal klar, daß ich vom Regen in die Traufe geraten war.

Der Mann war zu der Gestalt gegangen und untersuchte sie.

»Eine Vogelscheuche«, stellte er fest. »Warum haben sie die bloß so aufgehängt?«

»Der Junge sagte, seine Katze habe sich hier drin verfangen.«

»War es einer von den Cringles?«

Jetzt mußte ich ein Risiko eingehen. Ich entnahm der Frage, daß ich die Cringle-Söhne kennen mußte und nickte.

»Das geht zu weit. Manch einer hätte einen Herzschlag bekommen. Aber du bist aus härterem Holz geschnitzt, Susannah. Laß uns machen, daß wir hier herauskommen. Hast du dein Pferd in der Nähe?«

»Ja, am Eingang zum Hof.«

»Gut. Wir reiten zurück. Ich bin heute morgen gekommen. Als ich hörte, daß du auf den Gütern unterwegs warst, hab' ich mich gleich auf die Suche nach dir gemacht.«

Wir traten in den Sonnenschein hinaus. Ich zitterte noch immer, aber ich hatte mich so weit von meinem Schrecken erholt, daß ich mir den Mann genauer ansehen konnte. Er war groß und strahlte eine gewisse Autorität aus, die mich beeindruckte. Einst hatte ich sie bei meinem Vater bewundert, und schlagartig wurde mir klar, daß ich sie an Philip vermißt hatte. Der Mann hatte dunkles Haar, und sein durchdringender Blick hätte mir gewiß zu denken gegeben, wenn ich nicht gerade einen solchen Schock erlitten hätte. Als er gewahr wurde, daß ich ihn prüfend musterte, meinte er: »Laß dich anschauen, Susannah. Hast du dich seit deiner Weltumsegelung sehr verändert?«

Ich wich seinem Blick aus und bemühte mich, mir meine Verlegenheit nicht anmerken zu lassen.

»Ein bißchen schon... jedenfalls scheinen manche Leute das festzustellen«, sagte ich.

Er betrachtete mich eingehend, und ich nahm meinen Hut ab und

schüttelte mein Haar, weil ich mir einbildete, daß ich aufgrund der Ponyfrisur ohne Hut Susannah ähnlicher sah.
»Ja«, stellte er fest, »du bist reifer geworden. Das macht das Reisen. Besonders, wenn man solche Reisen macht wie du.«
»Du meinst, ich bin älter geworden?«
»Das werden wir doch alle, nicht wahr? Es ist fast ein Jahr her... sogar länger. Ich habe dich ja nicht mehr gesehen, seit du aus der Schule zurückkamst. Wie lange warst du danach eigentlich hier?«
»Ungefähr zwei Monate.«
»Und dann hattest du diese verrückte Idee, nach Australien zu gehen. Du wolltest deinen Vater finden. Und das ist dir gelungen, soviel ich weiß.«
»Ja.«
»Laß uns die Pferde holen und zurückkehren. Meine Güte, du siehst wirklich mitgenommen aus. Diese ekelhafte Vogelscheuche! Das ist doch eine rachsüchtige Bande, diese Cringles. Ich habe sie noch nie leiden können. Warum geben sie dir die Schuld an Sauls Tod? Ich weiß, du bist oft mit ihm aneinandergeraten. Leider standest du auf der falschen Seite. Dieser ganze religiöse Fanatismus. Der alte Moses ist ein selbstgerechter alter Teufel, und wenn er sich noch so sehr für einen Engel hält. Ich glaube, er hat seinen Söhnen in ihrer Jugend das Leben zur Hölle gemacht. Und wohin hat es sie geführt? Saul an einen Strick in der Scheune, und Jacob... der wird genau wie sein Vater. Ein Narr ist er, wenn er bei diesem Streich seine Hand im Spiel hatte. Er sollte sich lieber vorsehen, nachdem du jetzt hier das Sagen hast. Er muß damit rechnen, den Hof zu verlieren. Alle haben Angst vor den Änderungen, die du vornehmen wirst. Sieh dir nur mal seine Tochter an. Leah heißt sie, glaube ich.«
»Ja, so heißt sie. Ich habe sie heute morgen gesehen.«
»Ich wette, sie hat es sehr schwer. Sie sieht ja völlig verschreckt aus.«
Meine Verwirrung wuchs. Saul Cringle hatte sich also in einer Scheune erhängt! Und deshalb war ich mit dieser vom Dachbalken baumelnden Vogelscheuche eingesperrt worden.
Es gab ein Geheimnis in der Familie Cringle, und Susannah war darin verwickelt.
Ich verspürte auf einmal große Angst.

Doch zunächst mußte ich entdecken, wer mein Retter war.
Wir ritten zum Schloß zurück. Er redete die ganze Zeit, und ich bemühte mich verzweifelt, mich nicht zu verraten.
Als wir zu den Stallungen kamen, hatte ich zum erstenmal an diesem Morgen Glück.
Ein Stallbursche rief: »Ah, Sie haben Miss Susannah gefunden, Mr. Malcolm.«
Nun wußte ich, daß mein Begleiter der Mann war, den ich um sein Erbe betrogen hatte.
Janet war in der Halle. »Guten Tag, Miss Susannah«, sagte sie, »'n Tag, Mr. Malcolm.«
Wir erwiderten ihren Gruß, und ich bemerkte, daß sie mich prüfend musterte.
»Das Essen wird in einer Stunde serviert«, bemerkte sie.
»Danke, Janet«, erwiderte Malcolm.
Ich ging in mein Zimmer, und es dauerte nicht lange, bis Janet an meine Tür klopfte.
»Herein«, rief ich. Sie kam, und wieder fiel mir dieser wachsame Blick auf, den ich schon in der Halle bemerkt hatte.
»Haben Sie eine Ahnung, wie lange Mr. Malcolm zu bleiben gedenkt, Miss Susannah?« fragte sie. »Mrs. Bates möchte es gern wissen. Er hat es immer so gern gemocht, wenn sie die Speisen mit Safran würzte, und der ist ihr ausgegangen. Er ist gar nicht so leicht zu bekommen.«
»Ich habe keine Ahnung, wie lange Mr. Malcolm bleiben will.«
»Das sieht ihm ähnlich, einfach unangemeldet aufzukreuzen. Das macht er neuerdings immer... seit Ihr Großvater ihn nach den ganzen Scherereien mit der Familie unter seine Fittiche nahm.«
»O ja«, murmelte ich, »bei Malcolm kann man nie wissen...«
»Sie sind nie besonders gut mit ihm ausgekommen, nicht wahr?«
»Nein.«
»Sie sind sich zu ähnlich, Sie beide, das ist es. Jeder wollte für alles die Verantwortung übernehmen... Sie alle zwei. Ich hab' immer gedacht, der arme Mr. Esmond wird zwischen Ihnen beiden zerquetscht.«
»Na, dann wird das wohl auch stimmen.«

»Sie beide sind sich gegenseitig fast an die Gurgel gesprungen... ich hab' mich immer richtig auf Mr. Malcolms Besuche gefreut. Ich fand, das tat Ihnen gut.« Sie sah mich spöttisch an. »Sie konnten zuweilen ein rechter kleiner Quälgeist sein.«
»Ich habe mich wohl ziemlich kindisch aufgeführt.«
»Ich hätte nie gedacht, daß ich mal solche Einsichten von Ihnen zu hören bekäme. Ich hab' immer gesagt: ›Miss Susannah kennt nur eine Meinung, und das ist ihre eigene.‹ Mit Mr. Malcolm war es dasselbe. Er hängt sehr an dem Schloß, daran ist nicht zu zweifeln. Und die Pächter mögen ihn. Sicher, Mr. Esmond mochten sie auch. Aber er war immer ein bißchen zu gutmütig, und dann hatte er diese Angewohnheit, Versprechungen zu machen und sie nicht einzuhalten. Er hatte immer nachgegeben, weil er die Leute zufriedenstellen wollte. Er konnte einfach nicht nein sagen. Es hieß ja, ja, ja, ob er es wahrmachen konnte oder nicht.«
»Das war ein Fehler.«
»Da stimme ich Ihnen voll und ganz zu, Miss Susannah. Aber er war beliebt. Es war ein Schock für uns alle, als er so plötzlich von uns ging, und die Leute auf dem Gut haben um ihn ehrlich getrauert.«
Es war sicher nicht weiter gefährlich für mich, wenn ich mich nach Esmonds Tod erkundigte, denn Susannah war ja nicht hiergewesen, als er starb.
Ich sagte: »Ich wüßte gern mehr über Esmonds letzte Krankheit.«
»Es war genau wie beim erstenmal. Damals sind Sie ja hier gewesen. Dieselben Symptome... diese plötzliche Schwäche. Sie wissen ja, in welchem Zustand er war, als Sie aus dem Pensionat zurückkamen. Mr. Garth war damals ja auch hier. Und zur gleichen Zeit hat Saul Cringle sich das Leben genommen. Danach schien es Mr. Esmond besser zu gehen. Alles war ziemlich dramatisch, nicht wahr? Dann haben Sie sich plötzlich entschlossen, sich auf die Suche nach Ihrem Vater zu machen. Ich weiß, wie Ihnen zumute war. Nie werde ich den Tag vergessen, als man Saul in der Scheune erhängt fand. Niemand konnte sagen, warum er es getan hatte. Womöglich hing es mit dem alten Moses zusammen. Der macht allen das Leben schwer, erst Saul und Jacob, und jetzt den Enkelkindern. Leah, Reuben und Amos haben bei ihm bestimmt nichts zu lachen. Aber irgendwie haben sie die

fixe Idee, Sie hätten etwas mit Sauls Selbstmord zu tun. Sie hätten ihn schikaniert, behaupten sie ... hätten ständig was an ihm auszusetzen gehabt ... Sie haben sich ja schon immer mit den Cringles angelegt.«

»Ich habe nur dafür gesorgt, daß auf dem Hof alles seine Ordnung hatte.«

Warum sieht sie mich so verschlagen an? dachte ich. »Nun, das war Mr. Esmonds Sache, nicht wahr? Es hieß, Saul sei so streng erzogen, daß er glaubte, er sei zur Hölle verdammt, wenn er nur das geringste Unrecht beging.«

»Na und?« fragte ich. »Wenn er glaubte, er sei zur Hölle verdammt, so sollte man annehmen, er hätte seine Ankunft dort möglichst weit hinausgeschoben.«

»So etwas können auch nur Sie sagen, Miss Susannah. Sie haben vor nichts Respekt. Wie ich immer zu Mrs. Bates gesagt habe: ›Miss Susannah schert sich weder um Gott noch um die Menschen.‹ Ihre Mutter ist fast vergangen vor Angst um Sie.«

»Ach, meine Mutter«, murmelte ich.

»Die arme, gute Lady! Sie hat's nie verwunden, daß man sie so im Stich gelassen hat ... daß er mit ihrer besten Freundin auf und davon ging.«

»Sie hatten wohl ihre Gründe.«

»Na, die hat doch jeder, oder?« Janet ging zur Tür; dort blieb sie stehen, die Hand auf der Klinke. »Jedenfalls«, fuhr sie fort, »freue ich mich, daß Sie und Mr. Malcolm jetzt besser miteinander auskommen. Allerdings, noch ist nicht aller Tage Abend. Aber früher haben Sie sich ja angefaucht wie Hund und Katze. Das hatte wohl was mit dem Schloß zu tun. Einst haben die Leute um Schlösser gekämpft ... siedendes Öl haben sie von den Zinnen geschüttet und Pfeile aus den Schießscharten abgeschossen, wenn ein Feind das Schloß erobern wollte. Heutzutage gibt es andere Methoden.«

»Das ist doch jetzt alles geregelt«, sagte ich.

Sie machte ein argwöhnisches Gesicht. »Sie waren immer darauf aus, Herrin von Mateland zu werden. Ich bin sicher, daß Sie aus diesem Grund auch Mr. Esmond heiraten wollten. Und dann haben Sie's freilich bekommen, ohne ihn zu heiraten. Jetzt sind Sie die Herrin;

wenn Esmond noch lebte, müßten Sie's mit ihm teilen. Doch jetzt gehört es Ihnen ganz allein.«

»Ja«, sagte ich beklommen. Ich fand es sehr merkwürdig, daß sie mich ständig aufsuchte und das Gespräch auf all diese Dinge brachte. Doch ich wagte nicht, sie abzuweisen. Von Janet hatte ich mehr erfahren als von irgend jemandem sonst, und ich hatte ihre Aufklärungen bitter nötig.

Sie öffnete die Tür. »Ich muß machen, daß ich weiterkomme, und Sie möchten sich sicher zum Mittagessen umziehen.«

Ich war ihr wirklich dankbar. Malcolm und ich waren also alte Gegner. Er wollte das Schloß. Und er hatte geglaubt, er würde es möglicherweise nach Esmonds Tod erben. Es muß ein schwerer Schlag für ihn gewesen sein, als er erfuhr, daß ich – oder vielmehr Susannah – vor ihm an der Reihe war.

Jetzt mußte ich besonders vorsichtig sein. Malcolm hatte Susannah gekannt. Glücklicherweise hatten sie sich nicht besonders nahegestanden; ja, sie konnten einander nicht ausstehen. Aber noch gab es für ihn eine Chance, und es würde ihm ein Vergnügen sein, meinen Betrug aufzudecken.

Dies war ein Prüfstein für mich. Mit den anderen war es, verglichen mit ihm, recht einfach gewesen. Emerald hätte womöglich Schwierigkeiten gemacht, wenn sie nicht halb blind gewesen wäre. Malcolm aber war schlau; nichts würde ihn mehr freuen als die Entdeckung, daß ich eine Schwindlerin war; denn da Susannah tot war, war er der echte Erbe. Nur eine betrügerische Erbin stand zwischen ihm und dem Schloß.

Emerald sah vom Kopfende des Tisches zu ihm hinüber. »Ich hatte schon mit deiner baldigen Ankunft gerechnet«, sagte sie.

»Ich wußte nicht, daß Susannah hier ist, und dachte, ich werfe mal einen Blick auf die Güter und sehe nach, ob irgend etwas zu tun ist.«

»Jeff Carleton war gewiß froh, daß du gekommen bist.«

»Ich habe ihn noch nicht gesprochen. Er war außerhalb, deswegen habe ich mich auf die Suche nach Susannah gemacht.«

»Und wie habe ich mich gefreut, dich zu sehen!« versicherte ich ihm.

»Na, das hättest du von Susannah gewiß nicht erwartet, Malcolm«, meinte Emerald.

»Normalerweise nicht. Aber unter diesen Umständen! Ich finde, man muß mal ein ernstes Wort mit den Cringles reden. Das ging ja wohl ein bißchen zu weit.«

»Hoffentlich gibt es keinen Ärger«, meinte Emerald. »Wenn ich daran denke, wird mir ganz übel. Wir hatten weiß Gott genug Scherereien.«

»Ich nehme an, es war einer von den Cringle-Söhnen«, sagte Malcolm.

Ich fand, daß ich lange genug geschwiegen hatte, deshalb mischte ich mich ein: »Ich war bei den Cringles, und ein Junge sagte, seine Katze hätte sich in der Scheune verfangen, und er bat mich, ihm zu helfen, sie zu befreien. Er führte mich zur Scheune, und da ...«

»Es war eine Vogelscheuche in Sauls Kleidern«, erklärte Malcolm rasch.

»Wie entsetzlich!« rief Emerald aus.

»Sie hing da...«, warf ich ein.

»Und sie hatte eine alte Kappe von Saul auf«, fügte Malcolm hinzu. »Ich muß schon sagen, sie sah ganz echt aus, bis sich das Ding herumdrehte und man das Gesicht sah. Es war ein tüchtiger Schock.«

»Das kann ich mir denken. Deshalb warst du also so still, Susannah.«

»Die Cringles müssen ein für allemal damit Schluß machen«, fuhr Malcolm fort. »Sie müssen aufhören, dich – uns – dafür verantwortlich zu machen. Saul war nicht ganz richtig im Kopf, wenn ihr mich fragt.« Er sah mich unverwandt an. »Manch einer mag vielleicht wissen, warum Saul es getan hat... aber ich finde, man soll die Sache auf sich beruhen lassen.«

»Ja«, stimmte Emerald zu, »man soll sie ruhen lassen. Ich bekomme Kopfweh davon.«

Dann erzählte sie von einem neuen Mittel gegen Kopfschmerzen, das sie für sehr wirkungsvoll hielt. »Es enthält Rosmarin. Hättest du gedacht, daß das beruhigend wirkt?«

Daraufhin plauderten wir angeregt über Kräuter, und während der ganzen Zeit war ich besessen von dem Gedanken: Ich muß herausfinden, was Susannah gemacht hat, als Saul Cringle starb. Sicher hatte sie etwas mit seinem Tod zu tun.

Nach dem Essen zog sich Emerald in ihr Zimmer zurück. Ich fragte

Malcolm nicht, was er vorhatte, sondern ging mit dem Vorsatz, einige von Esmonds Unterlagen durchzusehen, in mein Zimmer.
Ich wünschte, ich hätte das Bild dieser grauenhaften baumelnden Gestalt aus meinem Gedächtnis löschen können.

Bisher hatte ich es vermieden, auch Esmonds private Tagebücher zu lesen. Irgend etwas in mir hatte sich dagegen gesträubt, doch nun überwand ich meine Skrupel, die so unvereinbar schienen mit diesem Betrug, der sich mehr und mehr zu einem richtigen Verbrechen auswuchs.
Zuweilen überkam mich der heftige Wunsch, meine Sachen zu packen und zu verschwinden und einen Abschiedsbrief – an wen? – an Malcolm zu hinterlassen, um ihm zu erklären, daß Susannah tot und ich an ihre Stelle getreten sei; daß ich kein Recht hätte, hier zu sein, und daß ich nun fortginge.
Aber wohin? Was sollte ich anfangen? Ich würde bald keine Mittel mehr haben, um meinen Lebensunterhalt zu bestreiten. Vielleicht konnte ich das tun, was ich von Anfang an hätte tun sollen: bei den Halmers wohnen, bis ich eine Stellung fand.
Bei diesen Gedanken hielt ich es in meinem Zimmer nicht mehr aus. Mir war, als müsse ich ersticken. Ich verließ das Haus und lief über die Felder bis hin zum Wald. Dort legte ich mich an der Stelle nieder, wo ich vor langer Zeit mit Anabel gestanden und das Schloß bewundert hatte.
Die Heftigkeit meiner Empfindungen erstaunte und erschreckte mich. Ich war vom Zauber des Schlosses wie gebannt. Niemals würde ich es freiwillig aufgeben, und wenn, dann würde ich mich ewig danach sehnen.
Es war wie ein geheimnisvoller Zwang. Gewiß hatte es auf Susannah die gleiche Wirkung gehabt. Sie war bereit gewesen, Esmond zu heiraten, nur um das Schloß zu bekommen; und nach allem, was ich über Esmond gehört hatte, war mir klar, daß sie ihn nicht geliebt haben konnte. Sie hatte höchstens dieselbe oberflächliche Zuneigung für ihn empfunden, die ich auch zwischen ihr und Philip beobachtet hatte.
Immer wieder stellte ich mir vor, wie sie, nackt unter ihrem Morgen-

mantel, in Esmonds Zimmer geschlichen war, wie sie ihn verwirrt und entzückt hatte. Armer Esmond!
Und Susannah? Sie wollte bewundert und verehrt werden. Das hatte ich gleich gemerkt, als ich sie zum erstenmal sah, und ich fragte mich, warum sie so lange auf der Insel geblieben war. Wegen Philip natürlich.
Im Schatten des Waldes fühlte ich mich geborgen. Mir war, als würde mich der Geist meiner Eltern umgeben. Meine Gedanken wanderten zurück zu dem allerersten Augenblick der Versuchung. Wie hatte ich, die ich bis dahin so gesetzestreu lebte, mich auf dieses Gaunerstück einlassen können? Ich suchte vergebens nach Ausflüchten. Alle Menschen, die ich liebte, hatte ich verloren. Das Leben hatte mir grausam mitgespielt, und dann hatte sich mir diese Gelegenheit geboten. Dieses Abenteuer hatte mich von meiner Niedergeschlagenheit abgelenkt, von der ich mich sonst nie hätte erholen können. Es ließ mich zeitweilig meine Eltern und alles, was ich verloren hatte, vergessen. Und doch gibt es keine Entschuldigung dafür, sagte ich mir.
Dennoch – als ich dort im Schatten der Bäume lag, wußte ich, daß ich, wenn ich mich noch einmal entscheiden könnte, alles wieder genauso machen würde.
Ich erschrak, als es im Unterholz knackte. Jemand war in der Nähe. Mein Herz fing ängstlich zu klopfen an, als Malcolm zwischen den Bäumen hervortrat.
»Hallo«, sagte er. »Ich habe dich herkommen sehen.« Er ließ sich neben mir auf die Erde fallen. »Du bist noch ganz durcheinander, wie?« fuhr er fort und sah mich prüfend an.
»Nun«, meinte ich gedehnt, »es war ja auch aufregend.«
Er blickte mich zweifelnd an. »Früher...«, begann er und brach gleich wieder ab. Ich wartete beklommen, was nun kommen würde.
»Ja?« Obgleich mir unbehaglich zumute war, wollte ich, daß er weitersprach.
»Ach komm, Susannah, du weißt doch selbst, wie du früher warst. Ziemlich herzlos. Und zynisch. Ich hätte gedacht, das Ganze wäre für dich nichts weiter als ein grober Schabernack.«
»Was? Das soll ein Schabernack gewesen sein?«

»Nun ja, vielleicht war es sogar für dich gruselig. Aber ich hätte nie erwartet, daß du Hirngespinste siehst.«
»Ich hab' keine Hirngespinste gesehen.«
Er lachte. »Aber du hast es jedenfalls übertrieben. Dabei hat Garth immer gesagt: ›Susannah ist durch und durch gepanzert. Die Püffe und Pfeile eines widrigen Schicksals können ihr nichts anhaben.‹ Erinnerst du dich?«
»Ach ja, Garth«, sagte ich ausweichend.
»Ich war durchaus derselben Meinung. Aber jetzt sieht es so aus, als hätte das Ding in der Scheune eine dünne Stelle in deinem Panzer gefunden.«
Ich gähnte. »Ich glaube, ich gehe jetzt lieber zurück.«
»Je nun, du hast dir ja nie viel aus meiner Gesellschaft gemacht, nicht wahr?«
»Mußt du denn immer auf der Vergangenheit herumreiten?«
»Ich fühle mich dazu veranlaßt, weil du mir irgendwie verändert vorkommst.«
»Wenn man jemanden lange nicht gesehen hat, wirkt er auf andere eben verändert.«
»Ich auch?«
»Das verrate ich dir, sobald ich mir darüber klargeworden bin.«
Ich stand auf.
»Geh noch nicht, Susannah«, bat er.
Ich blieb abwartend stehen, und er sah mich so zweifelnd und bittend an, daß es um meinen Seelenfrieden geschehen war.
»Ich muß mit dir reden«, fügte er hinzu.
»Worüber?«
»Über das Gut natürlich. Du mußt jetzt einmal ernst sein.«
»Ich bin ganz ernst.«
»Ich war während deiner Abwesenheit viel mit Jeff zusammen... und mit Esmond. Esmond hatte mich gebeten, ihm zu helfen. Der Besitz erfordert viel Umsicht und Pflege... Umsicht vor allem, falls du verstehst, was ich meine. Man hat mit Menschen zu tun... man muß sich um sie und ihre Sorgen kümmern.«
»Das weiß ich.«
»Ich hätte nie gedacht, daß du das einsiehst.«

»Mir scheint, du hattest eine recht merkwürdige Meinung von mir.«
Er war aufgesprungen und stand ganz dicht vor mir. Seine Nähe wirkte ziemlich beunruhigend auf mich.
»Möchtest du, daß ich gehe?« fragte er.
Ich weiß nicht, was über mich kam. Wahrscheinlich gewann die Abenteuerlust bei mir wieder die Oberhand. Ich wußte genau, daß Malcolms Erscheinen für mich höchst gefährlich war. Aber er machte mir Herzklopfen. Vielleicht war ich eine echte Abenteurerin, und der Gedanke an Gefahr verlieh meinem Leben erst die rechte Würze. Wie dem auch sei, ich hörte mich jedenfalls sagen: »N... nein. Ich möchte nicht, daß du gehst... jetzt noch nicht.«
Er ergriff meine Hand und hielt sie eine Sekunde lang fest.
»Fein, Susannah«, sagte er. »Ich bleibe. Ich will hierbleiben, obwohl du zurück bist.«
Ich wandte mich ab und bemühte mich, meine heimliche Freude zu verbergen. Merkwürdig, welche Wirkung dieser Mann auf mich ausübte.
Wir kehrten zusammen zum Schloß zurück und sprachen über das Gut.
Malcolm erschien an diesem Abend nicht bei Tisch. Er ließ ausrichten, daß er bei Jeff Carleton aß. Ich war enttäuscht und gleichzeitig erleichtert. Es war viel erholsamer, mit Emerald allein zu sein, da sie keine Anforderungen an mich stellte.
Sie sprach ein wenig verächtlich von Malcolm. »Er horcht Jeff über alles aus«, sagte sie. »Als es meinem armen Esmond so schlecht ging, hat er gerade so getan, als gehörte ihm das Schloß.«
»Armer Esmond«, nahm ich den Faden auf, »er hat sich von der ersten Krankheit nie richtig erholt.«
Emerald nickte zustimmend. »Ich werde nie vergessen, wie krank mein armer Junge damals war. Aber das weißt du ja genausogut wie ich.«
»O ja...«
»Er war so krank, daß ich dachte, er würde es nicht überleben. Es war ein Jammer, ihn anzuschauen. Ich war bei ihm, so oft es meine Gesundheit zuließ. Und dann die Genesung... und die schreckliche Geschichte mit Saul Cringle, die uns alle so erschüttert hat. Und du

bist einfach abgereist, nur um deinen Vater ausfindig zu machen.«
»Du bringst mir alles so lebhaft in Erinnerung«, warf ich ein.
»Es ist mir unvergeßlich. Ich bin überzeugt, daß Malcolm sich Hoffnungen machte, als Esmond damals so krank war. Er hatte wirklich damit gerechnet, daß er der nächste in der Erbfolge sei. Dein Großvater war ja ein hinterlistiger Mensch. Er hat seinen Bruder verabscheut, und einmal hat er gesagt, Malcolm sei sein Ebenbild. Ich hätte gern gewußt, was er Malcolm eingeflüstert hat. Es würde mich nicht wundern, wenn er in ihm Hoffnungen erweckt hätte... und als Esmond krank wurde, dachte Malcolm natürlich...«
»Das lag auf der Hand«, stimmte ich zu.
»Er war während deiner Abwesenheit ziemlich häufig hier. Er hat sich mehr um den Besitz gekümmert als Esmond. Esmond war froh, daß er ihm die Angelegenheiten überlassen konnte. Der Ärmste, er muß sich schon damals sehr schwach gefühlt haben.«
»Armer Esmond«, wiederholte ich.
»Du hättest ihn nicht so lange allein lassen sollen, Susannah.«
»Nein«, erwiderte ich.
Ich wechselte das Thema, indem ich mich nach ihren Rückenschmerzen erkundigte, und wie gewöhnlich gelang es mir, sie abzulenken. Als ich mich in mein Zimmer zurückzog, war ich trotz des späten Abends noch hellwach.
Jetzt wußte ich, was ich zu tun hatte. Ich mußte meine restlichen Skrupel überwinden und lesen, was Esmond in der Zeit aufgeschrieben hatte, als er krank war, als Saul Cringle starb und als Susannah das Schloß verließ, um sich auf die Suche nach ihrem Vater zu begeben.
Ich zog mich aus, legte mich ins Bett und begann in den Tagebüchern zu lesen. Dasjenige, das ich suchte, datierte zwei Jahre zurück.
»Eine schlaflose Nacht«, las ich. »Habe auf S. gewartet. Sie ist nicht gekommen. Ich wollte, sie würde unserer Heirat zustimmen. Immer sagt sie ›noch nicht‹. Garth ist hier. Er und S. liegen sich ständig in den Haaren. Ich habe ihr Vorhaltungen gemacht; sie nennt ihn einen Emporkömmling. S. macht mich ganz verwirrt. Sie hegt so heftige Abneigungen... z. B. gegen Garth und natürlich gegen Saul C.«
»Malcolm ist gekommen. Er und S. scheinen sich überhaupt nicht zu

mögen. Sie behandelt ihn herablassend, und er beachtet sie gar nicht, oder er tut wenigstens so. Ich glaube, S. kann niemandem wirklich gleichgültig sein.«

»S. war den ganzen Nachmittag fort. Möchte wissen, wo. Fragen ist sinnlos. Sie haßt es, wenn man ihr nachspioniert, wie sie es nennt. Habe sie später hereinreiten sehen. Sie kam aus dem Stall und traf Garth. Sie haben sich eine Weile unterhalten. Ich habe sie von meinem Fenster beobachtet. Ich habe immer ein ungutes Gefühl, wenn sie zusammen sind. Ich fürchte jedesmal, sie sagt etwas Unverzeihliches zu ihm, und dann gibt es Ärger. Aber sie schienen sich etwas besser zu verstehen. Dann kam sie ins Haus, und ich ging hinunter, um sie zu begrüßen. Sie sah erhitzt aus. Als ich das erwähnte, sagte sie bissig: ›Je nun, wir sind schließlich nicht mitten im Winter‹, und ihre Stimme klang spitz, wie immer, wenn sie wütend ist. ›Du hast mich beobachtet?‹ fragte sie. ›Ja‹, erwiderte ich, ›ich habe dich mit Garth gesehen. Ich war froh, daß du ihm offenbar nicht ganz so feindselig gesinnt warst wie sonst.‹ ›So, meinst du?‹ gab sie zurück. ›Ja‹, sagte ich, ›du warst recht liebenswürdig.‹ ›Liebenswürdig!‹ fuhr sie mich an. ›Zu diesem Kerl würde ich niemals liebenswürdig sein.‹ Dann hat sie gelacht und mich geküßt. Wenn S. mich küßt, vergeht mir Hören und Sehen. Ich wollte, es wäre immer so.«

»S. ist gestern abend gekommen. Ich weiß nie, wann ich mit ihr rechnen kann. Sie führt sich recht merkwürdig auf. Sie brachte eine Flasche Apfelmost mit, die Carrie Cringle ihr geschenkt hatte. ›Armer Esmond, ich glaube gar, du findest es schrecklich, wenn ich so in dein Zimmer komme. Ich tu's nie mehr, wenn du es nicht willst.‹ Das ist bezeichnend für S. Sie weiß, daß ich sie mehr begehre als alles auf der Welt, und das scheint ihr manchmal zu gefallen, dann wieder ärgert es sie. Sie sagte: ›Das hier wird deine Leidenschaft anstacheln. Es wird deine Skrupel unterdrücken. Komm, laß uns trinken.‹ Sie goß zwei Gläser voll, die sie mitgebracht hatte. Sie hielt mir meines an den Mund, so daß ich trinken mußte, und dann nahm sie selbst einen kleinen Schluck aus meinem Glas. Es war berauschend. Als ich am nächsten Morgen aufwachte, war sie fort. Es gibt ein Gedicht von Keats, das mich an S. erinnert. *La belle dame sans merci*. S. hat mich ganz in ihrer Gewalt.«

»Am nächsten Morgen war mir nicht wohl. Ich dachte, das war der Apfelmost. S. kam zu mir herein und wunderte sich. ›Das kann nicht am Apfelmost liegen‹, sagte sie. ›Ich verspüre keine üblen Nachwirkungen.‹ Ich erinnerte sie, daß sie ja nur an meinem Glas genippt hatte. ›Du irrst dich!‹ widersprach sie heftig. ›Ich habe ein ganzes Glas geleert.‹«

Ein ganzer Monat war vergangen, bevor Esmond wieder in sein Tagebuch schrieb.

»Heute besser. Nicht mehr so schwach. S. reist bald ab. Sie muß ihren Vater finden, sagt sie. Ich glaube, sie ist außer sich wegen Saul Cringle, den man, kurz nachdem ich krank wurde, in der Scheune erhängt fand. Es gab eine Menge Klatsch, und einige Leute haben angedeutet, daß S. ihm das Leben verleidet und ihm gedroht hat, sie werde mich veranlassen, ihm den Hof wegzunehmen. Das ist nicht wahr. So etwas hat sie nie zu mir gesagt. Aber sie war oft auf dem Cringle-Hof. Die Leute haben sie dorthin reiten sehen. Das war alles sehr unerfreulich. Ich kann verstehen, warum sie fort will; und sie hat ja auch das Verschwinden ihres Vaters nie verwunden.«

Die nächsten Eintragungen waren spärlich.

»Heute ein Brief von S. Durch jemanden im Anwaltsbüro hat sie den Aufenthaltsort ihres Vaters herausgefunden. Er lebt auf einer abgelegenen Insel, schreibt sie, wo er eine Art großer weißer Häuptling ist. Sie will unbedingt dorthin. Garth war heute hier. Malcolm gestern. Es war nett, sie um mich zu haben.«

»Habe mich heute ein wenig unwohl gefühlt. Wie bei der Krankheit vor ein paar Monaten. Derselbe Schwindel und diese Krämpfe. Malcolm ist an meiner Stelle mit Jeff herumgeritten.«

»Heute tagsüber leichte Besserung, aber abends gar nicht gut. Ich glaube, wir müssen den Arzt kommen lassen.«

»Ich wünsche immerfort, S. wäre hier. Ich bin gespannt, wann sie nach Hause kommt. Malcolm sagt, er würde ins Schloß ziehen, falls ich seine Hilfe brauche. Er hält mich wohl für einen Schwächling. Ich dankte ihm für sein Angebot. Er bleibt eine Weile hier. Wenn S. zurückkommt, heiraten wir. Sie will Malcolm bestimmt nicht hierhaben. Ich muß aufpassen, daß ich keine falschen Abmachungen treffe.«

Der nächste Eintrag erfolgte eine Woche später.

»War bisher zu krank zum Schreiben. Bin jetzt zu müde, um viel zu schreiben. Denke die ganze Zeit an S. Malcolm und Garth sind beide sehr nett. Ich wollte, ich könnte diese Lustlosigkeit abschütteln.«
Das war der letzte Eintrag. Ich sah am Datum, daß er bald danach gestorben war.
Nachdenklich klappte ich das Buch zu und blieb still liegen. Die Aufzeichnungen erklärten mir wenig, und ich war der Lösung des Cringle-Rätsels nicht einen Schritt näher gekommen; doch ich hatte ein vollständigeres Bild von Esmond und Susannah gewonnen.
Ich erinnerte mich, was Cougabel von Susannah gesagt hatte. Sie sei eine Hexe. Sie sei eine Zauberin. Vielleicht hatte Cougabel recht.
Viele Stunden konnte ich nicht schlafen. Immerzu dachte ich, in was für eine gefährliche Rolle ich geschlüpft war.
»Wo wird das enden?« fragte ich mich.

Briefe aus der Vergangenheit

Am nächsten Morgen kam Jeff Carleton zum Schloß. Er bewohnte etwa einen Kilometer entfernt ein eigenes Haus, das seit Generationen den Gutsverwaltern als Wohnsitz diente und wo Jeff ein äußerst komfortables Leben führte. Er war Junggeselle, und ein tüchtiges Ehepaar sorgte für sein leibliches Wohl. Janet behauptete, er hätte es dort besser als wir im Schloß, weil es in seinem Haus nicht so fürchterlich zog.

Jeff war mit sich und dem Leben zufrieden. Er hing am Schloß, ohne ihm jedoch bedingungslos ergeben zu sein. Hätte er auf einem anderen ähnlichen Besitz eine Stellung angenommen, so würde er dort binnen kurzem mit dem gleichen Eifer arbeiten wie auf Mateland. Jeff war einfach ein ganz normaler Mensch, dem es beliebte, sein Dasein nach seinem eigenen Geschmack zu gestalten. Es war ein Glück für uns, einen so fähigen Verwalter zu haben.

Er kam, um zu melden, daß er den Dachdecker für den nächsten Morgen zu Mrs. Bell bestellt hatte, und ich erbot mich, zu ihr hinüberzureiten, um ihr Bescheid zu sagen.

»Da wird sie sich aber freuen«, meinte Jeff. »Sie wird es zu schätzen wissen, wenn Sie persönlich kommen. Es tut den Leuten gut, wenn sie merken, daß jemand sich um sie kümmert.«

Diese Bemerkung machte mich beinahe glücklich. Ich wollte für diese Leute mein Bestes tun, um ihnen das Leben zu erleichtern. Ich wollte

zu mir sagen können: Zwar gebe ich mich für eine andere aus, aber ich tue wenigstens mehr Gutes, als jene tun würde.
Das war zwar keine Entschuldigung, aber es sprach immerhin zu meinen Gunsten.
So ritt ich denn frohgestimmt hinaus, und als ich die Hecken und die grünen Felder um mich herum sah und die sanfte Brise auf meinen Wangen spürte, hätte ich am liebsten laut gesungen.
Als ich an Oma Bells Hütte anlangte, band ich mein Pferd fest und klopfte an. Nichts rührte sich. Und nachdem die Tür nicht verschlossen war, ging ich hinein.
Ich trat in das Wohnzimmer. Hier war es ganz still. Auf dem Tisch lag eine wollene Decke; die Uhr auf dem Kaminsims tickte schwerfällig.
»Mrs. Bell«, rief ich. »Sind Sie da?«
Das Schlafzimmer war nebenan. Ich kannte den Grundriß der Hütte unterdessen und wußte, daß Oma Bell das Hinterzimmer im Erdgeschoß als Schlafraum benutzte, weil ihr das Treppensteigen solche Mühe machte.
Ich klopfte an die Zwischentür und lauschte. Ich meinte, ein leises Geräusch zu hören, und stieß die Tür auf. Oma Bell lag auf dem Bett; sie war leichenblaß und preßte die Hände auf die Brust.
»Mrs. Bell«, rief ich erschrocken, »was fehlt Ihnen?«
Sie blickte mich hilfeflehend an, und ich sah ihr an, daß sie starke Schmerzen hatte.
»Ich hole den Arzt«, sagte ich schnell, und schon war ich zur Tür hinaus.
Ich ritt, so rasch ich konnte, zu Dr. Cleghorn. Ich wußte, wo seine Praxis lag, denn ich war oft genug daran vorbeigekommen. Anabel und mein Vater hatten von dem Haus erzählt, denn es war das nämliche, wo Joel vor Jahren seine Sprechstunden abgehalten hatte. Zum Glück war Dr. Cleghorn zu Hause. Wir ritten gemeinsam zur Hütte zurück.
Oma Bells Schmerzen waren inzwischen zurückgegangen, dennoch verordnete ihr der Arzt absolute Bettruhe. Er werde ihr die Krankenschwester schicken, sagte er.
»Kann ich irgend etwas tun?« fragte ich.

»Eigentlich nicht. Sorgen Sie nur dafür, daß sie nicht aufsteht. Sie darf sich nicht bewegen. Die Schwester wird sich um sie kümmern. Mehr kann man nicht tun.«

Draußen sagte er: »Ich fürchte, sie wird sich nicht mehr erholen. Sie ist schon lange herzleidend, und außerdem ist sie eine alte Frau. Ich gebe ihr allerhöchstens noch ein paar Monate. Das Bett wird sie wohl nie mehr verlassen.«

»Die Ärmste«, seufzte ich. »Wir müssen dafür sorgen, daß es ihr an nichts fehlt.«

Der Doktor schaute mich befremdet an. »Das ist lieb von Ihnen, Miss Mateland«, sagte er. »Es wird ihr guttun, wenn jemand sie besucht. Sie braucht Pflege. Wir wünschen uns dringend ein Krankenhaus. Das nächste ist dreißig Kilometer entfernt. Früher war einmal die Rede davon, daß hier eins gebaut werden sollte.«

Ja, dachte ich, das weiß ich. Aber dann wurde dieses Krankenhaus auf einer meilenweit entfernten Insel gebaut und vom Grollenden Riesen zerstört.

Ich kehrte in die Hütte zurück und wartete auf die Krankenschwester. Als sie endlich kam, ritt ich zum Mittagessen aufs Schloß zurück. Malcolm war da, aber diesmal war ich keineswegs nervös. Wir unterhielten uns über Oma Bell.

»Cleghorn hat mir erzählt, daß du ihn glücklicherweise geholt hast«, sagte Malcolm. »Sie wäre sonst gestorben.«

Ich verspürte eine ungeheure Befriedigung.

»Ich gehe heute nachmittag wieder zu ihr«, sagte ich. »Das Dach muß jetzt wohl warten, bis es ihr etwas besser geht. Wir können die Handwerker nicht ins Haus lassen, wenn sie so krank ist und nicht aufstehen darf.«

»Ich gebe Jeff Bescheid, daß er den Auftrag rückgängig machen soll«, sagte Malcolm.

Als ich am Nachmittag auf dem Weg zu Mrs. Bell war, gesellte Malcolm sich zu mir.

»Ich bin unterwegs zu Oma Bell«, erklärte ich ihm.

»Ich komme mit.«

»Wie du willst«, erwiderte ich und bemühte mich, ihn nicht allzu beglückt anzulächeln.

»Du hast dir das, was ich dir gesagt habe, offensichtlich zu Herzen genommen«, meinte er.
»Was hast du mir gesagt?«
»Daß die Leute persönliche Zuwendung brauchen. Sie müssen merken, daß sie als Menschen anerkannt sind.«
»Das war mir schon immer klar«, gab ich zurück.
»Bevor du weggingst, war davon aber nichts zu spüren.«
»Wir werden erwachsen, nicht wahr? Selbst du warst ein bißchen leichtfertig, als du jünger warst.«
Er blickte mich prüfend an. »Ich wüßte zu gern, was man mit dir gemacht hat, während du fort warst«, sagte er.
»Ich habe einiges von der Welt gesehen. Reisen erweitert den Horizont, heißt es.«
»Und verändert den Charakter, wie es scheint.«
»Du bist schrecklich nachtragend.«
»Nicht im geringsten. Ich bin bereit, der neuen Susannah sämtliche Sünden der alten zu verzeihen.«
Er ist mißtrauisch, dachte ich, er *muß* einfach mißtrauisch sein.
Eindringlich sah er mir ins Gesicht, und ich errötete unter seinem prüfenden Blick.
Rasch sagte ich: »Wir müssen wegen Oma Bell etwas unternehmen.«
»Keine Bange«, sagte er lächelnd, »uns wird schon etwas einfallen.«
Wir kamen zur Hütte. Oma Bell war zu krank, um von uns weiter Notiz zu nehmen, dennoch schien unsere Gegenwart sie zu trösten. Die Krankenschwester, die inzwischen gekommen war, erklärte uns, daß unbedingt jemand den ganzen Tag in der Hütte sein müßte.
»Vielleicht können die Cringles Leah entbehren«, meinte sie.
»O ja, das ist eine gute Idee«, rief ich begeistert aus. Ich merkte, wie mich Malcolm scharf ansah. »Findest du das nicht?« fragte ich, um meine Verlegenheit zu verbergen.
»Eine ausgezeichnete Idee«, stimmte er zu.
»Falls die Cringles Schwierigkeiten machen, sagen Sie ihnen, daß Leah für ihre Dienste bezahlt wird«, fuhr ich fort. »Sie kann sich das Geld im Schloß abholen.«
»Das wäre eine große Erleichterung«, sagte die Krankenschwester.

»Ich kann wohl zweimal täglich hier vorbeischauen, aber in ihrem Zustand braucht Mrs. Bell jemanden, der wenigstens tagsüber hierbleibt. Danke, Miss Mateland, vielen Dank. Ich gehe jetzt gleich zu Leah.«
»Ich warte hier, bis Sie mit ihr zurückkommen«, rief ich ihr nach.
»*Wir* warten hier«, berichtigte Malcolm.
Als die Schwester fort war, sagte ich: »Du brauchst nicht hierzubleiben.«
»Ich will aber«, gab er zurück.
Ich platzte heraus: »Guck mich doch nicht immer so an, als hättest du ein Ungeheuer vor dir.«
»Kein Ungeheuer«, erwiderte er. »Ich komme bloß nicht über diese wunderbare Verwandlung hinweg. Sie gefällt mir allerdings. Sie gefällt mir sogar sehr, aber sie ist mir ein Rätsel.«
Ich zog in gespieltem Unwillen die Schultern hoch. »Ich habe eben jetzt eine Verantwortung zu tragen«, erklärte ich.
Leah kam schüchtern in die Hütte. Ich mochte das Mädchen. Sie war anders als die übrigen Cringles. Ich hatte schon früher gespürt, daß sie, wie man so sagte, in der »Klemme« steckte, und jetzt war ich dessen ganz sicher.
Ich sagte: »Komm herein, Leah. Du weißt, warum wir nach dir geschickt haben?«
Sie blickte von mir zu Malcolm, und ich bemerkte, daß sie vor ihm mehr Respekt hatte als vor mir, und das freute mich insgeheim.
»Die Schwester hat's mir gesagt«, erwiderte sie.
»Dann weißt du also, daß du auf unseren Wunsch hin hierbleiben sollst und Mrs. Bell die Medizin gibst, die Dr. Cleghorn verordnet hat. Wenn es ihr schlechter geht, kannst du rasch Hilfe holen. Hast du eine Handarbeit dabei, damit du dich beschäftigen kannst?«
Sie nickte, und ich legte ihr eine Hand auf die Schulter. Am liebsten hätte ich sie aufgefordert, sich mir anzuvertrauen. Aber natürlich war mir inzwischen klargeworden, daß kaum jemand sich Susannah anvertraut hätte, und bisweilen vergaß ich, für wen man mich hielt. Das war töricht von mir. Auch Malcolm wurde von Tag zu Tag mißtrauischer. Das merkte ich an der Art, wie er mich ansah. Bald würde er mir Fragen stellen, die ich unmöglich beantworten konnte.

Manchmal hatte ich den Eindruck, daß er meinen Betrug bereits durchschaut hatte und nur noch abwartete, bis ich mich endlich auf irgendeine Weise verriet.

»Nun«, meinte er, als wir aus der Hütte traten, »das hast du ja bestens arrangiert. Man könnte meinen, du hättest dein Leben lang einen Gutsbesitz verwaltet.«

»Es freut mich, daß du so denkst.«

Er nahm meinen Arm, als wir zu den Pferden gingen. Ich machte mich ganz steif und hätte ihm meinen Arm am liebsten entzogen, doch ich dachte, das würde dem Vorgang allzuviel Bedeutung beimessen.

»Der Boden ist holperig«, sagte Malcolm, um die ritterliche Geste zu erklären. »Da kann man leicht stolpern.«

Ich erwiderte nichts. Bei den Pferden angelangt, drückte er ganz leicht meinen Arm, und als er mir beim Aufsteigen half, lächelte er mich innig an, doch in seinen Augen konnte ich eine gewisse Ratlosigkeit erkennen.

An diesem Abend aßen Malcolm und Jeff Carleton mit uns. Die Unterhaltung drehte sich um Gutsangelegenheiten, die Emerald langweilten. Sie versuchte, uns in ein Gespräch über ihre interessanten Krankheiten und Dr. Cleghorns Behandlung zu verwickeln, doch keiner hörte ihr so richtig zu.

»Dr. Cleghorn meint, daß Mrs. Bell ihre Krankheit nicht überleben wird«, sagte Jeff. »Sie wäre schon tot, wenn Sie nicht rechtzeitig zur Hütte gekommen wären und den Doktor geholt hätten, Miss Mateland. Aber trotzdem, auch mit der besten Pflege der Welt hält sie höchstens noch ein paar Monate durch. Ihre Hütte wird frei. Es fragt sich, wer sie übernehmen soll.«

»Was meinen Sie, wer sie am ehesten verdient, Jeff?« erkundigte sich Malcolm.

»Die Baddocks. Sie wollen aus Mrs. Baddocks Elternhaus ausziehen. Dort ist nicht genug Platz für sie. Die Hütte käme ihnen sehr gelegen, und Tom Baddock ist ein tüchtiger Arbeiter.«

»Haben Sie schon mit ihm darüber gesprochen?« fragte Malcolm.

»Nein, aber ich weiß, daß er die Hütte gern hätte. Man kann schließlich nicht darüber reden, solange Oma Bell noch lebt.«

»Ganz recht«, sagte ich. »Das sähe ja so aus, als wollten wir die alte Frau aus dem Weg haben.«
»Die Hütten sind ja eigentlich für die Arbeiter bestimmt«, gab mir Jeff zu verstehen.
»Nun, Mrs. Bells Mann hat für uns gearbeitet. Es scheint mir doch recht hart, wenn die Frauen nach dem schon schweren Verlust ihrer Männer auch noch ihr Heim aufgeben müßten.«
»Das ist eine rein geschäftliche Angelegenheit«, erklärte Jeff. »Die Hütte ist ein Teil des Lohnes. Mr. Esmond hat erlaubt, daß Mrs. Bell sie behielt, und so blieb sie dort wohnen.«
»Das war ja auch ganz richtig«, rief ich heftig.
»Natürlich«, sprang Malcolm mir bei.
»Schon gut«, versetzte Jeff, »aber es wäre nicht gerade einträglich für das Gut, wenn alle Hütten von Frauen bewohnt würden, die ihre Männer verloren haben.«
»Nun, wie der Doktor sagt, wird die arme Mrs. Bell nicht mehr lange unter uns weilen«, bemerkte Malcolm, »und die Frage ist, ob die Baddocks die Hütte bekommen sollen.«
»Wir wollen die Angelegenheit ruhen lassen, bis die Hütte wirklich frei ist«, sagte ich entschlossen. »Ich mag dieses Gerede nicht – als ob Mrs. Bell schon tot wäre.«
Ich war rot geworden und sprach etwas heftiger als sonst, denn ich stellte mir vor, wie einem zumute sein mochte, wenn man arm und alt und allen eine Last war.
»Und«, fuhr ich fort, »sagen Sie den Baddocks nichts davon. Sonst gibt es nur Redereien, und das will ich nicht. Wir wollen die Angelegenheit aufschieben, bis es wirklich soweit ist und wir die Hütte vergeben können.«
Wir sprachen über andere Dinge. Ein- oder zweimal fing ich Malcolms Blick auf. Er lächelte, und einen kurzen Augenblick lang war ich richtig glücklich.
Am nächsten Tag besuchte ich Oma Bell. Leah war bei ihr und nähte. Sie versteckte ihre Arbeit hastig unter einer Flickarbeit auf ihrem Schoß, als ich eintrat. Dabei war sie puterrot geworden, und ich fand, daß sie sehr hübsch aussah.
»Wie geht es ihr?« fragte ich.

»Sie tut gar nichts, Miss. Liegt bloß da.«
»Ich setze mich eine Weile zu ihr«, sagte ich. »Leg deine Handarbeit weg und geh zu eurem Hof rüber. Du kannst etwas Milch mitbringen. Sag, sie sollen sie dem Schloß in Rechnung stellen. So kannst du dir ein bißchen die Beine vertreten.«
Leah stand gehorsam auf und legte ihr Nähzeug auf den Tisch. Sie huschte geschwind und leise hinaus. Sie erinnerte mich an ein Rehkitz.
Die alte Mrs. Bell lag still mit geschlossenen Augen in ihrem Bett. Ich blickte mich in der Hütte um und stellte mir vor, wie sie jungvermählt mit Mr. Bell hierhergekommen war, um ein neues Leben zu beginnen, wie sie zwei Kinder großgezogen hatte, die später heirateten und fortzogen. Die Uhr tickte vernehmlich, und die alte Frau atmete schwer. Ich stand auf und ging zu dem Tisch, auf den Leah ihre Handarbeit gelegt hatte. Ich fand, was ich erwartet hatte. Leah hatte das Babyjäckchen, an dem sie nähte, versteckt, als ich hereinkam.
Armes Kind! dachte ich. Erst sechzehn Jahre und wird schon Mutter. Hat keinen Ehemann, nur eine schreckliche, selbstgerechte Familie. Arme kleine Leah! Wenn ich ihr doch nur beistehen könnte! Ich werde ihr helfen, gelobte ich mir.
Leise trat ich wieder ans Bett; die alte Frau öffnete die Augen und sah mich an. Ein Funken des Wiedererkennens flackerte in ihrem Blick auf.
»Miss Su... Su...«, murmelte sie.
»Ja«, sagte ich, »ich bin hier. Sie dürfen nicht sprechen. Wir kümmern uns um Sie.«
Sie starrte mich an, und aus ihren Augen sprach die Verwunderung, die sie mit Worten nicht ausdrücken konnte.
»G... Gott...«, murmelte sie.
»Nicht sprechen«, bat ich.
»Gott... segne Sie.«
Ich ergriff ihre Hand und drückte einen Kuß darauf, und der Anflug eines Lächelns huschte über ihre Lippen.
»Nein... nicht M... Miss...«
Nicht Miss Susannah. Das wollte sie sagen. Susannah hatte sich nicht um kranke Frauen gekümmert. Sie hatte nicht an ihren Betten geses-

sen. Ich wußte, daß ich mich anders verhielt, als es Susannahs Charakter entsprach, aber es war mir einerlei. Ich hatte nur das eine Verlangen, die Frau zu trösten. Ich wollte ihr sagen, daß der Dachdecker bestellt war, daß für alles gesorgt sei und daß sie ihre letzten Lebensjahre ungetrübt verbringen könne. Ich sprach es zwar nicht aus, aber ich glaube, daß ich es ihr durch meine Gegenwart zu verstehen gab. Sie hielt meine Hand, und so saßen wir, bis Leah mit der Milch zurückkehrte.

»Du könntest sie warm machen«, sagte ich. »Mal sehen, ob Mrs. Bell ein bißchen davon trinkt.«

Leah ging in die Küche und zündete die Petroleumlampe an. Oma Bell war eingeschlafen, und ich folgte Leah hinaus.

»So ist's recht, Leah«, lobte ich.

Sie blickte mir mit ihren großen furchtsamen Rehaugen ins Gesicht.

»Sie sind ein guter Mensch, Miss Susannah«, sagte sie, »da können die anderen sagen, was sie wollen. Sie sind nicht wie früher... Sie sind nicht mehr dieselbe...«

Sie ahnte nicht, wie sehr ihre Worte mich berührten.

»Danke, Leah«, sagte ich. »Ich möchte, daß du mir erzählst, wenn dir irgendwas fehlt. Wenn du Hilfe brauchst... Ich möchte allen Leuten auf dem Gut helfen... verstehst du?«

Sie nickte.

»Also, Leah, stimmt etwas nicht? Hast du Kummer?«

Sie schüttelte den Kopf. »Es ist alles in Ordnung.«

Ich überließ es ihr, die Milch zu Oma Bell hineinzubringen, und ritt zum Schloß zurück.

Die neue Susannah war verändert. Sie kümmerte sich um Leute. Die frühere Susannah hatte sich ausschließlich um sich selbst gekümmert. Und dieser Unterschied fiel den Leuten auf.

Beim Abendessen sagte Emerald, sie müsse Garth schreiben. Sie habe lange nichts von ihm gehört.

Ich war neugierig auf Garth. Er war in den Unterlagen ein paarmal erwähnt, doch im Grunde wußte ich von ihm nur, daß er der Sohn von Elizabeth Larkham, Emeralds früherer Gesellschafterin, war. Elizabeth war Witwe, und Garth war ihr einziger Sohn.

Dann dachte ich nicht mehr an ihn. Ich war zu sehr mit Oma Bell und ihrer Hütte, mit Leah und ihren Problemen beschäftigt.

Insgeheim fürchtete ich, Leah könnte sich etwas antun. Wie sollte sie vor ihrer strengen Familie bestehen? Leah schien mir nicht fähig, sich gegen ihre Angehörigen aufzulehnen, und ich malte mir aus, wie sie sich in dem Fluß, der die Waldungen des Schlosses durchzog, ertränkte – mit Blumen im Haar wie Ophelia – oder ihrem Leben auf andere Weise ein Ende machte. Mehrmals hatte ich versucht, mit ihr zu reden, aber ich kam bei ihr nicht an. Sie behauptete jedesmal, daß ihr nichts fehle.

Als ich zwei Tage später zu der Hütte kam, war Mrs. Bell tot. Tagelang wurde von nichts anderem gesprochen als von Oma Bell. Die Krankenschwester bahrte sie auf, und Jack, der Totengräber, schaufelte ihr ein Grab. Ich ging zur Beerdigung, und Malcolm begleitete mich. Wieder merkte ich, daß alle von mir überrascht waren. Susannah war nie zu einem Begräbnis gegangen, nur Esmond hatte sich hin und wieder dabei sehen lassen. Er hatte es häufig versprochen, und wenn er nicht erschien, machte er hinterher einen Besuch bei den trauernden Hinterbliebenen und erklärte ihnen, warum er verhindert gewesen war. Das war zwar vielleicht nicht immer die Wahrheit, aber es besänftigte die Leute, weil es bewies, daß er wußte, was er den Toten schuldig war.

Daher verursachte mein Erscheinen einiges Aufsehen, doch ich war froh, weil meine und Malcolms Gegenwart der Trauerfeier eine gewisse Würde verlieh.

Tränen traten mir in die Augen, als ich die Erdklumpen auf den Sarg fallen hörte. Jetzt hatte die arme alte Frau wenigstens ihren Frieden.

Malcolm ergriff meinen Arm, als wir uns zum Gehen wandten.

»Du bist ja wirklich ergriffen«, sagte er.

»Warum auch nicht?« gab ich zurück. »Der Tod hat etwas Ehrfurchterregendes.«

»Ich kenne so manchen, den der Tod von jemandem, mit dem er nicht persönlich verbunden war, gänzlich ungerührt ließe. Du gehörtest früher auch dazu, Susannah.«

Er umklammerte meinen Arm mit festem Griff und drehte mich herum, so daß ich ihm ins Gesicht sah. Solche Augenblicke machten

mir Angst, denn ich fürchtete, jetzt sei es so weit, jetzt werde er mir auf den Kopf zusagen, daß ich eine Betrügerin und Hochstaplerin sei.
»Ich möchte bloß wissen...«, begann er.
»Was?« fragte ich furchtsam.
»Susannah, wodurch hast du dich so verändert? Du bist so... menschlich geworden.«
»Ich gehörte schon immer zur menschlichen Rasse.«
»Übermut bringt uns nicht weiter.«
»Nun, laß dir gesagt sein, daß ich dieselbe bin, die ich immer war.«
»Dann hast du dich aber verflixt gut verstellt.«
»Ach, ich war einfach jung und leichtfertig, weiter nichts.«
»Das hatte nichts mit Jungsein und Leichtfertigkeit zu tun. Du warst... ein Ungeheuer.«
Ich hielt es für besser, das zu überhören, und plauderte weiter: »Die arme Mrs. Bell! Sie war eine gute Seele. Sie hat immer ihre Pflicht getan und war so dankbar, daß sie in der finsteren, kleinen Hütte leben konnte und ihr Auskommen hatte.«
Malcolm schwieg, offenbar tief in Gedanken versunken – und das war beunruhigend.
Auf dem Rückweg zum Schloß waren wir beide nicht sehr gesprächig.
Am nächsten Morgen erhielt ich Besuch von einem jungen Mann namens Jack Chivers. Er war Gelegenheitsarbeiter und half auf den verschiedenen Höfen im Umkreis aus, wenn er gebraucht wurde.
Ich empfing ihn in dem kleinen Salon, der an die Eingangshalle angrenzte. Nervös drehte der Mann seine Mütze zwischen den Händen.
»Ich muß Sie unbedingt sprechen, Miss Susannah«, sagte er. »Ich möchte wissen, ob es möglich ist, daß ich Mrs. Bells Hütte bekomme.«
»Hm, aber...«, begann ich. »Darüber ist überhaupt noch nichts entschieden.«
Er zog ein langes Gesicht. »Dann tut es mir leid, daß ich Sie belästigt habe, Miss«, sagte er und wandte sich zum Gehen.
Es lag etwas so Verzweifeltes in der Art, wie er die Schultern hängen

ließ, daß ich ihn zurückhielt. Er war ungefähr achtzehn Jahre alt und sah recht gut aus.
»Einen Augenblick. Gehen Sie noch nicht. Warum sind Sie so erpicht auf die Hütte?«
»Ich möchte heiraten, Miss.«
»Na«, meinte ich, »damit können Sie doch noch eine Weile warten, oder? Bis dahin werden andere Hütten frei sein.«
»Wir können nicht warten«, murmelte er. »Danke, Miss. Ich dachte bloß, es könnte vielleicht klappen.«
»Sie können also nicht warten«, sagte ich. Und dann fragte ich ihn: »Und wen wollen Sie heiraten?«
»Leah Cringle, Miss.«
»Oh«, sagte ich. »Nehmen Sie doch einen Augenblick Platz.«
Er setzte sich, und ich blickte ihn scharf an. »Leah bekommt ein Baby, nicht wahr?« fragte ich.
Er errötete bis unter die Haarwurzeln. Dann verzog er das Gesicht zu einem Grinsen, das aber nicht väterlichen Stolz, sondern eher Verlegenheit und Bestürzung ausdrückte.
»Ja, Miss, das stimmt. Wenn wir wüßten, wo wir hin sollen, dann könnten wir heiraten.«
»Können Sie nicht heiraten, ohne die Hütte zu bekommen?«
»Leah weiß doch nicht, wohin... sie müßte auf dem Cringle-Hof bleiben. Da wäre ihr Leben keinen Pfifferling wert. Wir wissen keinen anderen Ausweg, als heimlich zu heiraten... und dann zusammen in eine Hütte zu ziehen.«
»Ja«, sagte ich, »ich verstehe. Aber das Dach muß repariert werden. Sie möchten doch sicher, daß die Hütte ein wenig hergerichtet wird.«
Er starrte mich ungläubig an.
Ich fuhr fort: »Ich kann mir vorstellen, wie schwierig es für Leah auf dem Cringle-Hof ist. Allerdings muß ich sagen, daß Sie sich das hätten vorher überlegen sollen...«
»Ich weiß, Miss. Das sollte man immer... aber dann tut man's doch nicht. Leah ist so süß und hübsch, und eines Tages hab' ich sie getröstet, weil sie so geweint hat. Irgendwas war passiert. Bei den Cringles passiert ja immer was... es heißt dauernd: Beten und Gutes tun, und

dabei machen sie sich alle unglücklich. Und dann ... ehe ich's mich versah ... und als es einmal angefangen hatte, ging's eben weiter. Ich liebe Leah, Miss, und Leah liebt mich, und wir wünschen uns nichts sehnlicher als unser kleines Baby ...«

Ich spürte einen dicken Klumpen in meiner Kehle. Es ist mir egal, was Jeff sagt, dachte ich. Es ist mir egal, was Malcolm sagt. Ich bin die Herrin des Schlosses.

»Also gut«, sagte ich. »Sie sollen die Hütte haben. Es hat keinen Sinn, noch zu warten. Heiratet und zieht ein. Sie können die Hütte doch selbst in Ordnung bringen, nicht wahr? Am besten halten Sie den Mund, bis Sie verheiratet sind. Die Cringles sind eigenartige Leute.«

»O Miss, ist das Ihr Ernst?«

»Ja. Die Hütte gehört Ihnen. Sagen Sie Leah Bescheid. Und nicht vergessen, es ist ein Geheimnis ... vorläufig.«

»O Miss, ich weiß nicht, was ich sagen soll.«

»Dann sagen Sie am besten gar nichts. Ich weiß auch so, wie Ihnen zumute ist.«

Kaum war er gegangen, ritt ich unverzüglich zu Jeff. Malcolm saß bei ihm. Überhaupt waren die beiden oft zusammen. Man hätte meinen können, Malcolm sei der Eigentümer des Schlosses, so eifrig kümmerte er sich um alles.

Ich platzte gleich mit meiner Neuigkeit heraus: »Ich habe wegen Mrs. Bells Hütte alles geregelt. Jack Chivers bekommt sie.«

»Jack Chivers!« rief Jeff aus. »Der ist ja fast noch ein Kind. Die Baddocks sind vor ihm an der Reihe.«

»Die Baddocks müssen eben warten. Jack Chivers bekommt die Hütte.«

»Warum?« wollte Malcolm wissen.

»Das Schloß gehört mir«, erklärte ich rechthaberisch. »Ich treffe hier die Entscheidungen. Ich habe Jack Chivers bereits zugesagt, daß er die Hütte haben kann.«

»Aber das scheint mir recht unvernünftig«, meinte Jeff beschwichtigend.

»Es gibt einen durchaus vernünftigen Grund. Leah Cringle bekommt ein Kind von Jack. Sie wollen auf der Stelle heiraten. Sie brauchen die Hütte.«

Die beiden Männer starrten mich fassungslos an.
»Stellt euch doch bloß einmal Leah Cringles Leben bei ihren schrecklichen Eltern vor«, fuhr ich heftig fort. »Von dem alten Großvater gar nicht zu reden. Sie kann dort unmöglich bleiben. Ich habe das Gefühl, daß sie sich etwas antut, wenn wir nichts unternehmen. Es ist meine Aufgabe, mich um die Leute zu kümmern. Leah und Jack Chivers bekommen die Hütte, und damit basta.«
Ich konnte den beiden Männern vom Gesicht ablesen, daß sie es für töricht hielten, eine Frau Entscheidungen treffen zu lassen. Sie gab dem Drang ihrer Gefühle nach, während sie als erfahrene Geschäftsleute immer den Verstand walten ließen.
Heimlich machte mir die Situation Spaß. Sie sollten ja nicht vergessen, daß ich diejenige war, die hier zu bestimmen hatte.
Am nächsten Tag ging ich in die Hütte, und als ich oben im Schlafzimmer stand, hörte ich, wie die Tür leise aufging. Ich stieg die Treppe hinunter. Unten standen Jack Chivers und Leah. Sie blickten sich in maßlosem Staunen um. Mit Leah war eine wundersame Veränderung vorgegangen. Nie hatte ich ein glücklicheres Gesicht gesehen. Und das war mein Werk!
Und dann erlebte ich einen dieser unsäglich glücklichen Augenblicke, wie sie einem nur selten zuteil werden und die meist von kurzer Dauer sind.
»Na, ihr wollt wohl euer neues Heim besichtigen?« fragte ich.
Leah lief auf mich zu. Dann tat sie etwas Seltsames. Sie kniete nieder, ergriff meinen Rocksaum, hob ihn an die Lippen und küßte ihn andächtig.
»Leah«, sagte ich, meine Rührung zurückdrängend, »steh sofort auf. Hört mal, wollt ihr die Tapeten erneuern?«

Während der folgenden Wochen war ich wirklich glücklich. Es passierte sogar, daß ich mehrere Stunden hintereinander verbrachte, ohne an den Anblick der verwüsteten Insel und an den schrecklichen Verlust meiner Lieben denken zu müssen und ohne darüber nachzugrübeln, wie ich meine Maskerade eines Tages ablegen könnte. Die Belange des Schlosses und der Güter nahmen mein ganzes Sinnen und Trachten ein. Ich genoß diese Aufgabe und das Gefühl, dafür ge-

boren zu sein. Wäre ich wirklich Susannah gewesen, ich hätte ja so zufrieden sein können!
Mit Freuden nahm ich Leahs Verwandlung wahr. Sie war ein hübsches Mädchen, und das Glück förderte noch ihre Schönheit. Leah und Jack Chivers waren selig. Sie verbrachten jede freie Minute in der Hütte, um sie herzurichten. Das Dach war ausgebessert worden, und die Behausung bekam allmählich ein ganz anderes Gesicht als vordem, da sie von Mrs. Bell bewohnt worden war. Dazu fand ich im Schloß ein paar Vorhänge, die man für die Hüttenfenster zuschneiden konnte. Als ich sie Leah gab, strahlte sie vor Dankbarkeit.
Es gab natürlich auch Widerstand, vor allem seitens der Baddocks. Es schien, so wurde gemunkelt, daß manche Leute für ihre Sünden belohnt würden, während die Gerechten leer ausgingen.
Auch Jeff Carleton war dieser Meinung; Malcolm jedoch nicht, wie ich im stillen hoffte. Wie dem auch sei, ich hatte es so bestimmt, und mochten die Leute darüber denken, wie sie wollten, es war nicht mehr zu ändern.
Es gelang mir, die Baddocks wenigstens einigermaßen zu beschwichtigen, indem ich ihnen die nächste freiwerdende Hütte versprach.
Ich entdeckte ganz neue Fähigkeiten an mir. Mit Menschen hatte ich mich schon immer gern befaßt, und ich verstand sie, weil ich mich an ihre Stelle versetzen konnte. Allmählich gewann ich das Vertrauen der Leute, und das war fürwahr eine große Leistung, denn Susannah hatte mir ein schweres Erbe hinterlassen. Sie war höchst unberechenbar gewesen – an einem Tag gab sie sich freundschaftlich, und tags darauf schienen die Menschen für sie Luft zu sein. Doch mich achteten sie. Das spürte ich an der Art, wie sie mit der Zeit ihre Probleme mit mir besprachen, und immer mehr verwischte sich das Bild, das sie von Susannah hatten.
Für mich war es beglückend, wenn ich den Menschen helfen konnte. Dabei hatte ich stets den Hintergedanken: Wiegt mein Betrug so schwer, wenn ich für die Leute hier Gutes tun kann? Wenn ich sie glücklicher machen kann, als sie es mit Susannah gewesen wären? Susannah konnte sich nicht mehr an ihrem Besitz erfreuen, und schließlich nahm ich ihr nichts fort. Aber Malcolm!
Malcolm! Er beherrschte meine Gedanken. Seit dem Tag, als ich be-

stimmt hatte, daß Jack Chivers die Hütte bekommen sollte, waren Malcolm und ich häufig beisammen.

Jack Chivers und Leah Cringle heirateten. Ich ging zur Trauung, und Malcolm kam zu meiner Überraschung auch dazu.

Die Kirche war fast leer. Von der Familie Cringle war niemand gekommen. Sie zeigten deutlich, daß sie die Umstände zutiefst mißbilligten.

»Sie sollen ruhig wegbleiben«, flüsterte ich Malcolm zu. »Ohne sie ist die Hochzeit viel fröhlicher.«

»Du hast recht, wie immer«, erwiderte er.

Ich war ganz entzückt, als ich Leah an Jacks Arm den Mittelgang entlangschreiten sah; ihre Rehaugen strahlten vor Glück, und als sie mich erblickte, füllten sich ihre Augen mit Tränen. Ich dachte schon, sie würde stehenbleiben, um wieder meinen Rocksaum zu küssen. Draußen vor der Kirche gratulierten wir ihnen.

»O Miss Susannah«, seufzte Leah selig, »ohne Sie wäre das nicht möglich gewesen. Ich werde immer alles für Sie tun.«

»Nun denn, Leah. Jetzt bist du Mrs. Chivers. Von nun an sollst du immer glücklich sein.«

»Das ist ein Befehl«, warf Malcolm ein. »Ein Befehl von Miss Susannah, und du weißt, ihr muß man immer gehorchen.«

Leah schaute ihn kaum an. Sie war so schüchtern. Ihre großen Augen waren nur auf mich gerichtet.

Als sie Arm in Arm mit Jack zur Hütte ging, blickte ich ihnen versonnen nach. Plötzlich merkte ich, daß Malcolm mich beobachtete.

»Susannah«, sagte er sanft.

Ich wollte ihn nicht ansehen, weil ich fürchtete, meine Ergriffenheit zu verraten.

»Die Sache der beiden geht dir wirklich zu Herzen, nicht wahr?« fuhr Malcolm fort. »Ich bin überzeugt, daß sie dich bitten werden, die Patenschaft für ihr Kind zu übernehmen.«

Ich gab keine Antwort.

Er trat näher an mich heran. »Die beiden scheinen Gefallen am Leben zu haben«, sinnierte er. »Es spricht eine ganze Menge für die Ehe, findest du nicht auch, Susannah?«

»O ja... sicher.«

»Du hattest ja auch mal Heiratsabsichten... mit Esmond.«
Ich schwieg. Jetzt wurde die Sache gefährlich.
»Susannah«, begann Malcolm wieder, »es gibt ein paar Dinge, die ich gern wissen möchte.«
»Ich denke, wir sollten zum Schloß zurückkehren«, unterbrach ich ihn schnell.
Er hatte meinen Arm ergriffen. »Was ist mit dir, Susannah? Wovor hast du Angst?«
»Angst!« Ich lachte und hoffte, es klang überzeugend. »Was redest du da? Komm jetzt. Ich muß zurück.«
»Ich werde schon noch dahinterkommen«, brummte er.
Jetzt war ich ganz sicher, daß er etwas ahnte. Ich ging schneller, doch er hielt sich dicht an meiner Seite, sagte aber nichts mehr.

Als ich an diesem Nachmittag zu meinem Rundritt aufbrechen wollte, wartete Malcolm auf mich.
»Was dagegen, wenn ich dich begleite?« fragte er.
»Natürlich nicht... wenn du willst.«
»Und ob ich will«, gab er zurück.
Zum Glück bedrängte er mich nicht weiter mit Fragen, und es wurde ein schöner Nachmittag. Es machte mir Spaß, im Sonnenschein neben Malcolm durch die Gegend zu reiten, und ich versuchte zu vergessen, daß ich mich unter fremdem Namen hier eingeschlichen hatte. Ich versuchte mir einzureden, ich sei wirklich Susannah, eine Susannah, die ihr Glück darin fand, anderen Menschen zu helfen.
Wir kamen an der Hütte der Thorns vorbei, schauten aber nicht hinein.
»Miss Thorn hat viele Jahre geopfert, um ihre griesgrämige alte Mutter zu pflegen«, sagte ich.
»Ein Schicksal, das zahllosen Frauen beschieden ist.«
»Das ist nicht gerecht«, widersprach ich. »Ich werde etwas für sie tun, wenn ich kann.«
»Und was?«
»Ich habe entdeckt, daß Miss Thorn schrecklich verängstigt ist. Denk doch nur, was für ein Leben sie führt! Ach, ich wollte, ich könnte sie glücklich machen.«

Wir waren um die verschiedenen Anwesen herumgeritten und kamen nun in den Wald, der wegen jener Episode in meiner Kindheit für mich immer ein Zauberwald blieb.

»Laß uns hier eine Weile rasten«, schlug Malcolm vor. »Das hier war immer mein Lieblingsplatz.«

»Meiner auch«, sagte ich.

»Von hier aus hat man einen herrlichen Blick auf das Schloß. Es wirkt wie ein Gemälde.«

Wir banden unsere Pferde fest und streckten uns im Gras aus.

Seit dem Tod meiner Eltern hatte ich nie wieder eine solche Zufriedenheit verspürt wie jetzt, und plötzlich überkam mich die Erkenntnis, daß ich vielleicht doch noch ein neues Glück finden könnte. Dieses Glück hing nicht allein davon ab, was ich auf dem Gut zu leisten vermochte. Es hatte etwas mit Malcolm zu tun.

Er erinnerte mich an meinen Vater. Schließlich war er ein entfernter Verwandter und hatte durchaus Matelandsche Züge. Ich wußte, daß ich Malcolms Freundschaft brauchte, um die schreckliche Lücke in meinem Leben zu füllen.

Malcolm sagte plötzlich: »Wie schön es hier ist! Weißt du, Susannah, für mich ist dies der schönste Ort der Welt.«

»Du liebst das Schloß.«

»Ja. Du aber auch.«

»Ein Schloß hat etwas Faszinierendes«, fuhr ich fort. »Wenn man bedenkt, was sich dort alles abgespielt hat. Man braucht es nur anzuschauen, und schon fühlt man sich in die Zeit der ersten Matelands im 12. und 13. Jahrhundert versetzt.«

»Du kennst dich in der Familiengeschichte gut aus.«

»Du nicht?«

»Doch. Aber du... Susannah... du warst früher ganz anders.«

Dieser Satz erfüllte mich jedesmal mit Beklommenheit. »So?« fragte ich matt.

»Als Kind habe ich dich richtig gehaßt. Du warst ein selbstsüchtiges kleines Gör.«

»Manche Kinder sind eben so.«

»Du warst besonders schlimm. Du hast geglaubt, die ganze Welt sei nur dazu da, Susannahs Marotten nachzugeben.«

»War ich wirklich so schlimm?«

»Noch viel schlimmer«, behauptete er. »Und später...«

»Ja?« hakte ich nach, und mein Herz schlug schneller.

»Seit du aus Australien zurück bist, kann ich nur noch staunen. Diese ganze Aufregung wegen Oma Bells Hütte und der armen kleinen Leah.«

»Daran ist doch nichts Ungewöhnliches«, sagte ich. »Eine traurige Geschichte, die sich ständig wiederholt.«

»Das Ungewöhnliche daran ist die Rolle, die Susannah dabei spielt. Die Sache ist dir wirklich nahegegangen, nicht wahr? Die ewige Dankbarkeit der kleinen Leah ist dir gewiß.«

»Dabei habe ich so wenig getan.«

»Du hast Jeff Carleton gezeigt, daß du der Herr im Haus bist.«

»Bin ich ja auch, nicht wahr? Und er weiß das.«

»Jetzt weiß er es allerdings.«

»Du denkst wohl, eine solche Verantwortung ist nichts für eine Frau.«

Er schwieg eine Weile, dann sagte er: »Das kommt auf die Frau an.«

»Und du meinst, *diese* verdient Vertrauen?«

»Voll und ganz«, erwiderte er ernst.

Wir schwiegen eine Zeitlang, und dann sagte ich: »Malcolm... als Esmond starb, dachtest du, du würdest dies alles erben...«

»Ja«, erwiderte er, »ich hatte damit gerechnet.«

»Und du hast es dir gewünscht. Du hast es dir sehnlichst gewünscht.«

»Ja.«

»Es tut mir leid, Malcolm.«

Er lachte. »Es braucht dir wirklich nicht leid zu tun. So etwas nennt man Schicksal. Ich hätte nie gedacht, daß dein Großvater die Verwaltung des Besitzes einer Frau übertragen würde. Er muß dich sehr gern gehabt haben.«

»Du hast viel für das Schloß getan. Ich wollte...«

»Ja? Was wolltest du?«

Ich gab keine Antwort. Ich konnte ihm nicht anvertrauen, was in meinem Kopf vorging. Deshalb sagte ich: »Ich nehme an, du wirst fortgehen. Wir werden dich vermissen... Jeff und ich.«

Er beugte sich zu mir herüber und legte seine Hand auf die meine.
»Danke, Susannah. Ich würde mich möglicherweise zum Bleiben überreden lassen.«
Mein Herz klopfte schneller. Worauf spielte er an? Meinte er womöglich, daß wir heiraten würden... so wie Susannah und Esmond es einst vorhatten?
Er beobachtete mich eindringlich, und ich dachte: Jetzt ist es soweit. Wenn er mir einen Heiratsantrag macht, muß ich ihm alles erzählen. Und was würde er wohl denken, wenn er erführe, daß ich eine Schwindlerin bin, eine Hochstaplerin?
Ich hörte mich sagen: »Aber du hast dein eigenes Leben. Was tust du, wenn du nicht hier bist?«
Er blickte mich verwundert an, und da wurde mir klar, daß ich einen Fehler gemacht hatte. Susannah hätte natürlich gewußt, was er tat.
Nach einer Pause erwiderte er: »Du weißt doch, ich habe auf Stockley allerhand zu tun. Gottlob ist Tom Rexon ein ausgezeichneter Verwalter. Deshalb kann ich mich in allem auf ihn verlassen. Wenn eine wichtige Entscheidung zu treffen ist, kann er sich mit mir in Verbindung setzen. Ansonsten ist er höchst zuverlässig.«
Stockley war also sein Zuhause. Ich hatte keine Ahnung, wo das lag. Aber nun mußte ich mich vorsehen, damit ich mich nicht noch mehr verriet. Ich hatte ihn unterbrochen. Was hatte Malcolm mir sagen wollen? Was immer es war, er wollte den Faden nicht wieder aufnehmen.
Er erzählte statt dessen von Stockley und schilderte mir den Unterschied zwischen seinem Besitz und den zum Schloß gehörenden Gütern. »Stockley ist nicht so großartig wie Mateland, aber ich hänge an dem alten Anwesen. Es ist immerhin mein Eigentum.«
Während ich so dalag und Malcolm zuhörte, erkannte ich, daß meine Lage immer verzwickter wurde, denn ich begann mich in Malcolm zu verlieben.
Wir waren viel zusammen. Jeden Morgen ritten wir zusammen aus. Einmal verlor meine Stute ein Hufeisen, und sie mußte zu einem Schmied gebracht werden. Während wir darauf warteten, daß das Pferd beschlagen wurde, gingen wir in ein nahegelegenes Gasthaus, tranken Apfelmost und aßen warmes Brot mit Käse. Selten hatte mir

eine Mahlzeit so gut geschmeckt, und wieder einmal wurde ich heftig an den Tag erinnert, als ich mit meinen Eltern das Picknick im Wald machte und drei Wünsche frei hatte. Wenn ich doch jetzt drei Wünsche hätte! Ich würde mir wünschen, daß ... nein, nicht daß ich Susannah wäre, aber daß ich die rechtmäßige Erbin des Schlosses sein könnte und daß Malcolm sich in mich verlieben würde; und der dritte Wunsch wäre, daß ich die Tragödie auf der Vulkaninsel vergessen könnte.

Aber warum sollte ich mir das alles wünschen? Ich hatte es nicht verdient. Ich hatte die Menschen hier hintergangen und durfte nicht klagen, wenn ich für meine Unverfrorenheit büßen mußte.

Wie glücklich hätte ich sein können, wenn alles anders gewesen wäre!

An diesem Nachmittag sprachen wir über Emily Thorn.

Ich hatte es schließlich erreicht, daß sie ihre Zurückhaltung aufgab und mir von ihren Ängsten erzählte. Erst tags zuvor hatte ich sie in ihrer Küche zum Sprechen gebracht. Sie war furchtbar nervös und bot mir eine Tasse Tee an, während ich in der Küche saß und mich mit ihr unterhielt. Gerade als sie die Teebüchse geöffnet hatte, ertönte von oben das Klopfzeichen. Vollkommen verwirrt, aufgeregt und verängstigt ließ sie die Büchse fallen, und die Teeblätter rieselten über den ganzen Tisch.

»Ach du meine Güte«, stotterte Miss Thorn zitternd. »Ich bin wirklich ungeschickt. Mutter hat ganz recht.«

»Das macht doch nichts«, beruhigte ich sie und schaufelte die verstreuten Teeblätter wieder in die Dose.

»Sehen Sie nach, was Ihre Mutter wünscht. Ich mache inzwischen den Tee.«

Sie ging, und als sie zurückkam, war der Tee fertig.

»Fehlt ihr etwas?« fragte ich.

»Nein, sie wollte nur ihre Limonade. Sie muß gehört haben, daß jemand hier unten ist, Miss Susannah.«

Das glaube ich gern. Wenn Mrs. Thorn annahm, daß ihre Tochter Besuch hatte, wollte sie natürlich wissen, wer es war.

Nur weil Miss Thorn so aufgeregt war, bekam ich an diesem Morgen bei einer Tasse Tee mehr aus ihr heraus als bisher.

Sie war einstmals Zofe bei einer Dame gewesen. Das hatte ihr Freude gemacht.
»Ich hatte eine gütige Herrin«, erzählte sie. »Sie hatte wundervolles Haar, und ich wußte genau, wie es am besten zu frisieren war. Sie war immer zufrieden mit mir und schenkte mir Kleider und Bänder und dergleichen. Dann heiratete sie. Ich hätte bei ihr bleiben können, doch Mutter brauchte jemanden, der sich um sie kümmerte, und deshalb mußte ich nach Hause.«
Arme Miss Thorn, deren einzige Freude darin bestanden hatte, eine andere Frau zu frisieren und deren abgelegte Kleider geschenkt zu bekommen.
Und dann entdeckte ich die eigentliche Ursache ihrer Angst. Daß ihre Mutter ihr das Leben vergällte, war offensichtlich, ebenso wie die Tatsache, daß es ihr Los war, sich bis zum Tod ihrer Mutter um sie zu kümmern. Damit hatte sie sich abgefunden. Doch wo sollte sie hin, wenn ihre Mutter starb? Sie müßte sich eine Stellung und eine Unterkunft suchen. Aber wie? Sie würde ja selbst allmählich alt.
Ich versicherte ihr: »Sie brauchen sich keine Sorgen zu machen. Solange Ihre Mutter lebt, muß alles beim alten bleiben, aber Sie brauchen nicht zu befürchten, daß Sie aus der Hütte ausziehen müssen, bevor wir eine andere Bleibe für Sie gefunden haben. Wer weiß, vielleicht hätte ich selbst ganz gern eine Zofe.«
Als wir in dem Gasthaus saßen, erzählte ich Malcolm, was ich mit Miss Thorn gesprochen hatte, und er sah mich lange forschend an.
»So kann man einen Gutsbesitz aber nicht erfolgreich verwalten, Susannah«, meinte er.
»Erfolgreich vielleicht nicht, aber glücklicher«, gab ich zurück. »Es ist erstaunlich, wie Miss Thorn sich verändert hat.«
»Du benimmst dich wie eine gute Märchenfee.«
»Was hast du gegen gute Märchenfeen?«
»Nichts, wenn sie Zauberhände haben.«
»Die habe ich... gewissermaßen. Wenn man kann, muß man doch diesen Leuten bei der Lösung ihrer Probleme helfen.«
Er beugte sich vor und küßte mich auf die Nasenspitze.
Ich fuhr zurück, worauf er die Augenbrauen hochzog und grinste: »Ich konnte nicht widerstehen. Du sahst so reizend aus, wie du vor

lauter Tugendhaftigkeit förmlich geglüht hast.« Er stützte die Ellbogen auf den Tisch und sah mich fragend an. »Sag mir, Susannah, was ist in Australien passiert?«
»Warum fragst du?«
»Es muß etwas Erschütterndes gewesen sein. Wie bei Paulus auf dem Weg nach Damaskus. Du hast dich verändert. Du hast dich vollkommen verändert.«
»Tut mir leid, aber...«
»Na hör mal! Das ist doch kein Grund zur Klage. Im Gegenteil, es ist zum Frohlocken. Du bist eine neue Susannah geworden. Du bist empfindsam geworden... und verwundbar. Ich dachte immer, du hättest ein dickes Fell. Du wolltest stets nur deinen Willen haben. Aber in Australien muß irgendwas vorgefallen sein...«
»Sicher, ich habe meinen Vater gefunden.«
Malcolm sah mich unverwandt an, und mir wurde immer unbehaglicher zumute.
»Wenn ich es recht bedenke – du siehst sogar anders aus. Ich könnte beinahe glauben... Aber nein, ich glaube nicht an Märchen. Du etwa?«
Ich dachte an die drei Wünsche im Zauberwald und zögerte.
»Du glaubst daran!« rief er aus. »Eine alte Hexe ist zu dir gekommen, hm? Sie hat gesagt: ›Ich verwandle dich, in was du willst, wenn du mir deine Seele dafür gibst.‹ O Susannah, du hast doch nicht etwa deine Seele verschachert?«
Ich hielt seinen Blick nicht aus und dachte bei mir: Ja, vielleicht habe ich wirklich meine Seele verkauft.
»Laß dich nicht wieder zurückverwandeln, Susannah. Bitte bleib, wie du bist.«
Ich blickte ihm voll ins Gesicht und wußte plötzlich, daß ich Malcolm Mateland liebte. Eine beglückende Seligkeit kam über mich, doch bei dem Gedanken an die Ausweglosigkeit meiner Lage packte mich die Verzweiflung.
Ich war eine Betrügerin, und ich hatte Angst.
Alles war nur eine Maskerade. Ich durfte nicht zu weit gehen.
Doch jedes vernünftige Argument war sinnlos. Ich hatte mich ja schon viel zu tief verstrickt.

Malcolm und ich trafen uns täglich. Janet merkte etwas. Meine Gefühle für ihn waren wohl zu offensichtlich. Ich bildete mir ein, daß Janet mich ständig beobachtete, und deshalb war mir zuweilen unbehaglich zumute; doch ich mußte zugeben, daß sie mir mit ihrer Geschwätzigkeit mehr als einmal geholfen hatte.
Janet war in keiner Weise unterwürfig. Sie nahm sich einfach das Recht, ihre Meinung unverblümt zu äußern. Eines Tages stellte sie fest: »Sie haben sich ja eng mit Mr. Malcolm angefreundet. Wenn Sie mich fragen, ich halte das für eine gute Sache.«
»Ich habe Sie aber nicht gefragt, Janet«, erwiderte ich. »Jedoch meine ich, jede Freundschaft ist eine gute Sache.«
»Sie erinnern mich an eine, die ich gut gekannt habe. Die hatte auch auf alles eine Antwort parat. Nun ja, Freundschaft ist wirklich eine gute Sache, aber eine Freundschaft zwischen Ihnen und Mr. Malcolm ist noch ein bißchen besser.«
»So?«
»Nun ja, ich meine, Sie *haben* das Schloß, und er *wollte* das Schloß, und er könnte Ihnen bei der Verwaltung eine große Hilfe ein... es hat den Anschein, Sie beide haben sich sehr gern...«
»Janet, Sie denken zuviel«, sagte ich.
»Schon gut, schon gut«, lenkte sie ein. »Vielleicht rede ich dummes Zeug. Aber die Verbindung wäre gar nicht schlecht, das kann man ruhig offen sagen. Auf diese Weise würden viele Probleme gelöst, und das wäre doch eine feine Sache.«
Es war Janet also aufgefallen, und ich fragte mich, ob auch andere etwas gemerkt hatten.
Es war nur natürlich, daß ich mich an die Hoffnung klammerte, daß alles gut würde, und ich dachte mir, wenn Malcolm mich liebte, wenn ich ihn heiraten und das Schloß mit ihm teilen würde, wem sollte das schaden? Ich könnte ihm die Verwaltung übertragen. Schließlich durfte ich nicht vergessen, daß er der rechtmäßige Besitzer war. Könnte ich mich unter diesen Umständen von meiner Schuld befreien und mein Unrecht wiedergutmachen? Ich könnte Malcolm zur Seite stehen und ihm zur Hand gehen. Alles würde so, wie es nach Susannahs Tod hätte sein sollen. Der Erbe des Schlosses würde mich heiraten und mich so zur Herrin machen.

Es schien, als würden die Glücksgötter mir endlich geneigt sein, und das war für mich ein tröstlicher Gedanke. Und in zehn Jahren, wenn wir so lange eine Ehe voller Liebe und Vertrauen geführt hätten und unsere Kinder geboren wären, würde ich ihm alles beichten. Er würde Verständnis zeigen und mir bereitwilligst verzeihen.
Ja, das schien mir eine glückliche Lösung, die sich durchaus verwirklichen ließe.
Wir lachten zusammen; wir arbeiteten zusammen, und ich war glücklich. Ständig sprachen wir vom Schloß – was getan werden mußte und wie wir es anstellen wollten. Es war fast, als seien wir Partner.
Eines Tages fragte er mich: »Hast du nach Esmonds Tod schon mal ans Heiraten gedacht?«
Ich wandte mich ab, denn ich wagte nicht, ihn anzusehen. Ich wußte, daß er für mich ganz andere Gefühle hatte als für Susannah, doch jedesmal, wenn wir an einen Punkt gelangten, da es zu einem innigeren Verständnis hätte kommen können, wurde er von dem Geheimnis, das zwischen uns lag, zurückgehalten. Er konnte die Verwandlung, die offenbar mit Susannah vorgegangen war, nicht glauben, und während er sich gefühlsmäßig für mich erwärmte, wurde er von seinem Verstand vor mir gewarnt. Ich glaube, er fürchtete manchmal, ich könne wieder in meine alten Gewohnheiten zurückfallen, nachdem ich mein falsches Spiel mit ihm getrieben hatte. Im Grunde hatte er ja recht! Wie oft dachte ich daran, ihm alles zu gestehen. Aber ich hatte Angst, ihn zu verlieren. Ich wollte ihn so fest an mich binden, daß er sich nicht mehr von mir trennen wollte, selbst wenn das, was ich getan hatte, ihn mit Abscheu erfüllte. Ich liebte ihn sehr, und ich glaubte, daß es ihm ebenso erging, doch meine Schuld und sein Mißtrauen lagen zwischen uns wie ein zweischneidiges Schwert.
Verlegen murmelte ich: »Die Ehe ist ein Wagnis, das man nicht leichtfertig eingehen sollte. Meinst du nicht auch?«
»Gewiß. Ich war immer der Meinung, daß man nicht überstürzt heiraten sollte. Esmonds Tod war ein schwerer Schlag für dich, nicht wahr?«
Ich drehte meinen Kopf zur Seite und tat, als kämen mir die Tränen.
»Du hast ihn richtig betört«, fuhr Malcolm fort. »Er hat mir immer

leid getan. Du warst damals ganz anders, gleichsam eine andere Persönlichkeit. Heute wäre ich neidisch auf ihn.«
Ich blickte ihm ins Gesicht und wünschte so sehr, er würde mich in die Arme nehmen und mir sagen, daß er mich liebte.
Doch er packte mich an den Schultern und schüttelte mich.
»Was ist bloß geschehen, Susannah!« rief er. »Was? Um Gottes willen, sag's mir!«
Wie gern hätte ich ihm alles gestanden, aber ich wagte es nicht. Ich war seiner nicht sicher, so wenig wie er meiner sicher war.
»Mein Vater ist gestorben«, erwiderte ich gefaßt. »Das war ein schlimmer Schock...«
Er ließ seine Arme sinken. Er glaubte mir nicht, und bitter enttäuscht wandte er sich von mir ab.
Er sprach nicht mehr davon, aber insgeheim versicherte ich mir, daß eines Tages... schon bald werde er... Vielleicht würde er mir einen Heiratsantrag machen, und was sollte ich dann tun? Würde ich es wagen, ihm zu bekennen, was ich getan hatte?
Ich begann, mir Ausreden auszudenken. War es denn überhaupt nötig, daß ich ihm alles gestand? Wenn er mich heiratete, würde er automatisch Mitbesitzer des Schlosses. War das nicht die Lösung? Das Schicksal würde mir schon einen Ausweg weisen.

Doch ich hätte wissen müssen, daß Wünsche im Leben selten in Erfüllung gehen.
Es waren Briefe, die alles durchkreuzten.
Ich fand sie in Susannahs Zimmer in einem Sekretär. Das Möbel war ein schönes Stück aus dem 18. Jahrhundert, das ich vom ersten Augenblick an bewundert hatte. In den Schubladen bewahrte ich die Papiere und Tagebücher aus Esmonds Zimmer auf.
An jenem Tag war ich fast ausnahmslos mit Malcolm zusammengewesen und war ausgesprochen heiter gestimmt. Die Chivers hatte ich in ihrer Hütte besucht und festgestellt, daß dort alles in bester Ordnung war. Die Vorhänge vom Schloß sahen sehr vornehm aus, und Leah war sehr stolz auf sie; doch ich wußte, daß sie sich am meisten über meine Anteilnahme freute. Sie betrachtete mich als eine Art gute Fee, und das rührte mich zutiefst.

Bevor ich nun zu Bett ging, wollte ich noch weitere Papiere aus der Schublade holen, um sie im Bett durchzusehen, wie es mir inzwischen zur Gewohnheit geworden war. Ich zog die Schublade auf, und als ich die Unterlagen herausnahm, merkte ich, daß ein paar Papiere eingeklemmt waren. Ich zerrte daran, bekam sie aber nicht frei, deshalb kniete ich mich hin, um zu untersuchen, wo sie festklemmten.
Ich zog sacht, aber ohne Erfolg, also zog ich die ganze Schublade heraus. Und da entdeckte ich, daß sich dahinter eine Geheimlade befand. Ich zog sie hervor. Sie enthielt eine schmale, mit rotem Band umwickelte Papierrolle. Vorsichtig löste ich das Band und entfaltete die Papiere. Mein Herz begann zu hämmern, denn es handelte sich um Briefe an Susannah.
Ich kniete ein paar Sekunden wie benommen da und hielt die Briefe in der Hand. Es entsprach eigentlich nicht meiner Natur, an Türen zu horchen oder die Korrespondenz anderer Leute zu lesen, und ich zögerte jetzt genauso wie vordem bei Esmonds Tagebüchern.
Aber eine innere Stimme flüsterte mir zu, daß diese Briefe womöglich wesentliche Informationen enthielten und ich mich nicht so zimperlich anstellen dürfe. Energisch schob ich die beiden Schubladen wieder an ihren Platz, schalt mich töricht wegen meines Zögerns und nahm die Briefe mit ins Bett.
Nachdem ich sie gelesen hatte, lag ich noch lange wach und dachte über ihren Inhalt nach. Diese Briefe hatten mich erschüttert. Ich konnte nur ahnen, wer der Absender war – doch für mich gab es nur einen Menschen, der dafür in Frage kam.
Die Briefe waren mit Daten versehen, daher wußte ich, daß sie an Susannah geschrieben worden waren, kurz bevor sie England verlassen hatte, um nach Australien aufzubrechen. Der erste lautete:

Liebste, höchst Verehrte (im folgenden LHV genannt)!
Welche Wonne, mit Dir zusammen zu sein wie gestern nacht. Ich hätte mir nie träumen lassen, daß es so etwas geben kann. Und das Beste kommt erst noch. Du mußt Deinen Teil dazu beitragen, und bald ist es soweit. Hochzeitsglocken und wir zwei – König und Königin auf dem Schloß. Du weißt, wie Du mit S. C. fertig wirst. Er wird alles tun, was Du von ihm verlangst. Er ist

in Dich vernarrt. Wie geschickt von Dir, daß Du ihn soweit gebracht hast. Halte ihn in diesem Zustand. Ich frage nicht, wie Du das anstellst, und ich will versuchen, auf Deinen bäuerlichen Liebhaber nicht eifersüchtig zu sein. Wir brauchen seine Hilfe, um das Gewünschte zu bekommen, denn es muß aus einer Quelle stammen, die unentdeckt bleibt... für alle Fälle. Wenn er es uns verschafft, kann er mit hineingezogen werden. So weit wird es jedoch nicht kommen. Wir wollen dafür sorgen, daß alles glattgeht.

LHV, ich werde Dir schreiben müssen, denn es wäre nicht gut, wenn ich im Augenblick in Deiner Nähe wäre. Man kann nie wissen. Wir würden uns womöglich verraten. Verbrenne also alle meine Briefe, sobald Du sie gelesen hast. Auf diese Weise kann ich offen schreiben. Laß mich wissen, wenn S. C. Dir gibt, was wir brauchen. Schade, daß er mit im Spiel sein muß, aber damit werden wir hinterher schon fertig werden. Der König und die Königin werden handeln. Bis bald, Liebste,

    Dein ergebener Sklave und Dich ewig Liebender
          (von nun an DES).

Ich nahm mir den nächsten Brief vor.

LHV!
S. C. hält uns also hin. Er hat es nicht, behauptet er. Du mußt es von ihm bekommen. Sag ihm, Du benötigst es zur Gesichtsreinigung. Sie haben es bestimmt auf dem Hof, weil es dort immer mal gebraucht wird. Du mußt es ihm abschmeicheln. Ich werde allmählich eifersüchtig. Ich glaube, Du hast ihn sehr gern. Ich bin sicher, daß Du Deine Rolle gut spielst, aber wir wollen es hinter uns bringen, und dann ist's aus und vorbei, ja? Ich wollte, wir könnten heiraten, aber ich vermute, Du willst nicht, bevor die Luft rein ist. Du warst immer ein Teufel, LHV. Du willst mit einem Fuß in jedem Lager stehen, nicht wahr? Du läßt Cousin E. nicht fallen, bis er zur ewigen Ruhe gebettet ist. Du willst die Allergrößte sein. Vergiß nicht, ich bin vom gleichen

Blut. Du weißt, wir sind eine verwegene, intrigante, ehrgeizige Sippe. Mateland auf Mateland. Verbrenne diesen Brief und alle meine anderen Briefe. Besorge das Zeug von S. C. und mach Gebrauch davon. Ich verzehre mich nach Dir. Ich sehne den Tag herbei, da wir – Du weißt wo – zusammen sein werden, Du, meine LHV, und

                                                Dein DES.

Und dies war der letzte Brief:

LHV,
Ich habe verzweifelt auf Deine Nachricht gewartet. Was ist schiefgegangen? Deine Mixtur war nicht stark genug. Ich weiß, Du durftest keinen Verdacht erregen. Dem Tode nahe... das reicht nicht ganz, nicht wahr? Und S. C. nimmt sich auf so melodramatische Weise das Leben. Bedauerlich, daß wir ihn gebraucht haben. Aber Du hast natürlich recht. Wir dürfen es vorläufig nicht noch einmal versuchen. Ja, sagen wir, ein Jahr lang. Dann kann er dieselbe Krankheit wieder bekommen. Das klingt ganz plausibel. Wer hätte gedacht, daß S. C. so ein Esel ist. Hoffen wir, daß er nichts ausgeplaudert hat. Solche Kerle reden manchmal zuviel. Sie machen Geständnisse. Ich wollte, wir hätten ohne ihn an das Zeug herankommen können. Aber es wäre zu gefährlich gewesen, es zu kaufen oder aus anderer Quelle zu besorgen. Wir hatten unsere Spuren so gut verwischt, und dann geht dieser Esel hin und macht auf diese Weise von sich reden! Jetzt gib acht, LHV. Dein Plan gefällt mir. Du gehst fort, irgendwohin. Du suchst Deinen Vater auf, nachdem Du herausgefunden hast, wo er sich aufhält. Das ist prima. Du darfst nicht anwesend sein, wenn es wieder passiert. Ausgezeichnet. Aber ich kann Dich unmöglich die ganze Zeit entbehren. Ich komme mit Dir, und dann kehre ich zurück, und... in einem Jahr ist alles erledigt. Wir müssen Geduld haben. Wir müssen daran denken, was der Lohn dafür sein wird... Du und ich zusammen dort, wo wir hingehören.
Es ist wirklich töricht, dies alles zu Papier zu bringen, aber ich

bin nun einmal töricht, wenn Du beteiligt bist... und umgekehrt. Wir haben alle zum Narren gehalten. Wir werden sie weiterhin zum Narren halten. Wenn Du erfährst, daß es vorbei ist, kommst Du heim, und dann entdecken wir, daß unsere gegenseitige Abneigung ein Irrtum war, daß wir uns immer geliebt haben. Hochzeitsglocken, und das Schloß gehört uns. Mateland immerdar.
Verbrenne diesen Brief wie die anderen. Ist Dir klar, daß er uns ins Verderben stürzen könnte? Aber ich vertraue Dir. Es würde in jedem Fall uns beide treffen. Ich komme bald aufs Schloß, und Du wirst wohl unterdessen Vorkehrungen für Deine Abreise treffen. Sei sehr lieb zu Esmond. Aber geh fort. Die Cs. könnten gefährlich werden. Auf bald,

Dein DES.

Ich war erschüttert. Diese Briefe klärten mich über so vieles auf. Esmond war also ermordet worden. Er war das Opfer von Susannah und ihrem Liebhaber. Susannah hatte versucht, Esmond umzubringen, und ihrem Liebhaber war es dann schließlich gelungen, er hatte sie somit zur Herrin des Schlosses gemacht. Susannah hatte Saul Cringle verführt, damit er ihr das Gift verschaffte, an dem Esmond gestorben war – vermutlich Arsen, weil von einem kosmetischen Mittel die Rede war. Dabei war sie so leichtfertig gewesen, diese diskriminierenden Briefe in der Geheimschublade ihres Sekretärs zu verwahren, trotz der eindringlichen Mahnung ihres Liebhabers, sie zu vernichten. Und jetzt hatte ich sie gefunden! Wie leichtsinnig von ihr. Aber vielleicht hatte sie die Briefe aus bestimmten Gründen aufgehoben?
Ich versuchte, die Gedanken über die ungeheuren Konsequenzen, die sich daraus ergaben, zurückzudrängen. Ich wagte nicht, gründlich darüber nachzudenken.
Ich erinnerte mich, wie ich in der Scheune eingeschlossen war und das grauenhafte Ding vom Balken herabhängen sah. Eines war klar. Die Cringles wußten, daß Susannah sich mit Saul eingelassen hatte, und nachdem sie mich für Susannah hielten, hatten sie mir diesen Schrecken eingejagt.
Ich befand mich in einer gefährlichen Situation, und namenlose

Angst stieg in mir auf. Der eine Satz tanzte mir immerfort vor den Augen: »Vergiß nicht, wir sind vom gleichen Blut...«
Es gab nur einen Menschen, der das geschrieben haben konnte. Malcolm!
Folglich mußte er wissen, daß ich eine Schwindlerin war, denn seine Briefe hatten enthüllt, wie nahe er und Susannah sich gestanden hatten. Er konnte unmöglich auf meine Verkleidung hereingefallen sein, denn angesichts ihrer Beziehung mußte er eindeutig wissen, daß ich mich für Susannah ausgab. Doch warum entlarvte er mich nicht? Dann gehörte ihm doch gleich das Schloß. Warum ließ er mich gewähren? Was hatte das zu bedeuten? In was war ich da hineingeraten? Sicher, ich war eine Betrügerin. Ich gab mich für eine andere aus. Aber Malcolm, der Mann, in den ich mich verliebt hatte, war ein Mörder.
Es gab keine andere Möglichkeit. Malcolm war Susannahs ergebener Sklave, der ihr in ewiger Liebe zugetan war, und er spielte jetzt sein Spiel. Aber was für eins?
Mir wurde übel vor Angst.
Er mußte wissen, daß Susannah tot war. Er, ein Mörder! Was mußte er für ein guter Schauspieler sein, der mich hatte dermaßen täuschen können. Er wollte das Schloß. Nur deswegen hatte er das alles getan. Aber warum machte er seine Ansprüche jetzt nicht geltend? Da Susannah tot war, könnte er sein Erbe antreten. Warum hatte er mich nicht entlarvt?
Die Gedanken jagten sich in meinem Kopf. Ich tat in dieser Nacht kein Auge zu, wälzte mich von einer Seite auf die andere und wartete aufs Morgengrauen.
Das pure Entsetzen hatte mich gepackt, und ich wußte, daß sich bald ein furchtbares Unwetter entladen würde.

Beim Frühstück traf ich keine Menschenseele. Anschließend ging ich in den Wald hinaus. Es war mir unmöglich, jetzt Malcolm gegenüberzutreten, trug er doch, genau wie ich, ebenfalls eine Maske. Was verbarg sich hinter diesen sympathischen, freundlichen Zügen? Ein kaltes, verschlagenes, gerissenes, grausames, lüsternes, mörderisches Antlitz.

Diese Vorstellung bereitete mir Übelkeit. Wie war ich getäuscht worden! Ich wollte Malcolm aus meinen Gedanken verbannen, doch es gelang mir nicht. Meine Gefühle waren bereits zu stark mit ihm verbunden; zumal ich ja nicht lediglich ein Mädchen war, das sein Vertrauen einem Zyniker, der zu den schlimmsten Schandtaten fähig war, geschenkt, sondern selbst unrecht gehandelt hatte.
Was war ich doch für eine Närrin gewesen! Was für ein verworrenes Netz hatte ich gesponnen, und nun stand ich im Mittelpunkt von Geheimnis, Intrige und Mord.
Ich gab mir Mühe, meine Gedanken zu ordnen und die Dinge im richtigen Licht zu sehen.
Mittags kehrte ich zum Schloß zurück. Erleichtert stellte ich fest, daß Malcolm nicht dort war. Er hatte eine Nachricht hinterlassen, daß er bei Jeff Carleton aß.
Emerald und ich speisten allein.
Ich hörte mir den Bericht über ihre schlaflose Nacht an und daß es ihr unmöglich sei, auf dem Rücken zu liegen. Dann hörte ich sie sagen: »Ich habe Garth geschrieben, daß du hier bist. Er hat uns schon so lange nicht mehr besucht. Es ist ihm vermutlich unangenehm, herzukommen, seit seine Mutter von uns gegangen ist.«
Nach dem Mittagessen ging ich wieder hinaus. Ich wanderte in den Wald, und dort lag ich, betrachtete das Schloß und gedachte wieder einmal jenes zauberhaften Tages in meiner Kindheit. Damals hatte alles angefangen.
Doch wie hatte sich das kleine, unschuldige Mädchen verändert!
Als ich nach Hause kam, war Janet in meinem Zimmer, um ein paar Sachen, die sie gewaschen hatte, in eine Schublade zu räumen.
»Meine Güte«, sagte sie, »Sie sehen ja aus, als hätten Sie ein Goldstück verloren und dafür eine Kupfermünze gefunden.«
»Mir fehlt nichts«, erwiderte ich. »Ich bin nur ein bißchen müde. Habe letzte Nacht nicht gut geschlafen.«
Sie musterte mich auf diese Art, die mir ganz und gar nicht behagte.
»So sehen Sie auch aus! Stimmt etwas nicht, Miss Susannah?«
»Doch, doch«, sagte ich schnell, »es ist alles in Ordnung.«
Janet nickte und fuhr fort, die Wäsche wegzuräumen.
Das Geräusch von trappelnden Hufen war zu hören. Ich trat ans Fen-

ster und sah Malcolm. Er hielt sein Pferd an und betrachtete einen Augenblick lang das Schloß. Ich konnte mir seine zufriedene Miene vorstellen. Er liebte das Schloß, wie Susannah es geliebt hatte und wie auch ich es von Tag zu Tag mehr liebte. Dieses Schloß war erfüllt von den Seelen der Menschen, die einst hier gelebt hatten – allen voran die Familie Mateland, zu welcher Malcolm, Susannah und ich gehörten.

Wir liebten das Schloß aus hunderterlei Gründen – nicht nur, weil es seit Generationen das Zuhause der Familie war, sondern wegen des Zaubers, den es auf uns ausübte, so daß wir zu Lug und Trug griffen, um es in unseren Besitz zu bringen – und einige von uns waren sogar bereit, dafür zu morden.

Als zum Abendessen gerufen wurde, schützte ich Kopfweh vor. Ich konnte Malcolm nicht gegenübertreten... noch nicht.

Janet brachte mir mein Essen auf einem Tablett herauf.

»Ich mag nichts«, sagte ich.

»Aber, aber«, erwiderte sie in einem Ton, als sei ich zwei Jahre alt. »Es ist nicht gut, sein Wehwehchen mit leerem Magen zu ertragen.«

Sie blickte mich besorgt an. Manchmal glaubte ich, daß Janet mich wirklich gern hatte.

In der Nacht schlief ich miserabel. War ich endlich in den Zustand seligen Vergessens versunken, so wurde ich von Schreckensträumen geplagt, in denen Esmond, Malcolm, Susannah und ich auftauchten.

Am nächsten Morgen stand ich früh auf. Ich hatte keinen Appetit, dennoch versuchte ich, ein wenig zu essen. Unterdessen kam Chaston herein und meldete, daß Jack Chivers mich zu sprechen wünsche. Er warte draußen und sei sehr aufgebracht.

»Ich hab' ihm gesagt, Miss Susannah, daß ich Sie nicht beim Frühstück stören möchte«, berichtete Chaston, »aber er sagt, es sei dringend; es handelt sich um seine Frau, und er bestand darauf, daß er sofort zu Ihnen müsse.«

»Seine Frau!« rief ich aus. »Es war ganz richtig, mich zu stören. Ich möchte Jack Chivers augenblicklich empfangen.«

»Ist gut, Miss Susannah. Soll ich ihn hereinführen?«

»Ja bitte. Sofort.«

Jack kam in die Halle. Ich ging mit ihm in einen der kleineren Salons. Ich nahm an, er wolle mir mitteilen, daß bei Leah die Wehen eingesetzt hatten, und war besorgt, weil es dafür noch zu früh gewesen wäre.

»Was ist, Jack?« fragte ich.

»Es geht um Leah, Miss. Sie ist ganz aufgeregt.«

»Das Baby...«

»Nein, nicht das Baby, Miss. Sie sagt, sie muß Sie unbedingt sprechen. Sie möchten kommen, sobald Sie können.«

»Aber sicher, Jack. Worum handelt es sich?«

»Das möchte sie Ihnen selbst sagen, Miss Susannah. Wenn Sie kommen könnten...«

Ich war bereits zum Ausreiten angekleidet, daher ließ ich nicht lange Zeit vergehen und ritt mit ihm zur Hütte.

Leah saß sehr blaß am Tisch und sah ganz verstört aus.

»Na, Leah, was ist passiert?« fragte ich.

»Mein Vater«, erwiderte sie. »Er hat alles rausgekriegt.«

»Was, Leah? Was meinst du?«

»Er hat mir angedroht, mich zu schlagen, Miss Susannah. Ich hätte es ihm sonst nie erzählt... vor allem jetzt nicht... niemals. Aber ich hab' mich gefürchtet... nicht meinetwegen, sondern wegen dem Baby. Ich hab' alles erzählt, und er hat gesagt, er will mit Ihnen abrechnen...«

»Was hast du ihm erzählt?«

»Das mit Ihnen... und Saul.«

»Was... mit mir und Saul?«

»Miss Susannah, er hat gesagt, er bringt mich um, wenn ich's nicht erzähle. Da mußte ich's ihm sagen, Miss. Ich mußte es tun, wegen dem Baby.«

»Natürlich... aber was?«

»Ich werd' nicht schlau draus, Miss. Es ist, als wäre jemand anders an Ihrer Stelle. Als wären Sie gar nicht mehr Miss Susannah, Sie sind so ein guter Mensch. Sie müssen vom Teufel besessen gewesen sein. Aber der ist jetzt ausgetrieben, nicht wahr. Ich weiß, daß man so was machen kann. Sie sind jetzt gut, Miss. Jack und ich werden nie vergessen, was Sie für uns getan haben. Aber ich mußte es meinem Vater

sagen... Ich mußte ihm erzählen, wie Sie waren, als Sie noch den Teufel im Leib hatten.«
»Aber was hast du ihm erzählt, Leah?«
»Alles, was ich wußte... Onkel Saul hat sich in seinen letzten Tagen schrecklich gequält. Er sagte immer, seine Seele wäre verloren und er käme in die Hölle. Mit mir hat er immer geredet und mich oft vor Schlägen bewahrt. Onkel Saul war ein guter Mensch... aber gegen den Teufel kommt keiner an, Miss... und Sie hatten damals den Teufel im Leib.«
»Bitte, Leah, sag mir endlich, was du deinem Vater erzählt hast.«
»Das, was Onkel Saul mir erzählt hat. Ich hab' Sie gesehen... wie Sie zusammen in die Scheune gingen... und später sind Sie herausgekommen und haben gelacht. Jetzt weiß ich, daß es der Teufel war, der da gelacht hat, aber damals dachte ich, Sie wären bloß so eine gemeine... eine gemeine Hexe. Und Onkel Saul hat übers ganze Gesicht gestrahlt, als wäre er im Paradies gewesen... bis er sich besann, und da war's um ihn geschehen, und er hat sich umgebracht.«
»Gott steh mir bei«, murmelte ich.
»Er hat oft mit mir geredet. Auch an dem Abend, bevor er's getan hat. Er hatte auf dem Feld gearbeitet, und ich hab' ihm seinen kalten Tee und sein Speckbrot gebracht. Wir haben an der Hecke gesessen, und da hat er zu mir gesagt: ›Ich halte das nicht aus, Leah. Ich muß da raus... ich habe gesündigt. Ich habe schrecklich gesündigt. Ich weiß keinen Ausweg. Der Lohn der Sünde ist der Tod, Leah, und ich habe diesen Lohn verdient.‹ Das hat er zu mir gesagt, Miss. ›Der Teufel hat mich verführt‹, sagte er, und darauf ich: ›Ja, Miss Susannah ist ein Teufel.‹ Und dann hat er zu zittern angefangen und zu mir gesagt: ›Ich komm' nicht von ihr los, Leah. Wenn sie nicht bei mir ist, weiß ich, daß es verrucht ist, und wenn sie da ist, sehe ich nur noch sie.‹ Darauf ich: ›Bitte um Vergebung und sündige nicht mehr‹, und er: ›Aber ich habe gesündigt, Leah. Du hast keine Ahnung, wie sehr ich gesündigt habe.‹ Ich sagte: ›Ja, du hast gesündigt, aber das ist menschlich. Guck dir Annie Draper an. Sie hat ein Baby gekriegt, und dann hat sie den Bauer Smedley geheiratet, und jetzt geht sie regelmäßig in die Kirche, und alle finden, daß sie ein guter Mensch ist. Das nennt man Reue. Du kannst deine Sünden bereuen, Onkel Saul.‹

Er hat aber immer nur den Kopf geschüttelt. Dann meinte er, er sei zu weit gegangen. Ich wollte ihn irgendwie trösten. Ich hab ihm gesagt: ›Das ist doch genau dasselbe, Onkel Saul. Ob's mit Miss Susannah war, wie bei dir... oder mit einem Hausierer wie bei Annie Smedley.‹ Aber er wollte nichts davon hören. Dann hat er was ganz Schreckliches gesagt: ›Es ist viel schlimmer. Es ist schlimmer als Hurerei, und deshalb komme ich in die Hölle. Es ist Mord, Leah. Sie hat mich gebeten, ihr zu helfen, Mr. Esmond zu beseitigen. Sie kann ihn nicht ausstehen. Sie will ihn nicht heiraten. Sie will das Schloß, aber ihn will sie nicht.‹ Ich sagte: ›Wie meinst du das? Was geht es dich an, was die auf dem Schloß machen?‹ Und er sagte: ›Es ist Miss Susannah. Ich muß tun, was sie verlangt. Das verstehst du nicht. Ich muß es tun. Ich hab's schon getan. Und es gibt nur einen Ausweg.‹ Ich wußte nicht recht, was er damit meinte, bis sie ihn am nächsten Tag erhängt in der Scheune fanden.«

»Und das hast du deinem Vater erzählt?« fragte ich matt.

»Ich hätte es ihm nie erzählt, Miss. Nicht, nachdem Sie soviel für Jack und mich getan haben. Ich hätt's ihm nicht erzählt... wenn das Baby nicht wäre. Ich weiß, Sie hatten den Teufel im Leib, Miss. Jetzt weiß ich es. Ohne Teufel sind Sie nett und gütig. Und ich hätt's ihm wirklich nicht erzählt... aber dann wär's dem Baby schlecht ergangen. Doch ich mußte Ihnen gestehen, was ich getan habe.«

»Danke, Leah«, erwiderte ich. »Ich bin dir wirklich dankbar.«

»Miss Susannah«, fragte sie ernst, »Sie hatten den Teufel im Leib, nicht wahr? Sie werden nicht wieder böse. Sie bleiben von jetzt an, wie Sie wirklich sind, darauf können wir uns doch verlassen, ja?«

»Bestimmt, Leah«, rief ich, »ganz bestimmt.«

»Miss Susannah, mein Vater... er kann schrecklich sein. Er ist ein so furchtbar guter Mensch, daß er alles bekämpft, was er als Übel ansieht... egal, wo. Er sagt, er läßt diese Sache nicht auf sich beruhen. Er will Saul rächen. Er wird irgendwas tun... ich weiß nicht, was. Aber er ist schrecklich grausam... wenn es gilt, ein Unrecht zu sühnen.«

»Leah«, sagte ich, »du darfst dich nicht aufregen. Denk an das Baby.«

»Ja, Miss. Ich denke an alles, was Sie für uns getan haben. Es war

schrecklich, als Vater hier war. Aber ich hatte solche Angst, Miss, nicht um mich, sondern um das Baby.«
»Keine Bange. Es wird alles gut«, beruhigte ich sie.
Ich mußte fort, mußte allein sein, um über alles nachzudenken. Verzweifelt lief ich in den Wald. Jetzt saß ich in der Falle. In dem Bestreben, mir das Schloß anzueignen, war ich in die Maske einer Mörderin geschlüpft.
Ich war vor Angst wie gelähmt, unfähig, einen Plan zu fassen, und wußte nicht, was ich anfangen sollte.
Der rachsüchtige Jacob Cringle wußte, warum sein Bruder Saul Selbstmord begangen hatte. Er wußte, daß man auf dem Schloß einen Mordplan ausgeheckt hatte und daß dieser auch ausgeführt worden war.
Er würde die Sache nicht auf sich beruhen lassen. Er würde die Mörder verfolgen und der gerechten Strafe zuführen. Endlich könnte er den Tod seines Bruders rächen.
Und ich wußte von dem Mordplan, hatten mir die Briefe in der Geheimschublade doch den Beweis erbracht. Die Dinge nahmen allmählich Gestalt an: Ich saß in der Rolle einer Mörderin auf Schloß Mateland in der Falle.
Es war, wie Cougabel gesagt hatte: Der »alte Satan« hatte mich am Ellbogen gepackt, hatte mich in Versuchung geführt, hatte die Herrlichkeit des Schlosses vor mir ausgebreitet und mir verheißen, es werde mir gehören ... wenn ich mit ihm einen Pakt schließen würde.
Und ich war der Versuchung erlegen. Meine Lage wurde von Stunde zu Stunde gefährlicher – und ich wußte keinen Ausweg.

Ich weiß nicht mehr, wie ich den Tag überstand. Schon allein der Gedanke an Essen war mir zuwider, darum blieb ich draußen und gab vor, auf den Gütern beschäftigt zu sein und in einem Gasthaus zu speisen.
Erst am späten Nachmittag kam ich heim. Ich würde wieder einmal Kopfweh vorschützen müssen, denn ich wollte an diesem Abend keinem Menschen gegenübertreten, vor allem nicht Malcolm. Er war ebenso tief wie ich in die Geschichte verstrickt, und beim Gedanken an die Briefe wurde mir übel. Aus ihnen ging klar hervor, welcher

Art seine Beziehung zu Susannah gewesen war, und ich konnte einfach nicht begreifen, warum er mir seine Zuneigung vorgetäuscht hatte. Er mußte doch von Anfang an gewußt haben, daß ich eine Schwindlerin war. Was für ein Spiel trieb er mit mir? Ich brauchte Zeit, um dahinterzukommen.
Janet kam mit einem Tablett herein. »Man sorgt sich um Sie«, sagte sie. »Das ist schon der zweite Abend, an dem Sie nicht zum Essen herunterkommen. Was fehlt Ihnen?«
»Ich habe bloß Kopfweh.«
»Es ist unnatürlich, daß ein junges Mädchen Kopfweh hat. Sie sollten lieber zum Arzt gehen.«
Ich schüttelte den Kopf, und sie ließ mich allein.
Als sie zurückkam, um das Tablett abzuholen, sah sie, daß ich nichts angerührt hatte.
Sie stellte sich ans Kopfende meines Bettes und sah mich an.
»Sie sollten mir wohl besser alles erzählen«, sagte sie. »Sie haben Ärger, das ahne ich.«
Ich gab keine Antwort.
»Sie sollten's mir lieber sagen. Vielleicht könnte ich Ihnen helfen. Ich habe Ihnen schon oft geholfen, seit Sie hier ankamen und vorgaben, Miss Susannah zu sein.«
»Janet!« schrie ich auf.
»Glauben Sie, ich hätte das nicht gemerkt? Glauben Sie, mich können Sie an der Nase rumführen? Die arme Mrs. Emerald mit ihrem schlechten Augenlicht, die sich fast um nichts kümmert als um sich selbst, die können Sie vielleicht täuschen. Aber mich doch nicht. Ich wußte auf den ersten Blick, daß Sie Miss Anabels Tochter sind.«
»Sie... haben es gewußt?«
»Suewellyn!« sagte sie. »Ich habe Sie einmal gesehen, als Sie ein kleines Mädchen waren. Anabel und Joel waren dabei. Die zwei waren ein verwegenes Paar. Ja, ich wußte von Anfang an, wer Sie sind. Sie sehen Susannah ein bißchen ähnlich... aber zwischen Ihnen beiden ist ein himmelweiter Unterschied. Für Anabels Tochter mußte ich tun, was ich konnte. Ich hatte sie wirklich gern. Sie waren ein süßes kleines Ding. Ich nehme an, Anabel hätte so was auch fertiggebracht. O ja, ich wußte gleich, wer Sie sind.«

»O Janet«, stieß ich hervor.
Sie trat zu mir und legte ihre Arme um mich. Dieses Zeichen ihrer Rührung und Zuneigung ergriff mich um so mehr, weil sie gewöhnlich so zurückhaltend war.
»Ist ja gut, Kleines«, beruhigte sie mich. »Ich tu', was ich kann. Sie hätten nicht versuchen dürfen, Susannah zu sein. Eher könnte sich eine Taube für einen Falken ausgeben. Susannah hatte den Teufel im Leib, jawohl. Es gab genug Leute, die das wußten, und trotzdem konnten sie ihr nicht widerstehen.«
»Jetzt ist es schon so weit, daß...«, begann ich.
»Das mußte ja kommen. Sie können so was nicht tun, ohne früher oder später in der Tinte zu sitzen. Das Leben ist halt nun mal kein Maskenball.«
»Ich weiß nicht, was ich tun soll. Ich muß wohl fortgehen.«
»Ja«, stimmte sie zu. »Gehen Sie fort und fangen Sie ein neues Leben an. Aber man wird Sie bestimmt suchen. Mr. Malcolm wird wissen wollen, wo Sie geblieben sind, oder? Mir scheint, Sie zwei mögen sich ganz gern.«
»Bitte...«, flüsterte ich.
»Schon gut, schon gut. Komisch. Er konnte Susannah nicht ausstehen. Garth konnte sie auch nicht leiden. Ich schätze, die beiden sind die einzigen Männer, die nicht auf sie reingefallen sind. Aber nur, weil sie nicht versucht hatte, sie zu ködern. Oh, sie hatte es faustdick hinter den Ohren; sie hatte den Teufel im Leib... das hab' ich gleich gemerkt.«
Ich konnte Janet nichts von den Briefen erzählen und auch nichts von Leahs Bekenntnis.
Es war schon genug, daß sie wußte, wer ich war. Das gab mir ein wenig Trost.

Unheil lag in der Luft. Ich war völlig ratlos. Ich hatte mich in Malcolm getäuscht. Er mußte die ganze Zeit Bescheid gewußt haben. Was hatte er mit mir vor? Warum tat er so, als hielte er mich für Susannah? Er spielte seine Rolle hervorragend. Aber ich – wie ich glaubte – meine nicht minder.
Vor lauter Überlegen war ich ganz benommen. Ich wollte fortlaufen,

mich verstecken, nach Australien gehen... während der Überfahrt arbeiten... bei Laura oder auf dem Gut der Halmers um Zuflucht bitten.

Nein. Es war besser, mit Malcolm zu reden, ihm zu gestehen: »Ja, ich bin eine Betrügerin und eine Lügnerin, und du tust recht daran, mich zu verachten. Aber du bist ein Mörder. Du hast mit Susannah den Plan ausgeheckt, Esmond umzubringen; dann ging sie fort, und du hast es allein getan. Ich habe wenigstens niemanden getötet. Ich habe mir nur das angeeignet, was Susannah gehören würde, wenn sie noch lebte. Außerdem bin ich ihre Halbschwester. Ich weiß, was ich mir genommen habe, ist von Rechts wegen jetzt dein Eigentum... aber du hast dafür gemordet.«

Ich konnte noch nicht fortgehen. Zuerst mußte ich mit Malcolm sprechen und ihm erklären, warum ich so gehandelt hatte; ich wollte wissen, warum er stets vorgegeben hatte, daß er mich für Susannah hielt.

Freudlos verging der Tag. Und kurz vor dem Abendessen kam der große Knall.

Wir wollten in dem kleinen Speisezimmer essen, wie immer, wenn wir keine Gäste erwarteten. Als ich die Treppe herunterkam, sah ich einen Mann in der Halle hin- und hergehen.

Als er mich erblickte, blieb er unbeweglich stehen. Dann eilte er auf mich zu.

»Susannah!« begann er, doch dann hielt er abrupt inne.

»Hallo«, sagte ich lächelnd. Es war offensichtlich jemand, den ich kennen mußte.

Er starrte mich nur an.

Ich schritt die Treppe vollends hinab. Er ergriff meine Hände; sein Gesicht war dicht vor meinem.

»Wie nett, dich zu sehen«, stammelte ich.

In diesem Augenblick erschien Emerald oben an der Treppe.

»Ich freue mich, daß du da bist, Garth«, sagte sie.

Jetzt wußte ich, wer er war.

»Ich habe Susannah nicht gesehen, seit sie nach Australien ging«, bemerkte Garth.

»Das ist lange her, nicht wahr«, sagte ich.

»Laßt uns zum Essen gehen«, warf Emerald ein. »Ah, da kommt Malcolm. Malcolm, Garth ist da.«
»Er ist nicht zu übersehen«, grinste Malcolm.
Ich schaute Malcolm aufmerksam an. Er war unverändert. Niemand hätte ihn für fähig gehalten, kaltblütig einen Mord zu planen. Krampfhaft versuchte ich mich zu erinnern, was ich über Garth gehört hatte. Er war der Sohn von Elizabeth Larkham, die damals, als Anabel auf dem Schloß lebte, Emeralds Gesellschafterin gewesen war. Er kam auch jetzt noch gelegentlich zu Besuch aufs Schloß.
Wir gingen zum Essen.
»Wie hat es dir in Australien gefallen?« erkundigte sich Garth.
Ich erzählte ihm, daß ich mich dort wohlgefühlt hatte, bis es zu der Tragödie kam.
»Tragödie?« Natürlich, dachte ich, er hatte womöglich noch gar nichts davon gehört.
»Die Insel, auf der mein Vater lebte, wurde durch einen Vulkanausbruch zerstört«, berichtete ich.
»Das war wohl ziemlich dramatisch, wie?«
»Es war entsetzlich«, sagte ich, und ich merkte, daß meine Stimme zitterte.
»Und du bist glücklicherweise davongekommen.«
»Ich war in Australien, als es passierte.«
»Das sieht dir ähnlich«, bemerkte Garth.
»Nicht streiten, Garth«, sagte Emerald. »Ich weiß, wie ihr zwei euch aufführt, wenn ihr nur fünf Minuten zusammen seid.«
»Wir werden uns anständig benehmen, nicht wahr, Susannah?«
»Wir wollen's versuchen«, erwiderte ich.
Er erkundigte sich nach der Insel, und ich konnte meine Bewegung nicht unterdrücken. Dann wechselte Malcolm das Thema, und wir unterhielten uns über das Schloß. Ich stellte fest, daß Malcolm Garth nicht besonders gut leiden konnte, und dieses Gefühl schien auf Gegenseitigkeit zu beruhen. Ein- oder zweimal fing ich Garths abschätzenden Blick auf, und dabei wurde mir immer unbehaglicher zumute.
»Sie hat sich verändert«, sagte er schließlich. »Ist dir das auch aufgefallen, Malcolm?«

»Susannah?« erwiderte Malcolm. »O ja, der Besuch in Australien hat seine wohltuenden Spuren hinterlassen.«
»Es war ja auch ein unbeschreibliches Erlebnis«, warf ich ein, »und wenn man bedenkt, was geschehen ist...«
»Tja, wenn man bedenkt, was geschehen ist«, wiederholte Garth gedehnt.
»Susannah erweist sich als ausgezeichnete Verwalterin – oder sollen wir sagen Gebieterin?« meinte Malcolm. Er lächelte mir zu. »Ich muß schon sagen, ich war nicht wenig überrascht.«
»Du hattest demnach früher keine hohe Meinung von mir?« murmelte ich.
»Das kann man wohl sagen. Ich hätte nie gedacht, daß du jemals Zeit oder Gedanken an die Arbeit verschwenden oder dich für die Pächter interessieren würdest.«
»Sie erweist sich also als ein Ausbund an Tugend, wie?« bemerkte Garth. »Ich muß sagen, ich bin erschüttert.«
»Garth, bitte...«, flehte Emerald.
»Schon gut, schon gut«, lenkte Garth ein. »Aber der Gedanke, daß Susannah Flügel gewachsen sind, ist wirklich zum Lachen. Ich werde mich wohl daran gewöhnen müssen. Was hast du angestellt, Susannah? Eine ganze Kehrtwendung gemacht, deine Torheiten bereut... oder was?«
»Ich interessiere mich eben für alles, was das Schloß betrifft.«
»Ja, das war schon immer so... in gewisser Hinsicht. Und nun... da es dir gehört... das ist vermutlich ein Unterschied.«
Irgendwie brachte ich diese unerfreuliche Mahlzeit hinter mich. Als wir uns vom Tisch erhoben, sagte Malcolm: »Ich habe dich in den letzten Tagen kaum gesehen. Wo hast du gesteckt?«
»Ich habe mich nicht wohlgefühlt«, erklärte ich ihm.
Seine Augen blickten besorgt. »Du beschäftigst dich zu eingehend mit den Leuten. Ein bißchen Interesse ist ja ganz gut...«
»Mir fehlt gar nichts weiter«, behauptete ich. »Ich bin nur ein bißchen müde.«
Gedankenvoll ging ich in mein Zimmer hinauf.
So geht es nicht weiter, überlegte ich. Irgend etwas muß geschehen. Ich sollte unverzüglich zu Malcolm hinuntergehen und ihm sagen,

was ich wußte. Vielleicht konnte ich Emerald ins Vertrauen ziehen. Ich entkleidete mich und zog einen Morgenmantel an, dann setzte ich mich an den Ankleidetisch und starrte mein Spiegelbild an, als erwarte ich davon eine Eingebung, was ich als nächstes tun sollte. Mein Gesicht trug noch Susannahs Maske. Doch mir war, als sei sie ein wenig verrutscht.
Ich hörte Schritte im Flur. Vor meinem Zimmer hielten sie an, und die Tür ging auf.
Es war Garth. Er grinste mich an, während er auf mich zukam, die Augen unverwandt auf mein Gesicht gerichtet.
»Ich weiß nicht, wer Sie sind«, stieß er hervor, »aber eins weiß ich gewiß: Sie sind nicht Susannah.«
Ich stand auf. »Würden Sie bitte mein Zimmer verlassen«, sagte ich laut.
»Nein«, gab er zurück. »Wer zum Kuckuck sind Sie? Was haben Sie hier zu suchen? Wieso geben Sie sich für Susannah aus? Sie sehen ihr ein bißchen ähnlich. Aber mich können Sie nicht täuschen. Sie sind eine Betrügerin. Also, wer sind Sie?«
Ich gab keine Antwort. Da packte er mich an den Schultern und drückte meinen Kopf nach hinten, dabei hielt er sein Gesicht ganz dicht an das meine.
»Wenn einer Susannah kennt, dann ich. Ich kenne jeden Zoll an ihr. Wo ist sie? Was haben Sie mit ihr gemacht? Wo kommen Sie überhaupt her?«
»Lassen Sie mich los!« schrie ich.
»Erst, wenn Sie's mir sagen.«
»Ich... Ich bin Susannah.«
»Das ist eine Lüge. Was ist denn mit dir passiert? Du bist eine Heilige geworden, wie? So gut zu allen Leuten. Hast die Achtung von Großvetter Malcolm errungen. Was soll das? Du behauptest, du bist Susannah. Dann wollen wir dort fortfahren, wo wir aufgehört haben, ja? Komm, Susannah, früher warst du nicht so zimperlich. Es ist lange her, seit wir zusammen waren.« Er hatte mich an sich gerissen und küßte mich... heftig, leidenschaftlich. Er zerrte an meinem Morgenmantel. Er schien in Ekstase zu geraten.
»Aufhören!« schrie ich.

Er hielt unter dämonischem Gelächter inne.

»Wenn du Susannah bist«, keuchte er, »dann beweis es. Du warst niemals schüchtern. Unersättlich warst du, Susannah. Du hast mich so heiß begehrt wie ich dich. Deshalb hatten wir so großes Vergnügen aneinander.«

Wieder schrie ich: »Lassen Sie mich los! Ich bin nicht Susannah.«

Er gab mich frei. »Aha«, sagte er. »Jetzt werden Sie mir die Wahrheit sagen. Wo ist Susannah?«

»Susannah ist tot. Sie starb bei dem Vulkanausbruch auf der Insel.«

»Und wer in Gottes Namen sind Sie?«

»Susannahs Halbschwester.«

»Der Herr bewahre uns. Sie sind Anabels Göre. Anabels und Joels Balg.«

»Das waren meine Eltern.«

»Und Sie waren mit denen auf der Insel?«

»Ja. Susannah kam uns besuchen. Ich ging nach Australien, um die Hochzeit einer Freundin zu feiern, und währenddessen ist der Vulkan ausgebrochen. Alle, die auf der Insel waren, sind umgekommen.«

»Und dann... haben Sie Susannahs Platz eingenommen.« Als er mich ansah, sprach so etwas wie Bewunderung aus seinem Blick. »Kluges Mädchen!« fügte er hinzu. »Kluges kleines Mädchen!«

»Jetzt wissen Sie alles und können die anderen aufklären. Ich bin froh darüber, denn so konnte ich nicht weitermachen.«

»Ein ausgezeichneter Plan«, sinnierte er und musterte mich prüfend. »Sie haben sich in den Besitz des Schlosses gebracht, wie? Und Malcolm haben Sie glatt übers Ohr gehauen. Ein toller Witz!« Er lachte. »Als Esmond starb, fiel das Schloß an Susannah... und da kommt die kleine Stiefschwester daher und beschließt, es soll ihr gehören. Das ist ein starkes Stück. Irgendwie gefällt mir das. Aber narrensicher ist es nicht; und Susannahs ewiger Liebhaber und ergebener Sklave findet ein Kuckucksei im Nest.«

Da wußte ich, daß er der Absender der Briefe war. Er machte mir Angst.

»Es war gemein von mir«, gab ich zu. »Das sehe ich jetzt ein. Gut, ich sage es den anderen, und dann gehe ich fort.«

»Sie könnten wegen Betruges belangt werden, Sie kleine Intrigantin.

Nein, Sie dürfen nicht die Wahrheit gestehen. Sie dürfen mir nicht entwischen. Mir wird schon etwas einfallen. Sie ist also tot. Susannah! Sie war eine Hexe. Sie war eine Zauberin. Das werden Sie nie sein, meine liebe kleine Schwindlerin. Sie haben nicht das, was sie hatte. Sie war unvergleichlich. O Susannah... Ich dachte, heute nacht würde es so werden wie früher. Warum wollte sie auch unbedingt auf diese vermaledeite Insel...« Er war ehrlich bewegt. Plötzlich hellte seine Miene sich auf. »Man darf sich nicht vom Mißgeschick unterkriegen lassen«, fuhr er fort. »Man soll nicht weinen über etwas, das aus und vorbei ist. Das werde ich nicht tun, das verspreche ich Ihnen. *Sie* haben jetzt das Schloß. Also gut. Ich werde es Ihnen möglicherweise lassen... wenn Sie es mit mir teilen.«
»Was soll das heißen?«
»Susannah und ich wollten nach Esmonds Tod heiraten.«
»Sie... Sie haben Esmond umgebracht!«
Er packte mich am Handgelenk. »Sagen Sie das nicht zu laut. Esmond ist tot. Er hatte einen Rückfall in eine frühere Krankheit, von dem er nicht mehr genesen ist.«
Es war widerwärtig. Doch bei allem, was sich mir eröffnete, traf eine freudige Erkenntnis mein Herz: Ich hatte mich hinsichtlich des Mannes, der die Briefe geschrieben hatte, geirrt; es war nicht Malcolm, sondern Garth.
In das Grauen, das Garth in mir erweckte, mischte sich die Freude, daß Malcolm nie Susannahs Liebhaber war und mit Esmonds Ermordung nichts zu tun hatte.
Garth trat dicht an mich heran und legte mir seine Hände auf die Schultern. »Sie und ich wissen zuviel vom anderen, kleine nachgemachte Susannah. Wir müssen zusammenhalten, und ich werde einen Weg finden, darauf können Sie sich verlassen.« Mit dem Zeigefinger hob er mein Kinn und blickte mir ins Gesicht. Ich wich vor ihm zurück. Das Glitzern in seinen Augen versetzte mich in Panik. »Ich bin mit dem Gedanken hergekommen, daß Susannah und ich heute abend vereint sein würden. Ich hatte ungeheure Sehnsucht nach Susannah. Und nun ist sie tot... die hinreißende, begehrenswerte, tückische, unersättliche Hexe ist tot. Die männerbetörende Zauberin ist nicht mehr. Der Teufel hat sich sein Eigentum zurückgeholt.« Er

stieß mich heftig von sich und setzte sich schwerfällig hin. Dann schlug er mit der Faust auf den Frisiertisch und starrte vor sich hin. Ich war gespannt, was er als nächstes tun würde.
Plötzlich lachte er laut auf. »Du bist also gestorben, Susannah. Hast mich im Stich gelassen... Sei's drum. Ich komme auch ohne dich zurecht. Du hast mir eine geschickt, die dir ein bißchen ähnlich sieht. Ich könnte mir einbilden, sie wäre du... bisweilen.« Er wandte sich mir zu. »Kommen Sie her.«
»Ich denke nicht daran. Bitte gehen Sie.«
»Ich möchte Sie anschauen. Sie müssen mich vergessen lassen, daß ich Susannah verloren habe.«
»Ich werde das Schloß verlassen«, bemerkte ich, »und Sie müssen ebenfalls morgen gehen.«
»Sieh mal einer an! Die Königin des Schlosses spricht. Es macht ihr nichts aus, daß ich weiß, daß sie sich die Krone unrechtmäßig angeeignet hat. Sie glauben wohl, ich lasse mich von Ihnen herumkommandieren, wie? Nein, kleine Königin ohne Recht auf die Krone, *Sie* werden tun, was ich sage. Dann können Sie meinetwegen Königin bleiben, solange ich es zulasse.«
»Hören Sie«, beschwor ich ihn, »ich werde den anderen alles sagen. Lassen Sie mich fort von hier. Dann können Sie machen, was Sie wollen.«
»Das könnte Ihnen so passen«, meinte er. »Wenn Sie ein Schwächling wären, so wären Sie nicht hier, nicht wahr? Ich habe einen Plan, der uns beiden helfen könnte. Sie gefallen mir, meine Kleine. Sie sind wie Susannah... in gewisser Hinsicht, und das könnte recht pikant sein.« Er nahm meine Hand und versuchte, mich an sich zu ziehen. »Wir wollen die Probe aufs Exempel machen. Mal sehen, ob es funktioniert. Wenn ich mit Ihnen zufrieden bin, heirate ich Sie. Und wir herrschen zusammen, wie Susannah und ich es einander gelobt haben.«
»Bitte nehmen Sie Ihre Hände weg«, rief ich, »und gehen Sie. Sonst läute ich und rufe um Hilfe.«
»Und wenn ich den anderen erzähle, was für ein heimtückisches Mädchen Sie sind?«
»Nur zu. Ich will es ihnen ohnehin sagen.«

»Das wäre Ihnen durchaus zuzutrauen. Aber es wäre töricht. Es würde alles verderben. Malcolm würde als wahrer Erbe erkannt, und das wollen wir doch nicht, oder? Nein. Sagen Sie nichts. Ich mache einen Plan. Es wird dann genauso sein wie früher, als ich mit Susannah Pläne schmiedete.«
»Ich mache keine Pläne mit Ihnen.«
»Es wird Ihnen nichts anderes übrigbleiben. Entweder sind Sie nett zu mir, oder es ist aus mit Ihrem Spielchen.«
»Mein Spielchen ist sowieso zu Ende.«
»Das muß aber nicht sein.«
»Wenn mir ansonsten nur die einzige Möglichkeit bleibt, mit Ihnen Pläne zu machen, so ist es endgültig aus.«
»Schöne Worte. Edel gesprochen.« Er wippte auf den Fersen und sah mich an. »Sie gefallen mir mit jeder Minute besser. Es war ein arger Schock, als ich feststellte, daß Sie nicht Susannah sind. Aber es ist sinnlos, der Vergangenheit nachzutrauern, nicht wahr? Ich gehe jetzt... wenn Sie es wünschen. Aber meine Pläne nehmen Gestalt an. Wir werden das Beste aus der Sache machen... Sie und ich gemeinsam.«
Ich konnte nur noch hervorstoßen: »Bitte gehen Sie jetzt.«
Er nickte.
Dann kam er zu mir und küßte mich leidenschaftlich auf den Mund.
»O ja«, flüsterte er, »Sie gefallen mir, kleine falsche Susannah. Sie werden sich schon noch mit meinen Absichten anfreunden. Wir machen gemeinsame Sache, wir zwei.«
Und damit verschwand er.
Ich zog meinen Morgenmantel über meine von seiner rohen Behandlung geröteten Schultern.
Mir war übel, und dazu hatte ich schreckliche Angst.
Was konnte ich jetzt tun?

Während ich noch verstört so dasaß, klopfte es an meiner Tür. Ich sprang auf, voller Entsetzen, daß er zurückgekommen sei.
»Wer ist da?« flüsterte ich.
»Ich bin's bloß, Janet.«
Ich öffnete die Tür.

»Du lieber Himmel! Was ist denn mit Ihnen passiert?«
»Nichts... nichts... es ist alles in Ordnung, Janet.«
»Machen Sie mir doch nichts vor. Ich weiß Bescheid. Garth war hier. Ich hab' ihn herauskommen sehen. Was hat er gewollt?«
»Er weiß alles, Janet.«
»Das hab' ich mir gedacht. Mir wurde angst und bange, als er kam. Er hatte was mit Susannah. Die hat's mit vielen Männern gehabt. Sie war heißblütig und geradezu mannstoll... und denen ist nichts lieber als das.«
»Ach Janet«, jammerte ich, »was soll ich bloß machen? Ich hätte mich nie auf diese Sache einlassen sollen.«
»Aber Sie haben's nun mal getan, und was geschehen ist, ist geschehen. Dadurch sind Sie aufs Schloß gekommen, wo Sie von Rechts wegen hingehören. Sie hätten einfach sagen sollen, wer Sie sind. Man hätte Sie bestimmt nicht davongejagt.«
»Janet... wer ist Garth eigentlich?«
»Elizabeth Larkhams Sohn. Als Kind war er sehr oft hier, weil seine Mutter hier lebte.«
»Das weiß ich. Aber wer war sein Vater?«
»David natürlich. Es hieß, Elizabeth sei Witwe, aber sie war Davids Geliebte, ehe sie hierherkam... und Garth war das Resultat. Sie bezeichnete sich als Witwe und kam her, um mit ihrem Liebhaber unter einem Dach zu leben. So sind sie eben, diese Matelands. So waren sie von alters her, nehme ich an. So wenig wie ein Leopard seine Flecken ändern kann, so wenig können die Matelands aus ihrer Haut.«
Matelandsches Blut! schoß es mir durch den Kopf. Natürlich Garth, nicht Malcolm. Ich war unendlich erleichtert, weil Malcolm vollkommen entlastet war.
Ich vertraute Janet alles an, was geschehen war. Es war eine Erlösung, ihr mein Herz auszuschütten. Nachdem ich nun wußte, daß sie mir freundlich gesinnt war, erzählte ich ihr von meiner Begegnung mit David damals auf dem Heimweg und wie Anabel mich abgeholt hatte und wir alle zusammen abgereist waren.
Janet hörte aufmerksam zu. Sie erkundigte sich, wie Anabel auf der Insel gelebt hatte und ob sie dort glücklich gewesen sei.
»Hat sie mich jemals erwähnt?« wollte sie wissen.

»Und ob«, versicherte ich ihr, »und zwar sehr liebevoll.«
»Sie hätte mich mitnehmen sollen«, meinte sie. »Aber dann wäre ich in die Luft geflogen und könnte mich jetzt nicht um Sie kümmern.«
»Was soll ich nur tun, Janet?« fragte ich zitternd. »Ich muß es den anderen natürlich sagen. Ich spreche morgen mit Malcolm.«
»Ja«, erwiderte Janet, »aber lassen Sie uns zuerst gründlich darüber nachdenken.«
Sie saß bis zum späten Abend bei mir, und dann ging ich zu Bett. Ich war so erschöpft, daß ich zu meiner Überraschung bis zum Morgengrauen durchschlief.

Als ich aufstand, erfuhr ich, daß Malcolm ausgegangen war und den ganzen Tag über fortbleiben würde.
Das verschaffte mir einen Aufschub von einem Tag, denn ich hatte beschlossen, daß Malcolm derjenige sein sollte, dem ich meine Tat bekannte.
Ich war froh, daß ich beim Frühstück niemanden antraf, denn ich brachte lediglich eine Tasse Kaffee hinunter. Chaston erschien und meldete, daß Jack Chivers mich abermals zu sprechen wünschte.
Ich erhob mich und führte ihn in den an die Halle angrenzenden kleinen Salon, wo ich ihn schon früher einmal empfangen hatte.
»Leah schickt mich wieder«, erklärte er.
»Das Baby...?«
»Nein, es geht um ihren Vater. Sie sagt, Sie möchten zu ihr kommen, sobald Sie können.«
Ich ging hinauf, zog mein Reitkostüm an und ritt mit ihm zur Hütte. Leah erwartete mich bereits; aus ihren Augen sprach große Besorgnis.
»Mein Vater hat das hier für Sie abgegeben. Für Sie persönlich.«
Sie reichte mir einen Umschlag. Ich schlitzte ihn auf, zog einen Bogen Papier heraus und las:

> Ich habe Ihnen einiges zu sagen, Miss Susannah, und zwar kurz und bündig. Sie haben versucht, Mr. Esmond zu ermorden, und mein Bruder hat Ihnen dabei geholfen. Er war ein guter Mensch, aber Sie sind eine Hexe, und gegen Hexen können sich nur we-

nige behaupten. Jetzt müssen Sie dafür bezahlen. Ich verlange für den Hof einen Pachtvertrag auf Lebenszeit, der dann für Amos und Reuben erneuert wird. Ich verlange neue Gerätschaften und alles an Ausstattung, was den Hof wieder in Schwung bringen kann. Sie sagen vielleicht, das ist Erpressung. Das mag schon sein. Aber Sie können mich nicht verraten, ohne sich selbst zu verraten. Kommen Sie zur Scheune... zu der, wo der arme Saul sich erhängt hat. Kommen Sie heute abend um neun und bringen Sie das schriftliche Versprechen mit, daß ich bekomme, was ich verlange, und ich gebe Ihnen mein Wort, daß ich den Mund halten werde. Andernfalls erfährt morgen alle Welt, was Saul Ihnen verschafft hat, und daß dies der wahre Grund ist, warum er sich umgebracht hat.

Fassungslos starrte ich auf das Papier, und Leah beobachtete mich mit angstvollem Blick.
Ich steckte den Brief in den Umschlag zurück und schob ihn in meine Tasche.
»Ach, Miss Susannah«, seufzte Leah, »hoffentlich ist es nicht allzu schlimm.«
Ich blickte sie betrübt an und dachte: Ich werde das Baby nie zu Gesicht bekommen. Wenn es geboren wird, bin ich bereits weit fort. Wo ich wohl sein werde? fragte ich mich. Jedenfalls würde ich das Schloß und Malcolm nie wiedersehen.

Ich weiß nicht mehr, wie ich den Tag überstand.
Janet kam im Laufe des Vormittags in mein Zimmer. Einer plötzlichen Eingebung folgend, zeigte ich ihr Jacob Cringles Brief.
»Für mich sieht das wie 'ne kleine Erpressung aus«, meinte sie.
»Er haßt Susannah«, erwiderte ich. »Das kann ich verstehen. Er denkt, sie ist schuld an Sauls Tod.«
»Sie dürfen heute abend nicht dorthin gehen.«
»Ich erzähle es Malcolm, sobald ich ihn sehe.«
»Ja«, sagte Janet, »machen Sie reinen Tisch. Er geht gewiß nicht zu streng mit Ihnen ins Gericht. Ich glaube, er hat eine Schwäche für Sie. Sie sind so anders als Susannah. Die konnte er nicht ausstehen.«

»Ich muß fortgehen, Janet. Ich muß euch verlassen...«
»Aber Sie kommen wieder. Das hab' ich im Gefühl. Doch warten Sie, bis Malcolm zurück ist, und erzählen Sie ihm alles. Das ist das Beste, was Sie tun können.«
»Das finde ich auch.«
Ich ging nach draußen, damit ich zum Mittagessen nicht zu Hause sein mußte. Mir war noch ein Tag auf Mateland beschieden, weil Malcolm erst spät heimkommen würde. Heute konnte ich nicht mehr mit ihm sprechen. Ich mußte bis morgen warten.
Am späten Nachmittag kam ich zurück und ging in mein Zimmer. Ich zog Jacob Cringles Brief hervor und las ihn noch einmal.
Das Seltsame war, daß ich längst die Möglichkeit erwogen hatte, den Cringle-Hof neu auszustatten, um Jacob zu härterer Arbeit anzuspornen; denn ich wußte, daß er ein tüchtiger Bauer war. Mit der Zeit hätte er alles von mir bekommen, was er heute forderte. Aber er haßte mich... weil er mich für Susannah hielt, und am liebsten hätte ich ihm gesagt, daß ich sein Verlangen nach Rache verstehe. Aber wie hätte ich das tun können?
Als ich mit dem Brief in der Hand dasaß, ging die Tür auf, und zu meinem Schrecken kam Garth herein.
»Ah, die kleine Schwindlerin«, sagte er. »Freuen Sie sich, mich zu sehen?«
»Nein.«
»Und was haben Sie da?«
Er entriß mir den Brief, und während er ihn las, veränderte sich seine Miene.
»Dämlicher Kerl!« schnaubte er. »Der weiß zuviel.«
»Ich gehe nicht hin«, erklärte ich ihm.
»Aber Sie müssen.«
»Ich sage Malcolm sobald wie möglich Bescheid. Ich habe es nicht nötig, mich mit Jacob Cringle zu treffen.«
Garth wurde nachdenklich. Er blinzelte mich aus zusammengekniffenen Augen an.
»Wenn Sie nicht zu ihm gehen, kommt er aufs Schloß und posaunt die Wahrheit so laut heraus, daß alle es hören können. Sie sollten sich mit ihm treffen und ihm erklären, wer Sie sind. Sagen Sie ihm, daß

Susannah tot ist, und damit ist der Fall erledigt. Das ist der einzige Ausweg.«
»Ich denke, ich sollte zuerst mit Malcolm sprechen.«
»Malcolm kommt nicht vor dem späten Abend zurück. Sie müssen sich vorher mit Jacob treffen.«
Ich überlegte.
»Ich komme mit Ihnen. Ich beschütze Sie«, bot er mir an.
»Ich brauche Sie nicht dabei.«
»Auch gut. Aber er darf auf keinen Fall die Wahrheit in die Welt ausposaunen.« Er tippte auf den Brief.
»Ich gehe heute abend zu ihm. Ich werde ihm alles erklären.«
Garth nickte.
Zu meiner Überraschung belästigte er mich nicht weiter.

Mein Entschluß stand fest. Ich wollte mich mit Jacob Cringle treffen. Dabei würde ich ihm eröffnen, daß ich nicht Susannah sei, daß ich seinen Bruder Saul nicht gekannt hatte und daß Susannah tot war. Vielleicht würde ihn das zufriedenstellen und seine Rachegelüste dämpfen.
Danach wollte ich Malcolm die Wahrheit gestehen.
Irgendwie fühlte ich mich erleichtert. Meine wahnwitzige Maskerade ging dem Ende zu. Welcher Preis auch dafür gefordert wurde, ich mußte ihn bezahlen und die Konsequenzen auf mich nehmen, denn ich hatte es verdient.
Der Tag schien nicht enden zu wollen. Ich war froh, als es Zeit zum Essen wurde, wenn ich auch nichts zu mir nehmen konnte. Garth, Emerald und ich brachten mühsam eine Unterhaltung zustande. Ich kann mich nicht mehr besinnen, worüber gesprochen wurde, aber es war gewiß nichts Vernünftiges. Ich überlegte die ganze Zeit, was ich Jacob Cringle erzählen und vor allem, was ich anschließend zu Malcolm sagen würde.
Einerseits fürchtete ich mich vor dem Abend, andererseits konnte ich ihn kaum erwarten. Als die Mahlzeit vorüber war, eilte ich in mein Zimmer und zog mein Reitkostüm an. Es war halb neun, und um neun Uhr sollte ich mich mit Jacob Cringle treffen. Für den Ritt zur Scheune brauchte ich zehn Minuten.

Janet kam herein und schien besorgt.

»Sie sollten nicht hingehen«, sagte sie. »Das gefällt mir alles nicht.«

»Ich muß aber, Janet«, erklärte ich ihr. »Ich muß mit Jacob Cringle sprechen. Er soll Bescheid wissen. Sein Bruder ist tot, und er gibt Susannah die Schuld. Ich habe ihren Platz eingenommen... und jetzt schulde ich ihm eine Erklärung.«

»Einen solchen Brief zu schreiben... das ist glatte Erpressung, und Erpresser taugen nichts.«

»Ich glaube, ganz so einfach ist es nicht. Dieser Fall liegt anders. Wie dem auch sei, ich muß gehen.«

Als wir so dastanden, hörten wir unten Hufeklappern.

»Das dürfte Malcolm sein«, meinte Janet und blickte mir auffordernd ins Gesicht.

»Ich sag's ihm heute abend, sobald ich zurückkomme.«

»Gehen Sie nicht«, bat Janet flehentlich.

Ich schüttelte nur den Kopf.

Sie stand unbeweglich und blickte mir nach, als ich hinausging.

Im Stall bestieg ich mein Pferd. Malcolms Pferd war bereits angebunden. Er war also wirklich zurück. Bald würde ein Stallbursche kommen, um sein Pferd abzureiben, daher mußte ich mich beeilen.

Ich ritt aus dem Stall hinaus, und als ich die Scheune im Mondlicht liegen sah, kam sie mir unheimlich vor. Seit ich mit dem gräßlichen Ding dort eingesperrt war, konnte ich mein Grauen vor dieser Stätte nicht überwinden.

Während ich mein Pferd festband, hörte ich einen Reiter nahen. Ich dachte, es sei Jacob, und drehte mich um. Jemand sprang neben mir ab. Es war Garth.

»Ich komme mit«, sagte er.

»Aber...«

»Kein Aber«, herrschte er mich an. »Sie schaffen das nicht allein. Sie brauchen Hilfe.«

»Ich will keine Hilfe.«

»Die wird Ihnen aber zuteil, ob Sie wollen oder nicht.«

Er packte mich am Arm. Ich versuchte, ihn wegzuschieben, aber er hielt mich fest.

»Kommen Sie«, sagte er.

Das Scheunentor quietschte. Wir gingen hinein. Drinnen hockte Jacob mit einer Laterne. Die Vogelscheuche hing noch am Dachbalken.
»Da sind Sie ja, Miss«, sagte Jacob und stand auf, als er sah, daß ich nicht allein war.
»Ja«, sagte ich, »da bin ich. Ich bin gekommen, um Ihnen zu sagen, daß Sie sich irren.«
»Bestimmt nicht, Miss. Das können Sie mir nicht weismachen. Mein Bruder Saul hat sich zwar das Leben genommen, aber Sie haben ihn dazu getrieben.«
»Nein, nein. Das stimmt alles nicht! Ich bin nicht Susannah Mateland. Ich bin ihre Stiefschwester. Ich habe mich nur für Susannah ausgegeben.«
Garth packte meinen Arm so fest, daß es schmerzte.
»Still, Sie kleiner Dummkopf«, murmelte er. Dann schnauzte er Jacob Cringle an: »Was soll das alles, Cringle? Wollen Sie vielleicht Miss Mateland erpressen?«
»Miss Mateland hat uns ruiniert, als sie meinen Bruder in den Tod trieb. Das hat uns allen Mut genommen. Ich verlange eine Chance, um von vorn anzufangen... das ist alles. Ich will den Hof wieder flottmachen... sie hat uns Saul genommen, also soll sie dafür zahlen.«
»Und was wollen Sie machen, mein Bester, wenn ich Ihnen sage, daß Sie sich mit Ihren Mätzchen um den Hof gebracht haben?«
Ich hielt den Atem an. »Nein... nein, das stimmt doch alles gar nicht...«
»Ich will Ihnen sagen, was ich tun werde«, schrie Jacob. »Ich sorge dafür, daß es Ihnen beiden hier zu brenzlig wird. Ich führe Sie der Gerechtigkeit zu.«
»Wissen Sie, was Sie getan haben, Cringle?« murmelte Garth. »Sie haben soeben Ihr Todesurteil unterzeichnet.«
»Soll das etwa heißen...«, begann Jacob.
Ich schrie auf. Garth hatte eine Pistole aus seiner Tasche gezogen und zielte auf Jacob. Doch Jacob war schneller. Er stürzte sich auf Garth und wollte ihm die Waffe entreißen.
Keuchend rangen die beiden Männer miteinander, während ich mich ängstlich an die Wand drückte.

Plötzlich ging das Tor auf, und eine Gestalt trat ein, und gerade in dem Moment ging ein Schuß los. Ich blickte entsetzt auf die Blutspritzer an der Wand.
Die Pistole war zu Boden gefallen, und Jacob Cringle starrte auf den Körper, der auf der Erde lag.
Der Mann, der hereingekommen war, war Malcolm, und sein Anblick erfüllte mich mit ungeheurer Erleichterung. Er kniete neben Garth nieder.
»Er ist tot«, sagte er ruhig.
Ein entsetzliches Schweigen lastete im Raum. Das Licht der Laterne beleuchtete die makabre Szenerie. Am Balken hing die grausige Vogelscheuche, die scheußliche Fratze mit der roten Öffnung, die an Stelle des Mundes klaffte, uns zugekehrt.
Und auf dem Boden lag Garth.
Jacob Cringle schlug die Hände vors Gesicht und fing zu schluchzen an.
»Ich habe ihn getötet. Ich habe ihn getötet. Ich habe gemordet. Das war Satans Werk.«
Malcolm sagte zunächst gar nichts, und ich dachte, das schreckliche Schweigen würde ewig währen. Alles kam mir vor wie ein Alptraum. Ich konnte nicht glauben, daß es Wirklichkeit war, und hoffte verzweifelt, daß ich bald erwachen würde.
Dann fand Malcolm die Sprache wieder. »Wir müssen etwas tun... und zwar rasch.«
Jacob ließ die Hände sinken und starrte ihn an. Malcolm war bleich; er blickte finster und entschlossen drein.
»Er ist tot«, sagte er. »Daran ist nicht zu zweifeln.«
»Und ich habe ihn umgebracht«, flüsterte Jacob wieder. »Ich bin auf ewig verdammt.«
»Es war Notwehr«, sagte Malcolm. »Wenn Sie ihn nicht getötet hätten, dann hätte er Sie getötet. Notwehr ist kein Verbrechen. Aber jetzt müssen wir schnell handeln. Hören Sie zu, Jacob. Sie haben sich von Rachegelüsten leiten lassen. Im Grunde Ihres Herzens sind Sie ein guter Mensch, und Sie könnten ein noch besserer Mensch sein, wenn Sie nicht so selbstgerecht wären. Wir müssen sofort etwas tun. Ich habe zwar eine Idee, aber nachdem keine Zeit zum langen Nach-

denken ist, könnte mein Plan Fehler haben. Auf den ersten Blick sieht es jedoch so aus, als ob es klappen könnte. Sie müssen mir helfen.«
»W... wie, Sir?«
»Sie bekommen einen Pachtvertrag auf Lebenszeit für sich und Ihre Kinder, außerdem alle Mittel, um den Hof wieder in Schwung zu bringen. Diese Dame hier ist nicht Susannah Mateland. Sie hat sich für die Schloßbesitzerin ausgegeben. Das werde ich Ihnen später genauer erklären. Aber es könnte Schwierigkeiten geben. Ein Mensch ist getötet worden, und einerlei wie es passiert ist, man wird Fragen stellen und jemandem die Schuld zuschieben. Wir werden jetzt die Scheune in Brand stecken, Jacob, und werden sämtliche Spuren verwischen. Wir lassen die Laterne hier im Heu zurück, damit es so aussieht, als sei das Feuer unbeabsichtigt ausgebrochen. Zwei Menschen sind offenbar in den Flammen umgekommen, Garth Larkham und die Dame hier. Das ist das Ende von Susannah Mateland und Garth Larkham.«
Er wandte sich an mich. »Hör mir gut zu. Du reitest augenblicklich zum Schloß zurück und nimmst alles Geld an dich, das du auftreiben kannst. Nimm mein Pferd. Laß deins hier. Versuche, ungesehen zu bleiben, aber wenn dich doch jemand sieht, benimm dich ganz natürlich. Laß niemanden merken, daß du mein Pferd reitest, also bring es nicht in den Stall. Binde es im Wald an, wenn du ins Schloß gehst. Wenn du das Geld hast, nimm wieder mein Pferd und reite zum Bahnhof von Denborough. Das ist etwa dreißig Kilometer von hier entfernt. Steig im Gasthaus ab und laß mein Pferd dort zurück. Ich hole es dann morgen ab. Fahr mit dem Zug um sechs Uhr früh nach London. Dort nimmst du deine wahre Identität an... und deine Spur verliert sich.«
Ich war verzweifelt und unglücklich. Meine Maskerade war zu Ende und damit alles, was mir lieb und teuer war. Ich spürte die Kälte in Malcolms Stimme – und seine Verachtung.
Er hatte natürlich allen Grund dazu. Aber wenigstens gab er mir eine Chance, zu entkommen.
Er forderte: »Gib mir deinen Ring.«
»Den hat mir mein Vater geschenkt«, stammelte ich.
»Gib her«, verlangte er. »Und deinen Gürtel und die Brosche auch.«

Mit zitternden Fingern löste ich Schmuck und Gürtel und reichte sie ihm. »Das sind die Beweisstücke für deine Anwesenheit in der ausgebrannten Scheune, auch wenn man deine Leiche nicht finden wird. Nun, Jacob, was sagen Sie dazu?«
»Ich tu, was Sie verlangen, Sir. Ich hatte wirklich nicht die Absicht, ihn zu töten. Es ist einfach so passiert.«
»Aber ich glaube, er wollte Sie töten, Jacob, um Sie ein für allemal zum Schweigen zu bringen. Geben Sie mir die Pistole. Sie gehört zum Schloß.« Dann wandte er sich wieder an mich: »Worauf wartest du noch? Du bist noch mal davongekommen. Es ist Zeit, daß du verschwindest.«
Ich wandte mich zum Gehen. Er rief mir noch nach: »Du weißt, was du zu tun hast. Du darfst auf keinen Fall einen Fehler machen. Geh jetzt... bleib möglichst ungesehen... und vergiß nicht, der Zug nach London geht um sechs Uhr früh.«
Ich taumelte nach draußen, nahm sein Pferd und ritt zum Schloß.

Niemand sah mich, als ich in mein Zimmer ging. Janet war dort; sie wirkte sehr aufgewühlt.
»Ich hab' ihn hinter Ihnen hergeschickt«, erklärte sie. »Ich hab' ihm den Brief gezeigt und ihm gesagt, wo Sie sind.«
»Ach Janet, das ist das Ende. Ich muß fort... noch heute abend.«
»Heute abend!« rief sie aus.
»Ja. Sie werden erfahren, was passiert ist. Garth ist tot. Aber alles wird ganz anders aussehen, als es in Wirklichkeit war. Und ich gehe jetzt gleich... fort von euch allen, o Janet.«
»Ich komme mit Ihnen.«
»Nein, das geht nicht. Ich muß verschwinden, und die Leute müssen glauben, ich sei mit Garth in der Scheune verbrannt.«
»Ich begreife überhaupt nichts mehr«, sagte Janet.
»Bald werden Sie alles verstehen... und werden wissen, wie es wirklich war. Es ist zu Ende. Es muß sein. Ich muß Malcolm gehorchen. Er sagte, ich dürfe nicht zögern, und ich müsse rasch verschwinden. So schnell wie möglich. Außerdem muß ich so viel Geld mitnehmen, wie ich nur auftreiben kann. In London werde ich ein neues Leben anfangen.«

Janet lief aus dem Zimmer, während ich das Geld zusammensuchte. Es war keine große Summe, aber wenn ich sparsam lebte, würde es ein paar Monate reichen. Janet kam mit einem Beutel Goldmünzen und einer Kameebrosche zurück.
»Nehmen Sie das«, sagte sie. »Und lassen Sie von sich hören. Schreiben Sie mir... Versprechen Sie's... nein, schwören Sie. Lassen Sie mich immer wissen, wo Sie sind. Die Brosche hat Anabel mir einstmals geschenkt. Die dürfte Ihnen ein hübsches Sümmchen einbringen.«
»Das kann ich nicht annehmen, Janet.«
»Sie müssen, sonst bin ich tödlich beleidigt. Nehmen Sie... und lassen Sie mich immer wissen, wo Sie sind.«
»Ja, Janet.«
»Das ist ein ernster Schwur.«
Sie legte ihre Arme um mich, und wir hielten uns ein paar Sekunden lang umklammert. Es war das erste Mal, daß ich Janet gerührt sah.
Ich verließ das Schloß, ging zu der Stelle, wo ich Malcolms Pferd angebunden hatte, und hielt nur einen Moment inne, um zum Schloß zurückzublicken, das geisterhaft im Mondlicht schimmerte.
Als ich davonritt, sah ich das Feuer auf der anderen Seite des Waldes. Ich roch den scharfen Brandgeruch und wußte, daß die Scheune in Flammen stand. Der Beweis dessen, was an diesem Abend geschehen war, wurde vernichtet. Garth war tot, Susannah war tot. Die Maskerade war vorüber.

Nach der Entlarvung

Drei Monate sind vergangen.
Ich bin gewiß nicht zu bedauern. Mrs. Christopher ist gut zu mir. Jeden Morgen stehe ich um sechs Uhr dreißig auf, bereite ihr den Tee, bringe ihn ihr herein, ziehe die Läden hoch und erkundige mich, ob sie eine angenehme Nachtruhe hatte. Danach nehme ich mein Frühstück ein, das mir ein Hausmädchen etwas unwillig serviert, weil sie nicht einsieht, warum sie die Gesellschafterin bedienen soll. Anschließend helfe ich Mrs. Christopher bei der Morgentoilette. Sie ist von Rheumatismus geplagt, und das Gehen bereitet ihr Schmerzen. Anschließend fahre ich sie in ihrem Rollstuhl spazieren. Ich schiebe sie die Promenade entlang. Wir sind nämlich in Bournemouth, und Mrs. Christopher läßt immer wieder anhalten und unterhält sich mit Bekannten, während ich dabeistehe. Ab und zu richtet jemand ein mürrisches »Guten Morgen« an mich. Dann schiebe ich sie zurück. Und während sie am Nachmittag ruht, führe ich den Pekinesen aus, eine bösartige Kreatur, die mich ebenso liebt wie ich sie, das heißt, zwischen uns besteht ein Zustand kriegerischer Neutralität, die jeden Augenblick in offenes Gefecht ausbrechen kann. Hin und wieder gehe ich in die Leihbibliothek und suche Bücher aus – romantische Geschichten von Liebe und Leidenschaft, für die Mrs. Christopher schwärmt – und lese ihr diese dann vor.
So vergehen die Tage.

Mrs. Christopher ist eine herzensgute Frau, die sich bemüht, ihren Mitmenschen das Leben angenehm zu machen, und das weiß ich zu schätzen, nachdem ich drei Wochen bei einer reichen Witwe als sogenannte »Gesellschaftssekretärin« beschäftigt war. Ich hatte die unterschiedlichsten Aufgaben zu bewältigen, und es wurde von mir erwartet, daß ich sie flink und gleichzeitig gründlich erledigte. Ich glaube, die Arbeit hätte mir nichts ausgemacht, doch das herrische Gehabe der Witwe war nicht zu ertragen. Deshalb kündigte ich, und es war ein großes Glück, daß ich Mrs. Christopher über den Weg lief.

Auf die Demütigungen folgte nun die Langeweile, und ich glaube, nur weil ich erstere durchgemacht hatte, war letztere leichter zu ertragen.

Ich hielt mein Versprechen und schrieb Janet regelmäßig. Ich schilderte ihr die Witwe und Mrs. Christopher haargenau, und ich bin sicher, Janet war schockiert, daß einer – wenn auch unehelich geborenen – Mateland ein solches Schicksal beschieden war.

Janet erzählte wiederum in ihren Briefen, was sich zugetragen hatte.

Es wurde vermutet, daß Garth und Susannah aus einem bestimmten Grund in die Scheune gegangen waren und eine Laterne mitgenommen hatten. Die Laterne war umgefallen und hatte das trockene Heu entzündet, das im Nu in Flammen aufging. Die beiden konnten sich nicht mehr aus der Scheune retten und waren verbrannt. Man hatte Überreste von Garths Leiche gefunden; von Susannah allerdings gab es keine Spur; immerhin hatte man aber einen Gürtel und ein paar Schmuckstücke, die sie nachweislich an jenem Tag getragen hatte, identifiziert.

Malcolm hatte inzwischen das Schloß übernommen. Der Cringle-Hof gedieh und wurde allmählich wieder zu dem, was er vor Sauls Tod gewesen war. Leah hatte einem Knaben das Leben geschenkt. Sie war die einzige, die über Susannahs Tod ehrlich bekümmert war.

Soweit die Neuigkeiten vom Schloß.

Was mich betraf, so hätte ich dankbar sein sollen, daß ich so glimpflich davongekommen war. Mit der Zeit würde meine verwegene Täuschung in Vergessenheit geraten.

Wenn ich mit dem Pekinesen, der immer nach meinen Fersen

schnappte, über die Promenade spazierte, oder wenn ich in der Leihbibliothek in den Büchern blätterte, wanderten meine Gedanken häufig zu Malcolm.
Natürlich hatte mein Betrug ihn verbittert. Das hatte ich bereits in der Scheune gemerkt. Und doch hatte er mich gerettet. Er hatte Jacob Cringle vor Unannehmlichkeiten bewahrt; denn war Jacob auch nicht des Mordes schuldig, so hätte er gewiß Schwierigkeiten gehabt, seine Unschuld zu beweisen. Und was wäre aus mir geworden? Angenommen, Garth hätte Jacob getötet – das hätte mich in eine äußerst gefährliche Lage gebracht. Ich wäre womöglich in einen Mordfall verwickelt worden. Kalte Furcht ergriff mich bei dem Gedanken. Es wäre vielleicht sogar zu einer Anklage gegen mich gekommen. Immerhin hatte ich einen triftigen Grund, mich Jacobs zu entledigen. Was hätte Garth in diesem Fall getan? Was hätte er ausgesagt? Ich wußte, daß er ein skrupelloser Mensch war. Hätte er sich herausgeredet und mich der Anklage überlassen? Aber ich war gerettet worden... von Malcolm. Er hatte es ermöglicht, daß die von mir geschaffene Susannah starb, auf daß ich, Suewellyn, in Freiheit leben konnte.
Vergeblich versuchte ich, ihn aus meinem Herzen zu verbannen, aber das war unmöglich. Er ging mir nicht aus dem Sinn. Manchmal sprach ich beim Vorlesen die Worte, ohne ihre Bedeutung zu erfassen, weil meine Gedanken bei jenen jetzt so fern scheinenden Tagen im Schloß weilten, als Malcolm und ich miteinander ausgeritten waren und uns ernsthaft über die Belange der Güter unterhalten hatten.
Wie sehnte ich mich dorthin zurück! Ich wollte wieder einmal durch das Portal reiten, wollte die grauen, undurchdringlichen Mauern betrachten und diesen glühenden Stolz verspüren, weil ich im Heim meiner Vorfahren weilte.
Aber das war vorbei. Ich hatte alles verloren. Ich würde es nie wiedersehen.
»Sie träumen«, pflegte Mrs. Christopher dann zu sagen.
»Verzeihung«, erwiderte ich.
»War es ein ungetreuer Liebhaber?« fragte sie hoffnungsvoll.
»Nein... ich hatte nie einen Liebhaber.«
»Oder einer, der sich nie erklärte?«

Sie tätschelte meine Hand. Sie war romantisch veranlagt. Sie lebte in den Büchern, die ich ihr vorlas; sie weinte um die guten Menschen, denen Ungemach widerfuhr, und sie ereiferte sich über die Bösen.
»Sie sind zu jung, um sich zu verkriechen und eine alte Frau zu pflegen. Nur nicht verzagen. Vielleicht begegnen Sie eines Tages auf der Promenade einem netten Herrn.«
Ich gewann sie lieb, und ich glaube, daß auch sie mich in ihr Herz schloß, und wenn sie mich auch nicht verlieren wollte, so wäre sie doch froh gewesen, wenn ein strahlender Held sich auf der Promenade in mich verliebt und als seine Braut heimgeführt hätte.
Ich konnte mich also nicht beklagen und mußte dem Schicksal dankbar sein, daß es mich zu Mrs. Christopher geführt hatte.

Es war ein kalter, windiger Oktobertag. An solchen Tagen war es auf der Strandpromenade immer bitterkalt, und ich hatte große Mühe, den Hut auf dem Kopf und den Hund an der Leine zu halten. Dieser war über meine Nöte genau im Bilde; er setzte sich immer wieder hin und rührte sich nicht vom Fleck, so daß ich ihn mehr oder weniger vorwärts schleifen mußte.
Als ich ins Haus zurückkam, meldete mir das Mädchen, daß Mrs. Christopher mich zu sprechen wünsche.
Sie war erregt, ihre Wangen waren gerötet, ihre Frisur war ein wenig zerzaust; denn sie hatte die Angewohnheit, an ihren Haaren zu zupfen, wenn sie aufgeregt war.
»Jemand hat nach Ihnen gefragt«, eröffnete sie mir, und ihre Augen waren rund vor Neugier.
»Nach mir? Ist das wahr?«
»Und ob. Er hat ganz deutlich Ihren Namen gesagt.«
»Ein Mann?«
»O ja.« Auf Mrs. Christophers Wangen zeigten sich Grübchen. »Ein sehr vornehmer Herr.«
»Wo ist er?«
»Ich habe ihn hier festgehalten. Ich wollte ihn auf keinen Fall gehen lassen. Ich sagte ihm, Sie würden bald zurückkommen, und habe ihn dort mit ein paar Nummern der ›Gesellschafterin‹ eingeschlossen.«
»Oh, vielen Dank.«

»Sie sollten sich wohl lieber erst ein bißchen zurechtmachen. Ihr Haar ist ziemlich zerzaust... und vielleicht sollten Sie auch eine hübschere Bluse anziehen.«

Ich befolgte ihren Rat, und dann ging ich in den Salon.

Malcolm erhob sich, als ich eintrat.

»Hallo«, sagte er, und »hallo« erwiderte ich.

Er blieb stehen und sah mich an. »Hier lebst du also. Als Gesellschafterin der alten Dame?«

Ich nickte.

»Ich hätte schon früher kommen sollen«, meinte er.

»O nein... nein... es ist lieb von dir, daß du gekommen bist. Ist etwas schiefgegangen?«

»Nein, es läuft alles prima.«

»Das habe ich von Janet auch gehört.«

»Ja, durch sie habe ich dich gefunden. Es hat alles geklappt. Man hat vermutet, daß Garth und Susannah zusammen in die Scheune gegangen sind. Da man schon immer über ihr Verhältnis gemunkelt hatte, schien das ganz plausibel. Man hat zwar gründlich nach Susannahs Leiche gesucht, gab sich jedoch schließlich mit den verkohlten Resten des Gürtels zufrieden, und den Schmuck haben sie auch gefunden. Janet und andere haben ihn identifiziert. Ich habe dein Pferd dort zurückgelassen, damit man es mit Garths Pferd finden sollte, und meins habe ich am nächsten Tag abgeholt. Alles lief genau nach Plan.«

»Es war klug von dir.«

»Nun ist Susannah also tot«, fuhr er fort. »Leah Chivers war sehr traurig, doch jetzt hat sie ihr Baby und ist zufrieden.«

»Und das Schloß?«

»Alles in bester Ordnung. Ich habe es unserem tüchtigen Jeff Carleton überlassen. Er wird während meiner Abwesenheit schon allein damit fertig.«

»Du gehst fort?«

»Ja, voraussichtlich nach Australien.«

»Wie interessant.«

Ich wurde ganz traurig und wünschte, er wäre nicht gekommen. Er machte mir neuerlich bewußt, wieviel er mir bedeutete, wie sehr ich mich danach sehnte, mit ihm zusammenzusein.

»Ich habe gute Gründe, zu verreisen«, erklärte er. »Ich möchte nämlich heiraten.«
»Nun... dann viel Glück. Ist sie in Australien?«
»Nein... aber wir wollen nach der Hochzeit dorthin... falls sie einverstanden ist.«
»Ich bin sicher, daß du sie überreden kannst.«
Ich hätte ihm am liebsten ins Gesicht geschrien: Geh doch. Warum bist du überhaupt gekommen, wenn du mich nur verspotten willst? Statt dessen sagte ich: »Ich nehme an, du warst sehr schockiert über das, was ich getan habe. Du hast mich gewiß verachtet.«
»Es war schon ein Schock... aber im Grunde ahnte ich, daß du nicht Susannah sein konntest.«
»Dann habe ich dich also nicht richtig getäuscht.«
»Ich habe Susannah aus tiefster Seele verabscheut... schon seit unserer Kindheit. Die Verwandlung... sie war zu himmlisch, um wahr zu sein.« Er hielt inne. »Ich glaube, im Unterbewußtsein war mir klar, daß etwas im Gange war... etwas Sonderbares. So sehr konnte Susannah sich einfach nicht verändert haben.«
»Also dann... Ich wünsche dir alles Gute für deine Ehe.«
»Suewellyn, du merkst doch ganz genau, worauf ich hinaus will. Es hängt alles von dir ab.«
Fassungslos starrte ich ihn an.
»Ich wäre gern schon früher gekommen. Ich habe bereut, daß ich dich so mir nichts, dir nichts weggeschickt habe. Aber es schien der einzige Ausweg aus einer verworrenen Situation zu sein. Dann entdeckte ich, daß die gute alte Janet wußte, wer du bist.«
»Die gute alte Janet«, murmelte ich vor mich hin.
»Und jetzt habe ich einen Plan.«
»Im Pläneschmieden warst du schon immer großartig.«
Und auf einmal schien die ganze Welt zu singen, denn er hatte meine Hände in die seinen genommen.
»Also paß auf«, begann er eifrig. »Ich gehe nach Australien, und dort entdecke ich durch einen wunderbaren Zufall meine seit langem verschollene Verwandte... eine Cousine zweiten oder dritten Grades... Suewellyn. Sie lebte mit ihren Eltern auf der Vulkaninsel, aber als der Ausbruch erfolgte, war sie zufällig bei Freunden in Australien zu

Besuch. Sie blieb in Sydney, und dort begegnete ich eben dieser jungen Dame, deren Ähnlichkeit mit meiner Familie mich tief beeindruckte. Wir verliebten uns und heirateten. Ich überredete sie, Sydney zu verlassen, und du weißt natürlich, als wer sie sich entpuppte. Der Plan hat nur einen Haken.«
»Und der wäre?«
»Wir müssen heiraten, bevor wir aufbrechen, und zwar heimlich. Wir reisen *nach* unserer Hochzeit nach Australien. Vielleicht besuchen wir die Vulkaninsel. Oder würde dich das zu sehr bekümmern? Wir wollen keinen Kummer mehr. Dann kehren wir heim... heim auf unser Schloß. Dabei ist nur noch eine Frage offen.«
»Welche?«
»Ob *du* damit einverstanden bist.«
Ich lächelte ihn an und meinte: »Ich träume doch nicht, oder?«
»Nein, du bist hellwach.«
Wir hielten uns eng umschlungen, und ich wünschte, dieser Augenblick möge ewig währen. Mrs. Christophers Salon mit den Bildern all ihrer verblichenen Möpse und Pekinesen war für mich der schönste Ort der Welt.
Dann gingen wir zu ihr; sie strahlte uns an und meinte, es sei wie in einem der Romane, die ich ihr vorgelesen hatte, sie sei ja so glücklich. Es mache ihr überhaupt nichts aus, daß sie eine neue Anzeige in der ›Gesellschafterin‹ aufgeben müsse, um jemanden zu finden, der ihren Hund ausführe und die Bücher in der Leihbibliothek umtausche.

Einen Monat später waren wir vermählt. Wir verließen England auf der *Ocean Queen*, und in höchster Seligkeit überquerte ich wieder einmal das Meer zum anderen Ende der Welt. Wir waren überglücklich... daß wir uns trotz der Trennung wiedergefunden hatten.
In Sydney wohnten wir inmitten der Viehzüchter und der erfolgreichen Minenbesitzer. Wir fuhren zur Vulkaninsel. Der Anblick der sichelförmigen Kanus, die zum Schiff gepaddelt kamen, ließ die Vergangenheit in mir wieder lebendig werden. Und dann stand ich am sandigen Ufer und blickte zu dem Riesen hinauf, der so viel zerstört hatte. Jetzt war er still. Sein Grollen war verstummt. Schon standen

hier und da verstreut ein paar neue Hütten, und die Palmen, die der Vernichtung entgangen waren, prunkten in frischem Grün und waren mit Früchten überladen. Bald würden neue gepflanzt werden, und eines Tages würde die Vulkaninsel wieder bevölkert sein.

Als wir nach England zurückgekehrt waren, stand das Schloß noch genauso da wie seit Hunderten von Jahren.

Die Dienerschaft kam heraus und begrüßte den Herrn von Mateland und seine junge Frau, die er in Australien gefunden und die sich als seine Verwandte, ebenfalls eine Mateland, entpuppt hatte.

Auch Janet war da.

Sobald ich in meinem Zimmer war, kam sie zu mir. Zum zweitenmal ließ sie ihren Gefühlen freien Lauf, als ich ihr nämlich die Kameebrosche, die ich für sie verwahrt hatte, an die Bluse steckte.

Sie sah mich lange an.

»Jetzt ist alles gut«, seufzte sie glücklich. »Sie sind davongekommen, hm? Trotz all Ihrer Sünden...«

»Ja, Janet«, erwiderte ich. »Trotz all meiner Sünden bin ich davongekommen.«

Victoria Holt:
Der Teufel zu Pferde

Roman

Im England des 18. Jahrhunderts, in der stürmischen Zeit der Französischen Revolution, lebt in der Nähe von Gut Derringham in einfachen Verhältnissen die junge Minella. Sie ist eine strahlende Schönheit – die Tochter einer Schulmeisterin, die ihre Mutter beim Schulunterricht unterstützt. Eines Tages lernt Minella den Comte Fontaine Delibes kennen, der auf Gut Derringham weilt – einen einflußreichen Adligen aus Frankreich, arrogant, hochmütig, unberechenbar. Eine finstere, satanische Faszination geht von diesem Mann aus, alles an ihm ist Verführung, Berechnung – er ist für sie »der Teufel zu Pferde«, aber auch unwiderstehlich charmant. Als sie der Comte auf das Château Silvaine einlädt, zögert sie. Sucht der Graf eine neue Mätresse, wenn er ihr liebe Worte zuflüstert? Munkelt man nicht auch von einem Mord?

Minella stürzt sich trotz aller Warnungen in ein waghalsiges Liebesabenteuer.

Vollständige Taschenbuchausgabe
© Droemersche Verlagsanstalt Th. Knaur Nachf., München 1978
Titel der Originalausgabe »The Devil on Horseback«
Copyright © 1977 by Victoria Holt
Aus dem Englischen von Margarete Längsfeld

Inhalt

Gut Derringham 7

Zwischenstation in Petit Montlys 76

Château Silvaine 101

Die wartende Stadt 192

Château Grasseville 241

Das Regime des Schreckens 290

Und nachher 318

Gut Derringham

1

Es war eine Verkettung unglücklicher Umstände, die mich zum Château Silvaine führte. Mein Vater war Kapitän zur See gewesen und war mit seinem Schiff untergegangen, als ich fünf Jahre alt war, und meine Mutter, all ihr Leben an hinlänglichen Komfort gewöhnt, sah sich nun gezwungen, den Unterhalt für sich und ihre Tochter selbst zu verdienen. Eine Frau ohne einen Pfennig Geld, so pflegte meine Mutter zu sagen, müsse sich entweder mittels ihres Scheuertuches oder ihrer Nähnadel ernähren, es sei denn, sie verfüge über eine gewisse Bildung, die sich zu solchem Behufe verwenden ließe. Da meine Mutter zu dieser Kategorie von Frauen gehörte, standen ihr zwei Wege offen: Sie konnte entweder junge Menschen unterrichten oder den älteren als Gesellschafterin dienen. Sie wählte die erstere dieser Möglichkeiten. Sie war eine Frau von starkem Charakter und zum Erfolg entschlossen. Mit den äußerst geringen Mitteln, die ihr zur Verfügung standen, mietete sie ein kleines, auf dem Grundbesitz von Sir John Derringham gelegenes Häuschen in Sussex und gründete dort eine Schule für junge Mädchen.

Wenn diese auch anfangs noch nicht recht florierte, so reichten die Einkünfte doch aus, uns während der Anfangsjahre mit allem, was zum Leben nötig war, zu versorgen. Als Schülerin meiner Mutter hatte ich eine ausgezeichnete Erziehung genossen – als Gegenleistung sollte ich sie, das stand von Anfang an fest, als Lehrerin unterstützen, und das hatte ich während der letzten drei Monate auch getan.

»Du dürftest hier dein gutes Auskommen finden, Minella«, pflegte meine Mutter zu sagen.

Sie hatte mich nach sich selbst Wilhelmina genannt. Der Name paßte zu ihr, aber ich war nie der Meinung, daß er mir ebensogut zu Gesicht stand. Als Baby hatte man mich Minella gerufen, und diesen Namen hatte ich beibehalten.

Ich glaube, den größten Vorteil an der Schule sah meine Mutter in der Tatsache, daß sie meine Zukunft sicherte. Ihre Hauptsorge war stets gewesen, daß wir keine Familie im Hintergrund hatten, die mir im Notfall hätte beistehen können. Meine Mutter und ich waren ganz auf uns selbst angewiesen. Die Derringham-Mädchen Sybil und Maria besuchten unsere Schule, und das führte dazu, daß auch andere Familien ihre Töchter zu uns schickten. Das ersparte ihnen eine Gouvernante im Haus, pflegten sie zu sagen. Wenn Logiergäste ihre Kinder mit nach Derringham brachten, so wurden auch sie vorübergehend in unsere Schule aufgenommen. Zusätzlich zu den drei Grundfächern lehrte meine Mutter auch Umgangsformen und gab Anstands-, Tanz- und Französischunterricht, was in der Tat sehr ungewöhnlich war.

Sir John, ein großzügiger und gütiger Mann, war eifrig bedacht, einer Frau wie meiner Mutter, die er bewunderte, behilflich zu sein. Er besaß ausgedehnte Ländereien, von einem schmalen, doch wunderschönen Flüßchen bewässert, in welchem sich Forellen tummelten. Viele reiche Leute – darunter gar einige vom Königshof – pflegten auf das Gut zu kommen, um zu fischen, Fasanen zu schießen, zu reiten oder zu jagen. Dies waren wichtige Zeiten für uns, da sich der Ruf von der Schule meiner Mutter in den Kreisen Sir Johns verbreitet hatte. Diejenigen Familien, die sich nicht von ihren Kindern trennen wollten, brachten sie mit, und da die Schule meiner Mutter von Sir John wärmstens empfohlen wurde, machten sie mit Vergnügen Gebrauch davon. Diese Kinder, die nur für kurze Zeit zu uns kamen, waren, wie meine Mutter in ihrer unumwundenen Art zu sagen pflegte, der Belag auf unserem Brot. Wir konnten zwar von den langfristigen Schülerinnen leben, doch wurden für kurzzeitigen Unterricht natürlich höhere Gebühren erhoben – und deshalb waren uns diese Kinder höchst willkommen. Ich war sicher, daß Sir John dies wußte und daß er deshalb ein solches Vergnügen darin empfand, sie zu uns zu schicken.

Dann kam ein Tag, der sich als bedeutend für mein weiteres Leben herausstellen sollte. Die Familie Fontaine Delibes kam aus Frankreich auf das Gut Derringham. Der Comte Fontaine Delibes war ein Mann, gegen den ich zunächst eine Abneigung hegte. Er wirkte nicht nur hochmütig und arrogant, sondern schien sich von allen anderen menschlichen Lebewesen zu distanzieren, indem er sich ihnen in jeder Hinsicht überlegen fühlte. Die Comtesse war anders geartet, doch sie bekam man kaum zu Gesicht. In ihrer Jugend mußte sie sehr schön gewesen sein – nicht daß sie jetzt alt gewesen wäre, aber in meiner Unreife hielt ich jeden für alt, der über dreißig war. Margot war zu dieser Zeit sechzehn Jahre alt, ich war achtzehn. Später hörte ich, daß Margot ein Jahr nach der

Vermählung des Comte und der Comtesse, als diese selbst erst siebzehn Jahre alt war, geboren wurde. Über diese Ehe erfuhr ich eine ganze Menge von Margot, die natürlich auf den Rat des gütigen Sir John auf unsere Schule geschickt wurde.

Margot und ich fühlten uns von Anbeginn zueinander hingezogen. Das mag wohl auch an der Tatsache gelegen haben, daß ich einen natürlichen Hang zu Sprachen besaß und mit ihr französisch plaudern konnte – ungezwungener selbst als mit meiner Mutter oder mit Sybil und Maria, deren sprachliche Fortschritte, wie meine Mutter sich ausdrückte, eher einer Schildkröte als einem Hasen glichen.

Aus unseren Unterhaltungen gewann ich den Eindruck, daß Margot nicht sicher war, ob sie ihren Vater liebte oder haßte. Sie gestand, daß sie sich vor ihm fürchtete. Er regierte sein Hauswesen in Frankreich sowie die angrenzenden Ländereien (welche er zu besitzen schien) wie ein Feudalherr aus dem Mittelalter. Jedermann erzitterte in Ehrfurcht vor ihm. Zeitweise konnte er wohl auch recht heiter und großzügig sein, sein hervorstechendster Charakterzug war jedoch seine Unberechenbarkeit. Margot erzählte mir, daß er an einem Tag einen Diener auspeitschen lassen konnte, um ihm tags darauf einen Beutel voller Geld zuzustecken. Diese beiden Begebenheiten aber hätten nichts miteinander zu tun. Der Comte empfand niemals Bedauern über eine Grausamkeit – oder jedenfalls nur selten –, und seine Äußerungen von Güte entsprangen keineswegs der Reue. »Nur einmal«, deutete Margot geheimnisvoll an, doch als ich sie vorsichtig auszuhorchen versuchte, wollte sie weiter nichts dazu sagen. Mit einem gewissen Stolz fügte sie jedoch hinzu, daß man ihren Vater (natürlich nur hinter seinem Rücken) als *Le Diable* bezeichnete.

Auf eine finstere, satanische Art sah er sehr gut aus. Seine Erscheinung entsprach durchaus dem, was ich über ihn gehört hatte. Ich erblickte ihn erstmals in der Nähe der Schule. Auf einem Rappen sitzend, ähnelte er wirklich einer Sagengestalt. *Der Teufel zu Pferde*, so nannte ich ihn sogleich, und mit diesem Namen bedachte ich ihn lange Zeit. Er war prachtvoll gekleidet. Die Franzosen waren natürlich von unübertroffener Eleganz, und obgleich Sir John der Welt eine tadellose Erscheinung bot, hielt er einem Vergleich mit »Graf Satan« nicht stand. Die Halskrause dieses Teufels bestand aus einem Gerieseln erlesener Spitzen, ebenso die Rüschen an seinen Handgelenken. Sein Rock war von flaschengrüner Farbe, desgleichen sein Reiterhut. Er trug eine Perücke aus glattem weißem Haar, und zwischen den Spitzen um seinen Hals glitzerten diskret Diamanten auf.

Er bemerkte mich nicht, so daß ich stehenbleiben und ihn anstarren konnte.
Natürlich war meine Mutter nie auf Gut Derringham zu Gast. Selbst dem vorurteilslosen Sir John wäre es nicht im Traum eingefallen, eine Schulmeisterin in sein Haus einzuladen, und obgleich er uns stets höflich und zuvorkommend behandelte (was seiner Natur entsprach), betrachtete man uns selbstverständlich nicht als sozial gleichgestellt.

Nichtsdestotrotz wurde meine Freundschaft mit Margot gefördert, weil diese Beziehung als vorteilhaft für ihr Englisch angesehen wurde, und als ihre Eltern nach Frankreich zurückkehrten, blieb Margot hier, um ihre Kenntnisse unserer Sprache zu vervollkommnen. Dies erfreute meine Mutter, durfte sie dadurch doch eine ihrer besser zahlenden Schülerinnen über einen längeren Zeitraum als üblich behalten. Margots Eltern – vor allem aber ihr Vater – statteten dem Gut hier und da einen kurzen Besuch ab, und es war bei einer solchen Gelegenheit, daß folgendes geschah:
Margot und ich waren ständig beisammen, und als Gegenleistung, obgleich dies durchaus nicht als üblich angesehen wurde, lud man mich eines Tages auf das Gut zum Tee ein, damit ich dort ein paar Stunden mit unseren Schülerinnen verbringe.
Meine Mutter war hocherfreut. Als die Schule am Tag vor der Visite zu Ende war, wusch und bügelte sie das einzige Gewand, das nach ihrer Ansicht für diese Gelegenheit in Frage kam – eine blaue Leinenrobe, mit leidlich feiner Spitze umsäumt, die einst meiner Großmutter väterlicherseits gehört hatte. Während sie bügelte, schnurrte meine Mutter gleichsam vor Stolz in dem sicheren Gefühl, daß ihre Tochter ihren Platz unter den Mächtigen mit Leichtigkeit behaupten konnte. Wußte sie etwa nicht genau, was sich geziemte? War sie etwa nicht so gebildet, daß sie sich den Hochgestellten ebenbürtig erweisen konnte? Wußte sie nicht mehr für ihr Alter als irgend jemand unter ihnen? (Allerdings.) War sie nicht hübsch und gut gekleidet? (Ich fürchtete, dies entsprang ihrem Mutterstolz und entsprach keineswegs den Tatsachen.)
Gerüstet mit dem Vertrauen meiner Mutter und mit meiner Entschlossenheit, sie nicht zu blamieren, machte ich mich auf den Weg. Während ich durch den Tannenwald schritt, empfand ich keinerlei übermäßige Erregung. Ich war mit Sybil, Maria und Margot in der Schule so oft zusammen gewesen, daß ich an ihre Gesellschaft gewöhnt war. Nur der Schauplatz würde ein anderer sein. Doch als ich aus dem Wald hervortrat und hinter dem üppigen Rasen das Haus aufragen sah, konnte ich mich, da ich es nun

bald betreten sollte, eines Gefühls der Vorfreude nicht erwehren. Graue Steinmauern, durch Pfosten unterteilte Fenster. Von dem ursprünglichen Gebäude hatten Cromwells Mannen nur die Außenmauern übriggelassen. Nach der Restauration hat man den Originalzustand mehr oder weniger wiederhergestellt. Daniel Derringham, der für die Sache des Königs gekämpft hatte, wurde dafür mit dem Barontitel und mit Ländereien entlohnt.

Ein steinerner Pfad führte quer über den Rasen, auf dem ein paar uralte Eiben wuchsen, welche die Puritaner überlebt haben mußten, da man ihnen ein Alter von zweihundert Jahren zuschrieb. In der Mitte einer der Rasenflächen befand sich eine Sonnenuhr, und ich konnte der Versuchung nicht widerstehen, das Gras zu überqueren, um sie mir anzuschauen. Eine sorgfältig eingemeißelte Inschrift, von der Zeit fast ausgelöscht, war sehr schwer zu entziffern.

»Genieße jede Stunde«, konnte ich lesen, doch der Rest der Schrift war von grünem Moos bedeckt. Ich rieb es mit meinem Finger ab und betrachtete dann bestürzt den grünen Fleck darauf. Meine Mutter würde mich dafür tadeln. Wie anders als makellos konnte ich auf Gut Derringham erscheinen!

»Das ist schwierig zu lesen, nicht wahr?«

Ich drehte mich erschrocken um. Hinter mir stand Joel Derringham. Ich war so in die Betrachtung der Sonnenuhr vertieft gewesen, daß ich sein Näherkommen auf dem weichen Gras nicht bemerkt hatte.

»Es ist soviel Moos über die Worte gewachsen«, entgegnete ich.

Ich hatte zuvor kaum mit Joel Derringham gesprochen. Er war der einzige Sohn, etwa einundzwanzig Jahre alt. Er sah Sir John schon jetzt sehr ähnlich und würde genau wie er aussehen, wenn er in sein Alter käme. Er hatte das gleiche hellbraune Haar und die gleichen blaßblauen Augen, die nämliche Adlernase und den gütigen Mund. Wenn ich über Sir John und seinen Sohn nachdenke, kommt mir das Attribut »liebenswürdig« in den Sinn. Sie waren gütig und teilnahmsvoll, ohne Schwäche zu zeigen, und wenn ich es recht überlege, dann ist dies wohl das größte Kompliment, das ein menschliches Wesen einem anderen machen kann.

Joel lächelte mir zu. »Ich kann Ihnen sagen, was da steht:

›Genieße jede Stunde,
Verweile nicht im Gestern.
Koste aus jeden Tag,
Es kann dein letzter sein.‹«

»Eine ziemlich traurige Mahnung«, sagte ich.
»Aber ein vernünftiger Rat.«
»Ja, das mag wohl stimmen.« Mir schien, daß ich meine Anwesenheit erklären müßte. »Ich bin Wilhelmina Maddox«, fuhr ich daher fort, »und ich bin zum Tee eingeladen.«
»Ich weiß natürlich, wer Sie sind«, sagte er. »Erlauben Sie, daß ich Sie zu meinen Schwestern bringe.«
»Danke, gern.«
»Ich habe Sie in der Nähe der Schule gesehen«, fügte er hinzu, während wir über den Rasen schritten. »Mein Vater betont oft, welchen Wert die Schule für unsere Umgebung hat.«
»Es ist erfreulich, auch noch von Nutzen zu sein, während man sich seinen Lebensunterhalt verdient.«
»Oh, da stimme ich Ihnen zu, Fräulein ... hm ... Wilhelmina. Wenn Sie erlauben, der Name ist etwas zu steif für Sie.«
»Man nennt mich Minella.«
»Das klingt schon besser, Fräulein Minella, viel besser.«
Wir waren beim Haus angelangt. Die schwere Pforte stand angelehnt. Er stieß sie weit auf, und wir gingen in die Halle. Die hohen Fenster, der gepflasterte Boden, die wunderbar gewölbte Balkendecke – das alles entzückte mich. In der Mitte befand sich ein großer eichener Eßtisch mit Zinntellern und Pokalen. An den steinernen Wänden mit den herausgemeißelten Sitzbänken hingen Rüstungen. Die Stühle waren karolingisch, und ein riesengroßes Porträt von Charles II. beherrschte die Halle. Ich verweilte einige Sekunden, um die ernsten und sinnlichen Gesichtszüge zu betrachten, die ohne die belustigten Augen und den milden Schwung der Lippen vielleicht grob zu nennen gewesen wären.
»Der Wohltäter der Familie«, sagte Joel Derringham.
»Ein wundervolles Porträt.«
»Eine persönliche Gabe des Monarchen, nachdem er bei uns zu Gast war.«
»Sie hängen gewiß sehr an Ihrem Heim.«
»Nun, das ist wohl wahr. Das kommt daher, daß die Familie all die Jahre hindurch hier gelebt hat. Wenn es während der Restauration auch fast gänzlich neu erbaut wurde, stammen doch Teile des Hauses noch aus der Zeit der Plantagenet.«
Neid gehört nicht zu meinen Untugenden, aber jetzt regte er sich doch in mir. Einem solchen Haus, einer solchen Familie anzugehören, das mußte einem doch ein mächtig stolzes Gefühl verleihen. Für Joel Derringham

war das alles selbstverständlich. Ich bezweifle, daß er dieser Tatsache viele Gedanken widmete. Er hatte es wohl stets als gegeben akzeptiert, in diesem Haus geboren zu sein und es eines Tages auch zu erben. Er war schließlich der einzige Sohn und infolgedessen der unangefochtene Erbe.
»Ich nehme an«, äußerte ich impulsiv, »das ist es, was man als ›mit einem Silberlöffel im Mund geboren‹ bezeichnet.«
Er machte ein betroffenes Gesicht, und mir wurde klar, daß ich meinen Gedanken in einer Weise Ausdruck verlieh, welche meine Mutter gewiß nicht gebilligt hätte.
»Dies alles hier«, sagte ich, »gehört Ihnen . . ., vom Tag Ihrer Geburt an . . ., einfach, weil Sie hier geboren sind. Was haben Sie für ein Glück gehabt! Stellen Sie sich vor, Sie wären in einer der Hütten auf Ihren Gütern geboren!«
»Aber mit anderen Eltern wäre ich doch nicht ich selbst«, hielt er mir entgegen.
»Angenommen, zwei Babys wären vertauscht worden, und eines aus der Hütte wäre als Joel Derringham aufgewachsen, Sie dagegen als das Hüttenkind. Würde jemand den Unterschied merken, wenn sie erwachsen wären?«
»Ich glaube, ich bin meinem Vater sehr ähnlich.«
»Aber nur, weil Sie hier groß geworden sind.«
»Ich sehe aus wie er.«
»Ja, das stimmt . . .«
»Umgebung . . ., Geburt . . ., was mag das bewirken? Die Gelehrten setzen sich seit Jahren mit dieser Frage auseinander. Diese Frage kann man nicht in ein paar Augenblicken beantworten.«
»Ich fürchte, ich habe mich ziemlich ungehörig betragen. Ich habe laut gedacht.«
»Aber nicht doch. Es ist eine interessante Theorie.«
»Das Haus hat mich überwältigt.«
»Ich freue mich, daß es einen derartigen Eindruck auf Sie gemacht hat. Sie haben seine altehrwürdige Vergangenheit gespürt . . ., die Geister meiner verstorbenen Ahnen.«
»Ich kann nur sagen, daß es mir leid tut.«
»Aber warum? Ihre Offenheit gefällt mir. Darf ich Sie jetzt hinaufbegleiten? Sie werden gewiß bereits erwartet.«
Von der Halle führte eine Treppe nach oben. Wir gingen hinauf und kamen zu einer mit Porträts behangenen Galerie. Dann erklommen wir eine Wendeltreppe bis zu einem Absatz, auf den mehrere Türen hinaus-

gingen. Joel öffnete eine davon, und sogleich hörte ich Sybils Stimme. »Sie ist da. Komm herein, Minella. Wir warten schon.«
Der Raum war ein sogenanntes Solarium, so konstruiert, daß die Sonne voll hereinschien. An einem Ende befand sich eine Stickerei auf einem Rahmen, an der, wie ich herausfand, Lady Derringham arbeitete. Am anderen Ende des Raumes gab es ein Spinnrad. Ich fragte mich, ob es wohl von irgend jemandem benutzt wurde. In der Mitte stand ein großer Tisch, auf dem eine Handarbeit lag. Später erfuhr ich, daß die Mädchen in diesem Zimmer daran arbeiteten. Ein Cembalo und ein Spinett waren auch vorhanden, und ich konnte mir ausmalen, wie anders das Zimmer aussehen würde, wenn man es zum Tanzen ausräumte. Ich stellte mir die in den Leuchtern flackernden Kerzen und die Damen und Herren in ihren kostbaren Gewändern vor.
Margot rief in ihrem akzentuierten Englisch: »Steh doch nicht so glotzäugig herum, Minelle!« Sie übertrug unsere Namen stets in ihre Muttersprache. »Hast du noch nie ein Sonnenzimmer gesehen?«
»Ich vermute«, meinte Maria, »daß Minella hier einen großen Unterschied im Vergleich zu ihrem Schulhaus feststellt.«
Maria meinte es gut, doch in ihrer Nettigkeit war oft ein Stachel herauszuspüren. Sie war die affektiertere der Derringham-Schwestern.
Joel sagte: »Ich lasse euch Mädchen jetzt wohl besser allein. Auf Wiedersehen, Fräulein Maddox.«
Als sich die Tür hinter ihm schloß, fragte Maria: »Wo hast du Joel getroffen?«
»Auf dem Weg zum Haus. Er hat mich hierher begleitet.«
»Joel meint stets, er müsse aller Welt helfen«, bemerkte Maria. »Er würde selbst einem Küchenmädchen den Korb tragen helfen, wenn er fände, daß er zu schwer für sie sei. Mama findet, das sei entwürdigend, und dieser Meinung bin ich auch. Joel sollte es wirklich besser wissen.«
»Und mit seiner aristokratischen Nase auf die Lehrerin herabblicken«, ergänzte ich spitz, »denn schließlich steht sie so tief unter ihm, daß es ein Wunder ist, daß er sie überhaupt bemerkt.«
Margot lachte kreischend auf. »Bravo, Minelle!« rief sie. »Und wenn Joel es besser wissen sollte, dann solltest du es auch, Marie. Kreuze deine Klinge nie . . ., sagt man so?« Ich nickte. »Kreuze deine Klinge nie mit Minelle, denn sie wird dich immer schlagen, und ist sie auch die Tochter der Schulmeisterin, und du bist die des Gutsbesitzers . . . was besagt das schon. Die Klügere ist sie.«
»O Margot«, rief ich aus, »du bist zu komisch.« Doch ich wußte, daß mein Tonfall ihr dafür dankte, daß sie mir zu Hilfe gekommen war.

»Da du jetzt hier bist, werde ich nach dem Tee läuten«, ließ sich Sybil vernehmen, die sich ihrer Pflichten als Gastgeberin erinnerte. »Er wird im Studierzimmer serviert.«

Während wir uns unterhielten, schaute ich mich um, nahm meine Umgebung in mich auf und dachte daran, wie angenehm meine Begegnung mit Joel Derringham gewesen und wieviel liebenswürdiger er war als seine Schwestern.

Der Tee wurde, wie Sybil gesagt hatte, im Studierzimmer serviert. Es gab dünngeschnittene Butterbrote, Kirschkuchen und kleine runde Kümmelbrötchen dazu. Ein Diener stand untätig herum, während Sybil den Tee einschenkte. Anfangs waren wir ein wenig förmlich, aber bald schon plapperten wir drauflos wie in der Schule; denn obwohl ich seit kurzem die Rolle der Lehrerin übernommen hatte, war ich doch vor nicht allzu langer Zeit eine Schülerin wie sie gewesen.

Margot verblüffte mich mit dem Vorschlag, Verstecken zu spielen, denn das war höchst kindisch. Sie hielt sich doch sonst soviel auf ihre Weltgewandtheit zugute.

»Immer schlägst du dieses alberne Spiel vor«, klagte Sybil, »und dann verschwindest du, und wir können dich nirgendwo finden.«

Margot zog die Schultern hoch. »Es amüsiert mich eben«, sagte sie.

Die Derringham-Mädchen schwiegen resigniert. Ich vermute, man hatte ihnen beigebracht, daß sie ihren Gast zu unterhalten hätten.

Margot wies auf den Fußboden. »Da unten haben wohl jetzt alle ihren Mittagsschlaf beendet und trinken im Malzimmer ihren Tee. Das Spiel macht mir Spaß. Obwohl es abends noch lustiger ist, wenn die Gespenster in der Dunkelheit erscheinen.«

»Es gibt keine Gespenster«, widersprach Maria entschieden.

»O doch, Marie«, neckte Margot sie. »Hier spukt doch diese Dienstmagd herum, die sich erhängt hat, weil der Mundschenk sie verlassen hatte. Nur du siehst sie nicht. Wie sagt man bei euch? Sie weiß, wo sie ihren Platz hat.«

Maria murmelte errötend: »Margot schwätzt immer solchen Unsinn.«

»Laßt uns doch Verstecken spielen«, bettelte Margot.

»Das ist Minella gegenüber nicht fair«, protestierte Sybil. »Sie kennt das Haus doch noch gar nicht.«

»Oh, aber wir wollen doch nur hier oben spielen. Man würde es uns gewiß übelnehmen, wenn wir den Gästen unten in die Arme liefen. Ich werde mich jetzt verstecken.«

Die Vorfreude ließ Margots Augen funkeln, was mich erstaunte. Doch der

Gedanke, das Haus zu erforschen, auch wenn man sich auf das oberste Geschoß beschränken mußte, erregte mich so sehr, daß ich meine Überraschung über Margots unerwartete Kindlichkeit beiseite schob. Eigentlich war Margot unberechenbar, und schließlich war sie wirklich noch nicht so alt.

Maria grollte. »So ein albernes Spiel. Ich frage mich, warum sie es so gerne mag. Ratespiele wären weit angenehmer. Ich möchte wissen, wohin sie läuft. Wir finden sie nie. Und immer muß *sie* diejenige sein, die sich verstecken darf.«

»Vielleicht gelingt es uns diesmal, mit Minellas Hilfe, sie zu finden«, sagte Sybil.

Wir verließen das Studierzimmer und begaben uns zu einem Treppenabsatz. Maria öffnete eine Tür, Sybil öffnete eine andere. Ich schloß mich Sybil an. Der Raum, den wir betraten, war als Schlafzimmer eingerichtet. Hier schliefen Maria und Sybil. Zwei halbüberdachte Himmelbetten standen soweit wie möglich voneinander entfernt in separaten Ecken des Zimmers.

Ich trat auf den Treppenabsatz zurück. Maria war nirgends zu sehen, und es überkam mich ein unwiderstehlicher Drang, auf eigene Faust auf die Suche zu gehen. Ich ging in das Solarium zurück. Es kam mir jetzt anders vor, da ich allein dort war. So ist es immer mit großen Häusern: Sie veränderten sich mit der Gegenwart von Menschen, als wären sie selbst lebendig.

Wie sehr verlangte es mich, im Haus umherzuwandern und es zu erforschen! Wie gern hätte ich erfahren, was sich gerade darin abspielte, und was sich in der Vergangenheit hier ereignet hatte.

Margot hätte das vielleicht verstanden. Die Derringham-Mädchen dagegen würden es nie verstehen. Sie würden wohl annehmen, die Tochter der Schulmeisterin sei von der Umgebung überwältigt worden.

An Margots kindischen Spielen war ich nicht interessiert. Es war klar, daß sie sich im Sonnenzimmer nicht befand. Ich entdeckte nichts, wo sie sich hätte verstecken können.

Ich hörte Marias Stimme auf dem Treppenabsatz, und flink durchquerte ich den Raum. Im Solarium war mir eine zweite Tür aufgefallen. Ich öffnete sie und stand vor einer Wendeltreppe. Ohne zu zögern, stieg ich hinab. Nach schier endlosen Windungen gelangte ich nach unten. Vor mir erstreckte sich ein breiter Korridor. Schwere Samtportieren hingen an den Fenstern. Ich blickte hinaus. Ich sah den Rasen mit der Sonnenuhr und wußte, daß ich mich im vorderen Flügel des Hauses befand.

An dem Korridor lagen mehrere Türen. Ganz behutsam öffnete ich eine von ihnen. Die Läden in dem Raum waren geschlossen, damit die Sonne nicht hereindrang, und es dauerte ein paar Sekunden, bis meine Augen sich an das Halbdunkel gewöhnt hatten. Dann erblickte ich eine schlafende Gestalt auf der Chaiselongue. Es war die Comtesse, Margots Mutter. Rasch und leise schloß ich die Tür. Wenn die Comtesse aufgewacht wäre und mich hier gesehen hätte! Ich wäre sofort in Ungnade gefallen. Meine Mutter wäre gekränkt und enttäuscht, und ich würde nie wieder nach Gut Derringham eingeladen. Aber das würde ich vielleicht ohnehin nicht. Dies war das erste und höchstwahrscheinlich auch das letzte Mal. Also mußte ich es voll ausnutzen.

Meine Mutter sagte oft, daß ich um Rechtfertigungen nie verlegen war, wenn ich etwas Fragwürdiges zu tun wünschte. Was für eine Entschuldigung hatte ich aber dafür, daß ich im Haus umherwanderte, aus purer Neugier . . ., denn mehr war es doch nicht? Joel Derringham hatte sich gefreut, daß mir das Haus gefiel. Ich war sicher, daß er nichts gegen meinen Forschungsdrang einzuwenden hatte. Sir John gewiß auch nicht. Und dies war vielleicht die einzige Möglichkeit.

Ich ging den Korridor entlang. Zu meiner Freude entdeckte ich eine Tür, die nur angelehnt war. Ich stieß sie ein wenig weiter auf und spähte in das Zimmer. Es glich demjenigen, in welchem die Comtesse auf ihrer Chaiselongue lag, mit Ausnahme eines Himmelbettes mit schweren Vorhängen. Wundervolle Gobelins zierten die Wände.

Ich konnte nicht widerstehen. Auf Zehenspitzen schlich ich hinein.

Mein Herz tat einen erschreckten Sprung, als ich hörte, daß sich die Tür hinter mir schloß. Noch nie im Leben hatte ich solche Angst verspürt. Jemand hatte die Tür hinter mir zugemacht. Ich befand mich in einer unerträglich peinlichen Lage. Meistens hatte ich in derlei Situationen schnell eine Ausrede parat, und gewöhnlich konnte ich mich aus allen Unannehmlichkeiten herauswinden, doch in diesem Augenblick war ich wirklich erschrocken. Wir hatten manchmal von übernatürlichen Dingen gesprochen, und nun kam es mir vor, daß ich solchen gegenüberstand.

Dann sprach eine Stimme hinter mir in akzentuiertem Englisch: »Guten Tag. Es ist mir ein Vergnügen, Sie kennenzulernen.«

Ich drehte mich heftig um. »Graf Satan« stand mit verschränkten Armen gegen die Tür gelehnt. Seine Augen – sehr dunkel, beinahe schwarz – durchbohrten mich, sein Mund verzog sich zu einem Lächeln, das zu seiner ganzen Erscheinung paßte, und das ich nur als diabolisch bezeichnen konnte.

Ich stammelte: »Ich bitte um Verzeihung, daß ich hier eingedrungen bin.«
»Suchen Sie jemanden?« fragte er. »Sicher nicht meine Gemahlin, denn Sie haben sie nach einem Blick in ihr Zimmer verschmäht. Vielleicht halten Sie aber nach mir Ausschau?«
Jetzt fiel mir auf, daß es zwischen den beiden Zimmern eine Verbindung gab. Er mußte sich in dem gleichen Raum befunden haben, in welchem ich die schlafende Comtesse erblickt hatte. Er war rasch in dieses Zimmer gegangen, um mir eine Falle zu stellen, sobald ich eingetreten war.
»Nein, nein«, sagte ich. »Es handelt sich um ein Spiel. Margot hat sich versteckt.«
Er nickte. »Nehmen Sie doch Platz!«
»Nein danke. Ich hätte nicht hierher kommen sollen. Ich wäre wohl besser oben geblieben.«
Mutigen Schrittes ging ich zur Tür, doch er gab sie nicht frei. Ich blieb stehen und blickte ihn hilflos und doch fasziniert an, neugierig, was er wohl tun würde. Da trat er vor und ergriff meinen Arm.
»Sie dürfen nicht so schnell fortgehen«, sagte er. »Da Sie mich nun einmal aufgesucht haben, müssen Sie schon ein Weilchen bleiben.«
Er musterte mich eindringlich, und sein forschender Blick machte mich verlegen.
»Ich glaube aber, ich muß gehen«, sagte ich ungezwungen, so gut ich es konnte. »Ich werde gewiß schon vermißt.«
»Aber Margot hat sich doch versteckt. Man wird sie so schnell nicht finden. Das große Haus bietet viele Möglichkeiten, sich zu verbergen.«
»Oh, man wird sie finden. Sie darf sich ja nur im oberen Stockwerk ...«
Ich brach betreten ab – ich hatte mich verraten.
Er lachte triumphierend auf. »Und was tun Sie dann hier unten, Mademoiselle?«
»Ich bin zum erstenmal in diesem Haus. Ich habe mich verlaufen.«
»Und Sie haben in diese Räume geschaut, um Ihre Orientierung wiederzufinden?«
Ich schwieg. Er schob mich zum Fenster und zog mich zu sich herunter. Ich war ganz nah bei ihm, nahm den schwachen Sandelholzduft des Leinens wahr und sah den großen Siegelring, den er am kleinen Finger seiner rechten Hand trug.
»Sie sollten sich mir vorstellen«, verlangte er.
»Ich bin Minella Maddox.«
»Minella Maddox«, wiederholte er. »Ich weiß, Sie sind die Tochter der Schulmeisterin.«

»Ja. Aber ich hoffe, Sie werden niemandem erzählen, daß ich hier heruntergekommen bin.«
Er nickte ernsthaft. »Sie haben also die Anordnungen mißachtet...«
»Ich habe mich verirrt«, behauptete ich. »Ich möchte nicht, daß die anderen erfahren, daß ich so töricht war.«
»Sie bitten mich also um einen Gefallen?«
»Ich schlage lediglich vor, daß Sie diese lächerliche Angelegenheit nicht erwähnen.«
»Für mich ist sie nicht lächerlich, Mademoiselle.«
»Ich verstehe Sie nicht, Monsieur le Comte.«
»Sie kennen mich?«
»Jedermann in der Umgebung kennt Sie.«
»Ich wüßte gern, *wie* gut Sie mich kennen.«
»Ich weiß nur, wer Sie sind, daß Sie Margots Vater sind und daß Sie von Zeit zu Zeit aus Frankreich nach Derringham zu Besuch kommen.«
»Meine Tochter hat von mir erzählt, nicht wahr?«
»Hin und wieder.«
»Sie hat Ihnen wohl viel erzählt von meinen..., wie sagt man?«
»Lastern, meinen Sie? Wenn Sie lieber französisch sprechen möchten...«
»Ich sehe, Sie haben sich bereits eine Meinung über mich gebildet. Ich bin ein Sünder, der Ihre Sprache nicht so gut spricht, wie Sie die meine sprechen.« Er redete sehr schnell auf französisch, in der Hoffnung, das war mir bewußt, daß ich ihn nicht verstehen würde, aber ich hatte einen ausgezeichneten Unterricht gehabt, und außerdem ließ meine Furcht allmählich nach. Zudem konnte ich trotz meiner schwierigen Lage, und obwohl er sicherlich nicht der Mann war, der mich ritterlich daraus befreien würde, eine gewisse Belustigung nicht unterdrücken. Auf französisch erwiderte ich, daß ich glaubte, er habe nach demselben Wort gesucht, das ich genannt hatte, und falls er etwas anderes meine, so möge er es mir auf französisch sagen – ich würde es gewiß verstehen.
»Ich sehe«, sagte er, immer noch sehr schnell sprechend, »daß Sie eine geistreiche junge Dame sind. Wir werden uns also verstehen. Sie suchen meine Tochter Marguerite, die Sie Margot nennen. Sie versteckt sich im oberen Geschoß des Hauses. Sie wissen das, und doch suchen Sie hier unten nach ihr. Ah, Mademoiselle, Sie haben gar nicht nach Marguerite gesucht, sondern es gelüstete Sie, Ihre Neugier zu befriedigen. Kommen Sie, gestehen Sie es!« Er runzelte die Stirn in einer Weise, die ganz sicher dazu angetan war, demjenigen, dem es galt, einen Schrecken einzujagen.
»Ich kann Leute nicht leiden, die mir die Unwahrheit sagen.«

»Nun ja«, lenkte ich ein, entschlossen, mich nicht einschüchtern zu lassen, »dies ist mein erster Besuch in einem derartigen Haus, und ich gebe eine gewisse Neugier durchaus zu.«
»Natürlich, das ist sehr natürlich. Sie haben sehr hübsches Haar, Mademoiselle. Ich würde fast sagen, es hat die Farbe von Korn im August, finden Sie nicht auch?«
»Es gefällt Ihnen, mir zu schmeicheln.«
Mit einer Hand ergriff er eine Strähne meines Haares, das, von meiner Mutter sorgsam gekräuselt, mit einem zu meinem Kleid passenden blauen Band zurückgebunden war.
Obwohl ich mich unbehaglich fühlte, hielt die Belustigung an. Da er an meinen Haaren zog, war ich gezwungen, noch näher an ihn heranzurücken. Ich konnte sein Gesicht ganz deutlich sehen, die Schatten unter den leuchtenden dunklen Augen, die dichten, wohlgeformten Brauen. Noch nie hatte ich einen Mann von solch markantem Äußeren gesehen.
»Und jetzt«, sagte ich, »muß ich gehen.«
»Sie sind hierhergekommen, wann es Ihnen beliebte«, erinnerte er mich, »und ich finde es nur höflich, daß Sie erst gehen, wenn es mir beliebt.«
»Da wir uns um Höflichkeit bemühen, werden Sie mich nicht gegen meinen Willen zurückhalten.«
»Es geht hier nur um die Höflichkeit, die *Sie mir schulden*. Ich stehe nicht in Ihrer Schuld, vergessen Sie das nicht! Sie sind der Eindringling! Oh, Mademoiselle, in mein Schlafgemach zu spähen! So neugierig zu sein! Schämen Sie sich!«
Seine Augen sprühten. Mir fiel ein, was Margot mir über seine Unberechenbarkeit erzählt hatte. Im Augenblick machte es ihm Spaß. Doch das konnte sich bald ändern.
Mit einem Ruck zog ich meine Haare aus seiner Hand und stand auf.
»Ich bitte für meine Neugier um Verzeihung«, sagte ich. »Es war höchst ungehörig von mir. Sie müssen tun, was Sie in dieser Angelegenheit für angemessen halten. Falls Sie Sir John davon unterrichten möchten . . .«
»Ich danke Ihnen für die Erlaubnis«, sagte er. Er trat neben mich, und zu meinem Schrecken legte er seine Arme um mich und drückte mich an sich. Einen Finger unter meinem Kinn, hob er mein Gesicht. »Wenn wir eine Missetat begehen«, fuhr fort, »müssen wir für unsere Sünden büßen. Dies ist die Buße, die ich verlange.« Damit nahm er mein Gesicht zwischen seine Hände und küßte mich auf die Lippen – nicht einmal, sondern viele Male.
Ich war entsetzt. Nie zuvor war ich auf eine solche Art geküßt worden.

Ich riß mich los und rannte davon.

In meinem Kopf spukte der Gedanke, daß er mich wie eine Dienstmagd behandelt hatte. Ich war empört. Dabei war ich selbst schuld daran.

Ich taumelte aus dem Zimmer, erreichte die Wendeltreppe, und als ich emporzusteigen begann, vernahm ich hinter mir eine Bewegung. Einen Augenblick lang dachte ich, der Comte verfolge mich, und ich war starr vor Schreck. Es war jedoch Margot, die mich fragte: »Was tust du hier unten, Minelle?«

Ich drehte mich um. Ihr Gesicht war gerötet, und ihre Augen flackerten.

»Wo bist du gewesen?« wollte ich wissen.

»Wo warst *du*?« Sie legte die Finger auf die Lippen.

»Komm, laß uns nach oben gehen.«

Wir stiegen die Treppe hinauf. Oben angekommen, wandte sich Margot nach mir um und lachte. Zusammen betraten wir das Solarium.

Maria und Sybil waren bereits dort.

»Minelle hat mich gefunden«, sagte Margot.

»Wo?« verlangte Sybil zu wissen.

»Glaubt ihr, das verrate ich?« gab Margot zurück. »Vielleicht möchte ich mich dort noch einmal verstecken.«

So fing es an. Er war auf mich aufmerksam geworden, und ich sollte ihn sicherlich nicht so schnell vergessen. Den ganzen Rest des Nachmittags ging er mir nicht mehr aus dem Sinn. Während wir bei einem Ratespiel im Sonnenzimmer saßen, erwartete ich ständig, daß er hereinkäme und mich denunzierte. Aber es war wahrscheinlicher, so glaubte ich, daß er Sir John davon unterrichtet hatte. Mir war ganz unbehaglich bei dem Gedanken an die Art, wie er mich geküßt hatte. Was hatte er sich nur dabei gedacht?

Ich wußte, daß meine Mutter dauernd darum besorgt war, daß ich tugendhaft bleibe und eine gute Ehe eingehe. Sie wollte das Beste für mich. Ein Arzt wäre als Ehemann angemessen, hatte sie einmal gesagt, aber der einzige Arzt, den wir kannten, war fünfundfünfzig Jahre lang unverheiratet geblieben, und es war kaum wahrscheinlich, daß er sich jetzt eine Frau nehmen würde; und selbst wenn er sich dazu entschlösse, mir die Ehe anzutragen, so hätte ich es abgelehnt.

»Wir stehen mitten zwischen zwei Welten«, sagte meine Mutter. Damit meinte sie, daß die Dorfbewohner weit unter uns, die Bewohner des großen Hauses dagegen weit über uns standen. Dies war der Grund, weshalb sie so eifrig darauf bedacht war, mir eine florierende Schule zu hinterlassen. Doch ich muß gestehen, daß die Vorstellung, mein ganzes

Leben mit der Unterrichtung der Abkömmlinge des Adels zu verbringen, welche in den nächsten Jahren auf Gut Derringham zu Besuch weilen würden, keinen sonderlichen Reiz für mich besaß.

Es war der Comte, der meine Gedanken in diese Richtung gelenkt hatte. In meinem Zorn wurde ich mir darüber klar, daß er es niemals gewagt hätte, eine junge Dame aus guter Familie auf diese Art zu küssen. Oder doch? Natürlich hätte er es gewagt. Er würde stets tun, was ihm beliebte. Er hätte zweifelsohne auch sehr unangenehm werden können. Er konnte Sir John erzählen, daß ich in sein Schlafgemach eingedrungen war. Statt dessen hatte er mich behandelt wie eine. . ., ja, wie eigentlich? Wie konnte ich das wissen?

Ich wußte lediglich, daß meine Mutter, wenn sie es erführe, entsetzt sein würde.

Sie erwartete mich voller Neugier, als ich zurückkam.

»Du siehst so erhitzt aus«, schalt sie zärtlich, aber zugleich auch ein wenig vorwurfsvoll. Ihr wäre es lieber gewesen, ich hätte so gleichgültig ausgesehen, als gehörte es zu meinen täglichen Erlebnissen, den Tee auf Gut Derringham zu nehmen. »Hat es dir gefallen? Wie war es?«

Ich erzählte ihr, was es zum Tee gegeben hatte und wie die Mädchen gekleidet waren.

»Sybil war die Gastgeberin«, sagte ich, »und danach haben wir Spiele gemacht.«

»Was für Spiele?« wollte sie wissen.

»Ach, nur so ein kindisches Versteckspiel und Städte und Flüsse raten.«

Sie nickte. Dann runzelte sie die Stirn. Mein Kleid sah ausgesprochen schäbig aus.

»Am liebsten würde ich dir ein neues Kleid nähen lassen«, meinte sie. »Etwas wirklich Hübsches, vielleicht aus Samt.«

»Aber Mama, wann sollte ich das tragen?«

»Wer weiß? Vielleicht wirst du wieder eingeladen.«

»Das bezweifle ich. Einmal im Leben ist der Ehre genug.«

Es muß bitter geklungen haben, denn sie machte ein trauriges Gesicht. Es tat mir leid, und ich trat zu ihr und legte meinen Arm um sie. »Gräme dich nicht, Mama«, sagte ich. »Wir sind doch auch hier glücklich, nicht wahr? Und die Schule geht doch recht gut.« Dann fiel mir ein, was ich bis dahin vergessen hatte. »O Mama, ich habe unterwegs Joel Derringham getroffen.«

Ihre Augen leuchteten auf. Sie sagte: »Das hast du mir ja gar nicht erzählt.«

»Ich hatte es vergessen.«
»Vergessen ..., daß du Joel Derringham getroffen hast! Eines Tages wird er Sir John sein. Alles wird ihm gehören. Wie kam es dazu, daß du ihm begegnet bist?«
Ich schilderte es ihr und wiederholte Wort für Wort, was wir gesprochen hatten. »Er scheint liebenswert zu sein«, sagte sie.
»Ja, das ist er allerdings – und er ist Sir John so ähnlich. Das ist wirklich amüsant. Man könnte sagen, das ist Sir John ... vor dreißig Jahren.«
»Er war gewiß sehr freundlich zu dir.«
»Er hätte nicht freundlicher sein können.«
Ich konnte sehen, wie sie in Gedanken Pläne schmiedete.

Zwei Tage später kam Sir John zum Schulhaus. Es war Sonntag, ein Tag also, an dem kein Unterricht stattfand. Meine Mutter und ich hatten zu Mittag gegessen und, wie wir es am Sonntag häufig zu tun pflegten, bis nahezu drei Uhr am Tisch gesessen, um den Lehrplan der kommenden Woche zu besprechen.
Obwohl meine Mutter normalerweise eine ganz und gar prosaische Frau war, konnte sie romantisch träumen wie ein junges Mädchen, wenn ihr Herz an einer Sache hing. Ich wußte, daß sie sich in den Kopf gesetzt hatte, ich solle viele Einladungen auf das Gut erhalten, um dort jemanden kennenzulernen – jemanden von nicht unbedingt hohem Stand, der aber wenigstens in der Lage war, mir mehr zu bieten, als ich erhoffen konnte, wenn ich meine Tage im Schulhaus verbrachte. Vorher war sie entschlossen gewesen, mir die bestmögliche Ausbildung angedeihen zu lassen, um mir meine Zukunft als Lehrerin zu sichern. Jetzt aber waren ihre Gedanken von gewagteren Phantasien beflügelt, die, da sie eine an Erfolg gewöhnte Frau war, keine Grenzen kannten.
Durch das Fenster unseres kleinen Speisezimmers sah sie, wie Sir John sein Pferd an der Eisenstange festband, die eigens für diesen Zweck dort angebracht war. Mir wurde ganz kalt. Es ging mir sogleich durch den Kopf, daß der heimtückische Graf es für richtig erachtet hatte, sich über mein Benehmen zu beklagen. Ich hatte ihn einfach stehenlassen und ihm auf unmißverständliche Weise gezeigt, daß ich sein Verhalten mißbilligte. Dies nun mochte seine Rache sein.
»Oh, da kommt Sir John«, sagte meine Mutter. »Was mag er nur ...«
»Vielleicht eine neue Schülerin ...«, hörte ich mich sagen.
Er wurde in unsere Wohnstube geleitet, und ich stellte erleichtert fest, daß er lächelte, wohlwollend wie immer.

»Guten Tag, Mrs. Maddox ... und Minella. Lady Derringham hat eine Bitte an Sie. Uns fehlt ein Gast für die Soiree und das heutige Abendessen. Die Comtesse Fontaine Delibes ist an ihr Zimmer gefesselt, und ohne sie würden wir dreizehn an der Zahl sein. Sie kennen ja den Aberglauben, daß dreizehn eine Unglückszahl ist, und einige unter unseren Gästen könnten deswegen beunruhigt sein. Ich fragte mich, ob ich Sie wohl überreden könnte, Ihrer Tochter zu gestatten, uns Gesellschaft zu leisten.«
Dies entsprach so sehr den Träumen, welche meine Mutter während der letzten zwei Tage beschworen hatte, daß sie die Einladung ohne mit der Wimper zu zucken akzeptierte, als sei sie die natürlichste Sache von der Welt.
»Aber selbstverständlich wird sie Ihnen Gesellschaft leisten«, antwortete sie.
»Aber Mama«, protestierte ich, »ich habe doch gar kein passendes Kleid dafür.«
Sir John lachte. »Auch daran hat Lady Derringham bereits gedacht, als wir die Angelegenheit besprachen. Eines von den Mädchen wird Ihnen etwas borgen – wenn es weiter nichts ist.«
Er wandte sich zu mir. »Kommen Sie heute nachmittag zum Gutshaus. Dann können Sie das Kleid auswählen, und die Näherin kann die notwendigen Änderungen vornehmen. Es ist sehr gütig von Ihnen, Mrs. Maddox, uns Ihre Tochter zu überlassen.« Er lächelte mir zu. »Wir werden uns also später sehen.«
Als er gegangen war, nahm meine Mutter mich in ihre Arme und liebkoste mich.
»Ich habe es *herbeigewünscht*«, rief sie aus. »Dein Vater pflegte stets zu sagen, ich bekäme alles, was ich mir in den Kopf setze. Weil ich so fest daran glaubte, würde ich es herbeiführen.«
»Ich finde es nicht sehr erhebend, mich mit fremden Federn zu schmücken.«
»Unsinn. Das weiß doch niemand.«
»Sybil und Maria wissen es, und Maria wird mich bei der ersten Gelegenheit daran erinnern, daß ich nur als Lückenbüßer dort bin.«
»Solange sie es niemand anderem sagt, kann es dir doch nichts ausmachen.«
»Mama, warum bist du eigentlich so aufgeregt?«
»Weil jetzt das eingetreten ist, was ich mir immer ersehnt habe.«
»Hast du der Comtesse die Krankheit gewünscht?«
»Vielleicht.«

»Damit deine Tochter auf den Ball gehen kann!«
»Das ist kein Ball!« rief sie betroffen aus. »Dafür müßtest du doch ein richtiges Ballkleid haben.«
»Ich habe mich nur metaphorisch ausgedrückt.«
»Wie recht ich doch hatte, dich so gründlich auszubilden. Deine musikalischen Kenntnisse werden denen der anderen Anwesenden ebenbürtig sein. Ich denke, wir sollten dein Haar auf dem Kopf auftürmen. Das bringt die Farbe voll zur Geltung.« Ich hörte eine zynische Stimme murmeln: »Wie Korn im August.« »Dein Haar ist dein größter Vorzug, mein Liebes. Wir müssen das Beste daraus machen. Ich hoffe, das Kleid wird blau sein, weil das die Farbe deiner Augen betonen wird. Dieses Kornblumenblau kommt ziemlich selten vor ..., so intensiv wie bei dir, meine ich.«
»Du machst aus einer angehenden Schulmeisterin eine Prinzessin, Mama.«
»Warum sollte eine angehende Schulmeisterin nicht ebenso schön und anmutig sein wie irgendeine von den Damen im Lande?«
»Gewiß, vor allem, wenn sie deine Tochter ist.«
»Du mußt deine Zunge heute abend im Zaum halten, Minella. Du sprichst immer alles aus, was dir gerade in den Sinn kommt.«
»Ich werde ich selbst sein, und wenn es denen nicht behagt ...«
»Dann werden sie dich nicht wieder einladen.«
»Warum sollten sie auch? Findest du nicht, daß du dies alles viel zu wichtig nimmst? Sie haben mich eingeladen, weil ihnen ein Gast fehlt. Es ist nicht das erste Mal, daß jemand gebeten wird, der vierzehnte zu sein. Wenn sich der vierzehnte schließlich doch noch zu kommen entschiede, würde man mir wohl höflich zu verstehen geben, daß meine Anwesenheit nicht mehr erforderlich sei.«
In Wirklichkeit aber arbeitete mein Geist ebenso fieberhaft wie der meiner Mutter. Warum war die Einladung (so dachte ich nämlich darüber) so bald nach meinem Besuch auf dem Gutshof erfolgt? Wer hatte sie veranlaßt? Und war es nicht ein merkwürdiges Zusammentreffen, daß ausgerechnet die Gemahlin des Comte indisponiert war? Hatte er möglicherweise vorgeschlagen, daß ich die Lücke ausfüllen sollte? Welch ausgefallener Gedanke! Warum? Weil er mich wiedersehen wollte? Immerhin hatte er von meinem schlechten Benehmen nichts erzählt. Ich erinnerte mich, was er über mein Haar gesagt hatte, als er leicht daran zupfte, und dann ... diese Küsse. Er war so unverschämt. Hatte er befohlen: »Schafft mir das Mädchen ins Gutshaus«? So pflegte ein Mann wie er sich unter seinesglei-

chen zu benehmen. Ich dachte an das sogenannte *droit de seigneur*, welches besagte, daß ein Mädchen, das kurz vor der Hochzeit stand und dessen Aussehen dem Gutsherrn gefiel, von diesem für eine Nacht in sein Bett geholt wurde – manchmal auch für mehr als eine Nacht, wenn sie sich als zufriedenstellend erwies –, und erst danach überließ man sie ihrem Bräutigam. Wenn der Herr großzügig war, fiel wohl auch ein Geschenk dabei ab. Ich konnte mir gut ausmalen, wie dieser Comte von einem solchen Recht Gebrauch machte.

Was hatte ich nur für Einfälle? Ich war keine Braut, und Sir John würde ein solches Gebaren auf seinem Besitz niemals dulden. Ich schämte mich meiner Gedanken. Die Unterhaltung mit dem Comte übte eine tiefere Wirkung auf mich aus, als ich zunächst angenommen hatte.

Meine Mutter sprach ständig von Joel Derringham. Ich mußte ihr wiederholen, was er zu mir gesagt hatte. Wieder war sie von ihren romantischen Träumen erfüllt. Oh, das war zu töricht. Sie redete sich ein, daß die Indisponiertheit eine Erfindung sei, daß Joel, der meine nähere Bekanntschaft zu machen wünschte, meine Einladung für diesen Abend bei seinen Eltern durchgesetzt habe. O Mama, dachte ich, liebe Mama, immer dann verlor sie den Kopf, wenn es um ihre Tochter ging. Nur dann, wenn sie mich auskömmlich versorgt sehe, könnte sie glücklich sterben. Aber sie schwelgte in den unsinnigsten Phantasien.

Margot kam zu mir ins Schulhaus. Sie war erregt.

»Wie schön!« rief sie aus. »Du wirst also heute abend kommen. Meine liebe Minelle, Marie hat ein Kleid für dich ausgesucht, aber mir gefällt es nicht. Du mußt eines von meinen tragen..., von einer Pariser *Couturière*. Blau, wegen deiner Augen. Maries Kleid ist braun – abscheulich! Ich sage nein, nein, nein! Nicht für Minelle, denn wenn du auch keine wahre Schönheit bist – im Vergleich zu mir, meine ich –, so hast du doch deine Vorzüge. O ja, und ich werde darauf bestehen, daß du *mein* Kleid trägst.«

»O Margot«, sagte ich, »es ist also dein Wunsch, daß ich komme!«

»Aber natürlich. Es wird bestimmt ein Vergnügen. Maman wird den Abend in ihrem Zimmer verbringen. Sie hat heute nachmittag geweint. Daran war wieder mein Vater schuld. Oh, er ist boshaft, aber ich glaube, sie liebt ihn. Ich möchte nur wissen, warum?«

»Deine Mutter ist nicht wirklich krank, nicht wahr?«

Margot zog die Schultern hoch. »Es ist Melancholie. Das behauptet *Le Diable* jedenfalls. Vielleicht hat es Streit gegeben. Sie würde es nicht wagen, mit ihm zu zanken. Der Streit geht immer von ihm aus. Wenn sie weint, wird er noch wütender. Er haßt weinende Frauen.«

»Und weint sie oft?«
»Ich weiß es nicht. Ich denke, ja. Sie ist schließlich mit ihm verheiratet.«
»Margot, wie kannst du nur so gemein von deinem Vater sprechen!«
»Wenn du die Wahrheit nicht hören willst . . .«
»Das möchte ich schon, aber ich weiß nicht, wie du wissen kannst, wo die Wahrheit liegt. Schließt sie sich immer ein? Auch bei euch zu Hause?«
»Ich glaube schon.«
»Aber du mußt es doch *wissen*.«
»Ich sehe sie nicht oft, weißt du. Nou-Nou behütet sie; und immer heißt es, sie darf nicht gestört werden. Aber warum reden wir eigentlich über die *anderen*. Ich bin so froh, daß du kommst, Minelle. Ich glaube, es wird dir Spaß machen. Der Teebesuch bei uns hat dir doch gefallen, nicht wahr?«
»Ja, das war lustig.«
»Was hast du auf der Stiege gemacht? Gestehe, daß du spioniert hast!«
»Und was hast *du* gemacht, Margot?«
Sie kniff die Augen zusammen und lachte.
»Komm, sag es mir!« beharrte ich.
»Wenn ich es dir sage, erzählst du mir dann auch, was du gemacht hast? Aber nein, das ist kein fairer Handel. Du hast dir ja nur das Haus angeschaut.«
»Margot, wovon sprichst du eigentlich?«
»Ach laß nur.«
Ich war froh, daß das Thema fallengelassen wurde, aber meine den Comte und die Comtesse betreffende Neugier blieb bestehen. Sie fürchtete sich vor ihm. Das konnte ich verstehen. Sie schloß sich ein und flüchtete sich in ihre Krankheit. Das tat sie sicher nur, um ihm zu entkommen. Das alles war sehr mysteriös.
Margot nahm mich mit in ihr Zimmer im Gutshaus. Es war hübsch möbliert und erinnerte mich an das Schlafgemach des Comte. Nur das Himmelbett war nicht ganz so prächtig verziert. Die Vorhänge waren aus schwerem blauem Samt, und eine Wand war mit einem Gobelin in dem gleichen, im ganzen Raum vorherrschenden Farbton verziert.
Das Kleid, das ich tragen sollte, lag auf dem Bett ausgebreitet.
»Ich bin ein wenig rundlicher als du«, sagte Margot. »Das erleichtert die Änderung. Du bist ein wenig größer. Aber schau, hier ist ein breiter Saum. Ich habe ihn gleich von der Näherin auftrennen lassen. Probiere es jetzt an, dann lasse ich sie kommen, um die Änderungen vorzunehmen. Ich werde sie gleich rufen lassen.«

»Margot«, sagte ich, »du bist eine wahre Freundin.«
»Aber ja«, stimmte sie zu. »Du interessierst mich eben. Sybil . . ., Marie . . . *Pouf*!« Sie blies das Wort zwischen den Lippen hervor. »Die sind so geistlos. Ich weiß schon, was sie sagen werden, bevor sie es aussprechen. Du bist anders, ganz anders. Und außerdem bist du die Tochter der Schulmeisterin.«
»Was hat das damit zu tun?«
Wieder lachte sie und wollte nichts weiter sagen. Ich zog das Kleid an. Es stand mir ausgesprochen gut. Margot läutete die Glocke, und die Näherin erschien mit Steck- und Nähnadeln. In weniger als einer Stunde war mein Kleid fertig.
Maria und Sybil kamen, um mich zu begutachten. Maria rümpfte die Nase.
»Nun?« fragte Margot. »Was paßt dir nicht?«
»Es ist nicht besonders kleidsam«, kritisierte Maria.
»Wieso nicht?« rief Margot aus.
»Das braune wäre besser gewesen.«
»Besser für dich, nicht wahr? Hast du Angst, daß sie schöner aussehen wird als du? So ist das also.«
»Welch eine Narretei!« widersprach Maria.
Margot schmunzelte. »Es stimmt aber.«
Daraufhin erwähnte Maria die Unkleidsamkeit des Gewandes nicht mehr. Margot bestand darauf, mein Haar zu frisieren. Dabei plapperte sie unentwegt. »Schau, Chérie, ist das nicht hübsch? O ja, es stimmt, du hast ein gewisses Flair. Du solltest nicht dazu verdammt sein, dein Leben damit zu verbringen, dumme Kinder zu unterrichten.« Sie beobachtete meine Reaktion. »Kornblondes Haar«, bemerkte sie. »Kornblumenblaue Augen und Lippen wie Mohn.«
Ich lachte. »Du machst ja ein ganzes Weizenfeld aus mir.«
»Ebenmäßige weiße Zähne«, fuhr sie fort. »Die Nase ein wenig . . ., wie sagt man bei euch . . ., aggressiv? Volle Lippen . . ., sie können lächeln, sie können ernst sein. Ich weiß, Minelle, meine Freundin, was zu Attraktivität verhilft. Der Kontrast ist es. Die Augen sind sanft und fügsam. Aha, aber dann . . ., sieh dir diese Nase an! Sieh dir den Mund an! O ja, man sagt, ich sehe gut aus . . ., ich bin leidenschaftlich . . ., aber warte ein wenig. Kein Unsinn, bitte!«
»Ja bitte«, gab ich zurück, »nichts mehr von diesem Unsinn. Und wenn ich eine Beschreibung meines Aussehens und meines Charakters wünsche, werde ich darum bitten.«

»Das würdest du nie tun, denn auch das gehört zu deinem Charakter, Minelle: Du denkst, du weißt immer ein wenig mehr als alle anderen, und du kannst alle Fragen soviel besser beantworten. O ja, du hast mich in der Schule immer überflügelt..., uns alle..., und das ist recht so und geziemt sich für die Tochter der Lehrerin; und jetzt unterrichtest du uns und erklärst uns, was wir richtig oder falsch machen. Aber laß dir von mir gesagt sein, meine kluge Minelle, du mußt noch viel lernen.«
Ich blickte in ihr dunkles, lachendes Gesicht mit den schönen, fast schwarzen, funkelnden Augen, die denen ihres Vater so ähnlich waren, den vollen Brauen, dem dichten, dunklen Haar. Sie war sehr anziehend, und sie hatte etwas Geheimnisvolles an sich. Ich dachte daran, wie wir uns auf der Wendeltreppe getroffen hatten. Wo mochte sie gewesen sein?
»Etwas, das *du* bereits gelernt hast?« fragte ich.
»Manche von uns werden mit diesem Wissen geboren«, sagte sie.
»Und du gehörst zu denen, welche diese Gabe besitzen?«
»O ja.«

Auf der Galerie musizierte ein kleines Orchester.
Lady Derringham, eine anmutige Erscheinung in malvenfarbener Seide, drückte mir die Hand und murmelte: »Wie lieb von Ihnen, uns auszuhelfen, Minella.« Obschon die Bemerkung gutgemeint war, erinnerte sie mich doch augenblicklich daran, warum ich hier war.
Als der Comte erschien, kam mir der Verdacht, daß er für meine Anwesenheit verantwortlich sei! Er blickte sich im Musikzimmer um, bis seine Augen auf mir haften blieben. Dann machte er von der anderen Seite des Raumes herüber eine Verbeugung, und ich sah, wie er jedes Detail meiner Erscheinung auf eine Weise in sich aufnam, die ich als beleidigend empfand. Hochmütig erwiderte ich seinen Blick, was ihn zu amüsieren schien.
Lady Derringham hatte es so arrangiert, daß ich mit ihren Töchtern und Margot zusammensaß – wie um den Gästen anzudeuten, daß wir trotz unserer Teilnahme an dieser Veranstaltung noch nicht formell in die Gesellschaft eingeführt waren. Wir waren keine Kinder mehr und durften deshalb bei der Soiree und dem anschließenden Mahl zugegen sein; doch sobald dies vorüber war, würde man uns entlassen.
Für mich war das ein ungeheuer aufregendes Ereignis. Ich liebte Musik, besonders die Werke von Mozart, die bei diesem Konzert vornehmlich gespielt wurden. Ich lauschte hingerissen und dachte, wie mir ein solch angenehmes Leben gefallen würde und wie viele meiner Schülerinnen es

führten. Mir schien es ungerecht, daß das Schicksal mich davon ausgeschlossen hatte, ohne mich jedoch so weit davon entfernt zu haben, daß ich nicht ab und zu einen Blick darauf werfen konnte und merkte, was mir entging.
Während der Konzertpause wandelten die Menschen auf der Galerie umher und begrüßten alte Freunde. Joel kam zu mir herüber.
»Ich freue mich, daß Sie gekommen sind, Fräulein Maddox«, sagte er.
»Glauben Sie wirklich, es wäre aufgefallen, wenn ich nicht gekommen wäre? Würden die Leute sich wahrhaftig gegenseitig zählen und sich wegen der unglücksbringenden Dreizehn von Verderbnis bedroht fühlen?«
»Das können wir nicht wissen, da eine solche Situation vermieden wurde ..., auf höchst angenehme Weise, wenn Sie diese Bemerkung erlauben. Ich hoffe, dies ist die erste von vielen Gelegenheiten, bei denen Sie unser Gast sein werden.«
»Sie können nicht erwarten, daß ein vierzehnter Gast im letzten Augenblick absagt, nur um mir eine Gefälligkeit zu erweisen.«
»Ich finde, Sie messen diesem Anlaß zu viel Bedeutung bei.«
»Das muß ich wohl, denn andernfalls wäre ich nicht hier.«
»Vergessen wir das und freuen wir uns, daß Sie da sind. Wie fanden Sie das Konzert?«
»Vorzüglich.«
»Sie mögen Musik?«
»Über alle Maßen.«
»Derartige Konzerte gibt es häufig bei uns. Sie müssen öfter kommen.«
»Sie sind sehr gütig.«
»Dieses hier findet zu Ehren des Comte statt. Er hegt eine besondere Vorliebe für Mozart.«
»Habe ich meinen Namen gehört?« fragte der Comte.
Er setzte sich auf den Stuhl neben mir, und ich spürte seinen intensiv musternden Blick auf mir.
»Ich erzählte Fräulein Maddox soeben, Comte, daß Sie Mozart lieben und daß dieses Konzert Ihnen zu Ehren gegeben wird. Ich darf Sie mit Fräulein Maddox bekannt machen.«
Der Comte stand auf und verbeugte sich. »Es ist mir ein Vergnügen, Sie hier zu treffen, Mademoiselle.« Er wandte sich an Joel. »Mademoiselle Maddox und ich sind uns bereits begegnet.«
Ich fühlte, wie mir das Blut ins Gesicht schoß. Jetzt würde er mich bloßstellen. Er würde Joel erzählen, wie ich in sein Schlafgemach gespäht

hatte, während man mich oben vermutete, und er würde darauf hinweisen, wie unklug es war, Leute meines Standes in höhere Kreise mitzubringen. Welch einen Augenblick hatte er dafür gewählt! Ich war sicher, daß dies für ihn bezeichnend war.
Er betrachtete mich mit einem sardonischen Blick und las dabei meine Gedanken.
»In der Tat?« fragte Joel überrascht.
»In der Nähe der Schule«, sagte der Comte. »Ich kam dort vorbei und sah Mademoiselle Maddox. Ich dachte mir, das ist die vortreffliche Lehrerin, welche meiner Tochter so viel Gutes angedeihen ließ. Ich freue mich, daß ich nun Gelegenheit habe, meine Dankbarkeit zum Ausdruck zu bringen.«
Er lächelte mich an, und natürlich bemerkte er mein Erröten, das ihm gewiß verriet, daß ich jener Küsse und meines würdelosen Abgangs gedachte.
»Mein Vater singt beständig Loblieder auf Frau Maddox' Schule«, sagte der gute Joel. »Sie hat uns die Anstellung einer Gouvernante erspart.«
»Gouvernanten können sehr schwierig sein«, meinte der Comte, während er sich neben mich setzte. »Sie sind nicht von unserem Stand, und doch gehören sie nicht zur Dienerschaft. Es ist verdrießlich, wenn Menschen im Zwischenreich schweben. Nicht für uns, sondern für sie selbst. Sie werden sich ihrer Stellung zu sehr bewußt. Man sollte die Klassenunterschiede ignorieren, finden Sie nicht auch, Joel? Und Sie, Fräulein Maddox? Als unserem verstorbenen König Louis XV. einmal von einem seiner Freunde, einem Herzog, vorgehalten wurde, daß seine Mätresse die Tochter eines Kochs sei, erwiderte er: ›Ach wirklich? Das habe ich gar nicht bemerkt. Ihr steht nämlich alle so tief unter mir, daß ich den Unterschied zwischen einem Herzog und einem Koch nicht erkennen kann.‹«
Joel lachte, und ich konnte mich nicht enthalten, mit scharfer Zunge zu entgegnen: »Ist das auch bei Ihnen so, Monsieur le Comte? Könnten auch *Sie* den Unterschied zwischen einem Koch und einem Herzog nicht erkennen?«
»Ich bin zwar nicht so hochgestellt wie der König, aber ich stehe immerhin hoch genug, und ich könnte den Unterschied zwischen den Töchtern von Sir John und denen der Schulmeisterin nicht wahrnehmen.«
»Dann, so scheint es, bin ich nicht völlig unwillkommen.«
Seine Augen schienen sich glühend in die meinen zu bohren. »Mademoiselle, Sie sind höchst willkommen, das versichere ich Ihnen.«

Joel sah betreten aus. Er fand diese Unterhaltung sicherlich geschmacklos, aber ich merkte, daß der Comte, ebenso wie ich selbst, einen unwiderstehlichen Gefallen daran fand.
»Ich glaube«, sagte Joel, »die Pause ist fast vorüber, und wir sollten unsere Plätze wieder einnehmen.«
Die Mädchen kamen zurück. Margot sah amüsiert aus, Maria wirkte ein wenig verstimmt und Sybil machte einen unbeteiligten Eindruck.
»Man wird auf dich aufmerksam, Minelle«, flüsterte Margot. »Gleich zwei der bestaussehenden Männer unter den Anwesenden haben einen Blick auf dich geworfen. Du bist eine Sirene.«
»Ich habe sie nicht zu mir gebeten.«
»Das tun Sirenen nie. Sie strahlen einfach ihre Faszination aus.«
Während des zweiten Teils des Konzerts dachte ich über den Comte nach. Auf irgendeine Art fand er mich anziehend. Und ich wußte, auf welche. Er liebte Frauen, und obwohl ich noch nicht voll entwickelt war, reifte ich rasch heran. Daß seine Absichten unehrenhafter Natur waren, war nicht zu verkennen. Aber das Erschreckende war, daß ich, anstatt zu erzürnen, davon fasziniert war.
Unten im Speisesaal, wo kalte Gerichte für das Abendmahl angerichtet waren, kam ein Lakai – prächtig anzuschauen in der Derringhamschen Livrée – hinein, suchte die Augen Sir Johns und ging unauffällig zu ihm. Ich sah ihn ein paar Worte flüstern.
Sir John nickte und ging zum Comte, welcher, wie ich nicht ohne eine leichte Kränkung bemerkte, mit Lady Eggleston plauderte, der flatterhaften jungen Gattin eines gichtgeplagten Gemahls, der das mittlere Alter schon lange überschritten hatte. Sie lächelte ein wenig geziert, und ich konnte mir den Verlauf ihrer Unterhaltung wohl vorstellen.
Sir John sprach mit dem Comte, und nach einer Weile verließen sie zusammen den Raum.
Joel trat an meine Seite.
»Kommen Sie zum Büffet«, sagte er. »Dort können Sie wählen, was Ihnen beliebt. Danach suchen wir uns einen kleinen Tisch.«
Ich war ihm dankbar. Es sprach so viel Güte aus ihm. Er glaubte, daß ich, die ich niemanden hier kannte, einen Beschützer brauchte.
Es gab Fische jeder Sorte und verschiedenes kaltes Fleisch. Ich nahm nur wenig davon. Ich verspürte nicht den geringsten Hunger.
Wir fanden einen kleinen, durch Pflanzen ein wenig abgeschirmten Tisch, und Joel sagte zu mir: »Ich darf wohl annehmen, daß Sie den Comte etwas ungewöhnlich fanden.«

»Nun ja . . ., er ist kein Engländer.«
»Ich dachte, er hätte Sie ein wenig verstimmt.«
»Ich glaube, er ist ein Mann, der es gewöhnt ist, seine eigenen Wege zu gehen.«
»Zweifelsohne. Sie sahen ihn mit meinem Vater fortgehen. Einer seiner Diener ist mit einer Botschaft aus Frankreich gekommen, die anscheinend sehr wichtig ist.«
»Das muß sie wohl sein, wenn der Diener deswegen so weit gereist ist.«
»Aber sie kam nicht ganz unerwartet. Es ist Ihnen gewiß bekannt, daß die Lage in Frankreich schon seit geraumer Zeit sehr gespannt ist. Ich hoffe, es ist kein Unglück geschehen.«
»Die Situation dort ist allerdings betrüblich«, bemerkte ich. »Man fragt sich, wie das enden wird.«
»Vor zwei Jahren besuchte ich mit meinem Vater den Comte, und schon damals war im ganzen Land eine gewisse Unruhe zu verspüren. Den Leuten dort fiel das allerdings nicht so stark auf wie mir. Wenn man in der nächsten Nähe von etwas lebt, wird man sich dessen oft weniger bewußt.«
»Ich habe von der Verschwendungssucht der Königin gehört.«
»Sie ist höchst unbeliebt. Die Franzosen mögen die Ausländer nicht, und sie ist weiß Gott eine Fremde.«
»Trotzdem ist sie eine charmante und schöne Frau, glaube ich jedenfalls.«
»O ja. Der Comte hat uns ihr vorgestellt. Ich erinnere mich, daß sie eine vorzügliche Tänzerin ist, und sie war wundervoll gekleidet. Ich glaube, der Comte ist doch ein wenig besorgter, als er zugibt.«
»Diesen Eindruck macht er aber ganz und gar nicht . . .; doch ich rede vielleicht unbesonnen. Ich kenne ihn ja kaum.«
»Er ist kein Mann, der seine Gefühle zur Schau stellt. Falls es Schwierigkeiten geben sollte, hätte er eine Menge zu verlieren. Neben anderen Besitztümern gehören ihm das Château Silvaine, etwa vierzig Meilen südlich von Paris gelegen, sowie das Hôtel Delibes, ein Palast in der Hauptstadt. Er stammt aus einer sehr alten Familie, die mit den Capets verwandt ist, und geht bei Hofe ein und aus.«
»Ich verstehe. Ein sehr einflußreicher Herr.«
»Ja, das ist er in der Tat. Das kommt auch in seinem Auftreten zum Ausdruck, finden Sie nicht?«
»Es scheint ihm viel daran zu liegen, von jedermann beachtet zu werden. Ich bin sicher, es würde ihn sehr verdrießen, wenn man es daran fehlen ließe.«

»Sie dürfen ihn nicht zu streng beurteilen, Fräulein Maddox. Er ist ein französischer Aristokrat, und Aristokratie ist eine Lebensart, der man in Frankreich weit mehr Gewicht beimißt als hier bei uns.«
»Selbstverständlich steht es mir nicht zu, ihn zu verurteilen. Wie ich schon sagte, ich weiß ja gar nichts über ihn.«
»Ich bin sicher, daß er beunruhigt ist. Als er sich gestern abend mit meinem Vater unterhielt, erwähnte er den Aufruhr, der vor ein paar Jahren losbrach; als Märkte überfallen und die Schiffe auf der Oise, welche mit Getreide für Paris beladen waren, geentert und die Getreidesäcke in den Fluß geworfen wurden. Der Comte sagte etwas, das meinen Vater zutiefst beeindruckte. Er sprach von einer ›Generalprobe für eine Revolution‹. Aber ich langweile Sie sicherlich mit dieser öden Konversation.«
»Aber keineswegs. Meine Mutter hat stets darauf bestanden, daß wir uns mit der Geschichte der Gegenwart ebenso vertraut machten wie mit jener der Vergangenheit. Für den Unterricht beziehen wir französische Zeitungen. Die heben wir auf, um sie immer wieder zu lesen. Deshalb weiß ich über jene unruhigen Zeiten Bescheid. Immerhin konnte das Schlimmste verhütet werden.«
»Ja, aber ich kann die Worte des Comte nicht vergessen: ›Eine Generalprobe.‹ Und immer wenn so etwas geschieht wie jetzt . . ., wenn Diener mit Sonderbotschaften eintreffen . . ., dann habe ich ein ungutes Gefühl.«
»Ah, da ist Minella!« Es waren Maria und Sybil mit einem jungen Mann. Sie trugen Teller. »Wir leisten euch Gesellschaft«, sagte Maria.
Joel stellte mir den jungen Mann vor. »Darf ich Sie mit Tom Fielding bekannt machen. Tom, dies ist Fräulein Maddox.«
Tom Fielding verbeugte sich und fragte, ob mir die Musik gefallen habe. Ich antwortete ihm, daß ich sie ausgezeichnet fand.
»Der Lachs ist gut«, sagte er. »Haben Sie ihn probiert?«
»Joel«, warf Maria ein, »falls du dich um unsere Gäste kümmern möchtest, wird Minella dich gewiß entschuldigen.«
»Das würde sie sicher, falls ich den Wunsch danach verspürte«, erwiderte Joel und lächelte mir zu. »Aber das ist nicht der Fall.«
»Vielleicht wäre es besser, wenn du . . .«
»Heute abend widme ich mich ausschließlich dem Vergnügen.«
Mein Gefühl erwärmte sich für ihn. Ich wußte, daß Maria ihm zu verstehen gab, daß er die Tochter der Schulmeisterin nicht wie einen normalen Gast behandeln dürfe, was für sie bezeichnend war. Ob er ihre Absicht durchschaute oder nicht, blieb mir verborgen, aber ich mochte ihn wegen seiner Art, wie er darauf reagierte.

Die Unterhaltung drehte sich um Trivialitäten, und ich merkte, daß Joel, ein ausgesprochen ernsthafter junger Mann, eine Fortsetzung unserer Diskussion vorgezogen hätte.
Sybil verkündete: »Mama sagt, wenn du gehst, Minella, wird sie jemanden schicken, der dich zum Schulhaus begleitet. Du brauchst nicht allein heimzugehen.«
»Das ist sehr gütig von ihr«, gab ich zurück.
»Ich werde Miss Maddox nach Hause bringen«, ließ sich Joel rasch vernehmen.
»Ich glaube, du wirst hier gebraucht«, warf Maria ein.
»Du überschätzest meine Bedeutung, Schwester. Alles wird ebenso glatt verlaufen, ob ich nun hier bin oder nicht.«
»Ich denke, Mama erwartet . . .«
Joel sagte: »Tom, du mußt das Marzipan probieren. Unsere Köchin ist sehr stolz darauf.«
Nachdem Maria mir den Gedanken in den Kopf gesetzt hatte, fragte ich mich nun, ob es wohl an der Zeit für mich war, zu gehen. Es war halb elf, und ich durfte nicht die letzte unter den Aufbrechenden sein.
Ich wandte mich an Joel. »Es ist sehr freundlich von Ihnen, mir Ihre Begleitung anzubieten. Ich danke Ihnen.«
»Ich habe *Ihnen* zu danken, daß Sie es mir gestatten«, entgegnete er galant.
»Ich sollte jetzt vielleicht Lady Derringham aufsuchen, um ihr Dank zu sagen.«
»Ich bringe Sie zu ihr«, sagte Joel.
Lady Derringham nahm meinen Dank huldvoll entgegen, und Sir John meinte, es sei außerordentlich lieb von mir gewesen, so kurzfristig zuzusagen.
Den Comte konnte ich nirgends entdecken, und ich fragte mich, ob er wohl nicht zurückgekehrt sei, nachdem er mit Sir John fortgegangen war. Aber ich sah Margot. Sie fühlte sich sichtlich wohl in Gesellschaft eines jungen Mannes, der von ihr ebenso entzückt zu sein schien wie sie von ihm.
Joel und ich wanderten die halbe Meile vom Gutshaus bis zur Schule.
Der Halbmond am Himmel warf ein blasses unheimliches Licht auf die Sträucher. Ich kam mir vor wie in einem Traum. Ich war spätabends hier draußen mit Joel Derringham, der mir deutlich zeigte, daß er an meiner Gesellschaft Gefallen fand. Dies war unverkennbar, andernfalls wäre Maria nicht so verstimmt gewesen. Ich war neugierig, was meine Mutter sagen würde, die gewiß noch aufblieb, um auf mich zu warten. Sie

rechnete sicherlich damit, daß ein Diener vom Gutshof mich heimbegleitete, und ich konnte mir ihre Erregung vorstellen, wenn sie merken würde, daß es der Sohn und Erbe persönlich war.
Es bedeutete nichts ..., absolut nichts. Es war wie mit den Küssen des Comte. Das mußte ich mir vergegenwärtigen, und ich mußte meine Mutter zu derselben Einsicht bringen.
Joel bemerkte, welch ein angenehmer Abend dies gewesen sei. Seine Eltern gaben diese musikalischen Soireen ziemlich häufig, aber an diese eine würde er sich immer erinnern.
»Und ich werde mich erst recht daran erinnern«, erwiderte ich leichthin. »Für mich ist es die erste und einzige.«
»Die erste vielleicht«, meinte er. »Sie lieben Musik, das weiß ich. Welch ein Himmel! Er ist selten so klar. Doch der Mond läßt die Sterne ein wenig verblassen. Schauen Sie, die Plejaden dort drüben im Nordwesten. Wußten Sie, daß ihr Erscheinen das Ende des Sommers ankündigt? Aus diesem Grunde sind sie nicht willkommen. Ich habe mich schon immer für die Sterne interessiert. Bleiben Sie einen Augenblick still stehen. Schauen Sie hinauf. Hier stehen wir, zwei kleine Menschen, und blicken in die Ewigkeit. Es ist sehr überwältigend, finden Sie nicht auch?«
Als ich so stand und mit ihm zum Himmel hinaufsah, empfand ich eine tiefe Rührung. Der Abend war so ungewohnt gewesen – so ganz anders als alles, was ich bis dahin gekannt hatte –, und irgend etwas sagte mir, daß sich große Ereignisse über mir zusammenballten, daß ich das Ende einer Straße, einer Stufe in meiner Entwicklung erreicht hatte und daß Joel und vielleicht sogar der Comte keine flüchtigen Bekanntschaften waren, sondern daß meine Zukunft auf eine seltsame Art mit der ihren verknüpft wäre. Und heute hatte sie begonnen.
Joel fuhr fort: »Sie sollen die sieben Töchter von Atlas und Plejone darstellen – die jungfräulichen Gefährtinnen der Artemis –, welche von dem Jäger Orion verfolgt wurden. Als sie die Götter anflehten, sie vor Orions lüsternen Umarmungen zu retten, wurden sie in Tauben verwandelt und in den Himmel gesetzt.«
»Ein Schicksal, das vermutlich demjenigen vorzuziehen ist, von dem man sagt, es sei schlimmer als der Tod«, bemerkte ich.
Joel lachte. »Es war nett, Sie kennenzulernen«, sagte er. »Sie sind so anders als die Mädchen, denen ich sonst zu begegnen pflege.« Er schaute immer noch zum Himmel hinauf. »Alle Plejaden haben Götter geheiratet, mit Ausnahme einer einzigen, Merope, die sich mit einem Sterblichen vermählte. Aus diesem Grunde wurde ihr Licht getrübt.«

»Also gibt es auch im Himmel soziale Unterschiede!«
»Es ist ja nur eine Legende.«
»Ich finde, sie wird dadurch zerstört. Mir wäre lieber gewesen, wenn Merope heller erstrahlt wäre, weil sie wagemutiger und unabhängiger als ihre Schwestern war. Aber darin werden Sie vermutlich nicht mit mir übereinstimmen.«
»Aber durchaus«, versicherte er.
Ich war erheitert und angeregt, und das Gefühl, daß ich mich an der Schwelle zu ungeahnten Abenteuern befand, verstärkte sich.
»Sie dürfen sich nicht verspäten«, mahnte ich Joel, »sonst wird man sich wundern, wo Sie bleiben.«
Wir schwiegen, während wir zum Schulhaus weitergingen.
Wie ich erwartet hatte, wartete meine Mutter auf mich. Ihre Augen weiteten sich vor Vergnügen, als sie meinen Begleiter erkannte.
Er lehnte es ab, hereinzukommen; doch er übergab mich ihr, als sei ich ein kostbarer Gegenstand, den man mit größter Vorsicht behandeln mußte. Dann wünschte er »Gute Nacht« und verschwand.
Ich mußte noch lange aufbleiben, um meiner Mutter jede Einzelheit zu berichten. Ich unterließ es jedoch, den Comte zu erwähnen.

2

Die Aufregung im Schulhaus hielt an. Meine Mutter wanderte mit abwesendem Blick umher, ein zufriedenes Lächeln auf den Lippen.
Ich wußte sehr wohl, was in ihrem Kopf vorging, und ihr Übermut erschreckte mich ein wenig.
Tatsache war doch, daß Freundlichkeit zu Joel Derringhams Charakter gehörte. Ich war achtzehn Jahre alt und schien trotz mangelnder Welterfahrung recht reif und gebildet. Vermutlich verdankte ich das meinem Naturell, da ich ernsthafter veranlagt war als die Derringham-Töchter – und ganz gewiß ernsthafter als Margot. Es war mir stets nahegelegt worden, daß ich die bestmögliche Bildung erhalten mußte, da ich durch sie meinen Unterhalt zu verdienen hätte. Dies hatte mir meine Mutter seit dem Tod meines Vaters dermaßen eingeschärft, daß ich es als selbstverständlich für mein Leben akzeptiert hatte. Ich hatte eifrig alles gelesen, was mir in die Hand kam. Ich hatte es für meine Pflicht gehalten, über jedes Thema, das angeschnitten werden mochte, etwas zu wissen, und dies war es zweifellos, weshalb Joel mich für anders als die übrigen Mädchen hielt. Seit unserer ersten Begegnung hatte er meine Nähe gesucht. Begab ich mich auf meinen bevorzugten Spaziergang über die Weiden, so fand ich ihn auf einem Zaungatter sitzend, das ich durchqueren mußte, und dann begleitete er mich auf meinem Weg. Er ritt häufig am Schulhaus vorbei und schaute auch gelegentlich herein. Meine Mutter empfing ihn wohlwollend, doch ohne Aufhebens, und nur die Blässe ihrer Wangen verriet mir ihre innere Erregung. Sie war entzückt. Diese prosaischste aller Frauen war nur dort empfindlich, wo es ihre Tochter betraf, und es wurde auf geradezu peinliche Weise offensichtlich, daß sie es sich in den Kopf gesetzt hatte, Joel Derringham sollte mich heiraten. Statt im Schulhaus sollte sich meine Zukunft auf Gut Derringham abspielen.
Dies war ein höchst gewagter Traum; denn selbst wenn Joel es in Erwägung zöge, würde seine Familie es niemals gestatten.
Doch wir waren innerhalb einer Woche zu guten Freunden geworden. Ich

genoß unsere Zusammenkünfte, die nie verabredet waren, sondern sich wie von selbst zu ergeben schienen, obschon ich den Verdacht hegte, daß er sie absichtlich herbeiführte. Erstaunlich, wie oft ich ausging und ihn traf. Ich ritt auf Jenny, unserem kleinen Pferd, das den Einspänner, unser einziges Beförderungsmittel, zu ziehen pflegte. Sie war nicht mehr jung, aber fügsam, und meine Mutter hatte darauf geachtet, daß ich gut ritt. Wenn ich mit Jenny unterwegs war, begegnete ich hin und wieder Joel auf einem der edlen Jagdpferde aus den Derringhamschen Stallungen. Dann ritt er neben mir her, und es traf sich jedesmal, daß der Weg, den ich einschlug, zufällig auch der seine war. Er war ebenso gütig und charmant wie anregend, und ich fand seine Gesellschaft interessant. Ich fühlte mich auch geschmeichelt, weil er meine Nähe suchte.

Margot erzählte mir, ihre Eltern hätten England wegen der Zustände in Frankreich verlassen. Sie selbst schien nicht sonderlich verstört, war vielmehr entzückt, allein in England zurückbleiben zu können. Zwar wunderte ich mich insgeheim über Margot, welche an einem Tag äußerst fröhlich und von übertriebener Lustigkeit sein konnte, am anderen dagegen ernst und niedergeschlagen. Ihre Stimmungsumschwünge waren nie vorhersehbar, doch da ich in meine eigenen Angelegenheiten vertieft war, schrieb ich das alles ihrem gallischen Temperament zu und dachte nicht weiter über Margot nach.

Joel klärte mich über den Grund der plötzlichen Abreise des Comte auf. Ich war auf Jenny ausgeritten, da ich sie gewöhnlich am späten Nachmittag nach der Schule auszureiten pflegte. Meistens wurde es jedoch Abend, bis ich endlich Zeit fand, auszureiten. Unweigerlich sah ich die hohe Gestalt zwischen den Bäumen auf mich zukommen, und häufig ertappte ich mich dabei, daß ich geradezu darauf wartete.

Joel machte ein sehr ernstes Gesicht, während er über die Abreise des Comte sprach.

»Am französischen Hofe braut sich ein großer Skandal zusammen«, berichtete er. »Mehrere Mitglieder des Hochadels scheinen darin verwickelt zu sein, und der Comte hielt es für klug, unverzüglich zurückzukehren. Es handelt sich unter anderem um ein Diamantenhalsband, welches die Königin mit Hilfe eines Kardinals erworben haben soll, und es geht das Gerücht, daß er als Gegenleistung für seine Dienste hofft, ihr Liebhaber zu werden..., es vielleicht gar schon geworden ist. Natürlich bestreitet die Königin dies, und der Kardinal de Rohan ist mitsamt seinen Komplizen verhaftet worden. Es scheint daraus eine *cause célèbre* zu entstehen.«

»Und betrifft diese auch den Comte Fontaine Delibes?«
»Alle Anzeichen sprechen dafür, daß sie ganz Frankreich betreffen könnte. Die königliche Familie kann sich zu diesem Zeitpunkt keinen Skandal leisten. Vielleicht irre ich mich..., das hoffe ich sehr. Mein Vater meint, daß ich übertreibe; aber wie ich Ihnen schon sagte, spürte ich eine wachsende Unruhe im Lande, als ich dort war. Es gibt so viel Verschwendung dort. Die Reichen sind so reich, und die Armen sind so arm.«
»Ist das nicht überall der Fall?«
»Ja, ich denke schon, doch in Frankreich scheint sich jetzt der Verdruß überall auszubreiten. Ich glaube, der Comte ist darüber genauestens informiert. Aus diesem Grunde entschloß er sich, unverzüglich zurückzukehren. Noch am Abend der Soiree begann er mit den Vorbereitungen für die Rückreise.«
Ich dachte über seine überstürzte Abreise nach und vermutete, daß er mich deswegen keines weiteren Gedankens gewürdigt hätte. Jener Abend, so sprach ich zu mir selbst, war wohl die letzte Gelegenheit, bei der ich diesen vornehmen Herrn zu Gesicht bekommen hatte, und das sei nicht einmal so schlecht. Irgend etwas sagte mir, daß seine Bekanntschaft mir nichts Gutes bringen würde. Ich mußte ihn mir aus dem Kopf schlagen. Das durfte mir nicht schwerfallen, genoß ich doch zur Zeit die sehr angenehme Freundschaft des begehrtesten jungen Mannes der Umgebung.
Danach sprachen wir nicht mehr viel über den Comte. Joel nahm an den Vorgängen im eigenen Lande lebhaften Anteil und hoffte, eines Tages ins Parlament einzuziehen. Seine Eltern waren davon keineswegs angetan.
»Sie finden, daß ich als der einzige Sohn mich den Gütern widmen sollte.«
»Und Sie haben ganz andere Vorstellungen.«
»Oh, ich interessiere mich durchaus für unsere Güter, aber das reicht doch nicht, um das Leben eines Mannes auszufüllen. Diese Aufgaben kann man den Verwaltern überlassen. Warum sollte ein Mann nicht fortgehen, um sich für die Geschicke des Landes einzusetzen?«
»Man kann wohl sagen, daß Mr. Pitt aufgrund seiner Laufbahn als Parlamentarier vollauf beschäftigt ist.«
»Er ist ja auch Premierminister.«
»Sie streben doch gewiß ebenfalls das höchste Amt an.«
»Vielleicht.«
»Und Sie wollen die Gutsgeschäfte mehr und mehr Ihren Verwaltern überlassen?«
»Möglicherweise. Oh, ich liebe das Land. Die Aufgaben, die es bietet,

interessieren mich durchaus, doch wir leben in schwierigen und gefahrvollen Zeiten, Fräulein Maddox. Wenn es jenseits des Kanals zum Aufruhr kommt ...«
»Was für ein Aufruhr?« fragte ich schnell.
»Sie erinnern sich doch, daß ich jene ›Generalprobe‹ erwähnte. Wie, wenn das tatsächlich eine Generalprobe für eine kommende Vorstellung mit voller Besetzung gewesen war?«
»Sie meinen, eine Art Bürgerkrieg?«
»Ich meine, daß sich die Bedürftigen gegen die Wohlhabenden erheben könnten ..., die Hungernden gegen die Verschwender. Ich halte das immerhin für möglich.«
Ich erschauerte, als ich mir den Comte stolz in seinem Château vorstellte. Und der Pöbel marschierte ..., der blutrünstige Pöbel ...
Meine Mutter meinte immer, ich ließe meiner Phantasie zu freien Lauf.
»Die Phantasie ist wie das Feuer«, pflegte sie zu sagen. »Ein guter Freund, aber auch ein unerbittlicher Feind. Du mußt lernen, sie so zu lenken, wie sie dir am besten dienen kann.«
Ich fragte mich, wieso es mich eigentlich kümmerte, was mit jenem Mann geschah. Ich war überzeugt, daß es ihm recht geschähe, wenn ihn ein böses Schicksal ereilte, aber ich konnte mir vorstellen, daß kein übles Los ihm je etwas anhaben würde. Er würde stets Sieger bleiben.
Joel fuhr fort: »Mein Vater tadelt mich jedesmal, wenn ich von diesen Dingen rede. Er glaubt, daß es sich zum größten Teil um unbedeutende Spekulationen handelt. Vermutlich hat er recht. Aber der Comte hielt es immerhin für angebracht, zurückzukehren.«
»Hat es etwas zu bedeuten, daß er seine Tochter hier zurückließ?«
»Nicht im geringsten. Ihm kommt es nur auf ihren Englisch-Unterricht an. Er sagt, seit sie Ihre Schule besucht, spricht sie viel besser englisch als er. Er wünscht, daß sie es vervollkommnet. Sie können noch ein weiteres Jahr mit ihr rechnen.«
»Meine Mutter wird erfreut sein.«
»Und Sie?« fragte er.
»Ich habe eine Schwäche für Margot. Sie ist sehr amüsant.«
»Sie ist sehr ... jung ...«
»Sie wächst schnell heran.«
»... und leichtsinnig«, fügte er hinzu.
Das konnte man von Joel kaum behaupten, sinnierte ich. Er nahm das Leben ausgesprochen ernst. Er liebte es, mit mir über Politik zu reden, da ich über die Vorgänge im Lande Bescheid wußte. Meine Mutter und ich

lasen jede Zeitung, deren wir habhaft werden konnten. Joel hegte eine warme Bewunderung für Mr. Pitt, unseren jüngsten Premier, und er sprach begeistert von dessen Klugheit. Nie sei das Land besser regiert worden, fand er. Joel glaubte, daß der von Pitt gegründete *Sinking Fund* unsere nationale Verschuldung allmählich reduzieren würde.

Als ein Anschlag auf das Leben des Königs verübt wurde, kam Joel wahrhaftig zum Schulhaus, um uns davon zu berichten. Meine Mutter war entzückt, ihn zu sehen, und holte eine Flasche ihres selbstgemachten Weines, den sie für besondere Anlässe aufbewahrte, sowie etwas von dem Weingebäck, auf das sie besonders stolz war.

Sie schnurrte nahezu, als wir uns am Tisch in unserer guten Stube niederließen, und Joel erzählte uns von der wahnsinnigen Alten, die unter dem Vorwand, eine Petition überreichen zu wollen, auf den König gewartet hatte, als er am Gartentor von St. James aus seiner Kutsche stieg. Und dann hatte sie versucht, ihm ein Messer, das sie verborgen gehalten hatte, in die Brust zu stoßen.

»Gottlob«, sagte Joel, »gelang es den Wachen Seiner Majestät, ihr rechtzeitig in den Arm zu fallen. Der König betrug sich genau so, wie man es von ihm erwartet. Seine Sorge galt der armen Frau. ›Ich bin nicht verletzt‹, rief er, ›man kümmere sich um sie.‹ Er sagte, sie sei verrückt und daher für ihr Tun nicht verantwortlich.«

»Ich habe sagen hören«, warf meine Mutter ein, »daß Seine Majestät von natürlichem Mitleid für die dermaßen Heimgesuchten beseelt ist.«

»Oh, ich möchte schwören, Sie haben Gerüchte über seinen eigenen Gesundheitszustand gehört«, sagte Joel.

»Sicher ist Ihnen bekannt«, erwiderte meine Mutter, »ob etwas Wahres daran ist.«

»Ich weiß von den Gerüchten, doch die Wahrheit steht auf einem anderen Blatt.«

»Glauben Sie, die Frau handelte aus eigenem Antrieb, oder gehörte sie einer Bande an, welche dem König Schaden zuzufügen beabsichtigte?« fragte ich.

»Man kann fast als sicher annehmen, daß ersteres der Fall ist.«

Joel nippte an seinem Wein, machte meiner Mutter ein Kompliment darüber und über ihr Gebäck und bezauberte uns dann mit Anekdoten vom Hofe, uns, deren Leben sich so weit davon entfernt abspielte.

Es war ein angenehmer Besuch, und nachdem er gegangen war, glühte meine Mutter vor Stolz. Mit ihrer zärtlichen, unmelodischen Stimme hörte ich sie »Heart of Oak« singen, und da sie dies immer tat, wenn sie mit dem Leben besonders zufrieden war, wußte ich, was sich in ihrem Kopfe abspielte.

Im September hatte ich Geburtstag – in jenem Jahr, 1786, wurde ich neunzehn –, und als ich zu unserem kleinen Anbau, der als Stall diente, hinausging, um Jenny zu satteln, erwartete mich dort eine bildschöne Fuchsstute.
Ich erstarrte vor Staunen. Dann vernahm ich eine Bewegung hinter mir. Ich drehte mich um und erblickte meine Mutter. Seit mein Vater tot war, hatte ich sie noch nie so glücklich strahlen sehen.
»Nun«, sagte sie, »wenn du jetzt mit Joel Darringham ausreitest, siehst du wenigstens anständig aus.«
Ich warf mich in ihre Arme, und wir liebkosten uns. Sie hatte Tränen in den Augen, als sie mich losließ.
»Wie hast du das nur ermöglichen können?« fragte ich.
»Ach!« Sie nickte weise. »So etwas fragt man nicht, wenn man ein Geschenk bekommt.«
Dann dämmerte mir die Wahrheit. »Die Mitgift!« rief ich entsetzt. Meine Mutter hatte, wie sie sich ausdrückte, »für Notzeiten« gespart, und das Geld wurde in einer alten Aussteuertruhe aus der Tudorzeit aufbewahrt, die sich seit vielen Jahren im Besitz der Familie befand. Diese Ersparnisse nannten wir »die Mitgift«.
»Nun, ich dachte, ein Pferd im Stall wäre besser als ein paar Goldstücke im Beutel. Du hast noch nicht alles gesehen. Komm mit nach oben.«
Stolz führte sie mich in ihr Schlafzimmer, und dort lag eine komplette Reitgarderobe auf dem Bett – dunkelblauer Rock mit Jacke, dazu ein hoher Hut von der gleichen Farbe.
Ich konnte es nicht erwarten, alles anzuprobieren, und natürlich paßte es perfekt.
»Wie gut es dir steht«, murmelte meine Mutter. »Dein Vater wäre so stolz gewesen. Jetzt schaust du aus, als gehörtest du wirklich zu...«
»Gehören! Zu wem?«
»Du siehst in jeder Hinsicht genauso herrschaftlich aus wie die Gäste drüben im Gutshaus.«
Ich verspürte einen Anflug von Beklemmung. Ich begriff vollkommen, wohin ihre Gedanken strebten. Meine Freundschaft mit Joel Derringham hatte ihr den Verstand geraubt. Für sie stand es unzweifelhaft fest, daß er mich heiraten würde, und aus diesem Grunde war sie bereit, Geld aus der Aussteuertruhe zu nehmen, das ihr, soweit ich zurückdenken konnte,

nahezu heilig gewesen war. Ich konnte mir vorstellen, wie sie sich einredete, daß Pferd und Ausstattung keine Verschwendung seien. Sie verkündeten der Welt, daß ihre Tochter würdig war, in die Reihen des Adels aufzusteigen.
Ich sagte nichts, aber die Freude an meinem neuen Pferd und den Kleidern war beträchtlich getrübt.
Als ich ausritt, beobachtete sie mich aus dem Fenster des Obergeschosses, und ich empfand eine große Welle der Zärtlichkeit für sie, doch gleichzeitig war ich ziemlich sicher, daß sie enttäuscht werden würde.
Ein paar Wochen lang ging das Leben weiter wie bisher. Es wurde Oktober. Die Schule war weniger stark besucht als letztes Jahr um diese Zeit. Meine Mutter war stets beunruhigt, wenn Schülerinnen ausblieben. Sybil und Maria kamen natürlich nach wie vor, und mit ihnen Margot, aber selbstverständlich würde Margot eines Tages zu ihren Eltern zurückkehren, und Sybil und Maria würden wahrscheinlich mit ihr gehen, um eine Schule in der Nähe von Paris zu besuchen, die ihnen den letzten Schliff verleihen sollte.
Trotz aller Widrigkeiten konnte ich nicht umhin, Vergnügen an meiner neuen Stute zu empfinden. Die arme Jenny war endlich von mir entlastet, und die Stute, welche ich Dower, Mitgift, genannt hatte, brauchte viel Bewegung; also ritt ich häufig aus. Und immer kam Joel mir entgegen. Samstags und sonntags, wenn kein Unterricht stattfand, unternahmen wir ausgedehnte Spazierritte.
Wir sprachen über Politik, über die Sterne, über das Landleben und über andere beliebige Themen, und von allem schien er eine Menge zu wissen. Er war von einem stillen Enthusiasmus beseelt, den ich liebenswert fand, aber obwohl ich ihn sehr gerne mochte, fühlte ich mich durch seine Gesellschaft nicht besonders erregt. Dies wäre mir wohl nie aufgefallen, wenn meine Begegnung mit dem Comte nicht stattgefunden hätte. Selbst nachdem soviel Zeit vergangen war, ließ die Erinnerung an seine Küsse mich erschaudern. Ich hatte angefangen, von ihm zu träumen, und obwohl diese Träume ziemlich erschreckend sein konnten, erwachte ich stets voller Bedauern und wünschte, ich könnte mich in sie zurückversetzen. Ich träumte, daß ich mich in einer peinlichen Situation befand, und immer war der Comte da und beobachtete mich mit rätselhaftem Blick, so daß ich nie sicher sein konnte, was er tun würde.
Das war höchst närrisch und lächerlich, und eine ernsthafte junge Dame meines Alters hätte nicht so naiv sein dürfen. Ich suchte vor mir selbst nach Entschuldigungen. Ich hatte ein wohlbehütetes Leben geführt und

war nie in die Welt hinausgekommen. Manchmal kam es mir vor, als teilte meine Mutter meine Naivität. Wie hätte sie sonst glauben können, daß Joel Derringham mich heiraten würde?
Ich war so in meine eigenen Angelegenheiten vertieft, daß ich nur am Rande wahrnahm, welche Veränderung mit Margot vorging. Ihre Überschwenglichkeit hatte nachgelassen. Gelegentlich war sie sogar regelrecht bedrückt. Daß sie ein launenhaftes Geschöpf war, hatte ich immer gewußt, doch nie war es so stark zum Ausdruck gekommen wie jetzt. Zeitweise war sie von fast hysterischer Fröhlichkeit, und ein anderes Mal konnte sie beinahe morbid sein.
Sie war unaufmerksam im Unterricht, und ich wartete, bis wir einmal allein waren, um ihr Vorwürfe zu machen.
»Englische Verben!« rief sie aus, indem sie die Hände zusammenschlug. »Wie langweilig! Wem macht es schon etwas aus, ob ich englisch spreche wie du oder wie ich . . ., solange man mich versteht.«
»Mir macht es etwas aus«, hielt ich ihr vor. »Meiner Mutter macht es etwas aus und deiner Familie auch.«
»Denen ist es doch einerlei. Sie würden den Unterschied ohnehin nicht merken.«
»Dein Vater hat dir erlaubt hierzubleiben, weil er von deinen Fortschritten angetan war.«
»Er hat mir erlaubt hierzubleiben, weil man mich nicht im Weg haben wollte.«
»Solch einen Unsinn glaube ich nicht.«
»Minelle, du bist . . ., wie sagt man . . ., eine Heuchlerin. Du tust so, als seist du weiß Gott wie gut. Du hast all deine Verben gelernt, das bezweifle ich nicht . . . und doppelt so schnell wie alle anderen. Und jetzt reitest du auf deinem neuen Pferd . . . in deinen eleganten Kleidern . . ., und wer wartet in den Wäldern auf dich? Sag es mir!«
»Ich habe dich hierher gebeten, um ernsthaft mit dir zu reden, Margot.«
»Gibt es etwas Ernsteres als das hier, hm? Joel mag dich, Minelle. Er hat dich sehr gern. Ich bin froh, weil . . . – soll ich dir etwas sagen? Sie hatten ihn für mich bestimmt. Oh, das überrascht dich, ja? Mein Vater und Sir John haben darüber gesprochen. Ich weiß es, weil ich gelauscht habe . . ., am Schlüsselloch. Oh, wie ungezogen! Mein Vater sähe es gern, wenn ich in England ansässig würde. Er glaubt, daß Frankreich vorläufig nicht sicher ist. Wenn ich Joel heiraten würde . . ., sein Besitz . . . und sein Titel . . ., das ist durchaus zu erwägen. Er stammt natürlich nicht aus einer so alten Familie wie wir . . ., aber wir sind bereit, darüber hinwegzusehen.

Und jetzt kommst du mit deinem neuen Pferd daher, mit deinen eleganten Reitkleidern, und Joel scheint mich überhaupt nicht mehr zu bemerken. Er hat nur Augen für dich.«
»Ich habe nie jemanden solchen Unsinn reden hören wie dich, wenn du schlechter Laune bist.«
»Angefangen hat es, nicht wahr, als du zum Tee kamst. Du hast ihn auf dem Rasen bei der Sonnenuhr getroffen. Du sahst sehr anziehend aus, als du da standest. Wie schön dein Haar in der Sonne aussieht, dachte ich. Und er dachte das gleiche. Bist du in ihn verliebt, Minelle?«
»Margot, ich wünsche, daß du deinen Lektionen mehr Aufmerksamkeit widmest.«
»Und ich wünsche, daß du mir deine Aufmerksamkeit widmest! Aber das tust du ja. Du bist ganz schön rot geworden, als die Rede auf Joel Derringham kam. Du kannst dich mir getrost anvertrauen, denn du weißt...«
»Da gibt es nichts anzuvertrauen. Also Margot, du *mußt* intensiver an deinem Englisch arbeiten, andernfalls hat es gar keinen Sinn, daß du hier bist. Dann könntest du ebensogut auf dem Château deines Vaters weilen.«
»Ich bin nicht wie du, Minelle. Ich verstelle mich nicht.«
»Wir diskutieren nicht über die Verschiedenheit unserer Charaktere, sondern über die Notwendigkeit zu arbeiten.«
»Oh, Minelle, du machst einen ganz krank! Ich möchte nur wissen, warum Joel dich mag.«
»Wer sagt, daß er mich mag?«
»Ich. Marie sagt es und Sybil. Und ich nehme an, alle anderen sagen es auch. Du kannst nicht so häufig mit einem jungen Mann ausreiten, ohne daß es den Leuten auffällt. Und sie ziehen ihre Schlüsse daraus.«
»Das ist sehr niederträchtig von ihnen!«
»Man wird nicht zulassen, daß er dich heiratet, Minelle.«
Mir wurde kalt vor Angst – und ich dachte dabei nicht an Joel oder gar an mich, sondern an meine Mutter.
»Es ist wirklich komisch...«
Sie fing zu lachen an. Bei einer solchen Gelegenheit war es, daß mir erstmals bange um sie wurde. Sie verlor die Kontrolle über ihr Gelächter, und als ich sie bei den Schultern packte, begann sie zu weinen. Sie lehnte sich an mich und umklammerte mich, während ihr schlanker Körper von Schluchzen geschüttelt wurde.
»Margot, Margot«, rief ich. »Was fehlt dir?«
Aber ich konnte nichts aus ihr herausbekommen.

Im November schneite es. Es war einer der kältesten Novembermonate, an die ich mich erinnerte. Maria und Sybil konnten nicht vom Gutshaus zur Schule kommen, und unsere Klassen waren sehr klein geworden. Wir gaben uns alle Mühe, das Haus warm zu halten, doch obwohl in jedem Zimmer ein Holzfeuer brannte, schien der bitterkalte Ostwind durch jede Ritze einzudringen. Meine Mutter bekam »eine von ihren Erkältungen«, wie sie sich ausdrückte. Sie hatte jeden Winter darunter zu leiden, deshalb schenkten wir auch dieser anfangs kaum Beachtung. Aber sie hielt an, und ich bestand darauf, daß meine Mutter das Bett hütete, während ich die Schule weiterführte. Das war nicht sonderlich schwierig, da so viele Schülerinnen fortblieben.

Meine Mutter fing an, nachts zu husten, und als es schlimmer wurde, hielt ich es für angebracht, einen Arzt zu holen; aber sie wollte nichts davon hören. Es würde zuviel kosten, meinte sie.

»Aber es muß sein«, beharrte ich. »Wir haben doch die Mitgift.«

Sie schüttelte den Kopf. Ich zögerte noch ein paar Tage, aber als sie im Fieber irre zu reden begann, bat ich den Arzt zu kommen. Sie hätte eine Lungenblutung, stellte er fest.

Das war eine ernsthafte Krankheit – keineswegs nur eine winterliche Erkältung. Ich machte die Schule zu und widmete mich von da an ganz der Pflege meiner Mutter.

Dies waren wohl die unglücklichsten Tage, die ich je erlebt hatte. Sie dort liegen zu sehen, auf Kissen gestützt, ihre Haut heiß und trocken, mit glasigen Augen, die mich mit fiebrig-glänzendem Blick betrachteten – das alles erfüllte mich mit Jammer. Ich hatte die schreckliche Vermutung, daß ihre Genesungschancen gering waren.

»Liebste Mama«, rief ich, »sag mir, was ich tun soll! Ich will alles tun..., alles..., wenn es dir nur besser gehen sollte!«

»Bist du es, Minella?« hauchte sie.

Ich kniete neben ihrem Bett und ergriff ihre Hände. »Ich bin hier, Liebste. Ich habe dich nicht verlassen, seit du krank bist. Ich werde immer bei dir bleiben...«

»Minella, ich gehe zu deinem Vater. Ich habe letzte Nacht von ihm geträumt. Er stand am Bug seines Schiffes und streckte mir seine Hände entgegen. Ich sagte zu ihm: ›Ich komme zu dir.‹ Da hat er gelächelt und mir zugenickt. Ich sagte: ›Ich muß unsere kleine Tochter zurücklassen‹; und er antwortete: ›Für sie ist gesorgt, das weißt du doch.‹ Dann überkam mich ein tiefer Friede, und ich wußte, daß alles gut werden würde.«

»Nichts wird gut sein, wenn du nicht hier bist.«

»Aber ja doch, mein Liebes. Du wirst dein eigenes Leben leben. Er ist ein guter Mensch. Ich habe oft davon geträumt . . .« Ihre Stimme wurde fast unhörbar. »Er ist gütig . . ., wie sein Vater . . . Er wird gut zu dir sein. Und du wirst zu ihm passen, daran ist nicht zu zweifeln. Du bist ebensogut wie einer von ihnen. Nein, sogar besser . . . Denke daran, mein Kind . . .«
»Oh, liebste Mama, ich möchte nur, daß du gesund wirst. Alles andere ist mir gleichgültig.«
Sie schüttelte den Kopf. »Für jeden von uns kommt einmal die Zeit, Minella. Für mich ist sie jetzt gekommen. Aber ich gehe . . . glücklich . . ., denn du hast ja ihn.«
»Hör zu«, bedrängte ich sie, »du wirst wieder gesund werden. Dann schließen wir die Schule für einen Monat. Wir gehen zusammen fort . . ., nur wir zwei. Wir werden die Aussteuertruhe plündern.«
Ihre Lippen verzogen sich. Sie schüttelte den Kopf. »Gut angelegt«, murmelte sie. »Es war gut angelegtes Geld.«
»Sprich nicht, Liebste. Du mußt dich schonen.«
Sie nickte und lächelte mich an, in ihren Augen einen solchen Reichtum an Liebe, daß ich meine Tränen kaum zurückhalten konnte.
Sie schloß die Augen, und nach einer Weile begann sie leise zu murmeln. Ich beugte mich vor, um zu lauschen. »Sie ist es wert«, flüsterte sie. »Mein Kind . . ., warum nicht? Sie ist so gut wie eine von ihnen . . . Sie wird es schaffen, ihren Platz unter ihnen einzunehmen. Wie ich es immer gewünscht habe. Wie die Erhörung eines Gebetes . . . Gott, ich danke dir. Jetzt kann ich glücklich gehen . . .«
Ich saß am Bett, voller Verständnis für ihre Gedanken, die, wie immer seit dem Tod meines Vaters, nur mir galten. Sie würde sterben, das wußte ich, und keine Selbsttäuschung konnte mich darüber hinwegtrösten. Doch sie war glücklich; glaubte sie doch, daß Joel Derringham mich liebte und um meine Hand anhalten würde.
O geliebte, törichte Mutter! Wie weltfremd sie doch war! Selbst ich, die ich ein solch wohlbehütetes Leben hatte, wußte mehr vom Laufe der Welt als sie. Vielleicht war sie auch blind vor Liebe. Sie sah ihre Tochter als einen Schwan unter Gänsen . . ., auserkoren, die Aufmerksamkeit auf sich zu ziehen.
Für eines jedenfalls konnte ich dankbar sein: Sie starb glücklich . . ., sie glaubte, meine Zukunft sei gesichert.

Sie wurde an einem bitterkalten Dezembertag auf dem Kirchhof von Derringham begraben – zwei Wochen vor Weihnachten. Während ich in

dem kalten Wind stand und die Erdklumpen auf den Sarg meiner Mutter fallen hörte, fühlte ich mich von Verlassenheit überwältigt. Sir John hatte seinen Butler geschickt, um ihn zu vertreten – einen sehr würdevollen Mann, hochgeschätzt von allen, die für die Derringhams arbeiteten. Mrs. Callan, die Wirtschafterin, war ebenfalls gekommen. Es waren noch ein oder zwei weitere Trauergäste vom Gut anwesend, aber außer meiner Trauer nahm ich kaum etwas wahr.
Beim Verlassen des Kirchhofes sah ich Joel. Er stand am Tor, den Hut in der Hand. Er sprach kein Wort. Er nahm einfach meine Hand und hielt sie einen Augenblick. Ich entzog sie ihm, ich konnte jetzt mit niemandem sprechen. Ich wollte nur allein sein.
Im Schulhaus war es totenstill. Ich konnte den Geruch des eichenen Sarges noch spüren, der bis zu diesem Morgen auf Böcken in unserer Wohnstube gestanden hatte. Jetzt wirkte das Zimmer leer. Überall war nichts als Leere . . ., im Haus, und erst recht in meinem Herzen.
Ich ging in mein Schlafzimmer, legte mich auf das Bett und dachte an sie, wie wir zusammen gelacht und Pläne geschmiedet hatten, und welche Erleichterung es für sie war, daß ich nach ihrem Ableben die Schule haben würde – bis sie sich später in den Kopf setzte, daß Joel Derringham mich heiraten sollte, und sie sich in Betrachtungen über meine glanzvolle und sichere Zukunft erging.
Ich blieb den ganzen restlichen Tag dort liegen, allein mit meinem Jammer.

Ich hatte eine Weile geschlafen, denn ich war sehr erschöpft gewesen; und als ich am nächsten Tage aufstand, fühlte ich mich ein wenig erholt. Die Zukunft starrte mir leer ins Gesicht – ohne meine Mutter konnte ich sie mir nicht vorstellen. Ich würde wohl mit der Schule fortfahren, so wie sie es immer beabsichtigt hatte, bis . . .
Jeden Gedanken an Joel Derringham verscheuchte ich. Natürlich hatte ich ihn gern, doch selbst wenn er mich gebeten hätte, ihn zu heiraten – ich war nicht sicher, ob ich es wollte. Was mich an meiner Freundschaft mit Joel so beunruhigte war allein das Wissen, daß es meiner Mutter das Herz gebrochen hätte, wenn sie einsehen müßte, daß ich ihn nicht heiraten konnte.
Die Derringhams würden die Heirat niemals zulassen, selbst wenn Joel und ich es wünschten. Margot hatte mir erzählt, daß er ihr zugedacht war, und dies wäre auch eine standesgemäße Verbindung. Diese Enttäuschung mußte meine Mutter wenigstens nicht erleben.

Was sollte ich nur tun? Mein Leben mußte weitergehen. Deshalb hielt ich es für geraten, mit der Schule fortzufahren. Außerdem besaß ich den Inhalt der Aussteuertruhe, die im Schlafzimmer meiner Mutter stand. Diese Truhe hatte ihrer Urururgroßmutter gehört und war jeweils auf die älteste Tochter der Familie vererbt worden. Vom Tage der Geburt eines Mädchens an wurde Geld dort hineingelegt, und bis sie heiratsfähig war, würde sich eine stattliche Summe angesammelt haben. Der Schlüssel wurde an einer Kette aufbewahrt, die meine Mutter um die Taille getragen hatte, und dieses *Chatelaine* war, zusammen mit der Truhe, an die weiblichen Familienmitglieder weitergeben worden.
Ich nahm den Schlüssel und öffnete die Truhe.
Es befanden sich lediglich fünf Guineen darin.
Ich war bestürzt, denn ich hatte damit gerechnet, mindestens hundert vorzufinden. Das Pferd und die Reitkleidung mußten weit mehr gekostet haben, als ich angenommen hatte.
Später fand ich auch noch Stoffbahnen im Kleiderschrank meiner Mutter, und als Jilly Barton mit einer Samtrobe zu mir kam, die sie für mich angefertigt hatte, wußte ich, was geschehen war.
Die Mitgift war zur Anschaffung von Kleidern für mich verwendet worden, auf daß ich mich als würdige Gefährtin von Joel Derringham erweisen möge.

Am ersten Weihnachtstag erwachte ich, ganz allein, mit einem Gefühl großer Verlassenheit. Ich lag im Bett und erinnerte mich an all die anderen Weihnachtsfeste. Meine Mutter war, mit geheimnisvollen Päckchen beladen, in mein Zimmer gekommen und hatte »Fröhliche Weihnachten, mein Liebling!« gerufen, und ich hatte meine Geschenke für sie hervorgekramt. Welch einen Spaß hatten wir gehabt, als wir das Einwickelpapier über das ganze Bett verstreuten und überraschte Schreie ausstießen (die häufig gespielt waren, weil stets praktisches Denken die Wahl unserer Geschenke bestimmte). Doch wenn wir, wie es häufig geschah, erklärten: »Das ist genau das, was ich mir gewünscht habe!«, dann entsprach dies durchaus der Wahrheit, wußte doch jeder von uns genau, was dem anderen fehlte. Und jetzt war ich allein. Es war zu plötzlich gekommen. Wäre sie eine geraume Zeit krank gewesen, so hätte ich mich langsam an die Erkenntnis gewöhnen können, daß ich sie verlieren mußte, und das hätte die Härte des Schlages vielleicht gemildert. Sie war noch nicht alt gewesen. Ich haderte mit dem grausamen Schicksal, das mich des einzigen geliebten Menschen beraubt hatte.

Dann war mir, als hörte ich ihre mahnende Stimme. Ich mußte weiterleben. Ich mußte mein Dasein erfolgreich gestalten, und das würde mir nie gelingen, wenn ich mich der Bitterkeit hingab.

Gerade an Festtagen ist Trauer besonders schwer zu ertragen. Der Grund dafür ist Selbstmitleid. So würde meine Mutter argumentiert haben. Man dürfe sich nicht elend fühlen, nur weil andere Menschen ihr Leben genossen.

Ich stand auf und kleidete mich an. Die Mansers, welche einen Teil der Derringhamschen Güter bewirtschafteten, hatten mich eingeladen, den Tag bei ihnen zu verbringen. Meine Mutter und ich hatten jahrelang mit ihnen zusammen Weihnachten gefeiert, und wir waren gute Freunde. Alle sechs Töchter von ihnen hatten die Schule besucht – die beiden jüngsten kamen auch jetzt noch: zwei großgewachsene, dralle Mädchen, zu Ehefrauen von Landwirten wie geboren. Die Mansers hatten auch einen Sohn. Jim, ein paar Jahre älter als ich, war bereits die rechte Hand seines Vaters. Der Hof der Mansers war uns stets als Stätte des Wohlstandes erschienen. Sie schickten uns häufig Lamm- und Schweinefleisch, und meine Mutter pflegte zu sagen, sie ernährten uns mit Milch und Butter.

Mrs. Mansers Dankbarkeit für die Ausbildung ihrer Töchter kannte keine Grenzen. Es hätte die Mittel dieser Familie weit überstiegen, die Kinder auf eine entfernte Schule zu schicken – und sie gehörten nicht zu den Kreisen, die eine Gouvernante beschäftigen –, und als meine Mutter in umittelbarer Nähe ihre Schule eröffnete, meinten die Mansers, dies sei wie eine Erhörung ihrer Gebete gewesen. Einige andere Familien empfanden das ebenso, und aus diesem Grunde hatten wir genug Schülerinnen, um die Schule zu unterhalten.

Ich ritt auf Dower zu den Mansers und wurde von allen mit besonders rührender Herzlichkeit empfangen. Ich bemühte mich, meinen Kummer nicht zu zeigen und so lebhaft zu sein, wie es mir unter diesen Umständen nur möglich war. Von dem Gänsebraten, den Mrs. Manser mit solch liebevoller Sorgfalt zubereitet hatte, konnte ich kaum etwas essen, doch ich tat mein Bestes, um an diesem Tag keine Schwermut aufkommen zu lassen. Nach dem Essen beteiligte ich mich an den Spielen, und Mrs. Manser wußte es zu bewerkstelligen, daß mir Jim als Partner zugeteilt wurde. Ich merkte, was in ihrem Kopf vorging. Wäre ich nicht in solch trauriger Stimmung gewesen, so hätte mich die Beobachtung amüsiert, wie eifrig sich die Menschen, denen etwas an mir lag, bemühten, mich versorgt zu sehen.

Ich glaube nicht, daß ich mich zur Landfrau eignete, doch immerhin

mochten sich Mrs. Mansers Absichten eher verwirklichen lassen als die hochfliegenden Träume, denen meine Mutter sich hingegeben hatte.
Am späten Nachmittag des folgenden Tages kam ich nach Hause. Zu Beginn der kommenden Woche sollte der Unterricht wieder aufgenommen werden, und ich mußte den Lehrplan ausarbeiten. Die Stille im Haus, der leere Sessel meiner Mutter, die leeren Räume waren fast nicht zu ertragen. Ich wünschte sehnlichst, gleich wieder fortzugehen.
Ich war noch keine Stunde daheim, als Joel kam.
Er ergriff meine Hände und blickte mir mit solch tiefem Mitleid ins Gesicht, daß ich meinen Kummer kaum zurückhalten konnte.
»Ich weiß nicht, was ich Ihnen sagen soll, Minella.«
Ich antwortete: »Bitte, sagen Sie am besten gar nichts. Sprechen Sie..., sprechen Sie über alles, aber nicht...«
Er nickte und ließ meine Hände los. Er erzählte mir, er sei am Weihnachtsmorgen herübergekommen und habe mich nicht angetroffen. Ich erklärte, wo ich gewesen war und berichtete ihm, wie liebevoll sich die Mansers um mich bemüht hatten.
Er zog ein Kästchen aus seiner Tasche und sagte, er habe ein kleines Geschenk für mich. Ich öffnete es. Auf schwarzem Samt lag eine Brosche – ein Saphir, von rosa Diamanten umgeben.
»Der Saphir hatte es mir angetan«, sagte er. »Ich finde, die Farbe paßt zu Ihren Augen.«
Ich war von Bewegung übermannt. Die Brosche war wunderschön.
»Wie lieb von Ihnen, an mich zu denken«, sagte ich.
»Ich habe sehr viel an Sie gedacht..., die ganze Zeit... seit...«
Ich nickte und wandte mich ab. Dann nahm ich die Brosche heraus, und er sah zu, wie ich sie an mein Kleid steckte.
»Danke«, sagte ich. »Ich werde sie stets in Ehren halten.«
»Minella, ich möchte mit Ihnen sprechen.«
Seine Stimme klang weich und ein wenig verlegen. Vor meinem geistigen Auge erschien das Lächeln in den Augen meiner Mutter, der fröhliche Schwung ihrer Lippen. Konnte es wirklich wahr sein?
Panischer Schrecken ergriff mich. Ich brauchte Zeit, um nachzudenken..., um mich an meine Einsamkeit, an mein Unglück zu gewöhnen.
»Ein andermal«, begann ich.
Er sagte: »Ich komme morgen wieder. Vielleicht können wir zusammen ausreiten.«
»Ja«, erwiderte ich, »bitte.«
Er ging, und ich saß lange Zeit da und starrte vor mich hin.

Es lag eine Heiterkeit im Hause, fast, als ob meine Mutter anwesend wäre.

Während einer schlaflosen Nacht überlegte ich, was ich sagen sollte, wenn Joel mich bat, seine Frau zu werden. Die Brosche sollte wahrscheinlich seine Absichten symbolisieren, welche, dessen war ich sicher, ehrenhafter Natur waren.
Ich schien die Stimme meiner Mutter zu hören, die mich dringend mahnte, nicht zu zögern, denn das wäre eine Torheit. Ich bildete mir ein, sie wäre bei mir, und wir besprächen die Angelegenheit gemeinsam. »Ich liebe ihn nicht so, wie man einen Mann, den man heiratet, lieben sollte.« Ich konnte sehen, wie sie den Mund spitzte, was ich sie so oft hatte tun sehen, wenn sie ihre Verachtung über eine Ansicht ausdrückte. »Du weißt nichts von Liebe, mein Kind. Das kommt noch. Er ist ein guter Mensch. Er kann dir alles geben, was ich mir immer für dich gewünscht habe. Komfort, Sicherheit und genug Liebe für euch beide ... für den Anfang. Du wirst einen solchen Mann ganz von selbst lieben lernen. Ich sehe eure Kleinen schon auf dem Rasen bei der Sonnenuhr spielen, wo ihr euch zum erstenmal nähergekommen seid. Oh, welch eine Freude machen Kinder! Ich hatte nur eines, aber nach dem Tode deines Vaters war es mein ein und alles.«
»Du liebste aller Mütter, bist du auch diesmal, wie so oft, im Recht? Weißt du, was das Beste für mich ist?«
Niemals hätte ich ihr erzählen können, was ich empfand, als der Comte mich an sich gerissen und geküßt hatte. Ich hatte innerlich einen Aufruhr gespürt, der mich erschreckte und dem ich mich doch nicht zu entziehen vermochte. Dies hatte mich zu der Erkenntnis geführt, daß es etwas gab, von dem ich noch nichts wußte, das ich jedoch erfahren mußte, bevor ich in den Ehestand trat. Durch den Comte hatte ich begriffen, daß von Joel niemals eine solche Wirkung ausgehen würde. Das war alles.
Ich konnte das sanfte Lachen meiner Mutter hören. »Der Comte! Ein notorischer Schürzenjäger. Ein höchst unliebenswürdiger und unangenehmer Mensch! Daß er sich so benehmen konnte, ist ein Beweis für seine Bosheit! Und währenddessen schlief seine Gattin nebenan! Denke du lieber an den anständigen Joel, der niemals etwas Unehrenhaftes tun würde und der dir alles geben könnte, was ich mir immer für dich gewünscht habe.«
»Alles, was ich mir immer für dich gewünscht habe« – diese Worte gingen mir nicht aus dem Sinn.

3

Das Drama nahm mit dem folgenden Tag seinen Lauf. Es begann damit, daß Sir John zum Schulhaus geritten kam.
»Miss Maddox«, rief er, und sein verstörter Blick versetzte mich in Erstaunen, »ist sie hier? Ist Margot hier?«
»Margot?« fragte ich. »Nein! Ich habe sie schon seit ein paar Tagen nicht mehr gesehen.«
»O mein Gott, was mag mit ihr geschehen sein?«
Ich starrte ihn fragend an, und er fuhr fort: »Seit gestern abend hat sie niemand mehr gesehen. Ihr Bett ist unberührt. Sie hatte den Mädchen gesagt, sie ginge früh schlafen, da sie Kopfweh hätte. Das war das letzte Mal, daß sie gesehen wurde. Haben Sie eine Ahnung, wohin sie gegangen sein könnte?«
Ich schüttelte den Kopf und versuchte, mir meine letzte Unterhaltung mit Margot ins Gedächtnis zurückzurufen. Nichts hatte auf eine Fluchtabsicht hingedeutet.
Als Sir John zum Gutshaus zurückkehrte, hatte ich ein sehr unbehagliches Gefühl. Ich redete mir ein, es handele sich um einen Streich. Margot würde wieder zum Vorschein kommen und uns alle auslachen. Doch zuweilen war etwas Geheimnisvolles um Margot gewesen. Ich hätte dem mehr Beachtung schenken sollen, doch ich war zu sehr in meine eigenen Angelegenheiten vertieft gewesen.
Ich war zu abgelenkt, um mich mit irgend etwas zu beschäftigen, und am frühen Nachmittag gab ich meinem inneren Drang nach und ging zum Gutshaus, um zu erfahren, ob es Neuigkeiten gab. Ich wartete in der Halle, und als Maria und Sybil mit vor Aufregung gespannten Gesichtern zu mir herunterkamen, spürte ich, daß die allgemeine Verwirrung sie ergötzte.
»Ich glaube, sie ist mit jemandem durchgebrannt«, sagte Maria in aller Offenheit.
»Durchgebrannt? Mit wem?«

»Das müssen wir eben herausfinden. Joel ist ganz geknickt.« Maria blickte mich an. »Sie sollten nämlich heiraten.«
»Sie kann gar nicht durchgebrannt sein«, meinte Sybil. »Es gibt doch niemanden, mit dem sie hätte ausreißen können. Außerdem wußte sie, daß Joel sie heiraten würde, sobald sie alt genug war. Deshalb war es doch so wichtig, daß sie Englisch lernte und daß es ihr hier bei uns gefiel.«
»Hat man die Dienerschaft gefragt?« wollte ich wissen.
»Jedermann ist befragt worden«, erwiderte Maria, »aber niemand weiß etwas. Papa ist außer sich, und Mama natürlich auch. Er sagt, er wird den Comte und die Comtesse benachrichtigen müssen, wenn Margot bis morgen nicht gefunden wird.«
»Sie stand unter Papas Obhut«, sagte Sybil. »Es ist entsetzlich für ihn. Wir dachten, sie hätte sich vielleicht dir anvertraut. Sie war ja mehr mit dir als mit uns befreundet.«
»Sie hat mir nichts anvertraut«, gab ich zurück, und dabei überlegte ich, bei wie vielen Gelegenheiten ich sicher gewesen war, ein Geheimnis in ihren Augen entdeckt zu haben. Ich hätte sie fragen sollen, was in ihr vorging. Vielleicht hätte sie es gerne erzählt. Margot gehörte nicht zu den Mädchen, die ein Geheimnis für sich behalten.
»Können wir irgend etwas . . .«, begann ich.
»Wir können nur abwarten«, unterbrach mich Sybil.
Als ich gerade gehen wollte, kam ein Reitknecht in die Halle und zog einen jungen Stallburschen hinein, der so erschrocken aussah, daß er schier den Verstand zu verlieren schien.
»Fräulein Maria«, sagte der Reitknecht, »ich denke, ich muß auf der Stelle ein Wort mit Sir John reden.«
»Handelt es sich um Mademoiselle Fontaine Delibes?« fragte Maria.
»Um die junge Dame aus Frankreich, jawohl, Fräulein Maria.«
Sybil rannte sogleich los, um ihren Vater zu suchen, während Maria die Glocke zog, um einen Diener nach ihm auszuschicken. Glücklicherweise fand man ihn bald, und er kam eilends in die Halle. Ich wußte, daß es sich für mich nicht schickte, noch länger zu bleiben, doch ich war so um Margot besorgt, daß ich hartnäckig blieb.
Der Reitknecht platzte heraus: »Tim hat Ihnen etwas zu sagen, Sir John. Komm, Tim, sag, was du weißt.«
»Unser James, Sir«, sagte Tim. »Er ist nicht nach Hause gekommen. Er ist mit der jungen Französin auf und davon, Sir. Er hat uns erzählt, daß er weggehen wolle, aber wir haben ihm nicht geglaubt.«
»O mein Gott«, stöhnte Sir John leise. Er kniff die Augen zusammen, als

wollte er sich davon überzeugen, daß dies alles nicht wirklich geschah. Ich kannte James. Er gehörte zu der Sorte junger Männer, an die man sich einfach erinnern mußte: groß, auffallend gutaussehend – ein prahlerischer, arroganter Bursche, dessen außergewöhnliche Erscheinung ihm zu einem ungeheuren Selbstbewußtsein verholfen haben mußte.
Sir John lebte sichtlich auf. Er blickte den Stallburschen streng an und forderte ihn auf: »Berichte mir alles, was du weißt.«
»Ich weiß nichts, bloß daß er fort ist, Sir. Ich weiß nur, daß er gesagt hat, er würde in die Gesellschaft einheiraten und...«
»Was!« rief Sir John aus.
»Jawohl, Sir, er sprach davon, daß er zu irgendeinem Ort in Schottland fliehen wollte. Dort würden sie heiraten, und danach würde er zum Landadel gehören.«
Sir John sagte: »Wir dürfen keine Zeit verlieren. Ich muß ihnen nach. Ich muß Margot zurückbringen, bevor es zu spät ist.«

Ich kehrte zum Schulhaus zurück, denn es gab nun keinen Grund mehr, aus dem ich hätte bleiben sollen. Ich bildete mir ein, daß sowohl Maria wie auch Sybil annahmen, ich hätte bei Margots boshaftem Tun eine Rolle gespielt; denn sie waren überzeugt, daß sie sich mir anvertraut hatte. Ich hätte ihnen versichern können, daß dies nicht der Fall war – doch das würde Margot schon selbst tun, wenn sie zurückgebracht würde.
Ich saß im Wohnzimmer und dachte über Margot nach, die sich auf ein solch töriges Abenteuer eingelassen hatte. Wenn sie den Stallknecht nun wirklich heiratete? Wie würde der Comte darauf reagieren? Er würde es uns nie verzeihen, daß wir es dazu kommen ließen. Margot würde ganz gewiß verstoßen werden; denn könnte der stolze Comte einen Stallknecht etwa als Schwiegersohn anerkennen? Wie konnte Margot nur so etwas tun? Sie war erst sechzehn Jahre alt, und sie vergaffte sich in einen Stallknecht! Das sah ihr so ähnlich! Zweifellos fand sie das anfangs amüsant. Sie war wirklich kindisch. Aber wie würde eine solche Affäre enden?
Mrs. Manser kam herüber. Sie brachte mir ein paar Eier, doch der wahre Anlaß für ihren Besuch war das Bedürfnis, ein wenig zu klatschen. Sie saß am Tisch, die Augen vor Aufregung weit aufgerissen.
»So eine Bescherung! Diese kleine Madam... Läuft mit James Wedder auf und davon! Ach du meine Güte! Das werden sie im Gutshaus nie verwinden.«
»Sir John wird sie zurückbringen.«

»Wenn er es rechtzeitig schafft. James Wedder war schon immer hinter den Mädchen her. Der ist regelrecht in sich selbst vernarrt, so einer ist das. Wie dem auch sei, er ist ein ansehnliches Mannsbild. Man sagt, daß er ganz weitläufig mit den Derringhams verwandt sei. Sir Johns Großvater war, glaube ich, ein rechter Taugenichts. Ob Damen oder Dienstmädchen . . ., er machte da kaum einen Unterschied, und deswegen gab es hier in der Gegend eine Menge Derringhamsches Blut . . ., auch wenn es andere Namen trug. Es heißt, eines der Wedder-Mädchen hatte zwei Bastarde von ihm, und von einem davon stammt James. Er hat schon immer so ein vornehmes Getue gehabt. Und dann läuft er einfach davon!«
»Sie können nicht weit gekommen sein.«
»Sie haben einen Vorsprung, wissen Sie. Es kann sein, daß man sie zurückbringt . . ., und was dann?« Sie blickte mich bedeutsam an. »Ich habe gehört, daß sie Joel heiraten sollte. Deshalb sei sie hierhergebracht worden . . . – das erzählt man sich jedenfalls. Was wird aber nun geschehen . . ., wer weiß?«
»Sie ist noch sehr jung«, sagte ich. »Ich kenne sie gut . . . durch die Schule. Ich glaube, sie neigt zu unbesonnenem Handeln, und hinterher bereut sie es. Ich hoffe sehr, daß Sir John sie rechtzeitig einholt.«
»Man erzählt sich, der junge Herr Joel ist entschlossen, diese Heirat zu verhindern. Er ist mit seinem Vater zusammen aufgebrochen. Die beiden werden der Sache ein Ende bereiten, darauf können Sie sich verlassen. Aber ach, welch ein Skandal für das Gutshaus.«
So begierig ich auch nach jeder Auskunft war, die ich erhaschen konnte, war ich doch froh, als Mrs. Manser mich verließ. Ich glaube, sie versuchte mich versteckt zu warnen, denn es war nicht unbemerkt geblieben, daß ich ab und zu mit Joel ausritt. Obgleich die Kluft zwischen uns nicht so tief war wie zwischen Margot und ihrem Stallburschen, so war die Kluft doch immerhin vorhanden.
Mrs. Manser hielt es für klug, wenn ich dem Werben ihres Sohnes Jim nachgeben würde und mich darauf vorbereitete, die Frau eines Bauern zu werden.

Ein ganzer Tag und eine Nacht vergingen mit bangen Vermutungen, und dann kehrten Sir John und Joel mit Margot zurück. Ich bekam sie nicht zu sehen. Sie war erschöpft und überaus erregt und wurde sogleich zu Bett gebracht. Niemand kam vom Gutshaus herüber, um mir Bescheid zu geben, und wieder einmal war es Mrs. Manser, von der ich die Neuigkeiten erfuhr.

»Sie haben sie rechtzeitig aufgespürt. Sie haben sie regelrecht verfolgt. Sie hatten schon mehr als siebzig Meilen zurückgelegt. Das weiß ich von Tom Harris, dem Reitknecht, der Sir John begleitet hat. Tom trinkt gerne hin und wieder einen Krug unseres Selbstgebrauten bei uns in der Stube. Er sagt, die beiden waren zu Tode erschrocken, und der junge Herr James war gar nicht mehr so tollkühn, als er Sir John gegenüberstand. Er wurde auf der Stelle verbannt. Es würde mich nicht wundern, wenn wir nie wieder etwas von James Wedder zu hören bekämen. Es sieht Sir John gar nicht ähnlich, einen Mann davonzujagen, der nicht weiß, wohin er gehen soll, aber dieses Mal war es etwas anderes, glaube ich. Das wird James eine Lehre sein.«

»Haben Sie etwas von Mademoiselle gehört?«

»Tom Harris sagte, sie habe geweint, als hätte es ihr das Herz gebrochen, aber man hat sie zurückgebracht ..., und jetzt ist es für sie aus mit James Wedder.«

»Wie konnte sie nur so töricht sein!« rief ich. »Das hätte sie sich doch denken können.«

»Oh, er ist ein forscher junger Bursche, und verliebte junge Mädchen denken nicht viel über die Folgen nach.«

Wieder spürte ich, daß sie mich warnen wollte.

Das Leben veränderte sich so rasch. Meine Mutter war für immer von mir gegangen, und neue Pflichten brachen über mich herein. Auch die Schule war nicht mehr dieselbe; sie hatte die Würde eingebüßt, die meine Mutter ihr verliehen hatte. Ich hatte die beste Ausbildung genossen und war fähig, Unterricht zu erteilen, aber ich schien wohl zu jung und erweckte nicht das gleiche Vertrauen, das man in meine Mutter gesetzt hatte. Ich war erst neunzehn Jahre alt, das vergaßen die Leute nicht. Es war schwieriger als früher für mich, die Stunden abzuhalten: ich spürte eine gewisse Aufsässigkeit. Margot war nicht wiedererschienen, obschon Maria und Sybil weiterhin zur Schule kamen. Maria eröffnete mir jedoch, daß sie und ihre Schwester zu Beginn des Sommers eine abschließende Schule in der Schweiz besuchen würden.

Es wurde mir bange ums Herz. Ohne die Derringham-Mädchen würde die Schule sämtliche Schülerinnen verlieren, die vom Gutshaus kamen – den Belag auf unserem Brot, wie meine Mutter sie genannt hatte. Aber es war weniger der Belag, um den ich mich sorgte, als das Brot selbst.

»Man spricht davon, daß unser Bruder eine Europareise machen soll«, erzählte mir Maria hämisch. »Papa meint, daß ihn das sehr bilden wird, und alle jungen Männer seines Standes machen eine solche Reise. Er soll bald aufbrechen.«

Es war, als hätte Margots Abenteuer mit dem Stallburschen etwas in Gang gesetzt, dessen Ziel es war, alles zu verändern.

Ich sehnte mich plötzlich nach Joels Gesellschaft – seine stete Ausgeglichenheit wirkte so beruhigend. Wenn er eine Europareise unternahm, so bedeutete dies, daß er möglicherweise zwei Jahre lang fortbleiben würde. Was konnte sich nicht alles in zwei Jahren ereignen! Die einst so blühende kleine Schule konnte bis dahin bankrott gehen. Ohne die Derringhams..., was sollte ich nur tun? Ich spürte, daß man mir die Schuld an Margots Unbesonnenheit gab. Wie oft hatte man hervorgehoben, daß Margot und ich gute Freundinnen seien. Vielleicht hieß es auch, ich hätte mich erkühnt, mich zu eng mit Joel Derringham anzufreunden – eine Liaison, die freilich kein ehrenhaftes Ende finden könnte und die einen schlechten Einfluß auf Margot ausgeübt hätte.

Die Ankündigung zweier Mädchen von einem der großen Landhäuser in der Nachbarschaft, daß auch sie abreisen würden, um eine abschließende Schule zu besuchen, erschien mir wie ein flackerndes Warnlicht am Ende eines Tunnels.

Ich unternahm einen langen Ritt auf Dower, in der Hoffnung, Joel zu begegnen und aus seinem eigenen Munde zu hören, daß er fortginge. Doch ich traf ihn nicht, und das war wie ein Vorzeichen.

An einem Sonntagmorgen besuchte er mich. Mein Herz klopfte schneller, als ich beobachtete, wie er sein Pferd anband. Als er ins Wohnzimmer trat, machte er ein sehr ernstes Gesicht.

»Ich gehe in Kürze fort«, eröffnete er mir.

Das Schweigen wurde nur durch das Ticken der Uhr unterbrochen.

»Maria hat es bereits erwähnt«, hörte ich mich sagen.

»Nun, das gehört selbstverständlich zur Bildung.«

»Wohin werden Sie reisen?«

»Europa... Italien, Frankreich, Spanien: die große Rundreise.«

»Das wird gewiß höchst interessant.«

»Ich würde lieber hier bleiben.«

»Und warum gehen Sie dann fort?«

»Mein Vater besteht darauf.«

»Aha, und Sie müssen gehorchen.«

»Das habe ich stets getan.«

»Und Sie können natürlich jetzt den Gehorsam nicht verweigern. Doch warum möchten Sie das überhaupt?«

»Weil . . ., ich habe einen Grund, aus dem ich nicht fortgehen möchte.« Er blickte mich ernsthaft an. »Ich habe unsere Freundschaft sehr geschätzt.«
»Sie war schön.«
»Sie *ist* schön. Ich komme wieder, Minella.«
»In ferner Zukunft.«
»Aber ich werde zurückkommen. Dann werde ich mit Ihnen sprechen . . . über etwas sehr Ernstes.«
»Wenn Sie zurückkommen, und ich bin noch hier, dann werde ich mit Interesse anhören, was Sie mir zu sagen haben.«
Er lächelte, und ich fragte ruhig: »Wann brechen Sie auf?«
»In zwei Wochen.«
Ich nickte. »Darf ich Ihnen ein Glas Wein anbieten? Die Spezialität meiner Mutter. Sie war stolz auf ihren Wein. Ich habe auch Schlehenlikör, der schmeckt sehr gut.«
»Das glaube ich gern, aber ich möchte jetzt nichts. Ich bin nur gekommen, um mich mit Ihnen zu unterhalten.«
»Sie werden großartige Kunst- und Bauwerke zu sehen bekommen. Sie werden den nächtlichen Himmel über Italien erleben können. Sie werden alles über die Politik jener Länder erfahren, durch die Sie reisen werden. Sie werden sich wahrhaft bilden.«
Der Blick, mit dem er mich ansah, war beinahe mitleiderregend. Ich hatte das Gefühl, wenn ich jetzt eine bestimmte Bewegung machte, so würde er ohne zu zögern zu mir kommen, seine Arme um mich legen und mich bedrängen, ebenso töricht und unbesonnen zu handeln wie Margot und ihr Stallknecht. Ich dachte: Nein, es ist nicht an mir, den ersten Schritt zu tun. Wenn er es ehrlich wünscht, so muß er den Anfang machen. Ich fragte mich, was die Derringhams wohl tun würden, wenn Joel ihnen mitteilte, daß er mich heiraten wollte.
Noch eine Katastrophe, und dazu der ersten so ähnlich! Eine *Mesalliance* würden sie das nennen.
O meine liebe Mutter, wie sehr hast du dich geirrt!
»Ich muß Sie noch einmal sehen, bevor ich abreise«, sagte Joel. »Lassen Sie uns zusammen ausreiten. Es gibt noch vieles, worüber ich mit Ihnen sprechen möchte.«
Nachdem er gegangen war, blieb ich am Tisch sitzen und dachte über Joel nach. Ich wußte, was er mir sagen wollte. Seine Familie, auf sein Interesse an mir aufmerksam geworden, schickte ihn fort. Margots Episode hatte ihnen die Gefahr verdeutlicht.
Über dem Kaminsims hing das Bild meiner Mutter, das mein Vater im

ersten Jahr ihrer Ehe hatte malen lassen. Es war ihr auf wundervolle Weise ähnlich. Ich blickte auf diese ernsten Augen, den resoluten Mund. »Du hast zuviel geträumt«, sagte ich. »Es hat von vornherein nichts daraus werden sollen.«
Und ich war nicht sicher, ob ich es überhaupt wollte. Ich wußte nur, daß die Welt um mich herum zusammenbrach. Ich sah, wie die Schülerinnen von dannen zogen. Ich fühlte mich einsam, und ein leichtes Angstgefühl befiel mich.

Joel reiste ab, und die Tage kamen mir lang vor. Ich war froh, wenn die Schule vorüber war, obgleich ich die langen Abende fürchtete, wenn ich die Lampen anzündete und versuchte, mich auf den Unterricht des folgenden Tages vorzubereiten. Zwar war ich dankbar für die häufige Gesellschaft der Mansers, doch war ich mir stets der Erwartungen bewußt, die sie in Jim und mich setzten. Ich stellte mir Mrs. Manser vor, wie sie ihrem Gatten erzählte, ich sei zur Vernunft gekommen und denke nicht mehr an Joel Derringham.
Ich empfand tiefes Bedauern über den Verlust unserer Ersparnisse. Im Schlafzimmer meiner Mutter befanden sich mehrere Bahnen kostspieliger Stoffe. Ich aber mußte an die Kosten für Dowers Unterhalt denken. Da ich mich der guten Jenny, die uns so treu gedient hatte, nicht entledigen konnte, hatte ich zwei Tiere zu versorgen.
Maria und Sybil sprachen ständig über ihre bevorstehende Abreise in die Schweiz, und ich war von der Furcht gequält, daß ich nicht in der Lage sein würde, die Schule in Gang zu halten.
Nachts, wenn ich allein war, stellte ich mir vor, meine Mutter sei bei mir, und ich sprach mit ihr. Ich bildete mir ein, ihre Stimme zu hören, die aus dem Nichts, das die Toten von den Lebenden scheidet, zu mir herüberdrang und mich tröstete.
»Wenn eine Tür zufällt, geht eine andere auf.« Sie hatte einen ganzen Vorrat solcher abgedroschenen Binsenwahrheiten, die sie bei jeder passenden Gelegenheit anzubringen wußte, und ich hatte sie deswegen oft geneckt. Jetzt fielen sie mir wieder ein, und ich hatte meine Freude daran.
Was mich am allermeisten verunsicherte, war die kühle Gleichgültigkeit, die Sir John und Lady Derringham mir neuerdings entgegenbrachten. Sie fanden es höchst ungehörig von mir, daß ich ihrem Sohn gestattet hatte, sich zu mir hingezogen zu fühlen. Ich hätte es mir denken können, daß sie mir die Schuld geben würden. Ich war sicher, daß sie mich für eine intrigante Abenteurerin hielten. Obschon sie Joel auf seine Europareise

geschickt hatten, waren sie entschlossen, mir nicht mehr die geringste Chance zur Durchführung meines Ränkespiels zu bieten, und das bedeutete natürlich den Entzug ihres Wohlwollens. Dies war die besorgniserregendste Seite an meiner Situation. Meine Mutter hatte ständig darauf hingewiesen, wieviel Gutes uns durch die Derringhams widerfahren war, und ich fragte mich, wie lange ich die Schule würde halten können, wenn sie keinen Gewinn mehr einbrachte.
An einem stürmischen Märztag kam Margot, um mir Lebewohl zu sagen. Sie sah blaß aus, und in ihren Augen entdeckte ich ein unheilverkündendes Funkeln.
Es war Sonntag – ein Tag also, an dem kein Unterricht stattfand, und ich vermutete, daß sie den Tag aus eben diesem Grunde für ihren Besuch gewählt hatte.
»Guten Tag, Minelle«, sagte sie. »Ich reise nächste Woche nach Hause. Ich bin gekommen, um dir Lebewohl zu sagen.«
Ich fühlte mich plötzlich ganz elend. Ich war in Margot vernarrt gewesen, und ihr Abschied bedeutete, daß mir alle Dinge und alle Menschen, an denen ich hing, nach und nach entglitten.
»Diese kleine Episode« – sie breitete die Arme aus, als wolle sie das Schulhaus, mich und ganz England umfangen – »ist vorüber.«
»Nun, es war gewiß ein Erlebnis für dich.«
»Ja. Traurig, glücklich und ... amüsant. Nichts auf der Welt ist nur eines auf einmal, nicht wahr? In allem steckt ein wenig von allem. Der arme James. Ich frage mich oft, wo er wohl sein mag. In Ungnade gefallen und verstoßen. Doch er wird eine neue Heimat finden ... und andere Mädchen lieben.«
»Und du?«
»Ich werde darüber hinwegkommen.«
»Es war sehr töricht von dir, Margot.«
»Ja, nicht wahr? Wie bei den meisten Abenteuern machte es auch diesmal mehr Spaß, es zu planen als es auszuführen. Wir lagen immer im Gebüsch unter der Hecke und schmiedeten Pläne. Das war das beste von allem. Es war so schön gefährlich. Ich rannte in jedem nur möglichen Augenblick davon, um James zu treffen.«
»Selbst dann, wenn du Verstecken spieltest«, bemerkte ich.
Sie nickte und lachte mich an. »Wir hätten jederzeit von jedermann entdeckt werden können. Aber das war uns einerlei.«
»Du hast dich doch sicher gefürchtet vor dem, was geschehen könnte.«
»O ja. Aber es *gefällt* mir, mich zu fürchten. Dir etwa nicht? Aber nein, du

bist viel zu rechtschaffen. Doch wie steht es um dich und Joel, hm? In gewisser Hinsicht befinden wir uns in derselben Lage ..., zwei von der gleichen Sorte, so sagt man doch, nicht wahr? Wir haben beide unseren Geliebten verloren.«
»Joel war nicht mein Geliebter.«
»Aber er hoffte es zu werden. Und du hofftest es auch. Ich mußte so lachen: Du ..., die Lehrerin. Ich ... und der Stallbursche. Es war ein Reigen ..., der Reigen der Klassen. Komisch, findest du nicht?«
»Nein, nicht im geringsten.«
»Du bist eine echte Schulmeisterin geworden, Minelle. Aber wir hatten viel Spaß zusammen – und jetzt kehre ich nach Frankreich zurück. Sir John und Lady Derringham konnten es kaum noch erwarten, mich loszuwerden, und nun gehe ich.«
»Ich finde es schade. Ich werde dich sehr vermissen.«
»Ich werde dich auch vermissen, Minelle. Dich habe ich stets von allen hier am liebsten gemocht. Mit Maria und Sybil kann ich mich nicht unterhalten. Sie rümpfen ihre albernen Nasen, als hätte ich die Pest ... – nur, weil ich ihnen eine Erfahrung voraus habe, die sie höchstwahrscheinlich niemals machen werden. Vielleicht kommst du mich mal in Frankreich besuchen.«
»Ich wüßte nicht, wie sich das ermöglichen ließe.«
»Ich könnte dich doch einladen.«
»Das ist lieb von dir, Margot.«
»Minelle, ich habe Sorgen.«
»Sorgen? Weswegen?«
»Ich weiß nicht, was ich tun soll.«
»Vielleicht erklärst du das erst einmal genauer.«
»Als James und ich unter der Hecke im Gebüsch lagen, haben wir nicht nur Pläne geschmiedet.«
»Wie meinst du das?«
»Ich bekomme ein Kind, Minelle.«
»Margot!«
»Die allergrößte Schande!« rief sie aus. »Nicht was man tut ist schlimm, sondern dabei ertappt zu werden. Schau, James hätte ruhig mein Liebhaber sein können – ein bedauernswerter Vorfall, den man vertuschen und vergessen kann. Aber wenn es einen lebenden Beweis für unsere Liaison gibt, was dann? Schmach und Schande. Ja, so weit ist es mit mir gekommen, Minelle. Was soll ich nur tun?«
»Wissen Sir John und Lady Derringham schon davon?«

»Niemand weiß es, außer dir ... und mir.«
»Margot, was *kannst* du tun?«
»Das ist es ja, was du mir raten sollst.«
»Wozu kann man da schon raten? Du wirst ein Kind bekommen, und das wirst du nicht verbergen können.«
»Wir werden es verheimlichen. Früher haben die Menschen auch illegitime Kinder bekommen und es verheimlicht.«
»Wie willst du das bewerkstelligen?«
»Das muß ich mir eben überlegen.«
»Margot, wie kann *ich* dir dabei helfen?«
»Deswegen bin ich ja gekommen, um mit dir darüber zu reden.« Jetzt entdeckte ich die Furcht in ihren Augen. »Ich habe Angst, nach Hause zu kommen ... in diesem Zustand. Bald werden es alle sehen, nicht wahr? Und mein Vater ...«
Vor meinem inneren Auge erstand er so deutlich, wie ich ihn beim ersten Mal auf Gut Derringham erblickt hatte. Wieder spürte ich seine Lippen, die sich fest auf die meinen preßten.
»Vielleicht wird er es verstehen«, meinte ich.
Margot lachte bitter auf. »Er hat seine Bastarde, daran zweifle ich nicht. Das ist gar nichts ..., eine Bagatelle. Aber was für einen Mann wie meinen Vater akzeptabel ist, das ist für seine Tochter die allergrößte Schmach.«
»Das ist so ungerecht.«
»Natürlich ist es ungerecht, Minelle, aber was soll ich machen? Wenn ich daran denke, daß ich meinem Vater gegenübertreten soll, dann ist mir, als stiege ich auf einen hohen Turm, um mich hinabzustürzen.«
»Sag so etwas nicht.«
»Ich würde es natürlich nie tun. Ich bin immer so neugierig, was als nächstes folgt. Minelle, laß uns fliehen ..., du und ich! Die Schule geht nicht besonders gut, nicht wahr? Ich habe darüber reden hören. Joel ist fort. Der Freier, der seinen Eltern gehorchen mußte, anstatt sich zu seiner Liebe zu bekennen! *Pouf*!« Sie schnippte mit den Fingern. »James ..., der hatte Mut. ›Wir werden leben wie die Zigeuner‹, hat er gesagt. ›Ich werde mein Glück machen, und dann wohnen wir in einem Schloß, so groß wie das Schloß deines Vaters ...‹ Und dann kommt Sir John, und James wird ganz winzig und ist nur mehr ein eingeschüchterter kleiner Junge. Ich bin nicht so ein Schwächling wie er. Und du auch nicht. Wir gehören nicht zu den Menschen, die etwas nur deshalb tun, weil man es aus Tradition tut. Wir können zu unseren Entschlüssen stehen. Wir können kämpfen.«
»Du redest dummes Zeug, Margot.«

»Was soll ich aber tun?«
»Da gibt es nur eines. Du mußt Sir John sagen, daß du ein Kind erwartest. Er ist gütig. Er wird dir helfen. Er wird wissen, was zu tun ist.«
»Ich würde es lieber ihm erzählen als meinem Vater.«
»Vielleicht kann deine Mutter dir helfen.«
Margot lachte. »Meine Mutter würde es nicht wagen, irgend etwas zu unternehmen. Sie würde es nur *ihm* berichten, und das könnte ich dann auch ebensogut selbst besorgen.«
»Was glaubst du, was er tun wird?«
»Er wird außer sich vor Zorn sein. Ich bin das einzige eheliche Kind. Das allein macht ihn schon wütend. Kein Sohn, der den großen Namen weiterträgt. Meine Mutter ist zu schwach und so leidend, daß die Ärzte darauf bestehen, daß sie keine Kinder mehr haben darf. So ruht denn alle Hoffnung der Familie auf mir. Ich muß eine erstklassige Ehe eingehen. Wenn auch von Joel und mir die Rede war, ich glaube nicht, daß mein Vater diese Verbindung für ideal hält. Er hat sie nur wegen der Unruhen in Frankreich in Betracht gezogen, und er glaubt, daß Besitztümer in England sich in der Zukunft als nützlich erweisen könnten. Und nun wird die Hoffnung der Familie einen Bastard zur Welt bringen, dessen Vater ein Stallknecht ist!«
Sie brach in schallendes Gelächter aus, das mich erschreckte; denn ich erkannte, daß Margot sich trotz ihres leichtfertigen Geredes an der Grenze zur Hysterie befand. Die arme Margot! Sie war weiß Gott in einer unglücklichen Lage, und nach meiner Ansicht gab es nur einen Ausweg. Sie mußte sich Sir John anvertrauen und ihn um Hilfe bitten.
Sie war ganz und gar dagegen und fuhr fort, mir ihre irrsinnigen Pläne für unsere gemeinsame Flucht auseinanderzusetzen, aber letzten Endes konnte ich sie davon überzeugen, daß diese ebensowenig gelingen würde wie ihr Davonlaufen zuvor. Als sie mich verließ, erschien sie mir ein wenig ruhiger. Ich glaubte, sie hatte eingesehen, daß ihr nichts anderes übrigblieb, als ihre mißliche Lage zu bekennen.
Als ich am folgenden Tag nach dem Unterricht die Bücher wegräumte und versuchte, gegen die Depression anzukämpfen, die mich befiel, weil zwei weitere Schülerinnen mir an diesem Morgen ihren Abgang zum Ende des Halbjahres angekündigt hatten, kam Margot vorbei.
Sie war den ganzen Weg vom Gutshaus gelaufen und war völlig außer Atem. Ich hieß sie sich niedersetzen und reichte ihr ein Glas von dem Stärkungsmittel meiner Mutter; erst wenn sie getrunken hätte, sei ich bereit, sie anzuhören.

Sie sei zu Sir John gegangen und habe es ihm erzählt, sagte sie. »Ich dachte, er würde vor Schreck *sterben*. Obwohl wir uns liebten und heiraten wollten, sei es ganz unmöglich, daß wir uns auf ›diese unverantwortliche Art‹, wie er sich ausdrückte, betragen haben. Anfangs wollte er es nicht wahrhaben. Er denkt wohl, ich bin ein Unschuldsengel und glaube an den Klapperstorch. Ständig wiederholte er: ›Das kann nicht wahr sein! Es ist ein Irrtum!‹ Ich habe ihm gesagt, ich wäre alt genug, um ein Baby zu bekommen und vorher das zu tun, was nötig ist, um es zu zeugen. Wie er mich angeguckt hat! Ich hätte lachen können, wenn ich nicht ein wenig Angst gehabt hätte. Ich wußte, was dann kommen würde: ›Ich muß sofort Ihre Eltern benachrichtigen.‹ Da siehst du, was du angerichtet hast, Minelle. Durch deinen Rat ist genau das eingetreten, was wir vermeiden wollten.«

»Es wäre doch unmöglich zu vermeiden gewesen, Margot. Wie wolltest du so etwas vor deinen Eltern geheimhalten? Es geht ja nicht nur darum, ein Baby zu *bekommen*. Nach der Geburt ist das Kind ja schließlich da. Wie wolltest du damit fertigwerden, ohne daß deine Eltern es wissen?«

Margot schüttelte den Kopf.

Dann blickte sie mich ernst an, ihre riesigen dunklen Augen funkelten wie grelle Lampen in ihrem blassen Gesicht. »Ich habe Angst, ihm gegenüberzutreten«, sagte sie.

Das glaubte ich gern, und ich tat mein Bestes, um sie zu trösten. Es lag in ihrer Natur, daß sie sich tiefster Verzweiflung hingeben konnte, um kurz darauf vor *joie de vivre* zu sprühen. Sie lachte viel, doch oft lag Hysterie in ihrem Lachen, und ich wußte, daß sie sich vor ihrem Vater fürchtete.

Sie trat ihre Heimreise nach Frankreich nicht zum ursprünglich vorgesehenen Zeitpunkt an und kam zum Schulhaus, um mir zu berichten, daß ihr Vater auf dem Wege nach England sei und sie auf dem Gut bleiben solle, bis er dort eintreffe. Sie umhüllte sich mit prahlerischem Maulheldentum, doch ich fragte mich, wie dick diese Kruste sein mochte. Arme Margot! Sie war in einer wirklich üblen Lage.

Von Mrs. Manser erfuhr ich, daß der Comte auf dem Gutshof angekommen war.

»Ich schätze«, sagte sie, »er ist gekommen, um Mademoiselle nach Hause zu holen. Er wird ihr eine gehörige Standpauke halten. Man stelle sich die Empörung des Comte vor: Seine Tochter geht mit einem Stallknecht auf und davon!«

»Das kann ich mir allerdings gut vorstellen.«

»Meiner Treu! Dieser Herr hat einen unbeugsamen Stolz. Man brauchte ja nur zu sehen, wie er dahergeritten kam. Und *seine* Tochter will James Wedder heiraten! So etwas habe ich noch nie erlebt. Das kann nicht gutgehen, müssen Sie wissen. Gott stellt einen an seinen Platz, und dort sollte man auch bleiben, finde ich.«

Ich war nicht in der Stimmung, mir ihre Moralpredigten anzuhören, und als sie mich zum Abendessen einlud, gab ich vor, daß ich zuviel Arbeit für die Schule hätte.

»Wie geht es mit der Schule, Minella?« Ihre Stirn runzelte sich in besorgte Falten, doch ihr Mund verriet eine gewisse Genugtuung. Ihrer Meinung nach schickte es sich nicht für eine Frau, etwas anderes als Ehefrau zu sein, und je weniger die Schule einbrachte, um so eher würde ich zur Besinnung kommen. Sie wollte ihren Jim mit einer Frau ihrer Wahl versorgt sehen (und seltsamerweise hatte sie mich dazu auserkoren) und wünschte sich Enkel, die auf dem Hof herumliefen und lernten, die Kühe zu melken und die Hühner zu füttern. Ich lächelte, als ich mir die Mißbilligung meiner Mutter vorstellte.

Bald nachdem Mrs. Manser gegangen war, kam ein Bote vom Gutshaus. Meine Anwesenheit sei dort erwünscht, und Sir John und Lady Derringham würden sich freuen, wenn ich unverzüglich kommen könnte. Es war beinahe eine Vorladung.

Ich dachte mir, es müsse damit zusammenhängen, daß Maria und Sybil die Schule verlassen wollten und daß sie damit vielleicht nicht mehr bis zum Ende des Halbjahres warten würden.

Bei dem Gedanken, daß der Comte dort sein würde, zitterte ich ein wenig, doch hielt ich eine Begegnung für unwahrscheinlich.

Ich überquerte den Rasen, kam an der Sonnenuhr vorbei und trat in die Halle. Ein Diener teilte mir mit, Sir John erwarte mich im blauen Malzimmer, und er werde mich sogleich dorthin führen. Er öffnete die Tür und meldete mich an, und ich sah Sir John mit dem Rücken zum Kaminfeuer stehen. Mein Herz zuckte zusammen und begann heftig zu klopfen, denn am Fenster stand der Comte und blickte hinaus.

»Ah, Fräulein Maddox«, sagte Sir John.

Der Comte fuhr herum und verbeugte sich.

»Gewiß wundert es Sie, warum wir Sie hergebeten haben«, sprach Sir John. »Es betrifft diese peinliche Angelegenheit, in welche Marguerite verstrickt ist. Der Comte hat Ihnen einen Vorschlag zu machen, und ich lasse Sie jetzt mit ihm allein, damit er es Ihnen erklären kann.«

Er wies auf einen hochlehnigen Stuhl gegenüber dem Fenster, und ich setzte mich.

Als die Tür sich hinter Sir John schloß, nahm der Comte auf der Bank am Fenster Platz, verschränkte die Arme und blickte mich ernst an.

»Da Sie, Mademoiselle Maddox, meine Sprache ein wenig besser beherrschen als ich die Ihre, halte ich es für angebracht, diese Unterhaltung auf französisch zu führen. Ich wünsche, daß Sie meinen Vorschlag genau verstehen.«

»Falls mir etwas unklar sein sollte, werde ich es sagen«, erwiderte ich.

Ein schwaches Lächeln erschien auf seinen Lippen. »Sie werden alles verstehen, Mademoiselle, denn Sie sind sehr vernünftig. Diese betrübliche Affäre meiner Tochter, welch eine Schmach! Welch eine Schande für unser edles Geschlecht!«

»Es ist gewiß bedauerlich.«

Er spreizte die Finger, und wieder bemerkte ich den kunstvollen Siegelring und die erlesenen weißen Spitzen an den Ärmelkanten.

»Ich beabsichtige nicht, das Mißgeschick mit mehr Bedauern zu betrachten, als unbedingt nötig. Sie müssen wissen, daß ich keinen Sohn habe. Meine Tochter wird unseren edlen Namen fortpflanzen müssen. Das darf durch nichts verhindert werden. Doch zuerst muß sie diesen ... Bastard zur Welt bringen ..., diesen Sohn eines Stallknechtes. *Der* wird unseren edlen Namen nicht tragen.«

Ich hielt ihm entgegen, daß das Kind ein Mädchen sein könnte.

»Das wollen wir inständig hoffen. Eine Tochter würde weniger Schwierigkeiten bereiten. Doch zunächst müssen wir überlegen, was zu tun sei. Das Kind muß in aller Heimlichkeit zur Welt gebracht werden. Das kann ich arrangieren. Marguerite wird an einen Ort gehen, den ich für sie aussuchen werde. Sie wird als Madame ... Soundso ... auftreten, und sie wird eine Gesellschafterin bei sich haben. Marguerite wird eine Witwe in einer bedauernswerten Lage sein, da ihr junger Gemahl bei einem Unfall ums Leben kam. Ihre liebe Cousine wird sich um sie kümmern. Das Kind wird geboren und zu Pflegeeltern gegeben, Marguerite wird nach Hause zurückkehren, und es wird sein, als hätte es diese unglückselige Affäre nie gegeben.«

»Das scheint eine einfache Lösung zu sein.«

»Ganz so einfach nicht. Sie erfordert wohlüberlegtes Planen. Ich liebe derartige Familiengeheimnisse nicht. Dies ist ja nicht das Ende der Geschichte ..., schließlich wird es ein Kind geben, das irgendwo leben wird. Wie Sie sehen, Mademoiselle, ist mir gar nicht wohl zumute.«

»Das verstehe ich natürlich.«

»Sie sind eine sehr verständige junge Dame. Das wußte ich schon bei

unserer ersten Begegnung.« Ein Lächeln umspielte seine Lippen, und er schwieg ein paar Augenblicke. Dann fuhr er fort: »Ich sehe, Sie sind verwirrt. Sie fragen sich, was Sie damit zu tun haben. Das will ich Ihnen sagen. Sie werden die Cousine sein.«
»Welche Cousine?«
»Marguerites Cousine natürlich. Sie werden sie zu dem Ort begleiten, den ich auswählen werde. Sie werden sich um sie kümmern, Sie werden bei ihr sein und darauf achten, daß sie keine neuen Dummheiten begeht. Ich weiß, daß sie bei Ihnen in guten Händen ist.«
Ich war so verblüfft, daß ich stammelte: »Das..., das ist unmöglich.«
»Unmöglich! Das ist ein Wort, das ich nicht leiden kann. Wenn die Leute ›unmöglich‹ sagen, dann pflege ich ihnen zu beweisen, daß es doch möglich ist.«
»Ich habe meine Schule.«
»Ach, Ihre Schule macht mich ganz traurig. Ich höre, sie geht nicht so gut, wie sie es sollte.«
»Wie meinen Sie das?«
Er breitete die Arme aus, und irgendwie bewerkstelligte er es, mich wissen zu lassen, daß mein Mißgeschick ihn betrübte, während das Kräuseln seiner Lippen mir gleichzeitig zeigte, daß meine Zwangslage ihn amüsierte..., daß er sogar ein wenig Genugtuung darüber empfand. »Lassen Sie uns offen miteinander reden«, sagte er. »Mademoiselle Maddox, ich habe Sorgen, und Sie haben Sorgen. Was wollen Sie tun, wenn die Schule zu einer Belastung wird, statt Gewinn abzuwerfen, hm?«
»So weit wird es nicht kommen.«
»Aber, aber, wir wollten doch aufrichtig miteinander reden. Verzeihen Sie mir meine Offenheit, aber Sie sind nicht die ausgereifte Persönlichkeit, die Ihre Mutter war. Die Leute zaudern. Soll ich meine Tochter auf eine Schule schicken, deren Vorsteherin – und die einzige Lehrerin – fast selbst noch ein Kind ist? Sie sehen doch, was geschieht. Eine Ihrer Schülerinnen brennt mit einem Stallburschen durch. Wäre das auch vorgekommen, wenn Ihre Mutter die Aufsicht gehabt hätte?«
»Die Flucht Ihrer Tochter hat mit der Schule nichts zu tun.«
»Meine Tochter hat während der Schulzeit viele Stunden mit Ihnen verbracht. Sie hat zweifellos geplaudert und über ihre Liebesgeheimnisse geschwätzt. Dann reißt sie mit einem Stallknecht aus. Eine Schande für sie..., für uns..., für Sie und die Schule. Zumal mir auch noch zu Ohren gekommen ist, daß der Sohn der Derringhams Ihretwegen so überstürzt zu seiner Europareise aufbrechen mußte.«

»Sie sind ... unverschämt.«
»Ich weiß. Um die Wahrheit zu sagen, das gehört zu meinem Charme. Ich kultiviere es. Es ist um vieles attraktiver als Schmeichelei. Vor allem, da ich die Wahrheit spreche, und das heißt, daß Sie, meine liebe Mademoiselle, in einer unangenehmen Situation sind ..., genau wie ich. Lassen Sie uns Freunde sein und uns gegenseitig helfen. Was wollen Sie anfangen, wenn die Schule Ihnen Ihren Unterhalt nicht mehr verschaffen kann? Ich möchte schwören, Sie werden Gouvernante, und ein paar verhaßte Kinder machen Ihnen das Leben zur Hölle. Sie könnten allerdings auch heiraten. Vielleicht werden Sie die Frau eines Bauern..., und gestatten Sie mir, daß ich Ihnen sage: Dies wäre die allergrößte Tragödie.«
»Sie scheinen eine ganze Menge über meine Privatangelegenheiten zu wissen.«
»Es ist mein Prinzip, alles zu erfahren, was mich interessiert.«
»Aber ich kann Ihren Vorschlag nicht annehmen.«
»Für eine so kluge junge Dame sagen Sie manchmal recht närrische Dinge. Doch da ich weiß, daß Sie es so nicht meinen, ändert das nichts an meiner Ansicht über Sie. Sie interessieren mich, Mademoiselle. Sie haben die Verantwortung für meine Tochter und werden noch mehr Einfluß auf sie gewinnen, ist es nicht so? Ich wünsche, daß Sie so bald wie möglich aufbrechen, aber ich weiß, daß Sie zuvor Ihre Angelegenheiten regeln müssen. Ich habe Verständnis dafür. Ich möchte Sie nicht zu allzu großer Eile antreiben. Glücklicherweise bleibt uns ein wenig Zeit.«
»Sie sind mir zu schnell.«
»So bin ich immer. Auf diese Weise kommt man am besten voran. Sie werden schon noch feststellen, daß es durchaus nicht zu schnell ist. Genau die richtige Geschwindigkeit. Damit wäre die Sache also abgemacht, und wir können zu den Einzelheiten übergehen.«
»Die Sache ist alles andere als abgemacht. Angenommen, ich erkläre mich einverstanden ..., angenommen, ich bleibe bei Margot, bis das Kind geboren ist – was dann?«
»Es ließe sich eine Stellung in meinem Hauswesen für Sie finden.«
»Eine Stellung? Was für eine Stellung?«
»Das können wir später entscheiden. Solange Sie sich in dem Haus aufhalten, in das ich Sie beide schicken werde, treten Sie als Margots Cousine auf. Vielleicht könnten Sie auch später dabei bleiben. Ich war schon immer der Meinung, daß es am besten ist, an einer einmal begangenen Täuschung festzuhalten. Man muß dabei freilich der Wahrheit so nahe wie möglich kommen, um die Täuschung glaubhaft zu

machen. Wirklichkeit und Erfindung müssen so geschickt miteinander verwoben sein, daß sie den Eindruck absoluter Wahrheit erwecken, und wenn Sie einmal als Cousine eingeführt sind, wäre es möglicherweise von Vorteil für Sie, diese Rolle auch weiterhin zu spielen. Ihre Herkunft macht noch Schwierigkeiten. Wir müssen es so darstellen: Die Tochter eines Urururgroßvaters hat nach England geheiratet, und Sie stammen aus diesem Zweig der Familie. Infolgedessen sind Sie eine Cousine, wenn auch eine entfernte. Sie werden Marguerites Gesellschafterin sein und sich um sie kümmern. Sie braucht jemanden, der auf sie aufpaßt, das hat diese Episode bewiesen. Ist das nicht ein guter Vorschlag? Er hilft Ihnen aus Ihren Schwierigkeiten und mir aus meinen.«
»Er scheint mir arg überspannt.«
»Das hat er mit den besten Dingen im Leben gemein. Ich werde mich unverzüglich an die Vorbereitungen begeben.«
»Ich habe noch nicht zugestimmt.«
»Aber Sie werden zustimmen, denn Sie sind ein vernünftiges Mädchen. Sie machen Fehler, wie die meisten von uns, aber Sie wiederholen Sie nicht. Das weiß ich, und ich wünsche, daß Sie einen guten Einfluß auf Marguerite ausüben. Sie ist ein eigensinniges Kind, fürchte ich.« Er erhob sich und trat vor meinen Stuhl. Ich stand ebenfalls auf. Er legte seine Hände auf meine Schultern, und das rief eine lebhafte Erinnerung an jene Szene in seinem Schlafzimmer in mir wach. Ich glaube, auch er mußte daran gedacht haben; er spürte, wie ich zusammenzuckte, und das amüsierte ihn.
»Es ist stets ein Fehler, sich vor dem Leben zu fürchten«, bemerkte er.
»Wer sagt, daß ich mich fürchte?«
»Ich kann Ihre Gedanken lesen.«
»Dann müssen Sie aber sehr geschickt sein.«
»Sie werden schon noch entdecken, wie geschickt ... – mit der Zeit, vielleicht. Jetzt aber will ich ebenso nett wie geschickt sein. Dies ist alles zu plötzlich über Sie gekommen. Sie hatten keine Ahnung, was für einen Vorschlag ich Ihnen unterbreiten würde, und ich sehe, wie Sie die Gedanken in Ihrem Kopf hin- und herwälzen. Meine liebe Mademoiselle, blicken Sie den Tatsachen ins Auge. Mit der Schule geht es abwärts; diese Affäre meiner Tochter hat die Mitglieder des Landadels abgeschreckt. Sie mögen zwar sagen, daß Sie damit nichts zu tun hatten, aber Marguerite war schließlich auf *Ihrer* Schule, und unglücklicherweise fühlte sich auch noch der Erbe von Derringham zu Ihnen hingezogen. Sie können nichts für Ihren Charme, doch nicht alle Leute sind so feinfühlig wie ich. Man

wird sagen, Sie hätten Ihre Fänge nach Joel Derringham ausgeworfen, und seine Eltern hätten es beizeiten gemerkt und ihn fortgeschickt. Ungerecht, finden Sie. Es war nicht Ihre Absicht, diesen jungen Mann einzufangen. Aber es kommt nicht immer auf die Wahrheit an. Ich gebe der Schule noch sechs Monate..., vielleicht acht..., und was dann? Kommen Sie, seien Sie vernünftig. Spielen Sie Marguerites Cousine. Ich werde dafür sorgen, daß Sie nie wieder in finanzielle Not geraten. Verlassen Sie das Schulhaus mit seinen traurigen Erinnerungen. Ich weiß, wie sehr Sie Ihre Mutter geliebt haben. Was werden Sie hier anderes tun als grübeln? Lassen Sie den Klatsch und das Gerede hinter sich! Mademoiselle, diese unglückseligen Affären können Ihnen zu einem neuen Leben verhelfen.«
Es war so viel Wahres an dem, was er sagte. Ich hörte mich murmeln: »Ich kann mich nicht sofort entschließen.«
Er gab einen Seufzer der Erleichterung von sich.
»Nein, nein. Das wäre zuviel verlangt. Sie haben heute und morgen Zeit, sich zu entscheiden. Sie werden darüber nachdenken und dabei die mißliche Lage meiner Tochter im Auge behalten. Sie ist vernarrt in Sie. Als ich ihr von meinem Vorschlag erzählte, war sie glücklich. Sie hat Sie gern, Mademoiselle. Denken Sie an ihr Mißgeschick. Und denken Sie an Ihre eigene Zukunft.«
Er küßte mir die Hand. Ich schämte mich der Gefühle, die sich dabei in mir regten, und ich verabscheute mich, weil ich mich von einem solchen Schürzenjäger, der er meiner Ansicht nach war, dermaßen beeindrucken ließ.
Dann verbeugte er sich und ließ mich allein.
In Gedanken versunken kehrte ich zum Schulhaus zurück.

In dieser Nacht blieb ich lange auf und sah die Bücher durch. Ich wußte, daß ich ohnehin nicht schlafen konnte. Die Wirkung, welche dieser Mann auf mich ausübte, bestürzte mich. Er stieß mich ab und zog mich gleichzeitig an. Er ging mir nicht aus dem Sinn. In seinem Hause zu sein..., dort eine Stellung zu bekleiden... als eine Art Cousine! Ich sollte Margot wohl als »arme Verwandte« Gesellschaft leisten. Und wenn ich ablehnte, was würde dann aus mir werden?
Man brauchte mich nicht darauf hinzuweisen, daß es mit der Schule abwärts ging. Die Leute gaben mir die Schuld an Margots Unbesonnenheit. War es wahr, daß man munkelte, ich hätte versucht, Joel Derringham als Ehemann einzufangen? Die Schneiderin wußte von den Kleidern, die meine Mutter hatte nähen lassen. Vermutlich hatte sie auch

die Stoffe im Schrank gesehen. Ich hatte ein neues Pferd, um mit Joel ausreiten zu können. Oh, ich konnte mir vorstellen, was diese Leute redeten.

Ich sehnte mich verzweifelt nach dem besonnenen Zuspruch meiner Mutter, und auf einmal wußte ich, daß ich ohne sie in diesem Schulhaus niemals glücklich sein würde. Alles steckte voller Erinnerungen. Wo ich auch hinsah, hatte ich deutlich ihr Bild vor Augen.

Ich wollte fort von hier. Ja, der Comte hatte recht, ich mußte der Wahrheit ins Gesicht blicken. Der Gedanke, nach Frankreich zu gehen, bis zur Geburt des Kindes bei Margot zu bleiben und dann im Hause des Comte zu leben, erregte mich und lenkte mich so sehr von meinem Gefühl der Verlassenheit und von meiner Trauer ab, wie ich es nie für möglich gehalten hatte.

Kein Wunder, daß ich nicht schlafen konnte.

Den ganzen Tag über, während ich meine Unterrichtsstunden abhielt, war ich wie geistesabwesend. Es war so viel einfacher gewesen, als meine Mutter und ich uns die Schülerinnen geteilt hatten. Sie hatte die älteren unterrichtet, und es hatte mir keine Mühe gemacht, mit den jüngeren fertig zu werden. Bevor ich die Rolle einer Lehrerin übernommen hatte, war meine Mutter ganz gut allein zurechtgekommen, doch sie hatte zugegeben, welch ein Segen es war, daß wir dann zu zweit waren. Sie war die geborene Lehrerin. Ich war alles andere als das.

Den ganzen Tag dachte ich daran, was für eine Gelegenheit sich mir da bot, und allmählich schien sie mir wie ein Abenteuer, das meine Lust am Leben wieder erwecken konnte.

Nach der Schule suchte Margot mich auf. Sie warf sich in meine Arme und umklammerte mich.

»O Minelle, du kommst also mit mir! Alles scheint nur halb so schlimm, wenn du bei mir bist. Papa hat es mir erzählt. Er sagte: ›Mademoiselle Maddox wird sich um dich kümmern. Sie überlegt es sich noch, aber ich bezweifle nicht, daß sie zustimmen wird.‹ So froh bin ich schon lange nicht mehr gewesen.«

»Es steht noch keineswegs fest«, bemerkte ich. »Ich habe mich noch nicht entschieden.«

»Aber du wirst doch mitkommen, nicht wahr? O Minelle, was soll ich nur tun, wenn du nein sagst?«

»Ich bin für den Plan nicht unbedingt vonnöten. Du wirst aufs Land ziehen, um dein Kind zur Welt zu bringen. Dann wird es zu Pflegeeltern gegeben, und du wirst in das Haus deines Vaters zurückkehren und

weiterleben, so als ob nichts geschehen wäre. Ich glaube, in solchen Familien wie der euren ist das nichts Ungewöhnliches.«
»Oh, wie kaltblütig! Wie präzise! Du bist genau das, was ich brauche. Ach, liebe, *liebe* Minelle, ich muß mein Leben lang dieses schlimme, *düstere* Geheimnis mit mir herumtragen. Ich brauche einen Halt. Ich brauche *dich*. Papa sagt, du sollst meine Cousine sein. Cousine Minelle! Hört sich das nicht famos an? Und wenn diese schreckliche Geschichte vorüber ist, werden wir zusammenbleiben. Du bist der einzige Grund, weshalb es mir hier gefällt.«
»Und was ist mit James Wedder?«
»Ach, das hat eine Weile Spaß gemacht, aber sieh doch nur, wohin ich dadurch kam. Es ist nicht ganz so schlimm, wie ich anfangs befürchtet habe. Ich meine, Papa ..., zuerst hat er getobt ..., er hat mich verachtet ..., nicht, weil ich eine Affäre hatte, weißt du, sondern weil ich so dumm war, schwanger zu werden. Er sagte, er hätte es sich denken können, daß ich etwas von einer Dirne in mir habe. Aber wenn du nur mit mir kommst, Minelle, dann wird alles gut, das weiß ich. Du kommst mit, nicht wahr? Du *mußt* mitkommen!«
Sie war auf die Knie gefallen und faltete die Hände wie zum Gebet. »Bitte, *bitte* lieber Gott, mach, daß Minelle mit mir kommt.«
»Steh auf, sei nicht so albern!« sagte ich. »Dies ist wahrhaftig nicht die Zeit, um Theater zu spielen.«
Sie brach in schallendes Gelächter aus, das, wie ich anmerkte, einer gefallenen Frau schwerlich anstand.
»Ich brauche dich, Minelle!« rief sie aus. »Du bringst mich zum Lachen. Du bist so *seriös*..., und doch auch wieder nicht. Ich kenne dich, Minelle. Du versuchst, die Schulmeisterin hervorzukehren, aber du wirst nie eine richtige Lehrerin werden. Das habe ich schon immer gewußt. Joel war ein Narr. Mein Vater sagt, er ist mit Sägemehl ausgestopft ..., er hat kein richtiges Blut in sich.«
»Wie kommt er dazu, so über Joel zu sprechen?«
»Weil er fortging, als Papa Derringham es verlangte. Für so etwas kann Papa nur Hohn und Spott empfinden.«
»Verspottet er dich auch, weil du dorthin gehst, wohin er dich schickt?«
»Das ist etwas anderes. Joel war nicht schwanger.« Wieder schüttelte sie sich vor Lachen. Ich konnte nicht erkennen, ob dies Hysterie oder pure Hilflosigkeit war. Doch meine Sinne waren durch ihr zusammenhangloses Geschwätz alarmiert. Als sie mich anflehte, mit ihr zu gehen, trat ein Ausdruck echter Panik in ihre Augen.

»Ich kann alles ertragen, wenn du bei mir bist«, sagte sie nun etwas ernsthafter. »Das kann sogar ein Vergnügen werden – beinahe. Ich bin die junge verheiratete Frau, deren Gatte ganz plötzlich gestorben ist. Meine treffliche Cousine – Engländerin, doch aufgrund einer Mesalliance vor vielen Jahren immerhin meine Cousine – nimmt sich meiner an. Sie ist genau die Richtige dafür, denn sie ist so ruhig und besonnen und ein klein wenig streng. O Minelle, komm doch mit. Du mußt einfach.«
»Margot, ich muß darüber nachdenken. Dies ist ein schwerwiegendes Unterfangen, und ich habe mich noch nicht entschieden.«
»Papa wird wütend, wenn du ablehnst.«
»Seine Gefühle interessieren mich nicht.«
»Aber mich. Im Augenblick nimmt er die ganze Sache auf die leichte Schulter. Er ist zu einer Lösung gekommen, in die er dich einbezogen hat. Komm doch mit, Minelle! Ich weiß, daß du mitkommst. Wenn du ablehnst, sterbe ich vor Verzweiflung!«
Sie plapperte weiter, ihre Augen glitzerten. Sie hätte nicht die Spur von Angst, sagte sie, wenn ich mit ihr käme. Sie sprach, als stünden wir kurz vor dem Aufbruch zu einer wundervollen Ferienreise. Es war verrückt, aber allmählich färbte ihre Erregung auf mich ab.
Ich wußte – hatte es vielleicht die ganze Zeit gewußt, daß ich diese Herausforderung annehmen würde. Diesem Haus mußte ich entfliehen, da es ohne die sonnige Gegenwart meiner Mutter so düster geworden war. Ich mußte dem Schatten der Armut entrinnen, der hier einzudringen drohte. Doch es war ein Schritt ins Unbekannte.
In jener Nacht träumte ich wieder, daß ich draußen vor dem Schulhaus stand. Aber ich sah nicht die vertraute Szenerie. Vor mir erstreckte sich ein Wald..., die Bäume standen ganz dicht beieinander. Ich glaubte, der Wald sei verzaubert, und ich schickte mich an, ihn zu durchwandern. Dann erblickte ich den Comte. Er winkte mir zu.
Ich erwachte. Meine Entscheidung war endgültig gefallen.

Zwischenstation in Petit Montlys

1

Petit Montlys war eine bezaubernde kleine Stadt, die etwa hundert Meilen südlich von Paris im Schatten ihrer größeren Schwesterstadt Grand Montlys lag. Wir kamen Ende April dort an. Mit der Hilfe von Sir John hatte ich meine Möbel verkauft. Jenny hatte ich zu den Mansers gegeben, mit der Bitte, für sie zu sorgen. Sir John hatte mir einen guten Preis für Dower bezahlt und versprochen, sie mir für die gleiche Summe, die meine Mutter für sie aufgewendet hatte, wieder zu verkaufen, sobald ich nach England zurückkäme. Der Comte würde mir ein sehr ansehnliches Gehalt zahlen, und erst als diese Last von meinen Schultern genommen war, wurde mir bewußt, wie sehr meine finanzielle Lage mich bedrückt hatte.
Mrs. Manser schüttelte mißbilligend den Kopf über meinen Entschluß. Sie wußte natürlich nicht, daß Margot schwanger war, sie dachte vielmehr, ich würde eine Stellung als Gesellschafterin im Hause des Comte antreten. Dies war die Version, welche die Derringhams verbreiteten.
»Sie werden zurückkommen«, prophezeite sie. »Ich gebe Ihnen höchstens ein paar Monate. Bei uns wird immer Platz für Sie sein. Bis dahin werden Sie wissen, auf welcher Seite Ihr Brot mit Butter bestrichen ist.«
Ich küßte sie und bedankte mich bei ihr. »Sie waren mir und meiner Mutter stets eine gute Freundin«, sagte ich.
»Es gefällt mir gar nicht, wenn eine kluge Frau den falschen Weg einschlägt«, meinte sie. »Doch ich weiß, woran das liegt. Das macht die ganze Aufregung wegen Joel Derringham. Ich verstehe, was das für Sie bedeutet hat, und sehe ein, daß Sie für eine Weile von hier fort wollen.«
Ich ließ es dabei bewenden. Sollte sie nur glauben, daß sie recht hatte. Ich wollte ihr nicht zeigen, wie wohl mir zumute war.
Wir fuhren mit der Postkutsche bis zur Küste und nahmen von dort ein Schiff nach Frankreich. Glücklicherweise hatten wir eine angenehme Überfahrt. Als wir auf der anderen Seite ankamen, wurden wir von einem Ehepaar mittleren Alters empfangen – offensichtlich treue Diener des Comte –, das uns auf unserer Reise begleiten sollte.

Wir kamen nicht durch Paris. Wir übernachteten in kleinen Gasthöfen, und nach mehreren Tagen erreichten wir schließlich Petit Montlys, wo man uns zum Haus von Madame Grémond brachte, die uns während der kommenden Monate beherbergen sollte.
Sie empfing uns aufs wärmste und bedauerte Margot, die nun Madame le Brun war, weil sie in ihrem Zustand eine solche Reise hatte auf sich nehmen müssen. Ich war froh, meinen eigenen Namen behalten zu dürfen.
Ich muß schon sagen, Margot schien ihre Rolle zu genießen. Sie hatte immer schon Gefallen am Theaterspiel gefunden, und dies war sicherlich der wichtigste Part, den sie je verkörpert hatte. Die Geschichte war folgende: Margots Gatte, Pierre le Brun, der den umfangreichen Besitz eines einflußreichen Edelmannes in Nordfrankreich verwaltet hatte, war bei dem Versuch, den Wolfshund seines Herrn aus den Fluten zu retten, ertrunken. Seine Frau hatte entdeckt, daß sie schwanger war, und da sie über den Tod ihres Gatten untröstlich war, hatte ihre Cousine sie auf Anraten ihres Arztes vom Schauplatz der Tragödie fortgebracht, damit sie die Geburt ihres Babys in Ruhe erwarten konnte.
Margot vertiefte sich aus vollem Herzen in ihre Rolle. Sie sprach liebevoll von Pierre, vergoß Tränen über seinen Tod und schilderte selbst den Wolfshund in aller Lebendigkeit. »Der gute, anhängliche Chon-Chon. Er war meinem Pierre so treu ergeben«, sagte sie. »Wer hätte gedacht, daß Chon-Chon eines Tages den Tod meines Liebsten verursachen würde.«
Dann sprach sie davon, wie tragisch es sei, daß Pierre sein Kind niemals sehen würde. Ich hätte gern gewußt, ob sie dabei an James Wedder dachte.
Die Reise war wahrlich anstrengend gewesen, und es war gut, daß wir sie zu diesem Zeitpunkt unternommen hatten; denn ein paar Wochen später wäre sie für Margot erst recht beschwerlich geworden.
Madame Grémond entpuppte sich als eine höchst diskrete Frau, und während der folgenden Wochen fragte ich mich oft, ob sie wohl die Wahrheit kannte. Sie war eine hübsche Person und mußte in ihrer Jugend äußerst attraktiv gewesen sein. Jetzt war sie etwa Mitte Vierzig, und mir kam der Gedanke, ob das, was sie tat, nicht wohl einem alten Freund – dem Comte natürlich – zuliebe war. Falls ich recht hatte, so war sie eine Frau, der er vertrauen konnte. Selbstredend kam mir auch der Gedanke, daß sie eine seiner zahlreichen Geliebten gewesen sein mochte, die er, dessen war ich sicher, gehabt hatte.
Das Haus war angenehm. Es war nicht groß, stand mitten in einem Garten und war über eine Auffahrt zu erreichen. Obgleich es in der Stadt lag,

verliehen ihm die Bäume, die es umgaben, eine gewisse Abgeschiedenheit. Margot und mir wurden im rückwärtigen Trakt des Hauses nebeneinanderliegende Zimmer zugewiesen, von wo aus man den Garten überblicken konnte. Sie waren nicht luxuriös, aber hinreichend möbliert. Es gab zwei Hausmädchen, Jeanne und Emilie Dupont, deren Aufgabe es war, uns zu bedienen. Jeanne neigte zu Schwatzhaftigkeit, während Emilie eher mürrisch war und kaum ein Wort sagte, wenn sie nicht angesprochen wurde. Jeanne nahm regen Anteil an uns; ihre kleinen dunklen Augen waren wie bei einem Affen, dachte ich – voll lebhafter Neugier. Sie scharwenzelte geschäftig um Margot herum, eifrig auf deren Bequemlichkeit bedacht. Margot, die es liebte, im Mittelpunkt zu stehen, schloß sie bald in ihr Herz. Ich sah sie oft miteinander schwätzen.
»Sei vorsichtig!« warnte ich. »Du könntest leicht etwas verraten.«
»Ich werde gar nichts verraten«, protestierte sie. »Du mußt nämlich wissen, manchmal wache ich nachts auf und weine fast um Pierre. Da siehst du, wie sehr ich mich in meine Rolle vertieft habe. Es ist fast so, als wäre er *wirklich* mein Ehemann gewesen.«
»Ich vermute, er sah ziemlich genau wie James Wedder aus.«
»Und ob. Ich fand, so ließe es sich am besten spielen..., indem man der Wahrheit so nahe wie möglich bleibt. Schließlich ist James der Vater des Babys, und ich habe ihn plötzlich verloren – nur auf eine andere Weise.«
»Das war wahrhaftig ein anderer Abgang«, bemerkte ich und schnitt eine Grimasse.
Doch ich nahm mit Freude wahr, wie Margot sich von ihrem ersten Schock erholte. Sie war fröhlich und ergötzte sich an ihrer Situation, was schwerlich für denjenigen zu verstehen gewesen wäre, der Margots Temperament nicht kannte.
Besonders ein Charakterzug kam ihr zu Hilfe: Sie konnte völlig in der Gegenwart aufgehen, egal, wie bedrohlich die Zukunft auch aussehen mochte. Ich gebe zu, daß ich mich zeitweise von ihr anstecken ließ. Dann erschienen mir die Vorgänge als fröhliches Abenteuer und nicht als die ernste Angelegenheit, die sie in Wirklichkeit waren.
Das Wetter war vortrefflich. Den ganzen Juni hindurch genossen wir den Sonnenschein. Wir saßen unter dem Ahornbaum und plauderten, während wir nähten. Es bereitete uns viel Freude, Babykleidung anzufertigen, obschon keine von uns, das muß ich gestehen, ein großes Licht im Umgang mit der Nadel war. Margot verlor oft die Geduld, bevor sie mit einem Kleidungsstück fertig war. Emilie dagegen war eine geschickte Näherin, und mehr als einmal erwies sie sich als Retterin und vollendete

ein Teil, das sie zudem mit wunderschönen Zierstichen versah, die sie meisterhaft beherrschte. Sie nahm das angefangene Kleidungsstück fort, und wir fanden es später fertig und säuberlich zusammengelegt in einem unserer Zimmer vor. Wenn wir uns bei ihr bedankten, wurde sie ganz verlegen. Ich fand den Umgang mit ihr wirklich schwierig.

»Das kommt daher, weil Jeanne viel hübscher ist«, erklärte mir Margot. »Die arme Emilie! Sie ist wahrhaftig keine Schönheit, findest du nicht auch?«

»Aber sie ist fleißig.«

»Das mag wohl sein, aber verhilft ihr das zu einem Mann? Jeanne möchte später Gaston, den Gärtner, heiraten. Sie hat mir alles erzählt. Madame Grémond hat ihnen einen der Schuppen versprochen, den sie sich zu einer Hütte umbauen können. Gaston ist ein sehr geschickter Handwerker.«

Ich wiederholte meine Warnung: »Glaubst du nicht, daß du zuviel mit Jeanne redest?«

»Warum sollte ich nicht mit ihr plaudern? Das hilft, die Zeit zu vertreiben.«

»Madame Grémond könnte sich beklagen, daß Jeanne mit dir schwätzt, anstatt zu arbeiten.«

»Madame liegt doch alles daran, daß wir es behaglich haben, denke ich.«

»Ich möchte wissen, wieso man uns ausgerechnet zu ihr geschickt hat.«

»Das hat mein Vater arrangiert.«

»Glaubst du, daß sie seine Freundin ist – oder war?«

Margot zog die Schultern hoch. »Das ist schon möglich. Er hat viele Freundinnen.«

Wenn ich am Morgen erwachte, schien die Sonne, und ich zog die Jalousien hoch, die sich an sämtlichen Fenstern befanden, weil die Sonne manchmal unangenehm stechen konnte. Dann sah ich in den Garten hinaus, auf den weichen Rasen, die Korbsessel unter dem Ahornbaum, den Teich mit den badenden Vögeln darin. Es war ein Bild vollkommenen Friedens.

Während der ersten Wochen schlenderten wir häufig durch die Stadt und kauften, wonach es uns gelüstete. Man kannte uns als Madame le Brun, die blutjunge Witwe, die durch ein tragisches Schicksal ihren Gatten verloren hatte, der sein Kind niemals sehen würde, mit ihrer englischen Cousine. Ich wußte, daß die Leute über uns redeten. Manchmal konnten sie es kaum erwarten, bis wir den Laden verlassen hatten. Unsere Ankunft war für das verschlafene Petit Montlys freilich ein Ereignis, und manchmal bezweifelte ich, daß der Comte klug daran getan hatte, uns hierher zu

schicken. In einer größeren Stadt wären wir uns vielleicht verloren vorgekommen, aber hier waren wir im Mittelpunkt des Geschehens.
Manchmal machten wir kleinere Besorgungen für Madame Grémond, und ich kaufte mit Vergnügen die heißen Brotlaibe, die direkt aus dem glühenden gemauerten Ofen kamen. Der Bäcker zog sie mit langen Zangen heraus und legte sie vor uns hin, so daß wir diejenigen aussuchen konnten, die uns am meisten zusagten. Hell gebacken, dunkel gebacken, mittel gebacken, man hatte die Wahl. Und was für ein köstliches Brot das war!
Wir schlenderten über den Markt, der jeden Mittwoch abgehalten wurde. An diesen Tagen brachten die Bauern aus der Umgebung ihre Erzeugnisse auf Eseln herbei und boten sie auf dem Marktplatz an. Die Hausfrauen von Petit Montlys feilschten mit ihnen um jeden Heller, und es machte mir Spaß, ihnen dabei zuzuhören. Der Markt gefiel uns so gut, daß wir Madame Grémond baten, uns auch ihre Einkäufe dort erledigen zu lassen. Manchmal kamen Jeanne und Emilie mit uns, weil Madame Grémond meinte, die Bauern würden beim Anblick der trauernden Witwe und ihrer englischen Cousine höhere Preise verlangen.
Gegen Ende Juni hatten wir beide das Gefühl, als wären wir schon seit Monaten in Petit Montlys. Manchmal machte mich all die Fremdartigkeit betroffen: Mein Leben hatte sich so drastisch verändert. Letztes Jahr um diese Zeit hatte meine Mutter noch gelebt, und ich ahnte nicht, daß ich jemals etwas anderes tun würde als meine Laufbahn als Lehrerin fortzusetzen, die meine Mutter für mich ausersehen hatte.
Jeder Tag schien fast genauso zu verlaufen wie der vorhergehende, und es gab nichts als dieses friedliche, freundliche Einerlei, das die Zeit unbemerkt dahingleiten ließ.
Margots Zustand war nun sichtbar. Wir fertigten weite, lose Kleider für sie, und sie lachte über ihr Spiegelbild.
»Wer hätte je gedacht, daß ich einmal so aussehen würde?«
»Wer hätte je gedacht, daß du es dazu kommen ließest?« gab ich zurück.
»So spricht eine spröde und anständige Cousine. O Minelle, weißt du, ich habe dich wirklich gern. Ich mag deine ernste Art..., wie du mich tadelst, wenn ich es verdiene. Es hat zwar nicht die geringste Wirkung auf mich, aber es gefällt mir.«
»Margot«, sagte ich, »manchmal finde ich, du solltest etwas ernster sein.«
Ihr Gesicht legte sich plötzlich in Falten. »Nein, bitte mich lieber nicht darum. Es liegt an dem Baby, Minelle. Jetzt, da es sich bewegt, scheint es Wirklichkeit, scheint es lebendig zu sein.«

»Es ist Wirklichkeit. Es ist lebendig. Das ist es die ganze Zeit gewesen.«
»Ich weiß. Aber jetzt ist es ein Mensch. Was geschieht, wenn es geboren ist?«
»Das hat dein Vater doch erklärt. Es wird weggegeben. Es bekommt eine Ziehmutter.«
»Und ich werde es nie wiedersehen.«
»Du weißt, daß es so abgemacht war.«
»Damals schien das eine einfache Lösung zu sein, doch neuerdings... Minelle, ich fange an, es mir zu wünschen..., es zu lieben...«
»Du wirst tapfer sein müssen, Margot.«
»Ich weiß.«
Mehr sagte sie nicht, aber ich sah, daß sie sinnierte. Meine leichtsinnige kleine Margot kam zu der Erkenntnis, daß sie Mutter würde. Ich war um sie besorgt, und es wäre mir beinahe lieber gewesen, wenn sie ihr leichtfertiges, widersprüchliches Wesen beibehalten hätte; denn falls sie sich um das Kind grämte, so würde sie sehr unglücklich werden.
Eines Tages kam es in der Stadt zu einem recht unerfreulichen Vorfall, der den fröhlichen Verlauf jener Tage trübte. Margot begleitete mich jetzt nur noch selten, da sie, schwerfällig geworden, es vorzog, sich im Garten Bewegung zu verschaffen. Ich hatte Bänder gekauft, um ein Babykleidchen zu verzieren, und als ich aus dem Laden trat, rumpelte eine Kutsche vorüber, ein elegantes Gefährt, von zwei prächtigen Schimmeln gezogen. Hinten stand ein junger Mann, seine Livree erstrahlte in den Farben von Pfauenfedern und war mit goldener Tresse verbrämt.
Eine Gruppe Buben stand an der Straßenecke und verspottete den jungen Mann, und einer warf einen Stein nach ihm. Er beachtete es nicht, und die Kutsche fuhr weiter. Die Jungen plapperten aufgeregt. Ich hörte sie das Wort »Aristokraten« verächtlich ausspucken, und meine Unterhaltungen mit Joel Derringham kamen mir in den Sinn.
Mehrere Leute traten aus ihren Ladentüren und riefen sich gegenseitig zu:
»Hast du die feine Kutsche gesehen?«
»Ja. Und die hochnäsigen Herrschaften darin. Gucken verächtlich auf uns herab, wie? Hast du das gesehen?«
»Ja. Aber das wird nicht immer so bleiben!«
»Nieder mit ihnen! Warum sollen sie im Luxus leben, wenn wir hungern!«
Ich hatte in Petit Montlys keine Anzeichen von Entbehrung gesehen, doch ich wußte, daß diejenigen, die ein kleines Stück Land beackerten, nur schwer ihr Auskommen fanden.

Der Vorfall war damit nicht zu Ende. Unglücklicherweise fiel den Insassen der Kutsche ein, daß sie ein paar von den Käselaibern brauchten, die sie wohl in einem der Läden erspäht hatten, und sie schickten den jungen Lakai, um sie zu kaufen.
Sein Anblick in der prachtvollen Livree war zuviel für die Kinder. Sie rannten schreiend hinter ihm her und versuchten, die Tressen von seinem Jackett zu rupfen.
Er eilte in den Käseladen, während die Kinder draußen blieben. Monsieur Jourdain, der Händler, würde es ihnen sehr verübeln, wenn sie seine Kunden vergraulten, vor allem jene, von denen man annehmen durfte, daß sie außergewöhnlich hohe Preise zahlten. Ich war ganz in der Nähe und beobachtete genau, was geschah.
Als der junge Mann aus dem Laden kam, sprangen etwa sechs Jungen auf ihn zu. Sie schlugen ihm die Käse aus den Händen und zerrten an seinem Rock. In einer Aufwallung von Verzweiflung schlug er nach ihnen. Ein Junge fiel hin und blieb ausgestreckt auf dem Pflaster liegen. Auf seiner Wange war Blut zu sehen.
Wütendes Geschrei erhob sich, und der Lakai, der wohl eingesehen hatte, daß er hoffnungslos unterlegen war, bahnte sich seinen Weg durch die Horde schreiender Kinder und rannte davon.
Ich ging rasch die Straße entlang und sah die Equipage auf dem Platz stehen. Der junge Mann rief dem Kutscher ein paar Worte zu und sprang hinten auf. In kürzester Zeit ratterte das Gefährt vom Platz. Etliche Leute waren aus ihren Häusern herbeigeeilt und beschimpften die Aristokraten mit Schmährufen. Steine flogen hinter der fliehenden Kutsche her, und ich war froh, als sie außer Sicht war.
Der Bäcker hatte mich erspäht. Er hatte seine Backstube verlassen, um gaffen zu kommen.
»Sind Sie wohlauf, Mademoiselle?« fragte er.
»Ja, danke.«
»Sie machen so ein verstörtes Gesicht.«
»Das war ja auch ziemlich erschütternd.«
»O ja. So etwas kommt vor. Kluge Leute sollten nicht mit ihren Kutschen übers Land fahren.«
»Wie können sie sonst vorwärtskommen?«
»Die Armen gehen zu Fuß, Mademoiselle.«
»Wenn aber jemand eine Kutsche hat ...«
»Es ist traurig, daß einige Kutschen besitzen, während andere laufen müssen.«

»Das ist immer so gewesen.«
»Das heißt aber nicht, daß es immer so bleiben wird. Das Volk ist der Gegensätze überdrüssig. Die Reichen sind zu reich..., die Armen sind zu arm. Die Reichen scheren sich nicht um die Armen, doch bald, Mademoiselle, wird man sie dazu zwingen.«
»Und die Kutsche..., wem gehörte sie?«
»Zweifellos einem Edelmann. Soll er sich seiner Kutsche erfreuen..., solange er es noch kann.«
Gedankenverloren ging ich zum Haus zurück. In der kühlen Halle traf ich Madame Grémond.
»Madame le Brun hat sich wohl zurückgezogen?« fragte sie.
»Ja. Sie hat jetzt öfter das Bedürfnis, sich zu schonen. Ich bin froh, daß sie heute nachmittag nicht bei mir war. Es ist etwas Unerfreuliches geschehen.«
»Kommen Sie mit in meinen Salon und erzählen Sie es mir«, sagte sie.
Es war kühl im Zimmer, die Jalousien waren herabgelassen, damit die Sonne nicht hereindrang. Ein wenig altmodisch, fand ich, und sehr dezent, mit schweren blauen Vorhängen und ein paar schönen Stücken aus Sèvres-Porzellan in der Glasvitrine. An der Wand hing eine verzierte Uhr aus Goldbronze. Madame besaß ein paar erlesene Gegenstände, stellte ich fest. Geschenke, so dachte ich, von einem Liebhaber – vielleicht vom Comte?
Ich berichtete ihr von dem Vorfall in der Stadt.
»Das kommt heutzutage des öfteren vor«, sagte sie. »Wenn eine Equipage erscheint, wirkt sie wie ein rotes Tuch auf einen Stier. Eine elegante Kutsche verkörpert Reichtum. Ich habe die meine schon seit sechs Monaten nicht mehr benutzt. Es ist verrückt, doch es kommt mir so vor, als ob die Leute sie mißbilligen.«
Sie blickte im Zimmer umher und schauderte. »Früher hätte ich so etwas nie für möglich gehalten. Die Zeiten haben sich geändert, und die Veränderung schreitet rasch voran.«
»Ist es denn noch sicher für uns, in die Stadt zu gehen?«
»Sie wird man nicht behelligen. Die Aristokraten sind es, gegen die man sich auflehnt. Frankreich ist kein glückliches Land. Überall sind Unruhen im Gange.«
»In England haben wir ebenfalls Schwierigkeiten.«
»Ach, die Welt wandelt sich. Wer begütert ist, wird in Zukunft vielleicht nichts mehr besitzen. Es gibt zuviel Armut in Frankreich. Das erzeugt Neid. Viele unserer reichen Leute tun eine Menge Gutes, doch viele sind

müßig und richten großes Unheil an. Im ganzen Land regen sich zunehmend Zorn und Neid. Ich glaube, in Paris tritt das noch deutlicher zutage. Was Sie heute nachmittag gesehen haben, ist eine alltägliche Erscheinung.«
»Ich hoffe, ich erlebe so etwas nicht wieder. Mord lag in der Luft. Ich glaube, die hätten den unschuldigen jungen Diener fast umgebracht.«
»Sie hätten gesagt, er solle nicht für die Reichen arbeiten; so hätten sie einen guten Grund, ihn zu attackieren, denn er sei ein Feind des Volkes.«
»Das sind gefährliche Reden.«
»Es liegt Gefahr in der Luft, Mademoiselle. Da Sie erst kürzlich aus England kamen, wissen Sie nichts von diesen Geschehnissen. Bei Ihnen ist es gewiß ganz anders zugegangen. Haben Sie auf dem Lande gelebt?«
»Ja.«
»Und Sie haben Ihre Familie..., Ihre Freunde... zurückgelassen, um bei Ihrer Cousine zu sein?«
»Ja, ja. Sie brauchte jemanden, der sich ihrer annahm.«
Madame Grémond nickte mitfühlend. Ich merkte, daß sie mich auszuhorchen versuchte, darum erhob ich mich rasch. »Ich muß zu Madame le Brun. Sie wird sich fragen, wo ich so lange bleibe.«
Margot lag in ihrem Zimmer auf dem Bett, und Jeanne faltete Babykleider zusammen, die Margot ihr offensichtlich gezeigt hatte.
Margot sagte gerade: »Wo Pierre auch hinging, war Chon-Chon dabei. Wenn Pierre mit seiner Büchse auszog, folgte ihm der Hund auf den Fersen. Es war ein großes Gut, eines der größten im Lande.«
»Es muß einem sehr reichen Herrn gehört haben.«
»Ja, er war sehr reich. Pierre war seine rechte Hand.«
»Ein Herzog, Madame? Oder ein Graf?«
Ich machte mich bemerkbar: »Nun, wie geht es dir?«
»Ah, meine liebe Cousine, du hast mir ja so gefehlt!«
Ich nahm Jeanne die Babysachen ab und legte sie in eine Schublade.
»Danke, Jeanne«, sagte ich und bedeutete ihr mit einem Nicken, daß sie uns allein lassen möge. Sie knickste und ging hinaus.
»Du redest zuviel, Margot«, sagte ich.
»Was soll ich denn sonst tun? Herumsitzen und Trübsal blasen?«
»Du wirst noch einmal etwas ausplaudern.«
Ich hatte das Gefühl, daß jemand an der Tür horchte. Schnell ging ich hin und öffnete sie. Es war niemand da, aber ich bildete mir ein, laufende Schritte zu hören. Ich war sicher, daß Jeanne zu lauschen beabsichtigt hatte. Mir war sehr unwohl zumute.

Was ich an diesem Nachmittag in der Stadt erlebt hatte, setzte in meinem Innern eine Alarmglocke in Bewegung. Die Unruhen im Lande berührten uns zwar nicht persönlich, trotzdem hielt meine Besorgnis an.

Margots Niederkunft rückte näher. Das Baby wurde Ende August erwartet, und jetzt hatten wir Juli. Man hatte nach Madame Legère, der Hebamme, geschickt. Sie war eine behäbige, gedrungene Frau, in tiefstes Schwarz gekleidet – der Lieblingsfarbe der meisten Frauen hier –, das ihre Wangen rosiger erscheinen ließ. Sie hatte lebhafte dunkle Augen und einen leichten Flaum auf der Oberlippe.
Sie befand den Zustand von Margot gut; das Baby lag genau, wie es sollte. »Es wird ein Junge«, sagte sie und fügte gleich hinzu: »Oder auch nicht. Ich verspreche gar nichts. Ich schließe es nur aus seiner Lage.«
Sie kam jede Woche einmal vorbei und vertraute mir an, meine Cousine sei eine ganz außergewöhnliche Dame, woraus ich schloß, daß Madame Legère für ihre Dienste, die sie Margot erwies, besser als gewöhnlich entlohnt worden war.
Ich spürte, daß man ein Geheimnis um uns witterte, was vermutlich nicht zu vermeiden war. Der neugierigen Blicke wurde ich mir mit zunehmender Deutlichkeit bewußt.
Ich habe jenen nachmittäglichen Vorfall vor Margot nicht erwähnt – ich hielt es für besser, wenn sie nichts davon wußte. Ich erinnerte mich, wie überstürzt ihr Vater am Abend der Soiree England verlassen hatte. Seitdem hatte ich einiges über diese *cause célèbre* erfahren, das Halsband der Königin Marie Antoinette, das traumhafte Schmuckstück, das aus den edelsten Diamanten der Welt gefertigt war. Ich wußte, daß Kardinal de Rohan, der sich dem Irrglauben hingab, Marie Antoinette würde seine Geliebte werden, wenn er ihr zu dem Halsband verhalf, verhaftet und dann freigesprochen worden war, und daß man aus seinem Freispruch schloß, die Königin sei schuldig.
Überall in Frankreich sprach man geringschätzig über die Königin. Man nannte sie verächtlich die Österreicherin und machte sie für die Schwierigkeiten im Lande verantwortlich. Man brauchte mir nicht zu erzählen, daß die Halsband-Affäre nicht ein Jota zum Frieden beigesteuert hatte. Sie war vielmehr wie ein Zündholz, das an trockenes Holz gehalten wurde. Welch ein merkwürdiges Leben – Spannungen auf den Straßen, wie ich sie wahrgenommen hatte, als die Kutsche vorbeigerattert war, und dann Margot und ich in unserer seltsamen Abgeschiedenheit, während wir in diesen Monaten auf die Geburt des Kindes warteten.

Als wir einmal im Garten saßen, sagte Margot: »Manchmal fällt es mir schwer, weiter als bis zu diesem Ort zu denken, Minelle ..., über die Geburt des Babys hinaus. Danach werden wir beide heimkehren – entweder in das Château auf dem Lande oder in den Palast in Paris. Ich werde wieder schlank und rank sein. Das Baby wird man fortbringen. Es wird alles so sein, als wäre nichts geschehen.«
»Das ist gar nicht möglich«, sagte ich. »Wir werden immer daran denken. Besonders du.«
»Ich werde mein Baby ab und zu sehen, Minelle. Wir müssen es besuchen ..., du und ich.«
»Das wird man dir ganz bestimmt verbieten.«
»O ja, man wird es mir verbieten. Mein Vater hat gesagt: ›Wenn das Kind geboren ist, wird es zu guten Leuten in Pflege gegeben. Das werde ich arrangieren, und du wirst es nie wiedersehen. Du mußt vergessen, was geschehen ist. Du darfst nie wieder davon sprechen, doch du mußt es als eine Lehre betrachten. So etwas darf nie wieder vorkommen!‹«
»Er hat sich viel Mühe gemacht, um dir zu helfen.«
»Aber nicht, um mich zu retten, sondern um meinen Namen vor Schande zu bewahren. Manchmal muß ich darüber lachen. Ich bin nicht das einzige Mitglied der Familie, das einen Bastard hat. Nach dem anderen braucht man gar nicht weit zu suchen.«
»Du mußt vernünftig sein, Margot. Die Pläne deines Vaters wollen für dich zweifellos das Beste.«
»Und ich soll mein Kind nie wiedersehen!«
»Daran hättest du vorher denken sollen ...«
»Was verstehst du denn schon davon? Glaubst du, wenn du verliebt bist, wenn dich jemand in seine Arme schließt, daß du an ein Kind denkst?«
»Man sollte meinen, daß du mit einer solchen Möglichkeit rechnen müßtest.«
»Warte nur, Minelle, bis *du* verliebt bist.«
Ich machte eine ablehnende Geste, und Margot lachte. Dann räkelte sie sich schwerfällig in ihrem Sessel und fuhr fort: »Es ist so friedlich hier, findest du nicht? Auf dem Château oder in Paris geht es ganz anders zu. Mein Vater besitzt die luxuriösesten Domizile, die man sich nur denken kann, voll kostbarer Schätze, doch seit ich mit dir hier bin, weiß ich, daß ihnen das Wichtigste von allem fehlt: Friede!«
»Geistiger Friede«, stimmte ich zu. »Danach haben sich die Weisen zu allen Zeiten gesehnt. Erzähle mir mehr vom Leben in den Häusern deines Vaters!«

»Ich bin selten in Paris gewesen. Wenn meine Eltern dorthin zogen, bin ich meist auf dem Lande geblieben, wo ich den größten Teil meines Lebens verbracht habe. Das Château ist im dreizehnten Jahrhundert erbaut worden. Der große Turm – der Hauptturm, ist das erste, was man erblickt. In früheren Zeiten stand immer ein Posten auf dem Turm. Das war ein Mann, dessen Aufgabe es war, eine Warnung abzugeben, wenn sich ein Feind näherte. Wir haben auch heute noch einen Mann dort oben, und er verkündet durch Glockenläuten, wenn Gäste ankommen. Er gehört zu den Musikanten, und um sich die Zeit zu vertreiben, singt er oder komponiert Lieder. Abends steigt er herab, und oft singt er uns dann diese *chansons de guettes* vor, das sind Wächterlieder, die du gewiß kennst. Es ist eine alte Sitte, und mein Vater hält so viel wie möglich an alten Sitten fest. Er haßt diese modischen Bräuche, die überall aus dem Boden sprießen. Er sagt, die Leibeigenen fangen an, zu ihren Herren unverschämt zu werden.«

Ich schwieg und dachte an den jüngsten Vorfall in der Stadt.

»Eine ganze Anzahl Schlösser stammt aus viel späterer Zeit als unseres«, fuhr Margot fort. »François I. hat die Schlösser an der Loire erbaut, gut zwei Jahrhunderte, nachdem das unsere errichtet worden war. Unseres ist natürlich restauriert und erweitert worden. Eine große Freitreppe, so alt wie die anderen Teile des Gebäudes, führt zu dem Trakt des Schlosses hinauf, den wir bewohnen. Oben an der Treppe befindet sich eine Plattform. Von hier aus pflegten die Schloßherren vor Jahren Recht zu sprechen. Mein Vater benutzt die Plattform heute noch, und wenn es unter den Leuten auf seinen Gütern Streit gibt, so werden sie auf die Plattform geladen, und mein Vater spricht das Urteil, genauso, wie es früher der Brauch war. Unten mündet die Treppe auf einen großen Innenhof. Dort pflegte man sich zu Turnieren und Duellen zu treffen. Jetzt halten wir dort im Sommer Spiele ab, und wenn es ein Fest gibt, so findet es dort statt. Oh, wenn ich darüber spreche, ersteht das alles so deutlich vor meinen Augen, und ich bekomme Angst, Minelle. Ich habe Angst, was geschehen wird, wenn wir von hier fortgehen.«

»Damit werden wir uns auseinandersetzen, wenn es soweit ist«, sagte ich. »Erzähle mir von den Menschen, die im Schloß leben.«

»Zunächst meine Eltern. Die arme Mama ist häufig krank, oder sie tut wenigstens so. Mein Vater haßt Krankheiten. Er glaubt nicht, daß sie tatsächlich existieren. Er behauptet, das bildeten sich die Leute nur ein. Die arme Mama ist sehr unglücklich. Das hängt damit zusammen, daß ich kein Junge bin und daß sie keine Kinder mehr bekommen kann.«

»Für einen Mann wie den Comte muß es eine große Enttäuschung sein, keinen Sohn zu haben.«
»Es ist wahnsinnig, Minelle, daß sie sich immer Söhne wünschen ..., immer nur Söhne. In unserem Land kann ein Mädchen nicht den Thron besteigen. So weit geht es bei euch in England nicht.«
»Nein. Wie ich dir erklärt habe, waren während zwei der größten Epochen englischer Geschichte Königinnen auf dem Thron, Elizabeth und Anne.«
»Ja, das gehört zu den wenigen Dingen, die ich aus deinem Geschichtsunterricht behalten habe. Du hast dabei immer so ein grimmiges Gesicht gemacht – hast sozusagen die Fahne für unser Geschlecht geschwenkt.«
»Natürlich standen ihnen beiden zu ihrem Segen kluge Minister zur Seite.«
»Willst du nun eine Geschichtsstunde abhalten, oder willst du etwas über meine Familie erfahren?«
»Ich würde gerne mehr über deine Familie hören.«
»Ich habe dir von meinem Vater und meiner Mutter erzählt, und wie schlecht sie zusammenpassen. Die Heirat wurde arrangiert, als meine Mutter sechzehn und mein Vater siebzehn war. Vor der Hochzeit hatten sie sich kaum gesehen. Das ist der Lauf der Dinge in Familien wie der unseren, und man hielt das für eine höchst passende Verbindung. Dabei war sie so unpassend, wie sie nur sein konnte. Arme Mama! Um sie tut es mir leid. Mein Vater konnte sich schließlich anderweitig trösten.«
»Und hat er das getan?«
»Natürlich. Aber er hatte auch schon vor der Ehe seine Erfahrungen gemacht. Ich möchte nur wissen, warum er sich meinetwegen so aufregt. Er war ja gar nicht wirklich erschüttert. Wie ich schon sagte, nicht was ich getan hatte, war schlimm, sondern daß es herausgekommen ist. Für Dienstmädchen und Angehörige der unteren Klassen ist es ganz normal, einen oder zwei Bastarde zu bekommen (oft ist es sogar ihre Pflicht, wenn der Schloßherr Gefallen an ihnen findet), aber nicht, oh, ganz gewiß nicht, für die Tochter einer herrschaftlichen Familie. Siehst du, es gibt ein Gesetz für die Reichen und eines für die Armen – und dieses Mal kehrt es sich gegen uns.«
»Du sollst ernst sein, Margot. Ich möchte noch mehr über die Menschen im Schloß erfahren, bevor ich dorthin komme.«
»Gut. Darauf wollte ich gerade hinaus. Ich wollte dir von Etienne erzählen – dem Ergebnis der frühesten Proben von meines Vaters Können. Etienne lebt auf dem Château. Er ist der Sohn meines Vaters.«

»Du hast doch gesagt, er hätte keinen Sohn.«
»Wie dumm du bist, Minelle. Er ist der illegitime Sohn meines Vaters. Papa war erst sechzehn, als Etienne geboren wurde. Ich weiß nicht, wieso er es wagen kann, über mich zu richten. Es gibt nicht nur ein Gesetz für die Reichen und eines für die Armen, sondern auch eines für Männer und eines für Frauen. Ich wurde ein Jahr nach der Heirat meiner Eltern geboren. Meine Mutter hat furchtbar gelitten und wäre fast gestorben. Sie und ich haben jedoch die Strapazen meiner Geburt überlebt; die Folge aber war, daß es für sie lebensgefährlich wäre, noch ein Kind zu bekommen. Da sah sich also mein Vater – der bis dahin in seinem Leben alles bekommen hatte, was er sich wünschte, mit achtzehn Jahren Oberhaupt eines Adelsgeschlechtes – der Tatsache gegenüber, daß er nie einen Sohn haben würde. Und jeder Mann – besonders aber einer, der einen großen Namen zu erhalten hat – wünscht sich selbstverständlich einen Sohn, und nicht nur einen einzigen; denn er muß doppelt sichergehen.«
»Das muß ein schwerer Schlag für ihn gewesen sein.«
»Und außerdem hat er meine Mutter ja auch nicht geliebt. Ich habe immer gedacht, wenn sie ihm ein wenig die Stirn geboten hätte, so hätte er vielleicht eine bessere Meinung von ihr gehabt. Aber das hat sie nie getan. Sie ist ihm immer aus dem Weg gegangen, sie haben sich kaum gesehen. Die meiste Zeit verbringt sie in ihren Gemächern. Nou-Nou, ihre alte Kinderfrau, betreut sie und hütet sie wie ein feuerspeiender Drache. Sie wagt es, selbst gegen Papa aufzubegehren. Aber ich wollte dir von Etienne erzählen.«
»Ja, bitte erzähle von Etienne.«
»Ich war damals natürlich nicht dabei, aber ich habe es von den Dienstboten gehört. Man hielt es für eine ausgesprochen amüsante Angelegenheit, daß mein Vater schon in so früher Jugend seine Männlichkeit unter Beweis gestellt hatte. Etienne kam unter Fanfarenklängen zur Welt – bildlich gesprochen – und hat seitdem stets eine überaus hohe Meinung von sich gehabt. Er ist aus dem gleichen Holz geschnitten wie mein Vater; kein Wunder, schließlich ist er ja sein Sohn. Als es nun hieß, daß meine Mutter keine Kinder mehr bekommen konnte und die Hoffnungen auf einen legitimen Sohn geschwunden waren, holte mein Vater Etienne ins Château, und er wurde wie ein legitimer Sohn behandelt. Er wurde als ein solcher erzogen und ist viel mit meinem Vater zusammen. Jedermann weiß, daß er ein Bastard ist, und das macht ihn wütend; doch er hofft, wenn schon nicht den Titel, so doch den Besitz zu

erben. Er kann sehr launisch sein, und seine Wutausbrüche machen den Leuten Angst. Sollte meine Mutter sterben und mein Vater wieder heiraten, ich weiß nicht, was Etienne da tun würde.«
»Ich kann mir vorstellen, was für eine Ungerechtigkeit das in seinen Augen wäre.«
»Der arme Etienne. Er ist das Abbild meines Vaters..., aber nicht ganz. Du weißt, wie das bei Menschen ist, die nicht genau das sind, was sie sein wollen. Etienne überbetont seinen Adel, falls du verstehst, was ich meine. Ich habe ihn einen kleinen Jungen auspeitschen sehen, der ihn Bastard gerufen hat. Aber er ist sehr attraktiv. Die Mädchen in den Dienstbotenquartieren können das bekunden. Etienne ist durch und durch ein Graf, nur daß seine Mutter nicht mit seinem Vater verheiratet war. Und er legt großen Wert darauf, daß sich niemand dessen erinnern soll, was er selbst nicht vergessen kann. O ja, und dann ist da noch... Léon.«
»Noch ein Mann?«
»Léons Fall liegt ganz anders. Léon hat es nicht nötig, kleine Jungen auszupeitschen. Er ist kein Bastard. Er ist im heiligen Stand der Ehe geboren. Seine Eltern waren Bauersleute, und es würde ihm nichts nützen, etwas anderes vorzugaukeln, denn jedermann weiß Bescheid. Léon hat aber die gleiche Erziehung genossen wie Etienne, und niemand, der es nicht weiß, würde in ihm einen Bauernsohn vermuten. Léon sieht wirklich nobel aus, und er tritt auch so auf. Er würde nur lachen, wenn jemand ihn einen Bauern nennte. Wer Léon in seiner eleganten Samtjacke und in seinen Wildlederhosen sieht, der meint, er sei ein Edelmann. Wodurch natürlich bewiesen ist, daß der Einfluß der Umgebung, in der ein Mensch aufwächst, von stärkerem Einfluß ist als die Wirkung, welche allein die Tatsache der Abstammung auf ihn ausübt.«
»Das war schon immer auch meine Meinung. Doch erzähle mir mehr über Léon. Warum lebt er im Château?«
»Das ist fast eine romantische Geschichte. Er kam ins Château, als er sechs Jahre alt war. Ich war damals noch zu klein, um mich daran erinnern zu können. Es war nämlich kurz nach meiner Geburt, und mein Vater hatte gerade erfahren, daß meine Mutter keine Kinder mehr bekommen konnte. Er war sehr aufgebracht..., verbittert über ein Schicksal, das ihn mit einer Frau vermählt hatte, die schon nach der Geburt ihres ersten Kindes – einer Tochter – unbrauchbar geworden war und dann noch die Unverschämtheit besaß, am Leben zu bleiben.«
»Margot!«

»Liebe Minelle, soll ich die Wahrheit sagen oder nicht? Wäre meine Mutter bei der Geburt gestorben, so hätte mein Vater nach einer angemessenen Wartezeit wieder geheiratet, und ich hätte zahlreiche Halbgeschwister und, was das allerwichtigste ist, Halbbrüder haben können. Dann wäre mein kleiner Fehltritt nicht so wichtig gewesen. Aber Mama lebte weiter..., wie rücksichtslos von ihr..., und Papa war eine Art Gefangener...; von einem grausamen Schicksal geschlagen, saß er in der Falle, verheiratet mit einer Frau, mit der er nichts anfangen konnte.«
»So redet man nicht über seine Eltern.«
»Ach, erwarte bitte keine Märchen! Mein Vater ist ein holder Prinz, das versichere ich dir. Als er erfuhr, daß er an eine unfruchtbare Frau gefesselt war, stieg er auf sein Pferd und ritt so lange, bis es vor Erschöpfung umfiel. Das wilde Reiten ist wohl eine Art, seiner Wut Luft zu machen. Im Hause war man froh, ihn aus dem Weg zu haben, denn wehe dem, der ihn erzürnte. Die Leute nannten ihn den Teufel zu Pferde, und wenn sie ihn sahen, wichen sie ihm aus.«
Ich erschrak, denn dies war der Name, den ich ihm gegeben hatte, als ich ihn zum erstenmal erblickte. Er paßte haargenau zu ihm.
»Manchmal«, erzählte Margot weiter, »fuhr Papa in seinem Cabriolet aus. Er spannte die feurigsten Pferde aus seinen Stallungen davor und kutschierte selbst. Das war noch gefährlicher, als wenn er auf seinem Pferd ritt, und eines Tages raste er auf seine wilde und rücksichtslose Art durch das Dorf Lapine, das etwa zehn Kilometer vom Château entfernt liegt, und überfuhr dort ein Kind, das daraufhin starb.«
»Wie entsetzlich.«
»Ich glaube, es hat ihm leid getan.«
»Das möchte ich wohl hoffen.«
»Es hat ihn zur Besinnung gebracht, meine ich. Aber laß dir von Léon erzählen. Er ist der Zwillingsbruder des Jungen, der getötet wurde. Die Mutter ist fast wahnsinnig geworden. Sie vergaß, was sie ihrem Lehnsherrn schuldig war. Sie kam zum Schloß und versuchte, den Vater zu erdolchen. Es war ein leichtes für ihn, sie zu überwältigen. Er hätte sie wegen versuchten Mordes hinrichten lassen können, aber er hat es nicht getan.«
»Wie gut von ihm!« sagte ich ironisch. »Vermutlich hat er eingesehen, daß sie nur versucht hat, ihm heimzuzahlen, was er ihrem Kinde angetan hatte.«
»So ist es. Er sprach jedenfalls mit ihr. Er bedaure seine Tat zutiefst, sagte er, und er habe Verständnis für ihren Wunsch nach Vergeltung. Er wolle

versuchen, es wiedergutzumachen. Das tote Kind hatte einen Zwillingsbruder. Und die Frau hatte . . ., wie viele Kinder waren es doch gleich? Ich habe es vergessen. So um die zehn. Er wolle sie für den Verlust des Kindes durch eine Summe Geldes entschädigen, die dem entspräche, was ihr Sohn bis zu der Zeit verdient hätte, wenn er sechzig Jahre alt wäre. Das war aber noch nicht alles. Er wolle den Zwillingsbruder des Jungen in sein Château aufnehmen und als ein Mitglied der Familie aufziehen. Auf diese Weise könne sich das schreckliche Unglück für die Familie zum Guten wenden.«
»Davon bin ich nicht überzeugt.«
»Dann, liebe Minelle, kann ich dir auch nicht helfen. Jedenfalls haben wir außer dem Bastard Etienne noch den Bauern Léon bei uns, und laß mich dir eines sagen: Hätte ich dir die Verhältnisse nicht geschildert, so würdest du dir keine Gedanken über die Herkunft der beiden machen.«
»Ihr führt ein ungewöhnliches Haus.«
Darüber mußte Margot lachen. »Bevor ich nach England kam und die wohlgeordneten Sitten auf Gut Derringham kennenlernte, wo alles Unangenehme nie erwähnt wird und man so tut, als existiere es gar nicht . . ., bevor ich einen Blick in euer Schulhaus werfen konnte, wo das Leben so angenehm und einfach schien, da wußte ich gar nicht, aus was für einem ungewöhnlichen Hause ich kam.«
»Du hast nur die Oberfläche gesehen. Wir haben alle unsere Probleme. In diesem Schulhaus mit seinem angenehmen Leben erhob sich oft die Frage, ob wir unseren Unterhalt bestreiten konnten, und während meiner letzten Wochen dort ist diese Frage für mich zu einer brennenden Sorge geworden.«
»Ich weiß, und just diesem Zustand verdanke ich vielleicht deine Anwesenheit hier. Beweist das nicht, daß alles, was geschieht, auch sein Gutes hat? Hätte die Schule floriert, so hättest du sie nicht aufgegeben, und ich wäre allein. Ohne meines Vaters jugendlichen Leichtsinn wäre Etienne nicht im Château, und wäre Papa nicht wie ein Wilder durch Lapine gerast, würde Léon versuchen, der Erde seinen Lebensunterhalt abzuringen, und oft ginge er hungrig zu Bett. Ist das nicht ein tröstlicher Gedanke?«
»Deine Philosophie ist eine Lehre für uns alle, Margot!« Ich war beglückt, sie bei solch guter Laune zu sehen, doch die Erzählungen vom Schloß hatten sie ermüdet, und ich bedrängte sie, ihren Schlaftrunk, der aus einem Glas Milch bestand, zu nehmen und an diesem Abend nicht mehr zu reden.

2

Anfang August zog Madame Legère ein. Sie bewohnte ein kleines Zimmer neben Margot, und ihre Ankunft machte Margot und mir deutlich, daß unser Zwischenspiel sich seinem Ende näherte. Ich glaube, daß keine von uns dies herbeisehnte. Seltsam, diese Monate des Wartens hatten uns beiden viel bedeutet. Wir waren einander natürlich noch nähergekommen, und ich glaube, Margot war ebenso froh wie ich, daß wir uns danach nicht trennen würden. Ihre Reaktion auf den Verlust des Babys vermochte ich mir nicht vorzustellen. Seit die Geburt näherrückte, hatte sie regen Anteil an dem Kind bekundet, und ich fürchtete, daß sich mütterliche Liebe in ihr zu regen begann. Das war natürlich, aber gleichzeitig traurig, weil sie sich ja von dem Kind trennen mußte.

Während dieser Wartemonate hatte ich auf die Vergangenheit zurückgeblickt, und ich sehnte mich danach, mit meiner Mutter über die Zukunft sprechen zu können. Wenn ich bedachte, wie mein Leben im Schulhaus verlaufen wäre, so bereute ich nicht, was ich getan hatte. Ich stellte mir vor, wie unerfreulich sich alles entwickelt hätte, und daß ich mich in meiner Verzweiflung schließlich an die Mansers geklammert und Jim geheiratet hätte. Gleichzeitig jedoch fühlte ich, daß ich ins Dunkel gestürzt war und in eine unbekannte Zukunft trieb. Vor mir lag ein Abenteuer – das Château, der Comte, sein ungewöhnliches Hauswesen. Diese Aussicht verursachte eine kribbelnde Erregung in mir, während ich mich gleichzeitig der Wartezeit erfreute.

Madame Legère hatte Margot vollkommen in Beschlag genommen. Sie war ständig bei ihr, und suchten wir ihr einmal für kurze Zeit zu entfliehen, so dauerte es nicht lange, und die plumpe kleine Person kam herbeigeeilt und wollte wissen, was *Petite Maman* trieb.

Petite Maman amüsierte sich anfangs über diese Bezeichnung, doch nach ein paar Tagen erklärte sie, sie würde laut herausschreien, wenn Madame Legère nicht damit aufhöre. Doch Madame Legère setzte ihren Kopf durch. Sie zeigte deutlich, daß sie die führende Rolle innehatte, denn wäre

dem nicht so, wie könnten wir dann sicher sein, daß das Baby ohne Komplikationen das Licht der Welt erblicken und *Petite Maman* dies ohne Unbill überstehen würde?
Es half nichts, wir mußten Madame Legère ertragen.
Sie liebte ein Gläschen Branntwein und hatte stets eine Flasche zur Hand. Ich hatte den Verdacht, daß sie ziemlich häufig ein Schlückchen nahm, da dies aber nie eine schlimme Wirkung zeigte, bestand kein Grund zur Besorgnis.
»Hätte ich so viele Flaschen Branntwein, wie ich Babys zur Welt gebracht habe«, sagte sie, »so wäre ich eine reiche Frau.«
»Oder ein Weinkaufmann. Oder der Trunksucht ergeben«, konnte ich mich nicht enthalten hinzuzufügen.
Sie wußte nicht, wie sie mich einschätzen sollte. Ich hatte sie von mir, der englischen Cousine, reden hören, als spräche sie von einem Feind.
Manchmal saß ich in meinem Zimmer und versuchte zu lesen, doch immer hörte ich Madame Legères durchdringende Stimme, und da ich inzwischen mit dem Akzent dieser Landschaft vertraut war, konnte ich den Gesprächen mit Leichtigkeit folgen.
Jeanne war ebenfalls meistens anwesend und wetteiferte mit Madame Legère im Schwätzen, wobei Madame Legère, wohl im Hinblick auf ihre gehobene Stellung im Hause, meist als Siegerin hervorging. Ich empfahl Margot, die beiden hinauszuschicken, doch sie sagte, das Geschwätz amüsiere sie.
Es war ein heißer Nachmittag. Der August ging langsam zu Ende. Es konnte jetzt nicht mehr lange dauern. Ich hatte mich fortwährend zu erinnern versucht, was letztes Jahr um diese Zeit gewesen war. Jetzt aber begann ich mir vorzustellen, was sich wohl heute in einem Jahr abspielen würde. Verschwommene Bilder tauchten vor meinem geistigen Auge auf ..., das große Château, die breite Steintreppe, die zu den Gemächern der Familie hinaufführte, der Haushalt, Margot, Etienne, Léon, der Comte.
Die schrillen Töne von Madame Legère rissen mich unsanft aus meinen Träumen.
»Ich habe schon ein paar wunderliche Fälle in meiner Laufbahn erlebt. Da war einer, also wissen Sie, der war schon *sehr* geheim. Damen und Herren ..., haha! Sage mir keiner, daß sie alle das sind, was sie vorgeben. Die sind hin und wieder nach Liebe verrückt ... und bleiben bei Gott nicht immer auf dem rechten Pfad – das kann ich Ihnen sagen! Das ist alles schön und gut, solange es keine Folgen hat. Aber soll ich mich über die

Folgen beklagen? Diese kleinen Folgen sind es ja, denen ich mein Geschäft verdanke, meiner Seel! Und je größer der Skandal, um so besser das Geschäft. Ich wurde zuweilen fürstlich für meine Dienste entlohnt! Einmal hatte ich eine Dame ..., oh, das war eine sehr hochstehende Person ..., aber es wurde alles ganz geheimgehalten. Ich würde es Ihnen nie verraten, wer sie war, obwohl ich es mir denken kann.«
»Oh, Madame Legère«, quiekte Jeanne, »erzählen Sie's doch.«
»Wenn ich es erzählte, würde ich mein Vertrauen verwirken. Schließlich habe ich mir meinen Notgroschen zusammensparen können, weil ich Geheimnisse zu hüten weiß ... und weil ich die kleinen Süßen zur Welt bringe. Das war keine leichte Geburt damals ..., nicht so, wie ich sie liebe. Aber ich war natürlich da, und ich habe zu ihr gesagt: ›Alles wird gut, *Petite Maman*, die alte Legère ist ja bei Ihnen.‹ Damit wollte ich sie trösten, nicht wahr? Nun, wie das Baby geboren ist, da kommt eine Frau in einer Kutsche und nimmt das Kind weg. Arme *Petite Maman*, sie wäre fast gestorben. Ja, bestimmt, wenn ich mich nicht um sie gekümmert hätte. Doch ich hatte meine Anweisungen. Ich mußte ihr sagen, ihr Baby sei gestorben, und so habe ich's ihr gesagt. Es hat ihr das Herz gebrochen, aber ich nehme an, es war besser so.«
»Und was ist aus dem Baby geworden?« fragte Margot.
»Darüber brauchen Sie sich keine Sorgen zu machen. Es wurde bestens untergebracht, darauf können Sie sich verlassen. Sehen Sie, die hatten ja Geld. Jede Menge hatten die. Sie wollten nur, daß *Petite Maman* schlank wie eine Jungfrau zu ihnen heimkehrte, um sich dann auch als solche auszugeben.«
»Hat sie daran geglaubt, daß das Baby tot war?« fragte Jeanne.
»Sie hat's geglaubt. Ich schätze, heute ist sie eine große Dame, mit einem reichen Edelmann vermählt, und ein Haufen Kinder springt in ihrem großen Haus herum. Nur wird sie von denen nicht viel sehen. Die werden von Kinderfrauen behütet.«
»Das scheint mir aber nicht recht zu sein«, meinte Jeanne.
»Natürlich ist es nicht recht, aber so ist es nun mal.«
»Aber ich wüßte gern, was aus dem Baby geworden ist«, warf Margot ein.
»Darüber brauchen Sie sich nicht den Kopf zu zerbrechen«, erwiderte Madame Legère beruhigend. »Babys, die unter solchen Umständen geboren werden, kommen immer in gute Hände. Schließlich haben sie blaues Blut, und auf dieses Blut halten die Aristokraten große Stücke.«
»Ihr Blut ist nicht anders als unseres«, protestierte Jeanne. »Mein Gaston sagt, daß das Volk dies eines Tages beweisen wird.«

»Solche Reden solltest du aber vor Madame Grémond lieber nicht hören lassen«, warnte Madame Legère.
»O nein. Sie hält sich ja selbst für eine von denen. Aber die Zeit wird kommen, und dann wird sie zeigen müssen, auf wessen Seite sie steht.«
»Was ist los mit dir, Jeanne?« fragte Margot. »Du ereiferst dich ja so.«
»Oh, das kommt daher, daß sie auf Gaston gehört hat. Sag Gaston lieber, er soll sich hüten. Leute, die zuviel reden, können leicht in Schwierigkeiten kommen. Was habt ihr nur gegen die Aristokraten? Sie haben wonnige Babys. Einige von meinen niedlichsten Babys waren adelig. Ich erinnere mich, wie einmal . . .«
Mein Interesse erlahmte. Die Geschichte von dem Baby der adligen Dame, das man ihr gleich nach der Geburt fortgenommen hatte, ging mir nicht mehr aus dem Kopf. Ich fragte mich, wieviel Madame Legère von unserem Fall wußte. Dies war sicherlich ein Versuch gewesen, uns auf die Probe zu stellen. Wieviel mochte sie erraten haben? Und dann mußte ich über Jeannes Bemerkungen nachgrübeln. Es schien, daß das Leben hier von grollender Unzufriedenheit beherrscht wurde.

3

Ungefähr eine Woche später wurde ich durch Geräusche aus dem Nebenzimmer geweckt. Ich hörte, wie Madame Legère Jeanne Anweisungen erteilte.
Die Geburt von Margots Kind stand unmittelbar bevor.
Margot hatte Glück: Die Entbindung verlief weder langwierig noch beschwerlich. Am späten Vormittag erblickte ihr Sohn das Licht der Welt.
Ich ging bald darauf zu ihr. Sie lag in ihrem Bett und war sehr müde und geschwächt, aber auch selig; und sie sah sehr jung aus.
Das Baby, in rote Leintücher gewickelt, lag in einer Wiege.
»Es ist überstanden«, sagte Margot matt. »Es ist ein Knabe – ein süßer Knabe.«
Ich nickte, zu gerührt, um sprechen zu können. »*Petite Maman* muß jetzt ruhen«, sagte Madame Legère. »Wenn sie aufwacht, habe ich eine gute Suppe für sie . . ., doch zuerst wird geschlafen.«
Margot schloß die Augen. Mir war sehr unbehaglich; ich fragte mich, wie ihr zumute sein würde, wenn die Zeit käme, da sie sich unweigerlich von dem Baby trennen mußte.
Jeanne folgte mir in mein Zimmer.
»Nun werden Sie bald fortgehen, Mademoiselle«, meinte sie.
Ich nickte. Ich hatte immer das Gefühl, daß ich mich vor diesen forschenden Augen in acht nehmen müßte.
»Werden Sie bei Madame und dem Baby bleiben?«
»Eine Weile«, war meine knappe Antwort.
»Er wird ein solcher Trost für sie sein, der Kleine, nach allem, was sie durchgemacht hat. Hat sie nicht noch eine Mutter oder einen Vater?«
Am liebsten hätte ich gesagt, ich hätte keine Zeit zu reden, doch ich fürchtete Verdacht zu erregen, wenn ich so kurz angebunden war.
»O ja.«
»Man hätte meinen können . . .«
»Was?«

»Man hätte meinen können, ihre Eltern wünschten, daß sie zu ihnen käme.«
»Wir wollten sie von dort wegbringen«, sagte ich nur. »Jeanne, ich habe zu tun.«
»Sie hat sie einmal erwähnt . . ., es ist ihr irgendwie entschlüpft. Es schien mir fast, als fürchte sie sich ein wenig vor ihrem Vater. Er muß ein sehr feiner Herr sein.«
»Ich bin sicher, daß du da einen falschen Eindruck gewonnen hast.«
Ich ging in mein Zimmer und schloß die Tür, doch als ich mich von Jeanne abwandte, sah ich einen Ausdruck über ihr Gesicht huschen – auf den herabgezogenen Lippen wurde fast so etwas wie ein Schmunzeln sichtbar.
Sie hatte einen Verdacht und versuchte mich auszuhorchen, genau wie Madame Legère.
Margot war indiskret gewesen. Sie hatte zu offenherzig geschwätzt. Wenn ich es mir recht überlegte, so mußte es schon sehr merkwürdig ausgesehen haben, als wir hierher gekommen waren. Für eine junge Witwe war es doch am natürlichsten, zu ihren Eltern zu gehen und dort ihr Kind zur Welt zu bringen, anstatt mit einer Cousine, die dazu noch Ausländerin war, einen entfernten Ort aufzusuchen.
Nun, bald würden wir unterwegs sein. Wieder fragte ich mich, was Margot tun würde, wenn die Zeit käme, da sie sich von dem Baby trennen mußte.

Zwei Wochen vergingen. Madame Legère blieb bei uns wohnen. Margot wollte es nicht zulassen, daß sie ihr Baby wickelte; sie wusch und versorgte es am liebsten selbst. Sie wolle den Jungen Charles taufen, sagte sie, und so wurde er Charlot.
»Ich habe ihn nach meinem Vater genannt«, erklärte sie. »Er heißt Charles Auguste Fontaine Delibes. Der kleine Charlot hat viel Ähnlichkeit mit seinem Großvater.«
»Das kann ich aber gar nicht feststellen«, entgegnete ich.
»Oh, du kennst ja auch meinen Vater nicht sehr gut, nicht wahr? Er ist ein Mensch, der nicht leicht zu verstehen ist. Ich bin neugierig, ob Klein-Charlot so wird wie er, wenn er erwachsen ist. Welch ein Vergnügen, zu beobachten, wie . . .«
Sie hielt inne, und und ihr Gesicht legte sich in Falten. Ich wußte, daß sie sich weigerte zu glauben, daß man ihr das Baby bald fortnehmen würde. Ich war jung und unerfahren und wußte nicht recht mir ihr umzugehen.

Daher ließ ich sie zuweilen gewähren, als dürfte sie das Baby behalten und als blieben wir für immer hier. Was bevorstand, das wußte ich nur zu genau. Der Mann und die Frau, die uns herbegleitet hatten, würden binnen kurzem eintreffen, um uns abzuholen. Wir würden eine Reise antreten, das Baby würde unterwegs seinen Pflegeeltern übergeben werden, danach würden Margot und ich unsere Reise zum Château fortsetzen.

Manchmal drängte es mich, sie daran zu erinnern.

»Ich werde ihn nicht ganz und gar aufgeben!« rief sie dann. »Ich werde zu ihm zurückkehren! Ich kann doch meinen kleinen Charlot nicht verlassen! Ich muß doch wissen, ob die Leute, bei denen er ist, ihn auch liebhaben, nicht wahr?«

Ich versuchte, sie zu beschwichtigen, doch ich fürchtete den Tag der Trennung.

Die Spannung im Hause war zu spüren. Alle erwarteten den Tag, an dem wir abreisen sollten. Es war nicht besonders angenehm, daß wir das Datum nicht genau wußten.

Wenn ich in die Stadt ging, erkundigten sich die Ladenbesitzer nach Madame: Die Ärmste, die ihren Gatten auf solche tragische Weise verloren hatte. Aber jetzt hatte sie ja das Baby. Das würde sie trösten. Und dazu noch ein Junge! Alle wußten, daß sie sich nach einem Knaben gesehnt hatte.

Ich fragte mich, wieviel diese Leute über uns wußten. Hier und da hatte ich Jeanne in den Läden schwätzen sehen. Wir waren das Tagesgespräch in der kleinen Stadt, und es schien mir, daß der Comte einen Fehler begangen hatte, indem er uns in ein so kleines Nest schickte, wo die Ankunft zweier Frauen wie wir ein bedeutendes Ereignis darstellte.

In der ersten Septemberwoche trafen unsere Hüter ein. Unsere Abreise sollte am Tage darauf erfolgen.

Es war vorüber. Die Reisekutsche stand vor unserer Tür. Monsieur und Madame Bellegarde – ein Cousin mit seiner Frau – würden uns nach Hause begleiten, so hieß es.

»Sie haben ja solch gütige Verwandte, Madame«, sagte Madame Legère. »Sie bringen Sie heim, und die Großeltern werden von dem kleinen Charlot entzückt sein!«

Alle hatten sich an der Haustür eingefunden: Madame Grémond, Madame Legère, dahinter Jeanne und Emilie. Diese Gruppe prägte sich unauslöschlich in meinem Gedächtnis ein; und während der folgenden Monate sah ich häufig dieses Bild vor mir stehen.

Margot hielt das Baby, und ich sah, wie Tränen langsam ihre Wangen hinabrannen.

»Ich kann ihn nicht aufgeben, Minelle, ich kann es nicht«, flüsterte sie.

Sie mußte es allerdings, und im Grunde ihres Herzens war ihr das auch bewußt.

Die erste Nacht verbrachten wir in einem Gasthof. Margot und ich bewohnten zusammen ein Zimmer; das Baby hatten wir bei uns. Wir konnten kein Augen zutun, Margot redete beinahe die ganze Nacht hindurch.

Sie hatte die unsinnigsten Einfälle: Wir sollten einfach weglaufen und das Baby behalten. Ich stimmte zunächst ihrem Vorschlag zu, um sie zu besänftigen, doch am Morgen sprach ich vernünftig mit ihr und sagte, sie solle aufhören, sich etwas vorzugaukeln.

»Wenn du dich nicht von deinem Baby trennen magst, dann hättest du eben abwarten müssen, bis du verheiratet bist, bevor du eins bekommst.«

»Kein anderes würde so sein wie mein kleiner Charlot«, weinte sie.

Sie liebte ihr Baby. Wie sehr wohl? fragte ich mich. Ihre Emotionen waren zwar flüchtiger Natur, nichtsdestotrotz war sie zur Zeit von einem tiefen Gefühl beseelt, und ich ahnte, daß ihr kein anderes menschliches Wesen jemals so viel bedeutet hatte wie ihr Kind.

Ich war froh über die kühle Zurückhaltung der Bellegardes – ergebene Diener des Comte. Sie hatten eine Aufgabe zu erfüllen, und die führten sie aus.

Margot sagte zu mir: »Ich werde Charlots Pflegeeltern sehen, und ich werde zurückkommen und Charlot besuchen. Wie stellen die sich das nur vor, daß mich irgend etwas von meinem Baby fernhalten könnte!«

Doch die Trennung war äußerst geschickt eingefädelt worden.

Eines Abends hatten wir ein Gasthaus erreicht und waren, von der langen Tagesreise ermüdet, früh zu Bett gegangen und bald darauf eingeschlafen. Als wir am Morgen erwachten, war Charlot verschwunden.

Margot sah bestürzt und hilflos drein. Daß es sich so abspielen würde, hatte sie nicht erwartet.

Sie ging zu den Bellegardes, die ihr freundlich mitteilten, die Pflegeeltern des Kindes seien am Vorabend zum Gasthof gekommen und hätten das Baby mitgenommen. Sie brauche sich seinetwegen nicht zu ängstigen. Es sei in guten Händen und für sein ganzes Leben bestens versorgt. Nun müßten wir aber aufbrechen. Der Comte erwarte uns in den nächsten Tagen auf seinem Château.

Château Silvaine

1

Margot war wie gelähmt. Wenn ich zu ihr sprach, gab sie keine Antwort. Da Worte sie nicht trösten konnten, verhielt ich mich schweigsam.
Es fiel mir auf, daß sie sich während unserer Reise durch das Land die Ortsnamen merkte und sich gelobte, zurückzukommen, um Charlot zu finden.
Arme Margot – jetzt erst wurde ihr klar, daß das ganze Geschehen alles andere als ein großartiges Abenteuer war. Es hatte schlimme Augenblicke gegeben, etwa als sie entdeckte, daß sie ein Kind bekommen würde; doch selbst da hatte die Erregung einen Reiz für sie gehabt. Jetzt aber wurde sie von tiefer Niedergeschlagenheit über den Verlust ihres Kindes befallen, jetzt erfuhr sie, was es bedeute, wirklich unglücklich zu sein.
Den ersten Anblick des Château Silvaine werde ich nie vergessen. Es stand auf einer sanften Erhöhung, und sein mächtiger Turm war schon aus mehreren Meilen Entfernung zu sehen. Der große, festungsgleiche Bau mit seinen vier Ecktürmen und dem großen Wachtturm machte einen furchteinflößenden, bedrohlichen Eindruck, was sicherlich beabsichtigt war; denn im dreizehnten Jahrhundert hatte das Schloß eher als Festung denn als Wohnstätte gedient.
Beim Näherkommen entfaltete sich dann seine ganze Pracht.
Der Sänger im Wachtturm mußte uns gesichtet haben, denn als wir die Umfriedung des Schlosses erreichten, wurden wir von der Dienerschaft erwartet.
Wir befanden uns auf einem großen, gepflasterten Innenhof, und vor uns stieg die graue Marmortreppe auf, von der Margot mir erzählt hatte.
Margot wünschte den Dienern guten Tag, wobei einer erwiderte: »Willkommen im Château, Mademoiselle. Ich freue mich, Sie zu sehen.«
»Danke, Jacques«, sagte sie. »Erwartet mein Vater uns?«
»O ja, Mademoiselle. Er hat angeordnet, ihn sogleich von Ihrer Ankunft zu verständigen. Sie und die englische Mademoiselle möchten sich unverzüglich in den roten Salon begeben.«

Margot nickte. »Das hier ist meine englische Cousine, Mademoiselle Maddox.«

»Mademoiselle«, murmelte Jacques und machte eine tiefe Verbeugung.

Ich erwiderte seinen Gruß mit einer Neigung meines Kopfes, und Margot sagte: »Wir müssen zunächst in den roten Salon. Danach können wir unsere Zimmer aufsuchen.«

»Sollten wir uns nicht lieber erst waschen und umkleiden? Wir sind ziemlich schmutzig von der Reise.«

»Er hat gesagt, zuerst zum roten Salon«, gab Margot zu verstehen, und ich begriff, daß sein Wort Gesetz war.

»Wir werden nicht über die große Treppe hinaufgehen«, sagte Margot. »Sie ist nur ein Aufstieg zu dem Teil des Schlosses, den wir bewohnen; es gibt jedoch noch einen anderen Weg. Im Mittelalter war dies der einzige Aufgang, aber seither ist vieles im Schloß verändert worden, um größeren Komfort zu bieten, und wir können die neue Stiege benutzen.«

»Monsieur, Madame«, wandte sich Jacques an die Bellegardes, »Sie nehmen diesen Weg.«

Margot führte mich über den Hof zu einer Tür, durch welche wir eine Halle betraten. Diese war derjenigen in Derringham nicht unähnlich, doch waren die Möbel hier kunstvoller, und trotz Vergoldung und reichlichem Dekor wirkten sie zierlich.

Margot und ich stiegen eine wundervoll geschwungene Treppe hinauf, die von der Halle nach oben führte. Wir schritten einen Flur entlang, dann öffnete Margot eine Tür. Dies war der rote Salon. Noch nie hatte ich so schöne Möbel gesehen. Der Raum war überaus elegant, mit goldgesäumten Vorhängen aus roter Seide, zwei oder drei Sofas und mehreren vergoldeten Stühlen. Eine Vitrine mit Glaspokalen und Krügen fiel mir besonders auf. Das einzige, was dem Raum fehlte, war allerdings Gemütlichkeit. Alles schien zu erlesen und zu zerbrechlich, um dem Gebrauch zu dienen.

Ich war mir meiner von der Reise lädierten Verfassung wohl bewußt und fand es bezeichnend für den Comte, daß er uns keine Gelegenheit gab, uns für die Begegnung frisch zu machen. Das hatte in mir bereits Gefühle der Feindseligkeit gegen ihn geweckt, und ich war sicher, daß er mit Absicht so handelte, um uns zu erniedrigen.

Als er eintrat, begann mein Herz trotz meines Vorsatzes, mich nicht einschüchtern zu lassen, schneller zu schlagen. Er war schlicht gekleidet, aber alles, was er trug, war offenbar von allerbester Qualität. Die wollene

Jacke hatte einen erstklassigen Schnitt, die Knöpfe waren aus purem Gold, die Spitzen an seinen Handgelenken und um seinen Hals von blendendem Weiß.
Er stand breitbeinig und mit hinter dem Rücken verschränkten Armen, und schaute abwechselnd von einer von uns zur anderen, ein schwaches Lächeln der Zufriedenheit auf den Lippen.
»So . . ., unsere kleine Affäre wäre also vorüber«, sagte er.
Margot machte einen Knicks, während er sie teils belustigt, teils ungeduldig ansah.
Dann ließ er seine Augen auf mir ruhen.
»Mademoiselle Maddox, es ist mir ein Vergnügen.«
Ich neigte meinen Kopf. »Ich habe Ihnen zu danken«, sagte er, »daß Sie uns aus diesem widrigen Mißgeschick herausgeholfen haben. Ich glaube, alles ist so gut ausgegangen, wie wir nur erhoffen konnten.«
»Davon bin ich überzeugt«, erwiderte ich.
Er wies auf zwei Stühle und wählte für sich einen Platz mit dem Rücken zum Fenster, so daß sein Gesicht im Schatten lag und das Licht voll auf uns fiel. Das brachte mir meine alles andere als zufriedenstellende Erscheinung sofort wieder zu Bewußtsein.
»Jetzt wollen wir über das sprechen, was vor uns liegt. Diese kleine Geschichte ist vorbei, und wir wollen sie nie wieder erwähnen. Es ist, als hätte sie sich nie ereignet. Mademoiselle Maddox wird bei uns zu Besuch weilen. Ich denke, sie kann weiterhin als eine entfernte Cousine gelten. Wir hätten diese Verwandtschaft entdeckt, als ich in England war. Marguerite war indisponiert, und ihre englische Cousine hatte kürzlich ihre Mutter verloren. Sie haben sich gegenseitig getröstet, und in der Güte ihres Herzens erklärte sich Mademoiselle Maddox bereit, Marguerite auf eine kleine Reise zu begleiten. Sie hatten einen oder zwei Monate in einem abgeschiedenen Dorf im Süden verbracht, und nun verbringen sie ihre Zeit damit, sich gegenseitig ihre Muttersprache beizubringen. Wie erfolgreich, das wird sich zeigen. Mademoiselle, ich muß Ihnen ein Kompliment machen, wie gut Sie unsere Sprache beherrschen. Wenn Sie erlauben, Ihre Akzentuierung hat sich seit unserer letzten Begegnung erheblich gebessert. Ihre Grammatik war natürlich schon immer fehlerfrei; doch während viele Menschen unsere Sprache zu schreiben verstehen, können sie nur wenige sprechen. Sie sind darin eine Ausnahme.«
»Vielen Dank«, sagte ich.
»Und da Sie nun meine Cousine sind – wenn auch eine entfernte –, halte ich es nicht für angebracht, Sie weiterhin Mademoiselle Maddox zu

nennen. Ich werde Cousine Minelle zu Ihnen sagen, und Sie nennen mich einfach Cousin Charles. Aber, aber, Sie wirken ja ganz verstört!«
»Es wird mir schwerfallen«, sagte ich leicht verlegen.
»Solch eine Lappalie! Ich hatte den Eindruck, Sie seien eine äußerst geschickte junge Frau, welche die schwierigsten Hindernisse zu meistern versteht, und nun schrecken Sie vor einem Namen zurück!«
»Es fällt mir schwer, mich als Verwandte eines ...« Ich machte eine weitausladende Geste und vollendete: »... solchen *Grandeurs* zu betrachten.«
»Es freut mich, daß Sie es von dieser Seite sehen. Dann werden Sie sich also glücklich fühlen, Mitglied einer Familie wie der unseren zu sein?«
»Ein solcher Anspruch steht mir nicht zu.«
»Aber er sei Ihnen von Herzen gegönnt.« Er erhob sich und trat auf uns zu, legte seine Hände auf meine Schultern und küßte mich feierlich auf die Stirn. »Cousine Minelle«, sprach er, »ich heiße Sie im Schoße der Familie willkommen.«
Ich errötete verlegen und spürte Margots erstaunten Blick auf mir. Der Comte nahm wieder Platz.
»Beschlossen und besiegelt«, sagte er. »Der Willkommenskuß – verbindlich wie mein Siegel auf einem Dokument. Wir sind Ihnen zu Dank verpflichtet, Cousine, nicht wahr, Marguerite?«
»Ich weiß nicht, was ich ohne Minelle angefangen hätte«, bekräftigte sie.
»So ...« Er machte eine Bewegung mit der Hand. »Wir werden Gäste hier im *Château* haben«, fuhr er fort, »und Sie werden als meine Cousine an den Empfängen teilnehmen.«
»Damit habe ich nicht gerechnet«, sagte ich. »Für eine solche Gesellschaft bin ich nicht richtig gerüstet.«
»Gerüstet, liebe Cousine? Meinen Sie geistig, oder was Ihre Garderobe anbelangt?«
»Geistig habe ich gewiß nicht gemeint«, erwiderte ich bissig.
»Es war nur ein Scherz; ich habe keinen Augenblick angenommen, daß Sie es so gemeint haben könnten. Ach, diese lästige Kleidersorge! Wir haben Schneiderinnen im Schloß. Ich könnte schwören, Cousine, daß Sie einen guten Geschmack haben. Ich kann Sie mir« – wieder diese Handbewegung – »ganz exzellent gekleidet vorstellen. Sehen Sie, damit wäre nun alles geregelt.«
»Das finde ich keineswegs«, widersprach ich. »Ich bin hierher gekommen, um Marguerite Gesellschaft zu leisten, solange sie mich braucht. Ich dachte, ich erhielte eine Beschäftigung ...«

»Sie haben eine Beschäftigung. Aber nicht als Gesellschafterin, sondern als Cousine.«
»Als eine Art arme Verwandte?«
»Das hört sich traurig an. Eine Verwandte, ja, und vielleicht nicht so begütert wie mancher von uns ..., doch wir sind alle viel zu wohlgesittet, um Sie das fühlen zu lassen.«
Margot, welche diese Unterhaltung schweigend verfolgt hatte, stieß plötzlich hervor: »Ich muß Charlot bald besuchen!«
»Charlot?« fragte der Comte kühl. »Und wer ist Charlot?«
»Er ist mein Baby«, sagte Margot ruhig.
Das Gesicht des Comte verhärtete sich. Jetzt sah er grausam aus. *Le Diable* fürwahr, dachte ich.
»Habe ich mich nicht deutlich genug ausgedrückt, daß diese Angelegenheit vorüber ist und nie wieder erwähnt werden darf?«
»Glaubst du, ich kann einfach aufhören, an mein Baby zu denken?«
»Du kannst jedenfalls aufhören, davon zu sprechen.«
»Du tust gerade so, als wäre es ein *Ding*..., nichts von Bedeutung, etwas, das man einfach beiseite schaffen kann, weil es Unannehmlichkeiten bereitet.«
»Und just das hat es ja auch getan.«
»Aber nicht mir! Ich will es haben! Ich habe es lieb!«
Er blickte entrüstet von Margot zu mir. »Es war vielleicht voreilig von mir, Sie zur Bewältigung dieser unglückseligen Affäre zu beglückwünschen.«
»Ich muß Charlot hin und wieder besuchen!« beharrte Margot trotzig.
»Habe ich nicht gesagt, daß die Angelegenheit erledigt ist? Cousine Minelle, bringen Sie Marguerite in ihr Zimmer! Sie wird Ihnen das Ihre zeigen. Ich glaube, Ihre Räume liegen nebeneinander. Ich will von diesen Torheiten nichts mehr hören!«
»Papa!« Sie lief zu ihm hin und ergriff seine Hand. Er schob sie unwillig von sich.
»Hast du mich nicht verstanden! Geh, zeige deiner Cousine ihr Zimmer und bekämpfe deine Aufsässigkeit, bevor du mir wieder unter die Augen trittst!«
In diesem Augenblick haßte ich ihn. Seinen eigenen unehelichen Sohn hatte er in sein Haus aufgenommen, doch für die arme Margot empfand er kein Mitleid. Ich ging zu ihr und legte meinen Arm um sie. »Komm, Margot«, sagte ich, »wir wollen uns ausruhen. Wir sind müde von unserer Reise.«

»Charlot...«, murmelte sie.
»Charlot ist in guten Händen, Margot«, versuchte ich sie zu beruhigen.
»Cousine Minelle«, sagte der Comte. »Ich habe befohlen, daß der Name des Kindes nicht erwähnt werden darf. Bitte denken Sie daran.«
Auf einmal konnte ich meiner Empfindungen nicht mehr Herr werden. Ich war müde von der Reise, und er hatte in mir ein Gefühl der Erniedrigung erweckt, indem er mir nicht gestattet hatte, mich vor dem Empfang zu waschen und umzukleiden; ihm dann von Angesicht zu Angesicht gegenüberzutreten und ihn mächtiger und bedrohlicher zu erleben, als ich ihn in Erinnerung hatte, das war zuviel für mich.
Ich stieß hervor: »Haben Sie denn keine menschlichen Gefühle! Hier steht eine Mutter vor Ihnen! Sie hat vor kurzem ein Kind geboren, und man hat es ihr entrissen!«
»Entrissen! Ich wußte nicht, daß es ihr entrissen wurde. Meine Befehle lauteten, es in aller Stille zu entfernen.«
»Sie wissen ganz genau, was ich meine!«
»Oh«, sagte er, »welch ein Melodram! ›Entrissen‹ klingt freilich viel effektvoller als ›still entfernt‹. Aus Ihrem Munde hört es sich an, als hätte ein Tauziehen um diesen... Bastard stattgefunden. Ich muß mich über Sie wundern, Cousine. Ich dachte, die Engländer seien beherrscht, und daß ich vieles von ihnen lernen könnte.«
»Von dieser Engländerin werden Sie höchstens lernen, daß sie Grausamkeit haßt.«
»Ihnen wäre es wohl lieber, die Zukunftsaussichten meiner Tochter wegen einer jugendlichen Torheit vernichtet zu sehen? Ich sage Ihnen, ich habe weder Kosten noch Mühe gescheut, um sie von dieser lächerlichen Affäre zu befreien. Ich habe Sie engagiert, weil ich glaubte, Sie verfügten über gesunden Menschenverstand. Ich fürchte, Sie werden mir mehr von dieser unabdingbaren Befähigung zeigen müssen, wenn Sie in meinen Diensten bleiben wollen.«
»Ich bin sicher, Sie werden mich höchst untauglich finden. In diesem Falle ist es wohl besser, wenn ich Ihre Dienste ohne zu zögern verlasse; denn falls Sie erwarten, daß ich Ihre Grausamkeit und Ungerechtigkeit stillschweigend gutheiße, so werde ich Sie enttäuschen müssen, dessen darf ich Sie versichern.«
»Vorlaut! Ungehorsam! Sentimental! Dies sind nicht die Tugenden, die ich bewundere.«
»Ich habe nicht damit gerechnet, Ihre Bewunderung zu erringen. Ich werde Sie so bald wie möglich verlassen. Doch für eine Nacht müssen Sie

mir Obdach gewähren, das sind Sie mir unter diesen Umständen schuldig.«
»Selbstverständlich erhalten Sie Ihr Obdach für die Nacht. Woher kommt es nur, daß man den Völkern bestimmte Eigenschaften nachsagt? Die Engländer sind für ihr *sang-froid* berühmt. Was für eine falsche Interpretation..., es sei denn, Sie sind keine typische Vertreterin Ihrer Nation.«
Margot umklammerte mich weinend. »Minelle, du darfst mich nicht verlassen! Ich lasse dich nicht fort! Papa, sie muß bleiben!« Dann zu mir: »Wir werden zusammen fortgehen. Wir werden Charlot finden.« Dann wieder zu ihrem Vater, indem sie ihn am Ärmel zupfte: »Du darfst mir mein Baby nicht rauben! Ich werde es nicht aufgeben!« Ihr Weinen hatte sich in irres Gelächter verwandelt, das mir Angst einjagte.
Plötzlich schlug er sie ins Gesicht.
Einen Augenblick lang herrschte gespannte Stille. Im roten Salon schien die Zeit stillzustehen, und selbst die molligen halbnackten Damen, die auf dem Wandteppich ihre Possen trieben, schienen abzuwarten.
Der Comte brach das Schweigen: »Grausam, sagen Sie.« Dabei sah er mich an. »Meine Tochter zu schlagen! Ich halte es für die richtige Behandlung dieser Form von Hysterie. Sehen Sie, es hat sie beruhigt. Gehen Sie jetzt! Sprechen Sie mit ihr! Erklären Sie ihr, warum es so geschehen muß. Wir werden uns während der kommenden Wochen noch viel zu sagen haben.«
Ich fühlte ein Sausen in meinen Ohren. Er brach die Unterhaltung einfach ab und überging meine Drohung, abzureisen.
Aber zunächst mußte ich an Margot denken. Ich ergriff ihren Arm und sagte: »Komm, Margot, laß uns gehen. Zeige mir dein Zimmer... und das meinige.«

Auf ihrem Bett liegend, erholte sich Margot von dem Zwischenfall, während ich mich in meinem Zimmer erfrischte. Hinter einem Vorhang befand sich eine Art Alkoven, wo man sich abseits vom Schlafraum waschen und ankleiden konnte; dort hatte ich kaltes Wasser vorgefunden. Mein Schlafzimmer war von der gleichen Eleganz wie jeder andere Raum im Schloß, dessen war ich sicher. Die Vorhänge waren in dem gleichen dunklen Blau wie die Gardinen vor dem Himmelbett gehalten. Auf dem Boden lag ein Aubusson-Teppich. Die zierlichen Möbel waren im Stil Louis XIV. gehalten, der im vergangenen Jahrhundert solcher Eleganz Vorschub geleistet und dessen Einfluß sich in ganz Frankreich verbreitet hatte. Am Spiegel des hübschen Ankleidetisches waren zu beiden Seiten

Kerzen angebracht, die von vergoldeten Amoretten gehalten wurden. Davor stand ein Stuhl mit weichem Brokatsitz – blaßblau mit dunkelblauen Samtstreifen.

Ich hätte in solch erlesener Umgebung schwelgen können, wäre nicht meine Furcht gewesen, welche ganz allein dem Schloßherrn galt. In mir wuchs die Überzeugung, daß er mich aus einem ganz anderen Grunde hierher geholt hatte, und ich zweifelte nicht daran, daß dieser Grund unehrenhafter Natur war.

Die Franzosen waren Realisten. Sie waren weitaus ruchloser als wir. Natürlich nahmen sich auch englische Männer ihre Mätressen, und es gab auch dann und wann einen Skandal, den man später bedauerte – oder man tat wenigstens so. Das war zwar in gewisser Hinsicht Heuchelei, und doch schuf gerade diese Haltung eine moralische Gesellschaft. Die Könige von Frankreich dagegen hielten sich ihre Mätressen in aller Öffentlichkeit, und der Titel *maîtresse en titre*, welcher der obersten von ihnen verliehen wurde, galt als eine Ehre. Das wäre in England ganz und gar unmöglich gewesen. Der gegenwärtige König von Frankreich hatte allerdings keine Mätresse, nicht, weil es sich für ihn nicht geziemt hätte, sondern weil er keinen Hang dazu besaß. Selbst seine leichtsinnige und frivole Gemahlin Marie-Antoinette hatte keine offiziellen Liebhaber. Es gab natürlich Geflüster, doch wer vermochte zu sagen, ob dieses auf Tatsachen oder bloßen Gerüchten beruhte. Der König und die Königin waren eben anders als ihre Vorgänger. Französische Edelmänner nahmen sich nach wie vor so selbstverständlich Mätressen, wie sie sich Ehefrauen nahmen, und niemand dachte deswegen schlecht von ihnen.

Ich war mir durchaus bewußt, daß der Comte ein besonderes Interesse an mir hatte, und dafür konnte es nur einen einzigen Grund geben.

Wie sehr wünschte ich, meine Mutter wäre bei mir. Ich stellte mir vor, wie ihre Augen beim Anblick des Luxus im Schloß glitzern würden; das Verhalten des Comte hätte sie jedoch abgeschreckt, und sicher würde sie mich so schnell wie möglich von hier fortholen. Fast konnte ich, über den leeren Raum unserer Trennung hinweg, ihre Stimme vernehmen: »Du mußt fort von hier, Minella! Sobald du kannst . . ., ohne Hast . . ., geh fort!«

Sie hat recht, dachte ich, das ist es, was ich zu tun habe.

Hätte ich nur aufrichtig sagen können, daß ich ihm gleichgültig gegenüberstand, so hätte ich das Ganze als Herausforderung hingenommen. Es wäre mir ein Vergnügen gewesen, mich mit ihm anzulegen. Aber ich war von der erschreckenden Erkenntnis getroffen, daß dem eben nicht so war.

Als er mich auf die Stirn geküßt hatte – ein Kuß unter Verwandten –, hatte ich eine Erregung verspürt, die niemand sonst hätte in mir erstehen lassen können. Ich dachte an Joel Derringham, den liebenswürdigen, freundlichen Joel. Ich war gerne mit ihm zusammen gewesen. Er verstand es, eine fesselnde Unterhaltung zu führen, er interessierte sich für so viele Dinge. Aber eine Erregung war das nicht gewesen. Als er seinem Vater demütig Gehorsam leistete und abreiste, hatte es mir keineswegs das Herz gebrochen; ich war lediglich über ihn enttäuscht gewesen.
Und nun war ich hier.
Ich wusch mich und zog eines von den Kleidern an, die meine Mutter bei der Schneiderin in der Hoffnung bestellt hatte, aus mir eine würdige Gefährtin für Joel Derringham zu machen. Im Schulhaus war mir das Gewand prächtig vorgekommen, in dieser Umgebung aber verblaßte es.
Ich ging in Margots Zimmer.
Sie lag noch immer auf ihrem Bett und starrte mit leerem Blick gegen die Decke, an der Amoretten ihren Schabernack trieben.
»O Minelle«, jammerte sie, »wie soll ich das nur ertragen.«
»Die Zeit heilt alle Wunden«, versicherte ich ihr.
»Er ist so grausam...«
Ich verteidigte ihn: »Er denkt eben an deine Zukunft.«
»Weißt du, was sie mit mir vorhaben? Sie wollen mich mit jemandem verheiraten. Er wird nichts von Charlot erfahren, das wird ein schreckliches Geheimnis bleiben.«
»Nur Mut, Margot. Wenn du erst andere Kinder hast, wird alles wieder gut, da bin ich ganz sicher.«
»Du redest genau wie sie, Minelle.«
»Weil es die Wahrheit ist.«
»Minelle, geh nicht fort!«
»Du hast gehört, was dein Vater gesagt hat. Er ist nicht zufrieden mit mir.«
»Ich glaube, du gefällst ihm.«
»Aber du hast doch gehört, was er gesagt hat.«
»Ja, aber du darfst nicht fortgehen. Denk doch nur, wie allein ich hier ohne dich wäre. Dann würde ich auch nicht hierbleiben. Minelle, geh nicht! Wir werden Pläne machen.«
»Was für Pläne?«
»Wie wir Charlot finden. Wir werden den Weg unserer Reise zurückverfolgen. Wir werden ihn überall suchen..., bis wir ihn finden.«
Ich erwiderte nichts. Mir war klar, daß sie ihren Phantasien nachhängen

mußte, weil dies im Augenblick eine Hilfe für sie bedeutete, ein Strick, an dem sie sich aus ihrer Verzweiflung herausziehen konnte. Arme Margot. Ich wusch ihr das Gesicht und half ihr beim Ankleiden, wobei wir Pläne für unsere Suche nach Charlot schmiedeten – Pläne freilich, so glaubte ich, die sich niemals in die Tat umsetzen ließen.

Ein Diener führte mich zu den Gemächern von Madame la Comtesse, welche den Wunsch geäußert hatte, mich zu sehen. Sie lag auf einer Chaiselongue, und ich erinnerte mich an das eine Mal, als ich sie in der gleichen Haltung auf Gut Derringham gesehen hatte.
Auch hier gab es dieselben Möbel aus dem vergangenen Jahrhundert, in besonders zarten Farben gehalten, wie um dem geschwächten Gesundheitszustand der Comtesse zu entsprechen.
Sie war sehr blaß und sehr mager und glich fürwahr einer Porzellanpuppe, die aussah, als würde sie zerbrechen, wenn man sie grob anfaßte. Ihr enganliegendes Gewand war aus blaß-lavendelfarbenem Chiffon, ihr dunkles Haar fiel in Locken auf die Schultern, und sie hatte große dunkle Augen, von langen Wimpern überschattet. Neben der Couch befand sich ein Tisch, auf dem Flaschen und ein paar Gläser standen.
Als ich das Zimmer betrat, eilte eine dicke, ganz in Schwarz gekleidete Frau auf mich zu. Nou-Nou, dachte ich. Sie sah wahrhaft furchterregend aus; ihre bernsteinfarbenen Augen gemahnten mich an die Augen einer Löwin, und sie machte auch den Eindruck einer solchen, die ihr Junges verteidigt – falls man diesen Ausdruck auf das zarte Porzellangeschöpf auf der Chaiselongue anwenden konnte. Nou-Nous Haut war gelblich, ihre Lippen waren gestrafft, konnten aber, wie ich später feststellen sollte, aus Zärtlichkeit für die Comtesse – und nur für diese – ganz sanft werden.
»Sie sind gewiß Mademoiselle Maddox«, sagte sie. »Die Comtesse wünschte Sie zu sehen. Sie dürfen sie aber nicht überanstrengen. Sie ermüdet so leicht.« Sie ging zu ihrer Herrin. »Die junge Dame ist da«, verkündete sie.
Eine kraftlose Hand streckte sich mir entgegen. Ich ergriff sie und beugte mich über sie, wie es hier der Brauch war.
»Bringe einen Stuhl für meine Cousine«, verlangte die Comtesse.
Nou-Nou gehorchte und flüsterte mir zu: »Nicht vergessen, Sie ermüdet sehr leicht.«
»Du kannst uns jetzt allein lassen, liebe Nouny«, sagte die Comtesse.
»Ich wollte ohnehin gerade gehen. Ich habe zu tun, wie Sie wissen.«
Sie ging hinaus, ein wenig widerstrebend, schien es mir. Ich konnte mir

vorstellen, daß sie jedem grollte, der die Aufmerksamkeit ihrer geliebten Herrin auf sich zog.
»Der Comte hat mir erzählt, welche Rolle Sie gespielt haben. Ich möchte Ihnen danken. Er sagt, daß Sie als unsere Cousine gelten.«
»Ja«, erwiderte ich.
»Ich war ganz verzweifelt, als ich hörte, was Marguerite widerfahren war.«
»Eine traurige Affäre«, stimmte ich zu.
»Aber sie ist nun bereinigt . . ., höchst zufriedenstellend, glaube ich.«
»Nicht für Ihre Tochter. Sie hat ihr Kind verloren.«
»Arme Marguerite. Es war sehr ungezogen von ihr. Ich fürchte, sie hat die Natur ihres Vaters geerbt. Ich hoffe inständig, daß sie keine derartigen Abenteuer mehr erleben wird. Sie sind vermutlich hier, um auf sie aufzupassen. Ich werde Sie Cousine Minelle nennen, und ich bin Cousine Ursule für sie.«
»Cousine Ursule«, wiederholte ich. Ihren Vornamen hörte ich jetzt zum ersten Mal.
»Anfangs wird es etwas schwierig sein«, meinte sie, »aber ein kleines Versehen, ein- oder zweimal, ist ja nicht schlimm. Ich halte mich die meiste Zeit in meinem Zimmer auf. Sie brauchen sich keine Sorgen zu machen, wenn Nou-Nou bei unseren Gesprächen zugegen ist. Sie weiß seit jeher alles, was in der Familie vorgeht. Diese Geschichte hier mißbilligt sie auch.« Für einen Augenblick kräuselten sich die Lippen der Comtesse zu einem Lächeln. »Sie hätte gern ein Baby hier gehabt. Nou-Nou liebt Babys. Sie hätte es gern gesehen, wenn ich ein Dutzend bekommen hätte.«
»Kinderfrauen sind immer so, glaube ich.«
»Nou-Nou jedenfalls. Sie ist bei mir geblieben, als ich geheiratet habe.« Ihr Gesicht verzog sich ein wenig, als erinnere sie sich an etwas Unangenehmes. »Das ist viele Jahre her. Seitdem bin ich fast dauernd krank gewesen.«
Die leichte Belebung in ihrem Gesicht war wieder verschwunden. Sie blickte auf den Tisch neben sich. »Ich möchte ein wenig von dem Magenlikör. Würden Sie mir ein Gläschen einschenken? Es ermüdet mich bereits, wenn ich nur den Arm hebe.«
Ich trat an den Tisch und suchte die Flasche heraus, die sie mir genannt hatte. Sie musterte mich scharf, und es kam mir so vor, als habe sie mich um den Magenlikör nur aus dem Grunde gebeten, damit ich näher an sie herankäme und sie mich genauer betrachten könne.
»Nur ein klein wenig, bitte«, sagte sie. »Nou-Nou macht ihn selbst. Sie ist

sehr erfahren in der Bereitung von Mixturen. Alle sind aus ihren selbstgezogenen Kräutern gemacht. Diese hier enthält Engelwurz. Das ist gut gegen Kopfweh. Ich werde von Kopfschmerzen gemartert. Kennen Sie ein paar gute Arzneien, Cousine Minelle..., irgendwelche Heilmittel?«
»Überhaupt keine. Glücklicherweise habe ich sie nie benötigt.«
»Nou-Nou beschäftigt sich damit, seit ich so krank geworden bin. Das war vor ungefähr siebzehn Jahren...«
Sie hielt inne, und ich wußte, daß sie auf Margots Geburt anspielte, die sie ihrer Gesundheit und Kraft beraubt hatte.
»Nou-Nou zeigt mir alle Pflanzen, die sie verwendet. An Engelwurz werde ich mich stets erinnern. Früher nannten es die Ärzte ›Wurzel des Heiligen Geistes‹, weil es solch heilende Eigenschaften besitzt. Finden Sie das interessant, Mademoiselle..., Cousine Minelle?«
»Ja. Ich finde jede Belehrung interessant.«
Sie nickte. »Basilikum ist ebenfalls gut gegen Kopfweh. Nou-Nou verwendet es auch. Wenn ich Beruhigung brauche, verabreicht sie mir eine Dosis davon. Es hat eine wundervolle Wirkung. Sie hat ein kleines Zimmer ganz in der Nähe, wo sie mit ihren Kräutern hantiert. Sie kocht auch für mich.« Die Comtesse blickte verstohlen über die Schulter. »Nou-Nou läßt es nicht zu, daß jemand anders als sie meine Mahlzeiten zubereitet.«
Ich hätte gern gewußt, was das heißen sollte, und einen Augenblick lang nahm ich an, die Comtesse wollte andeuten, daß der Comte sich ihrer zu entledigen trachte. Ob diese Unterhaltung als eine Warnung für mich gedacht sei, fragte ich mich.
»Sie ist Ihnen wahrlich treu ergeben«, sagte ich.
»Es ist gut, eine treue Seele um sich zu haben«, erwiderte sie. Es schien ihr ein wenig schwerzufallen, sich von ihren Leiden abzuwenden. »Haben Sie den Comte seit Ihrer Ankunft schon gesehen?« erkundigte sie sich.
Ich bestätigte es.
»Hat er Marguerites Vermählung erwähnt?«
»Nein«, entgegnete ich leicht bestürzt.
»Er wird ihr etwas Zeit lassen, sich zu erholen. Es ist eine gute Verbindung. Der Bräutigam stammt aus einer der angesehensten Familien Frankreichs. Er wird eines Tages über Titel und Güter verfügen.«
»Soll Marguerite es jetzt schon erfahren?«
»Noch nicht. Würden Sie wohl versuchen, sie mit dem Gedanken vertraut zu machen? Der Comte sagt, Sie haben Einfluß auf sie. Er wird absoluten

Gehorsam verlangen, aber es wäre angenehmer, wenn man sie davon überzeugen könnte, daß es zu ihrem Besten geschieht.«
»Madame, sie hat erst jüngst ein Kind geboren und es danach verloren.«
»Sie müssen mich Cousine Ursule nennen. Aber hat der Comte Ihnen denn nicht gesagt, daß die Angelegenheit behandelt werden muß, als hätte sie nie stattgefunden?«
»Ja, Cousine Ursule, aber ...«
»Ich denke, daran sollten wir festhalten. Der Comte liebt es nicht, wenn seinen Wünschen nicht entsprochen wird. Margot muß überzeugt werden..., auch wenn allmählich vielleicht..., aber andererseits nicht zu allmählich. Der Comte kann sehr ungeduldig werden, und gerade er möchte Marguerite möglichst bald vermählt sehen.«
»Ich halte es nicht für klug, das Gespräch bei ihrem jetzigen Zustand auf dieses Thema zu bringen.«
Die Comtesse zuckte die Achseln und sagte mit halbgeschlossenen Augen: »Ich fühle mich schwach. Rufen Sie Nou-Nou.«
Nou-Nou kam augenblicklich. Ich dachte mir, daß sie nicht weit von unserem Raum gestanden und unsere Unterhaltung belauscht hatte.
Sie maunzte vorwurfsvoll und sah mich an. »Sie haben sie ermüdet. Ist ja gut, *mignonne*, Nouny ist ja da. Jetzt trinken wir ein wenig Wasser von der Königin von Ungarn, hm? Das hat Sie noch immer gekräftigt. Ich habe es heute morgen zubereitet, es ist schön frisch.«
Ich ging zu meinem Zimmer zurück, dachte über die Comtesse und ihre ergebene Nou-Nou nach und war neugierig, welche merkwürdigen Menschen ich sonst noch in diesem Haushalt antreffen würde.

Gegen Abend hatte sich Margot ein wenig erholt. Sie kam in mein Zimmer, während ich mein Haar frisierte.
»Wir werden heute in einem der kleineren Speisezimmer zu Abend essen«, sagte sie. »Nur die Familie. Mein Vater wollte es heute abend unbedingt so haben.«
»Darüber bin ich sehr froh. Du weißt doch, Margot, ich bin auf ein Leben in diesem Maßstab nicht vorbereitet. Als ich mich einverstanden erklärte, hierher zu kommen, glaubte ich, als deine Gesellschafterin zu fungieren. Ich ahnte nicht, daß man mich in den Rang einer Cousine erheben und am Familienleben teilnehmen lassen würde.«
»Das kannst du getrost vergessen. Mit der Zeit werden wir dir ein paar Kleider beschaffen. Was du jetzt trägst, genügt für heute abend.«
Genügt! Es war das prächtigste Gewand, das ich besaß. Meine Mutter

hatte am Ende doch recht gehabt, daß ich eine feinere Garderobe brauchte.

Margot führte mich in den intimen *salle à manger* ..., klein, aber sehr hübsch, und ebenso kostbar möbliert wie die übrigen Räume, die ich bisher im Hause gesehen hatte. Der Comte befand sich bereits dort, und zwei junge Männer waren bei ihm.

»Ah«, sagte er, »meine Cousine Minelle. Ist es nicht ein großes Glück, daß meine Reise nach England mit einer Cousine belohnt wurde? Etienne, Léon, kommt, ich möchte euch meiner Cousine Minelle vorstellen.«

Die beiden jungen Männer verbeugten sich, und der Comte ergriff meinen Arm. Seine Finger begannen ihn liebevoll und sanft zu streicheln.

»Das hier, Cousine, ist Etienne. Er ist mein Sohn. Können Sie eine Ähnlichkeit erkennen?«

Etienne schien meine Antwort begierig zu erwarten. »Die Ähnlichkeit ist nicht zu leugnen«, sagte ich, und er lächelte mich an.

»Und das hier ist Léon. Ich habe ihn adoptiert, als er sechs Jahre alt war.«

Léon gefiel mir vom ersten Augenblick an. In seinen lachenden Augen lag etwas Anziehendes. Erst bei Tageslicht entdeckte ich, daß sie tiefblau waren – fast violett. Er hatte sehr dunkles, krauses Haar und trug keine Perücke. Seine Kleidung war gut, aber nicht besonders kostbar, im Gegensatz zu Etienne, der Lapislaziliknöpfe am Rock und einen oder zwei Diamanten im Jabot trug.

»Ich hatte gedacht«, sagte der Comte, »da dies Cousine Minelles erster Abend bei uns ist, sollten wir *en famille* soupieren. Halten Sie das nicht für eine gute Idee, Cousine?«

Es sei eine brillante Idee, bestätigte ich.

»Und da ist ja auch Marguerite. Du schaust besser aus, meine Liebe. Die Ferien haben dir gutgetan. Laßt uns Platz nehmen. Es kann gleich serviert werden. Cousine, hier neben mich. Marguerite, an meine andere Seite.«

Wir setzten uns gehorsam hin.

»Nun«, sagte der Comte, »sind wir unter uns und können uns unterhalten. Es kommt selten vor, daß wir keine Gäste haben, Cousine. Aber da es unser erster Abend ist, habe ich mir gedacht, daß es so für Sie einfacher sei, uns alle kennenzulernen.«

Ich kam mir vor wie im Traum. Was bezweckte er damit? Er behandelte mich wie einen Ehrengast.

»Dies, meine liebe Cousine, ist eines der ältesten Schlösser im Lande«, eröffnete er mir. »In dem Labyrinth von Zimmern und Gängen können Sie sich leicht verlaufen. Nicht wahr, Etienne, Léon?«

»So ist es, Monsieur le Comte«, sagte Etienne.

»Sie sind alle schon seit vielen Jahren hier«, erklärte der Comte, »da kommt so etwas nicht mehr vor.«

Der Diener reichte das stark gewürzte Essen herum, aus dem ich mir eigentlich nichts machte. Ich war ohnehin nicht hungrig.

Léon betrachtete mich interessiert über den Tisch hinweg. Sein warmes Lächeln hatte etwas Tröstendes für mich. Sein Gebaren war ganz anders als das von Etienne, der, so kam es mir vor, einen leichten Argwohn gegen mich hegte. Ich fragte mich, wieviel sie wohl von dem wußten, was geschehen war. Beide erschienen mir tiefgründige Persönlichkeiten; diesen Eindruck hatte ich wahrscheinlich deswegen, weil Margot mich bereits über ihre Herkunft aufgeklärt hatte. Etienne schien mehr Ehrfurcht vor dem Comte zu haben als Léon, dem etwas Kühnes und Sorgloses anhaftete. Der Comte sprach über das Schloß, über den alten Teil, der nur zu feierlichen Anlässen benutzt wurde.

»Einer von euch muß Minelle morgen im Schloß herumführen.«

»Gewiß«, sagte Etienne.

»Ich beanspruche die Ehre für mich«, warf Léon ein.

»Danke sehr«, erwiderte ich und lächelte ihm zu.

Etienne stellte Fragen über England, die ich, so gut ich konnte, beantwortete, während der Comte aufmerksam zuhörte.

»Du solltest mit unserer Cousine englisch sprechen«, sagte er. »Das gebietet die Höflichkeit. Kommt, laßt uns alle englisch sprechen.«

Dadurch wurde die Unterhaltung erheblich eingeschränkt, denn weder Etienne noch Léon verstanden sich in der fremden Sprache gewandt auszudrücken.

»Du bist so still, Marguerite«, rügte der Comte. »Ich möchte sehen, wie geschickt du die Sprache unserer Cousine beherrschst.«

»Margot spricht fließend Englisch«, sagte ich.

»Aber mit französischem Akzent! Warum um alles in der Welt fällt es unseren beiden Nationen so schwer, die Sprache der anderen zu erlernen? Können Sie mir das erklären?«

»Das liegt an unseren Mundbewegungen, die wir beim Sprechen machen. Die Franzosen benutzen Gesichtsmuskeln, welche die Engländer nie verwenden, und umgekehrt.«

»Ich bin sicher, Cousine, Sie wissen auf alles eine Antwort.«

»Das ist allerdings wahr«, ließ sich Margot vernehmen.

»Du hast also deine Sprache wiedergefunden.«

Margot errötete ein wenig. Ich fragte mich, warum der Comte jedesmal, wenn ich gerade anfing, Sympathie für ihn zu empfinden, diese mit einem Schlag zerstören mußte.

»Ich glaube nicht, daß sie ihr je abhanden gekommen war«, bemerkte ich mit einiger Schärfe. »Wie die meisten von uns verspürt auch Margot mal mehr und mal weniger Hang zur Konversation.«

»Du hast eine Verbündete, Marguerite. Das ist ein großes Glück für dich.«

»Ich habe es stets als ein Glück empfunden, Minelle zur Freundin zu haben.«

»Ein großes Glück«, sagte der Comte und sah mich dabei an.

Léon fragte in gebrochenem Englisch, wo wir unsere Ferien verbracht hätten.

Es entstand eine kurze Pause, dann erzählte ihm der Comte auf französisch, wir seien in einem kleinen Ort in der Nähe von Cannes gewesen.

»Etwa fünfzehn Meilen landeinwärts«, fügte er hinzu, und ich war schockiert, weil er so zungenfertig lügen konnte.

»Die Gegend kenne ich nicht besonders gut«, sagte Léon, »aber ich bin dort einmal durchgereist. Ich bin neugierig, ob ich den Ort kenne.« Er wandte sich an mich. »Wie hieß er denn?«

Ich hatte nicht damit gerechnet, so bald in eine bedrängte Lage zu geraten, aber es war mir klar, daß dies vielleicht nur die erste von vielen kommenden wäre.

Bevor ich etwas sagen konnte, kam mir der Comte zu Hilfe. »Das war Framercy..., nicht wahr, Cousine? Ich muß gestehen, daß ich vorher noch nie davon gehört hatte.«

Ich antwortete nicht, und Etienne meinte: »Das muß ein sehr kleines Dorf gewesen sein.«

»Es gibt Tausende von solchen Orten. Sie liegen überall im Land verstreut«, sagte der Comte. »Jedenfalls hatten sie eine geruhsame Zeit, und die hat Marguerite nach ihrer Unpäßlichkeit nötig gehabt.«

»Heutzutage findet man in Frankreich nur noch selten ein friedliches Plätzchen«, meinte Etienne, wieder ins Französische fallend. »In Paris spricht man von nichts anderem als von dem Defizit.«

»Es tut mir leid«, wandte sich der Comte an mich, »daß Sie zu einer Zeit nach Frankreich kommen mußten, da sich das Land in einem so desolaten Zustand befindet. Wie anders war das doch zehn, fünfzehn Jahre früher gewesen. Es ist erstaunlich, wie schnell sich die Wolken zusammenballen können. Am Anfang ist nur ein schwacher Schatten am Horizont zu sehen, dann beginnt sich der Himmel zu verdunkeln. Es ist ganz langsam vor sich gegangen, aber einige von uns haben es seit langem kommen

sehen. Mit jedem Monat wird die Lage ein wenig bedrohlicher.« Er zuckte die Achseln. »Worauf steuert Frankreich zu? Wer kann das sagen? Wir wissen lediglich, daß etwas im Kommen ist.«
»Man könnte es vielleicht verhindern«, schlug Etienne vor.
»Falls es nicht schon zu spät ist«, murmelte der Comte.
»Ich glaube, es *ist* zu spät.« Léons Augen blitzten plötzlich auf. »Es hat zuviel Unvermögen, zuviel Armut und zu hohe Steuern im Lande gegeben, und wegen der hohen Preise für Lebensmittel haben viele Menschen hungern müssen.«
»Reiche und Arme hat es immer gegeben«, erinnerte ihn der Comte.
»Und heute sagen einige, daß es nicht immer so bleiben wird.«
»Das mögen sie ruhig sagen, doch was können sie schon tun, um es zu ändern?«
»Ein paar von diesen Hitzköpfen sind überzeugt, daß sie etwas tun können. Sie versammeln sich nicht nur in Paris, sondern überall im Lande.«
»Ein schäbiger Haufen«, sagte der Comte. »Pöbel . . ., weiter nichts. Solange die Armee loyal bleibt, haben diese Leute keine Chance.« Er wandte sich stirnrunzelnd an mich. »Unruhen hat es seit Jahrhunderten immer wieder gegeben. Im vorigen Jahrhundert hatten wir einen großen König, Louis XIV., den Sonnenkönig, einen absoluten Herrscher, und niemand wagte es, seine Macht anzuzweifeln. Unter ihm war Frankreich führend in der Welt. In den Wissenschaften, in den Künsten und in der Kriegführung konnte sich kein Reich mit uns messen. Damals hat das Volk seine Stimme nicht erhoben. Dann kam sein Enkel Louis XV. . . ., ein äußerst liebenswerter Mensch, doch er hat das Volk nicht verstanden. Als junger Mann war er als Louis der Vielgeliebte bekannt, denn er war höchst attraktiv. Doch mit der Zeit machten ihn seine Verschwendungssucht, sein Leichtsinn und seine Gleichgültigkeit gegenüber dem Willen des Volkes zu einem der meistgehaßten Herrscher, die Frankreich je gekannt hatte. Es gab Zeiten, da wagte er nicht durch Paris zu fahren, und er ließ sich eigens eine Straße bauen, damit er die Stadt umgehen konnte. Damals begann die Monarchie zu wanken. Jetzt haben wir einen guten und edlen, leider aber schwachen König. Gute Menschen sind nicht immer gute Herrscher. Sie wissen, Cousine, daß Tugend und Stärke wundersame Genossen sind.«
»Das möchte ich bezweifeln«, sagte ich. »Wollen Sie leugnen, daß die Heiligen, die – oft auf qualvolle Weise – für ihren Glauben gestorben sind, es neben ihrer unbestrittenen Tugend an Stärke fehlen ließen?«

Einen Augenblick lang herrschte betretene Stille am Tisch. Margot sah besorgt aus. Da erkannte ich, daß es nicht üblich war, den Comte in seinen Ausführungen zu unterbrechen – oder ihm gar zu widersprechen.
»Fanatismus«, gab er zurück. »Wenn sie sterben, glauben sie in die Herrlichkeit einzugehen. Was bedeuten wenige Stunden der Qual gegen die ewige Glückseligkeit ..., oder was immer sie zu erlangen glauben? Um erfolgreich regieren zu können, muß man stark sein, und manchmal ist ein Handeln zweckmäßig, das unter Umständen den Moralkodex verletzen kann. Die wesentliche Eigenschaft eines Herrschers ist Stärke.«
»Ich würde sagen, Gerechtigkeit.«
»Meine liebe Cousine, Sie haben Ihre Geschichtskenntnisse aus Büchern gewonnen.«
»Wie soll man sie sonst erlangen, wenn ich fragen darf?«
»Durch Erfahrung.«
»Dafür ist das Leben zu kurz. Dürfen wir etwa eine Handlung nicht beurteilen, die wir nicht selbst erfahren haben?«
»Wenn wir klug sind, halten wir uns mit unserem Urteil zurück. Ich habe Ihnen vom König erzählt. Er ist keine majestätische Persönlichkeit, und unglücklicherweise war ihm seine Gemahlin kaum eine Hilfe.«
»Haben Sie gehört, wie man die Königin jetzt nennt?« fragte Etienne. »Madame Defizit.«
»Das Volk macht sie für das Defizit verantwortlich«, sagte Léon, »und das vielleicht zu Recht. Es heißt, ihre Schneiderrechnungen seien unermeßlich hoch. Ihre Roben, ihre Hüte, ihr extravaganter Kopfputz, ihre Lustbarkeiten in Petit Trianon, ihr sogenanntes Landleben auf Le Hameau, wo sie die Kuhmilch in eine Schüssel aus Sèvres-Porzellan melkt ... – darüber wird überall in Paris geredet.«
»Und warum sollte sie sich ihre Wünsche nicht erfüllen?« wollte Margot wissen. »Sie hat nicht darum gebeten, nach Frankreich kommen zu dürfen. Sie ist gezwungen worden, Louis zu heiraten. Sie hat ihn vor der Vermählung nie gesehen.«
»Meine liebe Marguerite«, unterbrach sie der Comte eisig, »eine Tochter von Maria Theresia sollte es eigentlich als eine Ehre empfinden, einen Dauphin von Frankreich heiraten zu dürfen. Sie ist hier mit allem Respekt empfangen worden. Der verstorbene König war von ihr entzückt.«
»Das sah ihm ähnlich, von einem hübschen jungen Mädchen entzückt zu sein! Wir wissen alle, welche Vorliebe er für Mädchen hegte: je jünger, desto besser. Das ist durch den Skandal von Parc aux Cerfs hinlänglich bekannt geworden.«

Etienne sagte: »Das ist kein geeignetes Thema für die Abendtafel der Familie, Léon.«
Der Comte lenkte ein: »Unsere Cousine ist eine Frau von Welt. Sie versteht dergleichen.« Wieder wandte er sich an mich: »Unser verstorbener König hatte, als er älter wurde, eine nicht ungewöhnliche Leidenschaft für junge Mädchen, die ihm sein Kuppler verschaffen mußte. Er hielt sie sich in einem von einem Wildpark umgebenen Wohnsitz, daher der Name Parc aux Cerfs.«
»Es überrascht mich nicht, daß er nicht Louis der Vielgeliebte geblieben ist«, bemerkte ich.
»Er war ein charmanter Mann.« Der Comte lächelte mich herausfordernd an.
»Vielleicht verstehe ich unter Charme etwas anderes als Sie.«
»Liebe Cousine, diese Mädchen kamen aus dem Elend. Die Töchter von Edelleuten konnte er sich nicht nehmen. Sie kamen nicht unter Zwang, wurden nicht genötigt. Sie kamen freiwillig. Manche wurden von ihren Eltern gebracht. Midinetten aus den Straßen von Paris ..., Mädchen mit wenig Hoffnung auf einen ehrlichen Lebensunterhalt. Viele von ihnen wären vielleicht dazu verdammt gewesen, ein unzüchtiges und gottloses Leben zu führen; einige hätten vielleicht Arbeit gefunden und sich geplagt, bis sie an Lungenentzündung gestorben wären oder ihr Augenlicht verloren hätten, da sie sich zu dicht über die Nadelarbeit gebeugt hatten. Ihr einziger Vorzug war ihre Schönheit ..., Rosen, auf einem Misthaufen erblüht. Man sah sie, pflückte sie und lehrte sie, den König zu ergötzen.«
»Und wenn er ihrer überdrüssig geworden war?« fragte ich.
»Er war ein dankbarer Mann. Er schenkte ihnen eine ansehnliche Mitgift, der Kuppler verschaffte ihnen einen Ehemann, und sie führten ein glückliches Leben. Nun, Cousine, meine liebe Advokatin der Tugend, sagen Sie mir eines: Was war besser für diese Mädchen – auf ihrem Misthaufen dahinzuwelken und zu sterben oder gegen ein kurzfristiges Abweichen vom Pfade der Tugend ein angenehmes, bequemes Leben einzutauschen und anschließend sogar noch gute Werke zu vollbringen?«
»Es kommt darauf an, wie hoch Sie die Tugend einschätzen.«
»Sie weichen vom Thema ab. Möchten Sie Ihren Körper lieber einem Ausbeuter als einem königlichen Gebieter verkaufen?«
»Ich kann nur sagen, es ist ein übles System, das Ihnen ermöglicht, eine solche Frage zu stellen.«
»Aber das System besteht nun einmal, und nicht nur in Frankreich.« Er

blickte mich ernsthaft an. »Dieses System ist es, gegen das sich das Volk nun murrend erhebt.«

»Es wird sich alles wieder einrenken«, meinte Etienne. »Turgot und Necker sind nicht mehr da. Wir werden sehen, was Monsieur Calonne für uns tun kann.«

»Langweilen wir Mademoiselle Maddox nicht mit unserer Politik?« fragte Léon.

»Keineswegs. Ich möchte gern wissen, was vorgeht.«

»Was auch geschieht«, sagte Léon, »wir werden uns anpassen müssen. Wenn eine Veränderung unvermeidlich ist, dann müssen wir uns an die Veränderung gewöhnen.«

»Ich lege keinen Wert auf eine Veränderung, die uns den Pöbel ins *Château* bringt«, brummte Etienne.

Léon zuckte die Achseln, und Etienne sagte ärgerlich: »Für dich mag es einfacher sein. Du dürftest besser als mancher andere in eine Bauernhütte passen.«

Am Tisch trat Stille ein. Der Comte blickte mit einem Ausdruck nachsichtiger Belustigung von Etienne zu Léon. Etiennes Gesicht war wutverzerrt, Léons dagegen unbekümmert.

»Aber natürlich«, meinte Léon leichthin. »Ich habe die Tage meiner Kindheit nicht vergessen. Ich war nicht unglücklich, als ich im Schmutz herumkroch, und bin sicher, ich könnte ohne große Schwierigkeiten dorthin zurückkehren. Ich habe das Glück, zwei verschiedene Welten zu kennen.«

Etienne schwieg. Ich fragte mich, wie oft es wohl zu Konflikten zwischen den beiden kam. Mir schien, daß Etienne, der so großen Wert auf seine Verwandtschaft mit dem Comte legte, über Léons Eindringen verärgert war, und daß Léon sich dessen zwar bewußt war, es ihm aber kaum etwas ausmachte.

Der Comte wechselte das Thema. Ich merkte, daß er es gewöhnt war, die Richtung der Unterhaltung bei Tisch zu bestimmen, und ich fragte mich, ob er es wohl gern hatte, derartige Stürme aufzuwühlen, um dann beobachten zu können, welche Wirkung sie hatten.

»Wir vermitteln Cousine Minelle einen armseligen Eindruck von unserem Land«, sagte er. »Laßt uns lieber von den Dingen reden, auf die wir mit Recht stolz sein können. Paris wird Ihnen gefallen, Cousine. Eine große kultivierte Stadt, die – das darf ich ohne zu prahlen behaupten – in der Welt nicht ihresgleichen hat. Ich habe dort ein Haus. Man bezeichnet es als Palast – aber das ist nur die ehemals übliche Bezeichnung für unsere

großen Häuser. Es ist kein Palast in dem Sinne, wie Sie das Wort verstehen würden. Das Haus befindet sich seit nahezu dreihundert Jahren im Familienbesitz. Es wurde während der Regentschaft François I. errichtet, als in Frankreich einige der großartigsten Baukunstwerke der Welt entstanden. Sie werden gewiß unsere schönen Schlösser an der Loire besuchen, und es wird uns ein Vergnügen sein, Ihnen Paris vorzustellen.«
Er sprach dann von dem Kontrast zwischen dem Leben auf dem Lande und in der großen Stadt – und so ging die Mahlzeit zu Ende.
Eine solche Unterhaltung hatte ich ganz und gar nicht erwartet, und ich weiß, daß meine Mutter sie höchst schockierend gefunden hätte – dies war beileibe keine Konversation von der Art, wie sie an der Tafel der Derringhams in Anwesenheit von Damen geführt wurde. Aber ich hatte sie anregend gefunden.
Nach dem Abendessen begaben wir uns in einen anderen Salon. Der Comte trank Cognac und bestand darauf, daß ich ihn ebenfalls probierte. Er brannte mir in der Kehle, und ich hatte Angst, mehr als nur ein paar Schlückchen davon zu trinken. Ich wußte, daß dies den Comte in seinem Inneren amüsierte.
Als die bronzene Uhr zehn schlug, fand er, daß es Zeit für Marguerite sei, zu Bett zu gehen. Wir dürften nicht vergessen, daß sie an einer Unpäßlichkeit gelitten hatte. Er wünschte, daß sie ihre Gesundheit so schnell wie möglich wiedererlange. Also sagten wir gute Nacht, und Margot und ich gingen in unsere Zimmer.
Margot sagte: »Minelle, ich weiß nicht, wie ich es ertragen soll. Du weißt doch, was mir bevorsteht, nicht wahr? Sie suchen einen Ehemann für mich.«
»Noch nicht«, beschwichtigte ich sie. »Du bist noch zu jung.«
»Zu jung. Mit siebzehn ist man alt genug.«
»Das hast du allerdings bewiesen.«
»Mein Vater hat mich so merkwürdig angesehen, als er über den König und die Königin sprach, und als die Rede davon war, wie sie hierher gebracht wurde, um ihn zu heiraten. Ich weiß, daß das eine Warnung war.«
»Ich fand die Konversation etwas ungewöhnlich.«
»Du meinst *risqué*. All das Gerede über den Parc aux Cerfs. Ich glaube, es steckte eine Absicht dahinter. Mein Vater wollte damit sagen, daß ich keine unschuldige Jungfrau mehr bin, und daß er keine Torheiten mehr dulden werde. Ich muß nun tun, was man von mir verlangt, und alles sei zu meinem Besten – genau wie bei den Mädchen im Parc.«

»Ist die Konversation immer so, wenn Damen anwesend sind?«
Margot schwieg, und mein Unbehagen wuchs.
»Komm«, bat ich, »sage mir, was du denkst.«
»Mein Vater hat eindeutig eine Neigung zu dir gefaßt, Minelle.«
»Er hat wahrhaftig viel Aufhebens von meinem Empfang gemacht..., und er scheint es zu genießen, mich Cousine zu nennen. Aber ich fand es merkwürdig, daß er die Unterhaltung in eine solche Richtung fließen ließ.«
»Das hat er mit Absicht getan.«
»Ich möchte wissen, warum.«
Margot schüttelte den Kopf, und ich verspürte ein heftiges Verlangen, mit meinen Gedanken allein zu sein. So sagte ich ihr gute Nacht und ging in mein Zimmer.
Das Stubenmädchen hatte die Kerzen angezündet, und in ihrem Licht sah das Zimmer bezaubernd aus. Nie hatte ich solchen Luxus gekannt. Ich dachte fortwährend an die Mädchen, die man aus den armseligen Gassen geholt und an einen Ort wie diesen gebracht hatte. Wie mochte ihnen zumute gewesen sein?
Ich setzte mich vor den Spiegel und nahm die Nadeln aus meinem Haar, so daß es auf meine Schultern fiel. Kerzenlicht schmeichelt bekanntlich der Schönheit, und ich sah schön aus. Meine Augen leuchteten vor Erregung, die sehr intensiv war, da Furcht sie färbte. Eine leichte Röte lag auf meiner Haut.
Ich blickte über die Schulter zur Tür. Zu meiner Erleichterung entdeckte ich einen Schlüssel. Ich stand sofort auf, um abzuschließen, doch da hörte ich Stimmen. Ich blieb stehen, meine Hand auf dem Schlüssel, bereit, ihn herumzudrehen. Schritte gingen an meiner Tür vorbei, und ich konnte der Versuchung nicht widerstehen, sie einen Spalt zu öffnen und hinauszuspähen. Ich erkannte von hinten Etienne und Léon, und ich vernahm deutlich ihre Worte.
»Aber wer ist sie?« fragte Léon gerade.
»Cousine!« Das war Etienne. »Das ist ein neuer Einfall. Sie ist die neue Mätresse, vermute ich.«
»Aber noch ist es nicht soweit, scheint es mir.«
»Sie wird es aber werden..., und zwar bald. Das ist eine neue Art..., eine Frau ins *Château* zu bringen.«
Ich schloß die Tür und drehte mit zitternden Fingern den Schlüssel um. Dann setzte ich mich wieder vor den Spiegel. Ein paar Augenblicke starrte ich entsetzt auf mein Bild. Dann sagte ich laut: »Du mußt so bald wie möglich fort von hier.«

Ich schlief kaum in dieser Nacht. Was ich da zufällig gehört hatte, war ein solch schwerer Schock für mich, daß ich mir einzureden versuchte, ich hätte die Herren mißverstanden. Doch soweit ich den Comte kannte, mußte ich einsehen, daß ihre Schlußfolgerungen durchaus logisch waren. Was sollte ich tun? Ich hatte alle Brücken hinter mir abgebrochen, indem ich die Möbel des Schulhauses verkauft und die Schule aufgelöst hatte. Ich hätte England nie verlassen dürfen; ich hätte erkennen müssen, warum der Comte ein solches Interesse an mir bekundete. Wußte ich denn nicht, was für ein Mensch er war? Doch sein Vorschlag, Margot zu begleiten, war mir vernünftig erschienen. Margot hatte jemanden gebraucht, der sich um sie kümmerte und ihr in ihrer schweren Zeit beistand; und ich schien für diese Aufgabe wie geschaffen. Ich hatte geglaubt, als ihre Gesellschafterin ins *Château* zu kommen und dort so zu leben, wie Gesellschafterinnen und Gouvernanten zu leben pflegen, deren Zimmer irgendwo zwischen den Dienstbotenquartieren und den Räumen der Herrschaft liegen. Ich hatte mir vorgestellt, daß mein inneres Gleichgewicht nach einem Jahr, wenn Margot geheiratet hätte, wiederhergestellt sei und ich genügend Geld gespart und Erfahrungen gesammelt hätte, um nach England zurückzukehren, um eine Schule zu eröffnen, die auf Französischunterricht spezialisiert wäre.

Ich hatte gedacht, daß Joel Derringham bis dahin eine standesgemäße Ehe eingegangen sein würde, und nachdem Sir John und Lady Derringham erkannt hätten, daß die »kleine Verrücktheit« vorüber war, sie mir wieder Schülerinnen schicken würden.

Doch das Verhalten des Comte und die Bemerkungen, die ich belauscht hatte, gaben mir zu verstehen, daß ich fortmußte.

Als ich hörte, daß sich das Haus regte, erhob ich mich und schloß die Tür auf, und wie gerufen erschien eine Dienstmagd mit heißem Wasser. Ich wusch mich im Alkoven, kleidete mich an und ging zu Margots Zimmer hinüber.

Sie sah erholt aus und wirkte entschieden ruhiger, deshalb hielt ich es für das Beste, sogleich zur Sache zu kommen.

»Margot«, sagte ich, »ich finde, meine Stellung hier ist ziemlich unnormal.«

»Was?« rief sie aus.

»Ich meine, sie ist ungewöhnlich.«

»Was willst du damit sagen? Wie siehst du deine Stellung hier?«

»Das muß ich eben ergründen. Ich stellte mir vor, hierher als deine Gesellschafterin zu kommen, um dir in dieser schwierigen Zeit beizustehen und dich im Englischen zu unterrichten. Statt dessen werde ich zur Cousine und wie ein Gast behandelt.«

»Nun, der Schwindel mit der Cousine muß sein, und ich werde dich stets als Freundin betrachten, das weißt du doch.«

»Aber die anderen im Hause . . .«

»Mein Vater, meinst du. Er ist nun einmal als exzentrisch bekannt. Im Augenblick amüsiert es ihn, dich zur Cousine zu machen. Morgen gefällst du ihm vielleicht als Gesellschafterin seiner Tochter, und dann wird er dich auch als solche behandeln.«

»Aber auf eine solche Aufnahme bin ich nicht vorbereitet. Du mußt einsehen, Margot, daß ich nicht die Ausstattung besitze, um in einer solchen Gesellschaft aufzutreten.«

»Wenn du an Garderobe denkst, dem werden wir bald abhelfen. Du kannst ein paar von meinen Kleidern bekommen . . . oder auch neue. Ich glaube, wir werden in Kürze nach Paris fahren, und dort können wir Stoffe kaufen.«

»Mir fehlen die Mittel dazu.«

»Das wird über ein Konto abgerechnet.«

»Ja, in deinem Falle . . . und vielleicht bei Etienne und Léon. Ihr gehört zur Familie, ich nicht. Ich muß nach England zurückkehren, und ich möchte dir begreiflich machen, warum.«

In ihren Augen war Furcht zu sehen. »Minelle, bitte, ich flehe dich an, verlasse mich nicht! Wenn du gehst, bin ich allein . . ., willst du das nicht einsehen?«

»In dieser Stellung kann ich nicht hierbleiben, Margot. Das ist entwürdigend.«

»Ich verstehe dich nicht. Erkläre es mir.«

Aber ich brachte es nicht über mich, ihr zu sagen: »Dein Vater hat vor, mich zu seiner Mätresse zu machen.« Das klang so dramatisch und absurd, und vielleicht hatte ich die Situation auch mißdeutet. Sicher hatten die beiden jungen Männer über mich geredet, aber sie konnten sich auch mit ihren Folgerungen geirrt haben.

Margot hatte meine Hände ergriffen. Ich fürchtete, sie bekäme wieder einen ihrer hysterischen Anfälle, die mich jedesmal so erschreckten; denn wenn sie von ihr Besitz ergriffen, sah sie wirklich wie eine Irre aus.

»Minelle, versprich mir . . ., versprich mir . . ., ich kann doch nicht dich *und* Charlot verlieren! Außerdem hatten wir vor, ihn zu suchen. Das würde mir ohne dich niemals gelingen. Versprich es mir! Ich lasse dich nicht freiwillig fort.«

»Ich gehe bestimmt nicht, ohne es dir zu sagen.« Schwach fügte ich hinzu: »Ich werde abwarten, was geschieht.«
Damit war sie zufrieden.
»Léon will mir das Schloß zeigen«, sagte ich mit einem Blick auf die Uhr. »Er erwartet mich in Kürze in der Bibliothek.«
»Sie ist neben dem Salon, wo wir gestern abend gespeist haben.«
»Margot, was hältst du von Etienne und Léon?«
»Was ich von ihnen halte? Nun, ich betrachte sie wohl als meine Brüder. Sie waren ja immer hier.«
»Du hast sie gern, nicht wahr?«
»Ja..., in gewisser Weise schon. Léon hat mich immer verulkt, und Etienne ist so sehr von sich eingenommen. Etienne ist auf jeden eifersüchtig, dem Papa Beachtung schenkt. Für Léon dagegen spielt das keine Rolle. Das amüsiert Papa. Als er einmal wütend auf Léon war, hat er geschrien: ›Geh doch zurück in deine Bauernhütte!‹ Und Léon hatte seine Abreise vorbereitet. Damals war er etwa fünfzehn. Ich erinnere mich noch ganz genau. Es hat eine fürchterliche Szene gegeben. Mein Vater hat ihn geschlagen und in seinem Zimmer eingesperrt. Aber ich glaube, daß er Léon deswegen bewundert hat. Weißt du, als er Léons Zwillingsbruder getötet hat, da hat er sich geschworen, Léon eine gute Erziehung zu geben und ihn wie ein Mitglied der Familie zu behandeln, und wenn Léon gegangen wäre, so hätte Papa seinen Eid nicht halten können. Darum mußte Léon bleiben.«
»Aber das war doch gewiß auch in seinem Sinne.«
»Natürlich. Es hätte ihn sicherlich nicht gefreut, ins Elend zurückzukehren. Er versorgt seine Familie mit Lebensmitteln und Geld, und sie ist zum großen Teil von ihm abhängig.«
»Es freut mich, daß er die Seinen nicht im Stich läßt.«
»Das würde er nie tun. Mit Etienne verhält es sich allerdings anders. Er ist mit Vergnügen hier und ist selig, daß Papa ihn als seinen Sohn anerkennt. Nur, daß er unehelich ist, das verdrießt ihn freilich. Ich glaube, auch Papa findet das bedauerlich. Etienne hofft beständig, legitimiert zu werden.«
»Ist das möglich?«
»Ich glaube, es ließe sich irgendwie bewerkstelligen. Etienne wäre liebend gern der zukünftige Comte und Erbe. Ich glaube, Papa würde ihn auch zu seinem Erben machen, hätte er nicht im Sinne, sich wieder zu vermählen, falls Mama stürbe. Er ist noch nicht zu alt dafür; er war erst siebzehn, als er meine Mutter geheiratet hatte. Ich bin sicher, daß er die Hoffnung auf einen ehelichen Sohn noch nicht aufgegeben hat.«

»Wie entsetzlich für deine Mutter!«
»Sie haßt ihn, und er verachtet sie. Ich glaube, sie hätte Todesängste, wenn Nou-Nou nicht da wäre. Nou-Nou hat meinem Vater von jeher mißtraut. Natürlich gibt es in ihren Augen keinen, der gut genug für ihre *mignonne* Ursule wäre. Nou-Nou war ihre Amme, als sie ein Baby war, und du weißt, wie vernarrt Ammen in ihre Zöglinge sein können. Sie war auch meine Kinderfrau, aber ihr Liebling war stets meine Mutter; und als meine Mutter leidend wurde, hat Nou-Nou es sich nicht nehmen lassen, sie ganz allein zu pflegen. Für meinen Vater ist das befremdlich, denn Nou-Nou besteht darauf, alles zu kochen, was meine Mutter zu sich nimmt.«
»Wie beschämend für ihn! Ich möchte wissen, warum er Nou-Nou nicht entläßt.«
»Das Ganze belustigt ihn eben. Er scheint alle Menschen zu respektieren, die ihn belustigen und die es mit ihm aufnehmen.«
»Dann frage ich mich, warum ihr das nicht alle tut.«
»Das möchten wir ja, doch sobald man ihm dann gegenübersteht, wenn er wütend ist und wie der Teufel persönlich aussieht, verläßt einen der Mut. Mir geht es jedenfalls so, und auch Etienne. Bei Léon bin ich nicht so ganz sicher. Er hat sich ihm ein- oder zweimal widersetzt. Nou-Nou ist entschlossen, meine Mutter mit allen Mitteln zu verteidigen, auch wenn sie dafür sterben müßte.«
»Aber das hieße ja, daß er deiner Mutter nach dem Leben trachtet.«
»Er hat Léons Bruder getötet.«
»Das war ein Unfall.«
»Schon, aber er hat ihn immerhin getötet.«
Ich erschauerte. Stärker als je fühlte ich, daß ich nach Hause zurückkehren sollte.
Es war Zeit für meine Verabredung mit Léon in der Bibliothek, und ich ging hinunter. Ich war fassungslos, als ich statt dessen den Comte dort antraf. Er saß in einem Sessel und las ein Buch.
Die Bibliothek mit ihrem großen Kronleuchter, den Wänden voller Bücher, der bemalten Decke und den hohen Fenstern mit ihren Samtvorhängen war imponierend. Doch in diesem Augenblick gewahrte ich nichts davon, ich sah nur den Comte.
»Guten Morgen, Cousine«, sagte er, indem er sich erhob. Er kam zu mir, ergriff meine Hand und küßte sie. »Frisch und schön wie der junge Morgen sehen Sie aus. Ich hoffe, Sie haben gut geschlafen.«
Ich zögerte ein wenig. »So gut, wie es in einem fremden Bett möglich ist – vielen Dank.«

»Ach, ich habe schon in so vielen fremden Betten geschlafen, daß es mir gar nichts mehr ausmacht.«
»Ich bin hier mit Léon verabredet. Er will mir das Schloß zeigen.«
»Ich habe ihn fortgeschickt und ihm gesagt, daß ich das an seiner Stelle übernehmen werde.«
»Oh!« Ich war bestürzt.
»Ich hoffe, es ist Ihnen nicht unangenehm, aber ich fand, daß ich Ihnen mein Schloß persönlich zeigen müßte. Ich bin nämlich recht stolz darauf, müssen Sie wissen.«
»Das ist nur natürlich.«
»Es befindet sich seit fünfhundert Jahren im Besitz meiner Familie. Das ist eine lange Zeit, nicht wahr, Cousine?«
»Eine sehr lange Zeit. Halten Sie es für nötig, diese Farce mit der ›Cousine‹ aufrechtzuerhalten, wenn wir allein sind?«
»Um die Wahrheit zu sagen, es gefällt mir, Sie als meine Cousine zu betrachten. Geht es Ihnen nicht auch so?«
»Ich halte diese Verwandtschaft für so abwegig, daß ich sie überhaupt nicht ernst nehme. Sie mochte angehen, solange Margot und ich in . . .«
Er hob eine Hand. »Denken Sie daran, daß ich verboten habe, diese Angelegenheit zu erwähnen.«
»Das ist doch absurd, sie ist ja der Anlaß meines Hierseins.«
»Das war doch nur der Anfang . . ., ein Eröffnungszug. Spielen Sie Schach, Cousine? Sicherlich ja, nicht wahr? Wenn nicht, werde ich es Ihnen beibringen.«
Ich erzählte ihm, daß ich es mit meiner Mutter gespielt hätte. Sie habe es von meinem Vater gelernt, doch sei ich nicht sicher, daß ich mich mit ihm im Spiel messen könne.
»Aber gewiß. Ich freue mich auf die Abende, wenn wir über dem Schachbrett geistig miteinander ringen werden. Doch nun wollen wir zu unserem Rundgang aufbrechen. Wir werden die große Treppe emporsteigen, um zu dem alten Teil des Schlosses zu gelangen.«
»Es wird mir ein Vergnügen sein«, sagte ich.
»Ich bin gewiß ein besserer Führer als Léon. Schließlich befindet sich das Schloß ja seit Jahrhunderten im Besitz meiner Familie, nicht wahr? Und obwohl Léon sein gegenwärtiger Wohlstand wie selbstverständlich erscheint, hat er doch niemals vergessen, wem er ihn verdankt. Mit Etienne ist es dasselbe. Es gibt Dinge im Leben, die man vergessen, und andere, an die man sich erinnern sollte. Ein weiser Mensch vermag dies wohl zu unterscheiden; denn nur so wird er glücklich. Und ist es nicht das Glück,

wonach wir alle streben? Der weise Mensch ist der glücklichste. Sind Sie auch dieser Meinung, Cousine?«
»Ja, ich glaube schon.«
»Ich bin entzückt. Endlich haben wir ein Gebiet entdeckt, auf dem wir übereinstimmen. Trotzdem hoffe ich, dies wird nicht allzuoft der Fall sein. Ich würde es genießen, öfters mit Ihnen die Klingen zu kreuzen.«
Wir waren zu einem großen Innenhof gekommen. Der Comte erzählte mir, daß hier – wie ich bereits von Margot vernommen hatte – die Reit- und Fechtturniere stattzufinden pflegten. »Sehen Sie sich diese Stufen an. Eindrucksvoll, nicht wahr? Wie ausgetreten der Stein ist. Tausende von Füßen sind im Laufe der Jahrhunderte darüber hingeschritten. Die Gäste pflegten die Treppe auf und ab zu promenieren; auf diese Weise verschaffte man sich frische Luft. Und während der Turniere setzte man sich auf die Stufen, um das Schauspiel zu verfolgen. Auf der Plattform saß meine Familie im Kreise erlauchter Gäste und sah von hier aus zu. Und auf derselben Plattform hielten sie Gericht, genau wie die Könige das tun, und verhängten Strafen über Missetäter, die man ihnen vorführte und die manchmal in den Kerker verbannt wurden, aus dem so mancher von ihnen nie wieder herauskam. Das waren grausame Zeiten, Cousine.«
»Wir wollen hoffen, daß es heutzutage auf der Welt weniger grausam zugeht«, sagte ich.
Er legte mir eine Hand auf die Schulter und erwiderte: »Dessen bin ich nicht sicher. Wir wollen hoffen, daß die große Katastrophe verhindert werden kann, denn Gott weiß, was aus uns wird, wenn sie eintritt.«
Er schwieg eine Weile und erzählte mir dann, daß sich die Bettler an den Tagen, da die Comtes von Silvaine ihre Turniere abhielten, an den Stützpfeilern der großen Treppe aufzustellen pflegten und reich beschert wurden.
»Von der Plattform geht es zum Hauptteil des alten Schlosses. Kommen Sie, Cousine, hier sind wir in der Halle.«
»Gewaltig«, sagte ich.
»Sie mußte so groß sein. Hier spielte sich das öffentliche Leben ab. Hier empfing der Schloßherr seine Botschafter, hier sprach er Recht über Missetäter, hier versammelte er seine Leibeigenen, hier rief er seine Lehnsmänner zusammen, wenn er in den Krieg zog.«
Ich erschauerte.
»Ist Ihnen kalt, Cousine?« Er berührte sanft meinen Arm, und als ich, so unauffällig ich konnte, beiseite zu treten suchte, bemerkte er es und lächelte schwach.

»Nein danke«, sagte ich. »Ich dachte nur gerade an all das, was sich im Laufe der Jahrhunderte ereignet haben muß. Es ist fast, als wäre etwas davon zurückgeblieben.«
»Sie haben Phantasie. Das freut mich. Sie werden hier im Schloß vieles finden, das Ihre Vorstellungskraft beflügelt.«
»Das werde ich mit Interesse wahrnehmen . . .« Irgend etwas ließ mich hinzufügen: ». . . während meines kurzen Aufenthaltes.«
»Ihr Aufenthalt, liebe Cousine, wird nicht kurz sein, das hoffe ich jedenfalls.«
»Ich habe mich entschlossen fortzugehen, sobald Margot sich erholt hat.«
»Vielleicht findet sich ein anderer Grund, Sie hier festzuhalten.«
»Das bezweifle ich sehr. Ich bin zu der Überzeugung gekommen, daß mein Platz in England ist . . ., um an einer Schule zu unterrichten. Das ist mein Beruf.«
»Wenn ich mir erlauben darf, diese Rolle paßt nicht zu Ihnen.«
»Das mögen Sie getrost sagen, aber Ihre Meinung ändert nichts an meinen Absichten.«
»Ich glaube, Sie sind zu klug, um übereilt zu handeln. Die Schule hat sich nicht ausgezahlt. Haben Sie sie deswegen nicht aufgegeben? Joel, dieser Feigling, hat Sie der Gunst seiner Familie beraubt und ist dann abgereist. Eine solche Handlung kann *ich* nur verachten.«
»So ist es ganz und gar nicht gewesen.«
Er zog die Brauen hoch. »Ich weiß, daß er sich zu Ihnen hingezogen fühlte, was ich durchaus verstehen kann, doch als Papa mit der Peitsche knallte und sagte: ›Geh!‹ – da ist er gegangen.«
»Wie alle Eltern, so erwartete auch Sir John Gehorsam von seinem Sprößling, denke ich.«
»Ihr galanter Joel war kein Kind mehr. Man hätte annehmen sollen, daß er sich widersetzen würde. Aber nein. Jemanden, der sich in der Liebe als Feigling erweist, kann ich nicht bewundern.«
»Von Liebe war nie die Rede. Wir waren gute Freunde. Im übrigen ist mir dieses Thema zuwider. Würde es Ihnen etwas ausmachen, mit der Besichtigung des Schlosses fortzufahren?«
Er neigte seinen Kopf. »Es ist mein Wunsch, Ihnen gefällig zu sein«, sagte er. »Durch diese Halle geht es zu einer Art Salon. Dieser Raum und die Schlafkammer waren die wichtigsten Zimmer für den Gebieter und seine Gemahlin. Das Schloß ist als Festung erbaut worden, müssen Sie wissen. Die Bequemlichkeiten des täglichen Lebens waren nicht so wichtig wie die Befestigungsanlagen.«

»Der Salon ist ja so groß wie die Halle.«
»Ja, hier wurden die Gäste bewirtet. Man stellte Tische auf Gerüste, und auf dem Podium stand ein weiterer Tisch – der Speisetisch der Erhabenen. An ihm saßen der Schloßherr, seine Gemahlin und die höchsten Gäste. Nach dem Festmahl wurden die Tische beiseite geräumt, und die Gäste setzten sich rund um das große Feuer . . ., hier in der Mitte . . ., ein offenes Feuer.«
»Ich kann sie mir vorstellen, wie sie in der Runde saßen und sich Geschichten erzählten . . .«
»Und ihre Lieder sangen. Die Spielleute kamen regelmäßig. Sie durchstreiften das Land und kehrten in Schlössern und großen Häusern ein, wo sie sich ihr Abendbrot ersangen. Sie arbeiteten hart, die armen Teufel, oftmals wurden sie schlecht bewirtet, manchmal wurde ihnen sogar die Belohnung nach ihrer Vorstellung verweigert.«
»Aber gewiß nicht in diesem Schloß.«
»Bestimmt nicht. Meine Vorfahren waren wild und zügellos, doch bei allen Geschichten, die ich von ihrer Ruchlosigkeit gehört habe, war nie von Gemeinheit die Rede. Sie waren Verschwender, in jeder Hinsicht rücksichtslos, aber nie habe ich von einer Weigerung gehört, jene zu entlohnen, die uns gedient haben. Der erhöhte Tisch, den Sie dort drüben sehen, stand über den niedrigen Tischen, so daß wir auf unsere weniger bedeutenden Gäste herabschauen konnten. Wir haben diesen Teil des *Châteaus* unverändert gelassen und benutzen ihn nur zu feierlichen Anlässen. Ich lasse mich gern daran erinnern, wie meine Ahnen gelebt haben. Natürlich streuen wir heute keine Binsen mehr auf den Fußboden. Das war ein widerwärtiger Brauch! Da war *empimenter* häufig vonnöten. Ah, Cousine, Sie blicken verwirrt. Sie wissen nicht, was *empimenter* bedeutet? Geben Sie es zu. Letztlich habe ich obsiegt.«
»Obsiegt? Ich verstehe nicht, wieso Sie annehmen, daß ich mir einbilde, alles zu wissen.«
»Sie sind eben so geistreich, daß ich stets das Gefühl habe, Sie gehen aus jeder Herausforderung als Siegerin hervor.«
»Was soll dieses . . . Gefecht ohne Waffen eigentlich?« fragte ich schroff.
»Das scheint zur Natur unserer Beziehung zu gehören.«
»Sie sind mein Dienstherr, und ich bin Ihre Untergebene – so sieht unsere Beziehung aus. Es ist meine Pflicht, Sie zufriedenzustellen, nicht zu fechten, zu stürmen oder . . .«
»Ich habe Sie nur ein einziges Mal aus der Fassung gebracht, Cousine. Das war in den Tagen vor unserer Verwandtschaft, als Sie in meine Schlafkam-

mer schlichen und dabei ertappt wurden. Da sahen Sie wie ein ungezogenes Kind aus, und ich muß gestehen, daß ich seit diesem Augenblick von Ihnen entzückt bin.«
»Sie sollten begreifen...«
»O ja, ich begreife schon. Ich begreife vollkommen. Ich weiß, daß ich mit aller Sorgfalt vorgehen muß. Ich weiß, daß Ihnen eine Flucht vorschwebt. Welch eine Tragödie wäre das doch... für mich... und vielleicht auch für Sie! Nur keine Angst, kleine Cousine. Ich sagte Ihnen ja schon, daß ich aus einem Geschlecht tollkühner Männer stamme, doch rücksichtslos bin ich nur, wenn es die Umstände erfordern.«
»Dies scheint mir eine etwas abschweifige Unterhaltung, die da aus meiner Unkenntnis des Ausdrucks – hieß er *empimenter*? – entstanden ist.«
»Es war kaum wahrscheinlich, daß Sie dieses Wort kannten, denn es wird glücklicherweise heute kaum noch verwendet. Es bedeutet die Verbreitung von Wohlgeruch durch Verbrennen von Wacholderzweigen oder orientalischen Düften, und das geschah immer dann, wenn der Gestank der Binsen unerträglich wurde.«
»Es wäre gewiß einfacher gewesen, die Binsen zu entfernen.«
»Man wechselte sie hin und wieder aus, doch sie rochen so stark, daß ihre Dünste zurückblieben. Sehen Sie diese Truhen: Darin wurden unsere Schätze aufbewahrt... Gold- und Silbergefäße und natürlich Pelze..., Zobel, Hermelin und Feh. Waren die Truhen geschlossen, schauen Sie, so konnte man sie als Sitze benutzen, denn die Mauerbänke boten nicht genügend Platz für unsere Gäste. Viele hockten sich einfach auf den Boden, im Winter versammelten sie sich rund um das Feuer. Vom Salon aus betreten wir das Schlafgemach. Hier wurden viele meiner Vorfahren geboren.«
Unsere Schuhe klapperten auf dem Steinboden. Der Raum enthielt kein Bett, nur ein paar schwere Möbelstücke, die, so stellte ich mir vor, benutzt worden waren, bevor der neuere Teil des Schlosses erbaut wurde.
Von diesem Zimmer aus traten wir in verschiedene kleinere Kammern, alle spärlich möbliert; steinerne Wände und Fußböden.
»Das Heim eines mittelalterlichen Edelmannes«, sagte der Comte. »Es nimmt kaum wunder, daß wir uns mit der Zeit elegantere Domizile bauen mußten. Wir waren sehr stolz auf unsere Schlösser, das darf ich wohl sagen. Unter der Regentschaft von François I. blühte die Baukunst auf. Wir taten es dem König nach, wie Sie sehen. Er war den Künsten sehr zugetan. Von ihm stammt der Ausspruch, Menschen können einen König

machen, aber nur Gott kann einen Künstler machen. Da er sich für Architektur interessierte, kam es bei seinen Anhängern ebenfalls in Mode, sich dafür zu interessieren, und wir wetteiferten miteinander in der Errichtung schöner Häuser. Wir bauten, teils um mit unserem Reichtum zu prunken, teils um heimlichen Beschäftigungen nachzugehen. Deshalb hatten wir versteckte Zimmer und Geheimgänge, die niemand außer uns selbst kennen durfte – vielleicht werde ich sie Ihnen eines Tages zeigen. Eine hochstehende Dame ließ ihren Baumeister enthaupten, um sicherzugehen, daß er die geheimen Pläne ihres Hauses nicht weitergeben würde.«
»Eine drastische Maßnahme.«
»Aber wirksam, das müssen Sie zugeben. Ach, liebe Cousine, wie ergötzt es mich doch, Sie zu schockieren!«
»Ich fürchte, ich muß Ihr Vergnügen dämpfen, indem ich Ihnen sage, daß ich diese Geschichte nicht glaube.«
»Das sollten Sie aber. Der Schloßherr – und das bedeutet, sein ganzes unermeßliches Reich – ist der Gebieter. Seine Taten dürfen von seinen Untertanen nicht in Frage gestellt werden.«
»Dann kann ich nur hoffen, daß Sie nicht beabsichtigen, *Ihre* Macht auf solche Weise auszuüben.«
»Das dürfte davon abhängen, wie weit man mich dazu reizt.«
»Ich vermute, das Schloß beherbergte eine Menge Menschen«, sagte ich, um das Thema zu wechseln, was mir gewiß verübelt wurde, da nur der Comte zu entscheiden hatte, wann ein Gesprächsgegenstand erschöpft war.
Er hob seine Augenbrauen, und ich dachte schon, er wollte mich rügen, doch dann überlegte er es sich anders. »Eine große Menge«, sagte er. »Da waren zunächst die Junker, wie man sie nannte. Sie standen den verschiedenen Abteilungen des Hauswesens vor. Da gab es einen Junker für die Tafel, einen Kammerjunker, einen für den Weinkeller und so weiter. Sie stammten meist aus adeligen Familien und wurden hier auf ihren Eintritt in den Ritterorden vorbereitet. Man führte also einen großen Haushalt. Natürlich machten die Ställe einen wichtigen Teil des Schlosses aus. Damals gab es noch keine Kutschen, sondern man hielt sich alle Arten von Pferden – Zugpferde, Zelter, und der Schloßherr selbst benutzte die edelsten Reitpferde. Als Gegenleistung für ihre Dienste erhielten die Junker ihre Ausbildung vom Schloßherrn, und sein Reichtum und sein Einfluß wurden an der Anzahl der Junker, die er unterwies, gemessen.«
»Obschon dieser Brauch nicht mehr besteht, halte ich Etienne und Léon in gewisser Hinsicht für die Junker von heute.«

»Man könnte sie so nennen. Sie erhalten eine noble Erziehung und erlernen die feine Lebensart. Und sie sind hier, weil ich ihren Eltern etwas schulde. Ja, man könnte sagen, dies sei etwas Ähnliches. Ah, hier ist noch eine Kammer, die ich Ihnen zeigen muß: *Chambre des Pucelles* – die Jungfernkammer.«

Ich blickte in den großen Raum. In einer Ecke stand ein Spinnrad, und die Wände waren mit Teppichen behangen.

»Die Teppiche haben die Jungfern angefertigt«, sagte der Comte. »Das Zimmer ist hell, wie Sie sehen. Sie müssen sich vorstellen, wie sie alle, die Köpfe über ihre Arbeit gebeugt, emsig mit der Nadel hantierten. Auch die Jungfern wurden in das Schloß aufgenommen. Sie mußten aus guter Familie stammen und ausgezeichnet mit der Nadel umzugehen verstehen. Der vortreffliche Umgang mit der Nadel wurde als unbedingt notwendig für eine gute Erziehung angesehen. Und Sie, Cousine, wie gut verstehen Sie sich auf Nadelarbeit?«

»An solcher Ausbildung mangelt es mir ganz und gar, fürchte ich. Ich nähe nur, wenn es unumgänglich ist.«

»Das freut mich. Das ständige Bücken über der Stickerei ist schlecht für die Augen und für die Haltung. Ich kann mir viele Beschäftigungen vorstellen, die einer Frau besser anstehen.«

»Was stellen die Szenen auf den Wandteppichen dar?«

»Irgendeinen Krieg zwischen den Franzosen und einem Feind..., den Engländern wahrscheinlich. Das war das Übliche.«

»Und die Franzosen waren die Sieger, nehme ich an?«

»Selbstverständlich. Der Teppich wurde von französischen Frauen gefertigt. Die Völker machen es mit ihren Tapisserien genauso, wie sie es mit ihren Geschichtsbüchern machen. Es ist erstaunlich, wie die richtigen Worte – oder Bilder – eine Niederlage in einen Sieg verwandeln können.«

»Ich habe gelernt, daß die Engländer aus Frankreich vertrieben wurden, und niemand hat je versucht, das zu leugnen. Dasselbe lehrten meine Mutter und ich unsere Schülerinnen.«

»Sie sind eine sehr kluge Lehrerin, Cousine.«

Ich glaubte, er machte sich über mich lustig, trotzdem genoß ich dieses Erlebnis. Es gefiel mir sehr, seiner Stimme zuzuhören, sein Mienenspiel zu beobachten, das Anheben der feingezeichneten Brauen, die flinken Bewegungen der Lippen. Es machte mir Spaß, ihm zu zeigen, daß er, mochte er auch alle anderen im Haus kommandieren, nicht über mich gebieten konnte. Ich fühlte mich so belebt wie selten, und während der ganzen Zeit wußte ich, daß ich mich tollkühn verhielt und eigentlich nach allem, was man mich früher gelehrt hatte, lieber meine Abreise planen sollte.

»Die Gouvernante pflegte bei den Jungfern in ihrer Kammer zu sitzen«, fuhr der Comte fort. »Ich könnte mir *Sie* gut in dieser Rolle vorstellen. Ihr goldenes Haar fällt lose, vielleicht auch geflochten, und eine Flechte fällt auf Ihre Schulter. Sie schauen sehr streng, wenn die Mädchen einen falschen Stich machen und zuviel oder zu frivol plaudern, und trotzdem gefällt Ihnen ihr Geschwätz, das sich um all die Fehltritte dreht, die im Schloß – womöglich von hoher Stelle – begangen werden. Sie tadeln sie und hoffen doch, daß sie fortfahren, denn ich nehme an, Sie können sehr hinterlistig sein, Cousine.«

»Was führt Sie zu dieser Annahme?«

»Ich habe etwas entdeckt: Sie sagen, daß Sie vorhaben heimzukehren, und dabei wissen Sie die ganze Zeit lang, daß Sie hier bleiben wollen. Sie schauen mich mißbilligend an, doch ich frage mich, wie tief Ihre Mißbilligung geht.«

Ich war erschüttert. Konnte es wahr sein, daß ich mich selbst betrog? Seit ich ihn kannte, schien ich in allem unsicher, insbesondere in bezug auf mich selbst. Meine Vernunft gebot mir, fortzugehen, bevor ich noch weiter in alles hineingezogen würde, und doch ... Vielleicht hatte er recht. Ich machte mir etwas vor. Ich redete mir ein, ich würde fortgehen, und dabei wußte ich, daß ich bleiben würde.

Ich sagte bissig: »Es steht mir nicht an, zu billigen oder zu mißbilligen.«

»Ich bin der Ansicht, daß Sie sich in meiner Gesellschaft wohl fühlen. Sie sprühen, Sie sind widerspenstig, es gefällt Ihnen, mich herauszufordern – kurz, ich habe die gleiche Wirkung auf Sie, die Sie auf mich haben, und darüber sollten wir uns freuen ..., statt dagegen anzukämpfen.«

»Monsieur le Comte, Sie irren sich gewaltig.«

»Und Sie irren sich, indem Sie die Wahrheit leugnen und mich Monsieur le Comte nennen, obwohl ich klar befohlen habe, daß Sie Charles zu mir sagen sollen!«

»Ich habe nicht angenommen, daß dies ein Befehl war, dem ich unbedingt Folge zu leisten hätte.«

»Alle Befehle sind dazu da, daß sie befolgt werden.«

»Aber ich bin keiner von Ihren Junkern. Ich kann schon morgen abreisen. Nichts kann mich hier festhalten.«

»Doch, Ihre Zuneigung zu meiner Tochter. Das Mädchen befindet sich in einem jämmerlichen Zustand. Solche hysterischen Ausbrüche wie gestern liebe ich ganz und gar nicht. Ich fühle mich dabei sehr unwohl. *Sie* können meine Tochter beruhigen. Sie können sie zur Vernunft bringen. Sie wird bald heiraten, das habe ich beschlossen. Ich möchte, daß Sie bei ihr bleiben..., bis sie wohlbehalten vermählt ist. Danach dürfen Sie in Erwägung ziehen, uns zu verlassen. In der Zwischenzeit würde ich bestimmte Geldbeträge auf ein Konto einzahlen, damit Sie später genug Geld haben, um eine Schule zu gründen..., vielleicht in Paris, wo Sie Englischunterricht erteilen können. Ich könnte Ihnen viele Schülerinnen schicken, so wie es Sir John in England getan hat. Es ist nicht mehr lange hin bis zur Vermählung. Marguerite hat bewiesen, daß sie reif für die Ehe ist. Ich weiß, daß Sie eine sehr vernünftige junge Frau sind. Zuviel verlange ich doch nicht von Ihnen, oder?«

»Ich muß erst einmal die Entwicklung abwarten. Ich kann nichts versprechen.«

»Aber Sie werden doch zumindest an unsere arme Marguerite denken.«

Das sei selbstverständlich, erwiderte ich.

Durch den alten Teil des *Châteaus* kamen wir zu dem Trakt, der dreihundert Jahre später erbaut worden war. Hier herrschte die Eleganz des sechzehnten und siebzehnten Jahrhunderts vor.

»Das hier werden Sie nach und nach kennenlernen«, sagte er. »Es lag mir nur daran, Ihnen den alten Teil des Schlosses persönlich zu zeigen.«

Der Rundgang war vorüber. Die Stimmung des Comte schien verändert, er war ein wenig verdrießlich geworden. Ich fragte mich, warum. Obgleich ich an seiner Gesellschaft Gefallen gefunden hatte, war ich erleichtert, nun allein zu sein, um über alles Gesagte nachdenken zu können; denn ich war überzeugt, daß hinter der Unterhaltung eine Menge Anspielungen verborgen waren.

2

Margot litt nicht nur seelisch, sondern auch körperlich unter ihrem Mißgeschick. Sie ermüdete schnell und grämte sich nach wie vor um ihr Baby. Es bestand kein Zweifel, daß sie mich brauchte. Sie tat mir leid, denn ich erkannte, daß sie sich unter ihren eigenen Angehörigen ein wenig verloren vorkam. Bei solchen Eltern war das kein Wunder, und ich empfand die Liebe und Klugheit meiner Mutter nur um so dankbarer – das war ein kostbareres Geschenk als alles, was der armen Margot mit ihrer edlen Abstammung und all dem Reichtum dieser Familie zuteil wurde. Und Etienne und Léon, obwohl in diesem Hause aufgewachsen, waren doch keine richtigen Brüder.

Nou-Nou zeigte Verständnis für Margots Zustand; sie gehörte zu den wenigen, die in das Geheimnis eingeweiht waren. Sie verordnete ein paar Tage Bettruhe und eine Diät, die auch ein paar von Nou-Nous eigenen Arzneien einschloß. Deren Heilwirkung schien im wesentlichen darin zu bestehen, Margot mehr Schlaf zu verschaffen. Ich war überzeugt, daß dies genau das Richtige für sie war, da sie erfrischt und besser aufgelegt erwachte.

Ich hatte dadurch viel Zeit für mich selbst, und sowohl Etienne als auch Léon bemühten sich redlich, liebenswürdig zu sein. Mit jedem von ihnen ritt ich aus, und dabei ereigneten sich Dinge, die mir im nachhinein bedeutungsvoll zu sein schienen.

Am Nachmittag desselben Tages, an dem der Comte mich durch den alten Teil des Schlosses geführt hatte, fragte mich Etienne, ob ich Lust hätte, mit ihm auszureiten. Er wolle mir die Landschaft zeigen, sagte er.

Ich war immer gern geritten – selbst auf der armen kleinen Jenny –, und des öfteren dachte ich sehnsüchtig an Dower zurück. Darum sagte ich bereitwillig zu, zumal ich mein elegantes Reitkostüm besaß, das meine Mutter für mich gekauft hatte, um Joel Derringham zu beeindrucken; ich war also bestens ausgestattet.

Auf die Frage, welches Pferd ich denn reiten solle, versicherte mir

Etienne, daß sich in den Ställen genau das Richtige für mich finden würde. Er hatte recht. Wir wählten einen wunderschönen Rotschimmel.
»Nicht allzu lebhaft«, meinte Etienne. »O ja, ich weiß, daß Sie eine ausgezeichnete Reiterin sind, aber für den Anfang . . .«
»Ich weiß gar nicht, wie Sie darauf kommen«, erwiderte ich. »Ich kann zwar reiten, aber nicht sehr gut.«
»Sie sind zu bescheiden, Cousine.«
Bei dem Wort »Cousine« mußte ich unwillkürlich lächeln. War ich die Cousine des Comte, dann mußte Etienne freilich wünschen, daß ich auch seine Cousine war. Allmählich fing ich an, Etienne zu begreifen.
Seine Manieren waren tadellos. Er half mir beim Aufsteigen und machte mir ein Kompliment über meine Ausrüstung. »Höchst elegant«, fand er.
»Das dachte ich zu Hause auch«, sagte ich, »aber hier bin ich mir nicht mehr so sicher. Merkwürdig, wie anders Kleider in einer neuen Umgebung wirken können.«
»Sie würden in jeder Umgebung reizend aussehen«, gab Etienne galant zurück.
Die Landschaft war schön; die Blätter an den Bäumen hatten herbstliche Färbung angenommen. Wir kanterten und galoppierten, und ich war froh, daß ich auf Dower so viel Übung im Reiten erlangt hatte. Etienne kümmerte sich rührend um mich, er behielt mich stets im Auge, und wenn er glaubte, daß ich mich nicht mehr halten könnte, war er gleich an meiner Seite, um sich zu vergewissern, daß mir nichts fehlte.
Auf dem Rückweg zum *Château* – wir waren nach meiner Schätzung etwa zwei Meilen davon entfernt – kamen wir zu einem Haus an einem Hohlweg, einem hübschen Gebäude aus grauem Stein, von Schlingpflanzen überwuchert, deren Blätter sich rötlich zu färben begannen, was die reizvolle Wirkung noch erhöhte.
Eine Frau stand am Tor, als hielte sie nach jemandem Ausschau. Ich war von ihrer wahrhaft leuchtenden Schönheit auf Anhieb gefesselt. Sie hatte dichtes rotes Haar und grüne Augen; sie war groß, zur Fülle neigend und sehr elegant.
»Ich muß Sie unbedingt Madame LeGrand vorstellen«, sagte Etienne.
»Das ist wohl der nächste Nachbar des *Châteaus*.«
»Da haben Sie recht«, antwortete Etienne.
Madame LeGrand hatte das Tor geöffnet. Wir stiegen ab, und Etienne half mir, indem er mein Pferd hielt. Anschließend band er beide Pferde an dem eigens dafür bestimmten Pfosten fest.
»Dies ist Mademoiselle Maddox«, sagte Etienne.

Madame LeGrand kam auf mich zu. Sie trug ein grünes Gewand, das ihr gut stand und zu ihren Augen paßte. Ein Reifen unter dem Rock betonte ihre schmale Taille, und der Stoff fiel in etliche Bahnen drapiert zu Boden, indem er sich zu beiden Seiten teilte und ein Unterkleid aus Satin in einer etwas dunkleren grünen Schattierung freigab. Ihr Haar war aufs sorgfältigste frisiert – hochgetürmt, nach der in Frankreich vorherrschenden Mode, welche die Königin eingeführt hatte, die ihrer hohen Stirn wegen eine aufgebauschte Frisur brauchte. Das Mieder der grünen Robe war tief ausgeschnitten und entblößte den weißen Hals und den Ansatz eines wohlgeformten, üppigen Busens. Madame LeGrand war eine auffallend schöne Frau.
»Ich habe bereits davon gehört, daß Sie auf dem *Château* weilen, Mademoiselle«, begrüßte sie mich, »und ich hoffe, Sie geben mir die Ehre, ein Glas Wein bei mir zu trinken.«
Ich antwortete, es sei mir ein Vergnügen.
»Kommen Sie in den Salon.«
Wir betraten eine kühle Halle, in der Blätter in den unterschiedlichsten Grüntönen arrangiert waren. Grün war eindeutig die Lieblingsfarbe von Madame LeGrand. Sie paßte zu ihr. Ihre grünen Augen mit den dichten schwarzen Wimpern waren sehr anziehend, besonders im Kontrast zu dem flammendroten Haar.
Der Salon war klein, vielleicht schien es mir auch nur so, weil ich mich bereits an die Räumlichkeiten im Schloß gewöhnt hatte. Im Vergleich zu den Zimmern im Schulhaus würde man den Salon groß nennen. Die Möblierung war ebenso elegant wie im Schloß, und edle Teppiche bedeckten den Boden. Das blasse Grün der Vorhänge traf genau den Ton der Polsterkissen. Es war ein wahrhaft anmutiges Zimmer.
Der Wein wurde hereingebracht, und Madame LeGrand fragte mich, wie es mir auf dem *Château* meines Cousins gefiele.
Eine Weile zögerte ich. Ich konnte mich einfach nicht an den Gedanken gewöhnen, die Cousine des Comte zu sein. Ich antwortete, daß ich alles sehr interessant fände.
»Merkwürdig, daß Sie dem Comte und Margot erst neuerdings begegnet sind. Sie müssen doch von dieser Verwandtschaft gewußt haben.«
Ich hatte das Gefühl, daß sowohl Madame LeGrand als auch Etienne mich gespannt beobachteten.
»Nein«, sagte ich. »Es war eine Überraschung.«
»Wie interessant! Und wie sind Sie einander begegnet?«
Der Comte hatte einmal bemerkt, daß, wenn man eine Rolle spiele, es klug

sei, sich so dicht wie möglich an die Wahrheit zu halten. »Das geschah zufällig, als der Comte mit seiner Familie im Hause von Sir John Derringham in England weilte.«
»Also befanden Sie sich zu der Zeit auch dort zu Besuch?«
»Nein. Ich war dort zu Hause. Meine Mutter hatte eine Schule.«
»Eine Schule? Wie ausgefallen!«
»Mademoiselle Maddox ist eine sehr gebildete junge Dame« sagte Etienne.
»Das war keineswegs ausgefallen«, erwiderte ich scharf. »Meine Mutter war Witwe und mußte sich und ihre Tochter ernähren. Sie besaß das Talent zu unterrichten, und deshalb gründete sie eine Schule.«
»Und der Comte hat diese Schule entdeckt«, ergänzte Etienne.
»Seine Tochter war dort Schülerin.«
»Ah, ich verstehe«, sagte Madame LeGrand. »Und dann hat er herausgefunden, daß Sie mit ihm verwandt sind.«
»Ja..., so ähnlich war es.«
»Es muß doch fremdartig für Sie sein, von einer Schule ... hierher zu kommen.« Sie wies mit einer Hand in Richtung des *Châteaus*.
»Das stimmt. Ich war sehr glücklich in der Schule. Solange meine Mutter lebte, waren wir leidlich zufrieden.«
»Wie traurig. Und dann sind Sie nach Frankreich gekommen?«
»Marguerite brauchte Erholung. Sie fühlte sich nicht wohl. Darum habe ich sie begleitet.«
»Und die Schule?«
»Die habe ich aufgegeben.«
»Also beabsichtigen Sie..., endgültig hier zu bleiben?«
Ich fand, daß sie zu viele Fragen stellte, um höflich zu sein, und daß es töricht von mir war anzunehmen, daß ich sie alle beantworten müßte.
Kühl sagte ich: »Madame, ich habe noch keine bestimmten Pläne, so daß es mir nicht möglich ist, mich mit Ihnen darüber zu unterhalten.«
»Mademoiselle Maddox spricht sehr gut Französisch, nicht wahr, Etienne?«
Etienne lächelte mir zu. »Ich habe selten jemanden aus England gehört, der unsere Sprache so gut beherrscht.«
»Nur eine ganz winzige Andeutung von einem Akzent.«
»Aber das ist so charmant«, fügte Etienne hinzu.
Madame nickte, und ich fand, daß ich nun an der Reihe sei, Fragen zu stellen. »Sie haben ein bezauberndes Haus, Madame. Leben Sie schon lange hier?«

»Schon gut neunzehn Jahre.«
»Es ist wohl das dem *Château* am nächsten gelegene Haus.«
»Es liegt weniger als zwei Meilen davon entfernt.«
»Sie müssen glücklich sein, ein solch hübsches Anwesen Ihr eigen nennen zu dürfen.«
»Ich bin glücklich hier, aber es gehört mir nicht. Es ist, wie alles in der Umgebung, Eigentum des Comte Fontaine Delibes. Mademoiselle, sind Sie schon öfter in Frankreich gewesen?«
»Ich war noch nie hier, bevor ich mit Margot herkam.«
»Wie interessant.«
Ich wechselte das Thema. Wir sprachen über die Schönheit des Landes, über Ähnlichkeiten und Unterschiede im Vergleich zur englischen Landschaft. Die Unterhaltung verlief nun in üblichen Bahnen.
Nach einer Weile erhoben wir uns zum Gehen, und Madame LeGrand nahm meine Hände in die ihren und äußerte den Wunsch, ich möge Zeit finden, sie wieder zu besuchen.
»Etienne schaut zu meiner Freude häufig herein. Er muß Sie wieder mitbringen, Mademoiselle. Oder wenn Sie allein kommen mögen? Es würde mir ein Vergnügen sein.«
Ich dankte ihr für die Gastfreundschaft, während Etienne unsere Pferde losband.
Während wir aufstiegen sagte ich: »Was für eine schöne Frau.«
»Das finde ich auch«, antwortete er. »Aber ich bin vielleicht voreingenommen.«
Ich blickte ihn verwundert an. Er lächelte, und während er seine Augen fest auf mein Gesicht heftete, als wartete er gespannt auf meine Reaktion, fügte er hinzu: »Wären Sie daraufgekommen, daß sie meine Mutter ist?«
Bestürzt dachte ich sogleich an ihre Beziehung zum Comte. Ich fragte mich, ob sie und Etienne ihre Identität absichtlich vor mir verschwiegen hatten, damit Etienne mich auf diese Weise überraschen könne.
Ich war dankbar, daß es mir möglich war, meine Ruhe zu bewahren, indem ich der Bemerkungen meiner Mutter gedachte, daß eine englische Lady nie ihre Gefühle zeigen dürfe, und schon gar nicht, wenn sie aufgewühlt ist. War ich jetzt aufgewühlt? Ich war auf jeden Fall bestürzt.
Ich sagte: »Sie sind gewiß sehr stolz auf Ihre schöne Mutter.«
»Ja«, erwiderte er.
War sie wohl immer noch die Mätresse des Comte? fragte ich mich. Sie bewohnte ein Haus nahe beim *Château* . . ., sein Haus. Ob er sie hier besuchte? Ob sie ins *Château* kam?

Eigentlich ging mich das überhaupt nichts an, sagte ich grimmig zu mir selbst.

Tags darauf unternahm ich einen Spazierritt mit Léon. Mit ihm ließ sich zwangloser plaudern als mit Etienne. Er war ungehemmter, wirkte natürlicher.
Für ihn gab es keinen Grund, die Tatsache zu verheimlichen, daß er ein Bauernsohn war, und das gefiel mir an ihm.
Er besaß zwar nicht das gute Aussehen von Etienne, war aber dafür um vieles charmanter. Die tiefblauen Augen in seinem braunen Gesicht hatten etwas ungemein Fesselndes. Sein dunkles krauses Haar war kurzgeschnitten und lag wie eine Kappe auf seinem Kopf. Seiner gutsitzenden, aber praktischen Kleidung fehlten der Schick und die Eleganz von Etiennes Habit.
Léon ritt sein Pferd so gut, als sei er mit dem Tier verwachsen. Ich ritt dieselbe Rotschimmelstute, die ich bereits tags zuvor gehabt hatte. Ich war jetzt mit ihr etwas vertrauter, und sie gewiß auch mit mir.
Léon besaß ein fröhlicheres Naturell als Etienne – er war unbekümmerter. Wie Etienne machte auch er mir ein Kompliment über mein Reitkostüm. Wir unterhielten uns eine Weile über die Pferde. Ich erzählte ihm von Dower, daß ich es bedauerte, sie zurückgelassen zu haben, und daß ich davor auf Jenny geritten war.
Dann sprach ich zu ihm von meiner Mutter, und es fiel mir leicht, unbeschwert von ihr zu erzählen. Ich hatte die Gewißheit, daß er mich verstand, obgleich ich nicht sicher war, wieso ich dies nach einer so kurzen Bekanntschaft eigentlich annehmen konnte. Léons Natürlichkeit zog mich einfach an. Er war frei und offen, also durfte ich es ebenso sein.
»Was würde Ihre Mutter denken, wenn sie wüßte, daß Sie hier sind?« fragte er.
Ich zögerte. Ich wußte sehr wohl, daß sie den Comte von Herzen verabscheuen würde. Aber sie hätte mit Freuden wahrgenommen, daß man mich im Schloß wie einen Gast behandelte.
Ich erwiderte: »Ich glaube, sie hätte mir zugestimmt, daß es klug war, die Schule aufzugeben ... Ich steckte nämlich in ziemlichen Schwierigkeiten.«
»Und sie würde es vermutlich für *comme il faut* halten, daß Sie bei Ihren Verwandten wohnen?«
»Ich glaube, Marguerite war froh, mich bei sich zu haben«, antwortete ich ausweichend.

Er lächelte anzüglich. »Und der Comte ist ebenfalls froh – das zeigt er sehr deutlich.«

»Er erweist sich als zuvorkommender Gastgeber.«

Nach unserer vorhergehenden Offenheit errichtete diese Anspielung auf etwas, das ein Geheimnis bleiben mußte, vorübergehend eine Barriere zwischen uns.

Dann sagte Léon: »Ich habe gehört, daß Sie gestern bei Gabrielle LeGrand waren.«

»O ja.«

»Sie ist eine gute Freundin des Comte, was Ihnen zweifellos nicht entgangen ist.«

»Ich habe erfahren, daß sie Etiennes Mutter ist.«

»Ja. Sie ist seit Jahren mit dem Comte befreundet.«

»Ich verstehe«, sagte ich.

Mir fielen die Worte ein, die ich zwischen ihm und Etienne belauscht hatte, und ich dachte, daß er mich warnen wollte. Sie glaubten nicht an die Verwandtschaft – und das überraschte mich nicht. Für Léon schien festzustehen, daß der Comte mir in England begegnet war und Gefallen an mir gefunden hatte; daß er etwas mit mir plante und mich nach Frankreich gebracht hatte, um sein Vorhaben zu verwirklichen. Léon muß eine schlechte Meinung von mir gewonnen haben. Aber wie hätte ich ihm zu verstehen geben können, daß ich ausschließlich gekommen war, weil Margot mich brauchte?

»Ich vermute«, sagte er im Plauderton, »daß sich das Leben in England ganz anders abspielt als hier.«

»Natürlich ..., aber im Grunde ist es dasselbe.«

»Würde Ihr Sir John auch so vermessen sein, seine Mätresse gleich nebenan wohnen zu lassen? Was würde seine Gattin dazu sagen?«

Ich versuchte, mir meine Betroffenheit nicht anmerken zu lassen. »Nein, das wäre unmöglich. Sir John würde sich auf keinen Fall so betragen.«

»Hier bei uns ist das nichts Ungewöhnliches. Einige unserer Könige sind mit dem Beispiel vorangegangen.«

»Auch bei uns gab es Könige, die solche Sitten pflegten, allen voran Charles II.«

»Er hatte eine französische Mutter.«

»Es liegt Ihnen offenbar viel daran zu beweisen, daß Ihre Landsleute eine lockere Moral haben.«

»Ich glaube, wir legen verschiedene Maßstäbe an.«

»Das, was Sie meinen, gibt es ganz sicher auch in England, aber es

vollzieht sich weniger öffentlich. Ob die Geheimhaltung eine Tugend ist, vermag ich nicht zu beurteilen. Aber ich glaube, daß sie den Betroffenen das Leben erleichtert.«
»Einigen gewiß.«
»Den Ehefrauen zum Beispiel. Es ist nicht gerade angenehm, die Untreue des Gatten unverhüllt vor Augen geführt zu bekommen. Wenn andererseits der Gatte und seine Geliebte sich öffentlich treffen, erspart ihnen das eine Menge Ausflüchte.«
»Ich sehe, Sie sind eine Realistin, Mademoiselle, und Sie sind viel zu aufrichtig und zu reizend, um sich je in derartige Machenschaften zu verstricken.«
O ja, das war eine unmißverständliche Warnung. Ich hätte beleidigt sein können, aber aus seinen Augen sprach echte Besorgnis, und ich fühlte mich unweigerlich zu ihm hingezogen.
»Sie dürfen gewiß sein, daß dies nie der Fall sein wird«, sagte ich entschlossen.
Sein Gesicht hellte sich auf, und ich konnte seine Gedanken lesen: Er glaubte, der Comte hätte seine Cousine entdeckt – oder falls diese Verwandtschaft erfunden war, daß ich nichts davon wüßte –, hätte sie als Gesellschafterin seiner Tochter eingeladen, und da sie in der prüden englischen Gesellschaft aufgewachsen war, ahnte sie nichts von seinen unlauteren Absichten.
Léon hatte in jeder Hinsicht unrecht, aber er gefiel mir wegen seiner Besorgnis und seiner Anteilnahme.
Er schien seine Ängste, die ihn um meinetwillen plagten, zu verwerfen und nunmehr unseren Ritt zu genießen. In erfreulicher Offenheit begann er von sich zu erzählen.
Ein seltsames Schicksal, bei dem alles von einem einzigen Zufall abhing – dem Tod seines Zwillingsbruders, den der Comte verursacht hatte.
»Denken Sie nur«, sagte Léon, »ohne diesen Vorfall wäre mein Leben ganz anders verlaufen. Der arme kleine Jean-Pierre. Ich frage mich oft, ob er wohl zu mir herunterschaut und sagt: ›Du, das alles verdankst du nur mir.‹«
»Es war ein schreckliches Ereignis, und doch war es, wie Sie schon sagten, von Vorteil für Sie.«
»Wenn ich mein früheres Heim besuche, weiß ich erst, welch einen Vorteil dieses Ereignis – nicht nur für mich, sondern für die ganze Familie – gebracht hat. Sehen Sie, ich kann sie unterstützen. Der Comte weiß davon, und es gefällt ihm. Er hat meiner Familie auch eine Rente

ausgesetzt. Sie besitzen das schönste Haus im Dorf und etliches Land. Sie haben ihr Auskommen und werden von ihren Nachbarn beneidet. Ich habe viele Leute sagen hören, an dem Tag, als Jean-Pierre überfahren wurde, habe Gott lächelnd auf meine Familie herabgeschaut.«

Mich schauderte ein wenig.

»Realismus, Mademoiselle. Das ist der stärkste Charakterzug der Franzosen. Wäre Jean-Pierre nicht just in jenem Augenblick auf die Straße gelaufen und unter die Pferde des Comte geraten, so hätte er mehr schlecht als recht mit seiner Familie gelebt, der es ebenso jämmerlich wie den anderen ergangen wäre. Sie müssen deren Schlußfolgerungen verstehen.«

»Ich denke an Ihre Mutter. Wie fühlt sie sich dabei?«

»Bei meiner Mutter ist das etwas anderes. Sie bringt jede Woche Blumen an sein Grab und hat immergrüne Sträucher gepflanzt, die jedermann sagen sollen, daß sein Andenken stets in ihrem Herzen bleibt.«

»Aber sie freut sich doch gewiß, wenn Sie zu ihr kommen.«

»Ja, doch das erinnert sie natürlich auch an meinen Zwillingsbruder. Die Leute reden heute noch genausoviel darüber wie damals, als es passierte. Sie schimpfen über den Comte und vergessen, was er für meine Familie getan hat. Das entspringt dem wachsenden Unmut gegen die Aristokratie. Alles, was man gegen sie vorbringen kann, ist willkommen.«

»Ich spüre das, seit ich in Frankreich bin, und ich hatte bereits vorher davon gehört.«

»Ja, es sind Veränderungen im Gange. Ich erfahre, was sich zusammenbraut, wenn ich meine Angehörigen besuche. Mir gegenüber können sie sich freier äußern als vor jemandem, der nicht aus ihren Kreisen stammt. Der Widerstand wächst von Tag zu Tag. Zuweilen ist er nicht berechtigt – aber Gott weiß, daß er in vielen Fällen seine Gründe hat. Es gibt so viel Ungerechtigkeit im Land. Das Volk ist mit seinen Herrschern unzufrieden. Manchmal frage ich mich, wie lange das noch so weitergehen kann. Es ist heutzutage gefährlich, allein durch die Dörfer zu fahren, es sei denn, man ist als Bauer verkleidet. So etwas ist mir vorher in meinem Leben noch nie begegnet.«

»Wie wird das enden?«

»Ach, meine liebe Mademoiselle, wir können nur abwarten und sehen, was geschehen wird.«

Als wir uns dem *Château* näherten, hörten wir das Getrappel von Pferdehufen. Ein Mann kam auf uns zugeritten. Er war groß, sehr schlicht gekleidet und trug keine Perücke über seinem vollen rötlichen Haar.

»Das ist ja Lucien Dubois«, rief Léon. »Lucien, lieber Freund, wie schön, Sie zu sehen.«

Der Mann hielt an und zog seinen Hut vor mir. Léon stellte mich ihm vor: Mademoiselle Maddox, eine Cousine des Comte, zur Zeit zu Besuch im Schloß.

Lucien Dubois sagte, er sei erfreut, meine Bekanntschaft zu machen, und fragte mich, wie lange ich bliebe.

»Das hängt von den Umständen ab«, erwiderte ich.

»Mademoiselle ist Engländerin, doch sie spricht unsere Sprache wie eine Einheimische«, sagte Léon.

»Nicht ganz, fürchte ich«, gab ich zurück.

»Doch, wirklich ausgezeichnet«, meinte Monsieur Dubois.

»Sie sind gewiß auf dem Weg zu Ihrer Schwester«, vermutete Léon. »Ich hoffe, daß Sie eine Weile bleiben.«

»Wie Mademoiselle, möchte auch ich sagen, daß das von den Umständen abhängt.«

»Sie haben Madame LeGrand ja bereits kennengelernt«, wandte sich Léon an mich. »Monsieur Dubois ist ihr Bruder.«

Ich stellte eine gewisse Ähnlichkeit fest – das auffallend gute Aussehen, das eigentümliche Farbenspiel; allerdings waren die Augen dieses Mannes nicht so grün wie die seiner Schwester – oder er verstand sich nur nicht auf die Kunst, ihre Farbe zu unterstreichen.

Ich fragte mich, was er von der Beziehung seiner Schwester zum Comte halten mochte. Als Franzose billigte er sie vielleicht sogar. Mir kam der zynische Gedanke, daß die vornehme Stellung des Comte die Situation annehmbar machen mochte. Die Mätresse eines Königs zu sein war eine durchaus ehrenhafte Position, die Geliebte eines armen Mannes zu sein war dagegen schamlos. Ich wollte diese Unterscheidung nicht gelten lassen, und sollte dies auf meine Unreife und meinen Mangel an Realistik zurückzuführen sein, so war ich nur froh darüber.

»Nun, wir werden uns zweifellos bald sehen«, bemerkte Léon.

»Falls ich nicht mit einer Einladung ins Schloß beehrt werde, müssen Sie mich bei meiner Schwester besuchen«, erwiderte Monsieur Dubois, verbeugte sich vor uns und setzte seinen Weg fort.

»Das ist so ein Mensch, der mit dem Dasein unzufrieden ist«, sagte Léon.

»Warum?«

»Er glaubt, das Leben habe ihm nicht das zukommen lassen, was er verdient. Darüber klagen viele Menschen, werden Sie einwenden. Sämt-

liche Versager in der Welt geben dem Schicksal die Schuld für ihr Versagen.«
»›Nicht in den Sternen, in uns selbst liegt der Fehler‹, wie es ein großer Dichter ausgedrückt hat.«
»Es gibt eine Menge solcher Menschen, Mademoiselle. Neid ist das häufigste Laster auf der Welt. Er ist die Grundsubstanz jeder Todsünde. Der arme Lucien! Er hat wahrhaftig Grund zur Klage. Ich glaube, er hat der Familie Fontaine Delibes nie verziehen.«
»Was hat sie ihm denn angetan?«
»Es geht nicht um ihn persönlich, sondern um das, was seinem Vater widerfuhr. Jean-Christophe Dubois war in der Bastille eingekerkert und ist dort gestorben.«
»Aus welchem Grund wurde er eingesperrt?«
»Der Comte – der Vater des jetzigen – begehrte Jean-Christophes Frau, die Mutter von Lucien und Gabrielle. Sie war eine schöne Frau. Gabrielle hat ihr Aussehen geerbt. Nun gibt es da den sogenannten *lettre de cachet*. Einflußreiche Leute konnten sich ihn verschaffen und mit seiner Hilfe ihre Gegner ins Gefängnis bringen. Die Opfer haben den Grund ihrer Verhaftung nie erfahren. Der *lettre* genügte, um sie in den Kerker zu schaffen. Ein gemeines Verfahren. Die bloßen Worte *lettre de cachet* versetzen jedermann in Angst und Schrecken. Man ist einfach machtlos dagegen. Die Comtes Fontaine Delibes hatten natürlich immer gute Beziehungen zum Hofe und zum Parlament. Ihr Einfluß und ihre Macht waren – und sind – groß. Der Vater des gegenwärtigen Comte wollte diese Frau besitzen. Ihr Gatte weigerte sich und traf Anstalten, sie fortzuschaffen. Da kam eines Abends ein Bote mit einem *lettre de cachet* zu ihm. Jean-Christophe wurde nie wieder gesehen.«
»Wie grausam!«
»Die Zeiten sind grausam. Das ist ja der Grund, warum das Volk Änderungen herbeiführen will.«
»Dann ist es an der Zeit, daß etwas unternommen wird.«
»Man braucht länger als ein paar Wochen, um die Vergehen von Jahrhunderten auszumerzen. Jean-Christophe hatte einen Sohn und eine Tochter. Der Comte starb drei Jahre, nachdem er sich Jean-Christophes Frau genommen hatte, und Charles-Auguste wurde der neue Comte. Gabrielle war eine junge Witwe von achtzehn Jahren. Sie bat für ihren Vater um Gnade. Charles-Auguste war von ihrer Schönheit und Eleganz betört. Er war damals sehr jung und leicht zu beeindrucken. Doch es war zu spät. Jean-Christophe starb im Gefängnis, bevor seine Freilassung

erwirkt werden konnte. Charles-Auguste verliebte sich aber in Gabrielle, und ein Jahr nach ihrer Begegnung wurde Etienne geboren.«
»Ich bin betroffen von der Dramatik, die mit dem Schloß verbunden zu sein scheint.«
»Wo die Comtes Fontaine Delibes sind, geht es immer dramatisch zu.«
»Wenigstens hat Gabrielle das Unrecht verwunden, das ihrem Vater widerfuhr.«
»Ja, aber bei Lucien ist es anders, könnte ich mir vorstellen. Ich habe oft den Eindruck, daß er einen tiefen Groll in sich birgt.«
Während wir zum *Château* ritten, mußte ich unaufhörlich an den armen Mann denken, der erbarmungslos dazu verdammt war, sein Leben im Kerker zu beschließen, weil ein anderer ihn aus dem Weg haben wollte. Ich schien von Intrigen und Dramen umgeben, die vorher jenseits meiner Vorstellungskraft lagen.

Margot rief mich in ihr Zimmer. Sie strahlte, und ich wunderte mich, wie ihre Stimmung von Niedergeschlagenheit in freudige Erregung umschlagen konnte.
Auf ihrem Bett lagen Stoffe. »Komm, sieh dir das an, Minelle!« rief sie aus. Ich begutachtete die Stoffe: einen modischen braunroten Samt mit Goldspitze und einen anderen in einer schönen Blauschattierung mit Silberspitze.
»Du wirst ein paar schicke Kleider bekommen«, bemerkte ich.
»Ich werde nur eines bekommen. Der andere Stoff ist für dich. Ich habe den blauen für dich ausgesucht. Das Silber paßt vorzüglich dazu. Wir veranstalten nämlich bald einen Ball, und mein Vater wünscht, daß ich so gut aussehe, wie es nur geht.«
Ich befühlte den blauen Samt und sagte: »Ein solches Geschenk kann ich nicht annehmen.«
»Sei nicht albern, Minelle. Du kannst doch nicht in deinen mitgebrachten Kleidern auf den Ball gehen.«
»Natürlich nicht. Aber es gibt eine andere Möglichkeit: ich bleibe dem Ball fern.«
Margot stampfte unwillig mit dem Fuß auf. »Das wird man dir nicht erlauben. Du mußt daran teilnehmen. Und aus diesem Grunde brauchst du ein Kleid.«
»Als ich diese Stellung antrat, wußte ich nicht, daß ich eine ... falsche Cousine darstellen sollte. Ich bin als deine Gesellschafterin hierhergekommen.«

Margot brach in Lachen aus. »Du bist bestimmt der erste Mensch, der sich beklagt, daß man ihn in seiner Stellung zu gut behandelt. Natürlich mußt du auf den Ball mitgehen. Ich brauche doch eine Anstandsdame, oder etwa nicht?«

»Du redest Unsinn. Wieso solltest du eine Anstandsdame auf einem Ball brauchen, den deine Eltern veranstalten?«

»Nicht beide Eltern. Ich glaube nicht, daß Mama teilnehmen wird. Sie wird, wie Papa sagt, beizeiten in Melancholie verfallen.«

»Das ist eine sehr unfreundliche Bemerkung, Margot.«

»Ach, hör doch auf, die zimperliche alte Schulmeisterin hervorzukehren! Die bist du doch längst nicht mehr.« Sie nahm den rotbraunen Samt, drapierte ihn um ihren Körper und stolzierte damit vor dem Spiegel auf und ab. »Ist er nicht prachtvoll? Sieh dir nur diese Farbe an! Die ist genau das Richtige für mich, findest du nicht auch, Minelle? Freut es dich nicht, mich fröhlicher zu sehen?«

»Ich staune, daß du dich so rasch ändern kannst.«

»Ich habe mich nicht wirklich verändert. In meinem Herzen trauere ich nach wie vor um Charlot. Die Traurigkeit sitzt tief in meinem Innern.« Sie deutete auf ihre Brust. »Aber ich kann nicht die ganze Zeit traurig sein, und ich habe doch mein Baby nicht weniger lieb, wenn ich Freude an einem Ball und an einem neuen Kleid habe.«

Sie schlang ihre Arme um mich, und wir schmiegten uns aneinander. Ich glaube, in diesem Augenblick war ich trotz meines Anscheins von Welterfahrenheit ebenso verwirrt wie Margot.

»Ich glaube nicht, daß ich das Gewand annehmen kann, Margot«, sagte ich schließlich.

»Warum nicht? Es gehört zu deinem Lohn.«

»Meinen Lohn erhalte ich ohnehin. Das hier ist etwas anderes.«

»Papa wird wütend sein, und dabei war er in letzter Zeit so gut gelaunt. Er hat mir ausdrücklich befohlen, für uns beide die Stoffe auszusuchen, und er hat die Farben selbst vorgeschlagen. Das ist bezeichnend für ihn. Ich bin sicher, daß er höchst ungehalten wäre, wenn ich etwas anderes auswählen würde, als er vorgeschlagen hat.«

»Ich glaube, es wäre ausgesprochen falsch von mir, das anzunehmen.«

»Annette, unsere Schneiderin, kommt heute nachmittag, um mit der Arbeit zu beginnen.«

Ich beschloß, den Comte aufzusuchen und meine Abreise vorzubereiten. Ich hatte zuviel über ihn und seine Lebensart erfahren, um mich in seinem Hause noch wohl fühlen zu können. Die Erziehung eines ganzen Lebens

konnte ich doch nicht in wenigen Monaten über Bord werfen. Überdies war ich überzeugt, daß die Lebensgrundsätze meiner Mutter nachahmenswerter waren als diejenigen, die man im *Château* befolgte.
Ich erfuhr, daß sich der Comte zu dieser Stunde gewöhnlich in der Bibliothek aufhielt, wo er nicht gestört zu werden wünschte. Ich aber beschloß, sein Mißfallen herauszufordern; denn wenn ich seinen Unwillen erregte, würde es einfacher sein, meine Abreise durchzusetzen.
Er schien allerdings weit davon entfernt, ungehalten zu sein, als er meiner ansichtig wurde. Augenblicklich erhob er sich, griff meine beiden Hände und zog mich in den Raum hinein. Dann stellte er mir einen Stuhl zurecht. Ich setzte mich. Er nahm erst Platz, nachdem er seinen Stuhl näher an den meinen herangerückt hatte.
»Welchem Umstand verdanke ich dieses Vergnügen?« fragte er.
»Ich glaube, es ist an der Zeit für eine Aussprache«, begann ich, doch so mutig und entschlossen ich vor meinem Eintritt auch war, schwand mir der Mut jetzt rasch dahin.
»Es gibt nichts, was mir willkommener wäre. Ich bin sicher, bei Ihrer Auffassungsgabe dürften Ihnen meine Gefühle für Sie nicht entgangen sein.«
»Bevor Sie fortfahren, lassen Sie mich Ihnen sagen, daß ich von Ihnen kein Ballkleid annehmen kann.«
»Warum nicht?«
»Weil . . ., ich finde es nicht . . .«
»Recht und schicklich!« Er hob die Brauen, und ich sah ein belustigtes Funkeln in seinen Augen. »Das müssen Sie mir erklären. Ich bin in solchen Dingen ganz unerfahren. Sagen Sie mir, was sich anzunehmen geziemt und was nicht.«
»Ich darf zum Beispiel meinen Lohn annehmen, weil er mir als Gesellschafterin Ihrer Tochter zusteht.«
»O ja, aber dann sind Sie eine Cousine geworden . . ., eine Verwandte. Selbstverständlich darf ein Mitglied der Familie einem anderen ein Geschenk machen . . ., und wieviel besser ist es doch, etwas Brauchbares zu schenken als irgendwelchen unnützen Tand.«
»Bitte, lassen Sie uns diese Farce vergessen, wenn wir allein sind.«
»Aber gern. Die Wahrheit ist, daß ich mich in Sie verliebt habe, und das wissen Sie ganz genau. Warum sollen wir uns also etwas vormachen.«
Ich erhob mich. Er war sogleich an meiner Seite und legte seine Arme um mich.
»Bitte lassen Sie mich gehen«, forderte ich mit fester Stimme.

»Zuerst müssen Sie mir sagen, daß auch Sie mich lieben können.«
»Ich finde das keineswegs komisch.«
»Ich schon, seltsamerweise, obgleich meine Gefühle zutiefst aufgewühlt sind. Sie amüsieren und bezaubern mich zugleich. Ich glaube, deswegen bin ich so erregt. Sie sind anders als alle, die ich je gekannt habe.«
»Wollen Sie mir eines gewähren?«
»Es wird mir ein Vergnügen sein, Ihnen jeden Wunsch zu erfüllen.«
»Dann nehmen Sie bitte wieder Platz und lassen Sie mich von *meinen* Gefühlen erzählen.«
»Ihrer Bitte wird selbstverständlich stattgegeben.«
Er nahm Platz, und auch ich mußte mich wieder setzen, weil meine Beine zitterten und ich fürchtete, er könne merken, wie verwirrt ich war. Ich faltete meine Hände und sagte: »Ich stamme nicht aus Ihren Kreisen, Monsieur le Comte.«
»Charles«, verbesserte er tadelnd.
»Es ist mir unmöglich, Sie beim Vornamen zu nennen. Für mich sind Sie der Comte und werden es immer bleiben. Ich habe von Kind auf gelernt, daß es unterschiedliche Verhaltensweisen und verschiedene Moralvorstellungen gibt. Meine Weltanschauung weicht in hohem Maße von der Ihren ab. Ich bin sicher, daß Sie mich äußerst langweilig finden würden.«
»Es gefällt mir, daß wir nie übereinstimmen. Das erhöht Ihren Charme.«
»Sie schlagen vor, ich soll Ihre Geliebte werden. Ich weiß, daß Sie viele Geliebte hatten und daß dieses Verhalten Ihrer Lebensart entspricht. Wollen Sie bitte verstehen, daß *ich* dergleichen niemals billigen kann, und aus diesem Grunde habe ich mich entschlossen, nach England zurückzukehren. Eigentlich hatte ich vor, so lange zu warten, bis Margot versorgt ist, aber nach Ihren Andeutungen bin ich der Meinung, daß dies nun nicht mehr möglich ist. Ich möchte unverzüglich mit den Reisevorbereitungen beginnen.«
»Ich fürchte, daß ich dem nicht zustimmen kann. Sie wurden eingestellt, damit Sie sich um meine Tochter kümmern, und ich erwarte, daß Sie Ihr Pfand einlösen.«
»Pfand! Was für ein Pfand?«
»Was ist es denn sonst? Etwa ein *Gentleman's Agreement*? Zur Abwechslung mal zwischen verschiedenen Geschlechtern? Sie können Marguerite jetzt nicht verlassen!«
»Sie würde es verstehen.«
»Wirklich? Sie haben ihren Ausbruch neulich abends erlebt. Aber warum sprechen wir von ihr? Lassen Sie uns von uns reden. Sie könnten Ihre

Vorurteile überwinden. Ich würde Ihnen dabei behilflich sein. Sie hätten Ihre eigenen Einkünfte ... Sie sollen alles bekommen, was Sie sich nur wünschen.«
»Glauben Sie, mich mit Einkünften locken zu können?«
»Mit Einkünften vielleicht nicht ...«
Ich senkte meine Augen vor seinem unverschämten und leidenschaftlichen Blick. Ich hatte Angst vor ihm – oder vielleicht, wenn ich ehrlich war – vor mir selbst.
»Sagen Sie mir eines. Wenn ich in der Lage wäre, Ihnen die Ehe anzutragen, würden Sie es annehmen?«
Ich zögerte etwas zu lange. Dann antwortete ich: »Monsieur, ich kenne Sie nicht lange und gut genug ...«
»Und was Sie gehört haben, gereicht mir nicht immer zur Ehre, möchte ich behaupten.«
»Ich maße mir nicht an, Ihr Richter zu sein.«
»Und doch tun Sie genau das.«
»Nein, ich versuche nur zu sagen, daß wir völlig verschiedene Auffassungen vom Leben haben. Ich sollte zurückkehren.«
»Wohin?«
»Spielt das eine Rolle?«
»Für Sie dürfte das sogar eine große Rolle spielen. Können Sie mir verraten, was Sie tun wollen? Möchten Sie in Ihr Schulhaus zurück? Zu Master Joel, der eines Tages nach Hause zurückkehren wird? Das wird nur schwer möglich sein.«
»Ich habe etwas Geld ...«
»Aber nicht genug, mein tapferer Liebling. Ich sehe ein, ich bin zu schnell gewesen. Meine Erklärung kam zu früh. Sie haben mich um die Beherrschung gebracht. Ich habe mich weiß Gott lange genug im Zaum gehalten. Glauben Sie denn, ich bin aus Eis? Sie sind für mich bestimmt, das weiß ich seit dem Augenblick, als Sie in meine Schlafkammer traten und ich sah, wie Ihnen die Röte vom Hals bis zur Stirn stieg. Es gefällt mir, Sie verlegen zu machen, weil Sie dann im Nachteil sind. Ich streite gern mit Ihnen, ich liebe unsere Wortgefechte. In unseren Kämpfen könnten wir die höchsten Gipfel erklimmen. Ich denke oft daran. Seit ich Sie kenne, kann ich mich für niemanden sonst erwärmen.«
»Ich hoffe, daß das Ihren Damen keine Unannehmlichkeiten bereitet hat.«
»Ein wenig schon, wie Sie sich wohl vorstellen können«, sagte er mit einem Lächeln.

»Dann ist es Zeit für mich, zu gehen, damit das Gleichgewicht wiederhergestellt wird.«
Er brach in Lachen aus. »Liebste Minelle, oft denke ich, was für ein Narr Joel doch war. Er hätte Ihnen einen Heiratsantrag machen sollen. Ich wünschte bei Gott, ich wäre dazu in der Lage. Könnte ich jetzt Ihre Hand nehmen und sagen: ›Werden Sie meine Frau‹, dann wäre ich der glücklichste Mann in ganz Frankreich.«
»Einstweilen sollten Sie sich lieber dazu beglückwünschen, daß Sie diese Möglichkeit nicht haben und deswegen vor einer solch törichten Handlung bewahrt bleiben.«
»Sie und ich..., wir würden viel Spaß miteinander haben, das weiß ich. Ich kenne Frauen, die...«
»Das brauchen Sie mir nicht zu versichern.«
»Ich ahne diese verborgenen Abgründe. O Minelle, meine Liebe, wir würden Söhne haben, Sie und ich! Sie sind geschaffen, Söhne zu gebären. Steigen Sie von Ihrem Podest herunter und seien Sie glücklich! Lassen Sie uns die Gelegenheit beim Schopf packen!«
»Ich kann mir dergleichen nicht länger anhören, ich finde es beleidigend. Ihre kranke Frau lebt unter diesem Dach.«
»Ihr macht das nichts aus. Sie will nichts weiter als ihrer ergebenen Hüterin, die sie darin noch bestärkt, ihre zahllosen Leiden klagen.«
»Wie ich sehe, sind Sie eine sehr mitleidige Natur!«
»Minelle...«
Ich ging zur Tür, und er unternahm keinen Versuch, mich zurückzuhalten. Halb war ich erfreut darüber, halb betrübt. Ich hatte schreckliche Angst, er würde mich einfach in seine Arme schließen. Wenn er das täte, würde ich unweigerlich in den Bann seiner starken Anziehungskraft geraten, und ich konnte mir beinahe vorstellen, daß ich dann die Lehren meines ganzen Lebens von mir werfen könnte. Ein erschreckender Gedanke. Ich wußte, dies war der eigentliche Grund, weshalb ich fort mußte.
Ich rannte in mein Zimmer, schloß die Tür und setzte mich vor den Spiegel. Ich erkannte mich selbst kaum wieder. Meine Wangen waren glühendrot, meine Haare zerzaust. Fast konnte ich den mißbilligenden Blick meiner Mutter sehen und ihre Warnung hören: »Ich an deiner Stelle würde jetzt gleich anfangen zu packen. Du bist in akuter Gefahr. Du kannst dieses Haus nicht schnell genug verlassen.«
Natürlich, sie hatte recht. Nach ihrer Auffassung war ich gedemütigt worden. Der Comte Fontaine Delibes hatte mir angetragen, seine Mätres-

se zu werden. Ich hätte dergleichen nie für möglich gehalten. Allerdings hätte ich auch nie geglaubt, daß ich eine solch heftige Versuchung in mir fühlen würde. Sie war es, die mir gebot fortzugehen.
Ich fing an, meine Kleider hervorzuholen und zusammenzulegen.
»Wo willst du denn hin?« fragte mein praktisches Ich.
»Ich weiß es nicht. Irgendwo werde ich ein Zuhause finden. Ich werde eine Stellung antreten. Außerdem habe ich etwas Geld. Vielleicht könnte ich nach Derringham zurückkehren und versuchen, eine Schule zu gründen und noch einmal von vorn anzufangen. Jetzt habe ich mehr Lebenserfahrung. Damit könnte ich Erfolg haben.«
Dann setzte ich mich nieder und bedeckte mein Gesicht mit den Händen. Mir war, als hüllte mich eine umfassende Traurigkeit ein.

Es klopfte an meiner Tür. Ohne meine Antwort abzuwarten, stürmte Margot herein. Ihr Gesicht war vor Schrecken verzerrt, als sie sich gegen mich warf.
»Minelle, wir müssen fliehen! Ich will nicht mehr hier bleiben, ich kann nicht! Ich will nicht!«
»Was meinst du damit? Was ist geschehen?«
»Mein Vater hat es mir soeben gesagt.«
Ich blickte sie verwundert an. Er mußte nach ihr geschickt haben, nachdem ich ihn verlassen hatte.
»Der Vicomte de Grasseville hat um meine Hand angehalten. Er stammt aus einer ebenso vornehmen Familie wie wir, und mein Vater ist mit der Heirat einverstanden. Auf dem Ball sollen wir uns verloben und dann innerhalb eines Monats heiraten. Ich will nicht! Mir ist so elend, Minelle. Mein einziger Trost ist, daß du hier bist.«
»Ich bleibe nicht mehr lange.«
»Nein? Weil du mit mir kommst, nicht wahr? Verstehe ich das so richtig?«
»Margot, ich muß es dir sagen. Ich habe vor wegzugehen.«
»Was? Weg von hier? Warum?«
»Ich fühle, daß ich zurückkehren muß.«
»Du willst *mich* also verlassen!«
»Es ist für mich besser, wenn ich gehe, Margot.«
»Oh!« Sie stieß einen langen Klagelaut aus und begann zu weinen. Sie wurde von Schluchzern geschüttelt und gab sich keine Mühe, sie zurückzuhalten. »Ich bin so unglücklich, Minelle. Wenn du hier bist, kann ich das Dasein ertragen. Wir können zusammen lachen. Du kannst nicht fortgehen! Ich lasse dich nicht fort!« Sie sah mich flehentlich an. »Wir

werden Charlot zurückholen. Wir werden einen Plan aushecken. Du hast es versprochen ..., du hast es *versprochen*. Es kann doch nicht *alles* mißlingen. Wenn ich schon diesen Grasseville heiraten soll, dann mußt du wenigstens bei mir bleiben.«
Sie begann zu lachen, was mir jedesmal Angst machte. Die Vermischung von Tränen und Gelächter konnte wirklich erschreckend sein.
»Hör auf, Margot«, schrie ich sie an, »hör auf!«
»Ich kann nichts dafür. Es ist so komisch ..., so komisch ...«
Ich packte sie bei den Schultern und schüttelte sie.
»Tragikomisch«, sagte sie, wurde jedoch ruhiger. Sie lehnte sich an mich und fuhr fort: »Du darfst jetzt noch nicht gehen, Minelle! Versprich es mir ..., versprich es ..., jetzt noch nicht!«
Um sie zu besänftigen, versprach ich es ihr: Ich würde noch nicht gehen. Damit hatte ich mich verpflichtet, noch eine Weile dazubleiben.
Ich fragte mich, ob der Comte ihr die Neuigkeit mitgeteilt hatte, weil er von ihrer Wirkung wußte. Er war teuflisch gerissen, das wußte ich, und er verstand es sehr geschickt, seine eigenwilligen Methoden anzuwenden. Dieser Gedanke erschreckte mich, und doch sah ich mich auf eine merkwürdige Weise, die weder meine Mutter noch ich selbst gutheißen konnten, auch erheitert.

Die Schneiderin kam, doch ich weigerte mich, den blauen Stoff anzunehmen und mir etwas daraus nähen zu lassen. Margot war außer sich. »Du *mußt* auf den Ball kommen«, rief sie. »Du kannst mich doch nicht im Stich lassen. Man zwingt mir diesen Robert de Grasseville auf, und ich weiß, daß ich ihn hassen werde. Was soll ich tun? Ich kann es nur ertragen, wenn du kommst.«
»Ich habe kein passendes Kleid«, beharrte ich, »und ich bin fest entschlossen, ein solches Geschenk auf gar keinen Fall von deinem Vater anzunehmen.«
Sie schritt auf und ab, sprach von ihrer Sehnsucht nach Charlot, hielt mir vor, wie grausam das Leben sei. *Ich* wäre grausam. Ich müßte doch wissen, wie elend ihr zumute sei, und trotzdem wollte ich ihr nicht beistehen.
Ich versicherte ihr, alles zu tun, um ihr zu helfen.
»Alles?« fragte sie theatralisch.
»Alles, was auf redliche Weise möglich ist.«
Sie hatte eine Idee. Da ich so stolz sei, wolle sie mir eines von ihren alten Kleidern verkaufen. Wir könnten es ändern und modischer machen. Man

könnte ein paar Bänder und Spitzen kaufen und ein neues Gewand daraus machen, und ich hätte die Befriedigung, es bezahlt zu haben.
Diese Überlegungen machten Margot sofort wieder fröhlich. »Stell dir nur vor, was Papa für ein Gesicht machen wird, wenn er dich sieht. O Minelle, das wird ein Spaß!«
Ihr zuliebe gab ich nach. Nein, das ist nicht wahr. Mir zuliebe. Auch ich wollte gern sehen, was für ein Gesicht er machen würde. Er glaubte, er hätte fürs erste gesiegt, aber ich würde ihm schon zeigen, daß dem nicht so war. Nichts würde ich von ihm annehmen; ich war entschlossen ihm zu zeigen, daß ich seinen Vorschlag zutiefst verabscheute. Er sollte wissen, daß ich nur Margot zuliebe blieb. Sobald sie mit dem Vicomte vermählt war, würde ich gehen.
Ich wollte natürlich auch an dem Ball teilnehmen und wußte, daß er meine kühnsten Erwartungen übertreffen würde. Ich wollte den Comte und seine Gäste sehen. Vermutlich würde er sich trotz seiner Beteuerungen nicht herablassen, mich zu bemerken. Ich war neugierig, ob Gabrielle LeGrand auch kommen würde.
An dem Kleiderkomplott beteiligte ich mich mit Begeisterung. Außerdem hielt die Angelegenheit Margot bei guter Laune. Solange sie lachte und sich über mich lustig machte, während ich das eine oder andere Gewand aus ihrem Kleiderschrank anprobierte, dachte sie nicht an ihre Zukunft. Wir entschieden uns für ein einfaches Kleid aus blauer Seide. »Das ist genau deine Farbe«, sagte sie. Es hatte ein Unterkleid aus durchsichtigem Tüll, der mit goldenen und silbernen Sternen bestickt war, und einen tiefen Ausschnitt.
»Es hat mir nie gestanden«, erklärte Margot. »Wenn wir es ein wenig ändern, könnte es gehen. Für ein Ballkleid ist es vielleicht ein bißchen zu schlicht. Laß uns Annette rufen und sehen, was sie tun kann.«
Annette kam herein, begutachtete mich in dem Kleid und kniete sich, den Mund voller Stecknadeln, auf den Boden. Sie schüttelte den Kopf. »In der Taille zu weit, in der Länge zu kurz«, lautete ihr Urteil.
»Du wirst damit schon fertig werden, Annette. Du wirst es schaffen«, rief Margot und klatschte dabei in die Hände.
Annette schüttelte abermals den Kopf. »Unmöglich.«
»Annette-Pas-Possible!« rief Margot. »So heißt sie bei uns. Immer sagt sie zunächst unmöglich, und dann macht sie alles aufs vortrefflichste möglich.«
»Aber diesmal, Mademoiselle...« Annettes Gesicht war tief bekümmert.
»Laß es an den Schultern aus, Annette«, gebot Margot. »Mademoiselle

Maddox hat so hübsche Schultern ..., sie fallen so schön. Die müssen wir zur Geltung bringen. Und kannst du noch etwas von diesem Glitzerstoff holen? Wir könnten noch ein paar Ellen davon gebrauchen.«

»Ich glaube nicht, daß das möglich ist«, sagte Annette.

»Unsinn. Ich schwöre, du hast irgendwo noch etwas von diesem Stoff herumliegen. Du hebst doch immer alle Reste auf.«

So ging es weiter; Annette wurde immer bekümmerter, während Margot immer sicherer wurde, daß das Kleid ein Erfolg werden würde.

Und das wurde es auch. Ich war verblüfft, als ich es fertig sah – ein duftiges Gebilde aus Tüll und blauer Seide, sachverständig gebügelt und mit kostbarer Spitze verziert. Ich besaß ein Ballkleid, und würde es sich auch neben den anderen sehr schlicht ausnehmen, so war es immerhin ausreichend und würde mir ermöglichen, ohne allzu große Belastung meiner Börse und mit ungebeugtem Stolz auf den Ball zu gehen.

Der Ball sollte im alten Saal stattfinden, und der Comte würde seine Gäste oben auf der breiten Marmortreppe empfangen. Selbst für die Verhältnisse dieses Schlosses sollte es ein großartiges Ereignis werden, da doch die Verlobung der Tochter des Hauses bekanntgegeben und gefeiert würde. Margot tat mir leid. Welch eine Vorstellung, einem Mann zum ersten Mal im Leben zu begegnen, von dem es hieß: ›Dies ist dein zukünftiger Ehemann!‹ Wenn das Aristokratenart war, so war ich froh, nicht zu den Aristrokraten zu gehören.

In der Nacht, bevor der Ball stattfand, gab es eine Aufregung. Es muß am frühen Morgen gewesen sein, als ich Stimmen auf der Treppe hörte. Ich öffnete meine Tür und lugte hinaus.

Das Geräusch kam aus den Räumen der Comtesse. Ich vernahm die Stimme des Comte, die sehr verdrossen klang: »Meine liebe Nou-Nou, das haben wir schon öfter gehabt. Du weißt, das sind nur ihre Nerven.«

»Nein, Monsieur le Comte, das ist etwas anderes. Sie hatte Schmerzen. Ich habe sie mit einer Arznei gelindert, aber die wird nicht lange wirken. Diesmal sind es echte Schmerzen, und ich möchte, daß die Ärzte nach ihr sehen.«

»Du weißt, du brauchst nur nach ihnen zu schicken.«

»Dann werde ich es unverzüglich tun.«

»Nou-Nou, du machst dir unnötige Sorgen, das weißt du doch selbst. Und mich zu dieser Stunde aufzuwecken ...«

»Ich kenne mein Mädchen. Wenn sich andere hin und wieder ein bißchen mehr Sorgen machen würden, ginge es ihr sicherlich viel besser.«

»Es ist nicht einzusehen, warum das ganze Haus an dieser *crise de nerfs* teilnehmen soll.«

»Es ist mehr als das.«

»Komm, Nou-Nou. Du weißt, daß übermorgen der Ball meiner Tochter stattfindet. Und ihre Mutter weiß das auch. Sie will nur die Aufmerksamkeit auf sich lenken.«

»Sie sind sehr hart, Monsieur le Comte.«

»Unter diesen Umständen muß ich das auch sein. Wenn du dich bei solchen Anlässen etwas weniger nachgiebig zeigtest, würde dergleichen vielleicht nicht so häufig vorkommen.«

»Ich werde also nach den Ärzten schicken.«

»Tu das, in Gottes Namen.«

Als mir bewußt wurde, daß ich lauschte, ging ich ein wenig beschämt in mein Zimmer zurück.

Arme Comtesse! Vernachlässigt und traurig, versuchte sie vielleicht durch ihre kränkliche Verfassung auf sich aufmerksam zu machen. Falls sie hoffte, ihren Gatten dadurch zu fesseln, so wandte sie allerdings eine falsche Taktik an. Sie sollte lieber Geist zeigen . . , wie ich es getan hatte . . .

Ich riß mich zusammen. Was hatte ich nur für Gedanken? Ich wurde mehr und mehr in die Affären dieser Familie hineingezogen. Bei einem Mann wie dem Comte, der mit einer Frau wie der Comtesse verheiratet war, konnte das zu schlimmen Verwicklungen führen. Obwohl ich dies wußte, ließ ich es zu, daß sich mein Leben immer mehr mit dem ihren verwob.

Ich sah die Ärzte an diesem Tag kommen. Nou-Nou führte sie augenblicklich zu ihrer Herrin.

Der Comte befand sich nicht im Schloß, doch sie warteten auf ihn, um mit ihm zu sprechen.

Margot und ich verbrachten den Abend gemeinsam. Sie war nun, da sich die Aufregung um das Kleid gelegt hatte, weniger überschwenglich.

»Ich bin neugierig, wie Robert ist«, sagte sie unaufhörlich.

»Mir kommt es eigenartig vor, daß du ihn noch nie gesehen hast.«

»Es könnte sein, daß wir uns als Kinder einmal begegnet sind. Der Sitz seiner Familie liegt nördlich von Paris. Ich glaube, er hat uns einmal besucht, als wir in Paris waren; ein schrecklicher Junge. Er hat den ganzen *gâteau* aufgegessen und sich dann noch das Cremestückchen genommen, das ich mir bis zum Schluß aufgehoben hatte.«

»Kein sehr verheißender Anfang für eine Lebensgemeinschaft«, sagte ich, fügte aber hinzu: »Die Menschen verändern sich, wenn sie erwachsen

werden. Aus den gräßlichsten Kindern können die charmantesten Leute werden.«
»Er hat bestimmt das ganze Gesicht voller Pickel.«
»Es ist gar nicht so schlecht, sich ein abstoßendes Bild von einem Menschen zu machen. Dann kann man nur noch angenehm überrascht werden.«
Jetzt lachte sie wieder. »Was du sagst, tut mir richtig gut. Du bist so . . ., wie sagt man . . ., plausibel? Das gefällt Papa an dir. Du weißt doch, er hält sehr viel von dir.«
»Da ich von hier fortgehe, wenn du heiratest, spielt es kaum eine Rolle, was er von mir hält, nicht wahr?«
»Du kommst doch mit mir, oder nicht?«
»Nur so lange, bis ich meine eigenen Pläne gemacht habe. Ich kann doch nicht mein ganzes Leben in dieser Stellung verbringen, das mußt du einsehen.«
»Ich habe Pläne. Wenn ich verheiratet bin, hole ich Charlot zu mir.«
»Wie das?«
»Das mußt *du* dir ausdenken.«
»Ich wüßte nicht, wie ich das anfangen sollte.«
»Jetzt sprichst du wie Annette-Pas-Possible. *Alles* ist möglich . . ., wenn du es nur richtig anstellst. Und eines steht für mich fest: Ich will Charlot bei mir haben. Ich denke die ganze Zeit an ihn . . ., nun ja, fast die ganze Zeit. Woher soll ich wissen, was das für Leute sind, die ihn aufziehen? Denk doch nur . . ., er wird groß . . ., er spricht . . .«
»So bald wohl kaum.«
»Er wird zu einer anderen Frau Maman sagen.«
Ich merkte, daß sie nahe daran war, in einen neuen Anfall von Hysterie zu fallen, und gerade das wollte ich vermeiden. Also beschwichtigte ich sie, indem ich die lächerlichsten Pläne schmiedete, wie wir Charlot finden könnten. Wir würden in das Gasthaus gehen, wo man ihn uns fortgenommen hatte, wir würden die Leute ausfragen und die Spur finden, die zu ihm führt.
An diesem Spiel hatte sie soviel Freude, und wir trieben es eine ganze Weile und gingen dabei so sehr bis in alle Einzelheiten, daß Margot ernsthaft an die Möglichkeit glaubte und in unseren Plänen einigen Trost fand.
O ja, ich sah ein, daß sie mich brauchte.

3

Er sah phantastisch aus, wie er oben auf der Treppe stehend seine Gäste empfing. Neben ihm stand Margot, mit geröteten Wangen und sehr hübsch in ihrer rotbraunen Samtrobe anzuschauen. Als er mich sah, trat ein mildes Leuchten in seine Augen. Sein Blick umfaßte mein Kleid. Ich hatte recht gehabt: Im Vergleich zu den anderen war es sehr schlicht. Was ich jedoch nicht bedacht hatte, war, daß es durch eben diese Schlichtheit besonders hervorstach.
In meinem Schlafzimmer hatte ich mich recht schön gefunden. Ich hatte mein Haar gebürstet, bis es glänzte, und es war tatsächlich, wie meine Mutter gesagt hätte, die krönende Pracht meiner Erscheinung. Ich hatte es hochfrisiert, indem ich es der herrschenden Mode gemäß ein wenig aufgebauscht hatte. Eine einzige Locke ließ ich vorn über meine Schulter fallen. Ich wußte, daß ich das Beste aus meinem Aussehen gemacht hatte. Margot hatte mir noch ein winziges Schönheitspflästerchen aufgenötigt und es seitlich auf meine Schläfe aufgeklebt. »Dadurch wirken deine Augen größer und blauer«, sagte sie. »Außerdem ist es Mode.«
Ich erkannte mein Spiegelbild kaum wieder.
Was war das für eine illustre Gesellschaft! Der große Saal hatte gewiß schon manche Veranstaltung gesehen, aber, so glaubte ich, gewiß keine, die glanzvoller war als diese. Aus den herrschaftlichen Gewächshäusern waren Blumen hereingebracht worden, die in großen Kübeln auf der Empore und in Krügen, kostbar und farbenfroh arrangiert, auf Podesten standen. Von soviel Pracht fühlte ich mich ein wenig verwirrt. Nie hatte ich so phantastische Garderoben wie bei diesen Damen und Herren gesehen. An diesem Abend muß sich ein Vermögen an Juwelen im Schloß befunden haben. Musikanten hatten sich um die Empore gruppiert, und der Tanz unterschied sich in seiner eleganten Anmut sehr von unseren Tänzen daheim.
In meinem geänderten Gewand, dessen einzigen Schmuck die Kameenbrosche meiner Mutter bildete, welche von ihr wie ein kostbarer Schatz

gehütet wurde und die sie höchstens zweimal in ihrem Leben getragen hatte, kam ich mir wie eine kleine Motte vor, die zwischen schillernden Libellen gefangen war.
Hättest du das Geschenk des Comte angenommen, so hättest du dich mit ihnen messen können, hielt ich mir vor. Aber das kam natürlich nicht in Frage. Wenn ich auch schon wie eine unscheinbare Motte aussah, so war ich doch wenigstens stolz darauf.
Léon entdeckte mich in der Menge und fragte mich, was ich von dem Ball hielte.
»Ich hätte nicht kommen sollen. Ich passe nicht hierher.«
»Warum denn nicht?«
Ich blickte auf mein Kleid. »Es ist bezaubernd«, versicherte er. »Die Leute sehen fast alle gleich aus. Sie folgen blindlings der Mode. Man kann sie kaum voneinander unterscheiden. Sie sind dagegen anders. Sie haben Ihren eigenen Stil, das gefällt mir.«
»Sie sind zu liebenswürdig.«
»Warum auch nicht? Wollen wir uns zu den Tänzern gesellen?«
»Ich habe in der Schule Tanzunterricht gegeben. Meine Mutter hatte es mich gelehrt. Aber das hier ist etwas ganz anderes.«
»Dann gehen wir eben hinein und tanzen für uns allein, wollen wir?«
Er paßte seine Schritte den meinen an. Ich hatte immer gern getanzt, und ich vergaß darüber die Dürftigkeit meiner Kleidung.
»Sind Sie schon dem zukünftigen Bräutigam begegnet?« fragte ich.
»Robert de Grasseville? Ja, ein netter Junge.«
»Ist er noch sehr jung?«
»Achtzehn oder so.«
»Ich hoffe, daß Margot ihn mögen wird.«
»Vom Standpunkt der beiden Familien her ist es eine gute Verbindung. Ich meine, sie bekommt eine ansehnliche Mitgift, und er wird ihr ein gutes Leben ermöglichen. Es gilt als sehr wünschenswert, wenn diese reichen Familien sich vereinigen. Dadurch werden sie noch größer und mächtiger. Das wird die Hochzeit des Jahres. Margot ist natürlich der wichtigste Sproß der Familie. Nun wollen wir abwarten, wen man für Etienne erwählt.«
»Ich vermute, auch er wird eine vornehme Ehe eingehen.«
»Gewiß, aber es wird vielleicht einige Vorbehalte geben. Sie wissen doch, er ist ein uneheliches Kind. Ich glaube, seine Vermählung hat zu Unstimmigkeiten zwischen seiner Mutter und dem Comte Anlaß gegeben. Es kann sein, daß sich ihr Bruder Lucien jetzt hier aufhält, um eben

diese Angelegenheit zu besprechen. Sie sind darauf aus, ihn legitimieren zu lassen, was der Comte gewiß auch veranlassen würde, wenn er den Glauben an einen ehelichen Sohn unterdessen aufgegeben hätte.«
»Und wie wollte er den zustande bringen?«
»Er wartet darauf, daß die Comtesse stirbt.«
Ich schauderte.
»Ja«, fuhr er fort, »das klingt gefühllos, aber wie ich bereits erwähnte, sind wir Realisten. Wir blicken den Tatsachen ins Auge ..., das gilt besonders für den Comte, dessen dürfen Sie sicher sein. Er wäre gern von der Comtesse erlöst, um ein gesundes junges Mädchen zu heiraten und Söhne zu bekommen.«
»Es ist abscheulich, so von der Comtesse zu sprechen, während sie hier im Schlosse krank liegt.«
»Knarrende Türen können ewig weiterknarren. Eben weil sie knarren, gibt man besonders sorgfältig auf sie acht, und darum halten sie länger als die anderen, auf die man nicht so gut aufpaßt.«
Ich konnte es nicht ertragen, daß von der Comtesse so gesprochen wurde, daher wechselte ich das Thema und sagte: »Dann wird also auch Etienne bald eine Braut haben.«
»O ja, aber für ihn kommen keine de Grassevilles in Frage. Es sei denn, er wird legitimiert. Wäre er als Erbe des Comte anerkannt, so stünden die Dinge ganz anders. Sehen Sie, deshalb verzögert sich seine Verheiratung. Wir waren eine Zeitlang der Meinung, der Comte würde Gabrielle heiraten, wenn er frei wäre, was die Sache wesentlich vereinfachen würde. Einstweilen wartet Etienne ab. Er möchte keine Braut, von der er nicht allzuviel erwarten kann, um nach der Hochzeit als Erbe eines großen Namens nebst allem, was damit zusammenhängt, festzustellen, daß er unter seinem Stande geheiratet hat.«
»Sie sind ein Zyniker. Und wie steht es mit Ihnen?«
»Ich bin ein freier Mann, Mademoiselle. Ich kann heiraten, wen ich will – vorausgesetzt, daß sie mich haben will –, und niemanden würde es kümmern ..., es sei denn, ich wollte eine Dame aus vornehmem Hause haben, falls sie mit mir einverstanden wäre. Dann gäbe es seitens ihrer Familie Schwierigkeiten. Ich bin sicher, daß das den Comte sehr erheitern würde. Doch jedermann kennt meine Herkunft. Das Glückskind eines Bauern. Keine wird mich aus einem anderen Grunde als aus Liebe heiraten wollen.«
Ich lachte. »Das dürfte auch auf mich zutreffen. Wissen Sie, ich glaube, wir sind in Wahrheit die Glückskinder.«

Ich spürte eine Berührung auf meiner Schulter. Ich blickte mich um. Neben uns stand der Comte.
»Danke, daß du dich um meine Cousine gekümmert hast, Léon«, sagte er. »Ich werde mich ihr jetzt selbst eine Weile widmen.«
Damit war Léon entlassen. Er verbeugte sich und ging.
Der Comte nahm meine Hand und musterte mein Kleid, während ein Lächeln über seine Lippen huschte.
»Ich sehe Sie, liebste Cousine, mit Ihrem Stolz geschmückt«, bemerkte er.
»Es tut mir leid, wenn Ihnen mein Kleid mißfällt«, erwiderte ich, »und wenn Sie meine Anwesenheit hier als unziemlich und unwillkommen betrachten ...«
»Es paßt nicht zu Ihnen, nach Komplimenten zu schielen. Sie wissen, kein anderer Gast ist in meinen Augen willkommener. Ich bin nur enttäuscht, weil wir soviel Zeit verlieren müssen.«
»Sie sprechen in Rätseln.«
»Welche Sie richtig und mit größter Leichtigkeit deuten können. Schauen Sie, wir könnten zusammensein, und doch unterwerfen wir uns dieser..., würden Sie es Ritterlichkeit nennen?«
»Bestimmt nicht.«
»Wie dann?«
»Sinnlose Verfolgung von etwas, dessen Sie zweifellos bald überdrüssig würden.«
»Ich versichere Ihnen, daß ich ein unermüdlicher Jäger bin. Ich gebe niemals auf, bevor ich meine Beute habe.«
»Im Leben eines jeden Jägers muß einmal der Zeitpunkt kommen, da er die erste Niederlage erleidet. Jetzt ist dieser Augenblick gekommen.«
»Wollen wir wetten?«
»Ich wette nie.«
»Ich sähe Sie liebend gern in einer glanzvollen Robe, die ich für Sie hätte anfertigen lassen. Dies ist eines von Margerites Kleidern, wie ich feststelle. Von ihr können Sie also annehmen, was von mir anzunehmen Sie verweigert haben?«
»Ich habe ihr das Kleid abgekauft.«
Er lachte laut auf, und ich bemerkte, daß mehrere Leute uns beobachteten. Ich konnte mir ihre anzüglichen Reden vorstellen. »Cousine? Wer ist diese Cousine?« Sie würden ebensolche Vermutungen über mich anstellen, wie ich sie aus dem Munde von Léon und Etienne gehört hatte.
»Es war nett von Ihnen, auf den Ball zu kommen«, sagte der Comte. »Ich bin überzeugt, daß Marguerite Sie dazu überredet hat.«

»Ich habe ihr gesagt, daß ich in Kürze abreisen würde.«
»Und sie hat Sie dazu gebracht, es sich anders zu überlegen. Braves Mädchen.«
»Ich werde bei nächster Gelegenheit gehen.«
»Ich denke, Sie haben vor, bei ihr zu bleiben, bis sie heiratet.«
»Sie hat mich darum gebeten, aber ich glaube, ich sollte lieber nach England zurückkehren.«
»Und das, nachdem wir uns alle so viel Mühe gegeben haben, daß Sie sich bei uns wohlfühlen?«
»Sie haben es mir unmöglich gemacht, länger hier zu bleiben.«
»Ach, grausame Cousine!« murmelte er. Dann sagte er: »Sie müssen Robert kennenlernen. Kommen Sie.«
Dieser Aufforderung folgte ich gern, und als ich einem jungen Mann mit einem sympathischen Lächeln in einem frischen Gesicht vorgestellt wurde, war ich angenehm überrascht. Nach Marguerites Beschreibung des gefräßigen kleinen Knaben hatte ich einen dicken, selbstsüchtigen Jüngling erwartet. Aber nein: Robert de Grasseville war groß und elegant, und was mir am meisten an ihm gefiel, war der liebenswürdige Ausdruck in seinem jungenhaften Gesicht.
Mir schien, daß er Margot und mir gegenüber, die wir uns beide gleich für ihn erwärmten, etwas schüchtern war. Er unterhielt sich eine Weile mit mir, vornehmlich über Pferde und Landschaft, und dann wurde Margot von ihrem Tanzpartner zu uns geführt.
Sie meinte: »Sie haben also unsere Cousine schon kennengelernt, Monsieur de Grasseville?«
Dies schien mir eine allzu förmliche Anrede, da sie doch bald heiraten sollten, aber sie war anscheinend korrekt. Er erwiderte, es sei ihm ein großes Vergnügen gewesen, mir zu begegnen.
Der Comte flüsterte mir zu: »Ich bedaure, Sie nun verlassen zu müssen. Wir werden uns später noch sehen.«
»Laßt uns zum Souper hineingehen«, schlug Margot vor. Dann wandte sie sich mir zu: »Die Verlobung wird während des Essens verkündet. Minelle, du mußt mit uns kommen. Ihr *müßt* Freunde werden, du und Robert.«
Ich sah mit Erleichterung, daß sie mit Robert einverstanden war und darauf erpicht, ihn näher kennenzulernen. Natürlich konnte man nicht behaupten, daß sie sich auf den ersten Blick ineinander verliebt hätten – da hätte man zuviel erwartet –, aber wenigstens war keine gegenseitige Abneigung festzustellen.

Die Menschen strömten in die neue Halle, wo das Büffet aufgebaut war, und wieder überraschte mich die aufwendige Eleganz. Noch nie hatte ich Speisen so kunstvoll arrangiert gesehen. Alles war in verschwenderischer Fülle vorhanden, und die Diener und Lakaien in der farbenprächtigen Hauslivree der Fontaine Delibes wirkten wie ein Bestandteil der Szenerie.
Der Wein stammte, wie mir bekannt war, von den Weingütern des Comte. Ich dachte an die hungernden Bauern, die in der Nähe lebten, und ich war froh, daß sie diese Tafel nicht sehen konnten. Dann schaute ich mich nach Léon um, neugierig, ob ihm der gleiche Gedanke gekommen war, doch ich konnte ihn nirgends entdecken. Aber Gabrielle konnte ich sehen und ihren Bruder. Sie sah sehr schön aus und trug eine prachtvolle Robe, zu auffallend für meinen Geschmack, die aber gut zu ihrer flammenden Schönheit paßte. Ich glaube, daß Etienne, der bei ihr stand, stolz auf sie war.
Wir setzten uns an einen Tisch neben einem Fenster, Robert, Margot, ich und ein junger Mann, ein Freund von Robert.
Die Unterhaltung war aufgelockert und ungezwungen, und mit einer neuen Welle der Erleichterung stellte ich fest, daß Margot ganz glücklich war. Nachdem sie sich erst einmal an den Gedanken gewöhnt hatte, daß über die Frage des Ehemannes für sie entschieden wurde – sie war schließlich so erzogen worden, daß sie wußte, dies akzeptieren zu müssen –, hätte sie keinem jungen Mann begegnen können, der charmanter wäre als Robert de Grasseville.
Während des Festmahls gab der Comte die Verlobung bekannt. Die Verkündigung wurde mit Beifall bedacht, und Margot und Robert stellten sich an seiner Seite auf, um die Glückwünsche entgegenzunehmen. Ich blieb am Tisch sitzen und unterhielt mich mit meinem Begleiter. Wenige Minuten später ließ ein Geräusch mich herumfahren. Ich saß sehr nahe am Fenster und konnte draußen ein Gesicht erspähen . . ., es schaute herein. Ich dachte, es wäre Léon.
Das Gesicht verschwand, und ich sah immer noch aus dem Fenster, als ein schwerer Stein das Glas zerschmetterte und in den Raum hineinflog.
Es wurde zuerst ganz still, bevor bestürzende Schreie und das Geräusch splitternden Glases und Geschirrs folgten.
Ich sprang erschrocken auf. Der Comte war ans Fenster geeilt und blickte hinaus. Dann rief er den Dienern zu:
»Das Gelände durchsuchen! Laßt die Hunde heraus!«
Ein paar Sekunden lang redeten alle durcheinander. Dann ergriff der Comte wieder das Wort: »Es ist offensichtlich nichts von Bedeutung.

Irgendein Bösewicht wollte uns einen Streich spielen. Wir wollen weiterfeiern, als wäre dieser lästige Zwischenfall nicht geschehen.«
Das war wie ein Befehl, und ich stellte verblüfft fest, daß all diese Menschen ihm widerspruchslos zu gehorchen schienen.
Ich setzte mich wieder auf meinen Stuhl. Ich wußte, daß es sich um dieselbe Sache handelte: die Unzufriedenheit derer, denen die Mittel zu einem auskömmlichen Leben fehlten – der Zorn und der Neid auf jene, die in Extravaganzen schwelgten.
Mehr als alles andere aber verstörte mich der kurze Blick, den ich auf ein Gesicht geworfen hatte. Léon konnte das nicht gewesen sein.
Mein Tischherr sagte gerade: »Das wird allmählich zur Gewohnheit. Vorige Woche bei den DeCourcys ist dasselbe passiert. Ich war dort zum Essen eingeladen, und ein Stein wurde durchs Fenster geworfen. Das war allerdings in Paris.«
Ich sah Léon auf mich zukommen, und ich fühlte, wie mein Herz wild zu klopfen begann.
»Ein unerfreulicher Zwischenfall«, sagte er und ließ sich auf dem Stuhl mir gegenüber nieder.
Ich warf einen Blick auf seine Schuhe. Sie waren tadellos sauber. Er konnte unmöglich vor wenigen Minuten draußen gewesen sein. Es hatte tagsüber geregnet, und das Gras war noch naß; da wären sicherlich Spuren geblieben.
»Ich hoffe, Sie haben sich nicht erschreckt«, sagte er zu mir.
»Es geschah so plötzlich.«
»Sie waren nahe am Fenster. In der vordersten Schußlinie.«
»Wer könnte das getan haben?« wollte ich wissen und blickte ihm dabei voll ins Gesicht. »Wozu sollte das gut sein?«
»Vor ein paar Jahren hätte man gesagt, das sei irgendein Verrückter gewesen. Heute kann man das nicht mehr. Es ist eine Ausdrucksform der Wut des Volkes. Lassen Sie uns wieder in den alten Saal gehen. Dort wird getanzt.«
Ich verabschiedete mich von meinem Tischherrn und ging mit Léon zum alten Saal hinauf. Ich war erleichtert, daß ich mich geirrt hatte: Léon konnte es nicht gewesen sein.
Ich war froh darüber, denn ich begann ihn sehr zu mögen.

Ich hatte mich in mein Zimmer zurückgezogen. Mein Kleid lag auf meinem Bett, und das Haar fiel lose auf meine Schultern. Da klopfte es an meiner Tür.

Ich sprang auf. Einen angstvollen Augenblick lang dachte ich, es könne der Comte sein.
Margot kam herein.
»Ach, du bist schon ausgezogen«, sagte sie. »Aber ich muß unbedingt mit dir reden. Ich kann heute nacht bestimmt nicht schlafen.«
Sie setzte sich auf mein Bett.
»Was hältst du von ihm, Minelle?«
»Robert? Ich finde ihn charmant.«
»Ich auch. Komisch, nicht? Ich hatte gedacht, er wäre gräßlich. Du hast recht ..., aber du hast ja immer recht, nicht wahr? Das glaubst *du* jedenfalls. Wenn man sich ein abstoßendes Bild von jemandem macht, kann man nur angenehm überrascht werden. Aber er hätte mir ohnehin gefallen. Als ich mit ihm getanzt habe, da wünschte ich ..., oh, wie sehr wünschte ich mir ..., ich hätte mich nie in James Wedder verliebt.«
»Derartige Wünsche sind sinnlos. Es ist nun einmal geschehen, und du mußt es vergessen.«
»Glaubst du, daß ich das kann?«
»Nicht für immer. Hin und wieder wirst du daran zurückdenken.«
»Wenn man einen Fehltritt getan hat, so hat man ihn für alle Zeiten getan.«
»Aber es hat keinen Sinn, ewig darüber nachzugrübeln.«
»Weißt du, Minelle, ich glaube, ich könnte James Wedder sogar vergessen ..., wenn da nicht Charlot wäre. Was soll ich nur tun, Minelle? Soll ich es Robert erzählen?«
Ich schwieg. Was hätte ich ihr raten sollen? Woher konnte ich wissen, was für ihr Glück und das von Robert das Beste war? Dann entschloß ich mich zu einem Kompromiß. »Jetzt noch nicht, finde ich. Warte noch damit. Mit der Zeit werdet ihr einander verstehen lernen. Freundschaft, Liebe, Toleranz, das alles wird zwischen euch wachsen, und du wirst vielleicht ganz von selbst merken, wann der richtige Augenblick kommt, es ihm zu erzählen.«
»Und Charlot?«
»Er ist in guten Händen, dessen bin ich sicher.«
»Aber woher soll ich das wissen? Wenn ich ihn doch nur besuchen könnte.«
»Das ist unmöglich.«
»Du sprichst wie Annette. *Nichts* ist unmöglich. Ich werde bestimmt bald nach Paris gehen. Dort werde ich im Haus von Papa wohnen, und wir werden die Grassevilles empfangen. Dann komme ich wieder hierher

zurück und werde heiraten. Du gehst mit mir nach Paris. Dort wird sich schon eine Gelegenheit finden.«
»Was meinst du damit?«
»Ich meine eine Gelegenheit, auf die Suche nach Charlot zu gehen. Wenn ich mich davon überzeugen könnte, daß es ihm gutgeht, daß er glücklich ist und daß die Leute gut zu ihm sind, dann wäre mir ganz anders zumute.«
»Aber wie willst du das anstellen? Du weißt doch gar nicht, wo er ist.«
»Das könnten wir herausbekommen. Du und ich..., wir werden es schaffen, Minelle, bestimmt. Wir werden bei jemandem einen Besuch machen..., bei der lieben alten Yvette, die Nou-Nou früher in der Kinderstube geholfen hat. Ich könnte sie besuchen, und du könntest mit mir kommen.«
»Man wird niemals zulassen, daß wir allein reisen.«
»Ich habe mir einen Plan ausgedacht. Wir könnten meine Zofe Mimi und den Diener Bessell mitnehmen. Mimi und Bessell lieben sich und möchten heiraten. Ich habe ihnen versprochen, daß sie mitgehen dürfen, wenn ich nach Grasseville ziehe, und daß sie dann heiraten können. Sie werden so miteinander beschäftigt sein..., daß sie nicht viel merken werden. Ohnehin würden sie für mich alles tun.«
Ich hielt dies für einen aberwitzigen Plan, doch wie so oft, ließ ich Margot auch diesmal ihre Träume. Bei derlei Anlässen konnte sie leicht hysterisch werden; ich hatte beobachtet, daß dies fast regelmäßig geschah, wenn es Charlot betraf.
Bei Margot hätte ich nie tiefe mütterliche Gefühle vermutet, aber sie war wie stets unberechenbar. Ich vermutete, daß selbst diejenigen, die man sich bei oberflächlicher Betrachtung schwerlich als Mutter vorstellen konnte, sich wandelten, sobald sie ein Kind geboren hatten.
Margot war so eifrig in die Darlegung ihres Planes vertieft, daß sie den Steinwurf durch das Fenster kaum der Erwähnung wert fand.
»Ach das«, sagte sie leichthin, »das passiert überall im Lande. Die Leute schenken dem kaum mehr Beachtung.«
Schließlich ging sie hinaus. Ich war müde, aber ich konnte lange nicht einschlafen, und dann hatte ich verschwommene gräßliche Träume, in denen sich Léons Gesicht haßverzerrt auf mich zu bewegte.

Der gesamte Haushalt war nun vornehmlich mit Vorbereitungen für Margots Hochzeit beschäftigt. Annette erklärte, sie würde noch wahnsinnig werden. Nie, nie könnte sie rechtzeitig fertig werden, verkündete sie.

Die Stoffe hatten nicht die richtige Farbe, nichts paßte wie es sollte, Margots Garderobe wäre ein einziges Desaster. In der Zwischenzeit entstanden die Kleider, eines schöner als das andere.

Margot führte sie mir fröhlich vor. Sie wollte mir ein paar von ihren alten Kleidungsstücken überlassen, die Annette »aufmöbeln« könnte, wie sie es nannte. Ich kaufte ihr ein paar davon ab und nahm unter Annettes Anleitung die Änderungen selbst vor.

»Für Paris wirst du einiges zum Anziehen brauchen«, sagte Margot. Ihre Augen glänzten jedesmal, wenn sie die Reise erwähnte, und ich wußte, daß sie an ihren »Plan« dachte.

Wir ritten häufig zusammen aus: sie, Léon, Etienne und ich. Manchmal gesellte sich auch der Comte zu uns, und dann wußte er es stets so einzurichten, daß er die anderen aus dem Auge verlor und mit mir allein war. Man war sich über seine Absichten im klaren und suchte ihm wie gewöhnlich gefällig zu sein. Gegen die vier war ich machtlos, und so geschah es eben häufig, daß ich mit dem Comte allein war.

»Und so geht es weiter mit uns«, sagte er eines Tages zu mir. »Wir machen nicht gerade große Fortschritte, nicht wahr?«

»In welcher Hinsicht?«

»In Richtung auf das selige Ende, das uns beide erwartet.«

»Sie sind zum Spotten aufgelegt, wie ich sehe.«

»Ich bin stets in Hochstimmung, wenn ich mit Ihnen zusammen bin. Das ist ein gutes Omen für die Zukunft.«

»Es beweist jedenfalls, daß Sie gutgelaunt sein können, wenn Sie wollen.«

»Nein, nur wenn ich glücklich bin, und das liegt nicht immer in meiner Hand.«

»Ich hätte gedacht, daß ein Mann wie Sie Herr seiner Stimmungen sei.«

»Das habe ich nie gelernt. Vielleicht können Sie es mich lehren, denn Sie haben sich bewundernswert in der Gewalt. Hat es Sie beunruhigt, als am Abend des Balles der Stein durch das Fenster kam?«

»Ich bin furchtbar erschrocken.«

»Das war irgend so ein Bauernlump.«

»Haben Sie eine Ahnung, wer das gewesen sein könnte?«

»Jeder aus den umliegenden Dörfern hätte es sein können.«

»Ihre eigenen Vasallen?«

»Was für ein Ausdruck! Ja, es hätte gut einer von meinen Vasallen sein können. Ich würde sogar darum wetten.«

»Und das beunruhigt Sie.«

»Ein zerbrochenes Fenster ist eine Bagatelle. Das Beunruhigende ist, was dahintersteckt. Manchmal kommt es mir vor, als gerate das gesamte Gesellschaftsgefüge ins Wanken.«
»Können Sie nicht dazu beitragen, es zu festigen?«
Er schüttelte den Kopf. »Vor fünfzig Jahren hätte man etwas tun sollen. Vielleicht werden wir das hier überwinden. Mein Vaterland hat im Laufe der Jahrhunderte weiß Gott genug Schicksalsschläge überstehen müssen..., das Ihre ebenso. Ihr Volk ist aber anders. Weniger leidenschaftlich. Es wäre gut möglich, daß man bei Ihnen erst einmal abwarten und sich fragen würde, was für Folgen eine Revolution hätte. Wir sind impulsiver. Sie sehen die Unterschiede zwischen unseren Völkern in uns beiden widergespiegelt. Sie sind ruhig, Sie verbergen Aufruhr in Ihrem Inneren. Sie sind darin geübt. Ich nehme an, Ihre Mutter hat Sie gelehrt, daß es unschicklich sei, seine Gefühle zu zeigen. O Minelle, ich würde so viel darum geben, mit Ihnen fortgehen zu können..., allein..., an einen entfernten Ort..., fort aus Frankreich..., vielleicht auf eine Insel irgendwo inmitten eines tropischen Meeres, wo Sie und ich zusammen sein könnten..., allein. Da könnte man so vieles tun..., sich so vieles sagen... Dort könnten wir in Frieden leben und uns lieben.«
Ich war von seiner Ernsthaftigkeit zutiefst gerührt. Er hatte recht: Ich *hatte* gelernt, meine Gefühle zu verbergen, wenn meine Einsicht es für klug hielt. »Ich bin sicher, daß Sie Ihrer Insel schon nach einer Woche überdrüssig wären, ja, ich glaube sogar, daß Sie es nicht einmal so lange aushalten würden«, sagte ich.
»Lassen wir es auf einen Versuch ankommen, und sehen wir zu, ob Sie recht haben. Wollen wir?«
»Eine solche Frage bedarf keiner Antwort. Sie müssen wissen, daß ich bald von hier fortgehen werde. Ich bleibe nur so lange, bis Margot sich eingelebt hat. Danach gehe ich nach England zurück.«
»Zurück in die Armut.«
»Vielleicht habe ich Glück. Ich stehe schließlich nicht ohne Beruf da.«
»Nein. Ich bin überzeugt, daß Sie mit allem Erfolg haben werden, was Sie sich in den Kopf setzen. Sie hätten die Schule weitergeführt, wenn dieser Tölpel Joel nicht gewesen wäre. So ein Narr! Vielleicht wird er eines Tages ahnen, was er versäumt hat, und kommt dann zurück und versucht es noch einmal. Ich möchte Ihnen eine Frage stellen, Minelle, und ich erwarte eine ernste Antwort. Ich weiß, daß Sie meine Lebensart mißbilligen. Glauben Sie mir, das ist lediglich eine Frage der Erziehung. Ich lebe, wie meine Vorfahren gelebt haben. Ich führe ihre Sitten fort. Sie sind

anders aufgewachsen. Ihnen komme ich ausgesprochen sündhaft vor ..., unmoralisch und skrupellos, geben Sie es nur zu.«
»Ich gebe es zu«, sagte ich.
»Und doch, sagen Sie mir die Wahrheit, Minelle, Sie sind mir nicht ganz ungewogen, nicht wahr?«
Ich schwieg, daher fuhr er fort: »Kommen Sie, Sie werden doch keine Angst haben, die Wahrheit auszusprechen?«
»Ich glaube«, erwiderte ich, »wenn ein Mann einer Frau seine Bewunderung zeigt, schmeichelt er ihrer Eitelkeit so sehr, daß sie sich schwerlich einer Zuneigung zu jemandem erwehren kann, den sie – wenn sie aufrichtig ist – wegen seines guten Geschmacks bewundern muß. Keine Frau kann sich tief im Herzen selbst verachten.«
Er lachte wieder. »Bezaubernd wie immer, meine liebe Minelle«, sagte er. »Da ich Sie bewundere, habe ich also ein klein wenig Ihrer Achtung errungen. Sie kennen das Ausmaß meiner Bewunderung, also verdiene ich einen großen Teil Ihrer Zuneigung.«
»Ich könnte Ihnen nie vertrauen«, sagte ich ernsthaft. »Sie haben so viele Frauen geliebt.«
»Erfahrung ist immer wertvoll – egal, auf welchem Gebiet –, und die meine lehrt mich, daß ich noch nie jemanden so geliebt habe, wie ich Sie liebe.«
»Die augenblickliche Favoritin ist stets die meistgeliebte«, entgegnete ich.
»Sie sind eine Zynikerin.«
»Nein, ich habe nur gelernt, realistisch zu sein.«
»Das ist – wie das Leben so ist – manchmal dasselbe. Aber Sie beantworten mir meine Frage nicht. Ich habe eine Frau. Ich bin also nicht frei, um heiraten zu können. Wäre ich es aber ...«
»Sie sind aber nicht frei ...«
»Vielleicht werde ich es ... eines Tages sein. Ich bitte Sie mir zu sagen, wie Ihre Antwort ausfallen würde, wenn ich mit einem ehrenhaften Heiratsantrag vor Sie hintreten würde.«
»Das würden Sie nie tun, auch wenn Sie frei wären, da Sie einsehen müssen, daß eine Ehe zwischen uns höchst unpassend wäre.«
»Ich finde, es wäre die passendste, die je geschlossen wurde.«
»Was! Der noble Graf und die gescheiterte Schulmeisterin!«
»Er bedarf äußerst dringend des Unterrichts, den sie ihm erteilen soll.«
»Sie machen sich über mich lustig.«
»Nein«, sagte er ernst. »Ich möchte von Ihnen Bescheidenheit und Menschlichkeit lernen. Sie sollen mir die Freude an dem beibringen, was

das wichtigste im Leben ist. Ich möchte, daß Sie mir zeigen, wie man glücklich ist.«
»Sie haben eine hohe Meinung von meinen Fähigkeiten.«
»Die ich, da bin ich sicher, richtig einschätze. Sie sehen, wie sehr ich Sie verehre. Ob Ihre Gefühle für mich wohl zunehmen, wenn Sie entdecken, was ich für Sie empfinde?«
»Ich bin mißtrauisch. Ich weiß, Sie verstehen sich meisterhaft darauf, von den Frauen zu bekommen, was Sie wollen. Es muß interessant sein, die verschiedenen Wege zu entdecken, wie man sie erobern kann.«
»Sie schätzen mich falsch ein. Im übrigen habe ich den Verdacht, daß Sie meiner Frage ausweichen. Sie sind mir also nicht abgeneigt?«
»Das müssen Sie doch wissen.«
»Ich habe den Eindruck, unsere Begegnungen, unsere Wortgefechte bereiten Ihnen Vergnügen?«
»Ja.«
»Aha. Jetzt habe ich Ihnen ein Zugeständnis abgerungen. Ich habe das Gefühl, daß Sie mir ständig auszuweichen versuchen und daß dies nur daran liegt, daß es mir verwehrt ist, Ihnen einen ehrenhaften Heiratsantrag zu machen, und weil Ihre Erziehung es Ihnen nicht erlaubt, irgendeinen andersgearteten Antrag anzunehmen. Ist das wahr?«
Wieder einmal zögerte ich etwas zu lange.
»Sie haben mir durch Ihr Schweigen geantwortet«, sagte er.
Seite an Seite galoppierten wir zum Schloß zurück.

4

»Cousine!«
Zart, kaum wahrnehmbar, schwebte die Stimme in der Abendluft zu mir herab. Ich hatte einen kurzen Spaziergang in den Schloßgärten gemacht. Als ich aufblickte, entdeckte ich über mir auf einem Balkon, ausgestreckt auf einer Chaiselongue, die Comtesse.
»Madame?« Ich blieb stehen und schaute nach oben.
Ihr blasses Gesicht sah auf mich herunter. »Darf ich Ihren Spaziergang unterbrechen? Ich würde mich gern mit Ihnen unterhalten.«
»Gewiß.«
»Kommen Sie herauf. Die Stufen führen direkt auf die Terrasse.«
Ich tat, wie sie geheißen. Dabei kam ich mir etwas verwirrt vor, was angesichts der Zuneigung, die ihr Gatte zu mir gefaßt hatte, kein Wunder war.
Ich stieg die steinernen Stufen hinauf. Wir befanden uns hier natürlich nicht im mittelalterlichen Teil des Schlosses, sondern in dem komfortablen, luxuriösen Trakt, der später angebaut worden war.
»Es war warm heute«, sagte die Comtesse. »Ich dachte, ein wenig frische Luft würde mir gut tun.« Sie lächelte mich an. »Jemand, dem es so wohl ergeht wie Ihnen, muß Menschen, die ständig von ihrem Gesundheitszustand reden, doch sehr merkwürdig finden. Nehmen Sie Platz.«
Ich setzte mich. »Ich vermute, wer bei guter Gesundheit ist, der neigt dazu, dies als selbstverständlich hinzunehmen«, erwiderte ich.
»Genau. Welch ein Glück, wenn man sich nicht allzeit sorgen muß, welche Wirkung dies und jenes hat. Man sieht es Ihnen an, daß Sie sich guter Gesundheit erfreuen, Cousine. Sagen Sie mir, wie haben Sie sich hier eingewöhnt? Ich bin Ihnen dankbar für das, was Sie für meine Tochter tun.«
»Ich werde dafür bezahlt, Madame.«
»Aber ich darf wohl sagen, daß Sie es wirklich sehr gut machen.« Sie räkelte sich auf ihrer Couch. »Ich glaube, ich bekomme von der Luft

Kopfschmerzen. Ich werde Nou-Nou bitten, einen heißen Umschlag vorzubereiten und mir ihn auf die Stirn zu legen. Sie weiß einen sehr guten Umschlag aus Jupiters Bart zu machen. Sie fragen sich gewiß, was das ist. Wenn man mit Nou-Nou zusammenlebt, lernt man unweigerlich alles über diese Dinge. Jupiters Bart ist eine ihrer speziellen Pflanzen, und wie so viele gilt auch sie als Zaubermittel gegen böse Mächte. Ich sehe, Cousine, Sie sind skeptisch. Glauben Sie nicht an bösen Wahn?«

»Kaum.«

»Es bedeutet nicht unbedingt, daß eine Hexe mit geheimnisvollen Beschwörungen im Spiel ist. Ein böser Wahn kann auf ganz natürliche Weise zustande kommen. Es gibt Menschen, die niemandem Gutes wollen. Man könnte sagen, sie haben eine üble Ausstrahlung.«

»Da könnte vermutlich etwas Wahres dran sein.«

»Es ist immer ratsam, solchen Menschen aus dem Wege zu gehen, finden Sie nicht auch, Cousine?«

Ich wünschte, sie würde mich nicht »Cousine« nennen. Dieses Wort betonte sie mit einer gewissen Ironie. Sie mußte einen Hintergedanken haben bei dem Wunsch, mich zu sehen.

»Das wäre sicher das beste«, stimmte ich zu.

»Ich wußte, daß Sie meine Ansicht teilen würden. Sie sind eine verständige junge Frau. Margot spricht sehr viel von Ihnen. Sie hält Sie für die Quelle der Weisheit. Ich . . ., hm . . ., ich habe den Eindruck, daß mein Gemahl eine sehr hohe Meinung von Ihren Fähigkeiten hat.«

»Das ist mir nicht bekannt«, sagte ich.

»Wirklich? Die Meinung meines Gatten ist Ihnen nicht bekannt?«

»Ich . . ., mir war seine Meinung über mich nicht bekannt.«

Sie lächelte träge. »Ich hatte das untrügliche Gefühl, daß er keinen Hehl daraus macht, wie anregend er Ihre Gesellschaft findet. Er liebt es, mit Frauen zusammen zu sein . . ., vor allem wenn sie jung, hübsch und nicht dumm sind. Die meisten übersehen dabei, daß es sich bei ihm nur um eine flüchtige Neigung handelt.«

»Ich könnte die Stellung des Comte nie vergessen . . ., ebensowenig wie die meine«, entgegnete ich scharf.

Sie betrachtete ihre zarten Hände. »Er ist trotz allem mein Ehemann. Wenn auch so manche Frau das vergessen mag, er kann es nicht außer acht lassen.«

»*Ich* werde es nie vergessen, Madame«, gab ich zurück.

Dabei fühlte ich mich unwohl, war verlegen und verärgert. Ich wollte ihr begreiflich machen, daß ihr Gemahl vor mir vollkommen sicher war.

»Ich sehe, Sie sind vernünftig«, bemerkte sie.
»Danke. Ich werde in Kürze nach England zurückkehren.«
»Ach!« Sie ließ einen langgezogenen Seufzer hören. »Das ist sehr klug von Ihnen, finde ich.« Sie schwieg ein paar Augenblicke, und ich hatte den Eindruck, daß sie bedauerte, so freiheraus gesprochen zu haben. Dann ging sie zu allgemeiner Konversation über: »Wie mir Margot erzählt hat, lebt man in England ganz anders als bei uns.«
»Ja, das stimmt.«
»Ich selbst komme nicht oft von hier weg«, fuhr sie fort. »Bei meinem Gemahl ist es natürlich etwas anderes. Ich habe selten erlebt, daß er so lange im *Château* bleibt wie jetzt ... Er ist ein rastloser Mensch. Zudem verbringt er notwendigerweise viel Zeit in Paris ..., während ich mit Nou-Nou hier bleibe.«
»Sie ist Ihnen eine große Stütze, soviel ich weiß.«
»Ich kann mir nicht vorstellen, was ich ohne sie tun würde. Sie ist meine Freundin, meine Gesellschafterin, mein Wachhund.« Die Comtesse winkte mit der Hand. »Wenn die Dunkelheit hereinbricht, bekomme ich Angst. Ich habe mich schon immer im Finstern gefürchtet. Sie auch, Cousine?«
»Nein«, gab ich zur Antwort.
»Sie sind mutig, das weiß ich. Ich habe Sie oft im Garten beobachtet ..., Sie und Margot. Und ich habe gesehen, wie Sie mit meinem Gatten vom Reiten zurückkamen. Gut, Margot wird bald heiraten, und Sie kehren nach England zurück. Das ist das beste, Cousine. Ich wünsche, daß Sie glückliche Erinnerungen an Ihre Erlebnisse in meiner Heimat bewahren, wenn Sie nach England zurückkehren.« Sie sah mich unverwandt an. Einen Augenblick zuvor hatte sie mich gemahnt, mich von ihrem Gatten fernzuhalten, wie es jede eifersüchtige Frau getan hätte. Jetzt aber hatte ihre Warnung einen anderen Sinn. Was hatte sie damit gemeint, daß Nou-Nou ihr Wachhund sei? Der Comte ist ein gefährlicher Mann, wollte sie mir zu verstehen geben. Nehmen Sie sich in acht vor ihm. Das brauchte sie mir nicht erst zu sagen.
»Ja«, wiederholte sie, »Sie sollten in Ihre Heimat zurückkehren. Es ist nicht gut für Sie, hier zu sein. O je!« Sie griff sich an den Kopf. »In meinem Kopf hämmert es. Gehen Sie hinein und suchen Sie Nou-Nou. Bitten Sie sie, den Umschlag mit Jupiters Bart herzurichten, ja?«
Damit war ich entlassen. Durch die Glastür betrat ich das Zimmer. Nou-Nou kam hereingeschlurft, und ich richtete ihr den Auftrag aus. Sie schnatterte: »Hat sie Sie heraufgerufen? Sie weiß doch, daß Sprechen

sie ermüdet. Und sie wollte unbedingt nach draußen. Ich wußte ja, daß es ihr nicht bekommen würde. Kopfschmerzen hat sie? Jupiters Bart wird sie bald davon befreien. Sie sind wohl über die Gartentreppe hinaufgekommen?«

Ich bejahte.

»Wenn Sie wollen, können Sie dort auch wieder hinuntergehen. Sagen Sie der Comtesse, ich habe den Umschlag im Handumdrehen fertig.«

Ich trat auf die Terrasse hinaus. Die Comtesse lag auf dem Rücken und hielt die Augen geschlossen, ein Zeichen, daß sie mir weiter nichts zu sagen hatte.

Ich bebte vor Zorn über die Erniedrigung. Solange ich bei der Comtesse war, hatte ich die Ungeheuerlichkeit ihrer Anspielungen gar nicht erfaßt. Zuerst hatte sie mich gewarnt, ihren Gatten in Ruhe zu lassen, weil er mit ihr verheiratet sei und sich nicht die Freiheit nehmen könne, mit mir herumzutändeln. Wie beleidigend! Als ob ich das nicht selbst wüßte! Dann war ihre Stimmung umgeschlagen, und sie hatte mich vor ihm gewarnt. Das war mir unheimlich. Als wäre eine finstere Macht in ihm, von der ich nichts wußte.

Ich war völlig fassungslos und stärker als je zuvor überzeugt, daß ich meine Abreise vorbereiten mußte.

Ich dachte sehr viel über die Comtesse nach. Wenn sie mir Unbehagen bereitete, so war sie meinetwegen erst recht beunruhigt. Vielleicht war der Klatsch bis zu ihr gedrungen. Ja bestimmt, da sie es für richtig gehalten hatte, mir eine zweifache Warnung zukommen zu lassen.

Sicher hatte sie recht. Ich sollte wirklich zusehen, schnell von hier fortzukommen. Ich hätte erst gar nicht so lange bleiben dürfen. Aber das hatte ich ja nur getan, weil Margot jedesmal so unglücklich war, wenn ich von meiner Abreise sprach. Jetzt wollte ich nicht mit Margot sprechen, da ich fürchtete, sie würde das Thema anschneiden. Margot war viel zu sehr in ihre eigenen Angelegenheiten vertieft, um sich über die Belange anderer unterhalten zu wollen.

Trotzdem hatte ich die Gewohnheit angenommen, ins Freie zu gehen, meistens in den Garten, um einsam an einem ruhigen Platz nachdenken zu können.

Solange ich bei der Comtesse war, hatte ich mich schuldig gefühlt. Dabei hatte ich überhaupt nicht dazu beigetragen, die Aufmerksamkeit des Comte auf mich zu lenken. Nou-Nou hatte eine Art, mich unter ihren buschigen Brauen hervor anzuschauen, als sei ich Isebel persönlich. Sie

bestärkte mich in dem Gefühl, schleunigst abzureisen, und zwar noch vor Margots Hochzeit.
Das war eine unmögliche Situation, und hätte man sie mir vor einem Jahr als das Problem einer anderen geschildert, so hätte ich gesagt: »Es ist falsch, daß diese Frau bleibt. Jeder anständige Mensch würde sofort abreisen.«
Natürlich hätte ich das tun sollen. Meine Unterhaltung mit der Comtesse hatte mir das lebhaft deutlich gemacht.
Ich hatte die Umfriedung des Schlosses verlassen und befand mich nun in der Höhe von Gabrielles Haus. Seine Mätresse! Und sie wohnte ganz nahe beim *Château*, so daß sie sich bequem treffen konnten. Ich wurde rot vor Scham. Und das war der Mann, der meine Gedanken beschäftigte!
Ein Getrappel von Pferdehufen schreckte mich auf. Ich trat dicht an die Hecke, um einen Reiter vorbeizulassen. Etwas an ihm kam mir bekannt vor, doch ich konnte mich nicht darauf besinnen, was es war.
Gabrielles Haus kam in Sicht. Der Mann band sein Pferd an einem Torpfosten fest. Als ich mich näherte, drehte er sich um, und wir blickten uns gegenseitig in die Augen. Er machte ein leicht überraschtes Gesicht, und in diesem Augenblick wurde deutlich, daß wir beide glaubten, uns schon einmal begegnet zu sein.
Er öffnete das Tor und schritt den Pfad zum Haus entlang. Ich setzte meinen Weg fort. Auf einmal fing mein Herz bange zu klopfen an. Plötzlich wußte ich, wer der Mann war.
Es war Gaston – der Geliebte von Jeanne, der Dienerin von Madame Grémond.

Margot gegenüber erwähnte ich nichts davon, daß ich Gaston gesehen hatte. Das hätte sie nur aufgeregt. Ich versuchte sogar mich selbst zu überzeugen, daß ich mich geirrt hätte. Schließlich hatte ich Gaston nie richtig zu Gesicht bekommen, als wir bei Madame Grémond weilten. Vielleicht sah dieser Mann ihm nur ähnlich. Was hätte Gaston auch bei Madame LeGrand zu suchen gehabt? Überbrachte er Briefe von seiner Herrin? War es möglich, daß Madame Grémond und Madame LeGrand sich kannten? Natürlich war es möglich. Der Comte stellte das Verbindungsglied dar. Zwei entthronte Mätressen, die sich gegenseitig ihr Beileid bezeugten. Oder waren sie vielleicht gar nicht entthront? Ich sank von Tag zu Tag tiefer in den Sumpf.
Aber ich war mir natürlich nicht sicher und zog es vor zu glauben, daß ich mich geirrt hätte.

Während ich darüber grübelte, kam Etienne zu mir und teilte mir mit, seine Mutter habe den Wunsch geäußert, ich möge sie wieder einmal besuchen, und er fragte mich, ob es mir recht wäre, wenn er mich zu ihr begleitete.
Ich sagte, es sei mir ein Vergnügen, und ein paar Tage später ritt ich nachmittags mit ihm dorthin.
Ich wurde in den kostbar eingerichteten Salon geführt, wo Madame LeGrand mich erwartete, sehr elegant, doch etwas übertrieben in blaßblaue Seide und Spitze gekleidet.
»Mademoiselle Maddox«, rief sie mir herzlich zu. »Wie bezaubernd, Sie zu sehen. Es ist nett von Ihnen, daß Sie vorbeikommen.«
»Ich freue mich über die Einladung«, erwiderte ich, und wie schon oft, war ich froh über mein gut geschnittenes Reitkostüm, das meine Mutter für mich anfertigen ließ.
Als Etienne uns verließ, merkte ich, daß dies ein *Tête-à-tête* werden sollte. Madame LeGrand sagte, wir würden *le thé* trinken, da sie wüßte, wie sehr die Engländer ihn liebten.
»Haben Sie schon bemerkt, wie man in Frankreich den Engländern schmeichelt, indem man sie mehr und mehr kopiert? Aber das dürfte Ihnen hier nicht aufgefallen sein. In Paris kann man es gut beobachten. Dort hängen Schilder in den Geschäften ›Hier spricht man Englisch‹, und die Limonadenverkäufer bieten Punsch an, der, wie Sie wissen, aus England stammt. Die jungen Männer stolzieren in englischen Mänteln mit Capes umher. Die Frauen tragen englische Hüte, und man bemüht sich sogar, die Rennbahn in Vincennes wie Ihr Newmarket zu gestalten.«
»Das habe ich nicht gewußt.«
»Ich sehe schon, Sie müssen noch viel über Frankreich lernen. Es gibt jetzt auch schon diese Fuhrwerke mit den großen Rädern bei uns, die man hier ›Whiskies‹ nennt. Ich sage Ihnen, wir werden von Tag zu Tag englischer.«
»Das ist sehr interessant.«
»Sie werden es erleben, wenn Sie nach Paris kommen. Ich nehme an, daß Sie Marguerite dorthin begleiten werden.«
»Ja, das stimmt.«
»Das wird eine wirklich gute Heirat. Der Comte sagt mir, daß er sehr zufrieden sei. Eine Verbindung zwischen den Fontaine Delibes und den Grassevilles – besser hätte es kaum kommen können.«
Ein Lakai servierte den Tee. Die Livree war fast genau in den Hausfarben des *Châteaus* gehalten – nur etwas gedämpfter, nicht ganz so prächtig, mit

Knöpfen aus Silber statt aus Gold. Ich mußte unwillkürlich über diese feinen Unterschiede schmunzeln.

»Mademoiselle lächeln? Trifft der Tee Ihren Geschmack?«

»Er ist ausgezeichnet, Madame.« Das stimmte, obwohl er anders schmeckte als unser heimischer Sud. Er wurde in kleinen Schälchen aus Sèvres-Porzellan serviert; dazu gab es Gebäck mit einer delikaten Cremefüllung.

»Ich finde, daß wir uns näher kennenlernen sollten«, sagte Gabrielle LeGrand. »Ich habe Sie natürlich auf dem Ball gesehen, aber bei solchen Anlässen kann man sich nur schwer unterhalten. War das nicht eine Schande..., dieser Steinwurf durch das Fenster? Ich möchte nicht in der Haut des Schuldigen stecken, wenn man ihn erwischt. Der Comte würde kaum Gnade walten lassen. Er kann unerbittlich sein.«

»Glauben Sie, daß man den Täter fassen wird?«

Léons Gesicht tauchte verschwommen vor mir auf, und ich ermahnte mich: Sei nicht albern. Es war ein Trugbild. Natürlich war es nicht Léon. Wie wäre das möglich gewesen? Er hätte doch niemals kurz danach so taufrisch im Ballsaal erscheinen können.

»Das bezweifle ich. Es sei denn, einer seiner Feinde verrät ihn. Dergleichen geschieht jetzt überall im Lande. Ich weiß nicht, wohin das führen soll. Gedenken Sie in Frankreich zu bleiben, Mademoiselle?«

»Ich werde noch eine Weile bei Marguerite bleiben, und sobald sie heiratet, kehre ich nach England zurück.«

Sie konnte ihre Erleichterung nicht unterdrücken. Schnell sagte sie: »Es muß wirklich eine Überraschung gewesen sein, als Sie Ihre Verwandtschaft mit der Familie des Comte entdeckt haben..., wie weit entfernt sie auch immer sein mag.«

Ich antwortete nichts darauf, und sie fuhr fort: »Schildern Sie mir doch einmal genau, wer es war, der in die Familie eingeheiratet hat. Während all der Zeit, da ich die Fontaine Delibes kenne, hatte ich nie etwas von Verwandten in England gehört.«

»Da müssen Sie den Comte selbst fragen«, sagte ich.

»Ich sehe ihn heuzutage nicht mehr so oft.« Sie seufzte. »Es gab eine Zeit... Seine Heirat war ein großer Fehler. Sie haben die Comtesse ja kennengelernt?«

»Ja«, erwiderte ich kühl. Ich fand es äußerst taktlos von ihr, so über die Ehe des Comte zu sprechen.

»Ich frage nur deswegen, weil ich weiß, daß sie sehr zurückgezogen lebt. Ich nehme an, sie bekommt nur wenige Menschen zu Gesicht. Die arme

Ursule! Das hätte man sich doch damals denken können, wie unselig das enden würde. Er pflegte sich mir anzuvertrauen . . ., fast bedenkenlos. Es hat ja keinen Sinn, unsere Beziehung zu verheimlichen, da sie doch für jedermann ersichtlich ist. Wir haben einen prächtigen Sohn . . ., unseren Etienne. Und von ihr hat er nur Marguerite. Ich sage Ihnen im Vertrauen, er bedauert es bis heute, daß er nicht mich geheiratet hat.«
»Und warum hat er es nicht getan?« fragte ich frostig.
»Ich stamme zwar aus guter Familie, aber natürlich hält sie einem Vergleich mit der seinen nicht stand. Ich war Witwe.« Sie zuckte die Achseln. »Er war damals noch jung . . . Wir waren beide sehr jung. Ich werde diese Zeit nie vergessen. Wir waren ja so verliebt!« Sie lachte. »Ich sehe, Sie sind ein wenig schockiert. Die Engländer sprechen nicht so frei über diese Dinge wie wir. Ach, es war ein tragischer Fehler, und das hat der Comte immer aufs neue erfahren müssen.«
»Diese Kuchen sind köstlich, Madame. Sie müssen eine hervorragende Köchin haben.«
»Es freut mich, daß sie Ihnen schmecken. Sie sind das Lieblingsgebäck des Comte. Aber bei ihm kann man nie wissen, wie lange ihm etwas gefällt. Er hat einen unbeständigen Geschmack.«
»Sie sind so leicht«, sagte ich. »Man wird ganz süchtig danach.«
»Dann nehmen sie doch noch ein paar. Etienne ist auch ganz verrückt danach. Wir planen, ihn zu vermählen, aber er hat es gar nicht eilig damit.«
»Es ist niemals klug, bei bedeutenden Angelegenheiten übereilt zu handeln.«
»Eines Tages . . ., wer weiß . . ., Sie wissen ja, Etienne ist im *Château* aufgewachsen.«
»Ja, das ist mir bekannt.«
»Der Comte ist stolz auf ihn. Er ist ein gutaussehender junger Mann, finden Sie nicht auch?«
»Doch, er ist wirklich eine stattliche Erscheinung.«
»Wer vermag schon zu sagen, wie sich seine Zukunft eines Tages gestalten wird?«
»Die Zukunft . . ., die kann niemand von uns voraussehen.«
Ich empfand ein gewisses schadenfrohes Vergnügen daran, ihr Vorhaben zu durchkreuzen, indem ich die Unterhaltung in allgemeine Bahnen lenkte, während Gabrielle versuchte, persönliche Themen anzuschneiden. Ich verstand ihre Beweggründe nur zu gut. Wie die Comtesse, wollte auch sie mich warnen, doch aus ganz anderem Grund. Ich glaubte, die

Comtesse sorgte sich ein wenig um mich, während Gabrielle sich nur um sich selbst sorgte.
»Aber wir können schon etwas vorhersagen«, meinte sie. »Wenn man jemanden sehr lange kennt, so weiß man, wie diese Person unter gewissen Umständen handeln wird.«
Ich sagte, ich sei der Meinung, daß man zwar eine Vermutung anstellen könne, da aber die Menschen so unberechenbar seien, man nie sichergehen könne.
Gabrielle nickte. »Ich habe ein eigenartiges Leben geführt. Als blutjunge Witwe bin ich dem Comte begegnet. Ich kam zu ihm, um für meinen Vater um Gnade zu bitten, den der Vater des Comte ins Gefängnis werfen ließ. Der Comte konnte nichts mehr für uns tun. Mein Vater war im Gefängnis gestorben. Man hatte ihn beschuldigt..., ich weiß nicht einmal wessen – er wußte es selbst nicht.«
»Ja«, sagte ich. »Ich habe von diesen entsetzlichen *lettres de cachet* gehört.«
»Ich glaube, der Comte bedauert es unter anderem auch deshalb, mich nicht geheiratet zu haben, weil er dadurch ein wenig von dem hätte wiedergutmachen können, was sein Vater dem meinen angetan hatte. Er hatte einmal gesagt, er wünschte, er hätte diese Gelegenheit noch einmal, und sollte sie sich ihm wirklich noch einmal bieten...«
Ich nickte. »Es war ein schreckliches Unrecht, das Ihrem Vater widerfuhr.«
»Er..., Charles-Auguste,... ist ein seltsamer Mensch. Manchmal hat er Gewissensbisse. Nehmen Sie zum Beispiel Léon. Für ihn hat sich doch das Unglück, das seiner Familie zugestoßen ist, wahrlich vorteilhaft ausgewirkt. Ich weiß, daß Etienne legitimiert werden wird. Das ist mehr oder weniger versprochen..., vorausgesetzt natürlich, daß Charles-Auguste nicht noch einmal heiratet und einen ehelichen Sohn bekommt. Aber wie sollte ihm das möglich sein?«
»Das ist allerdings eine sehr verzwickte Angelegenheit«, sagte ich. »Wer kann schon wissen, wie das alles enden wird.«
»Und Sie werden uns bald verlassen und uns und unsere Probleme vergessen.« Ihre Augen glitzerten und schienen meine Gedanken zu lesen, als wollten sie mir gebieten fortzugehen.
Gabrielle nötigte mich, ihre Schätze zu bewundern. Das Prunkstück bildete eine Uhr in Form eines Schlosses aus Gold und Elfenbein.
»Ein Geschenk des Comte zur Geburt von Etienne«, erklärte Gabrielle. Dann zeigte sie mir weitere Kostbarkeiten – alles Geschenke des Comte.

»Ein sehr großzügiger Mann«, bemerkte sie, »gegenüber denen, für die er tiefe Gefühle hegt. Bedenken Sie, es gab einige, deren Regiment nur von kurzer Dauer war ... Sie wurden rasch entlassen und waren bald vergessen.«
»Wie traurig für sie«, sagte ich trocken, »es sei denn, sie waren froh, daß sie gehen konnten.«
Gabrielle blickte mich verwundert an. Es war ihr anzusehen, daß sie mich nicht verstanden hatte.
Ich war erlöst, als Etienne kam, um mich zum Schloß zurückzubegleiten.
Er sagte: »Wir werden einen Weg nehmen, den Sie gewiß noch nicht entdeckt haben, eine geheime Abkürzung vom Schloß zum Haus, die der Comte sich vor achtzehn Jahren anlegen ließ.«
Der Pfad führte vom Garten durch einen Wald, und ich war verblüfft, wie schnell wir beim Schloß anlangten.
»Warum wird er so selten benutzt?« fragte ich.
»Als er neu war, durften ihn auf Anordnung des Comte nur er und meine Mutter benutzen. Die Leute haben sich daran gehalten, und das ist zur Gewohnheit geworden.«
Wir hatten die Schloßmauer erreicht und traten durch eine Pforte – schon waren wir auf dem Innenhof.

Am späten Nachmittag kam Nou-Nou in mein Zimmer. Sie klopfte einmal fest und entschieden an meiner Tür, und ohne meine Antwort abzuwarten, trat sie ein.
»Die Comtesse wünscht Sie zu sprechen«, sagte sie, wobei sie mich so verächtlich ansah, daß ich ein ganz unbehagliches Gefühl bekam, und das war wohl so beabsichtigt.
Ich stand auf.
»Nicht jetzt. Heute abend um acht Uhr.«
Ich erwiderte, daß ich mich zur festgesetzten Zeit einfinden würde.
»Verspäten Sie sich nicht. Ich möchte sie vor neun Uhr für die Nacht fertig machen.«
»Ich werde mich nicht verspäten«, versprach ich.
Sie nickte und ging weg.
Merkwürdiges altes Weib, dachte ich. Ein bißchen verrückt, wie alle Besessenen. In ihrem Fall handelte es sich allerdings um eine selbstlose Besessenheit. Ich versank in Grübeleien über die arme Nou-Nou, die Mann und Kind verloren hatte und sich an Ursule klammerte, um bei ihr Trost zu finden, was ihr zweifellos ausgezeichnet gelungen war.

Ich fragte mich, wie Ursules Jugend ausgesehen haben mochte, bevor sie krank geworden war, und wie sie mit ihrem jetzigen Leben in aller Weltabgeschiedenheit zufrieden sein konnte. Es war, als flüchtete sie sich in ein solches Leben, um sich ihrem Gatten zu entziehen. Wie mußte sie ihn hassen! Vielleicht war es eher Furcht als Haß. Was hatte er getan, um eine solche Angst bei ihr zu verursachen? Mir schien, daß Nou-Nou etwas wußte. Ich zweifelte nicht daran, daß Ursule ihr vertraute. Daß der Comte seine Gattin vernachlässigen würde, wenn sie ihn nicht mehr interessierte, das wußte ich. Daß er sich hintergangen fühlte, weil sie ihm nicht zu dem ersehnten Sohn verholfen hatte, war verständlich. Daß er sich seine Mätressen in aller Öffentlichkeit hielt und sogar eine von ihnen nur einen Steinwurf vom Schloß entfernt wohnen ließ, das war eine Tatsache. Aber mußte seine Gemahlin sich deswegen vor ihm fürchten?

Es gab so vieles, was ich gern über Ursule erfahren hätte.

Ein paar Minuten vor acht begab ich mich auf den Weg zu ihrem Zimmer. Ich war ein wenig zu früh daran, und da ich wußte, wie kleinlich Nou-Nou im Hinblick auf Pünktlichkeit war, vertrieb ich mir die kurze Wartezeit, indem ich aus dem Korridorfenster blickte.

Punkt acht Uhr.

Ich ging zur Tür, die angelehnt war, und stieß sie auf; dann blickte ich hinein. Von der Terrassentür her wehte ein Luftzug herüber. Gerade noch konnte ich einen Blick auf den Rücken des Comte werfen, als er verschwand.

Ich war froh, daß ich nicht früher gekommen und ihm im Zimmer seiner Gemahlin begegnet war. Das wäre mir peinlich gewesen.

Auf Zehenspitzen schlich ich ans Bett.

»Madame«, setzte ich an und hielt gleich wieder inne. Die Comtesse lag auf ihre Kissen zurückgelehnt, die Augen halb geschlossen. Sie war zweifellos sehr schläfrig.

»Sie wollten mich sprechen, Madame?«

Mir war unbehaglich zumute, und ich fragte mich, warum sie unsere Verabredung nicht widerrufen hatte, wenn sie zu müde war, mich zu empfangen. Auf dem Tisch neben dem Bett befand sich die übliche Anordnung von Flaschen.

Auch ein Glas stand dabei. Ich nahm es in die Hand und roch daran, weil ich auf dem Boden den Rest irgendeiner Substanz entdeckt hatte. Die Comtesse mußte ihren Schlaftrunk zu sich genommen haben, bevor sie sich zurückzog. Aber sie hätte doch wissen müssen, wie bald die Wirkung eintreten würde. Wie merkwürdig von ihr, ihn gerade dann

einzunehmen, daß sie zu dem Zeitpunkt schlief, wo sie mich empfangen wollte.
Während ich dort so stand, vernahm ich eine Bewegung hinter mir. Nou-Nou kam herein. Sie starrte auf das Glas in meiner Hand.
»Ich sollte um acht bei Madame sein«, sagte ich, indem ich das Glas auf den Tisch zurückstellte.
Nou-Nou blickte auf die schlafende Frau, wobei sich ihr Gesichtsausdruck merklich veränderte. »Armes Lämmchen«, sagte sie. »Sie war völlig erschöpft. Er ist hier gewesen. Ich vermute, er hat sie so ermüdet..., wie immer. Sie muß ganz plötzlich eingeschlafen sein.«
»Würdest du ihr ausrichten, daß ich hier gewesen bin...«
Nou-Nou nickte.
»Vielleicht wird sie mich morgen sehen wollen.«
Nou-Nou erwiderte: »Wir werden abwarten, wie sie sich fühlt.«
»Gute Nacht«, sagte ich und ging hinaus.

Der nächste Tag prägte sich lebhaft in mein Gedächtnis ein.
Ich wachte wie gewöhnlich auf, als eine Zofe mir mein heißes Wasser hereintrug und in den Alkoven stellte. Dann wusch ich mich und nahm den Kaffee und das *brioche* zu mir, die mir ebenfalls aufs Zimmer gebracht worden waren.
Margot kam, wie sie es häufig tat, mit ihrem Tablett zu mir, und wir nahmen unser *petit déjeuner* gemeinsam ein.
Wir sprachen über die bevorstehende Reise nach Paris, und ich war froh, daß sie Charlot nicht erwähnte. Es war tröstlich festzustellen, daß der Gedanke an ihre herannahende Vermählung ihr wohltat.
Während wir plauderten, öffnete sich die Tür, und der Comte trat herein. Ich hatte ihn noch nie so erregt gesehen.
Er blickte uns eine nach der anderen an und sagte: »Marguerite, deine Mutter ist tot.«
Ich wurde von kalter Furcht gepackt und begann so stark zu zittern, daß ich Angst hatte, man würde es merken.
»Sie muß während der Nacht verstorben sein«, fuhr er fort. »Nou-Nou hat es soeben entdeckt.«
Er vermied es, mir in die Augen zu schauen, und ich bekam entsetzliche Angst.

Im ganzen Schloß herrschte gespannte Stimmung. Die Bediensteten flüsterten nur miteinander. Ich hätte gern gewußt, was sie wohl redeten.

Die Beziehung zwischen dem Comte und seiner Gattin war ihnen kein Geheimnis, und allen war sein Wunsch, sie loszuwerden, wohlbekannt. Margot kam zu mir.

»Ich muß mit dir reden, Minelle«, sagte sie. »Es ist furchtbar. Sie ist tot. Das trifft mich so plötzlich. Sie war meine Mutter..., aber ich habe sie kaum gekannt. Sie war anscheinend nie gern mit mir zusammen. Als ich klein war, habe ich immer geglaubt, ich sei die Ursache ihrer Krankheit. Und die arme Nou-Nou! Sie sitzt an Mamans Seite und schaukelt hin und her. Sie murmelt vor sich hin, und dann wirft sie sich ihre Schürze vors Gesicht. Alles, was ich verstehen kann, ist immer nur: ›Ursule Mignonne‹.«

»Margot, wie konnte das passieren?«

»Sie war doch stets anfällig gewesen, nicht wahr?« entgegnete Margot beinahe abwehrend.

»Vielleicht«, fuhr sie fort, »war ihre Krankheit schlimmer, als wir es annahmen. Wir haben geglaubt, daß sie sich die ganze Zeit *einbildete*, krank zu sein.«

Im Laufe des Tages trafen die Ärzte ein, und sie hielten sich lange Zeit mit dem Comte im Sterbezimmer auf.

Der Comte bat mich zu sich in die Bibliothek, und voller Vorahnungen ging ich zu ihm.

»Bitte, nehmen Sie Platz, Minelle«, sagte er. »Dies ist ein unerwarteter Schock.«

Ich vernahm diese Worte mit ungeheurer Erleichterung.

»Ich hatte stets den Verdacht, daß sich die Comtesse ihre Krankheit nur einbildete«, fuhr er fort. »Es scheint, ich habe ihr Unrecht getan. Sie war wirklich krank.«

»Was für eine Krankheit hatte sie denn?«

Er schüttelte den Kopf. »Die Ärzte stehen vor einem Rätsel. Sie sind nicht sicher, was ihren Tod verursacht hat. Nou-Nou ist zu verstört, um sprechen zu können. Sie ist seit Ursules Geburt bei ihr gewesen und war ihr vollkommen ergeben. Ich fürchte, dieser Schock ist zuviel für sie.«

Ich wartete, daß er fortfahren möge, doch ihm schienen die Worte zu fehlen.

Dann sagte er langsam: »Man wird eine Obduktion durchführen.«

Ich blickte ihn verwundert an.

»Das ist so üblich«, erklärte er, »wenn die Todesursache ungewiß ist. Die

Ärzte sind allerdings der Meinung, daß sie an etwas gestorben ist, was sie eingenommen hat.«
»Das kann doch nicht wahr sein!« schrie ich auf.
»Sie sieht ganz friedlich aus«, sagte er. »So haben wir wenigstens die Gewißheit, daß sie nicht unter Qualen gestorben ist. Als ob sie in einen Schlaf gefallen wäre, aus dem sie nicht wieder erwachen wird.«
»Meinen Sie, eine Arznei hat ihr diesen Schlaf verschafft?«
»Das ist durchaus möglich. Nou-Nou ist zu verstört, um jetzt schon mit uns zu sprechen. Ich glaube, Ursule war es gewöhnt, vor dem Schlafengehen etwas einzunehmen.«
Seine Augen ließen nicht von meinem Gesicht ab. Sie funkelten lebhaft, und ich vermied es, ihn direkt anzusehen.
Mir war angst und bange.
»Mir steht eine ziemlich schwierige Zeit bevor«, sagte er. »Derlei Dinge können sehr unerfreulich sein. Man wird eine Menge Vermutungen anstellen. Das ist immer so, wenn jemand plötzlich stirbt. Und die Umstände . . .«
Ich nickte. »Nou-Nou wird wissen, ob Madame ein Schlafmittel genommen hat.«
»Nou-Nou dürfte es für sie zubereitet haben. Sobald sie fähig ist zu sprechen, werden wir sicher erfahren, wie das geschehen konnte.«
»Glauben Sie, daß die Comtesse . . .«
»Daß sie es vorsätzlich getan hat? Nein, das glaube ich nicht. Ich glaube vielmehr, daß hier ein verhängnisvoller Fehler begangen wurde. Aber aus Mutmaßungen dürfen wir keine Schlüsse ziehen. Wie gesagt, dies kann unerfreulich werden, und ich würde es vorziehen, wenn Sie und Margot nicht dabei wären. Bereiten Sie sich auf Ihre Abreise nach Paris vor. Ich halte es für richtig, wenn Sie gleich nach der Obduktion aufbrechen.« Er hielt inne, um dann rasch fortzufahren: »Ich finde nämlich, daß Sie nicht länger hier bei mir bleiben sollten.« Er bedachte mich mit einem schwachen Lächeln, und ich wußte, was in seinem Kopf vorging. Seine Gemahlin war plötzlich gestorben, und seine Vorliebe für mich lag klar zutage. Ich erkannte, daß man uns beide verdächtigen würde. »Schicken Sie Marguerite zu mir«, setzte er hinzu. »Ich möchte sie davon verständigen, daß sie sich zum baldigen Aufbruch nach Paris bereithalten muß.«

Diese Woche war ein Alptraum. Überall kursierten Verdächtigungen, in deren Mittelpunkt ich stand. Ich fragte mich, was geschehen würde, wenn man den Comte des Mordes beschuldigte . . . oder mich. Ich stellte mir die

anklagenden Stimmen vor, die mich über meine Beziehung zu dem Comte ausfragen würden. Ich war doch seine Cousine, nicht wahr? Ob ich das bitte näher erläutern könnte?
Der Comte hatte sich besser in der Gewalt als ich. Er war zuversichtlich, daß sich eine Erklärung finden würde. Ich hatte eine peinliche Szene mit Nou-Nou, die eines Abends in mein Zimmer kam, als ich gerade zu Bett gehen wollte.
Sie sah sehr elend aus. Seit dem Tod der Comtesse hatte sie gewiß nicht geschlafen. Ihre Augen lagen tief in den Höhlen, ihr Haar war nicht gekämmt; es war halb aufgesteckt, halb fiel es ihr in grauen Strähnen lose ins Gesicht.
Sie sagte: »Es steht Ihnen gut an, schuldig dreinzuschauen.«
Ich erwiderte: »Schuldig? Ich schaue weder schuldig drein, noch fühle ich mich so. Das solltest du wissen, Nou-Nou.«
»Es war das Schlafmittel«, sagte sie. »Das gab ich ihr immer, wenn sie nicht einschlafen konnte. Ich wußte ganz genau, wieviel sie davon brauchte. An diesem Abend hat sie die dreifache Dosis genommen. Die hätte nach einer Stunde wirken müssen..., aber als ich hereinkam, da schlief sie schon... Sie waren an dem Abend dort. Er war auch da gewesen. Sie beide...«
»Sie schlief, als ich hereinkam, das weißt du doch. Es war Punkt acht Uhr.«
»Ich habe nicht genau gewußt, was da vorging. Ihr Schlafmittel stand an ihrem Bett. Jemand muß etwas hineingeschüttet haben, nicht wahr? Jemand, der sich hineingeschlichen hat...«
»Ich sage dir doch, daß sie schlief, als ich kam...«
»Ich kam hinein und fand Sie mit dem Glas in der Hand.«
»Das ist absurd. Ich war gerade erst ins Zimmer gekommen.«
»Es war noch jemand dort, jawohl. Und das wissen Sie genau.«
Ich spürte, wie mir das Blut in die Wangen schoß.
»Was... willst du damit andeuten?«
»Es kam doch nicht von selbst ins Glas, wenn es niemand hineingetan hat, nicht wahr? Irgendwer hat es getan..., jemand aus diesem Haus.«
Einen Augenblick lang war ich wie betäubt, so daß ich nichts erwidern konnte. Es ging mir nicht aus dem Kopf, daß ich den Comte hatte zur Verandatür hinausschlüpfen sehen. Wie lange war er bei der Comtesse gewesen? Lange genug, um ihr die Medizin zu geben..., um abzuwarten, daß sie sie trank? O nein, sprach ich zu mir selbst, das kann ich nicht glauben.

Ich stammelte: »Du kennst die Todesursache nicht. Sie ist bis jetzt nicht nachgewiesen.«
Ihre Augen glitzerten, und sie blickte mich ununterbrochen an. »Ich weiß«, sagte sie. Sie kam dicht zu mir heran, legte mir eine Hand auf den Arm und sah mir ins Gesicht. »Hätte sie nicht geheiratet, so würde sie jetzt noch leben. Sie wäre so gesund und munter, wie sie vor der Hochzeit war. Ich erinnere mich an die Nacht vor dieser Hochzeit. Es ist mir nicht gelungen, sie zu trösten. Oh, diese Ehen! Warum läßt man Kinder nicht Kinder bleiben, bis sie wissen, wie das Leben in Wirklichkeit ist!«
Trotz der entsetzlichen Angst, die nicht von mir wich, trotz der erschreckenden Erkenntnis, wie tief ich da hineingeraten war, tat mir Nou-Nou leid. Der Tod ihres geliebten Schützlings schien ihren Geist verwirrt zu haben. Sie war wie ausgelaugt und suchte jemanden, dem sie die Verantwortung zuschieben konnte. Sie haßte den Comte, und ihr giftiger Groll richtete sich in erster Linie gegen ihn, doch da ihr seine Zuneigung zu mir bekannt war, übertrug sie ihre Abneigung auch auf mich.
»Ach Nou-Nou«, sagte ich, indem ich mein ganzes Mitleid für sie in meine Stimme legte, »was geschehen ist, tut mir so leid.«
Sie schaute mich verschlagen an. »Sie denken wohl, daß Sie es leichter haben werden? Sie denken vielleicht, da sie jetzt aus dem Weg ist . . .«
»Nou-Nou!« schrie ich sie an. »Laß das boshafte Gerede!«
»Das Schicksal wird Sie strafen!« Sie fing zu lachen an, ein entsetzliches Gelächter, wie das Gackern eines Huhns. Dann hörte sie plötzlich auf. »Sie und er haben ein Komplott geschmiedet . . .«
»So etwas darfst du nicht sagen. Es ist absolut nichts Wahres dran. Komm, ich bringe dich in dein Zimmer zurück. Du mußt dich ausruhen. Es war ein schrecklicher Schock für dich.«
Plötzlich begann sie zu weinen . . ., lautlos. Die Tränen strömten ihr übers ganze Gesicht.
»Sie war alles für mich«, sagte sie. »Mein Lämmchen, mein süßes Baby. Alles, was ich hatte. Nie hab' ich einen anderen Menschen liebgewonnen, immer nur meine kleine Mignonne.«
»Ich weiß«, sagte ich.
»Aber ich habe sie verloren. Sie ist nicht mehr da.«
»Komm, Nou-Nou.« Ich nahm ihren Arm und führte sie in ihre Kammer zurück.
Als wir dort angelangt waren, riß sie sich von mir los.
»Ich gehe zu ihr«, sagte sie und betrat das Zimmer, in dem der Leichnam der Comtesse lag.

Es folgten schwere Tage. Den Comte bekam ich kaum zu Gesicht. Er wich mir aus, und das war klug, denn man flüsterte allenthalben über ihn, und wahrscheinlich wurde dabei mein Name mit dem seinen verknüpft. Ich ritt mit Margot, Etienne und Léon aus, und als wir einmal nahe bei einem Dorf vorbeikamen, wurde ein Stein auf uns geworfen. Er traf Etienne am Arm, aber ich glaube, daß er mir gegolten hatte. »Mörderin!« rief eine Stimme.
Wir sahen eine Gruppe junger Männer und wußten, daß sie den Stein geschleudert hatten. Etienne war dafür, sie zu verfolgen, doch Léon hielt ihn zurück.
»Sei lieber vorsichtig«, riet Léon. »Das könnte einen Aufruhr in Gang setzen. Laß sie in Ruhe.«
»Man muß ihnen eine Lektion erteilen.«
»Wir müssen aufpassen«, sagte Léon, »daß sie nicht uns eine Lektion erteilen.«

Wir konnten das *Château* erst nach der Leichenschau verlassen, und aufgrund der Situation, in der sich der Comte befand, war größte Vorsicht geboten. Ich hatte schreckliche Angst, weil ich wußte, daß es für die Leute bereits feststand, daß er seine Frau getötet hatte.
Als ich erfuhr, daß ich bei der Leichenschau nicht erscheinen mußte, war ich unendlich erleichtert. Ich fürchtete, über die Gründe ausgefragt zu werden, warum ich nach Frankreich gekommen war, und mir war bange vor dem, was geschehen würde, wenn Marguerites Fehltritt ans Licht käme. Was würde Robert de Grasseville dazu sagen? Würde er sie dann noch heiraten wollen? Zuweilen hatte ich das Gefühl, es wäre besser für sie, ihm alles zu gestehen, doch andererseits hielt ich mich nicht für welterfahren genug, um zu wissen, ob das auch wirklich klug sei.
Der Comte kehrte zurück. Die Affäre war bereinigt, und man hatte als Todesursache eine Überdosis eines Schlafmittels, das einen großen Anteil an Opium enthielt, festgestellt. Man hatte festgestellt, daß die Comtesse an einem Lungenleiden gelitten hatte, und man erinnerte sich, daß ihre Mutter an demselben Leiden gestorben war. Die Ärzte hatten sie erst kürzlich aufgesucht und hatten mit Sicherheit behauptet, daß es sich bei der Comtesse um ein frühes Stadium dieses Leidens handelte. Falls sie dies gewußt hatte, so hatte sie auch gewußt, daß sie später große Schmerzen würde erdulden müssen. Da sie dies wußte, war es sehr wahrscheinlich, daß sie ihrem Leben freiwillig ein Ende gemacht hatte, indem sie eine Überdosis des Schlafmittels trank, das sie zuweilen in kleinen Mengen zu

sich genommen hatte und das, in geringen Dosen verabreicht, zu einem erholsamen Schlaf verhalf.

Am Tage der Rückkehr des Comte stattete mir Nou-Nou wieder einmal einen Besuch in meinem Schlafzimmer ab. Sie schien sich an meiner Fassungslosigkeit zu weiden.

»So«, sagte sie, »Sie denken, die Angelegenheit ist erledigt, nicht wahr, Mademoiselle?«

»Dem Gesetz ist Genüge getan worden«, antwortete ich.

»Dem Gesetz! Und wer ist das Gesetz? Wer ist zu allen Zeiten das Gesetz gewesen? Er ..., er und seine Sippschaft! Ein Gesetz für die Reichen ..., eines für die Armen. Das ist der ganze Ärger. Er hat seine Freunde ..., sie sitzen überall.« Sie trat näher an mich heran. »Er ist zu mir gekommen und hat mir gedroht. Er hat gesagt: ›Laß dein skandalöses Geschwätz, Nou-Nou, oder ich werfe dich hinaus! Und wohin würdest du dann wohl gehen, kannst du mir das sagen? Willst du, daß ich dich fortschicke ..., fort aus dem Zimmer, wo sie gelebt hat ..., fort von der Nähe ihres Grabes, wo du weinen und dich in deiner Trauer ergehen kannst?‹ Jawohl, das hat er gesagt. Und ich habe zu ihm gesagt: ›Sie waren dort! Sie sind ins Zimmer gekommen! Sie waren bei ihr! Und dann ist diese Frau gekommen, nicht wahr? Wollte sie nachschauen, ob Sie den Plan ausgeführt haben, den Sie gemeinsam ausgeheckt hatten? ...‹«

»Hör auf, Nou-Nou«, sagte ich. »Du weißt, ich war gekommen, weil die Comtesse mich sprechen wollte. Du selbst hast es mir ausgerichtet. Sie schlief bereits, als er ging.«

»Sie haben ihn fortgehen sehen, nicht wahr? Sie sind hereingekommen ..., gerade als er hinausging. Höchst merkwürdig, das Ganze, möchte ich behaupten.«

»Es ist überhaupt nicht merkwürdig, Nou-Nou«, sagte ich streng. »Und das weißt du ganz genau.«

Sie machte ein erschrockenes Gesicht.

»Wieso sind Sie so sicher?«

»Weil ich eines weiß«, antwortete ich. »Der Urteilsspruch ist gefällt. Ich glaube daran, weil es sich nur so abgespielt haben kann.«

Sie brach in wildes Gelächter aus. Ich packte ihren Arm und schüttelte ihn.

»Nou-Nou, geh in dein Zimmer zurück. Versuche zu schlafen. Versuche zur Ruhe zu kommen. Es ist ein entsetzliches Unglück geschehen, aber es ist vorüber, und es hilft nichts, ständig darüber nachzugrübeln.«

»Für einige ist es vorüber«, sagte sie kummervoll. »Das *Leben* ist für einige

vorüber ..., für *Mignonne* und ihre alte Nou-Nou. Andere mögen vielleicht denken, für sie fängt es gerade erst an.«
Ich schüttelte ärgerlich den Kopf, und sie setzte sich plötzlich hin und bedeckte ihr Gesicht mit den Händen.
Nach einer Weile ließ sie sich willig von mir in ihre Kammer zurückbringen.

Ich war es, die den Stein mit dem angehefteten Zettel fand. Er lag in dem Korridor vor meinem Schlafzimmer. Zuerst entdeckte ich das zerschmetterte Fenster, und dann lag dieser Gegenstand auf dem Boden.
Ich hob ihn auf. Es war ein schwerer Stein, an dem ein Stück Papier haftete. Darauf stand in unbeholfener Schrift: »Aristokrat! Du hast deine Frau ermordet. Aber es gibt ein Gesetz für die Reichen, eines für die Armen. Nimm dich in acht. Deine Zeit wird kommen.«
Ein paar entsetzliche Sekunden lang stand ich da, den Zettel in meiner Hand. Ich beschloß, daß niemand im Schloß diesen Zettel zu sehen bekommen sollte.
Ich legte den Stein auf den Boden zurück und nahm das Stück Papier mit in meine Schlafkammer. Ich strich es glatt und sah es mir genau an. Die Schrift war unbeholfen, aber es kam mir so vor, als habe sich jemand bemüht, den Eindruck hervorzurufen, daß er des Schreibens beinahe unkundig sei. Ich befühlte das Papier: festes, kräftiges Papier, ganz und gar nicht von der Art, wie es arme Leute zum Briefeschreiben benutzen würden. Es hatte einen leichten Blauschimmer, und zwar so blaß, daß es beinahe weiß erschien.
In meinem Zimmer stand ein Sekretär, welcher Briefbögen mit der Anschrift des Schlosses in eleganter Goldprägung enthielt. Das Papier, das an dem Stein haftete, wies die gleiche Struktur auf wie das Briefpapier, das man im Schloß benutzte. Der Zettel hätte ohne weiteres von einem solchen Blatt stammen können.
Das mußte etwas zu bedeuten haben. War es möglich, daß jemand im Schloß ein erbitterter Feind des Comte war?
Wie immer in derartigen Situationen, gedachte ich meiner Mutter. Ich konnte sie fast zu mir sprechen hören: »Geh fort! Du bist in Gefahr. Geh zurück nach England! Nimm eine Stellung als Gesellschafterin an ..., als Gouvernante ..., oder besser noch, gründe eine Schule ...!«
Sie hat recht, dachte ich. Ich lasse mich zu stark von dem Comte beeinflussen. Er hat mich irgendwie in seinen Bann gezogen. Ich habe versucht nicht zu glauben, daß er die tödliche Dosis in das Glas der Comtesse

geschüttet hat, aber ich kann nicht behaupten, daß ich keinen Zweifel hege.
Margot stand in der Tür.
»Man hat schon wieder einen Stein durch ein Fenster geworfen«, verkündete sie. »Er liegt gleich hier draußen.«
Sie zeigte sich nicht sonderlich bewegt. Derartige Vorkommnisse wurden allmählich zu einer alltäglichen Erscheinung.

Der Comte schickte nach Margot und mir. Er sah älter und ernster aus als vor dem Tod seiner Gemahlin.
»Ich möchte, daß du morgen nach Paris aufbrichst«, sagte er. »Das halte ich für das Beste. Ich habe einen Brief von den Grassevilles erhalten. Sie möchten, daß du sie besuchst, aber ich ziehe es vor, daß du dich in meiner Pariser Residenz aufhältst. Du bist in Trauer. Die Grassevilles werden dich dort aufsuchen. Du kannst alles kaufen, was du brauchst.« Plötzlich wandte er sich zu mir. »Ich verlasse mich darauf, daß Sie auf Margot aufpassen.« Ich wußte nicht, ob ich ihm von dem Zettel erzählen sollte, der mit dem Stein durch das Fenster geflogen kam, aber ich spürte, daß dies seine Besorgnis nur vergrößern würde.
Ich ging in mein Zimmer, um meine Reisevorbereitungen zu treffen, nahm den Zettel aus der Schublade und betrachtete ihn. Was sollte ich damit anfangen? Zurücklassen konnte ich ihn nicht; aber was, wenn ich ihn mitnehmen und verlieren würde? Ich zerriß das Papier in Fetzen und brachte sie in die Halle hinunter, wo ein Kaminfeuer brannte. Ich warf die Fetzen ins Feuer und sah zu, wie die Flammen an den geschwärzten Kanten hochzüngelten. Ein böswilliges Gesicht schien sich zu formen, und dabei mußte ich wieder an das andere denken, das ich am Abend des Balles draußen am Fenster erblickt hatte.
Léon! Und das Papier hätte vom Schloß stammen können!
Das war ganz und gar unmöglich. Niemals würde Léon den Menschen verraten, der soviel für ihn getan hatte. Die jüngsten Ereignisse hatten mich so aufgeregt, daß mir die Phantasie durchging.
Wir brachen früh auf – gleich nach der Morgendämmerung.
Der Comte kam auf den Innenhof hinunter, um uns zu verabschieden. Er hielt meine Hand fest in der seinen und sagte: »Passen Sie auf meine Tochter auf . . ., und auch auf sich selbst.« Dann fügte er hinzu: »Haben Sie Geduld.«
Ich wußte, was er damit meinte, und diese Bemerkung erfüllte mich mit Erregung und banger Erwartung.

Die wartende Stadt

1

Paris! Was für eine bezaubernde Stadt. Wie hätte ich sie genießen können, wäre ich unter anderen Umständen dort gelandet. Wenn ich mit meiner Mutter all die verschiedenen Orte auf der Welt aufzuzählen pflegte, die wir gern besucht hätten, dann hatte Paris stets ganz oben auf unserer Liste gestanden.
Paris war eine Königin unter den Städten, voller Schönheit und Häßlichkeit im einträchtigen Nebeneinander. Als ich den Stadtplan studierte, fand ich, daß die Seine-Insel, auf der die Stadt errichtet war, die Form einer Wiege hatte.
»Eine Wiege«, sagte ich. »Das hat etwas zu bedeuten. In dieser Wiege wurde die Schönheit aufgezogen. François I. hat mit seiner Liebe zu schönen Bauten, mit seiner Verehrung für Literatur, Musik und Kunst den schöngeistigsten Hof von ganz Europa begründet.«
»Das hört sich wahrhaftig wie eine Geschichtsstunde an!« beschwerte sich Margot. »Aber jetzt wird in dieser Wiege die Revolution großgezogen.«
Ich war verblüfft. Es lag ihr sonst gar nicht, ernsthaft zu reden.
»Die Steine, die ins *Château* geworfen wurden«, fuhr sie fort, »ich muß immerzu daran denken. Vor zehn Jahren hätten sie das nicht gewagt..., und heute wagen *wir* nicht, etwas dagegen zu unternehmen. Da sind Veränderungen im Gange, Minelle. Man kann sie überall spüren.«
Und ob ich sie spüren konnte.
In den Straßen, wo sich die Massen drängten, wo die Verkäufer ihre Waren anpriesen – da hatte ich das Gefühl, in einer Stadt voller ungewisser Erwartungen zu sein.
Die Residenz des Comte lag inmitten anderer Domizile der Mitglieder des Adels in der Faubourg Saint-Honoré. Diese Häuser standen schon zwei- oder dreihundert Jahre dort; man wohnte zurückgezogen und elegant. Nicht weit entfernt, wie ich entdecken sollte, befand sich ein Labyrinth aus kleinen Straßen, in die man sich nicht hineintraute, sofern man nicht von mehreren starken Männern begleitet wurde – übelriechende enge

Gassen mit Kopfsteinpflaster, wo dunkle Gestalten lauerten, die jeden Fremden als ein Opfer betrachteten.
Einmal gingen wir in Begleitung von Bessell und einem weiteren Diener dorthin. Margot hatte darauf bestanden. Hier gab es die »Straße der Frauen«, die mit lächerlich bemalten Gesichtern und in alles enthüllenden, berechnend tief ausgeschnittenen Kleidern vor den Türen saßen. Ich merkte mir die Straßennamen: Rue aux Fèves, Rue de la Jouverie, Rue de la Colandre, Rue des Marmousets. Hier lagen die »Straßen der Frauen« und die Straßen der Färber, und vor vielen Häusern standen große Bottiche, in denen die Farben gemischt wurden. Rote, blaue und grüne Farben rannen wie Miniaturflüsse die Straßen hinunter.
Mein Zimmer im Palast des Comte war gar noch eleganter als das Zimmer, welches ich im *Château* bewohnt hatte. Es bot einen Blick über hübsche Gärten, die von einer ganzen Schar von Gärtnern gepflegt wurden. Dort gab es Gewächshäuser, in denen exotische Blüten gediehen, mit denen die Räume geschmückt wurden.
Margots Zimmer befand sich neben dem meinen. »Das habe ich so arrangiert«, teilte sie mir mit. »Mimi wohnt im Vorzimmer, Bessell bei der Dienerschaft.«
Ich hatte bis dahin gar nicht mehr an unseren Plan gedacht, bei dem die beiden eine Rolle spielen sollten. Ich hatte ihn eigentlich nie wirklich ernst genommen, und Margot erwähnte ihn auch erst wieder, als wir schon zwei oder drei Tage in Paris weilten.
Der Comte und die Comtesse de Grasseville machten gleich am ersten Tag ihre Aufwartung. Margot erwies sich als eine sehr anmutige Gastgeberin, stellte ich fest. Sie wandelte mit ihren Gästen in den Gärten umher, und sie gaben sich alle höchst würdevoll. Wir waren in Trauer, wie der Comte uns gemahnt hatte.
Ob dieser Umstand wohl eine Verschiebung der Hochzeit mit sich brächte, fragte ich mich, und ich kam zu dem Schluß, daß es wohl so sein mußte.
Ich wurde dem Comte und der Comtesse de Grasseville vorgestellt. Ihr Verhalten mir gegenüber war ein wenig distanziert, und ich hätte gern gewußt, ob ihnen wohl Gerüchte über meine Stellung im Hause des Comte zu Ohren gekommen waren.
Ich redete später mit Margot darüber.
Sie sagte, sie habe nichts bemerkt, und die Grassevilles hätten sehr freundlich von mir gesprochen. »Wir haben uns über die Hochzeit unterhalten. Von Rechts wegen sollten wir ein Jahr warten. Ich weiß

nicht, ob wir das wirklich tun sollen. Zunächst werde ich jedenfalls so weitermachen, als gäbe es keine Verschiebung.«

Es gab Einkäufe zu erledigen, wobei Mimi und Bessell uns stets begleiteten. Manchmal gingen wir zu Fuß, und das war mein größtes Vergnügen. Für diese Unternehmungen zogen wir uns wie auf Verabredung sehr unauffällig an, ohne daß eine von uns dies erwähnte.

Den Gestank in den Gassen von Paris werde ich nie vergessen. Hier schien es mehr Schmutz zu geben als in jeder anderen Stadt. Dieser schwarze Schlamm voller Metallstücke durchlöcherte einem die Kleider, wenn man mit ihm in Berührung kam. Ich erinnerte mich, daß die alten Römer Paris »Lutetia« nannten, was soviel wie Stadt des Schlammes heißt. Auf den Straßen standen Jungen und fegten für die Fußgänger einen Übergang frei, sofern diese bereit waren, für einen solchen Dienst einen Sou zu opfern.

Ich liebte es, die Stadt zu beobachten, wenn sie morgens um sieben Uhr zum Leben erwachte, wenn die reinlich gekleideten Kontoristen auf dem Weg zu ihrer Arbeit waren und ein oder zwei Gärtner ihre Karren zum Markt schoben. Nach und nach nahm die Stadt ihre geschäftige, erregende Vitalität an. Ich sagte zu Margot, daß mich das an einen Vogelchor in der Frühe erinnerte. Erst rühren sich nur wenige, dann ein paar mehr, bis sich schließlich alle in einem einzigen Gesang vereinigen.

Margot brachte meiner Begeisterung wenig Verständnis entgegen. Sie kannte Paris schließlich seit langem, und viele Dinge, die einem vertraut sind, nimmt man irgendwann nicht mehr wahr.

Aber es war so spannend zu beobachten, wie der Tag bei den verschiedenen Gewerben begann: die Barbiere, von oben bis unten mit Mehl bestäubt, das sie zum Pudern der Perücken benutzten; aus den Limonadehandlungen kamen Kellner heraus, heißen Kaffee und Brötchen auf ihren Tabletts, um sie an die Leute aus der Nachbarschaft zu liefern, die sie am Vorabend bestellt hatten. Später erschienen die Mitglieder des Rechtsstandes, die in ihren flatternden Roben auf dem Weg zum *Châtelet* und den anderen Gerichtshöfen wie schwarze Krähen aussahen.

In den feinen Kreisen pflegte man um drei Uhr zu dinieren, und es war spaßig anzusehen, wie vorsichtig die Dandys und die Damen – einige in Kutschen, andere zu Fuß – den Weg durch den Schmutz zu ihren Gastgebern zurücklegten. Zu dieser Stunde waren die Straßen von Lärm erfüllt, der während der Mittagspause erstarb, um dann gegen fünf Uhr wieder zu erwachen, wenn die Wohlhabenden sich auf den Weg zu den Theatern oder zu den Lustgärten machten.

Ich wollte einfach alles sehen, was Margot sehr kindisch fand. Sie wußte ja nicht, daß meinem Entschluß, soviel ich konnte von dieser erregenden, wundervollen Stadt kennenzulernen, das Bedürfnis zugrunde lag, meine bange Sorge über das, was sich derweil im *Château* ereignen mochte, zu überdecken.

Wenn ich zurückblicke, kann ich nur froh sein, daß ich die Stadt noch so gesehen habe. Sie ist danach nie wieder ganz dieselbe geworden.

Wir gingen einkaufen. Was für eine Ansammlung von schönen Dingen hatten diese Läden zu bieten. Ihre Auslagen waren atemberaubend. Fertige Kleider, Stoffe, Umhänge, Mäntel, Muffs, Bänder, Spitzen. Es war eine Freude, sie zu betrachten. Die Hüte waren vielleicht das Auffälligste von allem. Der Mode folgend, welche die Königin eingeführt hatte, waren sie extravagant und übertrieben. Rose Bertin, die Hofschneiderin der Königin, nähte nur für eine auserwählte Kundschaft. Sie ließ sich gnädig herab, etwas für die Tochter des Comte Fontaine Delibes anzufertigen.

»Ich würde zu jemandem gehen, der dich äußerst beflissener bedient«, riet ich.

»Das verstehst du nicht, Minelle. Es bedeutet schon etwas, von Rose Bertin eingekleidet zu werden.«

So begaben wir uns also zum Maßnehmen zu ihr. Sie ließ uns zuerst eine Stunde warten, um uns dann mitteilen zu lassen, daß wir am nächsten Tag wiederkommen müßten.

Als wir draußen waren, fiel mir an der Ecke eine kleine Gruppe von Leuten auf. Sie murrten und beobachteten uns mit finsteren Blicken, als wir in die Kutsche stiegen.

Ja, Paris war wahrlich eine gärende Stadt. Aber ich war von ihrer Schönheit so geblendet und noch so beklommen von den Ereignissen im *Château*, daß mir entging, was ich unter anderen Umständen bemerkt hätte – und Margots Gedanken waren erst recht ganz woanders.

Ich stellte mit Befriedigung fest, daß man England große Achtung entgegenzubringen schien. Es war genauso, wie Gabrielle LeGrand es gesagt hatte. Die Geschäfte waren voll von Kleidern, die, wie behauptet wurde, aus englischen Stoffen gefertigt waren. Schilder verkündeten, daß drinnen Englisch gesprochen wurde. In den Schaufenstern stand *Le Punch Anglais* zu lesen, und in sämtlichen Cafés konnte man *le thé* bestellen. Selbst die hochrädrigen Fuhrwerke waren den englischen nachgebaut und wurden »Whiskies« genannt.

Ich war amüsiert und, das muß ich gestehen, auch geschmeichelt. Und in den Läden bemühte ich mich keineswegs, die Tatsache zu verschleiern, daß ich, wie so viele der angebotenen Waren, von jenseits des Kanals stammte.

Eines Tages, beim Kauf eines schönen Satins, aus dem ein Kleid für Margots Aussteuer entstehen sollte, lehnte sich der Mann, der uns bediente, über den Ladentisch und fragte, indem er mich ernst anblickte: »Mademoiselle sind aus England?«

Ich bejahte.

»Mademoiselle sollten heimkehren«, sagte er. »Verlieren Sie keine Zeit.«

Ich sah ihn überrascht an, und er fuhr fort: »Der Sturm kann jeden Tag losbrechen. Heute, morgen, nächste Woche, nächstes Jahr. Und wenn er kommt, dann wird niemand verschont. Sie sollten umkehren, solange noch Zeit ist.«

Mich ergriff große Angst. Der Anzeichen gab es so viele, und jedermann um mich herum versuchte, sie zu übersehen, doch immer wieder kamen unangenehme Augenblicke, da man ihnen nicht ausweichen konnte.

Wir traten in den Sonnenschein hinaus und lenkten unsere Schritte zum Cour du Mai. Die Warnung des Verkäufers ging mir nicht aus dem Sinn, und mir schien, daß eine finstere Zukunft ihre Zeichen vorausschickte. Daran sollte ich hier auf dem Cour du Mai später noch denken.

Margot kam zu mir ins Zimmer. Ihre Augen funkelten, und ihre Wangen waren gerötet.

»Es ist alles arrangiert«, sagte sie. »Wir werden Yvette besuchen.«

»Wer ist Yvette?«

»Stell dich nicht absichtlich dumm, Minelle. Ich habe dir doch von Yvette erzählt. Sie hat früher mit Nou-Nou in der Kinderstube gearbeitet. Sie lebt auf dem Lande – nicht allzuweit von dort entfernt, wo ich Charlot verloren habe.«

»Meine liebe Margot, du gedenkst doch nicht etwa nach wie vor, ihn zu suchen?«

»Aber selbstverständlich. Glaubst du, ich würde ihn aufgeben, ohne zu erfahren, wie es ihm geht? Ich muß mich überzeugen, daß er wohlauf und glücklich ist ..., und daß er mich nicht vermißt.«

»Da er gerade ein paar Wochen alt war, als du von ihm getrennt wurdest, wird man kaum von ihm erwarten können, daß er dich erkennt.«

»Natürlich wird er mich erkennen. Ich bin seine Mutter.«

»Margot, sei doch nicht so töricht. Du mußt diese unselige Episode endgültig abschließen. Du hast Glück gehabt. Du hast einen Verlobten, den du sehr gern hast. Er wird lieb und gut zu dir sein.«

»Ach, spiele dich doch nicht als Orakel auf. Du bist nicht meine Schulmeisterin. Du hast versprochen, daß wir ihn suchen werden. Willst du etwa dein Gelöbnis brechen?«
Ich schwieg. Es stimmte, ich hatte es ihr versprochen, als ich glaubte, sie befände sich am Rande des Wahnsinns, aber ich hatte den Plan nie ernst genommen.
»Ich habe alles vorbereitet«, erklärte sie. »Ich werde meine alte Kinderfrau Yvette besuchen, weil ich ihr mitteilen möchte, daß ich mit Robert verlobt bin. Mimi und Bessell werden uns begleiten. Wir reisen in der Kutsche. Wir werden in Gasthäusern absteigen und täglich eine kurze Strecke fahren, und da wir in jene Gegend zurückkehren, werde ich wieder Madame le Brun sein. Wir werden eine Art Maskerade veranstalten. Mimi habe ich erklärt, wegen des Skandals um den Tod meiner Mutter und wegen der Stimmung der Leute sei es besser, nicht als Tochter meines Vaters zu reisen. Warum sagst du nichts? Du sitzt nur da und machst ein mißmutiges Gesicht. Ich finde den Plan wunderbar.«
»Ich hoffe nur, daß du keine Dummheiten machst.«
»Warum glaubst du immerzu, ich würde Dummheiten anstellen?« wollte sie wissen.
»Weil du schon so viele gemacht hast«, gab ich zurück.
Doch ich sah, daß sie ihren Plan fest ins Auge gefaßt hatte und daß nichts sie zurückhalten konnte.

Möglicherweise, dachte ich, ist das gar kein so schlechter Einfall, denn wenn Margot mit eigenen Augen sähe, daß ihr Kind wohlbehütet war, würde vielleicht ihre Sehnsucht nach ihm nachlassen.
Margot hatte beschlossen, daß wir nach Petit Montlys fahren sollten, aber natürlich, ohne Madame Grémond zu besuchen. Selbst Margot sah ein, welch eine Torheit das wäre.
»Wir müssen unbedingt das Gasthaus finden, wo man uns Charlot weggenommen hat, und wir müssen die Leute in der Umgebung ausfragen«, sagte sie.
Ich erwiderte: »Das ist eine Jagd nach einer weißen Gans.«
»Auch weiße Gänse werden manchmal erlegt«, gab sie zurück. »Ich werde Charlot finden.«
Wir brachen zu unserer Reise auf, und innerhalb von drei Tagen legten wir ein hübsches Stück Weges zurück. Die Nächte verbrachten wir in Gasthäusern, die Bessell mit gutem Gespür aufzufinden verstand.
Madame Le Brun, ihre Cousine, ihre Zofe und ihr Diener hatten sichtlich

genügend Geld, um sich alles zu leisten, was sie sich wünschten, und aus diesem Grunde waren sie überall sehr willkommen.
Unglücklicherweise verlor eines unserer Pferde ein Hufeisen, so daß wir den nächsten Schmied aufsuchen mußten.
Dies ereignete sich aber kaum mehr als eine Meile vom Städtchen Petit Montlys entfernt.
Wir ließen die Kutsche bei dem Schmied stehen und wanderten ins Dorf, das mir von unserem Aufenthalt in Petit Montlys her bekannt war, zu einem Gasthaus.
Der Wirt war äußerst geschwätzig. Neuigkeiten machen in solchen Orten schnell die Runde, und er hatte bereits vernommen, daß wir in einer Kutsche angekommen waren, und warum sich unsere Weiterfahrt verzögerte.
»Das gibt mir eine Gelegenheit, Ihnen von dem Brot anzubieten, das meine Frau gebacken hat – frisch aus dem Ofen; und guten Käse und unsere selbstgemachte Butter dazu. Hätten Sie gerne heißen Kaffee? Ich kann auch *le Punch* servieren. *Mercier*..., ein englisches Getränk, ebenso gut, wie man es in Paris serviert bekommt.«
Margot, Mimi und ich entschieden uns für Kaffee und warme Brötchen.
Bessell probierte den *mercier* und befand ihn für gut.
»Wie ist das Leben in Paris?« fragte der Wirt.
»Sehr angenehm, recht lebhaft«, gab Bessell zur Antwort.
»Ach, es ist lange her, seit ich dort war. Mademoiselle, ich bilde mir ein, Sie schon einmal gesehen zu haben.« Er sah mir offen ins Gesicht. »Sie sind Engländerin, nicht wahr?«
»Ja.«
»Haben Sie nicht zusammen mit Ihrer Cousine, die einen schmerzlichen Verlust erlitten hatte, bei Madame Grémond gewohnt?«
Ich blicke zu Margot, und sie platzte heraus: »Ja, das stimmt. Ich war es, die einen großen Verlust erlitten hatte. Ich hatte meinen armen Gatten verloren.«
»Madame, ich hoffe, daß es Ihnen nun besser geht.«
»Der Schmerz läßt mit der Zeit nach«, sagte Margot.
Da ich merkte, daß Mimi und Bessell ein wenig verwundert waren, schlug ich vor: »Wir sollten uns nicht allzu lange hier aufhalten. Wir müssen weiter. Der Hufschmied wird inzwischen mit seiner Arbeit fertig sein.«
Wir traten in den Sonnenschein hinaus. Margot lachte, als wäre das, was

soeben vorgefallen war, nichts weiter als ein gelungener Scherz. Mir war weniger fröhlich zumute.

Auf unserem Weg zur Schmiede kam eine junge Frau auf uns zugelaufen.

»Sie sind's!« rief sie. »Ja, sie sind es. Madame le Brun und Mademoiselle Maddox.«

Es ließ sich nicht leugnen, wer wir waren, denn die Frau war Jeanne.

»Wie schön, Sie zu sehen, Madame, Mademoiselle«, sagte sie. »Wir haben oft von Ihnen gesprochen. Wie geht es dem Kleinen?«

»Es geht ihm gut«, antwortete Margot ruhig.

»So ein wonniges Baby! Madame Legère findet, sie hätte noch nie ein niedlicheres gesehen.«

Wie dumm von uns, hierher zu kommen! Ich hätte wissen müssen, daß wir der Gefahr in die Arme laufen würden.

»Er ist jetzt wohl bei seiner Kinderfrau, möchte ich meinen«, fuhr Jeanne fort. »Ich hatte gehört, daß beim Hufschmied eine feine Kutsche stünde. Damen aus Paris, mutmaßte man. Ich hätte mir nie träumen lassen, daß Sie es waren.«

Ich legte Margot meine Hand auf den Arm. »Wir müssen weiter«, sagte ich.

»Werden Sie Madame Grémond besuchen?«

»Ich fürchte, nein«, erwiderte ich schnell. »Richte ihr unsere besten Grüße aus und sage ihr, daß wir es diesmal äußerst eilig haben. Wir haben uns verirrt, deshalb sind wir hierher geraten. Dann hat das Pferd unglücklicherweise ein Hufeisen verloren.«

»Wohin geht denn die Reise?« fragte Jeanne.

»Nach Parrefours.« Ich hatte den Namen einfach erfunden.

»Davon habe ich noch nie gehört. Welches ist die nächste größere Stadt?«

»Das müssen wir erst herausfinden«, antwortete ich. »Aber wir müssen jetzt wirklich zum Wagen zurück. Auf Wiedersehen.«

»Es war ein Vergnügen, Sie zu treffen«, sagte Jeanne. Ihre kleinen Affenäuglein nahmen alles in sich auf: Bessells Livree, Mimis hübschen Zofenmantel. Ich war froh, daß die Zeiten uns zwangen, uns bescheiden anzuziehen, so daß Margots Rang durch ihre Kleidung nicht allzu offen zutage trat.

Ganz erschöpft stiegen wir in die Kutsche, die auf uns wartete. Ich bemerkte Mimis sinnierende Augen, aber als gute Zofe erwähnte sie das Geschehene mit keinem Wort. Sie würde sich wohl später mit Bessell darüber unterhalten.

Margot ließ sich von der Begegnung nicht bedrücken. Sie würde sich später für Mimi eine Geschichte ausdenken – ob Mimi die glauben würde oder nicht, das war eine andere Sache. Die Ereignisse schienen jedenfalls eine Menge verraten zu haben.

Wir fanden das Gasthaus, wo wir mit Charlot gewesen waren. Der Wirt konnte sich an uns erinnern. Wir waren ihm im Gedächtnis geblieben – einmal, so vermutete ich, wegen mir, der Ausländerin; und dann führte natürlich die Tatsache, daß Margot mit einem Baby angekommen und ohne es fortgefahren war, zu ziemlich eindeutigen Schlüssen.

Margot sagte, sie wolle ein paar diskrete Fragen stellen, aber Margot und Diskretion vertrugen sich nun wirklich nicht miteinander. So suchte sie das Paar baldmöglichst aufzuspüren, welches das Baby mitgenommen hatte. Immerhin brachte sie in Erfahrung, daß diese Leute die Straße nach Süden genommen hatten, die zu der kleinen Stadt Bordereaux führt.

In Bordereaux gab es drei Gasthäuser, und wir versuchten es in allen dreien, doch ohne Erfolg. Wir lasen an den Wegweisern ab, daß es drei mögliche Wege gab, die das Paar von hier aus eingeschlagen haben konnte.

»Wir müssen sie alle ausprobieren«, bestimmte Margot.

Wir waren so erschöpft! Die Jagd war aussichtslos. Wie konnten wir nur hoffen, das Baby zu finden? Aber Margot war dazu fest entschlossen.

»Wir können nicht länger unterwegs sein«, gab ich zu verstehen. »Ohnehin haben wir uns schon merkwürdig genug aufgeführt. Was werden sich nur Mimi und Bessell denken?«

»Das sind doch nur Bedienstete«, gab Margot hochmütig zurück. »Sie werden nicht dafür bezahlt, daß sie denken.«

»Außer wenn dies in deinem Interesse liegt, schätze ich! Sie ahnen bestimmt, was sich hier in Wirklichkeit abspielt. Hältst du wirklich für klug, was wir tun, Margot?«

»Es ist mir einerlei, ob es klug ist oder nicht. Ich will mein Baby finden!«

Und so ging es weiter mit unseren Querelen, die zu nichts führten.

Schließlich erinnerte ich Margot: »Du hast gesagt, daß wir einen Besuch bei deiner alten Kinderfrau Yvette machen wollen. Glaubst du nicht, es wäre angebracht, sie aufzusuchen, wenn dies schon als Zweck der Reise angegeben war?«

Sie meinte, sie wolle keine Zeit verlieren, aber am Ende überzeugte ich sie doch, daß es unklug wäre, diesen Besuch nicht zu machen. Wieder war mir, als hörte ich die mahnende Stimme des Comte zu mir sagen, es sei besser, immer auch ein paar Wahrheitsfäden dazwischenzuflechten, wenn man schon ein Lügennetz weben wolle.

Yvette bewohnte ein hübsches kleines Haus, von einem ummauerten

Garten umgeben. Die Tore waren breit genug, um die Kutsche hindurchzulassen, und Yvette kam selbst an die Tür.
Sie hatte ein freundliches Gesicht und gefiel mir vom ersten Augenblick an, doch mir entging ihre unverhohlene Bestürzung nicht, als sie ihre Besucher erkannte.
Margot rannte zu ihr und warf sich ihr in die Arme.
»Meine Kleine«, sagte Yvette zärtlich. »Das ist aber eine Überraschung!«
»Wir waren hier in der Nähe, und da mußte ich einfach bei dir vorbeikommen«, sagte Margot.
»Ach ja . . ., wen haben Sie besucht?« fragte Yvette.
»Nun . . ., also, eigentlich sind wir deinetwegen gekommen. Es ist schon so lange her, seit ich das letzte Mal hier war. Das hier ist Mademoiselle Maddox, meine Freundin . . . und Cousine.«
»Cousine?« fragte Yvette. »Ich wußte gar nichts von dieser Cousine. Willkommen, Mademoiselle. Bitte kommen Sie herein. Oh, da sehe ich ja auch Mimi. Willkommen, Mimi.«
Doch ihr Unbehagen schien sich noch zu steigern.
»José wird sich um Mimi und Ihren Kutscher kümmern«, sagte Yvette. José war ihre Magd – eine Frau, so alt wie sie selbst. Mimi und Bessell gingen mit ihr, während Margot und ich Yvette ins Haus folgten. Es war ordentlich, sauber und gemütlich eingerichtet.
»Bist du hier glücklich, Yvette?« fragte Margot.
»Monsieur le Comte ist stets gütig zu jenen gewesen, die ihm treu gedient haben«, antwortete Yvette. »Als Sie mich nicht mehr brauchten und ich das *Château* verließ, da verschaffte er mir dieses Haus und versorgte mich mit einem Einkommen, so daß ich mir José leisten kann, die sich um mich kümmert. Wir leben sehr glücklich hier.«
Sie führte uns in ein freundliches Zimmer.
»Und Mademoiselle kommt aus England?«
Ich wunderte mich, woher sie das wußte, denn ich hatte es nicht erwähnt, und mein Akzent konnte es ihr nicht verraten haben, da ich bislang sehr wenig gesprochen hatte.
Mein Name vielleicht? So wie Margot ihn aussprach, klang er ganz und gar nicht englisch.
»Setzen Sie sich, mein liebes Kind, und Sie auch, Mademoiselle. Ich lasse Ihnen eine kleine Stärkung bringen, und Sie müssen unbedingt zum Essen bleiben. Es gibt Huhn, und José ist eine ausgezeichnete Köchin.«
Sie nahm eine Handarbeit von einem Stuhl.
»Machst du immer noch diese wundervollen Stickereien, Yvette?« Margot

wandte sich mir zu. »Sie hat fast alle meine Kleider bestickt, nicht wahr, Yvette?«
»Ich habe schon immer gern Nadelarbeiten gemacht. Und wie ich höre, sind Sie verlobt?«
»Oh, dann weißt du es also schon? Wer hat es dir erzählt?«
Yvette zögerte. Dann sagte sie: »Der Comte möchte immer wissen, wie es mir geht, und er hat mich hin und wieder besucht.«
Das war ein Charakterzug, den ich bisher nicht bei ihm vermutet hatte. Ich erfuhr mit Vergnügen davon, und es erfüllte mich mit freudiger Erregung.
»Wir werden das Huhn gern mit dir zusammen essen, nicht wahr, Minelle?« sagte Margot.
Noch immer in Gedanken an den Comte und seine Sorge um jene, die unter seiner Obhut standen, stimmte ich fröhlich zu.
»Ich muß dir Yvettes herrliche Arbeiten zeigen«, fuhr Margot fort. Damit erhob sie sich aus ihrem Sessel, nahm die Stickerei, an der Yvette gearbeitet hatte, und reichte sie mir. »Schau! Dieser federleichte Stich. Was ist es, Yvette?« Sie hielt das Stück in die Höhe: Es war ein Babyjäckchen.
Yvette errötete und sagte: »Ich mache es für eine Freundin.«
Margots Gesicht legte sich in Falten, wie immer, wenn sie an Babys erinnert wurde. Da dachte ich: Sie wird nie darüber hinwegkommen, ehe sie nicht ein zweites Kind hat.
Sie faltete das Jäckchen zusammen und legte es auf einen Stuhl. »Sehr hübsch«, sagte sie.
»Wie sieht es im *Château* aus?« fragte Yvette.
»Wie immer. O nein ..., man hat uns Steine ins Fenster geworfen. Nicht wahr, Minelle?«
Yvette schüttelte traurig den Kopf. »Manchmal glaube ich, die Leute sind wahnsinnig. Hier bekommen wir wenig davon zu spüren, aber man erzählt sich allerlei über Paris.« Dann sprach sie von alten Zeiten und gab kleine Anekdoten aus Margots Kinderzeit zum besten. Sie empfand offensichtlich eine tiefe Zuneigung für Margot.
»Ich habe vom Tode Ihrer Mutter gehört«, sagte sie. »Das ist wirklich traurig. Die arme Madame! Nou-Nou ist doch sicher ganz verzweifelt. Sie war schon bei ihr, als sie noch ein Baby war. Ich kann das verstehen. Da wir selbst keine Babys haben, nehmen unsere Schützlinge den Platz in unserem Herzen ein, den sonst unser eigenes Kind ausgefüllt hätte. Das ist ein starkes Band. Ach, ich bin eine wunderliche alte Frau, aber ich habe

kleine Babys immer gern gehabt. Seltsame Launen des Schicksals bescheren sie oft denen, die sie nicht wollen, und enthalten sie jenen vor, die sie sich wünschen. Arme, arme Nou-Nou. Ich kann mir ihren Kummer vorstellen.«

»Sie nimmt es sehr schwer«, sagte Margot. – »Was war das?«

Wir lauschten.

»Ich dachte, ich hörte ein Kind weinen.«

»Nein, nein«, sagte Yvette. »Wenn Sie mich jetzt entschuldigen wollen, ich gehe in die Küche und schaue nach, wie weit José mit dem Huhn ist. Wir kochen nämlich immer gemeinsam.«

Als sie die Tür öffnete, vernahmen wir das Weinen eines Kindes.

Margot war sofort an Yvettes Seite.

»Du hast ein Baby hier!« schrie sie.

Yvette wurde feuerrot im Gesicht und begann zu stottern: »Ja ..., vorübergehend. Ich versorge ...«

Aber da war Margot schon auf der Treppe, und wenige Sekunden später stand sie oben und hielt ein Baby in ihren Armen. Ein triumphierendes Lachen lag auf ihrem Gesicht. Bevor Yvette es eingestanden hatte, wußte ich, daß wir Charlot gefunden hatten.

Strahlend brachte Margot ihn ins Zimmer. Sie setzte sich hin und hielt ihn auf dem Schoß. Er gluckste und strampelte und schien mit dem Leben zufrieden, ungeachtet der Tatsache, daß er noch wenige Augenblicke zuvor geschrien hatte.

»Oh, er ist ja so hübsch ..., so hübsch«, hauchte Margot, und sie hatte recht. Rundlich, wohlgenährt, zufrieden – genau so, wie man sich ein Baby wünschte.

Yvette sah Margot an und schüttelte langsam den Kopf. »Sie hätten nicht herkommen dürfen, mein Liebes«, sagte sie.

»Was, ich hätte meinen süßen Charlot nicht besuchen sollen!« rief Margot. »Oh, wie habe ich meinen kleinen Liebling vermißt! Und nun finde ich ihn hier! Yvette, du Heuchlerin! Hast du ihn auch gut gepflegt?«

»Aber natürlich. Glauben Sie, ich würde irgendein Baby nicht gut pflegen? Und ein Baby von Ihnen ist mir ganz besonders teuer. Der Comte hat zu mir gesagt: ›Ich weiß, daß du ihm die beste Sorgfalt angedeihen lassen wirst, denn es ist Marguerites Baby.‹ Aber ach, mein Liebes, jetzt, da Sie verlobt sind, hätten Sie niemals hierherkommen dürfen. Sehen Sie, es war doch das Beste, daß er zu mir kam. Ich weiß nicht, was der Comte nun sagen wird.«

»Das ist meine Sache«, befand Margot.
»Margot«, mahnte ich sie, »du mußt einsehen, daß Charlot nichts Besseres passieren konnte, als zu ihr zu kommen.«
Sie sagte gar nichts. Wenn sie Charlot in den Armen hielt, konnte sie an nichts anderes denken. Sie wollte ihn nicht lassen, und als er schlief und Yvette meinte, er müsse nun in sein Bettchen, da trug Margot ihn hinauf. Ich dachte mir, sie wollte mit ihm allein sein, und so blieb ich bei Yvette.
Yvette sagte zu mir: »Mademoiselle, ich weiß, Sie haben sich um Margot gekümmert. Der Comte hat mir alles erzählt. Er hat sehr herzlich von Ihnen gesprochen. Ich weiß nicht, was er sagen wird, wenn er erfährt, daß Sie hier gewesen sind.«
»Margots Gefühle sind völlig natürlich. Das muß er verstehen.«
Yvette nickte. »Es gibt noch etwas, das mir Sorgen macht. Man hat Erkundigungen eingezogen.«
»Erkundigungen? Welcher Art?«
»Über das Kind. José hört eine ganze Menge, was nicht bis zu mir dringt. Sie geht zum Markt in die Stadt. Früher habe ich sie gescholten, weil sie eine solche Klatschbase ist, aber manchmal kann das einem nützlich sein. Es läßt sich natürlich nicht geheimhalten, daß wir ein Kind hier haben, und die Leute können sich denken, daß wir es für eine Person hohen Standes hüten. Die Anordnungen des Comte lauten, daß das Kind von allem das Beste erhalten soll, und obwohl ich auch schon vorher nicht arm war, so bin ich doch wohlhabender geworden, seitdem ich das Baby bei mir habe. So etwas fällt auf. José erzählte mir, daß ein Herr, der sich vergeblich als reisender Händler zu tarnen suchte und zweifellos ein Aristokrat war, Fragen gestellt habe. Er sei eindeutig an dem Kind interessiert und versuche, seine Herkunft herauszufinden.«
»Ich möchte wissen«, begann ich und hielt gleich wieder inne. Doch da Yvette eine Frau war, der ich instinktiv vertraute, zumal sie dem Comte lange Jahre gedient hatte und von ihm erwählt war, sich um das Kind zu kümmern, fuhr ich fort: »Könnte das Robert gewesen sein..., Margots Bräutigam?«
»Daran hatte ich auch schon gedacht. Für jemanden, der herumforscht, dürfte es nicht schwierig gewesen sein, zu entdecken, daß ich früher im *Château* beschäftigt war. Der Comte ist ein überaus vornehmer Herr. Er hat mich zweimal aufgesucht, seit das Kind hierher gebracht wurde. Er ist ängstlich um das Wohl des kleinen Charlot besorgt und vergewissert sich gern persönlich, daß es dem Jungen gutgeht. Er kommt für seine Verhältnisse schlicht gekleidet, Mademoiselle, aber Sie wissen ja, daß es

für einen solchen Mann unmöglich ist, seine jahrhundertealte Abstammung zu verbergen. Manchmal denke ich mit Schrecken daran, was die Zukunft bringen wird.«
»Das kann ich gut verstehen. Danke, daß Sie mir das alles erzählt haben.«
»Da ist noch etwas, Mademoiselle. José hört so allerlei. Eines Tages sagte sie, daß man vermute, der Comte sei der Vater des Kindes.«
»O nein! Bestimmt . . .«
Sie blickte mich forschend an. »Sie waren bei Margot, als das Kind geboren wurde. Sie sind im *Château* gewesen. Sehen Sie . . .«
Ich wurde rot, und es wurde mir heiß vor Empörung.
»Sie wollen doch nicht etwa andeuten, daß ich . . .«
»Es kursieren eben solche Gerüchte. Ich weiß nicht, wie es dazu kam . . ., aber Sie sehen ja, daß es durchaus möglich wäre.«
»Ja«, sagte ich, »möglich wäre es schon. Aber hätte der Comte seine Tochter mit einer Frau geschickt, die sein uneheliches Kind zur Welt bringen sollte?«
Yvette zog die Schultern hoch. »Das ist purer Unsinn. Aber das Baby ist hier. Ich war einst Kinderfrau im *Château*, und der Comte ist selbst hergekommen, um sich zu vergewissern, daß es dem Kind gutgeht. Die Leute zählen die Dinge zusammen und ziehen falsche Schlüsse daraus.«
In meinem Kopf drehte sich alles. Das Gewirr von Intrigen, das sich um mich herum zusammenspann, schien kein Ende zu nehmen.
»Ich wollte, daß Sie gewarnt sind, Mademoiselle. Passen Sie auf Margot auf. Sie ist so impulsiv und hat stets gedankenlos gehandelt. Ich sähe sie so gern glücklich versorgt, und es scheint, daß sich jetzt die Chance dazu bietet. Die Grassevilles sind eine sehr feine Familie . . ., ich meine, sie haben einen guten Ruf. Sie behandeln ihre Leute gut und zeigen sich sehr großzügig. Die Verbindung wäre ein Glück für Margot. Aber jetzt ist da die Sache mit dem Kind. Wie sehr wünschte ich, der kleine Charlot wäre Robert de Grassevilles Sohn und ehelich geboren.«
»Das wäre geradezu ideal, und wir bräuchten jetzt nicht hier zu sein.«
»Mademoiselle, ich sehe, daß Sie eine verständnisvolle junge Frau sind. Der Comte hat großes Vertrauen zu Ihnen. Passen Sie auf Margot auf. Möglicherweise gehen diese Erkundigungen von den Grassevilles aus, und wenn sie erfahren sollten, daß das Kind von Margot ist, würden sie die Heirat verhindern.«
»Ich halte es für klug, das vor Margot nicht zu erwähnen.«
»Wie froh bin ich, daß ich Gelegenheit hatte, mit Ihnen allein zu sprechen.«

»Wir können nur abwarten, was geschehen wird«, sagte ich. »Falls es Robert war, der diese Erkundigungen einholte, werden wir es bald wissen.«
Yvette nickte. »Sie sind also für den Fall vorbereitet, Mademoiselle, daß etwas fehlgehen sollte.«
Ich bejahte.
Margot kam ganz verzückt zu uns zurück.
»Er schläft fest. Oh, er ist der reinste Engel!«
Ich war besorgt, denn ich wußte, wie elend ihr zumute sein würde, wenn sie sich von ihm trennen mußte.
Wir verbrachten die Nacht bei Yvette, weil Margot darauf bestand, noch ein Weilchen bei ihrem Baby zu bleiben. Wir schickten Mimi und Bessell ins Gasthaus, wo sie die Nacht über blieben.
Margot und ich teilten uns ein Zimmer, und wir lagen lange wach und redeten.
»Was mache ich nun?« wollte sie wissen.
»Was das klügste ist, hoffe ich«, war meine Antwort.
»Ich weiß schon, was du sagen wirst. Ich soll Charlot hier lassen.«
»Er könnte es nirgends besser haben.«
»Wenn ich ein Kindermädchen brauchte, käme nur Yvette in Frage.«
»Er hat ja Yvette, und sie sorgt bestens für ihn. Charlot entbehrt nichts.«
»Außer seiner Mutter.«
»Unter den gegebenen Umständen ist es so das beste für ihn.«
»Du, du bist herzlos, Minelle. Manchmal könnte ich dich schlagen, weil du so eine kalte, präzise und logische Art hast, die ich um so mehr verabscheue, weil ich weiß, daß die meisten Menschen dir recht geben würden.«
»Natürlich habe ich recht. Du hast Charlot gefunden. Du hast die unschätzbare Befriedigung zu wissen, daß er in besten Händen ist. Du kannst ihn ab und zu besuchen. Was willst du noch mehr?«
»Daß ich ihn immer bei mir haben kann.«
»Dann hättest du eben warten müssen, bis er auf ehrenhafte Weise hätte geboren werden können.«
»Du hättest doch wohl nicht gewollt, daß ich James Wedder *heirate*?«
»Es wäre zwar keine standesgemäße Ehe gewesen, aber so, wie du dich betragen hast, hättest du auch bereit sein müssen, die Folgen auf dich zu nehmen. Dein Vater hat so viel für dich getan. Da mußt du dich jetzt auch seinem Wunsche fügen.«
»Ist das fair Robert gegenüber?«

»Dann erzähle ihm doch alles.«
»Du bist ganz schön verwegen. Er könnte mich zurückweisen.«
»Wenn das so ist, dann wäre es vielleicht sogar besser, zurückgewiesen zu werden.«
»Wie einfach ist es doch, die Probleme anderer Menschen zu lösen.«
Darin mußte ich ihr beipflichten.
So redeten wir die ganze Nacht, und gegen Morgen gab sie zu, daß sie glücklicher von dannen gehen würde, als sie gekommen war; denn sie wußte jetzt, daß sie zurückkommen könnte, wenn ihre Sehnsucht nach Charlot unerträglich würde.
Die Suche hatte ein befriedigenderes Ende genommen, als ich für möglich gehalten hatte. Margot hatte Charlot gefunden, und ich hatte erfahren, daß der Comte noch andere Charakterzüge besaß als die, welche er vor aller Welt zur Schau stellte. Er hatte sich um Yvette gekümmert, er hatte ihr ein auskömmliches Leben verschafft, und er war entschlossen, das Kind unter seine Obhut zu nehmen, wie sehr er dessen Geburt auch ablehnte. Er war also doch ein Mensch, der zarter Gefühle fähig war.
Ich war sehr glücklich in jener Nacht.

2

In Paris erwartete uns eine dringende Botschaft des Comte. Wir sollten unverzüglich zum *Château* zurückkehren. Da die Nachricht bereits zwei Tage alt war, machten wir uns sogleich auf den Weg.
Als wir zwei Tage später das *Château* erreichten, war der Comte alles andere als gut gelaunt. »Ich hatte Sie früher erwartet«, sagte er frostig. »Haben Sie meine Botschaft nicht erhalten?«
Ich erklärte ihm, daß wir einen Ausflug aufs Land gemacht hätten und erst vor zwei Tagen nach Paris zurückgekehrt wären, wo wir die Anordnung vorgefunden und unverzüglich befolgt hätten.
»Das war ein törichtes Unterfangen«, fuhr er mich an. »In diesen Zeiten macht man keine Vergnügungsreisen.«
Ich fragte mich, was er wohl sagen würde, wenn er wüßte, daß wir Yvette aufgesucht hatten.
Später, noch am gleichen Tag, ließ er mich zu sich rufen. Seine schlechte Laune war verflogen.
»Sie haben mir gefehlt«, sagte er einfach, und ich fühlte diese unwiderstehliche Erregung in mir aufsteigen, die nur er zu bewirken vermochte. »Große Sorgen bedrängten mich. Sie müssen wissen, Cousine, daß wir uns in schnellem Tempo auf eine schlimme Wende zubewegen. Nur ein Wunder kann uns noch retten.«
»Manchmal geschehen Wunder«, sagte ich.
»Es erfordert vom Menschen schon einiges Geschick, um sich an der Produktion eines göttlichen Wunders zu beteiligen, meine ich. Und in der heutigen Zeit, da unsere Herrscher Genialität dringend nötig hätten, haben sie uns leider nichts anderes als Unfähigkeit zu bieten.«
»Es kann doch nicht zu spät sein.«
»Das ist unsere einzige Chance. Halten Sie mir nicht vor, daß wir uns dies alles selbst zuzuschreiben hätten – das ist mir bekannt. Niemand weiß das besser als ich. Wir waren eine selbstsüchtige und uneinsichtige Klasse. Unser letzter König und seine Mätresse haben sich gesagt: nach uns die

Sintflut. Ich höre den Donner schon ganz nahe. Wenn kein Wunder geschieht, wird die Sintflut bald über uns hereinbrechen.«
»Doch da man dies weiß, ist man vorgewarnt.«
»Der König beruft die Generalversammlung ein. Er verlangt von den beiden reichsten Ständen des Landes, dem Klerus und dem Adel, Opfer zur Rettung des Vaterlandes. Wir befinden uns in einer explosiven Lage. Ich muß nach Paris reisen..., morgen werde ich aufbrechen. Ich weiß nicht, wie lange ich fort sein werde und wann wir uns wiedersehen. Passen Sie auf sich auf, das müssen Sie mir versprechen.«
»Ja«, sagte ich.
»Und geben Sie auch auf Marguerite acht. Machen Sie keine Dummheiten, wie etwa Besuche bei Marguerites Kind.«
Mir stockte der Atem. »Sie wissen es also!«
»Meine liebe Cousine, ich habe meine Spione. Ich muß wissen, was um mich herum vorgeht, vor allem in meiner Familie. Ich kenne Sie: wie ich glauben Sie auch, daß es für Marguerite besser gewesen wäre, nicht zu erfahren, wo das Kind sich befindet. Andererseits respektieren Sie ihre mütterlichen Gefühle. Ich weiß, daß Sie Yvette besucht haben. Nun gut. Marguerite ist also im Bilde. Sie wird Charlot von Zeit zu Zeit besuchen, bis sie eines Tages jemand verrät und sie ihrem Gatten Rede und Antwort stehen muß. Sobald sie verheiratet ist, ist das ihre Angelegenheit..., eine Sache, die sie mit ihrem Gatten ausmachen muß. Solange sie unverheiratet ist, habe ich mich um sie zu kümmern.«
»Mir scheint, daß Sie allwissend sind«, sagte ich.
»Es ist gut für Sie, wenn Sie mich so beurteilen.« Er lächelte, und die Zärtlichkeit dieses Lächelns verwandelte sein Gesicht und bewegte mich zutiefst. »Ich muß jetzt ernsthaft mit Ihnen reden, da es einige Zeit dauern kann, bis wir uns wiedersehen. Ich begebe mich zu der Generalversammlung nach Paris. Eines müssen wir uns klar vor Augen halten: Das Volk kann sich jederzeit erheben. Vielleicht gelingt es uns, es zu zähmen..., ich weiß es nicht. Aber wir wandeln auf Messers Schneide, Minelle. Darum spreche ich nun zu Ihnen. Sie sollten eigentlich wissen, welch tiefe Gefühle ich für Sie hege.«
»Nein«, erwiderte ich, »das weiß ich nicht. Ich weiß nur, daß Sie sich zu mir hingezogen fühlen, was mich überrascht. Ich weiß auch, daß Sie mich aus diesem Grunde hierher gebracht haben. Ich weiß außerdem, daß Sie für viele Frauen ähnliche Gefühle hegten. Nur das eine weiß ich nicht: wie tief Ihre Gefühle für mich sind.«
»Und das zu wissen bedeutet Ihnen viel?«

»Es ist für mich von allergrößtem Wert.«

»Ich durfte nicht zu Ihnen davon sprechen, solange meine Gemahlin lebte.«

Mir war übel vor Angst. Zweifel und Verdächtigungen überfielen meine Gedanken. Ich versuchte, gegen eine überwältigende Faszination anzukämpfen.

»Sie ist erst vor kurzem gestorben«, hörte ich mich sagen. »Sie sollten noch warten...«

»Warten? Worauf? Bis ich tot bin? Mein Gott, Minelle, ist es Ihnen eigentlich klar, daß ich Sie vielleicht niemals wiedersehe! Sie kennen die Stimmung des Volkes. Sie haben die Steine gesehen, die man in unsere Fenster warf. Wäre dergleichen vor fünfzig Jahren geschehen, so hätte man den Schuldigen gefaßt, ausgepeitscht und ins Gefängnis geworfen.«

»Es kommt nicht überraschend, daß das Volk eine Veränderung wünscht.«

»Natürlich kommt es nicht überraschend. Denn hätte Gerechtigkeit geherrscht..., Anteilnahme, Selbstlosigkeit, Sorge für die Armen... Das wissen wir jetzt. Aber das Volk verlangt schon mehr. Es schreit nach Rache. Wenn es Erfolg hat, wird es keine Gerechtigkeit walten lassen. Dann wird der Spieß einfach umgedreht. Das Volk wird Vergeltung üben und uns alle umbringen. Das alles ist Ihnen bekannt. Die Skandale im Lande laugen uns aus. Alles ist düster, deprimierend, hoffnungslos und tragisch. Minelle, ich möchte von uns sprechen..., von Ihnen und mir. Was immer geschieht, eines sollten Sie wissen: Meine Gefühle für Sie sind tief. Anfangs dachte ich, es sei nur ein oberflächliches Begehren..., wie ich es so oft in meinem Leben für viele Frauen verspürt habe. Als Sie in Paris waren, hatte ich Angst um Sie. Ich wußte, daß ich keine glückliche Stunde mehr haben würde, falls ich Sie verlieren sollte. Ich möchte Sie fragen, ob Sie mich heiraten wollen.«

»Sie müssen doch wissen, daß das unmöglich ist.«

»Warum? Sind wir nicht beide frei?«

»Sie sind erst seit kurzem frei. Und die Umstände des Todes Ihrer Gattin...«

»Glauben Sie denn dem Gerede der Leute? Liebste Minelle, jede ruchlose Tat, die sie uns anhängen können, ist ihnen willkommen. Man beschuldigt mich des Mordes an meiner Gattin.«

Ich blickte ihn flehend an.

»Sie etwa auch?« fuhr er fort. »Sie glauben also auch, ich hätte sie getötet! Sie denken, ich bin in ihr Schlafzimmer geschlichen, habe von Nou-Nous

Arznei genommen und sie in Ursules Glas gegossen. Glauben Sie das?«
Ich konnte nicht sprechen. Mir war beinahe, als stände meine Mutter an meiner Seite. Ich, die ich sie so gut gekannt hatte, wußte, welche Argumente sie vorbringen würde: Nun, würde sie sagen, wenn du vermutest, daß er ein Mörder sei, wie kannst du dann in ihn verliebt sein?
Aber sie hätte diesen wilden Aufruhr in meinem Innern nie verstanden. Man braucht nicht unbedingt ein Idol, um es zu lieben. Man kann jemanden lieben, gleichgültig, was der Geliebte getan hat, und man kann ihn weiterhin lieben, gleichgültig was er in Zukunft tun wird. Vielleicht war meine Liebe anders geartet als jene, welche meine Mutter und meinen Vater verbunden hatte. Mein Vater war ein ehrlicher, aufrechter Mann gewesen, ein rechtschaffener Kapitän zur See, dessen Sorge allein seiner Familie und seiner ehrenhaften Lebensführung galt. Nicht alle Männer aber waren wie er.
Der Comte betrachtete mich mit einem spöttischen Blick.
»Sie glauben es also«, sagte er. »Ich weiß, daß ich Sie heiraten möchte, und ich will es tun, bevor es zu spät ist. Ich bin nicht mehr der Jüngste. Die Welt, die mir vertraut war, bricht vor mir zusammen. Ich spüre ein Verlangen, ein Drängen...«
»Sie gestehen also, daß Sie Ihre Gattin getötet haben«, sagte ich.
»Nein, das tue ich keineswegs. Aber ich will bekennen, daß ich sie aus dem Weg haben wollte. Ich habe sie verachtet. Zuweilen habe ich sie gehaßt, vor allem, da sie zwischen Ihnen und mir stand. Vorher hatte ich eine vage Hoffnung auf eine Wiederheirat, um einen Sohn zu bekommen. Seit Sie hier sind, wünsche ich eine Vermählung auch aus anderen Gründen. Oft habe ich von einem friedlichen Dasein hier im *Château* geträumt..., inmitten unserer heranwachsenden Kinder. Ich wußte, daß für Sie nur eine Ehe in Frage kam. Dann starb Ursule. Sie nahm eine Überdosis des Schlafmittels, weil sie an derselben Krankheit litt, an der ihre Mutter gestorben war – ein langwieriges, qualvolles Leiden. Glauben Sie mir nun?«
Ich konnte ihm nicht ins Gesicht schauen, da ich wußte, daß er mir meine Zweifel in den Augen ablesen würde und daß ich vielleicht in den seinen die Lügen erkennen konnte.
Ich dachte an seine rasante Fahrt durch das Dorf, und wie ein munterer kleiner Junge auf der Straße gespielt hatte... – doch der Comte fuhr weiter und hinterließ einen zerquetschten Leichnam. Der Junge starb infolge einer Laune des Comte. Nun gut, er hatte den Bruder des Jungen zu sich genommen, um seine Familie zu entschädigen. Doch..., gibt es eine Entschädigung für einen Toten?

Dann sagte ich langsam: »Ich verstehe Sie durchaus. Es gehört zu Ihrer Lebensart, diejenigen, die nicht zu Ihrer Klasse gehören, als Menschen von geringerem Wert zu betrachten. Wenn ich mir das richtig überlege, so finde ich, daß eine Veränderung notwendig ist.«
»Sie haben recht. Aber glauben Sie nicht alles, was Sie über mich hören. Wer den Neid der anderen erregt, ist stets von Gerüchten umgeben. Auch Sie sind dagegen nicht gefeit.«
»Wer sollte mich schon beneiden?«
»Viele Leute. Einigen sind meine Gefühle für Sie bekannt. Es ist nicht verwunderlich, daß man Sie deswegen beneidet. Das Gerede über mich gilt Ihnen genauso.«
»Ich bin überzeugter als je zuvor, daß ich nach England zurückkehren sollte.«
»Was! Davonlaufen! Das sinkende Schiff verlassen?«
»Mein Schiff ist es nicht.«
»Ich will Ihnen sagen, was die Leute reden. Man hat etwas von einem Kind gehört. Ich habe davon sprechen hören, es sei meins, und Sie wären die Mutter.«
Ich wurde purpurrot, und er fuhr beinahe spöttisch fort: »Da haben Sie es. Sehen Sie, es ist nicht klug, allen Gerüchten, die man hört, zu glauben.«
»Aber eine solch gemeine Geschichte ...«
»Die meisten Gerüchte sind gemein. Lästermäuler bauen ihre Lügen auf einem Körnchen Wahrheit auf, und dadurch kann sich das Gerücht hartnäckig halten. Kluge Menschen glauben nie alles, was sie hören. Doch ich verschwende nur meine Zeit. Was macht es schon aus, wenn die Leute reden. Ich muß nach Paris und muß Sie hier zurücklassen. Minelle, geben Sie auf sich acht. Handeln Sie nicht überstürzt. Tun Sie, was ich Ihnen auftragen werde. Sie wissen, es ist zu Ihrem Besten.«
»Danke«, sagte ich.
Dann zog er mich zu sich und küßte mich, wie ich noch nie zuvor geküßt worden bin. Am liebsten wäre ich ewig in seinen Armen geblieben.
»Ach Minelle«, sagte er, »warum verleugnen Sie Ihr Herz?« Er ließ mich los. »Vielleicht, weil ich es sonst nicht besitzen könnte«, fuhr er fort, »denn dann wären Sie nicht Sie selbst. Außerdem ist es eine Herausforderung, müssen Sie wissen. Eines Tages werden Sie alle Vernunft vergessen und zu mir kommen, weil nichts ..., absolut nichts stark genug sein kann, diesem Drang zu widerstehen. Und genau das wünsche ich mir. Wie ich auch beschaffen bin, was für Sünden ich auch zuvor begangen habe, alles wird Ihnen gleichgültig sein. Sie werden mich lieben ..., *mich* ..., nicht

um meiner Tugenden willen, da ich keine habe, sondern allein um meiner
selbst willen. Ich muß Sie nun verlassen. Bevor der Tag erwacht, werde ich
fort sein ..., aber eines Tages, Minelle ..., eines Tages ...«
Wieder küßte er mich, und er hielt mich so fest, als wolle er mich nie
wieder fortlassen. Ich wußte, daß er recht hatte. Ich trieb schnell auf den
Zustand zu, wo alles, was er getan hatte, alles, wessen er schuldig war,
neben meinem ungeheuren Verlangen nach ihm verblassen würde.
Ich wandte mich um und verließ ihn hastig, aus Angst vor diesem
Gefühlsaufruhr, den ich noch vor kurzer Zeit nicht für möglich gehalten
hätte.

Ich verbrachte eine schlaflose Nacht, und als ich in der Dämmerung
Geräusche vernahm, wußte ich, daß er es war, der aufbrach. Um ihn
fortreiten zu sehen, trat ich an mein Fenster. Er drehte sich um, sah mich
dort stehen und hob seine Hand zum Gruß.
Ich stand früh auf und war schon angekleidet, als das Mädchen mit
meinem *petit déjeuner* hereinkam. Sie brachte mir einen Brief mit.
»Monsieur le Comte hat gesagt, daß der Brief für Sie sei«, sagte sie mit
unverhohlener Neugier in den Augen.
Der Brief war auf demselben Schreibpapier geschrieben, das an den Stein
geheftet, durch das Fenster geworfen worden war.

> *Meine Liebste!*
> *Ich muß Ihnen ein paar Zeilen schreiben, bevor ich Sie verlasse. Geben*
> *Sie besonders gut auf sich acht und haben Sie Geduld. Eines Tages*
> *werden wir vereint sein. Ich habe Pläne für uns. Ich verspreche Ihnen,*
> *daß alles gut wird.*
>
> *Charles-Auguste*

Ich las den Brief mehrere Male durch. Charles-Auguste. Seltsam, der
Name klang mir fremd. In meinen Gedanken war er stets der Comte ...
Graf Satan ..., der »Teufel zu Pferde«. So hatte ich ihn damals genannt, als
ich ihn zum ersten Mal sah. Diese Namen paßten zu ihm, aber nicht
Charles-Auguste. Natürlich hatte ich seit jenen Tagen, da ich ihn
insgeheim als »Teufel zu Pferde« bezeichnet hatte, eine Menge über ihn
erfahren. Gewiß, er war arrogant. Er war in dem Glauben erzogen, daß er
und sein Stand die Besten waren. So war es jahrhundertelang gewesen. Sie
nahmen sich, was sie wollten, und stand ihnen jemand dabei im Wege, so
wurde er beseitigt. Diese Anschauungen waren tief in der Natur des

Comte verankert. Ob sich das jemals ändern würde? Und doch hatte er auch Güte gezeigt. Hatte er nicht Léon aufgenommen und für ihn gesorgt? Er hatte dessen Familie für das Leid, daß er ihr zugefügt hatte, reichlich entschädigt. Er hatte sich um den kleinen Charlot gekümmert, hatte sich vergewissert, daß das Kind gut behütet sei, und hatte sogar Yvette besucht, um sich vom Wohlergehen des Knaben zu überzeugen. Und was empfand er für mich? Hatte ich echte Zärtlichkeit gespürt? Wie tief mochte sie reichen! Unterschied sich seine Liebe zu mir wirklich von jener, die er für andere empfunden hatte? Was, wenn ich ihn heiratete und keinen Sohn gebären würde? Würde er mich mit einem Gift beseitigen? Also glaubte ich doch, daß er Ursule vergiftet hatte. Ihr Tod kam ihm doch sehr gelegen, nicht wahr? Sie war genau zum richtigen Zeitpunkt gestorben. Warum sollte sie, die ihr Leben lang verdrießlich und leidend gewesen war, sich plötzlich entschlossen haben, diesem Dasein ein Ende zu bereiten?
Ich hielt ihn also des Mordes für fähig, und trotzdem wollte ich ihn. Ich wollte, daß wir uns liebten. Die Liebe zwischen Mann und Frau hatte ich mir bisher nur so vorstellen können, wie sie meine Mutter für meinen Vater empfunden hatte. Eine Frau sollte stets bewundernd zu ihrem Ehemann aufschauen. Aber ein Mann, der mehr Herzklopfen hervorruft als jeder andere, ein Mann, dessen Gesellschaft einem die höchste Wonne verschafft – der aber möglicherweise ein Mörder ist ...?
Ich hätte so gerne mit meiner Mutter darüber gesprochen – doch würde sie noch leben, so wäre ich niemals in diese Situation geraten. Sie hätte meine Reise nach Frankreich von vornherein verhindert. Und würde sie hier sein, so hörte ich sie sagen: »Wir müssen unverzüglich nach England aufbrechen.«
Während ich so sinnierte, kam Margot mit ihrem *petit déjeuner* herein. Ich warf den Brief des Comte hastig in eine Schublade, und Margot war so in ihre Gedanken versunken, daß sie mein Tun nicht bemerkte.
»Ich muß mit dir reden, Minelle«, sagte sie. »Es hat mir die ganze Nacht keine Ruhe gelassen. Ich habe kaum geschlafen.«
Ich hätte gern gewußt, ob sie die Abreise ihres Vaters bemerkt und gesehen hatte, wie er sich umwandte und mir zuwinkte. Doch das war kaum wahrscheinlich. Wenn Margot in ihre eigenen Angelegenheiten vertieft war, nahm sie von den Handlungen anderer Menschen keine Notiz.
»Ich war so schockiert«, sagte sie. »Das hätte ich nie von denen gedacht.«
»Von wem sprichst du?«
»Von Mimi und Bessell. Freilich, die Bediensteten sind heute ganz anders

als früher. Das ist dir gewiß auch aufgefallen. Sie können sehr unverschämt sein. Aber Bessell..., und erst recht Mimi. Das geht natürlich von Bessell aus. Ohne ihn hätte sie das niemals getan.«

»Was ist geschehen?« fragte ich und ich fühlte mein Herz sinken. Ich hatte es von Anfang an für unklug gehalten, die beiden in das Geheimnis einzuweihen.

»Mimi kam gestern abend zu mir und teilte mir mit, daß Bessell mich sprechen wolle. Da ahnte ich noch nicht, was das bedeutete. Ich dachte, es hinge mit den Pferden zusammen. Als er kam, war er irgendwie anders..., gar nicht mehr der alte Bessell. Er stand da und machte ein recht unfreundliches Gesicht, und er entschuldigte sich nicht mal, daß er so einfach hereinkam. Er sagte, es gebe eine leerstehende Hütte auf unserem Besitz, und die möchte er haben, damit er und Mimi sofort heiraten können.«

»Aber das ist doch eine verständliche Bitte.«

»Ich habe ihm geraten, sich an den Oberaufseher zu wenden, aber er meinte, der sei ihnen nicht wohlgesinnt, deshalb käme er direkt zu mir. Er sagte, er habe von einem Freund, der auf den Grassevilleschen Gütern arbeitet, gehört, daß sich dort alle auf die Hochzeit freuen und daß alle hoffen, nichts werde sie verhindern können.«

Ich hielt den Atem an. »Ja, und was dann?«

»Er ließ durchblicken, daß er mit diesem Mann aus Grasseville und auch mit einigen anderen dort sehr gut befreundet sei. Sie bedauerten, daß sich die Hochzeit durch den Tod meiner Mutter verzögere.«

»Ach Margot«, sagte ich, »das gefällt mir nicht.«

»Mir auch nicht. Vor allem nicht die Art, wie er das gesagt hat. Nach unserer Reise habe er nachgedacht und sei zu dem Schluß gekommen, daß ich ihm gewiß behilflich sein würde, wegen der Hütte ein Wort einzulegen. Das würde die Sache bereinigen.«

»Das ist Erpressung!« rief ich aus. »Er will damit andeuten, daß er seinem Freund von der Reise erzählen würde, falls du ihm die Hütte nicht verschafftest, ... und dieser Freund würde dafür sorgen, daß dieses Gerede bis zu der Familie vordringt.«

Margot nickte langsam.

»Da gibt es nur eines«, sagte ich zu ihr. »Einer Erpressung darfst du niemals nachgeben. Du mußt Robert aufsuchen, bevor er es von jemand anderem erfahren könnte. Du mußt ihm die Wahrheit sagen.«

»Wenn er wüßte, daß ich bereits ein Kind habe, würde er mich niemals heiraten.«

»Wenn er dich liebt, heiratet er dich trotzdem.«
Sie schüttelte den Kopf. »Nein, sicherlich nicht.«
»Nun gut, dann gibt es eben keine Hochzeit.«
»Aber ich *will* ihn heiraten.«
»Damals wolltest du James Wedder heiraten. Deswegen bist du ausgerissen.«
»Da war ich jung und töricht. Ich wußte ja gar nicht, was ich tat. Jetzt ist das etwas anderes. Ich bin erwachsen, ich habe ein Kind, ich habe Zukunftspläne . . ., und die schließen Robert mit ein. Außerdem liebe ich Robert.«
»Um so mehr ist es ein Grund für dich, ihn nicht zu betrügen.«
»Du bist zuweilen sehr hart, Minelle.«
»Ich bemühe mich nur um dein Bestes.«
»Ich kann es Robert nicht erzählen. Übrigens habe ich Bessell bereits zugesagt, daß er die Hütte bekommt. Du brauchst gar nicht so schockiert dreinzuschauen. Ich habe gesagt, daß ich es für Mimi und ihre treuen Dienste tue. Ich werde Robert heiraten, die beiden werden hier bleiben, und ich werde sie nie wieder sehen.«
»Gewöhnlich ist das nicht die Art von Erpressern, Margot. Ihre erste Forderung dürfte kaum die letzte sein.«
»Sobald ich mit Robert verheiratet bin, werde ich es ihm sagen, aber nicht vorher. Ach, ich wünschte, die Hochzeit würde nicht verschoben.«
Ich blickte sie traurig an und spürte, wie sich die Ereignisse bedrohlich über uns zusammenbrauten.

Wir ritten nur noch in Begleitung eines Reitknechts aus. Der Comte hatte es so angeordnet. Ich merkte, daß mich neugierige Blicke trafen. Vordem wurde ich von dem Haß der Massen verschont. Ich war Ausländerin, und obgleich ich im Schloß lebte, hatte man anfangs geglaubt, ich nehme dort eine niedrige Stellung ein. Inzwischen hatte man die Meinung über mich geändert. Ich fragte mich, ob das Gerücht, daß ich ein Kind vom Comte hätte, bis zu ihnen gedrungen war.
Da wir viel Zeit innerhalb der Schloßmauern verbrachten, bekam ich Etienne und Léon häufiger als zuvor zu Gesicht. Sie hatten beide ihre Pflichten auf den Gütern wahrzunehmen, und selbst sie ritten nicht alleine aus.
Es war interessant, sich mit ihnen zu unterhalten und ihre Einstellung zur politischen Lage zu erfahren. Etienne war der Meinung, daß das alte Regime nicht zu erschüttern sei. Er brachte dem »Pöbelhaufen«, wie er

das Volk nannte, nur höchste Verachtung entgegen. Man würde die Armee mobilisieren, falls das Volk einen Aufstand wagen sollte, und die Armee stand fest hinter dem König. Léon jedoch war gegenteiliger Ansicht.
Nach Beendigung einer Mahlzeit pflegten sie lange am Tisch zu sitzen und zu diskutieren.
»Im Augenblick hält die Armee zum König«, sagte Léon. »Aber sie kann sich ebensogut gegen ihn wenden, und wenn das geschehen sollte, dann wäre es das Ende.«
»Unsinn«, sagte Etienne. »Die Armee würde sich niemals illoyal verhalten, und selbst wenn sie es täte: Der Adel besitzt die Macht und das Geld.«
»Die Zeiten haben sich geändert, im Gegensatz zu dir«, gab Léon zurück. »Ich sage dir, im Palais Royale hat der Duc d'Orléans zur Meuterei aufgerufen. Er hat den Aufwieglern jede Unterstützung angeboten. Wohin man auch kommt, überall schreit man nach Freiheit, Gleichheit und Brüderlichkeit. Man murrt gegen die Königin und gegen den König. Etienne, du verschließest deine Ohren.«
»Und du verbündest dich stets mit den Bauern und nimmst sie viel zu wichtig.«
»Ich glaube, ich nehme sie so wichtig, wie sie es verdienen.«
So stritten sie, und ich hörte ihnen zu und bekam dadurch allmählich eine Vorstellung von der politischen Lage. Ich zweifelte nicht, daß sie mit jedem Tag gefährlicher wurde, und ich fragte mich ständig, wie es dem Comte in Paris ergehen mochte.
Eines Tages sagte Etienne zu mir: »Meine Mutter hegt den dringenden Wunsch, Sie möchten sie doch besuchen. Ich soll Ihnen die Einladung überbringen. Sie hat eine Porzellanarbeit erworben . . ., eine zierliche Vase, die, wie es heißt, aus England stammen soll. Meine Mutter würde gern Ihr Urteil darüber erfahren.«
»Ich fürchte, ich verstehe nicht viel von Porzellan.«
»Wie dem auch sei, sie möchte gern, daß Sie sich die Vase anschauen. Darf ich Sie morgen zu ihr begleiten?«
»Ja, das würde mich freuen.«
Am folgenden Tag war ich zur verabredeten Zeit bereit. Wir machten uns gegen halb vier auf den Weg.
Etienne meinte: »Wir nehmen am besten die Abkürzung, die ich Ihnen neulich gezeigt habe. Ich glaube, ich hatte Ihnen erzählt, daß der Comte den Weg vor Jahren anlegen ließ, um das Haus bequemer erreichen zu

können. Jetzt ist er ein wenig überwuchert, da er heutzutage nur selten benutzt wird.«

Etienne hatte recht. Der Pfad war überwachsen, Äste und Zweige wuchsen an mehreren Stellen über ihm zusammen. Besonders jetzt im Sommer war das Gestrüpp sehr dicht.

Gabrielle erwartete uns.

»Es ist sehr lieb von Ihnen, mich zu besuchen«, sagte sie. »Ich kann es gar nicht erwarten, Ihnen meine Vase zu zeigen. Aber lassen Sie uns zuerst *le thé* nehmen. Ich weiß, wie sehr die Engländer ihn lieben.«

Sie führte mich in das elegante Zimmer, wo ich bereits bei anderer Gelegenheit mit ihr gesessen hatte. Während wir Tee tranken, fragte sie mich, ob mir mein Ausflug nach Paris gefallen habe.

Er sei höchst interessant gewesen, antwortete ich.

»Und haben Sie bemerkt, wie wir die Engländer nachahmen?«

»Mir ist aufgefallen, daß in den Geschäften eine Menge englischer Waren angeboten werden und daß vielerorts angeschlagen steht, man spreche Englisch.«

»Ach ja, jedermann trinkt heutzutage *le thé*. Es muß doch eine Genugtuung für Sie sein, Mademoiselle, daß Sie in unserem Lande einen solchen Einfluß haben.«

»Ich halte es für eine Modeerscheinung.«

»Halten Sie uns für ein wankelmütiges Volk?«

»Die Mode kommt und geht, das ist doch überall so, nicht wahr?«

»Ja, genau wie bei einem Mann mit seinen Mätressen. Sie kommen und gehen. Die klugen unter ihnen sind sich bewußt, daß im allgemeinen nichts von Dauer ist. Die Favoritin von heute kann morgen schon verstoßen werden. Ist der Tee nach Ihrem Geschmack?«

»Ja«, versicherte ich ihr.

»Probieren Sie eines von diesen Küchlein. Etienne liebt sie sehr. Er ißt viel zu viele davon. Ich kann von Glück sagen, daß mein Sohn mich so häufig besucht. Mein Bruder kommt auch des öfteren. Wir sind eine sehr anhängliche Familie, und ich bin eine glückliche Frau. Auch wenn ich den Comte nicht heiraten konnte, so habe ich doch wenigstens meinen Sohn nicht verloren. Bei einer weniger starken Beziehung neigen die Männer dazu, ihre unehelichen Kinder im geheimen aufziehen zu lassen. Für die arme Mutter muß das sehr grausam sein, finden Sie nicht?«

Ich spürte, wie mir die Röte ins Gesicht schoß. Gabrielle mußte das Gerücht vernommen haben. Ob sie vermutete, daß der Comte einen Sohn habe, dessen Mutter ich sei?

»Auch ohne eigene Erfahrung kann man sich vorstellen, daß dergleichen für die Mutter schmerzlich sein muß«, erwiderte ich frostig. »Aber wäre sie klug gewesen, so hätte sie diesen Umstand berücksichtigen sollen, bevor sie sich in diese unerquickliche Lage brachte.«
»Nicht alle Frauen sind so hellsichtig, nicht wahr?«
»Offensichtlich nicht. Ich kann es nicht erwarten, Ihre Vase zu sehen.«
»Und ich kann es nicht erwarten, sie Ihnen zu zeigen.«
Doch mir schien, daß sie sich absichtlich lange beim Tee aufhielt, und es fiel mir auf, daß sie wiederholt auf die Uhr in Form des Châteaus blickte, welche ein Geschenk des Comte war. Auf diese Weise wollte sie mich wohl an die Zuneigung erinnern, die er für sie empfand.
Sie plauderte über Paris, das sie zweifelsohne liebte, und da ich von der Stadt so begeistert war und fand, daß mein Besuch dort viel zu kurz gedauert hatte, hörte ich interessiert zu.
Sie erzählte mir, daß ich *Les Halles* hätte sehen müssen, um das wahre Paris kennenzulernen. Sie schilderte mir den großen kreisförmigen Platz mit seinen sechs einmündenden Straßen und all den mit Waren überhäuften Marktbuden. Sie berichtete, daß jeden Montag auf dem Place de Grève Kleidung aus zweiter Hand verkauft wurde. Aus welchem Grunde diese Veranstaltung »Markt des Heiligen Geistes« hieß, vermochte Gabrielle allerdings nicht zu sagen.
»Es ist lustig anzuschauen, wie die Frauen die Kleidungsstücke betasten und sie sich gegenseitig wegschnappen«, erzählte Gabrielle. »Röcke, Mieder, Unterkleider, Hüte..., das alles gibt es dort haufenweise. Man probiert die Kleider in aller Öffentlichkeit an, was eine Menge Lärm verursacht und höchst amüsant ist.«
So plauderte sie von Paris, bis sie schließlich die Vase bringen ließ: ein wunderschönes Stück – tiefblau, mit weißen Figurinen verziert. Ich glaubte, es sei Wedgwood-Porzellan, sagte ich. Gabrielle war sehr stolz darauf. Sie sei ein Geschenk von jemandem, der ihre Vorliebe für Gegenstände aus England kennte, und ich fragte mich, ob sie damit den Comte meinte.
Als ich sagte, ich müsse jetzt gehen, hielt sie mich mit neuerlichem Geplauder zurück, und ich kam zu dem Schluß, daß diese Frau nicht nur eifersüchtig, sondern auch schwatzhaft war.
»Ach«, sagte sie, »wenn man jung ist... und unerfahren, dann glaubt man einfach alles, was einem erzählt wird. Man muß lernen, den Beteuerungen eines Liebhabers nicht allzuviel Wert beizumessen. Er verfolgt damit

gewöhnlich nur einen Zweck. Aber ich habe einen Sohn, Mademoiselle, und der ist mir ein starker Trost.«
»Davon bin ich überzeugt«, sagte ich.
Sie lächelte mich an. »Ich weiß, Mademoiselle, daß *Sie* mich verstehen.«
Sie bedachte mich mit einem nahezu verschwörerischen Blick. Ich hatte das unangenehme Gefühl, daß sie von Charlots Existenz wußte. Ob sie wirklich der Meinung war, er sei mein Sohn?
»Ich finde, mit Ihnen läßt sich gut reden«, fuhr sie fort. »Ich weiß, wie einfühlsam Sie sein können. Der Comte und ich haben uns stets gut verstanden. Das glauben Sie mir doch?«
»Selbstverständlich, da Sie es mir sagen. Unter den gegebenen Umständen ist das doch nur natürlich.«
Sie setzte hinzu: »Er war so stolz, als unser Sohn auf die Welt kam. Er war immer ganz vernarrt in Etienne. Die Ähnlichkeit ist bestechend, finden Sie nicht auch? Er wünscht, er hätte sich von Anfang an durchgesetzt und mich geheiratet, hat er sich doch immer nach einem männlichen Erben gesehnt. Welch eine Tragödie, wenn Titel und Güter einem entfernten Cousin zufallen sollten. Das würde er niemals zulassen. Wir haben vereinbart zu heiraten, sobald sich die Gelegenheit dazu ergeben würde.«
»Sie meinen, sobald die Comtesse stürbe«, bemerkte ich eisig.
Sie senkte die Augen und nickte. »Falls nicht, so sollte Etienne legitimiert werden. Natürlich wäre es einfacher, wenn wir heirateten. Und nun ist sie tot, und . . ., es ist nur noch eine Frage der Zeit.«
»So?«
»Aber ja. Mademoiselle, wir beide sind doch Frauen von Welt. Ich kenne den Comte sehr gut, ich kenne seine Vorliebe für attraktive junge Frauen. Und auf Ihre Art – eine recht ungewöhnliche Art – sind Sie attraktiv.«
»Danke«, sagte ich frostig.
»Es wäre unklug, seiner Aufmerksamkeit zu großen Wert beizumessen. Sie mögen vielleicht denken, ich sei anmaßend, aber angesichts meiner Beziehung zu dem Comte – ich kenne ihn schließlich schon seit Jahren – finde ich, daß ich Sie warnen muß. Sie sind Ausländerin, unsere Lebensart ist Ihnen fremd. Ich glaube, Sie könnten da in eine höchst fatale Lage geraten. Der Tod der Comtesse . . ., Ihre Anwesenheit im *Château*. . ., ich frage mich manchmal, ob der Comte das nicht arrangiert hat.«
»Arrangiert? Was?«
Sie hob die Schultern. »Sie werden nach England zurückkehren . . .«
Ich stand auf. »Madame«, sagte ich, »falls Sie etwas andeuten möchten, so wollen Sie sich bitte deutlicher erklären.«

»Ja, lassen Sie uns offen sprechen. Nach einem Jahr – einer angemessenen Wartezeit – werden der Comte und ich heiraten. Unser Sohn wird legitimiert. Das unerquickliche Gerücht über den Tod der Comtesse wird aber nicht verstummen.«
»Man hat festgestellt, daß sie sich das Leben genommen hat.«
»O ja, aber wir müssen uns mit dem Gerücht abfinden, Mademoiselle. Es liegt im Interesse des Comte, daß Sie von hier fortgehen. Sie werden Marguerite begleiten . . ., oder vielleicht nach England zurückkehren. Die Leute werden sagen, daß eine Engländerin hier eine Weile gelebt hat. Sie hoffte, den Comte zu heiraten, und die Comtesse ist ganz plötzlich gestorben . . .«
»Wollen Sie damit zu verstehen geben, daß ich . . . Das ist . . ., das ist völlig unhaltbar!«
»Gewiß. Aber immerhin, Sie sind hierher gekommen. Sie waren mit dem Comte befreundet. Sie haben sich Hoffnungen gemacht, das ist unverkennbar. Sehen Sie, da liegt die Begründung für das Gerede.«
»Madame«, sagte ich, »ich finde diese Unterhaltung sinnlos und beleidigend. Sie müssen mich entschuldigen, ich wünsche das Gespräch augenblicklich zu beenden.«
»Das tut mir leid. Ich dachte, Sie sollten die Wahrheit erfahren.«
»Guten Tag, Madame.«
»Ich verstehe Ihre Empörung durchaus. Man hat Sie ungerecht behandelt. Der Comte treibt ein grausames Spiel, fürchte ich. Er benutzt die Menschen für seine Zwecke.«
Ich wandte mich kopfschüttelnd ab.
Sie sagte: »Sie müssen auf Etienne warten. Er wird Sie zurückbegleiten.«
»Ich gehe jetzt. Leben Sie wohl.«
Fassungslos und zitternd begab ich mich zum Stall hinaus. Ich wollte einen möglichst großen Abstand zwischen mich und diese Frau bringen. Ihre Anspielungen waren nicht nur beleidigend, sie waren geradezu beängstigend.
Wie konnte sie es wagen anzudeuten, der Comte habe mich hierher gebracht, damit ich den Sündenbock abgebe. Er habe seine Frau getötet, um Gabrielle heiraten zu können, und das habe er so angestellt, daß mir die Schuld daran zugeschoben werde.
Das war unfaßbar. Hirngespinste einer eifersüchtigen Frau. Konnte ich nach den Vorgängen, die sich zwischen ihm und mir abgespielt hatten, an seiner Ernsthaftigkeit zweifeln? Er hatte nie geleugnet, ein Sünder zu sein. Er hatte viel auf sich geladen, aber niemals würde er mich so arg

hintergehen, so skrupellos ausnutzen, wie Gabrielle es angedeutet hatte. Und doch..., ich war so mißtrauisch! Ich war in eine Welt verschlagen worden, die ich, von einer gottesfürchtigen Mutter mit einhelligen Vorstellungen von Gut und Böse erzogen, nicht begreifen konnte.

Wie lange hatte die Affäre zwischen den beiden gedauert? Oder bestand sie gar noch fort? Fand er Gabrielle immer noch anziehend? Die Gesellschaft, aus der ich stammte, hatte eine ganz andere Vorstellung von Ethik und Moral. Bei den höheren Ständen gab es allerdings ähnliche Zustände wie in Frankreich. Der älteste Sohn des Königs, Prinz George, war wegen seiner Amouren berüchtigt, ebenso seine Brüder. Innerhalb der Aristokratie spielten sich viele Skandale ab. Ich bin jedoch sicher, daß die Menschen, die wie meine Mutter lebten und dachten, sich eines glücklicheren Daseins erfreuten. Warum hielt man bloß einfache Leute für weniger gescheit als die Angehörigen der feinen Kreise? Sie waren doch glücklicher. Und da jedermann nach dem Glück strebt, mußten doch diejenigen die Klugen sein, die es zu finden und zu bewahren verstanden.

In quälende Gedanken vertieft, schritt ich den Pfad entlang und gelangte zu der Stelle, wo das Gestrüpp am dichtesten wucherte.

Ich weiß nicht, was mich darauf brachte, aber ich war mir auf einmal auf unangenehme Weise bewußt, daß ich beobachtet wurde. Ob es das Knacken eines Zweiges oder eine gewisse Vorahnung war, das vermochte ich nicht zu sagen; aber in diesem Augenblick waren alle meine Sinne hellwach. Ich hatte das Gefühl, das mich jemand beobachtete und verfolgte..., und zwar aus einem üblen Grunde.

»Sie dürfen niemals allein ausgehen!« So lautete der ausdrückliche Befehl des Comte. Ich hatte ihn mißachtet. Nein, das stimmte nicht ganz; Etienne hatte mich ja zu seiner Mutter begleitet, und er sollte mich eigentlich dort wieder abholen, was er ohne Zweifel auch getan hätte, wäre ich nicht, über die Anspielungen seiner Mutter erzürnt, vorzeitig allein aufgebrochen.

Fifine, meine Stute, trabte gemächlich dahin. Auf diesem Pfad zu galoppieren, wäre ein gefährliches Unterfangen gewesen, da das Tier sich mühsam den Weg suchen und aufpassen mußte, nicht über eine knorrige Wurzel zu stolpern oder sich in einem Gewirr von Farnkraut zu verfangen.

»Was ist das, Fifine?« flüsterte ich.

Sie bewegte sich behutsam vorwärts.

Ich blickte mich um. Die Bäume standen so dicht nebeneinander, daß es beinahe dunkel war. Es war ganz still – plötzlich ein Geräusch ..., ein Stein löste sich ..., es war jemand in meiner Nähe ..., ganz, ganz nahe. An diesem Tag war mir das Glück gewogen. Ich beugte mich vor, um Fifine zur Eile anzutreiben, und gerade in diesem Augenblick pfiff eine Kugel an der Stelle vorbei, wo noch vor wenigen Sekunden mein Kopf gewesen war.

Ich zauderte keinen Augenblick. Ich stieß Fifine meine Hacken in die Flanken und sagte: »Los, Fifine!« Es hätte dieses Befehls nicht bedurft; sie spürte die Gefahr ebenso wie ich.

Jetzt achteten wir nicht mehr auf die Unebenheiten des Weges. Wir mußten demjenigen entkommen, der mich töten wollte.

Es konnte kein Zweifel bestehen, daß dies seine Absicht war; denn es folgte ein zweiter Schuß, aus größerer Entfernung zwar, dessen Ziel aber eindeutig ich war.

Mit ungeheurer Erleichterung erreichte ich die Stallungen.

Ein Reitknecht kam heraus und nahm mir Fifine ab. Ich hielt es für das klügste, ihm nichts zu sagen. Meine Beine zitterten so heftig, daß ich kaum gehen konnte.

Ich suchte mein Zimmer auf und warf mich aufs Bett.

Ich starrte gegen den Baldachin. Jemand hatte versucht, mich zu töten. Warum? Jemand hatte mir hinter den Büschen aufgelauert. Wer hatte es gewußt, daß ich bei Gabrielle zu Besuch war? Etienne? Ich erinnerte mich, daß Léon zugegen gewesen war, als Etienne mir die Einladung überbracht hatte. Ich hatte Margot von der Einladung erzählt. Aber auch die Dienstboten hätten es wissen können.

Hatte wirklich jemand auf der Lauer gelegen? Wenn ich mich nicht plötzlich zu Fifine vorgebeugt hätte, so läge ich jetzt tot am Wegesrand.

Margot steckte den Kopf zur Tür herein. »Minelle, wo bist du? Ich habe dich kommen hören.« Dann entdeckte sie mich. »Was ist dir? Du siehst ja so aus, als wärest du einem Gespenst begegnet.«

Meine Zähne klapperten noch immer, als ich sagte: »Jemand hat soeben versucht, mich umzubringen.«

Margot setzte sich auf mein Bett und starrte mich an.

»Was? Wann? Wo?«

»Auf dem schmalen Pfad zwischen dem Haus von Gabrielle LeGrand und dem *Château*. Nach halbem Weg merkte ich, daß jemand hinter mir her schlich. Wie gut, daß ich es gemerkt habe. Ich beugte mich gerade vor, um Fifine anzutreiben, als eine Kugel an meinem Kopf vorbeipfiff.«

»Das kann nur jemand gewesen sein, der auf Vogeljagd war.«

»Ich glaube, daß es jemand war, der mich töten wollte. Es folgte ein zweiter Schuß, und der galt eindeutig mir.«

Margot war bleich geworden.

»So«, sagte sie, »man ist es also leid, uns Steine ins Fenster zu werfen. Jetzt hat man beschlossen, uns umzubringen.«

»Ich glaube, es war jemand, der mich aus dem Weg räumen wollte.«

»So ein Unsinn. Wer würde dir etwas antun wollen?«

»Das«, sagte ich mit schwankender Stimme, »muß ich herausfinden.«

Ein Anschlag auf das eigene Leben ist eine erschütternde Erfahrung, und der Schock ist weitaus nachhaltiger, als man anfangs annimmt.

Margot, besorgt und erschrocken, hatte die Nachricht verbreitet. Wir sprachen bei Tisch darüber.

Etienne meinte, genau wie Margot: »Sie haben Steine gegen Gewehre vertauscht.«

Léon war nicht überzeugt. »Sie haben keine Waffen. Wenn sie einen Aufstand planten, so kämen sie mit Sensen und Heugabeln bewaffnet – nicht mit Gewehren. Woher sollten sie die auch nehmen? Sie haben nicht einmal Geld genug, um Brot zu kaufen..., geschweige denn Gewehre.«

»Trotzdem«, erwiderte Etienne, »hätte sich einer von ihnen ein Gewehr beschaffen können.«

»Aber warum ausgerechnet Mademoiselle?«

»Man hält sie eben für eine von uns«, antwortete Etienne.

So fuhren sie mit ihren Mutmaßungen fort, und ich konnte Etienne nur beipflichten. Jemand hatte sich ein Gewehr verschafft. Hätte es nicht ein Diener aus der Waffenkammer stehlen können? So, wie Bessell und Mimi sich verhalten hatten, war mir klar, daß selbst jene, denen wir blindlings vertraut hatten, uns nicht freundlich gesinnt waren.

Im Hause breitete sich heimlich eine Veränderung aus. Die Dienstboten wußten von dem Anschlag auf mein Leben und das schien ihnen von Bedeutung zu sein: ein Signal für den Stimmungsumschwung. Die Zeit des Steinewerfens war vorüber, die Leute waren nun zu wirkungsvolleren Aktionen bereit. Im Haus herrschte eine Spannung, wie ich sie vorher nur außerhalb der Mauern wahrgenommen hatte.

Traf ich Mimi, so schlug sie die Augen nieder, als schämte sie sich, und das war wohl auch der Fall. Bessell war da anders. Er legte ein nahezu gehässiges Benehmen an den Tag, als wollte er sagen: Ihr müßt es euch jetzt zweimal überlegen, bevor ihr mir einen Befehl erteilt. Ich weiß nämlich eine Menge.

Aber mehr noch als alles andere bedrückte mich Nou-Nou.
Die meiste Zeit sonderte sie sich ab und hielt sich in den Zimmern auf, die sie mit der Comtesse bewohnt hatte. Sie ließ nicht zu, daß man irgend etwas in diesen Räumen anrührte. Die Dienstboten berichteten, daß sie zu der Comtesse spreche, als wäre diese noch dort. Als ich Nou-Nou gelegentlich zu Gesicht bekam, schaute sie mich mit starren Augen an, als nehme sie mich gar nicht wahr. Der Tod der Comtesse hätte sie um den Verstand gebracht, hieß es.
Léon und Etienne waren voller Besorgnis wegen dem, was mir widerfahren war.
Etienne gab sich die Schuld daran. »Ich hätte bei Ihnen sein müssen, um Sie zum *Château* zurückzubringen«, sagte er. »Ich dachte, Sie würden länger bleiben.«
Ich konnte ihm nicht erklären, daß ich die Anspielungen seiner Mutter dermaßen beleidigend gefunden hatte, daß mir nichts anderes übrigblieb, als zu gehen.
Ich sagte nur: »Die Schüsse wären wahrscheinlich auch aus dem Gebüsch gefeuert worden, wenn Sie bei mir gewesen wären.«
»Das glaube ich auch«, pflichtete er mir bei. »Der Anschlag hat natürlich nicht Ihnen persönlich gegolten, es war damit vielmehr jeder gemeint, der kein Bauer ist. Doch wäre ich dort gewesen, so hätte ich den Schurken durch die Büsche verfolgt und geschnappt. Sie müssen vorsichtig sein, Sie dürfen nie mehr unbegleitet ausgehen.«
Léon war gleichermaßen besorgt. Als ich einmal allein im Garten spazierte, sprach er mich an: »Ich möchte mit Ihnen reden, Minelle.«
Während wir uns vom Schloß entfernten, fuhr er fort: »Ich glaube, Sie sind noch immer in Gefahr.«
»Meinen Sie die Schüsse?«
Er nickte.
»Etienne meint, sie hätten nicht mir persönlich gegolten. Vermutlich sind wir alle in Gefahr.«
»Das Gewehr gibt mir Rätsel auf«, sagte Léon. »Hätte man einen Stein – oder selbst ein Messer – nach Ihnen geworfen, so hätte ich das eher verstanden. Ich habe nicht den Eindruck, daß das nur die Stimmungslage der Zeit ist.«
»Und was *ist* Ihr Eindruck?«
»Ich meine, Sie sollten keine Zeit mehr verlieren, nach England zurückzukehren. Ich wünschte, ich könnte Sie begleiten.« Er blickte mich herausfordernd an. »Liebe Minelle, Sie sollten sich nicht in all dies hineinziehen

lassen.« Er ruderte mit den Armen. »Das ist alles so ..., so widerwärtig.«
»Aber wer hätte die Absicht, mich zu töten? Hier kennt mich doch niemand persönlich.«
Léon zog die Schultern hoch. »Es hat einen Todesfall im *Château* gegeben, und infolgedessen hört man unerfreuliche Gerüchte.«
»Glauben Sie denn nicht, daß sich die Comtesse das Leben genommen hat?«
Wieder hob er die Schultern. »Ihr Tod kam jemandem sehr gelegen. Der Comte ist jetzt frei, was er sich seit langem ersehnt hat. Wir wissen nicht, was genau geschehen ist. Vielleicht werden wir es nie erfahren, aber die Leute reden eben. Ich sage Ihnen, man wird noch jahrelang über den Tod der Comtesse sprechen, und die Gerüchte werden nicht verstummen. So entstehen Legenden. Lassen Sie sich da nicht hineinziehen. Gehen Sie fort. Sie passen nicht in diese morsche Gesellschaft.«
»Ich habe versprochen, bei Margot zu bleiben.«
»Sie wird ihr eigenes Leben führen, und Sie leben das Ihre. Sie verstricken sich in Angelegenheiten, die Sie gar nicht begreifen. Sie bilden sich Ihr eigenes Urteil über die Menschen, aber lassen Sie sich eins gesagt sein: Nicht alle Menschen sind rechtschaffen.« Er lächelte mich offenherzig an. »Ich möchte Ihr Freund sein ..., Ihr guter Freund. Ich hege eine große Bewunderung für Sie und würde mit Ihnen nach England gehen; aber leider habe ich hier meine Pflichten. Sie aber müssen gehen, da Sie in Gefahr sind. Die Schüsse waren eine Warnung, die man nicht in den Wind schlagen darf. Das Glück war einmal auf Ihrer Seite, was sich rasch ändern kann.«
»Sagen Sie mir, was Sie wissen. Wer könnte mich töten wollen?«
»Ich weiß nur, daß man jeden ..., *jeden* verdächtigen muß, bis man seine Unschuld festgestellt hat.«
»Sie wissen etwas!«
»Ich weiß nur dies: Sie sind eine nette und charmante junge Dame, die ich bewundere und die ich gern in Sicherheit wüßte. Solange Sie hier sind, befinden Sie sich in Gefahr. Bitte kehren Sie nach England zurück. Noch ist es Zeit, morgen kann es schon zu spät sein.«
Ich schaute ihm ins Gesicht. Aus diesen lebhaften blauen Augen sprach echte Besorgnis, und auch sein Lächeln war nicht so fröhlich wie sonst. Ich mochte ihn wirklich sehr gern und wollte ihm sagen, daß es mir leid tat, einmal vermutet zu haben, es wäre sein Gesicht gewesen, das ich gesehen hatte, als der Stein in den Saal geworfen wurde.
Dann überkam mich entsetzliche Unsicherheit. Léon hatte selbst gesagt:

Trauen Sie niemandem. Niemandem. Nicht Léon, nicht Etienne, ja nicht einmal dem Comte.
Er blickte mich sehnsuchtsvoll an und sagte sanft: »Vielleicht ..., wenn das hier vorüber ist ..., komme ich zu Ihnen nach England. Dann könnten wir reden ..., über so viele Dinge.«

Margot war auf das höchste beunruhigt.
»Jetzt stelle dir nur vor, die Kugeln hätten dich getroffen. Was wäre dann aus mir geworden?«
Ich konnte mich eines Lächelns nicht erwehren. Diese Bemerkung war bezeichnend für Margot.
Doch sie ängstigte sich nicht nur um ihrer selbst willen, sondern auch meinetwegen. Ich spürte, wie ihre Blicke gespannt auf mir ruhten.
»Der Vorfall hat dir Angst eingejagt. Du siehst verändert aus.«
»Ich werde darüber hinwegkommen.«
»Ich möchte schwören, daß du letzte Nacht nicht gut geschlafen hast.«
»Ich habe vor mich hin gedämmert, halb wach, halb träumend. Ich sah mich wieder dort auf dem Pfad und glaubte im Gebüsch ein Gesicht zu sehen.«
»Wessen Gesicht?« fragte sie begierig.
»Nur so ein Gesicht ...«
Das stimmte nicht ganz. Ich hatte das Gesicht schon zuvor gesehen. Es war das Gesicht, das ich am Abend des Balles erblickt hatte. Léons Gesicht ..., und doch wieder nicht. Es war, als hätte ein mutwilliger Maler Léons Gesicht mit ein paar Strichen verschmiert – als hätte er Zorn, Neid und das Verlangen, Böses zu tun, hineingezeichnet. Es war dem Léon, den ich kannte, so unähnlich, daß es mir schwerfiel, die beiden Gesichter miteinander in Verbindung zu bringen. Léon war stets freundlich und während unserer Unterhaltungen zutiefst besorgt gewesen. Ich wußte, daß er mehr Geduld besaß als Etienne. Er hatte Verständnis für das Anliegen des Volkes, aber wenn er auch der Meinung war, daß man dem Volk weitgehend entgegenkommen sollte, so glaubte er andererseits nicht an die Notwendigkeit der Zerstörung der Gesellschaftsordnung. Mir schien, Léon begriff die Nöte des Volkes besser als jeder andere.
Margot sprach viel von Charlot und freute sich, ihn ausfindig gemacht zu haben. Sie war geradezu in euphorischer Stimmung. Es sei gut, sagte sie, daß sie Bessells wahre Natur erkannt habe. Sie glaubte, daß Mimi keine Schuld treffe. Das sei der Einfluß von Bessell gewesen. Margot aber würde froh sein, wenn sie die beiden vom Halse hätte.

»Wie lange dauert die Trauerzeit?« fragte sie.
»In England ein Jahr, glaube ich. In Frankreich dürfte es genauso sein.«
»Ein Jahr . . ., eine so lange Zeit.«
»Ich halte es für überflüssig, eine Zeit zum Trauern festzusetzen«, bemerkte ich wehmütig. »Wenn man einen geliebten Menschen verliert, so trauert man sein Leben lang um ihn, nicht so tief wie am Anfang natürlich, aber ich glaube nicht, daß man ihn je vergessen kann.«
»Du denkst an deine Mutter. Welch ein Glück, daß du so eine gute Mutter hattest, Minelle.«
»Aber wäre sie nicht so gewesen, wie sie war, wäre sie nicht so gut, so lieb und verständnisvoll gewesen, dann würde ich sie jetzt nicht so schmerzlich vermissen. Manchmal höre ich sie mir noch Ratschläge erteilen.«
»Das tut sie vielleicht auch wirklich. Möglicherweise war sie es, die dir riet, den Kopf zu senken, und hat dir so das Leben gerettet.«
»Wer weiß?«
»Minelle, du siehst erschöpft aus«, meinte Margot. »So kenne ich dich ja gar nicht. Du bist sonst immer zehnmal stärker als wir anderen alle. Du solltest schlafen gehen und versuchen, keine Gesichter im Gebüsch mehr zu sehen.«
Ich fühlte mich wirklich müde, aber ich zweifelte, daß ich schlafen könnte.
Da ich jedoch allein sein wollte, wünschten wir uns gute Nacht, und Margot ging in ihr Zimmer.
Ich lag sehr müde im Bett und konnte doch nicht schlafen. Jeden Augenblick jenes Nachmittags rief ich mir ins Gedächtnis zurück, von dem Moment an, als ich Gabrielle Lebewohl gesagt hatte, bis zu dem Zeitpunkt, als ich zum Stall des Schlosses geritten war. Wieder verspürte ich die bebende Angst und das aufsteigende Entsetzen, da mich jemand zu töten versuchte.
Erschreckt fuhr ich auf, als ich ein Geräusch an meiner Tür vernahm. Mein Herz hämmerte wild. Ich starrte in furchtsamer Erwartung zur Tür – ein Zeichen, daß ich mich wirklich in einem erbärmlichen Zustand befand.
Margot kam herein. Sie hielt ein Glas in der Hand.
»Hier, für dich, Minelle«, sagte sie und stellte es neben das Bett. »Nou-Nous Arznei. Damit wirst du sicherlich gut schlafen. Ich habe sie mir von Nou-Nou geben lassen.«
Ich schlug die Augen nieder und dachte an den Comte, der in Ursules Zimmer gegangen war und die Flasche von Nou-Nous Vorrat genommen

hatte. War es so gewesen? Hatte er Ursule die Medizin gegeben, bevor ich ihn zur Terrassentür hinausgehen sah? Aber selbst wenn er das getan hätte, wäre sie nicht so schnell eingeschlafen; sie schlief ja schon fast, als ich hereinkam. Und Nou-Nou war sicherlich nicht weit entfernt gewesen. Was hatten sie sich während dieses letzten Gespräches zu sagen gehabt? Hatte Ursule sich das Leben genommen? Würde ich es je erfahren? War es möglich, daß er ... – ich wollte diesen Gedanken nicht zu Ende denken. Doch was wußte ich eigentlich von ihm? Diese ungeheure Faszination, die er auf mich ausübte, schläferte meinen gesunden Menschenverstand ein, und ich ersann immer neue Rechtfertigungen, um ihn zu entlasten.

Margot blickte mich fragend an. »Du träumst ja. Siehst du immer noch Gesichter? Trink das hier, und morgen wird es dir besser gehen.«

»Ich nehme es später«, sagte ich. »Bleibe noch ein Weilchen bei mir.«

»Du brauchst Schlaf«, sagte sie entschieden und stellte das Glas auf den Tisch neben meinem Bett. Dann setzte sie sich auf den Stuhl an meinem Ankleidetisch. Dort standen drei Kerzen, von denen jedoch nur zwei brannten.

»Nur zwei Kerzen?« sagte Margot. »Es ist düster hier.«

»Eine ist erloschen, als du die Tür öffnetest.«

»Das macht nichts, solange noch die anderen brennen. Sonst würde das nämlich Tod bedeuten. Eine Magd hat erzählt, daß in der Nacht, als meine Mutter starb, drei Kerzen in ihrem Zimmer erloschen sind, eine nach der anderen.«

»Du wirst doch nicht an solche Ammenmärchen glauben, Margot!«

»Niemand glaubt daran, bis sie sich als wahr erweisen.«

»Manche Menschen sind sehr abergläubisch.«

»Vor allem diejenigen, die etwas zu befürchten haben ..., See- und Bergleute zum Beispiel, Menschen, die gefährlich leben.«

»Wir alle leben gefährlich.«

»Aber nicht so augenfällig. Schau, jetzt ist schon wieder eine Kerze erloschen.«

»Du hast sie ausgeblasen.«

»Nein.«

»Zünde sie wieder an!«

»O nein, das bringt Unglück. Wir müssen abwarten, ob die dritte auch noch erlischt.«

»Hier ist ein Luftzug.«

»Du mußt aber auch für alles eine logische Erklärung finden!«

»Das ist keine so üble Angewohnheit.«

»Und du glaubst nicht an die Legende von den Kerzen?«
»Natürlich nicht.«
Ein paar Augenblicke lang war es still, bis Margot sagte: »Ich habe das Gefühl, daß bald etwas geschehen wird. Glaubst du, daß wir Charlot besuchen können?«
»Auf gar keinen Fall. Du siehst doch, was für ein Mißgeschick uns der erste Besuch beschert hat.«
»Mißgeschick! Ich habe schließlich mein Baby gefunden! Ach so, du denkst an den gräßlichen Bessell. Nun gut, ich habe ihn zufriedengestellt. Mimi schämt sich seinetwegen. Sie bemüht sich übereifrig, mir zu Diensten zu sein.«
»Mir gefällt das nicht, Margot.«
»Wenn nur diese Wartezeit nicht wäre. So etwas Albernes. Als ob meine Trauer um meine Mutter größer würde, weil meine Hochzeit verschoben wurde. Minelle, du Ärmste, du siehst so müde aus. Ich sage dir jetzt gute Nacht. Nimm deinen Trank und schlafe gut.«
Sie ging und schlug die Tür mit einem Knall hinter sich zu – und da erlosch die dritte Kerze. Ich hatte mich über den Aberglauben lustig gemacht, und doch konnte ich einen Schauder nicht unterdrücken. Einen Moment lang befand ich mich in völliger Finsternis, doch sobald sich meine Augen an das Dunkel gewöhnt hatten, nahmen die vertrauten Gegenstände Gestalt an. Ich blickte auf das Glas neben meinem Bett, nahm es in die Hand, setzte es jedoch nicht an meine Lippen.
Die Comtesse war an einer Medizin gestorben. Jemand hatte versucht, mich zu töten. Hatte mir aber diesen Trank nicht Margot gebracht? Und ich wußte, daß sie mir niemals etwas Böses antun würde.
Ich stieg aus dem Bett, ging mit dem Glas ans Fenster und schüttete den Inhalt hinaus. Ich wollte nicht, daß Margot auf den Gedanken kam, daß ich einer Medizin, die sie mir gebracht hatte, nicht traute.
Obwohl ich todmüde war, konnte ich nicht schlafen. Mein Körper sehnte sich nach Schlaf, doch mein Geist war nicht bereit, ihn zu gewähren.
Ich lag in meinem Bett, und die Gedanken kreisten mir im Kopf herum.
Die Turmuhr schlug zwölf und später eins.
Vielleicht hätte ich den Schlaftrunk doch nehmen sollen, aber jetzt war es zu spät.
Ich dämmerte ein, schlief aber nicht richtig. Meine Sinne waren viel zu hellhörig. Plötzlich war ich ganz wach. Ich hörte Schritte im Flur – vor meiner Tür hielten sie an. Langsam öffnete sich die Tür.
Ich dachte zuerst, es sei ein Gespenst – so befremdlich war die Gestalt, die

in mein Zimmer trat: eine graue Figur in der Dunkelheit. Haare quollen ihr über die Schulter. Eine Frau.
An meinem Bett blieb sie stehen und blickte auf mich herab. Sie nahm das Glas und roch daran. Dann beugte sie sich vor und sah, daß ich sie beobachtete.
»Nou-Nou«, schrie ich. »Was tust du hier?«
Sie blinzelte und schien verwirrt. Sie sagte: »Was tun *Sie* hier?«
Ich stieg aus dem Bett und raffte meinen Schlafrock um mich.
»Nou-Nou«, fragte ich sanft, »was ist denn? Was willst du von mir?«
Mit zitternden Fingern zündete ich die drei Kerzen an.
»Sie ist fort«, sagte Nou-Nou. »Sie kommt nie wieder. Manchmal glaube ich, daß ich sie höre. Ich folge ihrer Stimme. Sie lockt mich an die seltsamsten Plätze . . ., aber nie ist sie dort.«
Arme Nou-Nou. Der Tod ihres geliebten Schützlings hatte ihr wahrhaftig den Verstand geraubt.
»Du mußt wieder zu Bett gehen«, sagte ich. »Du solltest eines von deinen Schlafmitteln nehmen.«
»Sie hat eines genommen und ist daran gestorben.«
»Weil sie zuviel davon genommen hat. Du darfst nicht grübeln. Sie war doch krank, nicht wahr? Du weißt, wie krank sie war.«
»Sie wußte es aber nicht!« schrie Nou-Nou gellend. »Sie hat nicht gewußt, wie schlimm die Krankheit ist.«
»Vielleicht doch . . ., und deshalb hat sie . . .«
»*Er* hat sie getötet. Seit der Geburtsstunde des kleinen Mädchens hat er angefangen, sie umzubringen. Er wollte sie aus dem Weg haben, und das hat sie gewußt. Sie haßte ihn . . ., und er haßte sie. Ich haßte ihn auch. In dieser Familie hat es eine Menge Haß gegeben . . ., und er hat sie zu einem für ihn günstigen Zeitpunkt umgebracht.«
»Nou-Nou, es kann zu nichts Gutem führen, wenn du ständig darüber grübelst. Vielleicht war es so das beste für sie.«
»Das beste für sie!« Ihr Gelächter wurde ein schrilles Gackern. »Das beste für *ihn*!« Sie durchbohrte mich mit ihrem Blick. »Und das beste für Sie . . ., glauben Sie nicht? Aber seien Sie sich nicht zu sicher. Er ist der leibhaftige Teufel. Von ihm kann Ihnen nichts Gutes widerfahren.«
»Du weißt nicht, was du redest, Nou-Nou. Geh bitte wieder in dein Zimmer.«
»Sie waren wach, als ich hereinkam«, sagte sie plötzlich. Die Wildheit fiel von ihr ab und machte einer gewissen Verschlagenheit Platz, die noch unheimlicher als ihre Hysterie war.

Ich nickte.
»Eigentlich hätten Sie schlafen müssen.«
»Dann hätte ich ja nicht mit dir reden können.«
»Ich bin nicht hergekommen, um mit Ihnen zu *reden*.«
»Und warum bist du gekommen?«
Sie gab keine Antwort. Dann sagte sie: »Ich suche sie. Wo ist sie? Man hat sie in der Gruft begraben, doch ich glaube, dort ist sie nicht.«
»Sie hat jetzt ihren Frieden, Nou-Nou.«
Nou-Nou schwieg. Ich sah, wie ihr die Tränen langsam die Wangen hinabrannen.
»Meine kleine *mignonne*, mein Vögelchen.«
»Gräme dich nicht mehr. Du mußt versuchen, dich damit abzufinden. Sie war krank. Mit der Zeit hätte sie unsägliche Schmerzen erdulden müssen.«
»Wer hat Ihnen das erzählt?« fragte sie lauernd.
»Ich habe es so gehört.«
»Das sind seine Märchen . . ., *seine* Rechtfertigungen.«
»Nou-Nou, geh bitte zu Bett.«
»Drei Kerzen«, sagte sie, wandte sich um und blies sie eine nach der anderen aus. Bevor sie die letzte verlöschen ließ, drehte sie sich noch einmal zu mir um, und die Gehässigkeit in ihrem Blick ließ mich zurückweichen.
Darauf schritt sie zur Tür, die Hand wie eine Schlafwandlerin vor sich hingestreckt.
Die Tür schloß sich. Ich sprang aus dem Bett und stellte zu meiner Erleichterung fest, daß sich die Tür verriegeln ließ. Ich schob den Riegel vor und fühlte mich in Sicherheit.
Ich legte mich wieder ins Bett und fragte mich, warum Nou-Nou gekommen war. Hätte ich ihre Arznei genommen, so würde ich jetzt schlafen. Was wäre dann geschehen?
Wie sehr sehnte ich mich nach Schlaf! Wie sehr wünschte ich den quälenden Gedanken zu entfliehen, die, ohne zu einem Ergebnis zu gelangen, in meinem Kopfe kreisten! Ich brachte nur eine einzige Schlußfolgerung zustande: Hier in der Nähe lauert Gefahr – besonders für mich. Von wem ging sie aus? Und warum?
Ich lag wach und wartete auf die Dämmerung; erst mit dem trostvollen Tageslicht fand ich endlich Schlaf.

3

Drei Tage später schickte der Comte uns einen Boten. Margot und ich sollten sofort nach Paris aufbrechen.
Ich ging ohne Bedauern. Die stetig steigende Spannung im *Château* wurde allmählich unerträglich. Ich fühlte mich beobachtet, und immer, wenn ich allein war, ertappte ich mich dabei, wie ich verstohlen über die Schulter blickte – so unsicher war ich.
Der Befehl zum Aufbruch kam daher wie eine Erlösung.
An einem heißen Junitag machten wir uns auf den Weg. Eine unheilverkündende Stille lag in der Luft. Es war schwül, und es donnerte.
Die Stadt hatte nichts von ihrem Zauber eingebüßt, obwohl die Hitze nach der frischen Landluft schier unerträglich war.
Mir fielen sofort die zahllosen Soldaten in den Straßen auf – Angehörige der Schweizer und der Französischen Garde, welche die Leibwache des Königs bildeten. An den Straßenecken standen Leute, doch nie in großen Gruppen; sie unterhielten sich mit ernster Miene.
Die Cafés, denen ein köstlicher Duft gerösteten Kaffees entströmte, waren überfüllt. Die Leute strömten auf die Straßen, wo man Tischchen unter geblümten Sonnenschirmen aufgestellt hatte. Man plauderte lebhaft miteinander.
Der Comte erwartete uns mit einiger Ungeduld in der Faubourg Saint-Honoré.
Er ergriff meine Hände und hielt sie fest.
»Ich habe gehört, was geschehen ist«, sagte er. »Das war entsetzlich für Sie. Ich habe unverzüglich nach Ihnen geschickt. Sie dürfen nicht mehr ins *Château* zurück, bevor ich auch dorthin zurückkehre.«
Erst dann schien er Margot zu bemerken.
»Ich habe Neuigkeiten für dich«, wandte er sich an sie. »Du wirst nächste Woche heiraten.«
Wir waren beide so verblüfft, daß wir kein Wort herausbrachten.
»Im Hinblick auf die Zustände« – der Comte gestikulierte vielsagend mit

den Händen – »sind die Grassevilles und ich übereingekommen, daß die Hochzeit nicht verschoben werden soll. Es muß natürlich eine Trauung in aller Stille werden. Ein Priester wird sie hier vornehmen. Danach wirst du nach Grasseville ziehen, und Minelle wird dich begleiten..., vorläufig..., bis sich irgend etwas arrangieren läßt.«
Margot war aufs angenehmste überrascht, und als wir unsere Zimmer aufsuchten, um den Reisestaub abzuwaschen, kam sie sogleich zu mir.
»Endlich!« rief sie aus. »Das alberne Warten war ja auch sinnlos, nicht wahr? Nun werden wir von hier fortgehen, und mein Vater kann mir nichts mehr befehlen.«
»Das wird dann dein Ehemann übernehmen.«
Sie lachte schelmisch. »Robert? Niemals. Ich glaube, ich werde mit Robert sehr gut auskommen. Ich habe Pläne.«
Mir war nicht ganz wohl dabei. Gewöhnlich waren Margots Pläne tollkühn und gefährlich.
Der Comte bat mich zu sich, und wir trafen uns in der Bibliothek.
»Als ich von dem Vorfall erfuhr, war ich außer mir vor Sorge«, sagte er. »Ich mußte einen Vorwand finden, um Sie hierher zu bringen.«
»Und darum haben Sie die Hochzeit Ihrer Tochter arrangiert?«
»Diese Lösung schien mir so gut wie jede andere.«
»Sie greifen zu drastischen Mitteln, um Ihren Willen durchzusetzen.«
»Ach was. Es ist an der Zeit, daß Margot heiratet. Sie braucht einen Ehemann. Die Familie Grasseville ist bei den Leuten sehr beliebt..., obwohl man nie wissen kann, wie lange diese Popularität andauern wird. Henri de Grasseville war wie ein Vater zu seinen Lehnsleuten, und es läßt sich schwer vorstellen, daß sie sich gegen ihn wenden könnten. Und doch, bei ihrer augenblicklichen Stimmung wäre das durchaus möglich. Treue gilt heutzutage nicht als eine erstrebenswerte Eigenschaft beim Volk. Man neigt eher zu Groll und Mißgunst als zu Dankbarkeit. Trotzdem würde es mich beruhigen, Sie in Grasseville zu wissen.«
»Es ist sehr gütig von Ihnen, sich solche Mühe zu machen.«
»Ich habe wie gewöhnlich nur meinen eigenen Vorteil im Sinn«, erwiderte er trocken. »Erzählen Sie mir ausführlich, was sich neulich auf dem Pfad zugetragen hat.«
Ich schilderte ihm den Vorfall, und er meinte: »Das war ein Bauer, der einfach auf jemanden vom Schloß schießen wollte, und zufällig waren Sie es. Wie ist er aber an ein Gewehr gekommen? Wir achten darauf, daß dem Pöbel keine Schußwaffen in die Hände fallen, denn das wäre verhängnisvoll.«

»Verschlimmert sich denn die Situation noch weiter?« fragte ich.
»Sie verschlimmert sich immerzu. Mit jedem Tag rückt die Katastrophe ein Stückchen näher.« Er blickte mich mit ernster Miene an. »Ich denke die ganze Zeit an Sie. Ich träume von dem Tag, da wir zusammensein werden. Nichts..., absolut nichts darf dem im Wege stehen.«
»Es steht dem aber sehr viel im Wege«, entgegnete ich.
»Und was wäre das?«
»Ich kenne Sie doch gar nicht richtig«, antwortete ich. »Manchmal sind Sie wie ein Fremder für mich. Einmal verblüffen Sie mich, und ein anderes Mal kann ich Ihre Handlungen im voraus erraten.«
»Das würde ein aufregendes Leben für Sie sein. Eine Entdeckungsreise. Nun zu meinen Plänen: Marguerite wird heiraten, und Sie werden mit ihr gehen. Ich werde Sie in Grasseville besuchen, und zu gegebener Zeit werden Sie meine Frau werden.«
Ich erwiderte nichts darauf. Nou-Nou fiel mir ein, wie sie an meinem Bett stand, und ich mußte an die Anspielungen von Gabrielle LeGrand denken. Er hätte Ursule getötet, meinte sie, da er nicht länger darauf warten wollte, sie, Gabrielle, zu heiraten. Er wünschte sich einen ehelichen Sohn. Gabrielle hatte ihm den Sohn geschenkt, es bedurfte nur noch seiner Legitimierung, und diese ließe sich vereinfachen, wenn sie heirateten. Gabrielle zufolge war es die Absicht des Comte, mir die Rolle des Sündenbocks zuzuspielen. War es möglich, daß *er* den Schuß auf mich abgegeben hatte, ... oder angeordnet hatte, auf mich zu schießen?
Wie konnte ich nur so etwas glauben? Das war absurd. Und doch warnte mich mein Instinkt.
Er umarmte mich und sprach meinen Namen mit allergrößter Zärtlichkeit aus. Ich wehrte mich nicht. In seinen Armen hätte ich ewig bleiben und aller Vernunft den Rücken zukehren mögen.

Es war, als berge Margot ein Geheimnis in sich, so kostbar, daß sie es nicht einmal mir anvertrauen konnte.
Ich staunte, wie leicht sie sich ihrer Sorgen entledigen und sich so aufführen konnte, als hätte sie nie Kummer erfahren. Es freute mich, daß sie so vernünftig war, Mimi nicht mitzunehmen. Louise, die neue Zofe, war mittleren Alters und trat Mimis Nachfolge mit Freuden an. Gleichzeitig aber war Margot über das Gebaren von Bessell und Mimi hinweggegangen, als seien keinerlei Folgen zu befürchten. Ich wünschte, ich könnte ebenso denken.
Wir verbrachten eine geschäftige Woche, vornehmlich mit Einkäufen,

und wieder einmal schlug mich die aufregende Stadt in ihren Bann. Jeden Mittag um zwei Uhr konnte ich von meinem Fenster aus beobachten, wie die Wohlhabenden in ihren Kutschen zu ihren Verabredungen fuhren. Das war wahrlich sehenswert, denn der Kopfputz der Damen nahm nahezu lächerliche Formen an. Einige trippelten mit zierlichen Schritten daher und balancierten auf ihren Köpfen diese Gebilde, die vom Paradiesvogel bis zum Schiff unter vollen Segeln alles darstellen konnten. Diese Leute suchten den Adel zu imitieren, was in diesen Tagen ein gefährliches Unterfangen war. In Häusern wie dem des Comte wurde um sechs Uhr diniert, was einem Zeit ließ, gegen neun Uhr ein Theater oder die Oper zu besuchen. Um diese Stunde bekam die Stadt ein ganz anderes Gesicht.

Einmal sahen wir uns in einem privaten Theater eine vorzügliche Aufführung von Beaumarchais' ›Die Hochzeit des Figaro‹ an. Der Comte meinte, man sollte das Stück in dieser bewegten Zeit lieber nicht aufführen, da es viele hintergründige Anspielungen auf die dekadente Gesellschaft enthalte: eine Freude für jene, die eben diese Gesellschaft vernichten wollten.

Er war nachdenklich und verstimmt, als wir in die Residenz zurückkehrten. Er hatte eine Menge zu tun, und höfische Angelegenheiten riefen ihn häufig fort. Es war rührend, daß er bei alledem noch Zeit fand, Vorkehrungen für meine Sicherheit zu treffen, obgleich ich natürlich nicht glaubte, daß er die Vermählung seiner Tochter nur zu diesem Zwecke in die Wege geleitet hatte.

Robert de Grasseville und seine Eltern trafen mit wenigen Bediensteten in Paris ein.

In ihrer Erregung sah Margot so schön aus, daß ich annehmen mußte, sie sei wirklich verliebt. Mochten ihre Empfindungen auch oberflächlicher Natur sein, so waren sie doch von größter Wichtigkeit für sie.

Die Trauung fand in der oben im Gebäude gelegenen Hauskapelle statt. Den Luxus der Wohnräume hinter sich lassend, stieg man eine Wendeltreppe hinauf und betrat ein völlig anderes Milieu.

Es war kalt dort oben. Der Fußboden war gepflastert. Vor einem Altar mit einem kostbar bestickten Tuch waren sechs Kirchenstühle aufgestellt, und über allem thronte eine mit glitzernden Steinen verzierte Madonnenstatue.

Die Zeremonie dauerte nicht lange, und strahlend traten Margot und Robert aus der Kapelle.

Unmittelbar danach setzten wir uns zu Tisch, der Comte am Kopf der Tafel, sein junger Schwiegersohn zu seiner Rechten, Margot zu seiner Linken. Ich saß neben Roberts Vater, Henri de Grasseville.

Die beiden Familien waren mit der Verbindung sichtlich zufrieden. Henri de Grasseville flüsterte mir zu, man könne sehen, daß das junge Paar verliebt sei, und das freue ihn sehr. »In Familien wie der unseren müssen die Ehen häufig auf diese Weise vereinbart werden«, sagte er. »Dabei kommt es oft vor, daß die Partner nicht zusammenpassen. Natürlich gewöhnen sie sich mit der Zeit meist aneinander. Man heiratet jung und muß noch viel lernen, und so lernt der eine vom anderen. Diese Ehe hat einen glücklichen Anfang genommen.«

Ich stimmte mit ihm überein, daß das junge Paar glücklich sei, aber ich konnte nicht umhin, mir vorzustellen, was Robert wohl empfinden würde, wenn er von Margots Erfahrungen gewußt hätte. Ich hoffte inbrünstig, daß alles gutginge.

»Man wird gut daran tun, Paris bald zu verlassen«, fuhr Henri de Grasseville fort. »Bei uns in Grasseville geht es friedlich zu. Dort gab es bisher keinerlei Anzeichen von Unannehmlichkeiten.«

Ich fand ihn sehr charmant. Kein Mann hätte dem Comte unähnlicher sein können. Henri de Grasseville hatte etwas Unschuldiges an sich. Er machte den Eindruck, als hielte er von jedermann nur das Beste. Ich blickte über den Tisch in das recht verdrießliche Gesicht des Comte, der dreinsah wie einer, der sein Leben mit der Suche nach allen Arten von Abenteuern verbracht hatte und dessen Idealismus erschüttert war, wenn nicht gar gebrochen. Meine Lippen verzogen sich unwillkürlich zu einem Lächeln, und in diesem Augenblick schaute er zu mir herüber, ertappte mich dabei, wie ich ihn beobachtete, und ein spöttischer, fragender Ausdruck trat in seine Augen.

Nach Beendigung des Mahles versammelten wir uns alle im Salon, und der Comte meinte, er hielte es für klug, wenn wir uns ohne Verzögerungen auf den Weg nach Grasseville machten.

»Man kann nie sicher sein, ob nicht im nächsten Augenblick die Unruhen losbrechen«, sagte er. »Es bedarf nur eines geringen Anstoßes, um sie auszulösen.«

»Ach, Charles-Auguste«, lachte Henri de Grasseville, »du übertreibst.«

Der Comte zuckte die Achseln. Er war entschlossen, seinen Willen durchzusetzen.

Er kam zu mir und flüsterte mir zu: »Ich muß Sie allein sprechen, bevor Sie aufbrechen. Gehen Sie in die Bibliothek. Ich folge gleich nach.«

Henri de Grasseville blickte auf die Wanduhr. »Wenn wir heute noch fort wollen, sollten wir uns in einer Stunde auf den Weg machen. Ist jedermann damit einverstanden?«

»Ja«, antwortete der Comte für uns alle.
Ich begab mich sogleich in die Bibliothek. Er war kurz darauf bei mir.
»Meine liebste Minelle«, sagte er. »Sie fragen sich wohl, warum ich Sie schon so bald fortschicke.«
»Ich sehe ein, daß es sein muß.«
»Der arme Henri! Er hat wenig Ahnung von der Lage der Dinge. Er wohnt auf dem Lande, und weil die Schafe weiterhin blöken und die Kühe nach wie vor muhen, glaubt er, nichts habe sich verändert.«
»Das ist doch eine tröstliche Philosophie.«
»Ich sehe, daß Sie zum Diskutieren aufgelegt sind. Sie werden sagen, er sei ein glücklicher Mensch. Er hat seinen Glauben, daß alles gut ist, daß Gott über uns wacht und daß alle Menschen Unschuldslämmer sind. Eines Tages wird es für ihn ein böses Erwachen geben. Aber bis dahin war er wenigstens glücklich, werden Sie sagen. Ich hätte Lust, mich mit Ihnen darüber zu unterhalten, aber uns bleibt wenig Zeit. Minelle, Sie haben nie gesagt, daß Sie mich lieben.«
»Ich spreche nicht so leichtfertig über solche Gefühle wie Sie, der Sie so viele Frauen geliebt haben. Ich wage zu behaupten, daß Sie zu den Frauen auch dann von Liebe gesprochen haben, wenn Sie weiter nichts als eine flüchtige Leidenschaft für sie empfanden.«
»Und wenn Sie es mir sagen würden, dann dürfte ich also vollkommen und unverbrüchlich Ihrer Liebe sicher sein?«
Ich nickte.
Er zog mich an sich und sagte: »Mein Gott, Minelle, wie sehne ich mich nach diesem Tag. Wann . . ., Minelle?«
»Ich muß mir noch über so vieles Klarheit verschaffen.«
»Also lieben Sie mich nicht so, wie ich bin.«
»Ich muß erst wissen, wie Sie sind, bevor ich Sie lieben kann.«
»Aber eines steht fest: Sie mögen meine Gesellschaft, das weiß ich. Sie finden mich nicht abstoßend. Sie haben mich gern in Ihrer Nähe. Sie strahlen, wenn Sie mich ansehen. Das war von Anfang an so. Damit haben Sie sich verraten.«
»Mein Leben verlief so anders als das Ihre. Ich muß mich an veränderte Zustände gewöhnen, und ich weiß nicht, ob es mir gelingen wird.«
»Minelle, hören Sie die Sturmglocken läuten? Mein ganzes Leben lang habe ich innerlich gehört, was damals in der Bartholomäusnacht in dieser Stadt geschehen war. Das war vor zweihundert Jahren . . ., vor zweihundertsiebzehn, um genau zu sein. Einige haben es damals kommen sehen. Es hat seit Wochen in der Luft gelegen, bevor es zu dem entsetzlichen

Massaker kam. Und so ist die Situation auch jetzt ..., doch die Bartholomäusnacht war harmlos gegen das, was uns bevorsteht. Die Glocken sagen uns: Lebt euer Leben ..., lebt es jetzt ..., denn morgen seid ihr vielleicht nicht mehr imstande dazu. Warum weisen Sie mich zurück, da doch jede Nacht meine letzte sein kann?«
Ich fürchtete mich und klammerte mich an ihn. Doch dann dachte ich: Das ist eine List, um mich zum Nachgeben zu bewegen. Und das bewies mir endgültig, welcher Natur meine Gefühle für ihn waren.
Wahrscheinlich liebte ich ihn, falls Liebe den Wunsch bedeutete, mit jemandem zusammen zu sein, mit ihm zu reden, seine Arme um sich zu spüren, lieben zu lernen, ihm alles zu geben. Ja, das war die Wahrheit. Und doch konnte ich ihm nicht vertrauen. Ich wußte, daß er in der Liebe erfahren war, ich dagegen ein Neuling. Ich mußte erst noch alles lernen, während er aufgrund seiner beträchtlichen Erfahrungen bereits alles wußte ..., vor allem auch, wie man jemanden überlistete.
»So«, sagte er zärtlich, »ich bin Ihnen also nicht gleichgültig?«
Ich machte mich von ihm los, sah ihn dabei nicht an, aus Angst, die Herrschaft über meinen Verstand zu verlieren.
»Ich habe Ihre Familie liebgewonnen«, erwiderte ich. »Zuweilen war ich in Ihrer Gesellschaft, und Margot war mir stets eine Freundin. Aber ich muß unsere unterschiedliche Lebensart und unsere verschiedene Moralauffassung berücksichtigen. Da gibt es eine Menge abzuwägen.«
Er sah mich aus halbgeschlossenen Augen an.
»Ja, Sie sind in einer anderen Gesellschaft aufgewachsen, aber Sie sind eine Abenteuerin, Minelle. Sie wollen sich doch nicht in Ihrem kleinen Reich abkapseln, ohne jemals andere Welten kennenzulernen. Ihre Natur kam zum Vorschein, als Sie damals in die Zimmer auf Gut Derringham spähten. Das schickte sich ganz und gar nicht für ein wohlerzogenes kleines Mädchen.«
»Ich bin inzwischen erwachsen geworden.«
»O ja, Sie haben sich verändert. Sie sehen die Welt mit anderen Augen an. Sie haben erfahren, daß man Männer und Frauen nicht fein säuberlich nach Gut und Böse trennen kann ... Nicht wahr, Minelle?«
»Natürlich. Niemand ist durch und durch gut, und niemand ist durch und durch schlecht.«
»Selbst ich nicht?«
»Selbst Sie nicht.« Ich dachte daran, wie er sich um Yvette gekümmert und sich vergewissert hatte, daß Charlot gut behütet war.
»Woran fehlt es also?«

»Ich bin mir nicht sicher.«
»Noch immer nicht?«
»Ich brauche Zeit.«
»Genau daran mangelt es uns. Ich gebe Ihnen alles auf der Welt, nur keine Zeit.«
»Aber Zeit ist das einzige, um das ich bitte. Ich muß mir noch über so vieles Gewißheit verschaffen.«
»Sie denken an Ursule.«
»Wenn man erwägt, einen Mann zu heiraten, der bereits verheiratet war, so ist es schwierig, nicht an sie zu denken.«
»Sie brauchen ihretwegen nicht eifersüchtig zu sein.«
»Ich dachte auch weniger an Eifersucht.«
»Woran denn sonst? Guter Gott, ich glaube gar, Sie denken, ich hätte sie getötet. Halten Sie mich dessen für fähig?«
Ich blickte ihm fest ins Gesicht und antwortete: »Ja.«
Er starrte mich unbewegt eine oder zwei Sekunden an, und dann brach er in Lachen aus. »Und trotzdem . . ., ziehen Sie es in Betracht, mich zu heiraten?«
Ich zögerte, und er fuhr fort: »Aber natürlich ziehen Sie es in Betracht. Weshalb würden Sie sonst um Zeit bitten? Ach Minelle, so klug, und doch so einfältig. Sie müssen die prüde Seite Ihrer Natur überzeugen, daß es durchaus *comme il faut* sein kann, einen Mörder zu ehelichen! O Minelle, meine Liebe, wieviel Vergnügen wird uns diese prüde Seite von Ihnen bereiten!«
Er drückte mich an sich, und ich lachte mit ihm – ich konnte einfach nicht anders. Ich erwiderte seine Küsse auf meine unerfahrene Art und wußte, daß er davon entzückt war.
Die Uhr auf dem Schreibpult tickte ungeduldig, als wollte sie uns eindringlich an die Vergänglichkeit der Zeit gemahnen.
Der Comte spürte das und ergriff meine Hände.
»Wenigstens weiß ich es nun«, sagte er. »Das läßt mich hoffen. Ich muß eine Zeitlang in Paris bleiben, das werden Sie verstehen. Gefährliche Männer stellen sich gegen den König und bedrängen das Volk, die Monarchie mit allem, was sie verkörpert, zu stürzen. Der gefährlichste von allen ist der Duc d'Orléans, der Nacht für Nacht im Palais Royale den Aufstand predigt. Nach dem, was ich erfahren habe, werde ich keine Ruhe finden, bevor ich Sie nicht auf dem Lande in Sicherheit weiß . . . Gehen Sie mit Margot, passen Sie auf sie auf. Sie braucht Sie, Minelle.«
Er küßte mich sehnsuchtsvoll, zärtlich, und dann verließ ich ihn.

Château Grasseville

1

Nördlich von Paris gelegen, überragte das schöne Schloß Grasseville einen stillen Marktflecken. Der Ort strahlte eine ausgesprochen fröhliche Atmosphäre aus. Es war, als seien Neid, Bosheit und Haß, die sonst überall herrschten, hier vorübergegangen.
Hier legten die Männer die Hand an die Mützen und die Frauen knicksten, als wir vorbeifuhren. Ich bemerkte, daß Henri und Robert de Grasseville vielen von ihnen Grüße zuriefen und sich nach dem Wohlbefinden ihrer Familien erkundigten. Da konnte ich verstehen, warum der drohende Sturm weit entfernt schien.
Henri de Grasseville hatte der Vermählung zugestimmt, obwohl die Sitte von der Braut eine längere Trauerzeit verlangt hätte. Doch ich vermutete, daß der Comte auf der vorzeitigen Hochzeit bestanden hatte, und Henri gehörte zu den Menschen, die anderen keinen Wunsch abschlagen können.
Margot war von ihrer Ehe begeistert. Sie vertraute mir an, daß sie Robert in tiefer Liebe zugetan sei. Die beiden schienen unzertrennlich, und es war offenkundig, daß sie sich liebten. Trotzdem fand Margot hin und wieder Zeit, in mein Zimmer zu kommen. Unsere Gespräche waren so sehr Teil unseres Lebens geworden, daß ich wirklich glaubte, sie würden ihr fehlen, sollten sie jemals aufhören.
Eines Tages kam sie herein und streckte sich in dem Lehnstuhl vor dem Spiegel aus, um sich zufrieden darin zu betrachten. Sie sah wirklich sehr hübsch aus.
»Es ist wundervoll«, verkündete sie. »Robert hätte sich nie träumen lassen, daß es eine Person wie mich gebe. Ich glaube, ich bin für die Ehe wie geschaffen, Minelle.«
»Davon bin ich überzeugt.«
»Du dagegen bist für die Schule geboren. Das ist dein *métier*.«
»Oh, vielen Dank! Was für eine aufregende Sache!«
Sie lachte. »Robert wundert sich über mich. Er hatte natürlich erwartet,

daß ich zurückschrecken würde, ihn zunächst abweisen, um mich dann schließlich in Demut zu ergeben.«
»Was du gewiß nicht getan hast.«
»Bestimmt nicht.«
»Margot, er ahnt doch nicht . . .«
Sie schüttelte den Kopf. »Er ist der goldigste Unschuldsengel, der je geboren wurde. Auf einen solchen Gedanken würde er nie kommen. Niemand würde dir und mir dieses phantastische Abenteuer glauben.« Ihr Gesicht legte sich plötzlich in Falten. »Aber ich denke natürlich immer noch an Charlot.«
»Du solltest dich damit trösten, daß er bei Yvette ist und es nirgends besser haben könnte.«
»Ich weiß. Aber er ist *mein* Kind.«
Sie seufzte. Ihre Hochstimmung war ein wenig getrübt. Doch ich war sicher, daß ihr Entzücken über ihre Ehe ihre Sehnsucht nach Charlot gemildert hatte.
In Grasseville konnte man ohne Vorbehalte allein ausreiten. Niemand dachte an Gefahr. Margot und ich begaben uns zum Einkaufen in das kleine Städtchen, und in jedem Laden wurden wir mit dem allerhöchsten Respekt begrüßt. Man wußte natürlich, daß wir vom *Château* kamen und daß Margot die zukünftige Comtesse sei.
Grasseville war wie eine Oase inmitten der Wüste. Waren wir ermüdet, so ließen wir uns vor einer *pâtisserie* unter fröhlichen bunten Sonnenschirmen nieder, tranken Kaffee und aßen dazu die köstlichsten kleinen Cremetörtchen, die ich je probiert hatte. *Le thé* war noch nicht bis nach Grasseville gedrungen, und hier wurde auch nicht Englisch gesprochen – ein weiteres Zeichen dafür, fand ich, daß sich hier nichts verändert hatte. Die Fabel, daß ich eine Cousine sei, wurde aufrechterhalten, und bald war ich in der Stadt als *Mademoiselle La Cousine Anglaise* bekannt. Man bewunderte meine Sprachkenntnis, und wenn ich dort saß, plauderte ich gar bereitwilliger als Margot, die viel zu sehr in ihre eigenen Angelegenheiten vertieft war, um sich für die Affären anderer Leute zu interessieren.
Wie liebte ich den Duft frischgebackenen Brotes und heißen Kaffees, der am frühen Morgen die Straßen erfüllte! Zu gern sah ich dem Bäcker zu, wenn er mit seinem langen, zangenähnlichen Gerät die Brotlaibe aus dem Ofen zog. Ich liebte die Markttage, wenn die Waren auf Handkarren oder auf von alten Eseln gezogenen Wagen herbeigeschafft wurden: Obst, Gemüse, Eier, piepsende Küken. Es machte mir Spaß, an den Ständen einzukaufen – hier eine Borte, dort ein Stück süßes Konfekt, hübsch

eingewickelt und mit einem farbigen Band verschnürt. Ich konnte der Versuchung, etwas zu kaufen, nie widerstehen. Sicher bedeuteten Margot, ich und die Dienstboten, die uns begleiteten, ein gutes Geschäft, und deshalb waren wir stets willkommen.

In den Läden hier ging es anders zu als in den großen Städten. Einkaufen war eine zeitraubende Angelegenheit, und es war üblich, daß man sehr lange überlegte, bevor man auch nur die geringste Kleinigkeit erstand. Ein übereilter Kauf wurde mit Stirnrunzeln bedacht, weil er sowohl den Verkäufer wie den Kunden um ein großes Vergnügen brachte.

Einer meiner Lieblingsläden war das Geschäft eines Kolonialwarenhändlers und Drogisten, der viele wohlduftende Waren feilbot. Dort gab es Zimt, Öle, Farben, Cognac, Kräuter aller Arten (die zum Trocknen von den Deckenbalken herabhingen), Konfitüren, Pfeffer, Gifte wie Arsen und Aqua fortis und natürlich den allgegenwärtigen Knoblauch. Im Laden waren hochlehnige Stühle aufgestellt, so daß man sich hinsetzen und mit dem Besitzer plaudern konnte, der sich häufig auch als Arzt betätigte und den Leuten Ratschläge gab, was sie gegen diese oder jene Krankheit nehmen sollten.

Welch ein vergnügliches Erlebnis war es doch, an diesen warmen, sonnigen Tagen in der Stadt herumzuwandern und mit den Menschen, denen man begegnete, zu scherzen! Kein Wölkchen trübte den blauen Himmel, keine Spur war zu sehen von dem, was sich am Horizont zusammenballte.

Nur selten kam eine Kutsche durch das Städtchen gerattert. Solche Tage prägten sich dem Gedächtnis ein. Einmal saß ich auf dem Marktplatz, als ein Wagen in die Stadt kam. Die Insassen stiegen aus und suchten das Wirtshaus auf, um sich zu erfrischen. Ich betrachtete sie: Edelleute nach Kleidung und Gehabe, wachsam, unsicher, wie man sie empfangen würde. Sie gingen in den Gasthof – zwei Männer und eine Frau, dicht gefolgt von zwei Lakaien für den Fall, daß es Unannehmlichkeiten geben sollte. Auf dem Wirtshausschild stand *Le Roi Soleil*. Und in all seinem Glanz blickte Louis hoheitsvoll auf die Straße hinunter.

Ich blieb sitzen und wartete, bis die Leute wieder herauskamen, gestärkt vom Wein und von dem *Crème*kuchen, für den ich so schwärmte.

Als die drei miteinander sprachen, schnappte ich ein paar Brocken auf.

»Welch ein liebliches Plätzchen! Wie in alten Zeiten . . .«

Die Kutsche rollte davon. Der Staub, den sie aufwirbelte, legte sich wieder. Man hatte unsere Oase entdeckt.

Nachdenklich ging ich zum Schloß zurück, und ich war noch nicht lange

dort, als Margot zu mir kam. Sie sprühte vor Erregung, und daran erkannte ich, daß sie wieder einmal einen Plan ausgeheckt hatte.
»Es ist etwas Wundervolles im Gange!« verkündete sie.
Einen Augenblick lang glaubte ich, sie wolle mir sagen, daß sie schwanger sei. Doch dazu war es noch zu früh. Ihre nächsten Worte verblüfften und erschreckten mich: »Charlot kommt hierher!«
»Was?«
»Mach doch nicht so ein erstauntes Gesicht. Ist es nicht die natürlichste Sache von der Welt? Sollte ich mein Baby etwa nicht bei mir haben?«
»Du hast es Robert erzählt, und er hat zugestimmt . . .«
»Es Robert erzählt? Glaubst du, ich bin von Sinnen? Ich habe es Robert natürlich nicht erzählt. Als ich in der Bibel las, hatte ich einen Einfall, eine göttliche Eingebung. Gott hat mir den Weg gewiesen.«
»Darf ich an diesem göttlichen Geheimnis teilhaben?«
»Du kennst doch die Geschichte von Moses im Binsenkörbchen. Ein *süßes* kleines Baby. Seine Mutter hatte ihn in ein Körbchen gelegt und versteckt . . ., genau wie ich meinen kleinen Charlot verstecken werde.«
»Was hat das mit Moses zu tun?«
»Diese Geschichte hat mich auf den Gedanken gebracht. Ich weiß, daß Yvette mir helfen wird. Und du mußt mir ebenfalls dabei helfen. *Du* wirst ihn nämlich finden.«
»Ich weiß nicht, wovon du redest, Margot.«
»Das kannst du freilich nicht wissen, wenn du mich ständig unterbrichst. Also der Plan . . ., er ist ja *so* gut . . ., er kann gar nicht fehlgehen . . . Der Plan sieht vor, daß Yvette das Baby aussetzt . . ., nicht im Schilf, denn das haben wir ja nicht hier, . . . sondern einfach außerhalb des Schlosses. Charlot wird in einem Körbchen liegen und reizend aussehen. Jemand wird ihn finden, und dazu habe ich dich auserwählt. Du wirst ihn ins Schloß bringen und sagen: ›Ich habe ein Baby gefunden. Was machen wir mit ihm?‹ Ich werde dir Charlot entreißen und ihn vom ersten Augenblick, da ich seiner ansichtig werde, in mein Herz schließen. Ich werde Robert anflehen, daß ich das Baby behalten darf, und in seiner gegenwärtigen Verfassung wird er mir nichts abschlagen. So werde ich Charlot zu mir holen.«
»Das kannst du nicht tun, Margot.«
»Warum nicht? Sag mir, warum nicht?«
»Schon so ist es schlimm genug, aber das wäre zweifacher Betrug.«
»Und wäre es hundertfacher Betrug – es ist mir einerlei, wenn ich nur Charlot bei mir haben kann.«

Ich überlegte. Ich konnte mir vorstellen, wie es ablaufen würde. Es könnte gelingen. Ein einfacher, aber doch genialer Plan. Margot hatte allerdings nicht bedacht, daß Bessell und Mimi bereits wußten, daß sie ein Kind hatte.
Ich sagte: »Du gehst immer größere Wagnisse ein.«
»Minelle«, entgegnete sie theatralisch, »ich bin eine Mutter.«
Ich schloß meine Augen und vergegenwärtigte mir den Ablauf. Der Plan sah jemanden vor, der das Kind finden sollte – und das war ich. Es war zu riskant, dem Zufall die Auswahl einer anderen Person zu überlassen.
»Yvette ...«, setzte ich an.
»Ich habe alles mit Yvette abgesprochen.«
»Und sie ist einverstanden?«
»Du darfst nicht vergessen, daß Charlot *mein* Baby ist.«
»Ja, aber sie hatte sich verpflichtet, ihn, den Anordnungen deines Vaters gemäß, von dir fernzuhalten.«
»Es ist mir einerlei, was mein Vater befohlen hat. Charlot ist mein Sohn, und ich kann ohne ihn nicht leben. Und außerdem ist der Plan damit noch nicht zu Ende. Denk an die Mutter in der Bibel.«
»Ja?«
»Sie verdingte sich als Amme des Babys bei der Prinzessin. Nun, so werde ich es auch mit Yvette machen. Ich werde für das Baby eine Kinderfrau anstellen müssen, und dabei wird mir meine alte Amme Yvette einfallen, die, welch seltener Zufall, gerade in der Nähe weilt. Sie wollte mich gerade besuchen. Das ist wie ein Fingerzeig Gottes.«
»Das sind verdächtig viele Zufälle auf einmal.«
»Das Leben ist voller Zufälle, und dieser Zufall ist doch nur ein ganz kleiner. Yvette kommt also, sie liebt das Baby auf den ersten Blick, und wenn ich sage: ›Yvette, du mußt die Kinderfrau des goldigen kleinen Findelknaben sein, den ich als meinen Sohn adoptiert habe und nach meinem Vater Charlot nennen werde ...‹«
»Vielleicht möchte dein Gatte, daß er nach ihm benannt wird.«
»Das werde ich ablehnen. ›Nein, lieber Robert‹, werde ich sagen, ›deinen Namen soll *unser* erstgeborener Sohn erhalten.‹«
»Margot, du hast ein erstaunliches Geschick im Betrügen.«
»Das ist eine hilfreiche Gabe, um einem das Leben zu erleichtern.«
»Ehrlichkeit wäre weitaus löblicher.«
»Soll ich allen Ernstes zu Robert sagen: ›Ich hatte bereits einen Liebhaber, bevor ich dich kannte. Ich gedachte, ihn zu heiraten, und Charlot ist das Ergebnis.‹? Du willst doch nicht, daß ich Robert so etwas antue.«

»Margot, du bist unverbesserlich. Ich kann nur hoffen, daß der Plan gelingt.«
»Und ob er gelingen wird! Dafür werden wir schon sorgen. Deine Rolle ist einfach. Du sollst Charlot finden.«
»Wann?«
»Morgen früh.«
»Morgen!«
»Eine Verzögerung hätte doch keinen Sinn. Geh morgen in der Frühe hinunter. Yvette wird ihn nicht verlassen, bevor sie dich sieht. Sie wird sich im Gebüsch verstecken. Du wirst nicht schlafen können, darum willst du ein wenig frische Luft schnappen. Du gehst in den Park, und da hörst du ein Baby schreien. Du findest den Korb. Der wonnige Charlot blickt zu dir auf und lächelt. Du schließt ihn sogleich in dein Herz und überredest mich, ihn zu behalten.«
»Und bedarf es dazu großer Überredungskünste?«
»Ich werde mich mit meinem Gemahl beraten müssen. Vielleicht vergieße ich ein paar Tränen, doch ich glaube, daß er mir meinen Wunsch bereitwillig erfüllen wird. Er wird Charlot gern haben, da er sich nach einem Baby sehnt.«
»Die Kinder anderer Leute sind einem Manne nicht so willkommen wie seine eigenen. Und er wird doch nicht erfahren, daß Charlot dein Baby ist?«
»Um Himmels willen, nein!«
»Es wundert mich, daß Yvette sich damit einverstanden erklärt hat, da sie doch im Dienste deines Vaters steht.«
»Yvette weiß eben, daß ich ohne Charlot nicht glücklich werden kann, und wenn sie als seine Kinderfrau hier ist ..., verstehst du?«
»Vollkommen.«
»Dann laß uns also den Plan ausführen.«
Ich überlegte ...
Ich durchdachte das Vorhaben nach allen Seiten und mußte zugeben, daß es gelingen konnte, vorausgesetzt, daß alles sich genauso abspielen würde, wie wir es uns ausgedacht hatten.
Der Plan reizte mich trotz meiner beträchtlichen Bedenken. Aber schließlich verlief alles, seit ich von Charlots Existenz – schon vor seiner Geburt – erfahren hatte, mit beachtlichen Schwierigkeiten.

An einem strahlenden Morgen stand ich kurz vor sechs auf, schlüpfte in meine Schuhe, zog einen Mantel an und spazierte zum Gebüsch. Yvette

war bereits dort. Sie trug den Korb und stellte ihn, als ich näherkam, mit unendlicher Sorgfalt zwischen die Sträucher.
Es war beinahe genau so, wie Margot es erzählt hatte; denn Charlot schlug die Augen auf und schenkte mir einen solch verständnisvollen Blick und ein solch vergnügtes Lachen, als wäre er sich der Verschwörung voll bewußt.
Ich trug den Korb ins Schloß. In der Halle blieb ein Lakai vor Verwunderung mit offenem Munde stehen.
»Jemand hat ein Kind im Gebüsch ausgesetzt«, sagte ich. Er war sprachlos und schaute Charlot nur ungläubig an. Mit einer Hand berührte er das Tuch, worin das Baby eingehüllt war, und die glitzernde Goldtresse an seinen Manschetten weckte sogleich Charlots Interesse. Er streckte sein rundliches Händchen aus, um danach zu greifen, doch der Lakai sprang zurück, als befände sich statt des Babys eine Schlange im Korb.
»Er beißt nicht«, sagte ich und merkte im gleichen Augenblick, daß ich das Geschlecht des Kindes verraten hatte.
Charlot lachte vergnügt, als machte er sich über uns beide lustig.
»Mademoiselle, was werden Sie mit ihm anfangen?«
»Ich glaube, ich muß erst Madame fragen«, antwortete ich. »Die Entscheidung liegt bei ihr.«
Und da erschien auch schon Madame auf der Treppe, bereit, ihre Rolle zu spielen.
»Was gibt es?« verlangte sie zu wissen, ein wenig zu herrisch, wie ich fand.
»Cousine, wieso bist du zu dieser frühen Morgenstunde auf und störst uns alle?«
Als wüßte sie von gar nichts – so genau hatte sie sich auf ihre Rolle in diesem Drama vorbereitet, das weiß Gott alles andere als eine Komödie war!
»Margot«, sagte ich, »ich habe ein Baby gefunden.«
»Was hast du gefunden? Ein Baby? Welch ein Unsinn! Soll das ein Scherz sein? Wo hättest du wohl ein... Aber da ist es ja! Was soll das bedeuten?«
Ihre Augen funkelten, ihre Wangen waren gerötet. Sie genoß diesen Auftritt. Er war gefährlich, doch das erhöhte nur ihr Vergnügen.
»Ein Baby!« rief sie. »Wirklich, Cousine? Wo hast du das Baby gefunden! So ein kleiner Liebling. Ist es nicht wonnig?«
Sie spielte ihre Rolle besser als ich, wußte ich doch, welche Überwindung es sie kostete, Charlot ›es‹ zu nennen.
Margot wandte sich dem Diener zu. »Findest du nicht, daß dies ein *hübsches* Kind ist, Jean?« Der Lakai sah bestürzt drein, und Margot fuhr

ungeduldig fort: »*Ich* habe jedenfalls nie ein niedlicheres Kind gesehen.«
Sie beugte sich über den Korb. Charlot betrachtete sie mit ernster Miene.
»Ich finde, der Name ›Charlot‹ würde zu ihm passen, meinst du nicht auch, Cousine?«
»Das könnte durchaus ein Name für ihn sein«, stimmte ich zu.
»Von nun an heißt er Charlot. Ich muß ihn meinem Gatten zeigen. Er wird mit Entzücken vernehmen, daß wir ein Baby haben.«
Robert war heruntergekommen, um nach Margot zu sehen. Er stand auf der Treppe, und mir fiel auf, wie jung er doch wirkte, und wie wenig er von der wahren Natur des Mädchens wußte, das er geheiratet hatte.
Margot lief auf ihn zu und schlang ihre Arme um ihn. Er lächelte sie an. Zweifellos liebte er sie sehr.
»Was ist geschehen, meine Liebste?« fragte er.
»Robert, es hat sich etwas Wundervolles ereignet. Minelle hat ein Baby gefunden.«
Der arme junge Mann blickte verwirrt, was durchaus verständlich war. Margot sagte weiter: »Ja, er lag im Gebüsch. Er muß dort ausgesetzt worden sein. Minelle hat ihn heute früh gefunden. Ist er nicht goldig?«
»Wir müssen seine Eltern ausfindig machen«, sagte Robert.
»O ja«, unterbrach sie ihn ungeduldig. »Später . . ., vielleicht. Sieh doch nur, so ein kleiner Liebling. Schau, wie zutraulich er ist.«
Sie nahm Charlot in die Arme, und Robert betrachtete sie zärtlich, wobei er zweifelsohne an die Kinder dachte, die sie haben würden.
Die Neuigkeit verbreitete sich wie ein Lauffeuer im Schloß. Der Comte und die Comtesse eilten herbei, um das Kind in Augenschein zu nehmen. Mit Nachsicht sahen sie, wie entzückt Margot von ihm war. Sie dachten wohl, daß Margot trotz allem eine gute Mutter werden würde, was eine beruhigende Vorstellung für sie sein mußte; denn bevor das Baby ins Haus kam, hatte niemand Margot mit hingebungsvoller Mutterschaft in Verbindung gebracht.
Im *Château* schien sich alles um das Baby zu drehen. Der Comte meinte, daß man die Eltern bald finden würde. Irgend jemand mußte doch wissen, wessen Kind das war. Es war höchst merkwürdig, fand die Comtesse, daß es sich um einen offenbar gutgepflegten Knaben handelte. Er mußte etwa ein Jahr alt sein. Man brauchte sich nur seine Kleider anzuschauen. Die stammten nicht aus einem armen Hause.
Sie war nicht so sicher wie der Comte, daß man die Eltern finden würde. Mehrere Tage lang stellte man Erkundigungen an, und die ganze Stadt

wußte bald von dem Baby oben im *Château*. Der Comte war der Meinung, jemand habe das Land plötzlich verlassen müssen – da die Zeiten so stürmisch waren – und hätte das Baby in der Nähe des *Châteaus* zurückgelassen, weil man wußte, daß sich die Grassevilles seiner annehmen würden. Die Comtesse war anderer Ansicht. Sie glaubte nicht, daß Eltern ihr Kind einfach zurücklassen könnten. Ihrer Meinung nach hatte eine arme Mutter die Babykleider bei ihrer Herrschaft gestohlen und das Kind beim *Château* ausgesetzt, in der Hoffnung, es werde es dort gut haben.

Was sie auch denken mochten, Charlot blieb jedenfalls, und Margot nahm ihn zum Ergötzen ihrer neuen Familie in ihre Obhut. Ihre Erregung über die Anwesenheit des Babys und das Entzücken, mit dem sie es umsorgte, versetzten jedermann in Erstaunen, und bald hatten alle den Kleinen ins Herz geschlossen. Möglicherweise besaß Charlot einen einzigartigen Charme. Er hatte das herrische Wesen seiner Mutter und die abenteuerliche Natur seines Vaters geerbt. Und Margot brachte es fertig, Robert zu überzeugen, daß sie nie mehr glücklich sein würde, wenn man ihr Charlot fortnähme, und daß er den Anfang der großen Familie bilden müsse, die zu werden sie sich gelobt hatten.

Die Kinderstube wurde neu hergerichtet. Als wir zum Einkaufen der Ausstattung auf den Markt gingen, hielt man uns auf der Straße an und erkundigte sich nach dem Wohlbefinden des Babys.

»Und dem Kleinen geht es gut, hm? Welch ein Glück für ihn, daß er im *Château* gelandet ist und daß sich Madame um ihn kümmert.«

Charlots Eintritt in die Welt war zwar ungelegen gewesen, aber er eroberte sich rasch einen wichtigen Platz auf Erden. Selbst der Comte de Grasseville hoffte, daß niemand kommen und einen Anspruch auf das Kind erheben würde.

Margot erklärte, noch nie im Leben sei sie so glücklich gewesen, und das war die Wahrheit. Sie strahlte und lachte, und nur ich wußte, daß es ein triumphierendes Lachen war, mit dem sie sich zu ihrer List beglückwünschte.

»Die Zeit ist reif«, sagte sie zu mir, »um den zweiten Teil des Planes in die Tat umzusetzen. Ich habe Robert zu verstehen gegeben, daß wir eine Kinderfrau brauchen, und daß sich keine Frau besser dazu eignet als die Frau, die schon mich als Baby gepflegt hatte.«

Es war nur noch eine Frage der Zeit, bis Yvette nach Grasseville kommen würde.

2

Ich hatte Yvette von Anfang an leiden können, aber ich ahnte nicht, welche Bedeutung ihre Ankunft für mich haben sollte.
Als sie ins Schloß kam, umarmte Margot sie voller Zuneigung.
»Es ist wunderbar, daß du kommen konntest!« sagte sie, auf die Dienerschaft achtend. »Ich habe dir geschrieben, was geschehen ist. Du wirst den kleinen Charlot sicherlich liebgewinnen.«
In Margots Schlafgemach waren wir drei dann unter uns.
»Es ist gelungen!« rief Margot aus. »Es ist vortrefflich gelungen!« Gönnerhaft fügte sie hinzu: »Ihr beide habt eure Sache gut gemacht.«
»Nicht so gut wie du«, gab ich spöttisch zurück. »Du hattest natürlich die Hauptrolle zu spielen.«
»Ich war ja auch die Erfinderin unseres kleinen Spiels. Das war ein wundervoller Einfall, wie du zugeben mußt.«
»Darüber möchte ich lieber erst am Ende sprechen«, erwiderte ich.
»Spielverderberin.« Sie streckte mir die Zunge heraus, wie sie es während unserer gemeinsamen Schulzeit zu tun pflegte. Dann wandte sie sich Yvette zu. »Er wird von Tag zu Tag wonniger. Ich bin gespannt, ob er dich erkennt.«
»Das werden wir ja sehen«, sagte Yvette.
Bei Yvettes Anblick strampelte und krähte Charlot sichtlich vergnügt. Margot hob ihn auf den Arm und liebkoste ihn. »Freue dich nicht zu sehr, mein Engel, sonst werde ich eifersüchtig.«
Yvette nahm ihn ihr aus den Armen und legte ihn in sein Bettchen zurück.
»Sie regen ihn zu sehr auf«, schalt sie.
»Das mag er gern. Vergiß nicht, daß er mein Fleisch und Blut ist.«
»Eben das«, sagte Yvette milde, »müssen wir zu vergessen trachten. Sie haben ihn nun bei sich, er gilt als Ihr Adoptivsohn. Das ist doch höchst befriedigend.«
»Glaubst du, ich werde jemals vergessen, daß er mein Kind ist?«
Yvette schüttelte den Kopf.

Yvette und ich kamen häufig zusammen. Das Leben im *Château* war von den Ereignissen draußen beeinflußt, die Menschen besuchten sich nicht mehr gegenseitig wie einst. Dem Comte und der Comtesse de Grasseville lag nichts an aufwendigen Gesellschaften, da soviel über die Armut im Lande geredet wurde. Ich glaube, daß der Comte und seine Comtesse ohnehin das einfachere Leben bevorzugten.
Yvette und ich saßen also häufig zusammen, oder wir gingen in den Gärten spazieren, wo es leichter war, unbelauscht zu plaudern. Ich glaube, wir fürchteten beide, durch ein einziges Wort die wahre Geschichte, wie Charlot ins *Château* gelangt war, zu verraten.
Es dauerte nicht lange, bis Yvette von der Vergangenheit zu erzählen begann.
Die aufregendsten Jahre ihres Lebens hatte sie im Château Silvaine verbracht. »Mit dreizehn Jahren kam ich dorthin«, berichtete sie. »Es war meine erste Stellung als Kindermädchen unter der Aufsicht von Madame Rocher . . ., das ist Nou-Nou. Sie war bei Comtesse Ursules Geburt ins Schloß gekommen und ist seither immer bei ihr geblieben. Sie hat Madame Ursule verehrt. Um sie drehte sich Nou-Nous ganzes Leben. Nou-Nou war kurze Zeit verheiratet gewesen – mit einem Monsieur Rocher. Er hatte einen Unfall, bevor Nou-Nous Kind zur Welt kam. Ihr Mann starb, und sie verlor außerdem ihr Kind. Deshalb ist sie zu Ursule gekommen, und es hieß, daß sie ohne Ursule den Verstand verloren hätte. Sie übertrug ihre ganze Liebe auf das Kind ihres Dienstherrn. Eine traurige Geschichte.«
»Die arme Nou-Nou!«
»Sie war Ursules Amme, und sie pflegte zu sagen: ›Dieses Kind ist ein Teil von mir.‹ Sie konnte es kaum ertragen, wenn sie das Kind nicht sah, und sie suchte Ursule vor jeglichen Schwierigkeiten zu bewahren. Das war nicht gut für das Kind. Als sie klein war, drohte Ursule uns allen, es Nou-Nou zu erzählen, falls jemand von uns sie belästigen sollte. Nou-Nou unterstützte sie noch darin, und dadurch war Ursule damals ein recht unleidliches kleines Mädchen. Doch das gab sich mit der Zeit. Mit etwa sechs oder sieben Jahren kehrte sie sich von Nou-Nou ab . . ., allerdings nicht völlig, dazu standen sie sich zu nahe. Ursule erstickte bei der übertriebenen Fürsorge. So etwas kann vorkommen.«
Ich pflichtete ihr bei. »Was für eine Frau war Ursule?«
»Vor ihrer Heirat war sie ein ganz normales junges Mädchen, das sich vor allem für Bälle und Kleider interessierte. Erst nach der Hochzeit hatte sie sich verändert.«

»Wie lange warst du bei ihr?«
»Bis vor etwa sechs Jahren. Margot wuchs heran, und man konnte auf eine Kinderfrau verzichten. Margot bekam eine Gouvernante, und später ging sie nach England, wie Sie ja wissen. Damals erhielt ich vom Comte das Haus und genügend Geld, um davon gut zu leben und mir eine Dienerin zu halten.«
»Eines Tages wirst du zurückkehren.«
»Ja, wenn Charlot älter ist, hoffe ich.«
»Hast du das *Château* ungern verlassen?«
Sie schwieg, und ihre Augen verschleierten sich. »Ja«, sagte sie dann, »es war schmerzlich fortzugehen. Es gab eine einzige große Freundschaft in meinem Leben.«
Ich brannte darauf, von dieser großen Freundschaft zu erfahren, fand es aber unhöflich, sie danach zu fragen. Ich wartete ab, und sie fuhr bald fort.
»Unsere Freundschaft entstand ganz allmählich. Meine Freundin war eine gutherzige, aber ein wenig herrschsüchtige Person. Das lag an ihrer Erziehung.«
»Meinst du Ursule?«
»Ja. Ich hatte irgend etwas angestellt ... Was es war, habe ich inzwischen vergessen, aber sie war beleidigt. Wie üblich rief sie: ›Ich sag's Nou-Nou.‹ Ich muß aufsässiger Laune gewesen sein, denn ich erwiderte: ›Nur zu, du kleines Klatschmaul, sag's ihr doch.‹ Da hat sie mich nur angestarrt. Ich erinnere mich, daß ihr kleines Gesicht dunkelrot vor Zorn war. Sie muß damals acht Jahre alt gewesen sein ..., ja, sie war acht, ich erinnere mich genau. Sie rannte zu Nou-Nou, die natürlich wie ein Engel mit einem Flammenschwert über mich herfiel, um ihren Liebling zu beschützen. Ich sagte: ›Ich bin es leid, mir alles von diesem verwöhnten Balg gefallen zu lassen.‹ – ›Dann‹, sagte Nou-Nou, ›packst du am besten deine Sachen und verschwindest.‹ – ›Gut‹, schrie ich, ›ich gehe!‹, obwohl ich nicht wußte, wohin. Nou-Nou aber wußte genau, in welcher Zwangslage ich mich befand. ›Und wo willst du hin?‹ fragte sie. Ich antwortete: ›Einerlei, alles ist besser als das ewige Getue um ein albernes, verhätscheltes Kind und seine vernarrte alte Amme.‹ – ›Hinaus‹, schrie Nou-Nou. Als Kinderfrau bei den Brousseaus war Nou-Nou eine Autorität. Madame und Monsieur Brousseau liebten ihre Tochter abgöttisch und ließen Nou-Nou freie Hand; wenn Nou-Nou also befahl, ich sollte gehen, so konnte ich bei keiner übergeordneten Person Berufung einlegen.
Während ich meine spärlichen Habseligkeiten in eine Blechkiste packte und mich fragte, was um alles in der Welt aus mir werden sollte, erkannte

ich die Hoffnungslosigkeit meiner Lage und überließ mich der Verzweiflung. Ich vergrub den Kopf in meinen kümmerlichen Schätzen und schluchzte jämmerlich. Auf einmal spürte ich, daß mich jemand beobachtete, und als ich den Kopf hob, erblickte ich Ursule. Ich sehe sie heute noch so vor mir stehen, blaue Bänder in ihren braunen Locken, in einem weißen bestickten Kleid, das ihr bis zu den Fesseln hinabreichte. Sie war ein sehr hübsches Kind mit großen braunen Augen und dichtem glattem Haar, das Nou-Nou allabendlich hingebungsvoll auf Lockenwickler drehte.

Ich erinnere mich noch, wie sie zu Nou-Nous Füßen saß, während diese geschickt die Wickler eindrehte und dabei Lieder aus ihrer bretonischen Heimat sang oder mit eintöniger Stimme Legenden und Geschichten erzählte. Als Ursule mich in jenem Augenblick ansah, ging etwas zwischen uns vor. Staunend erkannte ich, daß es dem Kind wirklich leid tat, ein solches Unwetter heraufbeschworen zu haben. Bis dahin hatte ich sie nur für ein kleines Balg gehalten, das ausschließlich an sich selbst dachte. Aber nein, so unempfindsam war sie gar nicht.

Wie sie mir später erzählte, regte sich damals in ihr ein Gefühl für mich. Sie wußte nicht, was das war; sie wußte nur, daß sie mich nicht gehen lassen wollte. Gebieterisch wie immer, sagte sie: ›Pack nichts mehr in deine Kiste!‹ Und mit verblüffender Umsicht nahm sie die Sachen heraus und legte sie in die Schubladen zurück. Nou-Nou kam herein, und als sie mich noch immer auf dem Boden knien sah, meinte sie: ›Los, Mädchen, es wird Zeit für dich.‹ Darauf hob meine kleine Heldin auf ihre unnachahmliche Art den Kopf und sagte: ›Sie geht nicht, Nou-Nou! Ich wünsche, daß sie bleibt!‹ – ›Sie ist ein unartiges und aufsässiges Mädchen‹, sagte Nou-Nou. ›Ich weiß‹, entgegnete Ursule, ›aber ich wünsche, daß sie bleibt.‹ – ›Aber, mein kleiner Liebling, sie hat dich doch eine kleine Petze geschimpft.‹ – ›Nun ja, das bin ich ja auch, Nou-Nou. Ich petze doch wirklich. Ich will, daß sie bleibt!‹ Die arme Nou-Nou war ganz verstört, aber das Wort ihres kleinen Lieblings war selbstverständlich Gesetz.«

»Seit jenem Tag verhielt sie sich also anders?«

»Nicht sofort. Es ging auf und ab mit unserer Freundschaft. Aber im Gegensatz zu Nou-Nou gab ich ihr niemals nach, und gerade das gefiel ihr, glaube ich. Außerdem war ich viele Jahre jünger als Nou-Nou. Ich war ungefähr fünfzehn, als Ursule acht war. Damals war das ein großer Altersunterschied. Später, als wir älter wurden, machte das nicht mehr so viel aus. Von jenem Tage an zeigte sie Interesse an mir. Zwar war sie nach wie vor Nou-Nous ›kleines Herzblatt‹, und sie war ständig mit ihr

zusammen, doch stahl sie sich jetzt öfters fort, um mich zu besuchen. Sie faßte mit der Zeit erstaunlich viel Vertrauen zu mir. Anfangs war Nou-Nou ein wenig eifersüchtig, aber sie erkannte bald, daß ihre Beziehung zu ihrem Liebling ganz andersgeartet war als die meine. Sie liebte Ursule so sehr, daß sie bereitwillig alles guthieß, was ihrem Herzblatt Vergnügen verschaffte.
Ich hatte Geschmack für Kleider. Zwar fertigte ich sie nicht selbst an, dazu hatten wir ja die Näherinnen, aber ich verstand, sie zu verschönern und ihnen eine besondere Note zu geben, daß sie von den anderen abstachen. Ursule wollte mich bei allen Anproben dabeihaben. Sie bestand darauf, daß ich sie bei ihren Einkäufen in die Stadt begleitete.
Das war aber nicht alles: Sie fragte mich häufig um Rat, auch wenn sie ihn nur selten befolgte. Wir wurden echte Freundinnen, was zwischen einer Dienstmagd und der Tochter des Hauses durchaus unüblich war.
Die Eltern Brousseau waren, wie gesagt, sehr wohlwollend. Yvette sei ein gutes Mädchen, meinten sie. Sie kümmere sich auf eine Art um Ursule, wie Nou-Nou es nicht könnte. Und so wuchsen wir wie zwei Geschwister zusammen auf.«
»Das also war die stärkste Freundschaft deines Lebens. Weswegen bist du aber fortgegangen?«
»Ich habe den Comte verärgert, als ich Ursule anstachelte, sich gegen ihn aufzulehnen, und weil ich ihm meine Meinung ins Gesicht sagte. Er fand, daß Marguerite keine Kinderfrau mehr nötig hätte. Und so schickte er mich fort.«
»Es wundert mich, daß Ursule das zuließ.«
Yvette schürzte die Lippen. »Durch die Heirat hatte sich alles völlig verändert. Vom ersten Augenblick an flößte er ihr Furcht ein.«
»Und obwohl er dir dein Haus geschenkt und dir ein bequemes Leben ermöglicht hat, hast du ihn nicht gern?«
»Ihn gernhaben!« Sie lachte. »Ich möchte wissen, ob wohl irgend jemand den Comte gern hat. Die Leute fürchten ihn. Manche respektieren seinen Reichtum und sein Ansehen. Viele aber hassen ihn. Diejenigen, die sich auf flüchtige Liebesabenteuer mit ihm eingelassen haben, werden vielleicht sagen, sie hätten ihn geliebt. Aber *gern* haben!«
»Und du gehörst zu denen, die ihn hassen?«
»Ich würde jeden hassen, der Ursule das angetan hätte, was er ihr zugefügt hat.«
»War er denn grausam zu ihr?«
»Hätte sie ihn nicht geheiratet, so würde sie heute noch leben.«

»Du willst doch nicht behaupten, daß er ... sie getötet hat?«
»Meine liebe Mademoiselle, genau das behaupte ich.«
Ich schüttelte den Kopf, und sie legte ihre Hand auf die meine.
Danach sprach sie nicht mehr, und unser *tête-à-tête* war für diesen Tag beendet.
Ich dachte ernsthaft über Yvettes Worte nach. Sie schien ein Geheimnis zu verbergen, und dieses mußte ich herausfinden. Ihren Andeutungen entnahm ich, daß es mit dem Comte zusammenhing. Ich schauderte bei dem Gedanken an ihren Gesichtsausdruck, als sie behauptet hatte, er hätte Ursule getötet.
Wäre er an meiner Seite gewesen, so hätte ich bereitwillig geglaubt, es könne nicht wahr sein; war er jedoch nicht bei mir, konnte ich die Tatsachen ruhiger abwägen. Ich mußte mit Yvette reden. Wenn ich über Ursules Natur besser Bescheid wüßte, wäre ich vielleicht in der Lage, etwas Licht in die Angelegenheit zu bringen.
Margot bat mich, in der Stadt ein paar Bänder zu einem Kleidungsstück für Charlot zu kaufen.
Ich machte mich allein auf den Weg. Es war nie die Rede davon gewesen, daß wir tagsüber in Grasseville eine Begleitung benötigten, und dies war nicht das erste Mal, daß ich allein in die Stadt ging.
Das Château Grasseville – bei weitem nicht so grandios wie das Château Silvaine – glich eher einem prächtigen Landsitz, der den Namen *Château* kaum verdiente. Die Familie besaß vierzig Meilen weiter nördlich ein weiteres Schloß – weitaus größer als dieses –, doch das hier war ihr bevorzugter Wohnsitz. Mit seinen vier Türmen und seinen grauen Mauern überragte es, auf einem abgelegenen Hügel erbaut, die ganze Stadt.
Es war am späten Vormittag. Die Sonne stieg langsam höher. In wenigen Stunden würde es sehr heiß sein.
Auf meinem Weg in die Stadt riefen mir mehrere Leute einen Gruß zu. Eine Frau auf einem Korbstuhl erkundigte sich nach dem Befinden des Kleinen. Ich sagte ihr, daß Charlot wohlauf sei.
»Das arme Würmchen! Einfach ausgesetzt. Ich würde einer Mutter den Hals umdrehen, Mademoiselle, die ihr Baby verläßt. Jawohl, das würde ich tun, einfach so, wie Monsieur Berray seinen Hühnern die Hälse umdreht.«
»Niemand könnte es besser haben als Charlot, Madame.«
»Das weiß ich. Und die junge Madame ... Sie ist die geborene Mutter. Das ist schnell gegangen bei ihr, wie? Erst wenige Wochen verheiratet ...«

Sich an ihrem Korbstuhl festhaltend, kippte sie gefährlich hin und her.
»Madame ist nun einmal in Babys vernarrt«, sagte ich.
»Gott segne sie.«
Ich ging weiter. Es gab kaum jemanden, der sich nicht nach dem Baby erkundigte.
Eine geraume Zeit verbrachte ich mit dem Aussuchen der Bänder und beschloß anschließend, vor dem Heimweg eine Tasse Kaffee und eine dieser köstlichen kleinen Cremeschnitten zu mir zu nehmen.
Ich setzte mich an einen Tisch unter der blauen Markise, und Madame Durand, die mir den Kaffee brachte, plauderte eine Weile über das Baby, welches das große Glück hatte, ausgerechnet vor den Toren des *Château* ausgesetzt zu werden.
Nachdem sie mich verlassen hatte, grübelte ich wieder über Yvettes Worte nach, und fragte mich, warum sie einen solch heftigen Haß gegen den Comte hatte. Nou-Nou hegte die gleichen Empfindungen für ihn. Das lag sicherlich an seinem Verhalten Ursule gegenüber. Ich wußte so wenig von ihr. Ich hatte sie für eine verdrießliche Hypochonderin gehalten, aber ein derartiger Charakterzug paßte kaum zu einer Frau, die eine so tiefe Verehrung genoß. Bei Nou-Nou, die ihr eigenes Kind verloren hatte, war das verständlich. Bei Yvette aber lagen die Dinge anders. Sie war eine verständige Frau, fähig, sich ihre eigene Meinung zu bilden, und wenn diese eine tiefe Freundschaft mit der Tochter ihres Dienstherrn verband, so mußte es mit dieser Tochter etwas Besonderes auf sich haben.
Jeder Gedanke an den Comte und seine Affären versetzte mich über kurz oder lang in völlige Verwirrung.
Während ich, durch die blaue Markise vor der Sonne geschützt, dort saß, meinen Kaffee schlürfte und meinen *gâteau* genoß, hatte ich das merkwürdige Gefühl, daß ich beobachtet wurde.
Seltsam, daß ich dies ausgerechnet an einem strahlenden, sonnigen Vormittag im Herzen der Stadt verspürte. So unauffällig wie möglich drehte ich mich um und bemerkte ein paar Tische weiter einen Mann, der daraufhin den Kopf wandte und vor sich hin starrte. Mir war, als wäre ich ihm bereits früher einmal begegnet. Das war auf unserem Weg von Paris nach Grasseville gewesen. Er hatte sich in einem Gasthaus aufgehalten, wo wir die Nacht verbracht hatten. Ich erkannte ihn an der Eigenart wieder, wie sein Kopf auf den Schultern saß. Er hatte einen auffallend kurzen Hals und zog die Schultern ein wenig hoch. Er trug eine dunkle Perücke und einen großen Hut, dessen Krempe sein Gesicht teilweise verdeckte – solche Hüte waren gang und gäbe. Rock und Reithosen waren

von demselben undefinierbaren Braun wie der Hut. Der Mann sah nicht anders aus als viele Leute, denen man in Städten und Dörfern gewöhnlich begegnete, durch seine Kleidung wäre er gewiß nicht aufgefallen. Ich erkannte ihn eben nur an der Art, wie er den Kopf auf den Schultern trug.
Gewiß bildete ich mir nur ein, daß er sich für mich interessierte. Es sei denn, er hätte vernommen, daß ich vom *Château* kam und die Cousine der jungen Madame war, welche jüngst das ausgesetzte Baby adoptiert hatte.
Immerhin verursachte mir der Mann ein leichtes Unbehagen. Seit jenem Erlebnis auf dem Pfad war ich stets auf der Hut.
Als ich aufstand und mich auf den Weg machte, dachte ich immer noch an den Mann mit der dunklen Perücke. Merkwürdig, daß er sich in dem gleichen Gasthaus aufgehalten hatte, in welchem wir übernachtet hatten. Aber vielleicht wohnte er dort. Ich mußte mich unauffällig nach ihm erkundigen.
Ich ging zu dem Kurzwarenladen zurück, um Spitzen zu kaufen, die ich dort zuvor gesehen hatte. Ich trat aus dem Laden und ging an der *pâtisserie* vorbei.
Der Mann saß nicht mehr an seinem Tisch.
Ich verließ die Stadt und machte mich auf den Weg zum *Château*. Als ich den Hügel erreicht hatte, blickte ich zurück. Der Mann folgte mir in diskreter Entfernung.
Nachdenklich ging ich zum *Château* hinauf.

Es war nicht schwierig, Yvette zu veranlassen, von Ursule zu sprechen. Sie saß im Garten, eine Näharbeit in den Händen, und ich gesellte mich zu ihr.
»Wir sollten das hier genießen, so lange es noch möglich ist«, sagte sie.
»Du meinst diesen Frieden?«
Sie nickte. »Ich frage mich, wie es in Paris zugehen mag. Es muß sehr heiß dort sein. Merkwürdig, wie die Hitze die Gemüter erregt. Abends geht das Volk auf die Straßen. Die Leute versammeln sich beim Palais Royale, halten Reden, stoßen Flüche und Drohungen aus.«
»Die Regierung wird vielleicht eine Lösung finden. Ich glaube, der Comte nimmt dort an den Ratsversammlungen teil.«
Yvette schüttelte den Kopf. »Der Haß sitzt zu tief und ist mit Mißgunst vermischt. Man kann kaum etwas tun. Wenn sich der Pöbel erhebt, möchte ich nicht als Mitglied der Aristokratie in seine Hände fallen.«

Ich erschauerte bei dem Gedanken an ihn, wie er, arrogant und würdevoll, in seinem Schloß allmächtig schien. Auf den Straßen von Paris würde das allerdings anders sein.

»Jetzt kommt die Abrechnung«, sagte Yvette. »Der Comte Fontaine Delibes ist ein despotischer Herrscher gewesen. Sein Wort war Gesetz. Es ist an der Zeit, daß seinesgleichen gestürzt wird.«

»Warum hat Ursule ihn geheiratet?« fragte ich.

»Das arme Kind hatte doch keine Wahl.«

»Ich denke, die Brousseaus haben sie vergöttert.«

»Das schon, aber sie erstrebten die bestmögliche Vermählung für sie. Eine großartigere hätte es nirgends geben können – abgesehen vom Königshof. Sie wünschten ihr alle Ehren. Das Glück, so glaubten sie, würde sich von selbst einstellen. Sie würde in einem herrlichen *Château* zu Hause sein und einen großen Namen tragen als Gemahlin eines Mannes, der bekanntermaßen in Paris wie auf dem Lande eine wichtige Rolle spielte. Daß er der leibhaftige Teufel war, schien nicht im geringsten von Bedeutung.«

»War er denn wirklich so schlimm?« Meine Frage klang beinahe flehend in dem sehnlichen Wunsch, Yvette möge irgend etwas Gutes über ihn sagen.

»Als sie heirateten, war er noch jung an Jahren – nur etwa ein Jahr älter als sie –, aber er war bereits ein alter Sünder. So einer ist mit vierzehn schon mannesreif. Sie mögen es vielleicht nicht glauben, aber ich versichere Ihnen, daß er in diesem Alter bereits seine Erfahrungen hatte. Zur Zeit seiner Vermählung war er achtzehn. Da hatte er schon eine feste Mätresse. Sie kennen sie.«

»Ja. Gabrielle LeGrand.«

»Und diese hatte ihm einen Sohn geboren. Sie wissen ja, wie Etienne ins *Château* kam. Können Sie sich etwas Niederträchtigeres vorstellen, als den Sohn einer anderen Frau ins Haus zu bringen, um vor der eigenen Ehefrau zu prahlen, nur weil sie unfähig ist, weitere Kinder zur Welt zu bringen?«

»Ich gebe zu, daß es herzlos ist.«

»Herzlos, jawohl. Er hat kein Herz. Für ihn hat es nie wichtigere Ziele gegeben als die egoistische Erfüllung seiner Wünsche.«

»Man sollte doch meinen, mit solchen Eltern, mit Nou-Nou und mit dir hätte Ursule sich weigern können, ihn zu heiraten.«

»Sie kennen ihn doch.« Sie bedachte mich mit einem schiefen Blick, und ich fragte mich, welche Gerüchte ihr wohl über den Comte und mich zu

Ohren gedrungen waren. Sie hatte gewiß etwas gehört, denn es war eindeutig, daß sie mich warnen wollte. »Er besitzt einen gewissen Charme, eine Art diabolischen Zauber, dem die meisten Frauen nicht widerstehen können. Sich mit ihm einzulassen ist wie Gehen auf Treibsand, der in seiner Schönheit zum Wandern verlockt. Doch schon beim ersten Schritt beginnt man zu versinken, und sofern man nicht über das Geschick und die Kraft verfügt, sich rasch zu befreien, ist man verloren.«

»Glaubst du wirklich, jemand kann durch und durch böse sein?«

»Ich glaube, es gibt Menschen, die sich in ihrer Macht sonnen, welche sie über andere ausüben. Sie thronen hoch über allen. Nur ihre Bedürfnisse, ihre Wünsche allein sind ihnen wichtig. Die müssen befriedigt werden, ohne Rücksicht darauf, wem dadurch Leid zugefügt wird.«

»Er hat nach deiner Entlassung für dich gesorgt«, erinnerte ich sie.

»Damals glaubte ich, das sei aus Güte geschehen. Später kam mir der Gedanke, daß er eigennützige Gründe dafür gehabt haben könnte.«

»Was für Gründe?«

»Er wollte mich womöglich aus dem Weg haben.«

»Warum?«

»Vielleicht führte er mit Ursule etwas im Schilde.«

»Du meinst doch nicht etwa...«

»Meine liebe Mademoiselle, es überrascht mich, daß eine junge Frau mit Ihrem gesunden Menschenverstand sich dermaßen täuschen läßt. Aber Sie sind freilich nicht die erste. Meine arme kleine Ursule! Ich erinnere mich genau an den Abend, als man sie rufen ließ. Sie ging in den Salon hinunter und wurde ihm vorgestellt. Der Ehekontrakt war bereits aufgesetzt. O ja, es sollte eine einzigartige Verbindung werden! Die Brousseaus sind eine uralte Familie, doch im Laufe der Jahrhunderte hatten sie einiges von ihrem Reichtum eingebüßt. Seine Familie dagegen hatte den ihren bewahrt. Die Brousseaus gewannen also einen ebenbürtigen Schwiegersohn nebst unermeßlichem Reichtum und Ansehen. Sie brauchten Geld, und das Heiratsabkommen ging weit über die Höhe der Mitgift hinaus, welche sie für ihre Tochter hätten bereitstellen müssen. Es war eine überaus vorteilhafte Verbindung – beide Seiten waren zufrieden.«

»Und Ursule?«

»Er hat sie verzaubert..., wie schon so viele andere Frauen. Sie kam anschließend zu mir..., sie ist ja immer zu mir gekommen. Zu Nou-Nou ging sie wie ein Kind, das sich wehgetan hatte und getröstet werden will. Mir aber vertraute sie ihre wahren Probleme an. Sie war betört. ›Yvette‹, sagte sie, ›nie habe ich jemanden kennengelernt, der wie er ist. Er ist unvergleichlich.‹ Sie wandelte wie im Traum umher. Sie war ja so unschuldig. Sie besaß überhaupt keine Erfahrung. Das Leben war für sie ein romantischer Traum.«

»Und was hieltest du von ihm?«

»Ich kannte ihn damals noch nicht. Ich gestand ihm all den Charme zu, mit dem er sie so bezaubert hatte. Erst später sollte ich seinen Lebenswandel kennenlernen. Wir beide, Nou-Nou und ich, fanden, daß er ihrer würdig sei. Doch diese Illusion wurde uns bald zerstört.«

»Wie bald?«

»Sie verbrachten die Flitterwochen auf einem seiner Landsitze, Villers Brabante, einem hübschen Haus – zwar klein, aber entzückend in die ländliche Umgebung eingefügt ..., ganz friedlich ..., der ideale Ort für Flitterwochen ..., vorausgesetzt natürlich, daß man den idealen Ehemann hat. Er aber war alles andere als das.«

»Wie konntest du das wissen?«

»Man brauchte Ursule nur anzuschauen. Nou-Nou und ich waren nach Silvaine gezogen und erwarteten dort ihre Rückkehr. Zum ersten Mal war Nou-Nou von Ursule getrennt. Sie verhielt sich wie eine Henne, die ihr Küken verloren hatte – war ganz außer sich. Sie stieg zu dem Wächter auf den Turm, um nach ihnen Ausschau zu halten. Und dann kamen sie zurück ... Ein Blick in das Gesicht von Ursule, und wir wußten Bescheid. Sie war ganz verstört. Das arme Kind, niemand hatte sie über das Leben aufgeklärt ..., und schon gar nicht über ein Leben mit einem solchen Mann. Sie war verstört und verängstigt. Innerhalb von zwei Wochen hatte sie sich völlig verändert.«

»Er war ja selbst noch so jung«, brachte ich zu seiner Verteidigung vor.

»Jung an Jahren, alt an Erfahrungen. Er muß wohl festgestellt haben, daß sie ganz anders war als die leichtfertigen Frauenzimmer, die er bis dahin gekannt hatte. Ich glaube, sie war bei ihrer Rückkehr bereits schwanger, denn bald darauf wurde es offensichtlich. Das war eine weitere schwere Prüfung für sie. Sie fürchtete sich davor, ein Kind zu bekommen. Damals standen wir uns näher als je zuvor. ›Es gibt Dinge, über die ich mit Nou-Nou nicht reden kann‹, sagte sie zu mir, und sie erzählte mir, wie sie ihn enttäuscht hatte, wie sehr sie sich sehnte, allein zu sein, wie anders sie sich die Ehe vorgestellt hatte. Während der Monate des Wartens saßen wir beisammen, und sie schilderte mir ihre ›Heimsuchung‹, wie sie es nannte. Und nun stand ihr eine weitere bevor: die Geburt ihres Kindes. ›Er muß unbedingt einen Sohn haben, Yvette‹, sagte sie. ›Wenn dieses Kind ein

Knabe wird, werde ich das niemals wieder durchmachen. Wird es aber ein Mädchen...‹ Sie schauderte und klammerte sich zitternd an mich. Von da an haßte ich ihn.«

»Aber so etwas sollte man doch eigentlich von einer Ehe erwarten. Das Schlimme war vielleicht, daß Ursule nicht aufgeklärt war.«

»Immer finden Sie eine Entschuldigung für ihn. Arme Ursule! Sie war ja vor Marguerites Geburt so krank. Nou-Nou fürchtete, daß sie es nicht überstehen würde. Doch wir hatten die besten Ärzte, die beste Hebamme, und schließlich kam der Tag, an dem das Kind geboren wurde. Nie werde ich ihr Gesicht vergessen, als man ihr mitteilte, daß es ein Mädchen war. Sie war sehr, sehr krank, und die Ärzte meinten, es sei lebensgefährlich für sie, noch ein Kind zu bekommen. ›Sie darf keinesfalls weitere Anstrengungen unternehmen, Kinder zu bekommen‹, sagten die Ärzte. Nou-Nou und ich schrien erleichtert auf. Es war, als sei unser Liebling uns zurückgegeben worden.«

»Der Comte muß sehr enttäuscht gewesen sein.«

»Er war außer sich vor Wut. Er gewöhnte sich an, auszureiten oder zu fahren, wobei er sich wie ein Verrückter aufführte. Er befand sich in einem Dilemma. Er verfluchte den Tag, an dem er geheiratet hatte. Er war mit einem kranken Weib geschlagen, hatte eine Tochter und keinen Sohn. Sie haben gewiß gehört, daß er einen Jungen getötet hat.«

»Ja, Léons Zwillingsbruder.«

»Das war glatter Mord.«

»Er hat es nicht mit Absicht getan. Es war ein Unfall. Er hat die Familie dafür entschädigt. Wir wissen, was er für Léon getan hat.«

»Das hat ihn nichts gekostet. Er ist ein... ruchloser Mensch. Dann holte er Etienne ins *Château*..., seinen unehelichen Sohn..., um ihr zu zeigen, wenn sie ihm keine Söhne schenken konnte, so konnten es eben andere. Das war sehr grausam.«

»Hat es sie verletzt?«

»Sie hat einmal zu mir gesagt: ›Es macht mir nichts aus, Yvette, solange ich mich nicht fügen muß. Von mir aus kann er zwanzig uneheliche Söhne hier haben, solange ich mich nicht bemühen muß, ihm einen ehelichen zu schenken.‹ Sie sehen, wie skrupellos er ist. Er schert sich so wenig um die Gefühle seiner Gattin, daß er Etienne ins Haus bringt. Etienne und seine Mutter machen sich Hoffnungen, daß Etienne legitimiert und zum Erben des Comte ernannt wird; der aber hält die beiden im Ungewissen und amüsiert sich über sie.«

»Jeder Betroffene kann einem leid tun«, sagte ich.

Yvette sah mich streng an und schüttelte wie in Verzweiflung den Kopf.
Ich fuhr fort: »Immerhin hatte Ursule ihre Tochter.«
»Sie hat sich nie viel aus Marguerite gemacht. Das Kind hat sie stets an die Geburt und an alles, was sie erlitten hatte, erinnert.«
»Das war doch nicht Marguerites Schuld«, hielt ich ihr entgegen. »Ich finde es nur natürlich, daß eine Mutter sich um ihr Kind kümmert.«
»Marguerite bewies schon bald, daß sie recht gut auf eigenen Füßen stehen konnte. Auch Nou-Nou zeigte wenig Interesse an dem Kind. So fiel mir die Pflege zu. Ich hatte Marguerite gern. Sie war solch ein fröhliches kleines Ding, lebhaft, eigensinnig, impulsiv . . ., nun, sie hat sich nicht sehr verändert.«
»Es wundert mich, daß sie Ursule so gleichgültig war.«
»Ursule war zu dieser Zeit gänzlich teilnahmslos. Kurz nach Marguerites Geburt traf sie ein neuer Schock: es starb ihre Mutter. Sie hat sehr an ihrer Mutter gehangen, und ihr Tod war ein schwerer Schlag für Ursule.«
»Demnach kam er unerwartet.«
Yvette schwieg eine Weile, bevor sie sagte: »Ihre Mutter hat sich das Leben genommen.«
Mir stockte der Atem.
»Ja«, fuhr Yvette fort, »das war für uns alle ein schlimmer Schock. Wir wußten nicht, daß sie krank war. Sie hatte lange Zeit über ihre Schmerzen geschwiegen, doch als sie stärker wurden, ließen sie sich nicht mehr verheimlichen. Als sie erfuhr, daß man nichts dagegen tun konnte, nahm sie eine Überdosis eines Schlafmittels.«
»Genau wie . . . Ursule«, murmelte ich.
»Nein«, sagte Yvette bestimmt. »Nicht wie Ursule. Ursule hätte sich nie das Leben genommen. Sie war tief religiös und glaubte an ein Leben nach dem Tode. Sie pflegte zu mir zu sagen: ›Was immer wir hier auch erdulden, Yvette, es ist nur vorübergehend. Wir müssen ausharren, und je größer das Leid, um so größer das Frohlocken, sobald wir unsere Ruhe haben. Meine Mutter hatte Qualen und hätte wohl noch mehr gelitten, und das konnte sie nicht ertragen. Ach, hätte sie doch nur ausgehalten!‹ Dann ergriff sie meine Hände und sagte: ›Hätte ich es doch nur gewußt. Hätte ich nur mit ihr reden können . . .‹«
»Und doch, als ihr dann Ähnliches widerfuhr . . .«
»Sie hatte keine starken Schmerzen, das weiß ich.«
»Du warst doch gar nicht im *Château*«, warf ich ein.
»Wir schrieben uns jede Woche. Sie breitete ihr Herz vor mir aus. Sie meinte, unsere Briefe würden mehr als unsere Gespräche enthüllen.

Schriftlich sind wir uns noch näher gekommen, denn auf dem Papier kann man seine Meinung viel genauer ausdrücken. Als ich von ihr fort war, erfuhr ich mehr über sie als zuvor. Daher weiß ich, daß sie niemals Hand an sich gelegt hätte.«
»Wie ist sie aber dann gestorben?«
»Jemand hat sie ermordet«, sagte Yvette.

Ich ging in mein Zimmer, da ich nicht mehr über Ursules Tod sprechen wollte. Ich wollte Yvettes Behauptung, der Comte habe seine Gattin getötet, einfach nicht wahrhaben.
Yvette hatte mit diesen Gesprächen die Absicht, mich zu warnen. Sie stellte mich jenen Frauen gleich, die, vom Comte fasziniert, ihn eine Weile lang amüsierten und dann von ihm verstoßen wurden ... Eine Reihe unbedeutender Affären, einige etwas wichtiger als andere, so etwa die eine, der er Etienne verdankte.
Und doch, trotz aller Anzeichen konnte ich dergleichen von ihm nicht glauben. Ich wußte zwar von seinen Abenteuern – hatte er je ein Geheimnis daraus gemacht? –, doch ich war überzeugt, daß unsere Beziehung anders geartet war.
Zeitweise meinte ich alles vergessen zu können, was vorher gewesen war. Alles! Auch Mord? Doch ich mochte nicht glauben, daß er seine Gattin ermordet hatte. Er hatte Léons Bruder getötet – eine unbesonnene Tat, aber das war etwas ganz anderes als vorsätzlicher Mord.
Während ich so grübelte, schaute Margot zur Tür herein. Sie wirkte niedergeschlagen.
»Stimmt etwas nicht?« fragte ich und richtete mich von meinem Bett auf. Margot setzte sich auf den Stuhl beim Spiegel und blickte mich stirnrunzelnd an.
»Was ist geschehen? Charlot ...?«
»Er ist so wonnig wie immer.«
»Was dann?«
»Ich habe ein Schreiben bekommen. Eine Frau hat es Armand überreicht und ausdrücklich verlangt, es soll mir oder dir übergeben werden.«
»Ein Schreiben? Armand?«
»Bitte wiederhole nicht alles, was ich sage. Das macht mich verrückt.«
»Wieso gibt eine Frau Armand ein Schreiben?«
»Sie muß gewußt haben, daß er vom *Château* kommt.«
Wir hatten den Diener Armand vom Château Silvaine mit hiergebracht. Etienne hatte ihn uns als einen zuverlässigen Mann empfohlen.

»Wo ist der Brief?« fragte ich.
Margot reichte mir ein Blatt Papier, und ich las:

> *Es wäre gut, wenn eine von Ihnen Dienstag morgen um 10 Uhr zum Café des Fleurs kommen könnte. Es würde Ihnen leid tun, wenn Sie es versäumten. Ich weiß alles über das Baby.*

Ich starrte Margot an. »Wer um alles in der Welt könnte das sein?«
Sie schüttelte unwillig den Kopf. »Ach Minelle, was sollen wir nur tun? Diese Nachricht ist noch schlimmer als die Sache mit Bessell und Mimi.«
»Für mich sieht es so aus«, sagte ich, »als wäre es dasselbe wie bei Bessell und Mimi.«
»Aber hier . . . in Grasseville. Ich habe Angst, Minelle.«
»Jemand versucht, dich zu erpressen.«
»Woher willst du das wissen?«
»Aus dem Ton des Schreibens. ›Es würde Ihnen leid tun . . .‹ Jemand hat etwas erfahren und will für sich etwas herausholen.«
»Was soll ich nur tun?«
»Könntest du Robert nicht die Wahrheit sagen?«
»Bist du verrückt? Das könnte ich niemals tun . . ., jedenfalls jetzt noch nicht. Er hält mich für so vollkommen, Minelle.«
»Früher oder später wird er seinen Irrtum erkennen. Besser also früher.«
»Wie hart du sein kannst.«
»Warum schickst du nicht jemand anderen?«
»Jemand anderen! Hier steht ausdrücklich ›eine von Ihnen‹. Damit bist du ebenso gemeint wie ich.«
»Dann solltest *du* hingehen, finde ich.«
»Das geht nicht. Robert will mit mir ausreiten.«
»Sag es ab.«
»Mit welcher Entschuldigung? Es geht nicht. Er würde wissen wollen, warum . . .«
Ich zögerte. Aber andererseits bildete ich mir ein, dieser heiklen Situation besser gewachsen zu sein als Margot. Schließlich ging die Angelegenheit auch mich etwas an. Ich war während jener schicksalhaften Zeit bei Margot gewesen. In Gedanken versuchte ich mir vorzustellen, wer der Briefschreiber wohl sein könne. Madame Grémond . . ., jemand aus dem Haus . . .? Vielleicht einer, dem Bessell und Mimi etwas erzählt hatten, der gesehen hatte, was sie erreicht hatten, und der sich ähnliche Vorteile erhoffte.

Als ich schließlich erklärte, daß ich gehen würde, fiel mir Margot um den Hals. Sie wüßte ja, daß sie sich stets auf mich verlassen könne, frohlockte sie.
Ich mahnte: »Hör zu. Es ist noch nichts erledigt, es hat alles gerade erst begonnen. Ich glaube, du mußt dich damit abfinden, daß du die Angelegenheit wirst Robert erzählen müssen, um den Erpressern den Boden zu entziehen. Du kannst nie wissen, wann Bessell und Mimi neue Forderungen stellen werden.«
»Ach Minelle, ich habe solche Angst. Aber du weißt schon, wie du mit ihnen umgehen mußt.«
»Es gibt nur eine richtige Art, mit Erpressern umzugehen: man muß sie auffordern, ihre Drohungen ruhig wahrzumachen.«
Sie schüttelte den Kopf. In ihren Augen war echte Furcht. Ich hatte sie sehr gern, und ich sah mit Freuden, wie glücklich sie mit Robert war. Oft mußte ich lachen, wenn ich daran dachte, auf was für eine listige Art sie ihr Baby ins Haus gebracht hatte. Aber jetzt befanden wir uns in einer verzwickten Lage, und ein Geheimnis, das man mit anderen teilen mußte, konnte natürlich Gefahren heraufbeschwören.
Margots Art, alles auf meine Schultern abzuwälzen, beeindruckte mich. Ich war sicher, daß sie mit Robert einen vergnügten, glücklichen Morgen verbringen würde. Sie konnte ganz im Augenblick aufgehen, was in gewisser Hinsicht vielleicht ein Segen war, jedoch die Sorge für die Zukunft außer acht ließ.
Fünf Minuten vor zehn kam ich am Café des Fleurs an. Damit Madame sich nicht wunderte, bestellte ich wie üblich meinen Kaffee und den *gâteau*, obwohl ich nicht den geringsten Appetit verspürte. Mit einem leichten Schreck bemerkte ich den Mann mit der dunklen Perücke und den hochgezogenen Schultern. Das ist der Erpresser, dachte ich. Er hatte mich also wirklich beobachtet! In einiger Entfernung nahm er Platz, und obwohl er in meine Richtung blickte, tat er so, als ob er mich nicht bemerkte.
Eine Frau kam auf mich zu. Emilie! Madame Grémonds Dienstmagd, die stille Schwester der schwatzhaften Jeanne. Das hätte ich mir denken können. Ich hatte diesen dünnen Lippen und diesen blassen Augen, die mich nie aufrichtig angesehen hatten, immer mißtraut.
»Mademoiselle sind überrascht?« fragte sie mit einem unangenehmen Lächeln.
»Nicht besonders«, erwiderte ich. »Was hast du mir zu sagen? Sag es bitte schnell, und dann fort mit dir!«

»Ich werde gehen, wann es mir paßt, Mademoiselle. Nicht Sie geben hier den Ton an; denken Sie daran. Wir müssen uns rasch einigen. Ich weiß, daß die Mutter des Kindes nicht Madame le Brun, sondern Madame de Grasseville ist, ehemals Mademoiselle Fontaine Delibes, Tochter des großen Comte.«
»Du hast dir ja wirklich viel Mühe gegeben«, sagte ich im scharfen Ton. »Schade, daß es nicht für eine edlere Sache war.«
»Es war nicht schwierig«, meinte sie mit einem Anflug von Bescheidenheit. »Wir alle wußten, daß Madame Grémond eine gute Freundin des Comte Fontaine Delibes war. Sie war ja sehr stolz darauf. Er besuchte sie auch zuweilen. Wir glaubten, Madame le Brun sei eine von seinen Mätressen, und das Baby sei von ihm. Dann brachte Gaston Briefe zu Madame LeGrand ..., sie und Madame Grémond hielten nämlich Kontakt miteinander. Zwei Damen im Unglück ..., beide jedoch nicht ganz und gar verstoßen.« Emilie kicherte. Wie ich ihr käsiges Gesicht haßte! »Dabei hat Gaston Sie gesehen, und er lungerte in der Gegend herum, bis er einen Blick auf Madame de Grasseville erhaschte. Er erfuhr von ihrer bevorstehenden Heirat, und damit wäre sozusagen die Katze aus dem Sack. Gaston und Jeanne benötigen eine Kleinigkeit, um ein Heim zu gründen, und ich hätte gern ein wenig für meine alten Tage. Für den Anfang verlangen wir jeder tausend Franc, und wenn wir die nicht bekommen, gehe ich zum Schloß und erzähle dem Gemahl der Madame die ganze Geschichte.«
»Du bist ein skrupelloses und boshaftes Weib!«
»Wer wäre in meiner Stellung wohl nicht skrupellos, wenn es um dreitausend Franc geht?«
»Machst du oft solche Sachen?«
»Eine so gute Gelegenheit bietet sich mir nicht oft, Mademoiselle. Madame de Grasseville hat zuviel geredet. Sie hat uns so manchen Anhaltspunkt gegeben. Meine Schwester hat sehr genau zugehört, und dann haben wir alles mit Gaston besprochen. Wäre Madame die Mätresse des Comte gewesen, so hätten wir uns nicht getraut. Aber nun haben wir es ja nicht mit dem Comte zu tun, nicht wahr, sondern mit Monsieur de Grasseville.«
»Ich werde dafür sorgen, daß Madame Grémond erfährt, was für Leute sie beschäftigt.«
»Wenn wir erst unser Vermögen haben ... Was macht uns das dann schon aus? Madame Grémond wird sich hüten. Die Zeiten sind nicht günstig für solche Damen wie sie ... und wie Sie. Heute muß man sich genau

überlegen, wie man die Leute behandelt. Kommen Sie, bringen Sie morgen das Geld, und alles ist in Ordnung.«
»Bis zur nächsten Forderung?«
»Vielleicht wird es zu keinen weiteren Forderungen kommen.«
»Das ewig gleiche Versprechen des Erpressers, das natürlich niemals eingehalten wird.«
Emilie zuckte die Achseln. »Madame wird ihre Entscheidung treffen müssen. Sie muß schließlich ihrem Gatten gegenübertreten. Ich bin neugierig, wie er es aufnehmen wird, wenn er erfährt, daß er den kleinen Bastard seiner Gattin aufzieht.«
Ich hätte ihr am liebsten ins Gesicht geschlagen, wären wir nicht in einem Café gewesen. Ich bildete mir ein, daß der Mann mit der Perücke uns beobachtete und versuchte, uns zu belauschen.
Ich stand auf. »Ich werde deine Forderung Madame mitteilen«, sagte ich. »Aber vergiß nicht, daß Erpressung ein Verbrechen ist.«
Sie grinste mich an. »Wir alle müssen uns in acht nehmen, nicht wahr? Und wir sollten alle versuchen, uns gegenseitig zu helfen.«
Ich ging und fühlte, wie ihre Augen mir folgten; und auch die Blicke des Mannes mit der dunklen Perücke waren zu spüren.
Darauf eilte ich zum *Château*. Als ich den Hügel erreicht hatte, drehte ich mich um. Der Mann folgte mir weiter unten in Richtung auf das *Château*. Doch ich war so mit Emilie beschäftigt, daß ich kaum einen Gedanken an ihn verschwendete.

Wir diskutierten zu dritt über Emilies Drohung: Yvette, Margot und ich. Yvette und ich waren einer Meinung. Es gab nur einen Weg, die Angelegenheit aus der Welt zu schaffen: Margot mußte sich ihrem Gatten anvertrauen. Gäbe sie Emilies Forderung erst einmal nach, so würden deren noch viele folgen.
»Man wird dich nie mehr in Frieden lassen«, gab ich ihr zu verstehen. »Du kannst nie wissen, ob sie nicht im nächsten Augenblick schon mit neuen Forderungen auftaucht.«
»Ich kann es Robert nicht erzählen«, jammerte Margot. »Das würde alles zerstören.«
»Was könntest du denn sonst tun?« wollte ich wissen.
»Es auf sich beruhen lassen. Gar nicht darauf eingehen.«
»Dann erzählt sie es vielleicht. Wenn er es schon erfahren soll, dann doch wohl besser von dir.«
»Ich könnte ihr das Geld geben.«

»Das wäre die allergrößte Torheit«, sagte Yvette.
Margot weinte und tobte; sie erklärte, daß sie es nie Robert erzählen würde. Warum man sie nicht in Frieden ließe, verlangte sie zu wissen. Hätte sie nicht schon genug gelitten?
»Schau, Margot«, sagte ich, »wenn du es ihm beichtest, wird er vielleicht Verständnis zeigen, und das würde die Angelegenheit ein für allemal bereinigen. Stell dir doch nur einmal vor, wie glücklich du ohne die Last dieses Geheimnisses leben könntest. Denke doch nur an all die vielen Menschen, die sich entschließen könnten, dich zu erpressen. Bessell und Mimi waren ja nur der Anfang.«
»Und gerade denen habe ich vertraut«, klagte Margot.
»Das beweist, daß Sie niemandem trauen können«, meinte Yvette.
»Minelle hat recht. Robert ist gütig, und er liebt Sie.«
»Vielleicht nicht genug, um dies zu ertragen«, wandte Margot ein.
»Ich glaube schon«, sagte ich.
»Woher willst du das wissen?«
»Ich weiß, daß ihr beide glücklich seid, und er wird sicherlich nicht wünschen, daß sich daran etwas ändert.«
»Aber es *wird* sich etwas ändern. Er hält mich für so wunderbar . . ., so anders als andere Mädchen . . .«
Sie tobte, schloß sich in ihrem Zimmer ein, kam dann zu mir und verlangte, mit mir zu reden. Wir besprachen alles noch einmal.
Ich erinnerte sie, daß Emilie am nächsten Tag bei der *pâtisserie* sein würde.
»Laß sie doch nur kommen!« schrie Margot.
Während der Abendmahlzeit war sie mit Robert so fröhlich, als hätte sie nicht die geringsten Sorgen. Allerdings, so fand ich später, wirkte sie ein wenig zu fröhlich.
Ich verbrachte eine schlaflose Nacht und malte mir die Ereignisse des folgenden Tages aus. Am frühen Morgen kam Margot zu mir. Sie strahlte. Sie hatte es gewagt und unseren Rat befolgt. Sie hatte Robert erzählt, daß Charlot ihr Sohn sei.
»Und er liebt mich immer noch«, jubelte sie.
Ich war so erleichtert, daß ich nicht sprechen konnte.
»Er war ziemlich bestürzt«, erklärte sie. »Aber nachdem er sich an den Gedanken gewöhnt hatte, meinte er, er wäre froh, daß ich Charlot hierher gebracht habe. Ich würde unseren Kindern gewiß eine gute Mutter sein, sagte er. Du siehst, Minelle, daß ich unser Problem gelöst habe.«
»Unseres?«
»Du bist doch ebenso beteiligt wie ich.«

»Meine Rolle läßt sich doch kaum mit der deinen vergleichen. Aber lassen wir das. Ich bin ja so froh. Welch ein Glück für dich, daß du Robert hast. Ich hoffe, daß du das zu schätzen weißt.«

Ich genoß meine Verabredung mit Emilie in vollen Zügen. Sie wartete bei der *pâtisserie*, und die Vorfreude ließ sie bei meinem Anblick erstrahlen.
»Haben Sie das Geld mitgebracht?« fragte sie lauernd. »Geben Sie es her!«
»Du bist zu voreilig«, gab ich zurück. »Ich habe das Geld *nicht* mitgebracht. Jetzt kannst du schnurstracks zum *Château* gehen und nach Monsieur de Grasseville fragen. Erzähle ihm getrost, was du über seine Gattin weißt. Er wird kurzen Prozeß mit dir machen, wenn du ihm eine Nachricht überbringst, die er längst kennt.«
»Das glaube ich nicht.«
»Es ist aber wahr.«
»Ich hab's aber ganz anders gehört.«
»Bist du vielleicht in der Lage, zu erfahren, was zwischen einer Frau und ihrem Ehemann vorgeht?«
Sie schien fassungslos. »Natürlich lügen Sie!«
»Das ist nicht meine Art.«
»Das mag schon sein, aber hin und wieder finden Sie Ausflüchte. Sie haben uns weiß Gott an der Nase herumgeführt. Madame le Brun..., ihr verunglückter Gatte..., ertrunken, nicht wahr? Eine hübsche Geschichte. Sie konnten damals lügen, und jetzt lügen Sie auch.«
»Da gibt es nur eines: Frage im *Château* nach Monsieur de Grasseville. Er wird dir gewiß eine Unterredung gewähren. Doch es könnte dich dort jemand erwarten, auf den du nicht gefaßt bist. Also verschwinde von hier, solange du dich noch in Sicherheit befindest!«
»Glauben Sie nur nicht, Mademoiselle, daß ich es dabei bewenden lasse. Ich werde die Wahrheit herausfinden, und dann weiß ich, was zu tun ist.«
»Ich rate dir, sei auf der Hut. Es gibt nichts Abscheulicheres als einen Erpresser. Lebewohl. Ich warne dich, lasse dich hier nie wieder blicken.«
Blaß erhob sich Emilie, bedachte mich mit einem gehässigen Blick und sagte: »Eines Tages wird die Rache unser sein. Die Zeit wird kommen, da sich alles ändern wird. Über kurz oder lang werde ich Ihresgleichen an den Laternen hängen sehen.«
Erhobenen Hauptes schritt sie von dannen. Ihre Worte hatten mir einen Schauder über den Rücken gejagt. Mein Triumphgefühl war verflogen. Ich war so in meine Gedanken vertieft, daß ich nachzusehen vergaß, ob der Mann mit der dunklen Perücke mir folgte.

3

Die Atmosphäre im Hause hatte sich nach Margots Enthüllungen zwangsläufig verändert. Zwar bemühte sich Margot, so fröhlich wie immer zu sein, doch sie war ängstlich, und Robert war bedrückt. Ihr Bekenntnis war natürlich ein Schock für ihn gewesen.
Margot war überaus liebevoll zu ihm, und er schätzte das durchaus, doch ich ertappte ihn dabei, wie er Charlot höchst verwundert betrachtete, als könne er dessen Geschichte nicht recht glauben.
»Er wird sich daran gewöhnen«, meinte Yvette, »und da so viele skrupellose Menschen davon wußten, wäre es ihm auf die Dauer nicht verborgen geblieben. Da ist es schon besser, daß er es von ihr erfahren hat. Welch ein Glück für sie, einen solch gütigen Ehemann zu haben. Im Gegensatz zu ihrer Mutter...«
Das brachte uns wieder auf Ursule, und da dieses Thema für mich einen unwiderstehlichen Reiz besaß, forderte ich Yvette zu weiteren Offenbarungen heraus.
»Soviel ich weiß, verbrachte sie die meiste Zeit in ihrem Zimmer«, sagte ich. »Wie dachten die Leute darüber? Es gab doch sicher eine Menge gesellschaftlicher Veranstaltungen im *Château*?«
»Anfangs hat sie auch daran teilgenommen. Sie spielten den Leuten das verliebte Paar vor, doch dann fing sie an, Krankheiten vorzuschützen. Nach Marguerites Geburt fühlte sie sich schwach, und sie hat die Gesundheit und Kraft nie ganz wiedererlangt.«
»Aus der Krankheit machte sie eine Art Kult, nicht wahr?«
»Das stimmt. Zuweilen war Ursule geradezu kindisch. Wollte sie einer Verpflichtung entgehen, so sagte sie: ›Ach, ich habe solches Kopfweh.‹ Und Nou-Nou erwiderte: ›Ich hole Ihnen etwas Melissengeist oder meinen Majoransirup‹, woraufhin Ursule kopfschüttelnd meinte: ›Nein, Nouny. Ich brauche deine Kräutersäfte nicht. Ich will nur bei dir sein, dann wird mein Kopfweh vergehen.‹ Das hörte Nou-Nou natürlich gern. Sie sonnte sich in dem Glauben, ihr kleines Mädchen fühlte sich allein

durch ihre Anwesenheit besser. Allmählich wurde mir klar, daß Ursules Krankheiten vorwiegend seelischer Natur waren und ihr lediglich als Vorwand dienten. Nou-Nou und ich haßten den Comte so sehr, daß wir stets danach trachteten, Ursule vor ihm zu retten, und wir sagten ihm, sie fühlte sich nicht wohl und könnte unmöglich mit ihm zusammen sein.«
»Es ist eine gefährliche Gepflogenheit, sich krank zu stellen. Man täuscht eine Krankheit vor, um vor etwas zu fliehen, und ehe man es sich versieht, ist man *wirklich* krank.«
»Da mögen Sie recht haben. Im Laufe der Jahre kränkelte sie ständig, obwohl ihr nichts Bestimmtes fehlte. Er verachtete sie deswegen. Er hielt sie für eine Simulantin, die sie in gewisser Hinsicht ja auch war. Und doch waren ihre Krankheiten meiner Meinung nach echt. Sie wollte sich nie von ihrem Zimmer entfernen.«
»Kann man es ihm da verübeln, wenn er sich anderweitig umschaute?«
»Ich verüble es ihm«, sagte Yvette grimmig. »Ich weiß mehr als Sie, das können Sie mir glauben.«
Wir schwiegen eine Weile, und dann begann sie: »Eines Tages . . .« Ich wartete ab, doch sie fügte nur hinzu: »Ach, lassen wir das.«
»Was wolltest du sagen?«
»Ich habe alle ihre Briefe aufbewahrt. Sie schrieb mir regelmäßig jede Woche . . ., sechs Jahre lang. Wenn sie mir schrieb, ließ sie ihren Gefühlen freien Lauf. Manchmal erhielt ich mehrere Briefe auf einmal. Die hat sie dann numeriert, damit ich sie in der richtigen Reihenfolge las.« Ihre nächsten Worte raubten mir den Atem: »Aus ihren Briefen wußte ich von Ihnen. Sie hat mir erzählt, daß Sie ins *Château* gekommen waren . . ., und welche Wirkung Sie auf den Comte ausübten . . . und er auf Sie.«
»Ich wußte gar nicht, daß sie mich so genau zur Kenntnis nahm.«
»Wenn sie sich auch fast nur in ihrem Zimmer aufhielt, so wußte sie doch, was im *Château* vorging.«
»Und was hat sie über mich geäußert?«
Yvette schwieg.

Ein Bote des Comte brachte Briefe für den Comte de Grasseville, für Margot und auch einen für mich.
Ich zog mich in mein Schlafzimmer zurück, um ihn zu lesen.

Meine Liebste!
Es ist mir eine große Beruhigung, zu wissen, daß Sie in Grasseville sind. Ich wünsche, daß Sie dort bleiben, bis ich Sie holen oder nach Ihnen

schicken werde. Ich weiß nicht, wann das sein wird, aber Sie dürfen sicher sein, daß ich keine Zeit verlieren werde. Die Lage in Paris spitzt sich rasch zu. Es ist an verschiedenen Orten zu Tumulten gekommen, so daß jetzt die Ladenbesitzer ihre Geschäfte verbarrikadieren. Das Volk marschiert mit der Trikolore durch die Straßen. Die augenblicklichen Helden des Tages sind Necker und der Duc d'Orléans..., aber das kann sich morgen schon ändern. Zuweilen ersehne ich eine Konfrontation zwischen dem König und dem Adel einerseits sowie Danton, Desmoulins und den übrigen andererseits. Ich kann mir nicht vorstellen, was Orléans mit ihnen anstellt. Ich glaube, er bildet sich ein, daß man ihn zum König krönen wird. Ich bin dagegen der Meinung, daß es nach dem Sturz dieser Monarchie keine Krone mehr geben wird.
Meine liebe Minelle, wie sehr wünsche ich, mit Ihnen über diese Dinge zu reden. Für mich gibt es nur einen Lichtblick in dieser finsteren Welt: Daß ich eines Tages mit Ihnen vereint sein werde.

Charles-Auguste

Ich las den Brief mehrere Male durch. Mir wurde vor Glück ganz warm. Wenn ich einen Brief von ihm in Händen hielt, konnte nichts, was ich über ihn erfuhr, meine Gefühle für ihn beeinflussen.

An jenem Abend hatte ich mich zeitig zurückgezogen. Beim Souper wurde geschwiegen. Die Eltern Grasseville waren durch die Neuigkeiten aus Paris sichtlich verstört. Robert war ohnehin bedrückt. Man konnte schließlich nicht von ihm erwarten, daß er frohlockend aufnahm, seine Frau habe bereits ein Kind von einem anderen Mann. Er brauchte Zeit, um diese erschütternde Enthüllung zu verkraften. Auf Margot hatte ihr Vater seit jeher eine dämpfende Wirkung ausgeübt. Ich fragte mich, was er ihr wohl diesmal geschrieben hatte.

Ich saß an meinem Ankleidetisch und bürstete mein Haar, als es an meiner Tür klopfte. Auf mein »Herein« trat Yvette ins Zimmer. Sie hielt ein Bündel Papiere in der Hand.

»Ich hoffe, ich störe Sie nicht«, sagte sie.

»Aber nein.«

»Ich möchte Ihnen etwas zeigen.«

Ich wußte, was sie in der Hand hielt.

»Ursules Briefe«, sagte ich.

»Ihre letzten. Sie muß sie kurz vor ihrem Tode geschrieben haben. Der Bote brachte sie mir an ihrem Todestag, ohne daß jemand von uns wußte, was inzwischen geschehen war.«

»Warum möchtest du sie mir zeigen?«
»Ich glaube, es steht einiges darin, was Sie wissen sollten.«
»Wenn du wirklich möchtest, daß ich sie lese...«
»Ich glaube, es ist wichtig.« Sie legte das Päckchen auf den Ankleidetisch.
»Gute Nacht«, setzte sie hinzu und ließ mich allein.
Ich zündete die drei Kerzen in dem Leuchter neben meinem Bett an und legte mich hin. Auf meine Kissen gestützt, begann ich das Bündel Briefe aufzuschnüren. Sie waren mit den Nummern eins, zwei und drei versehen.
Etwas in mir sträubte sich dagegen, diese Briefe zu lesen, die nicht für mich bestimmt gewesen waren. So begierig ich auch war, etwas über Ursule zu erfahren, ihre Briefe las ich nur widerwillig. Wenn ich ehrlich war, mußte ich mir eingestehen, daß dieser Widerwille eher der Furcht vor dem, was sich mir enthüllen würde, als dem Sinn für korrektes Handeln entsprang. Ich fürchtete mich vor dem, was ich über den Comte lesen würde.
Ich öffnete den ersten Brief.
Ich las:

Meine liebe Yvette!
Es tut mir so wohl, Dir zu schreiben. Unsere Briefe sind mir, wie Du weißt, eine Quelle des Trostes. Es ist, als ob ich mit Dir persönlich redete; Du weißt ja, wie gern ich stets mit Dir alles besprochen habe.
Das Leben ist so gleichförmig. Nouny bringt mir mein petit déjeuner, *zieht die Vorhänge zurück, vergewissert sich, daß die Sonne mich nicht belästigt und daß ich vor Durchzug geschützt bin. Marguerite ist von ihrem langen Auslandsaufenthalt zurückgekehrt. Sie hat eine sogenannte* Cousine *mitgebracht. Das ist ein neuer Einfall von ihm. Er hat seine Mätressen zuvor nie als* Cousinen *bezeichnet. Diese hier ist eine Engländerin. Marguerite hat sie in England kennengelernt: ein großes, gutaussehendes Mädchen mit einer Fülle wunderschönen Haares und ungewöhnlich tiefblauen Augen. Sie scheint über ein ausgeprägtes Selbstbewußtsein und über eine gewisse Unabhängigkeit zu verfügen und ist nicht im geringsten frivol. Ich war äußerst überrascht, denn sie ist ganz und gar nicht sein Typ. Ich habe sie beobachtet, als sie mit Marguerite im Garten spazierte. Man erfährt ja so viel über die Menschen, wenn sie sich nicht bewußt sind, daß man sie beobachtet. Er ist ganz verändert. Es kommt mir so vor, als wäre es ihm diesmal ernst. Gestern nachmittag plagten mich unangenehme Schmerzen. Nouny*

war sehr besorgt, und sie bestand darauf, daß ich mich ihrer Mistelkur unterzog. Sie hielt mir einen Vortrag über ihre Kräuter, den ich sicherlich schon sechshundertmal zu hören bekommen habe: Daß die Druiden gerade dieser Pflanze die Heilung sämtlicher Leiden zugeschrieben haben, und daß sie sogar imstande sei, zur Unsterblichkeit zu verhelfen. Immerhin beruhigte mich Nounys Medizin, und ich schlief fast den ganzen Nachmittag.
Ihn habe ich zuletzt vor einer Woche gesehen. Er stattet mir geflissentlich seine Pflichtvisiten ab. Es wundert mich, daß er sich überhaupt dazu aufrafft. Ich habe Angst vor diesen Besuchen. Es wäre gewiß kein Verlust, wenn er sie einstellen würde.
Doch ich wollte Dir berichten, was diesmal anders an ihm war. Gewöhnlich sitzt er im Sessel und läßt seine Augen ständig zur Uhr schweifen. Er kann seine Verachtung nicht verbergen. Sie spricht aus seinen Augen, aus seiner Stimme und aus der ungeduldigen Art, wie er im Sessel sitzt.
Nouny erzählte ihm von meinen Schmerzen. Du weißt ja, wie sie mit ihm umgeht... Sie macht ihn für alles verantwortlich, was mit mir geschieht. Würde ich mir in den Finger schneiden, so würde sie ihm die Schuld daran geben. Und plötzlich meinte ich etwas in seinen Augen wahrzunehmen –... sie wurden nachdenklich.
Das hat etwas mit diesem Mädchen zu tun. Sie ist wirklich höchst ungewöhnlich. Sie war Lehrerin. Ich erinnere mich, von ihr gehört zu haben, als ich neulich in England weilte. Welch eine schreckliche Zeit! Er hatte darauf bestanden, daß wir diese Reise machten, da wir Marguerite besuchen mußten. Du weißt, daß ich mich die ganze Zeit nicht wohl fühlte und unter der Trennung von Nouny litt. Sie war ganz außer sich, als ich zurückkam, und dann verordnete sie mir alle möglichen Tinkturen, um mich von der Besudelung durch fremde Mächte zu reinigen!
Also dieses Mädchen... Er mußte ihr dort begegnet sein; Marguerite besuchte eine Schule, die von der Mutter des Mädchens geleitet wurde. Sie spricht übrigens ausgezeichnet Französisch.
Ich habe ihn einmal mit ihr im Garten gesehen, natürlich nur aus der Ferne, aber es lag etwas in seinen Gesten, in seinem Gehabe... Ich glaube vielleicht doch nicht, daß sie seine Mätresse ist..., noch nicht. Als ich die beiden im Garten sah, mußte ich so lachen, daß Nouny fürchtete, ich bekäme einen hysterischen Anfall. Ich dachte nämlich an Gabrielle LeGrand.

Wir führen ein absonderliches Familienleben. Nun, was kann man bei einem solchen Oberhaupt auch anderes erwarten!
Es tut mir immer so gut, Dir zu schreiben, Yvette. Ohne Deine Briefe wäre ich einsam. Ich fühle mich manchmal so müde und komme mir vor wie jemand, an dem das Leben vorbeiläuft. Aber eigentlich liebe ich das Leben so sehr.
Ich harre ungeduldig auf Neuigkeiten von Dir, Yvette, und Du darfst nicht glauben, daß Einzelheiten mich langweilen. Daß José die potage *verbrannt hat und daß die Vögel die Pflaumenernte ruiniert haben, das interessiert mich ebenso brennend. Ich möchte eben gerne etwas über die andere Seite des Lebens erfahren. Hier komme ich mir stets vor wie in einem Drama. Darum erscheint mir das stille Leben so liebenswert. Schreibe bald, liebe Yvette.*

Gute Nacht,
Ursule

Ich faltete den ersten Brief zusammen. Mein Herz klopfte wie wild. Schon jetzt wußte ich, daß die Briefe sehr aufschlußreich sein würden. Ich schaute mich selbst mit den Augen einer anderen an, die mich unbemerkt beobachtet hatte.
Ich öffnete den zweiten Brief.
Ich las:

Meine liebe Yvette!
Ich habe mich einer weiteren Mistelkur unterzogen. Nouny flattert, halb mißbilligend, halb zufrieden, wie ein aufgescheuchtes Huhn umher – sie mißbilligt die Schmerzen und ist zufrieden mit der Kur.
Sie hat mit ihm über mich gesprochen und möchte, daß die Ärzte kommen. Sie ist ganz durcheinander. Ich weiß, was in ihrem Kopf vorgeht: Sie denkt an meine Mutter. Man hat mir zwar nie die ganze Wahrheit über ihren Tod erzählt, aber ich weiß, daß sie sich aus Angst vor der Zukunft das Leben genommen hatte. Ich vernehme stets Gerüchte, auch wenn man sich noch so sehr bemüht, sie von mir fernzuhalten. Ich habe mich oft schlafend gestellt, während ich den Dienstboten zuhörte. Ich glaube, sie fürchten, daß, wenn ich zuviel erführe, ich eines Tages genauso handeln könnte, da ich krank bin. Wenn Nouny mich wirklich kennt, dann weiß sie auch, daß ich mir niemals das Leben nehmen würde. Ich glaube, man muß sein Erdenlos geduldig ertragen, sei es auch noch so schwer. Nouny macht sich

schreckliche Sorgen, was einst aus mir werden wird, wenn sie einmal nicht mehr da ist. Dann lache ich sie aus, und sie regt sich furchtbar auf. Ich kann sie dann nur besänftigen, indem ich ihr beteuere, daß sie mir unentbehrlich sei. Ich erklärte mich damit einverstanden, daß die Ärzte kommen.

Er wird gewiß sagen: »Alles Einbildung«, doch was kümmert mich das? Ich bin sicher, daß seine Gefühle für die Lehrerin nicht der üblichen Art sind. Diesmal scheint es sich nicht einfach um eine Frau, sondern um die Frau schlechthin zu handeln. Für wie lange, das steht auf einem anderen Blatt; aber zur Zeit ist er zweifelsohne von ihr ganz besessen. Nouny ist sehr verärgert. Sie haßt das Mädchen. Marguerite ist aber in diese sogenannte Cousine ganz vernarrt. Sie sind häufig zusammen. Die Mär von der Cousine ist eine bequeme Art, sie ohne viele Erklärungen im Château unterzubringen. Wie Du Dir denken kannst, erregt die Anwesenheit des Mädchens bei gewissen Leuten beträchtlichen Groll.

Wenn ich mir vorstelle, daß Gabrielle LeGrand wie eine riesige Spinne darauf lauert, ihre Fliege zu fangen, muß ich so lachen, daß Nouny ihre »Weiberstreu« hervorholt. Das ist ihr Mittel gegen Hysterie. Ich wüßte nur zu gern, was Gabrielle von unserer jungen Dame hält. Doch was tut das schon zur Sache, solange ich hier bin? Gabrielle tröstet sich mit dem Gedanken, daß ich eines Tages meinen Leiden erliegen werde. Sie und ihr duldsamer Etienne! Ein Sohn..., die Hoffnung der Familie. Ach Yvette, welch eine Beleidigung für unser Geschlecht! Wir sind unerwünscht. Wäre Marguerite ein Knabe geworden, wer weiß, wie anders unser Leben dann verlaufen wäre. Wie viele Frauen auf Erden mögen wohl verstoßen worden sein, weil sie keinen Sohn bekommen konnten. Doch ich habe Glück gehabt. Viele bekommen ein Kind nach dem anderen... Töchter, und immer wieder Töchter..., dazwischen Fehlgeburten. Davon bin ich verschont geblieben. Die Erfahrungen von damals möchte ich nie wieder erleben. Du weißt, was für ein Mann er ist. Er braucht die Frauen so notwendig wie die Luft zum Atmen. Er kann ohne sie nicht leben. Um so außergewöhnlicher ist diese Affäre mit der Schulmeisterin. Natürlich kann das nicht ewig währen..., diese Leidenschaft für eine einzige Frau. Seltsam genug, daß er überhaupt dazu fähig ist.

Nouny würde es nie zugeben, aber das Mädchen scheint ein recht liebenswertes Geschöpf zu sein. Sie besitzt eine angeborene Würde und hat kein vornehmes Getue. Sie ist streng erzogen worden und weist ihn vermutlich zurück, da ihre Erziehung es ihr nicht gestattet, sich auf

flüchtige Liebesabenteuer mit ihm einzulassen. Nun, wir werden sehen. Heute waren die Ärzte bei mir. Sie haben mich zur Ader gelassen und mir unzählige Fragen gestellt. Danach hatten sie eine lange Besprechung mit Nouny. Er war nicht zugegen, was den Ärzten seltsam vorgekommen sein muß. Er hielt das Ganze für eine Farce. Und das war es ja auch. Es diente nur dazu, Nouny zu beschwichtigen. Sie ging mit ernster Miene umher, verordnete mir Ruhe und fragte mich ständig, ob ich Schmerzen hätte. Ich tat ihr den Gefallen und schützte leichte Schmerzen vor, auf daß sie ihre Mistelkur anwenden konnte.
Gute Nacht. Ich gehe jetzt zu Bett.

Ursule

Ein Brief war noch übrig. Schon jetzt sah ich, daß Ursule eine ganz andere Persönlichkeit war. Sie war beileibe nicht die verdrießliche Leidende, als die ich sie mir vorgestellt hatte. Sie haßte lediglich die Ehe. Ich glaube, sie hätte die Ehe mit jedem Mann gehaßt. Es mangelte ihr an Leidenschaft und mütterlichem Instinkt. Und doch war sie nicht ohne Gefühl. Sie empfand etwas für Nou-Nou und Yvette. Sie wollte nur nicht am Leben teilnehmen und zog es vor, ihre Tage in ihrem Zimmer zu verbringen und das Verhalten der anderen zu beobachten.
Ich entfaltete den letzten Brief.

Meine liebe Yvette!
Plötzlich enthüllt sich mir das ganze Drama, das sich hier abspielt. Es ist, als seien auf einmal alle zum Leben erwacht. Ich glaube, wir befinden uns am Rande einer Revolution. Ich habe die Zeitungen gelesen. Ich weiß, daß die Lage viel ernster ist, als wir es wahrhaben wollen. Ich frage mich, was aus unserem Land werden wird. Als Nouny ein Nickerchen machte, plauderte ich mit einem Mädchen. In Nounys Anwesenheit hätte sie sich nie zu reden getraut. Du weißt ja, alles Unangenehme muß von mir ferngehalten werden. Von dem Mädchen erfuhr ich, daß es überall im Lande zu Aufständen gekommen ist. Ich bemerkte, daß das Mädchen dabei eine gewisse Befriedigung an den Tag legte. Während sie sprach, blickte sie auf mein Négligé, als würde es ihr eines Tages zufallen, wenn der richtige Augenblick käme. Das war sehr deprimierend, und ich fragte mich, was wohl mit mir geschähe, wenn diese Wende käme. Kannst Du Dir vorstellen, daß jemand ihm sein Château fortnimmt? Ich nicht. Mit einem einzigen Blick würde er sie besiegen.

Er verzehrt sich nach wie vor nach dieser Schulmeisterin, doch sie bleibt abweisend. Vielleicht tut sie es aus Berechnung, um seine Begierde zu steigern, doch ich bin mir nicht sicher. Ich glaube, sie ist ziemlich klug. Soviel ich von Marguerite gehört habe, ist sie die Quelle der Weisheit. Stets heißt es, Minelle dies, Minelle das. Minelle, so heißt unsere Lehrerin, so nennt sie jedenfalls Marguerite. Der Name klingt französisch, doch die junge Dame ist durch und durch Engländerin, auch wenn sie unsere Sprache perfekt und fast akzentfrei spricht.
Er möchte mich aus dem Weg haben. Seit langem ist das sein Wunsch, aber niemals war er so inbrünstig wie jetzt. Wenn ich aus dem Weg sage, so meine ich nicht einfach aus den Augen, sondern aus der Welt. Diese plötzliche Erkenntnis traf mich wie ein Schock, denn wie Du weißt, ist er ein Mann, der nicht ruhen wird, bis er erreicht hat, was er will.
Ich, die ich all diese Jahre so dahingelebt habe – was man ja kaum als Leben bezeichnen kann –, finde mich auf einmal mitten in einer Intrige. Du siehst, Yvette, daß es einige gibt, die mich aus dem Weg haben wollen.
Und dann Gabrielle . . .; seit Jahren wartet sie voller Ungeduld auf meinen Tod . . . – und doch wünscht sie gleichzeitig, ich möge am Leben bleiben. Wenn ich stürbe, würde er wohl wieder heiraten; aber würde Gabrielle die Auserwählte sein? Sie hat bewiesen, daß sie fähig ist, einen Sohn zu gebären. Etienne, dieser Hüne eines Fontaine Delibes, ist der lebende Beweis dafür. Die arme Gabrielle befindet sich wahrhaft in einer Zwickmühle! Wäre der Comte frei, so könnte er sie heiraten, aber würde er es auch tun? Ich weiß, daß sie ihm all die Jahre eine treu ergebene Mätresse war, doch traditionsgemäß erwählt ein Mann, der frei ist, wieder zu heiraten, nicht seine alternde Mätresse zur Frau. Er sucht sich ein junges Mädchen. Da sitzt sie nun, unsere geduldige Gabrielle. Was mag sie empfinden, da sie mit ansehen muß, wie unsere junge Schulmeisterin ihren Liebhaber einfängt? Und wie steht es mit Etienne?
Dann wäre da noch Léon. Am Abend, als der Ball stattfand, habe ich eine Entdeckung gemacht, die Léon betrifft. Ich weiß viel mehr, als die Leute glauben, da ich Léons Familie stets Nahrung, Kleidung und sogar Geld geschickt habe. Ich fühlte eine gewisse Verantwortung, weil ja meine Unfähigkeit, einen Sohn zu bekommen, meinen Gatten zu dieser rasenden Fahrt veranlaßt hat, bei der es zu diesem entsetzlichen Unfall kam. Einmal monatlich schicke ich meinen Diener Edouard zu Léons Leuten. Er unterhält sich mit ihnen und erzählt mir anschließend

einiges über sie. Dann am Abend des Balles . . ., da geschah etwas. Léon weiß darüber Bescheid. Ich bin jetzt zu müde, um Dir das alles zu schreiben. Es ist eine lange Geschichte . . ., also gedulde Dich bis zum nächsten Mal. Léon aber ängstigt sich, weil er nicht weiß, was ich tun werde.

Oft frage ich mich, wie dieses Drama enden wird. Das sonst so langweilige Leben ist plötzlich aufregend geworden, und ich kann es kaum erwarten, was als nächstes geschehen wird.

Ich habe stets Anteil am Schicksal der Menschen genommen, auch wenn ich am liebsten Zuschauerin sein möchte. Ich möchte mich nicht selbst in die Arena begeben, welche durch die Ehe für mich besonders abstoßend geworden ist.

Doch es gibt auch Lichtblicke in meinem Leben . . . Dir zu schreiben zum Beispiel . . ., zu entdecken, was die Menschen treiben. Und das ist auf einmal ungeheuer aufregend geworden.

Ich erwarte mit Spannung, was als nächstes geschieht. Morgen schreibe ich Dir ausführlicher.

*Gute Nacht,
Ursule*

Der Brief fiel mir aus der Hand. Ich schaute auf das Datum. Er war am Abend vor ihrem Tode geschrieben worden.

Jetzt wußte ich, warum Yvette mir die Briefe unbedingt hatte zeigen wollen. Sie wollte mir beweisen, daß es unmöglich war, daß Ursule sich das Leben genommen hatte.

In dieser Nacht fand ich wenig Schlaf. Ich lag wach und grübelte über das Gelesene nach.

Ich brachte Yvette die Briefe bei der nächsten Gelegenheit zurück.

»Sie haben sie gelesen?« fragte sie.

Ich nickte.

»Haben Sie festgestellt, wann der letzte geschrieben worden ist?«

»Ja, am Abend vor ihrem Tode. Sie muß ihn unmittelbar vor Einnahme der tödlichen Dosis geschrieben haben.«

»Finden Sie, daß das der Brief einer Frau ist, die Selbstmord im Sinn hat?«

»Nein.«

»Das läßt nur einen einzigen Schluß zu. *Er* hat sie getötet.«

Ich schwieg, und sie fuhr fort: »Er wollte sie aus dem Weg haben. Sie hat das gewußt. In ihrem Brief hat sie es deutlich ausgedrückt.«

»Ich kann es nicht glauben. Bei der Leichenschau ...«
»Meine liebe Minelle, Sie kennen die Macht des Comte nicht. Die Ärzte würden alles aussagen, was er von ihnen verlangt.«
»Ich traue ihnen mehr Aufrichtigkeit zu.«
»Sie haben keine Ahnung von dem Lauf der Dinge. Jemand erzürnt eine hochgestellte Persönlichkeit. Kurz darauf erhält er einen *lettre de cachet* und taucht nie wieder auf.«
Ich schwieg. Yvette legte ihre Hand auf meinen Arm. »Wenn Sie klug sind«, sagte sie, »kehren Sie unverzüglich nach England zurück und vergessen, daß Sie ihm begegnet sind.«
»Ich meine, ich sollte bei Margot bleiben ..., hier ..., hier bei euch allen.«
»Und wenn der Comte kommt und Sie holen will, was dann? Vielleicht wird er Ihnen einen Heiratsantrag machen. Würden Sie einen Mörder heiraten?«
»Es gibt keine Beweise ...«
»Haben Sie die Beweise nicht in dem Brief gefunden? Sie haben doch gelesen, was sie kurz vor ihrem Tode geschrieben hat. Er hatte nach den Ärzten geschickt, damit sie irgendein erfundenes Leiden feststellen.«
»Nou-Nou hatte sie rufen lassen, nicht er. Wenn er sich ihrer entledigen wollte, warum hat er es dann nicht schon früher getan?«
»Weil er Sie nicht kannte.«
»Aber er wollte doch wieder heiraten. Er wünschte sich einen Sohn.«
»Solange er keine geeignete Frau gefunden hatte, war er bereit, es dem Schicksal zu überlassen und, wenn nötig, Anstalten für Etiennes Legitimierung zu treffen.«
»Du hast zu viele Vermutungen.«
»Stellen Sie sich denn absichtlich blind?«
Sie hatte recht: Ich stellte mich absichtlich blind. Die Briefe lieferten den eindeutigen Beweis. Noch am Abend vor ihrem Tode hatte Ursule ihren Lebenswillen bekundet.
Noch nie in meinem Leben war mir so elend zumute gewesen.

Die Tage vergingen, einer heißer als der andere. Jeden Morgen, wenn ich erwachte, galt mein erster Gedanke dem Comte. Immer wieder führte ich mir vor Augen, wie er sich in ihr Schlafgemach schlich und Nou-Nous Schrank öffnete. Sämtliche Arzneien waren fein säuberlich mit Nou-Nous Handschrift etikettiert. Er träufelte die Flüssigkeit in das Glas ..., die doppelte ..., die dreifache Dosis ... Das bedeutete den sicheren Tod.

Was sollte ich tun? Er würde mir niemals die Wahrheit sagen, auch wenn ich ihn darum bat. Er war ein geübter Lügner. Oder würde er mir die Wahrheit sagen und mich zu überzeugen versuchen, daß, was immer er getan hatte, für unsere Beziehung ohne Bedeutung sei? Ob er damit recht hätte? Könnte ich diese Prüfung bestehen – oder würde ich feige davonlaufen?
Genau das aber sollte ich tun. In der ersten Hitze meiner Leidenschaft könnte ich vielleicht alles vergessen; aber würde ich auf die Dauer ein Leben mit einem Mörder ertragen?
In meinen Träumen ging meine Mutter mit mir ins Gericht, und dann verwandelte sie sich in Yvette und sagte: »Kehre heim! Zögere nicht länger!«
Eine Woche, nachdem ich diese Briefe gelesen hatte, geschah etwas, das mich fast glauben machte, daß meine Mutter – mit göttlichem Beistand – ihre Hand im Spiel hatte.
Wieder einmal grübelte ich in meinem Zimmer nach, was ich tun sollte, als Margot hereinstürmte.
»Besuch!« rief sie. »Du mußt gleich mit herunterkommen. So eine Überraschung!«
Ich dachte sofort an den Comte. »Wer ist es?« wollte ich wissen.
»Das verrate ich dir nicht. Komm und sieh selbst. Es ist eine Überraschung.«
Ich zweifelte, ob die Ankunft des Comte von Margot als eine Überraschung bezeichnet worden wäre. Gewiß hätte sie bei ihr keine derartige Wirkung hervorgerufen. Ich betrachtete mich im Spiegel.
»Du bist schön genug«, versicherte Margot. »Du hast auch gar keine Zeit, dich umzukleiden. Komm jetzt.«
Ich ging also mit ihr und traf zu meiner höchsten Verwunderung Joel Derringham an. Staunend starrte ich ihn an, und er nahm meine Hände in die seinen.
»Sie scheinen überrascht, mich zu sehen«, sagte er.
»Ihr Besuch kommt völlig unverhofft.«
»Ich bin von Italien nach Südfrankreich gereist, und ich hatte von zu Hause erfahren, daß Sie in Frankreich weilen. So kam ich auf den Gedanken, dem Comte und seiner Familie meine Aufwartung zu machen. Im *Château* berichtete man mir von Margots Heirat und daß Sie mit ihr nach Grasseville gegangen waren. Und nun bin ich hier.«
»Ich hoffe, Sie werden ein Weilchen bleiben«, sagte Margot, ganz die Schloßherrin.

»Wie gütig von Ihnen, mir Ihre Gastfreundschaft anzubieten. Ich werde mit Vergnügen die Einladung annehmen.«

»Minelle«, gebot Margot, »du wirst unseren Gast unterhalten, während ich veranlassen werde, daß man sein Zimmer herrichtet. Wünschen Sie eine Erfrischung, Joel? Wir speisen um sechs.«

»Ich habe in einem Gasthaus etwas zu mir genommen, vielen Dank. Ich kann bis sechs warten.«

Wir setzten uns, und als wir allein waren, blickte er mir tief in die Augen.

»Wie schön, Sie wiederzusehen«, sagte er.

»Seit unserer letzten Begegnung hat sich viel ereignet«, erwiderte ich ziemlich hilflos.

»O ja. Es tat mir leid, daß ich so plötzlich abreisen mußte.«

»Ich verstehe.«

»Wieso haben Sie England verlassen?«

»Nach dem Tode meiner Mutter ging die Schule nicht mehr so recht. Es schien mir eine gute Lösung, mit Margot zu gehen, als sich mir diese Gelegenheit bot.«

Er nickte. »Sie haben sich kaum verändert, Minella. Ich weiß, der Tod Ihrer Mutter war ein schwerer Schlag für Sie.«

Er seufzte leise, und mir wurde bewußt, daß ich ihm soeben zu verstehen gegeben hatte, daß seine plötzliche Abreise mich nicht sonderlich getroffen hatte.

»Sie war eine großartige Frau«, sagte er. »Mein Vater hat oft von ihr gesprochen.«

Aber doch nicht so großartig, dachte ich, daß ihre Tochter seines Sohnes für würdig gehalten wurde. Nicht, daß ich ihn genommen hätte, beteuerte ich mir stolz. Aber wie hätte es meine Mutter gefreut, wenn eine solche Verbindung zustande gekommen wäre.

»Hat Ihnen die Rundreise Freude gemacht?« fragte ich.

»Sie ist noch nicht beendet.«

»Ich glaubte, Sie befänden sich auf dem Heimweg.«

»Keineswegs. Ich hatte nur gehört, daß Sie sich in Frankreich aufhalten, und ich wünschte sehr, Sie zu sehen. Dieses Land ist ein brodelnder Hexenkessel, übervoll an Unzufriedenheit.«

»Ich weiß, ich weiß. Wenn man hier lebt, bekommt man es deutlich zu spüren.«

»Dies ist nicht gerade der sicherste Ort auf Erden für eine junge Engländerin.«

»Das ist wohl wahr.«

»Sie dürfen nicht hier bleiben. Ich verstehe nicht, warum der Comte keine Anstalten für Ihre Rückkehr nach England getroffen hat.«
Ich sagte nichts.
Margot kam zurück. »Ich werde Ihnen Ihr Zimmer zeigen. Man wird sich auch um Ihren Diener kümmern. Ich freue mich ja so, daß Sie gekommen sind. Und Minelle freut sich auch – dessen bin ich sicher.«
Sie bedachte mich mit einem verschwörerischen Blick, bevor sie ihn in sein Zimmer führte.
Ich zog mich in mein Zimmer zurück. Die Begegnung mit Joel hatte mich zutiefst aufgewühlt. Erinnerungen an Zuhause erwachten. Ich sah meine Mutter wieder ganz deutlich vor mir, wie sie mir mit erregt flackernden Augen die elegante Reitausstattung zeigte, die auf dem Bett ausgebreitet lag.
Es dauerte nicht lange, da erschien Margot. Sie setzte sich auf ihren Lieblingsstuhl vor dem Spiegel.
»Er sieht besser aus als je zuvor«, platzte sie heraus. »Findest du nicht auch?«
»Er galt schon immer als gutaussehend.«
»Ein höchst liebenswerter junger Mann. Ich habe ein besonderes Interesse an ihm, da ich ihn einst habe ehelichen sollen.«
»Bist du froh, daß es nicht dazu gekommen ist?«
»Was *er* wohl zu Charlot gesagt hätte? Ich glaube, er wäre nicht so nachsichtig wie Robert gewesen, was meinst du?«
»Ich habe keine Ahnung.«
»Du liebe Güte! Da fällt mir ein, er war ja an *dir* interessiert. War das nicht der Grund, warum er so eilig fortgeschickt wurde?«
»Das liegt lange zurück.«
»Aber nun hat er durch sein Erscheinen die Vergangenheit zu neuem Leben erweckt. Ich mag ihn. Robert wird gewiß eifersüchtig sein, wenn er erfährt, daß ich einst für Joel bestimmt war. Aber dann erzähle ich ihm, für wen Joel in Wahrheit schwärmt. Ich glaube, er ist allein deinetwegen hergekommen.«
»Unsinn.«
»Das klingt aber nicht sehr überzeugend. Ich denke, du hältst immer soviel auf Ehrlichkeit und Logik. *Natürlich* ist er deinetwegen hergekommen.« Sie wurde auf einmal ganz ernst.
»O Minelle, das ist genau das richtige, wirklich. Wenn er dich mit nach England nehmen will, dann solltest du mit ihm gehen.«
»Willst du mich loswerden?«

»Wie gemein, so etwas zu sagen! Du weißt, ich lasse dich nur ungern fort. Ich denke dabei aber nicht an mich.«
»Eine ganz neue Erfahrung für dich.«
»Unterlasse bitte diese albernen Scherze! Es ist mir ernst. Die Lage hier bei uns ist schlimm. Es kann jede Minute zur Explosion kommen. Was glaubst du, was hier vorgeht? Was wird aus meinem Vater? Ich weiß, was er für dich empfindet..., und du für ihn. Du bist eine Närrin, Minelle! Du kennst ihn nicht. Ich habe dir von Anfang an gesagt, daß er den Teufel im Leibe hat. Er taugt für keine Frau.«
»Margot, hör auf!«
»Nein. Ich mache mir Sorgen um dich. Ich habe dich gern. Ich möchte, daß du glücklich bist..., so wie ich. Du sollst erfahren, was es heißt, einen *guten* Mann zu heiraten. Wenn du Joel Derringham ehelichst, erwartet dich ein schönes Leben, das weißt du doch selbst.«
»Sollten wir nicht abwarten, bis er mich fragt? Das hat er noch nicht getan, wie du weißt, und er hat vor nicht allzulanger Zeit deutlich gezeigt, daß er es vorzieht, auf Reisen zu gehen.«
»Das lag an seiner Familie. Die hat komische Vorstellungen.«
»Aber er muß doch einverstanden gewesen sein.«
»Natürlich, weil er es gewöhnt ist, zu gehorchen. Jetzt ist er erwachsen und hat es sich anders überlegt.«
»Du bist wieder einmal zu voreilig, Margot. Er stattete lediglich alten Freunden einen Besuch ab. Lassen wir es dabei bewenden, ja?«
Margot ergriff meine Hand und küßte mich liebevoll auf die Wange.
»Ich weiß, daß ich selbstsüchtig und flatterhaft bin, aber es gibt ein paar Menschen, die ich liebe: Charlot, Robert und dich, Minelle. Ich möchte, daß du glücklich bist. Ich werde nach England kommen, und unsere Kinder werden zusammen in den Gärten von Derringham spielen. Du besuchst mich in Grasseville, und wenn wir alt sind, werden wir über die vergangenen Zeiten plaudern und dabei herzhaft lachen. Und in der Erinnerung durchleben wir sie noch einmal. Ich bin froh, daß Joel gekommen ist.«
Sie küßte mich sanft auf die Wange und lief aus dem Zimmer.

Joel und ich ritten zusammen aus. Wir sprachen von alten Zeiten, und das erfüllte mich mit einem bittersüßen Heimweh. Ich dachte an jene glücklichen Tage zurück, als ein neues Band für ein Kleid noch von großer Bedeutung war, und ich sah meine Mutter und mich auf unserem winzigen Rasen sitzen und über die Zukunft reden.

»Ich weiß, wie sehr sie Ihnen fehlt«, sagte Joel. »Es war klug von Ihnen fortzugehen, doch leider sind Sie zu einer ungünstigen Zeit in dieses Land gekommen. Wären Sie aber im Schulhaus geblieben, so wären Sie ewig von traurigen Erinnerungen umgeben gewesen.«
»Wann kehren Sie nach Hause zurück?«
»Vielleicht schon früher, als ich beabsichtigt hatte.«
»Ihrer Familie ist es gewiß nicht recht, daß Sie sich ausgerechnet jetzt in Frankreich aufhalten.«
»Nein. Ich kenne verschiedene Leute, die in aller Eile aus diesem Land abreisen. In dieser entlegenen Gegend ahnen Sie ja nicht, wie rasch sich die Lage zum Schlimmeren wendet. Ich glaube, der Hofstaat löst sich rapide auf. Die Leute erfinden Ausflüchte, um Versailles verlassen zu können.«
»Das hört sich verhängnisvoll an.«
»Allerdings. Minella, Sie müssen nach England zurückkehren.«
»Wo sollte ich denn hin?«
»Sie könnten mit mir kommen.«
Ich hob die Augenbrauen und fragte: »Wohin?«
»Seit ich fortging, habe ich immer wieder darüber nachgedacht. Ich war ein Narr. Ich weiß nicht mehr, warum ich gegangen bin. Monatelang habe ich mich das immer wieder gefragt. Ich habe versucht, mich durch neue Interessen abzulenken, aber vergebens. Minella, seit ich Sie das letzte Mal sah, habe ich Tag für Tag an Sie gedacht. Ich bitte Sie, meine Frau zu werden.«
»Und Ihre Familie?«
»Sie wird sich damit abfinden. Meine Eltern sind nie sehr streng gewesen. Sie wünschen vor allem, daß ich glücklich bin.«
Ich schüttelte den Kopf. »Das wäre nicht klug. Man würde mich nicht akzeptieren.«
»Meine liebe Minella, das würden wir innerhalb von einer Woche überwinden.«
»Ich möchte nicht, daß man mich nur stillschweigend duldet.«
»Wenn das der einzige Grund Ihres Zögerns ist . . .«
»Es ist nicht der einzige.«
»Aber warum dann noch . . .?«
»In einem solchen Fall, da man die Verbindung als unpassend bezeichnen würde . . .«
»Unpassend! So ein Unsinn!«
»Ihre Eltern waren da aber anderer Meinung. Lassen Sie uns den Tatsachen ins Auge schauen, Joel. Wir würden in den kleinen Ort

zurückkehren, wo ich jahrelang als Tochter der Schulmeisterin gelebt habe. Ich war sogar die Lehrerin der Kinder Ihrer Freunde und Nachbarn. So etwas vergißt man in einem kleinen Ort nicht so leicht. Ich bin gebildeter als Ihre Schwestern, aber das zählt nicht. Sie sind die Töchter von Sir Joel Derringham, dem Freiherrn und Gutsbesitzer. Ich dagegen bin die Tochter einer Schulmeisterin. In einer solchen Gesellschaft bedeutet das eine unüberbrückbare Kluft.«

»Wollen Sie mir etwa weismachen, daß sich eine Frau mit Ihrem Geist durch eine solch törichte Konvention von ihren Wünschen abschrecken läßt?«

»Sicherlich nicht, wenn ihre Wünsche stark genug wären.«

»Damit wollen Sie sagen, daß Sie mich nicht lieben.«

»Sie drücken das so unfreundlich aus. Ich habe Sie sehr gern. Es ist mir eine Freude, Sie wiederzusehen, aber eine Ehe ist eine ernste Angelegenheit . . ., für ein ganzes Leben. Ich meine, Sie handeln überstürzt. Sie sehen in mir eine Jungfrau in Not. Ich bin hier gestrandet, und die Revolution schleicht heran. Wohin kann ich gehen? Sie wollen mich retten auf die Art und Weise eines mittelalterlichen Ritters. Das ist sehr lobenswert, aber es reicht nicht aus, um eine Ehe zu gründen.«

»Sie können mir nicht vergeben, daß ich fortgegangen bin. Wäre ich geblieben . . ., hätte ich meinen Eltern getrotzt . . ., dann wären Sie anders eingestellt.«

»Wer weiß? Es ist seither so viel geschehen.«

»Waren Sie traurig, als ich ging?«

»Ja, ich war traurig. Auch ein wenig verletzt, aber es war keine tiefe Wunde.«

»Ich möchte vorschlagen, daß wir sofort heiraten . . ., hier in Frankreich. Dann kehren wir nach England zurück . . ., als Mann und Frau.«

»Sie sind sehr mutig, Joel. Wie könnten Sie dann Ihren Eltern gegenübertreten?«

»Sie geben sich alle Mühe, mich zu verletzen. Ich verstehe. Ich habe Ihnen wehgetan, als ich fortging. Aber glauben Sie mir, ich habe es zutiefst bedauert. Sie müssen meinen Standpunkt verstehen, Minella. Fast mein ganzes Leben habe ich bei meinen Eltern verbracht, abgesehen von der Zeit auf der Universität. Wir sind eine einträchtige Familie. Jeder versucht, die Wünsche des anderen zu berücksichtigen. Als mein Vater mich beschwor, fortzugehen und eine Weile über alles nachzudenken, da habe ich ihm selbstverständlich gehorcht, obwohl es mein innigster Wunsch war zu bleiben. Das werden Sie verstehen, wenn Sie meinen Vater kennen. Wenn ich Sie nun als meine Frau mit zurückbringe, so wird er Sie willkommen heißen, weil es *mich* glücklich macht. Er bewundert Sie seit langem. Er wird Sie liebgewinnen, Minella. Bitte lassen Sie sich nicht von der Vergangenheit beeinflussen. Verzeihen Sie mir, was ich getan habe. Aber erst dadurch weiß ich nun sicher, was ich will. Ich bin ein übervorsichtiger Mensch und handele selten gedankenlos. Da ich zum ersten Mal verliebt war – und es wird auch das letzte Mal sein –, war ich mir meiner Gefühle nicht sicher. Erst als ich fortging und mit mir selbst ins reine kam, habe ich begriffen, daß es mein sehnlichster Wunsch ist, Sie zu heiraten. Ich möchte mit Ihnen nach Derringham zurückkehren und wünsche, daß wir dort unser Leben gemeinsam verbringen.«

Während er sprach, war es, als stünde meine Mutter neben ihm. Fast konnte ich den Jubel in ihren Augen und die Freudentränen auf ihren Wangen sehen.

»Nun, Minella?« fragte er sanft.

»Es geht nicht«, sagte ich. »Es ist zu spät.«

»Wie meinen Sie das . . ., zu spät?«

»Ich meine, nichts ist mehr so, wie es war.«

»Wenn ich Sie gefragt hätte, bevor ich fortging . . ., wäre dann alles anders?«

»Das Leben steht nicht still, nicht wahr? Ich passe nicht mehr nach Derringham. Vor wenigen Tagen ahnte ich nicht einmal, daß ich Sie jemals wiedersehen würde. Und dann kommen Sie und sagen: ›Heiraten Sie mich.‹ Sie verlangen von mir, daß ich mich nach wenigen Minuten entscheide, mein Leben zu ändern.«

»Ich verstehe«, sagte er. »Ich hätte mit dem Antrag warten sollen, bis Sie sich wieder an mich gewöhnt haben. Gut, Minella, warten wir also. Lassen Sie sich ein paar Tage Zeit. Denken Sie an unsere gemeinsamen Ritte und Spaziergänge und an all die Dinge, über die wir gesprochen haben. Erinnern Sie sich?«

»Ja, das waren schöne Tage.«

»Es werden noch viele schöne Tage folgen, meine Liebe. Wir kehren dorthin zurück, wohin wir beide gehören. Wir werden beisammen sein. Wir sehen die Jahreszeiten kommen und gehen, und jedes Jahr bringt uns einander näher. Erinnern Sie sich, wie gut wir uns von Anfang an verstanden haben? Minella, dies hätte sich Ihre Mutter mehr als alles auf der Welt gewünscht.«

Ich war zutiefst gerührt. Er hatte recht. Sie, die immer nur das Beste für mich wollte, hatte sich dies verzweifelt gewünscht. Ich erinnerte mich,

wie sie die Mitgifttruhe geplündert hatte, um mir Kleider zu kaufen. Fast konnte ich sie vergnügt flüstern hören: »Am Ende war es doch nicht vergebens.«
Um ihretwillen sollte ich es mir überlegen.
Er bemerkte mein Zaudern und frohlockte: »Ja, Minella, wir brauchen Zeit, um darüber nachzudenken. Aber, meine Liebste, warten Sie nicht zu lange. Wir befinden uns hier auf einem Vulkan. Ich werde erst beruhigt sein, wenn wir an Bord eines Schiffes sind und sicher an englischen Ufern landen.«
Ich war froh, daß ich ihm nicht spontan geantwortet hatte. Ich wollte allein sein, um nachzudenken.
Ich war nicht in Joel verliebt. Ich hatte ihn zwar gern, achtete ihn, vertraute ihm, verstand ihn. Ich sah das Leben vor mir, das ich an seiner Seite führen sollte. Er würde der vollkommene Ehemann sein, genau der Mann, den meine Mutter für mich erwählt hätte.
Und der Comte? Liebte ich ihn denn? Ich wußte es nicht. Ich wußte nur, daß er mich mehr erregte als alles auf der Welt. Vertraute ich ihm? Achtete ich ihn? Wie konnte ich einen Mann achten, den ich des Mordes an seiner Ehefrau verdächtigte? Verstand ich ihn? Woher konnte ich wissen, was in seinem absonderlichen Hirn vorging? Und was für ein Leben würde mir mit ihm bevorstehen? Die Worte seiner Gattin fielen mir ein. Er begehrte mich leidenschaftlich, doch wie lange würde das andauern? Ich dachte an seine Mätresse, die wie eine Spinne auf die Fliege lauerte. Und im Hintergrund dies geplagte Land, wo jeden Augenblick das große Morden ausbrechen konnte. Was würde dann dem Comte und seiner Familie widerfahren?
Ich dachte an die friedlichen grünen Weiden Englands, an die Wälder, wo im Frühjahr die Glockenblumen unter den Bäumen einen blauen Schleier bildeten. Ich dachte an die Schlüsselblumen und Veilchen in den Hecken, an das Nüssesammeln im Herbst, und eine Welle von Heimweh überflutete mich. Ich dachte daran, wie wir Weidenkätzchen gepflückt und die Vasen damit gefüllt hatten, und wie ich mit meinen Schülerinnen aufs Land gewandert war, um sie in Botanik zu unterrichten.
Joel rief all diese Erinnerungen in mir wach, und meine Mutter schien lebendiger denn je.
Er drückte meine Hand und sagte: »Liebe Minella, denken Sie darüber nach, denken Sie daran, was es für uns beide bedeuten würde.«
Sein Gesicht war voller Güte. Wie ähnlich er seinem Vater war, dachte ich. Wenn er mich als seine Frau mit heimbrachte, so würden Sir John und

Lady Derringham mich nicht weniger herzlich willkommen heißen, das wußte ich jetzt.
Wenn nur der Comte nicht gewesen wäre. Wäre ich ihm nie begegnet, so hätte ich nicht länger gezögert.

An den folgenden zwei Tagen befand ich mich ständig in Joels Gesellschaft. Er sprach nicht über die Heirat. Wir gingen zusammen spazieren und unterhielten uns über alle möglichen Themen: die Krankheit des englischen Königs, die Zügellosigkeit seines Sohnes, des Prinzen von Wales, die Verdrossenheit der Engländer über die königliche Familie, den Unterschied zwischen der Unzufriedenheit daheim und in Frankreich.
»Wir haben ein anderes Temperament«, sagte Joel. »Ich glaube nicht, daß es in England zur Revolution kommen könnte. Auch dort gibt es Gegensätze zwischen arm und reich, Ressentiments, gelegentlich Aufstände..., doch es herrscht eine ganz andere Atmosphäre. Hier aber naht das Unheil, Minella. Man kann es spüren..., bald wird es hereinbrechen. Louis ist der denkbar schlechteste König in der heutigen Zeit. Das ist schade, denn er ist ein guter Mensch. Aber er ist schwach. Er ist gütig, hat Verständnis für das Volk, aber er ist zu lethargisch. Er glaubt, alle Menschen sind so wohlmeinend wie er. Armes Frankreich! Und dann die Königin, die arme Marie Antoinette. O ja, man wirft ihr eine abnorme Verschwendungssucht vor. Aber sie war ja noch ein Kind, als sie vom strengen Regiment ihrer unnachsichtigen Mutter hierherkam und der verhätschelte Liebling des ausschweifenden französischen Hofes wurde. Das ist ihr natürlich zu Kopf gestiegen, und sie war zu unbesonnen, um zu verstehen, welches Unheil sie anrichtete. Was jetzt kommt, das ist unvermeidlich, und es wird Frankreich nichts Gutes bringen. Der Pöbel wird den Kopf jedes einzelnen Aristokraten fordern, dessen er habhaft werden kann – gleichgültig, ob es sich um einen Feind des Volkes handelt oder nicht. Mißgunst ist die heftigste Leidenschaft der Welt, und bald werden die zerlumpten Massen gegen den Edelmann im Schloß ziehen.«
Ich hörte mit Unbehagen zu und dachte dabei unentwegt an den Comte.
Joel liebte es, nach Einbruch der Dunkelheit mit mir umherzuwandern, um mir den Sternenhimmel zu zeigen – dort flimmerten Arkturus und Kapella, und Joel deutete auf den Mars, der auffallend rot am Horizont stand und wie ein Vorzeichen wirkte.
Wieder genoß ich das Beisammensein mit Joel, der niemals langweilig war. Wir diskutierten, wir widersprachen uns, und verstanden uns doch vortrefflich.

Das Regime des Schreckens

1

Es war kurz nach dem Mittagsmahl. Um diese Zeit hielten fast alle im Hause ihre Siesta, eine Gepflogenheit, der ich mich niemals anzuschließen pflegte.
Es klopfte an meine Tür. Ich öffnete. Draußen stand der Diener Armand.
»Mademoiselle«, sagte er, »ich habe eine Botschaft von meinem Herrn erhalten.«
Sein Herr? Das mußte der Comte sein. Armand war ja vom *Château* mit uns hierher gekommen.
»Ja?«
»Monsieur le Comte wünscht sich mit Ihnen zu treffen, und ich soll Sie zu ihm bringen.«
»Wann?«
»Jetzt gleich, Mademoiselle. Er wünscht, daß wir möglichst unbemerkt aufbrechen. Es soll nämlich niemand wissen, daß er sich in der Nähe aufhält.«
»Er ist in Grasseville?«
»Er erwartet Sie außerhalb der Stadt, Mademoiselle. Ich habe Ihre Stute bereits gesattelt.«
»Laß mir einen Augenblick Zeit, damit ich mich umkleiden kann.«
»Ja, Mademoiselle, aber ich bitte Sie, sich zu beeilen, und lassen Sie niemanden wissen, wohin Sie gehen. So lauten die Anordnungen des Comte.«
»Du kannst auf mich zählen, Armand.« Ich fühlte diese Erregung in mir aufsteigen.
Er ging. Ich schloß die Tür und kleidete mich hastig um. Auf dem Weg zu den Stallungen begegnete ich glücklicherweise keiner Menschenseele.
Armand schien erleichtert, als er mich erblickte. »Ich hoffe, Mademoiselle...«
»Schon gut. Niemand hat mich gesehen.«
»Gottlob.«

Er half mir in den Sattel, und wir ritten zusammen davon.
Ich merkte kaum, welchen Weg wir einschlugen, so sehr war ich von der Aussicht eingenommen, den Comte zu sehen. Alle meine Überlegungen der letzten Tage wurden auf den Kopf gestellt. Wie hatte ich nur in Erwägung ziehen können, den einen Mann zu ehelichen, wenn der Gedanke an einen anderen mich in solch aufregende Verwirrung stürzte?
Wir kamen in eine Gegend, die ich noch nicht kannte. Die Landschaft wurde hügelig, und wir mußten uns unseren Weg durch wildwucherndes Unterholz bahnen. Ein- oder zweimal hielt Armand abrupt an.
Er schien zu lauschen. Im Wald war nichts zu hören außer dem leisen Plätschern eines Baches und dem Summen einer vorüberfliegenden Biene. Armand nickte, anscheinend zufrieden, und gab seinem Pferd die Sporen.
Wir gelangten zu einem kleinen Haus mitten im Wald. Die Mauern waren von Efeu überwuchert, der Garten völlig verwildert.
»Ist dies unser Ziel?« fragte ich erstaunt.
Armand bejahte.
»Folgen Sie mir, Mademoiselle. Wir binden die Pferde hinter dem Haus an.«
Wir ritten um das Haus herum. Wer immer hier leben mochte, er hatte den Garten länger als ein Jahr nicht gepflegt. Ich sah mich suchend nach dem Pferd des Comte um, konnte es aber nirgends entdecken.
Es war ein düsterer Ort, und ich scheute mich instinktiv abzusteigen.
»Warum mag der Comte einen derartigen Platz ausgewählt haben?« fragte ich.
Armand zuckte die Achseln, als wollte er sagen, es sei nicht seine Sache, die Befehle des Comte in Frage zu stellen, sondern sie zu befolgen.
Er band sein Pferd an einen Pfosten und kam zu mir, um mir beim Absteigen behilflich zu sein. Ich verspürte einen plötzlichen Drang, meinem Pferd die Sporen zu geben und davonzupreschen. Der Ort verhieß nichts Gutes. Ob das daran lag, daß ich in den letzten Tagen so oft an das friedliche Derringham gedacht hatte?
Armand band mein Pferd neben dem seinen an.
»Armand« fragte ich, »du kommst doch mit hinein?«
»Aber gewiß, Mademoiselle.«
»Es ist so unheimlich hier.«
»Ja, das liegt an den wuchernden Sträuchern. Dadurch wirkt alles so düster. Drinnen sieht es anders aus.«
»Wem gehört das Haus?«
»Dem Comte Fontaine Delibes, Mademoiselle.«

»Merkwürdig, daß er hier ein Haus besitzt. Es liegt nicht auf seinem Grund und Boden.«
»Das war einst eine Jagdhütte. Derlei Anwesen besitzt er überall im Lande.«
Zu meiner Rechten erhob sich ein Erdhügel. »Hier hat jemand vor kurzem gegraben«, sagte ich.
»Ich weiß nicht, Mademoiselle.«
»Aber schau doch nur.«
»Ja, es sieht so aus. Lassen Sie uns hineingehen.«
»Nein, erst möchte ich das genauer betrachten. Schau, da ist ein Loch. Es sieht aus wie« – ein kalter Schauder durchfuhr mich –, »es sieht aus wie ein Grab.«
»Vielleicht wollte jemand einen Hund vergraben.«
»Für einen Hund ist es reichlich groß«, sagte ich.
Armand hatte meinen Arm ergriffen und zog mich zur Tür. Er nahm einen Schlüssel aus der Tasche, und nachdem er die Tür geöffnet hatte, versetzte er mir einen sanften Stoß. Ich stand in einer finsteren Diele. Eine entsetzliche Vorahnung überkam mich.
Die Tür fiel ins Schloß. »Armand«, sagte ich, »der Comte würde doch wohl kaum an einen solchen Ort kommen. Wo ist denn sein Pferd? Falls er schon hier ist ...«
»Er ist vielleicht noch nicht eingetroffen.«
Ich blickte Armand scharf an. Es war irgendeine Veränderung mit ihm vorgegangen. Ich hatte ihn zuvor kaum beachtet. Er war eben nur der Diener gewesen, der mit uns vom *Château* gekommen war. Jetzt aber blickte er unfreundlich, ja hinterhältig drein. Unsinn, dachte ich. Einbildung. Er hat jahrelang in Diensten des Comte gestanden. Das hatte ich einmal in Margots Gegenwart sagen hören, und sie hatte dem nicht widersprochen. Er war ein treuer Diener des Comte. Die Atmosphäre an diesem Orte spielte meiner Phantasie einen Streich – und dazu draußen das Loch, das wie ein Grab aussah. Jemand war vor kurzem hier gewesen, um es auszuheben.
Armand packte meinen Arm, als fürchtete er, ich würde versuchen zu entkommen. Für einen Diener legte er ein seltsames Benehmen an den Tag.
Er stieß mich vorwärts. Ich glaubte, ein Geräusch im Haus zu hören. Ich sah mich um. Alles war mit einer Staubschicht bedeckt. Es sah aus, als wohnte niemand in diesem Haus. Wer aber hatte das Loch im Garten gegraben?

Ich merkte, daß Armand schwer keuchte, und plötzlich ergriff mich eine entsetzliche Angst. Ich war hierher gebracht worden, weil man mich umbringen wollte. Das Grab im Garten war für mich bestimmt. Man hatte mich in eine Falle gelockt, und ich war blindlings hineingetappt. Wie viele Gedanken können einem innerhalb weniger Sekunden durch den Kopf jagen! Der Comte hatte einen Diener beauftragt, mich hierher zu bringen. Warum? Um mich zu töten? Mich in jenem Loch im Garten zu verscharren..., verlassen..., vergessen. Warum? Er liebte mich doch. Das hatte er jedenfalls gesagt. Liebte er mich wirklich? Wer konnte das wissen? Er hatte den Teufel im Leib, das hatte ich oft genug von ihm sagen hören. Er wollte Ursule aus dem Weg haben und hatte sie getötet. Er wollte vielleicht Gabrielle heiraten, die ihm bereits einen Sohn geschenkt hatte. Und ich? Mich brauchte er als Sündenbock. Verschwand ich, so würde man sagen, das sei die Strafe dafür, daß ich Ursule die tödliche Dosis ins Glas geschüttet hatte. Nou-Nou würde diese Annahme bestätigen. Der Comte wäre von jeglichem Verdacht frei. Oh, was für ein Unsinn! Doch er hatte nach mir geschickt. Ich befand mich an einem unheimlichen Ort, wo ich instinktiv fühlte, daß ich dem Tod ins Angesicht blickte.

Ich sah mich nach einer Fluchtmöglichkeit um. Plötzlich öffnete sich eine Tür. Ich wandte mich ab. Meine Augen wollten ihn nicht sehen. Ich konnte es nicht ertragen, daß meine Traumwelt zusammenbrach. Wenn ich schon sterben mußte, so wollte ich in Ungewißheit sterben. Ich weigerte mich zu glauben, daß sich die Warnungen so vieler Menschen bewahrheitet hatten.

Armand war mit einem Satz hinter mir. Ich hob die Augen. In der Tür stand eine Gestalt... Sie kam mir seltsam vertraut vor. Ich konnte gerade noch den kurzen Hals, den Hut mit der Krempe und die dunkle Perücke wahrnehmen, bevor der Mann vorwärts sprang und mich an sich riß. Dann folgte ein blendender Blitz, und ich lag auf dem Boden. Irgendwo spürte ich einen quälenden Schmerz..., dann versank alles: das finstere Haus, der unheimliche Mann, der mich so lange verfolgt hatte, meine entsetzlichen Vermutungen und mein Bewußtsein.

Als ich die Augen öffnete, lag ich in meinem alten Schlafgemach im Palast Delibes. Ich spürte einen krampfhaften Schmerz in meinem Arm, der, wie ich jetzt merkte, bandagiert war.

Ich versuchte, mich aufzurichten, aber mir schwindelte, und ich sank auf meine Kissen zurück.

»Bleiben Sie ganz ruhig liegen«, sagte eine Stimme. »Das ist besser für Sie.«
Ich kannte die Stimme nicht, aber sie klang besänftigend.
Meine Kehle war ausgedörrt, und sogleich wurde eine Tasse an meine Lippen gehalten. Ich trank ein wenig. Es schmeckte süß und tat mir wohl.
»So ist es besser«, sagte die Stimme. »Bleiben Sie jetzt still liegen. Es könnte schmerzen, wenn Sie sich bewegen.«
»Was ist mit mir geschehen?« fragte ich.
»Versuchen Sie zu schlafen«, erhielt ich zur Antwort, und ich fühlte mich so matt, daß ich der Stimme gehorchte.
Als ich aufwachte, sah ich eine Frau an meinem Bett.
»Fühlen Sie sich besser?« Es war dieselbe Stimme wie vorher.
»Ja, danke. Wie bin ich hierhergekommen?«
»Das wird Ihnen der Comte erklären. Er sagte, daß er benachrichtigt werden möchte, sobald Sie aufwachen.«
»Ist er denn hier?« Plötzlich war mir ganz fröhlich zumute.
Schon war er an meinem Bett. Er küßte meine unverletzte Hand.
»Gottlob habe ich Périgot geschickt, um auf Sie aufzupassen. Er hat seine Sache gut gemacht.«
»Was hatte das alles zu bedeuten?«
»Sie waren dem Tode nahe, mein Liebling. Dieser Schurke hätte Sie umgebracht..., und wir hätten davon nie erfahren. Er hätte Ihnen ins Herz oder durch den Kopf geschossen und Sie an jenem gottverlassenen Ort begraben. Warum sind Sie mitgegangen?«
»Mit Armand? Er wollte mich doch zu Ihnen bringen.«
»Mein Gott, wenn ich nur Hand an ihn legen könnte! Aber ich werde seiner schon habhaft werden, das verspreche ich Ihnen.«
»Armand stand doch aber in Ihren Diensten...«
»In Etiennes Diensten, soviel ich weiß. Wenn man bedenkt, daß mein eigener Sohn... Was tut der Mensch nicht alles für Titel, Geld, Güter... Und wenn ich nie mehr einen Sohn haben werde, Etienne wird nichts von meinem Vermögen erben.«
»Glauben Sie, Armand hat mich auf Etiennes Geheiß dorthin gebracht, um mich zu töten?«
»Es muß so gewesen sein. Armand ist verschwunden. Als er gewahr wurde, daß jemand im Hause war, um seinen Anschlag zu vereiteln, hat er sich auf dem schnellsten Wege davongemacht.«
»Und dieser Périgot?«
»Ein guter Mann. Er hat auf Sie achtgegeben.«

»Ein Mann mit einem kurzen Hals und einer dunklen Perücke?«
»Von seiner Perücke weiß ich nichts, aber, da Sie es erwähnen, glaube ich, daß er einen kurzen Hals hat.«
»Sie haben ihn also geschickt, um mich zu bewachen?«
»Selbstverständlich habe ich jemanden zu Ihrer Bewachung ausgeschickt. Es hat mir nicht gefallen, daß man neulich auf dem Pfad auf Sie geschossen hat. Périgot hat gute Arbeit geleistet. Er ist Armand zu dem Haus gefolgt, sah ihn das Grab ausheben und ahnte, was geschehen sollte. Als er Sie zusammen Grasseville verlassen sah, beeilte er sich, vor Ihnen das Haus zu erreichen. Wäre Périgot nicht gewesen, so hätte Armand Sie getötet. So aber traf die Kugel nur Ihren Arm. Périgot ist bekümmert, daß er Armand nicht überwältigt hat, bevor dieser den Schuß abfeuerte; aber da er im Hause wartete, konnte er nicht mehr tun. Falls jemals wieder normale Zustände herrschen, werde ich Périgot das, was er für mich getan hat, mit Ländereien und Geldzuwendungen entgelten.«
»Armand!« murmelte ich. »Warum Armand?«
»Er muß es für Etienne getan haben. Sie waren mehr als Herr und Diener. Es war Etienne – möglicherweise auf Anweisungen seiner Mutter. Aber ich werde herausfinden, wer den Mordanschlag auf dem Pfad arrangiert hat. Dadurch bin ich wachsam geworden und zu jeder möglichen Vorsichtsmaßnahme entschlossen. Ich wußte, wenn ich jemanden trauen konnte, dann Périgot. Ich werde ihn rufen lassen, damit Sie Ihrem Lebensretter persönlich danken können.«
Périgot kam ins Zimmer. Ohne seinen hohen Hut und die Perücke sah er viel jünger aus, der kurze Hals war weniger auffallend.
Er machte eine Verbeugung, und ich sagte: »Ich danke Ihnen, daß Sie mir das Leben gerettet haben.«
»Mademoiselle«, erwiderte er, »ich bedaure, daß ich es nicht geschafft habe, daß Sie völlig unversehrt geblieben sind. Wahrscheinlich ist es mir nicht gänzlich gelungen, unsichtbar zu bleiben.«
»Auch ich habe Sie wahrgenommen. Wie hätten Sie auch sonst so fachkundig auf mich achtgeben können?«
Der Comte sagte: »Wir beide sind dir dankbar, Périgot. Das werden wir dir nie vergessen.«
»Es ist mir eine Pflicht und ein Vergnügen, Ihnen zu dienen, Monsieur le Comte. Ich hoffe, daß das noch viele Jahre so bleiben wird.«
Der Comte war sichtlich gerührt, und ich fühlte, wie all meine Ängste von mir wichen. Ich fragte mich, warum ich jemals an ihm gezweifelt hatte – aber diese Wirkung übte seine Gegenwart freilich stets auf mich aus.

Nachdem Périgot gegangen war, setzte sich der Comte an mein Bett, und wir unterhielten uns. Was vorgefallen war, lasse keine Mißdeutungen zu, meinte er. Etienne hatte seit langem gehofft, legitimiert und zum Erben von Besitz und Titel eingesetzt zu werden. Und dazu wäre es auch gekommen, wenn kein ehelicher Sohn mehr geboren würde. »Meine Gefühle für Sie waren denen natürlich nicht verborgen geblieben, und sie hatten Angst. Etienne vermutete zu Recht, daß ich beabsichtige, Sie zu heiraten, und wenn wir einen Sohn bekämen – und das haben wir doch vor, nicht wahr? –, so würden seine Hoffnungen zunichte. Deswegen stellten Sie eine Bedrohung dar. Das leuchtet Ihnen doch ein?«
»Wo ist Etienne jetzt?«
»Er hat sich im *Château* um die Ländereien gekümmert. Armand wird sich zu ihm begeben haben, um ihn vom Mißlingen ihres Planes zu unterrichten. Ich bezweifle aber, daß er sich jetzt noch im *Château* aufhält, denn er kann sich denken, daß ich genau weiß, was er getan hat. Er wird nie mehr wagen, mir unter die Augen zu treten. Das ist das Ende für Etienne. Es bleibt nur noch eines zu tun: Wir sollten unverzüglich heiraten.«
Ich stieß einen Protestschrei aus. Ich dachte an meine Gespräche mit Joel. Hatte ich ihm auch nicht mein Jawort gegeben, so hatte ich ihn doch auch nicht abgewiesen. Konnte ich mich da unversehens einem anderen Mann zuwenden und ihn heiraten? Bei diesem Gedanken regten sich neuerliche Ängste und Zweifel in mir. Der Comte war über Etiennes Mordversuch an mir entsetzt, aber wie stand es um den Tod von Ursule? War sie denn nicht gestorben, weil sie seinen Wünschen im Wege stand, genau so, wie ich Etienne im Wege zu stehen schien?
»Warum nicht?« fragte er grimmig.
»Ich bin noch nicht soweit«, erwiderte ich.
»Was ist denn das für ein Unsinn?«
»Das ist überhaupt kein Unsinn, sondern höchst vernünftig. Ich muß erst sicher sein.«
»Sicher? Sie meinen, Sie sind sich nicht sicher?«
»Es gibt unendlich viel zu bedenken, bevor man sich auf ein solch ernsthaftes Wagnis wie die Ehe einläßt.«
»Meine liebste Minelle, bei einer Heirat gibt es nur eines zu bedenken, nämlich, ob zwei Menschen sich lieben. Ich liebe Sie. Zweifeln Sie daran?«
»Es könnte durchaus sein, daß wir unter Liebe nicht dasselbe verstehen. Ich wünsche mir, daß Sie bei mir sind; ich wünsche, mir Ihnen vereint zu sein . . .; aber ich bin nicht sicher, ob man das Liebe nennen darf.«

»Wie denn sonst?«

»Miteinander leben, sich respektieren und verstehen, das ist wichtig, nicht die Erregung des Augenblicks. Das Begehren ist von Natur aus vergänglich. Bevor ich heirate, möchte ich Gewißheit haben, daß mein Ehemann meinen Kindern ein guter Vater sein wird, daß er meine sittliche Einstellung teilt, daß er ein Mann ist, zu dem ich aufschauen und dem ich vertrauen kann.«

»Sie stellen hohe Ansprüche«, sagte er. »Die Schulmeisterin muß unbedingt ihre Bewerber einer Prüfung unterziehen.«

»Das mag schon sein. Und wahrscheinlich ist die Schulmeisterin für einen Mann, der es liebt, auf der Suche nach immer neuen Abenteuern umherzuschweifen, nicht die richtige Frau.«

»Ich bin der Meinung, daß sie genau die Richtige für ihn ist. Lassen Sie uns mit diesem Unsinn aufhören. Ich werde einen Priester kommen lassen, und in wenigen Tagen sind wir getraut.«

»Ich brauche Zeit«, beharrte ich.

»Sie enttäuschen mich, Minelle. Ich hatte geglaubt, auch Sie seien eine Abenteurerin.«

»Da sehen Sie, daß ich recht habe. Schon sind Sie von mir enttäuscht.«

»Eine Enttäuschung durch Sie ist mir lieber als jedes Vergnügen durch eine andere Frau.«

»Das ist doch lächerlich.«

»Spricht man so zu seinem Herrn und Meister?«

»Ich weiß, daß mein stolzes Wesen sich niemals beugen wird. Wie klug tue ich doch daran, dies alles zu bedenken, bevor ich mich kopfüber in eine Ehe stürze, die sich möglicherweise als ein Desaster herausstellen wird.«

»Aber ein aufregendes Desaster.«

»Um das Desaster zu vermeiden, werde ich auf die Aufregung gern verzichten.«

»Sie bezaubern mich . . ., wie immer.«

»Ich weiß gar nicht warum, da ich nie mit Ihnen übereinstimme.«

»Zu viele Menschen sind meiner Meinung gewesen. Das langweilt mich.«

»Ich prophezeie Ihnen, daß ständiger Widerspruch bald ebenso langweilig für Sie sein würde.«

»Bitte Minelle, versuchen Sie es mit mir. Hören Sie, meine Liebe, vielleicht ist es bald schon zu spät. In den Vorstädten ist man zum Aufstand gegen uns bereit. Lassen Sie uns das Leben genießen, solange wir es noch können.«

»Es mag sich gegen Sie erheben, wer will, ich brauche Zeit.«

Er saß noch lange an meinem Bett. Wir sprachen nicht mehr viel, aber er flehte mich schweigend an. Ich schwankte. Ich hätte liebend gern gesagt: »Ja, laß uns heiraten. Wir wollen eine Weile glücklich sein.« Aber ich konnte die Spaziergänge und Gespräche mit Joel und vor allem die Erinnerung an meine Mutter nicht vergessen.
Dann fragte ich plötzlich: »Weiß man in Grasseville, wo ich bin?«
Er bejahte. Er habe ihnen eine Nachricht geschickt.
»Danke. Sie hätten sich gewiß Sorgen gemacht.«
Ich schloß die Augen und stellte mich schlafend. Ich wollte nachdenken, aber meine Gedanken kreisten immer nur um die ewig gleiche Frage.

Es war der vierzehnte Juli – dieses Datum würde man in Frankreich nie wieder vergessen. Mein Arm war noch verbunden, aber ansonsten ging es mir recht wohl; die Wunde brauchte eben ihre Zeit, um zu heilen.
Tags zuvor hatte sich die Stadt in unheilvolles Schweigen gehüllt. Es war heiß und schwül, und ich hatte den Eindruck, daß eine große Bestie sprungbereit lauerte.
Auch ich fühlte eine große Spannung in mir. Innerhalb kurzer Zeit waren zwei Anschläge auf mein Leben erfolgt. Derlei Heimsuchungen gehen nicht spurlos an einem vorüber.
Ich wollte eine Weile allein sein. Darum zog ich einen leichten Mantel über und ging hinaus. Auf meinem Weg durch die engen Gassen spürte ich verstohlene Blicke. Mitglieder der königlichen Wachen schritten unruhig umher. Aus der Ferne vernahm ich Gesang.
Jemand packte mich an Arm. »Minelle, sind Sie verrückt?«
Es war der Comte. Er trug einen schlichten braunen Mantel und einen hohen Hut mit einer Krempe, wie ich ihn bei Périgot gesehen hatte. Die Menschen hüteten sich, auf den Straßen durch gute Kleidung aufzufallen.
»Sie hätten nicht ausgehen dürfen. Ich habe Sie gesucht. Wir müssen sofort umkehren.«
Er zog mich dicht an die Mauer, als eine Gruppe junger Männer – anscheinend Studenten – vorbeilief. Ihre Worte machten mich schaudern:
À bas les aristocrates! À la lanterne!
Ich zitterte, nicht um mich, sondern um ihn. So bescheiden er sich auch kleiden mochte, er konnte seine Herkunft nicht verschleiern, und niemand würde ihn länger für jemand anderen halten, als der er war.
»Wir kehren sofort um«, sagte er.
Bevor wir die Faubourg Saint-Honoré erreichten, brach ein Höllenlärm los – ganz Paris war auf einmal wie verrückt. Auf den Straßen wurde

getobt und geschrien. Die Menschen rannten hin und her, gesellten sich dem Pöbel zu, sangen und riefen: »*À la Bastille!*«
»Sie marschieren zum Gefängnis«, sagte der Comte. »Herrgott, jetzt ist es soweit.«
Wir kamen heil in der Faubourg Saint-Honoré an.
»Sie müssen Paris unverzüglich verlassen«, sagte er. »Hier sind Sie nicht länger in Sicherheit. Wechseln Sie so schnell wie möglich Ihre Kleider und kommen Sie zum Stall hinunter.«
Ich gehorchte. Er erwartete mich ungeduldig. Er hatte angeordnet, daß alle, die fort konnten, das Haus verlassen sollten, und zwar nicht gemeinsam, sondern nach und nach. Es durfte nicht auffallen, daß sie fortgingen.
Wir beide ritten nach Süden und erreichten am Abend das *Château*.
In der Halle sagte er traurig zu mir: »Sie haben zu lange gezögert. Die Revolution hat begonnen. Sie müssen sogleich nach England aufbrechen. Sprechen Sie um Gottes willen nicht französisch, sonst hält man Sie gar noch für eine Französin und eine Feindin des Volkes.«
»Und Sie? Werden Sie auch nach England fliehen?«
Er schüttelte den Kopf. »Dies ist nur der Anfang. Wer weiß, vielleicht ist noch Zeit, das bröckelnde Regime zu retten. Ich darf das sinkende Schiff nicht verlassen, Minelle. Ich habe hier zu tun. Ich kehre nach Paris zurück und suche den König und seine Minister auf. Vielleicht ist noch nicht alles verloren. Aber Sie müssen sogleich aufbrechen. Ich bestehe darauf.«
»Sie meinen ..., ich soll Sie verlassen?«
Einen Augenblick lang trat ein so zärtlicher Ausdruck in sein Gesicht, daß er kaum mehr der Mann zu sein schien, als den ich ihn kannte. Er drückte mich an sich und küßte mich aufs Haar. »Dumme Minelle«, sagte er. »Zaudernde Minelle. Jetzt müssen wir uns Adieu sagen. Sie gehen, und ich muß bleiben.«
»Ich bleibe hier«, sagte ich.
Er schüttelte den Kopf.
»Das lasse ich nicht zu.«
»Sie schicken mich also fort?«
Er zögerte einen Augenblick, und ich sah, wie seine Gefühle miteinander rangen. Wenn ich blieb, so würden wir ein Liebespaar, das wußte er nun, denn so pflegen die Menschen in verzweifelten Situationen zu handeln, wenn der Tod sie rasch ereilen kann. Sie klammern sich an das, was das Leben noch zu gewähren hat. Doch wenn ich blieb, war ich in Gefahr.
Mit fester Stimme sagte er: »Ich werde sofort Anstalten für Ihre Abreise

treffen. Périgot hat bewiesen, daß man ihm vertrauen kann. Er wird Sie nach Calais begleiten. Sie werden noch heute abend aufbrechen.«
Das also war das Ende. Ich war unfähig gewesen, mich zu entscheiden, und nun hatte die Revolution für mich entschieden.

Es war dunkel geworden. Ich rüstete mich zum Aufbruch. Mein Pferd stand im Stall bereit.
»Ich finde keinen Frieden, solange Sie hier sind«, sagte er. »Mit Périgot als Führer haben Sie gute Aussichten zu entkommen. Vergessen Sie nicht, sprechen Sie nicht französisch, wenn es nicht unbedingt notwendig ist. Betonen Sie Ihre Nationalität. Die Leute haben nichts gegen Ausländer. Dies ist ein Bürgerkrieg, ein Krieg zwischen Franzosen und Franzosen.«
Ich stritt mit ihm. Ich wollte bleiben. Ich war zweimal dem Tode nahe gewesen. Ich war bereit, Gefahren auf mich zu nehmen, wenn ich ihn nur nicht verlassen mußte.
»Welche Ironie«, sagte er. »Als wir nicht in Gefahr schwebten, da haben Sie gezaudert. Sie wollten Gewißheit, nicht wahr? Sie haben mir nicht getraut. Es ist inzwischen nichts weiter geschehen, was dieses Vertrauen rechtfertigen könnte..., und doch sind Sie bereit, Ihr Leben aufs Spiel zu setzen, um bei mir zu bleiben. Ach, meine verdrehte Minelle!«
Ich konnte nur noch flehen: »Lassen Sie mich bleiben! Oder kommen Sie mit mir nach England.«
Er schüttelte den Kopf. »Ich kann hier nicht fort. Ich kann meine Landsleute nicht im Stich lassen. Frankreich ist mein Vaterland. Ich muß hier bleiben und für das kämpfen, was ich für Recht halte. Hören Sie, Minelle, wenn das hier vorüber ist, hole ich Sie zu mir.«
Traurig schüttelte ich den Kopf.
»Sie glauben mir nicht? Sie glauben, bis dahin habe ich Sie vergessen? Ich will Ihnen eines sagen: Was auch in Zukunft geschehen mag..., was auch in der Vergangenheit geschehen ist..., ich liebe Sie. Sie sind die einzige Frau für mich..., und wenn Sie es auch noch nicht wissen..., ich bin der einzig wahre Mann für Sie. Wie unterschiedlich ist unser beider Dasein verlaufen! Wir haben nach gegensätzlichen Moralvorstellungen gelebt. Sie sind als gute Christin erzogen. Ich..., nun ja, ich bin in einer dekadenten Gesellschaft aufgewachsen. Ich habe mir nie überlegt, ob ich ein Recht habe, mich so zu verhalten, wie ich es tat. Erst nachdem ich ein Kind getötet hatte, fing ich an, mir Gedanken über mich selbst zu machen – doch meine Umwelt war stärker als ich. Erst durch Sie habe ich mich verändert. Sie haben mir alles in einem neuen Licht gezeigt. Sie haben

mich gelehrt, das Leben mit Ihren Augen zu sehen. Ich hungere nach mehr Lektionen, kleine Schulmeisterin, und nur Sie können sie mir erteilen.«
»Dann bleibe ich hier. Ich werde Sie heiraten und bei Ihnen bleiben.«
»Würde ich Sie jetzt ehelichen, so würden Sie die Comtesse Fontaine Delibes werden. Das wäre kein guter Name in dem neuen Frankreich. Gott weiß, was sie uns antun werden..., aber ihre Rache wird bitter und grausam sein, dessen bin ich sicher. Sie dürfen jetzt auf gar keinen Fall eine von uns werden. Ihnen bleibt nur ein Weg offen: Sie müssen fort. Für alles andere ist es zu spät. Kommen Sie, wir verschwenden kostbare Zeit. Leben Sie wohl, meine Liebste. Nein, *au revoir*. Wir werden uns wiedersehen.«
Ich klammerte mich an ihn. Endlich war ich mir sicher: Ich gehörte zu ihm. Ich wollte ihn nicht verlassen.
»Périgot wartet auf uns im Stall. Sie dürfen nicht länger zögern.«
Er legte seinen Arm um mich, und wir traten in die warme Abendluft hinaus.
Ich wußte sofort, daß etwas nicht stimmte, als wir uns den Ställen näherten. Ich spürte wachsame Augen, eine Bewegung, ich vernahm ein schweres Keuchen. Er bemerkte es auch. Sein Griff wurde fester, als er mich hastig zu den Stallungen zog. Da ertönte plötzlich ein Ruf.
»Hier ist er! Ergreift ihn!«
Als der Comte mich von sich stieß, flammte auf einmal eine Fackel auf. Da sah ich den Pöbel: Zwanzig oder dreißig Männer scharten sich um uns, ihre Augen brannten vor wilder Erregung.
»Gehen Sie in den Stall«, flüsterte er mir zu.
Ich rührte mich nicht von der Stelle. Ich konnte ihn doch nicht verlassen. Und dann bot sich mir ein Anblick, von dem mir ganz übel wurde: Das Gesicht ihres Anführers war mir vertraut: Léon.
Ich konnte ihn in dem flackernden Licht kaum erkennen. Seine Augen waren wild vor Haß, sein Mund verzerrt. Wie sehr unterschied er sich von dem höflichen, freundlichen Menschen, als den ich ihn gekannt hatte!
»Hängt ihn auf!« rief eine Stimme.
»Hängen? Das wäre eine zu große Gnade.«
Sie marschierten auf den Comte zu. Ich sah ihn fallen..., und Léon war dabei.
Ich verstand nicht, was Léon sagte, aber er gab ihnen die Befehle.
Sie brachten ihn fort. Mir war übel vor Angst und Grauen. Ich zitterte vor Elend.
O Gott, dachte ich, er hat recht. Es ist zu spät.

2

Périgot trat an meine Seite. »Mademoiselle, wir müssen gehen . . ., rasch.«
»Nein«, sagte ich, »ich gehe nicht fort.«
»Aber wir können nichts mehr tun.«
»Was werden sie mit ihm machen?«
»Überall im Lande bringen sie seinesgleichen um, Mademoiselle. Es war sein Wunsch, daß Sie unverzüglich nach England aufbrechen. Hier ist nicht der rechte Ort für Sie.«
Ich schüttelte den Kopf.
»Ich gehe nicht, solange ich nicht weiß, was mit ihm geschehen ist.«
Traurig sagte Périgot: »Mademoiselle, wir können nichts tun. Wir müssen seinen Wunsch befolgen.«
»Ich bleibe hier, bis ich Gewißheit habe«, sagte ich entschlossen.

Ich ging ins *Château* und suchte mein Zimmer auf. Ich setzte mich erschöpft nieder, meine Gedanken waren bei ihm. Was würden sie mit ihm machen? Welche Strafe würden sie für Jahrhunderte der Ungerechtigkeit, wie sie es nannten, verhängen? Sein Verbrechen bestand darin, daß er zu den Unterdrückern gehörte. Jetzt waren die anderen am Zuge.
Er hatte alles versucht, um mich zu retten. All seine Gedanken hatten mir gegolten. Wäre er nicht mir mir zum *Château* zurückgekehrt, so wäre er jetzt in Paris gewesen.
Was konnte ich nur tun? Warten, nichts als warten.
Wohin hatten sie ihn gebracht? Wo war er jetzt?
Ich wagte nicht, daran zu denken.
Léon war ein Verräter. Ich hatte Léon gern gehabt. Es war unglaublich, daß er derjenige war, der den Pöbel zum Comte geführt hatte. Er war im *Château* aufgewachsen, war dort ernährt, gekleidet, erzogen worden. Und während der ganzen Zeit hatte er einen solchen Groll genährt, daß er sich bei der ersten Gelegenheit gegen seinen Wohltäter wandte. Aber der Comte hatte seinen Zwillingsbruder getötet, und das hatte ihm dessen

Familie nie vergeben. All die Jahre mußten sie auf Rache gesonnen haben, und Léon hatte seine wahren Gefühle so geschickt zu verbergen gewußt, daß er uns alle getäuscht hatte.

Also war es doch Léon gewesen, den ich am Abend des Balles gesehen hatte. Ich hätte gewarnt sein müssen. Aber damals wollte ich es nicht glauben und hatte mir eingeredet, ich müsse mich geirrt haben.

Doch was hatte es jetzt für einen Sinn, darüber nachzugrübeln? Nur eines war von Bedeutung: Was geschah mit dem Mann, den ich liebte?

Ich schaute zum Fenster hinaus. In der Ferne flackerte ein Licht. Ich strengte meine Augen an. Ob er jetzt dort war? Sie würden ihn töten. Ich hatte die Mordlust in ihren Augen gesehen..., den Haß auf jene, die alle Reichtümer besaßen, die sie begehrten.

Ich glaube, in diesem Augenblick erstarb etwas in mir. Das Dasein hatte mir eine Chance geboten – zu lieben, leidenschaftlich zu leben, auch wenn es gefährlich war –, ich hatte sie vertan. Meine puritanische Erziehung hatte mir nicht erlaubt anzunehmen, was das Leben mir bot. Ich wollte Gewißheit ... und verlor damit meine Chance.

Was nun hereinbrach war unvermeidlich. Aber wir hätten wenigstens eine Weile zusammenleben können.

Jemand war in mein Zimmer getreten. Ich drehte mich heftig um und erblickte Nou-Nou.

»Jetzt haben sie ihn also geholt«, sagte sie. »Sie haben den Comte...«
Ich nickte.

»Gott sei ihm gnädig. Die sind nicht in der Stimmung, Milde walten zu lassen.«

Ich brach hervor: »Die sind wahnsinnig. Sie sehen wie die Wilden aus. Und das sind seine eigenen Leute..., sie haben auf seinem Grund und Boden gelebt, haben seine Großzügigkeit genossen...«

»Das sind gefährliche Reden«, sagte sie.

»Es ist aber wahr!« rief ich aus. »Nou-Nou, was wird mit ihm geschehen?«

»Sie werden ihn höchstwahrscheinlich hängen«, sagte sie ungerührt.

»Nein!«

»Doch. Sie hängen die Aristokraten an den Laternen auf, habe ich gehört. Sie haben die Bastille gestürmt. Für den Comte gibt es kein Entrinnen. Ich bin froh, daß meine Ursule das nicht mehr erleben muß. Die Frauen werden nämlich nicht verschont, müssen Sie wissen.«

Ich konnte ihren Anblick nicht ertragen. Sie war so ruhig, beinahe schadenfroh.

»O ja«, fuhr sie fort, »es war gut, daß sie rechtzeitig von uns ging. Das hier hätte sie nicht überstanden.«
Ich wollte Nou-Nou nicht ansehen, wollte ihr nicht zuhören. Ich wollte mit meinem Kummer allein sein.
Sie aber setzte sich neben mich und legte ihre kalte Hand auf die meine.
»Jetzt werden Sie nie mit ihm vereint sein, nicht wahr? Sie werden niemals an seiner Seite liegen und genießen, was sie verabscheut hat. Ihre Mutter war genauso. Manche Frauen sind eben so. Sie sollten nicht heiraten. Aber sie wachsen unwissend auf . . ., und dann trifft sie plötzlich die Erkenntnis, und sie finden es unerträglich. So war meine kleine Ursule. Sie war so ein fröhliches Kind . . ., wie gern hat sie mit Puppen gespielt . . ., sie hat ihre Puppen geliebt. ›Kleine Mama‹ haben wir sie genannt. Und dann . . . hat man sie mit ihm vermählt. Jeder andere wäre besser gewesen. Sie war ganz wie ihre Mutter . . ., in jeder Hinsicht . . ., jawohl, in jeder Hinsicht.«
Ich wünschte, sie würde gehen. Ich konnte an nichts anderes denken – nur an ihn. Was stellten sie mit ihm an? Er würde mehr unter der Schmach als unter physischem Schmerz leiden, das wußte ich. Ich mußte daran denken, wie ich ihn zum ersten Mal gesehen hatte. Den »Teufel zu Pferde« hatte ich ihn genannt. So stolz, so furchterregend, so unbezwingbar war er mir erschienen.
»Jetzt kann ich endlich die Wahrheit sagen«, vernahm ich von Nou-Nou. »Ich bin schon manches Mal nahe daran gewesen. Sie haben ihn verdächtigt, nicht wahr? Jedermann hat ihn verdächtigt – auch Sie. Ja, einige dachten sogar, Sie hätten Ihre Hand im Spiel gehabt. Er hatte einen Grund, nicht wahr? Er war an sie gefesselt . . ., und sie konnte ihm keinen Sohn schenken. Und dann kam eine junge, gesunde Frau . . ., Sie, Mademoiselle. Und alle haben gewartet, nicht wahr? Ich mußte lachen, wenn ich an Gabrielle LeGrand dachte. Welch ein Schlag für sie. Dabei hätte sie doch wissen können, daß nicht sie diejenige sein würde . . ., selbst wenn er frei gewesen wäre. Aber sie gibt die Hoffnung nicht auf. Dabei hatte er längst mit ihr gebrochen.«
»Bitte, Nou-Nou«, sagte ich, »ich bin sehr müde.«
»Ja, Sie sind müde, und ihn haben sie geholt, nicht wahr? Sie werden keine Gnade kennen. Er selbst hat auch keine Gnade geübt, nicht wahr? Jetzt baumelt er gewiß schon an einer Laterne, vielleicht sogar auf seinem eigenen Grund und Boden.«
»Hör auf, Nou-Nou!«
»Ich habe ihn gehaßt«, sagte sie finster. »Ich habe ihn gehaßt, weil er Ursule das angetan hatte. Sie war entsetzt, wenn er zu ihr kam.«

»Du hast zugegeben, das es mit jedem anderen Mann dasselbe gewesen wäre.«
»Ein anderer hätte sich vielleicht rücksichtsvoller gezeigt.«
»Nou-Nou, würdest du mich bitte allein lassen.«
»Erst, wenn ich Ihnen alles erzählt habe. Sie müssen mich anhören. Sie müssen die Wahrheit erfahren. Ich habe ihre Mutter gut gekannt. Sie war gut zu mir. Sie hat mich aufgenommen, als ich meinen Mann und mein Kind verloren hatte. Sie hat mir Ursule in die Arme gelegt und gesagt: ›Das ist jetzt dein Baby, Nou-Nou.‹ Und da habe ich weniger um mein eigenes Baby getrauert. Ihre Mutter war eine kranke Frau. Sie war wie Ursule..., träge..., außerstande, viel zu tun. Und dann begannen die Schmerzen. Sie hat entsetzlich gelitten. Und weil sie die Qualen nicht mehr ertragen konnte, hat sie sich das Leben genommen. Ursule wäre es ebenso ergangen. Sie war ihrer Mutter so ähnlich. Ich mußte es schließlich wissen, nicht wahr? Sie hatte Schmerzen..., keine schlimmen..., leichte, wie ihre Mutter sie anfangs gehabt hatte – und ich rief die Ärzte. Die sagten, sie leide an derselben Krankheit, an der ihre Mutter gestorben war. Ich wußte, wie der weitere Verlauf der Krankheit wäre.«
Jetzt konnte sie meiner vollen Aufmerksamkeit sicher sein. Ich starrte sie fassungslos an.
»Ja«, fuhr sie fort, »sie hätte leiden müssen, wenn sie länger gelebt hätte. Aber nie hätte sie sich von alleine das Leben genommen. Das hat sie entschieden abgelehnt. Sie hat oft darüber gesprochen. ›Nou-Nou‹, pflegte sie zu sagen, ›es hat keinen Sinn, auf halbem Wege aufzugeben. Wenn man das tut, wird man wiederkehren, und alles beginnt noch einmal von vorn.‹ Ich konnte den Gedanken nicht ertragen, daß meine kleine Ursule würde leiden müssen. Also sorgte ich dafür, daß es ihr erspart blieb...«
»*Du*, Nou-Nou, *du* hast sie getötet!«
»Ja, um sie vor den Qualen zu retten«, sagte Nou-Nou beherrscht. »So, und jetzt denken Sie: Sie ist eine Mörderin. Sie denken, man sollte mich holen und an einer Laterne aufhängen oder auf die Guillotine schicken.«
»Ich weiß, daß du es aus Liebe getan hast«, sagte ich.
»Ja, ich habe es aus Liebe getan. Mein Leben ist leer, seit sie fort ist. Aber eines tröstet mich: Dort, wo sie jetzt ist, braucht sie keine Schmerzen zu erleiden.«
»Du hast geduldet, daß man annahm...«
Ein listiges Leuchten trat in ihre Augen. »Daß *er* sie getötet hat? Ja. Er hat es ja auch getan..., in Gedanken hat er sie tausendmal getötet. Er wollte

sie aus dem Weg haben, aber er hat es nicht gewagt, sie umzubringen. Das habe ich getan, ich, die ich sie auf ewig bei mir haben wollte!«
Weinend bedeckte sie ihr Gesicht mit den Händen.
»Meine Kleine. Sie lag so friedlich da. Ich wußte, sie würde ohne Schmerzen entschlummern. Keine Schmerzen ..., nie wieder. Keine Angst mehr vor ihm – es wäre vorüber. Mein Baby, jetzt ist sie glücklich.«
»Ach, Nou-Nou.« Ich wollte meinen Arm um sie legen.
Sie stieß mich zurück. »Sie werden ihn nie besitzen!« sagte sie boshaft. »Es ist alles vorüber.«
Sie erhob sich und schlurfte zur Tür. Dort blieb sie stehen und blickte zu mir zurück.
»Gehen Sie heim«, sagte sie. »Vergessen Sie, was hier geschehen ist ..., wenn Sie können.« Sie tat einen Schritt ins Zimmer zurück und heftete ihre wilden Augen auf mich. »Auch *Sie* sind in Gefahr. Heute abend hat man Sie verschont, aber Sie sind eine von ihnen, denken Sie daran.« Ihre Lippen verzerrten sich zu einem boshaften Grinsen. »Die Cousine ... aus der gleichen Sippe. Jetzt werden Sie sehen, was es heißt, einer solchen Familie anzugehören. Heute abend waren sie hinter dem großen Fisch her. Sie wollen Blut fließen sehen ..., das Blut der Söhne, der Töchter, der Nichten, der Neffen, der *Cousinen* von Aristokraten ...«
Sie wandte sich ab und murmelte im Gehen: »Sie werden kommen. Sie werden auch Sie holen ...«
Damit ging sie hinaus und ließ mich allein.
Ich war von ihrer Enthüllung wie betäubt. Ich hatte ihm Unrecht getan und würde ihn wahrscheinlich nie um Verzeihung bitten können.
Was geschah jetzt mit ihm? Verzweifelt versuchte ich, meine Phantasie zu zügeln, doch diese vom wilden Blutrausch verzerrten, nach Rache dürstenden Gesichter gingen mir nicht aus dem Sinn.
Sie hatten ihn geholt. Nou-Nous Worte klangen mir noch in den Ohren: »Sie werden auch Sie holen.«

Am Fenster sitzend erwartete ich den Morgen. Was sollte ich denn tun? Ich wußte es nicht. Wohin hatten sie ihn gebracht? Was war mit ihm geschehen? Vielleicht war er schon ...
Ich wollte nicht wahrhaben, was geschehen war. Ich ertappte mich, wie ich mit Gott zu feilschen begann: »Laß mich ihn sehen ..., nur ein einziges Mal. Laß mich ihm sagen, daß ich nun weiß, daß ich ihm Unrecht getan habe. Laß mich ihm sagen, daß ich ihn liebe ..., daß ich ihn immer geliebt habe, daß ich nur zu unerfahren war, zu sehr an meine Herkunft

gebunden, um es zu erkennen. Nur ein einziges Mal ... Laß mich ihn nur einmal sehen.«

Es wäre ihm nicht recht gewesen, daß ich noch hier war. Ich hätte mit Périgot fortgehen sollen. Aber ich konnte nicht. Ich konnte nur an ihn denken. Meine eigene Sicherheit schien ohne Bedeutung. Wenn sie ihn töten würden, dann sollten sie auch mich töten.

Aus der Ferne drangen Rufe zu mir. Ich blickte aus dem Fenster. Durch die Bäume schimmerten Lichter ..., Fackeln näherten sich dem *Château*. Jetzt vernahm ich ihre Stimmen. War es Einbildung, oder verstand ich das Wort »Cousine«?

Sie sangen.

Dann waren Schritte vor meiner Tür zu hören. Leichte, rennende Schritte. Stimmen flüsterten. Die Dienerschaft. »Sie holen die Cousine.«

Ich trat wieder ans Fenster. Jetzt hörte ich es deutlich: »*À bas la cousine. À la lanterne.*«

Meine Kehle war ganz trocken. Es war also soweit. Der Pöbel wollte mich holen, wie er ihn geholt hatte. Das war der Preis, den ich entrichten mußte. Ich hatte mich auf ein falsches Spiel eingelassen. Um Margots willen hatte ich mich als ihre Cousine ausgegeben, und später hatte ich es geduldet, daß die Täuschung aufrechterhalten wurde. Dieser Betrug konnte mich nun mein Leben kosten.

Ich wollte nicht sterben. Ich wollte leben, mit meinem Geliebten zusammen sein, mit ihm alt werden.

Von unten drang entsetzlicher Lärm zu mir herauf. Ich schloß die Augen, und diese von Habgier, Neid, Haß und Bosheit entstellten Gesichter schienen über mich herzufallen.

Das Licht der Fackeln erhellte mein Zimmer. Im Spiegel erhaschte ich einen Blick auf eine Frau mit wahnsinnigen Augen, in der ich mich kaum wiedererkannte. Nur noch wenige Sekunden ...

Es hämmerte an meiner Tür. Ich lehnte mich mit aller Kraft dagegen.

»Öffnen Sie ..., schnell!« Es war Périgot.

Ich drehte den Schlüssel herum. Périgot ergriff meinen Arm und zog mich in den Korridor. Er rannte mit mir eine endlose Wendeltreppe hinauf. Wir erreichten den Wachtturm. Périgot berührte eine getäfelte Wand: das Holz glitt zurück. Vor uns lag eine Höhlung.

»Gehen Sie da hinein«, sagte Périgot. »Hier dürften Sie in Sicherheit sein. Man wird das *Château* durchsuchen, doch dieses Versteck dürfte kaum jemand kennen. Ich komme wieder, wenn sie fort sind.«

Die Täfelung schloß sich. Ich befand mich in völliger Finsternis.

Ich hörte, wie sie in den Wachtturm kamen, hörte ihr Gelächter und ihre gemeinen Drohungen. Was würden sie tun, wenn sie mich fänden?
Immer wieder vernahm ich das Wort »Cousine«. Meine Gedanken schweiften zu friedlicheren Tagen zurück, als meine Mutter noch lebte und man es nicht für möglich gehalten hatte, daß ich einst ein Opfer der Revolution in Frankreich werden sollte. Cousine ... – Damit hatte alles angefangen. Wäre ich nicht als Margots Cousine nach Frankreich gekommen ...
Nein, beteuerte ich mir, trotz aller Gefahr und Todesdrohungen, ich würde es genauso wieder tun. Ich bereue nichts ..., bis auf meine Zweifel an dem Comte. »Der Teufel zu Pferde«: Diese Worte sprach ich jetzt zärtlich vor mich hin. *Mein* Teufel. Ich wünschte mir nichts mehr vom Leben, außer bei ihm zu sein, und ich würde alles hingeben für die Stunden, die ich mit ihm verbracht hatte. Er liebte mich, und ich liebte ihn, und dafür würde ich mein Leben opfern.
Ich erwartete jeden Augenblick, daß sich die Wand öffnen würde. Sie würden die Geheimtür finden. Eng zusammengekauert erwartete ich das grausige Ende.
Dann erkannte ich, daß der Lärm langsam erstarb. War ich gerettet?
Ich wartete Stunde um Stunde in der stillen Finsternis. Dann kam Périgot. Er hatte Decken und Kerzen mitgebracht.
»Sie werden eine Weile hier aushalten müssen«, sagte er. »Der Pöbel ist blutrünstig. Sie haben das *Château* geplündert und einige Wertsachen mitgenommen. Gottlob haben sie kein Feuer gelegt. Ich habe sie überzeugen können, daß Sie geflohen sind, als der Comte geholt wurde. Da haben einige von ihnen Pferde aus den Ställen geholt und sich an die Verfolgung gemacht. Morgen oder übermorgen werden sie aufgeben, da es noch andere gibt, die sie fassen wollen. Sie müssen hierbleiben, bis ich Sie fortschaffen kann. So bald wie möglich bringe ich Sie nach Grasseville.«
»Périgot, jetzt verdanke ich Ihnen zum zweitenmal mein Leben.«
»Der Comte würde es mir nie verzeihen, wenn ich zuließe, daß Ihnen ein Leid geschähe.«
»Sie sprechen von ihm, als sei er ...«
»Mademoiselle«, sagte er ernst, »der Comte hat es stets verstanden, sich aus allen Schwierigkeiten herauszuwinden. Das wird ihm auch diesmal gelingen.«
»Ach Périgot, wie wäre das möglich?«
»Das wissen nur Gott und der Comte, Mademoiselle. Aber es muß gelingen. Es *wird* gelingen.«

Périgots Worte erhellten die Finsternis meines Verstecks mehr, als die Kerzen es vermochten.
Irgendwie brachte ich die Nacht in meinem Gefängnis hinter mich. Ich lag auf meinen Decken und dachte an den Comte. Sicher hatte Périgot recht. Er würde sich herauswinden.
Périgot kam früh am nächsten Morgen. Er brachte etwas zu essen, aber ich rührte nichts an.
Er sagte, daß er zwei Pferde im Stall bereithalten würde. Gott sei Dank hatte der Pöbel sie nicht alle mitgenommen. Er erklärte mir, wir müßten uns nach Einbruch der Dunkelheit hinunterschleichen, da er nicht wüßte, wem er trauen könnte. Ich müßte versuchen, etwas zu essen, und mich bereithalten, wenn der Augenblick des Aufbruchs käme.

Erst am folgenden Abend kam Périgot wieder in den Turm. Ich wußte, daß er mich tagsüber nicht aufsuchen konnte, um keinen Verdacht zu erregen.
»Sie werden sofort aufbrechen«, flüsterte er. »Geben Sie acht. Sprechen Sie nicht. Wir müssen unbemerkt zu den Stallungen gelangen.«
Ich trat aus meinem Versteck, und Périgot schob die Täfelung vor. »Jetzt müssen wir die Wendeltreppe hinunter. Ich gehe voran. Folgen Sie mir vorsichtig.«
Ich nickte und wollte etwas sagen, doch er legte die Finger an die Lippen. So stiegen wir die Wendeltreppe hinab.
Im Hauptteil des *Châteaus* mußten wir besonders wachsam sein; wir konnten ja nicht wissen, ob mich nicht irgend jemand verraten würde. Périgot ging behutsam voran, und ich folgte ihm. Der Weg schien endlos, doch schließlich waren wir draußen, und nach dem dumpfen Loch hinter den Mauern des Wachtturms wirkte die kalte Nachtluft wie ein Rausch.
Und dann . . ., mein Herz tat einen entsetzten Sprung – denn als wir den Stall betreten hatten, kam ein Mann auf uns zu.
Das ist das Ende, dachte ich. Doch dann erkannte ich ihn.
»Joel!« schrie ich auf.
»Pst«, flüsterte Périgot. »Es ist alles bereit.«
»Kommen Sie, Minella«, sagte Joel und half mir in den Sattel.
»Ihr englischer Freund wird Sie in Sicherheit bringen, Mademoiselle«, eröffnete mir Périgot. »Ich habe Nachrichten vom Comte. Sie haben ihn nicht getötet.«
»Oh . . ., Périgot! Ist das wahr? Sie wissen . . .«

Er nickte. »Sie haben ihn nach Paris gebracht. Er befindet sich in der Conciergerie.«
»Aber wer dorthin kommt ..., den erwartet der sichere Tod.«
»Noch ist der Comte nicht tot, Mademoiselle.«
»Gottlob. Ich danke Ihnen, Périgot. Wirklich. Wie kann ich Ihnen jemals ...«
»Machen Sie schnell«, drängte Périgot. »Und verlieren Sie nicht den Mut.«
»Kommen Sie, Minella«, sagte Joel abermals.
Wir verließen den Stall, und ich ritt an Joels Seite davon.

Wir ritten die Nacht hindurch, bis Joel vorschlug, den Pferden eine Rast zu gönnen. Es fing soeben an zu dämmern, als wir zu einem Wald gelangten und die Pferde an einem Bach tränkten. Danach band Joel sie an, und wir lehnten uns gegen einen Baum und sprachen miteinander.
Er erzählte mir, wie besorgt er war, als ich plötzlich verschwunden war, und wie erleichtert er die Botschaft des Comte aufnahm, daß ich in Paris sei. Darauf war Joel nach Paris geritten und hatte dort im Palast erfahren, wo ich mich befand.
Er war in der Absicht, mich nach Grasseville zurückzubringen, zum *Château* gekommen. Margot hatte beschlossen, sich mit ihrem Gatten und Charlot nach England zu begeben. Sie wollte nicht ohne mich gehen, und Joel stimmte ihr aus vollem Herzen zu, daß wir Frankreich so bald wie möglich verlassen müßten.
Im *Château* hatte er erfahren, was sich zugetragen hatte. Er und Périgot waren überzeugt, daß ihn die göttliche Vorsehung just zu diesem Zeitpunkt hierhergeführt hatte. Sie waren übereingekommen, daß Joel und ich sogleich aufbrechen sollten.
»In Paris ist die Hölle los«, sagte er. »Sie malen sich dort aus, was sie mit gewissen Leuten anstellen wollen, wenn sie ihnen in die Hände geraten.«
»Wurde ... der Name des Comte erwähnt?«
»Sein Name ist bestens bekannt.«
Ich erschauerte. »Und er ist in ihrer Gewalt«, murmelte ich. »Sie haben ihn geholt. Léon, dieser gemeine Verräter, hat sie zu ihm geführt.«
»Gottlob haben sie nicht Hand an Sie gelegt.«
»Périgot hat mich gerettet ..., wie schon einmal.«
»Er ist ein treuergebener Diener.«
»Ach Joel«, jammerte ich, »sie haben ihn in die Conciergerie gebracht. Man nennt dieses Gefängnis den Vorraum des Todes.«

»Aber er lebt«, erinnerte mich Joel. »Etienne ist auch dort. Wie ich hörte, wurde er mit Armand dorthin gebracht.«
»Dann sind sie jetzt dort vereint. Ich hatte solche Angst, daß der Pöbel den Comte umgebracht hat.«
»Nein. Périgot meint, er ist eine zu wichtige Person für einen einfachen Tod. Darum hat man ihn nach Paris gebracht.«
Mir war übel vor Furcht. Sie hatten ihn in die Conciergerie gebracht, in den Vorraum des Todes. Seine Hinrichtung würde ein großes Spektakel werden. An ihm würden sie beweisen, daß es keine Gnade für Aristokraten gab, die dem Volk in die Hände fielen. Doch da er noch lebte, faßte ich ein wenig Mut.
»Ich muß nach Paris«, sagte ich zu Joel.
»Nein, Minella. Wir gehen nach Grasseville. Wir müssen dieses Land auf der Stelle verlassen.«
»Sie müssen gehen, Joel, aber ich bleibe in Paris. Solange er lebt, möchte ich in seiner Nähe sein.«
»Das ist doch Wahnsinn«, sagte Joel.
»Vielleicht. Aber das ändert nichts an meinem Entschluß.«
Wie nachsichtig war Joel mit mir! Wie genau er alles begriff! Wenn ich Paris nicht verlassen konnte, so wollte er auch bleiben. Er ersparte sich nichts. Um meinetwillen begab er sich hundertmal in Gefahr. Er hatte einen Freund in der Rue Saint-Jacques, und dort wollten wir wohnen. Es war eine bescheidene Unterkunft, in der Nähe der Buchhandlungen und der Häuser im Stil des siebzehnten Jahrhunderts. Hier lebten viele Studenten, und in den dunklen Kleidern, die Joel für uns erstand, erregten wir keinen Verdacht.
Es tat weh, zu sehen, wie diese einst so prächtige und schöne Stadt vom Pöbel entwürdigt wurde. Doch zu wissen, daß sich der Mann, den ich liebte, in den Händen derer befand, die keine Gnade walten lassen würden, das war ein solch unendlich tiefer Schmerz, daß ich ihn kaum verwinden konnte.
Der kreischende Pöbel zog mit seinen roten Mützen durch die Straßen. Am schlimmsten waren die Nächte. Ich lag schaudernd in meinem Bett, denn ich wußte, daß wir am Morgen die leblosen Körper an den Laternen baumeln sehen würden . . ., zuweilen grauenhaft verstümmelt.
»Wir sollten jetzt fortgehen«, sagte Joel beständig. »Wir können nichts mehr tun.«
»Aber ich kann nicht . . ., solange ich nicht weiß, daß er tot ist.«
Oft begab ich mich zum Cour du Mai und beobachtete die vorüberzie-

henden Karren. Dort stand ich mitten in der faszinierten Menge und hörte die Jubelrufe, wenn wieder ein Adeliger weggeschleppt wurde, ohne Perücke, den Schädel kahl rasiert, ungebeugt, hochmütig.
Ich war dort, als Etienne vorüberkam, hoheitsvoll, ohne ein Zeichen von Furcht, bis zum Ende stolz auf seine noble Abkunft. Um diese zu verteidigen, hatte er mich sogar zu töten versucht.
Ich dachte: Heute ist Etienne dran. Wird es morgen sein Vater sein?

Es war Nacht ..., eine grauenhafte Nacht. Die Rufe der Menschen drangen durch mein Fenster.
Plötzlich hämmerte es gegen die Haustür. Ich zog ein Kleid über und trat ins Stiegenhaus. Joel stand bereits auf der Treppe.
»Bleiben Sie, wo Sie sind!« gebot er.
Ich gehorchte. Er stieg die Treppe hinab. Ich hörte ihn mit jemandem sprechen, und dann kam ein Mann mit ihm herauf. Er trug einen Mantel und hatte seinen Hut tief über die Augen gezogen.
»Léon!« schrie ich, und eine solche Welle der Empörung überspülte mich, daß ich ihn nur wortlos anstarren konnte.
»Überrascht es Sie, mich zu sehen?« fragte er.
Da fand ich die Sprache wieder. »Wie können Sie es wagen, hierher zu kommen! Sie haben ihn verraten! Er hat Sie aufgenommen, hat Sie erzogen, ernährt ...«
Léon hob eine Hand. »Sie machen sich ein falsches Bild von mir«, sagte er. »Ich bin gekommen, weil ich versuchen will, ihn zu befreien.«
Ich lachte bitter auf. »Ich habe Sie an dem Abend gesehen, als man ihn holte.«
»Ich denke«, schlug Joel vor, »wir sollten irgendwohin gehen, wo wir uns in Ruhe unterhalten können. Kommen Sie in mein Zimmer.«
Ich schüttelte den Kopf. »Ich will mit diesem Menschen nicht reden. Das ist nur ein Trick, Joel. Sein Rachedurst ist mit dem Comte noch nicht gestillt.«
Joel hatte uns in sein Zimmer geführt. »Kommen Sie, setzen Sie sich«, forderte er mich sanft auf.
Ich nahm Platz, Joel setzte sich neben mich, Léon gegenüber. Er blickte mich ernst an. »Ich möchte Ihnen helfen«, sagte er. »Ich habe Sie stets sehr geschätzt.« Er versuchte zu lächeln. »Sie sollen wissen, daß ich bereit bin, eine Menge für Sie zu tun. Ich gehe ein großes Wagnis ein, aber dies sind riskante Zeiten. Wer heute lebt, kann morgen schon tot sein.«
»Ich will mit Ihnen nichts zu schaffen haben«, sagte ich. »Ich weiß, wer Sie

sind. Ich habe Sie gesehen, als Sie am Abend des Balles den Stein ins Fenster geworfen haben; aber ich wollte meinen Augen nicht trauen und dachte, ich hätte es mir nur eingebildet. Jetzt weiß ich, daß es keine Einbildung war . . ., denn Sie waren dabei, als sie ihn geholt haben. Sie waren der Anführer der Meute. Sie haben sie zu ihm geführt. Ich habe die Grausamkeit und den Haß in Ihren Augen gesehen, und diesmal war es keine Sinnestäuschung.«

»Und trotzdem haben Sie sich getäuscht. Ich sehe, ich muß Sie von meiner Loyalität gegenüber dem Comte überzeugen.«

»Und wenn Sie die ganze Nacht reden, es wird Ihnen nicht gelingen.« Ich wandte mich an Joel: »Schicken Sie ihn fort! Er ist ein Verräter!«

»Wir haben nicht viel Zeit«, sagte Léon. »Geben Sie mir ein paar Minuten Zeit, damit ich alles erklären kann; denn wenn Sie den Comte retten wollen, brauchen Sie meine Hilfe.«

Joel blickte mich an. »Ich habe ihn gesehen«, sagte ich. »Daran gibt es keinen Zweifel.«

»Sie haben mich nicht gesehen«, erklärte Léon. »Sie haben meinen Zwillingsbruder gesehen.«

Ich lachte auf. »Das kann nicht wahr sein. Der ist doch tot. Er ist unter die Pferde des Comte geraten.«

»Mein Bruder war verletzt . . ., schwer verletzt. Niemand rechnete damit, daß er je genesen würde. Aber er ist nicht gestorben.«

»Das glaube ich nicht«, sagte ich.

»Aber es ist die Wahrheit.«

»Wo ist er dann all die Jahre gewesen?«

»Als feststand, daß er genesen würde, fürchteten meine Eltern, daß es mit den Wohltaten vom *Château* vorbei sein würde. Ihr größter Wunsch aber war, einen gebildeten Sohn zu haben. Sie liebten ihre Kinder und hätten es nicht ertragen, wenn man mich vom *Château* fortgeschickt hätte. Deshalb arrangierten sie den ›Tod‹ meines Bruders. Sie ließen einen Sarg für ihn anfertigen, und er legte sich hinein. Doch als er zugenagelt wurde – mein Onkel war der Sargschreiner, das hat die Sache vereinfacht –, da war mein Bruder bereits unterwegs in ein anderes Dorf, fünfzig Meilen entfernt. Und dort ist er bei meinen Verwandten aufgewachsen.«

»Eine unglaubliche Geschichte«, sagte ich mißtrauisch.

»Und trotzdem ist sie wahr. Wir waren eineiige Zwillinge. Wenn man uns nebeneinander sieht, kann man uns vielleicht unterscheiden . . ., aber meistens werden wir verwechselt. Mein Bruder war nicht bereit, dem Comte zu vergeben. Er leidet bis zum heutigen Tage an den Folgen des

Unfalls: Er hinkt. Die gegenwärtige Situation bietet ihm die Chance, auf die er sein Leben lang gewartet hat. Er war kaum dreizehn Jahre alt, da begann er bereits, Unzufriedenheit unter den Bauern zu schüren. Er ist klug, auch wenn er ungebildet ist. Er ist gerissen, kühn und zu allem imstande, wenn es sich um die Rache an der verhaßten Klasse handelt; und darunter ist einer, den er vor allen anderen haßt.«

Léon war so ernst und erzählte seine Geschichte so glaubhaft, daß mein Mißtrauen allmählich schwand. Ich warf einen Blick auf Joel, welcher Léon aufmerksam beobachtete.

»Lassen Sie uns Ihren Plan hören«, sagte Joel.

»Mein Bruder gilt als einer der Vertreter des Volkes. Er war für die Gefangennahme des Comte und für dessen Verbringung nach Paris verantwortlich. Der Comte ist im ganzen Land als ein hoher Aristokrat bekannt. Für die Leute wird es ein großer Triumph, wenn sie ihn auf einem Karren durch die Straßen ziehen können. An diesem Tag wird sich eine große Menschenmenge bei der Guillotine versammeln.«

Ich sagte schnell: »Und wie sieht Ihr Plan aus?«

»Ich will versuchen, ihn aus der Conciergerie herauszuholen.«

»Unmöglich«, rief Joel.

»Beinahe«, erwiderte Léon. »Aber wenn man sorgsam und geschickt zu Werke geht ..., dann könnte es gelingen. Doch Sie müssen wissen, daß wir alle dabei unser Leben riskieren.«

»Wir riskieren unser Leben hier ohnehin«, sagte ich ungeduldig.

»Aber vielleicht wollen Sie dieses Risiko nicht auf sich nehmen. Wenn man uns erwischt, so bedeutet das nicht einfach Tod ..., sondern einen grausamen Tod. Der Zorn des Volkes kann sich bis zur Raserei steigern, und dann wehe Ihnen.«

»Ich würde alles tun, um ihn zu retten«, beteuerte ich. Dann blickte ich Joel an und fügte hinzu: »Joel, Sie dürfen sich nicht daran beteiligen.«

»Ich fürchte«, ließ sich Léon vernehmen, »daß ich auf Ihre Hilfe zählen muß.«

»Wenn Sie dabei sind, Minella, dann bin ich selbstverständlich bei Ihnen«, sagte Joel bestimmt. »Wir wollen hören, was zu tun ist.«

»Wie gesagt«, fuhr Léon fort, »mein Bruder gehört zu den Anführern der Revolution. Er ist überall in Frankreich beim Volk bekannt und geschätzt. Einige fürchten ihn wegen seiner Unbarmherzigkeit, denn er würde niemanden schonen, welcher der Revolution entgegenarbeitet. Sie haben ihn von mir nicht unterscheiden können, als Sie ihn bei dem Pöbel sahen. Am Abend des Balles haben Sie mich zu sehen geglaubt. Wenn nun mein

Bruder zur Conciergerie ginge und den Gefangenen zu sehen verlangte, und wenn er dann mit ihm herauskäme, um ihn in ein anderes Gefängnis zu bringen, so könnte er das ungehindert tun.«

Allmählich begriff ich, was er vorhatte.

»Sie wollen also zur Conciergerie gehen und sich als Ihr Bruder ausgeben?«

»Ich könnte es versuchen. Ich könnte seinen Gang und seine Stimme nachahmen. Ob es mir gelingt, das steht freilich dahin. Wenn man uns entdeckt, wird uns der Pöbel in Stücke reißen.«

»Warum wollen Sie das tun?« fragte ich.

Er zuckte die Achseln. »Man lebt heutzutage gefährlich. Sehen Sie mich an..., ich stehe zwischen zwei Welten. Ich stamme aus dem Volke, aber aufgrund meiner Erziehung gehöre ich zu den Aristokraten. Mir traut niemand ... Sie haben es selbst bewiesen. Ich muß mich für die eine oder die andere Seite entscheiden, und ich hatte stets eine Schwäche für aussichtslose Fälle. Der Comte war immerhin so etwas wie ein Vater für mich..., wenn er auch hoch über mir stand und sich selten herabließ, von mir Notiz zu nehmen. Doch ich war stolz darauf, unter seinem Schutz zu stehen. Ich gelobte mir, wie er zu werden. Er war mein großes Vorbild. Ich kann nicht dulden, daß ein solcher Mann der Guillotine zum Opfer fällt. Mein Leben lang hat es geheißen: ›Tu dies, tu das. Der Comte wünscht es.‹ Jetzt wird mir die Gelegenheit geboten, vor den Comte zu treten und zu sagen: ›Tun Sie das. Ich, Léon, Ihr bäuerlicher Schützling, habe es in der Hand, Ihnen das Leben zu retten.‹ Was für eine Genugtuung! Und dann noch etwas: Ich habe ihn wirklich gern..., wie Sie, Mademoiselle Minelle. Ich hatte Etienne in Verdacht und habe mich selbst verflucht, weil ich nicht zur Stelle war, um Sie zu retten. Jetzt habe ich die Gelegenheit.«

»Sind Sie ganz sicher, daß Sie es tun wollen?«

»Vollkommen sicher. Hören Sie zu. Ich werde ins Gefängnis gehen. Ich werde den gleichen Mantel wie mein Bruder tragen. Ich werde die rote Mütze aufsetzen. Ich werde mit seiner Stimme sprechen und sein Hinken nachahmen, so daß uns niemand wird unterscheiden können. Ich werde sagen, daß der Tag der Hinrichtung des Comte festgesetzt sei und daß es ein Freudentag werden soll, ein Symbol für den Sieg der Revolution. Aus diesem Grunde soll der Comte auf einem Karren durch Paris gefahren werden. Er soll in ein anderes Gefängnis überführt werden, und es sei die Aufgabe von Jean-Pierre Bourron, meinem Bruder, ihn an diesen geheimen Ort zu bringen. Draußen wird mein Einspänner warten.« Er wandte

sich an Joel. »Sie werden mein Kutscher sein. Sobald wir im Wagen sind, fahren Sie mit größter Geschwindigkeit davon. Minelle, Sie warten am Quai de la Mégisserie; dort holen wir Sie ab und fahren dann weiter, so schnell wir können. An der Stadtgrenze wird eine Kutsche mit frischen Pferden stehen. Damit fahren Sie nach Grasseville, von wo aus Sie Ihre Reise an die Küste fortsetzen können.«
»Bei sorgfältiger Planung könnte es vielleicht gelingen«, meinte Joel.
»Sie dürfen sicher sein, daß ich mir das alles genauestens überlegt habe. Sind Sie bereit, mir beizustehen?«
Ich blickte Joel an. Was erwarteten wir nur von ihm? Er war nach Frankreich gekommen, um mich nach Hause zu holen und um meine Hand anzuhalten, und nun muteten wir ihm zu, sein Leben zu wagen – vielleicht sogar eines schrecklichen Todes zu sterben –, damit ich meine Zukunft an der Seite eines anderen Mannes verbringen könnte.
Aber er wäre nicht Joel gewesen, wenn er gezögert hätte. Fast konnte ich meine Mutter hören: »Siehst du, ich hatte recht. Er wäre dir ein so guter Ehemann geworden.«
»Selbstverständlich müssen wir den Comte befreien«, sagte Joel. Ich liebte ihn beinahe wegen seiner Gelassenheit dem Schicksal gegenüber.
»Also«, sagte Léon, »kommen wir zu den Einzelheiten. Wenn der Plan gelingen soll, muß alles bis ins kleinste genau ablaufen. Erst wenn Sie auf englischem Boden stehen, sind Sie in Sicherheit.«
Wir drei blieben die ganze Nacht zusammen. Immer wieder überlegten wir jede Einzelheit. Léon führte uns noch einmal das Risiko vor Augen, das wir eingingen, und er schärfte uns ein, daß wir dieses Unternehmen nur wagen durften, wenn wir bereit waren, die schrecklichen Folgen eines eventuellen Fehlschlages zu tragen.

Ich hatte sie im Einspänner davonfahren sehen: Joel als Kutscher, Léon in Kleider gehüllt, wie sie sein Bruder mit Vorliebe trug, die rote Mütze auf dem Kopf.
Ich begab mich zu meinen Platz am Quai de la Mégisserie. Am Abend waren viele Menschen auf den Straßen, doch wir wagten es nicht, unseren Befreiungsversuch bei Tage zu bewerkstelligen. Ich hatte mich bemüht, wie eine alte Frau auszusehen. Mein Haar war unter meiner Kapuze verborgen, und mit gebeugtem Rücken schlurfte ich durch die Straßen. Diese Straßen hatten am Abend etwas Erschreckendes. Man war nie sicher, wann man vor dem nächsten grauenvollen Anblick stehen würde.

Die Läden waren verbarrikadiert. Viele waren leergeplündert. Überall konnte jederzeit Feuer ausbrechen. Kinderbanden sangen »*Ça ira*«.
Dies war vielleicht mein letzter Abend hier. Hoffentlich. Ich weigerte mich, einen Fehlschlag in Betracht zu ziehen.
Die Wartezeit erschien wie eine Ewigkeit. Ich mußte bereit sein. Ich sollte sofort in den Einspänner steigen, sobald er neben mir anhielt. Wenn er binnen einer Stunde nicht käme, sollte ich mich zu unserem Quartier in der Rue Saint-Jacques begeben und dort warten. Wenn ich bis zum Morgen nichts hörte, sollte ich Paris verlassen und mich nach Grasseville durchschlagen, wo Margot und Robert auf mich warteten, um mit mir nach England abzureisen.
Nie, niemals werde ich diese angstvollen Minuten vergessen, als ich dort im Herzen des revolutionären Paris stand. Ich roch das Blut auf den Straßen und die Leichen im Fluß. Als ich eine Uhr neun schlagen hörte, wußte ich, daß, wenn alles gutgegangen war, sie jetzt unterwegs sein würden.
Wie grausam ist doch die Phantasie. Ich versank in quälende Grübeleien. Ich malte mir tausend Schrecknisse aus und bildete mir ein, daß unser Plan niemals gelingen könnte. Man würde ihn gewiß aufdecken. Er war zu gewagt, zu gefährlich.
Ich wartete und wartete. Wenn sie nicht bald kamen, mußte ich zur Rue Saint-Jacques zurückgehen.
Ein Mann mit einem böse schielenden Blick sprach mich an. Ich eilte davon, jedoch ängstlich bedacht, mich nicht zu weit zu entfernen. Eine Gruppe Studenten marschierte die Straße hinunter. Wenn der Einspänner jetzt käme, würden sie vielleicht versuchen, ihn an der Weiterfahrt zu hindern.
»O Gott«, betete ich, »laß es gelingen. Ich würde alles dafür geben, was ich habe, um ihn wiederzusehen.«
Plötzlich, ein Geräusch von rollenden Rädern. Es war der Einspänner, der in wilder Fahrt auf mich zukam.
Léon stieg aus und half mir hinein.
Ich sah meinen Geliebten. Seine Hände waren gefesselt. Sein Gesicht war bleich, und auf seiner linken Wange war eine blutige Schramme. Doch er lächelte mich an.
Noch nie im Leben war ich so glücklich gewesen – und würde es auch nie wieder sein – wie in jenem Augenblick am Quai de la Mégisserie.

Und nachher ...

Unsere Flucht war geglückt.
Léon verließ uns, sobald wir aus der Stadt waren. Er fuhr mit dem Einspänner nach Paris zurück.
Joel, der Comte und ich wurden in Grasseville von Robert und Margot erwartet. Innerhalb von wenigen Tagen waren wir in England, und dort wurde ich die Comtesse Fontaine Delibes. Mein Gemahl war sehr krank, und es währte einige Wochen, bis ich ihn gesundgepflegt hatte. Die Derringhams erwiesen sich als hilfreiche Freunde.
Charles-Auguste – ich konnte mich nie so recht an diesen Namen gewöhnen, und in Gedanken blieb er für mich immer der Comte – war kein reicher und mächtiger Mann mehr, aber er war auch nicht mittellos. Er besaß Geld in verschiedenen Teilen der Welt, was uns ein auskömmliches Leben auf einem kleinen Gut in der Nähe von Derringham ermöglichte. Mein Ehemann war der geborene Gutsherr, und bis unser erstes Kind – ein Sohn – zur Welt kam, hatten wir unseren Landbesitz beträchtlich vermehrt.
Im Charakter hatte er sich kaum verändert. Er war nach wie vor arrogant, herrschsüchtig, unberechenbar; doch da er der Mann war, in den ich mich verliebt hatte, hätte ich ihn gar nicht anders haben mögen. Das Leben mit ihm war nicht einfach – das hatte ich auch nicht erwartet. Er schimpfte heftig über den Pöbel, und ich erkannte, daß die Zeit im Gefängnis ihre untilgbaren Spuren an ihm hinterlassen hatte. Er war verbittert. Er würde niemals ganz zufrieden sein, bevor er nicht wieder in Frankreich war und seinen Besitz zurückerworben hatte. Er liebte sein Vaterland mit unverminderter Leidenschaft und war entschlossen, eines Tages zurückzukehren.
Margot bekam wieder einen Sohn, und es machte mich glücklich, daß sie Robert seine Großzügigkeit so vergelten konnte – mit einem Geschenk, nach dem er sich am meisten sehnte. Die Art, wie sie Charlot ins Haus gebracht hatte, amüsierte den Comte. Sie sei eben ganz und gar seine

Tochter, sagte er nicht ohne Stolz. Roberts Eltern haben die Wahrheit nie erfahren. Es hätte sie nur verstört, meinte Margot.
Charlot entwickelte sich zu einem kräftigen, gesunden Jungen. Ich fragte mich zuweilen, was aus seinem Vater geworden sein mochte, und später hörte ich von einem Knecht, daß er im Norden des Landes lebte, wo es ihm recht gut ginge.
Joel hat nicht geheiratet. Seinetwegen hatte ich ein schlechtes Gewissen. Er war so gütig und hilfsbereit. Ohne ihn hätten wir meinen Gatten niemals aus der Conciergerie herausgebracht.
Am Tag, als der König von Frankreich hingerichtet wurde, waren wir sehr traurig, und als die Königin ihm kurz darauf folgte, schien uns dies das Ende der alten Lebensform.
Ich glaube, daß ich mich sehr verändert habe. Charles-Auguste meint: »Die Schulmeisterin hat sich zurückgezogen, aber ab und zu kommt sie hervor. Sie wird uns bis an unser Lebensende im Zaum halten.«
Meine Ehe war nicht auf Rosen gebettet, wie man so schön zu sagen pflegt. Wir haben eine Unzahl von Kämpfen ausgefochten. Charles-Auguste hat einen unbeugsamen Willen, und er haßt es, wenn man sich ihm entgegenstellt; ich aber bin eine Frau, die ihre eigenen Ansichten nie unterdrücken kann, wenn sie sich im Recht glaubt. So sind denn Stürme in unserem Leben unvermeidlich. Doch das haben wir auch erwartet.
Als Charles-Auguste für kurze Zeit nach Frankreich zurückkehrte, um nach seinen Gütern zu sehen, tat ich alles, was in meiner Macht stand, um seine Reise zu verhindern. Da er dabei blieb, war ich entschlossen, mit ihm zu gehen. Er verbot es zwar, ich aber ging trotzdem. Ich folgte ihm, setzte auf dem gleichen Schiff über und erwartete ihn bereits in dem Gasthaus, in dem er abzusteigen beabsichtigte.
Sein Zorn war unermeßlich. Wie heftig haben wir uns gestritten! Er hatte es abgelehnt, mich mitzunehmen, weil die Reise gefährlich werden könnte. Aus demselben Grund hatte ich mich geweigert zurückzubleiben. Wie jeder da versuchte, den anderen zu überzeugen! Einmal siegte er, einmal ich.
Ich erinnere mich, wie wir uns in diesem alten Gasthaus in Calais geliebt haben, nachdem wir schließlich über unseren Zorn in Lachen ausgebrochen waren.
Kein Zweifel: Wir waren füreinander geschaffen.
So gingen die Jahre dahin.
Die Revolution war vorüber, und die Emigranten kehrten allmählich zurück.

Léon erwarb sich Verdienste in der Armee Napoleons.

Das neue Regime war auch nicht erfolgreicher als das alte. Man sah, daß es immer Menschen geben würde, die nach dem Besitz anderer strebten. Und Mißgunst, Haß, Bosheit sowie Gleichgültigkeit sollten wohl auf ewig bestehen.

Wir kehrten zum *Château* zurück, das wundersamerweise unversehrt geblieben war. Welch schauriges Entzücken, diese Stufen zur Plattform zu erklimmen und in Gedanken zurückzublicken..., zurück und immer weiter zurück...!

Margot, Robert und ihre drei Kinder kamen zusammen mit Charles-Auguste, unseren beiden Söhnen und mir nach Frankreich. Und das Leben ging weiter..., auch wenn nicht immer friedlich. Es gab Krieg zwischen unseren beiden Ländern; denn nachdem ein neues Frankreich aus der Asche geboren war, versuchte es, unter dem korsischen Abenteurer die Welt zu erobern. Wir diskutierten und stritten und waren selten einer Meinung über die Lage. Ich hielt zu meinem Vaterland, Charles-Auguste zu dem seinen.

Einmal sagte er zu mir: »Du hättest Joel Derringham heiraten sollen, weißt du. Ihr hättet euch bestens verstanden. Stell dir nur vor, wie leicht das Leben dann für dich gewesen wäre.«

»Ist das dein Ernst?« fragte ich.

Er schüttelte den Kopf und sah mich mit diesem belustigten Blick an, der mir nun so vertraut war und den ich zum erstenmal wahrgenommen hatte, als ich die Tür seines Schlafgemachs geöffnet und er mich beim Hineinspähen ertappt hatte.

»Das wäre für jemanden von deinem Temperament wohl zu eintönig und zu einfach gewesen. Du wärest eine Dame wie hundert andere geworden. Du wärest charmant und liebenswürdig gewesen, aber im Innern hättest du dich gelangweilt. Hast du dich jemals gelangweilt, seit du mich geheiratet hast? Komm, sag mir die Wahrheit.«

»Nein. Aber ich war oft außer mir, oft maßlos erzürnt. Und nicht selten habe ich mich gefragt, warum ich bei dir blieb.«

»Und wie lautete die Antwort auf diese überaus wichtige Frage?«

»Die Antwort lautete, daß ich nur darum bei dir blieb, weil ich die unglücklichste Frau auf Erden würde, falls ich dich verließe.«

Da lachte er. Und als er mich an sich zog und festhielt, wurde er ganz sanft.

»Welche Freude!« rief er aus. »Endlich sind wir einer Meinung!«

Victoria Holt:
Verlorene Spur

Roman

Die Spur verliert sich in einem deutschen Kleinstaat des 19. Jahrhunderts... Francine hatte ihrer Schwester noch Briefe geschrieben, nachdem sie aus England geflohen war – Briefe, die über ihre Beziehung zu dem zukünftigen Großherzog Rudolph freimütig Auskunft gaben, die aber nach einem Mordanschlag plötzlich ausblieben.
Eigentlich hatten die unzertrennlichen Schwestern Francine und Philippa nie daran gedacht, daß sich ihre Wege einmal trennen würden. Auf einer paradiesischen Mittelmeerinsel aufgewachsen, wurden sie nach dem Tod der Eltern vom wohlhabenden, aber wegen seiner Strenge ungeliebten Großvater in England erzogen. Um so größer war für Philippa der Schmerz, als sich Francine der Verheiratung mit einem vom Großvater für sie bestimmten Vetter entzog, indem sie Rudolph über den Kanal folgte.
Aber auch Philippa wird ein deutscher Adeliger zum Schicksal. Sie verliebt sich in Konrad und gelangt auf der Suche nach ihm in jenen Kleinstaat, den ursprünglich Rudolph hätte regieren sollen und in dem sich die Spur ihrer Schwester verlor...

Vollständige Taschenbuchausgabe
© Droemersche Verlagsanstalt Th. Knaur Nachf., München 1983
Titel der Originalausgabe »The Judas Kiss«
Copyright © 1981 by Victoria Holt
Aus dem Englischen von Margarete Längsfeld

Greystone Manor

Mit sechzehn Jahren erfuhr ich, daß meine Schwester Francine ermordet worden war. Ich hatte sie beinahe fünf Jahre nicht gesehen, aber ich hatte jeden Tag an sie gedacht, mich nach ihrer Heiterkeit gesehnt und ihr Verschwinden aus meinem Leben betrauert.
Bis sie fortging, hatten Francine und ich uns so nahegestanden, wie es bei zwei Menschen nur möglich ist. Ich, um fünf Jahre jünger als sie, suchte bei ihr Schutz, und den hatte ich, als Greystone Manor nach dem Tod unserer Eltern unser Zuhause wurde, bitter nötig.
Das war vor sechs Jahren gewesen, und beim Rückblick auf die erste Zeit meines Lebens schien es mir, als hätten wir damals im Paradies gelebt. Abstand verklärt den Blick, pflegte Francine zu sagen, um mich zu trösten, und deutete damit an, daß die Insel Calypso nicht gänzlich vollkommen gewesen sei, folglich sei Greystone Manor vielleicht auch nicht so finster, wie es auf uns wirkte, die wir seit kurzem zu seinen Bewohnern zählten. Obgleich Francine von so zartem Äußeren war wie etwas aus Meißener Porzellan, habe ich nie jemanden gekannt, der im Leben praktischer veranlagt war. Sie war realistisch, einfallsreich, nicht unterzukriegen und immer optimistisch; sie schien wahrhaftig unfähig, etwas falsch zu machen.
Ich hatte immer geglaubt, daß Francine alles, was sie zu tun beabsichtigte, auch erfolgreich ausführte. Deswegen war ich so erschüttert, so fassungslos, als ich auf dem Speicher in Tante Graces Truhe jenen Zeitungsausschnitt fand. Kniend hielt ich das Stück Papier in der Hand, und die Worte tanzten mir vor den Augen.

> *Baron von Gruton Fuchs letzten Mittwoch ermordet im Bett seiner Jagdhütte im Bezirk Bruxenstein aufgefunden. Bei ihm war seine Geliebte, eine junge Engländerin, deren Identität noch nicht geklärt ist. Es wird aber angenommen, daß sie sich schon länger bei ihm in der Hütte aufhielt.*

Daran war noch ein anderer Ausschnitt angeheftet.

> *Die Identität der Frau konnte festgestellt werden. Es handelt sich um Francine Ewell, seit längerer Zeit eine »Freundin« des Barons.*

Das war alles. Es war unglaublich. Der Baron war ihr Ehemann! Ich erinnerte mich genau, wie sie mir erzählt hatte, sie würde heiraten, und wie ich mit mir rang, um die Trauer über ihren Verlust zu verscheuchen und mich über ihr Glück zu freuen. Und dann hatte sie mir doch auch von ihrer Trauung geschrieben.
Ich blieb auf dem Speicher knien, bis meine Glieder sich verkrampften und meine Knie schmerzten. Dann ging ich mit den Zeitungsausschnitten in mein Schlafzimmer, setzte mich benommen hin, dachte zurück ... dachte an alles, was sie für mich gewesen war, bis sie fortging.

Wir hatten unsere idyllische Kindheit mit unseren angebeteten, uns über alles liebenden und gänzlich weltfremden Eltern auf der Insel Calypso verbracht. Es waren wundervolle Jahre. Sie hatten geendet, als ich elf und Francine sechzehn war, und ich konnte vieles von dem, was um mich vorging, nicht wirklich begreifen. Ich wußte nichts von den Geldnöten und den Alltagssorgen, wenn eine Zeitlang keine Besucher ins Atelier meines Vaters kamen. Allerdings waren diese Sorgen niemals augenfällig, denn wir hatten ja Francine. Sie hielt uns alle mit ihrem Geschick und ihrer Tatkraft, die wir wie selbstverständlich hinnahmen, über Wasser.
Unser Vater war Bildhauer, ein Künstler. Er meißelte wunderbare Statuen von Cupido und Psyche; Venus, die den Wogen entstieg, kleine Meerjungfrauen, tanzende Mädchen, Urnen

und Blumenkörbe, und die Besucher kamen und kauften diese Dinge. Meine Mutter und Francine waren seine Lieblingsmodelle. Auch ich saß ihm Modell, denn sie wären niemals auf den Gedanken gekommen, mich zu übergehen, obwohl ich nicht jene sylphidenhafte Grazie besaß wie Francine und meine Mutter, die sich so vollendet in Stein verwandeln ließ. Sie waren die Schönheiten. Ich ähnelte mit meinen dichten, glatten, ständig unordentlichen Haaren von eigentlich undefinierbarer Farbe, die sich noch am ehesten als mittelbraun beschreiben läßt, meinem Vater. Ich hatte grünliche Augen, die je nach Umgebung die Farbe wechselten, eine Nase, die Francine »keck« nannte, und einen ziemlich großen Mund. »Großzügig« nannte ihn Francine. Sie wußte immer zu trösten. Meine Mutter war von feenhafter Schönheit, die sie Francine vererbt hatte: blondes, lockiges Haar, blaue, dunkelbewimperte Augen und eine Nase, die genau dieses gewisse Mehr an Länge besaß, das ausreichte, um sie schön zu machen; dazu eine ziemlich kurze Oberlippe, die ganz leicht vorstehende, perlengleiche Zähne enthüllte. Über alledem lag jener Zug weiblicher Hilflosigkeit, der in den Männern den Wunsch erweckte, ihnen zu dienen und sie vor den Widrigkeiten der Welt zu beschützen. Meine Mutter mag dieses Schutzes bedurft haben; Francine hatte ihn niemals nötig.

Die Tage waren lang und warm – wir ruderten mit dem Boot in die blaue Lagune, um dort zu schwimmen; wir nahmen hin und wieder Unterricht bei Antonio Farfalla, der dafür mit einer Skulptur aus dem Atelier unseres Vaters entlohnt wurde. »Eines Tages wird sie ein Vermögen wert sein«, versicherte ihm Francine. »Sie müssen nur abwarten, bis mein Vater berühmt ist.« Trotz ihres zarten Äußeren konnte Francine große Bestimmtheit ausstrahlen, und Antonio glaubte ihr. Er verehrte Francine. Bis wir nach Greystone kamen, schien jedermann Francine zu verehren. Sie nahm Antonio auf charmante Art unter ihre Fittiche, und wenn sie sich auch häufig über seinen Nachnamen lustig machte, der übersetzt »Schmetterling« bedeutete, er aber der schwerfälligste Mann war, den wir je gekannt hatten, zeigte sie sich doch stets mitfühlend, wenn seine Unbeholfenheit ihn bedrückte.

Es dauerte geraume Zeit, ehe ich mir wegen der ständigen Krankheiten meiner Mutter Sorgen machte. Sie pflegte in ihrer Hängematte zu liegen, die wir draußen vor dem Atelier befestigt hatten, und es war stets jemand da, der mit ihr plauderte. Anfangs, so hatte mein Vater mir erzählt, waren wir nicht gerade freundlich auf der Insel aufgenommen worden. Wir waren Fremde, und die Leute waren ein eigenwilliges Inselvolk. Sie lebten dort seit Jahrhunderten, bauten Wein an, züchteten Seidenraupen und arbeiteten in dem Steinbruch, aus dem mein Vater seinen Alabaster und Serpentin bezog. Doch als die Leute merkten, daß wir genauso waren wie sie und gewillt waren, wie sie zu leben, akzeptierten sie uns schließlich. »Deine Mutter hat sie erobert«, sagte mein Vater oft, und das konnte ich mir gut vorstellen. Sie sah so schön aus, so ätherisch, als könne der Schirrokko sie davontragen, wenn er blies. »Nach und nach kamen sie herbei«, erzählte mein Vater. »Dann lagen manchmal kleine Geschenke auf der Türschwelle, und als Francine geboren wurde, hatten wir das ganze Haus voll Helfer. Bei dir war es genauso, Pippa. Du wurdest ebenso willkommen geheißen wie deine Schwester.« Das schärften sie mir immer wieder ein, bis ich mich allmählich fragte, warum das nötig sei.

Francine fand über die Geschichte unserer Familie so viel heraus, wie sie nur konnte. Sie war stets wißbegierig und wollte alles erfahren. Unwissenheit war ihr zuwider. Sie wollte auch die geringste Einzelheit wissen: warum der Seidenraupenertrag höher oder niedriger war, wieviel Vittoria Guizzas Hochzeitsschmaus kostete, und wer der Vater von Elizabetta Caldoris Baby war. Alles, was vorging, war für Francine von größtem Interesse. Sie wollte auf alles eine Antwort haben.

»Es heißt«, sagte Antonio, »daß diejenigen, die alles wissen wollen, eines Tages auf das Unerfreuliche stoßen.«

»In England sagt man, ›die Neugier hat die Katze umgebracht‹«, erklärte ihm Francine. »Nun, ich bin keine Katze, aber ich bin nun einmal neugierig ... und wenn es mich umbringt.«

Damals lachten wir alle darüber, aber im Rückblick machte es mich nachdenklich.

Es waren selige Inseltage: die warme Sonne auf meiner Haut, der derbe Duft von Frangipani und Hibiskus, das sanfte Rauschen des Mittelmeers an den Gestaden der Insel; lange traumhafte Tage; nach dem Schwimmen im Boot liegen, um die Hängematte sitzen, in der unsere Mutter gemächlich schaukelte, und Francine beobachten, die ins Atelier trat, wenn wir Besucher hatten. Diese kamen aus Amerika und England, vornehmlich aber aus Frankreich und Deutschland, und im Laufe der Jahre beherrschten Francine und ich diese Sprachen recht gut. Francine servierte Wein in Gläsern, deren Ränder sie mit Hibiskusblüten verziert hatte. Das gefiel den Besuchern, und sie zahlten hohe Preise für die Arbeiten meines Vaters, wenn Francine mit ihnen redete. Es sei eine Geldanlage, versicherte sie ihnen, denn mein Vater sei ein großer Künstler. Er halte sich nur wegen des Gesundheitszustands seiner Frau auf dieser Insel auf. Eigentlich sollte er in seinem Atelier in Paris oder London weilen. Doch nun habe es sich gefügt, daß diese guten Leute Gelegenheit hätten, hier Kunstwerke zu äußerst günstigen Preisen zu erwerben.
Sie erkannten Francines Schönheit in den Statuen wieder und kauften sie, und ich bin sicher, sie bewahrten sie gut auf und erinnerten sich noch lange an bezaubernde Nachmittage, da sie von einem schönen Mädchen bedient wurden, das ihnen Wein in mit Blumen geschmückten Gläsern kredenzte.
So lebten wir in jenen lange zurückliegenden Tagen, dachten nie über den Augenblick hinaus, standen des Morgens bei Sonnenschein auf und gingen des Abends, nach von angenehmem Tun erfüllten Tagen, köstlich ermattet zu Bett. Es war aber ebenso vergnüglich, im Atelier zu sitzen und zu lauschen, wenn der Regen herabprasselte. »Der treibt die Schnecken heraus«, sagte Francine dann, und wenn er aufgehört hatte, gingen wir mit unseren Körben hinaus und sammelten sie. Francine verstand sich bestens darauf, diejenigen herauszusuchen, die man Madame Descartes verkaufen konnte, der Französin, der das Gasthaus am Hafen gehörte. Sie wies mich an, keine mit weichen Häusern aufzulesen, weil die zu jung waren. »Die armen kleinen Dinger, sie haben ja noch gar nicht richtig gelebt. Laß sie noch ein wenig leben.« Das klang zwar

human, aber natürlich wollte Madame Descartes nur solche, die für die Küche brauchbar waren. Wir brachten die Schnecken zum Gasthaus und erhielten etwas Geld dafür. Sie kamen in einen Käfig, und wenn sie nach ein paar Wochen herausgenommen und zubereitet wurden, gingen Francine und ich ins Gasthaus, und Madame Descartes gab uns eine Kostprobe. Wenn sie mit Knoblauch und Petersilie gekocht waren, fand Francine sie köstlich. Ich habe mir nie viel daraus gemacht. Aber es war ein Ritual: der Abschluß der Schneckenernte, und deshalb brachte ich es mit meiner Schwester feierlich hinter mich.

Dann kam die Weinlese, und wir zogen Holzpantinen an und halfen beim Stampfen der Trauben. Francine beteiligte sich mit Feuereifer: singend und tanzend wie ein wilder Derwisch, mit fliegenden Locken und leuchtenden Augen, so daß jedermann ihr zulächelte und mein Vater meinte: »Francine ist unsere Botschafterin.«

Es waren glückliche Tage, und ich kam nie auf den Gedanken, daß sich das einmal ändern könnte. Meine Mutter wurde immer schwächer, doch es gelang ihr, das weitgehend vor mir zu verbergen. Vielleicht auch vor meinem Vater, aber ich frage mich, ob sie es Francine verheimlichen konnte. Doch falls meine Schwester es bemerkte, so tat sie es gewiß ab wie alles, von dem sie nicht wollte, daß es geschah. Zuweilen glaubte ich, das Leben habe Francine mit so vielen Gaben bedacht, daß sie meinte, selbst die Götter würden für sie arbeiten, und sie brauchte nur zu sagen, »ich will nicht, daß es geschieht«, und dann geschah es auch nicht.

Ich erinnere mich deutlich an jenen Tag. Es war im September – zur Zeit der Weinlese – und in der Luft lag jene Aufregung, die ihr jedesmal vorausging. Francine und ich gesellten uns zu den jungen Leuten der Insel und stampften die Trauben zu den Melodien aus Verdi-Opern, die der alte Umberto auf seiner Fiedel kratzte. Wir sangen alle inbrünstig, und die alten Leute saßen dabei und sahen zu, die knotigen Hände im schwarzen Schoß verschränkt, ein Leuchten der Erinnerung in den triefenden Augen, während wir tanzten, bis unsere Füße schwach und unsere Stimmen immer heiserer wurden.

Doch es gab noch eine andere Ernte. Eines meiner Lieblingsgedichte hieß »Der Schnitter und die Blumen«.

> *Es ist ein Schnitter, der heißt Tod,*
> *Hat Gewalt vom höchsten Gott,*
> *Heut wetzt er das Messer,*
> *Es schneid' schon viel besser,*
> *Hüte dich, schön's Blümelein!*

Francine erklärte mir die Bedeutung; sie verstand es vorzüglich, etwas zu erklären. »Es bedeutet, daß junge Menschen manchmal der Sichel in den Weg geraten«, sagte sie, »und dann werden auch sie niedergemäht.« Heute leuchtet es mir ein, daß sie selbst eine dieser Blumen war, die sich hüten sollten. Damals jedoch starb unsere Mutter, und auch sie war wie eine Blume. Denn der Tod kam auch für sie zu früh; sie war noch zu jung.
Es war furchtbar, als wir sie tot fanden. Francine hatte ihr das Glas Milch gebracht, das sie jeden Morgen zu sich nahm. Sie lag ganz still, und Francine berichtete später, daß sie eine geraume Weile drauflos plauderte, ehe sie merkte, daß die Mutter nicht zuhörte. »Da trat ich ans Bett«, sagte Francine. »Ich brauchte sie nur anzusehen, da wußte ich alles.«
So war es denn geschehen. Alle Zauberkünste Francines hatten es nicht verhindern können. Der Tod war mit seiner Sichel gekommen und hatte die schöne Blume genommen.
Unser Vater war stets wie ein Besessener. Er war eben ein Künstler, und wenn er in seinem Atelier arbeitete und diese schönen Frauengestalten schuf, die meiner Mutter oder meiner Schwester glichen, wirkte er immer abwesend. Wir lachten oft über seine Entrücktheit. Francine hielt alles bei uns in Ordnung, auch im Atelier. Meine Mutter war lange Zeit zu krank gewesen, um viel zu tun; sie war einfach da – eine gütige Erscheinung, die uns alle beseelte. Sie hatte Besucher begrüßt und mit ihnen geplaudert, und denen hatte das gefallen. Weil Francine da war, ging alles seinen geordneten Gang.
Nun war unsere Mutter tot, und Francine nahm vollends das Heft in die Hand. Sie sprach mit den Besuchern und gab ihnen

das Gefühl, ein gutes Geschäft zu machen. Ich weiß nicht, wie wir jenes Jahr ohne sie überstanden hätten. Als unsere Mutter auf dem kleinen Friedhof nahe den Olivenhainen zur letzten Ruhe gebettet war, wäre unser Hauswesen verkommen, wenn wir Francine nicht gehabt hätten. Sie wurde gewissermaßen das Oberhaupt der Familie, obwohl sie erst fünfzehn Jahre alt war. Sie kaufte ein, sie kochte, sie hielt alles in Schwung. Sie weigerte sich, noch Unterricht bei dem Schmetterling zu nehmen, wie sie Antonio nannte, bestand jedoch darauf, daß ich weiterhin unterwiesen wurde. Unser Vater lebte mit seinem Stein, doch seine Gestalten hatten den gewissen Zauber verloren, der ihnen vorher innegewohnt hatte. Er wollte nicht mehr, daß Francine ihm Modell stand. Das hätte zu viele Erinnerungen heraufbeschworen.
Die traurigen Monate vergingen allmählich, und ich verspürte eine Veränderung in mir. Ich war damals zehn Jahre alt, aber ich hörte auf, ein Kind zu sein.
Während jener Zeit sprach unser Vater mit uns, zumeist abends, wenn wir auf dem grünen Hang saßen, der zum Meer hin abfiel; und wenn die Dunkelheit hereinbrach, betrachteten wir den phosphoreszierenden Glanz, der von den Fischschwärmen ausging und wie eine irrlichternde Botschaft des Wassers wirkte: unheimlich und doch auch tröstlich.
Unser Vater erzählte uns, wie er gelebt hatte, bevor er auf die Insel kam. Francine war schon lange neugierig darauf und hatte ein wenig darüber in Erfahrung gebracht, indem sie ihm oder unserer Mutter in unachtsamen Momenten ein paar Einzelheiten entlockte. Wir fragten uns oft, warum es ihnen so widerstrebte, von ihrer Vergangenheit zu sprechen. Wir sollten es bald erfahren. Ich nehme an, jeder, der einmal in Greystone Manor gelebt hat, wünscht von dort zu entfliehen und sogar zu vergessen, daß er jemals dort gewesen ist. Denn es war wie ein Gefängnis. So beschrieb es mein Vater, und später sollte ich das verstehen.
»Es ist ein vornehmes altes Haus«, erzählte mein Vater, »ein richtiges Herrschaftshaus. Die Ewells leben dort seit vierhundert Jahren. Denkt nur, der erste Ewell erbaute es vor der Elisabethanischen Zeit.«

»Dann muß es aber sehr stabil sein, wenn es so lange gehalten hat«, begann ich, aber Francine brachte mich mit einem Blick zum Schweigen; sie gab mir zu verstehen, daß wir unserem Vater nicht bewußt machen durften, daß er laut dachte.
»Damals verstand man noch zu bauen. Die Häuser mögen zwar unbehaglich gewesen sein, aber dafür hielten sie nicht nur der Witterung, sondern auch Angreifern stand.«
»Angreifern«, rief ich aufgeregt, aber wieder wurde ich von Francine zum Schweigen gebracht.
Und darauf sagte er: »Es war wie ein Gefängnis. Für mich war es ein Gefängnis.«
Tiefe Stille trat ein. Unser Vater blickte durch all die Jahre zurück bis zu der Zeit, als er noch ein Junge war, bevor er meine Mutter kennenlernte, bevor Francine geboren wurde. Doch mir fiel es schwer, mir eine Welt ohne Francine vorzustellen.
Unser Vater machte ein finsteres Gesicht. »Ihr Kinder habt ja keine Ahnung«, sagte er. »Ihr wart in Liebe gebettet. Sicher, wir waren arm. Das Leben war nicht immer bequem, aber es gab Liebe im Überfluß.«
Ich lief zu ihm hin und warf mich in seine Arme. Er hielt mich eng an sich gedrückt. »Kleine Pippa«, sagte er, »du bist glücklich gewesen, nicht wahr? Denke immer an Pippas Gesang. Danach haben wir dich genannt, Pippa:

*Gott ist im Himmel,
In Frieden die Welt!«*

»Ja«, rief ich. »Ja, ja!«
Francine sagte: »Setz dich hin, Pippa. Du hast Vater unterbrochen. Er möchte uns etwas erzählen.«
Unser Vater schwieg eine Weile, dann fuhr er fort: »Euer Großvater ist ein guter Mensch. Das darf man nicht verkennen. Aber manchmal ist mit guten Menschen nicht leicht auszukommen – jedenfalls nicht für Sünder.«
Wieder trat Schweigen ein; diesmal wurde es von Francine gebrochen, die flüsterte: »Erzähle uns von unserem Großvater. Erzähle uns von Greystone Manor.«

»Er war immer stolz auf die Familie. Wir haben unserem Vaterland treu gedient. Wir waren Soldaten, Politiker, Gutsherren, aber niemals Künstler. Doch, einen gab es ... das ist lange her. Er wurde in einem Wirtshaus in der Nähe von Whitehall getötet. Sein Name wurde nie mehr erwähnt, es sei denn mit Abscheu. ›Gedichte schreiben ist kein Leben für einen Mann‹, meinte euer Großvater. Ihr könnt euch denken, was er sagte, als er erfuhr, daß ich Bildhauer werden wollte.«
»Erzähl's uns«, flüsterte Francine.
Unser Vater schüttelte den Kopf. »Es schien einfach unmöglich. Meine Zukunft war genau geplant. Ich sollte in meines Vaters Fußstapfen treten. Ich sollte nicht Soldat werden, auch kein Politiker. Ich war der einzige Sohn des Gutsherrn, und deshalb sollte ich in seine Fußstapfen treten. Ich sollte lernen, das Gut zu verwalten, und den Rest meines Lebens in dem Bemühen verbringen, genau so zu sein wie mein Vater.«
»Und das konntest du nicht«, sagte Francine.
»Nein – es war mir verhaßt. Alles an Greystone war mir verhaßt. Ich haßte das Haus und das Reglement meines Vaters, seine Haltung uns gegenüber: meiner Mutter, meiner Schwester Grace und mir. Er hielt sich für unseren Herrn und Meister. Er verlangte Gehorsam in allen Dingen. Er war ein Tyrann. Und dann – begegnete ich eurer Mutter.«
»Erzähl uns davon«, bat Francine.
»Sie kam ins Haus, um für Tante Grace Kleider zu nähen. Sie war so lieb, so zart, so schön. Die Begegnung mit ihr gab für mich den Ausschlag.«
»Und du bist von Greystone Manor fortgelaufen«, sagte Francine.
»Ja. Ich bin aus dem Gefängnis ausgebrochen. Wir liefen fort, in die Freiheit: deine Mutter aus einem Leben der Plackerei für die Schneiderwerkstatt, in der sie arbeitete ... ich von Greystone Manor. Keiner von uns hat es auch nur eine Sekunde bereut.«
»Wie romantisch ... wie schön«, hauchte Francine.
»Die Zeiten waren hart am Anfang. In London ... in Paris ... überall der Kampf um den Lebensunterhalt. Dann lernten wir in einem Café einen Mann kennen. Ihm gehörte das Atelier

auf dieser Insel, und er bot es uns an. So kamen wir hierher. Francine ist hier geboren . . . und du auch, Pippa.«
»Ist er nie zurückgekommen, um das Atelier wieder zu übernehmen?« fragte Francine.
»Er kam zurück. Er blieb eine Weile bei uns. Du warst noch zu klein, um dich daran zu erinnern. Dann ging er nach Paris, wo er recht wohlhabend wurde. Vor einigen Jahren ist er gestorben und hat mir das Atelier vermacht. Wir haben unser Auskommen gehabt, wir lebten bescheiden, aber frei.«
»Wir sind sehr glücklich gewesen, Vater«, sagte Francine bestimmt. »Glücklichere Mädchen kann es gar nicht geben.«
Danach umarmten wir uns alle – wir waren eine überschwengliche Familie – aber auf einmal wurde Francine ganz sachlich und meinte, es sei Zeit zum Zubettgehen.

Wenige Wochen nach dieser Unterhaltung ertrank unser Vater. Er war mit dem Boot zur blauen Lagune hinausgerudert, wie wir es so oft taten, als plötzlich Sturm aufkam und das Boot kenterte. Später fragte ich mich, ob er überhaupt ernsthaft versucht hatte, sich zu retten. Seit dem Tod unserer Mutter hatte sein Leben seinen Reiz verloren. Zwar hatte er seine beiden Töchter, aber wahrscheinlich meinte er, daß Francine besser für sich und mich sorgen könnte, als er selbst. Überdies mochte er den Lauf der Ereignisse vorausgeahnt und gedacht haben, daß es so für uns das Beste sei.
Ich hatte ein unheilvolles Gefühl, fast als ahnte ich, was kommen würde. Es war mir längst klar geworden, daß nach dem Tod meiner Mutter nichts mehr so sein konnte wie vorher. Wir hatten zwar versucht, unsere alte Heiterkeit wiederzugewinnen, und Francine war es auch leidlich gelungen, doch selbst sie konnte sich nicht gänzlich verstellen.
An dem Tag, als unser Vater neben der Mutter nahe den Olivenhainen begraben wurde, saßen wir uns im Atelier gegenüber. »Dorthin sehnte er sich, seit sie dort liegt«, sagte Francine.
»Was wird nun aus uns?« fragte ich.
Sie war beinahe heiter. »Wir haben doch uns. Wir sind zu zweit.«

»Du bist immer guten Mutes und sorgst dafür, daß ich es auch bin«, meinte ich.
»So soll es sein und bleiben«, fügte sie bekräftigend hinzu.
Unsere Freunde auf der Insel überschütteten uns mit Wohlwollen. Wir wurden versorgt und verwöhnt, und man gab uns das Gefühl, geliebt zu sein.
»Das ist ganz nett für den Anfang«, bemerkte Francine, »aber so geht es nicht weiter. Wir müssen uns etwas einfallen lassen.«
Ich war damals fast elf, Francine war sechzehn. »Natürlich«, meinte sie, »könnte ich Antonio heiraten.«
»Das könntest du nicht. Das würdest du nicht tun.«
»Ich hab' den Schmetterling gern, aber du hast recht. Ich könnte es nicht und würde es nicht tun.«
Ich sah sie fragend an. Es kam selten vor, daß ihr nichts einfiel, aber diesmal schien sie ratlos. »Wir könnten fortgehen«, schlug sie schließlich vor.
»Wohin?«
»Irgendwohin.« Dann erzählte sie mir, sie habe immer gewußt, daß sie eines Tages fortgehen würde. Sie konnte es nicht ertragen, so eingeschlossen zu sein, wie man das auf der Insel war. »Es war etwas anderes, als unsere Eltern noch lebten«, sagte sie. »Da war hier unser Zuhause. Eigentlich ist es das jetzt nicht mehr. Was sollen wir hier überhaupt anfangen?«
Unser Problem wurde bald durch einen Brief an Francine gelöst.
»Miss Ewell«, stand auf dem Umschlag. »Das bin ich«, erklärte Francine. »Du bist Miss Philippa Ewell.«
Als sie ihn öffnete, sah ich die Aufregung in ihren Augen. »Er ist von einem Anwalt«, sagte sie. »Er vertritt Sir Matthew Ewell. Das ist unser Großvater. Angesichts der unglücklichen Umstände wünscht Sir Matthew, daß wir uns unverzüglich nach England begeben. Unser rechtmäßiges Heim sei Greystone Manor.«
Ich starrte sie entgeistert an, doch ihre Augen leuchteten. »O Pippa«, sagte sie, »wir gehen ins Gefängnis.«

Die Vorbereitungen für die Abreise brachten viel Aufregung, und das war gut, denn sie hielt uns davon ab, über unseren Verlust nachzugrübeln, dessen Größe uns noch gar nicht bewußt war. Wir packten alles zusammen, dann übergaben wir das Atelier samt Zubehör Antonio, der es traurig von uns übernahm.
»Aber so ist es das Beste für euch«, meinte er. »Ihr werdet wie große Damen leben. Wir haben immer gewußt, daß Signor Ewell ein vornehmer Herr ist.«
Ein Mann von dem Anwaltsbüro kam, um uns in unser neues Heim zu bringen. Er trug einen schwarzen Gehrock und einen glänzenden Zylinder. Er wirkte auf der Insel völlig fehl am Platz und wurde mit großem Respekt betrachtet. Anfangs war er uns gegenüber ein wenig scheu, doch Francine nahm ihm bald seine Befangenheit. Seit dem Tod unseres Vaters trat sie sehr würdevoll auf: ganz und gar die Miss Ewell, die von höherem Rang war als Miss Philippa Ewell. Der Name des Herrn war Mr. Counsell, und es war ihm deutlich anzumerken, daß er der Meinung war, für einen Mann in seiner Position sei es eine höchst unpassende Aufgabe, zwei Mädchen nach England zu begleiten.
Wir sagten unseren Freunden Lebewohl und versprachen zurückzukommen. Ich war im Begriff, sie alle nach England einzuladen, doch Francine warf mir einen warnenden Blick zu.
»Stell sie dir in dem Gefängnis vor«, sagte sie.
»Sie würden ja doch nicht kommen«, meinte ich.
»Wer weiß«, gab sie zurück.
Es wurde eine lange Reise. Wir waren zwar schon mehrmals auf dem Festland gewesen, aber ich fuhr nun zum ersten Mal mit dem Zug. Ich fand es ungemein spannend und schämte mich ein wenig, weil ich die Fahrt genoß. Ich war sicher, daß Francine ebenso empfand. Die Leute sahen Francine an, und mir wurde klar, daß man sie immer so anblicken würde. Sogar Mr. Counsell war von ihrem Liebreiz ein wenig gefesselt und behandelte sie eher wie eine schöne junge Dame denn ein Kind. Sie stand, nehme ich an, genau dazwischen. In mancher Hinsicht war sie eine gänzlich unschuldige Sechzehnjährige, in anderer Hinsicht war sie schon recht reif. Sie hatte unseren

Haushalt geführt, mit den Kunden verhandelt und die Rolle als unser aller Wächter übernommen. Andererseits war das Leben auf der Insel recht einfach gewesen, und ich glaube, daß Francine anfangs dazu neigte, jedermann an den Menschen zu messen, die sie bis dahin in ihrem Leben gekannt hatte.
Wir überquerten den Kanal, und zu Mr. Counsells Bestürzung verpaßten wir in Dover den Zug, der uns nach Preston Carstairs, der zu Greystone Manor gehörenden Bahnstation, bringen sollte. Wir erhielten die Auskunft, daß wir etliche Stunden auf den nächsten Zug warten müßten. Mr. Counsell führte uns in ein Gasthaus nahe den Docks, wo wir ein delikates, aber uns exotisch anmutendes Mahl aus Roastbeef und Pellkartoffeln einnahmen. Während wir aßen, kam die Frau des Wirtes, um mit uns zu plaudern. Als sie hörte, daß wir so lange warten mußten, meinte sie: »Warum schauen Sie sich unterdessen nicht ein wenig in der Gegend um? Sie können eine kleine Spritztour in unserem Einspänner machen. Unser Jim hat schon ein Stündchen Zeit.«
Mr. Counsell schien das für eine gute Idee zu halten, und so kam es, daß wir die Kirche von Birley besichtigten. Francine hatte einen Schrei des Entzückens ausgestoßen, als wir daran vorüberfuhren. Die Kirche wirkte sehr interessant. Sie war normannisch, aus grauem Stein, und Francine fand es aufregend, sich vorzustellen, wie viele Jahre sie schon dort stand. Mr. Counsell meinte, es spreche nichts dagegen, die Kirche zu besichtigen. Er verstand ziemlich viel von Architektur und genoß es, Kenntnisse weiterzugeben, auf die er sichtlich stolz war. Während er auf die interessanten Besonderheiten hinwies, standen Francine und ich da und staunten. Es kümmerte uns nicht, daß die Säulen und Halbrundbögen die hohen Mauern des Lichtgadens stützten; uns hatten es der eigentümliche Geruch von Feuchte und Möbelpolitur angetan und die Glasfenster in den herrlichen Farben, die überall blaue und rote Schatten warfen; wir studierten die Liste der Pfarrer, die hier seit dem zwölften Jahrhundert amtiert hatten.
»Wenn ich einmal heirate, möchte ich in dieser Kirche getraut werden«, sagte Francine.

Wir setzten uns in die Bankreihen. Wir knieten auf den Gebetsmatten. Wir standen ehrfürchtig vor dem Altar.
»Wie schön«, sagte Francine.
Mr. Counsell gemahnte uns an die verrinnende Zeit, und wir begaben uns wieder zum Gasthaus und von da zum Bahnhof, von wo uns der Zug nach Preston Carstairs brachte.
Als wir dort ankamen, stand eine Kutsche bereit. Sie trug ein kunstvolles Wappen. Francine stupste mich an. »Das Wappen der Ewells«, murmelte sie. »Unser Wappen.«
Erleichterung spiegelte sich in Mr. Counsells reizlosen Zügen. Er hatte seine Schützlinge wohlbehalten hergebracht.
Es war Francine anzusehen, daß sie aufgeregt war, aber ebenso wie bei mir machte sich nun auch in ihrem Verhalten Beklommenheit breit. Man hatte sich leicht über das Gefängnis lustig machen können, solange es meilenweit entfernt war; etwas ganz anderes aber war es, wenn man innerhalb der nächsten Stunde darin eingekerkert werden sollte.
Ein finster dreinblickender Kutscher erwartete uns. »Mister Counsell, Sir«, sagte er, »sind das die jungen Damen?«
»Ja«, erwiderte Mr. Counsell.
»Die Kutsche steht bereit, Sir.«
Er musterte uns, und wie zu erwarten war, blieben seine Augen auf Francine haften. Sie trug einen schlichten grauen Umhang, der unserer Mutter gehört hatte, und auf dem Kopf hatte sie einen Strohhut mit einer Margerite in der Mitte und Bändern unter dem Kinn. Es war ein bescheidenes Habit, aber Francine sah auch darin bezaubernd aus. Die Augen des Kutschers streiften mich kurz, und schon sah er wieder Francine an.
»Sie sollten jetzt aber einsteigen, meine jungen Damen«, sagte er.
Die Pferdehufe klapperten auf der Straße, als wir losfuhren, vorbei an grünen Hecken, über belaubte Pfade, bis wir an ein schmiedeeisernes Portal kamen. Dessen Flügel wurden augenblicklich von einem Jungen geöffnet, der angesichts der Kutsche kurz einen Finger grüßend an die Stirn legte, und dann rumpelten wir eine Auffahrt entlang. Die Kutsche hielt vor einer Rasenfläche, und wir stiegen aus.

Wir blieben beisammen stehen, meine Schwester und ich, Hand in Hand, und ich merkte, daß sogar Francine tief beeindruckt war. Da stand es, das Haus, das unser Vater so erbost als sein Gefängnis bezeichnet hatte. Es war riesengroß und aus grauem Stein, wie der Name schon andeutete, und an jeder Ecke erhob sich ein zinnenbewehrter Turm. Ich bemerkte die Zinnen und den hoch aufragenden Bogengang, durch welchen ich in einen Innenhof blicken konnte. Es war ein erhabener, ehrfurchtgebietender Anblick, und ich fühlte mich ganz beklommen.

Francine drückte meine Hand und hielt sie fest umklammert, als ob sie aus der Berührung Mut schöpfte, und zusammen schritten wir über den Rasen auf ein großes Tor zu, das sich soeben geöffnet hatte. Im Eingang stand eine Frau mit gestärkter Haube. Die Kutsche war unter dem Bogen hindurch in den Innenhof gefahren, und die Frau beobachtete uns von der Schwelle aus.

»Der Herr wünscht Sie gleich zu empfangen, wenn Sie eingetroffen sind, Mister Counsell«, sagte sie.

»Kommt.« Mr. Counsell lächelte uns aufmunternd an, und wir gingen auf das Tor zu.

Den Eintritt in das Haus werde ich nie vergessen. Ich zitterte vor Aufregung, die eine Mischung aus Verzagtheit und Neugier war. Das Haus der Vorfahren! dachte ich. Und dann: das Gefängnis.

Die dicken Steinmauern, die Kälte, als wir eintraten, die Erhabenheit der großen Halle mit der gewölbten Decke, der steinerne Fußboden und die Wände mit den funkelnden Waffen, die vermutlich von lange verblichenen Ewells benutzt worden waren: das alles fesselte mich und flößte mir gleichzeitig Furcht ein. Unsere Schritte hallten laut, und ich bemühte mich, leise aufzutreten. Ich sah, daß Francine den Kopf erhoben hatte und jenen kühnen Blick annahm, der besagte, daß ihr ein wenig banger zumute war, als sie sich anmerken ließ.

»Der Herr hat befohlen, daß Sie unverzüglich zu ihm kommen«, wiederholte die Frau. Sie war ziemlich rundlich, mit ergrauenden, straff aus der Stirn gekämmten Haaren, die von

ihrer weißen Haube keineswegs verdeckt wurden. Ihre Augen waren klein, die Lippen fest zusammengepreßt wie eine Falle. Sie schien zu dem Haus zu passen.
»Wenn Sie bitte hier entlang kommen möchten, Sir«, sagte sie zu Mr. Counsell.
Sie drehte sich um, und wir folgten ihr zu dem großen Treppenhaus und stiegen hinauf. Francine hielt noch immer meine Hand. Wir gingen eine Galerie entlang und blieben vor einer Tür stehen. Die Frau klopfte an, und eine Stimme sagte: »Herein.«
Wir traten ein. Die Szene hat sich meinem Gedächtnis auf ewig eingeprägt. Ich nahm schemenhaft ein düsteres Zimmer mit schweren Vorhängen und wuchtigen, dunklen Möbeln wahr, aber beherrscht wurde der Raum von unserem Großvater. Er saß in einem Sessel wie auf einem Thron und sah aus wie ein biblischer Prophet. Offensichtlich war er ein großer Mann. Er hatte die Arme vor der Brust verschränkt, und ich war sogleich beeindruckt von dem langen, üppigen Bart, der ihm über die Brust wallte und die untere Hälfte seines Gesichtes verdeckte. Neben ihm saß eine bläßliche Frau mittleren Alters. Ich nahm an, das müsse unsere Tante Grace sein. Sie wirkte klein, kraftlos und unscheinbar, aber vielleicht machte das nur der Gegensatz zu der imposanten Hauptfigur.
»Sie haben also meine Enkelinnen hergebracht, Mister Counsell«, sagte mein Großvater. »Kommt her!«
Francine trat vor und zog mich mit.
»Hm«, machte mein Großvater, indem seine Augen uns eindringlich begutachteten. Mir war, als versuchte er, einen Makel an uns zu finden. Ich wunderte mich, weil er von Francines Liebreiz unbeeindruckt schien.
Ich hatte mir vorgestellt, er würde uns küssen oder uns wenigstens die Hand geben. Doch er sah uns nur an, als hätten wir etwas ausgesprochen Abstoßendes an uns.
»Ich bin euer Großvater«, erklärte er, »und dies ist von nun an euer Heim. Ich hoffe, ihr werdet euch seiner würdig erweisen. Ich bezweifle nicht, daß ihr eine Menge lernen müßt. Ihr lebt jetzt in einem zivilisierten Land. Ihr werdet gut daran tun, das zu bedenken.«

»Wir haben immer in einem zivilisierten Land gelebt«, sagte Francine.
Stille trat ein. Ich sah die Frau, die neben meinem Großvater saß, zusammenzucken.
»Dem möchte ich widersprechen«, sagte er.
»Da irren Sie sich aber«, fuhr Francine fort. Ich sah, daß sie sehr nervös war, aber sie spürte in seinen Bemerkungen eine Verunglimpfung unseres Vaters, und sie war nicht gewillt, das hinzunehmen. Sie hatte unwillkürlich gegen das höchste Gebot des Hauses verstoßen, welches lautete, daß unser Großvater sich niemals irrte, und er war dermaßen verblüfft, daß es ihm für einen Augenblick die Sprache verschlug.
Dann sagte er kalt: »Ihr habt wahrhaftig eine Menge zu lernen. Ich war darauf gefaßt, daß wir es mit unbotmäßigen Manieren zu tun bekämen. Nun denn, wir sind gerüstet. Als erstes werden wir nun unserem Schöpfer Dank sagen, daß ihr eure Reise wohlbehalten überstanden habt. Wir wollen auch der Hoffnung Ausdruck geben, daß denen, die der Demut und Dankbarkeit bedürfen, diese Tugenden zuteil werden, und daß sie dem Pfad der Rechtschaffenheit folgen, welcher in diesem Hause der einzig gangbare ist.«
Wir waren fassungslos. Francine brannte vor Entrüstung, und ich wurde mit jedem Augenblick verzweifelter und ängstlicher.
Da waren wir nun; müde, hungrig, bestürzt und über die Maßen verängstigt, knieten wir in diesem finsteren Raum auf dem kalten Fußboden und dankten Gott, daß er uns in dieses Gefängnis gebracht hatte, und flehten um die Demut und Dankbarkeit, die unser Großvater von uns für das elende Heim, das er uns bot, erwartete.

Tante Grace brachte uns zu unserem Zimmer. Arme Tante Grace! Wenn wir von ihr sprachen, hieß es stets *arme* Tante Grace. Sie wirkte, als sei ihr Leben versickert; sie war ungemein mager, und das Braun ihres Baumwollkleides betonte noch die Blässe ihres Teints. Ihr Haar, das einstmals schön gewesen sein mochte, war straff aus der Stirn gekämmt und im Nacken unbeholfen zu einem Knoten geflochten. Dennoch

waren ihre Augen freundlich, braune Augen mit vollen dunklen Wimpern – abgesehen von der Farbe waren sie denen Francines ähnlich –, doch während sie bei meiner Schwester funkelten, blickten die ihren dumpf und hoffnungslos. Hoffnungslos! Das war der Ausdruck, den man sogleich mit Tante Grace verband.
Wir folgten ihr eine weitere Treppe hinauf, und sie ging wortlos voran. Francine schnitt mir eine ziemlich hilflose Grimasse. Ich erriet, daß es Francine schwer werden würde, ein solches Hauswesen mit ihrem Charme zu erobern.
Tante Grace öffnete die Tür zu einem Zimmer und trat beiseite, um uns hineinzulassen. Der Raum war recht freundlich, doch die dunklen Vorhänge, welche die Fenster halbwegs verdeckten, ließen ihn düster erscheinen.
»Das ist euer gemeinsames Zimmer«, sagte Tante Grace. »Euer Großvater hält es nicht für angebracht, zwei Räume zu benutzen.«
Ich verspürte eine plötzliche Woge der Freude. Es hätte mir nicht behagt, in diesem unheimlichen Haus allein zu schlafen. Francine hatte einmal gesagt, nichts sei gänzlich schlecht – oder gänzlich gut, je nachdem. Jedes müsse ein wenig vom anderen enthalten, und sei es noch so geringfügig. Das war gerade jetzt ein tröstlicher Gedanke.
In dem Zimmer waren zwei Betten. »Ihr könnt euch aussuchen, wer welches nimmt«, sagte Tante Grace, als ob sie uns, wie Francine hinterher bemerkte, die Königreiche der Welt anbiete.
»Danke, Tante Grace«, sagte Francine.
»Jetzt wollt ihr euch nach der Reise gewiß waschen und umkleiden. Wir essen in einer Stunde. Euer Großvater duldet keine Unpünktlichkeit.«
»Das kann ich mir denken«, erwiderte Francine, und ihre Stimme hatte einen hysterischen Unterton. »Es ist so finster hier«, fuhr sie fort. »Ich kann gar nichts sehen.« Sie trat an die Fenster und zog die Vorhänge zurück. »So! Das ist besser. Oh, was für eine herrliche Aussicht!«
Ich ging auch ans Fenster, und Tante Grace stellte sich unmittelbar hinter uns.

»Der Wald da unten ist der Rantown Forest«, erklärte sie.
»Sieht interessant aus. Alle Wälder haben etwas Interessantes. Wie weit ist es von hier zur See, Tante Grace?«
»Ungefähr zehn Meilen.«
Francine hatte sich zu ihr umgewandt. »Ich liebe die See. Wo wir gelebt haben, waren wir stets vom Meer umgeben. Da muß man es einfach lieben.«
»Ja«, meinte Tante Grace. »So wird es wohl sein. Jetzt lasse ich euch heißes Wasser heraufbringen.«
»Tante Grace«, fuhr Francine fort, »Sie sind die Schwester unseres Vaters, und doch erwähnen Sie ihn nicht. Möchten Sie nicht etwas von Ihrem Bruder hören?«
In dem Licht, das Francine hereingelassen hatte, konnte ich ihr Gesicht deutlich sehen. Es zuckte, und sie sah aus, als würde sie gleich anfangen zu weinen. »Euer Großvater hat verboten, ihn zu erwähnen«, sagte sie.
»Ihren eigenen Bruder . . .«
»Er hat sich – unverzeihlich benommen. Euer Großvater . . .«
»Er macht hier die Gesetze, wie ich sehe«, sagte Francine.
»Ich – ich verstehe dich nicht.« Tante Grace bemühte sich, streng dreinzublicken. »Du bist jung«, fuhr sie fort, »und mußt noch viel lernen, und ich will dir einen Rat geben. Nie, nie wieder darfst du mit deinem Großvater sprechen, wie du es heute getan hast. Du darfst nie sagen, daß er sich irrt. Er hat –«
»Immer recht«, ergänzte Francine. »Er ist allmächtig, allwissend – wie Gott, selbstverständlich.«
Tante Grace streckte hastig die Hand aus und berührte leicht Francines Arm. »Du wirst auf der Hut sein müssen«, sagte sie beinahe flehend.
»Tante Grace«, mischte ich mich ein – denn ich glaubte etwas bemerkt zu haben, was Francine in ihrer Empörung vielleicht entgangen war –, und in diesem Moment wurde meine Tante für mich die *arme* Tante Grace, »sind *Sie* froh, daß wir gekommen sind?«
Ihr Gesicht zuckte abermals, und ihr Blick verdüsterte sich. Sie nickte und sagte: »Ich schicke das heiße Wasser.«
Dann war sie verschwunden.

Wir sahen einander an. »Ich hasse ihn«, sagte Francine. »Und unsere Tante ... was ist sie schon? Eine Marionette.«
Seltsamerweise war ich es nun, die Francine zu trösten vermochte. Weil sie älter war als ich, konnte sie vielleicht deutlicher voraussehen, wie unser Leben hier verlaufen würde. Vielleicht klammerte ich mich an einen Strohhalm, um Trost zu finden. »Wenigstens sind wir zusammen«, meinte ich.
Sie nickte und blickte sich im Zimmer um.
»Es schaut besser aus, seit du Licht hereingelassen hast«, fand ich.
»Wir wollen uns geloben, diese gräßlichen Vorhänge nie mehr zuzuziehen. Ich nehme an, *er* hat sie anbringen lassen, um die Sonne auszusperren. Bestimmt haßt er die Sonne, was meinst du? Ach Pippa, sie sind alle so leblos. Die Frau, die uns aufgemacht hat, der Kutscher ... Es ist, als ob man sterben würde. Vielleicht sind wir sogar schon tot. Vielleicht hatten wir einen Unfall mit dem Zug, und das hier ist der Hades, wo wir warten müssen, bis entschieden ist, ob wir in den Himmel oder in die Hölle kommen.«
Ich lachte. Das tat gut, und Francine stimmte bald ein.
»Marionetten«, sagte sie. »Sie sind zwar wie Marionetten, doch wie du weißt, kann man Marionetten tanzen lassen.«
»Aber sieh doch nur, wer hier der Puppenspieler ist!«
»*Wir* sind nicht seine Marionetten, Francine.«
»Niemals!« rief sie aus. »Niemals!«
»Ich glaube, Tante Grace ist eigentlich ganz nett.«
»Tante Grace! Ein Nichts ist sie. ›Nie wieder darfst du mit deinem Großvater sprechen, wie du es heute getan hast‹«, äffte sie. »Und ich tu's doch, wenn ich will!«
»Er könnte uns fortjagen. Wohin sollten wir dann gehen?«
Das war ein ernüchternder Gedanke, und Francine wußte nichts darauf zu erwidern.
Ich legte meine Hand in die ihre und meinte: »Wir müssen abwarten, Francine. Wir müssen abwarten ... und einen Plan machen.«
Pläne fand Francine stets aufregend. Langsam sagte sie: »Du hast recht, Pippa. Ja, du hast recht. Wir müssen den rechten Augenblick abwarten ... und einen Plan machen.«

Wir lagen in unseren Betten und sprachen lange Zeit kein Wort. Ich durchlebte im stillen noch einmal den seltsamen Abend und wußte, daß Francine das gleiche tat.

Wir hatten uns gewaschen und die bunten Baumwollkleider angezogen, die wir auf der Insel immer getragen hatten. Daß sie hier unpassend sein könnten, kam uns nicht in den Sinn, bis wir dem Großvater und der Tante gegenübertraten. Der entsetzte Blick der armen Tante Grace warnte mich. Ich sah die kalten Augen des Großvaters auf uns ruhen und betete, daß er nichts sagen möge, was Francine zornig machen würde. Ich stellte mir vor, wie es wäre, wenn wir fortgejagt würden, und war ich auch keineswegs von Greystone Manor und meiner Verwandtschaft begeistert, so war mir doch klar, daß es ein schlimmeres Schicksal geben konnte als jenes, das uns hier bevorstand.

Wir wurden ins Speisezimmer geführt. Es war sehr geräumig und hätte hell und farbenfroh sein können. Doch die Gegenwart unseres Großvaters genügte, um einen Raum zu verfinstern. Eine einzige Kerze beleuchtete den langen, kunstvoll geschnitzten Tisch, und ich fragte mich, was mein Vater empfunden haben mochte, als er an dieser Tafel saß. Wegen ihrer Ausmaße waren die Abstände zwischen uns sehr groß. Der Großvater saß an dem einen Ende, Tante Grace am anderen, Francine und ich saßen uns gegenüber.

Wir machten gleich im ersten Moment einen Fehler, indem wir uns hinsetzten, während es in Greystone Manor Sitte war, stehenzubleiben und zu beten.

»Wollt ihr nicht eurem Schöpfer danken, daß ihr zu essen habt?« verlangte unser Großvater mit donnernder Stimme zu wissen.

Francine wies darauf hin, daß wir ja noch gar nichts bekommen hatten.

»Wilde«, murmelte mein Großvater. »Aufgestanden, wird's bald.«

Francine sah mich an, und ich dachte schon, sie würde sich widersetzen, aber sie gehorchte. Die Danksagung war endlos. Unser Großvater bat Gott für unsere Undankbarkeit um Vergebung und gelobte, es werde nicht wieder vorkommen. Er

dankte ihm in unserem Namen, und fuhr mit eintöniger Stimme fort und fort, bis ich schrecklich hungrig wurde, denn wir hatten seit einer ganzen Weile nichts gegessen.
Endlich war es vorüber, und wir setzten uns. Der Großvater redete die ganze Zeit über kirchliche Dinge, über die Leute auf dem Gut und die Veränderungen, die unser Kommen für den Haushalt mit sich brachte, so daß wir das Gefühl bekommen mußten, sehr lästig zu sein. Tante Grace murmelte in den geeigneten Momenten ja oder nein und bewahrte während des ganzen Monologs eine Miene gespannter Aufmerksamkeit.
»Es sieht ganz so aus, als hättet ihr überhaupt keine Erziehung gehabt. Wir müssen unverzüglich eine Gouvernante finden. Grace, das wird deine Aufgabe sein.«
»Ja, Vater.«
»Ich kann nicht dulden, daß man meinen Enkelinnen nachsagt, sie seien ungebildet.«
»Wir hatten auf der Insel einen Hauslehrer«, sagte Francine. »Er war sehr gut. Wir sprechen beide fließend Italienisch, ein wenig Französisch und ziemlich gut Deutsch.«
»Wir sprechen hier Englisch«, unterbrach sie der Großvater. »Und ihr müßt auf jeden Fall lernen, wie man sich benimmt.«
»Unsere Eltern haben uns erzogen.«
Tante Grace machte ein so erschrockenes Gesicht, daß ich Francine einen flehenden Blick zuwarf. Sie verstand und hielt inne.
»Grace«, fuhr unser Großvater fort, »du wirst dich deiner Nichten annehmen, bis die Gouvernante eintrifft. Mach ihnen klar, daß in einer höflichen Gesellschaft wie der unseren Kinder nur reden, wenn sie gefragt sind. Man soll sie sehen, aber nicht hören.«
Sogar Francine schien gezähmt; hinterher sagte sie allerdings, sie sei zu hungrig gewesen, um sich mit diesem fürchterlichen Alten anzulegen, und sie habe nur noch ans Essen gedacht. Überdies kam ihr der Gedanke, daß er der Ansicht sein könnte, Kinder müßten ohne Abendbrot ins Bett, wenn sie ungezogen waren, daher sah sie sich vor . . . bloß für den Anfang.

»Bloß für den Anfang!« Das wurde in jener ersten Zeit unsere Parole. Wir wollten durchhalten, bis wir herausgefunden hatten, wie wir entkommen konnten. »Aber zuerst«, sagte Francine, »müssen wir die Lage erkunden.«
So lagen wir also an jenem ersten Abend eine Weile schweigend, dann gingen wir die Ereignisse des Tages durch und riefen uns jede Einzelheit der Begegnung mit unserem Großvater zurück.
»Er ist der schrecklichste alte Mann, dem ich je begegnet bin«, sagte Francine. »Ich habe ihn vom ersten Moment an gehaßt. Es wundert mich nicht, daß Vater sagte, es sei wie im Gefängnis, und er daraus entflohen ist. Zu gegebener Zeit werden wir auch fliehen, Pippa.«
Dann sprach sie von dem Haus. »Was für ein Ort, um Entdeckungen zu machen! Und denk nur, *unsere* Vorfahren haben seit Jahrhunderten hier gelebt. Darauf kann man stolz sein, Pippa. Wir werden einen Weg finden, dem Alten zu zeigen, daß *wir* ihn nicht für Gott halten, und wenn er es wäre, dann würde ich zur Atheistin. Er hat nicht das geringste Interesse an uns. Er tut lediglich seine Pflicht. Wenn ich etwas noch mehr hassen könnte als den Alten, dann ist es das Gefühl, für jemand so etwas wie eine Aufgabe zu sein.«
»Nun«, meinte ich, »hier hast du die beiden dir am meisten verhaßten Dinge unter einem Dach.«
Darüber mußten wir lachen. Wie dankbar war ich damals, daß ich Francine hatte . . . mehr als je zuvor. Ich schlief mit dem Gedanken ein, daß alles nicht so schlimm sei, solange wir zusammen waren.
Am nächsten Tag entdeckten wir einiges. Ein Hausmädchen brachte heißes Wasser. Als sie kam, schliefen wir noch, weil wir so lange wachgelegen und geredet hatten. Das wurde unsere erste Begegnung mit Daisy.
Sie stand lachend zwischen unseren Betten. Wir richteten uns im gleichen Augenblick erschrocken auf. Die Erinnerung daran, wo wir waren, wurde wieder lebendig, und am stärksten beeindruckte uns, daß wir jemanden sahen, der tatsächlich lachte.
»Sie sind mir ja 'n paar feine Schlafmützen«, sagte sie.

»Wer bist du?« fragte Francine.
»Ich bin Daisy«, erwiderte sie, »das zweite Hausmädchen. Man hat mich mit Ihrem Waschwasser raufgeschickt.«
»Danke«, sagte Francine und fügte verwundert hinzu: »Du hörst dich ja richtig fröhlich an.«
»Meiner Seel', Miss, hat doch keinen Sinn, was anderes zu sein ... sogar in diesem Kasten, wo man ein Lächeln für so was wie 'nen Schritt auf dem Weg in die Hölle hält.«
»Daisy«, sagte Francine, indem sie sich die blonden Locken aus dem Gesicht schüttelte, »wie lange bist du schon hier?«
»Sechs Monate, aber es kommt mir vor wie zwanzig. Ich verschwinde, sobald es eine gute Gelegenheit gibt. Meine Güte, sind Sie hübsch.«
»Danke«, sagte Francine.
»Das wird nicht gern gesehen, nicht in diesem Haus. Man behauptet sogar von mir, ich wär' von der flatterhaften Sorte.«
»Und stimmt das?« fragte Francine.
Daisy zwinkerte uns so vielsagend zu, daß wir lachten.
»Ich will Ihnen was verraten«, sagte sie, »ich bin froh, daß Sie gekommen sind. Das bringt 'n bißchen Leben in diesen alten Kasten. Ich verrat' Ihnen noch was: Auf dem ollen Totenacker ging's lustiger zu als hier.« Sie lachte, als wäre ihr etwas sehr Komisches eingefallen. »Ja, ehrlich. An dem genannten Ort hat's 'ne Menge Spaß gegeben – das heißt, wenn man dort nicht gerade einen Geliebten begraben hat. Na ja, man muß ans Leben denken, sag' ich immer. Die Toten sind hin, und man soll nicht schlecht von ihnen denken, weil sie im Leben 'n bißchen Spaß gehabt haben.«
Das war eine ungewöhnliche Unterhaltung, und Daisy schien es selbst zu bemerken, denn sie brachte sie abrupt zu Ende, indem sie sagte: »Sie sollten sich jetzt lieber in Schale werfen. Der Herr kann's nicht leiden, wenn man zu spät kommt. Und Frühstück gibt's um acht.«
Sie ging hinaus. An der Tür drehte sie sich um und zwinkerte uns nochmals so wunderlich zu.
»Die gefällt mir«, sagte Francine. »Daisy! Ich muß schon sagen, ich bin erstaunt, daß es in diesem Haus jemanden gibt, den wir leiden können.«

»Scheint ein gutes Vorzeichen«, bemerkte ich.
Francine lachte. »Komm, zieh dich an. Wir müssen bald beim Frühstück erscheinen. Denk dran, unser heiliger Großvater kann es nicht leiden, wenn man ihn warten läßt. Mehr noch, er wird es nicht dulden. Ich bin neugierig, was der heutige Tag bringt.«
»Abwarten und Tee trinken.«
»Eine sehr treffende Bemerkung, liebe Schwester. Was sollen wir sonst tun?«
Francine hatte zu ihrem alten Ich zurückgefunden, und das war tröstlich.
Das Frühstück war wie eine Wiederholung der letzten Mahlzeit, nur mit anderen Speisen. Davon gab es reichlich, denn ungeachtet seiner Heiligkeit liebte der Großvater gutes Essen durchaus.
Als wir hereinkamen, nickte er uns zu, und da es keinerlei Klagen gab, nahm ich an, daß wir uns auch nicht um den Bruchteil einer Sekunde verspätet hatten. Die Danksagung zog sich ziemlich in die Länge, doch danach durften wir uns vom Buffet nehmen, nachdem Großvater und Tante Grace sich bedient hatten. Es gab gebratenen Speck, geschabte Nieren und verschiedene Eierspeisen. Das war etwas ganz anderes als das Obst und die Hörnchen auf der Insel, wo wir nach Lust und Laune aufstanden und uns zu essen nahmen, was gerade da war, manchmal allein, manchmal zusammen, während unser Vater oft die ganze Nacht in seinem Atelier gearbeitet hatte, um ein Meisterwerk zu vollenden, und deswegen lange in den Tag hineinschlief!
Hier war alles ganz anders. Hier hatte alles seine Ordnung.
Während er sich mit Behagen über sein Essen hermachte, gab unser Großvater bellend Befehle. Tante Grace sollte sich unverzüglich mit Jenny Brakes in Verbindung setzen. Die sollte sogleich ins Haus bestellt werden, um für seine Enkelinnen eine angemessene Garderobe anzufertigen. Die waren ja auf dieser fremdländischen Insel so liederlich wie die Eingeborenen herumgelaufen. Man konnte sie kaum der Nachbarschaft vorstellen, ehe sie nicht gebührend ausstaffiert waren. Ich fing Francines Blick auf und war gefährlich nahe daran, zu ki-

chern. »Das hat sich ja angehört, als wären wir römische Krieger, die in die Schlacht ziehen«, sagte sie hinterher.
Dann mußte Tante Grace eine geeignete Gouvernante finden. »Erkundige dich bei deinen Freunden in der Pfarrei.« Ich fand, er sprach ziemlich höhnisch, und da Tante Grace leicht errötete, mußte die Bemerkung wohl eine Spitzfindigkeit enthalten haben. Ich wollte es Francine später berichten, falls es ihr nicht selbst aufgefallen war.
Als Großvater fertig gegessen hatte, wischte er sich umständlich die Hände an seiner Serviette ab, warf diese beiseite und erhob sich schwerfällig. Das war für uns alle das Zeichen, auch aufzustehen. Niemand blieb mehr am Tisch, wenn er beschlossen hatte, daß die Mahlzeit beendet war. »Wie Königin Elisabeth«, bemerkte Francine. »Glücklicherweise scheint er ein guter Esser zu sein, so daß wir Gelegenheit haben, ebenfalls tüchtig zuzulangen.«
»Als erstes«, verkündete er, während er sich erhob, »sollten sie zu ihrer Großmutter gebracht werden.«
Wir waren verblüfft. Wir hatten vergessen, daß wir eine Großmutter hatten. Da von ihr nie die Rede war, hatte ich angenommen, sie sei tot.
Tante Grace sagte: »Kommt mit.«
Wir folgten ihr. Während wir hinausgingen, hörten wir unseren Großvater zum Butler sagen: »Der Speck war heute morgen nicht richtig knusprig.«
Während wir Tante Grace folgten, dachte ich, wie leicht man sich in Greystone Manor verlaufen könnte. Gänzlich unerwartet tauchten Treppenhäuser auf, und es gab zahllose lange Korridore, von denen kleinere Flure abzweigten. Tante Grace schritt voran in der geübten Art desjenigen, der mit allen Windungen und Biegungen des Hauses wohlvertraut ist, und brachte uns schließlich bis an eine Tür. Sie klopfte, und eine Frau mit weißer Haube in einem schwarzen Kammgarnkleid öffnete.
»Mrs. Warden, ich habe meine Nichten gebracht, damit sie ihre Großmutter besuchen.«
»Ja. Sie wartet schon.«
Die Frau sah uns an und nickte. Sie hatte ein heiteres Gesicht.

Das fiel mir besonders auf, weil mir der Mangel an dieser Eigenschaft hier im Haus bereits bekannt war.
Tante Grace führte uns hinein. Auf einem Stuhl neben einem Himmelbett saß eine alte Dame in Rüschenhaube und einem Kleid mit durchgezogenen Bändern. Sie wirkte gebrechlich. Tante Grace ging zu ihr und küßte sie, und ich spürte sogleich, daß in diesem Zimmer eine andere Atmosphäre herrschte als im übrigen Haus.
»Sind sie da?« fragte die alte Dame.
»Ja, Mama«, erwiderte Tante Grace. »Francine ist die ältere. Sie ist sechzehn Jahre alt, und Philippa ist fünf Jahre jünger.«
»Bring sie zu mir.«
Zuerst wurde Francine nach vorn geschoben. Die Großmutter hob die Hände und strich meiner Schwester über das Gesicht. »Gott segne dich«, sagte sie. »Ich freue mich, daß du gekommen bist.«
»Und dies ist Philippa.« Ich wurde nach vorn geführt, und ihre Finger berührten sanft mein Gesicht.
Francine und ich schwiegen. Sie war also blind.
»Kommt, meine Lieben«, sagte sie, »setzt euch zu mir, jede auf eine Seite. Hast du Schemel für sie, Agnes?«
Mrs. Warden brachte zwei Schemel, und wir setzten uns. Die Finger der Großmutter ruhten auf unserem Haar. Sie lächelte. »Ihr seid also Edwards Töchter. Erzählt mir von ihm. Es war ein trauriger Tag, als er uns verließ, aber ich konnte ihn verstehen. Ich hoffe, er hat immer gewußt, daß ich ihn verstanden habe.«
Francine hatte sich von ihrer Überraschung erholt und erzählte von unserem Vater und davon, wie glücklich wir auf der Insel gewesen waren. Ab und zu sagte ich auch etwas. Diese Stunde, die wir bei unserer Großmutter verbrachten, war so ganz anders als alles, was uns bisher in diesem Haus widerfahren war.
Tante Grace hatte uns allein gelassen. Sie sagte, sie habe viel zu erledigen: zum Beispiel die Schneiderin zu bestellen und eine Gouvernante zu finden. Ihr Weggehen erinnerte uns an die düstere Welt außerhalb dieses Zimmers. »Wie eine Oase in der Wüste«, beschrieb Francine es später.

Unsere Großmutter war sichtlich entzückt, uns bei sich zu haben und alles erzählt zu bekommen, was sie wissen wollte. Am allermeisten wollte sie von unserem Vater hören. Die Zeit verging wie im Flug, und nachdem wir uns von der anfänglichen Bestürzung über ihre Blindheit erholt hatten, fühlten wir uns in ihrem Zimmer richtig zu Hause.
»Dürfen wir Sie oft besuchen?« fragte ich.
»So oft wie möglich«, antwortete unsere Großmutter. »Ich hoffe, daß ihr gern kommt.«
Francine sagte: »Und ob. Sie sind die erste, bei der wir das Gefühl haben, daß wir hier erwünscht sind.«
»Oh, gewiß seid ihr erwünscht. Euer Großvater hätte auch nicht eine Minute daran gedacht, euch ein Heim zu verweigern.«
»Er hält es für richtig, und Großvater hat immer recht«, sagte Francine mit einem Anflug von Spott. »Aber wir wollen nicht aufgenommen werden, weil es richtig ist, sondern weil wir gern gesehen sind und dies unser Heim ist.«
»Ihr seid willkommen, mein Kind, und dies ist euer Heim. *Ich* will euch hier haben, und mein Heim ist auch eures.«
Francine ergriff die magere weiße Hand und küßte sie.
»Durch Sie hat sich alles verändert«, sagte sie.
Dann meinte Mrs. Warden, Lady Ewell sei ein wenig müde.
»Sie ermüdet leicht«, flüsterte sie, »und dies war aufregend für sie. Ihr müßt sie von jetzt an oft besuchen.«
»O ja, das tun wir bestimmt«, rief Francine.
Wir küßten die welke Wange der Großmutter und wurden von Agnes Warden aus dem Zimmer geführt.
Wir standen im Flur, unsicher, welche Richtung wir einschlagen sollten, und Francine blickte mich mit glitzernden Augen an. »Das ist unsere Chance, das Haus zu erkunden«, sagte sie. »Wir wissen den Weg nicht mehr und müssen ihn wiederfinden, verstehst du?«
Wir hielten uns an den Händen und liefen den Flur entlang.
»Wir sind sehr hoch oben«, sagte Francine, »im obersten Stockwerk.«
Am Ende des Korridors war ein Fenster. Dort sahen wir hinaus.

»Wie schön«, bemerkte Francine. »Anders als die Insel und das Meer... auf andere Art schön. Die vielen Bäume, und der Wald da hinten, und wie grün alles ist. Wenn der Großvater wie die Großmutter wäre, könnte es mir hier gefallen.«
Ich stand dicht bei meiner Schwester und spürte, wie tröstlich ihre Gegenwart war. Nichts war wirklich schlimm, wenn wir es teilen konnten.
»O schau!« rief sie. »Da drüben ist ein Haus. Sieht interessant aus.«
»Ziemlich alt, glaube ich.«
»Tudor, würde ich sagen«, meinte Francine sachkundig. »Die roten Ziegel... und es hat anscheinend bleigefaßte Fenster. Gefällt mir. Das müssen wir uns näher ansehen.«
»Wie diese Gouvernante wohl sein wird?«
»Zuerst müssen sie eine finden. Komm, laß uns weiter forschen.«
Wir stiegen eine schmale Wendeltreppe hinab und kamen zu einem Treppenabsatz. Wir gingen durch eine Tür und befanden uns in einem langgestreckten Raum, an dessen anderem Ende ein Spinnrad stand.
»Wir machen eine richtige Entdeckungsreise«, sagte Francine. »Wir werden alle Ecken und Winkel aufspüren, all die dunklen Geheimnisse unserer Vorfahren.«
»Woher weißt du, daß es hier dunkle Geheimnisse gibt?«
»Es gibt immer dunkle Geheimnisse. Hier kann man sie direkt spüren. Dies dürfte das Sonnenzimmer sein, das Solarium, denn es hat fast den ganzen Tag Sonne, weil nämlich auf jeder Seite Fenster sind. Hübsch. Hier müßten Feste und Bälle mit einer Menge Leute stattfinden. Falls ich dies einmal erbe, werde ich dafür sorgen.«
»*Du* – erben? Francine, wie kämst du denn dazu?«
»Ich bin in der Erbfolge, das steht fest. Vater war der einzige Sohn. Es ist unwahrscheinlich, daß Tante Grace noch Kinder kriegt. Möglicherweise ist sie die Kronprinzessin, die gesetzliche Erbin. Ich könnte die mutmaßliche Erbin sein. Das hängt davon ab, wie diese Dinge geregelt werden.«
Ich lachte laut heraus und sie ebenfalls. Sie konnte fast alle Situationen ins Spaßige verkehren.

Wir durchquerten das Sonnenzimmer und gingen einen weiteren Korridor entlang. Dann stiegen wir eine Treppe hinauf ähnlich jener, die wir herabgekommen waren, und stießen auf einen Flur mit lauter Schlafzimmern, alle mit den unvermeidlichen Himmelbetten, den schweren Vorhängen und dunklen Möbeln.
Wir stiegen wieder eine Treppe hinab und gelangten zu einer Galerie.
»Familienporträts«, stellte Francine fest. »Sieh nur. Ich bin sicher, dies hier ist König Karl der Erste. Karl der Märtyrer. Und diese Herren sehen ihm alle ziemlich ähnlich. Ich wette, wir waren der Monarchie treu ergeben. Ob unser Vater auch darunter ist? Vielleicht werden wir eines Tages auch hier hängen: du und ich, Pippa.«
Da hörten wir Schritte, und Tante Grace kam aufgeregt herbeigeeilt.
»Ah, hier seid ihr. Ich war oben bei eurer Großmutter, um euch zu ermahnen, konnte euch aber nicht finden. Ihr kommt zu spät zur Andacht.«
»Zur Andacht?« fragte Francine.
»Wir haben nur noch drei Minuten. Euer Großvater wird sehr ungehalten sein...«
Arme Grace. Sicher würde sie dafür verantwortlich gemacht werden, wenn wir nicht rechtzeitig da waren.
Die Kapelle war von der großen Halle aus über eine Treppe zu erreichen. Es war ein kleiner Raum, eben groß genug für die Familie und das Personal. Alle waren schon versammelt, als wir atemlos ankamen.
Ich sah die neugierigen Augen der Dienstboten auf uns gerichtet und war erstaunt, wie viele es waren. Rechts im Hintergrund saß das Hausmädchen Daisy, die uns das heiße Wasser gebracht hatte. Unsere Blicke trafen sich, und sie bedachte mich wieder mit ihrem Zwinkern. Die übrigen wirkten sehr sittsam und senkten die Augen, als wir auf unsere Plätze in der vordersten Reihe hasteten.
Unser Großvater saß bereits und blickte weder nach rechts noch nach links. Tante Grace huschte neben ihn, dann folgte Francine und danach ich.

Der Gottesdienst wurde von einem jungen Mann abgehalten, der etwa Mitte Zwanzig gewesen sein mochte. Er war groß und sehr mager, hatte unruhige dunkle Augen, und sein Haar wirkte neben der Blässe seiner Haut beinahe schwarz.
Man sang Lobeshymnen, und es wurde eine Menge gebetet, wobei wir eine scheinbar endlose Zeit auf den Knien verharren mußten. Dann hielt der junge Mann eine Predigt, während der er alle an die Fürsorge des Allmächtigen erinnerte, der sie nach Greystone Manor gebracht hatte, wo sie Nahrung und Obdach fanden und alles, dessen sie nicht nur für ihr leibliches, sondern auch für ihr seelisches Wohl bedurften.
Unser Großvater saß währenddessen mit verschränkten Armen da und nickte hin und wieder zustimmend. Es folgten noch ein Lobgesang und weitere Gebete, und dann war der Gottesdienst endlich vorüber. Er hatte nur eine halbe Stunde gedauert, aber uns war er endlos vorgekommen. Die Dienstboten marschierten hintereinander hinaus, wir aber blieben zurück mit dem Großvater, Tante Grace und dem jungen Mann, von dem ich annahm, daß er wohl so etwas wie ein Pfarrer war.
Unser Großvater lächelte zwar nicht gerade, doch er blickte wohlgefällig auf den jungen Mann. »Arthur«, sagte er, »ich möchte dir deine Cousinen vorstellen.«
»Cousinen!« Ich spürte Francines Überraschung, die gewiß nicht größer war als meine.
»Hochwürden Arthur Ewell«, sagte unser Großvater. »Euer Cousin gehört dem geistlichen Stande an. Ihr habt ihn gestern abend nicht kennengelernt, weil er einer kranken Nachbarin geistlichen Beistand leistete. Es freut mich, daß du rechtzeitig zur Andacht zurück warst, Arthur.«
Hochwürden Arthur neigte in nahezu selbstgefälliger Demut den Kopf und sagte, ihre gemeinsamen Gebete hätten Mrs. Glencorn offensichtlich geholfen.
»Arthur, deine Cousine Francine.«
Arthur verbeugte sich ausgesprochen höflich.
»Guten Tag, Cousin Arthur«, sagte Francine.
»Und dies«, fuhr unser Großvater fort, »ist Philippa, deine jüngere Cousine.«

Die dunklen Augen von Cousin Arthur musterten mich ziemlich kurz, aber ich war es schließlich gewöhnt, daß das größere Interesse der Leute meiner Schwester galt.
»Euer seelisches Wohl wird in guten Händen sein«, fuhr unser Großvater fort. »Und merkt euch bitte, daß die Zusammenkunft in der Kapelle jeden Morgen um elf stattfindet. Alle im Haus nehmen daran teil.«
Francine konnte sich die Bemerkung nicht verkneifen: »Ich sehe, daß man unserem geistigen Wohl höchste Aufmerksamkeit widmet.«
»Dafür werden wir Sorge tragen«, bestätigte unser Großvater. »Arthur, möchtest du gern ein paar Worte mit deinen Cousinen allein sprechen? Vielleicht möchtest du herausfinden, was für eine religiöse Erziehung sie genossen haben. Ich fürchte, du wirst einen ziemlichen Schock bekommen.«
Arthur fand, das sei eine ausgezeichnete Idee.
Großvater und Tante Grace verließen die Kapelle und lieferten uns der Gnade von Cousin Arthur aus.
Er schlug vor, wir sollten uns setzen, und begann uns auszufragen. Er war entsetzt, als er hörte, daß wir auf der Insel nicht zur Kirche gegangen seien, was aber vielleicht ganz gut gewesen sei, da die Bewohner vermutlich katholisch waren, denn viele Eingeborene seien katholisch und beteten Idole an.
»Viele Menschen verehren Idole«, gab Francine ihm zu bedenken. »Nicht unbedingt steinerne Götzenbilder, sondern bestimmte Regeln und Gesetze, die zuweilen auf die Unterdrückung von Liebe und Güte hinauslaufen.«
Arthur sah sie unverwandt an, und wiewohl seine Miene Mißbilligung ausdrückte, entdeckte ich in seinen Augen ein Leuchten, das ich schon früher bei den Leuten wahrgenommen hatte, wenn sie Francine ansahen.
Wir sprachen eine Weile mit ihm, Francine jedenfalls. Mir hatte er wenig zu sagen. Ich war sicher, daß sie ihn gehörig schockierte mit dem, was sie ihm über unsere Erziehung erzählte, und daß er unserem Großvater berichten würde, es sei eine eingehende Unterweisung vonnöten, um uns zur Gnade zu führen.
Als wir ihm entkamen, war es schon beinahe Zeit für das Mit-

tagessen. Tante Grace meinte, ob wir nicht anschließend einen Spaziergang machen wollten, und schlug uns vor, in den Garten zu gehen. Es sei aber nicht ratsam, draußen umherzustreifen, und wir möchten bitte daran denken, um vier Uhr zurück zu sein, wenn im roten Salon, gleich neben der Halle, der Tee serviert würde. Sie selbst gehe zum Pfarrhaus, denn sie müsse den Pfarrer in einer dringenden Angelegenheit sprechen. Wir könnten dort erst einen Besuch machen, wenn wir entsprechende Kleider hätten, aber das würde nicht mehr lange dauern, denn Jenny Brakes käme morgen vormittag mit Stoffen, und dann würde damit angefangen, unsere Garderobe zu nähen.
»Freiheit!« schrie Francine, als wir allein waren. »Und im Garten bleiben! Kommt gar nicht in Frage! Wir werden uns umschauen, und unsere erste Mission wird es sein, dieses interessante alte Haus in Augenschein zu nehmen, das wir vom Fenster aus gesehen haben.«
»Francine«, sagte ich, »ich glaube, du fängst an, dich hier wohl zu fühlen.«
Und so war es auch. Sie war von Greystone Manor fasziniert, und jede Stunde brachte neue Entdeckungen. Sie ahnte, daß es irgendeinen Kampf geben würde, und das war genau das, was sie brauchte, um die Erschütterung über den Tod unserer Eltern zu überwinden. Ich wußte das, weil mir selbst ebenso zumute war.
So brachen wir an jenem Nachmittag voll Abenteuerlust auf. Wir hatten etwa zwei Stunden für uns. Wir müßten rechtzeitig zum Tee zurück sein, sagte Francine. Es würde denen keineswegs behagen, wenn sie entdeckten, daß wir uns auf eigene Faust hinausgewagt hatten. »Sie sollen glauben, daß wir auf den Gartenwegen geblieben sind«, fuhr sie fort, »und die Ordnung bewundert haben, die sicher überall herrscht, und sie sollen denken, daß wir dann hin und wieder begeistert die Vortrefflichkeit unseres Großvaters gepriesen haben, der so heilig ist, daß es mich wundert, wieso man ihn nicht für zu gut für diese Welt hält.«
Wir waren vorsichtig, bis wir an die Einfahrt kamen und zum Tor der Pförtnerloge hinausschlüpften. Glücklicherweise wa-

ren die Bewohner des Pförtnerhauses nicht in Sicht. Vielleicht konnten sie sich nur dann ein bißchen ausruhen, wenn unser Großvater Siesta hielt.
Wir befanden uns auf einer Straße, die zu beiden Seiten von hohen Hecken gesäumt war. Als wir an ein Tor kamen, schlug Francine vor, wir sollten hindurchgehen und das Feld überqueren, denn sie sei sicher, daß in dieser Richtung das Haus liege.
Gesagt, getan. Am Ende des Feldes standen vier Hütten, und vor einer war eine Frau mit einer Figur wie eine Doppelsemmel; ihre Haare lösten sich widerspenstig aus dem Knoten am Hinterkopf, und die leichte Brise spielte mit den Strähnen. Als wir uns näherten, blickte sie auf. Wahrscheinlich kamen nicht viele Leute dorthin, denn sie war sichtlich überrascht, uns zu sehen.
»Einen schönen guten Tag!« rief sie uns entgegen, und als wir näher herankamen, sah ich die Neugier in ihren lebhaften dunklen Augen, und ein Ausdruck größten Interesses und Vergnügens lag auf ihrem ziemlich dicken Gesicht. Auch wenn man erst kurz in Greystone Manor war, fiel einem so etwas gleich auf, denn dort hatte jeder ernst und verdrießlich dreinzublicken.
»Guten Tag«, erwiderten wir.
Die Frau war dabei, nasse Kleidungsstücke auf eine Leine zu hängen, die mit einem Ende an einem Pfosten und mit dem anderen seitlich an der Hütte befestigt war. Indem sie eine Wäscheklammer aus dem Mund nahm, sagte sie: »Sie sind die neuen jungen Damen von Greystone.« Es war mehr eine Feststellung als eine Frage.
Francine bejahte und fragte, woher sie das wisse.
»Na ja, Gott segne Sie, es gibt nicht viel, was in Greystone vorgeht, was ich nicht weiß. Meine Tochter ist dort.« Ihre Augen weiteten sich, als sie Francine anstarrte. »Meiner Seel', sind Sie hübsch. Ist nicht ganz so, wie Sie's erwartet haben da oben, wie?«
»Wir wußten nicht, was uns erwartete«, sagte Francine.
»Hm, wir haben Mister Edward gekannt. War ein guter Mensch, nicht wie ... o nein, er war anders, jawohl ... und

das reizende junge Mädchen, mit dem er auf und davon ist
... hübsch wie ein Gemälde, und Sie sind ihr wie aus dem Gesicht geschnitten, Miss. Ich schätze, Sie hätte ich überall erkannt, ich hätte Sie auf der Stelle herausgepickt.«
»Wie schön, daß Sie unseren Vater und unsere Mutter gekannt haben«, sagte Francine.
»Tot, alle beide. Aber so geht's im Leben, nicht? Die Besten müssen meistens gehen ... und andere bleiben.« Sie nickte und war einen Augenblick traurig, dann aber lächelte sie wieder. »Sicher kennen Sie schon unsere Daise.«
»Daise«, sagten wir beide wie aus einem Munde. »Ach so ... Daisy.«
»Sie ist dort in Stellung. Als zweites Hausmädchen. Nichts für ungut, aber ich weiß nicht, ob das lange gutgeht. Daise ist ein kleiner Wildfang.«
Die Frau zwinkerte auf eine Weise, die mich an Daisy erinnerte. Hinterher sagte ich zu Francine, das scheine ja eine regelrechte Zwinkerfamilie zu sein.
»Immer ein bißchen wild«, fuhr die Frau fort. »Ich wußte nicht mehr aus noch ein mit ihr. Ich sag' zu ihr: ›Du wirst noch an mich denken, Daise, eines Tages setzt du dich in die Nesseln.‹ Sie lachte bloß. Ich weiß nicht. Sie hat's immer mit den Jungens gehabt und die Jungens mit ihr. Das war schon so, als sie noch in der Wiege lag. Ich hab' sechs von der Sorte. Sie ist die Älteste. Ich hab' zu Emms gesagt – das ist ihr Vater – also ich hab' gesagt: ›Jetzt reicht's aber, Emms.‹ Aber ob Sie's glauben oder nicht, jetzt ist schon wieder eins unterwegs. Was soll man mit 'nem Mann wie Emms machen? Aber Daise haben wir im Gutshaus untergebracht. Ich dachte, wenn sie da nicht ehrbar wird, dann wird sie's nirgends.«
»Wir kennen Daise schon«, sagte Francine. »Allerdings haben wir sie erst einmal gesehen. Sie hat uns heißes Wasser gebracht. Aber sie gefällt uns.«
»Sie ist ein braves Mädchen, im Grunde ihres Herzens. Wenn nur die Jungens nicht wären. Ich war ja selbst mal so. Na ja, das hält die Welt in Gang.«
Francine fragte: »Was ist das da drüben für ein großes Tudor-Haus?«

»Das ist Granter's Grange.« Sie lachte. »Hat 'nen Mordswirbel gegeben deswegen.«

»Wir finden, es sieht interessant aus, und würden es gern aus der Nähe sehen.«

»Fremde haben es gekauft ... ist ein Jahr her oder zwei. Sir Matthew wollte es, aber er hat's nicht gekriegt. Das hat ihn geärgert. Er denkt, ihm gehört hier die ganze Gegend, und das stimmt ja auch gewissermaßen. Aber Granter's Grange ... nun, die Fremden waren vor ihm da.«

»Was sind das für Fremde?«

»Oho ... Sie stellen aber Fragen! Sehr hochgestellte Fremde ... Großherzöge und so – aber von irgendwo aus dem Ausland. Hier bei uns gelten sie nicht viel.«

»Großherzöge«, flüsterte Francine.

»Aber sie sind jetzt nicht da. Sie sind nicht oft hier. Alles verrammelt und verlassen. Irgendwann kommen Dienstboten und machen 'nen regelrechten Frühjahrsputz, und dann folgen die Herrschaften. Alles sehr vornehm, haben wohl was mit dem Königshaus zu tun. Ihrem Großvater gefällt das nicht ... es gefällt ihm ganz und gar nicht.«

»Geht es ihn denn überhaupt was an?« fragte Francine. Darauf lachte Mrs. Emms schallend und zwinkerte wieder auf ihre Art. »Er bildet es sich jedenfalls ein. Er ist der Herr in dieser Gegend. Emms sagt, die Königin selbst könne nicht mehr Macht über ganz England haben, als Sir Matthew Ewell hier über uns alle ausübt ... ich bitte um Vergebung, wo er doch Ihr Großvater ist.«

»Deswegen brauchen Sie sich doch nicht zu entschuldigen. Ich glaube, wir stimmen mit Ihnen überein«, sagte Francine, »obwohl wir noch nicht gar so viel gesehen haben. Die Großherzöge sind jetzt also nicht da?«

»Meiner Treu, nein, schon seit zwei Monaten war keiner da. Aber sie werden kommen, o ja, sie werden kommen. Das gibt immer ein bißchen Aufregung. Man kann nämlich nie wissen. Sicher werd' ich eines Tages hinten zum Fenster rausgucken und sie sehen. Sie sind nämlich genau hinter mir, da kann ich alles bestens beobachten.«

»Nun, wir gehen mal hin und schauen es uns an«, sagte Fran-

cine. »Wir haben nicht viel Zeit, denn wir müssen um vier zurück sein. Das Haus liegt also genau hinter Ihrem.«
»Ja... wie Sie sehen. Es gibt eine Abkürzung an den Hütten vorbei, die können Sie nicht verfehlen. Durch die Hecke durch, und schon sind Sie da.«
»Vielen Dank, Mrs. Emms. Hoffentlich sehen wir uns mal wieder.«
Sie nickte und zwinkerte abermals. Francine sagte: »Komm, Pippa.«
So kamen wir zu dem Haus. Über allem lag tiefe Stille, und ich wurde ganz aufgeregt. Ich bin sicher, daß es Francine ebenso erging, und später fragte ich mich, ob das eine Vorahnung war, da dieses Haus eine so wichtige Rolle in unserem Leben spielen sollte.
Auf dem Torbogen über dem von Marmorsäulen getragenen Portal konnten wir eben noch die Jahreszahl erkennen: 1525. Wir entriegelten das Tor und gingen hinein. Ich langte nach Francines Hand, und sie umklammerte die meine ganz fest. Auf Zehenspitzen überquerten wir den mit Gänseblümchen übersäten Rasen. Wir kamen zum Haus, und ich streckte eine Hand aus und berührte die roten Ziegelsteine. Sie waren ganz warm von der Sonne. Francine blickte durch ein Fenster ins Innere. Sie stöhnte leise und wurde bleich.
»Was ist?« rief ich.
»Da ist jemand. Da steht einer. Ein Gespenst... in Weiß.«
Ich fing an zu zittern, trotzdem drückte ich mein Gesicht an das Glas. Dann lachte ich und sagte: »Es ist nur ein Möbelstück. Mit einem Schonbezug. Das sieht so aus, als ob da einer steht.«
Sie spähte wieder hinein, und dann tollten wir herum in einem Anfall von Ausgelassenheit, der vielleicht einen Anflug von Hysterie in sich barg. Das Haus hatte irgend etwas, das uns stark anzog.
Wir gingen außen herum und sahen durch alle Fenster im Erdgeschoß. Überall waren die Möbel mit Schonbezügen abgedeckt.
»Es muß wunderbar sein«, sagte ich, »wenn die Großherzöge kommen.«

Francine versuchte, die Tür zu öffnen. Sie war natürlich verschlossen. Die Figur auf dem Türklopfer schien uns zu verhöhnen.
»Ich bin sicher, das Scheusal hat sich bewegt«, sagte Francine.
»An so einem Ort kann man sich allerhand einbilden«, gab ich ihr zu bedenken.
Das gab sie zu. »Stell dir vor, wie es wäre, wenn man einmal abends hierher käme. Ich hätte Lust dazu.«
Der Gedanke, sie könnte es tatsächlich vorschlagen, ließ mich voller Furcht erschaudern. »Laß uns den Garten anschauen«, sagte ich ablenkend. Die Rasenflächen hätten dringend gemäht werden müssen. Wir trafen auf Haine, Statuen, Lauben und schmale, durch Buschwerk führende Pfade.
Ich schlug vor: »Wir sollten zurückgehen. Wir kennen den Weg nicht genau. Wenn wir uns verspäten, und die kommen dahinter, daß wir nicht im Garten spazierengegangen sind –«
»Dann komm«, sagte Francine. »Laß uns an den Hütten vorbei zurückgehen.«
Wir kehrten im Eiltempo um, denn es war schon halb vier. Daisys Mutter war nicht mehr zu sehen, aber die Leine voll flatternder Wäsche bewies, daß sie ihre Arbeit beendet hatte.
Wir rannten den ganzen Weg zurück und waren pünktlich am Teetisch. Und während wir der obligaten Danksagung lauschten, dachten wir beide an das nachmittägliche Abenteuer.

Am nächsten Morgen sahen wir Daisy wieder, als sie uns das heiße Wasser brachte. Wir erzählten ihr von unserer Begegnung mit ihrer Mutter, und sie lachte vergnügt.
»Die gute alte Ma«, sagte sie. »Hat die sich gefreut, daß ihre älteste jetzt ehrbar wird!«
»Und bist du nun ehrbar, Daisy?« fragte Francine.
»Oh, jedenfalls beinahe. Heute kommt übrigens die Schneiderin. Schade. Mir gefallen Ihre Kleider. Die sind richtig hübsch.«
»Tagsüber sieht man dich gar nicht«, sagte Francine.

»Da arbeite ich in der Küche.«
»Es war nett, deine Mutter kennenzulernen. Sie hat uns von Granter's Grange erzählt.«
»Ah, da wär' ich gern in Stellung.«
»Dort ist aber niemand.«
»Aber wenn, dann ist was los, kann ich Ihnen sagen, Bälle und Feste. Bei denen geht es hochfeudal her. Eine Menge Leute. Kommen aus dem Ausland. Das Ganze soll einem König gehören oder so was.«
»Einem Großherzog, hat deine Mutter gesagt.«
»Sie wird's schon wissen. Schätze, sie schwätzt mit den Dienstboten dort. Ausländer, die meisten, aber das ist Ma egal.«
Sie zwinkerte und ging hinaus, und wir kleideten uns schnell an, um rechtzeitig zum Frühstück zu kommen.
Es war fast genauso wie am Tag zuvor. Ich fürchtete, wenn wir uns erst einmal in den alltäglichen Trott eingewöhnt hätten, wäre sicher ein Tag wie der andere. Wir besuchten unsere Großmutter wieder. Tante Grace holte uns rechtzeitig bei ihr zur Andacht ab und eröffnete uns, daß wir den Rest des Vormittags damit verbringen würden, uns von Jenny Brakes schickliche Kleider anmessen zu lassen; die Gouvernante werde voraussichtlich noch in dieser Woche eintreffen, und Cousin Arthur werde uns Religionsunterricht erteilen. Außerdem hatte unser Großvater gesagt, wir sollten reiten lernen, weil das bei einer Dame von Stand zur Erziehung gehöre. Es sah so aus, als ob unsere Tage ziemlich ausgefüllt würden.
Wir überstanden den Gottesdienst in der Kapelle, und Francine eröffnete mir, daß sie Cousin Arthur von Herzen verabscheute, vor allem, weil er so tugendsam aussah und Großvater offensichtlich große Stücke auf ihn hielt. Die arme kleine Jenny Brakes war so bleich und so übereifrig bemüht, daß sie mir leid tat und ich so still stand, wie ich nur konnte, während sie mit einem Mundvoll Stecknadeln neben mir kniete und mir den dunkelblauen Serge anmaß, der mir außerordentlich mißfiel.
Francine erging es ebenso. »Wir werden so düster ausschauen wie Greystone Manor«, bemerkte sie. Sie irrte sich, denn sie

konnte niemals düster aussehen, und der marineblaue Serge unserer Alltagskleider sowie der braune Popeline unserer guten Kleider unterstrichen durch den Kontrast nur noch ihre hellhäutige Schönheit und ihren Liebreiz. Mir standen sie nicht so gut. Ich verabscheute die Farben, die nicht zu meinem dunklen Teint paßten, aber ich war froh, daß die neuen Sachen Francines Aussehen keinen Abbruch taten.
Daß mit unserer Ankunft Veränderungen für den Haushalt einhergingen, war wohl jedem klar, außer vielleicht unserem Großvater. Er war dermaßen in seine eigene Wichtigkeit und Frömmigkeit vertieft, daß er vermutlich kaum etwas oder jemand anderes für bedeutsam hielt. Er ahnte wohl nicht, welche Vorfreude unsere Großmutter hatte, wenn sie unsere morgendliche Visite erwartete. Ich glaube, er stattete ihr täglich einen Pflichtbesuch ab, und ich konnte mir vorstellen, wie es dabei zuging.
Im Laufe der Woche war unsere Gouvernante eingetroffen. Miss Elton war Mitte Dreißig; ihr streng in der Mitte gescheiteltes braunes Haar war zu einem kleinen Nackenknoten frisiert. Werktags trug sie schlichte graue Kleider und sonntags ein dunkelblaues, welches dem Sabbat zu Ehren mit einem Spitzenkragen prunkte. Sie prüfte uns und befand, daß wir abgrundtief ungebildet wären, ausgenommen auf einem Gebiet: Sprachen. Sie selbst sprach leidlich Französisch, und ihr Deutsch war vorzüglich. Später erzählte sie uns, daß ihre Mutter Deutsche gewesen und sie mit beiden Sprachen, Deutsch und Englisch, aufgewachsen sei. Sie war über unsere Sprachkenntnisse erfreut und meinte, wir sollten uns anstrengen, sie zu vervollkommnen. Sprachen würden gewiß zu unseren Lieblingsfächern gehören. Miss Elton war Großvater gegenüber servil und zu Tante Grace von liebenswürdiger Höflichkeit.
»Unterwürfig«, bemerkte Francine abfällig.
»Aber verstehst du denn nicht?« erwiderte ich heftig. »Sie möchte die Stellung hier behalten. Sie hat Angst, sie zu verlieren. Also sei nett zu ihr und betrachte die Sache von ihrem Standpunkt.«
Francine sah mich nachdenklich an. »Weißt du, Philippa,

Schwesterchen«, sagte sie, »du hast eine gewisse Klugheit und kannst dich besser als die meisten Leute in die Lage anderer versetzen. Das ist eine seltene Gabe.«
»Danke«, erwiderte ich erfreut. Ich erkannte, daß ihr an meinem Urteil mehr und mehr gelegen war. Ich war stiller als sie, und deshalb vielleicht aufmerksamer. Zuweilen dachte ich, das käme daher, weil ich mehr am Rande des Geschehens stand und eher Zuschauer denn Hauptdarsteller war. Francine mit ihrem auffallenden Aussehen und ihrer Persönlichkeit stand stets im Mittelpunkt aller Ereignisse. Solche Menschen sehen zuweilen nicht so klar wie diejenigen, die sich ein wenig abseits der Szene bewegen.
Sie machte sich also mein Urteil über die Gouvernante zu eigen, und statt sie zu necken, wie sie es sonst vielleicht getan hätte, wurde sie eine recht willige Schülerin. Nach den ersten Tagen, in denen wir uns noch fremd waren, verstanden wir uns leidlich mit Miss Elton, und die Unterrichtsstunden verliefen ganz erfreulich.
Unsere Reitstunden machten uns beiden Spaß. Sie wurden unter Aufsicht des Kutschers abgehalten, der uns am Bahnhof abgeholt hatte. Meistens war auch sein Sohn Tom dabei, der als Stallknecht diente und etwa achtzehn oder neunzehn Jahre alt war. Er mußte die Pferde satteln und nach dem Unterricht abschirren. Auf der Koppel ritten wir stundenlag im Kreis, zuerst mit Leitzügeln, dann ohne. Ich war stolz, als Tom sagte: »Miss Philippa, Sie sind ein Naturtalent. Aus Ihnen wird mal 'ne prima Reiterin.«
»Und wie steht's mit mir?« fragte Francine.
»Ach, Sie werden's schon schaffen, Miss«, sagte er.
Ich war hingerissen, ich konnte nicht anders: Es war das erste Mal, daß ich Francine in etwas übertraf. Aber gleich darauf war ich schuldbewußt und schämte mich. Das wäre jedoch nicht nötig gewesen, denn Francine freute sich mit mir.
Eines Tages wurde sie in der Koppel abgeworfen. Ich war erschrocken, und als ich sie auf der Erde liegen sah, wurde mir bewußt, wieviel sie mir bedeutete. Mit einem Satz war ich vom Pferd gesprungen und zu ihr gelaufen, aber Tom war schon da.

Francine zog eine Grimasse und stand zögernd auf. Sie war gerührt von meiner Ergriffenheit, die ich nicht verbergen konnte, doch sie tat so, als lachte sie darüber »So ergeht es einem, wenn man kein Naturtalent ist«, sagte sie.
»Francine, bist du unverletzt? Bist du sicher . . .«
»Ich glaube schon.«
»Verletzt sind Sie nicht, Miss«, stellte Tom fest. »Aber Sie werden es morgen trotzdem spüren. Sie brauchen was zum Einreiben für die Prellungen. Das gibt 'n paar hübsche blaue Flecke. Keine Bange, die sind da, wo man sie nicht sehen kann. Ich schicke Daisy mit der Salbe rauf. Nur einmal auftragen. Ist 'n scharfes Zeug, das könnte Ihnen sonst in null Komma nichts die Haut abziehen.«
»Soll ich nicht lieber auf den Gaul steigen, der mich abgeworfen hat, und ihm zeigen, wer hier das Kommando hat?«
Tom grinste. »Oh, der weiß schon, wer das ist, und das sind nicht Sie, noch nicht, aber das wird schon. Ich an Ihrer Stelle würde mich hinlegen. Das ist das Beste. Morgen können Sie wieder reiten.«
»Ja«, sagte ich. »Ich gehe mit dir nach oben, und Daisy soll gleich die Salbe holen.«
Ich war noch immer um sie besorgt und führte sie in unser Zimmer.
»Mach nicht so ein ängstliches Gesicht, Pippa«, sagte sie. »Um mich umzubringen, braucht es schon mehr als diese elende alte Schindmähre.«
Ich schickte nach Daisy und trug ihr auf, die Salbe zu besorgen. »Tom erwartet dich unten im Stall«, sagte ich.
»Ich weiß schon, wo Tom zu finden ist«, erwiderte sie und verschwand. Sie war alsbald mit der Salbe zurück, und wir trugen sie auf die bereits sichtbar werdenden blauen Flecken auf.
Ich bestand darauf, daß Francine sich hinlegte, obwohl sie behauptete, sich ganz wohl zu fühlen. Daisy kam herein und fragte, ob sie die Salbe wieder mitnehmen könne, und ich gab sie ihr.
Francine legte sich hin. Ich stellte mich ans Fenster und sah Daisy zum Stall laufen. Tom kam ihr entgegen. Einen Augen-

blick standen sie dicht beieinander. Sie reichte ihm die Salbe, er nahm sie und ergriff gleichzeitig Daisys Arm. Er zog sie zum Stall, und sie tat so, als wolle sie nicht mitgehen, aber sie lachte dabei. Ich dachte an die Bemerkung ihrer Mutter: »Sie hat's mit den Jungens.«
»Was siehst du da draußen?« fragte Francine.
Ich erwiderte: »Daisy und Tom. Sie scheinen irgendein Spielchen zu treiben.«
Francine lachte. Da kam Tante Grace herein. Sie war sehr besorgt. Aber mit gelegentlichem Pech müsse man eben rechnen, meinte sie, und hoffentlich sei es nichts Schlimmes.
Francine sagte schwach: »Tante Grace, ich fühle mich nicht wohl genug, um heute abend zum Essen hinunterzukommen. Kann man mir etwas heraufschicken?«
»Selbstverständlich.«
»Und, Tante Grace, könnte Philippa auch hier oben essen? Falls ich . . .«
»Das läßt sich machen«, sagte Tante Grace. »Jetzt ruh dich aus. Und du, Philippa, bleibst bei deiner Schwester.«
»O gewiß, Tante Grace.«
Sie ließ uns allein. Als sie fort war, lachte Francine. »Denk nur. Wir versäumen eine von diesen gräßlichen Mahlzeiten. Das nennt man Glück im Unglück!«
Es war beinahe eine Stunde später, als ich Daisy wieder aus dem Stall kommen sah. Ich saß in der Fensternische und plauderte mit Francine. Daisys Haar war zerzaust, und sie knöpfte gerade ihre Bluse zu. Sie lief behende ins Haus.
Francine war doch stärker angegriffen, als wir anfangs dachten, und am nächsten Morgen hatte sie schlimme Schwellungen. Daisy schrie bei deren Anblick auf und sagte, sie wolle sogleich zu Tom gehen, der hätte vielleicht ein Mittel dagegen.
Die Schwellungen klangen jedoch innerhalb weniger Tage ab, und Francine konnte wieder reiten. Cousin Arthur bekundete seine Anteilnahme und ermahnte Francine, vor ihren Reitstunden zu beten, auf daß Gott auf ihre Sicherheit achte.
»Ach, ich nehme an, er ist viel zu beschäftigt, um sich darum zu kümmern«, sagte Francine schnippisch. »Das muß man

sich mal vorstellen: Wenn ER über ein universales Problem nachdenkt, kommt ein Engel angelaufen und sagt: ›Es ist Zeit für Francine Ewells Reitstunde, und DU hast sie neulich stürzen lassen. Sollen wir einen Schutzengel schicken? Sie hat brav ihre Gebete aufgesagt!‹
Es machte ihr Spaß, Cousin Arthur zu ärgern. Er war ihr ebenso zuwider wie unser Großvater, und zwischen Francine und dem alten Herrn machte sich zunehmende Feindseligkeit breit. Ich glaube, weil ich stiller und unauffälliger war, hielt man mich für folgsamer. In Francine erkannte Großvater die Rebellin – gleich unserem Vater –, und er behielt sie im Auge. Er nahm wohl an, ich sei mehr wie Tante Grace. Ich nahm mir aber vor, nicht so zu werden.
Ich freute mich auf die Besuche bei unserer Großmutter. Ihr Gesicht hellte sich auf, wenn wir hereinkamen, und sie streckte die Hände aus und erforschte mit den Fingern unsere Gesichter. Agnes Warden hielt sich in der Nähe, während unsere Großmutter von früher erzählte, und das hörten wir natürlich gern. Wiewohl sie alt war und aus einer anderen Welt als wir, konnten wir ganz offen mit ihr sprechen. Sie fragte uns ständig nach der Insel aus und hatte wohl nach einer Woche ein genaues Bild von ihr. Francine, die immer frei heraus war und oftmals sprach, bevor sie sich ihre Worte überlegt hatte, fragte sie, wie sie nur unseren Großvater habe heiraten können.
»Das wurde so arrangiert«, sagte sie. »Das ist bei Leuten wie uns so üblich.«
»Unser Vater hat aber nicht getan, was sein Vater wollte«, hielt Francine ihr entgegen.
»Rebellen hat es immer gegeben, Liebchen, auch damals. Euer Vater war so einer. Seltsam . . . er war ein stiller Junge. Du erinnerst mich an ihn, Philippa. Er war zielbewußt; ich glaube, das wärst du auch, wenn es darauf ankäme. Ich war sehr jung, als ich euren Großvater heiratete. Ich war sechzehn, so alt wie du jetzt bist, Francine. Ich wirkte jedoch viel jünger und wußte noch nichts vom Leben.«
Schrecken spiegelte sich in Francines Zügen. Mit dem Großvater vermählt! Im gleichen Alter wie sie! Ich glaube, ein schlimmeres Schicksal konnte sie sich kaum vorstellen. Fran-

cine sagte nichts, aber es war erstaunlich, wie Großmutter Stimmungen spüren konnte. Sie versicherte sogleich: »Oh, damals war er ganz anders. Er ist nicht mehr derselbe, der er als junger Mann war.«
»Arme Großmutter«, sagte Francine und küßte ihr die Hand.
»Natürlich«, fuhr unsere Großmutter fort, »führte er von Anfang an im Haus ein eisernes Regiment. Er war mit der Heirat zufrieden, weil dadurch unsere Ländereien zusammengelegt wurden. Er hatte von jeher eine Leidenschaft für den Familienbesitz, und da der schon so lange den Ewells gehört, kann man das verstehen. Uns Granters betrachtete er gewissermaßen als Emporkömmlinge. Wir waren erst seit etwa hundert Jahren auf unserem Landsitz.«
»Das ist das Tudor-Haus.«
»Ja . . . ja. Oh, das gab eine Aufregung deswegen. Mein Bruder weigerte sich, es eurem Großvater zu verkaufen, der es unbedingt haben wollte. Er konnte es nicht ertragen, daß es etwas gab in dieser Gegend, das nicht ihm gehörte. Wißt ihr, inzwischen besitzt er das ganze Anwesen der Granters, bis auf das Landhaus. Vieles davon habe ich als Mitgift bekommen, aber der größere Teil fiel an meinen Bruder. Der war jedoch nicht so ein geschickter Geschäftsmann wie euer Großvater; er hat das meiste verloren. Er behauptete, euer Großvater habe ihn betrogen. Das war natürlich nicht wahr; es gab Streit, und euer Großvater erwarb den größten Teil des Besitzes. Aber mein Bruder war fest entschlossen, ihm das Landhaus nicht zu überlassen. Er verkaufte es an einen Ausländer, jemanden von der Botschaft irgendeines weit entfernten Landes. Bruxenstein heißt es, glaube ich . . . oder so ähnlich.«
»Das Haus hat mich fasziniert«, sagte Francine.
»Es bedeutet mir viel«, sagte unsere Großmutter. »Es war mein Elternhaus.«
Sie schwieg eine Weile, und ich wußte, daß Francine jetzt auch daran dachte, wie wir durch die Fenster gespäht und geglaubt hatten, ein Gespenst zu sehen.
»Es wird nicht häufig benutzt«, sagte meine Großmutter. »Agnes sagt, sie kommen nur von Zeit zu Zeit, dann gehen sie

fort, und es ist wieder verlassen. Aber wenn sie da sind, ist es im Nu von Leben erfüllt. Eine komische Art haben die. Ich habe gehört, daß sie es ursprünglich für einen verbannten Adeligen gekauft haben, und nachdem er einen Monat oder zwei dort war, gab es in seinem Land einen Staatsstreich, und er konnte wieder zurück.«
»Dann hätten sie doch das Haus an Großvater verkaufen können«, meinte Francine.
»Nein, sie wollten es behalten. Vielleicht für einen anderen Verbannten. Ich glaube, in diesen kleinen deutschen Staaten ist ständig Aufruhr. Man hört, daß sie von Zeit zu Zeit ihre Regenten wechseln. Großherzöge ... oder Markgrafen, wie immer sie sich nennen. Es ist merkwürdig, sich diese Leute in meinem früheren Heim vorzustellen.«
»Romantisch«, fügte Francine hinzu, und meine Großmutter zauste ihr zärtlich das Haar.
Ich merkte, daß Francine sich noch mehr für dieses Landhaus interessierte, seit sie erfahren hatte, daß es das Elternhaus unserer Großmutter gewesen war. Sie sagte, sie sei froh, daß die romantischen Prinzen, oder was immer sie waren, es gerettet hatten und daß Großvater einmal im Leben überlistet worden war.
Ein andermal erzählte uns die Großmutter von unserem Vater und Tante Grace. Sie blühte auf, wenn sie mit uns plauderte, und ihr Vergnügen an unserer Gesellschaft schien sie verjüngt zu haben. Fast konnte ich mir vorstellen, wie sie als Braut nach Greystone Manor gekommen war, ein junges Mädchen, das von der Ehe keine Ahnung hatte. Wir waren froh, daß wir in dieser Hinsicht nicht so unwissend waren. Die Inselbewohner waren ein leidenschaftliches Volk, und oft hatten wir junge Liebende in enger Umarmung am Strand liegen gesehen; wir wußten, daß es die Folge dieser Umarmungen war, wenn die Mädchen schwanger wurden, und es war mir klar, daß sie ihre Hochzeit vorweggenommen hatten. Ich wußte auch, was Mrs. Emms gemeint hatte, als sie sagte, Daisy habe es mit den Jungens, und ich konnte mir denken, was sich abgespielt hatte, als sie mit Tom in dem Stall war.
Doch für unsere Großmutter muß der Eintritt in die Ehe ein

schlimmer Schock gewesen sein, und ich vermochte mir unseren Großvater nicht als zärtlichen Liebhaber vorzustellen. »Er war damals ein leidenschaftlicher Mann«, sagte unsere Großmutter. »Er wünschte sich sehnlichst Kinder und war überglücklich, als euer Vater geboren wurde. Danach mußte er sich länger gedulden, weil Grace erst fünf Jahre später zur Welt kam. Euer Großvater war enttäuscht, weil es ein Mädchen war. Er hat sich aus ihr nie so viel gemacht wie aus Edward. Er glaubte, Edward würde sein zweites Ich. Derartige Pläne schlagen immer fehl. Und dann war da Charles Daventry.«
»Erzählen Sie uns von ihm«, drängte Francine.
Unsere Großmutter ließ sich nicht lange bitten. »Edward ging nach Oxford, und von da an lief alles verkehrt. Vorher hatte er sich für das Gut interessiert. Euer Großvater war ernst und streng, wie ihr euch denken könnt, aber es kam zwischen ihnen nie zu richtigen Reibereien, bis Edward nach Oxford ging. Dort lernte er Charles kennen. Charles war Bildhauer, und die beiden hatten vieles gemeinsam. Sie wurden gute Freunde. Edward brachte ihn in den Ferien mit nach Hause, und euer Großvater konnte ihn auf Anhieb nicht leiden. Er verabscheute Künstler aller Art. Er sagte, sie seien Träumer und seien weder sich selbst noch anderen von Nutzen.«
»Unser Vater war ein großer Künstler«, sagte Francine hitzig. »Er hätte berühmt werden können. Ich glaube, er wird es eines Tages . . . er hat so wunderbare Sachen gemacht . . . die sind in aller Welt verstreut. Eines Tages . . .«
Jetzt war sie wieder ganz die Francine, die im Atelier die Kunden beeindruckte.
Unsere Großmutter tätschelte ihr die Hand. »Du hast ihn innig geliebt«, sagte sie. »Er war sehr liebenswert. Euer Großvater meinte, mit dem Behauen von Steinen könne man kein Geld verdienen, doch solange es eine Liebhaberei bleibe, sei er bereit, sie zu dulden. Und dann war da noch Grace. Sie war scheu und in sich gekehrt . . . aber hübsch war sie damals. Sie war wie ein Rehkitz: braune Augen, braunes Haar; sehr schönes Haar hatte sie damals. Sie gingen immer zu dritt auf den Kirchhof, weil sie sich alle für die steinernen Statuen auf den

Gräbern interessierten. Charles Daventry ist ein Neffe des hiesigen Pfarrers, und durch diese Verbindung hatten die beiden jungen Männer sich kennengelernt. Merkwürdig, daß sie beide diesen Hang zur Bildhauerei hatten, aber ich vermute, deswegen sind sie so gute Freunde geworden.«
»Ich finde, die Menschen sollten in diesem Leben tun und lassen dürfen, was sie wollen«, sagte Francine wieder hitzig.
»Ach ja«, stimmte Großmutter zu, »und die einen starken Willen haben, tun es auch! Der Entschluß eures Vaters stand schließlich fest. Nie habe ich euren Großvater so erschüttert gesehen wie damals, als er erfuhr, daß Edward fort war. Er konnte es einfach nicht fassen. Ihr wißt, daß eure Mutter zum Nähen hierher kam.«
»Ja«, bestätigte Francine.
»Sie war ungemein hübsch, zierlich wie eine Fee, und euer Vater hat sie vom ersten Augenblick an geliebt.«
»Und bis zur Stunde seines Todes«, fügte ich leise hinzu.
Die Finger meiner Großmutter liebkosten mein Haar, und ich wußte, daß sie verstand, warum ich den Tränen nahe war.
»Sie gingen zusammen fort. Euer Vater hat euren Großvater nicht mehr gesehen, bevor er ging. Aber mir hat er es gesagt. Er meinte: ›Du wirst verstehen, Mutter, daß ich nicht mit Vater sprechen kann. Das ist seine Tragik. Man kann nicht mit ihm reden. Wenn er doch wenigstens manchmal zuhören würde ... Ich glaube, das hätte ihm viele Unannehmlichkeiten erspart.‹ Er litt, als Edward fort war, aber er wollte es nicht zugeben. Er hat gewütet und getobt und ihn enterbt. Ich glaube, er hoffte, Edward würde einen Sohn bekommen, der eines Tages zu uns zurückkehren würde.«
»Und dann bekam er bloß zwei Töchter!« sagte Francine.
»Nun, da ich euch kenne, wünsche ich mir nichts anderes. Als euer Vater fort war, wandte euer Großvater sich Grace zu. Aber sie hatte sich in Charles Daventry verliebt, und der kam natürlich nicht in Frage.«
»Warum nicht?« erkundigte sich Francine.
»Euer Großvater meinte, er sei ihr nicht ebenbürtig. Er ließ sich hier nieder ... ich glaube, um in Graces Nähe zu sein. Er hat ein kleines Grundstück, das ans Pfarrhaus angrenzt, dort

fertigt er seine Skulpturen an. Die Leute kaufen sie für Gräber, und unser Kirchhof ist wegen einiger dieser Figuren und Bildnisse berühmt. Es heißt, Charles sei sehr tüchtig, aber es ist ein armseliges Dasein. Glücklicherweise kann er bei seinem Onkel im Pfarrhaus wohnen. Er verrichtet auch gewisse Arbeiten in der Pfarrei. Er ist ein reizender Mensch ... aber auch ein Träumer. Er und Grace ... ach, das ist hoffnungslos. Er ist nicht in der Lage, um heiraten zu können, und euer Großvater will nie mehr etwas davon hören.«
»Arme Grace«, sagte ich.
»Arme Grace ... ja«, sagte auch unsere Großmutter. »Sie ist ein guter Mensch. Sie klagt nie, aber ich spüre ihre Traurigkeit ...«
»Schrecklich!« rief Francine aus. »Wie können Menschen es wagen, sich in das Leben anderer einzumischen!«
»Man braucht einen starken Willen, um sich gegen euren Großvater aufzulehnen, und Grace ist Schwierigkeiten stets aus dem Weg gegangen. Schon als kleines Mädchen hat sie sich immer versteckt, bis alles vorbei war. Euer Großvater wollte natürlich auch mit Grace nichts mehr zu tun haben, zeigte bald darauf Interesse am Sohn seines jüngeren Bruders: eurem Cousin Arthur.«
Francine schnitt angewidert eine Grimasse.
»Er hat sich um Arthur gekümmert, seit der Junge sechzehn Jahre alt war. Arthurs Vater ist damals in Afrika umgekommen. Seine Mutter war ein paar Jahre vorher an Schwindsucht gestorben. Euer Großvater meinte, Arthur sei jung genug, um noch geformt werden zu können. Arthurs Vater hatte nicht viel hinterlassen, und euer Großvater übernahm die Erziehung des Jungen. Als Arthur den Wunsch äußerte, sich dem Dienst der Kirche zu widmen, hielt er ihn nicht zurück. Ihr wißt ja, euer Großvater ist ein sehr frommer Mann. Es gab keinen Grund, warum Arthur nicht in den geistlichen Stand eintreten sollte, auch wenn er als Erbe des Vermögens vorgesehen war. Ein wichtiger Gesichtspunkt für die Erbschaft ist sein Name. Er ist ein Ewell, und in den Augen eures Großvaters ist es sehr wichtig, daß der Name fortbesteht. Francine ... wie gefällt dir dein Cousin Arthur?«

»Wie er mir gefällt?« rief Francine aus. »Überhaupt nicht. Er gefällt mir in keiner Weise.«
Unsere Großmutter schwieg.
»Was ist Ihnen?« fragte ich.
Großmutter tastete nach Francines Hand. »Ich denke, ich sollte dich warnen«, sagte sie. »Dein Großvater hat Pläne. Sicher, Arthur ist dein Cousin zweiten Grades, aber Verwandte zweiten Grades können durchaus heiraten.«
»Heiraten!« rief Francine. »Cousin Arthur!«
»Weißt du, Liebes, das wäre eine saubere Lösung, und dein Großvater liebt saubere Lösungen. Du bist seine Enkelin, und deine Kinder würden zwar zur direkten Linie gehören, aber er will nicht, daß der Name Ewell ausstirbt. Wenn du Arthur heiraten würdest, würden eure Kinder auch Ewell heißen, und die Familie würde in direkter Linie weiterbestehen. Das wird zwar erst frühestens in einem Jahr zur Sprache kommen, aber Francine, Liebes, ich möchte nicht, daß es ein Schock für dich wird, wenn es soweit ist.«
Wir schwiegen erschrocken. Ich wußte, daß Francine fort wollte, um über diese entsetzliche Aussicht zu reden.

Wir hatten es wieder und wieder durchgesprochen. Wir hatten erörtert, was wir tun sollten, wenn es je zu einem solchen Vorschlag kommen sollte. Francine meinte, dann müßten wir fortgehen. Aber wohin? Wir lagen im Bett und redeten. Vielleicht könnten wir auf die Insel zurückkehren. Aber was sollten wir dort tun? Wovon könnten wir leben? Wir müßten irgendwo arbeiten. Ob sie sich als Gouvernante durchschlagen könnte? fragte sich Francine. Und ich? Was sollte ich anfangen? »Du müßtest hier bleiben, bis du alt genug bist, um auch fortzugehen.«
Aber dann hätten wir uns trennen müssen, und das durfte niemals geschehen.
Ein paar Tage hing dieser Schatten über uns, und Francines Abneigung gegen Cousin Arthur wuchs zusehends. Während des Religionsunterrichts war sie abweisend zu ihm. Ich war erstaunt, wie geduldig er das hinnahm. Ich konnte es mir nur so erklären, daß sie auf ihn dieselbe Wirkung ausübte wie auf

viele andere Menschen. Auf seine sanfte und korrekte Art zeigte er sich von ihr angetan. Aber vielleicht war das auch nur so, weil er wußte, daß mein Großvater sie miteinander vermählen wollte.
Es war nicht Francines Art, längere Zeit deprimiert zu sein, und nach der Niedergeschlagenheit der ersten Tage erwachten ihre Lebensgeister wieder. Schließlich würde es doch noch lange nicht soweit sein. Sie war ja erst sechzehn. Sicher, unsere Großmutter hatte mit sechzehn geheiratet, aber Francine fand, es sei früh genug, sich dann Gedanken zu machen, wenn ihr der Vorschlag unterbreitet würde. Unterdessen wollte sie Cousin Arthur zu verstehen geben, daß sie nichts für ihn fühlte; vielleicht würde sein Stolz ihn dann abhalten, die Sache weiter zu verfolgen. Und je älter sie würde, desto einfacher würde sich eine Lösung finden lassen.
Nachdem wir von Tante Graces Romanze gehört hatten, trieb uns die Neugier zu dem Grundstück beim Pfarrhaus, und dort lernten wir Charles Daventry kennen. Er gefiel uns auf Anhieb, weil er uns an unseren Vater erinnerte, und weil wir dessen Töchter waren, war er sehr angetan, uns zu sehen.
Er kochte gleich in seiner Werkstatt Tee auf einem alten Spirituskocher. Wir erzählten Charles von der Insel und wie wir dort gelebt hatten. Er zeigte uns einige seiner Werke. Ich bildete mir ein, daß die meisten Frauengestalten Tante Grace glichen.
Francine meinte später, er sei ein trauriger, stiller Mensch. »Ich ärgere mich über ihn. Die beiden verdienen ihr Schicksal, weil sie sich einfach vom Leben überrollen lassen ... es beutelt sie nach Lust und Laune, und sie tun nichts dagegen. Das ist doch keine Art zu leben! Wir werden nie so sein, Pippa. Unser Vater war auch nicht so, nicht wahr? Wir lassen unser Leben nicht von diesem alten Patriarchen bestimmen.«
Inzwischen war es Sommer geworden. Die Landschaft war herrlich, wenngleich auf andere Art als auf der Insel. Dort war das blaue Meer immer gleich gewesen und hatte sich nur verändert, wenn der Regen kam und der Schirokko blies. Hier dagegen schien sich alles fast täglich zu verändern. Es war wundervoll, die Bäume sprießen zu sehen und zu beobachten,

wie sich an den Obstbäumen, den wilden Rosen und den Erdbeeren unter den Hecken die Knospen bildeten und als Blüten aufsprangen. Man sah die Fliegen über den Teichen tanzen und konnte den Vogelstimmen lauschen und versuchen, sie zu erkennen. Unter den Bäumen blühten erst die Glockenblumen und später der Fingerhut. Der schwere Duft von Geißblatt lag in der Luft, und die Dämmerung zog sich so lange hin, daß es schien, als würde das Tageslicht nur widerwillig gehen. Ich fand das alles herrlich, und mir war plötzlich, als sei dies meine Heimat. Es war ein merkwürdiges Gefühl, denn ich war doch auf der Insel geboren und hatte die meiste Zeit meines Lebens dort verbracht.

Ich lag gern allein im hohen Gras und lauschte den Grashüpfern und dem Summen der Bienen, die sich an den purpurfarbenen Buddlejas oder dem süßduftenden Lavendel labten. Dies ist der Friede, dachte ich, und hätte am liebsten die Zeit aufgehalten, damit alles noch lange so bleibe. Wahrscheinlich spürte ich, daß etwas Drohendes in der Luft lag. Doch wir wurden ja älter. Bald würde unser Großvater Francine sagen, was er von ihr erwartete, und sie würde bestimmt niemals gehorchen. Was dann? Würde man uns fortjagen?

Ich dachte daran, was mein Vater zu mir gesagt hatte, als wir draußen vorm Atelier saßen und er mit jenem Heimweh über das Meer blickte, das alle, die im Exil leben, von Zeit zu Zeit haben. Er zitierte mein Lied. »Pippas Gesang«, sagte er, »von einem großen Dichter, der wußte, was Heimweh war.«

Das Jahr ist durchwebt
von Frühling und Glanz
Menschengewimmel
Auf tauigem Feld
Die Lerche entschwebt
Zum luftigen Tanz
Gott ist im Himmel
In Frieden die Welt!

Das spürte ich, als ich dort im Gras lag: »In Frieden die Welt.« Und in diesem Augenblick konnte ich die Wolken, die sich zusammenballten, vergessen.

»Die Wolken ziehen vorüber«, sagte mein Vater oft. »Manchmal bekommt man einen Reguß ab. Aber dann scheint die Sonne wieder, und die Welt ist in Frieden.«

Wir kamen oft an Granter's Grange vorbei und versäumten selten, einen Blick hineinzuwerfen. Dann jammerte Francine jedesmal: »Ach lieber Großherzog, wann kommst du endlich, um die Szenerie zu beleben?« Ich versuchte ihr immer klarzumachen, daß es für uns doch egal war, ob die Leute kamen oder fortblieben, worauf sie meinte, es wäre doch nett, wenn man einen Blick von der vornehmen Pracht erhaschen könnte.

Wir besuchten Charles Daventry. Wir sahen ihm gern bei der Arbeit zu. Er freute sich jedesmal, wenn wir kamen, und erzählte uns besonders gern von der Zeit, die er mit unserem Vater in Oxford verbracht hatte und von ihren großen Plänen, in London oder Paris ein gemeinsames Atelier zu haben und einen Salon, wo sich Künstler und Literaten trafen.

»Ihr seht, wie einem das Leben mitspielt«, sagte Charles. »Euer Vater landet in einem Atelier auf einer Insel, und ich hocke hier ... mehr oder weniger als Steinmetz. Was soll man machen?«

»Aber Sie haben es so gewollt«, hielt Francine ihm vor. »Wenn man es sich einrichtet, wie man will, muß man auch die Konsequenzen auf sich nehmen.«

»Oho, da haben wir es ja mit einer Philosophin zu tun«, sagte Charles.

»Ich finde, man muß im Leben mutig sein«, fuhr Francine fort. Sie war immer noch ungehalten über ihn, weil er hier allein lebte und Tante Grace in Greystone Manor, und keiner von beiden den Mut hatte, sich unserem Großvater zu widersetzen.

Francine sprang plötzlich auf und sagte, wir müßten gehen, und dabei stolperte sie über einen Steinblock. Sie richtete sich auf und versuchte zu stehen, aber es ging nicht. Sie wäre gestürzt, wenn ich sie nicht gehalten hätte.

»Ich kann nicht mehr auftreten«, sagte sie.

»Höchstwahrscheinlich verstaucht«, meinte Charles, indem er sich hinkniete und ihren Knöchel betastete.

»Ich muß aber zurück. Wie soll ich das schaffen?«
»Da gibt's nur eins.«
Charles hob sie auf und trug sie. Als wir zu Hause ankamen, gab es eine ungeheure Aufregung. Daisy kam herausgelaufen, und als sie sah, daß Francine getragen wurde, wurde ihr Mund vor Staunen zu einem runden »O«. Und als sie erkannte, von wem, wurde ihre Aufregung noch größer. Sie ging und holte Tante Grace, die zuerst rot und dann weiß wurde. Ich erfuhr erst später, daß Charles das Betreten des Hauses verboten und Tante Grace jegliche Verbindung mit ihm untersagt war. Mein Großvater hätte Charles am liebsten aus der Nachbarschaft verbannt, doch der Pfarrer widersetzte sich und weigerte sich, seinen Neffen unserem Großvater zuliebe fortzuschicken. Deshalb waren sie nicht gut aufeinander zu sprechen.
Tante Grace murmelte: »Charles!«
»Ihre Nichte hatte einen Unfall«, sagte er.
Ich war sicher, daß Francine das Schauspiel genoß, obwohl sie Schmerzen hatte. Charles erbot sich, sie ins Bett zu tragen und sodann den Doktor vorbeizuschicken.
Mit bleichem Gesicht, erfreut und gleichzeitig verängstigt, stammelte Tante Grace: »O ja . . . ja bitte, Charles . . . und vielen herzlichen Dank. Francine wird Ihnen gewiß sehr dankbar sein.«
Charles legte Francine aufs Bett, und Grace war sehr ungeduldig, ihn aus dem Haus zu bringen, während sie sich gleichzeitig wünschte, er möge dableiben.
Der Doktor kam und stellte eine schlimme Zerrung fest. Francine müsse ein paar Tage, möglicherweise eine ganze Woche, im Bett bleiben, und wir sollten heiße und kalte Umschläge machen. Ich blieb als Krankenschwester bei meiner Schwester, und Tante Grace schickte Daisy zum Helfen herauf.
Der Schmerz ließ innerhalb der nächsten Stunden beträchtlich nach; es tat Francine nur weh, wenn sie ihr Gewicht auf den Knöchel verlagerte, und da ihr der Doktor eben dies untersagt hatte, humpelte sie eben mit meiner oder Daisys Hilfe umher. Sie fühlte sich bald wieder ganz wohl und gratulierte sich, weil sie auf diese Art wieder einmal für eine Weile diesen

endlosen Mahlzeiten, den Gebeten und der Gesellschaft des unausstehlichen Arthur entronnen war.

Es folgte die angenehmste Woche seit unserer Ankunft in Greystone Manor. Wir blieben in unserer kleinen Oase, wie Francine es nannte, und Daisy war ständig bei uns. Sie unterhielt uns mit dem Klatsch der Umgebung und zeigte uns, wie wir unsere Kleider enger machen konnten, um unsere Figur besser zur Geltung zu bringen.

»Nicht, daß Sie etwa schon eine hätten, Miss Pip«, sagte sie. So nannte sie mich, denn sie hatte die Angewohnheit, alle Namen abzukürzen, und wir fanden das lustig. »Aber das kommt noch«, fügte sie hinzu. »Und Sie, Miss France, nun, Sie haben eine Figur, wie sie unter Tausenden nur einmal vorkommt. Kurven an der richtigen Stelle, wie eine Sanduhr, und trotzdem so schlank. Es ist eine Sünde, Sie in diesen blauen Serge zu stecken. Einmal hab' ich in Granter's Grange ein paar von den feinen Damen gesehen. Die Kleider von denen haben richtig geglitzert. Es war bei einem Ball oder so was, und sie waren alle im Freien ... man konnte die Musik hören. Ich war mit einem von der Dienerschaft befreundet, der hieß Hans ... oder so ähnlich. Komischer Name für 'nen Mann, aber der Hans war ein prima Kerl. Hatte die Hände überall, wo sie nicht hingehörten, wenn Sie mich fragen ... aber vor Miss Pip sollte ich wohl lieber nicht von so was reden.«

»Meine Schwester weiß schon, was du meinst«, sagte Francine, und wir lachten alle.

»Also, ich hab' mich mit diesem Hans angefreundet. Er hat mich in die Küche mitgenommen und überall herumgeführt. Er hat mir auch Sachen mit nach Hause gegeben. Das war, bevor ich hierher kam. Wir hofften, ich könnte in Granter's Grange unterkommen, und das hätte auch geklappt, wenn sie dageblieben wären. Kann ich Sie nicht 'mal kämmen, Miss France? Ich hab' mir schon immer gewünscht, diese Haare mal in die Finger zu kriegen. Das nenn' ich richtig schönes Haar.«

Francine lachte gutgelaunt und ließ sich von Daisy frisieren, die erstaunlich geschickt war.

»Dazu hab' ich wirklich Talent. Eines Tages werde ich sicher

Zofe bei einer feinen Dame. Vielleicht, wenn Sie heiraten, was, Miss France?«
Durch die Erinnerung an Francines Heirat wurde unsere Stimmung getrübt.
»Oh, es ist dieser Mister Arthur, nicht wahr?« sagte Daisy. »Er sieht aus wie 'n kalter Fisch, aber bei Männern kann man nie wissen. Nicht gerade Ihr Typ ... mein Fall wär er auch nicht. Nicht, daß er mir Augen machen würde, jedenfalls sicher nicht mit Heiratsgedanken. Aber Absichten haben die manchmal ... 'n flottes Späßchen und weiter nichts, und am nächsten Tag guckt er dich an, als hätte er dich noch nie gesehen. Die Sorte kenn' ich. Aber Mister Arthur ist sicher nicht so einer.«
Tante Grace kam herauf, um nach uns zu sehen. Daß Charles Daventry im Haus gewesen war, hatte sie sehr beeindruckt und verändert. Ihre Augen hatten nun einen lebhaften Blick. War es ein Blick der Hoffnung?
Francine war stolz darauf, dazu beigetragen zu haben, daß die beiden einander wieder näherkamen. Sie sagte: »Jetzt müssen wir aufpassen, wie es weitergeht.«
Wie genossen wir in jenen Tagen die Freiheit! Es war aufregend, die Geheimnisse und den Zauber des alten Hauses gleichsam zu spüren und lachend die bevorstehende Bedrohung zu vergessen. Was für ein Vergnügen! Wir beide lebten in den Tag hinein und Daisy erst recht.
Tante Grace holte uns in die Wirklichkeit zurück. Sie besuchte uns jeden Nachmittag immer zur gleichen Zeit und brachte Grüße von Cousin Arthur. Daisy meinte, er würde es wohl für unschicklich halten, das Schlafzimmer einer Dame zu betreten, solange er nicht mit ihr verheiratet sei. Es war jedesmal sehr ernüchternd, wenn im Zusammenhang mit Cousin Arthur von Heirat geredet wurde.
Tante Grace war so sanft, daß ich vermutete, sie habe sicher Charles besucht. Sie sah Francine voller Mitgefühl mit ihren Rehaugen an. »Dein Großvater freut sich zu hören, daß es dir besser geht. Er fragt immer nach deinem Befinden.«
»Ich bin ihm sehr dankbar«, sagte Francine mit einem Anflug von Ironie. »Das ist sehr liebenswürdig von ihm.«

Tante Grace zögerte. »Er wird dir etwas zu sagen haben, wenn du hinunterkommst.«
Sie sah Francine nachdenklich an. Ich war bedrückt, denn ich wußte, was unser Großvater zu sagen hatte. Francine würde bald Geburtstag haben, und mit siebzehn war man reif genug ... jedenfalls reif genug zum Heiraten.
Was sollten wir tun?
Tante Graces Bemühungen, uns diese Aussicht schmackhaft zu machen, scheiterten kläglich. Sie wußte ja, welche Leiden einen erwarteten, wenn unser Großvater nun über unser Leben bestimmen wollte.
»Ich tu's nicht«, sagte Francine mit Nachdruck, als Tante Grace gegangen war. »Nichts kann mich dazu bewegen. Wir müssen uns jetzt unbedingt einen Ausweg überlegen.«
Die Sache bedrückte uns immer noch sehr, als Daisy am nächsten Tag in großer Aufregung hereinkam.
»Ich stand mit Jenny Brakes unten bei der Hütte am Zaun, und da hab' ich gesehen, wie sie angekommen sind ...«
Jenny Brakes wohnte in der Hütte neben Emms'; in den anderen waren die Wohnungen der Gärtner, die im Gutshaus arbeiteten.
»Sie können sich ja denken, daß ich Augen und Ohren aufgesperrt hab'. Sie sind vom Bahnhof gekommen, genau wie letztes Mal. Ich hab' Ma rausgerufen, und wir standen da und haben geguckt. Sie sind alle reingegangen. 'n Teil von der Dienerschaft ... und es kommen immer mehr. Alles bereit für die Verwandlungsszene, sozusagen. Jetzt gibt's 'n bißchen Jux. Jubel und Trubel in Granter's Grange.«
Wir vergaßen, was unser Großvater Francine sagen wollte, wenn sie hinunterkäme. Wir redeten aufgeregt mit Daisy, und sie beschrieb uns, wie es sonst immer gewesen war, wenn diese Ausländer nach Granter's Grange gekommen waren.

Die Fremden in Granter's Grange

Von diesem Zeitpunkt an wurde manches anders.
Francine konnte nicht mehr in der Zurückgezogenheit unseres Zimmers Zuflucht suchen, sondern mußte zu den Mahlzeiten erscheinen. Als unser Großvater sie begrüßte, hatte er einen schwachen Schimmer von Wärme in den Augen. Cousin Arthur war zwar zurückhaltend, aber doch sichtlich froh, sie zu sehen. Tante Grace sah noch immer so versonnen drein, wie seit dem Tag, an dem Charles Daventry Francine in die Halle getragen hatte, und ich bemerkte, daß sie einen besonders hübschen Spitzenkragen auf ihrem Kleid trug.
Die Spannung nahm zu; am stärksten drückte sie sich bei unserem Großvater aus, der sich beinahe milde gab. Zu Francine war er so liebenswürdig wie möglich. Einmal kam er zu ihr in den Garten, und hinterher erzählte sie mir, daß er die ganze Zeit über die Ländereien gesprochen habe, wie ausgedehnt und einträglich sie seien, und daß sie den Ewells seit Jahrhunderten gehörten. Eines Morgens forderte er sie auf, mit ihm einige Pächter aufzusuchen. Sie fuhren in Begleitung von Cousin Arthur in der Kutsche davon. Unterwegs tranken sie Wein bei Mr. Anderson, dem Verwalter, der, wie Francine sagte, auffallend höflich zu ihr war. »Mit einem Wort«, stellte sie fest, »die Situation wird von Tag zu Tag eindeutiger. Bald wird man mir den Willen seiner Hoheit eröffnen. Was soll ich nur tun, Pippa?«
Mir fiel auch nichts ein, obwohl wir endlos über die Angelegenheit geredet hatten. Francine war überzeugt, daß es nur eines gab, nämlich davonzulaufen. Das war leicht gesagt, doch das Problem war: Wohin?
Auch unsere Großmutter spürte die wachsende Spannung, sie

schien ihr bewußter zu sein als den Sehenden. »Es wird sich schon etwas finden, Liebes«, sagte sie. »Verlaß dich drauf.«
Eines Tages platzte Daisy in unser Zimmer. Sie benahm sich uns gegenüber nicht mehr wie ein Dienstmädchen, sondern wir waren wie Verschwörer. Daisy machte kaum Unterschiede zwischen den Menschen; sie war immer impulsiv, leidenschaftlich und gutmütig. Außerdem war sie einfallsreich. Sie hatte ständig Querelen mit Mrs. Greaves, der Wirtschafterin, und wenn man ihr mit Entlassung drohte, war sie keineswegs niedergeschlagen.
»Es kommt, wie's kommen muß«, sagte sie mit Nachdruck. »Und es wird sich immer etwas finden«, fügte sie hinzu. Das hatte unsere Großmutter auch gemeint. Daisy hatte eine Menge kluger Sprichwörter parat, die alle optimistisch waren: »Abwarten und Tee trinken. Es gibt immer einen Weg. Der liebe Gott läßt Sie nicht im Stich.« Einmal wies ich sie darauf hin, daß sie aber den lieben Gott immer nur erwähnte, wenn es darum ging, daß er die Sünder nicht im Stich ließ.
»Das wird ihn nicht stören«, erwiderte sie. »Er wird sagen, es ist ja nur diese Daise.«
Sie war sehr aufgeregt. »Hans ist wieder da«, verkündete sie.
»Hans mit den umherschweifenden Händen?« erkundigte sich Francine.
»O ja . . . und er ist schlimmer denn je, wenn Sie mich fragen. Ist der froh, daß er mich wiedersieht!«
»Das wird Tom aber gar nicht gefallen«, meinte ich.
»Ach, Tom braucht sich nicht zu beklagen, das verspreche ich Ihnen.«
»Versprich es lieber Tom statt uns«, scherzte Francine, und wir lachten alle. Wir waren froh, wieder für eine Weile den drohenden Schatten vergessen zu können.
»Hans sagt, in Granter's Grange tut sich was. Dieser Baron ist im Anmarsch. Das ist ein bedeutender Mann. Er stammt aus einer Familie, deren Zweige verschiedene Interessen haben.«
»Wovon sprichst du eigentlich, Daisy?« wollte Francine wissen.

»Na ja, der Hans hat ein bißchen darüber geredet.«
»Laß dich ja nicht in deutsche Politik verwickeln, Daisy«, warnte Francine mit gespieltem Ernst. »Die ist sehr kompliziert, wie ich höre.«
»Hans will uns das Haus zeigen. Ich hab' ihm erzählt, daß Sie es gern sehen möchten. Das muß aber bald sein, bevor die anderen kommen. Das kann jeden Tag sein.«
»Wie gut, daß wir unsere Spione haben«, sagte Francine.
»Auf die können Sie sich verlassen«, konterte Daisy.
Ein paar Tage später sagte sie uns, daß es soweit sei und wir am Nachmittag hingehen könnten, denn die Herrschaften würden am nächsten Tag erwartet. Den ganzen Vormittag über waren wir ziemlich aufgeregt, und ich weiß nicht, wie wir unseren Unterricht durchstanden, ohne Miss Elton merken zu lassen, daß etwas in der Luft lag. Wir mußten uns leise davonstehlen und trafen uns wie verabredet mit Daisy bei der Hütte ihrer Mutter.
»Wir müssen um die Stallungen herumgehen«, erklärte Daisy. »Hans sagt, um diese Zeit machen die meisten Dienstboten ein Nickerchen. Stellen Sie sich so was mal vor.« Sie schnalzte mit der Zunge. »Ausländer!« fügte sie hinzu.
»Das gibt's bei uns auch«, sagte Francine, die es sich nie verkneifen konnte, etwas richtigzustellen.
»Ja, aber bei denen ist es gang und gäbe. Hans sagt, die Luft ist rein. Und selbst wenn ein paar auf den Beinen sind, das macht gar nichts. Die wissen, wer Sie sind, und sind ganz gespannt auf Sie. Hans sagt, wenn diese Francine schön ist ... Als ich ihm sagte, daß Sie das Haus sehen möchten, hat er eine Kußhand in die Luft geworfen, als ob's Ihnen gegolten hätte. Das ist mir einer! Wollen wir jetzt gehen?«
Daisy liebte es genauso wie Francine, jede Situation ein bißchen zu dramatisieren; und ich fand, Daisys Lebenseinstellung sei genau das, was Francine in dieser Zeit nötig hatte, und deshalb war ich ihr dankbar.
Als wir zu den Stallungen von Granter's Grange kamen, wartete Hans auf uns. Er machte eine tiefe Verbeugung, und an der Art, wie er Francine ansah, konnte man sehen, daß er sie bewunderte. Er war erfreut, als sie ihn auf Deutsch ansprach.

Er hatte sehr blondes, fast weißes Haar, und seine Augen verblüfften mich, weil seine Brauen und Wimpern so hell waren, daß man sie kaum sehen konnte. Außerdem hatte er eine frische Haut, gesunde Zähne und ein fröhliches Lächeln.
»Der Baron ist hierher unterwegs«, sagte er auf Deutsch. »Er ist eine sehr bedeutende Persönlichkeit.«
Daisy verlangte, daß ihr das übersetzt würde, und Francine erkundigte sich, wie lange der Baron bleiben würde.
Hans zuckte mit den Schultern und sagte: »Das steht noch nicht fest. Es kommt darauf an . . .« Er sprach Englisch mit starkem ausländischem Akzent. »Wir sind nicht sicher. Bei uns gab es einen . . .«
»Doch nicht schon wieder so'n Streich?« meinte Daisy.
»Oh . . . einen Staatsstreich . . . ja doch, so könnte man es nennen.«
»Die gibt's nämlich dort dauernd«, erklärte Daisy, die sich in ihrer Rolle gefiel.
»Kommen Sie«, sagte Hans und ging voran. Wir folgten ihm durch einen Nebeneingang, über einen dunklen Flur in eine große Küche mit Fliesenboden. An zwei Seiten standen Bänke und darunter waren Körbe voller Gemüse und verschiedener anderer Eßwaren, die wir alle nicht kannten. Auf einem Stuhl saß ein dicker Mann und schlief.
Hans legte einen Finger an die Lippen, und wir schlichen auf Zehenspitzen durch die Küche.
Wir kamen in eine hübsch getäfelte Halle. Auf der einen Seite war ein riesiger Kamin und rechts und links davon Sitzgelegenheiten, deren erlesener Leinenbezug mir auffiel. Inmitten der Halle stand ein massiver Eichentisch, darauf ein Kandelaber. Etliche Holzstühle standen vor den Wänden, an welchen Waffen hingen, die unsere Vorfahren benutzt haben mußten, da dies ja das Elternhaus meiner Großmutter und offenkundig mit dem Inventar verkauft worden war. »Die große Halle«, verkündete Hans.
»Ein hübsches altes Haus«, bemerkte Francine. »Ganz anders als Greystone Manor. Spürst du's, Pippa? Hier herrscht nicht diese gedrückte Stimmung.«
»Das machen unsere dunklen Möbel«, sagte ich.

»Das macht unser Großvater«, ergänzte Francine.
»Dort ist das Treppenhaus«, fuhr Hans fort. »Nach unten geht's zur Kapelle. Die wird von uns nicht benutzt. Gehen wir also nach oben. Hier ist das Speisezimmer.«
Es war ein schöner Raum mit drei hohen bleigefaßten Fenstern. Auf dem großen Tisch stand ein Kandelaber ähnlich dem in der Halle; an den Wänden hingen Tapisserien in Blau und Beige, die zu den Stoffbezügen der Stühle paßten.
»Schön«, hauchte Francine.
»Ich kann verstehen, daß unser Großvater es kaufen wollte«, murmelte ich.
»Ich bin froh, daß er's nicht bekommen hat«, sagte Francine impulsiv. »Er hätte es so düster gemacht wie Greystone. Dabei ist es ein so schönes Haus. Spürst du was, Pippa? So etwas Gewisses in der Luft?«
Die liebe Francine, sie war wirklich sehr besorgt. Sie meinte, daß irgendein Wunder geschehen müsse und wurde allmählich so deprimiert, daß sie es an den unmöglichsten Stellen suchte.
Wir stiegen noch ein paar Treppen hinauf. »Hier sitzen sie beim Wein.«
»Und die Damen ziehen sich sicher hierher zurück«, sagte Francine, »wenn sie nach dem Diner die Herren beim Portwein alleinlassen.«
Ein paar Stufen führten durch einen Bogengang, und wir kamen in einen Korridor, den wir entlanggingen. Als wir an einigen Türen vorbeikamen, ermahnte uns Hans mit erhobenem Finger, still zu sein. Daisy kicherte leise, und ich hätte es ihr am liebsten gleichgetan. Die Tatsache, daß wir hier unbefugt eingedrungen waren, konnte die Aufregung nur noch steigern. Ich brannte darauf, meiner Großmutter zu erzählen, daß wir ihr Elternhaus besichtigt hatten.
Wir stiegen zum Sonnenzimmer hinauf, das demjenigen in Greystone glich. Auf jeder Seite waren Fenster, und meine Phantasie bevölkerte den Raum mit prächtig gekleideten Damen und Herren, die sich erregt über die Vorgänge in ihrer Heimat unterhielten. In einer Wand war ein Loch. Es war so versteckt in den Stein eingelassen, daß es mir gar nicht aufge-

fallen wäre, wenn Hans uns nicht darauf hingewiesen hätte.
»Durch dieses Loch kann man in die Halle hinuntersehen«, erklärte er. »Auf der anderen Seite ist auch eins. Von dort sieht man in die Kapelle. Gute Idee. Man kann sehen, wer kommt . . .«
»Faszinierend!« rief Francine. »Erinnerst du dich, unsere Großmutter hat uns von den Gucklöchern erzählt. Sie sagte, manchmal seien sie nicht zur Andacht in die Kapelle hintergegangen, sondern hätten vom Sonnenzimmer aus zugeschaut.«
Hans war plötzlich ganz wachsam. Er stand unbeweglich, hatte den Kopf auf die Seite geneigt, und langsam wich die Farbe aus seinem Gesicht.
»Was ist?« fragte Daisy.
»Ich höre Kutschenräder. O nein, nein. Das muß . . .«
Er lief geschwind ans Fenster, und dann griff er sich an den Kopf, als wolle er sich die Haare raufen.
»Oh, was machen wir nun? Sie sind da! Viel zu früh! Sie sollten erst morgen kommen. Was soll ich mit Ihnen anstellen?«
»Mach dir um uns keine Sorgen«, sagte Daisy.
»Ich muß gehen«, rief Hans verzweifelt. »Ich muß hinunter. Das ganze Personal versammelt sich. Da muß ich dabei sein.«
»Was sollen wir tun?« fragte Francine.
»Sie bleiben hier . . . Sie verstecken sich . . .« Er sah sich um. »Verstecken Sie sich hinter den Vorhängen, wenn jemand kommt. Ich bringe Sie raus, sobald ich kann. Ich befreie Sie. Aber jetzt muß ich gehen.«
»Geh nur«, sagte Daisy beschwichtigend. »Wir kommen schon zurecht. Überlaß das nur uns.«
Hans nickte und stolperte aus dem Zimmer.
Daisy schüttelte sich vor Lachen. »Das ist ja 'ne schöne Bescherung!«
»Was werden die nur von uns denken?« sagte Francine. »Wir sind unbefugt hier eingedrungen. Wir hätten nicht herkommen sollen.«

»Hat keinen Sinn, über verschüttete Milch zu jammern, Miss France. Es nützt nichts, die Stalltür zu versperren, wenn das Pferd geklaut ist. Hans schafft uns hier raus. Der ist schlau, der Hans.«
Das vordem so stille Haus belebte sich nun mit dem Trubel, den die Ankunft hoher Herrschaften immer mit sich bringt. Daisy schlich auf Zehenspitzen zum Guckloch und winkte uns heran.
Die Halle war voller Menschen. Der dicke Koch, den wir in der Küche hatten schlummern sehen, trug nun einen blendend weißen Kittel, eine hohe weiße Mütze und Handschuhe. Er stand als erster in einer Reihe, und ihm gegenüber stand eine Frau mit sehr stolzem Gehabe in einem glänzenden schwarzen Mieder.
Die Tür ging auf, und ein prächtig gekleideter Mann kam herein und rief etwas. Dann traten die Herrschaften ein. Zuerst ein Mann und eine Frau, und die Dienstboten, die sich in zwei Reihen aufgestellt hatten, verbeugten sich so tief, daß ich dachte, sie würden mit den Köpfen zusammenstoßen. Alle, denen so gehuldigt wurde, trugen Reisekleidung; unter ihnen befand sich ein großer junger Mann mit sehr blondem Haar. Es kamen immer mehr, insgesamt etwa zwanzig, darunter auch ein Mädchen und ein Knabe.
Die Dienstboten stoben nun in alle Richtungen davon, während die Ankömmlinge auf die Treppe zusteuerten.
»Jetzt heißt es, auf der Hut sein«, sagte Daisy. »Wir verstecken uns am besten hinter den Vorhängen. Hans weiß schon, wo er uns finden kann, wenn er kommt.«
»Hierher werden sie nicht kommen«, sagte ich. »Sie gehen bestimmt in ihre Zimmer, um sich zu erfrischen.«
»Wer weiß«, meinte Francine. »Los, verstecken wir uns.«
Auf der Treppe waren hastige Schritte und Stimmengewirr zu vernehmen. Wir hatten uns gerade noch rechtzeitig versteckt, als die Tür zum Sonnenzimmer aufging. Mein Herz klopfte wild, als ich mir unsere Entdeckung ausmalte. Ich stellte mir vor, wie man uns nach Greystone schickte und sich bei unserem Großvater über uns beschwerte. Mir war klar, daß uns das in arge Schwierigkeiten bringen würde.

Ein Mädchen trat herein. Sie schien ungefähr in meinem Alter zu sein. Sie war klein; ihre blonden Haare waren zu zwei ordentlichen Zöpfen geflochten, die ihr bis zur Taille reichten. Ihre Haut war sehr blaß, und die hellblauen Augen standen eng beieinander. Sie blieb einen Moment stehen und sah sich um, während wir den Atem anhielten und hofften, auch richtig versteckt zu sein. Sie ging auf Zehenspitzen weiter und blieb abermals stehen, als ob sie lauschte. »Wer ist da?« fragte sie auf Deutsch.

Mir war übel vor Scham und Schrecken. Und dann sagte das Mädchen mit starkem Akzent: »Wer hat sich da versteckt? Ich weiß, daß Sie da sind. Ich sehe einen Fuß unter dem Vorhang.«

Francine trat hervor. Sie wußte, daß unsere Entdeckung ohnehin nicht mehr zu vermeiden war.

»Wer sind Sie?« fragte das Mädchen.

»Ich bin Francine Ewell von Greystone Manor«, antwortete Francine.

»Sind Sie hier zu Besuch?«

»Ja«, erwiderte Francine.

»Ist sonst noch jemand da?«

Darauf kamen Daisy und ich heraus. Das Mädchen sah mich an, vielleicht weil wir etwa gleichaltrig waren.

»Bist du hier zu Besuch?« fragte sie mich.

Ich fand, es sei das Beste, die Wahrheit zu sagen. »Man hat uns das Haus gezeigt«, erklärte ich. »Es hat uns interessiert, weil es das Elternhaus unserer Großmutter war.«

»Ihr kennt meinen Vater ... meine Mutter ...«

»Nein«, sagte ich.

Francine mischte sich ein. »Sicher werden wir sie kennenlernen, wenn sie lange genug hierbleiben. Wir sind von Greystone Manor. Wir sollten jetzt wohl lieber gehen.«

»Wartet«, sagte das Mädchen. Sie lief zur Tür und rief: »Mutti!«

Eine Frau kam herein. Sie war sehr stattlich und blickte uns erstaunt an. Jetzt saßen wir wirklich in der Falle.

Francine trat vor und sagte sehr würdevoll und in fehlerfreiem Deutsch: »Sie müssen uns vergeben. Wir haben uns einer

Indiskretion schuldig gemacht. Wir wollten unbedingt das Haus sehen, weil es einst das Elternhaus unserer Großmutter war und sie so oft davon spricht. Wir wußten nicht, daß Sie kommen würden, und wir dachten, heute wäre eine gute Gelegenheit, es zu besichtigen...« Sie brach ab. Die Entschuldigung war allzu fadenscheinig, und die Frau sah Francine sehr verwundert an.
»Wie heißen Sie?« fragte sie.
»Francine Ewell. Ich wohne bei meinem Großvater in Greystone Manor. Das ist meine Schwester Philippa und das unser Dienstmädchen Daisy.«
Die Frau nickte. Dann lächelte sie schwach. Sie sah Francine noch immer an, die mit den durch das Abenteuer geröteten Wangen und leuchtenden Augen besonders reizend aussah.
Die Frau sagte: »Wir sind soeben angekommen. Wie nett, daß Sie uns besuchen. Sie müssen ein Glas Wein mit mir trinken.«
Daisy war einen Schritt zurückgetreten. Ich glaube, sie war sprachlos vor Bewunderung, mit welchem Geschick uns Francine aus einer heiklen Situation gerettet hatte.
»Kommt mit mir«, sagte die Frau. »Und du ... du bist ...?«
»Daisy«, sagte Daisy, ausnahmsweise eingeschüchtert.
»Ich schicke ...«
In diesem Augenblick kam Hans. Er war sehr nervös, und als er sah, wer da war, machte er ein Gesicht, als wüßte er nicht, ob er kehrtmachen und davonlaufen oder irgendwelche Erklärungsversuche machen sollte.
»Wir haben Gäste, Hans«, sagte die Frau auf Deutsch. Francine und ich verstanden jedes Wort. »Nimm Daisy mit in die Küche und biete ihr etwas Wein an, und schicke auch noch welchen in die Weinstube.«
Hans blickte verwundert drein. Daisy ging zu ihm, und ich war sicher, daß sie ihm zuzwinkerte, obgleich ich ihr Gesicht nicht sehen konnte. Sie entfernten sich, und Francine und ich folgten der Frau in das kleinere Zimmer, durch das wir kurz zuvor gegangen waren.
»Bitte nehmen Sie Platz«, forderte uns unsere Gastgeberin

auf. »Nun erzählen Sie. Sie sind von Greystone Manor. Das ist das große Haus dort drüben. Es ist größer als das hier. Unseres ist nur ein bescheidenes Landhaus dagegen, hm? Es ist nett, daß Sie uns besuchen.«
Francine meinte, einen Besuch könne man das kaum nennen. Eher sei es schon eine rechte Unverschämtheit.
»Unverschämtheit?« rief die Frau. »Was soll daran unverschämt sein? Wahrscheinlich ist es eine englische Sitte.«
Francine lachte auf ihre ansteckende Art, und bald stimmte unsere Gastgeberin ein.
»Wissen Sie«, erklärte Francine, »wir waren sehr neugierig.«
Die Frau hörte aufmerksam zu. Dann wurde der Wein gebracht, und gleichzeitig erschien das Mädchen, das uns entdeckt hatte.
»Tatjana, was willst du?« fragte die Frau.
Das Mädchen sagte auf Deutsch, daß sie die Gäste sehen möchte, und die Frau, die wir für ihre Mutter hielten, schalt sie. »Es ist unhöflich, nicht in der Sprache unserer Gäste zu reden. Du hast doch Englisch gelernt. Also sprich es auch.«
Francine sagte: »Wir sprechen ein wenig Deutsch. Wir haben es gelernt, als wir noch bei unseren Eltern waren. Und jetzt haben wir eine Gouvernante, die eine deutsche Mutter hatte und die Sprache mit uns spricht.«
»Ah, sehr gut. Mit den Sprachschwierigkeiten ist das so eine Sache. Man hat mir gesagt, dieses Zimmer war früher die Punschstube. Ich habe gefragt, was Punsch ist, und man sagte mir, es sei ein Getränk. ›Also,‹ habe ich gesagt, ›dann soll es von nun an unsere Weinstube sein.‹«
Tatjana setzte sich und beobachtete uns aufmerksam. Während der Unterhaltung erzählte uns unsere Gastgeberin, daß ihre Mutter Russin sei und sie ihre Tochter nach ihr genannt habe, und wir erfuhren, daß sie die Gräfin Bindorf war. Sie meinte, sie werde mit dem Grafen und ihrer Familie sicher eine Weile hierbleiben.
Es wurde eine ganz ungewöhnliche halbe Stunde. Wir wurden von der Gräfin Bindorf bewirtet, tranken Wein, den man eigens für uns hatte kommen lassen, und wurden wie Ehren-

gäste behandelt statt wie Eindringlinge. Sie erkundigte sich eingehend nach uns, und wir erzählten ihr, wie wir nach dem Tod unserer Eltern zu den Großeltern nach Greystone Manor gekommen waren. Tatjana fragte mich manchmal etwas, und da Francine sich ganz zwanglos mit der Gräfin unterhielt, sah ich keinen Grund, warum ich nicht ebenso frei mit Tatjana plaudern sollte.
Schließlich meinte Francine, wir müßten gehen, und die Gräfin bat uns, sie doch wieder zu besuchen. Ich sah, daß Francine sie gern nach Greystone Manor eingeladen hätte, aber sie tat es nicht, weil sie wohl rechtzeitig gemerkt hatte, daß dies eine Torheit gewesen wäre.
Wir wurden zur Tür begleitet, wo Daisy sich wieder zu uns gesellte. Wir waren so aufgeregt und immer noch ganz verblüfft, und redeten auf dem Heimweg alle durcheinander. Daisy sagte, Hans habe sich sehr gewundert, wie sich alles gewendet habe, und er sei uns dankbar, weil wir ihn herausgehalten hatten.
Francine fand die Gräfin reizend. Der Gedanke, daß sie diese beinahe nach Greystone Manor eingeladen hätte, erschreckte sie noch immer.
»Da merkt man erst«, sagte sie, »was für ein zurückgezogenes Leben wir führen. Soll das denn ewig so weitergehen?«
Ich sah an dem Leuchten ihrer Augen, daß sie entschlossen war, es nicht dabei zu belassen.

In dieser Nacht schliefen wir lange nicht ein. Wir lagen wach und sprachen über unser Abenteuer, und Francine meinte, wir sollten erst eine Woche verstreichen lassen und dann wieder einen Besuch machen.
Daisy war sehr aufgeregt. Sie verstand sich wieder sehr gut mit Hans, und der Stallbursche Tom war furchtbar eifersüchtig. Daisy genoß es, so begehrt zu sein.
Es waren noch zwei Wochen bis zu Francines siebzehntem Geburtstag, und als wir am Abend nach unserem Abenteuer beim Essen saßen, kam unser Großvater darauf zu sprechen und meinte, dies sei eine Gelegenheit, ein Fest zu veranstalten. Tante Grace fingerte nervös an ihrem Kragen und bemüh-

te sich, reges Interesse zu heucheln. Sie wußte nur zu gut, was der Zweck dieses Festes war, und da sie selbst ein Opfer der despotischen Befehle unseres Großvaters war, hatte sie Angst um Francine.
Hinterher sagte Francine: »Du weißt, was er auf dem Fest vorhat. Er will die Verlobung bekanntgeben.«
Ich nickte trübsinnig und wartete auf einen Einfall.
»Ich werde die Gräfin aufsuchen«, sagte Francine. »Wir gehen heute nachmittag zu ihr.«
»Gut und schön«, erwiderte ich, »aber was hilft dir das?«
»Ich weiß es nicht«, erwiderte sie, aber an ihrem grübelnden Blick sah ich, daß sie etwas im Sinn hatte.
Wir schritten beherzt durch das Portal; wir zogen die Glocke und hörten sie durch das Haus schallen. Ein Diener in farbenprächtiger Livree öffnete, und wir traten in die Halle.
»Wir sind gekommen, um der Einladung der Gräfin Folge zu leisten und ihr einen Besuch abzustatten«, sagte Francine wichtigtuerisch auf Deutsch.
Der Mann erwiderte: »Die Frau Gräfin ist nicht zu Hause.«
»Ach?«
»Und Lady Tatjana?« sagte ich aus einem plötzlichen Impuls. Sie hatte sich ja für uns interessiert und würde uns vielleicht empfangen.
Der Diener schüttelte den Kopf. Sie schien also auch nicht zu Hause zu sein. Es blieb uns nichts anderes übrig, als niedergeschlagen wieder zu gehen. Die Tür fiel zu, und als wir uns umdrehten, kam ein Mann herangeritten. Er sprang vom Pferd, sah uns an und verbeugte sich. Er rief etwas, und ein Knecht kam herbei, um sich des Pferdes anzunehmen.
»Sie wirken so ... verloren«, sagte der Mann, indem er die Augen auf Francine heftete. »Vielleicht kann ich Ihnen helfen.«
Er sprach gut Englisch und hatte lediglich eine winzige Spur eines ausländischen Akzents. Francines Miene hellte sich merklich auf. Er sah sehr gut aus: groß, blond, mit grauen Augen und einem gewinnenden Lächeln. Ich schätzte ihn auf Anfang Zwanzig.
»Wir wollten die Gräfin besuchen«, erklärte Francine.

»Sie hatte uns eingeladen ... und nun ist sie nicht zu Hause.«
»Ich glaube, sie kommt erst später. Würden Sie mir gestatten, sie zu vertreten? Bitte trinken Sie doch mit mir Tee ... den nehmen Sie doch um diese Zeit?«
Francines Wangen hatten jenes reizende Rosa, das ihr so gut stand, und ihre blauen Augen glitzerten vor Aufregung. »Das wäre sehr gütig«, sagte sie.
»Kommen Sie.« Er zog die Glocke, und der Diener öffnete die Tür wieder. »Wir haben Gäste«, sagte der Mann.
Der Diener zeigte sich nicht überrascht von unserem abermaligen Erscheinen, und der junge Mann ordnete auf Deutsch an, den Tee zu servieren. Dann führte er uns in den gleichen Raum, in dem wir beim letzten Mal Wein getrunken hatten, und bat uns, Platz zu nehmen.
»Sie sind gewiß mit der Gräfin verwandt?« fragte Francine.
»Nein ... nein. Wir sind nicht verwandt. Aber erzählen Sie mir von sich.«
Francine erklärte, daß wir in Greystone Manor wohnten, und schilderte ihm, wie wir der Gräfin begegnet waren. »Sie hat gesagt, wir dürften sie wieder besuchen«, wiederholte sie mit Nachdruck.
»Sie rechnet gewiß damit und wird enttäuscht sein, weil sie Sie verpaßt hat. Das ist Pech für sie, aber Glück für mich.«
»Sie sind sehr galant«, sagte Francine mit einem Anflug von Koketterie.
»Wer wäre das nicht in Gegenwart einer solchen Schönheit?« erwiderte er.
Francine blühte auf wie immer, wenn man ihr Bewunderung entgegenbrachte, obwohl ihr das oft widerfuhr. Bald plauderte sie drauflos und erzählte ihm von unserem Leben auf der Insel und in Greystone Manor, und er hörte sehr aufmerksam zu.
»Ich bin froh, daß ich just im rechten Augenblick gekommen bin«, sagte er. »So hatte ich doch das große Vergnügen, Sie und die schweigsame junge Dame kennenzulernen.«
»Oh, Pippa ist gewöhnlich nicht so schweigsam. Normalerweise ist sie sogar sehr geschwätzig.«

»Ich bin gespannt zu hören, was sie zu sagen hat.«
Der Tee wurde gebracht, und dazu die appetitlichsten Küchlein, die ich je gesehen hatte. Sie waren von unterschiedlicher Farbe und mit Sahnehauben verziert.
Der junge Mann sah Francine an. »Sie müssen ... wie sagt man? ... die Honneurs machen? Das ist Aufgabe der Dame, nicht wahr?«
Francine machte sich freudig mit der Teekanne zu schaffen. Ihr blondes Haar, nicht von dem Band zurückgehalten, das sie in Greystone tragen mußte, fiel ihr ins Gesicht. Selten hatte ich sie so voller Liebreiz gesehen.
Wir erfuhren, daß der junge Mann Rudolph von Gruton Fuchs hieß und daß er aus einer Gegend war, die Bruxenstein hieß.
»Das hört sich sehr grandios und weit entfernt an«, sagte Francine.
»Weit entfernt ... nun ja, vielleicht. Aber grandios? Möglicherweise besuchen Sie meine Heimat eines Tages, und dann sehen Sie selbst.«
»Das würde ich gern.«
»Ich würde mich sehr freuen, wenn ich Sie dort willkommen heißen könnte. Nur gerade jetzt ...« Er zögerte und sah sie wehmütig an. »Bei uns gibt es Unruhen«, fügte er hinzu. »Wie so oft.«
»Das scheint eine unruhige Gegend zu sein«, meinte Francine.
»Das könnte man sagen. Aber es ist weit weg, und wir verbringen hier einen reizenden Nachmittag.«
Sein Blick streifte mich, doch ich hatte den Eindruck, daß es ihm schwerfiel, ihn von Francine zu wenden.
»Sie haben gewiß eine Menge Abenteuer erlebt«, sagte Francine.
»Keines«, versicherte er ihr, »das so vergnüglich war wie dieses hier.«
Francine redete eine ganze Menge. Sie schien trunken von diesem Nachmittag. Sie war in fieberhafter Erregung entschlossen, sich zu amüsieren, so sehr fürchtete sie sich vor dem, was ihre Geburtstagsfeier bringen würde. Wenngleich

sie schwor, niemals eine Ehe mit Cousin Arthur einzugehen, war sie doch nüchtern genug, um sich zu fragen, was wir tun würden, wenn unser Großvater durch ihre Weigerung in Zorn geriet – oder schlimmer noch, wenn er sie nicht hinnahm. Daher war Francine fest entschlossen, sich bei diesem kurzen Intermezzo zu amüsieren. Rudolph gefällt ihr, dachte ich, und sie ihm auch. Ich merkte, daß sie versuchte, den Nachmittag auszudehnen, aber schließlich erhob sie sich zögernd und sagte, wir müßten gehen.
»So früh schon?« fragte Rudolph. Aber es war nicht früh. Wir hatten eineinhalb Stunden geplaudert.
»Bei uns daheim herrscht ein strenges Reglement«, sagte Francine. Ich fand es ziemlich indiskret von ihr, so von unserem Zuhause zu sprechen.
Er erbot sich, uns zu begleiten, aber Francine schien von diesem Vorschlag so bestürzt, daß er davon abließ. Er ging jedoch mit uns bis zum Portal, und dort küßte er uns mit einer tiefen Verbeugung die Hände. Ich bemerkte, daß er Francines Finger länger festhielt als meine.
»Welch ein Abenteuer!« sagte Francine. »So etwas habe ich noch nie erlebt.«

Die Einladung wurde durch Hans geschickt, der sie Daisy gab, und die überbrachte sie Francine. Sie war von der Gräfin, welche Francine einlud, sie am gleichen Tag um drei Uhr zu besuchen, da sie ihr etwas mitzuteilen habe. Von mir war in der Einladung nicht die Rede, daher ging Francine allein. Ich war sehr gespannt zu erfahren, was sich abgespielt hatte, und wartete auf dem Feld bei den Hütten auf sie.
Als sie nach ungefähr einer Stunde kam, waren ihre Wangen gerötet, und sie war aufgeregter, als ich sie seit langem gesehen hatte.
»War er da?« fragte ich. »Dieser ... hm ... Rudolph?«
Sie schüttelte den Kopf. Sie machte einen verwirrten Eindruck. Ich fragte mich, ob sie vielleicht einen neuen Verehrer hatte.
»Es ist so aufregend«, sagte sie. »Ich war bei der Gräfin, und denk nur, sie hat mich zum Ball eingeladen.«

»Zu einem Ball! Wieso?«
»Ganz einfach so. Sie geben einen Ball, und ich bin eingeladen.«
»Für mich hört es sich überhaupt nicht einfach an. Ob Großvater das erlauben wird? Und du brauchst ja auch ein Ballkleid.«
»Ich weiß. Daran hab' ich auch schon gedacht. Aber ich habe zugesagt.«
»In blauem Serge, oder etwa in deinem guten Popelinkleid?«
»Sieh doch nicht so schwarz. Ich muß eben irgendwie an ein neues Kleid kommen.«
»Irgendwie ist gut.«
»Was ist in dich gefahren, Pippa? Bist du neidisch?«
»Aber nein!« rief ich. »Ich will, daß du mit Rudolph auf den Ball gehst, aber ich sehe einfach nicht, wie dir das gelingen soll, das ist alles.«
»Pippa«, sagte sie – und nie habe ich jemand entschlossener gesehen als Francine in jenem Augenblick – »ich *werde* hingehen.«
Wir sprachen auf dem ganzen Heimweg und die halbe Nacht darüber. Rudolph war nicht dagewesen. Francine hatte mit der Gräfin Tee getrunken, und die hatte ihr erzählt, daß sie diesen Ball veranstalten würden und daß sie entzückt wäre, wenn Francine daran teilnähme. Sie war unsicher, wie sie ihr die Einladung zukommen lassen sollte. Wir mußten wohl sehr deutlich zum Ausdruck gebracht haben, wie das Leben in Greystone Manor verlief, und sie hatte gewiß vermutet, daß eine über unseren Großvater vermittelte Einladung eine sofortige Absage zur Folge gehabt hätte. Francine müsse unbedingt kommen, hatte sie gesagt. Sonst würde dem Ball etwas fehlen.
In einem Ausbruch von Euphorie und in dem unerschütterlichen Glauben an ihre Kraft, das Unmögliche zu erreichen, hatte Francine die praktischen Details sorglos beiseite geschoben und zugesagt. Sie war sicher, es werde schon irgendwie gehen.
»Vielleicht kommt eine gute Fee?« neckte ich sie. »Wer könnte

das sein? In Bruxenstein mag es die vielleicht geben. Aber in Greystone Manor? Undenkbar! Sollen wir einen Kürbis suchen als Kutsche? Ein paar Ratten wird's hier gewiß geben, die Pferde hätten wir also.«
»Pippa, hör auf, dich über eine ernste Sache lustig zu machen.«
Es war alles ziemlich hoffnungslos, aber ich war froh, daß ihre Gedanken vorübergehend von der bevorstehenden Geburtstagsfeier abgelenkt wurden.
Als wir am nächsten Tag unsere Großmutter besuchten, spürte sie mit ihrer wachen Empfindsamkeit sogleich, daß etwas geschehen war. Sie wußte, daß Francine beklommen zumute war, weil sie fürchtete, zur Heirat mit Cousin Arthur gezwungen zu werden, und es währte nicht lange, bis sie die ganze Geschichte aus uns herausgelockt hatte. Sie hörte gebannt zu.
»Die alte Punschstube ist also jetzt eine Weinstube. Die Gräfin und dieser charmante Rudolph scheinen nette Leute zu sein, nach dem, was ihr erzählt.« Unsere Großmutter war eine überaus romantische Frau, und es war gewiß eine furchtbare Tragödie für sie, mit einem Mann wie unserem Großvater verheiratet zu sein. Wundersamerweise hatte diese Erfahrung sie nicht verbittert; es hatte sie vielmehr milder und duldsamer gemacht.
Sie sagte: »Francine muß auf diesen Ball gehen.« Ich hörte staunend zu. Großmutter hatte für alles eine Lösung. Das Kleid? Mal überlegen. Sie glaubte, in einer Truhe sei ein Stoff. Sie hatte einmal davon geträumt, die Geburt ihres zweiten Kindes zu feiern. Nein, nicht Grace . . . das eine, das dann tot geboren wurde. Damals hatte sie sich einen wunderhübschen blauen Seidenchiffon gekauft, mit Sternen aus Silberfäden bestickt. »Es war der schönste Stoff, den ich je gesehen hatte«, sagte sie. »Aber als ich das Kind verlor, konnte ich es nicht mehr ertragen, ihn anzuschauen. Ich habe ihn zusammengefaltet und weggelegt. Falls die silbernen Sterne nicht angelaufen sind . . . Wir wollen Agnes bitten, ihn zu suchen.«
Agnes freute sich, ihre Herrin so glücklich zu sehen. Einmal flüsterte sie mir zu, unsere Großmutter habe sich verändert, seit wir da waren. »Sie war wohl ein wenig wie deine Schwe-

ster, als sie jung war ... aber heutzutage gibt es mehr Freiheiten.« Nicht viel mehr, dachte ich. Es war gut, Agnes als Verbündete zu haben, denn Verbündete hatten wir nötig.
Wir fanden den Stoff. Francine schrie entzückt auf, als sie ihn sah. Die Sterne funkelten wie eh und je.
»Nimm ihn«, sagte unsere Großmutter lächelnd, als könne sie ihn deutlich sehen, und ich war sicher, daß sie ihn im Geiste vor sich sah. »Geh zu Jenny. Sie soll gleich mit der Arbeit anfangen. Sie wird es gut machen. Sie näht hin und wieder Ballkleider für Debütantinnen.«
Aufgeregt gingen wir zu Jenny. Daisy kam mit, denn sie war der Meinung, sie habe an dem Abenteuer teil, da wir durch sie zum erstenmal nach Granter's Grange gekommen seien, und das habe schließlich alles ins Rollen gebracht. Sie war selbst tief in eine Liebschaft verstrickt. Tom, der Stallbursche, hatte ihre Freundschaft mit Hans entdeckt. Er sei, wie sie sagte, fuchsteufelswild und drohe mit allen möglichen Racheakten. Das Leben war gewiß aufregend für diese zwei umschwärmten Heldinnen. Und mir genügte es, Zuschauerin zu sein.
Daisy wußte von Hans, daß die Gräfin Francine mehr oder weniger auf Geheiß des Barons, der eine sehr wichtige Persönlichkeit war, eingeladen hatte. Hans hatte gesagt, daß der Baron sogar der bedeutendste Mann im Haus war, und er wußte auch, warum, aber das erzählte er nicht einmal Daisy.
»Er wird den Mund schon noch aufmachen ... man muß ihm nur Zeit lassen«, sagte sie zuversichtlich. Sie genoß es offenkundig, in diesen Strudel von Intrigen hineingezogen zu sein, und versorgte uns mit bruchstückhaften Auskünften über die Herrschaften. Die Gräfin war offenbar sehr ehrgeizig und streckte bereits ihre Fühler nach standesgemäßen Heiratskandidaten für ihre Kinder aus. Hans sagte, daß sie in Bruxenstein keine Gelegenheit dazu versäumte.
Jenny Brakes war ein wenig erstaunt, als sie den Stoff sah und hörte, daß sie ein Ballkleid daraus machen sollte.
»Für Ihre Geburtstagsfeier, Miss Francine?« fragte sie. »Miss Grace hat mir schon gesagt, daß ich ins Haus kommen soll. Sie hat einen hübschen Taft für Ihr Festkleid. Das soll ja eine ganz besondere Angelegenheit werden.«

»Nein«, sagte Francine. »Aber das hier soll ein ganz besonderes Kleid werden.«
»Und zwar heimlich«, fügte Daisy hinzu.
Jenny machte ein erschrockenes Gesicht.
»Komm schon«, sagte Daisy. »Braucht ja niemand zu wissen.«
»Wirklich . . . ich verstehe nicht, Miss Francine . . .«
»Ganz einfach«, erklärte Francine. »Ich möchte schleunigst ein Ballkleid haben, und du sagst nirgends, daß du es für mich machst.«
»Aber Sie haben doch schon den Taft –«
»Das möchte ich auch noch«, sagte Francine.
Arme Jenny Brakes! Ich weiß, wie ihr zumute war. Sie hatte schreckliche Angst, sich gegen meinen Großvater zu versündigen. Sie wohnte in einer seiner Hütten, und wenn er erführe, daß sie hinter seinem Rücken ein Ballkleid für seine Enkelin nähte, würde er gewiß sehr zornig werden, und dann kannte er kein Erbarmen.
Schließlich fiel mir eine Lösung ein. Jenny brauchte gar nicht zu wissen, daß es heimlich war. Das Kleid sollte für Francine gemacht werden, und weil es schnell gehen mußte, war es für Jenny einfacher, es bei sich zu nähen. Falls wir entdeckt würden, ließ sich beweisen, daß Jenny an dem Komplott gänzlich unbeteiligt war.
Schließlich willigte sie doch ein und zeichnete sogleich einen Entwurf. Was für ein Vergnügen war es für uns, Vorschläge zu machen! Es mußte gewagt sein; es mußte schlicht sein; es mußte ausgeschnitten sein, um Francines Schwanenhals zu zeigen. Es mußte ihre zierliche Taille betonen. Es mußte einen bauschigen Rock haben.
Die Aufregung war so groß, daß ich fürchtete, Francine würde sich verraten. Ich glaube, Tante Grace ahnte, daß etwas in der Luft lag, aber sie war zur Zeit zu sehr mit sich selbst beschäftigt. Ich war sicher, daß sie Charles Daventry heimlich besuchte, seit er Francine ins Haus getragen hatte.
Wir klügelten einen Plan aus. Am Abend des Balles wollte Francine aus dem Haus schleichen und zur Hütte der Familie Emms gehen. Daisys Mutter war der Verschwörung bereitwil-

lig beigetreten, so daß Jenny nichts mehr damit zu tun hatte. Mrs. Emms würde das Kleid bei sich aufbewahren, und Francine konnte sich dort umziehen und dann über den Rasen nach Granter's Grange schleichen. Mrs. Emms liebte das Abenteuer ebenso wie ihre Tochter. Falls sie entdeckt und den Zorn unseres Großvaters erregen würde, wollte sie die Konsequenzen schon auf sich nehmen. »Er wird uns schon nicht rauswerfen«, sagte sie. »Wir leben schon so lange in dieser Hütte, und außerdem ist mein Jim unentbehrlich.«
So war denn alles abgemacht.
Daisy wußte zu berichten, dies würde der glanzvollste Ball, den es je in Granter's Grange gegeben habe. Er wurde zu Ehren einer sehr hochstehenden Persönlichkeit gegeben, vermutlich Francines Verehrer. »Diese Vorbereitungen ...«, schwärmte Daisy. »Was es da alles zu essen gibt ... und die vielen Blumen und das alles. Richtig königlich, jawohl. Ich schätze, im Buckingham-Palast könnten sie's auch nicht besser, oder in diesem Sandringham, wo sich der Prince of Wales immer amüsiert.«
Der große Tag kam, und wir waren ganz unruhig vor Aufregung. Irgendwie vergingen die Stunden dann doch. Während des Unterrichts waren wir sehr geistesabwesend, und Miss Elton machte eine Bemerkung über unsere Unaufmerksamkeit. Ich glaube, sie ahnte, daß etwas im Gange war. Sie wußte ebenso wie alle anderen, daß Francine Cousin Arthur heiraten sollte, und wenn sie von unserem Vorhaben gewußt hätte, hätte sie bestimmt alles getan, um Francine zurückzuhalten.
Ich ging mit Francine zur Hütte der Familie Emms und half ihr mit Daisy beim Anziehen. Einige der Kinder schauten staunend zu, und als sie fertig war, sah sie aus wie eine Märchenprinzessin. Die Aufregung machte sie noch schöner, und keine Farbe hätte ihr besser stehen können als das silberbesternte Blau des Chiffons. Freilich, sie hätte silberne Schuhe gebraucht statt ihrer schwarzen Satinpumps, aber die waren kaum sichtbar. Ich sagte ihr, daß sie fabelhaft aussehe.
Wir hatten verabredet, daß ich an unserem Fenster Ausschau hielt, und wenn sie nach Hause käme, wollte ich hinunterschleichen und sie hereinlassen. Zuvor würde sie wieder in

die Hütte gehen und ihr Alltagskleid anziehen. Das Ballkleid wollte sie dort lassen. Daisy sollte es am nächsten Tag mitbringen.
»So eine Unternehmung muß sorgfältig geplant sein«, hatte ich betont. »Jede Einzelheit will gut überlegt sein.«
»Philippa ist unser General«, rief Francine kichernd. »Ich muß auf ihr Kommando hören.«
Nachdem alles so genau vorbereitet war, hätte nur noch ein Unheil unsere Pläne vereiteln können. Ich beobachtete aus gebührender Entfernung, wie Francine mit den anderen Gästen in das Landhaus trat, dann ging ich nach Greystone zurück. Ich setzte mich an das Fenster und sah über den Rasen hin in die Ferne. Dort konnte ich die Türme von Granter's Grange und die Lichter erkennen und hörte sogar ganz leise Musik. Auch die Kirche konnte ich sehen und die grauen Grabsteine, und ich dachte an die arme Tante Grace und an Charles Daventry, denen der Mut fehlte, ihr Leben selbst in die Hand zu nehmen. Francine würde dieser Mut niemals fehlen.
»Gott ist im Himmel«, dachte ich, indem ich zu dem schwarzsamtenen Firmament hinaufsah, zu den funkelnden Sternen und dem fast vollen Mond. Was für ein herrlicher Anblick! Ich betete um Francines Glück, um ein Wunder, das sie vor Cousin Arthur retten sollte. Ein altes spanisches Sprichwort fiel mir ein, das ich einmal von meinem Vater gehört hatte und das ungefähr so lautete: »Gott sagt: Nimm dir, was du willst, aber denke daran, daß du es auch bezahlen mußt.«
Also nahm man und hatte zu bezahlen und durfte sich nicht über den Preis beklagen. Mein Vater hatte für die Art zu leben, die er sich gewählt hatte, mit dem Verzicht auf sein traditionsreiches, väterliches Erbe bezahlt. Mein Großvater hatte auch getan, was er für richtig hielt und ließ alle nach seiner Pfeife tanzen. Aber er hatte ebenfalls dafür bezahlen müssen und dabei die Liebe verloren. Nicht um alle Macht der Welt hätte ich mein Großvater sein mögen.
Es war gegen elf Uhr, als ich unten einen Tumult hörte. Mein Herz schlug so heftig, daß ich am ganzen Körper zitterte. Von Francine war nichts zu sehen gewesen. Sie hätte unter mein Fenster kommen sollen, und ich war doch schon die ganze

Zeit auf meinem Posten. Aber ich hatte nichts bemerkt, und eigentlich war elf Uhr auch noch zu früh, um von einem Ball heimzugehen.
Ich ging zur Tür und horchte. Ich hörte die Stimme meines Großvaters: »Undankbar ... Unzucht ... Sünde ... geh in dein Zimmer. Ich werde mit dir verfahren, wie du es verdienst. Ich habe meinen Augen nicht getraut ... Unter meinem Dach ... erwischt ... *in flagrante delicto.*«
Jemand kam auf die Treppe zu. Ich schloß hastig die Tür und wartete. Ich rechnete damit, daß Francine jeden Augenblick hereinplatzen würde.
Aber nichts geschah. Wo blieb sie nur? Er hatte gesagt: »Geh in dein Zimmer!« Aber sie kam nicht, und ich verstand nicht, was das bedeutete.
Ich ging wieder ans Fenster. Unten war alles still. Ich ging zurück zur Tür und lauschte. Da hörte ich Schritte auf der Treppe. Es war mein Großvater, der in sein Zimmer ging.
Ich war verwirrt und hatte schreckliche Angst.
Ungefähr eine halbe Stunde später klopfte es leise an die Tür. Ich lief hin, und Daisy fiel beinahe ins Zimmer. Ihr Haar war zerzaust und ihre Augen weit aufgerissen.
»Das war dieser Tom!« schimpfte sie. »Der war's. Der hat uns verpetzt.«
»Warst du das, mit der mein Großvater vorhin gesprochen hat?«
Sie nickte.
»Ach Daisy, was ist nur passiert?«
»Er hat uns erwischt – Hans und mich, auf dem alten Kirchhof. Mir hat's dort immer gefallen. Es ist so weich auf dem Gras. Das ist eben das Leben, nicht wahr ... Leben unter den Toten.«
»Du bist verrückt. Ich dachte, es wäre Francine. Komm, setz dich zu mir ans Fenster. Ich muß für sie Wache halten. Sie ist sicher noch auf dem Ball.«
»Und zwar noch eine ganze Weile, denk' ich.«
»Erzähl mir, wie das passiert ist.«
»Hans sagte, er könnte sich um halb elf fortstehlen, und ich sagte, ich würde bei dem Grab von Richard Jones sein. Der

hatte drei Frauen, und die sind alle mit ihm zusammen begraben. Er hat einen schönen Stein für sich und die drei machen lassen. Da kann man sich anlehnen, und drüber ist ein hübscher Schutzengel. Da fühlt man sich irgendwie geborgen und glücklich. Tom war auch gern dort.«
»Was habt ihr dort gemacht?«
»Na ja, das übliche.« Sie lächelte bei der Erinnerung. »Der Hans hat so was Gewisses. Tom war natürlich fuchsteufelswild. Hans hat mir 'nen Zettel geschrieben, daß er zu dem Grab von Richard Jones kommen würde, und ich hab' den Zettel verloren. Tom muß ihn in die Finger gekriegt haben. Ich hätte nie gedacht, daß er sich so aufführen könnte, aber Sie wissen ja, wie das so ist mit der Eifersucht. Aber nein, wie sollten Sie, Sie sind ja noch so jung. Manchmal vergesse ich, wie jung Sie sind, Miss Pip. Na ja, mit mir und Ihrer Schwester... nun, durch uns werden Sie halt ein bißchen schneller erwachsen. Also, wir haben uns dann dort getroffen. Ihr Großvater muß uns beobachtet haben. Hat sich wohl irgendwo versteckt. Ich wette, hinter dem Stein von Thomas Ardley. Den hab' ich nie leiden können. Der hat mir immer eine Gänsehaut eingejagt. Da schnellt der Alte auf einmal hoch und erwischt uns... auf frischer Tat... sozusagen. Er hat irgendwas gerufen, und ich stand da, das Mieder offen und den Rock halb ausgezogen. Und Hans... nun ja. Ihr Großvater sagte andauernd: ›Und das an einem solchen Ort!‹ Dann packte er mich am Arm und zerrte mich weg. Sie müssen ihn in der Halle gehört haben. ›Hinauf in dein Zimmer!‹ schrie er. ›Morgen werde ich mich mit dir befassen.‹ Damit ist's hier für mich aus. Was wird Ma nur sagen? Sie war so erpicht darauf, daß ich hier die Stellung kriege und ehrbar werde.«
»Du wirst wohl nie ehrbar, Daisy.«
»Ich fürchte, Sie haben recht«, gab sie wehmütig zu. »So, und morgen werde ich rausgeschmissen. Dann heißt es, das Bündel geschnürt, und heim zu Ma. Mein Geld wird ihr fehlen. Aber vielleicht krieg ich ja doch 'ne Stelle in Granter's Grange. Hans könnte ein Wort für mich einlegen.«
Wir blieben am Fenster sitzen. Die alte Kirchturmuhr schlug Mitternacht. Ich war hellwach. Daisy würde bestimmt entlas-

sen. Ich versuchte mir vorzustellen, wie es ohne sie sein würde; immerhin hatte sie in unserem Leben eine große Rolle gespielt.
Es war fast zwei Uhr, als Francine kam. Ich lief hinunter und schob den schweren Riegel zurück. Sie strahlte und war noch ganz in ihren Träumen befangen, als wir auf Zehenspitzen in unser Zimmer schlichen. Daisy war noch dort, und wir erzählten Francine rasch, was geschehen war.
»Daisy, du Dummkopf!« rief sie aus.
»Ich weiß«, gab Daisy zu. »Aber es wird schon werden. Ich geh' zu Hans.«
»Wie war's auf dem Ball?« fragte ich.
Francine faltete die Hände, und ihre verzückte Miene sagte uns alles. Es war wunderbar gewesen. Sie hatte den ganzen Abend mit dem Baron getanzt. Alle waren von ihr bezaubert. Es waren natürlich lauter Ausländer da. »Es war, als wäre der Ball mir zu Ehren gegeben worden. Jedenfalls kam ich mir so vor. Und Baron Rudolph... er ist die Vollkommenheit in Person. Er ist so, wie ich mir einen Mann immer erträumt habe.«
»Eben so, wie Cousin Arthur nicht ist«, fügte ich hinzu und wünschte sogleich, ich hätte ihn nicht erwähnt, weil ich fürchtete, sein Name würde die Stimmung verderben.
Aber das war nicht der Fall. Francine hörte kaum hin. Sie war wie betäubt. Es war sinnlos, an diesem Abend noch mit ihr zu reden.
Ich sagte zu Daisy, sie solle in ihr Zimmer gehen und ein bißchen schlafen. Sie müsse an die schwere Prüfung denken, die ihr am nächsten Tag bevorstand. Zögernd entfernte sie sich, und Francine zog sich langsam aus.
»Das werde ich niemals vergessen«, sagte sie, »was auch geschieht. Er wollte mich nach Hause begleiten, deshalb mußte ich ihm alles offenbaren. Er brachte mich zur Hütte von Daisys Mutter und wartete draußen, während ich mich umzog, und als ich in meinem alten Sergekleid herauskam, war er immer noch da. Er brachte mich bis dorthin, wo der Rasen anfängt. Ich habe ihm alles erzählt... über Großvater und Cousin Arthur. Er war sehr verständnisvoll.«

»Aber nun ist es vorbei, Francine«, sagte ich.
»Nein«, gab sie zur Antwort, »das ist erst der Anfang.«

Am nächsten Morgen mußten wir uns alle zur öffentlichen Verurteilung Daisys in der Kapelle versammeln. Francine und ich saßen mit Tante Grace in der ersten Reihe. Meine Schwester strahlte immer noch. Ich sah ihr an, daß sie in Gedanken noch auf dem Ball war. Großvater kam mit Arthur herein, und ich bemerkte bei ersterem einen Ausdruck unterdrückter Erregung, als sei ihm dies alles durchaus nicht unangenehm.
Er trat auf die Kanzel, nachdem Cousin Arthur neben Francine Platz genommen hatte. Sie rückte daraufhin ein wenig näher zu mir, und ich hätte gern gewußt, ob er es wohl bemerkte.
Großvater hob eine Hand und sagte: »Zu meinem Leidwesen ist etwas vorgefallen, das mich mit Scham und Abscheu erfüllt. Jemand von meinem Personal – jemand, den ich unter meinem Dach beherbergt habe – hat durch sein Benehmen Schande über dieses Haus gebracht. Ich kann mein Entsetzen bei der Entdeckung nicht beschreiben.«
Und doch schwelgst du in diesem Entsetzen, Großvater, dachte ich.
»Diese leichtfertige Kreatur hat sich auf eine Weise benommen, daß der Anstand es mir verbietet, es zu beschreiben. Sie wurde auf frischer Tat ertappt. Da ich es für meine Pflicht hielt, zwang ich mich, Zeuge ihrer Verderbtheit zu werden. Sie stand unter meiner Obhut, und ich konnte nicht glauben, daß jemand von meinen Leuten sich einer solchen Tat schuldig machte. Ich mußte es mit eigenen Augen sehen. Jetzt soll sie in ihrer Sündhaftigkeit vor uns treten. Ich werde Gott bitten, ihr gnädig zu sein und ihr Gelegenheit zur Reue zu geben.«
»Wie großmütig von ihm«, flüsterte Francine.
»Bringt sie herein«, rief er.
Mrs. Greaves kam mit Daisy herein, die aber nicht mehr die einheitliche Dienstbotenkleidung von Greystone, sondern einen Umhang über einem dunklen Kleid trug.
»Komm her, Mädchen«, befahl mein Großvater. »Alle sollen dich sehen, damit sie aus deiner Torheit lernen.«

Daisy kam nach vorn. Sie war blaß und nicht so selbstsicher wie sonst, auch ein wenig trotzig; gar nicht die Daisy, die wir so gut kannten.
»Diese Kreatur«, fuhr unser Großvater fort, »ist dermaßen in Lasterhaftigkeit verstrickt, daß sie nicht nur sündigt, sondern dies auch noch an einer heiligen Stätte tut. Die Tat von gestern nacht wird nicht ohne Folgen bleiben. Das Böse, das wir tun, lebt fort bis in die dritte und vierte Generation. Ich fordere euch alle auf, niederzuknien und für die Seele dieser Sünderin zu beten. Noch ist Zeit, daß sie ihre Schlechtigkeit bereut. Ich flehe zu Gott, daß sie es tun möge.«
Die Augen unseres Großvaters funkelten, als er auf Daisy herabsah, und ich glaube, im Geiste sah er sich selbst in der Situation, in der er sie erwischt hatte, und genoß die Erinnerung. Es schien, als hätte er Spaß an der Sünde anderer, weil er selbst dann um so tugendhafter erschien. Und diese Art von Sünde schien ganz besonders auf ihn zu wirken, anders als zum Beispiel ein Diebstahl. Ein Mann war einmal deswegen entlassen worden, und da hatte es keine solche Zeremonie in der Kapelle gegeben. Es war wie bei den Puritanern, von denen ich gelesen hatte, und es wunderte mich, daß er nicht verlangte, Daisy solle einen scharlachroten Buchstaben auf dem Mieder tragen.
Cousin Arthur hielt eine kurze Predigt über den Lohn der Sünde, und dann beteten wir abermals. Daisy stand während der ganzen Zeit dort und machte einen ziemlich verwirrten Eindruck. Am liebsten wäre ich zu ihr gegangen, hätte sie in die Arme genommen und ihr gesagt, was sie auf dem Kirchhof getan habe, sei nicht halb so schlimm wie das, was mein Großvater ihr jetzt antat.
Endlich war die Sache vorüber. Mein Großvater sagte: »Nimm dein Bündel, Mädchen, und geh. Laß dich hier nie wieder sehen!«
Wir gingen ins Schulzimmer. Miss Elton war bleich und schweigsam.
Francine platzte plötzlich heraus: »Ich hasse ihn. Er ist ein gemeiner alter Kerl. Ich will hier nicht bleiben.«
Sie war den Tränen nahe, und wir faßten uns fest bei den

Händen. Diese scheußliche Szene in der Kapelle würde ich nie vergessen. Miss Elton tadelte uns nicht. Auch sie war erschüttert über das, was sie gesehen hatte.

Am gleichen Tag noch sagte Francine zu mir: »Ich gehe Daisy besuchen. Kommst du mit?«
»Natürlich«, erwiderte ich, und wir gingen zu der Hütte. Mrs. Emms war zu Hause, und wie immer rannten etliche Kinder ständig ein und aus. Daisy war nicht da.
»Sie ist in Granter's Grange«, erklärte Mrs. Emms, »bei diesem Hans.« Sie nickte grimmig. »Sie ist also in Greystone rausgeflogen. Ich dachte zuerst, es wäre wegen Ihnen und diesem Ballkleid.«
»Davon weiß unser Großvater nichts«, sagte Francine.
Mrs. Emms zwinkerte. »Gnade Gott uns allen, wenn er je dahinterkommt.«
»Der schert mich nicht mehr. Wie habe ich ihn heute morgen gehaßt.... und diesen aufgeblasenen Arthur! Ich hasse Greystone! Ich will fort.«
»Meine arme Daise. Und bloß, weil sie auf'm Kirchhof ein bißchen Spaß hatte. Es sollte mich nicht wundern, wenn sie nicht die erste wäre.«
»Wir machen uns Sorgen um Daisy. Was hat sie vor?«
»Sie wird schon was finden. Sie kann durchaus für sich selbst sorgen, unsere Daise.«
»Glauben Sie, daß sie bald zurückkommt?«
»Woher soll ich das wissen? Sie ist jetzt ihr eigener Herr.«
»Würden Sie ihr ausrichten, daß wir hier waren?« bat Francine. »Sagen Sie ihr, uns war das alles genauso zuwider wie ihr. Sagen Sie ihr, wir fanden es entsetzlich.«
»Ich werd's ausrichten. Sie hält große Stücke auf Sie beide.«
Gerade als wir aufbrechen wollten, kam Daisy herein.
Von der niedergeschlagenen Sünderin in der Kapelle war ihr nichts mehr anzumerken. Wir umarmten sie stürmisch. Sie sah sehr zufrieden aus, und ihre Mutter sagte: »Da kenn' sich einer aus.«
»Daisy!« rief Francine, »wir haben uns solche Sorgen um dich gemacht.«

»Nicht nötig«, triumphierte Daisy. »Ich hab' schon eine neue Stellung.«
»Nein!« riefen wir wie aus einem Mund.
»Aber ja doch, Miss. Ich hatte schon vorher eine halbe Zusage. Hans sagte: ›Warum kommst du nicht nach Granter's Grange? Ich leg ein Wort für dich ein.‹ Da bin ich hin und hab' mit dem Küchenchef gesprochen. Ein sehr wichtiger Mann mit 'nem gezwirbelten Schnurrbart und feisten Backen. Der gab mir 'nen Klaps und sagte: ›Fang morgen an.‹ Küchenmädchen! Und in was für 'ner Küche!«
»Das ist ja wundervoll!« rief ich.
Mrs. Emms setzte sich, spreizte die Beine und stützte die Hände auf ihre Knie. Sie schüttelte nachdenklich den Kopf. »Und was wird, wenn sie abreisen? Sie bleiben nie länger als ein paar Monate.«
»Hans meint, ich kann mit ihnen gehen.«
Da war es vorbei mit der gerade wiedergefundenen Fröhlichkeit. Wir stellten uns alle vor, was werden würde, wenn sie abreisten. Weder Mrs. Emms noch wir wollten Daisy verlieren. Und für Francine war die Vorstellung, daß die Herrschaften fortgingen, so bedrückend, daß sie es nicht ertragen konnte, auch nur daran zu denken.

Von da an überstürzten sich die Ereignisse. Der Ablauf der Geburtstagsfeier in der ersten Septemberwoche wurde festgelegt. Die Gäste würden montags eintreffen; Francines siebzehnter Geburtstag fiel auf einen Dienstag; am nächsten Tag sollte noch gefeiert werden, und am Donnerstag würden die Gäste abreisen.
Jenny Brakes kam und nähte das Taftkleid für Francine. Es war dunkelrot, und ich bekam ein dunkelblaues. Tante Grace fand, daß die Farbe mir stehe. Die arme Jenny Brakes war ein wenig verlegen. Ihre kürzlich begangene Sünde, heimlich das blaue Chiffonkleid zu nähen, lastete schwer auf ihr, und angesichts dessen, wie es Daisy Emms gegangen war, war ihr sehr unbehaglich zumute. Es war natürlich kein so schweres Vergehen wie Unzucht auf dem Kirchhof, aber mein tyrannischer Großvater war ein sehr gefürchteter Mann. Francine

meinte, Daisy wäre genauso unbarmherzig hinausgeworfen worden, wenn sie nicht ihre Familie in der Nähe gehabt hätte, zu der sie gehen konnte. »Er kennt kein Mitleid«, sagte sie. »Wenn das ein guter Mensch sein soll, dann bewahre mich Gott vor den guten Menschen.«
Sie war in dieser Zeit trotz des nahenden Verhängnisses in gehobener Stimmung, weil sie täglich nach Granter's Grange ging. Manchmal ritt sie auch allein aus. Aber ich wußte, daß sie nicht allein blieb, sondern ein Rendezvous mit diesem romantischen Baron hatte.
Die Einladungen wurden verschickt. Umfangreiche Vorbereitungen wurden getroffen. Mrs. Greaves war sehr zufrieden und meinte, so müsse es in einem großen Haus immer zugehen. Sie hoffte, daß es in Zukunft allerlei Kurzweil geben würde. Das junge Paar würde frischen Wind ins Haus bringen, und dann würde man auch an eine gute Partie für Miss Philippa denken müssen.
Francine war nicht annähernd so aufgeregt, wie ich erwartet hatte, und ich fragte mich beunruhigt, was das zu bedeuten habe.
Ungefähr zwei Wochen vor dem Fest schickte unser Großvater nach Francine. Sie ging hocherhobenen Hauptes in die Bibliothek. Ich wartete ängstlich in unserem Schlafzimmer, denn ich war sicher, daß nun die Entscheidung bevorstand.
Nach einer halben Stunde kam sie zurück. Ihre Wangen waren leicht gerötet, ihre Augen strahlten.
»Francine!« rief ich. »Was ist passiert?«
»Er hat mir gesagt, daß ich Cousin Arthur heiraten werde, weil sein frommer Neffe bei ihm um meine Hand angehalten und er sie ihm gnädig gewährt habe. Da ich wisse, daß dies auch sein Wunsch sei, habe er keinen Zweifel, daß ich mit Freuden zustimmen werde.«
»Und was hast du gesagt?«
»Ich habe es sehr schlau angestellt, Pippa. Ich habe ihn in dem Glauben gelassen, daß ich einverstanden bin.«
»Soll das heißen, du hast es dir anders überlegt?«
Sie schüttelte den Kopf. »Mehr kann ich dir jetzt noch nicht sagen. Ich muß fort.«

»Wohin?«
Wieder schüttelte sie den Kopf. »Ich verspreche dir, ich erzähle es dir später. Bevor ich etwas unternehme, weihe ich dich ein.«
Es war das erstemal, daß sie mich nicht vollständig ins Vertrauen zog, und ich war beunruhigt. Allmählich veränderte sich alles um mich herum. Daisy war fort. Und was hatte Francine gemeint? Würde sie tun, was unser Großvater verlangte, und Cousin Arthur heiraten? Oder was sonst?
Miss Elton fragte mich, wo Francine sei, und als ich sagte, ich wisse es nicht, drang sie nicht weiter in mich. Ich hatte Miss Elton immer für eine farblose Person gehalten, aber ich glaube, sie begriff recht gut, was vorging; manchem war klar geworden, daß Francine und Cousin Arthur so wenig zusammenpaßten, wie es bei zwei Menschen nur möglich ist.
Ich ging zu unserer Großmutter hinauf. Wir hatten ihr von dem Ball erzählt, und sie hatte lächelnd zugehört und unsere Hände gehalten, wie es ihr zur lieben Gewohnheit geworden war. Sie sorgte sich jetzt um Francine, weil auch sie dachte, daß sie mit Cousin Arthur nicht glücklich werden würde.
»Ich würde beruhigt sterben, wenn ich wüßte, daß mit euch zwei Mädchen alles gut wird, und damit meine ich, daß ihr ein lebenswertes Leben führt. Das muß nicht unbedingt immer vollkommene Seligkeit sein ... das wäre zuviel verlangt ... aber ein Leben, das ihr euch selbst einrichtet. Euer Großvater hat mein Leben zu dem gemacht, was es war ... leer ... nie konnte ich über mich selbst bestimmen. Bei Grace war es dasselbe. Er hat es auch mit eurem Vater versucht. Ihr müßt mutig sein und versuchen, euer eigenes Leben zu leben. Nehmt es ... lebt es ... dann braucht ihr auch nicht zu bereuen, was daraus wird, denn ihr habt es euch selbst so eingerichtet.«
Ich verstand, daß sie recht hatte. Ich erzählte ihr das von Daisy, und sie meinte: »Er hält sich für sehr gerecht. Er hat einen Sittenkodex aufgestellt, der nicht unbedingt mit der Moral im Einklang steht. Daisy ist ein Mädchen, das es stets mit den Männern haben wird. Sie mag sich dadurch in Schwierigkeiten bringen, aber sie wird sich auch wieder herauswinden.

Und seine Lieblosigkeit, seine Hartherzigkeit, dieses Schwelgen in der sogenannten Gerechtigkeit, die für andere Härte bedeutet, das ist eine größere Sünde, als irgendeine Daisy je auf dem Kirchhof begehen könnte. Liebes Kind, dies mag aus meinem Mund seltsam klingen ... Früher hätte ich dergleichen nicht gesagt ... nicht einmal gedacht. Erst als ich blind wurde und wußte, daß mein Leben praktisch zu Ende war, sah ich alles klarer, als ich es je mit sehenden Augen konnte.«
Ich fragte: »Was meinst du, was in Granter's Grange vorgeht?«
»Das können wir nur vermuten. Vielleicht tut sich dort ein Fluchtweg auf. Sie darf nicht heiraten, wenn sie nicht liebt. Sie darf nicht das Opfer eures Großvaters werden.«
Bald nachdem ich meine Großmutter verlassen hatte, kam Francine zurück. Nie hatte ich sie so aufgeregt gesehen. »Ich gehe fort von Greystone«, verkündete sie und warf sich in meine Arme. Wir hielten uns fest umklammert.
»Fort ...«, stammelte ich. »Und ich bleibe allein ...«
»Ich lasse dich nachkommen, das verspreche ich dir.«
»Wann, Francine ... und wie?«
»Rudolph und ich werden heiraten. Wir reisen sofort ab. Es ist alles sehr verwickelt.«
»Du willst England verlassen?«
»Ja. Ich gehe mit ihm in seine Heimat. Pippa, ich bin so glücklich ... es ist alles sehr verworren. Ich werde es schon noch verstehen. Pippa, ich bin ja so glücklich ... bis auf eines ... daß ich dich verlasse.«
Ich hatte gewußt, daß es unausweichlich war. Sie hätte Cousin Arthur niemals geheiratet. Dies war eine Flucht vor ihm, aber auch aus Liebe. Ich versuchte, an ihr Glück zu denken, aber ich konnte nur an mich selbst denken und an die schreckliche Einsamkeit ohne sie.
»Kopf hoch, Pippa«, sagte sie. »Es ist nicht für lange. Rudolph sagt, du kannst zu uns kommen, bloß jetzt noch nicht. Er muß schleunigst abreisen. Er ist in seinem Vaterland ein sehr bedeutender Mann, und dort sind alle möglichen Intrigen und dergleichen im Gang. Wir können ohne einander nicht sein ... das ist uns beiden klar. Deshalb gehe ich mit ihm. Wir ge-

hen noch heute nacht. Hilf mir, ein paar Sachen zusammenzupacken. Nicht viel. Ich bekomme alles neu. Aber mein Ballkleid mit den Sternen nehme ich mit. Ich hole es bei Mrs. Emms. Daisy wird mir helfen. O Pippa, mach nicht so ein erschrockenes Gesicht. Guck nicht so verloren. Ich lasse dich nachkommen.«
Ich half ihr, einiges zu packen. Sie war so aufgeregt, daß sie kaum zusammenhängend sprechen konnte. Ich sagte: »Du mußt zu Großmutter, bevor du weggehst. Du mußt es ihr sagen.«
»Sie wird es verstehen«, meinte Francine zuversichtlich.
Es wurde ein merkwürdiger Abend. Das Essen verlief wie gewohnt. Großvater war milde gestimmt, weil er glaubte, alles werde sich seinem Wunsch gemäß abspielen. Cousin Arthur machte ein selbstgefälliges Gesicht; er hatte vermutlich schon gehört, daß Francine seinen Antrag annehmen würde. Tante Grace sprach wie immer sehr wenig, doch ich glaube, sie war ziemlich traurig. Vielleicht hatte sie gehofft, Francine würde sich nicht fügen, wie sie es hatte tun müssen. Vielleicht plante sie auch selbst einen Aufstand und wünschte sich Verstärkung durch eine weitere Rebellin.
Francine war unnatürlich lebhaft, aber das schien niemandem aufzufallen. Unser Großvater sah sie mit so etwas wie Zuneigung an, wenigstens schien er diesem Gefühl so nahe, wie es ihm nur möglich war.
Sobald die Mahlzeit beendet war, zogen wir uns in unser Zimmer zurück. Francine wollte um zehn Uhr aufbrechen, und eine Viertelstunde vorher schlich sie mit meiner Hilfe aus dem Haus. Ich trug ihren Umhang über dem Arm, damit sie, falls uns jemand sah, nicht zum Ausgehen angekleidet war.
Wir standen einander einige Minuten gegenüber. Die Nacht war still, nicht der leiseste Windhauch bewegte die Blätter. Francine lachte hell auf. Dann nahm sie mich in die Arme und drückte mich fest an sich.
»Ach, kleine Pippa«, sagte sie, »ich wollte, du könntest mit mir kommen. Wenn ich dich nur mitnehmen könnte, dann wäre ich vollkommen glücklich. Aber bald . . . bald. Das verspreche ich dir.«

»Leb wohl, Francine. Schreib mir. Berichte mir alles.«
»Ich versprech's dir. Leb wohl.«
Sie war fort.
Ich blieb ein paar Minuten stehen und lauschte. Ich folgte ihr im Geiste zur Hütte, wo Daisy sein würde.
Ich horchte in die Dunkelheit. Kein Laut war zu hören. Dann kehrte ich um und stahl mich in das stille Haus zurück, und mich beschlich ein Gefühl der Verlassenheit, wie ich es nie zuvor in meinem Leben gekannt hatte.

Die Sakristei

Vier Jahre waren vergangen seit jenem Abend, als Francine davonlief, und ich hatte sie seitdem nicht wiedergesehen. Sie schrieb mir an die Anschrift von Daisys Familie, weil sie fürchtete, wenn sie ihre Briefe nach Greystone Manor schickte, würde man sie mir nicht aushändigen.

Nie wieder möchte ich eine Zeit erleben wie diejenige, die auf Francines Abreise folgte. Der Verlust ging mir dermaßen nahe, daß der Zorn meines Großvaters über mich hinwegglitt, ohne mich im geringsten zu berühren. Für mich zählte nur, daß meine Schwester fort war. Und auch Daisy hatte ich verloren. Ein paar Wochen nach Francines Flucht verließen der Graf und die Gräfin mit ihrem Gefolge Granter's Grange, und Daisy, die nun zum Personal gehörte, zog mit ihnen.

Am Morgen nach Francines Abreise brach der Sturm los. Als sie beim Frühstück fehlte, fragte man mich natürlich nach ihr. Da ich sagte, ich wüßte nicht, wo sie sei, nahm man zunächst an, sie habe einen frühen Morgenspaziergang gemacht und darüber die Zeit vergessen. Ich sagte nicht, daß ihr Bett unberührt war; denn ich wußte nicht, wie weit sie inzwischen gekommen war, und im Geiste sah ich schon meinen Großvater sie verfolgen. In seiner neuen Duldsamkeit gegenüber meiner Schwester – er war ja überzeugt, daß sie sich seinen Plänen bereitwillig fügte – sah er ihr das Fehlen beim Frühstück nach. Obgleich Miss Elton Bescheid wußte, als Francine nicht zum Unterricht erschien, und obwohl Tante Grace über ihr Fernbleiben informiert war, erreichte die Neuigkeit meinen Großvater nicht vor Mittag.

Dann ging das Gewitter los. Ich wurde befragt und gerügt, weil ich nicht gemeldet hatte, daß sie am Vorabend fortgegan-

gen war. Ich stand ihm trotzig gegenüber, zu unglücklich, als daß es mich gekümmert hätte, was mit mir geschah.
»Sie ist fortgegangen, um einen Baron zu heiraten«, sagte ich.
Ich wurde gescholten und geschüttelt. Ich sei niederträchtig gewesen und hätte eine schwere Strafe verdient. Ich hätte gewußt, was vorging und nichts getan, um es zu verhindern. Seine Enkelin habe ihm Schmach und Schande gebracht.
Ich suchte Zuflucht bei meiner Großmutter, und sie behielt mich den ganzen Tag bei sich. Mein Großvater kam in ihr Zimmer hinauf und begann zu schimpfen. Sie hob die Hand, richtete ihre blinden Augen auf ihn und sagte: »Nicht in diesem Zimmer, Matthew. Dies ist mein Refugium. Dem Kind kann man keinen Vorwurf machen. Bitte laß sie bei mir.«
Zu meiner Verwunderung gehorchte er. Sie tröstete mich und strich mir übers Haar. »Deine Schwester wird das Leben führen, für das sie sich entschieden hat«, sagte sie. »Sie mußte fortgehen. Hier, unter dem Reglement deines Großvaters, hätte sie nicht bleiben können. Sie hat den richtigen Weg gewählt. Und du, kleine Pippa, bist nun traurig, weil du deine liebste Gefährtin verloren hast, aber auch für dich wird die Zeit kommen, du wirst sehen.«
Doch sie vermochte mich nicht zu trösten, weil es einfach keinen Trost gab. Vielleicht wußte ich irgendwo in meinem tiefsten Innern, daß ich Francine für immer verloren hatte. Und ich war in Greystone Manor und meinem Großvater auf Gnade und Ungnade ausgeliefert.
Nachdem auch der Graf und sein Gefolge Granter's Grange verlassen hatten, ging bei uns alles wieder seinen gewohnten Gang, jedenfalls für die anderen. Für mich konnte ohne Francine nichts mehr so sein wie ehedem. Mein Großvater erwähnte den Namen meiner Schwester immer seltener. Er hatte gleich zu Anfang erklärt, daß sie nie wieder über seine Schwelle treten dürfe, aber gleichzeitig gab er zu verstehen, daß er mir gegenüber nach wie vor seine Pflicht erfüllen werde.
Die Aufsicht wurde strenger denn je. Miss Elton mußte mich begleiten, wenn ich das Haus verließ, so daß ich nie allein

war. Ich erhielt mehr Religionsunterricht. Denn aus dem Benehmen meiner Schwester war schließlich klar ersichtlich, daß unsere Kindheit auf dieser heidnischen Insel üble Auswirkungen hatte.

Miss Elton zeigte sich mitfühlend, und das half mir sehr. Sie hatte Francine gern gehabt, wie fast jeder, und sie hoffte, daß sie es gut haben würde. Daher durfte ich in Miss Eltons Beisein die Hütte der Familie Emms aufsuchen und mich dort mit Daisy treffen. »Ich hab' Ihrer Schwester versprochen, daß ich Sie im Auge behalte«, erklärte sie mir. »Arme kleine Miss Pip. Sie haben nicht viel zu lachen bei diesem ollen Scheusal, wie Miss France ihn oft nannte.«

Als Granter's Grange wieder verlassen und Daisy fort war, kannte meine Niedergeschlagenheit keine Grenzen. Einmal überredete ich Miss Elton, mich durch die Fenster spähen zu lassen. Als ich die mit Tüchern verhüllten Möbel und das Vertiko sah, das wie eine menschliche Gestalt wirkte, hätte ich mich am liebsten zu Boden geworfen und geweint. Ich schaute nie wieder hinein. Die Erinnerung war zu schmerzlich.

Ich verabscheute Cousin Arthur genauso, wie Francine ihn verabscheut hatte. Die Unterrichtsstunden bei ihm waren mir zuwider. Er liebte Gebete über alles und ließ mich eine Ewigkeit auf den Knien verharren, während er mich dem Allmächtigen befahl, auf daß er einen guten Menschen aus mir mache, damit ich gehorsam und unendlich dankbar gegen meinen Vormund werde.

Meine Gedanken wanderten indessen zu Francine, und ich versuchte mir vorzustellen, was geworden wäre, wenn sie statt ihres Barons Cousin Arthur geheiratet hätte.

Dann wäre sie wenigstens hier, dachte ich.

Die arme Tante Grace scheute sich aus lauter Furcht vor meinem Großvater, mir ihr Mitgefühl zu zeigen. Mein einziger Trost in diesen Tagen war meine Großmutter. Sie war meine einzige wahre Freundin. Agnes Warden redete mir zu, sie häufig zu besuchen. Ich glaube, sie war meiner Großmutter von Herzen zugetan.

Es heißt, die Zeit heilt alle Wunden, und wenn es auch nicht ganz stimmt, so betäubt sie doch den Schmerz.

Ein ganzes Jahr verging – das traurigste meines Lebens –, und ich klammerte mich an die ständige Hoffnung auf eine Nachricht von Francine.
Als ich eines Tages im Garten war, sah ich eines von Daisys Geschwistern hereinstarren.
»Miss Pippa«, rief der Junge. Er blickte um sich, um zu sehen, ob wir beobachtet wurden. »Meine Mama hat was für Sie.«
»Danke«, sagte ich.
»Ob Sie vorbeikommen und sich's holen?«
»Sag ihr, ich komme, sobald ich kann.«
Ich mußte behutsam vorgehen. Ich durfte ja nicht allein aus dem Haus, daher sagte ich auf einem Spaziergang zu Miss Elton, ich wolle der Familie Emms einen Besuch machen, und sie wartete unterdessen auf dem Feld auf mich.
Mrs. Emms zog einen Brief aus ihrer Schublade.
»Schätze, der ist von Ihrer Schwester«, sagte sie. »Ist hierhergeschickt worden. Und wir haben auch einen, von unserer Daise. Jenny Brakes hat ihn mir vorgelesen. Es geht ihr gut, unserer Daise. Erzählt von lauter hohen Herrschaften. Sie können ihren Brief lesen. Hans hat ihr dabei geholfen. Hat's nicht so mit dem Schreiben, unsere Daise. Aber jetzt wollen Sie gewiß erst mal sehen, was Ihre Schwester geschrieben hat.«
»Ich nehme den Brief mit nach Hause und lese ihn dort, und morgen komme ich wieder her und sehe mir Daisys Brief an.«
Mrs. Emms nickte, und ich lief zu Miss Elton hinaus. Sie stellte keine Fragen, aber sie ahnte wohl etwas, weil ich, kaum wieder in Greystone Manor, sogleich in mein Zimmer hinaufging. Mit zitternden Fingern öffnete ich den Brief.
Er war auf festem, pergamentähnlichem weißem Papier geschrieben und trug ein prächtiges goldenes Wappen.

Meine liebste Pippa!
Ich ergreife die erste Gelegenheit, um Dir zu schreiben. Hier passiert so viel, und ich bin so glücklich, Rudolph ist all das, was ich mir je von einem Ehemann gewünscht habe. Wir wurden in der Kirche von Birley getraut. Erinnerst Du Dich an die Kirche, die wir besichtigt haben

und die uns so gut gefallen hat? Das führte zwar zu einer geringen Verzögerung, aber Rudolph hatte es bereits arrangiert, bevor wir aufbrachen, so daß wir das Land so schnell wie möglich verlassen konnten. Rudolph ist in seiner Heimat ein sehr wichtiger Mann. Ich kann Dir gar nicht sagen, wie bedeutend er ist.

Wir sind von Intrigen eingekreist, und unsere Feinde trachten danach, Rudolph seines Erbes zu berauben. Oh, das ist schwer zu begreifen; wenn man bedenkt, wie wir gelebt haben: auf der Insel und dann in Greystone. Wir hatten keine Ahnung von der Welt, nicht wahr? Und schon gar nicht von einer Gegend wie Bruxenstein. Hier gibt es verschiedene Herzogtümer, und jeder Markgraf oder Baron will das Oberhaupt sein. Aber ich schweife ab. Es ist sinnlos zu versuchen, Dir ihre Politik zu erklären, weil ich sie selbst nicht verstehe. Jedenfalls leben wir ziemlich gefährlich. Aber Du möchtest gewiß von meinen Erlebnissen hören.

Rudolph schlug also vor, daß wir heiraten sollten, bevor wir nach Bruxenstein kämen. Es müsse ein fait accompli sein, weil es dort Leute gäbe, die versuchen würden, es zu verhindern. So wurden wir denn getraut, und ich bin jetzt Baronin von Gruton Fuchs. Stell dir vor, ich mit einem so hochtrabenden Namen! Ich nenne mich Frau Fuchs. Das ist einfacher, und Rudolph findet es lustig.

Wir waren also verheiratet und überquerten den Kanal und fuhren durch Frankreich nach Deutschland, bis wir endlich nach Bruxenstein kamen. Ich wollte, Du könntest es sehen, aber eines Tages wird es ja soweit sein. Du kommst, sobald alles geregelt ist. Rudolph sagt, ich darf Dich jetzt noch nicht herholen. Es wäre zu schwierig. Weißt Du, er ist eine sogenannte gute Partie, das heißt, er ist hier der begehrteste Mann. Er ist so was wie der Kronerbe ... bloß, daß es kein Königreich ist ... und sie wollten, daß er eine andere heiratet ... die sie für ihn ausgesucht haben. Diese Leute mischen sich immer ein ... genau wie unser Großvater. Es ist alles ein bißchen durcheinander, wie Du siehst; Rudolph muß jedenfalls vorsichtig sein.

Du, ich habe phantastische Kleider. Wir haben ein paar Tage in Paris Station gemacht, und dort wurden sie für mich angefertigt. Das blaue Sternenkleid habe ich aber behalten. Rudolph sagt, er werde es immer lieben, weil ich es an jenem Abend trug, Du weißt schon. Aber die Sachen, die ich jetzt habe, sind wirklich prachtvoll. Ich habe sogar ein Diadem, das ich manchmal aufsetze.

Es wäre himmlisch, wenn Du hier wärst. Rudolph sagt, es dauert bestimmt nicht mehr lange. Sie fürchten sich vor dem, was Daisy immer einen »Streich« genannt hat. Dauernd haben sie hier diese Unruhen . . . es ist der Neid zwischen den rivalisierenden Familienmitgliedern. Manche wollen einfach haben, was den anderen gehört.
Jetzt muß ich Dir ein Geheimnis verraten. Es wird sich ungeheuer viel ändern, wenn es ein Junge wird. Ja, Pippa, ich bin schwanger! Ist das nicht wundervoll? Stell Dir nur vor, Du wirst Tante. Ich sagte zu Rudolph, daß ich ohne Dich nicht zurechtkomme, und er sagt andauernd ›bald‹. Er verwöhnt mich. Ich bin so glücklich. Aber ich wollte, sie würden mit ihren dummen Streitereien aufhören. Ich muß mich vom Schloß fernhalten, besonders jetzt, da ich schwanger bin. Rudolph hat Angst um mich. Weißt Du, wenn ich einen Sohn bekomme . . . Aber ich rede schon wieder über diese alberne Politik.
Liebe Pippa, halte Dich jederzeit bereit. Eines Tages wirst Du in Granter's Grange die geschäftigen Vorbereitungen bemerken. Dann kommt das Heer der Dienstboten, und dann bin ich da . . . und das nächste Mal, Pippa, liebste kleine Schwester, kommst Du mit mir.
Ich hab Dich so lieb wie noch nie.   *Francine.*

Ich las den Brief wieder und wieder. Ich trug ihn unter meinem Mieder, so daß ich ihn auf der Haut fühlen konnte. Er belebte meine Tage, und wenn ich besonders unglücklich war, las ich ihn noch einmal.
Die Hoffnung, eines Tages in Granter's Grange Zeichen von Betriebsamkeit zu erkennen, half mir über jene schweren Zeiten hinweg.
Nach den ersten schlimmen Monaten vergingen die Tage schneller. Der Ablauf war stets derselbe: Frühstück mit dem Großvater, Tante Grace und Cousin Arthur; Gebete, Unterricht und Reiten mit Miss Elton; Besuche bei der Großmutter und religiöse Unterweisung bei Cousin Arthur. Ich haßte diesen Tagesablauf, und ohne die langen Ausritte in die Umgebung wäre er unerträglich gewesen. Ich war inzwischen eine perfekte Reiterin geworden. Außerdem waren natürlich die Stunden bei meiner Großmutter eine schöne Abwechslung, in denen wir von Francine sprachen und ausmalten, wie es ihr erging.

Ein ganzes Jahr verstrich, ehe ich wieder von Francine hörte. Auch diesmal kam der Brief über Mrs. Emms.

Liebste Pippa!
Du darfst nicht eine Sekunde lang annehmen, ich hätte Dich vergessen. Alles hat sich so sehr verändert, seit ich Dir das letzte Mal schrieb. Damals machte ich Pläne, Dich herkommen zu lassen. Leider sind sie gescheitert. Wir mußten schrecklich oft umziehen und leben jetzt sozusagen im Exil. Falls Du mir geschrieben hast, habe ich Deinen Brief nicht erhalten, und vielleicht hast Du meinen auch nicht bekommen. Ich nehme an, bei Euch geht alles weiter in diesem öden Trott. Arme Pippa! Sobald hier wieder Ordnung eingekehrt ist, kommst Du her. Ich habe zu Rudolph gesagt, daß ich meine kleine Schwester unbedingt bei mir haben muß. Er ist einverstanden. Er fand Dich reizend, dabei behauptet er immer, er hätte für keine andere Augen, nur für mich. Aber er möchte wirklich, daß Du kommst.
Jetzt muß ich Dir von dem großen Ereignis berichten. Ja, ich bin Mutter. Denk nur, Pippa, ich habe einen Sohn. Das entzückendste Wesen, das Du Dir vorstellen kannst. Er ist blond und hat blaue Augen. Ich finde, er gleicht Rudolph, aber Rudolph sagt, er ist mein Ebenbild. Er hat einen grandiosen Namen: Rudolph (nach seinem Vater) Otto Friedrich von Gruton Fuchs. Ich nenne ihn Cubby, Füchschen. Ich brauche Dir nicht zu sagen, daß Cubby das wunderbarste Kind ist, das je geboren wurde. Von dem Augenblick an, als er zur Welt kam, zeigte er eine erstaunliche Auffassungsgabe. Aber was würdest Du von meinem Kind anderes erwarten? Du mußt ihn unbedingt sehen. Wir werden uns etwas einfallen lassen.
Ich wollte, diese jämmerlichen Streitereien würden endlich aufhören. Wir müssen so vorsichtig sein. Es herrscht ein ständiger Kampf zwischen den verschiedenen Zweigen der Familie. Mal soll die Markgrafschaft dem einen gehören ... mal dem anderen. Es ist sehr zermürbend. Rudolph ist hineinverwickelt. Es finden geheime Zusammenkünfte statt, und es ist ein ständiges Kommen und Gehen in dem Jagdhaus, wo wir jetzt wohnen. Du mußt nicht denken, das ist so eine heruntergekommene Hütte! Keineswegs. Diese Markgrafen und Barone verstehen schon, für sich zu sorgen. Wir leben prächtig, aber wir müssen vorsichtig sein. Rudolph ist deswegen sehr ärgerlich. Er sagt, sobald wir wieder im Schloß sind, kann ich Dich kommen lassen. Ich

kann es auch kaum erwarten. Ich werde Cubby von Dir erzählen. Noch starrt er mich nur an, aber ich schwöre, er begreift alles, denn er hat so ein kluges Gesicht.
Ich hab Dich lieb, Schwesterchen. Ich denke sehr viel an Dich. Keine Angst, ich werde Dich aus Greystone Manor erretten.
Francine die Baronin (Frau Fuchs).

Nachdem ich den Brief erhalten hatte, lebte ich einige Wochen in einem Zustand der Euphorie. Ich spazierte ständig an Granter's Grange vorbei und hielt nach Zeichen der Geschäftigkeit Ausschau. Es war aber nichts zu sehen.
Ich ging häufig zu Mrs. Emms. »Keine Post?« fragte ich jedesmal, und sie schüttelte bedauernd den Kopf.
»Von Daise ist ein Brief gekommen. Sie ist ganz aus dem Häuschen. Sie hat diesen Hans geheiratet. Aber sie ist nicht bei Ihrer Schwester. Sie muß bei Hans bleiben, wissen Sie. Sie schreibt, sie fürchten sich alle vor einem ›Streich‹.«
Da bekam auch ich es mit der Angst. Ich war verzweifelt. Dieses ständige Gerede von einem Staatsstreich; es war schwer, sich das Leben so weit entfernt von der friedlichen Ruhe unseres viktorianischen England vorzustellen. Granter's Grange und seine Bewohner hatten für mich zu einer bunten romantischen Welt gehört, wo die seltsamsten Abenteuer möglich waren. Das war für mich faßbar gewesen, und ich hatte mit Francine darüber sprechen können. Nun aber hatte mich die Unwirklichkeit all dessen eingeholt, und Francine war mit hineingezogen.
Ich betete jeden Abend für sie. Es gab etwas Neues in meinem Leben: Angst um ihre Sicherheit.
Wieder kam ein Brief. Diesmal ging es nur um das Kind. Francine war nun mehr als drei Jahre fort, und ihr kleiner Cubby mußte jetzt achtzehn Monate alt sein. Er fing an zu sprechen, und sie konnte es kaum wagen, ihn einmal aus den Augen zu lassen.
Sie erzählte ihm von seiner Tante Pippa.

Das Wort Pippa gefällt ihm, und er wiederholt es ständig. Komisch, wie Kinder eine Vorliebe für manche Wörter haben, und Pippa ist so

eines. Er hat ein drolliges Spielzeug; hier heißt es Kasperl. Diesen Kasperl nimmt er mit ins Bett und lutscht an seinem Ohr. Ohne ihn will er nicht schlafen gehen. Er nennt ihn Pippa. Siehst Du, Schwesterchen, jetzt gibt es einen Kasperl, der nach Dir heißt.
Du würdest Dich auf der Stelle in mein Baby verlieben. Es ist hinreißend.
Deine Schwester Francine.

Das war der letzte Brief. Dann hörte ich lange Zeit nichts von ihr, und ich war sehr beunruhigt. Mrs. Emms sagte, auch von Daisy sei keine Nachricht gekommen.
Ich wurde älter, und die Wolken, die ehedem als Schatten am Horizont erschienen waren, ballten sich nun über mir zusammen.
Ich war erst zwölf gewesen, als Francine fortging, und nun stand mein sechzehnter Geburtstag bevor. Verhängnisvolle Zeichen wurden sichtbar. Mein Großvater bekundete Interesse an mir und war freundlicher zu mir. Er lud mich zu einer Rundfahrt über die Güter ein, und ich erinnerte mich, wie er Francine einmal mitgenommen hatte. Cousin Arthur begleitete uns. Allmählich ging mir ein Licht auf, was das zu bedeuten hatte.
Von Francine hatte er nichts mehr wissen wollen, aber da war ja noch eine Enkelin. Und die würde binnen kurzem im heiratsfähigen Alter sein.
An meinem sechzehnten Geburtstag wurde eine Abendgesellschaft gegeben, zu der etliche Familien aus der Umgebung eingeladen wurden. Jenny Brakes nähte mir ein Taftkleid, in dem ich ziemlich erwachsen wirkte, und Miss Elton sagte mir, daß mein Großvater den Wunsch – nein, den Befehl – geäußert habe, daß ich für diesen Anlaß mein Haar aufsteckte.
Mit der neuen Frisur sah ich noch erwachsener aus. Ich ahnte, was für meinen siebzehnten Geburtstag geplant war.
Wenn ich neben Cousin Arthur saß, legte er seine Hand auf mein Knie, und alles in mir schreckte vor ihm zurück. Ich versuchte, meinen Widerwillen nicht zu zeigen, und zum erstenmal seit Francines Fortgang hatte ich meinetwegen Probleme. Ich haßte Cousin Arthurs schlaffe Hände; denn ich konnte mir denken, was in ihm vorging.

Mit meiner Großmutter konnte ich über meine Befürchtungen sprechen.
»Ja«, bestätigte sie, »so wird es kommen, und du solltest darauf vorbereitet sein. Dein Großvater wird verlangen, daß du Cousin Arthur heiratest.«
»Das werde ich nicht tun«, protestierte ich ebenso bestimmt wie einst Francine.
»Ich fürchte, er wird darauf bestehen. Ich weiß nicht, was er tun wird, aber du kannst unmöglich hierbleiben, wenn du dich nicht fügst.«
»Was kann ich denn tun?«
»Wir müssen uns etwas einfallen lassen«, sagte sie.
Ich sprach mit Miss Elton. Sie war selbst in Sorge, weil sie sah, daß es mit ihrer Stellung hier bald ein Ende haben würde. Meine Großmutter meinte, der einzige Ausweg für mich wäre, irgendwo eine Arbeit anzunehmen, und ich solle mich umschauen, denn es sei nicht leicht, eine Stellung zu finden. Mein Großvater könne mich jederzeit zu einem Verlöbnis zwingen, und die Hochzeit würde vermutlich für meinen siebzehnten Geburtstag geplant, darauf müsse ich gefaßt sein.
Seit den ersten Monaten nach Francines Abreise hatte ich mich nicht mehr so bedrückt gefühlt. Ich machte mir Sorgen um sie, weil keine Briefe mehr kamen, doch nun hatte ich selbst ein brennendes Problem ... Ja, der einzige Ausweg war eine Stellung, und ich dachte viel über diese Möglichkeit nach.
Miss Elton sagte mir, daß in der Zeitung Stellen angeboten würden, und wir besorgten uns die Zeitungen, denn auch sie war entschlossen, sich etwas anderes zu suchen.
Wir sahen uns die Anzeigen an. »Ihr Alter ist Ihnen im Wege«, meinte sie. »Wer sucht schon ein sechzehnjähriges Mädchen als Gouvernante oder Gesellschafterin? Sie müssen vorgeben, daß Sie älter sind.«
»Ich werde nächstes Jahr siebzehn.«
»Auch siebzehn ist noch sehr jung. Man könnte Sie für achtzehn halten, wenn Sie das Haar aus dem Gesicht kämmen. Wenn Sie eine Brille hätten ... warten Sie einem Moment.«

Sie ging zu einer Kommode und nahme eine Brille heraus.
»Probieren Sie die.« Ich setzte sie auf, und Miss Elton lachte.
»Ja, das ist gut, und mit den zurückgekämmten Haaren sehen Sie richtig streng aus . . . wie zwanzig . . . vielleicht sogar ein- oder zweiundzwanzig.«
»Aber ich kann durch die Brille nichts sehen.«
»Man kann sie auch mit gewöhnlichem Glas bekommen. Trotzdem, Sie sind zu jung. Man wird Sie nicht nehmen. Frühestens in ein oder zwei Jahren können Sie auf eine Stellung hoffen.«
»In zwei Jahren! Aber ich bin sicher, daß er für meinen siebzehnten Geburtstag die Hochzeit plant.«
Ich mußte trotzdem darüber lachen, wie ich in Miss Eltons Pelerine, mit den zurückgekämmten Haaren und der Brille aussah.
Miss Elton versprach, mir eine Brille zu besorgen. Sie würde sagen, jemand brauche sie lediglich als Schutz vor dem Wind, da er ihm Kopfschmerzen mache. Miss Elton war sehr mitfühlend, seit Francine fort war, und das hatte uns einander nähergebracht.
Sie besorgte die Brille, und als ich sie aufsetzte, mußte ich daran denken, wie Francine bei meinem Anblick gelacht hätte.
Miss Elton sah sich nach Stellungen um und fand etliche, die ihr zusagten. Sie war immerhin eine erfahrene Gouvernante in gesetztem Alter. Je mehr wir darüber sprachen, um so mehr erkannte ich die Hoffnungslosigkeit meiner Lage, und ich lachte mich selbst aus, weil ich mir eingebildet hatte, daß eine Brille meinen Mangel an Erfahrung wettmachen könnte.
Es würde nicht klappen, das wußte ich, und selbst Miss Eltons Elan, ihre eigene Sache voranzubringen, erlahmte ein wenig.
»Vielleicht ist es noch zu zeitig«, sagte sie. »Es wird sich später noch etwas finden.«
Während wir derlei Überlegungen anstellten, ereignete sich in Greystone Manor etwas Ungeheuerliches. Tante Grace brannte zu Charles Daventry durch! Wäre ich nicht so in meine eigenen Angelegenheiten vertieft gewesen, hätte ich es

vielleicht kommen sehen. Mit Tante Grace war eine merkliche Veränderung vorgegangen, seit Francine fort war. Offenbar hatte ihr deren Beispiel von Auflehnung Mut gemacht. Und wenn Tante Grace auch Jahre gebraucht hatte, bis sie sich dazu durchgerungen hatte, so hatte sie schließlich doch die Ketten zerrissen, mit denen ihr Vater sie gefesselt hatte. Ich freute mich für sie.
Sie ging einfach eines Tages fort und hinterließ meinem Großvater einen Brief, in dem sie erklärte, daß sie endlich beschlossen habe, ihr eigenes Leben zu leben, und daß sie nun bald sein werde, was sie eigentlich schon seit zehn Jahren hätte sein sollen: Mrs. Daventry.
Meine Großmutter war natürlich in das Geheimnis eingeweiht, und ich hätte gern gewußt, wie weit sie Grace zugeredet hatte.
Der Großvater war außer sich. Wieder fand in der Kapelle eine Versammlung statt, während der er Tante Grace anprangerte. Sie sei ein undankbares Kind, und der Herr wende sich mit Abscheu von ihr. Hatte ER nicht gesagt: »Du sollst Vater und Mutter ehren«? Sie aber hätte die Hand gebissen, die sie fütterte, und solche Pflichtvergessenheit werde der Allmächtige nicht hinnehmen.
Ich sagte hinterher zu Cousin Arthur: »Ich glaube, mein Großvater sieht in Gott so eine Art Verbündeten. Wieso nimmt er an, daß Gott immer auf seiner Seite ist? Wer weiß? Vielleicht hält er zu Tante Grace.«
»So darfst du nicht reden, Philippa«, erwiderte er finster.
»Warum soll ich nicht sagen, was ich empfinde? Wozu hat Gott mir eine Zunge gegeben?«
»Um ihn zu preisen und deine Wohltäter zu ehren.«
»Sie meinen, den Großvater womöglich ... sich selbst, Cousin Arthur?«
»Du sollst deinem Großvater Achtung erweisen. Er hat dich aufgenommen. Er hat dir Obdach gewährt. Das darfst du nie vergessen.«
»Großvater vergißt es bestimmt nicht, und er wird alles tun, damit auch ich es nicht vergesse.«
»Philippa, ich möchte deinem Großvater nicht erzählen, was

du gesagt hast, aber wenn du weiter in diesem Ton redest, zwingst du mich dazu.«
»Armer Arthur, Sie passen wirklich prima zu ihm. Ihr seid die heilige Dreifaltigkeit: Sie, mein Großvater und Gott.«
»Philippa!«
Ich sah ihn verächtlich an. Jetzt hast du meinem Großvater wirklich was zu erzählen, dachte ich.
Aber er tat es nicht. Er wurde vielmehr ziemlich freundlich zu mir, doch meine Abneigung gegen ihn nahm im Laufe der Zeit immer mehr zu.
Ich besuchte Tante Grace in der Werkstatt beim Friedhof. Sie war sichtlich glücklich und hatte nichts mehr mit der tristen Frau gemein, die in Greystone Manor gelebt hatte.
Ich umarmte sie, und sie bat mich um Entschuldigung. »Ich wollte es dir sagen, Philippa, aber ich hatte Angst, es irgend jemandem zu erzählen ... außer Mama. Ach Liebes, ich bin sicher, wenn ihr nicht gekommen wärt, hätte ich nie den Mut gehabt. Doch seit deine Schwester fort war, habe ich immerzu daran gedacht. Charles hat mich seit Jahren bedrängt, aber ich konnte mich nie entschließen ... Als Francine dann fortging, dachte ich plötzlich, genug ist genug ... und was mir bis dahin unmöglich erschienen war, kam mir allmählich ganz einfach vor. Ich brauchte es nur zu tun.«
Charles gab mir einen Kuß und sagte: »Ich muß euch dankbar sein. Was findest du, wie sieht Grace aus?«
»Wie ein neuer Mensch«, erwiderte ich.
Tante Grace war voller Pläne. Sie hatten ein Zimmer im Pfarrhaus und wollten eine Weile dort wohnen bleiben. Das würde meinen Großvater erzürnen, aber über den Pfarrer hatte er keine Gewalt. Die Pfründe war Sache des Bischofs, und der hatte – »aber erwähne das mit keinem Wort«, bat Tante Grace – unseren Großvater nie leiden können. Sie waren zusammen zur Schule gegangen und hatten schon damals immer Reibereien. Und der Pfarrer stand mit Greystone Manor nicht auf gutem Fuße, aber mit dem Rückhalt beim Bischof hatte er das auch nicht nötig.
Grace plauderte angeregt weiter, und ich war sehr froh, sie so zu sehen.

»Ich kann meine Mutter nicht besuchen«, sagte sie, »weil man mir das Haus verboten hat und sie nicht herauskann, aber du wirst gewiß unsere Botschaften überbringen und ihr sagen, wie glücklich ich bin.«
Das versprach ich.
Es war ein schöner Nachmittag. Wir saßen inmitten der Steinfiguren und tranken Tee, den Charles für uns machte. Über Graces Glück vergaß ich für kurze Zeit meine Schwierigkeiten, und als ich mich wieder darauf besann, tröstete mich das Gefühl, daß ich mit Tante Grace darüber reden konnte.
»Ja«, bestätigte sie, »er will dich mit Cousin Arthur verheiraten.«
»Ich werde ihn aber niemals heiraten«, sagte ich. »Francine hat es nicht getan, und ich werde es auch nicht tun.«
Tante Grace wurde still, als ich Francine erwähnte. Ich fuhr fort: »Ich sorge mich um sie. Ich habe so lange nichts von ihr gehört. Ich verstehe nicht, wieso sie nicht schreibt.«
Tante Grace schwieg.
»Das ist doch merkwürdig«, redete ich weiter. »Ich weiß natürlich, daß es schwierig ist mit der Post . . . wo sie doch so weit weg ist.«
»Seit wann hast du nichts mehr von ihr gehört?« fragte Tante Grace.
»Seit über einem Jahr.«
Tante Grace schwieg wieder eine Weile. Dann sagte sie: »Philippa, ob du mir wohl ein paar Sachen bringen könntest? Du müßtest sie heimlich aus dem Haus schaffen. Ich nehme an, man hat dir verboten, mich zu besuchen.«
»Dieses Verbot werde ich nicht beachten«, versprach ich.
»Sei vorsichtig. Dein Großvater kann sehr hart sein. Du kannst noch nicht auf eigenen Füßen stehen, Philippa.«
»Das werde ich aber müssen, Tante Grace. Ich muß es jedenfalls versuchen und mich um eine Stellung bemühen, um meinen Unterhalt zu verdienen. Miss Elton hilft mir dabei.«
»Oh . . . so weit ist es also schon?«
»Es muß sein, wegen Cousin Arthur.«
»Das ist das Beste. Du mußt ein neues Leben anfangen. Ich hatte selbst einmal vor, eine Stellung anzunehmen, aber mir

hat immer der Mut gefehlt. Du wirst die Vergangenheit hinter dir lassen wollen, alles ... einfach alles, Philippa. Und dann findest du vielleicht einen guten Ehemann. Das wäre das Beste. Vergiß alles ... und beginne von neuem.«
»Francine und unser gemeinsames Leben könnte ich niemals vergessen.«
»Du wirst schon einen Weg finden. Und Philippa, ich möchte, daß du mir noch etwas bringst. Mein Notizbuch. Es ist in der braunen Truhe auf dem Speicher. Es enthält Zeitungsausschnitte und dergleichen. Es ist ein rotes Heft. Mein Name steht auf dem Vorsatzblatt. Sei so lieb und hole es. Du findest es ganz leicht.«
Ihr ernster Blick, ihre zitternde Hand, die plötzliche Verfinsterung des Leuchtens, das ihr neues Glück ihr verliehen hatte ... aus all dem hätte ich erahnen können, daß ich in dem Notizbuch etwas Schreckliches finden würde.
Sobald ich nach Hause kam, ging ich auf den Speicher.
Ich öffnete die Truhe und fand das Buch, um das Tante Grace gebeten hatte. Ich schlug es auf. Innen stand ihr Name, wie sie gesagt hatte, aber es war der Zeitungsausschnitt, der mir sofort auffiel. Die Worte formten sich zu Sätzen und ließen entsetzliche Bilder vor mir erstehen.

> *Baron von Gruton Fuchs letzten Mittwoch ermordet im Bett seiner Jagdhütte im Bezirk Bruxenstein aufgefunden. Bei ihm war seine Geliebte, eine junge Engländerin, deren Identität noch nicht geklärt ist. Es wird aber angenommen, daß sie sich schon länger bei ihm aufhielt.*

Ich sah auf das Datum. Es lag über ein Jahr zurück. Ein zweiter Ausschnitt war angeheftet.

> *Die Identität der Frau konnte festgestellt werden. Es handelt sich um Francine Ewell, seit längerer Zeit eine »Freundin« des Barons.*

Das Papier glitt mir aus den Händen. Ich kniete noch immer und kam ins Wanken, während in meinen Gedanken Bilder

von einem Schlafzimmer in einem Jagdhaus heraufstiegen. Als ziemlich aufwendig hatte sie es beschrieben. Sie hatten gewiß viele Dienstboten. Ich stellte sie mir in einem Bett vor, den hübschen Liebhaber neben sich ... und überall Blut ... das Blut meiner geliebten Schwester.
Ich ging in mein Zimmer, um nachzudenken. Deshalb also hatte ich nichts von ihr gehört. Man hatte mir nichts gesagt, und sie wurde nicht betrauert; meine liebe, schöne, unvergleichliche Schwester hätte ebensogut nicht existiert haben können.
Tot! Ermordet! Francine, die Gefährtin meiner glücklichen Tage. Nach all der Zeit der Angst war dies das Ende. Bis dahin hatte es immer noch eine Hoffnung gegeben. Nun konnte ich nicht mehr zur Hütte gehen und bitter enttäuscht sein, wenn wieder keine Nachricht gekommen war. Es würde keine Nachricht mehr geben ... nie mehr.
Es hieß da, sie wäre seine Geliebte. Aber sie war doch seine Frau! Sie waren in der Kirche von Birley getraut worden, bevor sie auf den Kontinent fuhren. Das hatte sie mir doch geschrieben. Und sie hatten einen Sohn. Cubby. Wo war Cubby? Von ihm war nicht die Rede.
»O Francine«, murmelte ich, »ich werde dich nie wiedersehen. Warum bist du fortgegangen? Wärst du doch hiergeblieben ... hättest Cousin Arthur geheiratet ... alles ... alles lieber als dies. Wir hätten zusammen fortgehen können. Wohin? Wie? Irgendwohin ... alles lieber als dies.«
Ich wollte es nicht glauben. Es mußte jemand anderes sein. Aber da stand sein Name ... und ihrer. Hatte sie mir über die Heirat die Wahrheit gesagt? Hatte sie es nur geschrieben, weil sie dachte, ich hätte gern, daß alles anständig und korrekt, förmlich und richtig sei? Ja, ich hätte es so gewünscht. Aber deshalb hätte sie mich doch nicht belügen müssen. Sie hätte die Sache einfach übergehen können. Und da war noch das Kind. Was war aus dem Kind geworden? In der Zeitung stand nichts von ihm. Es war nur ein ganz kurzer Bericht, wie in einer englischen Zeitung nicht anders zu erwarten. Nur eine knappe Notiz über die üblichen Querelen, die in diesen turbulenten deutschen Staaten weitab vom friedlichen England an

der Tagesordnung waren. Die Sache war überhaupt nur erwähnt worden, weil die beteiligte Frau Engländerin war.
War das alles, was ich darüber wissen sollte? Wo konnte ich mehr erfahren?
Das rote Notizbuch unter den Arm geklemmt, lief ich zum Pfarrhaus. Tante Grace wartete zwischen den Statuen auf mich. Sie hatte wohl erwartet, daß ich kommen würde. Ich hielt ihr das Buch hin und sah sie an.
»Ich habe es dir damals nicht erzählt«, stammelte sie, »weil ich dachte, es würde dich zu sehr aufregen. Aber jetzt . . . dachte ich . . . ist sie älter. Nun solltest du es wissen.«
»Und ich habe die ganze Zeit auf eine Nachricht von ihr gewartet . . .«
Tante Graces Lippen zitterten. »Es ist entsetzlich«, sagte sie. »Sie hätte doch lieber nicht fortgehen sollen.«
»Gibt es noch mehr, das ich nicht weiß, Tante Grace? Noch mehr Zeitungsausschnitte . . . noch andere Berichte?«
Sie schüttelte den Kopf. »Nichts. Das war alles. Ich habe es gelesen und ausgeschnitten. Ich habe es niemandem gezeigt. Ich hatte Angst, jemand würde es lesen. Dein Großvater zum Beispiel. Aber die Leute kümmern sich nicht viel um Nachrichten aus dem Ausland.«
»Sie war mit ihm verheiratet«, sagte ich.
Tante Grace blickte mich mitleidig an.
»Ganz bestimmt«, beharrte ich. »Sie hat es mir geschrieben. Francine hätte mich nie belogen.«
»Es muß eine Scheintrauung gewesen sein. Dergleichen kommt unter solchen Leuten vor.«
»Aber sie hatten ein Kind!« rief ich. »Was ist aus ihm geworden? Von dem Kind ist nicht die Rede.«
Tante Grace murmelte: »Ich hätte dich weiter im unklaren lassen sollen. Aber ich hielt es für das Beste.«
»Ich mußte es jetzt endlich erfahren!« rief ich. »Ich will alles über sie wissen. Und die ganze Zeit bin ich im dunkeln getappt . . .«

Ich konnte an nichts anderes denken als an Francine. Ich wurde den Gedanken nicht los, wie sie in jenem Bett lag, tot . . .

ermordet. Francine ... so lebensvoll. Es war unvorstellbar. Lieber hätte es so sein sollen, daß sie mich vergessen hätte, weil in ihrem neuen, bunten und abwechslungsreichen Leben kein Platz mehr für ihre unscheinbare kleine Schwester gewesen wäre. Aber das hätte nicht zu Francine gepaßt. Das Band zwischen uns war so stark und hielt ewig ... bis der Tod uns trennte. Der Tod. Der unwiderrufliche ... gewaltsame ... erschreckende Tod!
Sie nie wiedersehen! Francine nicht und nicht diesen hübschen jungen Mann, den ich nur flüchtig gekannt hatte, der ganz wie ein romantischer Held war, der richtige Ehemann für das schönste aller Mädchen. Aber sie hatten freilich gefährlich gelebt.
Ich konnte nur mit meiner Großmutter darüber sprechen. Sie wußte auch, daß Francine tot war; Tante Grace hatte es ihr erzählt.
»Ihr hättet es mir sagen müssen!« rief ich heftig.
»Wir hätten es dir gesagt ... später. Aber wir wußten, wie sehr ihr euch geliebt habt, und du warst ja noch so jung. Wir wollten warten, bis deine Schwester nur mehr eine ferne Erinnerung wäre. Das hätte den Schlag gemildert.«
»Sie wäre nie eine ferne Erinnerung geworden.«
»Aber es wäre besser gewesen, mein Kind, wenn du angenommen hättest, sie habe dich bei ihrem aufregenden neuen Leben vergessen, statt zu wissen, daß sie tot ist ... jedenfalls zunächst.«
»Es ist schon vor einem Jahr passiert.«
»Ja, aber es war besser, bis jetzt zu warten. Grace hat spontan gehandelt. Sie ist ein anderer Mensch geworden. Ihr Leben lang hat sie gezögert ...«
»Sie schreiben, Francine war nicht verheiratet. Großmutter, ich *weiß*, daß sie verheiratet war.«
»Ja, mein Liebes, du mußt es so sehen. Er war ein Mann aus den obersten Kreisen seines Landes. Für solche Leute werden Heiraten arrangiert. Wenn sie außerhalb der Gesetze heiraten ...«
»Es heißt, sie war seine Geliebte. Aber Francine war seine Frau. Sie hat es mir geschrieben.«

»Natürlich. Sie hat sich als seine Frau betrachtet.«
»Sie schrieb, daß sie in einer Kirche getraut wurden, ich kenne die Kirche. Wir haben sie an dem Tag besichtigt, als wir in England ankamen. Wir haben einen Ausflug gemacht, weil wir in Dover auf den Zug warten mußten und so viel Zeit hatten. Ich weiß es noch ganz genau. Damals hat Francine gesagt, das wäre eine hübsche Kirche, um zu heiraten, und dort ist sie getraut worden.«
Meine Großmutter schwieg, und ich fuhr fort: »Und was ist aus dem Kind geworden?« Ich mußte immerzu an den Buben denken.
»Es ist bestimmt in guten Händen.«
»Bei wem? Wo?«
»Das hat man gewiß geregelt.«
»Sie war so stolz auf ihren Sohn. Sie hat ihn so geliebt.«
Meine Großmutter nickte.
Ich rief aus: »Ich will genau wissen, was passiert ist.«
»Mein liebes Kind, du mußt es vergessen.«
»Francine vergessen! Bestimmt nicht. Ich will dorthin ... ich muß alles herausfinden.«
»Mein liebes Kind, du hast doch eigene Probleme.«
Ich schwieg einen Augenblick. Die plötzliche Entdeckung hatte alles andere aus meinen Gedanken verscheucht. Aber mein Problem blieb bestehen. Sogar als ich jetzt dasaß und an Francine dachte ... Bilder der Erinnerung, aber auch der Phantasien, vor allem solche in einem Schlafzimmer in dieser Jagdhütte ... selbst da konnte ich beinahe Arthurs schlaffe Hände auf mir spüren. Ich sah das Brautgemach von Greystone, einen düsteren Raum mit schweren grauen Samtvorhängen und einem hohen Himmelbett; ich sah mich dort liegen und Cousin Arthur kommen; ich stellte mir vor, wie er vor dem Bett kniete und Gott bat, unseren Bund zu segnen, bevor er sich an die praktische Ausführung machte. Das könnte ich niemals ertragen!
Und doch konnte ich nicht lange daran denken. Immer wieder fiel mir Francine ein, und ich sah sie in diesem blutbefleckten Bett, ihren toten Geliebten neben sich.

Ich ging nach Granter's Grange und kam an der Hütte der Familie Emms vorüber. Wie so oft sah ich Mrs. Emms draußen Wäsche aufhängen. Sie schien unaufhörlich zu waschen. Das war bei einer so großen Familie wohl unvermeidlich, und doch machten sie nicht den Eindruck übermäßiger Reinlichkeit. Ich blieb stehen und unterhielt mich mit ihr.
»Ich hör' gar nichts mehr von Daise«, sagte sie. »Ich frag mich oft, was sie dort treibt mit diesem Hans. Na ja, die Kinder ziehen in die Fremde, und dann sind sie eben weg. Auch keine Nachricht von Ihrer Schwester?«
Ich schüttelte den Kopf. Ich wollte nicht mit Mrs. Emms über die Tragödie sprechen.
Aber ich mußte nach Granter's Grange gehen und das Haus ansehen. Ich war so niedergeschlagen und auch zornig, weil ich noch so jung war. Trotzdem mußte ich etwas unternehmen.
Miss Elton hatte Nachricht von ihrer Cousine, die irgendwo in Mittelengland als Kindermädchen arbeitete. Sie schrieb, sie würden bald eine Gouvernante benötigen, und sie habe Miss Elton empfohlen. In drei Monaten wäre es soweit. Wenn sie so lange warten könne, würde sie die Stellung bekommen.
Miss Elton war also versorgt. Sie hatte eine Unterredung mit meinem Großvater und erklärte ihm, sie glaube, daß ich bald keine Gouvernante mehr brauchte, und man habe ihr diese Stellung angeboten, die sie in drei Monaten antreten könne. Mein Großvater lobte sie huldvoll wegen ihrer weisen Voraussicht und sagte, er wolle sie gern noch drei Monate in Diensten halten, bis für mich, wie sie richtig erkannt habe, keine Gouvernante mehr nötig sei.
Darin lag etwas Unwiderrufliches. Mein Großvater machte einen sehr selbstzufriedenen Eindruck. Er war überzeugt, daß er mit mir nicht dieselben Schwierigkeiten haben würde wie mit meiner Schwester.
Und dann wurde es zu meiner großen Aufregung in Granter's Grange lebendig. Der kleine Tom Emms erzählte es mir, als er kam, um seinem Vater bei der Gartenarbeit zu helfen. Er sprach mich an, und ich war sicher, daß Mrs. Emms ihm aufgetragen hatte, es mir zu berichten.

»Da sind Leute im Haus«, flüsterte er verschwörerisch.
»In Granter's Grange?« rief ich aus.
Er nickte.
Mehr brauchte ich nicht zu wissen. Sobald das Mittagessen beendet war, machte ich mich auf.
Mrs. Emms erwartete mich. Wenn sie keine Wäsche aufhängte, war sie im Garten und beobachtete die Nachbarschaft.
Sie trat ans Gatter, sobald ich erschien. »Nur die Dienstboten bis jetzt«, sagte sie.
»Ich muß hin«, erklärte ich.
Sie nickte. »Ich bin hingegangen, um nach unserer Daise zu fragen. Ich dachte, vielleicht ist sie dort.«
»Ist sie nicht da?«
Mrs. Emms schüttelte den Kopf. »Man hat mir die kalte Schulter gezeigt. Nein, Daise ist nicht da. Hans auch nicht. Das sind auch gar nicht dieselben Leute wie früher. 'ne komische Art haben die, ich muß schon sagen.«
Ich ließ mich nicht beirren und ging zu dem Landhaus. Mein Herz schlug heftig, als ich die Auffahrt entlangging. Ich betätigte den Klopfer mit der Figur, und der Ton hallte durchs Haus.
Endlich hörte ich Schritte nahen, und ein Mann öffnete die Tür.
Wir standen uns einen Moment gegenüber und sahen uns an. Er hob fragend die Brauen, und ich sagte: »Ich möchte einen Besuch machen. Ich bin von Greystone Manor.«
Er erwiderte: »Niemand zu Hause. Keiner da.«
Er wollte die Tür schließen, doch ich war einen Schritt vorgetreten, so daß er mich nur mit Gewalt hätte hinausdrängen können.
»Wann wird die Gräfin eintreffen?« fragte ich.
Er zuckte die Achseln.
»Bitte, sagen Sie es mir. Ich habe sie vor ein paar Jahren kennengelernt. Mein Name ist Philippa Ewell.«
Er sah mich merkwürdig an. »Ich weiß nicht, wann sie kommen. Vielleicht überhaupt nicht. Wir sind hier, weil so lange niemand mehr nach dem Haus gesehen hat. Guten Tag.«
Mir blieb nichts anderes übrig, als enttäuscht zu gehen.

Aber ich war von fiebriger Ungeduld ergriffen. Früher hatte die Ankunft der Dienstboten bedeutet, daß das Haus bald bewohnt sein würde, also würde sicher bald jemand kommen, der mir etwas über Francine sagen konnte.
Bald nachdem ich in Granter's Grange gewesen war, fiel mit etwas Seltsames auf. Ich begegnete neuerdings ständig demselben Mann. Mit seiner gedrungenen Gestalt und seinem kurzen, dicken Hals sah er irgendwie germanisch aus, so daß ich ihn für einen Ausländer hielt, einen Ferienreisenden vielleicht, der im Gasthof Three Tuns nahe beim Fluß abgestiegen war, wohin gelegentlich Leute zum Forellenangeln kamen. Das Merkwürdige daran war, daß ich ihm so oft begegnete. Er sprach mich nie an; ja, er schien mich überhaupt nicht zu bemerken. Er war einfach nur da.
Miss Elton, deren Zukunft nun gesichert war, zeigte sich sehr mitfühlend und machte sich ernstlich Sorgen um mich. Die Zeit verging so schnell, und in sechs Monaten würde ich siebzehn sein. Sie wußte, daß mir der Gedanke verhaßt war, Cousin Arthur zu heiraten. Doch was konnte ich sonst tun, was blieb mir übrig?
Sie sagte: »Sie sollten unbedingt etwas unternehmen.«
»Und was?« fragte ich.
»Sie sind so gleichgültig gegen sich selbst. Sie quälen sich mit Gedanken an das, was Ihrer Schwester zugestoßen ist. Sie ist tot, aber Sie leben und müssen weiterleben.«
»Ich wollte, ich könnte nach Bruxenstein gehen. Ich bin überzeugt, daß es dort ein Geheimnis zu lüften gibt.«
»Das ist doch alles ganz klar. Er hat ihr den Kopf verdreht und ihr die Ehe versprochen...«
»Aber er hat sie wirklich geheiratet. In der Kirche, die wir einmal besichtigt haben.« Mir kam eine Idee. »Gibt es in Kirchen nicht Register und dergleichen? Wenn sie dort geheiratet haben... dann müßte das doch beurkundet sein, nicht wahr? Und die Akten würden in der Kirche aufbewahrt, oder?«
Miss Elton sah mich eindringlich an. »Sie haben recht«, sagte sie.
»Oh, Miss Elton. Ich muß zu dieser Kirche. Ich muß es selbst sehen. Wenn die Eheschließung dort registriert wäre... das

würde doch beweisen, daß ein Teil des Zeitungsberichts falsch war, nicht?«
Miss Elton nickte langsam.
»Ich gehe hin . . . irgendwie. Kommen Sie mit?«
Sie schwieg eine Weile. »Ihr Großvater. Er wird wissen wollen . . .«
»Soll ich mein Leben lang seine Sklavin bleiben?« fragte ich.
»Ja, wenn Sie jetzt nicht handeln.«
»Ich werde handeln, und als erstes sehe ich in der Kirche von Birley nach, ob die Eheschließung meiner Schwester dort registriert ist.«
»Und wenn, was dann?«
»Dann muß ich etwas unternehmen. Das würde die Sache doch ändern, sehen Sie das nicht? Ich möchte herausbekommen, warum meine Schwester ermordet worden ist. Und noch etwas. Ich möchte ihren Sohn finden. Was ist aus dem kleinen Jungen geworden? Er muß jetzt drei Jahre alt sein. Wo ist er? Wer kümmert sich um ihn? Er ist Francines Kind. Verstehen Sie das nicht? Ich kann nicht tatenlos hier herumsitzen.«
»Ich sehe nicht, was Sie tun können, außer zu beweisen, ob Ihre Schwester verheiratet war oder nicht. Und was nützt Ihnen das?«
»Ich weiß es nicht. Aber es würde mich ein wenig erleichtern. Wenn diese Urkunde vorhanden ist, heißt das, daß Francine die Wahrheit gesagt hat. Sie schrieb, sie sei Baronin. Sie nannte sich Frau Fuchs, weil das einer seiner Nachnamen war.«
»Sie war immer recht leichtfertig.«
»Sie war der liebste Mensch, den ich gekannt habe, und ich ertrage es nicht . . .«
»Regen Sie sich nicht auf. Wenn Sie entschlossen sind, diesen Ort aufzusuchen – in der Nähe von Dover, sagten Sie? – könnten wir es in einem Tag hin und zurück schaffen. Das macht die Sache einfacher.«
»Sie würden mitkommen, Miss Elton?«
»Natürlich. Sie können Ihrem Großvater doch nicht erzählen, was Sie vorhaben, nicht wahr? Wie wäre es, wenn ich ihm erkläre, daß wir im Unterricht über alte englische Kirchen ge-

sprochen haben, und daß es in der Nähe von Dover eine besonders interessante normannische Kirche gibt, die ich Ihnen gern zeigen möchte?«
»Oh, Miss Elton, Sie sind ja so gut!«
»Er ist neuerdings nicht mehr ganz so streng mit uns. Vielleicht, weil ich ohnehin bald gehe, und weil er denkt, Sie sind eine fügsame Enkelin und gehorchen seinen Wünschen.«
»Es ist mir einerlei, was er denkt. Ich will in diese Kirche und mir das Register ansehen.«
Miss Elton hatte meinen Großvater richtig eingeschätzt. Er erklärte sich huldvoll mit dem Ausflug einverstanden, und wir brachen frühmorgens von der Bahnstation Preston Carstairs auf. Für die Rückfahrt könnten wir noch den Dreiuhrzug erreichen. Merkwürdig, gerade, als wir am Bahnhof anlangten, kam der geheimnisvolle Fremde vom Gasthof Three Tuns zum Zug geeilt. Er sah uns überhaupt nicht an, aber ich fand es doch recht seltsam, daß er schon wieder da war und auch noch in demselben Zug fuhr wie wir. Ich dachte dann aber, daß er ja vermutlich in Ferien hier war und sich halt auch ein wenig die Gegend ansah, und da Dover und seine Umgebung historisch sehr interessant sind, war es nur natürlich, daß er es besichtigen wollte.
Aber ich war wegen meines Vorhabens so aufgeregt, daß ich bald nicht mehr an ihn dachte.
Die Fahrt dauerte ziemlich lange, und weil ich so ungeduldig war, schien es mir, daß der Zug recht langsam dahindampfte. Ich sah hinaus auf grüne Weiden, auf kleine Häuschen, die zum Trocknen des Getreides dienten, auf den reifenden Hopfen und die mit Früchten überladenen Bäume in den Obstgärten, die für diese Landschaft charakteristisch waren. Alles war grün und lieblich, ich aber war nur begierig, endlich zu der Kirche zu kommen.
Als wir in Dover einfuhren, sah ich die Festung auf dem Hügel, und die weißen Klippen und die See boten einen phantastischen Anblick. Aber ich konnte nur an das denken, was ich zu finden hoffte, denn ich zweifelte nicht, daß es tatsächlich vorhanden war.
Wir stiegen aus dem Zug und verließen den Bahnhof.

»Die Kirche ist nicht sehr weit von hier«, sagte ich. »Francine, Mister Counsell und ich sind in einem Einspänner hingefahren, der einem Gasthaus gehörte, und jemand von dort hat uns kutschiert.«
»Könnten Sie das Gasthaus wiederfinden?«
»Bestimmt.«
»Dann lassen Sie uns dort hingehen und etwas essen. Danach können wir uns erkundigen, ob man uns die Kutsche für die Fahrt zur Kirche zur Verfügung stellen kann.«
»Mir ist nicht nach Essen zumute.«
»Aber wir müssen etwas zu uns nehmen. Außerdem gibt uns das die Möglichkeit, mit dem Wirt zu sprechen.«
Wir fanden das Gasthaus mühelos, und man tischte uns heißes Brot frisch aus dem Ofen auf, dazu Cheddarkäse, süß eingelegte Gurken und Apfelmost. Es hätte ein wohlschmeckendes Mahl sein können, wenn ich in der richtigen Stimmung gewesen wäre.
»Ich war früher schon einmal hier«, erklärte ich der Frau des Wirts.
»Zu uns kommen so viele Gäste«, erwiderte sie, sich entschuldigend, weil sie mich nicht erkannte.
»Damals habe ich die Kirche von Birley besichtigt.«
»Wir würden gern wieder hingehen«, sagte Miss Elton. »Wie weit ist es?«
»Ach, ungefähr drei Meilen von der Stadtgrenze.«
»Das letzte Mal sind wir in Ihrem Einspänner gefahren«, sagte ich. »Könnte uns heute wieder jemand hinbringen?«
Sie zog die Schultern hoch und blickte ein wenig unschlüssig drein. »Ich geh mal fragen«, sagte sie.
»Ach bitte, sehen Sie zu, daß es sich machen läßt«, bat ich. »Es ist furchtbar wichtig für mich.«
»Ich werde sehen, was ich tun kann.«
»Wir müssen die Fahrt sicher bezahlen«, meinte ich, als sie draußen war.
»Ihr Großvater hat mir für diesen Bildungsausflug etwas Geld mitgegeben«, beschwichtigte mich Miss Elton. »Und so viel wird es sicherlich nicht kosten.«
Die Frau kam zurück und meldete, der Einspänner sei in einer

halben Stunde bereit. Ich war so ungeduldig, daß mir das Warten schwerfiel, und als ich so dasaß und wünschte, die Zeit würde schneller vergehen, sah ich eine Gestalt am Fenster vorbeihasten. Ich war sicher, daß es der Mann war, der auch in den Zug eingestiegen war. Und nun war er auch bei diesem Gasthof angelangt!
Als die halbe Stunde endlich herum war, stand der Einspänner für uns bereit, und nun sah ich den Fremden abermals. Er verhandelte um eines der Pferde, die zum Gasthof gehörten, und begutachtete es gerade.
Ich vergaß ihn sogleich, als wir dahinrumpelten, denn ich wurde von den Erinnerungen an damals eingeholt, als Francine und ich, dicht nebeneinander sitzend, diese Straße entlanggefahren und so gespannt waren, was uns im Hause unseres Großvaters erwarten würde.
Wir kamen zu der kleinen, grauen, uralten Kirche und gingen durch den Friedhof. Viele Grabsteine waren braun vor Alter, und ihre Inschriften waren fast unleserlich. Ich erinnerte mich, wie Francine einige laut gelesen hatte, und ich meinte ihr helles Lachen über ihren sentimentalen Inhalt zu hören.
Wir traten in den Vorraum, und ich nahm wieder diesen Geruch von Feuchte, Alter und Möbelpolitur wahr, der solchen Kirchen eigen ist. Ich stand vor dem Altar. Das Licht, das durch die bunten Glasfenster flimmerte, fiel auf das messingne Lesepult und den goldenen Fransenbesatz des Altartuchs. Es war ganz still.
Miss Elton brach schließlich das Schweigen. »Ich schlage vor, wir gehen ins Pfarrhaus«, sagte sie.
»Ja, natürlich. Wir müssen den Pfarrer aufsuchen.«
Als wir uns zum Gehen wandten, knarrte die Tür, und ein Mann trat herein. Er blickte uns verwundert an und fragte, ob er etwas für uns tun könne.
»Ich bin hier der Küster«, erklärte er. »Interessieren Sie sich für die Kirche? Es ist ein normannischer Bau, und ein sehr schönes Beispiel für eine Kirche von dieser Größe. Sie ist kürzlich restauriert worden, und wir mußten am Turm eine Menge instandsetzen. Hier kommen nicht viele Leute zur Besichtigung her; es liegt ein wenig abseits.«

Miss Elton sagte: »Wir sind nicht gekommen, um die Architektur zu bewundern. Wir wollten uns erkundigen, ob es möglich ist, das Register einzusehen. Wir möchten uns vergewissern, daß hier eine Trauung stattgefunden hat.«
»Gut, wenn Sie das Datum und die Namen der Beteiligten kennen, dürfte das kein Problem sein. Unser Pfarrer ist bis zum Wochenende abwesend. Deshalb sehe ich hier nach dem Rechten. Wenn ich Ihnen irgendwie behilflich sein kann ...«
»Könnten Sie uns das Register zeigen?« fragte ich begierig.
»Ja. Es wird in der Sakristei aufbewahrt. Ich muß nur den Schlüssel holen. Ist es schon lange her?«
»Nein. Vier Jahre«, sagte ich.
»Nun, dann dürfte es wirklich kein Problem sein. Gewöhnlich wollen die Leute Einträge sehen, die hundert Jahre und länger zurückliegen, weil sie ihren Vorfahren nachspüren. Das ist neuerdings in Mode gekommen. Ich sause nur mal schnell ins Pfarrhaus. Bin gleich wieder da.«
Als er fort war, blickten wir einander triumphierend an. »Hoffentlich finden Sie, was Sie suchen«, sagte Miss Elton.
Wie versprochen, kehrte der Küster bald mit dem Schlüssel zurück. Wir folgten ihm in die Sakristei, und ich zitterte vor Aufregung.
»Nun ...«, sagte er. »Wann soll das gewesen sein? Aha ... da ist die Seite.«
Ich sah hin. Da stand es. Es stimmte. Ihre Namen, so deutlich, wie ich es mir nur wünschten konnte.
Mit einem Triumphschrei drehte ich mich zu Miss Elton um. »Da!« rief ich. »Es gibt keinen Zweifel. Es ist bewiesen.«
Eine große Erregung ergriff mich, denn ich wußte, daß ich es nicht bei diesem Beweis belassen würde. Ich mußte mehr über das Geschehene herausfinden. Überdies verfolgte mich der Gedanke an den kleinen Buben, das Kind, das meinen Namen so gern ausgesprochen und seinen Kasperl nach mir genannt hatte.
Als wir aus der Kirche kamen, glaubte ich zu sehen, daß sich jemand zwischen den Grabsteinen versteckte. Aber es war nur ein Mann, der sich über ein Grab beugte und die Inschrift auf dem Stein zu lesen schien.

Ich beachtete ihn nicht weiter. Ich war so selig über das, was ich entdeckt hatte, daß ich auf dem ganzen Heimweg nur daran dachte.

Ich konnte es nicht erwarten, meine Großmutter aufzusuchen. Ich setzte mich auf den Schemel zu ihren Füßen und erzählte ihr, was ich im Kirchenregister gefunden hatte.
Sie hörte aufmerksam zu. »Ich bin froh«, meinte sie. »Francine hat also die Wahrheit gesagt.«
»Aber warum schreiben die dann, sie war seine Geliebte?«
»Ich nehme an, weil er ein wichtiger Mann war. Vielleicht hatte er bereits eine Ehefrau.«
»Das glaube ich nicht. Francine war so glücklich.«
»Meine liebe Philippa, du darfst nicht mehr darüber grübeln. Was auch geschehen ist, es ist aus und vorbei. Du mußt an dein eigenes Leben denken. Bald wirst du siebzehn. Was wirst du anfangen?«
»Ich wollte, ich könnte nach Bruxenstein. Ich möchte so gern herausfinden, was sich dort abgespielt hat.«
»Das ist unmöglich. Wenn ich jünger wäre ... wenn ich mein Augenlicht noch hätte ...«
»Sie würden mit mir kommen, nicht wahr, Großmutter?«
»Es würde mich jedenfalls reizen ... aber es ist unmöglich, für dich ebenso wie für mich. Aber etwas anderes, liebes Kind, was willst du denn in der Sache tun, die dir hier bevorsteht? Ich habe mir überlegt, wenn dein Großvater darauf besteht, daß du deinen Cousin heiratest, könntest du vielleicht zu Grace ziehen.«
»Aber das geht doch nicht. Sie haben nur ein Zimmer im Pfarrhaus.«
»Ich weiß, es wäre schwierig. Ich versuche ja auch nur, eine Lösung zu finden. Du klammerst dich an einen Strohhalm, mein liebes Kind. Du hast dich in dieses Geheimnis vertieft, das du nicht ergründen kannst, und selbst wenn es dir gelänge, würde es dir deine Schwester nicht zurückbringen. Unterdessen kommst du selbst in Gefahr.«
Sie hatte freilich recht. Vielleicht sollte ich doch versuchen, eine Stellung zu finden, wie Miss Elton und ich anfangs er-

wogen hatten. Aber wer würde mich beschäftigen? Wenn ich daran dachte, kam mir der ganze Plan lächerlich vor.
Am nächsten Abend hatten wir Gäste, die Glencorns mit ihrer Tochter Sophia. »Nur ein kleines, intimes Abendessen«, hatte mein Großvater gemeint, wobei er mich mit jenem Wohlwollen ansah, das er mir neuerdings entgegenbrachte. »Sechs ist eine treffliche Zahl«, fügte er hinzu.
Lustlos zog ich das braune Taftkleid an, das Jenny Brakes für mich geschneidert hatte. Es stand mir nicht, denn Braun war keine Farbe für mich. Rot und Smaragdgrün paßten zu mir, aber eigentlich interessierten mich Kleider und mein Aussehen zur Zeit nicht im geringsten. Meine Gedanken waren weit fort bei Francines kleinem Sohn. Mir war, als würde ich ihn kennen. Blondhaarig und blauäugig, eine Francine en miniature mit einem Kasperl im Arm. Wie sah wohl ein Kasperl aus? Ich stellte mir etwas wie einen Zwerg darunter vor. Ein Kasperl, den er nach mir Pippa genannt hatte.
Er war irgendwo weit weg ... es sei denn, auch er wäre ermordet worden. Vielleicht war es so, und da er ein Kind war, hatten die englischen Zeitungen ihn einer Erwähnung nicht für wert befunden.
Ich steckte wieder mein Haar auf. So wirkte ich größer, und ich sah nicht mehr so schrecklich jung aus. Und ich sah aus wie jemand, der durchaus imstande war, sich durchzusetzen.
Der Gedanke an die Abendgesellschaft war mir zuwider. Ich hatte die Glencorns ein- oder zweimal gesehen. Sie wohnten in einem großen Haus an der Grenze der großväterlichen Güter. Ich erfuhr, daß mein Großvater Land von ihnen gekauft hatte; sie hatten es widerwillig veräußert, aber es war ihnen, wie mein Großvater schadenfroh bemerkte, nichts anderes übriggeblieben. Sir Edward Glencorn war unfähig gewesen, die ererbten Güter zu verwalten. Er sei ein Narr, sagte mein Großvater. Er verachtete Narren, doch die Glencorns waren seine Nachbarn, und wenn ihr gesamter Besitz zum Verkauf stand – und er war sicher, daß dies innerhalb der nächsten Jahre der Fall sein werde –, wollte er die erste Gelegenheit wahrnehmen, um ihn zu erwerben. Es war das Lebensziel

meines Großvaters, seinen Besitz zu vermehren, deshalb war er auch so wütend gewesen, als Granter's Grange seinem Zugriff entglitten war. Land und Leute: er wollte alles besitzen, um seine Pläne zu verwirklichen. Er war wie ein irdischer Gott, der sich sein eigenes Universum schuf. Deshalb war er, obwohl er ihn verachtete, gern in Sir Edward Glencorns Gesellschaft, was selbstverständlich auch das Gefühl seiner eigenen Überlegenheit steigerte.
Das Diner war eine Tortur, wie alle Mahlzeiten in diesem Haus, und es fiel mir schwer, mich auf die Unterhaltung zu konzentrieren. In Arthurs Nähe überlief es mich kalt. Er war widerwärtiger denn je. Die Zeit rückte näher, da ich mich entweder mit ihm abfinden mußte oder allein und mittellos dastehen würde.
Bei einer Zusammenkunft wie dieser war es schwierig, nicht an all das zu denken, und da ich mich wegen Francines Schicksal immer noch in einem Schockzustand befand, war ich, gelinde ausgedrückt, geistesabwesend.
Sophia war ein stilles Mädchen, wenngleich ich das Gefühl hatte, daß man bei ihr nie recht wußte, woran man war. Ich bemerkte immer wieder, daß sie mich eindringlich musterte, als versuche sie, meine geheimsten Gedanken zu lesen. Wäre Francine bei mir gewesen, und wäre ich nicht von dieser entsetzlichen Furcht und Ungewißheit bedroht gewesen, so hätten wir uns gewiß eingehender mit Sophia Glencorn befaßt.
Sir Edward machte mir ein Kompliment über mein Aussehen, bestimmt nur aus Höflichkeit, denn ich wußte doch, daß der braune Taft nicht zu meinem Teint paßte, und zudem hatte mein Kummer sicherlich Spuren hinterlassen. Er hatte schon eine geraume Weile mit mir gesprochen, und ich konnte mich nicht erinnern, was ich geantwortet hatte. Sicher hielt er mich für dumm.
»Kein kleines Mädchen mehr, hm? Eine richtige junge Dame.«
Mein Großvater blickte beinahe gütig drein. »Ja, es ist erstaunlich, wie schnell Philippa erwachsen geworden ist.«
Verhängnisvolle Worte! Ich konnte die Pläne in seinen Augen lesen. Eine Hochzeit ... eine Geburt ... ein Erbe, ein kleiner

Ewell, den er auch nach seinen Vorstellungen formen würde.
»Philippa bekundet großes Interesse an den Gütern«, ergänzte Cousin Arthur.
Wirklich? Das war mir neu. Ich machte mir ganz und gar nichts aus den Gütern. Alles, was mich interessierte, waren meine eigenen Angelegenheiten und das Schicksal meiner Schwester.
Mein Großvater nickte und sah auf seinen Teller. »Besitz verpflichtet aber«, sagte er. »Man erbt Ländereien, Güter und mit ihnen Verantwortung.«
Wie hätte das Francine amüsiert!
»Philippa interessiert sich auch für Architektur«, fuhr Cousin Arthur fort.
Ich wünschte, sie würden nicht ständig von mir sprechen, als wäre ich nicht da.
»Miss Elton hat sie in diesem Fach unterwiesen«, ließ sich mein Großvater vernehmen. »Was war das doch gleich für eine Kirche, die ihr kürzlich besichtigt habt?«
Ich sagte: »Es war die Kirche von Birley . . . nicht weit von Dover.«
»Ein ziemlich weiter Weg, um sich ein paar Steine anzuschauen«, bemerkte Lady Glencorn.
Großvater bedachte sie mit einem nachsichtigen, doch ziemlich verächtlichen Lächeln.
»Es war eine normannische Kirche, nicht wahr?« sagte er. »Ich finde, das interessanteste Merkmal der normannischen Bauweise sind die Dächer mit ihren Holzverstrebungen in den Dachstühlen, die das Tonnengewölbe bilden. Das stimmt doch, Philippa?«
Ich hatte nur eine verschwommene Ahnung, wovon er sprach, denn Miss Elton und ich hatten nichts mit Architektur im Sinn, bevor ich den Wunsch hatte, die Kirche von Birley zu besuchen.
»O ja«, sagte ich ablenkend. »Miss Elton ist ziemlich traurig, weil sie uns bald verläßt.«
Mein Großvater konnte seine Zufriedenheit nicht verhehlen.
»Philippa ist schon so erwachsen, daß sie keine Gouvernante

mehr braucht. Sie wird sich nun anderen Dingen zuwenden.«

Dies war wahrlich merkwürdig, denn bislang war mir nicht bewußt gewesen, daß ich so wichtig war. Doch das hieß nur, daß ich jetzt zu einer wichtigen Figur auf dem Schachbrett geworden war, die er nach Belieben hin und her schieben konnte. Ich war froh, als die Mahlzeit vorüber war und wir ins Sonnenzimmer gingen, wo nach dem Diner Wein und Likör serviert wurden, wenn wir Gäste hatten. Sophia wurde aufgefordert, auf dem Klavier vorzuspielen. Sie hatte eine ziemlich kräftige Stimme und trug ein paar alte Lieder vor, wie »Cherry Ripe« und »Drink to me Only with Thine Eyes«. Letzteres sang sie sehr gefühlvoll, während Arthur hinter ihr stand und die Noten umblätterte. Jedesmal, wenn er sich vorbeugte und eine Seite umwendete, legte er seine Hand auf Sophias Schulter und ließ sie dort eine Weile ruhen.

Ich hatte Cousin Arthurs Hände stets verabscheut, weil ich es haßte, wenn sie mich streiften, und mir fiel auf, daß er es sehr darauf anlegte, körperlichen Kontakt mit mir zu bekommen. Aber jetzt merkte ich, daß er das wohl immer so machte, denn ich sah, daß er Sophia wieder und wieder berührte. Das verschaffte mir einen eigentümlichen Trost, denn es zeigte, daß sein Interesse nicht eigentlich mir, sondern der Sache an sich galt.

Endlich war der Abend vorüber, und die Glencorns fuhren in ihrer Kutsche ab. Großvater, Cousin Arthur und ich verabschiedeten sie, und als sie fort waren, seufzte Großvater vor Genugtuung.

»Es würde mich nicht wundern«, sagte er, »wenn der alte Glencorn am Rande des Bankrotts stünde.«

Die einzelnen Tage schienen langsam zu vergehen, und doch war, ehe ich es mich versah, eine Woche ganz verstrichen und eine weitere zur Hälfte. Ich wußte, daß ich mich rasch dem Abgrund näherte. Miss Elton würde nur noch einen Monat bleiben, denn inzwischen war es schon Februar. Das Ultimatum meines Großvaters konnte jeden Augenblick über mich hereinbrechen, und ich träumte noch immer unmögliche

Träume, wie ich in jenes ferne Land ging, das für mich nichts als ein Name war. Ich hatte es oft auf der Landkarte betrachtet: ein kleiner rosa Fleck, winzig und unbedeutend im Vergleich zu den Flächen von Amerika, Afrika und Europa, aus dem unsere kleine Insel seitlich herausragte. Aber uns gehörten ja alle die vielen roten Stellen, die das große britische Reich kennzeichneten, in dem die Sonne nicht unterging. Doch der Ort, wohin es mich zog, und über den ich mehr erfahren wollte, war ein kleiner rosa Fleck inmitten lauter braungezeichneter Bergketten.

In meiner Verzweiflung ging ich noch einmal nach Granter's Grange. Als ich gerade über den Rasen gehen wollte, kam mir ein Mann entgegen.

Ich erschrak, weil ich einen Moment lang dachte, er sei Francines Geliebter. Ich hielt den Atem an und muß wohl bleich geworden sein.

»Fehlt Ihnen etwas?« fragte er.

»Nein, ich bin nur gekommen, um einen Besuch zu machen . . . bei . . .«

»Einen Besuch, bei?« wiederholte er aufmunternd.

»Ich habe die Gräfin kennengelernt, als sie vor ein paar Jahren hier war. Sie war so freundlich und hat mich aufgefordert, sie wieder zu besuchen.«

»Ich bedaure, sie ist nicht hier.« Er sprach ein tadelloses Englisch mit einem ganz leichten Anflug von einem ausländischen Akzent. »Kann ich Ihnen irgendwie behilflich sein?«

»Sind Sie . . .?«

»Oh, ich bin nur hier, um im Haus nach dem Rechten zu sehen. Es ist einige Zeit her, seit es bewohnt wurde, und das bekommt einem Haus nicht. Darf ich Ihren Namen wissen?«

»Ich bin Philippa Ewell.«

Er merkte auf. Der Zeitungsausschnitt kam mir in den Sinn. »Die Identität der Frau konnte festgestellt werden. Es handelt sich um Francine Ewell . . .«

Er hätte den Namen erkennen müssen, aber er sagte nur: »Sehr angenehm«, und fügte hinzu: »Möchten Sie mit ins Haus kommen?«

»Aber Sie sagten, die Familie ist nicht zu Hause?«

Er lachte. »Es wäre der Frau Gräfin gewiß nicht recht, wenn ich ungastlich bin. Ich heiße Sie also in ihrem Namen willkommen.«
»Sind Sie so etwas wie ein – wie heißt das doch gleich? Ein Majordomus?«
»Das ist eine treffliche Bezeichnung.«
Ich hatte also seine Position richtig erkannt. Er war ein Bediensteter, aber einer von hohem Rang. Er war gekommen, um sich zu vergewissern, daß im Haus alles in Ordnung war. Das klang sehr plausibel.
»Ich nehme an, Sie bereiten das Haus zur Ankunft der Familie vor?«
»Das könnte gut sein«, sagte er. »Kommen Sie herein, ich biete Ihnen eine Erfrischung an. Bei Ihnen trinkt man Tee zu dieser Stunde, nicht wahr?«
»Ja.«
»Dann lassen Sie uns zusammen Tee trinken.«
»Halten Sie das für richtig?«
»Warum nicht?«
Ich erinnerte mich, wie Hans uns herumgeführt hatte, und wie peinlich das ausgegangen war. Dennoch wollte ich das Angebot nicht ausschlagen. Meine Wangen brannten wie immer, wenn ich sehr aufgeregt war. Francine hatte einmal gesagt: »Mach dir nichts draus. Das sieht richtig hübsch aus.«
Der Mann öffnete die Tür, und wir gingen ins Haus. Ich erinnerte mich so gut an alles: die Halle, die Treppe, der kleine Raum, wo die Gräfin uns bewirtet hatte.
Der Tee wurde von einem Dienstmädchen hereingebracht. Sie schien nicht im mindesten überrascht. Der Mann lächelte mich an. »Würden Sie vielleicht, wie man so sagt, die Honneurs übernehmen?«
Ich schenkte den Tee ein und sagte: »Ich – ich wüßte gern, ob Sie meine Schwester gekannt haben.«
Er hob die Augenbrauen. »Ich war in den letzten Jahren selten in England. Ich habe in meiner Kindheit einige Jahre hier verbracht . . . für meine Ausbildung.«
»Oh«, sagte ich, »es war vor vier oder fünf Jahren. Sie hat in

diesem Haus jemanden kennengelernt. Sie hat ihn geheiratet, und dann ... dann ist sie gestorben.«
»Ich glaube, ich weiß, worauf Sie anspielen«, sagte er langsam. »Es war damals ein großer Skandal. Ja ... ich besinne mich auf den Namen der Freundin des Barons.«
»Meine Schwester war seine Gattin.«
Er zuckte kaum merklich mit den Schultern. Dann sagte er: »Ich weiß von einer Freundschaft ... einer Liaison.«
Ich glühte vor Empörung. »Das ist nicht wahr!« rief ich schrill. »Ich weiß, in dem Zeitungsbericht war sie als seine Geliebte bezeichnet. Aber ich versichere Ihnen, sie war seine Frau.«
»Nicht zornig werden«, sagte er. »Ich kann mir denken, wie Ihnen zumute ist. Aber der Baron hätte Ihre Schwester gar nicht heiraten können. Seine Heirat wäre von höchster Bedeutung für das Land gewesen, weil er der Erbe des Herrscherhauses war.«
»Wollen Sie damit sagen, daß meine Schwester nicht gut genug für ihn war?«
»Das nicht gerade, aber er hätte eine Frau von seiner Nationalität geheiratet ... eine, die man für ihn vorgesehen hatte. Eine andere wäre nicht in Frage gekommen.«
»Ich muß Ihnen versichern, daß meine Schwester würdig war, einen jeden zu heiraten.«
»Das glaube ich gern, aber sehen Sie, das ist keine Frage der Würde. Es ist eine Frage der Politik, verstehen Sie?«
»Ich weiß aber, daß meine Schwester mit ihm verheiratet war.«
Er schüttelte den Kopf. »Sie war seine Geliebte«, sagte er. »So ist das eben. Sie war weder die erste, noch wäre sie die letzte gewesen ... wenn er noch lebte.«
»Ich finde diese Bemerkungen höchst ungehörig.«
»Sie sollten die Wahrheit nicht ungehörig finden. Sie müssen realistisch sein.«
Ich stand auf. »Ich bleibe nicht hier, um mir anzuhören, wie meine Schwester beleidigt wird.«
Tränen traten mir in die Augen, und ich war wütend auf ihn, weil er mich dazu gebracht hatte, meine Gefühle zu zeigen.
»Bitte«, sagte er sanft, »lassen Sie uns vernünftig miteinander

reden. Sie müssen das Ganze wie eine kluge Frau betrachten. Ich nehme an, die beiden haben sich auf romantische Weise kennengelernt. Sie waren verliebt. Nun, das ist reizend. Aber eine Heirat, für einen Mann in seiner Position, mit einer Frau, die ... oh, ich bin sicher, sie war schön und bezaubernd, würdig in jeder Beziehung ... aber es wäre eben nicht angemessen gewesen. Ein Mann wie er muß auf seine Verpflichtungen Rücksicht nehmen ... und das hat er immer getan.«
»Und ich sage Ihnen, sie *waren* verheiratet.«
Er lächelte, und seine Ruhe machte mich zorniger als alles andere. Daß er von dieser Tragödie reden konnte, wie von irgend etwas Alltäglichem, das verletzte mich so tief, daß ich spürte, ich würde meine Selbstbeherrschung vollends verlieren, wenn ich noch länger bleiben und dieses gelassene, lächelnde Gesicht ansehen müßte.
»Wenn Sie mich bitte entschuldigen wollen«, sagte ich.
Er stand auf und verbeugte sich.
»Ich muß gehen«, fuhr ich fort. »Sie reden Unsinn, und obendrein lügen Sie ... Ich glaube, das wissen Sie ganz genau. Auf Wiedersehen.«
Damit wandte ich mich ab und lief aus dem Haus – gerade noch rechtzeitig, denn nun strömten die Tränen über meine Wangen, und ich hätte auf keinen Fall gewollt, daß er mich weinen sah.
Ich eilte nach Hause und hinauf in das Zimmer, das ich einst mit Francine geteilt hatte. Ich warf mich auf mein Bett, und zum ersten Mal, seit ich diese entsetzlichen Zeitungsausschnitte gesehen hatte, weinte ich hemmungslos.

Danach zog es mich nicht mehr nach Granter's Grange. Es war mir unbegreiflich, warum mich dieser Mann so aufgewühlt hatte. Vielleicht, weil er mich ein wenig an Francines Baron erinnerte. Ich sagte mir, daß er ja nur ein Bediensteter war, aber wohl jedermann auf seine Vorrangstellung unter dem Personal aufmerksam machen wollte. Bei Rudolph dagegen hatte die Majestät – oder wie man das bei diesen Grafen und Baronen nennen mochte – ganz selbstverständlich gewirkt. Alle wußten, daß er der Baron war, und er hatte niemand darauf

hinweisen müssen. Aber womöglich tat ich dem Mann Unrecht, nur weil er so felsenfest behauptete, Francine sei nicht verheiratet gewesen.
Ich wollte ihn jedenfalls nicht wiedersehen. Aber vielleicht war das töricht; denn es hätte durchaus sein können, daß er noch mehr wußte. Möglicherweise hätte er mir Aufschluß darüber geben können, was aus dem Kind geworden war.
Schon bereute ich meinen überstürzten Aufbruch. Was hätte es schon ausgemacht, wenn er meinen Kummer bemerkt hätte?
Am nächsten Tag sah ich ihn wieder. Wahrscheinlich hatte er mir aufgelauert. Als ich zum Nachmittagsspaziergang hinausging, mußte er wohl gesehen haben, wie ich das Haus verließ, und er folgte mir, als ich mit schnellen Schritten zum Wald ging.
Ich setzte mich unter einen Baum und wartete, bis er kam.
»Guten Tag«, sagte er. »So trifft man sich wieder.«
Da ich wußte, daß er mir nachgestiegen war, schien mir diese Bemerkung, gelinde ausgedrückt, unaufrichtig.
»Guten Tag«, erwiderte ich kühl.
»Darf ich?« fragte er und setzte sich neben mich. Er lächelte mich an.
»Ich bin froh, daß Sie mir nicht mehr böse sind«, sagte er.
»Ich fürchte, ich habe mich ziemlich albern benommen.«
»Nein . . . nein.« Er beugte sich zu mir herüber und legte einen Augenblick lang seine Hand auf die meine. »Es war doch ganz natürlich, daß Sie sich aufgeregt haben. Was Ihrer Schwester zugestoßen ist, ist entsetzlich.«
»Es war niederträchtig. Ich wollte, ich wüßte . . . ich wollte, ich könnte ihre Mörder finden.«
»Es war aber nicht möglich, sie zu finden«, sagte er. »Natürlich gab es eine Untersuchung. Dabei kam nichts ans Licht, und deshalb bleibt es ein Geheimnis.«
»Würden Sie mir bitte alles erzählen, was Sie darüber wissen? Die beiden hatten ein Kind. Was ist aus ihm geworden?«
»Ein Kind! Das ist ausgeschlossen.«
»Meine Schwester hatte einen Sohn. Sie hat es mir geschrieben.«

»Das ist unmöglich.«
»Wieso ist es unmöglich, daß zwei Menschen ein Kind haben?«
»So wie Sie es sehen, ist es nicht unmöglich, aber im Hinblick auf Rudolphs Stellung . . .«
»Die hatte doch damit nichts zu tun. Er war mit meiner Schwester verheiratet, und es ist die natürlichste Sache von der Welt, daß sie ein Kind bekamen.«
»Davon verstehen Sie nichts.«
»Ich wäre Ihnen dankbar, wenn Sie mich nicht wie ein Kind behandeln würden, und wie ein schwachsinniges noch dazu.«
»Oh, ich halte Sie nicht für ein Kind, und ich bin überzeugt, daß Sie alles andere als dumm sind. Ich weiß außerdem, daß sie eine sehr ungestüme junge Dame sind.«
»Die Sache ist für mich sehr wichtig. Meine Schwester ist tot, aber ich dulde nicht, daß ihr Andenken besudelt wird.«
»Das sind harte Worte, meine liebe junge Dame.«
Er hatte sich zu mir herübergebeugt und griff nach meiner Hand. Ich zog sie entschieden zurück. »Ich bin nicht Ihre liebe junge Dame.«
»Hm . . .« Er legte den Kopf auf die Seite und musterte mich. »Sie sind jung, und Sie sind eine Dame . . .«
»Aus einer Familie, die nicht würdig ist, Ausländer zu ehelichen, die unserem Land die Ehre geben, es gelegentlich zu besuchen.«
Er lachte laut auf. Ich bemerkte die klaren Konturen seines Kinns und die schimmernden weißen Zähne. Er erinnerte mich unwillkürlich an Arthur . . . weil er das genaue Gegenteil war.
»Würdig . . . würdig gewiß«, sagte er. »Aber wegen bestimmter politischer Verpflichtungen dürfen solche Heiraten nicht sein.«
»Glauben Sie etwa, ein Mädchen wie meine Schwester hätte sich herabgelassen, die Geliebte dieses hochmächtigen Potentaten zu werden?«
Er blickte mich ernst an und nickte.
»So ein Unsinn«, sagte ich.

»Ich habe mich geirrt«, sagte er, indem er mich auf eine merkwürdig eindringliche Art ansah, »als ich Sie *meine* liebe junge Dame nannte. Meine sind Sie nicht.«
»Ich finde diese Unterhaltung absurd. Wir sprachen von einer äußerst ernsten Angelegenheit, und Sie haben diesen frivolen Ton angeschlagen.«
»Es ist oft klug, in leichtfertigem Ton über ernste Angelegenheiten zu sprechen. Das verhindert, daß man aufbrausend wird.«
»Bei mir nicht.«
»Sie sind ja auch eine sehr heißblütige Dame.«
»Hören Sie«, sagte ich. »Wenn Sie nicht bereit sind, ernsthaft über diese Sache zu reden, ist es sinnlos, daß wir uns überhaupt unterhalten.«
»Oh, finden Sie? Das ist bedauerlich. Ich war immer der Meinung, daß es durchaus sinnvoll ist, sich über alles mögliche zu unterhalten. Ich möchte Sie gern näher kennenlernen und hoffe, daß auch Sie ein wenig neugierig auf mich sind.«
»Ich muß herausfinden, was mit meiner Schwester passiert ist und warum. Und ich möchte mich vergewissern, daß für das Kind gesorgt ist.«
»Sie fordern eine ganze Menge. Die Polizei war nicht imstande, das Geheimnis zu lösen und zu klären, was sich in jener Nacht in der Jagdhütte abgespielt hat. Und was das nicht existierende Kind betrifft . . .«
»Ich werde Ihnen nicht mehr zuhören.«
Er sprach nicht weiter, sondern saß still da und sah mich von der Seite an. Am liebsten wäre ich aufgestanden und fortgegangen, aber der Wunsch, die Wahrheit zu erfahren, gewann wieder die Oberhand. Ich machte zwar Anstalten, mich zu entfernen, doch er ergriff meine Hand und sah mich flehend an. Ich spürte, wie ich errötete. Er hatte etwas, das mich erregte. Mir mißfielen seine Arroganz und die Behauptung, Francines Baron könne sich niemals herabgelassen haben, sie zu heiraten. Die Anspielung, die ganze Angelegenheit sei eine romantische Phantasterei von Francine und mir gewesen, machte mich wütend, und doch – ich konnte mir nicht erklären, was es war, weil ich noch zu unerfahren war – und doch

gab mir seine Nähe ein Gefühl der Erregung, wie ich sie nie zuvor verspürt hatte. Ich redete mir ein, das liege daran, daß ich im Begriff war, etwas zu entdecken, und daß hier jemand war, der Baron Rudolph gekannt hatte. Irgendwie hatte ich bei diesem Mann den Eindruck, daß er mehr wußte, als er zugab, und ich sagte mir, daß ich ihn so oft wie möglich sehen müsse, egal, welche Wirkung er auf mich ausübte.
Ich weiß nicht, wie lange wir so verharrten: er meine Hand haltend, und ich in dem halbherzigen Versuch, mich von ihm loszureißen, während er mich mit einem eigenwilligen Lächeln betrachtete, als könne er meine Gedanken lesen, und mehr noch, als wisse er um meine Verletzlichkeit.
»Bitte setzen Sie sich. Mir scheint, wir haben einander viel zu sagen«, meinte er.
Ich setzte mich. »Sie wissen ja, wer ich bin«, begann ich. »Meine Schwester und ich lebten in Greystone Manor. Dann ging sie zu diesem unseligen Ball.«
»Wo sie ihren Liebhaber kennenlernte.«
»Sie kannte ihn schon vorher, und die Gräfin hat sie eingeladen. Es war nicht einfach, hinzukommen. Sie müssen nicht denken, daß diese Einladung für uns in Greystone Manor eine große Ehre war. Meine Schwester konnte den Ball nur mit großer List besuchen.«
»Mit Lug und Trug?« fragte er.
»Sie sind wohl absichtlich beleidigend.«
»Bestimmt nicht. Aber ich muß darauf bestehen, daß wir den Tatsachen ins Gesicht sehen, wenn wir etwas herausfinden wollen. Ihre Schwester stahl sich im Ballkleid aus dem Haus und ging nach Granter's Grange. Ihre Familie, mit Ausnahme ihrer kleinen Schwester, die in das Geheimnis eingeweiht war, wußte nichts davon. Ist das richtig?«
»Ja ... mehr oder weniger.«
»Und dort hat sie sich in den Baron verliebt. Sie brannten durch, sie reiste als seine Frau ... um den Konventionen zu genügen.«
»Sie *war* seine Frau.«
»Jetzt sind wir wieder beim Anfang angelangt. Die Ehe konnte gar nicht geschlossen werden.«

»Doch. Ich weiß es.«
»Lassen Sie es mich Ihnen erklären. Rudolphs Land ist ein kleiner Staat, der ständig darum kämpft, seine Unabhängigkeit zu wahren. Deshalb darf man nicht von den Konventionen abweichen. Die habgierigen Nachbarstaaten sind ständig darauf aus, ihr Reich zu vergrößern und ihre Macht auszudehnen. Eines Tages werden sie sich alle zu einem einzigen Reich zusammenschließen, und das wird zweifellos gut sein, aber im Augenblick sind es lauter Kleinstaaten: Herzogtümer, Markgrafschaften, Fürstentümer und so weiter. Eines davon ist Bruxenstein. Rudolphs Vater ist ein alter Mann. Rudolph war sein einziger Sohn. Er sollte aus Gründen der Staatsräson die Tochter des Regenten eines Nachbarstaates heiraten. Er wäre diese Mesalliance niemals eingegangen. Es stand zuviel auf dem Spiel.«
»Er hat es aber getan.«
»Halten Sie das wirklich für möglich?«
»Ja. Er war verliebt.«
»Wie reizend, aber Liebe ist etwas anderes als Politik und Pflicht. Das Leben von Tausenden steht auf dem Spiel ... es geht um den Unterschied zwischen Krieg und Frieden.«
»Er muß meine Schwester innig geliebt haben. Ich kann das verstehen. Sie war die bezauberndste Person, die ich je gekannt habe. Oh, ich sehe, Sie verspotten mich. Sie glauben mir nicht.«
»Doch, ich glaube Ihnen alles, was Sie von ihr erzählen. Ich habe ja Sie, ihre Schwester, gesehen, und deshalb kann ich es mir leicht vorstellen.«
»Sie machen sich über mich lustig. Ich weiß, ich bin unansehnlich und Francine gar nicht ähnlich.«
Er ergriff meine Hand und küßte sie. »Das dürfen Sie nicht denken. Ich bin sicher, Sie sind ebenso charmant wie Ihre Schwester, aber vielleicht auf andere Weise.«
Wieder zog ich entschlossen meine Hand zurück. »Sie dürfen sich nicht über mich lustig machen«, sagte ich. »Sie wollen gar nicht über dieses Thema sprechen, nicht wahr?«
»Es gibt eigentlich wenig dazu zu sagen. Ihre Schwester und Rudolph wurden in dem Jagdhaus ermordet. Meiner Ansicht

nach war es ein politischer Mord. Jemand wollte den Erben aus dem Weg räumen.«

»Und wer soll dieses Herzogtum erben ... oder Fürstentum ... was immer es ist? Vielleicht ist er der Mörder.«

»So einfach ist es nicht. Der nächste in der Erbfolge war zu der Zeit nicht im Lande.«

»Aber solche Leute haben ihre Agenten, nicht wahr?«

»Es gab eine gründliche Untersuchung.«

»So gründlich kann sie nicht gewesen sein. Die sind wohl nicht sehr tüchtig in dem kleinen Nest.«

Er lachte. »Doch. Es gab eine eingehende Ermittlung, aber dabei kam nichts ans Licht.«

»Ich nehme an, meine Schwester wurde getötet, weil sie zufällig dort war.«

»Es sieht so aus. Es tut mir leid. Welch ein Jammer, daß sie Greystone Manor verlassen hat.«

»Wenn nicht, hätte sie womöglich Cousin Arthur heiraten müssen ... aber das hätte sie nie getan.«

»So ... es gab also noch einen Verehrer.«

»Mein Großvater hat diese Heirat gewollt. Ich vermute, das ist ziemlich ähnlich wie bei Ihnen in Bruxenstein. Er hat zwar kein Herzogtum oder Fürstentum, aber ein schönes altes Haus, das seit Generationen im Familienbesitz ist. Und er ist sehr reich, glaube ich.«

»Da haben Sie ja dieselben Probleme wie wir in Bruxenstein.«

»Probleme, die nur vom Standesdünkel der Menschen kommen. Solche Probleme dürfte es überhaupt nicht geben. Niemand sollte es wagen dürfen, anderen Menschen die Ehepartner vorzuschreiben. Wenn Menschen sich lieben, sollten sie auch heiraten dürfen.«

»Wohl gesprochen!« rief er aus. »Endlich haben wir etwas gefunden, worin wir übereinstimmen.«

Ich sagte: »Ich muß jetzt gehen, Miss Elton sucht mich bestimmt schon.«

»Wer ist Miss Elton?«

»Meine Gouvernante. Sie verläßt uns aber bald, weil man meint, daß ich keine mehr brauche.«

»Schon fast eine Frau«, bemerkte er.
Er trat zu mir und legte seine Hände auf meine Schultern. Ich wollte nicht, daß er mich berührte, als er es aber tat, überkam mich ein unergründliches Verlangen, bei ihm zu bleiben. Es war die entgegengesetzte Wirkung von jener, die Arthurs schlaffe Hände auf mich ausübten, doch beide Männer schienen die gleiche Vorliebe für das Anfassen zu haben.
Er zog mich an sich und küßte mich sachte auf die Stirn.
»Warum haben Sie das getan?« Ich wurde scharlachrot und wich hastig zurück.
»Weil ich es wollte.«
»Fremde küßt man nicht.«
»Wir sind doch keine Fremden. Wir haben zusammen Tee getrunken. Ich dachte, das sei ein englischer Brauch. Wenn man zusammen Tee trinkt, muß man befreundet sein.«
»Sie haben offenbar keine Ahnung von englischen Bräuchen. Man kann mit seinen ärgsten Feinden Tee trinken.«
»Dann habe ich die Lage mißdeutet, und Sie müssen mir vergeben.«
»Das vergebe ich Ihnen gern, nicht aber Ihre Einstellung zu meiner Schwester. Ich weiß, daß sie verheiratet war. Ich habe Beweise, aber es hat ja doch keinen Sinn zu versuchen, Sie zu überzeugen.«
»Beweise?« fragte er in scharfem Ton. »Was für Beweise?«
»Briefe. Ihre Briefe zum Beispiel.«
»Briefe an Sie? In denen sie beteuert, daß sie verheiratet ist?«
»Sie hat es nicht beteuert. Das hatte sie nicht nötig. Sie brauchte es lediglich mitzuteilen.«
»Darf ich ... diese Briefe sehen?«
Ich zögerte.
»Sie müssen mich überzeugen, wissen Sie.«
»Also gut.«
»Wollen wir uns hier treffen ... oder möchten Sie lieber ins Landhaus kommen?«
»Hier«, erwiderte ich.
»Ich werde morgen zur Stelle sein.«
Ich lief weg. Am Waldrand angekommen, blickte ich zurück

und sah ihn zwischen den Bäumen stehen. Ein eigentümliches Lächeln lag auf seinen Lippen.
Ich war den ganzen Tag über wie benommen. Miss Elton war mitten im Packen begriffen und bemerkte meine Geistesabwesenheit nicht. Sie würde in wenigen Tagen abreisen, und ich wußte, daß sie sich um mich sorgte, aber auch keinen richtigen Ausweg aus meinen Schwierigkeiten wußte. Ich nahm mir vor, meiner Großmutter von diesem Mann zu erzählen, doch aus irgendeinem Grunde zögerte ich. Ich kannte ja nicht einmal seinen Namen. Er benahm sich allzu vertraulich. Wie hatte er es wagen können, mich zu küssen! Was dachte er sich eigentlich? Daß alle Mädchen hier sich bereitwillig küssen ließen und intime Beziehungen ohne Trauschein eingingen?
In dieser Nacht blieb ich lange auf und las die Briefe meiner Schwester. Alles war so klar: Francines Begeisterung, ihre Ehe. Und hatte ich nicht den Eintrag im Register gesehen? Ich hätte dem Mann von diesem untrüglichen Beweis erzählen sollen. Warum hatte ich es nicht getan? Hatte ich es absichtlich zurückgehalten, damit er, wenn ich ihm später damit bewies, daß er unrecht hatte, sich um so mehr gedemütigt fühlte? Natürlich war Francine verheiratet gewesen. Sie hatte von ihrem Baby erzählt, dem wonnigen kleinen Cubby. Angenommen, sie hätte mir wirklich nur von der Heirat berichtet, weil sie es für schicklich hielt, das Kind hätte sie doch nie erfunden. Francine war keine übertrieben mütterliche Frau, dessen war ich sicher; aber als sie erst einmal ein Kind hatte, da liebte sie es innig, und das merkte man ihren Briefen an.
Am folgenden Tag fand ich mich zeitig an unserem Treffpunkt ein, aber der Mann war bereits da.
Bei diesem Anblick schlug mein Herz schneller. Ich wünschte, er hätte nicht diese Wirkung auf mich, weil ich mich dadurch im Nachteil fühlte. Er trat auf mich zu; er verbeugte sich ein wenig spöttisch, wie ich fand, und küßte mir die Hand.
»Diese Förmlichkeiten können Sie sich bei mir sparen«, sagte ich.
»Förmlichkeiten! Das sind keine Förmlichkeiten. Eine übliche Begrüßung in meiner Heimat. Ältere Damen und Kinder be-

kommen freilich oft einen Kuß auf die Wange statt auf die Hand.«
»Da ich weder das eine noch das andere bin, können Sie darauf verzichten.«
»Wie schade«, meinte er.
Ich war jedoch entschlossen, den Ernst der Lage nicht durch diese recht unverschämten Neckereien beeinträchtigen zu lassen.
»Ich habe die Briefe mitgebracht«, sagte ich. »Wenn Sie die gelesen haben, werden Sie sich mit der Wahrheit abfinden müssen.«
»Setzen wir uns. Der Boden ist ziemlich hart, und dies ist nicht der bequemste Ort für eine Konferenz. Sie hätten ins Haus kommen sollen.«
»Ich glaube kaum, daß das recht wäre, wenn Ihre Herrschaft nicht da ist.«
»Mag sein«, sagte er. »Hm ... kann ich die Briefe sehen?«
Ich reichte sie ihm, und er begann zu lesen.
Ich betrachtete ihn. Diese ausgeprägte Männlichkeit war es wohl, die dermaßen auf mich wirkte. So ähnlich mußte es Francine ergangen sein. Aber nein, das war ja lächerlich. Sie hatte sich leidenschaftlich verliebt. Meine Gefühle waren ganz anders. Eigentlich war ich diesem Mann feindlich gesinnt, obwohl seine Gegenwart mich überaus erregte. Ich kannte nur wenige Männer. Antonio und die Menschen auf der Insel konnte man nicht zählen. Damals war ich viel zu jung gewesen. Aber hin und wieder kamen Leute zu meinem Großvater ins Haus, und weil ich jeden an Cousin Arthur maß, wirkten sie alle ausgesprochen attraktiv auf mich.
Ich zuckte plötzlich zusammen. Ich hatte das Gefühl, daß wir beobachtet wurden. Ich drehte mich ruckartig um. Bewegte sich da nicht etwas zwischen den Bäumen? Es mußte Einbildung gewesen sein. Seit ich diesem Mann begegnet war, befand ich mich ständig in einem Zustand der Erregung ... und das nur, weil ich glaubte, ein paar Teile in das geheimnisvolle Puzzlespiel um den Mord in der Jagdhütte eingesetzt zu haben. Vielleicht hatte ein Knacken im trockenen Farnkraut oder das plötzliche Flattern eines aufgescheuchten Vogels in mir

dieses seltsam unheimliche Gefühl erweckt, daß wir beobachtet wurden.
»Ich glaube, jemand beobachtet uns«, sagte ich.
»Beobachtet? Wieso?«
»Es gibt Leute, die . . .«
Er ließ die Briefe sinken und sprang auf. »Wo?« rief er. »Welche Richtung?« Jetzt war ich sicher, daß ich eilige Schritte hörte.
»Da drüben«, sagte ich, und er rannte in der genannten Richtung davon. Nach ein paar Minuten kam er zurück.
»Niemand zu sehen«, sagte er.
»Aber ich war sicher . . .«
Er lächelte mich an. Er setzte sich, nahm die Briefe wieder zur Hand und las. Danach sah er mich mit ernster Miene an.
»Ihre Schwester dachte wohl, es würde Sie beruhigen, wenn sie Ihnen erzählte, sie sei verheiratet.«
Jetzt war der Augenblick gekommen. »Es gibt noch etwas, das Sie nicht wissen«, eröffnete ich ihm triumphierend. »Ich habe einen unumstößlichen Beweis. Ich habe das Kirchenregister gesehen.«
»Was?« Es hatte sich gelohnt, bis zu diesem Augenblick damit zu warten. Er war fassungslos.
»O ja«, fuhr ich fort. »Dort steht es klipp und klar. Sie sehen also, Sie befanden sich absolut im Irrtum.«
»Wo?« fragte er schroff.
»In der Kirche von Birley. Miss Elton und ich sind hingegangen und haben den Eintrag gefunden.«
»Das hätte ich Rudolph nie zugetraut.«
»Ob Sie es ihm zugetraut haben oder nicht, das spielt keine Rolle. Die Trauung hat stattgefunden. Ich kann es beweisen.«
»Warum haben Sie das nicht gleich gesagt?«
»Weil Sie so eigensinnig und stur waren.«
»Ich verstehe«, sagte er langsam. »Wo ist diese Kirche?«
»In Birley, nicht weit von Dover. Sie sollten hingehen. Sehen Sie es mit eigenen Augen . . . dann glauben Sie es vielleicht.«
»Gut«, sagte er, »wird gemacht.«

»Sie können mit der Eisenbahn nach Dover fahren. Es ist ganz einfach. Von dort nehmen Sie eine Kutsche nach Birley. Es ist ungefähr drei Meilen von Dover entfernt.«
»Ich gehe hin, ganz bestimmt.«
»Und wenn Sie es gesehen haben, kommen Sie zurück und bitten mich um Entschuldigung.«
»Untertänigst.«
Er faltete die Briefe zusammen und wollte sie wie geistesabwesend in seine Tasche schieben.
»Die gehören mir.«
»Ach ja.« Er gab sie mir zurück.
Ich sagte: »Ich weiß nicht einmal Ihren Namen.«
»Konrad.«
»Konrad ... und weiter?«
»Mit dem Rest möchte ich Sie nicht behelligen. Der wäre für Sie unaussprechlich.«
»Ich könnte es immerhin versuchen.«
»Lassen Sie nur. Für Sie bin ich einfach Konrad, das genügt.«
»Wann fahren Sie nach Birley, Konrad?«
»Morgen, denke ich.«
»Und wollen wir uns übermorgen hier wieder treffen?«
»Mit dem größten Vergnügen.«
Ich stopfte die Briefe in mein Mieder.
»Es sieht so aus«, sagte er, »als verdächtigen Sie mich, daß ich sie stehlen will.«
»Wieso kommen Sie darauf?«
»Sie sind von Natur aus ziemlich mißtrauisch, und insbesondere gegen mich.«
Er trat zu mir und legte seine Hand in den Ausschnitt meines Mieders. Ich schrie erschrocken auf, und er ließ die Hand sinken.
»War nur Spaß«, sagte er. »Sie haben sie aber auch an eine sehr verführerische Stelle gesteckt.«
»Sie sind unverschämt.«
»Ich fürchte, Sie haben recht. Aber Sie dürfen nicht vergessen, ich komme aus diesem ausländischen Nest, von dem Sie nie gehört hatten, bis Ihre Schwester dorthin ging.«

Mein Blick wurde verschwommen: Ich stellte mir Francine an jenem Abend vor, als sie fortging. Er bemerkte meine Traurigkeit und legte seine Hände auf meine Schultern.
»Verzeihen Sie mir«, sagte er. »Ich bin ebenso ungeschickt wie unverschämt. Ich weiß, was Sie für Ihre Schwester empfinden. Glauben Sie mir, ich achte Ihre Gefühle. Wir treffen uns also übermorgen. Ich bin bereit, demütig Abbitte zu leisten, wenn es sich erweist, daß ich im Unrecht war.«
»Darauf dürfen Sie sich gefaßt machen. Und ich erwarte, daß Sie mich untertänigst um Verzeihung bitten.«
»Das können Sie haben, wenn Ihre Behauptung bewiesen ist. So, das ist besser, jetzt lächeln Sie ... zufrieden ... selbstsicher. Weil Sie wissen, daß Sie recht haben?«
»Ja. Leben Sie wohl.«
»*Au revoir.* Auf Wiedersehen. Nicht Lebewohl. Das mag ich nicht. Es klingt so endgültig. Es würde mir ganz und gar nicht behagen, wenn wir uns Lebewohl sagen müßten.«
Ich drehte mich um und rannte davon. Ich war sogar ein wenig bedrückt, weil ich ihn einen ganzen Tag nicht sehen würde. Doch übermorgen würde ich voll Befriedigung seine Bestürzung sehen, und es lohnte sich, darauf zu warten.
Sobald ich ins Haus trat, nahm ich mir vor, meine Großmutter zu besuchen. Sie würde ihren Mittagsschlaf beendet haben und jetzt vermutlich Tee trinken. Ich mußte ihr von Konrad erzählen, aber ich würde mich vorsehen, um nicht zu verraten, welche Wirkung er auf mich hatte. Was das anbetraf, war ich wohl ziemlich albern. Aber es war einfach der erste Mann, der mir auf diese Weise begegnete, und wenn Miss Elton meine Geistesabwesenheit aufgefallen wäre, hätte sie sicher gesagt, daß mir das zu Kopf gestiegen sei. Das traf zu. Ich war einsam. Niemand hatte mir je Aufmerksamkeit geschenkt, außer Cousin Arthur, der auf Anweisung meines Großvaters handelte. Und hier war nun ein attraktiver Mann, der mir gegenüber ein recht kokettes Benehmen an den Tag legte. Manchmal hatte ich das Gefühl, daß er es ernst meinte und mich wirklich gern hatte; dann wieder glaubte ich, daß er sich über mich lustig machte. Vielleicht war von beidem ein bißchen richtig.

Ich klopfte bei meiner Großmutter an, und Agnes Warden kam an die Tür. »Ach du bist es, Philippa. Deine Großmutter schläft.«
»So? Ich dachte, sie trinkt jetzt Tee.«
»Sie hatte heute nachmittag einen leichten Anfall, und jetzt ruht sie sich aus.«
»Einen Anfall?«
»Ja. Du weißt doch, sie hat ein schwaches Herz. Hin und wieder bekommt sie solche Anfälle. Die nehmen sie sehr mit, und danach muß sie unbedingt ruhen.«
Ich war enttäuscht.
Auf dem Weg zu meinem Zimmer traf ich Miss Elton auf dem Flur. »Wenn es möglich ist, möchte ich morgen abreisen«, sagte sie, »und nicht mehr bis zum Wochenende warten. Meine Cousine kann mich abholen, und sie meint, wir könnten uns noch eine Woche Ferien gönnen, ehe wir uns bei unseren Herrschaften einfinden. Sie hat es arrangiert, daß wir bei einer Freundin von ihr wohnen können. Glauben Sie, Ihr Großvater ist einverstanden, daß ich morgen gehe?«
»Bestimmt. Sie sind ja ohnehin nicht mehr richtig bei ihm angestellt.«
»Aber ich möchte ihn trotzdem nicht verärgern. Ich muß an meine Referenzen denken.«
»An Ihrer Stelle würde ich ihn gleich aufsuchen. Ich bin sicher, daß er Sie gehen läßt.«
»Gut, dann gehe ich jetzt zu ihm.«
Ungefähr zehn Minuter später kam sie in mein Zimmer. Ihre Wangen waren gerötet, und sie sah zufrieden aus.
»Er ist einverstanden; ich kann gehen. O Philippa, es ist so aufregend. Meine Cousine sagt, es ist ein angenehmes Haus, und die Kinder sind reizend.«
»Schon ein kleiner Unterschied zu Greystone, hm? Mein Großvater war nicht gerade der beste Brotherr.«
»Aber ich hatte ja Sie zwei, Sie und Ihre Schwester. Ich glaube kaum, daß ich für andere Schülerinnen jemals dasselbe empfinden werde.«
»Wie für Francine, natürlich.« Wieder überkam mich Traurigkeit. Miss Elton legte ihren Arm um mich.

»Für Sie auch . . . genauso. Ich hatte Sie beide sehr gern. Deshalb bin ich ja jetzt so besorgt um Sie.«
»Sie werden mir fehlen.«
»Philippa, was haben Sie vor? Bald ist es soweit . . .«
»Ich weiß. Ich weiß . . . Ich kann im Augenblick einfach nicht nachdenken. Aber ich werde mir etwas einfallen lassen.«
»Die Zeit wird knapp.«
»Bitte, Miss Elton, machen Sie sich meinetwegen keine Sorgen. Manchmal träume ich, daß ich nach Bruxenstein gehe und herausfinde, was wirklich passiert ist. Und da ist ja auch noch das Kind, wie Sie wissen.«
»Am besten, Sie vergessen es. Aber Sie müssen fort von hier, es sei denn, Sie wollen sich den Wünschen ihres Großvaters fügen.«
»Nie . . . niemals!« sagte ich entschieden. Seit ich Konrad kannte, war der Gedanke an Arthurs schlaffe Hände, die mich betasteten, zu einem Alptraum geworden.
Miss Elton schüttelte den Kopf. Ich sah ihr an, daß sie glaubte, am Ende würde ich mich wohl doch mit meinem Schicksal abfinden. Und weil ich nur an Konrad denken konnte, hatte ich nicht das Bedürfnis, mit ihr zu sprechen, wie ich es sonst getan hätte. Ich verstand mich selbst nicht, aber im Unterbewußtsein dachte ich wohl, durch ihn würde sich eine Lösung bieten, so wie sie sein Landsmann Francine gebracht hatte.
»Nun«, sagte Miss Elton, »morgen heißt es Lebewohl. Es ist immer arg, sich von seinen Schülerinnen zu trennen, aber dieser Abschied fällt mir besonders schwer.«
Als sie hinausgegangen war, sah ich auf das Bett, das einst Francines gewesen war, und mich ergriff Verzweiflung. Meine Großmutter war krank, Miss Elton ging fort; ich war ganz allein.
Da wurde mir bewußt, wie sehr ich auf diese zwei Menschen angewiesen war.
Und doch ging mir Konrad nicht aus dem Sinn.

Am nächsten Morgen reiste Miss Elton ab. Ich umarmte sie ein letztes Mal. Sie war sehr gerührt. »Möge es Ihnen wohl ergehen«, sagte sie bewegt.

»Ihnen auch«, erwiderte ich.
Dann war sie fort.
Ich ging zu meiner Großmutter hinauf. Agnes kam an die Tür. »Du darfst nicht lange bleiben«, sagte sie. »Sie ist sehr schwach.«
Ich setzte mich zu ihr ans Bett, und sie lächelte matt. Ich hätte ihr so gern von Konrad erzählt und von den eigentümlichen Gefühlen, die er in mir erregte. Ich wollte mir darüber klar werden, ob das an ihm selbst lag oder lediglich daran, daß er von dort kam, wo Francine den Tod gefunden hatte. Doch ich merkte, daß meine Großmutter nicht so recht wußte, wer da an ihrem Bett saß, und mich zuweilen mit Grace verwechselte, und als ich sie verließ, war mir trostloser zumute denn je.
Ich konnte Konrads Rückkehr kaum erwarten. Ich war vor der verabredeten Zeit im Wald. Er war pünktlich, und mein Herz machte einen Sprung, als er mir entgegenkam.
Er ergriff meine Hände und verbeugte sich, bevor er zuerst die eine, dann die andere küßte.
»Nun?« sagte ich.
»Ich war dort«, sagte er. »Es war eine ganz nette Fahrt.«
»Haben Sie es gesehen?«
Er sah mich fest an. »Ich habe die Kirche gefunden. Der Pfarrer war sehr hilfsbereit.«
»Er war nicht da, als ich mit Miss Elton dort war. Wir haben mit dem Küster gesprochen.«
Sein Blick wurde eindringlicher. »Sie dürfen es sich nicht zu Herzen nehmen. Ich weiß, Sie dachten, Sie hätten den Eintrag gesehen...«
»Ich *dachte*? Ich habe ihn gesehen! Was reden Sie da?«
Er schüttelte den Kopf. »Der Pfarrer hat mir das Register gezeigt. Da ist kein Eintrag.«
»Das ist ja absurd. Ich habe ihn gesehen!«
»Nein«, beharrte er. »Da war nichts zu sehen. Ich hatte zweifellos das richtige Datum. Da ist kein Eintrag.«
»Sie wollen mich auf den Arm nehmen.«
»Ich wünschte, es wäre so. Ich bedaure, daß ich Ihnen so viel Verdruß bereite.«
»Sie bedauern! Sie sind froh. Außerdem ist es gelogen. Das

können Sie mir nicht weismachen. Ich versichere Ihnen, ich habe es mit eigenen Augen gesehen.«

»Wissen Sie, was ich denke?« sagte er beschwichtigend. »Sie wollten es sehen, und da haben Sie es sich eben eingebildet.«

»Mit anderen Worten, ich leide an Wahnvorstellungen, ich bin verrückt, wie?«

Er sah mich traurig an. »Meine liebe, liebe Philippa, es tut mir leid. Glauben Sie mir, ich hätte es gern gesehen. Ich wollte, Sie hätten recht.«

»Ich werde selbst nachsehen. Ich gehe noch einmal hin. Ich werde es finden. Sie müssen an der falschen Stelle nachgeschaut haben.«

»Nein. Ich hatte das richtige Datum. Das Datum, das Sie mir angegeben haben. Wenn sie getraut worden wären, hätte es dort gestanden. Es ist nichts eingetragen, Philippa. Ganz bestimmt nicht.«

»Ich gehe hin. Ich werde keine Zeit verlieren.«

»Wann?«

»Morgen.«

»Ich komme mit. Ich zeige Ihnen, daß Sie sich geirrt haben.«

»Und ich zeige Ihnen, daß ich mich nicht geirrt habe«, erwiderte ich heftig.

Er ergriff meinen Arm, doch ich wehrte ihn ab.

»Nehmen Sie es sich doch nicht so zu Herzen«, sagte er. »Es ist erledigt. Ob sie verheiratet war oder nicht, was spielt das jetzt noch für eine Rolle?«

»Für mich spielt es eine Rolle ... und für das Kind.«

»Es gibt auch kein Kind«, sagte er. »Keine Ehe und kein Kind.«

»Wie können Sie es wagen, zu behaupten, daß meine Schwester eine Lügnerin war, oder daß ich verrückt bin? Gehen Sie ... gehen Sie doch in Ihre Heimat zurück.«

»Ich fürchte, das werde ich wohl müssen ... bald. Aber vorher fahre ich mit Ihnen nach Birley ... morgen.«

»Ja«, sagte ich entschlossen, »morgen.«

Aber ich hatte mir keine Gedanken darüber gemacht, wie ich das anstellen sollte. Beim letzten Mal war es einfacher gewesen. Doch ich ließ mich nicht entmutigen. Ich wollte unbedingt beweisen, daß Konrad sich irrte. Ich erzählte Mrs. Greaves, ich wolle eine alte Kirche besichtigen und wisse nicht, wie lange ich fort sei.
»Ihrem Großvater wird es nicht recht sein, daß Sie ohne Begleitung gehen.«
»Ich gehe nicht ohne Begleitung.«
»Und mit wem gehen Sie? Mit Miss Sophia Glencorn?«
Ich nickte. Es blieb mir nichts anderes übrig. Ich wollte keine Auseinandersetzung vor dem Weggehen.
Konrad war wie verabredet am Bahnhof.
Als ich ihm gegenübersaß, dachte ich, wie vergnüglich es doch sein könnte, wenn wir einfach einen Ausflug machten. Ich betrachtete ihn, als er so mit verschränkten Armen dasaß und mich ansah.
Er hatte ein markantes Gesicht mit scharfen Zügen und tiefliegenden blauen Augen und blondes Haar, das über der hohen Stirn nach hinten gestrichen war. Ich stellte mir vor, wie er als wikingischer Eroberer in einem dieser schlanken Schiffe an unserer Küste landete.
»Nun«, sagte er, »machen Sie sich ein Bild von mir?«
»Bloß oberflächlich«, gab ich zurück.
»Ich hoffe, ich gefalle Ihnen.«
»Spielt das eine Rolle?«
»Und ob.«
»Sie machen sich schon wieder über mich lustig. Weil Sie wissen, was wir in der Kirche finden werden. Sie treiben wohl Ihren Scherz damit. Ein übler Scherz.«
Er beugte sich vor und legte seine Hand auf mein Knie.
»Es würde mir nicht im Traum einfallen, über etwas zu scherzen, was Ihnen so sehr am Herzen liegt«, sagte er ernst. »Ich möchte nur nicht, daß Sie allzu unglücklich sind, wenn . . .«
»Wollen wir nicht von etwas anderem sprechen?«
»Vom Wetter? Ein schöner Tag für diese Jahreszeit. In meiner Heimat ist es im Winter nicht so warm. Das liegt wohl am Golfstrom, mit dem Gott die Engländer gesegnet hat.«

»Ich glaube, wir sollten lieber schweigen.«
»Wie Sie wollen. Ihr Wunsch ist mir Befehl . . . jetzt und immerdar.«
Ich schloß die Augen. Seine Worte rührten an eine Saite tief in meinem Innern. Es hörte sich an, als sei unsere Beziehung für ihn nicht nur eine flüchtige Bekanntschaft, wie ich angenommen hatte, und dieser Gedanke hob meine Stimmung.
Schweigend fuhren wir weiter. Er sah mich an, doch ich schaute aus dem Fenster, ohne jedoch viel von der Landschaft wahrzunehmen. Schließlich konnte ich die See riechen, und wir näherten uns der Stadt. Wieder sah ich die weißen Klippen und die Festung, die von den Königen des Mittelalters das Tor Englands genannt worden war.
Wir gingen in das Gasthaus, denn Konrad bestand darauf, daß wir etwas aßen.
»Wir müssen auch wegen des Einspänners dorthin«, sagte er. »Außerdem brauchen Sie eine kleine Erfrischung.«
»Ich kann nichts essen«, sagte ich.
»Aber ich«, erwiderte er. »Und Sie werden auch etwas zu sich nehmen.«
Wieder gab es Brot, Käse und Apfelmost. Es gelang mir sogar, ein wenig zu essen.
»Sehen Sie«, bemerkte er, »ich weiß, was gut für Sie ist.«
»Wann können wir gehen?« fragte ich.
»Geduld«, erwiderte er. »Wissen Sie, unter anderen Umständen wäre das hier ein richtiges Vergnügen. Vielleicht können wir demnächst ein paar Ausflüge in die Umgebung machen. Was halten Sie davon?«
»Das würde mein Großvater niemals erlauben.«
»Hat er es heute erlaubt?«
»Ich habe ein bißchen . . . geschwindelt.«
»Oh, Sie sind also zu Intrigen imstande?«
»Ich mußte hierher«, sagte ich. »Nichts hätte mich abhalten können.«
»Sie sind so ungestüm. Das gefällt mir. Mir gefällt überhaupt vieles an Ihnen, Miss Philippa. Dabei weiß ich so wenig von Ihnen, muß Sie erst noch richtig kennenlernen. Das dürfte eine fabelhafte Entdeckungsreise werden.«

»Ich fürchte, Sie dürfte ziemlich langweilig für Sie werden.«
»Was sind Sie doch für eine widersprüchliche Frau! Zuerst zürnen Sie mir, weil Sie denken, daß ich Sie zu gering schätze, und in der nächsten Minute erzählen Sie mir, daß Sie einer Erforschung nicht wert sind. Was soll ich nur von Ihnen halten?«
»Ich würde mit dem Erforschen aufhören, wenn ich Sie wäre.«
»Aber ich bin so gefesselt.«
»Glauben Sie, wir sind jetzt soweit?«
»Immer diese Ungeduld!« murmelte er.
Wir gingen zu dem Einspänner hinaus, und als wir uns der Kirche von Birley näherten, konnte ich meine Ungeduld kaum zügeln.
»Wir gehen zuerst ins Pfarrhaus zu dem freundlichen Pfarrer«, sagte er. »Er war so hilfsbereit. Ich habe vor, einen großen Beitrag zur Instandhaltung der Kirche zu spenden.«
Das Pfarrhaus war beinahe so alt wie die Kirche. Eine Frau, offenbar die Pfarrersfrau, kam an die Tür. Wir hätten Glück, meinte sie. Der Pfarrer sei soeben nach Hause gekommen.
Wir traten in eine etwas ärmliche, aber gemütliche Wohnstube.
»Welche Freude, Sie wiederzusehen«, begrüßte der Pfarrer Konrad herzlich.
»Ich habe eine Bitte«, erklärte Konrad. »Wir möchten das Register noch einmal sehen.«
»Das ist kein Problem. Hatten Sie das falsche Datum?«
Mein Herz klopfte schneller. Ich war überzeugt, daß irgendwo ein Irrtum unterlaufen sei, der nun aufgedeckt werden würde.
»Ich bin nicht sicher«, meinte Konrad. »Es wäre möglich. Dies ist Miss Ewell; sie ist besonders daran interessiert. Sie war auch schon einmal hier.«
»Ich habe Sie damals nicht angetroffen«, sagte ich zu dem Pfarrer. »Sie waren nicht da. Ich habe mit dem Küster gesprochen.«
»Ach ja, Thomas Borton. Ich war vor kurzem eine Weile weg.

Wenn Sie jetzt mit in die Kirche kommen, zeige ich Ihnen, was Sie wünschen.«

Wir gingen in die Kirche. Wieder war da dieser Geruch von Feuchte, alten Gesangbüchern und der merkwürdigen Möbelpolitur.

Wir traten in die Sakristei. Das Register wurde uns vorgelegt, und ich blätterte die Seiten um. Ich starrte auf das Papier. Der Eintrag war nicht da! An dem betreffenden Tag war keine Trauung verzeichnet.

Ich stammelte: »Da muß ein Irrtum vorliegen . . .«

Konrad hatte seinen Arm unter den meinen geschoben, doch nun stieß ich ihn ungeduldig zurück. Ich sah von ihm zu dem Pfarrer.

»Aber ich habe es doch gesehen«, fuhr ich fort. »Es stand da . . . es stand in dem Buch –«

»Nein«, sagte der Pfarrer. »Das kann nicht sein. Sie müssen sich im Datum irren. Sind Sie sicher, daß Sie das richtige Jahr haben?«

»Ganz bestimmt. Ich weiß, wann es war. Die Braut war meine Schwester.«

Der Pfarrer machte ein betretenes Gesicht.

Ich fuhr fort: »Sie müssen sich doch auch erinnern. Es muß eine ziemlich eilige Trauung gewesen sein . . .«

»Ich war damals noch nicht hier. Ich habe die Pfründe erst vor zwei Jahren übernommen.«

»Es *stand* hier«, konnte ich nur beharrlich wiederholen. »Ich habe es gesehen . . . da stand es . . . ganz deutlich . . . jeder konnte es lesen.«

»Es muß ein Irrtum vorliegen. Sie haben bestimmt das falsche Datum.«

»Ja«, sagte Konrad. Er stand dicht neben mir. »Es ist ein Irrtum. Es tut mir leid, aber Sie wollten ja unbedingt selbst nachsehen.«

»Der Küster war mit uns hier!« rief ich. »Er wird sich erinnern. Er hat uns das Buch gezeigt und war dabei, als wir den Eintrag fanden. Wo ist der Küster? Ich muß ihn sprechen. Er wird es noch wissen.«

»Das ist doch nicht nötig«, sagte Konrad. »Es steht nicht da. Es

war ein Irrtum. Sie haben nur gemeint, Sie hätten es gesehen...«
»Man meint nicht, daß man etwas sieht! Ich sage Ihnen, ich habe es gesehen. Ich möchte den Küster sprechen.«
»Das ist gewiß möglich«, meinte der Pfarrer. »Er wohnt im Dorf. Haus Nummer sechs auf der Hauptstraße. Es gibt nur eine Straße im Dorf, die diese Bezeichnung verdient.«
»Wir gehen sofort zu ihm«, sagte ich.
Konrad wandte sich an den Pfarrer. »Sie haben uns wirklich geholfen«, sagte er.
»Ich bedaure, wenn sie Ärger gehabt haben.«
Ich warf noch einmal einen Blick in das Register. Ich versuchte heraufzubeschwören, was ich an jenem Tag mit Miss Elton gesehen hatte. Es half nichts. Es war einfach nicht da.
Konrad warf zur Freude des Pfarrers beim Hinausgehen zwei Goldmünzen in den Opferstock.
»Sie treffen Tom Borton gewiß in seinem Garten an. Er ist ein eifriger Gärtner.«
Es war nicht schwierig, ihn zu finden. Er sah uns mit einiger Verwunderung an.
»Der Pfarrer hat uns gesagt, wo Sie wohnen«, erklärte Konrad. »Miss Ewell möchte Sie dringend sprechen.«
Als der Küster sich mir zuwandte, deutete nichts in seinem Blick darauf hin, daß er mich wiedererkannte.
Ich sagte: »Sie erinnern sich gewiß an mich. Ich war mit einer Dame hier.«
Er kniff die Augen zusammen und schnippte eine Fliege vom Jackenärmel.
»Sie müssen sich doch erinnern«, beharrte ich. »Wir haben uns das Register in der Sakristei angesehen. Sie haben es uns gezeigt... und ich habe darin gefunden, was ich suchte.«
»Ab und zu kommen Leute, um sich das Register anzusehen... nicht oft... nur hin und wieder.«
»Sie erinnern sich also. Der Pfarrer war nicht da... wir haben Sie in der Kirche getroffen.«
Er schüttelte den Kopf. »Nicht daß ich wüßte.«
»Aber Sie müssen es doch wissen. Sie waren dort. Sie *müssen* sich erinnern.«

»Es tut mir leid, aber ich kann mich überhaupt nicht erinnern.«
»Ich habe Sie sofort wiedererkannt.«
Er lächelte. »Ich kann nicht behaupten, daß ich Sie schon mal gesehen hätte, Miss . . . hm, Ewell, sagten Sie?«
»Nun denn«, ließ sich Konrad vernehmen, »es tut uns leid, daß wir Sie gestört haben.«
»Ach, das macht nichts, Sir. Bedaure, daß ich Ihnen nicht helfen konnte. Ich glaube, die junge Dame muß mich verwechseln. Ich habe sie bestimmt noch nie gesehen.«
Konrad führte mich fort. Ich war verwirrt. Mir war, als wäre dies ein Alptraum, aus dem ich bald erwachen müßte.
»Kommen Sie, wir müssen unseren Zug erreichen«, sagte Konrad.
Wir waren fünf Minuten vor der Zeit am Bahnhof und setzten uns. Konrad hatte meinen Arm genommen und hielt ihn ganz fest. »Nicht verzweifeln«, sagte er.
»Ich bin aber verzweifelt. Was kann ich dafür? Ich habe den Eintrag deutlich gesehen, und dieser Mann hat gelogen. Er muß sich an mich erinnert haben. Er hat selbst gesagt, daß nicht oft Leute kommen, um sich das Register anzuschauen.«
»Hören Sie, Philippa, jedem passiert manchmal etwas Seltsames. Sie hatten eben eine Art Halluzination.«
»Wie können Sie es wagen, so etwas zu behaupten?«
»Was gäbe es sonst für eine Erklärung?«
»Ich weiß es nicht. Aber ich werde es herausfinden.«
Der Zug kam, und wir stiegen ein. Ich war froh, daß wir ein Abteil für uns allein hatten, denn ich war erschöpft von der Aufregung, und eine unbestimmte Furcht hatte mich ergriffen. Ich war nahe daran zu glauben, daß ich mir das Ganze nur eingebildet hatte. Miss Elton war fort, sie konnte ich nicht fragen. Sie hatte mit mir in das Register geschaut. Aber hatte sie den Eintrag tatsächlich gesehen? Ich war nicht sicher. Ich erinnerte mich nur, daß ich ihn gesehen und triumphierend aufgeschrien hatte. Ich versuchte, mich an die Szene zu erinnern, aber ich wußte nicht mehr, ob Miss Elton tatsächlich neben mir gestanden und in das Buch geschaut hatte.

Und der Küster hatte behauptet, er hätte mich noch nie gesehen. Dabei zeigte er das Register nur selten jemand. Er *mußte* sich erinnert haben.
Konrad setzte sich zu mir und legte seinen Arm um mich. Zu meiner Verwunderung tröstete mich dies ein wenig.
Er sagte: »Hören Sie auf mich, Philippa. Es gibt keinen Eintrag. Nun ist das alles vorbei. Ihre Schwester ist tot. Hätten Sie einen Eintrag gefunden, so wäre sie davon auch nicht wieder lebendig geworden. Es ist eine traurige Geschichte, aber es ist vorbei. Sie müssen Ihr eigenes Leben leben.«
Ich hörte kaum, was er sagte. Ich spürte nur den Trost seiner Nähe und wollte nicht von ihm fort.
Wir verließen den Bahnhof, und Konrad brachte mich bis an den Wald. Ich wollte nicht, daß er noch weiter mitging. Es hätte zu vieler Erklärungen bedurft, wenn man mich mit einem Mann gesehen hätte.
Als ich ins Haus trat, stand Mrs. Greaves oben auf der Treppe.
»Sind Sie es, Miss Philippa?« sagte Sie. »Gottlob, daß Sie zurück sind. Ihre Großmutter ist heute nachmittag schwer erkrankt.«
Sie sah mich unverwandt an.
Ich sagte: »Sie ist tot, nicht wahr?«
Und Mrs. Greaves nickte.

Unter Mordverdacht

Ich war völlig durcheinander. Ich hatte mir eine Erklärung für meine Abwesenheit zurechtgelegt, aber sie war nicht vonnöten, da mich wegen Großmutters Tod niemand vermißt hatte.
»Sie ist ganz sanft im Schlaf gestorben«, sagte Mrs. Greaves zu mir.
Es mußte genau zu der Zeit geschehen sein, als ich fassungslos vor dem Register stand.
»Hat sie nach mir gefragt?« erkundigte ich mich.
»Nein, Miss, sie war den ganzen Tag nicht bei Bewußtsein.«
Ich ging in mein Zimmer hinauf. Ich blieb mitten im Raum stehen. Verzweiflung brach über mich herein und ein Gefühl unendlicher Verlassenheit. Ich hatte alle verloren, Francine, Daisy, Miss Elton und nun meine Großmutter. Ein grausames Schicksal nahm mir alle Menschen, die mir etwas bedeuteten.
Plötzlich fiel mir Konrad ein. Er war rührend gewesen. Ich war sicher, daß es ihm wirklich leid tat, daß ich den Eintrag nicht finden konnte.
Als wir abends beim Essen saßen, redete mein Großvater über die Vorkehrungen für das Begräbnis und sagte, daß die Familiengruft geöffnet werden müsse. Da er den Pfarrer nicht leiden konnte, sollte Cousin Arthur zu ihm gehen. Großvater wollte auch vermeiden, dort womöglich Grace oder ihrem Mann zu begegnen.
Cousin Arthur sagte: »Ich bin sehr glücklich, daß ich Ihnen behilflich sein kann, Onkel.«
Mein Großvater erwiderte: »Das bist du doch immer, Arthur.«

Der senkte den Kopf und sah so zufrieden drein, wie es die Umstände und seine übertriebene Bescheidenheit zuließen.
»Es ist ein harter Schlag für uns alle«, fuhr mein Großvater fort, »aber das Leben muß weitergehen. Sie hätte keinesfalls gewollt, daß ihr Tod das Leben der anderen durcheinanderbringt. Wir müssen also daran denken, was sie gewünscht hätte.«
Ich dachte, daß er das jetzt wohl zum ersten Mal tat. Mußten die Menschen denn erst sterben, bevor man ein wenig Rücksicht auf sie nahm?
Man hatte den Sarg ins Haus gebracht, ein prunkvolles Stück aus poliertem Mahagoni mit vielen Messingbeschlägen. Er wurde in den Raum neben dem Zimmer meines Großvaters gestellt. Hier war sie ihm näher, als sie es seit vielen Jahren gewesen war. Das Begräbnis sollte in fünf Tagen stattfinden. Unterdessen lag sie dort, und die Dienstboten defilierten nacheinander vorüber, um ihr bedrückt die letzte Ehre zu erweisen.
Die ganze Nacht hindurch brannten Kerzen in dem Zimmer, je drei am Kopfende und am Fußende des Sarges.
Ich ging zu ihr hinein. Der Holzgeruch und der Anblick dieses Totenzimmers prägten sich meinem Gedächtnis auf immer ein. Es hatte überhaupt nichts Unheimliches. Sie lag da, und man konnte nur ihr Gesicht sehen, die Haare waren unter einer gestärkten Haube verborgen. Sie wirkte jung und schön. So ähnlich mußte sie ausgesehen haben, als sie einst als Braut nach Greystone Manor gekommen war . . . Man brauchte sich nicht zu ängstigen, selbst wenn der Raum voller Schatten war, die das flackernde Kerzenlicht warf. Sie war im Leben so gütig und liebevoll gewesen, warum sollte man sich da im Tod vor ihr fürchten?
Aber eine schreckliche Einsamkeit überkam mich, ein beklemmendes Gefühl der Verlassenheit und die Erkenntnis, daß ich nun ganz allein auf der Welt war.
Zwei Tage später ging ich in den Wald. Es war die Zeit, zu der ich meistens spazierenging. Ich setzte mich unter einen Baum und hoffte, Konrad wäre da. Würde er es merken und kommen?

Als ich ihn bald darauf tatsächlich kommen sah, war ich sehr erleichtert.
Er setzte sich neben mich, ergriff meine Hand und küßte sie.
»Nun, wie geht's?« fragte er.
Ich sagte: »Als ich nach Hause kam, war meine Großmutter gestorben.«
»Kam es unerwartet?«
»Eigentlich nicht. Sie war alt und gebrechlich und in letzter Zeit sehr krank. Aber es war ein schlimmer Schock, zumal ich . . .«
»Erzählen Sie«, bat er.
»Alle sind weg«, fuhr ich fort. »Meine Schwester und das Hausmädchen Daisy, die wie eine Freundin war. Dann Miss Elton und nun meine Großmutter. Jetzt ist niemand mehr da.«
»Mein liebes kleines Mädchen . . .«
Ausnahmsweise machte es mir nichts aus, ein kleines Mädchen genannt zu werden. Er fuhr leise fort: »Wie alt sind Sie?«
»Ich werde bald siebzehn.«
»So jung . . . und so unglücklich«, murmelte er.
»Wären meine Eltern nicht gestorben, dann wäre alles anders gekommen. Wir wären auf der Insel geblieben. Francine wäre nicht gestorben. Und ich stünde nicht allein hier . . . ohne einen Menschen.«
»Und Ihr Großvater?«
Ich lachte bitter. »Der will mich zwingen, Cousin Arthur zu heiraten.«
»Sie zwingen! Sie sehen nicht so aus wie eine, die sich zwingen läßt.«
»Das habe ich zwar immer behauptet, aber ich hätte etwas unternehmen müssen. Das hat Miss Elton auch gesagt. Ich hätte mir eine Stellung suchen sollen. Aber wer würde mich in meinem Alter beschäftigen?«
»Sie sind allerdings sehr jung«, stimmte er zu. »Und Sie sind natürlich nicht gerade in Cousin Arthur vernarrt.«
»Ich hasse ihn.«
»Warum?«
»Wenn Sie ihn sähen, würden Sie es verstehen. Francine hat

ihn auch gehaßt. Erst sollte sie ihn heiraten. Sie war die Ältere, wissen Sie, aber dann hat sie Rudolph geheiratet. Denn sie *waren* verheiratet, das weiß ich genau.«
»Wir wollen uns jetzt lieber mit Ihrem Problem befassen. Das ist wirklich wichtiger.«
»Wenn ich siebzehn bin, will mein Großvater mich mit Cousin Arthur verheiraten, und ich werde bald siebzehn. Dann heißt es ›Heirate Arthur oder verschwinde!‹. Ich würde gern fortgehen, aber wohin? Ich muß eine Stellung finden. Wäre ich nur . . . sagen wir, zwei Jahre älter . . . verstehen Sie, was ich meine?«
»Ja, vollkommen.«
»Meine Großmutter war so lieb und gütig und verständnisvoll. Mit ihr konnte ich reden. Jetzt habe ich niemanden mehr.«
»Aber ich bin doch da«, sagte Konrad.
»Sie!«
»Ja, ich. Mein armes kleines Mädchen, ich mag nicht, wenn Sie unglücklich sind. Ich mag es, wenn Sie hitzig gegen mich wüten . . . ja. Obwohl ich Sie vielleicht doch lieber zärtlich hätte. Aber jedenfalls, ich mag Sie nicht verzweifelt sehen.«
»Ich bin es aber. Ich wollte mit meiner Großmutter reden. Ich wollte ihr von dem Register erzählen. Jetzt habe ich niemanden mehr, mit dem ich sprechen kann. Ich bin ganz allein.«
Er nahm mich in die Arme und hielt mich fest. Er wiegte mich sanft und küßte mich auf die Stirn, auf die Nasenspitze und schließlich auf die Lippen. In diesem Augenblick war ich trotz allem beinahe glücklich.
Ich hatte Angst vor meinen Gefühlen und wich ein wenig zurück. Es kam mir seltsam vor, daß ich so für jemanden empfinden konnte, der eben erst bewiesen hatte, daß ich mich in einer Angelegenheit irrte, die mir so sehr am Herzen lag.
Ich war verwirrt und wußte nicht ein noch aus.
Konrad sagte sanft: »Sie sind nicht allein. Ich bin doch da. Ich bin Ihr Freund.«
»Mein Freund!« rief ich aus. »Sie! Und dabei haben Sie versucht, mir den Glauben an meine Zurechnungsfähigkeit zu nehmen.«

»Sie sind ungerecht. Ich habe Sie lediglich der Wahrheit gegenübergestellt. Man muß der Wahrheit stets ins Auge sehen ... auch wenn sie unangenehm ist.«
»Das war nicht die Wahrheit. Es muß eine Erklärung geben. Wenn ich sie doch nur wüßte!«
»Eines kann ich Ihnen sagen, meine liebe Philippa. Sie sind so in der Vergangenheit gefangen, daß Sie die jetzigen Gefahren einfach auf sich zukommen lassen. Was wollen Sie denn wegen Cousin Arthur unternehmen?«
»Ich werde ihn auf keinen Fall heiraten.«
»Und wenn Ihr Großvater Sie hinauswirft ... was dann?«
»Mir fällt gerade ein, daß sich die Sache durch den Tod meiner Großmutter verzögern dürfte. Eine Hochzeit kann doch nicht so dicht auf eine Beerdigung folgen, nicht wahr? Mein Großvater würde sich stets an die Anstandsregeln halten.«
»Sie denken also, der Unglückstag ist aufgeschoben.«
»Ich habe zumindest mehr Zeit, einen Ausweg zu finden. Meine Tante Grace wird mir bestimmt helfen. Sie ist von Greystone Manor geflohen und ist jetzt sehr glücklich. Vielleicht könnte ich eine Weile im Pfarrhaus unterkommen.«
»Immerhin ein Hoffnungsschimmer«, sagte Konrad. »Und was glauben Sie, wie Ihnen zumute wäre, wenn Sie als Dienstbote in einen fremden Haushalt gehen müßten? Nach dem Leben, das Sie bisher geführt haben?«
»Das war nicht gerade glücklich, seit ich hierhergekommen bin. Ich habe mich in Greystone Manor immer eher wie eine Gefangene gefühlt, und Francine ging es genauso. Es ist also keine sehr prächtige Vergangenheit, auf die ich zurückblicken kann. Außerdem könnte ich Gouvernante werden. Gouvernanten sind doch eigentlich keine Dienstboten.«
»Irgendwas dazwischen«, sagte er. »Arme, arme Philippa. Das sind schlimme Aussichten, die sich Ihnen da bieten.«
Ich schauderte, und er hielt mich noch fester.
»Ich muß Ihnen sagen«, fuhr er fort, »daß ich England morgen abend verlasse.«
Ich war dermaßen erschüttert, daß ich nicht sprechen konnte. Ich starrte unglücklich vor mich hin. Alle gingen fort, und ich blieb der Gnade von Großvater und Arthur ausgeliefert.

»Darf ich annehmen, daß es Ihnen ein wenig leid tut, daß ich fortgehe?«
»Es war tröstlich für mich, mit Ihnen sprechen zu können.«
»Und Sie verzeihen mir die Rolle, die ich in dieser unseligen Registerangelegenheit gespielt habe?«
»Sie konnten nichts dafür. Ich mache Ihnen keinen Vorwurf.«
»Ich dachte, Sie würden mich deswegen hassen.«
»Ganz so dumm bin ich nicht.«
»Und Sie versprechen mir, daß Sie das alles vergessen? Werden Sie aufhören, immer wieder darauf zurückzublicken?«
»Das kann ich nicht. Ich muß alles erfahren. Sie war meine Schwester.«
»Ich weiß. Ich verstehe vollkommen. Liebe Philippa, verzweifeln Sie nicht, denn es wird sich etwas für Sie finden. Es tut mir leid, daß ich fort muß, aber es ist von größter Wichtigkeit.«
»Ich nehme an, Ihre Herrschaften haben Sie zurückgerufen?«
»Das stimmt. Aber ich habe noch einen Tag. Wir treffen uns morgen. Ich versuche, eine Lösung zu finden.«
»Wie wollen Sie das bewerkstelligen?«
»Ich bin eine Art Zauberer«, sagte er. »Haben Sie das nicht geahnt? Daß ich nicht bin, was ich scheine?«
Ich lachte gezwungen. Mir war elend zumute, weil er fortging, und ich wollte ihn nicht merken lassen, wie tief mich das berührte.
»Ich werde Sie vor Cousin Arthurs Armen bewahren, Philippa . . . wenn Sie mich lassen.«
»Ich glaube nicht, daß Ihre Zauberkraft so weit reicht.«
»Abwarten. Wollen Sie mir vertrauen?« Er erhob sich. »Ich muß jetzt gehen.«
Er streckte eine Hand aus und half mir auf. Wir standen dicht beieinander. Dann hielt er mich in den Armen. Seine Küsse waren jetzt anders, verwirrend und ein wenig erschreckend. Und ich wünschte, sie würden nie aufhören.
Als er mich losließ, lachte er. »Ich glaube, jetzt sind Sie mir ein wenig wohler gesonnen«, meinte er.

»Ich weiß nicht, was ich fühle . . .«
»Uns bleibt nicht mehr viel Zeit«, sagte er. »Werden Sie mir vertrauen?«
»Eine merkwürdige Frage. Soll ich?«
»Nein«, erwiderte er. »Vertrauen Sie niemandem. Und schon gar nicht Menschen, von denen Sie nichts wissen.«
»Soll das eine Warnung sein?«
Er nickte. »Gewissermaßen eine Vorbereitung.«
»Das hört sich so geheimnisvoll an. Zuerst wollen Sie mir helfen, und im nächsten Moment warnen Sie mich vor sich.«
»Das Leben ist voller Widersprüche. Wollen wir uns morgen wieder hier treffen? Vielleicht fällt mir eine Lösung ein. Das hängt natürlich von Ihnen ab.«
»Ich werde morgen hier sein.«
Er nahm mein Kinn in seine Hände und sagte: »*Nil desperandum.*« Dann küßte er mich sachte und ging mit mir bis an den Waldrand. Dort trennten wir uns.
Ich ging ins Haus und am Totenzimmer vorbei in mein Zimmer hinauf. Dort warf ich mich auf Francines Bett, wodurch sie mir näher zu kommen schien.
Es gab keinen Zweifel. Konrad erregte mich, und ich wollte bei ihm sein. Bei ihm konnte ich fast alles andere vergessen.

Ich konnte es nicht ertragen, in diesem Todeshaus zu sein, und doch war das Gefühl der Einsamkeit ein wenig gewichen. Morgen würde ich mich mit Konrad treffen, und er hatte gesagt, daß er eine Lösung finden wollte. Ich hielt es zwar kaum für möglich, dennoch war es ein tröstlicher Gedanke. Das Zusammensein mit ihm war wie ein Betäubungsmittel, und in meiner Verzweiflung klammerte ich mich willig an alles, was sich mir bot.
Ich hielt es im Haus nicht mehr aus und ging in den Garten. Dort kam einer von Daisys Brüdern und sagte zu mir: »Ich soll Ihnen das geben, wenn keiner guckt, Miss.«
Ich nahm es entgegen. »Wer . . .?« begann ich.
»Jemand von Granter's Grange.«
»Danke«, sagte ich.
Ich schlitzte den Umschlag auf und entnahm ihm ein weißes

Blatt Papier mit einem goldenen Wappen. Briefpapier vom Landhaus, dachte ich, und dann las ich:

Philippa,
ich muß morgen in aller Frühe aufbrechen. Ich muß Sie sehen, bevor ich gehe. Bitte kommen Sie heute abend um zehn, wenn Sie können. Ich erwarte Sie am Landhaus bei den Büschen.   *Konrad.*

Meine Hände zitterten. Morgen ging er also fort. Er hatte gesagt, er würde eine Lösung für mich finden. War das möglich?
Ich müßte aus dem Haus schleichen und die Tür unverschlossen lassen. Doch nein, das könnte entdeckt werden. Aber es gab ein niedriges Fenster zum Innenhof. Wenn ich das entriegelte, könnte ich leicht hineinschlüpfen ... nur für den Fall, daß die Tür bei meiner Rückkehr verschlossen wäre.
Ich mußte ihn sehen.
Ich weiß nicht, wie ich den Tag überstand. Ich schützte Kopfweh vor und ging nicht zum Abendessen zu Großvater und Cousin Arthur hinunter. Die Entschuldigung schien durchaus plausibel, zumal die übliche Routine im Haushalt durch den Tod meiner Großmutter und wegen der Vorkehrungen für das Begräbnis ohnehin etwas durcheinandergeraten war.
Ich hatte das Fenster zum Innenhof ausprobiert. Dort kam selten jemand vorbei, daher konnte ich mich einigermaßen sicher fühlen.
Um viertel vor zehn machte ich mich auf den Weg. Konrad wartete bei den Sträuchern auf mich, und als er mich sah, umfing er mich mit den Armen und drückte mich an sich.
»Lassen Sie uns ins Haus gehen«, sagte er.
»Sollen wir?«
»Warum nicht?«
»Es ist nicht Ihr Haus. Sie sind nur der Haushofmeister.«
»Sagen wir, ich habe die Verantwortung. Kommen Sie.«
Wir traten in das Landhaus, und beim Durchqueren der Halle sah ich furchtsam hinauf zu den Öffnungen hoch oben in der Wand, durch die man, wie ich wußte, vom Sonnenzimmer aus herunterspähen konnte.

»Niemand kann uns sehen«, flüsterte Konrad. »Sie schlafen alle. Sie waren den ganzen Tag mit den Vorbereitungen für die Abreise beschäftigt.«
»Reisen alle morgen ab?«
»Die anderen fahren einen Tag später.«
Wir stiegen die Treppe hinauf. »Wohin gehen wir?« fragte ich. »In die Weinstube?«
»Sie werden sehen.«
Er stieß eine Tür auf, und wir traten in einen Raum, in dem ein Kaminfeuer brannte. Es war ein großes Zimmer mit schweren Samtvorhängen. Ich bemerkte einen Alkoven mit dem Himmelbett.
»Wessen Zimmer ist das?« stieß ich hervor.
»Meins«, erwiderte er. »Hier sind wir sicher.«
»Ich verstehe nicht . . .«
»Macht nichts. Kommen Sie, setzen Sie sich. Ich habe einen ausgezeichneten Wein hier. Den müssen Sie kosten.«
»Ich verstehe nichts von Wein.«
»Aber Sie trinken doch gewiß welchen in Greystone Manor?«
»Mein Großvater ordnet stets an, was es gibt, und jedermann muß es trinken und gut finden.«
»Ein Despot, Ihr Großvater.«
»Was wollten Sie mir sagen?«
»Ich reise ab. Ich mußte Sie sehen.«
»Ja«, sagte ich, »das haben Sie mir geschrieben.«
Konrad ergriff meine Hand und zog mich mit sich auf einen großen thronartigen Sessel, so daß ich auf seinen Knien saß.
»Haben Sie keine Angst«, sagte er. »Sie brauchen nichts zu fürchten. Ihr Wohlergehen soll von nun an meine größte Sorge sein.«
»Sie reden sehr ungewöhnliches Zeug. Ich denke, ich bin hierhergekommen, um Ihnen Lebewohl zu sagen.«
»Das hoffe ich nicht.«
»Was denn sonst?«
»Ihre Schwierigkeiten sind nicht unüberwindlich.«
Seine Hände streichelten zärtlich meinen Hals. Leise regte

sich in mir der Wunsch, für immer in diesem Zimmer zu bleiben.
»Was fühlen Sie für mich?« fragte er.
Ich versuchte, mich von seinen tastenden Händen zu befreien.
»Wir kennen uns doch kaum«, stammelte ich. »Sie sind kein ... Engländer.«
»Ist das ein großer Nachteil?«
»Natürlich nicht, aber es bedeutet ...«
»Was?«
»Daß wir vielleicht bei allem verschiedener Auffassung sind. Jetzt würde ich lieber auf einem Stuhl sitzen und mir anhören, was Sie mir zu sagen haben.«
»Aber ich möchte lieber, daß Sie hier bei mir bleiben. Philippa, Sie müssen wissen, daß ich drauf und dran bin, mich in Sie zu verlieben.«
Plötzlich war ich wie trunken von Glückseligkeit; mir war, als sinke ich in einen tiefen Brunnen von Zufriedenheit; dennoch machte mir eine warnende innere Stimme bewußt: Es war ein gefährlicher Brunnen.
»Philippa«, fuhr Konrad fort, »welch schöner Name! Philippa.«
Ich sagte: »Meine Familie hat mich immer Pippa genannt.«
»Pippa. Eine Abkürzung von Philippa. Gefällt mir. Es erinnert mich an ein Gedicht, ›Pippas Gesang‹ ... oder ›Pippa geht vorüber‹. Sehen Sie, ich bin zwar kein Engländer, aber ich bin hier erzogen. Ich kenne meinen Browning. ›Gott ist im Himmel – in Frieden die Welt.‹ Das ist Pippas Gesang. Trifft es auch auf Sie zu?«
»Sie wissen genau, daß es nicht so ist.«
»Aber vielleicht könnte ich Ihnen dazu verhelfen. Ich wäre sehr glücklich, wenn es mir gelänge. ›In Frieden die Welt.‹ Ich möchte, daß es für Sie wahr wird.«
»Sie gehen fort, und ich sehe Sie heute abend zum letzten Mal.«
»Darüber will ich ja mit Ihnen reden; denn ob wir uns wiedersehen oder nicht, hängt ganz von Ihnen ab.«
»Ich verstehe Sie nicht.«
»Ich könnte Sie mitnehmen.«

»Mitnehmen nach ...«
»Ganz recht. In meine Heimat.«
»Wie sollte das gehen?«
»Ganz einfach: Wir treffen uns morgen am Bahnhof; wir fahren nicht nach Dover wie letztes Mal, sondern nach London und von da nach Harwich; wir schiffen uns ein, und später nehmen wir wieder einen Zug, bis wir schließlich in meine Heimat gelangen. Was halten Sie davon?«
»Sie machen sich über mich lustig!«
»Nein, bestimmt nicht, ich schwöre es. Ich möchte, daß Sie immer bei mir sind. Begreifen Sie denn nicht, daß ich mich in Sie verliebt habe?«
»Aber ... wie soll ich es denn anstellen, daß ich mit Ihnen komme?«
»Wieso sollte es nicht gehen?«
»Das würde doch mein Großvater niemals zulassen.«
»Ich dachte, Sie wollen Ihren Großvater und Ihren Cousin überlisten. Dann brauchen wir auch von keinem eine Einwilligung. Pippa, lassen Sie mich Ihnen zeigen, wie sehr ich Sie liebe.«
»Ich ... kann nicht ...«
»Dann will ich es Ihnen beibringen«, sagte er.
Er hatte mein Mieder aufgeknöpft. Ich wollte ihn mit meinen Händen abwehren, aber da nahm er sie einfach und küßte sie. Mir war bange, und doch hatte mich eine Erregung ergriffen, wie ich sie nie zuvor gekannt hatte. Alles schien zu verblassen ... die Vergangenheit ... die Zukunft ... alles, was mir angst machte. Es gab nichts als diesen Augenblick. Konrad küßte mich, während er mir das Mieder abstreifte.
»Was geschieht mit mir«, stammelte ich. »Ich muß gehen.«
Aber ich machte keine Anstalten zu gehen. Ich war von einem unwiderstehlichen Verlangen übermannt.
Er sagte mir fortwährend, daß er mich liebte und daß ich nichts zu befürchten hätte. Wir würden immer und ewig zusammenbleiben. Ich könnte meinen Großvater vergessen, könnte Cousin Arthur vergessen. Sie gehörten der Vergangenheit an. Nichts zählte mehr außer unserer wunderbaren Liebe.

Der Kontrast zu alldem, was ich seit Francines Weggehen empfunden hatte, war so stark, daß ich einfach alles außer diesem einen Augenblick vergessen wollte. Ein Teil von mir versuchte, vernünftig zu bleiben, doch der andere wollte nicht hören.
»Ich muß jetzt gehen ...«, begann ich; er aber lachte leise, und auf einmal war ich in dem Himmelbett, und er war bei mir. Die ganze Zeit murmelte er Koseworte, und ich war erschrocken und erschüttert und von Wonne überwältigt.
Hinterher lag er still da und hielt mich in seinen Armen. Ich zitterte und war sehr glücklich, und von einem eigentümlichen Trotz erfaßt sagte ich mir, daß ich es gar nicht anders haben wollte, selbst wenn ich die Möglichkeit hätte, es ungeschehen zu machen.
Er streichelte mein Haar und sagte, ich sei schön und anbetungswürdig, und er würde mich ewig lieben.
»Etwas Derartiges ist mir noch nie geschehen«, hauchte ich.
»Ich weiß«, erwiderte er. »Ist es nicht wundervoll, so zusammen zu sein? Komm, kleine Pippa, sag mir die Wahrheit.«
Ich bestätigte es.
»Und du bereust es nicht?«
»Nein«, sagte ich fest. »Nein.«
Dann küßte er mich und liebte mich wieder, und diesmal war es ganz anders: kein Erschrecken mehr, nur ein nie gekannter Sinnenrausch. Ich merkte, daß meine Wangen naß waren; ich mußte geweint haben. Er küßte mir die Tränen fort und sagte, er sei nie im Leben so glücklich gewesen.
Er stand auf und zog einen goldgemusterten Morgenmantel aus blauer Seide an. Das Blau paßte zu seinen Augen, und er sah aus wie ein nordischer Gott.
»Bist du ein Sterblicher?« fragte ich, »oder bist du Thor oder Odin oder einer von den nordischen Göttern oder Helden?«
»Wie ich sehe, kennst du dich aus in unserer Mythologie.«
»Francine und ich haben bei Miss Elton drüber gelesen.«
»Als wen hättest du mich denn gern, als Sigurd? Ich fand es immer dumm von ihm, den Zaubertrank zu trinken und Gudrun zu heiraten, wo doch Brunhild seine wahre Liebe war, oder?«

»Ja«, stimmte ich zu, »sehr dumm.«
»Ach, kleine Pippa, wir werden so glücklich sein.« Er trat an den Tisch und schenkte Wein ein. »Eine Erfrischung nach unseren Anstrengungen«, sagte er. »Das gibt uns Kraft, sie zu wiederholen.«
Ich lachte: Etwas geschah mit mir; ich trank den Wein. Konrad schien immer größer zu werden, und ich fühlte mich ein wenig benommen.
»Der Wein«, sagte ich.
Dann umfingen mich seine Arme, und wir liebten uns abermals.
In dieser Nacht wurde ich erwachsen. Ich war kein Kind mehr, war nicht mehr Jungfrau. Ich schlief ein wenig, und als ich aufwachte, war die Wirkung des Weins verflogen.
Ich setzte mich hastig auf und sah auf Konrad hinab. Er rührte sich und streckte die Arme nach mir aus. Wie um mich zu ermahnen, daß die zauberhafte Nacht zu Ende sei, schlug die Kirchturmuhr vier. Vier Uhr morgens, und ich war seit zehn Uhr fort!
Ich berührte erschrocken meinen nackten Körper. Meine Kleider lagen auf dem Boden.
Ich rief: »Ich muß gehen!«
Konrad war jetzt vollends wach. Er legte seine Arme um mich. »Du brauchst nichts zu befürchten. Du kommst mit mir.«
Ich sagte: »Wo heiraten wir ... in einer Kirche, wie Francine?«
Er sah mich stumm an. Dann lächelte er und zog mich an sich. »Pippa«, sagte er, »eine Heirat ist ebenso ausgeschlossen wie bei Francine.«
»Aber wir haben ...«
Mein Blick erfaßte das unordentliche Bett und den nackten Mann an meiner Seite und die Spuren der Nacht, die wir zusammen verbracht hatten: die leere Weinflasche, die Asche im Kamin.
Konrad lächelte sanft und sagte: »Ich liebe dich. Ich nehme dich mit. Ich will immer für dich sorgen. Vielleicht werden wir Kinder haben. Oh, du wirst ein wunderbares Leben führen, Pippa. Es wird dir an nichts fehlen.«

»Aber wir *müssen* heiraten«, sagte ich naiv. »Ich dachte, das hättest du gemeint, als du sagtest, daß du mich liebst.«
Er lächelte, zärtlich und doch, wie ich fand, leicht zynisch. »Liebe und Ehe sind nicht immer zu vereinbaren.«
»Aber ich kann nicht ... so mit dir ... wenn ich nicht deine Frau bin.«
»Doch, du kannst, und du hast es ja schon bewiesen.«
»Aber ... das ist unmöglich.«
»In der Welt von Greystone Manor vielleicht. Die lassen wir hinter uns; von nun an wird alles anders. Ich wünsche bei Gott, ich könnte dich heiraten. Das würde mich sehr glücklich machen. Aber ich bin bereits so gut wie verheiratet.«
»Soll das heißen, du hast eine Frau?«
Er nickte. »Gewissermaßen. So ist es eben in meiner Heimat. Eine Frau wird für uns bestimmt, und wir unterziehen uns einer Zeremonie, die einer Eheschließung gleichkommt.«
»Dann hättest du mir nicht vorgaukeln dürfen, wir würden heiraten.«
»Ich habe dir nichts vorgegaukelt. Von Heirat war nicht die Rede.«
»Aber ich habe es geglaubt. Ich dachte, du hättest das auch gemeint, als du sagtest, du würdest mich mitnehmen.«
»Ich werde alles tun, was ich gesagt habe. Nur heiraten kann ich dich nicht.«
»Und was schlägst du vor? Daß ich deine Geliebte werde?«
»Manch einer würde sagen, daß du es bereits bist.«
Ich schlug die Hände vors Gesicht. Dann sprang ich aus dem Bett und raffte meine Kleider zusammen.
»Pippa«, sagte er, »sei vernünftig. Ich liebe dich. Ich möchte für immer mit dir zusammen sein. Bitte, versteh ...«
»Ja, ich verstehe. Du machst das, weil es dich amüsiert. Du liebst mich nicht. Ich bin für dich bloß das, was man wohl ein leichtes Mädchen nennt.«
»Ein ziemlich altmodischer Ausdruck, finde ich.«
»Mach bitte keine Witze. Ich sehe, ich habe mich wieder mal dumm benommen. Es macht dir Spaß, mich als töricht hinzustellen. Schon in der Sakristei. Es war das falsche Register, nicht wahr? Das hast du arrangiert.«

»Ich versichere dir, ich habe nichts dergleichen getan.«
»Und du hast das hier geplant. Du hast mir den Wein gegeben ... und jetzt hast du mich zerstört.«
»Mein liebes Kind, du sprichst wie eine Figur in einem billigen Rührstück.«
»Vielleicht bin ich billig ... billig zu haben. Ich war allzu leicht bereit, nicht wahr? Und das hast du ausgenutzt ... und nun behauptest du, daß du eine Frau hast. Ich glaube dir nicht.«
»Ich versichere dir, es ist wahr. Pippa, glaube mir, wenn es nicht so wäre, hätte ich dich gebeten, mich zu heiraten. Weißt du, was zwischen uns ist, wird wachsen und wachsen ... es wird die wundervollste Liebe, und das ist das Herrlichste, was es auf der Welt gibt.«
Mir war elend. Infolge meiner puritanischen Erziehung in Greystone sah ich mich als zerstörte, als gefallene Frau.
»Hör zu«, sagte Konrad. »Komm mit mir. Ich zeige dir ein neues Leben. Eine Beziehung zwischen zwei Menschen ist mehr als ein Eintrag in einem Register. Ich liebe dich. Wir zwei können ein wunderbares Leben haben.«
»Und deine Frau?«
»Die hat nichts damit zu tun.«
»Du bist grausam und zynisch.«
»Ich bin realistisch. Diese Ehe wird aus familiären Rücksichten geschlossen. Es ist eine Vernunftehe. Das ist allgemein üblich. Das heißt nicht, daß ich nicht eine andere lieben darf, eine, die mir so teuer ist wie niemand sonst auf Erden. Du glaubst mir nicht, oder?«
»Nein«, erwiderte ich. »Ich habe von solchen Männern gehört, wie du einer bist. Ich war unbedacht. Ich habe mich hinreißen lassen.«
Wieder legte er seine Arme um mich. Er sagte: »Du bist reizend. Schau mal, du liebst mich. Du wolltest mich. Da hast du mich nicht gefragt, ›wann heiratest du mich?‹ Das ist dir nicht in den Sinn gekommen.«
»Ich merke, daß ich sehr wenig davon weiß, wie es auf der Welt zugeht.«
»Komm mit mir, dann lernst du es. Die Sitten sind für Männer

und Frauen gemacht, nicht Männer und Frauen für die Sitten.«
»Ich kann deine Lebensanschauung nicht teilen.«
Ich begann mich anzuziehen. Er sagte: »Was hast du vor? Wirst du heute vormittag am Bahnhof sein?«
»Wie könnte ich? Es wäre falsch.«
»Du läßt mich also allein fortgehen?«
»Was bleibt mir anderes übrig?«
»›Komm, leb mit mir und sei meine Liebe, und wir erproben alle Wonnen!‹ Du siehst, ich kenne eure englischen Dichter gut. Ach, kleine Pippa, du bist immer noch ein Kind ... Obwohl ich dich zur Frau gemacht habe. Du mußt noch viel lernen. Wenn du heute nicht mit mir kommst, wirst du es dein Leben lang bereuen.«
»Ich könnte es bereuen, wenn ich mitkäme.«
»Das Risiko müssen wir eingehen. Nimm deine Chance wahr, Pippa. Tu, was du tun möchtest.«
»Aber ich weiß, daß es falsch wäre.«
»Wirf deine Konventionen über Bord, Pippa. Lerne zu leben.«
»Ich muß zurück«, sagte ich.
»Ich begleite dich.«
»Nein.«
»Doch. Warte einen Moment.«
Ich stand da und sah ihm zu. Heftige Zweifel rührten sich in meinem Herzen. Ich sah mich zum Bahnhof gehen. Er würde dort sein. Wir würden zusammen in den Zug steigen ... auf zu Liebe und Abenteuer. Es war wie eine Wiederholung von Francines Geschichte.
»Komm.« Er schob seinen Arm durch den meinen und küßte mich zärtlich. »Mein Liebling«, fuhr er fort, »ich verspreche dir, du wirst es nie bereuen.«
Mir war, als sei Francine ganz nahe bei mir. Und der Eintrag im Register? Hatte ich ihn wirklich gesehen? Hatte Francine vor dem gleichen Dilemma gestanden? Ich war verwirrt und kam mir hilflos und unerfahren vor.
Wir traten in die frische Luft des frühen Morgens hinaus.
»Du mußt wieder hineingehen«, sagte ich. »Man darf dich nicht mit mir sehen.«

»Hoffen wir, daß niemand dich zu dieser frühen Morgenstunde zurückkommen sieht.«
Er hielt meine Hand fest an sich gedrückt. »Heute morgen«, sagte er. »Um zehn Uhr am Bahnhof. Sei vorsichtig. Wir steigen getrennt in den Zug. Deine Fahrkarte besorge ich.«
Ich riß mich los und rannte davon. Mein Herz klopfte wild, als ich in den Innenhof kam. Ich hatte Glück, das Fenster war, wie ich es verlassen hatte. Ich kletterte hinein und schloß es, dann eilte ich durch die Halle und die Treppe hinauf. Plötzlich erstarrte ich. Oben stand Mrs. Greaves und beobachtete mich. Sie war in Morgenrock und Pantoffeln und hatte Lockenwickler im Haar.
»Oh, Miss Philippa«, rief sie. »Sie haben mich aber wirklich erschreckt. Ich dachte, ich hätte jemanden gehört. Wo sind Sie nur gewesen?«
»Ich konnte nicht mehr schlafen. Ich habe einen kleinen Spaziergang im Garten gemacht.«
Sie musterte ungläubig mein zerzaustes Haar. Ich bot gewiß ein recht merkwürdiges Bild.
Sie trat zur Seite, um mich vorbeizulassen, und ich hastete in mein Zimmer. Ich ließ mich aufs Bett sinken. Ich fühlte mich zerschlagen und durcheinander und wagte nicht, in die Zukunft zu blicken.

Schließlich schlief ich ein, denn ich war körperlich und geistig erschöpft. Als ich aufwachte, stellte ich erschrocken fest, daß es neun Uhr war. Ich blieb im Bett liegen, dachte an die Ereignisse der letzten Nacht und sehnte mich nach ihm. Ich wollte meine Skrupel vergessen und mit ihm gehen, einerlei, ob es falsch, ja gänzlich gegen meine Erziehung war. Ich wollte einfach bei ihm sein.
Liegen bleiben – das war alles, was ich tun konnte, um mich davon abzuhalten, hastig ein paar Sachen zusammenzupacken und zum Bahnhof zu laufen. Was machte es schon, wenn wir nicht heiraten konnten? Ich war ja bereits seine Frau. Hätte doch Francine bei mir sein können! Sie hätte gesagt: ›Du mußt mit ihm gehen.‹ Francine hätte es getan. War sie nicht mit Rudolph gegangen? War es ähnlich wie bei mir gewesen? War

ihre Behauptung, daß sie verheiratet war, eine Lüge gewesen, um der Konvention zu genügen? Hatte ich mir nur eingebildet, daß ich den Eintrag im Register gesehen hatte? Das Leben ähnelte immer mehr einem bizarren Traum.
Sicher hätte Miss Elton die Lage nüchterner betrachtet. Ich konnte mir vorstellen, wie sie die Hände falten und sagen würde: »Sie können unmöglich mit einem Mann zusammenleben, der Sie nicht heiraten will.« Und ich hätte einsehen müssen, daß das nicht nur richtig, sondern die einzig mögliche Antwort war.
Aber ich wollte gehen! Wie verzweifelt wünschte ich, mit ihm zu gehen!
Es war halb zehn. Zu spät.
Ein Hausmädchen klopfte an die Tür. »Miss Philippa, fühlen Sie sich nicht wohl?«
»Ich habe Kopfweh«, erwiderte ich.
»Das dachte ich mir. Ich hab' Sir Matthew gesagt, daß Sie sich nicht wohl fühlen. Er tat sehr besorgt.«
»Danke, Amy.«
»Soll man Ihnen etwas heraufbringen, Miss?«
»Nein, danke. Ich stehe nachher auf.«
Noch zwanzig Minuten bis zehn Uhr. Ja, es war zu spät. Ich könnte nicht mehr rechtzeitig dort sein. Ich stellte mir Konrad am Bahnhof vor, wartend, hoffend, vielleicht gar sich sehnend. Er hatte mich gern, dessen war ich sicher.
Und wenn der Zug ohne mich abfuhr? Vielleicht würde Konrad bloß die Achseln zucken und sagen: »Schade. Ich habe sie gemocht und hätte gern eine Frau aus ihr gemacht. Aber sie ist nicht gekommen. Sie hatte nicht den Mut dazu. Eine konventionelle kleine Maus ist sie, weiter nichts. Schade!«
Ich war nichts als eine Episode in seinem Leben.
Als Haushofmeister eines Großherzogs oder eines Markgrafen führte er gewiß ein romantisches Leben irgendwo in den Bergen und beaufsichtigte die feierlichen Zeremonien in einem alten Schloß.
Ich wäre so gern bei ihm gewesen.
Es schlug zehn Uhr, schrill und wie es schien triumphierend.
Zu spät. Die Tugend hatte gesiegt.

Ich war den ganzen Tag wie betäubt. Beim Abendessen zeigte sich mein Großvater sehr besorgt. Ich hatte ihn noch nie so wohlwollend erlebt. Er erkundigte sich nach meinem Kopfweh und sagte, es freue ihn zu sehen, daß ich offenbar wieder genesen sei, und er wolle nach dem Essen gern in seinem Arbeitszimmer mit mir reden.
Meine Gedanken waren so von Konrad erfüllt, daß mir nicht sogleich klar wurde, daß nun der lange gefürchtete Augenblick gekommen war, und ich dachte auch noch nicht daran, als mein Großvater mich mit demselben Wohlwollen, das er beim Essen an den Tag gelegt hatte, in seinem Arbeitszimmer empfing. Er lächelte freundlich, nicht ahnend, daß seine Pläne auf Widerstand stoßen würden.
Er erhob sich mit den Händen in den Taschen, als wende er sich an eine öffentliche Versammlung.
»Dieses Haus hat einen schmerzlichen Verlust erlitten«, sagte er. »Deine arme Großmutter liegt im Sarg, und wir alle sind in tiefer Trauer. Aber sie wäre die letzte gewesen, die erwartet hätte, daß das Leben stillsteht, nur weil sie dahingegangen ist. Sie wäre vielmehr die erste, die wünschte, daß das Leben weitergeht und wir vielleicht ein wenig Licht in die Schwermut unserer Tage bringen.«
Ich hörte kaum hin. Meine Gedanken waren bei Konrad.
»Ich hatte ein großes Fest geplant für deinen siebzehnten Geburtstag, an dem du eine Frau wirst.«
Am liebsten hätte ich ausgerufen: »Das bin ich schon, Großvater! Ich habe in Granter's Grange eine himmlische Nacht mit dem wunderbarsten Liebhaber verbracht, und nun ist er fort, und ich habe mich nie im Leben so verlassen gefühlt ... nicht einmal, als Francine fortging!«
»Aber ein Fest wäre unter diesen Umständen nicht schicklich«, fuhr der Großvater fort. »Der Tod deiner Großmutter« – es klang ein wenig mißmutig, als sei es äußerst rücksichtslos von ihr gewesen, ausgerechnet zu diesem Zeitpunkt zu sterben – »der Tod deiner Großmutter macht das leider unmöglich. Dennoch gedenke ich, zu diesem Anlaß eine Abendgesellschaft für ein paar Freunde zu geben ... und dabei könnten wir die Verlobung bekanntgeben.«

»Die Verlobung!«
»Du kennst die Pläne, die ich mit dir und Cousin Arthur habe. Seine Wünsche stimmen mit meinen überein, und deine ebenso, dessen bin ich sicher. Ich sehe keinen Grund für einen Aufschub, nur weil wir einen Todesfall in der Familie haben. Selbstverständlich müssen die Feierlichkeiten stiller vonstatten gehen, als ich es ursprünglich beabsichtigt hatte ... aber es gibt keinen Grund, warum wir es aufschieben sollten. An deinem siebzehnten Geburtstag werden wir die Verlobung bekanntgeben. Ich habe nie viel von langen Verlöbnissen gehalten. Ihr könnt, sagen wir, in drei Monaten heiraten. Das läßt allen genügend Zeit zur Vorbereitung.«
Darauf hörte ich mich sprechen, und es war, als ob meine Stimme körperlos sei und nicht zu mir gehöre.
»Sie irren sich, Großvater, wenn Sie denken, daß ich Cousin Arthur heirate.«
»Was?« rief er.
»Ich sagte, ich habe nicht die Absicht, Arthur zu heiraten.«
»Du bist verrückt geworden!«
»Nein. Ich hatte nie vor, ihn zu heiraten, ebensowenig wie meine Schwester.«
»Sprich mir nicht von deiner Schwester! Sie war eine Dirne, und es ist gut, daß wir sie los sind. Die hätte ich mir nicht zur Mutter meiner Erben gewünscht.«
»Francine war keine Dirne«, widersprach ich heftig. »Sie war eine Frau, die sich nicht in eine Ehe zwingen lassen wollte ... genausowenig wie ich.«
»Ich rate dir« – er war so erzürnt, daß er mich anbrüllte – »du wirst tun, was ich sage, oder du lebst fortan nicht mehr unter meinem Dach!«
»Wenn das so ist«, sagte ich matt, »dann muß ich eben gehen.«
»Die ganze Zeit habe ich eine Schlange an meinem Busen genährt!«
Ich konnte ein hysterisches Auflachen nicht unterdrücken. Das Klischee paßte kaum hierher, und die Vorstellung, wie mein Großvater etwas an seinem Busen nährte, war ausgesprochen komisch.

»Du unverschämtes Ding«, brüllte er. »Wie kannst du es wagen! Ich glaube, du bist von Sinnen! Ich sage dir, das wirst du bereuen. Du warst in meinem Testament großzügig bedacht – wenn du Cousin Arthur geheiratet hättest. Morgen früh schicke ich nach meinen Anwälten. Keinen Pfennig sollst du bekommen. Du wirfst alles weg – verstehst du? Dieses Haus . . . einen guten Ehemann . . .«
»Nicht alles, Großvater«, sagte ich. »Ich werde meine Freiheit haben.«
»Freiheit? Freiheit wofür? Zum Verhungern? Oder eine niedrige Arbeit anzunehmen? Denn das ist deine einzige Wahl, Mädchen. Du wirst nicht unter meinem Dach bleiben und ein Leben in Luxus führen. Ich habe dich aus der Wildnis geholt . . . ich habe dich aufgezogen . . . dich ernährt . . .«
»Weil ich Ihre Enkelin bin, vergessen Sie das nicht.«
»Ich will es aber vergessen!« Er hatte die Stimme wieder erhoben, und ich fragte mich, ob wir wohl belauscht würden. Ich war sicher, daß die Dienstboten alles hören konnten.
Plötzlich wandelte sich seine Stimmung, und er wurde beinahe versöhnlich. »Vielleicht hast du dir das nur nicht richtig überlegt . . . du hättest wirklich glänzende Aussichten. Vielleicht hast du voreilig gesprochen . . .«
»Nein«, sagte ich fest. »Ich wußte, was Sie im Sinn hatten und habe sehr viel darüber nachgedacht. Ich werde Cousin Arthur unter keinen Umständen heiraten.«
»Hinaus!« schrie er wieder. »Hinaus, bevor ich tätlich werde. Ich suche sofort meinen Anwalt auf, und ich sorge dafür, daß dir nichts zugute kommt, was mir gehört . . . niemals. Du wirst ohne einen Pfennig dastehen . . . ohne einen Pfennig, sage ich dir.«
Ich wandte mich zur Tür und ging mit hocherhobenem Kopf und funkelnden Augen hinaus. Als ich in den Flur trat, hörte ich ein Schlurfen und Rascheln, und da wußte ich, daß wir belauscht worden waren.
Ich stieg die Treppe hinauf. Jetzt war es also geschehen. Alles brach gleichzeitig über mich herein. Ich war allein, und morgen würde ich auch noch heimatlos sein. Ich hatte keine Ahnung, wohin ich gehen oder was ich tun sollte.

Ich öffnete die Tür zu dem Raum neben dem Schlafzimmer meines Großvaters, wo meine Großmutter aufgebahrt war. Die Kerzen waren erst frisch angezündet worden. Bevor die Hausbewohner zur Ruhe gingen, würden sie nochmals ausgewechselt werden und dann die ganze Nacht brennen.
Ich blieb auf der Schwelle stehen, sah auf das friedliche Gesicht und murmelte: »Ach, liebe Großmutter, warum bist du nicht lebendig und rätst mir, was ich tun soll? Warum hast du mich einsam und allein gelassen? Hilf mir. Bitte hilf mir. Sag mir, was ich tun soll.«
Wie still und friedlich es in diesem Raum war. Fast hätte ich glauben können, daß ihre kalten Lippen mir aufmunternd zulächelten.

Als ich erwachte, war es dunkel, und ich wußte nicht, was mich aufgeweckt hatte. Ich hatte am Abend lange Zeit wachgelegen und mir überlegt, was der kommende Tag bringen würde und wohin ich gehen sollte, wenn ich Greystone Manor verließ. Dann muß ich vor lauter Erschöpfung in einen tiefen Schlaf gesunken sein.
Ich setzte mich im Bett auf. Ich nahm einen eigenartigen Geruch wahr und ein Geräusch, das ich nicht sogleich deuten konnte.
Ich hörte genauer hin, und dann war ich mit einem Satz aus dem Bett.
Feuer!
Ich fuhr hastig in meine Pantoffeln und rannte hinaus.
Das Zimmer meines Großvaters lag am Ende des Flurs, und daneben war der Raum, in dem Großmutter aufgebahrt war. Ich sah die Flammen unter seiner Zimmertür hervorzüngeln.
»Feuer!« schrie ich. »Feuer!«
Ich lief zum Zimmer meines Großvaters und traf unterwegs auf Cousin Arthur.
»Was gibt's?« rief er, und als er merkte, was los war: »Oh! Helf' uns Gott.«
»Es brennt in Großvaters Zimmer«, rief ich.
Inzwischen waren auch etliche Dienstboten erschienen. Cou-

sin Arthur öffnete die Tür zum Zimmer meines Großvaters, und die Flammen schlugen ihm entgegen.
»Gebt Alarm!« schrie Cousin Arthur. »Bleibt von dem Zimmer weg. Es brennt lichterloh. Das daneben auch.«
Aber da bahnte sich bereits ein Diener einen Weg durch Rauch und Flammen. Er verschwand im Zimmer meines Großvaters, und als er wieder herauskam, schleifte er meinen Großvater über den Boden.
Cousin Arthur rief: »Holt Wasser . . . rasch! Löscht das Feuer, sonst geht das ganze Haus in Flammen auf. Die Balken sind trocken wie Stroh.«
Alles hetzte hin und her. Ich trat zu Cousin Arthur, der sich über meinen Großvater beugte.
»Jemand soll den Doktor holen – schnell«, sagte er.
Ich lief nach unten und traf auf einen Stallknecht, der den Tumult gehört und das Feuer gesehen hatte.
Er eilte ohne ein Wort davon, und ich ging wieder zurück. Alles war voll Wasser, und der Rauch würgte mich, doch ich sah, daß sie das Feuer unter Kontrolle hatten.
Es war anscheinend in dem Zimmer ausgebrochen, wo meine Großmutter lag.
Cousin Arthur sagte: »Ich hielt es immer für riskant, die Kerzen die ganze Nacht brennen zu lassen.«
Es war erschütternd, meinen Großvater auf dem Flur liegen zu sehen, ein Kissen unter dem Kopf und mit Decken zugedeckt. Er sah dem Mann gar nicht ähnlich, der mich ein paar Stunden zuvor in seinem Arbeitszimmer angeschrien hatte; er wirkte hilflos und hinfällig; sein Bart war vollständig verkohlt, und was ich von Gesicht und Hals sehen konnte, war voller Brandwunden. Er muß schreckliche Schmerzen haben, dachte ich. Aber er gab keinen Laut von sich.
Ich stand immer noch da, als der Arzt kam. Das Feuer war gelöscht, die Gefahr war gebannt.
Nach einem Blick auf meinen Großvater sagte der Arzt: »Sir Matthew ist tot.«
Was für eine seltsame Nacht . . . ich hatte noch den Brandgeruch in der Nase, und mein Großvater, der mich kurz zuvor noch laut beschimpft hatte, war tot.

Ich will mich bemühen, die Geschehnisse jener Nacht nacheinander aufzuzählen, aber das ist nicht einfach.
Ich erinnere mich, daß Cousin Arthur, in einem langen braunen Schlafrock, mir etwas zu trinken anbot. Er war so freundlich wie noch nie, weniger selbstgerecht, menschlicher. Er war sichtlich erschüttert. Sein Wohltäter war tot.
»Du darfst dich nicht grämen, Philippa«, sagte er. »Ich weiß, daß du heute abend eine kleine Auseinandersetzung mit ihm hattest.«
Ich schwieg.
Er tätschelte meine Hand. »Quäle dich nicht«, sagte er. »Ich kann es verstehen.«
Der Arzt machte ein bedenkliches Gesicht. Er wollte ein paar Worte mit Cousin Arthur sprechen. Er war beunruhigt, denn er glaubte nicht, daß Großvaters Tod auf Erstickung zurückzuführen war, weil dieser eine Verletzung am Hinterkopf hatte.
»Er muß hingefallen sein«, meinte Cousin Arthur.
»Schon möglich«, erwiderte der Arzt zweifelnd.
»Meine Cousine hat eine schreckliche Nacht hinter sich«, fuhr Cousin Arthur fort. »Ob Sie ihr wohl ein Beruhigungsmittel geben könnten?« Er blickte mich dermaßen mitfühlend an, daß ich mich fragte, ob ich ihn bisher überhaupt richtig gekannt hatte. Zudem hatte er eine neue Autorität an sich, als sei er bereits der Herr im Haus. Er rief ein Dienstmädchen herbei und trug ihr auf, mich in mein Zimmer zu begleiten.
Ich ließ mich von ihr wegführen und warf mich auf mein Bett. Ich mochte nicht glauben, daß dies alles Wirklichkeit war. Mein Leben hatte eine unerwartete Wendung genommen. Es war so lange ereignislos verlaufen, und nun folgte ein dramatischer Vorfall auf den anderen.
Ich nahm den Trank, den das Mädchen mir im Auftrag des Doktors brachte. Bald fiel ich in einen tiefen Schlaf.

Am nächsten Morgen setzte sich der Alptraum fort. Das Haus war in Aufruhr, und überall waren Fremde.
Cousin Arthur bat mich ins Arbeitszimmer meines Großvaters und eröffnete mir, daß man den Leichnam meines Groß-

vaters fortgebracht hatte, weil man über seine Todesursache im unklaren sei. Es würde eine gerichtliche Untersuchung geben. »Es war von einem Schlag auf den Hinterkopf die Rede.«
»Heißt das, er hat sich beim Hinfallen den Kopf aufgeschlagen?«
»Es wäre möglich, daß er das Feuer bemerkte und stürzte, als er aus dem Zimmer eilen wollte. Eine Kerze am Sarg deiner Großmutter muß umgefallen sein und den Teppich in Brand gesetzt haben. Der Sarg stand auf der Seite, die unmittelbar an das Zimmer deines Großvaters angrenzt. Wie du weißt, ist zwischen den beiden Zimmern eine Verbindungstür, und die Flammen konnten durch die Türritzen dringen. Ich bin natürlich nicht sicher. Ich stelle nur Mutmaßungen an . . . aber Tatsache ist . . . diese zwei Räume sind die einzigen, die zerstört sind, und das Schlafzimmer deines Großvaters mehr als das Zimmer, in dem der Sarg stand. Ein Feuer kann sich auf alle mögliche Art ausbreiten.«
Ich nickte.
»Ich kann mir denken, Philippa, wie dir wegen des Wortwechsels gestern abend zumute ist.«
»Ich mußte ihm meine Meinung sagen«, erklärte ich.
»Ich weiß. Und ich weiß auch, worüber ihr diskutiert habt. Du sollst wissen, daß ich dein Freund bin, Philippa. Es war der Wunsch deines Großvaters, daß wir beide heiraten, aber du wolltest nicht. Das ist eine Enttäuschung für mich, aber du darfst nicht denken, daß ich dir das zum Vorwurf mache.«
Es war verblüffend, welche Veränderung die neue Situation bei Cousin Arthur hervorgerufen hatte. Er hatte mit dem Tod meines Großvaters eine neue Haltung angenommen. Verschwunden war der demütige, unterwürfige Verwandte, der ständig bestrebt war, sich einzuschmeicheln. Jetzt trat er auf wie der Herr des Hauses, und zu mir war er gütig und verständnisvoll.
Er lächelte wehmütig. »Wir können unsere Neigungen nicht zwingen«, sagte er. »Dein Großvater hatte dich ausersehen, die direkte Linie der Familie fortzusetzen. Nun ist er tot, und ich möchte nicht, daß du zu einer Ehe gezwungen wirst, die

dir zuwider ist. Andererseits sollst du dieses Haus als dein Heim betrachten . . . solange du willst.«
»O Cousin Arthur, das ist lieb von Ihnen, denn ich nehme an, daß jetzt alles Ihnen gehört.«
»Dein Großvater sagte immer, daß ich ihn beerben sollte. Vielleicht war mein Angebot ein wenig voreilig. Ich sollte lieber sagen, wenn sich das, was man uns glauben machte, als richtig herausstellt, dann ist dies dein Heim, solange du es wünschst.«
»Ich kann nicht hierbleiben«, sagte ich. »Er hat mich hinausgeworfen. Aber ich nehme Ihr freundliches Anerbieten erleichtert an, bis ich einen Plan gefaßt habe.«
Er lächelte mich liebevoll an. »Damit wäre diese kleine Angelegenheit erledigt. Wir haben schwere Tage vor uns. Ich möchte deinen Sorgen keine neuen hinzufügen. Es wird vielleicht Unannehmlichkeiten geben. Dieser Schlag auf den Kopf . . . Nun, er ist vermutlich gestürzt, aber du darfst dir keine Vorwürfe machen, Philippa.«
»Nein. Ich mußte ihm die Wahrheit sagen, und ich würde es wieder tun. Ich konnte mich nicht von ihm zwingen lassen . . .«
»Nein, natürlich nicht. Noch etwas: Der Sarg deiner Großmutter ist zwar vom Feuer in Mitleidenschaft gezogen, aber er ist heil, und ich glaube, es ist das Beste, wenn wir das Begräbnis vornehmen, als ob dies alles nicht geschehen wäre. Sie wird morgen nach den schon getroffenen Vorbereitungen beigesetzt. Findest du nicht auch, daß es so am besten ist?«
Ich bejahte.
»Gut«, sagte er, indem er mir auf die Schulter klopfte, »dann bleibt es dabei.«
Natürlich hatte auch er unter dem dominierenden Einfluß meines Großvaters gestanden. Er wollte ebensowenig zur Heirat gezwungen werden wie ich. Der Unterschied zwischen uns war, daß er im Gegensatz zu mir bereit gewesen war, sehr weit zu gehen, um meinem Großvater zu gefallen und ihn zu beerben. Wahrscheinlich wäre Arthur mittellos in die rauhe Welt hinausgewiesen worden, wenn er meinem Großvater nicht gehorcht hätte, und ein Dasein als schlecht bezahlter Hilfspfarrer wäre gewiß nicht nach seinem Geschmack gewe-

sen. Das konnte ich verstehen, und ich mochte ihn nun ein wenig besser leiden.
Die Beisetzung meiner Großmutter fand am folgenden Tag statt. Tante Grace kam mit Charles Daventry zu uns, und wir unterhielten uns. Tante Grace war über den Tod ihrer Mutter sehr erschüttert und auch darüber, daß sie sie nicht hatte besuchen dürfen, als es mit ihr zu Ende ging. Sie war bestürzt über den Tod ihres Vaters, aber wenn wir ganz ehrlich waren, mußten wir zugeben, daß es für uns alle eine Erleichterung war.
Wir standen am Grab, und als der angekohlte Sarg in die Erde gesenkt wurde und man hörte, wie die Erdklumpen darauf geworfen wurden, kamen mir die Gespräche mit ihr in den Sinn und alles, was Großmutter in den ersten schweren Tagen in Greystone Manor für uns getan hatte. Sie war wie ein Rettungsanker für zwei entwurzelte junge Menschen gewesen. Ich würde sie schmerzlich vermissen.
Aber nun würde sich alles ändern. Ich mußte mich endlich auf die Suche nach einer Stellung machen. Schließlich wurde ich bald siebzehn, die Schwelle zum Erwachsensein. Wenn ich darlegen würde, daß ich bei meinem Großvater in Greystone Manor gelebt hatte und plötzlich in Armut geraten sei, könnte ich es vielleicht schaffen.
Wir kehrten ins Haus zurück und versammelten uns im Arbeitszimmer meines Großvaters bei Keksen und Portwein, um die Verlesung des Testaments zu hören. Wir erfuhren mit Staunen, daß meine Großmutter ein beträchtliches eigenes Vermögen besessen hatte, von dem mein Großvater nichts ahnte. Hätte er von ihrem Reichtum gewußt, so hätte er es gewiß verstanden, ihn sich anzueignen. Sie war immer eine willensstarke Frau gewesen; ihre freundliche Art hatte nur darüber hinweggetäuscht. Sie war auch gütig, doch einmal zu einer Ehe gezwungen, war sie entschlossen, sich nicht völlig von ihrem Mann beherrschen zu lassen. So hatte sie ihre Geheimnisse bewahrt, und dies war eines davon.
Die Verteilung des Geldes war eine noch größere Überraschung für mich. Agnes Warden muß in das Geheimnis eingeweiht gewesen sein, denn sie bekannte später, daß sie den

Anwalt zu meiner Großmutter geführt hatte. Agnes erhielt eine Leibrente; dann gab es noch ein oder zwei Legate, aber der größte Teil fiel an ihre Tochter Grace und ihre Enkelin Philippa, »um ihnen ein unabhängiges Leben zu ermöglichen«.
Ich war wie betäubt. Das große Problem, vor dem ich gestanden hatte, war durch diese Geste meiner Großmutter beseitigt. Ich würde ziemlich wohlhabend sein und brauchte mich nicht mehr mit der Suche nach einer Stellung zu plagen. Ich konnte dieses Haus als wohlhabende Frau mit eigenem Vermögen verlassen.
»Um ein unabhängiges Leben zu führen!« Ich blickte Grace an. Sie weinte leise.

Am folgenden Tag fand die Gerichtsverhandlung statt, in der die Ursache für den Tod meines Großvaters festgestellt werden sollte. Dieser Tag ist mir als der seltsamste meines Lebens in Erinnerung. Ich saß dort mit Cousin Arthur, Grace und Charles und hörte die Aussage des Arztes. Die Atmosphäre im Raum, das Stimmengemurmel, das ganze Ritual waren ehrfurchtgebietend. Ich versuchte die Bedeutung dessen zu erfassen, was der Arzt aussagte. Der Tod von Sir Matthew Ewell sei nicht auf Erstickung oder Verbrennungen zurückzuführen. Er könne infolge eines Sturzes eingetreten sein, bei dem Sir Matthew mit dem Kopf auf der Kante eines Kamingitters oder auf ein Möbelstück aufgeschlagen sei; es bestehe jedoch auch die Möglichkeit, daß der Tod durch einen, von einer oder mehreren Personen zugefügten, Schlag herbeigeführt worden sei. Sir Matthew sei wahrscheinlich aus dem Schlaf erwacht und habe das Feuer im Nebenzimmer bemerkt. Daraufhin könne er hastig aus dem Bett getaumelt und dabei gestürzt sein. Aber all dies seien Mutmaßungen und unmöglich zu beweisen, weil der Leichnam aus dem Zimmer geschleppt worden sei und sich daher die Lage des Körpers zum Zeitpunkt des Todes nicht feststellen lasse.
Hierauf setzte eine ausführliche Diskussion ein, und schließlich wurde die Untersuchung bis zur nächsten Woche vertagt.

»Was hat das zu bedeuten?« erkundigte sich Tante Grace bei Charles.
Charles sagte, das heiße, daß sie mit dem Ergebnis nicht ganz zufrieden seien.
Es folgte eine merkwürdige Woche. Ich bewegte mich in einem Zustand der Benommenheit durchs Haus und sehnte mich fort ... je eher, je besser.
»Du kannst keine Pläne machen, ehe diese leidige Angelegenheit vorüber ist«, sagte Cousin Arthur.
Die Dienstboten sahen mich so komisch an. Ich las Argwohn in ihren Blicken. Das konnte nur eines bedeuten. Sie hatten den Streit mit meinem Großvater mitangehört und wußten, daß er gedroht hatte, mich hinauszuwerfen. Und nun das Gerede, daß jemand ihm einen Hieb versetzt hätte ... Ich verstand die Anspielung. Jemand hatte ihn geschlagen, ihn getötet und dann das Feuer gelegt, um die schreckliche Tat zu vertuschen.
Ich mochte es nicht glauben. Galten die finsteren Blicke mir? Dachten sie etwa, *ich* hätte es getan?
Allmählich bekam ich Angst.
Mrs. Greaves fiel mir besonders auf, denn sie beobachtete mich auf Schritt und Tritt. Es war lächerlich. Das war ja Unsinn! Als ob ich meinen eigenen Großvater umbringen würde!
Agnes Warden war nett zu mir, auch Tante Grace und Charles.
»Ich weiß nicht, was dieses ganze Getue soll«, sagte Charles. »Es ist doch ganz klar, daß Sir Matthew gestürzt und daran gestorben ist.«
»Im Falle eines plötzlichen Todes wird immer eine Untersuchung durchgeführt«, erklärte Cousin Arthur.
Das Testament meines Großvaters wurde verlesen. Arthur erbte das Vermögen und das Haus. Ich war auch erwähnt. Im Falle meiner Heirat mit Arthur war ein Vermächtnis ausgesetzt sowie ein kleines Einkommen auf Lebenszeit, das bei der Geburt eines jeden Kindes erhöht werden sollte.
Das hatte er ändern wollen, sobald der Anwalt gekommen wäre. Er hatte deutlich machen wollen, daß ich angesichts

meiner Undankbarkeit keinen Pfennig von seinem Geld bekommen sollte.
Arthur übernahm die Verantwortung für das Hauswesen, und ich kam aus dem Staunen über seine rücksichtsvolle Haltung mir gegenüber nicht heraus.
»Er hofft wohl«, sagte Grace, »daß du es dir anders überlegst und sich alles so fügt, wie mein Vater es gewünscht hat.«
»Niemals«, erklärte ich. »Ich bin Cousin Arthur dankbar für seine Rücksichtnahme, aber heiraten könnte ich ihn nie.«
Grace nickte. Geborgen in ihrem neuen Leben mit Charles, meinte sie eine Menge von Liebe und Ehe zu verstehen.
Mrs. Greaves' Verhalten mir gegenüber wurde so kühl, daß ich sie eines Tages fragte, ob etwas nicht stimme.
Sie blickte mich fest an. Sie hatte ein hartes, ja grausames Gesicht. Ich hatte immer gedacht, daß sie durch den langjährigen Dienst im Haus meines Großvaters so geworden war.
»Diese Frage sollten Sie sich selbst stellen, Miss«, sagte sie streng.
»Wie meinen Sie das, Mrs. Greaves?«
»Ich denke, das wissen Sie ganz genau.«
»Nein«, erwiderte ich.
»Nun, es gibt eine Menge Vermutungen darüber, wie der arme Herr gestorben ist ... und man ist der Ansicht, daß es hier im Haus jemanden gibt, der ein wenig Licht in die Angelegenheit bringen könnte.«
»Und damit meinen Sie *mich*?«
»Fragen Sie sich selbst, Miss. Wir haben den Streit an dem Abend gehört, an dem mein Herr starb. Ich war zufällig in der Nähe, ich mußte es einfach mitanhören.«
»Es war gewiß eine große Pein für Sie, daß Sie gezwungen waren zu lauschen, Mrs. Greaves.«
»Ich bitte um Vergebung, Miss, aber ich habe erwartet, daß Sie so etwas sagen würden. Ich habe den Streit gehört, weil ich in der Nähe war, und hinterher sah ich Sie in das Zimmer Ihrer Großmutter gehen.«
»Was glauben Sie, was ich dort gemacht habe? Feuer im Zimmer gelegt und es stundenlang schwelen lassen, bevor ich es ins Zimmer meines Großvaters lenkte?«

»Nein. Das Feuer wurde später gelegt.«
»Wurde gelegt, Mrs. Greaves? Sie meinen, es brach aus. Niemand hat es gelegt.«
»Wer weiß. Und ich nehme an, bei der Untersuchung haben ein paar Leute sich ihre eigene Meinung gebildet.«
»Was wollen Sie damit andeuten? Und warum sagen Sie es nicht geradeheraus?«
»Na ja, es hat irgendwas Geheimnisvolles. Aber auch Geheimnisse werden aufgeklärt, und ich kann nur sagen, daß manche Leute nicht sind, was sie scheinen. Ich hab' nicht vergessen, Miss, daß ich Sie zu früher Morgenstunde hereinkommen sah, ist noch gar nicht lange her. Ich hab' mich bloß gefragt, was Sie wohl getrieben haben. Da zeigt sich, daß man nie wissen kann, was die Leute so machen, nicht?«
Ich war tief erschüttert, als sie auf die Nacht mit Konrad anspielte. Ich war verärgert und verletzt. Warum war ich nicht mit ihm durchgebrannt? Warum hatte ich mich von meinem dummen puritanischen Gewissen abhalten lassen? Wäre ich fortgegangen, hätte ich nicht hier sein können, als mein Großvater starb. Und auch die Szene in seinem Arbeitszimmer hätte nie stattgefunden.
Mrs. Greaves merkte, wie sehr ihre Worte mich getroffen hatten. Ich hörte sie leise kichern, als sie sich umdrehte und ohne ein weiteres Wort davonging.
Da wurde mir klar, daß ich mich in einer sehr gefährlichen Lage befand.

Trotzdem war ich wohl durch all die plötzlichen Geschehnisse viel zu benommen, um das ganze Ausmaß dieser Gefahr zu erfassen, und das war vielleicht mein Glück.
Arthur war weiterhin ausgesprochen nett zu mir, beinahe zärtlich, und ich fragte mich flüchtig, ob Grace vielleicht recht hatte und er sich tatsächlich bemühte, mich umzustimmen.
»Wenn sie dir Fragen stellen«, riet er mir, »sag einfach die Wahrheit. Dann kann dir nichts geschehen. Man darf vor Gericht niemals lügen, denn wenn man dabei ertappt wird, glaubt einem keiner mehr auch nur das geringste. Es wird schon gutgehen, Philippa. Wir sind ja bei dir.«

Das Gericht mit seinen Würdenträgern übertraf alle meine Vorstellungen. Dabei war dies nur ein Untersuchungsgericht. Es gab keinen Angeklagten, sondern hier sollte nur festgestellt werden, ob mein Großvater durch einen Unfall gestorben oder vorsätzlich getötet worden war. Wäre letzteres der Fall, würde Anklage erhoben ... und es käme vielleicht zu einem Prozeß.
Ich mochte einfach nicht glauben, daß ich dies alles wirklich erlebte. Ich konnte mir nur immer wieder sagen, daß ich mit dem Mann, den ich, wie mir nun klar wurde, zweifellos liebte, in einem fremden Land glücklich sein könnte, wenn ich nur den Regungen meines Herzens gefolgt wäre.
Die Leute machten ihre Aussagen. Die Ärzte, die den Leichnam meines Großvaters untersucht hatten, bestätigten, daß er nicht erstickt, sondern an dem Schlag auf den Kopf gestorben war, und der Tod sei etwa eine Stunde, bevor das Feuer entdeckt wurde, eingetreten. Dafür gebe es eine Erklärung. Mein Großvater könnte den schwelenden Teppich gerochen haben, aufgestanden, gestürzt und dann gestorben sein. Das Feuer hatte sich nur langsam ausgebreitet, daher war das Zimmer, in dem meine Großmutter lag, nicht so arg ausgebrannt wie das Zimmer meines Großvaters. Experten bestätigten, daß es gut möglich wäre, daß der Teppich fast eine Stunde lang geglimmt hatte, ehe er in Flammen aufging, und das könne die Zeitspanne zwischen der Verletzung meines Großvaters und der Entdeckung des Feuers durch die anderen Hausbewohner erklären.
Nach den Ärzten wurden wir anderen in den Zeugenstand gerufen, zuerst Cousin Arthur. Er schilderte, wie er den Ruf »Feuer« gehört habe und sogleich zum Zimmer meines Großvaters gelaufen sei, wo ein Bediensteter den Leichnam herausschleppte. In dem Glauben, daß mein Großvater noch lebte, habe er nach dem Arzt geschickt. Er wurde gefragt, ob an dem betreffenden Abend ein Streit zwischen Sir Matthew und einem der Hausbewohner stattgefunden hat.
Sichtlich widerstrebend erklärte Cousin Arthur, daß Sir Matthew eine Auseinandersetzung mit seiner Enkelin Philippa gehabt habe.

Ob er wisse, worum es dabei ging?
Cousin Arthur meinte, daß Sir Matthew seinem Wunsch nach einer ehelichen Verbindung zwischen seiner Enkelin und ihm, Arthur, Ausdruck verliehen und sie es abgelehnt habe, sich zu fügen.
»Hat er sie Ihres Wissens bedroht?«
Cousin Arthur sagte ausweichend: »Ich war nicht zugegen, aber Sir Matthew geriet leicht in Wut, wenn man sich ihm widersetzte.« Er habe wohl ein bißchen gebrüllt, meinte Arthur.
»Worum ging es dabei? Daß er sie aus seinem Testament ausschließen werde? Daß sie das Haus verlassen müsse?«
»Möglicherweise.«
»War Miss Philippa deswegen aufgebracht?«
»Ich habe sie nicht gesehen.«
»Wann sahen Sie sie nach dem Streit?«
»Auf dem Flur vor dem Zimmer, in dem das Feuer ausgebrochen war.«
»Schliefen Sie auf demselben Flur?«
»Ja, dort liegen mehrere Schlafräume.«
»Ihrer auch?«
»Ja.«
»Und die Dienstboten?«
»Ihre Räume befinden sich ein Stockwerk höher.«
Arthur verließ den Zeugenstand, und Mrs. Greaves wurde aufgerufen. Sie habe den Streit zwischen meinem Großvater und mir mitangehört, sagte sie.
»Hat er gedroht, sie wegzujagen und zu enterben?«
»Ja«, bestätigte Mrs. Greaves beflissen.
»Haben Sie ein gutes Gehör, Mrs. Greaves?«
»Ich höre ausgezeichnet.«
»Sehr nützlich in Ihrer Position. Haben Sie Miss Philippa nach der Unterredung gesehen?«
»Ja. Ich sah sie in das Zimmer gehen, wo ihre Großmutter aufgebahrt war.«
»Und haben Sie sie später noch einmal gesehen?«
»Nein. Aber das muß nicht heißen, daß sie die ganze Nacht in ihrem Zimmer war.«

»Wir fragen Sie nicht nach Ihrer Meinung, Mrs. Greaves, sondern nach Tatsachen.«
»Ja, Sir, aber ich darf doch wohl sagen, daß Miss Ewell seltsame Gewohnheiten hatte. Sie ist nachts umhergestreift.«
»In jener Nacht auch?«
»Da habe ich sie nicht gesehen. Aber einmal frühmorgens. Ich hatte ein Geräusch gehört . . .«
»Wieder dank Ihres ausgezeichneten Gehörs, Mrs. Greaves?«
»Ich hielt es für meine Pflicht nachzusehen, wer dort herumschlich. Ich muß mich doch um die Hausmädchen kümmern und darauf achten, daß sie sich anständig benehmen, Sir.«
»Noch eine ausgezeichnete Fähigkeit! Und bei dieser Gelegenheit . . .«
»Sah ich Miss Philippa ins Haus kommen. Es muß fünf Uhr morgens gewesen sein. Sie war vollständig angekleidet und hatte die Haare offen.«
»Und welchen Schluß zogen Sie daraus?«
»Daß sie die ganze Nacht weg war.«
»Hat sie Ihnen das erzählt?«
»Sie sagte, sie hätte nur einen Spaziergang im Garten gemacht.«
»Ich sehe nicht, warum Miss Ewell nicht frühmorgens spazierengehen soll, wenn sie dazu Lust hat, und ich würde auch nicht erwarten, daß sie sich vorher frisiert.«
Es war offensichtlich, daß Mrs. Greaves damit nicht den von ihr beabsichtigten Eindruck machte, aber die Erwähnung jenes Morgens erschreckte mich trotzdem. Was sollte ich sagen, wenn man mich danach fragte? Sollte ich erzählen, daß ich die Nacht mit einem Liebhaber verbracht hatte? Dann würde man gleich den Stab über mich brechen. Eine Menge Leute würden denken, lockere Sitten – denn dessen würde man mich bezichtigen – seien ein ebenso schweres Verbrechen wie Mord. Noch nie im Leben war mir so bange gewesen.
Dann kam ich an die Reihe.
»Miss Ewell, Ihr Großvater hatte den Wunsch, daß Sie Ihren Cousin heiraten, und Sie weigerten sich?«

»Ja.«
»Und Ihre Weigerung ärgerte ihn?«
»Ja.«
»Er drohte, Sie aus dem Haus zu werfen und zu enterben.«
»Das stimmt.«
»Was haben Sie dazu gesagt?«
»Ich sagte: ›Ich kann keinen Mann heiraten, den ich nicht liebe, und ich werde das Haus sobald wie möglich verlassen.‹«
»Und das hatten Sie am nächsten Tag vor? Wohin wären Sie gegangen?«
»Ich hatte gedacht, ich könnte bei meiner Tante Grace oder in einer der Hütten unterkommen, bis ich etwas Geeignetes fände.«
»Und was haben Sie nach dieser stürmischen Unterredung gemacht?«
»Ich ging zum Sarg meiner Großmutter. Wir haben uns sehr gern gehabt.«
Ich erntete ein mitfühlendes Nicken. Ich hatte den Eindruck, daß der Fragesteller mir gewogen war und mir glaubte, und daß er Mrs. Greaves nicht leiden konnte und sie insgeheim der Gehässigkeit bezichtigte. Das machte mir Mut.
»Was geschah im Zimmer Ihrer Großmutter?«
»Ich habe sie nur angeschaut und gewünscht, sie würde noch leben und mir helfen.«
»Brannten die Kerzen, als Sie in ihr Zimmer gingen?«
»Ja, sie brannten, seit sie gestorben war.«
»Kam Ihnen das nicht gefährlich vor?«
»Nein.«
»Ich glaube, Ihre Großmutter hat Ihnen Geld hinterlassen mit dem Wunsch, daß Sie ein unabhängiges Leben führen sollen. War sie der Meinung, daß Ihr Großvater zu streng mit Ihnen war?«
»Ja.«
»Danke, Miss Ewell.«
Es war einfacher gewesen, als ich gedacht hatte, und ich war sehr erleichtert, weil die frühmorgendliche Begegnung mit Mrs. Greaves nicht zur Sprache gekommen war.

Danach ging es endlos weiter. Es wurde viel diskutiert, und ich saß ermattet da und wartete. Cousin Arthur nahm meine Hand und drückte sie, und ausnahmsweise verspürte ich nicht den Wunsch, ihn zurückzustoßen.
Dann der Urteilsspruch: Tod durch Unfall. Nach Ansicht des Untersuchungsrichters gab es keinen stichhaltigen Beweis dafür, wie der Schlag zustande gekommen war, und er war der Meinung, daß Sir Matthew gestürzt und mit dem Kopf auf der scharfen Kante des Kamingitters in seinem Schlafzimmer aufgeschlagen war.
Wir waren frei. Die furchtbare Bedrohung, die mir nur halbwegs bewußt gewesen war, war von mir genommen.
Als ich mit Cousin Arthur, Tante Grace und ihrem Mann das Gerichtsgebäude verließ, glaubte ich jemanden zu sehen, der mir irgendwie bekannt vorkam. Mir fiel nicht auf Anhieb ein, wer es war, aber später ging mir blitzartig ein Licht auf. Es war der Mann, den ich gesehen hatte, als ich mit Miss Elton wegen des Registers nach Dover gefahren war, der Mann, von dem ich angenommen hatte, daß er im Dorfgasthof abgestiegen war, um die Umgebung zu erkunden.
Ich verbannte ihn wieder aus meinen Gedanken. Es gab so viel anderes, das mich beschäftigte.
Jetzt endlich war ich frei, um Pläne zu machen.
Ich wollte nicht in Greystone Manor bleiben. Dort herrschte eine bedrückende Atmosphäre des Argwohns, die, dessen war ich sicher, von Mrs. Greaves geschürt wurde. Ich bemerkte, daß die Dienstboten mich verstohlen beobachteten, und wenn ich aufblickte und sie unversehens ertappte, wandten sie sich verlegen ab.
Cousin Arthur war weiterhin ausgesprochen nett zu mir.
»Du mußt hierbleiben, solange du magst«, sagte er. »Wirklich, du kannst Greystone Manor als dein Heim betrachten.«
»Das könnte ich ganz bestimmt nicht. Mein Großvater hat mich hinausgewiesen, und ich werde gehen.«
»Das Haus gehört jetzt mir, wie du weißt.«
»Das ist wirklich gut gemeint, aber ich muß fort, und zwar schnell.«

Tante Grace brachte mir die Rettung. »Du mußt zu Charles und mir ziehen«, sagte sie. »Bleib, solange es dir gefällt, mein Liebes. Wir haben jetzt das Geld, um uns ein eigenes Haus zu kaufen, nicht weit vom Pfarrhaus entfernt. ›Wisteria Cottage‹ heißt es. Kennst du es? Charles meint, es ist genau das richtige für uns, und es hat einen großen Garten, wo er seine Werkstatt einrichten und seine Skulpturen ausstellen kann. Komm und hilf uns beim Umzug.«
Das war lieb von ihr. Sie freute sich sehr über das von ihrer Mutter geerbte Geld, mit dem diese auch ihre Ehe mit Charles stillschweigend gebilligt hatte. Noch im Tode hatte meine Großmutter uns die Hilfe gegeben, die wir brauchten.
Ich verließ also Greystone Manor und zog zu meiner Tante. Das Pfarrhaus war sehr geräumig, und der Pfarrer überließ mir freundlicherweise bis zum Umzug nach Wisteria Cottage ein Zimmer.
Tante Grace tat in diesen Wochen sehr viel für mich. Ich unterhielt mich oft mit ihr und Charles, und wir überlegten gemeinsam, was ich anfangen sollte. Ich hatte es nun nicht mehr nötig, eine Stellung anzunehmen, die mir nicht zusagte. Ich war eine unabhängige Frau, und Tante Grace meinte, ich müßte mir Zeit lassen, um zu beschließen, wie ich mein Leben gestalten wollte.
Da entschied das Schicksal für mich.
Ich sortierte in Charles' Schuppen Bücher aus, als ich draußen Schritte hörte. Ich ging zur Tür und stand zu meinem Erstaunen und Entzücken Daisy gegenüber.
Sie hatte sich verändert, seit ich sie das letzte Mal gesehen hatte. Sie war fülliger geworden, doch ihre Wangen waren rosig wie immer, und der Schalk blitzte nach wie vor in ihren Augen. Wie um ihre Freude zu zeigen und zu bekunden, daß dies ein überaus freudiger Anlaß sei, bedachte sie mich mit jenem gewissen Zwinkern, an das ich mich so gut erinnerte.
»Miss Pip!« sagte sie.
»O Daisy!« rief ich, und wir fielen uns in die Arme. »Du bist wieder zu Hause . . . endlich.«
»Nur zu Besuch. Das Personal ist in Granter's Grange, sie richten das Haus her, wie immer. Ich bin mitgekommen. Hans

ist nicht hier, aber er hat mich gehen lassen. Er meint, ich hab's verdient, meine Familie wiederzusehen. Er mußte zurückbleiben, denn er hat jetzt einen wichtigen Posten. Ich bin verheiratet, wissen Sie. Frau Schmidt bin ich jetzt. Wie finden Sie das? Hans hat eine ehrbare Frau aus mir gemacht ... als Klein-Hans geboren wurde. Ich bin Mutter, denken Sie nur, Miss Pip. So was wie meinen Hansi haben Sie noch nie gesehen. Ein richtiger Bengel, sag' ich Ihnen.«
»Daisy, mußt du nicht mal Luft holen? Meinst du, Granter's Grange wird wieder bewohnt?«
»Ja, bald. Weiß nicht genau wann, aber alles muß vorbereitet sein.«
»Und du ...«
»Oh, ich gehöre nicht mehr zum Personal. Ich bin Frau Schmidt. Ich bleibe hier, bis welche von den Dienstboten zurückkehren, dann geh' ich mit. Aber jetzt erzählen Sie mal, was machen Sie so? Und der alte Knabe ... der ist tot. Na, ich glaub' nicht, daß die Engel ihn so willkommen heißen, wie er es sich gedacht hat.«
»Du hast es schon gehört?«
»Hab' nichts anderes zu hören gekriegt.«
»Daisy, sie haben mich in Verdacht.«
»Aber nicht meine Ma. Pa auch nicht. Sie sagen, der olle Kerl ist wütend aus'm Bett gestiegen und hat gekriegt, was er verdient hat. Nichts für ungut, man soll ja nicht schlecht von den Toten reden, aber in diesem Fall ist es bestimmt erlaubt. Nie werd' ich vergessen, wie ich da in der Kapelle stand in meiner Schmach, wie er das nannte ... und bloß wegen 'n bißchen Spaß auf'm Kirchhof. Aber das war einmal. Und Sie, Miss Pip? Wie viele Jahre haben wir uns nicht gesehen?«
»Zu viele. Fünf müssen es sein. Ich war zwölf, als ihr fortgingt, du und Francine, und jetzt bin ich siebzehn.«
»Ich hab' Sie kaum wiedererkannt. Sind richtig erwachsen geworden. Damals waren Sie noch 'n kleiner Grünschnabel.«
»Daisy, was weißt du von Francine?«
»Oh.« Ihr Gesicht wurde für eine Weile ernst. »Das war vielleicht ein Schock damals. Ich hab' geheult bis zur Bewußtlo-

... als ich es gehört hab'. Sie war für mich das schönste ...en, das ich je gesehen hab' – jedenfalls beinahe – und ...ken, daß sie ermordet wurde ...«
»... will wissen, was passiert ist, Daisy.«
»..., das war in diesem Jagdhaus. Da haben sie damals ge... Es ist nie aufgeklärt worden. Wir wissen nicht, wer sie ...ebracht hat. Das hatte nichts mit Miss Francine zu tun. ... war bloß bei ihm ... als sie kamen, um ihn zu töten ... und weil sie bei ihm war, hat man sie auch umgebracht.«
»Aber wer könnte es getan haben?«
»Sie stellen aber Fragen. Wenn *die* das nicht wissen, wie soll ich's dann wissen?«
»Wer sind *die*?«
»Das Militär ... die Herrscherfamilie, die Polizei ... die alle.«
»Ich stehe noch immer vor einem Rätsel. Ich möchte, daß du mir alles sagst, was du weißt. Komm in den Schuppen. Es ist niemand da. Meine Tante und ihr Mann bereiten den Umzug vor.«
»Oh, ich hab' davon gehört. So 'ne Veränderung, was? Miss Grace verheiratet. Das hätte sie schon vor Jahren tun sollen.«
»Ich bin froh, daß sie es getan hat, bevor sie das Geld bekam. Sie mußte ausbrechen, genau wie ich. Aber setz dich doch, Daisy, und erzähle mir alles, was du über meine Schwester weißt.«
»Also, sie ist weggegangen, nicht wahr?«
»Ja, ja«, sagte ich ungeduldig.
»Und der Graf und die Gräfin sind abgereist, und ich war bei ihnen in Stellung ... also zieh' ich mit. Ist 'ne wunderhübsche Gegend, wenn man so was mag. Bäume und Berge ... o ja, es ist schön. Trotzdem, manchmal hab' ich 'n bißchen Heimweh nach den Feldern und Hecken, den Feldwegen und den Butterblumen und Gänseblümchen. Aber Hans war ja da, und ich und Hans, wir verstehen uns prima. Ulkig, er lacht mich aus, wie ich die deutschen Wörter ausspreche, aber ich kann ihn auch auslachen, wie er unsere ausspricht. Das ist spaßig.«
»Du bist also glücklich verheiratet. Das freut mich. Und du

hast deinen süßen kleinen Hans. Aber was weißt du v(
ner Schwester?«
»Bloß, daß sie mit dem Baron nach drüben ging. Ich hab
mals nicht gewußt, wer er war. Sicher, ich wußte, daß er
gendwas Besonderes war, aber nicht, daß er so ein hohes Tier
war. Hans hat's mir erzählt. Er sagte, dieser Baron Rudolph ist
der einzige Sohn von dem Großherzog, und dieser Großherzog ist so 'ne Art König. Natürlich nicht wie unsere Königin, sondern der Regent von diesem Herzogtum oder wie das heißt. Bei denen ist alles ganz anders als bei uns. Lauter kleine Staaten, alle mit ihrem eigenen König; uns kommen sie zwar klein vor, aber die da drüben halten sie für ganz schön groß.«
»Ich verstehe.«
»Da bin ich aber erleichtert, daß Sie das verstehen, Miss Pip, da geht's Ihnen besser als mir. Aber was ich sagen wollte, als Rudolph mit Ihrer Schwester zurückkam, hat's 'nen Mordswirbel gegeben. Sehen Sie, er ist der Erbe und soll so 'ne hochstehende Dame aus 'nem anderen Staat heiraten, und wenn er's nicht tut, könnte es Krieg geben ... und davor haben sie Angst. Also soll Baron Rudolph die Dame heiraten. Das bedeutet, er muß Miss Francine da raushalten.«
»Aber er war mit meiner Schwester verheiratet, wie hätte er da diese Dame heiraten können?«
»Na ja, anscheinend war er nicht richtig verheiratet ...«
»Doch. Sie wurden in der Nähe von Dover getraut, bevor sie das Land verließen.«
»Es hieß aber, sie war seine Geliebte. Das ist bei denen gang und gäbe. Er hatte vorher auch schon welche ... wie alle Großherzöge. Aber mit der Heirat war das so eine Sache ... falls Sie verstehen, was ich meine.«
»Hör zu, Daisy, meine Schwester wurde in der Kirche von Birley mit ihm getraut. Ich habe ...«
Ich brach ab. Ich *hatte* den Eintrag gesehen, oder nicht? Im Hinblick auf alles, was in jüngster Zeit geschehen war, kamen mir allmählich Zweifel.
»Ich schätze, das war so 'ne Scheinehe«, sagte Daisy. »Das war die einzige Möglichkeit, und Rudolph hat es natürlich ge-

wußt. Er mußte Miss Francine raushalten ... er hätte es jedenfalls tun sollen. Aber in einem Teil des Landes war er sehr beliebt ... ich glaube, dort ist er mit ihr gewesen.«
»Hast du sie nie gesehen, Daisy?«
»O nein, ich war ja im Schloß von dem Grafen. Die haben 'ne Menge schöne Schlösser da drüben, genau wie bei uns. Nein, die beiden sind nie zu uns ins Schloß gekommen. Der Graf war dem Großherzog sehr ergeben, und der Graf und die Gräfin meinten, Rudolph sollte endlich mal lernen, wie man das Land regiert, weil er das ja tun müßte, wenn der Großherzog stürbe. Sie meinten auch, er sollte alles tun, um diesen Krieg zu verhindern, vor dem alle solche Angst hatten und der ausbrechen würde, wenn er diese Frau nicht heiratete, die man für ihn bestimmt hatte.«
»Dann hast du sie also die ganze Zeit nicht gesehen. Was ist aus dem Kind geworden?«
»Kind? Von was für 'nem Kind sprechen Sie, Miss Pip?«
»Meine Schwester hatte einen kleinen Sohn. Sie war sehr stolz auf ihn.«
»Davon habe ich nie gehört.«
»Ach Daisy, wenn ich doch nur wüßte, was passiert ist!«
»Sie wissen, daß sie in dieser Jagdhütte ermordet wurde.«
»Wo lag diese Hütte?«
»Gar nicht weit vom Schloß. Mitten im Kiefernwald. Es war ein furchtbarer Schock, als es passierte. Die Stadt war einen ganzen Monat lang in Trauer. Es hieß, es hätte dem Großherzog fast das Herz gebrochen ... sein einziger Sohn. Sie haben die Mörder überall gesucht, aber sie konnten sie nicht finden. Es hieß, es war politisch. Wissen Sie, da ist noch ein Neffe. Der wird der nächste Großherzog, wenn der alte Herr stirbt.«
»Glaubt man, *der* hat sie getötet?«
»So weit wagen sie nicht zu gehen. Aber dieser Baron Sigmund ... also der ist ein Sohn vom Bruder des alten Herrn und der nächste in der Erbfolge, weil Rudolph ja tot ist ... falls Sie mir folgen können. Wenn also jemand Rudolph aus dem Weg räumen wollte, könnte es Sigmund gewesen sein ... aber Hans meint, es hätte auch jemand sein können, der

Rudolph bloß beseitigen wollte, weil er ihn nicht für geeignet hielt, der nächste Großherzog zu werden.«

»Also, jemand, der Rudolph aus dem Weg haben wollte, hat ihn in der Jagdhütte ermordet ... und bloß weil Francine bei ihm war, wurde sie auch erschossen.«

»Stimmt. Das wird allgemein angenommen. Niemand kann sicher sein ...«

»Aber was ist mit dem Kind? Wo ist es zu der Zeit gewesen?«

»Von einem Kind war nie die Rede, Miss Pip.«

»Das ist sehr mysteriös. Ich bin überzeugt, daß Francine richtig verheiratet war und ein Kind hatte. Ich will es *wissen*, Daisy. Das ist das einzige, was mich im Augenblick interessiert.«

»Oh, Sie wollen doch bestimmt nicht in den ganzen Schlamassel reingezogen werden, Miss Pip. Lassen Sie's gut sein und heiraten Sie 'nen netten jungen Mann. Geldsorgen haben Sie ja nicht mehr, nicht wahr? Heiraten Sie, bekommen Sie Kinder. Eins kann ich Ihnen sagen ... ich kann mir nichts Schöneres denken, als das eigene kleine Baby in den Armen zu halten ...«

»O Daisy! Du als Mutter, das ist eine köstliche Vorstellung.«

»Sie sollten meinen kleinen Hansi mal sehen.«

»Ich wollte, ich könnte es.« Ich sah ihr ins Gesicht. »Daisy«, fuhr ich fort, »warum eigentlich nicht?«

Die Idee war aufgetaucht und ließ sich nicht mehr verscheuchen. Sie erregte mich, wie nichts seit langem mich erregt hatte. Sie würde mir einen Lebenszweck geben, mich wegbringen aus der Atmosphäre verstohlenen Argwohns, der ich hier ausgeliefert war. Und in meinem Unterbewußtsein regte sich der Gedanke, daß ich dort vielleicht Konrad wiedersehen könnte.

Während der letzten Wochen hatte ich mit der Möglichkeit gerechnet, daß mein Zusammensein mit Konrad nicht ohne Folgen geblieben war. Ich hatte es sogar gehofft. Zwar hätte das meine Schwierigkeiten noch vermehrt, aber ich glaube,

die Freude hätte mich dafür entschädigt. Ich wäre in eine verzweifelte Lage geraten ... doch ich sehnte mich danach, ein Kind zu haben, ein lebendiges Andenken an die Stunden, die ich mit Konrad verbracht hatte.
Es war eine seltsame Mischung aus Erleichterung und Enttäuschung, als ich merkte, daß ich nicht schwanger war, und ich fühlte, daß ich meinem Leben endlich einen Inhalt geben mußte. Und nun war Daisy erschienen und hatte mir gewissermaßen eine Tür geöffnet.
»Daisy«, sagte ich, »wie wäre es, wenn ich mit dir käme, wenn du zurückkehrst?«
»Sie, Miss Pip! Mit mir?«
»Ich habe jetzt Geld. Dank meiner Großmutter bin ich unabhängig. Ich möchte Francines Kind finden. Ich weiß, daß es existiert und spüre irgendwie, daß es nach mir verlangt. Es dürfte jetzt fast vier Jahre alt sein. Ich möchte es sehen und mich vergewissern, daß gut für es gesorgt ist.«
»Nun, wie gesagt, ich hab' nie was davon gehört, und ich schätze, 'ne Menge Leute werden rauszukriegen versucht haben, ob da ein Kind war. Die sind ganz versessen auf 'n bißchen Tratsch, genau wie überall.«
»Ich bin überzeugt, daß es das Kind gibt und daß Francine verheiratet war. Und das möchte ich klären, Daisy.«
»Also fein. Wann wollen Sie gehen?«
»Wann reist du ab, Daisy?«
»Eigentlich sollte ich bleiben, bis jemand von den anderen zurückfährt, aber ich mag gar nicht mehr so lange warten. Ich vermisse meine zwei Hänse sehr, das kann ich Ihnen sagen.«
»Wollen wir nicht zusammen reisen? Du wärst mir eine große Hilfe, genau wie früher.«
Daisys Augen funkelten. »Ich denke, das läßt sich machen. Wie lange wollen Sie noch warten?«
»Ich möchte aufbrechen, sobald ich kann.«
»Ich sehe keinen Grund, warum 's nicht losgehen soll, sobald Sie bereit sind.«
»Ich könnte mich in der Stadt in einem Gasthof einquartieren und mich dort umschauen.«

»Gasthof ist ja gut und schön, aber ich sag Ihnen was. Warum wohnen Sie nicht bei mir, bis Sie sich eingelebt haben? Ich hab' ein Häuschen, 'ne nette kleine Hütte im Tal, direkt unterm Schloß. Wir sind eingezogen, als das Baby unterwegs war. Da wollte Hans nicht mehr, daß ich arbeite. Die Gräfin ist sehr gut zu ihren Dienstboten, und sie und Fräulein Tatjana haben mir Möbel geschenkt. Sie könnten doch vorläufig bei mir wohnen.«

»O Daisy, das wäre wunderbar. Das wäre mir eine große Hilfe. Ich könnte mich umschauen und herausfinden, wie ich vorgehen muß. Ich wünsche mir so sehr, endlich etwas zu unternehmen. Aber es will gut überlegt sein. Ich gehe dorthin und werde herausbekommen, wer meine Schwester getötet hat. Und ich werde ihr Baby finden.«

Daisy lächelte nachsichtig. »Nun, wenn Sie's besser können als die Polizei und die Wachen des Großherzogs, dann sind Sie 'n kleines Wunder. Denken Sie, die haben nicht versucht, die Mörder zu finden?«

»Vielleicht haben sie sich keine richtige Mühe gegeben. Sie ist meine Schwester ... mein eigenes Fleisch und Blut.«

»Dann wollen Sie wohl so 'ne Art Detektiv werden, was?«

»Richtig.«

Ich war so aufgeregt. Auf einmal hatte mein Leben einen Sinn bekommen. Ich war beinahe glücklich. Seit Konrad fort war, war ich nicht mehr glücklich gewesen. Ich fühlte, daß ich endlich aus diesem Abgrund der Verzweiflung emportauchte.

Ich sprach mit Grace, mit Charles und mit Daisy über mein Vorhaben. Tante Grace fand es unsinnig, aber Charles meinte, eine kleine Reise würde mir nicht schaden, und wenn ich mit Daisy führe, hätte ich Gesellschaft, denn allein zu reisen wäre unmöglich gewesen.

Sie erörterten die möglichen Schwierigkeiten, und ich ließ sie reden. Tante Grace versuchte mich umzustimmen. Sie bot mir ein Heim in Wisteria Cottage, und ich wußte, daß sie für die nicht allzu ferne Zukunft an einen Ehemann für mich dachte.

Cousin Arthur schaute in Wisteria Cottage vorbei. Er war sehr liebenswürdig; die Rolle des Landedelmannes paßte zu ihm.

Er war recht würdevoll, nachdem er die alte Unterwürfigkeit abgelegt hatte. Nachdenklich hörte er sich meine Pläne an und war dann erstaunlich verständnisvoll. »Es wird dir bestimmt guttun«, sagte er. »Du mußt eine Zeitlang fort von hier. Meine liebe Cousine, wenn du zurückkommst, können wir vielleicht so gute Freunde werden, wie ich immer gehofft hatte.«
Er blickte mich versonnen an, und ich fragte mich, welche Bedeutung hinter seinen Worten stecken mochte. Er erwies sich als praktische Hilfe, denn er meinte, für eine so weite Reise, die zudem durch verschiedene Länder führte, brauchte ich gewiß diverse Papiere sowie einen Paß. Er erkundigte sich und begleitete mich sogar nach London, um die nötigen Papiere zu beschaffen.
Ich sagte: »Ohne Sie wäre ich nie darauf gekommen, Cousin Arthur.«
»Es freut mich, daß ich dir ein wenig behilflich sein kann«, erwiderte er.
»Cousin Arthur, geht alles gut in Greystone?«
»O ja. Im Moment ist es sehr ruhig bei uns. Ich gebe keinerlei Gesellschaften. Nur die Glencorns sind ein- oder zweimal dagewesen, aber das sind ja alte Freunde. Ich hoffe, daß du mich oft besuchst, wenn du zurückkommst. Wie du weißt, bleibt Greystone Manor immer dein Zuhause.«
»Das ist lieb von Ihnen, Cousin Arthur, aber ich weiß noch nicht, wie meine Pläne aussehen. Ich will erst einmal diese – hm – Ferien hinter mich bringen und dann sehen, wonach mir der Sinn steht.«
»Das ist ganz natürlich, liebe Philippa. Du hast eine schwere Zeit durchgemacht. Verreisen und vergessen, hm?«
»Ich werde mich bemühen.«
Ich half Tante Grace beim Umzug nach Wisteria Cottage und traf gleichzeitig meine Reisevorbereitungen. Ich sah Daisy häufig, denn es gab viel zu besprechen. Sie beschrieb mir das Land und das Leben, das sie dort führte. Sie war sehr glücklich in ihrem Häuschen im Tal nahe beim Schloß. Sie erzählte mir, daß Hans jeden Abend heimkäme, und alles sei sehr gemütlich, und ihr Leben sei romantisch und schön.

»Natürlich«, bemerkte sie, »wird manch einer gesagt haben, ich bin ein schlechtes und verdorbenes Mädchen, weil ich mit Hans auf und davon bin. Ich fand das nicht. Ich denke, wenn man sich liebt, ist alles gut. Ist doch besser, als jemand wegen Geld zu heiraten, oder? Nun, Ende gut, alles gut, heißt es, und mit Hans und mir geht's sehr gut, Gott sei Dank.«
Sie ahnte nicht, wie nahe ich daran gewesen war, dasselbe zu tun, was sie getan hatte, und ich fragte mich oft, wie mein Leben verlaufen wäre, wenn ich an jenem Abend meiner natürlichen Regung gefolgt wäre. Jedoch, was geschehen war, war geschehen, hätte Daisy gesagt, und jetzt müssen wir weitermachen. Das war eines von ihren Lieblingssprichwörtern.
Je mehr ich über meinen Entschluß nachdachte, um so mehr erschien es mir wie ein Wunder, daß ich nun in der Lage war, das zu tun, was ich im Grunde meines Herzens immer gewollt hatte. Ich würde dorthin gehen ... in Konrads Heimat. Würde ich ihn wiedersehen? Was, wenn ich noch einmal eine Chance hätte? Ich mußte abwarten und sehen, was das Leben zu bieten hatte. Vielleicht wünschte er gar nicht, unsere Bekanntschaft zu erneuern. Daß er ein Mann mit vielen Liebschaften war, glaubte ich ohne weiteres, aber ich dachte auch, daß seine Ritterlichkeit ihn daran gehindert hätte, so mir nichts, dir nichts eine Jungfrau zu verführen. Ich gefiel mir in der Vorstellung, daß seine Leidenschaft ihn fortgetragen hatte, und daß er ernstlich gewünscht hatte, daß wir zusammenblieben. O ja, ich glaubte wirklich, daß er sich etwas aus mir gemacht hatte.
»Ich sag' Ihnen, was aus Ihnen wird«, sagte Daisy munter, »so was wie ein Detektiv. Dabei fällt mir was ein. Sie haben denselben Namen wie Ihre Schwester, und über sie stand ziemlich viel in den Zeitungen. Da hieß sie ›die Frau namens Ewell‹. Sie verstehen, was ich meine. Ein paar Leute könnten sich an den Namen erinnern. Dann erzählen sie Ihnen womöglich nichts, weil sie denken, Sie schnüffeln herum. Können Sie mir folgen?«
Das konnte ich allerdings.
»Sie könnten sich anders nennen«, schlug Daisy vor. »Ich denke, das wäre das Beste.«

»Du hast recht. Ein kluger Gedanke.«
»Als die Leute hier waren, sind Sie im Landhaus gewesen, nicht wahr? Einige haben Sie gesehen. Wenn die Sie wiedersähen und hörten, daß Sie Philippa Ewell sind, dann würden sie sich gleich erinnern. Zwölf waren Sie damals. Sie sehen jetzt anders aus ... fünf Jahre älter ... 'n himmelweiter Unterschied. Wenn Sie sich anders nennen, ahnt kein Mensch, wer Sie sind.«
»Weißt du was? Ich nehme den Mädchennamen meiner Mutter an. Sie hieß Ayres. Ich werde mich Philippa Ayres nennen.«
»Bleibt immer noch die Philippa.«
»Wie wäre es mit Anne Ayres? Anne ist mein zweiter Vorname.«
»Das klingt gut. Keiner wird Anne Ayres mit Philippa Ewell in Verbindung bringen, wenn Sie mich fragen.«
Als ich meine Kleider für die Reise zurechtlegte, stieß ich auf die Brille, die Miss Elton mir besorgt hatte, als wir davon sprachen, daß ich mir eine Stellung suchen sollte. Ich setzte sie auf, und sie veränderte mich sehr. Dann strich ich mein dichtes Haar aus der Stirn und drehte es auf dem Kopf zu einem Knoten. Die Wirkung war verblüffend. Ich sah wie ein anderer Mensch aus.
Als Daisy zu mir kam, empfing ich sie mit der Brille und der neuen Frisur. Sie starrte mich an, weil sie mich im ersten Moment nicht erkannte.
»Oh, Miss Pip!« rief sie. »Sehen Sie aber komisch aus. Gar nicht wie Sie selbst.«
»Das ist meine Verkleidung, Daisy.«
»Aber so wollen Sie doch nicht reisen, oder?«
»Nein, aber ich nehme die Brille mit. Vielleicht kann ich sie gebrauchen.«
Die Zeit verging. Wir waren zur Abreise bereit, und unter Daisys Führung machte ich mich auf in Konrads Heimatland.

Die Jagdhütte

Unsere Reise war lang, aber keineswegs ermüdend, denn ich befand mich seit dem Aufbruch in einem Zustand größter Erregung. Es war ein unwahrscheinliches Glück für mich, daß Daisy just zu diesem Zeitpunkt nach England gekommen war. Sie war eine sehr einfallsreiche junge Frau und gefiel sich in der Rolle einer erfahrenen Reisenden.

Ich hatte darauf bestanden, daß wir erster Klasse reisten, und daß ich Daisys Fahrtkosten bezahlte, da sie ja meine Gefährtin und Führerin sein sollte. Als ich im Zug nach Harwich zurückgelehnt im Abteil erster Klasse einer äußerst zufriedenen Daisy gegenübersaß, wußte ich, daß Cousin Arthur recht hatte, als er meinte, dies sei das Beste, was ich tun könnte. Ich begann ein neues Leben und war froh, den nahezu unerträglichen letzten Wochen entronnen zu sein.

Von nun an würde mein Leben sich abenteuerlich gestalten, davon war ich überzeugt. Ich hatte mir Großes vorgenommen und kam mir vor, als machte ich mich auf, mein Glück zu suchen.

Die Überfahrt von Harwich nach Hook van Holland verlief ereignislos; nach einer Nacht in einem Gasthof bestiegen wir die Eisenbahn und fuhren kilometerweit durch so flache Gegenden, wie ich noch nie gesehen hatte.

»Das bleibt nicht so«, erklärte Daisy. »In Bruxenstein werden Sie noch genug Berge und Wälder zu sehen bekommen. Dann kriegen Sie vielleicht noch Sehnsucht nach ein bißchen Flachland.«

»Ich kann es kaum erwarten, endlich dort zu sein«, sagte ich.

»Bis dahin ist noch ein weiter Weg, Miss Pip.«

Sie hatte wahrlich recht! Wieder einmal hatte ich Grund, Cousin Arthur dankbar zu sein, da er bei einer Londoner Firma, die derartige Angelegenheiten erledigte, die Arrangements für uns getroffen hatte, so daß unsere Reise genau festgelegt war. Wir verbrachten eine Nacht in Utrecht, bevor wir den Zug in Richtung Süden nahmen, und nun wurde die Reise so interessant, daß ich gern länger an den einzelnen Stationen verweilt hätte, wenn ich nicht so erpicht gewesen wäre, möglichst bald an mein Ziel zu gelangen.

Die Abteile der ersten Klasse mit ihren jeweils vier sich gegenüberliegenden Sitzen und der trennenden Mitteltür sahen genauso aus wie die bei uns, jedoch herrschte hier eine förmlichere Atmosphäre, eine geradezu sichtbare Disziplin; die Kondukteure trugen Dreispitze und Säbel und sahen beinahe militärisch aus.

»So ähnlich geht es in Bruxenstein auch zu«, erklärte Daisy. »Das ewige Hackenschlagen und die tiefen Verbeugungen ... manchmal möchte ich mich darüber totlachen.«

In Arnheim waren zwei Männer und eine Frau zu uns ins Abteil gestiegen. Sie sahen fröhlich aus und lächelten uns zu. Ich stellte uns als Engländerinnen vor, worauf sie eine Unterhaltung in unserer Sprache begannen, obwohl sie diese nur mäßig beherrschten. Dank Miss Elton und meiner früheren Kenntnisse war mein Deutsch besser als deren Englisch.

Sie erkundigten sich, wohin wir wollten. Ich erklärte, wir wollten nach Bruxenstein.

»Tatsächlich?« sagte einer von den Männern. »Bruxenstein, eine interessante Gegend ... momentan.«

»Wieso sagten Sie momentan?« fragte ich. »Aus einem bestimmten Grund?«

»Die Lage ist seit Baron Rudolphs Tod ein wenig ... wie sagt man bei Ihnen ... auf dem Siedepunkt.«

Mein Herz schlug schneller. Daisy saß sittsam neben mir, ganz die brave kleine Zofe, für die jedermann sie halten sollte, denn so traten wir auf: Sie als Dienerin, ich als Herrin.

»Hat es da nicht einen Skandal gegeben?« tastete ich mich vor.

»Einen Skandal, jawohl. Der Baron wurde in seinem Jagdhaus

erschossen. Er hatte eine Frau bei sich, die ebenfalls getötet wurde.«

»Davon habe ich gehört.«

»Die Nachricht ist also bis nach England gedrungen?«

Die Frau meinte: »Vermutlich, weil die betreffende Dame Engländerin war.«

»Mag sein«, sagte der Mann. »Jedenfalls ist es seitdem ein wenig unruhig im Land.«

»Wissen Sie«, warf der andere Mann ein, »in diesen Kleinstaaten ist dauernd etwas im Gange. Es wird Zeit, daß sie sich zusammenschließen und zum Deutschen Reich vereinigen.«

»Du als Preuße mußt das ja sagen, Otto«, meinte der andere lächelnd.

»Wissen Sie denn, was sich bei dieser Schießerei wirklich zugetragen hat?« fragte ich.

»Das weiß niemand so richtig, aber man kann es sich denken. Es gibt da so Theorien ... eine ganze Menge. Vielleicht hatte die Dame noch einen anderen Liebhaber, und der war eifersüchtig. Das ist eine von den Mutmaßungen. Aber ich glaube nicht, daß sie stimmt. Nein. Jemand wollte nicht, daß Rudolph die Provinz regiert, und deshalb hat man ihm eine Kugel verpaßt. Vermutlich einer von der anderen Seite.«

»Sie meinen, er hatte einen Rivalen?«

»Es gibt immer einen nächsten in der Erbfolge. Der regierende Herzog hat einen Neffen. Wie heißt der doch gleich, Otto?«

»Baron Sigmund.«

»Ja, der Sohn eines jüngeren Bruders des Großherzogs, nicht wahr?«

»Stimmt genau. Manche halten ihn anscheinend für besser geeignet und finden es gar nicht so übel, daß Rudolph aus dem Weg ist.«

»Mord ist aber ein ziemlich drastisches Mittel, um diese Dinge zu regeln!« sagte ich.

»Dennoch«, fuhr Otto fort, »ist es besser, wenn einer oder zwei sterben, als wenn Tausende der Tyrannei unterworfen werden.«

»War denn dieser Rudolph ein Tyrann?«

»Beileibe nicht. Ich habe gehört, er war ein rechter Schwerenö-

ter, ein junger Mann, dem das Plaisir zu wichtig war, um zum Herrscher zu taugen. Diese Sorte ist immer von den Falschen umringt, die statt seiner regieren. Der gegenwärtige Großherzog ist ein guter Herrscher. Schade, daß er so alt ist. Soviel ich weiß, war er schon alt, als Rudolph geboren wurde. Er war zweimal verheiratet; die erste Ehe war kinderlos. Sein Bruder kam bei einem Aufstand oder im Krieg ums Leben ... daher steht Sigmund in der Erbfolge hinter Rudolph.«
»Sie wissen ja über die Familienverhältnisse gut Bescheid.«
»Das ist allgemein bekannt. Es ist ein kleines Fürstentum – oder vielmehr Herzogtum –, und die herzogliche Familie steht dem Volk sehr nahe. Anders als in Ihrer Heimat, Miss ... hm ...«
Ich zögerte kurz, dann sagte ich rasch: »Ayres. Anne Ayres.«
»Ganz anders als bei Ihnen, Miss Ayres. Obgleich ich annehme, daß das Privatleben Ihrer Königin für das Volk auch nicht gerade ein Buch mit sieben Siegeln ist.«
»Sie lebt so vorbildlich«, entgegnete ich, »daß dazu keine Notwendigkeit besteht. Falls es aber innerhalb der königlichen Familie Meinungsverschiedenheiten und Spannungen gäbe, nehme ich allerdings an, daß man bestrebt sein würde, sie geheimzuhalten.«
»Da mögen Sie recht haben. Und ich darf wohl behaupten, daß es gewiß vieles gibt, was das Volk von Bruxenstein von der herrschenden Familie nicht weiß.«
Ich hörte kaum zu. Meine Gedanken waren wieder bei Francine, die tot auf dem Bett in der Jagdhütte lag.

Nachdem wir die deutsche Grenze passiert und unsere Reisegefährten sich verabschiedet hatten, steigerte sich meine Aufregung noch. Die mit Tannen bewachsenen Berge, die kleinen Flüßchen, der mächtige Strom und seine Burgen, die scheinbar geringschätzig auf die Landschaft darunter herabblicken, die kleinen Dörfer, anscheinend den Märchen der Gebrüder Grimm entstiegen, die Miss Elton uns oft auf Deutsch vorgelesen hatte ... all das verwob sich mir wie eine Legende. Dies war das Land der Kobolde und Elfen, der Zwerge und Riesen, der Berggeister und Schneeköniginnen, der Kinder, die sich in verzauberten Wäldern verirrten, wo Wölfe umherstreunten und Knusperhäuschen standen. All das lag in der Luft ... ich konnte es spüren – im Höllental, im herrlichen Schwarzwald, im Thüringer Wald, im Odenwald ... in den weinbedeckten Hügeln. Kilometerweit Bäume ... Eichen, Buchen, aber hauptsächlich Tannen und Kiefern. Es war ein romantisches Land, Konrads Land, und je weiter ich hineindrang, um so mehr dachte ich an ihn.

Die Fahrt dauerte mehrere Tage, da wir auf Anraten der Firma, die sie arrangiert hatte, gemächlich und bequem reisten. Das erwies sich als eine gute Entscheidung, denn obwohl ich mich danach sehnte, endlich dorthin zu gelangen, wo ich die Lösung des Rätsels zu finden glaubte, bekam ich dadurch doch einen Einblick in das Land und lernte dank der Leute, denen ich unterwegs begegnete, auch das Volk verstehen.

Schließlich kamen wir nach Bruxburg, der Hauptstadt von Bruxenstein, und wir nahmen eine Droschke zu der Hütte, wo Daisy und Hans zu Hause waren. Wir fuhren durch die Stadt. Sie war ziemlich groß, aber ich sah wenig davon, abgesehen von dem Platz mit dem Rathaus und ein paar anderen imposanten Gebäuden. Ich bemerkte jedoch sogleich das Schloß auf der Anhöhe über der Stadt. Es war denen, die ich auf der Reise durch das Land gesehen hatte, ganz ähnlich, und ich fand es eindrucksvoll und schön mit seinen Türmen und grauen Steinmauern.

»Wir wohnen gleich darunter«, sagte Daisy. »Man kann ganz leicht hinkommen. Von der Hütte führt ein Weg direkt zum Schloß.«

»Daisy«, fragte ich, »was wirst du Hans über mich erzählen?«

»Über Sie? Wie meinen Sie das?«

»Er wird mich gewiß erkennen.«

»Das glaube ich nicht.«

»Aber meinst du nicht, die Dienstboten ... wenn sie von Granter's Grange zurückkommen ...?«

»Die erkennen Sie nie. Sie haben sich doch mächtig verändert, seit Sie ein zwölfjähriges Mädchen waren. Ich erzähle Hans

alles, und wir erklären ihm, weil Sie Ewell heißen und es diesen Skandal mit Ihrer Schwester gab, haben Sie sich entschlossen, sich Anne Ayres zu nennen. Hans sieht bestimmt ein, warum das nötig ist. Wir sagen den Leuten, daß Sie, Miss Ayres aus England, mit mir gekommen sind und bei uns wohnen. Als zahlender Gast, sozusagen.«
So beschwichtigte sie meine Bedenken.
Die Droschke lud uns mit dem Gepäck vor dem Häuschen ab, und Hans kam heraus, um uns zu begrüßen. Er und Daisy waren sogleich in einer innigen Umarmung verschlungen; dann wandte er sich zu mir. Ich erkannte ihn sogleich. Er verbeugte sich vor mir, während Daisy ihm recht atemlos die Lage erklärte. Ich sei zahlender Gast bei ihnen, bis ich entschieden habe, was ich anfangen sollte. Ich wolle mich ein wenig in der Umgebung umsehen. Sie finde das fabelhaft. Und wie gehe es ihrem süßen kleinen Hans?
Dem kleinen Hans ging es prima. Frau Wurtzer hatte gut für ihn gesorgt, und Hans hatte ihn während Daisys Abwesenheit fast täglich besucht.
»Morgen früh hole ich als erstes den kleinen Bengel«, sagte Daisy.
Ich trat in die Hütte. Sie war makellos sauber. Später entdeckte ich, daß sie oben zwei Schlafzimmer und eine Kammer, unten zwei kleine Kammern und eine Küche hatte. Die Luft war köstlich frisch, und ich konnte die Kiefern des nahegelegenen Waldes riechen.
Hans hieß mich herzlich willkommen. Ich war mir nicht sicher, ob er dies nur aus angeborener Höflichkeit tat und in Wirklichkeit über meine Anwesenheit in diesem ziemlich kleinen Haus nicht doch verstimmt war.
Drinnen erschien eine rundgesichtige Frau in der Küchentür. Sie trug eine große, saubere Kattunschürze und hatte die Ärmel aufgerollt; in der Hand hielt sie eine Schöpfkelle.
Daisy stürzte auf sie zu. »Gisela!« rief sie.
»Daisy . . .«
Daisy stellte sie mir vor: »Das ist meine liebe Freundin Gisela Wurtzer; sie hat sich um Hansi gekümmert.«
Die Frau lächelte und blickte Hans verschwörerisch an.

»Er ist hier!« rief Daisy. »Mein kleiner Hans ist hier!«
Sie stürmte die Treppe hinauf, und Hans sah mich lächelnd an. »Sie hat ihr Baby vermißt«, sagte er, »aber ich dachte, sie sollte die Gelegenheit wahrnehmen und ihre Mutter und ihren Vater besuchen. Man hat doch Pflichten gegenüber seinen Eltern, wenn sie alt werden, nicht?«
Ich stimmte ihm zu, und Gisela deutete mit einem Nicken an, daß auch sie dieser Meinung sei. Daisy kam die Treppe herunter, auf dem Arm einen kräftigen Knaben, der sich die Augen rieb und ein wenig mürrisch dreinblickte; er war offensichtlich aus dem Schlaf geweckt worden.
»Schauen Sie ihn an, Miss –« Sie wollte »Pip« sagen, hielt sich aber noch rechtzeitig zurück. »Na, haben Sie jemals einen niedlicheren Buben gesehen?«
»Bestimmt nicht!« rief ich.
Sie küßte ihn innig, und er, nun vollends wach, betrachtete mich aus einem Paar hellblauer Augen.
Ich drückte einen Kuß auf seine dicke kleine Hand.
»Er mag Sie leiden«, sagte Gisela.
»Das ist wahr«, bestätigte Daisy. »Er ist ein heller kleiner Bursche. Wie ist es ihm gegangen, Gisela, hat er seine Mami vermißt?«
Hans mußte fast alles übersetzen, weil Daisy englisch sprach, und da Gisela kein Englisch konnte, war die Unterhaltung etwas schwierig. Doch das gute Einverständnis zwischen den beiden Frauen war unübersehbar.
»Sag ihr, wie lieb es von ihr war, ihn herzubringen, so daß ich nicht warten mußte«, forderte Daisy.
Gisela lächelte, als sie das hörte. »Aber das ist doch selbstverständlich«, sagte sie.
Ich mußte mir sämtliche wunderbaren Eigenschaften von Klein-Hans anhören, auf Englisch von Daisy und auf Deutsch von Gisela und Hans.
»Gisela kennt sich aus«, sagte Hans, »sie kann ausgesprochen gut mit Kindern umgehen.«
»Kein Wunder«, erwiderte Gisela. »Hab' ja selber sechs. Viel hilft viel. Die Großen passen auf die Kleinen auf.«
Klein-Hans gab Anzeichen, daß er wieder in sein Bettchen

wollte; Daisy brachte ihn hinauf, und Gisela, die den Tisch gedeckt hatte, sagte, das Essen sei fertig. Wir aßen eine Suppe, die ziemlich rätselhaft, aber köstlich schmeckte, dazu Roggenbrot; danach gab es kaltes Schweinefleisch mit Gemüsen und hinterher eine mit Äpfeln gefüllte Pastete. Es war ein ausgezeichnetes Mahl, und Gisela war sichtlich stolz darauf. Sie trug auf und aß mit uns, während wir von der Reise erzählten, und dann sagte sie, sie müsse zurück, weil sie Arnulf nicht allzu lange mit den Kleinen allein lassen mochte.
Hans begleitete sie nach Hause.
»Jetzt sehen Sie's, Miss Pip«, sagte Daisy, als wir allein waren, »wie hübsch ich's getroffen habe.«
»O ja, Daisy«, erwiderte ich. »Aber solltest du nicht aufhören, mich Miss Pip zu nennen?«
»Das werd' ich wohl müssen, aber Miss Ayres hört sich so komisch an. Paßt gar nicht zu Ihnen. Miss Pip ist genau richtig. Macht aber nichts, wenn ich mich mal verspreche. Das ist ja das Gute: man sagt was Falsches und gibt der Sprache die Schuld. Das hält die Räder am Laufen.«
»O Daisy, du mußt sehr glücklich sein. Hans ist so nett, und das Baby ist einfach süß.«
»Tja, wie gesagt, Miss P –, ich meine, Miss Ayres – ich schätze, ich hab's wirklich fein getroffen.«
»Du hast auch alles Glück der Welt verdient.«
»Nun, wenn man's recht bedenkt, könnten Sie auch ein bißchen davon gebrauchen, und von Rechts wegen steht Ihnen das auch zu.«
Sie zeigte mir mein Zimmer. Es war sehr klein, mit Chintzvorhängen, einem Bett, einem Stuhl und einem Schrank... mehr enthielt es kaum, aber ich war froh, daß ich es hatte.
»Wir benutzen es nicht oft«, sagte Daisy entschuldigend. »Es soll mal Hansis werden, wenn er 'n bißchen größer ist. Vorläufig steht sein Bett in dem Kämmerchen neben unserem Schlafzimmer, und das genügt noch für ein paar Monate.«
»Bis dahin bin ich bestimmt fort.«
»Reden Sie nicht von Fortgehen, Sie sind doch gerade erst gekommen.« Daisy hatte sich zu mir umgedreht, ihre Augen leuchteten. »Es ist ja so aufregend, daß Sie hier sind. Ich

schätze, wir geben 'n Paar feine Detektive ab, Sie und ich.« Sie hielt inne. »Wissen Sie, die Gisela . . . sie war Wirtschafterin in der Hütte . . . sie sieht dort draußen immer noch nach dem Rechten.«
»Daisy!« rief ich. »Dann weiß sie womöglich . . .«
»Glauben Sie, wir haben nicht darüber gesprochen? Sie weiß nicht mehr als alle anderen. Ich habe von ihr nichts rausgekriegt, weil sie nichts weiß.«
»Niemand . . . und sei er noch so befreundet . . . darf wissen, warum ich hier bin.«
»Auf mich können Sie sich verlassen«, sagte Daisy. »Ich bin verschwiegen wie ein Grab.«
Hans kam zurück, und Daisy meinte, es sei Zeit zum Schlafengehen. »Wir können uns morgen weiter unterhalten«, fügte sie hinzu, und wir stimmten ihr zu.

Am nächsten Tag beschloß ich, die Stadt zu erkunden. Daisy konnte mich nicht begleiten, weil sie sich um ihren Sohn kümmern mußte. Wenn sie in die Stadt wollte, kam ein Bediensteter vom Schloß mit einem Ponywägelchen, das sie für kurze Fahrten benutzten, und kutschierte sie hin. Das geschah zweimal in der Woche, so daß sie ihre Einkäufe erledigen konnte. Hans hatte jetzt im Hauswesen des Grafen anscheinend einen so bedeutenden Posten, daß er solche Vorrechte beanspruchen konnte.
Es war ein schöner Morgen. Die Sonne schien auf das grüne Laub, die roten Hausdächer und die grauen Mauern des Schlosses. Wenn hie und da ein Sonnenstrahl auf die scharfen Quarzsplitter fiel, glitzerten sie wie Diamanten.
Ich war guter Dinge. Ich hatte schon recht viel erreicht und war überzeugt, daß bald etwas Ungeheuerliches geschehen werde. Ich fragte mich, was ich wohl tun würde, wenn ich bei meinem Stadtbummel Konrad begegnen sollte. Ich wußte so wenig von ihm und kannte nicht einmal seinen Nachnamen. Für mich war er einfach Konrad. Ich mußte regelrecht betäubt gewesen sein, daß ich ihn nicht mehr gefragt hatte und mich so leicht mit Ausflüchten abfertigen ließ. Haushofmeister eines Edelmannes! Ich fragte mich, ob es sich dabei um den

Grafen handeln könnte, der sich in Granter's Grange aufgehalten hatte, obwohl, wie ich annahm, das Landhaus von mehreren Familien benutzt wurde. Wenn aber der Graf Konrads Brotherr war, so könnte er sich in diesem Augenblick dort hinter den grauen Steinmauern aufhalten.
Wie wunderbar wäre es, ihn wiederzusehen. Ich versuchte, mir unsere Begrüßung auszumalen. Würde er überrascht sein? Erfreut? Oder hatte er mich aus seinen Gedanken verbannt als eine Frau von der Sorte, die einen Mann trifft, mit der er sich amüsiert und von der er sich abwendet ... in wenigen Monaten, ja Wochen vergessen?
Ich sah den bläulich-grauen Fluß sich durch die Stadt winden; die Hänge zu beiden Seiten waren mit Kiefern und Tannen bewachsen, und in der Ferne waren Weinreben im Überfluß zu erkennen. Ich fühlte mich in die Zeit zurückversetzt, als Miss Elton uns vorlas. Dort hinten im Wald würde man gewiß Kuhglocken durch den Dunst läuten hören. Miss Elton hatte uns von ihren Besuchen an solchen Orten erzählt, wenn sie zu den Verwandten ihrer Mutter mitgenommen wurde. Dort streiften die Götter umher, dort ritten die Walküren. Ich konnte das alles förmlich spüren. Auf jenem Platz sah ich den Bürgermeister mit seinen Gemeinderäten eifrig diskutieren; ich sah den Rattenfänger auf seiner verzauberten Flöte spielen und damit die Ratten in den Fluß, die Kinder aber in den Berg locken. Ich war zutiefst gerührt, und die Vergangenheit war mir bewußt. Ich stellte mir Francine vor, wie sie mit Rudolph hierhergekommen war und fragte mich, was sie empfunden haben mochte; ob sie von Anfang an gewußt hatte, daß ihre Liaison – ich hatte aufgehört, sie in Gedanken als Ehe zu bezeichnen – ein Geheimnis bleiben mußte.
Ich sah etliche große Häuser mit vorspringenden Erkerfenstern, die mit Holzschnitzereien verziert waren. Es schien eine wohlhabende Stadt zu sein. Um das Münster mit seinem spitzen Turm gruppierten sich Gassen mit kleinen Häusern. Ich vermutete, daß viele Leute, die nicht in den feinen Häusern beschäftigt waren, in den Weinbergen arbeiteten. Ich kam an einer Schmiede und einer Mühle vorüber ... und dann war ich mitten in der Stadt.

Ich wanderte über den Markt, wo Molkereiwaren und Gemüse feilgeboten wurden. Ein paar Leute blickten mich neugierig an. Sie erkannten wohl auf Anhieb, daß ich eine Fremde war, und ich nahm an, daß nicht oft Reisende hierherkamen.
Schließlich gelangte ich zu einem Gasthaus, das sich auf einem Schild, das im Wind knarrte, als Schenke zum Großherzog empfahl. Ich sah Pferdeställe, und hinter dem Haus war ein Garten mit Tischen und Stühlen. Ich setzte mich, und eine mollige Frau kam lächelnd heraus und erkundigte sich nach meinen Wünschen. Da ich annahm, daß dies einer von den Wirtsgärten war, von denen ich gelesen hatte, bat ich sie um einen Krug Bier, wobei ich mich fragte, ob das hier bei den Frauen üblich war oder ob ich etwas Kurioses tat.
Die Frau brachte mir das Bier und war anscheinend zum Plaudern aufgelegt. »Sind Sie auf der Durchreise in unserer Stadt, Fräulein?«
»Ich bin zu Besuch hier«, erwiderte ich.
»Das ist fein. Eine schöne Stadt, nicht wahr?«
Ich stimmte ihr zu. Mir war eine Idee gekommen. »Wie ich sehe, haben Sie Pferde. Es ist nicht immer einfach, zu Fuß herumzukommen. Leihen Sie auch Pferde aus?«
»Das wird zwar nicht oft verlangt, aber ich denke, mein Mann macht's.«
»Ich möchte mich ein bißchen in der Umgebung umsehen. Zu Hause in England reite ich sehr viel. Wenn ich ein Pferd leihen könnte . . .«
»Wo sind Sie denn abgestiegen, Fräulein, wenn ich fragen darf?«
»Ich wohne bei den Schmidts. Ich bin eine Freundin von Frau Schmidt.«
»Ah!« Ein Lächeln ging über ihr Gesicht. »Sie sprechen von unserem guten Hans. Ein sehr feiner Mann. Er hat eine Engländerin zur Frau und einen lieben kleinen Buben.«
»O ja . . . den kleinen Hans.«
»Seine Frau ist sehr nett.«
»Ja, sehr.«
»Und Sie stammen auch von dort . . . und sind bei Ihrer Freundin zu Besuch?«

»Ja. Ich wollte sie besuchen, um das Baby zu sehen . . . und Ihr wunderschönes Land.«
»O ja, es ist sehr schön. Zu Pferd können Sie die Umgebung gut erkunden. Sind Sie eine erfahrene Reiterin, Fräulein?«
»Ja, allerdings. Zu Hause reite ich sehr viel.«
»Dann läßt es sich gewiß machen. Gegen eine Gebühr.«
»Aber selbstverständlich.«
»Wenn Sie Ihr Bier ausgetrunken haben, müssen sie mit meinem Mann sprechen.«
»Ja gern.«
»Er ist drinnen.«
Sie schien nicht gewillt, mich allein zu lassen. Wahrscheinlich war sie ein wenig gefesselt von meiner fremdländischen Erscheinung und auch von meiner Redeweise, denn obwohl ich fließend sprach, hatte mein Akzent wohl doch meine Herkunft verraten.
»Es gibt viel Schönes zu besichtigen«, fuhr die Frau fort. »Sie können die Ruine von dem alten Schloß besuchen, das früher die Residenz der Großherzöge war. Sie können das Jagdhaus . . . o nein, lieber nicht.«
»Das Jagdhaus?«
»Ja. Es gehört dem Großherzog. Sein Schloß können Sie nicht besichtigen. Nein, nicht das, was Sie da oben auf dem Hügel sehen. Das ist das Schloß des Grafen von Bindorf. Das Schloß des Großherzogs ist nur von der anderen Seite der Stadt zu sehen. Sie können freilich nicht hinein, aber man hat eine schöne Aussicht von dort, die ist wirklich sehenswert.«
Ich fragte: »Was hat es mit dem Jagdhaus für eine Bewandtnis?«
Sie zog die Schultern hoch. »Da hat sich eine Tragödie abgespielt.«
»Meinen Sie das Jagdhaus, wo der Baron ermordet wurde?«
Sie nickte. »Ist ein paar Jahre her.«
»Ist es hier in der Nähe?« fragte ich rasch.
»Ungefähr zwei Kilometer von Schmidts Hütte. Aber da wollen Sie bestimmt nicht hin. Ist so trostlos jetzt. Früher mal . . . aber lassen wir das. Nein, das wollen Sie bestimmt nicht besichtigen.«

Ich erwiderte nichts. Ich wollte unbedingt ein Pferd leihen und das Jagdhaus sobald wie möglich in Augenschein nehmen.
Bevor ich aufbrach, sprach ich noch mit dem Wirt. Ich bestellte ein Pferd für den nächsten Tag und wanderte zu Daisys Hütte zurück. Ich machte Fortschritte. Morgen würde ich den Schauplatz des Verbrechens aufsuchen.

Nicht einmal Daisy gegenüber erwähnte ich, daß ich zu der Jagdhütte wollte. Ich erzählte ihr lediglich, daß ich in der Schenke zum Großherzog Pferde gesehen und beschlossen hatte, eines zu leihen, um die Gegend besser erkunden zu können. Das freute sie, denn ihr Haushalt und der kleine Hans füllten sie so aus, daß sie für anderes wirklich keine Zeit hatte.
So ging ich denn am nächsten Tag wieder in die Stadt, und bald ritt ich denselben Weg, den ich gekommen war, zurück, vorbei an Daisys Häuschen, weil die Wirtsfrau gesagt hatte, die Jagdhütte sei zwei Kilometer von dort entfernt.
Da Daisys Hütte nahe am Waldrand lag, wunderte es mich nicht, daß kurz dahinter die Bäume dichter beisammen standen. Nur ein einziger Pfad führte hindurch, und den schlug ich ein.
Es war ein schöner Morgen. Ich ritt zwischen den Bäumen entlang. Von einigen Eichen und Buchen abgesehen, waren es hauptsächlich Kiefern und Tannen, und ein strenger Harzgeruch lag in der Luft. Ich konnte mich des Gefühls nicht erwehren, daß ich mich inmitten eines der Märchen vom Wald befand, die Miss Elton uns erzählt hatte.
Nachdem ich eine kurze Strecke geritten war, kam ich zu einer Hütte und überlegte, ob hier wohl Gisela wohne. Beinahe hätte ich angehalten, um mich zu erkundigen, aber ich wollte ja niemanden – auch nicht eine Freundin von Daisy – merken lassen, daß ich mich übermäßig für die Jagdhütte interessierte.
Die Tür war geschlossen; in dem kleinen Garten stand ein Kinderschubkarren. Ich ritt vorüber und weiter den Pfad entlang. Nach ungefähr achthundert Metern sah ich sie. Sie war

größer als ich angenommen hatte. Unter einer Jagdhütte stellt man sich eher ein ziemlich kleines Gebäude vor, eine Bleibe für eine oder zwei Nächte, wenn die Leute im Wald auf die Jagd gehen. Aber es handelte sich freilich um eine herzogliche Jagdhütte, und die war natürlich feudaler.

Mein Herz hämmerte wild. Ich stellte mir vor, wie Francine mit ihrem Geliebten durch den Wald hierherkam. Wie war es bei ihnen zugegangen? Dies also war Francines Heim gewesen. Sie hatte hier gewohnt, weil ihr Geliebter so bedeutend war, daß er sich nicht erlauben konnte, eine nicht standesgemäße Ehe einzugehen. Die Vorstellung, daß Francine nicht standesgemäß für jemanden gewesen sein sollte, weil sie nicht für würdig genug erachtet wurde, machte mich richtig zornig. Ich befahl mir, nicht albern zu sein. Wenn ich mich in dummen Gefühlsduseleien erging, würde ich mich bald verraten.

Das aus grauem Stein gebaute Jagdhaus sah wie ein Miniaturschloß aus. Es hatte zwei Türme – auf jeder Seite einen – und eine überwölbte Veranda. An der Vorderfront befanden sich mehrere Fenster. Kein Zweifel: ich war am Ziel. Ich stieg ab und band mein Pferd an einen Pfosten, der offensichtlich für diesen Zweck vorgesehen war. Die Szenerie hatte etwas Unheimliches. War es, weil ich wußte, daß hier ein Mord geschehen war, oder weil die Bäume so dicht standen, daß es dunkel und voller Schatten war, und weil die leichte Brise in den Blättern wie wispernde Stimmen klang?

Mein Herz klopfte noch heftiger, als ich mir einen Weg durch das hohe Gras bahnte.

Zitternd vor Aufregung betrat ich die Veranda. Ich blieb stehen und lauschte. Auf einer Seite befand sich eine Glocke an einer langen Kette. Ich zog daran, und ein ohrenbetäubender Lärm durchbrach die Stille.

Horchend hielt ich den Atem an. In der Tür bemerkte ich eine Klappe, die sich zurückschieben ließ, so daß man von innen hinausspähen konnte, um zu sehen, wer draußen stand. Ich starrte auf die Klappe. Nichts geschah. Und dann hörte ich drinnen ein fast unmerkliches Geräusch. Es war, als schleiche jemand zur Tür.

Ich stand mucksmäuschenstill, und mir war, als wolle mir das Herz aus dem Leib springen. Ich überlegte mir schon, was ich sagen würde, wenn jemand von mir wissen wollte, was ich hier zu schaffen hätte: Daß ich fremd hier wäre und mich im Wald verirrt hätte. Und daß ich nach dem Weg zur Hütte der Schmidts fragen wollte, wo ich während meines Aufenthalts in Bruxenstein wohnte.

Ich stand wartend da, und allmählich fragte ich mich, ob die Geräusche, die ich vernahm, nicht bloß das wilde Hämmern meines Herzens seien. Nein, gewiß nicht. Ich hörte etwas über den Fußboden schleifen. Ich wartete, an allen Gliedern zitternd, aber es geschah nichts. Doch eines wußte ich sicher: In der Jagdhütte war jemand.

So verharrte ich mehrere Minuten. Es herrschte vollkommene Stille, doch ich wußte, daß auf der anderen Seite der Tür jemand war.

Ich läutete die Glocke noch einmal, und der Ton erschallte laut und hallend. Ich lauschte, den Blick auf die Klappe gerichtet. Aber es geschah nichts.

Ich wandte mich ab, und im Weggehen hörte ich hinter mir ein leises Geräusch. Die Klappe hatte sich bewegt. O ja, ich hatte recht. Es war jemand im Haus, jemand, der auf mein Läuten nicht öffnen wollte. Warum?

Das Ganze war ziemlich unheimlich.

Ich trat an ein Fenster und spähte hinein. Schonbezüge bedeckten die Möbel. Ich ging um das Haus herum.

»O Francine«, murmelte ich, »was ist geschehen? Jemand ist da drinnen. Ist es ein Mensch? Oder sind es Geister?«

Ich war zur Rückseite des Hauses gelangt. Irgendwo im Wald hörte ich einen Vogel singen. Eine sanfte Brise bewegte die Kiefern, und ihr Duft erschien mir strenger denn je. Ich rüttelte laut an der Hintertür, und dann vernahm ich hinter mir eine Bewegung. Ich drehte mich abrupt um. Mein Blick fiel auf ein Gebüsch, in dem sich etwas zu rühren schien.

»Wer ist da?« rief ich. »Kommen Sie heraus und zeigen Sie mir den Weg. Ich habe mich verirrt.«

Ich hörte leises Lachen, eigentlich mehr ein Kichern. Ich trat an das Gebüsch.

Da standen sie vor mir, mit weit aufgerissenen blauen Augen und zerzausten Haaren. Beide trugen dunkelblaue Kittel und blaue Röcke. Eines war ein wenig größer als das andere, aber ich hielt sie für gleichaltrig, nicht älter als vier oder fünf Jahre.
»Wer seid ihr?« fragte ich auf Deutsch.
»Die Zwillinge«, erwiderten sie wie aus einem Mund.
»Was macht ihr hier?«
»Spielen.«
»Habt ihr mich beobachtet?«
Da lachten sie und nickten.
»Wo seid ihr hergekommen?«
Das eine deutete vage irgendwohin.
»Seid ihr weit von zu Hause fort?«
Dasselbe Kind nickte.
»Wie heißt ihr?«
Das eine wies auf den blauen Kittel und sagte: »Karl.« Das andere tat es ihm gleich und sagte: »Liesel.«
»Du bist also ein kleines Mädchen und du ein kleiner Junge.«
Sie nickten lachend.
»Ist jemand da drin?« fragte ich, indem ich auf das Haus deutete.
Wieder kicherten sie und nickten.
»Wer?«
Sie zogen die Schultern hoch und sahen sich an.
»Wollt ihr es mir nicht verraten?« fragte ich.
»Nein«, sagte der Junge. »Du hast ein Pferd.«
»Ja. Wollt ihr's euch anschauen?«
Beide nickten begeistert. Als wir an der Vorderseite der Jagdhütte vorbeigingen, sah ich zur Veranda, und die Kinder ebenfalls. Ich war sicher, daß sie wußten, wer im Haus war, und ich nahm mir vor, es aus ihnen herauszubringen.
Die Kinder waren von meinem Pferd entzückt. »Kommt ihm nicht zu nahe«, warnte ich, und sie traten folgsam zurück.
»Könnt ihr mich in das Haus bringen?« fragte ich die Zwillinge.
Sie sahen einander an, ohne zu antworten.

»Kommt«, sagte ich, »laßt uns mal nachsehen. Wie kommt man hinein?«

Sie sagten immer noch nichts, und wie wir so da standen, erschien ein anderer Junge. Er mußte von der Rückseite der Jagdhütte gekommen sein. Er rief: »Karl! Liesel! Was macht ihr?« Seine Wangen waren gerötet, und er machte einen aufgeweckten Eindruck.

»Guten Tag«, sagte ich. »Wo kommst denn du her?«

Er antwortete nicht, und ich fuhr fort: »Ich habe mich im Wald verirrt. Ich sah dieses Haus und dachte, jemand könnte mir den Weg zeigen.«

Ich fand, daß er erleichtert wirkte.

»Warst du das im Haus?« fragte ich. »Hast du mich durch die Klappe beobachtet?«

Er antwortete nicht, sondern fragte statt dessen: »Wo wollen Sie denn hin? Die Stadt liegt da drüben.« Er zeigte auf den Weg, den ich gekommen war.

»Danke«, sagte ich. »Dies ist aber ein interessantes Haus.«

»Hier ist mal wer ermordet worden«, erklärte er mir.

»So?«

»Ja. Der Thronerbe.«

»Wie bist du da hineingekommen?«

»Ich hab' einen Schlüssel«, sagte er wichtigtuerisch, und die Zwillinge betrachteten ihn mit unverhohlener Bewunderung.

»Und wie bist du an den Schlüssel gekommen?«

Er preßte die Lippen fest aufeinander und schwieg.

»Ich werde es nicht verraten«, versprach ich. »Ich bin hier fremd ... ich habe mich bloß im Wald verirrt. Ich würde gern einen Blick in das Haus werfen. Ich habe noch nie einen Ort gesehen, wo ein Mord begangen wurde.«

Der Junge blickte mich mitleidig an. Ich schätzte ihn auf etwa elf Jahre.

Ich fuhr fort: »Wie heißt du?«

Er gab zurück: »Wie heißen Sie?«

»Anne Ayres.«

»Sie sind Ausländerin.«

»Stimmt. Ich sehe mich hier in der Gegend um. Es ist sehr

hübsch hier, aber am allerliebsten möchte ich ein Haus besichtigen, in dem es einen Mord gegeben hat.«
»Das war in dem großen Schlafzimmer«, sagte er. »Ist jetzt alles zugedeckt. Kommt keiner mehr her. Wer will schon wo schlafen, wo jemand ermordet wurde?«
»Da hast du recht. Gibt es hier Gespenster?«
»Ich weiß nicht«, sagte er.
»Kommst du denn oft her?«
»Wir haben ja den Schlüssel«, machte er sich wieder wichtig.
»Und warum habt ihr den Schlüssel?«
»Damit Mutter reingehen und saubermachen kann.«
Nun wußte ich, wem die Kinder gehörten.
»Ach so. Würdest du mich hineinlassen?« Als er zögerte, sagte ich: »Wenn du mich läßt, dürft ihr einmal auf meinem Pferd reiten.«
Ich sah das Funkeln in seinen Augen, und die Zwillinge sahen mich ehrfürchtig an.
»Also gut«, sagte er. »Kommen Sie!«
Wir gingen um die Veranda herum, und ich sagte zu ihm: »Du hast gehört, daß ich geläutet habe, nicht wahr?«
Er nickte.
»Und da hast du etwas hingestellt, um durch die Klappe schauen und mich sehen zu können.«
»Nächstes Jahr werde ich groß genug sein.«
»Sicher.«
Stolz öffnete er die Tür, die mit einem Quietschen aufging. Wir traten in eine Halle mit einem Holzfußboden und Wänden aus Eichenholz. In der Mitte stand ein großer Tisch, und an den Wänden hingen Speere und Lanzen. Alles war mit Staubbezügen verhüllt. Die Zwillinge kamen Hand in Hand herein, und die Tür klappte zu.
»Wie heißt du eigentlich?« fragte ich den größeren Jungen. »Daß die Kleinen Karl und Liesel heißen, weiß ich schon.«
»Arnulf«, antwortete er.
»Also, Arnulf, das ist nett von dir, daß du mir alles zeigst.«
Sein Mißtrauen gegen mich schien zu schwinden. Er sagte: »Eigentlich darf ich gar nicht herkommen.«

»Oh, ich verstehe. Deshalb hast du die Tür nicht geöffnet.«
Er nickte.
»Gisela wollte eigentlich auch mit mir herkommen.«
»Wer ist Gisela?«
»Meine Schwester. Sie wollte nicht mitgehen, weil sie Angst vor Gespenstern hat. Sie hat gesagt, daß sie sich nicht allein hertrauen würde.«
»Und da wolltest du ihr zeigen, daß du dich schon traust.«
Er sah sich verächtlich nach den Zwillingen um. »Die folgen mir überallhin.«
Die Zwillinge sahen einander an und lächelten, als hätten sie etwas Schlaues angestellt.
»Aber die zwei da hab' ich nicht reingelassen. Die mußten draußen warten. Ich dachte, wenn's da Gespenster gibt, haben sie's vielleicht nicht gern, wenn die kichernden Zwillinge drinnen sind. Die kichern nämlich immerzu.«
»Und du hast nicht geglaubt, die Gespenster könnten etwas gegen dich haben?«
»Ach, die zwei sind ja richtige Babys. Und nie geht einer ohne den anderen wohin.«
»Das hat man oft bei Zwillingen«, sagte ich verständnisvoll.
Er ging die Stufen hinauf. »Ich zeig' Ihnen das Schlafzimmer«, sagte er. »Wo's passiert ist.«
»Der Mord«, flüsterte ich.
Er stieß die Tür mit der Gebärde eines Schaustellers auf, der sein Meisterstück vorführt.
Jetzt war ich wahrhaftig an der Stelle ... wo Francine ermordet wurde.
Das Bett war teilweise mit Schonbezügen bedeckt, doch die vier Pfosten und die kostbaren roten Vorhänge waren zu sehen. Die Bewegung übermannte mich. Den Schauplatz des Verbrechens unmittelbar vor Augen, konnte ich es mir deutlich vorstellen: Meine schöne Schwester, in diesem Bett mit ihrem hübschen, romantischen, aber ach so gefährdeten Liebhaber. Am liebsten hätte ich mich auf die Schonbezüge geworfen, den weichen Samt der Vorhänge berührt und den bitteren Tränen, die ich mit Mühe zurückhielt, freien Lauf gelassen ... geweint, weil alles so traurig war.

»Ist Ihnen nicht gut?« fragte der Junge.
»Doch . . . doch. Ist das aber ein großes Bett.«
»Mußte es doch. Waren ja zwei drin.«
Meine Stimme zitterte leicht, als ich fragte: »Was weißt du darüber? Warum wurden sie ermordet?«
»Weil die nicht wollten, daß er Großherzog wurde, und weil sie dabei war und alles gesehen hat.« Er tat die Sache ab, als wäre sie kaum von Belang. »Mein Vater ist der Verwalter«, fügte er stolz hinzu. »Und meine Mutter kommt zum Saubermachen.«
»Aha. Das erklärt alles. Kommst du oft hierher?«
Er zog die Schultern hoch und antwortete nicht. Dann sagte er: »Wir müssen jetzt gehen.«
Ich schwankte zwischen meinem Verlangen, in diesem Zimmer zu bleiben, und der Notwendigkeit, es zu verlassen, wenn ich meine Gefühle unter Kontrolle halten wollte. Ich fragte rasch: »Kann ich die anderen Räume auch sehen?«
»Aber schnell.«
»Dann zeig sie mir.«
Es machte ihm Spaß, mich herumzuführen. Am besten gefalle ihm die Küche, erzählte er mir, wo an den großen Spießen und in den Kesseln Wildbret zubereitet wurde; jetzt Relikte vergangener Tage, und doch bis vor kurzem noch benutzt. Es waren etliche Schlafkammern vorhanden, ich vermutete für Dienstboten und Jäger, sowie eine Kammer voller Gewehre.
Ich sah aus einem rückwärtigen Fenster auf die Ställe, die jetzt leer waren.
»Kommen Sie«, sagte der Junge. »Es ist schon spät.«
»Vielleicht kannst du mir ein anderes Mal mehr zeigen«, sagte ich. »Hier, das ist für dich.« Ich gab ihm ein Geldstück, und er betrachtete es verwundert. »Führer werden immer belohnt«, erklärte ich ihm.
»Bin ich denn ein Führer?«
»Heute morgen warst du's.«
Er blickte ungläubig auf das Geldstück, und die Zwillinge kamen herbei, um es in Augenschein zu nehmen. Sie hatten offensichtlich eine sehr hohe Meinung von ihrem Bruder.

»Arnulf ist ein Führer«, sagte Karl zu Liesel.
Sie nickte und wiederholte ständig das Wort: Führer.
»Nun«, sagte ich, »falls ich wieder einmal vorbeischauen möchte ...«
Arnulf lächelte mich an.
»Sag mir, wo du wohnst«, bat ich. »Ist es weit von hier?«
Er schüttelte den Kopf.
»Ich bringe euch nach Hause«, sagte ich. »Wißt ihr was? Ihr könnt alle auf meinem Pferd reiten, und ich gehe neben euch her. Was meint Ihr?«
Sie nickten fröhlich. Arnulf räumte die Bank zurück, die er an die Tür geschoben hatte, um durch die Klappe zu spähen, dann gingen wir hinaus, und er verschloß die Tür.
Als die drei Kinder auf meinem Pferd saßen, machten wir uns auf den Weg. Ich war nicht überrascht, als Gisela an der Hüttentür erschien, aber sie dafür um so mehr. »Was«, rief sie, »Fräulein Ayres!«
Arnulf durchlitt eine bange Minute, als er merkte, daß ich seine Mutter kannte.
Ich sagte schnell: »Na so was, Sie sind die Mutter dieser Kinder. Wir haben uns im Wald getroffen. Wir haben miteinander geplaudert, und ich habe ihnen angeboten, sie auf dem Pferd nach Hause zu bringen.«
Ihr fülliges Gesicht legte sich beim Lächeln in lauter Falten.
»Na, da hatten Sie ja einen netten Vormittag«, meinte sie. »Und die Zwillinge auch.«
Ich hob sie herunter. Arnulf bewies seine Überlegenheit dadurch, daß er keine Hilfe brauchte.
»Ich denke«, sagte Gisela, »wir müssen Fräulein Ayres eine Stärkung anbieten.«
»O ja, bitte, Mutti«, rief Arnulf, und die Zwillinge nickten heftig. Es war ein angenehmes Gefühl, daß sie die Zuneigung, die ich zu ihnen gefaßt hatte, erwiderten.
Ich band das Pferd fest, und wir gingen in die Hütte. Sie war klein, aber peinlich sauber. Wir setzten uns an den Tisch, und Gisela schöpfte Suppe in Teller. Sie schmeckte ähnlich wie jene, die es bei der Ankunft in Daisys Heim gegeben hatte, und wieder wurde Roggenbrot dazu gegessen.

Ich sagte: »Das ist sehr liebenswürdig von Ihnen. Ich hatte schon überlegt, ob ich in die Stadt zurückkehren und im Gasthaus essen sollte.«
»Waren Sie bei der Jagdhütte?« fragte Gisela. »Dieser Weg führt nämlich dorthin.«
Einen Augenblick herrschte Schweigen am Tisch, während drei Augenpaare mich ängstlich beobachteten, gespannt, ob ich etwas verraten würde.
»Meinen Sie das recht luxuriöse Haus etwa achthundert Meter von hier?«
»Ja. Ist ja auch keine richtige Hütte. Gehört zum herzoglichen Besitz. Arnulf und ich müssen uns drum kümmern. Diese Pflicht gehört zu unserem Wohnrecht.«
»Arnulf ist mein Vater«, erklärte der Knabe Arnulf, »nicht ich. Ich bin nach ihm genannt.«
»Verstehe«, sagte ich.
Gisela lächelte Arnulf und mir zu. Sie war eine sehr mütterliche Frau, und sie gefiel mir immer besser.
»Die Zwillinge hast du mitgenommen«, sagte sie zu Arnulf. »Wo sind die anderen?«
»Gisela wollte nicht mitkommen.«
»Und die anderen sind wohl bei ihr.« Sie lächelte mich an. »Sie spielen mit Vorliebe im Wald, aber Gisela läßt sie nicht allzu weit hineingehen. Arnulf, hol die anderen.«
Arnulf ging hinaus. Die Zwillinge folgten ihm ein wenig zögernd, offensichtlich hin und her gerissen zwischen ihrer Gewohnheit, ihrem älteren Bruder nachzulaufen, und dem Wunsch, zu bleiben und die fremde Frau zu beobachten.
Gisela sagte: »Die halten mich auf Trab, aber wenn die Großen sich um die Kleinen kümmern, das ist schon eine Erleichterung.«
»Sie müssen eine Menge zu tun haben ... Ihr Heim ... die Kinder ... und das Jagdhaus.«
»Ich gehe jetzt nur noch zwei- oder dreimal die Woche hin. Früher war das anders. Da waren Leute dort. Sie haben auch Feste gefeiert. Es war eins von den Lieblingshäusern des Barons.«
»Ist das der, der ermordet wurde?«

»Richtig.«
»Er war dort mit . . .«
»Ja, mit seiner Freundin. Eine sehr schöne junge Dame.«
»Haben Sie sie gekannt?«
»Aber ja, ich war doch dort . . . hab' mich ums Haus gekümmert, und dann die ganze Aufregung, als sie dort wohnten. Er kam immer, wenn er konnte. Sie waren sehr verliebt. Ach, es war ein Jammer.«
»War sie sehr lange dort?«
»Eine ganze Weile. Sehen Sie, er konnte sie ja nicht gut in der Stadt wohnen lassen. Das hätte der Großherzog nie zugelassen.«
»Aber wenn sie geheiratet hätten . . .«
»Oh, das kam überhaupt nicht in Frage. Rudolph hatte auch früher schon seine Geliebten . . . aber diese schien . . .«
»Was?«
»Nun, einfach anders. Sie war reizend, freundlich zu den Dienstboten, hat immer gelacht. Wir hatten sie alle gern, und es war ein schwerer Schlag für uns, als es passierte. Es gibt andauernd Eifersüchteleien zwischen den Herrscherhäusern hier, müssen Sie wissen.«
Ich wurde immer aufgeregter. Dies war ein aufschlußreicher Vormittag gewesen. Ich hatte nicht nur den Schauplatz des Verbrechens besichtigt, sondern unterhielt mich tatsächlich mit jemandem, der Francine gut gekannt hatte.
»Ich habe da etwas von einem Kind gehört«, begann ich vorsichtig.
Sie starrte mich bestürzt an. »Wo um alles in der Welt können Sie so ein Geschwätz gehört haben!«
»Ich . . . hm . . . hab's eben gehört«, wiederholte ich stockend.
»Seit Sie hier sind?«
»N . . . nein. In den englischen Zeitungen stand auch etwas über den Mord.«
»Und da wurde ein Kind erwähnt?«
»Es ist ein paar Jahre her . . .«
»Ja, es war vor ein paar Jahren. Aber ein Kind! Das überrascht mich.«

»Sie müßten es ja eigentlich wissen . . . wo Sie hier leben.«
»O ja, ich hätte es wissen müssen. Ich muß gestehen, es wäre mir lieber, wenn wir uns jetzt nicht mehr um das Haus kümmern müßten. Es kommt mir immer ein bißchen gespenstisch vor. Natürlich, es war von jeher finster und ziemlich dumpfig, so mitten im Wald, aber jetzt um so mehr, wo es nicht mehr bewohnt ist.«
»Meinen Sie, es wird wieder benutzt?«
»Freilich, mit der Zeit. Noch eine Weile, und alles ist vergessen. Wenn der Großherzog stirbt und Sigmund seine Nachfolge antritt, wird sich sicher einiges ändern.«
»Meinen Sie, zum Guten?«
»Wir werden alle betrübt sein, wenn der Großherzog von uns geht. Er ist ein guter Landesvater. Sigmund . . . ? Der ist mir noch ein kleines Rätsel. Er hat eine gewisse Anziehungskraft . . . die hatte Rudolph auch. Sie sehen alle gut aus und haben ein freundliches Wesen, die ganze Familie, das kann man nicht anders sagen. Wenn Sigmund die junge Komteß heiratet, wird er wohl zur Ruhe kommen.«
Die Zukunft interessierte mich nicht; die Vergangenheit war es, die mich beschäftigte. Ich verabschiedete mich mit vielem Dank, und Gisela nahm mir das Versprechen ab, bald wieder zu kommen, um den Rest ihrer Familie kennenzulernen.
Ich brachte das Pferd zum Gasthof zurück und versprach, es ein andermal wieder auszuleihen.
Ich war sehr zufrieden. Es war ein aufschlußreicher Tag gewesen.

Nach einem dermaßen guten Anfang, der mich innerhalb weniger Tage nach der Ankunft schon so weit geführt hatte, konnte eine Enttäuschung nicht ausbleiben.
Ich schilderte Daisy meine Begegnung im Wald und erzählte ihr, wie ich auf das Jagdhaus und Giselas Hütte gestoßen war. Ja, bestätigte Daisy, Gisela bewohnte die sogenannte kleine Jagdhütte und sah im großen Jagdhaus nach dem Rechten. Sie war eine sehr beschäftigte Frau, und sie hatten nicht oft Zeit, sich zu besuchen, taten dies jedoch, wann immer es ihnen möglich war.

Ich sagte: »Daisy, du mußt meine Schwester doch gesehen haben, wenn du bei Gisela warst.«
»Nein. Als Ihre Schwester dort war, hab' ich Gisela nicht besucht. Erst als Klein-Hans geboren war und wir in die Hütte zogen, sind wir Nachbarn geworden. Vorher war ich droben im Schloß, und das liegt ein gutes Stück vom Wald entfernt.«
»Vier bis fünf Kilometer, schätze ich.«
»Das dürfte ungefähr stimmen, und wir sind uns nicht oft über den Weg gelaufen. Erst seit ich hier wohne.«
»Merkwürdig, wie ich den Kindern begegnet bin.«
»Eher ein glücklicher Zufall. Gisela hätte Sie bestimmt herumgeführt, wenn sie dort gewesen wäre. Ich sehe, Sie sind ganz durcheinander nach alledem. Was hilft Ihnen das schon? Wenn man's recht bedenkt, wozu soll das gut sein, wenn Sie rauskriegen, wer sie ermordet hat?«
»Ich möchte zweierlei herausfinden, Daisy. Und zwar: Ob sie wirklich verheiratet war, und wo das Kind geblieben ist.«
Daisy schüttelte den Kopf. »Diese Barone heiraten nicht so mir nichts, dir nichts. Das wird alles festgelegt. Und von einem Kind war nie die Rede.«
»Aber Daisy, Francine hat es mir doch geschrieben. Sie schrieb, daß sie geheiratet hatte, und wo die Trauung vorgenommen worden war. Ich ging zu der Kirche und sah den Eintrag im Register . . . und als ich noch einmal dort war, war er nicht mehr da. Sie erzählte mir in ihren Briefen, daß sie einen kleinen Jungen hatte, der Rudolph hieß. Das hätte sie doch niemals erfunden.«
Daisy meinte nachdenklich: »Vielleicht doch. Denken Sie doch mal, was für ein Schock das für sie gewesen sein muß. Sie rechnete damit, daß er sie heiraten würde, und als sie erfuhr, daß es unmöglich war, hat sie es sich eben erträumt. Sie kennen Miss France. Sie hat immer nur auf die Sonnenseite geguckt, und wenn irgendwas nicht ging, wie sie's haben wollte, dann wollte sie wenigstens glauben, daß alles in Ordnung wäre.«
»Aber ich sage dir, ich habe den Eintrag gesehen.«
»Aber nicht, als Sie noch mal hingingen.«

Ich merkte ihr an, daß sie dachte, ich sei ein wenig wie Francine: Wenn die Dinge sich nicht so verhielten, wie ich es wollte, dann würde ich es mir so fest einbilden, daß ich am Ende glaubte, alles sei so, wie ich es mir wünschte.
Eine Woche verging, und ich war nicht mehr weitergekommen. Ich hatte mir mehrmals das Pferd ausgeliehen und war in den Wald geritten. Es hatte keinen Sinn, daß ich mich im Jagdhaus umschaute, das brachte mich nicht weiter. So erkundete ich die Stadt. Ich setzte mich in den Wirtsgarten, und die Leute plauderten hin und wieder mit mir, wohl weil ich eine Fremde war. Sie gaben mir Hinweise zum Besuch der Sehenswürdigkeiten in der Umgebung. Eigentlich gab es nur ein Thema, über das ich sprechen wollte, aber ich wagte es nicht allzu oft anzuschneiden. Die Auskunft, die ich erhielt, war immer dieselbe: Rudolph war von einem politischen Gegner ermordet worden, und seine Geliebte mit ihm, weil sie zufällig zugegen war. Von einem Kind war nie die Rede.
Ich besuchte die kleine Jagdhütte und ließ die Kinder auf dem Pferd reiten. Ich unterhielt mich mit Gisela bei Roggenbrot und heißer Suppe, von der stets ein Kessel voll über dem offenen Feuer brodelte. Ich lernte die anderen Kinder kennen: Gisela, Jakob und Max. Max, der Jüngste, war ungefähr zwei Jahre alt, Jakob war offenbar der Zweitälteste. Das war alles interessant und nett, aber ich hatte ja nur ein Ziel und wurde langsam unruhig.
Daisy spürte es. »Also, ich weiß immer noch nicht, was Sie dabei rauskriegen wollen«, sagte sie. »Aber bestimmt ist das Geheimnis in höheren Kreisen zu finden. Auf keinen Fall im Wald, das ist mal sicher. Irgendwo da droben, schätze ich. Die Lösung liegt wohl bei denen im Schloß.«
»Wenn ich es doch nur erfahren könnte!«
»Nun, Sie kriegen bestimmt keine Einladung ins Schloß, wenn Sie denen erzählen, daß Sie Miss Philippa Ewell sind, die Schwester der toten Dame, und daß Sie gekommen sind, um das Geheimnis zu ergründen – das ist mal sicher.«
Sie hatte natürlich recht, doch die Einsicht deprimierte mich.
Und dann, als ich schier verzweifeln wollte, weil ich allmäh-

lich erkannte, daß es dumm von mir war, lediglich aufgrund meines anfänglichen Erfolges zu hoffen, trat ein erstaunlicher Glücksfall ein, den ich Hans zu verdanken hatte.
Ich saß mit Daisy in dem kleinen Garten, und Hansi lief auf dem schmalen Rasenstück herum und versuchte, die Rabatten zu gießen, indem er Wasser aus einem Eimer spritzte. Daisy und ich lachten über seine Possen, denn Hansi bekam mehr Wasser ab als die Blumen, aber er hatte solchen Spaß an seinem Tun, daß wir unwillkürlich in seine Fröhlichkeit einstimmten. Plötzlich erschien Hans, der ältere, bei uns.
»Ich dachte, ich komme lieber gleich nach Hause, um es Ihnen zu erzählen«, sagte er und sah mich dabei an. »Es ist nämlich so, die Komteß Freya...«
»Wer ist das?« fragte ich.
»Sie ist die Verlobte von Sigmund, dem Thronerben, und sie wird im Großen Schloß beim Großherzog erzogen. Es ist Sitte, daß die Bräute in der Familie ihres zukünftigen Gemahls erzogen werden, damit sie sich mit der Lebensart und den Gewohnheiten ihres neuen Heims vertraut machen.«
»Ja, Hans, wir wissen ja, daß sie dort lebt«, sagte Daisy ungeduldig.
»Miss Philippa hat es aber nicht gewußt.«
»Nein, da hast du recht, und sie heißt Miss Ayres, solange sie hier ist.«
»Ach ja«, sagte Hans, »Verzeihung. Also, ich habe gehört, daß die Komteß Freya ihr Englisch verbessern muß. Ihre jetzige Gouvernante hat ihr die Sprache beigebracht, aber sie finden, daß ihre Aussprache nicht stimmt, und möchten eine Engländerin, um sie zu berichtigen.«
Ich starrte Hans perplex an, während mir hundert Möglichkeiten durch den Kopf schossen.
Hans nickte und lächelte. »Ich dachte mir«, sagte er, »wenn Sie im Schloß sind, könnten Sie vielleicht dahinterkommen, ob an dem ganzen Gerede was dran ist.«
»Die Komteß in Englisch unterrichten«, murmelte ich.
»Was redet ihr denn da?« rief Daisy, und als wir es ihr übersetzt hatten, war sie genauso maßlos aufgeregt wie ich. »Das ist genau das Richtige. Sie haben's satt, hier rumzusitzen,

ohne daß sich was tut ... Sie würden sicher bald fortgehen, wenn nicht schleunigst was geschieht. Und dorthin ... ins Schloß, wenn das kein Jux ist!«
»O Daisy, es wäre so aufregend.«
»Hören Sie«, sagte Hans, »wenn Sie wollen, spreche ich mit dem Haushofmeister des herzoglichen Haushalts. Der ist ein Freund von mir, und mit einer Empfehlung von mir kommen Sie ein gutes Stück voran. Aber wenn die wüßten, daß Sie Miss Francines Schwester sind ...«
»Warum sollten sie?« ereiferte sich Daisy. »Oh, wie gut, daß Sie als Miss Ayres hierhergekommen sind.«
»Wenn es herauskommen sollte, wer Sie sind, sage ich, daß ich nichts davon gewußt habe«, fuhr Hans rasch fort. »Ich sage, Sie seien eine Bekannte meiner Frau, und weil Sie eine Weile hierbleiben wollten und wir einen kleinen zusätzlichen Verdienst gut gebrauchen können, haben wir Sie als zahlenden Gast aufgenommen.«
»Gut«, sagte Daisy. »Das trifft den Nagel auf den Kopf.«
»Aber Daisy, *du* könntest kaum behaupten, du hättest nicht gewußt, wer ich bin.«
»Über *die* Hürde steigen wir erst, wenn wir hinkommen. Wenn man mir peinliche Fragen stellt, sag' ich immer, ich kann die Sprache nicht.«
»Das ist meine große Chance!« rief ich. »Es ist Manna vom Himmel. Eben dachte ich noch, daß alles doch hoffnungslos ist und ich wohl überhaupt nichts erreiche ... und jetzt das!«
»Sie wollen's also machen«, sagte Daisy.
»Ja, und ob! Bitte, Hans, werden Sie sich für mich verwenden?«
Doch Hans war ein vorsichtiger Mann. Er wollte nicht in etwas verwickelt werden, das ihn in Schwierigkeiten bringen könnte.
»Woher sollten Sie denn wissen, wer ich bin?« beharrte ich. »In England haben Sie mich kaum gesehen. Ich bin als Anne Ayres hier. Sogar Daisy hatte mich fünf Jahre nicht gesehen und mich beinahe nicht wiedererkannt. Falls sie dahinterkommen, wer ich bin, sage ich, ich wußte, daß Daisy hier war, und

da bin ich unerkannt als Anne Ayres hierhergekommen. Aber ich sehe wirklich nicht, warum meine wahre Identität entdeckt werden sollte.«

»Natürlich nicht«, bekräftigte Daisy. Sie war ebenso aufgeregt wie ich.

Schließlich kamen wir überein, daß ich mich um die Stellung bewerben sollte. Hans sprach mit dem Haushofmeister des Großherzogs, und wenige Tage später war ich auf dem Weg zum sogenannten Großen Schloß zu einer Unterredung mit dem Haushofmeister und der Hausdame über die wichtige Aufgabe, die erlauchte junge Dame in Englisch zu unterrichten.

Ich wurde mit einer Kutsche abgeholt, und als diese vor der Hütte vorfuhr, betrachteten Daisy und ich sie beinahe ehrfürchtig. An der Seite war das herzogliche Wappen derer von Bruxenstein eingraviert, gekreuzte Schwerter unter einer Krone, darüber die Inschrift »Auf zum Sieg«.

Ich hatte mit Daisy ausführlich beraten, wie ich mich kleiden sollte, und wir beschlossen, daß ich meine schlichtesten Sachen anzog und mein Haar – das ziemlich schwer zu bändigen, jedoch in seiner Fülle das einzig wirklich Schöne an mir war – straff aus dem Gesicht kämmte und zu einem Nackenknoten zusammenfaßte, so daß ich meinen dunkelblauen Strohhut ganz sittsam auf den Kopf setzen konnte.

Ich trug einen dunkelblauen Rock mit einer Pelerine, dazu eine weiße Bluse, und ich fand, ich sah sehr züchtig aus, als hätte ich nie auch nur davon gehört, daß es auf der Welt so etwas wie Frivolität gäbe.

Daisy schlug die Hände zusammen, als sie mich sah, und ich hatte das Gefühl, daß ich Philippa Ewell endgültig hinter mir gelassen und eine neue Persönlichkeit angenommen hatte: Miss Anne Ayres.

Ein livrierter Lakai half mir in die Kutsche und sprang hinten auf; der Kutscher trieb die beiden edlen Braunen mit der Peitsche an, und wir preschten davon. Ich wußte, daß Daisy uns vom Dachfenster aus nachsah, genauso aufgeregt wie ich, denn sie hatte oft gesagt: »Ich halte es nicht aus, wenn sich nicht bald was tut. Lieber *irgendwas* . . . als gar nichts.«

Als wir durch die Stadt rumpelten, blieben ein paar Leute stehen und bestaunten die herzogliche Kutsche, die sie sogleich erkannten, und ich bildete mir ein, daß einer oder zwei, die einen Blick auf die Insassin erhaschen konnten, sich neugierig fragten, wer diese schlicht gekleidete und ziemlich prüde wirkende junge Dame wohl sein mochte.
Am Schloßportal passierten wir die Wachen, die in ihren hellblauen Uniformen und den schimmernden Helmen mit den hellroten Federbüschen prächtig aussahen. Ihre Säbel rasselten, als sie vor der Kutsche salutierten.
Wir kamen in einen Innenhof. Ich stieg aus, und ich wurde in eine Halle geführt, die beträchtlich größer war als die im Jagdhaus. Sie hatte eine gewölbte Decke und dicke Mauern, in die steinerne Bänke eingelassen waren.
Ein livrierter Diener erschien und forderte mich auf, ihm zu folgen. Er führte mich in ein kleines Zimmer unmittelbar neben der Halle.
»Wenn Sie hier bitte einen Augenblick warten wollen«, sagte er.
Ich nickte und setzte mich.
Etwa fünf Minuten verstrichen, bis ich Schritte hörte und die Tür aufging. Ein Mann und eine Frau kamen herein.
Ich erhob mich und neigte den Kopf. Sie erwiderten meinen Gruß.
»Sie sind Fräulein Ayres?« fragte der Mann. »Mein Name ist Fritsch, und dies ist Frau Strelitz.«
Ich wußte, daß Herr Fritsch der Haushofmeister und Freund von Hans war, und ich vermutete, daß Frau Strelitz die Hausdame war, die es zu beeindrucken galt, wenn ich die Stellung bekommen wollte.
»Sie sind aus England?« fragte sie.
Ich bejahte.
»Und Sie suchen hier eine Stellung?«
»Ich war nicht gerade auf der Suche, aber ich hörte durch Herrn Schmidt von dieser Stellung und dachte, das würde ich gern machen.«
»Sie sind keine Gouvernante.«
»Ich habe noch nie in einer solchen Stellung gearbeitet.«

»Sie sind sehr jung.«
Mein Mut sank. Hatte meine sittsame Frisur mich nicht so verwandelt, wie ich gehofft hatte?
»Nun, und Sie sind hier, um unser Land kennenzulernen?«
»Ich habe meine Großmutter beerbt und dachte, es wäre schön, mir damit einen lange gehegten Wunsch zu erfüllen und mir die Welt anzusehen.«
»Demnach beabsichtigen Sie, weiterzureisen und sich hier nur vorübergehend aufzuhalten?«
»Ich hatte keine festen Pläne. Ich dachte, die Stellung hier dürfte interessant sein.«
Der Schatzmeister warf Frau Strelitz einen Blick zu. Sie nickte fast unmerklich.
»Ihre Aufgabe bestünde darin, eine junge Dame zu lehren, fließend Englisch zu sprechen. Sie hat es zwar gelernt, aber sie hat Schwierigkeiten mit der Aussprache.«
»Ich verstehe vollkommen.«
Frau Strelitz zögerte. »Es wäre nur für ein Jahr . . . nicht länger. Bis die Komteß heiratet.«
»Ich verstehe.«
»Das wird ungefähr in einem Jahr sein. Sie ist jetzt fünfzehn. Die Vermählung wird sehr wahrscheinlich stattfinden, wenn sie sechzehn ist.«
Ich nickte.
»Sie haben eine gute Ausbildung genossen, nehme ich an.«
»Ich wurde von einer Gouvernante erzogen, deren Mutter Deutsche war, und diesem Umstand habe ich es auch zu verdanken, daß ich Ihre Sprache beherrsche.«
»Und zwar sehr gut«, warf der Haushofmeister ein, dem wegen seiner Freundschaft mit Hans sichtlich daran gelegen war, daß ich die Stellung bekam.
»Ja, wirklich gut«, stimmte Frau Strelitz zu.
»Fräulein Ayres ist eine sehr gebildete junge Dame«, sagte der Haushofmeister. »Das ist wichtig für die richtige Aussprache.«
»Es handelt sich um eine sehr verantwortungsvolle Stellung«, fuhr Frau Strelitz fort. »Sie müssen wissen, Fräulein Ayres, daß Ihre Schülerin eines Tages die erste Dame des Landes

sein wird, denn sie wird den Erben des Großherzogs heiraten. Deswegen müssen wir so sorgfältig vorgehen.«
»Selbstverständlich«, sagte ich. »Ich verstehe vollkommen.«
»Ihre Referenzen von einem früheren Dienstherrn . . .«
»Ich habe keinen früheren Dienstherrn.«
»Gibt es sonst jemanden, der sich für Sie verbürgen könnte?«
Ich zögerte. Charles Daventry und der Pfarrer fielen mir ein, aber die hatten nie von Anne Ayres gehört, und dann war da noch Cousin Arthur. Ob ich ihnen meine Situation würde erklären können?
Ich sagte: »Ja, zu Hause. Ich habe Freunde . . . und dann den Pfarrer. Wenn Sie wünschen . . .«
»Wir werden Sie einen Augenblick allein lassen«, sagte Frau Strelitz. »Bitte entschuldigen Sie uns.«
»Gewiß.«
Sie gingen hinaus und schlossen die Tür hinter sich. Ich fieberte vor Ungeduld. Ich mußte diese Stellung unbedingt bekommen; wenn nicht, blieb mir nichts anderes übrig, als mir mein Versagen einzugestehen und heimzukehren.
Das Glück war mir gewogen. Nach zehn Minuten kamen sie zurück. Der Haushofmeister strahlte.
Frau Strelitz sagte: »Wir haben beschlossen, es mit Ihnen zu versuchen, Fräulein Ayres. Ich hoffe, Sie halten uns nicht für unhöflich. Es ist eine so verantwortungsvolle Stellung, weil die Komteß betroffen ist, und sie muß mit unserer Wahl zufrieden sein. Wir geben Ihnen eine Probewoche . . . und dann noch einmal drei Wochen. Wenn wir Sie danach für geeignet halten, dann . . .«
»Selbstverständlich«, rief ich aus. »Ich verstehe.«
»Wir haben beschlossen, nicht wegen der Referenzen nach England zu schreiben«, sagte der Haushofmeister. »Mein Freund, Herr Schmidt, sagte, daß Sie aus guter Familie sind. Das ist Voraussetzung, im Hinblick auf den Rang unserer jungen Dame. Wir wollten auch niemanden, der eine dauerhafte Stellung sucht. Es wäre gut, wenn Sie also zu Beginn der nächsten Woche anfangen könnten. Wollen wir jetzt über die Vergütung sprechen?«

Ich wußte, daß es da keine Schwierigkeiten geben würde. Alles, was ich wollte, war, in das herzogliche Schloß zu gelangen.

Ich wurde in der Kutsche zurückgefahren und lief in die Küche, wo Daisy über den Herd gebeugt stand.

»Es hat geklappt!« rief ich. »Vor dir steht die Gouvernante der wichtigsten Dame des Landes!«

Wir tanzten durch die Küche, und Klein-Hans watschelte herbei und stimmte in unsere Ausgelassenheit ein. Vor lauter Lachen ging uns der Atem aus.

»Das ist der Anfang«, sagte ich.

Die englische Gouvernante

Am darauffolgenden Montag holte die Kutsche mich mitsamt meiner Reisetasche ab. Einen Teil meiner Habe ließ ich bei Daisy. Ich war fieberhaft aufgeregt, als ich im Schloß ankam und in das nämliche kleine Zimmer geführt wurde, wo die Unterredung stattgefunden hatte. Kurz darauf kam Frau Strelitz zu mir.
»Ah, Fräulein Ayres«, sagte sie, »die Komteß kann es kaum erwarten, Sie kennenzulernen. Die Räume der Komteß befinden sich in der dritten Etage. Dort ist auch das Schulzimmer, und Ihr Zimmer liegt ebenfalls ganz in der Nähe. Die Komteß hat eine Gouvernante. Mit ihr werden Sie den Stundenplan besprechen. Der Großherzog legt großen Wert darauf, daß die Komteß ihr Englisch verbessert. Das ist im Augenblick bei ihrem Studium das Wichtigste. Ihr zukünftiger Gemahl, der einst unser Herrscher wird, wenn der Großherzog stirbt – was, so Gott will, nicht so bald sein wird –, also der Baron spricht ausgezeichnet Englisch, und sie muß es ebenso beherrschen. Wenn er sie besucht, erwartet er Fortschritte.«
»Sie dürfen versichert sein, daß ich mein Bestes tun werde.«
»Davon bin ich überzeugt. Allerdings werden Sie es mit Komteß Freya zuweilen ein wenig schwer haben. Sie ist ein lebhaftes Mädchen, und das Bewußtsein ihrer Position macht sie natürlich etwas ... nun ja, sie ist ein wenig eigenwillig. Sie übernehmen eine große Verantwortung, Fräulein Ayres, dabei dürften Sie kaum älter sein als die Komteß.«
Sie musterte mich zweifelnd. Vielleicht war meine Frisur doch nicht so streng, wie sie hätte sein sollen. Ich merkte, daß meine widerspenstigen Haare sich aufzulösen begannen.
»Ich bin weit gereist, Frau Strelitz, und ich bin sicher, daß ei-

ner Dame von Welt wie Ihnen bekannt ist, daß der Erwerb von Wissen nicht unbedingt eine Frage des Alters ist.«
»Da haben Sie recht, Fräulein. Nun, ich wünsche Ihnen viel Glück. Ich muß Sie jedoch darauf aufmerksam machen, daß Sie kaum werden hierbleiben können, wenn die Komteß keinen Gefallen an Ihnen finden sollte.«
»Ich nehme an, jede Gouvernante steht hin und wieder vor dieser Situation.«
»Und Sie sind ja auch nicht für Ihren Lebensunterhalt auf diese Stellung angewiesen.«
»Um so eifriger werde ich es angehen«, sagte ich. »Es ist für mich mehr eine Arbeit aus Neigung denn aus Notwendigkeit.«
Ich schien sie angenehm zu beeindrucken, denn ihre Haltung wurde herzlicher.
»Sehr gut«, sagte sie. »Wenn Sie mir jetzt folgen wollen, zeige ich Ihnen Ihr Zimmer und stelle Sie Ihrer Schülerin vor.«
Das Große Schloß machte seinem Namen alle Ehre. Es war auf einem Hügel über der Stadt erbaut, auf die man von sämtlichen Fenstern einen prächtigen Ausblick hatte. Überall waren livrierte Diener, und ich wurde durch Galerien geführt, vorbei an Räumen, vor denen Wächter postiert waren, bis ich schließlich zu den Gemächern der Komteß kam.
»Die Komteß bewohnt diese Räume, seit sie von Kollnitz hierherkam. Das war nach dem Tod von Baron Rudolph, als sie sich mit Baron Sigmund verlobte.« Ich nickte. »Von da an«, fuhr Frau Strelitz fort, »war sie natürlich eine wichtige Persönlichkeit. Sowohl der Markgraf von Kollnitz wie auch der Großherzog sind bestrebt, die Markgrafschaft und das Herzogtum durch diese Vermählung zu vereinigen.«
Frau Strelitz hielt inne und klopfte an eine Tür. Eine Stimme rief »Herein!«, und wir gingen hinein. Eine Frau mittleren Alters erhob sich und trat uns entgegen.
»Fräulein Kratz«, sagte Frau Strelitz, »dies ist Fräulein Ayres.«
Fräulein Kratz hatte ein blasses, faltiges Gesicht und wirkte ziemlich verschüchtert. Ich hatte auf Anhieb Mitleid mit ihr. Ich merkte, daß sie von meiner Jugend überrascht war.

Ein junges Mädchen war vom Tisch aufgestanden und kam in leicht gebieterischer Haltung zu mir.
»Hoheit«, sagte Frau Strelitz, »darf ich Ihnen Fräulein Ayres, Ihre englische Gouvernante, vorstellen?«
Ich verneigte mich und sagte auf Englisch: »Ich bin erfreut, Ihre Bekanntschaft zu machen, Komteß.«
Sie erwiderte auf Deutsch: »Sie sind also hier, um mir beizubringen, Englisch zu sprechen wie die Engländer.«
»Was natürlich die beste Art ist, es zu sprechen«, gab ich auf Englisch zurück.
Sie war sehr blond, so blond, daß ihre Wimpern und Augenbrauen kaum wahrnehmbar waren. Ihre hellblauen Augen waren nicht groß genug, um schön zu sein, zumal die dunklen Wimpern fehlten, die sie hätten größer erscheinen lassen; die ungewöhnliche Helligkeit der Augen verlieh ihr einen Ausdruck unentwegten Staunens, den ich recht anziehend fand. Sie hatte eine lange, leicht gebogene Nase und einen sehr entschlossenen Mund. Ihr dichtes blondes Haar war zu Zöpfen geflochten, und sie wirkte beinahe wie ein aufsässiges Schulmädchen. Ich war gespannt, welchen Eindruck ich auf sie machte.
»Ich hoffe, Sie werden eine gute Schülerin sein«, fuhr ich fort.
Sie lachte; denn sie verstand sehr gut Englisch. »Ich bin gewiß eine schlechte. Das bin ich meistens, nicht wahr, Krätzchen?«
»Die Komteß ist wirklich sehr gescheit«, sagte Fräulein Kratz.
Die Komteß lachte. »Durch das ›wirklich‹ haben Sie es verdorben, nicht wahr, Fräulein Ayres? Das nimmt alles zurück.«
»Also, Fräulein Ayres«, warf Frau Strelitz ein, »Sie werden mit Fräulein Kratz vereinbaren, wann Sie jeweils unterrichten. Jetzt bringe ich Sie in Ihr Zimmer, und später können Sie alles besprechen.«
»*Ich* bringe Fräulein Ayres in Ihr Zimmer«, verkündete die Komteß.
»Euer Hoheit...«
»Meine Hoheit«, äffte die Komteß, »will es so. Kommen Sie,

Fräulein. Wir müssen uns kennenlernen, wenn wir uns in Ihrer abscheulichen Sprache unterhalten wollen.«
»Sie meinen natürlich, in meiner schönen Sprache, Komteß«, sagte ich.
Sie lachte. »Ich bringe Sie in Ihr Zimmer. Der Unterricht fällt aus. Krätzchen und Frau Strelitz, Sie sind entlassen.«
Ich war ein wenig erschrocken über das herrische Gehabe meiner Schülerin, dennoch war ich guter Dinge. Ich sah schon, daß uns interessante Gespräche bevorstanden.
»Lassen Sie sofort ihr Gepäck heraufbringen«, befahl die Komteß. »Ich will sehen, was sie mitgebracht hat.« Sie lachte mich an. »In Kollnitz, wo ich herkomme, herrschen rauhe Sitten. Wir sind nicht so kultiviert wie die hier in Bruxenstein. Ist Ihnen das schon aufgefallen, Fräulein Ayres?«
»Es dämmert mir allmählich.«
Darüber mußte sie lachen.
»Kommen Sie«, sagte sie. »Ich muß mich doch mit Ihnen unterhalten, nicht?«
»Auf Englisch«, erwiderte ich, »und ich sehe keinen Grund, warum wir nicht gleich damit anfangen sollen.«
»Aber ich. Sie sind bloß eine Gouvernante. Ich bin die Komteß, die zukünftige Großherzogin. Deshalb sollten Sie sich lieber vorsehen.«
»Im Gegenteil, Sie werden sich vorsehen müssen.«
»Wie meinen Sie das?«
»Ich bin eine unabhängige Frau und habe es nicht nötig, hier zu bleiben, denn ich tu es nur aus Vergnügen. Ich muß mir nicht meinen Lebensunterhalt damit verdienen. Ich denke, das sollte ich von Anfang an klarstellen.«
Sie starrte mich an. Dann lachte sie wieder.
Die beiden Frauen zögerten noch auf der Türschwelle, und die Komteß rief: »Ich habe Ihnen doch gesagt, Sie können gehen. Entfernen Sie sich. Ich kümmere mich schon um die englische Gouvernante.«
Ich lächelte Frau Strelitz entschuldigend an. »Es ist nützlich, wenn wir uns unterhalten«, sagte ich. »Ich werde darauf bestehen, mit der Komteß ausschließlich Englisch zu sprechen, denn dies scheint mir von allergrößter Wichtigkeit.«

Das junge Mädchen war zu überrascht, um etwas einzuwenden, und ich spürte, daß ich die erste Partie gewonnen hatte. Auch hatte ich die Bewunderung der bedauernswerten verschüchterten Fräulein Kratz und den Beifall von Frau Strelitz errungen. Doch die Komteß war es, mit der ich mich befassen mußte.
»Das ist Ihr Zimmer«, sagte sie, indem sie eine Tür aufstieß. »Meine Räume befinden sich am Ende dieses Flurs. Sie sind natürlich viel eleganter, aber für eine Gouvernante ist dieses Zimmer nicht schlecht.«
»Ich würde sagen, es ist angemessen.«
»Zweifellos besser, als Sie es gewöhnt sind«, meinte sie.
»Durchaus nicht. Ich bin in einem großen Herrschaftshaus aufgewachsen, das ganz gewiß ebenso luxuriös war wie Ihr Schloß«.
»Und Sie tun das wirklich alles . . . zum Vergnügen?«
»So könnte man sagen.«
»Sie sind noch ziemlich jung, nicht wahr?«
»Ich habe genügend Welterfahrung.«
»So? Ich wollte, das könnte ich von mir auch behaupten. Ich bin nicht annähernd so erfahren, wie ich es gern sein möchte.«
»Das kommt mit den Jahren.«
»Wie alt sind Sie?«
»Im April werde ich achtzehn.«
»Ich bin fünfzehn. Das ist kein so großer Unterschied.«
»Und ob das ein Unterschied ist, ein sehr großer sogar. Die nächsten vier Jahre werden zu den wichtigsten Ihres Lebens gehören.«
»Wieso?«
»Weil Sie sich vom Mädchen zur Frau entwickeln.«
»Ich heirate nächstes Jahr.«
»Das habe ich gehört.«
»Die Leute klatschen viel über uns, nicht wahr?«
»Gewisse Tatsachen sind ihnen geläufig.«
»Ich wollte, Sie würden nicht immerfort nur englisch sprechen.«
»Aber deswegen bin ich hier.«

»Das schränkt die Unterhaltung so ein. Ich möchte so viel von Ihnen wissen, und wenn Sie englisch sprechen, verstehe ich nicht immer alles richtig.«
»Das wird ein Anreiz für Sie sein, die Sprache zu beherrschen.«
»Sie reden wie eine richtige Gouvernante. Ich hatte schon eine ganze Menge, aber die bleiben nie lange, weil ich eine ziemlich schwierige Person bin. So eine wie Sie hatte ich noch nie.«
»Das ist eine Abwechslung für Sie.«
»Ich nehme nicht an, daß Sie lange bleiben.«
»Natürlich nur, solange Sie mich brauchen.«
»Ich wage zu behaupten, daß Sie schon eher gehen. Ich bin nicht einfach, wissen Sie.«
»Das habe ich bereits gemerkt.«
»Die arme Krätzchen hat Angst vor mir. Frau Strelitz auch ein bißchen.«
»Ich finde nicht, daß Sie sich darauf etwas einbilden sollten.«
»Warum nicht?«
»Die Tatsache, daß Sie jemand das Leben schwermachen, ist jedenfalls kein Grund, vor Zufriedenheit zu strahlen. Es ist doch leicht, nicht wahr, die zu besiegen, die nicht zurückschlagen können.«
»Aber warum schlagen sie denn nicht zurück?«
»Weil sie hier angestellt sind.«
»Soll ich Sie auch besiegen?«
»Das wird Ihnen nicht gelingen.«
»Warum nicht?«
»Weil ich nicht darauf angewiesen bin, Ihnen zu schmeicheln. Wenn Sie mich nicht mögen, können Sie sagen, ich soll gehen, und wenn ich Sie nicht mag, kann ich genauso leicht gehen.«
Sie sah mich erstaunt an, und dann lächelte sie langsam.
»Wie heißen Sie?«
»Ayres.«
»Ich meine mit Vornamen.«
»Anne.«

»Dann werde ich Sie so nennen.«
»Und Ihr Vorname?«
»Den kennen Sie doch. Jeder kennt ihn. Ich bin die Komteß Freya von Kollnitz.«
»Freya. Das war eine Göttin.«
»Die Göttin der Schönheit«, sagte sie eitel. »Wußten Sie, daß der Riese Thrym dem Thor seinen verlorenen Hammer nur zurückgeben wollte, wenn Freya als seine Braut ins Reich der Riesen käme?«
»Ja. Und Thor ging als Freya verkleidet ins Land der Riesen und holte sich seinen Hammer zurück. Meine Gouvernante hat mir diese Sagen erzählt. Ihre Mutter war Deutsche.«
»Sie hatten also auch eine Gouvernante. War sie nett? Mochten Sie sie leiden?«
»Sie war sehr nett, und ich hatte sie gern.«
»Sie waren ein braves Mädchen, nehme ich an.«
»Nicht immer. Aber wir waren wohlerzogen.«
»Wer ist *wir*?«
»Meine Schwester und ich.« Ich spürte, daß ich leicht errötete, was ihr natürlich nicht entging.
»Wo ist Ihre Schwester jetzt?«
»Sie ist tot.«
»Darüber sind Sie traurig, nicht wahr?«
»Sehr traurig.«
»Erzählen Sie mir von Ihrer Gouvernante.«
Ich berichtete ihr alles, was ich von Miss Elton und ihrer Familie wußte.
Die Komteß zeigte sich sehr interessiert, aber mir fiel auf, daß sie rasch von einem Thema zum anderen flatterte. Sie hatte mein Gepäck gesehen und fragte: »Wollen Sie jetzt auspacken?«
»Ja.«
»Ich schaue Ihnen zu.«
Sie beobachtete, wie ich meine Kleider aufhängte und machte Bemerkungen darüber. »Das ist abscheulich. Das ist nicht übel.«
Ich sagte: »Ich sehe, was Sie unter Kollnitz-Sitten verstehen!«, worauf sie in schallendes Gelächter ausbrach. Sie

griff nach dem Buch, das auf dem Koffer lag, und las langsam, mit starkem deutschem Akzent: »Robert Browning. Gedichte.«
Ich sagte: »Ich merke, daß wir hart an Ihrer Aussprache arbeiten müssen.«
Das Buch klappte von selbst an einer bestimmten Seite auf, und das hatte seinen Grund: Ich hatte dieses gewisse Gedicht oft aufgeschlagen.
»Pippa singt«, las sie langsam.

»*Das Jahr durchwebt*
Von Frühling und Glanz —‹

Ach, das kann ich nicht lesen. Poesie ist mir zu schwer.«
Ich nahm ihr das Buch aus der Hand und las das Gedicht laut vor. Meine Stimme zitterte leicht, als ich zu den letzten Zeilen kam.

»›*Gott ist im Himmel*
In Frieden die Welt!‹«

Ich klappte das Buch zu. Die Komteß sah mich eindringlich an. Dann lächelte ich langsam, und sie erwiderte mein Lächeln.
Ich dachte: Alles wird gut. Ich fange an, meine kleine Komteß gern zu haben.

Die folgenden Tage brachten eine Menge neuer Eindrücke. Zum Erstaunen der Dienstboten verstanden die Komteß und ich uns ausnehmend gut. Das war wohl auch meiner Unabhängigkeit und der Tatsache zuzuschreiben, daß ich jederzeit gehen konnte, ohne an die finanziellen Dinge zu denken, und das beeinflußte unser gegenseitiges Verhalten. Ich interessierte sie ebenso wie sie mich. Sie war gern mit mir zusammen und hätte am liebsten ihre anderen Studien vernachlässigt, um ihr Englisch zu verbessern. Meine Arbeit war nicht schwierig, weil es keine Lektionen vorzubereiten gab. Freya hatte die Grundzüge der Sprache erlernt und mußte sich lediglich in der Konversation üben. So konnten wir uns über die

unterschiedlichsten Themen unterhalten, und wenn sie einen Fehler machte, wies ich sie darauf hin.
Manchmal fragte ich sie: »Müßten Sie jetzt nicht eigentlich mit Fräulein Kratz lernen?«
Dann schnitt sie eine Grimasse. »Ach was, ich will mein Englisch vervollkommen. Das ist das Wichtigste. Wer schert sich schon um Mathematik, so ein albernes Zeug. Wen kümmert schon Geschichte? Was spielt es für eine Rolle, was Könige und Königinnen vor Jahren gemacht haben? Daran kann ich doch nichts mehr ändern, oder? Ich habe wirklich das Bedürfnis, mit meinem Englisch weiterzukommen.«
Darauf erwiderte ich: »Sie vergessen, daß mir auch Freizeit zusteht, über die Sie so einfach verfügen.«
Ich glaube, sie dachte selten an jemand anderen außer sich selbst, doch sie wurde nachdenklich und begab sich recht kleinlaut ins Schulzimmer.
Ich war zufrieden. Als ich Daisy besuchte, erfuhr ich, daß der Haushofmeister Hans erzählt hatte, daß man über meinen Erfolg bei der Komteß verblüfft sei. Das war sehr schmeichelhaft für mich.
Wir waren sehr viel beisammen und wurden in gewisser Weise Freundinnen. Allerdings war das Leben im herzoglichen Haushalt nicht ganz so, wie ich es erwartet hatte. Wir waren ziemlich abgesondert, und obwohl ich schon zwei Wochen da war, hatte ich den Großherzog noch nicht zu Gesicht bekommen. Der Turm, in dem sich unsere Räume befanden, lag ziemlich weit von den herzoglichen Gemächern entfernt, und das stete Kommen und Gehen von Sendboten und dergleichen berührte uns in keiner Weise. Es war wie das Leben in einem abgelegenen Flügel eines Landhauses, ein Teil der Residenz, und doch gänzlich abgeschnitten.
Freya und ich spazierten in den Parkanlagen des Schlosses, und wir ritten zusammen aus. Sie war eine gute Reiterin, aber ich konnte mich durchaus mit ihr messen.
Einmal sagte sie mit widerwilliger Bewunderung: »Sie können einfach alles.«
Wenn sie ausritt, war sie stets unauffällig gekleidet, doch es

ärgerte sie, daß uns immer zwei Stallknechte begleiten mußten. Ich sagte, daß sie aber doch sehr diskret seien und sich stets im Hintergrund hielten. »Das will ich ihnen auch raten«, gab Freya darauf mit blitzenden Augen zurück.
Wir ritten durch den Wald, und sie erzählte mir alte, überlieferte Geschichten. Sie zeigte mir eine alte Schloßruine, wo einst eine Baronin die Geliebte ihres Gemahls hatte einmauern lassen. »Sie sagte, man solle ihr ein neues Zimmer anbauen, und als die Handwerker bei der Arbeit waren, brachte sie das schöne Mädchen zu ihnen und ließ es einmauern. Es heißt, daß man in manchen Nächten noch die Schreie des Mädchens hören kann.«
Sie zeigte mir den Klingenfels mit der tief unten gelegenen Schlucht. »Früher wurden die Menschen hierhergebracht, und man stellte ihnen anheim, sich selbst hinabzustürzen oder ein noch schlimmeres Schicksal zu erleiden.«
»Reizende Bräuche hat man hier in Bruxenstein.«
»Alle Völker haben ihre Bräuche«, gab Freya zurück. »Sie sprechen nur nicht immer darüber. Und dies ist ja auch schon lange her. Die Klingenburg gehörte einst einem Räuberhauptmann, der Reisenden auflauerte, sie gefangennahm und festhielt, um Lösegeld zu erpressen. Er hat ihnen einen Finger nach dem anderen abgehackt und an die Angehörigen geschickt, und mit jedem Finger wurde das Lösegeld erhöht. Und wenn es nicht bezahlt wurde, stieß er die Gefangenen vom Felsen ... um sie los zu sein.«
»Wie entsetzlich.«
»Die Götter sind netter«, meinte Freya, und ihre Augen glänzten, wenn sie von Thor erzählte. »Er war stark ... der Donnergott.« Er war ihr Liebling unter den Göttern. »Er hatte rote Haare und einen roten Bart. Er war der stärkste von allen und sehr gutmütig, aber wenn er zornig war, sprühten Funken aus seinen Augen.«
»Hoffentlich wurde er nicht oft zornig. Es ist töricht, denn Zorn nützt überhaupt nichts.«
»Werden Sie nie zornig, Fräulein Anne?«
»Doch, dann und wann. Glücklicherweise bin ich nicht Thor, so brauchen Sie keine Funken zu befürchten.«

Sie lachte, wie sie es in meiner Gesellschaft zumeist tat. Ich merkte, wie die Dienstboten nach uns sahen, wenn sie Freya hörten, und ich erwarb mir den Ruf, mich auf den Umgang mit der Komteß zu verstehen.

Ich erfuhr, daß sie aufgrund ihrer Position sehr abgesondert gelebt hatte; sie hatte kaum andere Kinder gekannt und nie einen Spielgefährten gehabt. Alles, was sie besaß, war ihre vornehme Abkunft, die sich in ihrer Macht über andere kundtat. Sie hatte sie ausgeübt, weil das alles war, was sie hatte.

Ich empfand großes Mitleid mit meiner hochmütigen kleinen Komteß. Ich ermutigte sie, über sich zu reden. Sie hatte wenig aus ihrem Alltagsleben zu berichten; sie lebte in ihrer eigenen Welt, die bevölkert war von Göttern und Helden. Und natürlich sprach sie oft von Freya, der Göttin, nach der sie genannt war.

»Sie hatte goldenes Haar und blaue Augen«, sagte sie einmal zu mir, wobei sie selbstgefällig ihr Spiegelbild betrachtete, »und weil sie so schön war, galt sie als die Verkörperung der Erde. Sie war mit Odur vermählt, der ein Symbol für die Sommersonne war, und sie hatte zwei Töchter, die waren genauso schön wie sie... nun ja, nicht ganz, aber fast. Sie liebte sie innig, aber noch mehr liebte sie ihren Gemahl. Doch der war ein Wanderer und wollte nicht ständig zu Hause sein. Ob Sigmund auch so ein Wanderer ist? Ich glaube schon, denn er ist fast nie hier. Er ist auf Reisen. Vielleicht mag er nicht dort sein, wo ich bin.«

Ich sagte: »Sie dürfen nicht denken, daß Ihr Dasein so wird wie das der Göttin. Wir leben in einer modernen Zeit.«

Sie sah mich eindringlich an und sagte mit einem Anflug von Weisheit: »Aber die Menschen haben sich kaum verändert... sie sind zu allen Zeiten dieselben geblieben. Sie heiraten... und werden untreu und gehen auf Wanderschaft.«

»Es wird Ihre Aufgabe sein, dafür zu sorgen, daß Sigmund das nicht tut.«

»Jetzt reden Sie wie Krätzchen. Ach bitte, werden Sie bloß nicht wie die. Sie müssen Sie selbst bleiben. Ich könnte es nicht ertragen, wenn Sie wem anders ähnlich würden.«

»Ich bleibe hoffentlich immer ich selbst, und ich bin der Mei-

nung, diese schöne Freya hätte ihren Gemahl ziehen lassen und sich seinetwegen nicht grämen sollen.«
»Sie war so unglücklich. Sie weinte, und als ihre Tränen ins Meer fielen, haben sie sich in Bernstein verwandelt.«
»Ich glaube aber nicht, daß das die wissenschaftliche Erklärung für dessen Vorhandensein ist.«
Sie lachte wieder, und ich war froh über ihre Heiterkeit, denn ich spürte hinter diesen Gesprächen, wie stark ihre bevorstehende Vermählung mit diesem Sigmund sie beschäftigte, und daß ihr bange davor war. Ich hoffte, daß sie mir mit der Zeit ihre Empfindungen anvertrauen würde.
»Freya machte sich auf die Suche nach Odur und weinte viel, und dort, wohin ihre Tränen fielen, wurde später Gold gefunden.«
»Eine Menge Menschen müßten der tränenreichen Dame dankbar sein«, sagte ich.
»Heute ist das alles schwer zu glauben, doch ich bin froh, daß man mich Freya genannt hat. Freya hat Sigmund jedoch nicht geheiratet. Er war mit Borghild vermählt ... aber die war böse, und er hat sie verstoßen. Dann nahm er wieder eine Frau, Hjördis. Nicht Freya.«
»Sie nehmen diese alten Sagen zu wörtlich«, sagte ich zu ihr. »Die sind doch gar nicht immer so ernst gemeint. Dieser Sigmund war einer von den Helden, nicht? Ich weiß, Sie halten sich selbst für eine Göttin, aber ich an Ihrer Stelle würde mich darauf besinnen, daß Sigmund ein Mensch ist, ein Mann, und Sie eine Frau. Und wenn Sie glücklich zusammen leben wollen, dürfen Sie das nicht vergessen.«
»Bei Ihnen hört sich alles so einfach an. Ist es für Sie immer so einfach?«
»Nein«, sagte ich bestimmt, »durchaus nicht.«
»Ich möchte Ihnen etwas sagen.«
»Ja?«
»Ich bin froh, daß Sie hier sind.«
Ein beachtlicher Fortschritt, und das nach nur zwei Wochen! Sie beschrieb mir das Leben in Kollnitz. »Dort ging es nicht so förmlich zu wie hier«, sagte sie. »Mein Vater, der Markgraf, regiert freilich nur ein kleines Reich, aber ein wichtiges, und

darauf kommt es an. Es ist die Lage von Kollnitz, die es bedeutend macht, nicht unsere Macht oder unser Reichtum oder dergleichen. Bruxenstein ist auf die Freundschaft mit der Markgrafschaft angewiesen, weil Kollnitz nämlich ein sogenannter Pufferstaat ist, verstehen Sie?«
»Ja.«
»Wie würde es Ihnen gefallen, ein Puffer zu sein?«
Sie blickte mich fragend an, und ich erwiderte impulsiv: »Ich denke, das würde von Sigmund abhängen.«
Das brachte sie abermals zum Lachen. »Sigmund ist groß und stattlich. Ich glaube, der Held Sigmund muß ihm ziemlich ähnlich gewesen sein. Aber vielleicht ist er auch mehr wie Sigurd, der mir eigentlich immer lieber war. Er ist mein Lieblingsheld.«
»Sie müssen von all diesen Mythen loskommen. Erzählen Sie mir von Kollnitz.«
»Ich war das einzige Kind. Es ist ein Unglück für sie, keine Söhne zu haben. Anscheinend geben sie mir die Schuld.«
»Ich bin sicher, daß sie das nicht tun.«
»Und ich bin sicher, daß sie es doch tun. Und bitte reden Sie nicht wie Krätzchen.«
»Schon gut. Wollen wir uns also darauf einigen, daß sie über einen weiblichen Nachkommen ein wenig betrübt sind?«
»Das klingt schon besser«, sagte sie.
»Aber da es nicht Ihre Schuld war, sollten Sie es sich auch nicht zu Herzen nehmen.«
»Das tu ich auch nicht. Doch ... ein bißchen vielleicht. Deshalb hatten es wohl alle so schwer mit mir ... Kindermädchen, Gouvernanten. Ich wollte sie wissen lassen, daß ich, wenn auch nur ein Mädchen, dennoch wichtig war, die Erbin eben. Und dann habe ich mich mit Sigmund verlobt, aber erst, nachdem Rudolph ermordet wurde.«
»Was wissen Sie darüber?« fragte ich begierig.
»Über Rudolph? Er war mit seiner Geliebten im Jagdhaus, und jemand drang dort ein und tötete beide mit einem Gewehr aus der dortigen Waffenkammer. Ich habe erst später davon gehört, dabei hätte ich doch Rudolph später heiraten sollen.«
»*Sie?*«

»Ja, weil doch Kollnitz der Puffer ist und sie wollen, daß es mit Bruxenstein vereinigt wird.«
»Und was ist damals geschehen?«
»Es ist lange her, und ich war noch sehr jung. Ich hörte sie flüstern, aber sie brachen immer ab, wenn sie mich sahen. Dann erfuhr ich, daß ich mich mit Sigmund verloben sollte. Anfangs konnte ich es nicht begreifen, weil sie mir vorher immer gesagt hatten, daß Rudolph mein Gemahl würde.«
»Wann haben Sie erfahren, daß er tot war?«
»Bei der Verlobung mit Sigmund. Da mußten sie mir sagen, daß es nicht Rudolph sein werde, und warum. Ich war nie förmlich mit Rudolph verlobt, aber es stand alles im Vertrag. Als dann hier in der Schloßkapelle die Verlobungsfeier stattfand, legten Sigmund und ich das Gelöbnis ab. Es war keine Trauung ... nur eine Verlobung, aber es bedeutet, daß wir einander versprochen sind. Ohne Dispens könnten wir niemand anderen heiraten, und ein Dispens wird niemals erteilt werden, weil mein Vater und der Großherzog das nicht zulassen würden.«
»Ich sehe nun, was für eine bedeutende Persönlichkeit Sie sind.«
»Ein Puffer«, erwiderte sie.
Ich legte die Hände auf ihre Schultern. »Komteß«, sagte ich, »ich sehe, daß Sie sehr glücklich werden.«
»Woran sehen Sie das?«
»An den Sternen.«
»Ist das wahr?«
»Ganz bestimmt.«
»Aber ich frage mich, warum Sigmund immer so lange fortbleibt. Meinen Sie nicht, das tut er, weil er mich nicht leiden kann?«
»Gewiß nicht. Er ist fort, weil er Verträge und dergleichen mit auswärtigen Mächten aushandeln muß.«
Sie lachte, doch dann wurde sie ernst. »Schon möglich«, meinte sie. »Wissen Sie, er wurde erst wichtig, als Rudolph tot war. Vorher war er nur der Sohn des jüngeren Bruders des Großherzogs.«
»Sein Leben muß sich dadurch sehr verändert haben.«

»Allerdings. Er wird Großherzog, wenn der jetzige stirbt. Oh, ich hoffe, daß er nicht umherzieht wie Freyas Gemahl.«
»Bestimmt nicht. Und Sie werden ihm nicht nachweinen müssen, selbst wenn das die Vorräte an Bernstein und Gold auf der Erde vermehren würde.«
»Ach, Fräulein Anne, ich hab' Sie wirklich gern. Weil Sie lustig sind. Darf ich Sie einfach Anne nennen, ohne Fräulein? Sie sind ja schließlich nicht irgendeine alte Gouvernante.«
»Ich sehe, wir machen rasche Fortschritte. Ihre Manieren bessern sich im gleichen Maß wie Ihre englische Aussprache, und Sie fragen mich um Erlaubnis. Liebe Komteß, es ist mir recht, wenn Sie mich einfach Anne nennen.«
»Und Sie sagen Freya zu mir?«
»Wenn wir allein sind«, sagte ich. »Aber in Gegenwart anderer ist es wohl klüger, bei einer gewissen Förmlichkeit zu bleiben.«
Sie gab mir einen Kuß, und ich war zutiefst gerührt. O ja, wir wurden tatsächlich Freundinnen.

Ich war ungefähr einen Monat bei Freya, als sie sagte, sie möchte das Mausoleum besuchen, denn es sei der Todestag ihrer Urgroßmutter, die dort beigesetzt sei. Ich wollte wissen, wie es dazu gekommen war, und Freya erzählte mir, daß ihre Urgroßmutter in zweiter Ehe nach Bruxenstein geheiratet und ihre letzten Lebensjahre dort verbracht hatte; die Kinder aus ihrer ersten Ehe wären jedoch in Kollnitz geblieben.
Ich war auf alles begierig, was mit der Familie zusammenhing, und war daher auf dieses Mausoleum gespannt.
Den Schlüssel dazu mußte man beim Haushofmeister holen, und er begrüßte mich mit einem Lächeln. Natürlich hatte auch er von meinem Erfolg bei der jungen Komteß gehört, und er fühlte sich als Urheber dieser glücklichen Fügung. Er eröffnete mir, daß der Großherzog, nachdem ihm von Frau Strelitz und anderen Bericht erstattet worden war, ihn sogar persönlich beglückwünscht hatte.
Ich erzählte ihm, daß mir die Arbeit gefalle und die Komteß beachtliche Fortschritte mache.
»Wie man hört, ist sie von ihrem Englischunterricht so ange-

tan, daß sie geneigt ist, ihre anderen Studien zu vernachlässigen«, sagte er selbstzufrieden.
»Fräulein Kratz und ich sind um eine gerechte Aufteilung bemüht.«
Herr Fritsch strahlte. Er gab mir den Schlüssel zum Mausoleum mit der Bitte, ihn nach dem Besuch zurückzubringen. Das versprach ich, und Freya und ich machten uns zu Fuß auf, denn die Grabstätte befand sich nahe beim Schloß. Sie war wunderschön gelegen, hoch oben, mit einem herrlichen Ausblick auf die Stadt darunter. Etliche erst kürzlich angelegte Gräber waren mit frischen Blumen und Kränzen geschmückt. Das Mausoleum war ein prächtiges, imposantes Gebäude. Freya flüsterte, es sei vor vielen Jahren von einem berühmten Baumeister errichtet worden.
Sie schloß die Tür auf und stieg ein paar Stufen hinab. Der Fußboden war aus Marmor, und die Kapelle ebenfalls. Auf seitlichen Galerien waren die Sarkophage aufgestellt.
»Wie still es hier ist«, sagte ich.
»Still wie ein Grab«, ergänzte Freya. »Anne, fürchtest du dich ein bißchen?«
»Was gibt es hier zu fürchten?«
»Vielleicht Geister?« meinte Freya.
»Die Toten können den Lebenden nichts anhaben.«
»Manche Leute glauben es aber. Und wenn sie nun ermordet wurden? Man sagt, daß Menschen, die eines gewaltsamen Todes gestorben sind, keine Ruhe finden können.«
»Wer sagt das?«
»*Man.*«
»Ich glaube nie, was *man* sagt. Diese Leute sind immer so schemenhaft, als scheuten sie sich, ihre Namen zu nennen.«
»Dies ist der Sarg meiner Urgroßmutter. Jedesmal, wenn ich hierherkomme, frage ich mich, wie sie wohl gewesen sein mag. Sie kam aus Kollnitz nach Bruxenstein ... genau wie ich. Aber sie war älter als ich und schon einmal verheiratet ... sie hatte Erfahrung. Ich spreche ein kurzes Gebet und hoffe, daß sie im Himmel glücklich ist. Ich habe einmal ein Bildnis von ihr gesehen. Man sagt, sie war wie ich.«
»*Man.* Immer *man.* Diese Leute sind anscheinend überall.«

Sie lachte laut auf, dann legte sie die Finger an die Lippen.
»Wir sollten hier drinnen lieber nicht lachen.«
»Warum nicht?«
»Die Geister mögen es vielleicht nicht«, flüsterte sie.
»Ach was«, sagte ich laut, »von denen haben wir nichts zu befürchten, und sie nichts von uns.«
»Sieh mal«, sagte sie, indem sie mich zu einem Sarg führte, der auf einem Sockel stand. »Kannst du die Inschrift lesen?«
Ich beugte mich vor. »Rudolph Wilhelm Otto Baron von Gruton Fuchs. Im Alter von dreiundzwanzig Jahren ...«
»Ja«, unterbrach Freya, »das ist der, der ermordet wurde. Ob er wohl in Frieden ruht?«
Ich starrte wie betäubt in stummem Schrecken auf den Sarg, obgleich ich mir ja hätte denken können, daß Rudolph hier beigesetzt war. Meine Gedanken gingen zurück zu dem Tag, an dem ich ihn in Granter's Grange gesehen hatte ...
Plötzlich merkte ich, daß ich allein war. Ich drehte mich abrupt um und hörte, wie der Schlüssel herumgedreht wurde. Ich war verblüfft und entsetzt: Freya hatte mich eingeschlossen.
Ich starrte auf die Tür. Dann stellte ich mich dicht davor und sagte streng: »Mach sofort auf!«
Aber ich bekam keine Antwort. Ich hämmerte mit den Fäusten, doch das nützte nichts.
Ich wußte nicht, was ich tun sollte. Ich war nicht in Gefahr. Man würde mich sicher bald vermissen und würde wissen, wo ich war, weil der Haushofmeister mir den Schlüssel gegeben hatte, und wenn Freya ohne mich zurückkehrte, würden sie sogleich kommen und mich befreien. Am meisten traf mich die Enttäuschung, daß Freya so etwas hatte tun können. Ich wußte, daß sie damit versuchte, mich aus der Fassung zu bringen und mir Angst zu machen, um zu beweisen, daß ich dieselben Schwächen hatte wie sie; aber in einem Mausoleum eingeschlossen zu sein, wo man nur die Toten zur Gesellschaft hatte, war schon ein entsetzliches Erlebnis, und sie war sich dessen gewiß bewußt. Und doch hatte sie mich ungeachtet unserer Freundschaft dem ausgesetzt!

Es war unheimlich an dieser Stätte. Ich betrachtete die Sarkophage und dachte an die Toten ... und Rudolph war unter ihnen. Könnte er doch lebendig werden und mir erzählen, was sich damals in Wahrheit zugetragen hatte, dafür war ich bereit, alles auf mich zu nehmen.
Ich setzte mich auf die Stufen und starrte vor mich hin. »Ach Rudolph«, murmelte ich, »komm doch zu mir, ich fürchte mich nicht. Ich möchte so vieles wissen ...«
Und dann plötzlich ... ich spürte, daß da etwas war ... ganz nahe bei mir. Ich bildete mir ein, unterdrücktes Lachen zu hören.
Ich wandte mich ruckartig um, und die Stille wurde durch Freyas Fröhlichkeit gebrochen. Sie hatte leise die Tür aufgeschlossen und stand nun hinter mir.
»Hast du dich gefürchtet?« fragte sie.
»Als du mich dummerweise eingesperrt hast, war ich, sagen wir, sehr erstaunt.«
»Warum?«
»Weil du so etwas tun konntest. So etwas ...«
»Kindisches?«
»Nein. Das wäre verzeihlich.«
»Bist du mir böse? Wirst du mir nicht verzeihen? Wirst du jetzt fortgehen?«
»Freya«, sagte ich, »so manchem wäre wirklich angst und bange geworden, wenn man ihn an so einem Ort eingeschlossen hätte.«
»Aber dir nicht.«
»Woher weißt du das?«
»Dir ist vor nichts bange.«
»Gütiger Himmel! Habe ich diesen Eindruck auf dich gemacht?«
Sie nickte.
»Es war grausam von dir«, fuhr ich fort. »So etwas darfst du niemanden antun.«
»Ich weiß. Ich habe auch Angst bekommen, als ich es getan hatte. Ich dachte, deine Haare würden binnen einer Minute weiß. So ergeht es nämlich manchen Menschen, wenn sie erschrecken. Ich dachte, du könntest vielleicht vor Schreck ster-

ben. Dann sagte ich mir aber, es würde dir sicher nichts ausmachen. Doch ich bekam Angst, du würdest so zornig, daß du fortgehst. Da habe ich die Tür wieder aufgeschlossen ... und du bist dagesessen und hast Selbstgespräche geführt.«
»Gib mir den Schlüssel«, sagte ich. »Hast du ihn aus meiner Tasche genommen?«
Sie nickte.
»Das war sehr dumm«, bemerkte ich.
»Nicht unbedingt«, hielt sie mir entgegen, »denn es beweist mir, daß du wirklich so tapfer bist, wie ich geglaubt habe. Denn du hast weder geschrien noch geschimpft. Du bist einfach dagesessen und hast gewartet, weil du wußtest, daß es mir bald leid tun würde.«
Ich schob sie unsanft hinaus und verschloß die Tür. Auf dem Rückweg zum Schloß sagte Freya: »Ich weiß noch ein Grab. Ich zeige es dir, wenn du willst.«
»Was für ein Grab?«
»Ein ganz besonderes. Es ist ein Geheimnis. Ich zeige es dir morgen. Ich hab' dich wirklich gern, Anne. Es tut mir leid, daß ich den Schlüssel genommen und dich eingesperrt habe. Aber du hast dich nicht gefürchtet, nicht wahr? Ich glaube, du hast niemals Angst. Ich glaube, du hast überirdische Kräfte.«
»Bitte verwechsle mich nicht mit deinen Göttern und Helden. Ich bin keiner von denen.«
»Wer bist du denn, Anne?«
»Die nachsichtige englische Gouvernante.«

Es war ein erfreulicher Charakterzug von Freya, daß sie ehrlich zerknirscht über ihren Streich war und sich alle Mühe gab, ihr Benehmen wieder gutzumachen.
Ich maß dem keine große Bedeutung mehr bei und meinte, da sie es so bald bereut habe, könnten wir es vergessen.
Sie war nichtsdestoweniger entschlossen, mich zu versöhnen und schlug tags darauf einen Ritt in den Wald vor. Wir brachen mit zwei Stallknechten auf, die in gebührendem Abstand hinter uns ritten, und ich stellte verwundert fest, daß wir den Weg zum Jagdhaus einschlugen. Wir kamen an Giselas Hütte vorbei. Von den Kindern war nichts zu sehen.

Ich sagte: »In dieser Hütte wohnen Freunde von mir.«
»Die Leute, die das Jagdhaus verwalten?«
»Ja. Sie haben reizende Kinder.«
»Oh, die haben auch damals das Jagdhaus in Ordnung gehalten, als der Mord geschah.«
»Ja, ich weiß.«
Wir schwiegen eine Weile, dann sagte Freya: »Gleich sind wir da.«
Und da stand es, beeindruckender denn je. Freya hielt ihr Pferd an und stieg zu meiner Verwunderung ab.
»Gehen wir hinein?« fragte ich. Ich hoffte, daß sie die Erregung in meiner Stimme nicht bemerkte.
Sie schüttelte den Kopf. »Da ist nichts zu sehen«, meinte sie. »Niemand geht mehr hinein. Möchtest du dir etwa anschauen, wo ein Mord begangen wurde?«
Ich schauderte.
»Jetzt hast du ein ganz ängstliches Gesicht gemacht, Anne.« Sie musterte mich eindringlich. »Banger als im Mausoleum. Nein, nicht direkt bange ... aber irgendwie komisch.«
»Ich versichere dir, mir ist nicht bange.«
»Um so besser. Also komm mit.«
»Wohin gehen wir?«
»Ich hab's dir doch gesagt. Ich habe dir versprochen, dir etwas zu zeigen.«
Meine Aufregung wurde größer. Ich spürte, daß ich kurz vor einer Entdeckung stand. Erstaunlich, daß ich sie durch die Komteß machen sollte.
Sie rief den Stallknechten, die uns in diskretem Abstand folgten, zu: »Wir machen einen Spaziergang ums Haus. Ihr bleibt bei den Pferden. Komm«, fuhr sie, an mich gewandt, fort. »Hier entlang.«
Ich folgte ihr. Ich hätte gern gewußt, ob Arnulf, die Zwillinge oder eins von den anderen Kindern in der Nähe waren. Aber nirgendwo rührte sich etwas.
Freya führte mich hinter das Haus, geradewegs an eine Pforte, die zu einem mit einem grünen Lattenzaun umgebenen Waldstück führte. Freya ging auf ein Gatter zu, das aus ebensolchen grünen Latten bestand.

»Kannst du dir denken, was hier drin ist?« fragte sie.
»Nein.«
»Es ist ein Grab.« Sie öffnete das Gatter, und wir gingen hinein. In der Mitte eines Rasenfleckens war ein Hügel. Jemand hatte einen Rosenstrauch darauf gepflanzt, und das Gras war säuberlich gemäht.
Ich kniete nieder und las die Inschrift auf der Grabplatte, die fast ganz unter dem Rosenstrauch versteckt war.
»Francine Ewell.« Und das Datum ihres Todestages.
Mich überkam eine heftige Bewegung. Dies hatte ich am allerwenigsten erwartet! Ich hätte mich am liebsten auf die Erde geworfen und um sie geweint, meine gute, schöne, geliebte Schwester. Jetzt lag sie hier unter der Erde. Wenigstens hatte ich nun ihr Grab gefunden.
Freya war zu mir getreten. »Das ist . . . die Frau«, flüsterte sie.
Ich antwortete nicht, denn ich konnte nicht sprechen.
»Man mußte sie hier begraben . . . nahe dem Jagdhaus, wo sie starb«, erklärte Freya.
Ich stand auf, und Freya fuhr fort: »Das hatte ich dir zeigen wollen. Ich dachte, es würde dich interessieren . . . und das tut es auch, nicht? Du läßt dir gern von dem Mord erzählen.« Sie sah mich eindringlich an. »Fehlt dir etwas, Anne?«
»Nein, mir ist ganz wohl.«
»Du siehst ein bißchen komisch aus.«
»Das macht das Licht hier . . . die vielen Bäume. Dich machen sie auch blaß.«
»Also, das war's, was ich dir zeigen wollte. Interessant, nicht wahr?«
Ich stimmte ihr zu.
Ich bemühte mich, wie immer zu sein, aber ich mußte ständig daran denken, wie Francines Leichnam aus dem Jagdhaus getragen und nahebei begraben wurde.
Auf dem Rückweg durchfuhr mich der Gedanke: Jemand pflegt ihr Grab! Wer könnte das sein?

Ich wollte unbedingt dorthin zurück . . . allein. Das war fast unmöglich, denn ich konnte mich nicht so lange entfernen.

Schließlich erzählte ich Frau Strelitz, daß ich gern einen halben Tag frei hätte, um Frau Schmidt zu besuchen.
»Aber selbstverständlich, Fräulein«, sagte sie. »Sie sollen sich doch bei uns nicht wie eine Gefangene fühlen. Sie müssen sich öfters freinehmen. Sie und die Komteß sind beinahe wie Freundinnen, deshalb kam ich gar nicht auf den Gedanken, daß Sie einmal allein fortgehen möchten.«
Mit Freya war es nicht so einfach. Sie mochte nicht einsehen, warum sie nicht mitkommen konnte.
»Es wäre meinen Freunden peinlich. Sie sind es nicht gewöhnt, in ihrer winzigen Hütte hohe Herrschaften zu bewirten.«
»Mir würde das nichts ausmachen.«
»Darauf kommt es nicht an. *Ihnen* wäre es peinlich.«
»Das ist die Frau von Herrn Schmidt, nicht wahr? Der ist bei dem Grafen von Bindorf beschäftigt.«
»Das weißt du also.«
»Ich will *alles* von dir wissen, Anne.« Sie lachte laut auf. »Du hast einen Moment lang so ängstlich geguckt. Ich glaube, du hast ein Geheimnis. Oh, ist das wahr . . .? Hast du ein Geheimnis?«
»Jetzt ergehst du dich wieder in deinen wilden Phantastereien.«
Ich tat die Angelegenheit so obenhin ab, wie mir nur möglich war, wobei ich mich fragte, ob ich Freya hatte wirklich täuschen können. Sie war sehr scharfsinnig.
Immerhin bekam ich meinen freien Nachmittag und ritt zu Daisy. Sie war entzückt, mich zu sehen und erzählte mir, sie habe von Hans gehört, wie erfolgreich ich in meiner Stellung sei und daß die Komteß sehr viel mit mir zusammen sei.
»Ist ja ganz natürlich«, meinte sie. »Sie sind in einem Herrschaftshaus aufgewachsen, und ich finde, eine richtige englische Lady ist allemal so gut wie so eine ausländische Komteß.«
»Laß das nur niemanden hören. Man würde dir gewiß nicht zustimmen.«
»Wir behalten es für uns«, sagte Daisy mit einem Zwinkern. »Jetzt hole ich Ihnen ein Glas Wein. Ich hab' auch gutes Ge-

bäck dazu. Das halte ich immer für die Freunde von Hans bereit.«
Ich trank den Wein und erzählte ihr, daß ich Francines Grab gesehen hatte.
Sie war verblüfft.
»Das Merkwürdige ist«, fuhr ich fort, »daß jemand es offenbar pflegt.«
»Wer könnte das wohl sein?«
»Daisy, es muß jemand sein, der sie gekannt hat.«
»Nicht unbedingt. Manche Leute kümmern sich auch um fremde Gräber, einfach aus Achtung vor den Toten.«
»Ich möchte es mir noch einmal ansehen.«
»Jetzt?«
»Ja. Die Gelegenheit bietet sich so bald nicht wieder.«
»Wie ich höre, ist die Komteß ganz vernarrt in Sie. Das arme Ding wird zur Heirat gezwungen. Rudolph war für sie bestimmt. Nun ja. Er wurde ermordet, und jetzt ist es eben Sigmund.«
»Rudolph hätte sie niemals heiraten können«, sagte ich fest, »weil er mit Francine verheiratet war.«
Daisy erwiderte nichts. Sie wollte mir wohl nicht in einer Angelegenheit widersprechen, von der ich so überzeugt war.
»Wir sehen uns dann, wenn Sie wieder zurückkommen«, meinte sie.
Ich glaube, sie war ziemlich enttäuscht, weil ich nicht bei ihr blieb, aber sie konnte meinen brennenden Wunsch verstehen, noch einmal zu dem Grab zu gehen.
Ich ritt in großer Eile davon und kam bald darauf an Giselas Hütte vorbei. Ich erspähte die Zwillinge, die im Garten spielten. Sie bemerkten mich und riefen mir nach. Ich drehte mich um, winkte und setzte meinen Weg fort.
Ich kam zum Jagdhaus, stieg ab, band mein Pferd an den Pflock und ging um das Haus herum. Ich trat durch das grüne Gatter, kniete am Grab nieder und dachte an Francine.
Ich wünschte, ich hätte Blumen mitgebracht, um sie ihr aufs Grab zu legen. Oder wäre das töricht gewesen? Würde es jemandem auffallen? Würde man sich fragen, warum diese fremde Engländerin dieses Grab besucht?

Vielleicht hätte ich lieber nicht mehr kommen sollen. Vielleicht hatte meine Ergriffenheit mich bereits vor Freya verraten. Was, wenn jemand mich hier fände?
Ich stand auf, denn mir war, als würde ich beobachtet, als spähe jemand durch die Bäume. Ich bildete mir ein, flüsternde Stimmen zu hören, aber es war nur der Wind, der in den Kiefern säuselte.
Man durfte mich nicht hier finden. Die Kinder hatten mich schon beim Jagdhaus entdeckt. Was würden die Leute denken, wenn sie wüßten, daß ich zurückgekehrt war? Gewiß würden sie sich wundern über mein fast schon krankhaftes Interesse an einem schon so lange zurückliegenden Mord.
Ich eilte zu meinem Pferd und ritt davon. Als ich zu der Hütte kam, stand Gisela, den kleinen Max auf dem Arm, in der Tür.
Sie wünschte mir einen guten Tag. »Wie geht es Ihnen? Frau Schmidt hat mir erzählt, daß Sie jetzt eine Stellung im Großen Schloß haben.«
»Ja. Es gefällt mir gut dort. Die Komteß ist reizend.«
»Und ist sie eine gute Schülerin?«
»Eine sehr gute ... jedenfalls, was ihr Englisch betrifft.«
»Waren Sie beim Jagdhaus?«
»Ich bin vorübergeritten.« Ich zögerte, dann fuhr ich hastig fort: »Übrigens, was ist das für ein kleines umzäuntes Stück Land hinter dem Haus?«
Gisela sah einen Moment ratlos aus, dann sagte sie: »Ach so ... ich glaube, Sie meinen das Grab.«
»Ein seltsamer Ort für ein Grab.«
»Ich nehme an, das hat seine Gründe.«
»Es sieht aus, als ob sich jemand darum kümmert ... vielleicht ein Freund desjenigen, der da begraben liegt?«
»Oh ... haben Sie es sich angeschaut?«
»Ich bin abgestiegen und durch das kleine Gatter gegangen. Es sieht sehr gepflegt aus. Wer das wohl macht?«
»Ich bringe es ab und zu ein bißchen in Ordnung. Es liegt ja so dicht beim Jagdhaus, und wenn ich dort ohnehin nach dem Rechten sehe ...«
»Wissen Sie, wer dort begraben liegt?«

Nach kurzem Zögern sagte sie: »Die junge Frau, die damals erschossen wurde.«
»Merkwürdig, daß man sie dort begraben hat. Warum nicht auf einem Friedhof?«
»Ich habe gehört, daß man sie ganz schnell beerdigt hat. Man wollte keine Feierlichkeiten. Hier kommen wenig Leute heraus . . . Aber ich weiß es nicht. Es ist nur eine Vermutung.«
»Nun«, sagte ich, »es ist lange her.«
»Ja. Sehr lange.«
Ich verabschiedete mich und ritt nachdenklich zu Daisy zurück. Ich war enttäuscht. Ich hatte gehofft, auf jemanden zu treffen, der Francines Grab so liebevoll pflegte, jemand, der sie gekannt hatte und mir eine Menge hätte erzählen können.
Ich plauderte noch mit Daisy, und wir sprachen hauptsächlich über mein Leben im Großen Schloß, was sie ungemein interessierte.
»Sie haben noch nichts herausgefunden?« erkundigte sie sich neugierig.
Ich schüttelte den Kopf. Ich berichtete ihr, daß ich bei Gisela war und von ihr erfahren hatte, daß sie das Grab meiner Schwester in Ordnung hielt.
»Das sieht ihr ähnlich. Gisela hat den deutschen Hang zu Ordnung und Sauberkeit.«
»Es wirkte aber nicht, als würde es lediglich in Ordnung gehalten«, meinte ich. »Es sah aus, als ob jemand es sorgfältig pflegte.«
Ich sagte Daisy Lebewohl und ritt durch die Stadt zurück zum Großen Schloß. Als ich mich dem Portal näherte, merkte ich, daß etwas geschehen sein mußte. Ein Mann auf einem Pferd ritt sehr schnell an mir vorüber.
Die Wächter wollten mich anhalten, doch als sie mich erkannten, ließen sie mich passieren. In der Halle kam ein Diener eilig auf mich zu.
»Frau Strelitz wünscht Sie unverzüglich in ihrem Zimmer zu sprechen.«
Ich begab mich ein wenig ängstlich zu ihr und fragte mich, was wohl geschehen sein mochte.

Sie erwartete mich bereits. »Ah, Fräulein Ayres. Ich bin froh, daß Sie zurück sind. Der Großherzog hatte einen Anfall.«
»Ist er . . .«
»Nein, nein, aber es geht ihm sehr schlecht. Er hatte so etwas früher schon einmal. Doch wenn er sterben sollte, würde Baron Sigmund unverzüglich Großherzog. Sie können sich vielleicht denken, daß das Schwierigkeiten verursachen könnte. Nach dem unglückseligen Tod von Rudolph, der als leiblicher Sohn des Großherzogs als Nachfolger unumstritten war, ist alles nicht mehr so einfach. Etliche sind der Meinung, daß ein anderer berechtigtere Ansprüche hat. Er nennt sich Otto der Bastard, weil er behauptet, ein unehelicher Sohn des Großherzogs zu sein. Es ist unser großer Wunsch, daß der Großherzog am Leben bleibt . . . auf jeden Fall aber müssen wir sichergehen, daß er nicht stirbt, bevor Sigmund eintrifft.«
»Wo ist denn dieser ständig abwesende Sigmund? Ich habe viel von ihm gehört.«
»Er ist auf Reisen im Ausland. Es ist seine Pflicht, die Staatsoberhäupter verschiedener Länder aufzusuchen. Wir haben sogleich Kuriere nach ihm ausgesandt. Er muß jetzt unbedingt zurückkehren, denn falls der Großherzog stürbe . . . Sie verstehen? Wir wollen nicht in einen Krieg gestürzt werden.«
»Ah, daher also diese Veränderungen hier. Ich habe es gleich gespürt, als ich durch das Portal kam.«
»Es wird vielleicht vonnöten sein, daß Sie sich mit der Komteß eine Weile nicht im Großen Schloß aufhalten. Noch sind wir nicht sicher, was geschehen wird, aber ich möchte Sie vorbereiten. Wir müssen jetzt vor allem für die Genesung des Großherzogs beten.«
Ich ging zu Freya. Sie wartete schon auf mich.
»Da siehst du, was passiert, wenn du fortgehst«, sagte sie. »Jetzt ist der Großherzog krank.«
»Das hat bestimmt nichts damit zu tun, daß ich heute nachmittag aus war.«
Sie blickte mich aus zusammengekniffenen Augen an. »Vielleicht doch«, sagte sie. »Anne, du bist nicht, was du scheinst.«

»Wie meinst du das?« fragte ich streng.
Sie deutete mit dem Finger auf mich. »Eine Hexe bist du nicht, oder? Du bist eine Göttin, die zur Erde zurückgekehrt ist. Du kannst jede beliebige Gestalt annehmen . . .«
»Hör mit diesem Unsinn auf«, schalt ich. »Dies ist eine ernste Angelegenheit. Der Großherzog ist sehr krank.«
»Ich weiß. Er wird sterben, und ich kann nur an eines denken, Anne: Sigmund kommt nach Hause.«

Am nächsten Morgen schickte Frau Strelitz nach mir. Sie eröffnete mir, daß es dem Großherzog ein wenig besser gehe. Er hatte früher schon einmal einen derartigen Anfall gehabt, von dem er genesen war, es bestand also Hoffnung, daß er auch diesmal gesund würde.
Seine Minister hatten die ganze Nacht beraten. »Sie erwarten ungeduldig die Rückkehr des Erben«, erklärte Frau Strelitz. »Sie sind der Ansicht, daß sich Komteß Freya vorläufig nicht im Großen Schloß aufhalten soll . . . falls es Schwierigkeiten gibt. Wir haben daher beschlossen, daß sie mit Ihnen und Fräulein Kratz sowie ein paar Dienstboten fortgeht.«
»Ich verstehe. Wann sollen wir aufbrechen?«
»Morgen. Die Minister des Großherzogs meinen, je eher, desto besser . . . natürlich nur für alle Fälle. Wir haben allen Grund zu der Hoffnung, daß der Großherzog genesen wird. Allerdings sollte die Komteß sich nicht allzu weit entfernen. Der Markgraf von Kollnitz würde sehr mißtrauisch, wenn wir sie aus der Hauptstadt herausbrächten, daher haben wir es arrangiert, daß sie in dem Schloß am anderen Ufer des Flusses Aufnahme findet. Graf von Bindorf hat Ihnen allen seine Gastfreundschaft angeboten, bis die Lage geklärt ist.«
Mir war, als ob das Zimmer sich um mich drehte. Ich sollte zu Graf und Gräfin von Bindorf gehen! Etliche Mitglieder ihres Hauswesens sowie die Gräfin und ihre Tochter Tatjana hatten mich damals gesehen. Würden sie mich wiedererkennen? Und wenn, was würde geschehen? Es machte gewiß nicht gerade einen günstigen Eindruck, daß ich unter falschem Namen hier war, um ein Geheimnis aufzuklären, in das meine Schwester verwickelt war.

Ich war in meinem Zimmer und packte meine Habe zusammen, als Freya hereinkam und sich auf mein Bett setzte. Ich hielt gerade die Brille in der Hand, die Miss Elton mir besorgt hatte, und überlegte, ob ich sie aufsetzen sollte, wenn wir in das andere Schloß gingen.
»Was hast du da?« wollte Freya wissen. »Oh . . . eine Brille. Die trägst du aber nicht, oder?«
»Manchmal . . .«
»Hast du schlechte Augen? Arme Anne! Immer mußt du so viel lesen. Werden deine Augen müde davon? Schmerzt dir der Kopf?«
»Wahrscheinlich sollte ich sie öfter tragen«, sagte ich.
»Setz sie auf und laß dich anschauen.«
Ich tat ihr den Gefallen, und Freya lachte. »Du siehst verändert aus«, meinte sie.
Es freute mich, das zu hören.
»Du wirkst streng«, fuhr sie fort. »Wie eine richtige Gouvernante. Regelrecht zum Fürchten.«
»Dann sollte ich sie unbedingt öfter tragen.«
»Aber ohne sie bist du hübscher.«
»Es gibt Wichtigeres als gutes Aussehen.«
»Ich glaube, du trägst sie aus einem ganz bestimmten Grund.«
Sie machte mir angst. Manchmal schien es, als schaue sie unmittelbar in meine Gedanken hinein. Sie sah mich verschmitzt an. Sie neckte mich, wie sie es so gern tat.
»Aus welchem Grund?« fragte ich schroff.
»Welchen Grund könnte es sonst geben, außer daß du mir Angst einjagen willst?«
Ich lachte erleichtert. Aber manchmal erschreckten mich ihre Bemerkungen.
Während der Vorbereitungen zum Aufbruch in das andere Schloß kamen mir unablässig Bruchstücke von jener weit zurückliegenden Begegnung in den Sinn. Konnte die Gräfin von Bindorf sich meiner überhaupt erinnern? Ich war damals ein Schulmädchen gewesen, unscheinbar wie so viele Mädchen meines Alters. Ich war um etliche Zentimeter größer geworden, nachdem ich ziemlich plötzlich aufgeschossen war, und

aus dem kleinen Mädchen war eine recht groß gewachsene Frau geworden. Ich vermutete zwar, daß mich dennoch jeder wiedererkannt hätte; aber die Gräfin hatte mich nur kurz gesehen, und da war sie sichtlich mehr an Francine interessiert gewesen.
Trotzdem konnte die Brille nützlich sein. Ich wollte sie aufsetzen, falls es sich als nötig erweisen würde, und ich nahm nicht an, daß Freya deswegen wirklich mißtrauisch war. Ich war übernervös. Ich sagte mir aber, daß ich nichts zu befürchten hätte, denn es war kaum wahrscheinlich, daß die Gräfin der Gouvernante ihres hohen Gastes große Aufmerksamkeit widmen würde.
Am nächsten Tag brachte uns die Kutsche zum gräflichen Schloß. In den Straßen hatten sich kleine Gruppen von Menschen gebildet, und vor dem Großen Schloß war eine ansehnliche Menge versammelt. Die Leute lasen ein Bulletin über den Zustand des Großherzogs, das der Haushofmeister am Portal angeschlagen hatte. Ich sah ihre Gesichter, als wir durch die Menge fuhren. Einige Hochrufe für die Komteß wurden laut, die sie mit einer der Situation angepaßten Anmut und Würde entgegennahm.
Ich dachte: Sie wird eine gute Großherzogin abgeben, wenn die Zeit kommt.
Fräulein Kratz und ich saßen zurückgelehnt in der Kutsche, als wir durch die Stadt und über die Brücke fuhren. Ich dachte, ich werde näher bei Daisy sein, und Hans ist in demselben Schloß. Es war ein tröstlicher Gedanke.
Wir fuhren unter einem Fallgatter hindurch in einen Innenhof, wo die Gräfin und der Graf sich zur Begrüßung der Komteß eingefunden hatten. Ihnen zur Seite standen ein junger Mann und eine junge Frau. Letztere kam mir bekannt vor, und ich wußte sogleich: Ach ja, Tatjana. Wieder überkam mich ein Schauder der Spannung. Ich mußte mich nicht nur vor der Entdeckung durch die Gräfin hüten, sondern auch durch ihre Tochter, zumal ich mich erinnerte, daß Tatjana sich damals sehr für mich interessiert hatte, weil wir gleichaltrig waren. Ich hätte doch die Brille aufsetzen sollen.
Ein Bediensteter half Freya aus der Kutsche, und sie ging ge-

radewegs zum Grafen und zu der Gräfin, welche sich erst verbeugten und sie dann umarmten.
Fräulein Kratz kletterte aus der Kutsche und trat zur Seite. Ich folgte ihr mit gesenktem Kopf. Sie stellte sich ans Ende der Gruppe. Ich blieb dicht bei ihr und war erleichtert, daß jedermann anscheinend nur Augen für Freya hatte, während ich kaum mehr als einen flüchtigen Blick empfing.
Freya wurde von Tatjana und dem jungen Mann begrüßt, der sich verbeugte. Freya lächelte anmutig, und die Gräfin nahm sie bei der Hand und führte sie ins Schloß.
Ich mischte mich unter eine Gruppe Leute. Die sind nicht von Rang, dachte ich. Dem Himmel sei Dank.
Plötzlich sah ich Hans. Er mußte nach mir Ausschau gehalten haben, denn er kam zu mir und sprach mich an.
»Ich bringe Sie zu den Zimmern, die man Ihnen und Fräulein Kratz zugewiesen hat«, sagte er. »Sie befinden sich neben den Räumen der Komteß.«
Ich lächelte dankbar, und zusammen mit Fräulein Kratz entfernte ich mich unauffällig von denen, welche die Herrschaften umringten. Wir wurden durch einen schmalen Gang und eine steinerne Wendeltreppe hinaufgeführt. Ein dickes Seil diente als Handlauf.
»Ihre Räume sind auch über die Haupttreppe zu erreichen«, erklärte Hans, »aber in diesem Fall ist es besser, diesen Aufgang zu benutzen.«
Ich war ihm dankbar. Er mußte meine ängstliche Spannung geahnt haben.
Er führte uns zu einer Zimmerflucht. Fräulein Kratz und ich hatten nebeneinanderliegende Zimmer. Ein großer Raum konnte als Schulzimmer dienen. Die Gemächer der Komteß befanden sich gegenüber.
Fräulein Kratz meinte nervös, sie hoffe, daß der Großherzog bald genesen werde.
»Das gilt als so gut wie sicher«, erklärte Hans.
»Ich bin ganz erschöpft«, klagte Fräulein Kratz.
»Ruhen Sie sich ein wenig aus«, schlug ich vor.
»Ich muß mich erst einmal eingewöhnen«, sagte sie und ging in ihr Zimmer. Hans und ich waren allein.

Ich sah ihn fragend an.
»Die erkennen Sie nie wieder«, sagte er. »Sie haben sich sehr verändert. Ich habe Sie auch nicht erkannt, als ich Sie nach der langen Zeit wiedersah. Die schauen die Leute kaum an, wenn es sich nicht um Großherzöge oder Grafen handelt. Sie können also unbesorgt sein.«
»Hans, hoffentlich bekommen Sie keine Schwierigkeiten, wenn man mich doch entdeckt.«
»Ich würde abstreiten, irgend etwas zu wissen. Daisy wird dann schon etwas einfallen. Auf Daisy ist Verlaß.«
Er versuchte mich aufzumuntern, indem er Daisys Zwinkern nachahmte, was so komisch aussah, daß ich lächeln mußte.
»Ich denke nicht, daß Sie lange hierbleiben«, sagte er. »Sobald es dem Großherzog besser geht, kehren Sie zurück. Und er wird sicher genesen. Er hat sich damals auch erholt.«
Ich war in meinem Zimmer, als ich hörte, daß die Komteß in ihre Gemächer begleitet wurde. Das ging unter großem Palaver vonstatten, und ich erkannte Freyas helle Stimme.
Dann hörte ich sie sagen: »Gräfin, Sie müssen meine Freundin kennenlernen, Fräulein Ayres. Sie ist eine englische Lady und unterrichtet mich in Englisch ... bloß zum Vergnügen.«
Mir war auf einmal übel vor Angst. Ich setzte die Brille auf und tat so, als betrachtete ich die Aussicht, als die Tür aufging und Freya mit der Gräfin hereinkam. Ich stand mit dem Rücken zum Licht.
Als ich mich umwandte, sah ich, daß Tatjana und der junge Mann bei ihnen waren.
»Fräulein Ayres«, sagte Freya überaus würdevoll, »ich möchte Sie Gräfin von Bindorf, Graf Günther sowie Komteß Tatjana vorstellen.«
Ich verneige mich tief.
Die Augen der Gräfin streiften mich kurz und ließen gleich wieder von mir ab. In Tatjana konnte ich schwach das kleine Mädchen erkennen, das ich in Granter's Grange gesehen hatte. Ihr blondes Haar war elegant frisiert und hoch auf dem Kopf aufgetürmt. Wenn sie auch beträchtlich gewachsen war, so war sie beileibe nicht groß. Sie hätte eine Schönheit sein

können, wären nicht die eng zusammenstehenden Augen gewesen, und ihre verkniffenen Lippen ließen sie nahezu finster erscheinen.
Ganz anders Günther. Wohl war er so blond wie sie und hatte auch ähnlich engstehende Augen, doch um die seinen waren Lachfältchen, und seine fröhliche Miene ließ darauf schließen, daß er das Leben als Spaß betrachtete. Tatjana stieß mich ab, aber ihr Bruder gefiel mir auf Anhieb.
»Willkommen«, sagte er. »Ich hoffe, Sie werden sich hier wohl fühlen.«
»O gewiß«, sagte Freya. »Fräulein Ayres und ich fühlen uns immer wohl. Wir lieben unsere englischen Plaudereien, nicht wahr?«
Ich bemühte mich um eine gouvernantenhafte Miene. »Die Komteß macht ausgezeichnete Fortschritte«, sagte ich.
Die Gräfin wandte sich ab mit dem Gehabe eines Menschen, der den Launen eines Kindes nachgegeben hat. Sie legte eine Hand auf Freyas Arm und sagte: »Kommen Sie, liebe Komteß, wir haben uns viel zu erzählen.«
Im Hinausgehen warf Tatjana einen Blick zurück. Ich hielt die Augen gesenkt und wandte mich ab. Sie hatten keine Ahnung, wer ich war, dessen war ich sicher.

Während der folgenden Tage bekam ich Freya nicht oft zu sehen. Ihr war das gar nicht recht. Sie beschwerte sich, daß man sie unablässig mit Beschlag belege. Die Gräfin wollte ihr unbedingt alle Ehren erweisen. »Sie denkt an die Zukunft, wenn ich Großherzogin sein werde«, sagte Freya. »Ich weiß nicht, warum ... aber sie rümpft die Nase über mich, wenn sie meint, daß ich es nicht sehe, dabei sagt sie mir dauernd Schmeicheleien ins Gesicht. Ich glaube, sie mag mich kein bißchen leiden, und dabei tut sie so, als ob sie mich bewundert. Ich wollte, wir wären wieder im Großen Schloß. Aber Günther ist nett. Er ist nicht wie die anderen und scheint sich wirklich zu freuen, daß ich hier bin.«
Die Bulletins über den Zustand des Großherzogs waren weiterhin günstig, und es schien nun sicher, daß er genesen würde.

Meine anfänglichen Befürchtungen waren beschwichtigt. Es war sicher, daß ich die Gräfin und ihre Tochter nicht oft zu Gesicht bekommen würde, und wann immer ich zu ihnen befohlen würde, wollte ich auf jeden Fall meine Brille aufsetzen und zusehen, daß mein Haar strenger frisiert war als gewöhnlich. Doch stand kaum zu befürchten, daß sie mich zu sich rufen würden, und ich fühlte eine ungeheure Erleichterung. Unser Aufenthalt hier würde von kurzer Dauer sein, da es dem Großherzog mit jedem Tag besser ging, und solange ich anonym blieb, würde niemand mich mit Francine in Verbindung bringen. Wieder einmal dachte ich, wie klug es gewesen war, als Anne Ayres hierher zu kommen. Mein wirklicher Name hätte mich sofort verraten.
Drei Tage nach unserer Ankunft platzte Freya in mein Zimmer. »Tag, Anne«, rief sie. »Wir sehen uns so selten, das gefällt mir nicht. Ich bin froh, wenn wir endlich zurückkehren. Aber das weißt du ja, nicht wahr? Und jetzt erzähle ich dir etwas, was du nicht weißt.«
»Was?«
»Sigmund kommt morgen.«
»Oh, das wird aber auch Zeit, nicht?«
»Sie mußten ihn ja erst benachrichtigen, und dann mußte er die Rückreise antreten. Er wird zuerst dem Großherzog im Großen Schloß seine Aufwartung machen, und anschließend kommt er her. Er wird am Abend eintreffen, und die Gräfin möchte aus diesem Anlaß ein Fest veranstalten, aber es darf natürlich wegen der Krankheit des Großherzogs nicht allzu groß sein.«
»Nur ein kleines Abendessen, nehme ich an.«
»Ein bißchen größer. Weißt du, dem Großherzog geht es ja viel besser. Er hat sogar schon im Bett gesessen und etwas gegessen.«
»Das ist eine gute Nachricht. Sigmund hätte also seine Vergnügungen nicht unterbrechen müssen.«
»Er muß aber hier sein. Staatspflichten und so weiter. Er ist jetzt so eine Art Regent. Außerdem muß er mir den Hof machen.«
»Der Ärmste! Was für eine Aufgabe!«

»Anne, es tut so gut, mit dir zusammen zu sein. Die anderen sind alle so ernst und lachen nie, dabei lache ich doch so schrecklich gern.«

»Das zeugt von einem glücklichen Naturell«, sagte ich.

»Anne, hör zu. Sie veranstalten so etwas wie einen Liliputball.«

»Was, um alles in der Welt, ist das?«

»Ein Ball . . . aber natürlich kein großer. Weniger Leute . . . weniger Aufwand . . . nicht so festlich . . . aber immerhin ein Ball.«

»Wie deine Augen funkeln! Ist das wegen dem Ball oder wegen Sigmund, dem Zauderer?«

»Warum nennst du ihn einen Zauderer?«

»Weil er so lange zögert. Er ist ein Zauderer in der Liebe. Hoffentlich ist er kein Feigling im Krieg.«

»Zitierst du wieder ein Gedicht?«

»Zugegeben.«

»Das macht dir Spaß, nicht wahr? Ich brauche für diesen Ball ein neues Kleid. Ich gehe zu Madame Chabris, die sich in der Stadt als Hofschneiderin niedergelassen hat. Sie ist aus Paris, und wie du weißt, kommen dort die schicksten Moden her.«

»Das habe ich gehört«, erwiderte ich. »Wann gehen wir zu Madame Chabris?«

»Jetzt gleich.«

»Kann denn das Kleid rechtzeitig bis morgen fertig werden?«

»Madame Chabris ist phantastisch. Sie kennt meine Maße und hat schon etliche Kleider für mich gemacht. Sie wußte, daß Sigmund kommen würde und daß ich dann ein Galakleid brauchte. Es würde mich nicht wundern, wenn Madame Chabris genau das Passende für mich bereit hielte.«

»Sie scheint sehr tüchtig zu sein.«

»Aber das Beste kommt erst jetzt: Du bist auch dabei, Anne.«

»Ich?«

»Ich habe darauf bestanden und gebe zu, daß es schwierig war. Die Gräfin sagte: ›Eine Gouvernante!‹ Ich habe ihr aber

erklärt, daß du eine ganz besondere Gouvernante bist. Daß du ja aus einem beinahe ebenso edlen Haus wie wir bist und dies bloß tust, weil du dir die Welt anschaust, auf Europareise bist und es ziemlich fad findest, ziellos umherzureisen. Außerdem könntest du uns jederzeit verlassen, was mir überhaupt nicht behagen würde, und ich würde es keinem verzeihen, der dich wie einen Dienstboten behandelt. Tatjana war das gar nicht recht, aber ich kann Tatjana sowieso nicht leiden. Günther war einverstanden. Er sagte: ›Was kann es schon schaden, Mama? Laß die englische Lady doch kommen. Sie geht ja zwischen den Gästen ohnehin unter.‹ Wie gefällt dir die Vorstellung, unterzugehen?«
»Halt mal eine Minute an. Meinst du wirklich, daß ich auf den Ball gehen soll?«
»Ja, Aschenputtel. Ich bin deine gute Fee. Ich winke mit meinem Zauberstab.«
»Unmöglich! Ich habe nichts anzuziehen.«
»Hat Aschenputtel das nicht auch gesagt? Ich werde das mit Madame Chabris arrangieren.«
»Die Zeit ist zu knapp.«
»Heute vormittag gehen wir zu Madame Chabris, und ich wette . . .«
»Bitte nicht wetten. Das schickt sich nicht. Und da die Gräfin meine Teilnahme eindeutig mißbilligt, gehe ich ganz bestimmt nicht hin.«
»Sei mal eine Minute still. Du kommst mit, Anne Ayres. Mir zuliebe. Ich möchte, daß du dabei bist. Ich bin die Komteß . . . die zukünftige Großherzogin . . . und wenn du nicht das Risiko eingehen willst, mich zu beleidigen, kommst du mit.«
»Du vergißt, daß ich nicht zu deinen Untertanen gehöre. Ich kann wieder gehen, wenn es mir beliebt.«
»Ach liebe, liebe Anne, du willst mich doch nicht enttäuschen. Ich habe mich so angestrengt, um ihre Einwilligung zu bekommen. Der wahre Grund ist, daß ich Angst habe. Die Begegnung mit diesem Sigmund . . . ich brauche die Gewißheit, daß du da bist.«
»So ein Unsinn«, sagte ich. »Er ist doch kein Fremder für dich.«

»Nein. Aber ich brauche deinen Beistand. Du mußt kommen. Oh, versprich es . . . *versprich* es.«
Ich zögerte. Eine ungeheure Erregung überkam mich. Ich kam nur sehr mühsam voran. Wer weiß, was ich entdecken könnte, wenn ich mich unter Leute mischte, die Rudolph höchstwahrscheinlich gekannt hatten?
»Nimm deinen Umhang«, drängte Freya. »Ich habe die Kutsche vorfahren lassen. Wir gehen unverzüglich zum Salon von Madame Chabris.«

Es war wie eine Offenbarung, mich von Madame Chabris ankleiden zu lassen. Ihr Salon war hübsch. Ich sagte: »Der ist beinahe so glanzvoll, wie ich mir den Spiegelsaal von Versailles vorstelle.«
»Sie ist ja auch Französin«, erinnerte mich Freya.
Wir wurden sehr freundlich willkommen geheißen. Madame Chabris, überaus elegant, perfekt frisiert und beschuht sowie erlesen gekleidet, begrüßte uns persönlich.
Sie hatte genau das Kleid, das Freya brauchte. Sie erklärte, daß sie zuweilen Kleider entwarf für Leute, die sie bewunderte, und so sei es nicht erstaunlich, daß sie genau das Richtige für Komteß Freya vorrätig hatte. Was mich anging, so stellte sie fest, daß ich eine gute Figur habe, und natürlich habe sie auch für mich das Passende.
Freya probierte ihr Kleid an und drehte sich vor den Spiegeln, so daß sie sich rundum im ganzen Salon sehen konnte.
»Wie schön!« rief sie aus. »O Madame Chabris, Sie sind phantastisch!«
Madame Chabris' Miene drückte gedämpfte Zufriedenheit aus, als sei ein solch überschwengliches Kompliment für jemanden von ihrer Begabung etwas Alltägliches.
Dann war die Reihe an mir. Das Kleid war dunkelblau, mit Goldfäden durchwirkt.
»Das ist mein Modell Lapislazuli«, sagte Madame Chabris.
»Es ist sehr schön . . . nur leider ein wenig teuer.«
»Fräulein Ayres ist unabhängig und hat eigenes Vermögen«, sagte Freya rasch. »Sie arbeitet nur, weil sie will. Wir sind gute Freundinnen, daher weiß ich das.«

»Dann bin ich überzeugt, daß sie den Preis als nicht so wichtig erachtet, wenn sie erst sieht, wie das Lapisblau den Schimmer ihrer Haut zur Geltung bringt.«
Ich probierte es an. Madame Chabris hatte recht: Das Kleid schmeichelte mir sehr.
»Es bedarf nur geringfügiger Änderungen«, sagte Madame Chabris munter. »Meine Mädchen erledigen das binnen zwei Stunden. Sie sind sehr schlank, Fräulein, und haben eine hübsche Figur, aber wenn ich so sagen darf, es ist Ihnen noch nicht bewußt. Das Lapismodell wird es Ihnen klarmachen. Wenn Sie bitte hier eintreten wollen ... ich schicke eine Schneiderin zu Ihnen.«
Ich trat in eine kleine Kabine, und kurz darauf kam eine Frau mittleren Alters mit einem Mund voll Stecknadeln zu mir.
Ich mußte zugeben, die Verwandlung war erstaunlich. Nach dem Abstecken saß das Kleid perfekt. Dazu gehörte ein goldfarbener Gürtel, der zu den Fäden im Stoff paßte. Die Wirkung war verblüffend.
Freya klatschte in die Hände und vollführte einen Freudentanz, als sie mich sah.
»Das Fräulein wird noch eine andere Frisur brauchen«, meinte Madame Chabris fürsorglich.
»Die wird sie bekommen«, versprach Freya.
Plötzlich war ihr wieder eingefallen, daß sie die zukünftige Großherzogin war, und sie nahm ein leicht gebieterisches Gehabe an. »Sie bekommen das Kleid, Fräulein. Madame Chabris, Sie lassen es ändern und liefern es morgen früh. Dann hat Fräulein Ayres noch genügend Zeit, es zu probieren und sich zu vergewissern, daß alles richtig sitzt.«
»Selbstverständlich, Komteß«, sagte Madame Chabris.
Freya lachte auf dem ganzen Rückweg zum Schloß. Sie sagte immer wieder: »Ach Anne, ich bin wirklich gern mit dir zusammen. Wir haben eine Menge Spaß, nicht?«

Ich würde also auf den Ball gehen. Ich war sehr aufgeregt und wußte instinktiv, daß ich mich in Gefahr begab, aber das kümmerte mich nicht mehr. Ich redete mir ein, daß ich hingehen müsse, wenn ich etwas entdecken wollte.

Mein Kleid wurde gebracht, und ich probierte es an. Als Fräulein Kratz mich darin sah, starrte sie mich erstaunt an.
»Die Komteß bestand darauf«, sagte ich.
»Und die Gräfin war einverstanden?«
Ich nickte.
»Die Komteß ist sehr eigenwillig.«
»Sie ist reizend«, beteuerte ich. »Sie hat einen starken Charakter und wird einmal eine sehr gute Großherzogin.«
»Ich wollte, sie würde sich etwas konventioneller betragen.«
»Ach was, sie ist eben eigenwillig. Das ist weit interessanter, als mit der Masse zu gehen.«
»In ihrer Position ist es oft besser, mit der Masse zu gehen«, gab Fräulein Kratz zurück. »Und Sie, Fräulein Ayres, ist Ihnen nicht bange? Ich hätte Angst.«
»Wovor?« fragte ich schroff. Manchmal dachte ich, man müßte mir anmerken, daß ich etwas zu verbergen hatte.
»Nun ja, ich hätte Angst«, bekannte sie freimütig. »Das Letzte, was ich mir wünschte, wäre, auf einen von deren Bälle zu gehen.«
»Ich freue mich darauf«, sagte ich bestimmt, und sie wandte sich achselzuckend ab.
Den Rest des Tages ging ich wie auf Wolken. Ich war noch nie auf einem Ball gewesen. Großvater hatte in Greystone Manor nie Einladungen in so großem Stil gegeben; das höchste war ein kleines Souper gewesen. Allerdings nahm ich an, daß ich sehr im Hintergrund stehen würde.
Freya schilderte mir, wie es sich wahrscheinlich abspielen würde: Sigmund würde bei seiner Ankunft von ihr und der Familie des Grafen begrüßt, und dann würden sie in die große Halle gehen, wo sich die Leute versammelt hätten. »Sie werden sich in zwei Reihen aufstellen. Ich fürchte, du wirst irgendwo am Ende stehen, Anne.«
»Aber natürlich«, erwiderte ich.
»Dann wird Sigmund meine Hand nehmen, und wir gehen zwischen den beiden Reihen hindurch. Sigmund wird kurz mit einigen wichtigen Leuten sprechen, aber sicher nicht mit dir, Anne.«

»Natürlich nicht.«
»Du muß dann einen Hofknicks machen, wenn wir vorbeigehen.«
»Ich denke, den werde ich zustande bringen.«
»Das wäre alles. Danach wird getanzt ... recht sittsam ... dann werden wir alle gemeinsam soupieren, und um Mitternacht wird es aus Respekt vor dem Großherzog schon zu Ende sein.«
So zog ich denn das schönste und schmeichelndste Kleid an, das ich je besessen hatte, und war erstaunt über meine Verwandlung. Während ich mich mit meinem Haar abmühte, kam Freya mit einer kleinen, brünetten Frau herein, die Kämme und Haarnadeln bei sich hatte.
»Das ist die Kammerzofe der Gräfin«, verkündete Freya. »Sie hat mein Haar frisiert. Ist sie nicht tüchtig? Jetzt nimmt sie sich deines vor.«
»Oh, aber ...«, begann ich.
»Es muß sein«, beharrte Freya. »Und ich habe darauf bestanden, daß sie es macht.«
»Du bist sehr gut zu mir«, sagte ich impulsiv.
Freyas Lippen zuckten leicht, und ich war wie jedesmal tief gerührt von diesen Beweisen ihrer Selbstlosigkeit. Sie war wirklich ein bezauberndes Mädchen.
Mein Haar wurde frisiert, und ein wenig bange begab ich mich auf den Ball. Ich gesellte mich zu den Damen und Herren, die sich an einem Ende der Halle versammelten. Sie lächelten mir zu und waren alle ziemlich nervös, wie mir schien. Ich hielt sie für die armen Verwandten einer adeligen Familie, die von der Gesellschaft ein wenig eingeschüchtert waren. Ich hatte das Gefühl, daß mein Platz bei ihnen sei. Mir kam der Gedanke, daß es womöglich solche Leute seien, bei denen ich etwas erfahren könnte, das mir bei der Entschlüsselung des Geheimnisses helfen würde.
Freya war nicht in der Halle. Sie war bei der gräflichen Familie, und aus den Geräuschen von draußen schloß ich, daß der erlauchte Sigmund angekommen war. Die Gesellschaft stellte sich in zwei Reihen auf, und eine Gruppe von Männern in blauen Uniformen, mit Federbüschen auf den Helmen und

Schwertern an der Seite, trat, von Trompetenklängen begleitet, in den Saal.
In ihrer Mitte ging ein Mann, der etwas größer war als die übrigen. Ich konnte ihn nicht deutlich sehen, weil mir der Blick von den Leuten verstellt war.
Die Gruppe bewegte sich auf uns zu. Ich bemerkte, daß alle ganz still standen und die Augen niedergeschlagen hatten, und ich tat es ihnen gleich.
Sie kamen heran ... der Graf zur einen, Freya zur anderen Seite dieser illustren Persönlichkeit.
Mir schwindelte. Dies alles hatte etwas Unwirkliches. Ich dachte: Ich träume! Das ist nicht wirklich!
Denn da stand er: Konrad ... mein Liebhaber. Konrad, den ich nie vergessen hatte, obwohl ich es mir vorzutäuschen versucht hatte.
»Das ist Fräulein Ayres, die mir das gute Englisch beibringt.«
Freya strahlte. Sie war stolz auf mich ... stolz auf ihn.
Ich machte einen Hofknicks, wie ich es die anderen hatte tun sehen.
»Fräulein Ayres«, murmelte er. Alles war da: Die Stimme, die Erscheinung, alles, woran ich mich erinnerte. Seine Bestürzung war ebenso groß wie meine ... wenn nicht gar größer.
»Sie sind Engländerin?« sagte er. Er hatte meine zitternde Hand ergriffen und starrte mich an. »Wie ich höre, sind Sie eine gute Lehrerin.«
Dann ging er weiter. Ich meinte in Ohnmacht fallen zu müssen, aber ich mußte wieder zu mir kommen. Undeutlich hörte ich ihn mit jemand anderem in der Reihe sprechen.
Ich wollte fort, wollte aus diesem Raum fliehen und über das, was ich soeben entdeckt hatte, in Ruhe nachdenken.
Als er am Ende der Reihe angekommen war, nahm er Freyas Hand, und sie gingen in die Mitte der Halle, um den Tanz zu eröffnen. Die Leute schlossen sich ihnen nach und nach an.
Jemand berührte meinen Ellbogen. Es war Günther.
Ich stammelte: »Graf Günther ...«
»Komteß Freya bat mich, Sie im Auge zu behalten.«
»Sie ist so ein liebes Mädchen«, erwiderte ich. »Aber vielleicht sollte ich von der Komteß nicht so sprechen.«

»Es ist wahr«, sagte er. »Sie spricht ebenso lobend von Ihnen, und ihr liegt sehr viel an Ihnen. Sie bestand darauf, daß Sie auch auf den Ball kommen. Darf ich um diesen Tanz bitten?«
»Ich kenne Ihre Tänze gar nicht. Aber ich danke Ihnen.«
»Es ist ganz leicht. Kommen Sie ... ein paar Schritte, dann eine Drehung.«
»Hat die Komteß Ihnen gesagt, daß Sie mich zum Tanzen auffordern sollen?«
Er gab es zu.
»Nun, dann haben Sie Ihre Pflicht getan.«
»Nicht Pflicht«, erwiderte er mit einem charmanten Lächeln, »es ist mir ein Vergnügen.«
»Ich denke aber, ich sollte mich bald zurückziehen. Es war lieb von Komteß Freya, auf meinem Kommen zu bestehen ... aber ich habe wirklich das Gefühl, daß ich nicht hierher gehöre.«
Er hatte mich auf das Parkett geführt, und ich fand den Tanz wirklich sehr einfach.
»Sie machen es großartig«, sagte Günther. »Schauen Sie sich Komteß Freya an. Sie wird eine bezaubernde Großherzogin, finden Sie nicht?«
»Allerdings. Wann findet denn die Hochzeit statt?«
»Etwa in einem Jahr, da sich der Großherzog ja nun erholt. Ich hoffe jedenfalls, daß er genesen wird.« Er blickte ein wenig wehmütig drein, und mir kam der Gedanke, daß er in meine kleine Komteß verliebt war.
Und Konrad? Liebte er sie auch?
Warum hatte er mir einen falschen Namen genannt? Er wollte wohl seine Identität nicht verraten. Aber warum hatte er sich für den Haushofmeister des Grafen ausgegeben? Doch hatte er das wirklich? Oder hatte ich es nur angenommen? Er hatte es zumindest nicht abgestritten. Mir war sehr unbehaglich zumute, und auf einmal war ich unsagbar traurig.
Ich wollte fort von diesem Ball. Ich konnte es nicht ertragen, ihn hier inmitten der Leute zu sehen. Natürlich mußte er das tun, denn er war der künftige Regent des Herzogtums und der bedeutendste Mann unter den Anwesenden. Diese Veranstaltung fand ihm zu Ehren statt, auch wenn es wegen der

Krankheit des Großherzogs kein großer Ball war; aber irgendein Fest mußte anläßlich der Heimkehr des Erben gegeben werden.
Ich hoffte, daß er mich nicht beachten würde. Denn wie hätte ich ihm in diesem Raum noch einmal ins Gesicht sehen können?
Ich mußte schleunigst fort.
Es war nicht schwierig. Ich stahl mich davon, aber im Hinausgehen sah ich ihn in meine Richtung blicken, ohne sein Lächeln und Plaudern zu unterbrechen.
Ich war unendlich betrübt. Welch eine Närrin war ich gewesen, mich in den erstbesten Mann zu verlieben, der mir über den Weg lief! Ich hätte wirklich vernünftiger sein sollen. Und wie bereitwillig war ich in die Falle getappt, die er mir gestellt hatte! Erst leicht zu haben und dann wenig geachtet.
Aber was war er für ein Mann! Wie ein Sagenheld. Ich hatte ihn mit Sigurd verglichen, als ich das erste Mal mit ihm beisammen war. Wie ein Nordländer, ein wikingischer Heerführer hatte er damals ausgesehen. Und nun, in seiner Uniform, wirkte er mehr denn je wie ein Sagenheld. Er stach alle Anwesenden aus und verkörperte all das, was ich aus meinen Gedanken zu verbannen versucht hatte.
Ich hätte doch nicht herkommen sollen. Es war töricht gewesen. Was hatte ich jetzt noch hier zu suchen? Ich mußte fort, das war unabänderlich. Ich mußte vergessen, weshalb ich überhaupt hergekommen war, und nach England zurückkehren. Ich könnte bei Tante Grace wohnen und ein ruhiges, gleichförmiges Leben führen. Das war die einzige Möglichkeit, um nicht noch schmerzlicher verletzt zu werden.
In meinem Zimmer setzte ich mich an das offene Fenster. Ich konnte die Lichter der Stadt sehen, die Brücke und den Fluß, der sich wie eine schwarze Schlange durch die Stadt wand. Ich hatte den Ort liebgewonnen, ich hatte Freya liebgewonnen. Das würde ich nie vergessen, und es würde meinem Herzen jedesmal einen Stich versetzen, wenn ich daran dachte.
Und er? Würde ich ihn jemals vergessen? Ich hatte es mir eingeredet und hatte mir selbst untersagt, an ihn zu denken. Ich hatte versucht, diese Episode zu vergessen, mir einzureden,

daß sie in Wirklichkeit niemals stattgefunden hätte; ich hatte mich geweigert, mir einzugestehen, daß er mir ständig durch den Sinn ging, und daß ich jene aufflackernden Erinnerungen nicht los wurde, die mir so lebendig Szenen aus der Zeit, die wir zusammen verbracht hatten, vor Augen führten. Insgeheim hatte ich immer gewußt, daß ich ihn niemals vergessen würde. Konrad, der Betrüger, Sigmund, der Erbe eines bedrohten Herzogtums, verlobt mit meiner kleinen Freya.
Sie würden zu gegebener Zeit heiraten, das war unausweichlich, denn sie waren einander versprochen. Das hatte er gemeint, als er sagte, er könne mich nicht heiraten.
Ich hörte Schritte im Flur. Jemand war an der Tür. Der Knauf drehte sich langsam.
Und da stand er und sah mich an.
»Pippa«, sagte er. »Pippa!«
Ich versuchte, ihn nicht anzusehen. Ich sagte: »Ich bin Anne Ayres.«
»Was soll das? Was hat das zu bedeuten?«
Ich erwiderte: »Was suchen Sie in meinem Zimmer, hm ... wie nenne ich Sie, Baron?«
»Du sagst Konrad zu mir.«
»Und der erhabene Herr Sigmund?«
»Das ist mein offizieller Name. Sigmund Konrad Wilhelm Otto. Man hat mich mit einem reichlichen Vorrat bedacht. Aber, Pippa, Namen sind so unwichtig. Und wie steht es um dich?«
Er hatte das Zimmer durchquert und ergriff meine Hände. Er zog mich hoch und drückte mich an sich. Ich fühlte meinen Widerstand schwinden.
Ich konnte nur sagen: »Geh! Geh fort, bitte. Du hast hier nichts verloren.«
Er nahm mein Kinn in seine Hände und sah mir ins Gesicht. »Ich habe dich gesucht«, sagte er. »Ich bin in England gewesen. Ich wollte dich holen ... notfalls mit Gewalt. Ich konnte dich nicht finden ... und dann bin ich voll Verzweiflung hierher zurückgekommen ... und du bist hier. Du wolltest mich finden, nicht wahr? Während ich dich suchte, hast du mich gesucht.«

»Nein, nein. Ich bin nicht deinetwegen hier.«
»Du lügst, Pippa. Du bist meinetwegen gekommen, und jetzt aben wir uns gefunden und werden uns nie wieder trennen.«
»Du irrst dich. Ich wollte dich nicht wiedersehen. Ich kehre nach England zurück. Ich weiß jetzt, wer du bist. Du bist mit Freya verlobt, und euer Verlöbnis kommt einer Vermählung gleich. Dem kannst du dich nicht entziehen. Ich habe einiges von den Problemen hier erfahren. Kollnitz ist ein Pufferstaat, und ihr braucht seine Hilfe. Du mußt also Freya heiraten, weil ihr auf diese Verbindung angewiesen seid. Aber das weißt du ja selbst, und du weißt auch, daß ich heimkehren muß.«
»Hier wird von nun an deine Heimat sein! Hör zu, Pippa, du bist hier. Wir haben uns gefunden ... und werden uns nie mehr trennen. Wir bleiben zusammen. Ich werde eine Zuflucht finden, wo wir uns unser Heim einrichten können.«
»Im Wald ganz in der Nähe steht eine Jagdhütte leer«, sagte ich mit einem Anflug von Bitterkeit.
»Sprich nicht davon. Mit uns wird es nicht so. Ich liebe dich, Pippa. Nichts vermag daran etwas zu ändern. Gleich als ich damals fort war, wußte ich, wie sehr ich dich liebe. Ich hätte nicht abreisen sollen, als du nicht am Bahnhof warst. Ich hätte dich holen und mitnehmen sollen, aber nun bist du zu mir gekommen. Es war klug von dir, deinen Namen zu ändern. Es ist besser, wenn niemand weiß, daß du Francines Schwester bist. Du bist da ... meine liebe, kluge Pippa. Du weißt so gut wie ich, daß unsere Liebe anders ist als alles, was uns beiden jemals widerfahren ist. Jetzt bleiben wir zusammen ... was auch immer geschieht.«
»Du hast mich überrascht.«
»Du mich auch, meine Geliebte«, erwiderte er. Er küßte mich leidenschaftlich, und in Gedanken war ich plötzlich wieder in jenem vom Feuerschein erleuchteten Zimmer in Granter's Grange. Ich wünschte, ich wäre wieder dort und könnte seine Bindung an Freya vergessen. Ich wollte so gern mit ihm zusammen sein.
»Die wunderbarste Überraschung meines Lebens«, sagte er. »Du hier ... meine Pippa ... und wirst mich nie, nie mehr verlassen.«

Ich spürte seine heftige Leidenschaft, spürte meine Bereitschaft, sie zu erwidern. Ich erinnerte mich so lebhaft an jenes andere Mal und wußte instinktiv, daß er ein Mann war, der es nie gelernt hatte, sich etwas zu versagen. Ich wußte so viel von ihm. Und ich liebte ihn. Es war zwecklos zu versuchen, mir etwas anderes einzureden, da er nun hier war ... dicht bei mir ... mich in seinen Armen hielt ... ich würde ihn nie vergessen können. Ich war eine Närrin, denn ich erkannte die Hoffnungslosigkeit der Situation. Ich fürchtete, daß mein Widerstand hier und jetzt ebenso dahinschmelzen würde wie damals. Ich mußte an Freya denken. Was wäre, wenn sie hereinkommen und ihn hier finden würde? Meine Abwesenheit würde ihr vielleicht nicht auffallen, aber seine gewiß. Jedermann würde es bemerken. Was, wenn sie ihn suchen ging? Natürlich würde sie ihn niemals in meinem Zimmer vermuten. Aber wenn sie zu mir käme ... und mich in den Armen ihres zukünftigen Mannes fände?
Es war eine gefährliche und unmögliche Situation.
Ich entzog mich ihm und sagte, so kühl ich konnte: »Man wird dich im Ballsaal vermissen.«
»Das kümmert mich nicht.«
»Nein? Der Erbe von allem hier ... Natürlich kümmert es dich. Es ist deine Pflicht, dich zu kümmern. Du mußt zurück, und wir dürfen uns nicht wiedersehen.«
»Was du vorschlägst, ist unmöglich.«
»Und was würdest du vorschlagen?«
»Ich habe Pläne.«
»Ich kann mir denken, was das für Pläne sind.«
»Pippa, wenn ich jetzt gehe, wirst du mir etwas versprechen?«
»Was?«
»Daß wir uns morgen treffen. Sagen wir im Wald? Bitte, Pippa, ich muß mit dir sprechen. Aber wo? Wo?«
»Ich kenn nur eine Stelle im Wald ...«
»Dann treffen wir uns dort.«
»... das Jagdhaus«, sagte ich.
»Wir treffen uns dort, um miteinander zu reden.«
»Es gibt doch nichts mehr zu sagen. Ich habe mich täuschen

lassen. Vielleicht war ich selbst schuld, weil ich nicht genug Fragen gestellt habe. Ich hielt dich für einen Haushofmeister ... einen Bediensteten des Grafen ... und du hast nicht versucht, mich aufzuklären ... Du mußt doch gewußt haben, daß ich keine Ahnung hatte, wer du wirklich bist.«
»Es schien nicht wichtig.«
Ich lachte bitter. »Nein, gewiß nicht. Du gedachtest dich während deines kurzen Aufenthalts in England zu amüsieren. Ich verstehe vollkommen.«
»Du verstehst nichts! Du verstehst überhaupt nichts.«
Ich horchte plötzlich auf. »Die Musik hat aufgehört«, sagte ich. »Gewiß hat man die Abwesenheit des Ehrengastes bemerkt. Bitte geh jetzt.«
Er hatte meine Hände ergriffen und küßte sie leidenschaftlich. »Morgen«, sagte er. »Beim Jagdhaus. Um zehn.«
»Das ist nicht sicher. Es ist nicht einfach für mich, fortzukommen. Du vergißt, daß ich hier angestellt bin.«
»Die Komteß sagte, daß du nur aus Gefälligkeit hier bist und gehen würdest, wenn sie nicht nett zu dir ist.«
»Sie hat übertrieben. Vergiß nicht, daß ich vielleicht nicht kommen kann.«
»Du wirst kommen. Ich werde dich dort erwarten.«
Ich wand mich aus seinen Armen, aber er riß mich wieder an sich und hielt mich fest. Er küßte mich auf Lippen und Hals, und es war der damaligen Situation dermaßen ähnlich, daß ich mich vor meinen Gefühlen ängstigte.
Doch dann war er fort.
Ich ging ans Fenster und sah wieder auf die Stadt hinunter. So saß ich eine Weile, ohne zu merken, wie die Zeit verging. Ich war wieder in Granter's Grange, durchlebte jene Stunden, die ich mit ihm verbracht hatte und die ich, mich selbst täuschend, aus meiner Erinnerung gelöscht zu haben glaubte.
Auf einmal hörte ich die Turmuhr Mitternacht schlagen. Damit war der Ball, aus Rücksicht auf das Befinden des Großherzogs, zu Ende, und dem Lärmen unten entnahm ich, daß die Gäste aufbrachen. Pomp und Zeremoniell würden Konrad begleiten, wohin er auch ging, es sei denn, er war weit fort von daheim und lebte inkognito.

Ich mußte neue Pläne machen und alle Hoffnung, hierbleiben und das Geheimnis um den Tod meiner Schwester enträtseln zu können, aufgeben. Doch im Hintergrund meiner Gedanken war die Vorstellung, daß irgendwo – vermutlich in der Nähe – ihr Kind lebte. Ich würde keinen Frieden finden, solange ich nicht wußte, was aus dem Kleinen geworden war . . . aber wie hätte ich jetzt noch bleiben können? Meine Beziehung zu Freya war unhaltbar geworden.
Ich saß noch immer in meinem Lapislazulikleid am Fenster, als es an die Tür klopfte. Sie wurde aufgestoßen, ehe ich Zeit hatte, zum Eintreten aufzufordern.
Es war Freya, wie ich vermutet hatte. Ihr Gesicht war gerötet, ihre Augen funkelten, und sie sah in ihrem Chabris-Kleid sehr hübsch aus.
»Anne!« rief sie. »Du warst auf einmal verschwunden. Ich habe dich gesucht und habe auch Günther nach dir ausgeschickt, aber wir konnten dich nirgends finden.«
Ich schauderte innerlich, als ich mir vorstellte, was geschehen wäre, wenn sie ihren Verlobten in meinem Schlafzimmer angetroffen hätte.
»Ich hätte doch nicht auf den Ball gehen sollen«, sagte ich leise.
»Was ist denn geschehen?«
»Ach . . . ich habe mich einfach davongemacht.«
»Es muß doch irgendwas passiert sein. Du siehst so . . .« Sie beäugte mich mißtrauisch.
Ich sagte rasch – zu rasch: »Wie sehe ich aus?«
»So seltsam angeregt . . . irgendwie strahlend. Bist du dem Königssohn begegnet?«
»Aber Freya, ich bitte dich«, sagte ich ziemlich verkrampft.
»Nun, wir haben dich doch mit Aschenputtel verglichen. Sie ist dem Königssohn begegnet; nicht wahr, und sie ist geflohen und hat ihren Schuh verloren.«
Sie blickte auf meine Füße, und ich konnte trotz allem nicht umhin, über ihre Kindlichkeit zu lächeln.
»Ich kann dir versichern, daß ich beide Schuhe anbehalten habe. Ich mußte nicht Schlag zwölf fort, und zu mir gehörte kein Königssohn. Der gehört . . . zu dir.«

»Wie findest du Sigmund? Er hat mit dir gesprochen, nicht?«
»Ja.«
»Ich hoffe, er hat dir gefallen, ja? Ja? Warum antwortest du nicht?«
»Es fällt mir schwer, darauf zu antworten.«
Sie warf den Kopf zurück und lachte. »Ach Anne, du bist wirklich komisch. Du meinst wohl, daß du bei oberflächlicher Bekanntschaft kein Urteil über Leute abgeben willst. Ich habe dich ja auch nicht um eine Bewertung seines Charakters gebeten.«
»Das ist klug von dir, denn die hättest du auch nicht bekommen.«
»Ich meinte ja nur, hat er einen günstigen Eindruck auf dich gemacht, oder?«
»O ja, natürlich.«
»Und meinst du, er wird ein guter Ehemann?«
»Das wirst du zu gegebener Zeit selbst herausfinden müssen.«
»Oh, immer so vorsichtig! Er sieht gut aus, nicht?«
»Ja, ich denke, das darf man von ihm sagen.«
»Er ist so vornehm. Er ist ein Mann von Welt. Das findest du doch auch, nicht wahr?«
»Ich habe dir gesagt, daß ich . . .«
»Schon gut. Er hat ja auch bloß kurz mit dir gesprochen. Aber Günther hat mit dir getanzt, nicht? Ich habe euch gesehen. Ich hab's ihm gesagt, weißt du.«
»Ja, ich weiß. Das war lieb von dir, aber es wäre nicht nötig gewesen. Ich hatte es nicht erwartet, aber er ist seiner Pflicht vortrefflich nachgekommen.«
»Günther ist sehr nett, findest du nicht auch?«
»Ja.«
»Oh, über ihn hast du dir doch bestimmt schon eine Meinung gebildet. Er ist natürlich nicht so ungeheuer attraktiv wie Sigmund. Ich habe fast so etwas wie Respekt vor Sigmund. Er erscheint . . . allzu irdisch. Ist das das richtige Wort?«
»Ich denke, das dürfte genau treffen, was du meinst.«
»Er hat bestimmt schon viele Geliebte gehabt. Er gehört zu

dieser Sorte von Männern, die so etwas tun, und in der Familie Fuchs sind alle so veranlagt, weißt du ... sinnlich und amourös.«
»Freya«, fragte ich ernst, »willst du diesen Mann heiraten?«
Sie überlegte einen Augenblick. Dann sagte sie: »Ich will Großherzogin sein.«
Darauf erinnerte ich sie daran, daß es Zeit sei, zu Bett zu gehen, jedenfalls für mich, auch wenn sie noch keine Lust dazu verspüre.
»Dann gute Nacht, Anne ... liebe Anne. Ich will nicht, daß du fortgehst, wenn ich verheiratet bin. Du mußt hierbleiben und mich trösten, wenn Sigmund mich mit seinen vielen Geliebten betrügt.«
»Wenn du von seiner zukünftigen Untreue so überzeugt bist, solltest du ihn besser nicht heiraten.«
Sie sprang auf und salutierte spöttisch. »Bruxenstein!« rief sie. »Für Kollnitz! Gute Nacht, Anne«, fuhr sie fort. »Jedenfalls ist alles ziemlich aufregend, findest du nicht?«
Ich stimmte ihr zu.

Am nächsten Morgen war ich früh auf. Ich spähte zu Freya hinein, die noch tief schlief. Ich war froh, denn somit hatte ich eine Chance, fortzukommen. Ich trank eine Tasse Kaffee und aß eines von den Kümmelbrötchen, die mir so sehr mundeten, seit ich in Bruxenstein war. Heute morgen aber spürte ich kaum etwas von seinem Geschmack. Nach diesem kurzen Frühstück ging ich zu den Stallungen und sattelte ein Pferd.
In weniger als einer halben Stunde war ich bei der Jagdhütte angelangt. Konrad erwartete mich bereits ungeduldig. Er hatte sein Pferd an den Pflock gebunden und half mir beim Absteigen. Er streckte seine Arme aus, und ich ließ mich hineingleiten. Er hielt mich fest und küßte mich.
Ich sagte: »Es hat alles keinen Sinn.«
»Du irrst dich«, widersprach er. »Laß uns spazierengehen und reden. Ich habe dir unendlich viel zu sagen.«
Er legte seinen Arm um mich, und wir gingen in den Wald, fort vom Jagdhaus.
»Ich habe die ganze Nacht über uns nachgedacht«, sagte er.

»Du bist hier, und du wirst bleiben. Mich hat der Zufall der Geburt in diese Position gedrängt, aber ich habe nicht vor, mich mit einem aufgezwungenen Schicksal abzufinden und das aufzugeben, ohne das ich nicht leben kann. Ich weiß, daß ich diese Heirat über mich ergehen lassen und meine Pflicht gegenüber meinem Land und meiner Familie erfüllen muß ... aber ich bin auch entschlossen, mein eigenes Leben zu leben. So ist es vielen von uns ergangen, denn es ist die einzige Möglichkeit, das zu tun, was wir tun müssen. Meine Familie ... das Leben, das ich mir wünsche und das zu führen ich fest entschlossen bin ... der Pfad der Pflicht: Ich kann alles in Einklang bringen.«
»Wie Rudolph?«
»Er hätte mit deiner Schwester glücklich sein können, aber er war leichtsinnig. Das war er immer. Er wurde getötet, weil jemand ... weil ein paar Mitglieder einer Partei verhindern wollten, daß er an die Macht kam. Es war ein rein politischer Mord. Unglücklicherweise war deine Schwester bei ihm.«
»Dasselbe könnte auch dir zustoßen«, sagte ich, wobei ich mich fragte, ob er das ängstliche Zittern in meiner Stimme bemerkte.
»Wer von uns kann schon wissen, was ihm von einem Augenblick zum anderen zustößt? Der Tod kann den geringsten Bauern unvermutet ereilen. Ich weiß, daß Rudolph als Nachfolger seines Vaters nicht beliebt gewesen wäre. Er war zu schwach, zu vergnügungssüchtig und hatte etliche Parteien gegen sich.«
»Und du?«
»Ich hatte nichts damit zu tun. Das Letzte, was ich mir wünschte, war dort zu stehen, wo ich heute bin.«
»Könntest du dich nicht weigern, deine Position zu akzeptieren?«
»Es gibt niemanden sonst, der diese Stelle einnehmen könnte. Das Land würde ins Chaos stürzen, unsere Feinde würden eingreifen. Unser Land braucht einen starken Herrscher, wie mein Onkel einer war. Ich hoffe bei Gott, daß er am Leben bleibt, denn so lange haben wir Sicherheit. Und ich muß diese Sicherheit bewahren.«

»Kannst du das?«
»Ich weiß, daß ich es kann . . . vorausgesetzt, daß unsere Verbündeten uns unterstützen.«
»Solche wie Kollnitz?«
Er nickte und fuhr fort: »Gleich nach Rudolphs Tod mußte ich mich mit dem Kind Freya verloben. Diese besondere Verbindung kommt einer Eheschließung gleich, bis auf den Vollzug der Ehe. An Freyas sechzehntem Geburtstag findet eine offizielle Trauungszeremonie statt. Dann haben wir die unausweichliche Pflicht, einen Erben hervorzubringen. Aber ich muß mein eigenes Leben führen. Das eine ist mein öffentliches Leben, aber ich will auch ein Privatleben haben.«
»Das du mit mir zu teilen gedenkst?«
»Das ich mit dir teilen werde. Ohne das könnte ich nicht leben. Man kann nicht sein ganzes Dasein als Marionette verbringen, die sich stets so bewegt, wie es verlangt wird. Nein! Das werde ich nicht tun. Ich wünschte, ich könnte das alles aufgeben und heimlich mit dir fortgehen . . . um irgendwo in Frieden zu leben. Aber was würde geschehen, wenn ich das täte? Chaos, Krieg. Ich weiß nicht, wo das enden würde.«
»Du mußt deine Pflicht tun«, sagte ich.
»Und du und ich . . .«
»Ich werde nach England zurückkehren, denn es ist unmöglich zu leben, wie du vorschlägst.«
»Warum?«
»Weil es nicht glücken würde. Ich wäre nur eine Belastung.«
»Die verehrteste und geliebteste Belastung, die es je gab.«
»Aber eben doch eine Belastung. Manchmal denke ich, daß Rudolphs Beziehung zu meiner Schwester die Ursache für seinen Tod gewesen sein könnte. Möglicherweise wäre ich die Ursache für deinen Tod.«
»Ich bin bereit, dieses Wagnis einzugehen.«
»Und Kinder?« sagte ich. »Was wäre mit Kindern?«
»Sie würden alles haben, was ein Kind sich nur wünschen kann.«
»Meine Schwester hatte auch ein Kind. Wo mag es jetzt sein? Denk nur, ein kleiner Knabe. Ich weiß, daß es ein Knabe war,

weil sie es mir geschrieben hat. Was ist wohl aus ihm geworden? Wo ist er hingeraten, als man seinen Vater und seine Mutter ermordete? Und du sprichst davon, daß wir zusammenleben, daß wir Kinder haben werden. Heimlich, nehme ich an. Und Freya, welche Rolle kommt ihr dabei zu?«
»Freya würde es verstehen. Sie weiß, daß unsere Ehe eine Vernunftehe ist. Ich würde es ihr begreiflich machen können.«
»Ich kenne sie sehr gut und bezweifle daher, daß sie es verstehen würde ... und daß ausgerechnet ich diejenige wäre ... das wäre unerträglich. Das Ganze ist unmöglich, und ich muß schleunigst abreisen.«
»Nein«, rief er, »nein! Versprich mir eins: Du wirst nicht fortlaufen und dich verstecken. Du wirst mit mir sprechen, bevor du etwas unternimmst.«
Er war stehengeblieben und hatte seine Hände auf meine Schultern gelegt. Ich wünschte, er würde mich nicht so ansehen; denn wenn ich ihm von Angesicht zu Angesicht gegenüberstand, war alles schwieriger, und ich fühlte, wie meine Entschlußkraft zerschmolz.
»Natürlich gebe ich dir Bescheid, wenn ich abreise«, versprach ich.
Er lächelte zuversichtlich. »Mit der Zeit werde ich dir die Augen öffnen. Was hast du gefühlt, als du mich sahst?«
»Ich dachte, ich träume.«
»Ich auch. Ich habe oft davon geträumt ... daß ich dir wieder gegenüberstehe ... dich plötzlich finde. Ich wollte dich immer suchen. Nicht auszudenken, daß ich noch immer in England sein könnte ... auf der Suche nach dir ...«
»Was hast du dort unternommen? Wo hast du dich erkundigt?«
»Ich wollte zu dem Bildhauer, weil ich wußte, daß ihr befreundet wart. Er war aber nicht mehr dort, und der Pfarrer war verreist. Sein Vertreter sagte, deine Tante und ihr Mann seien fortgezogen, und er wüßte nicht, wohin. In Greystone Manor war niemand außer den Dienstboten.«
»Aber mein Cousin Arthur müßte doch dagewesen sein.«
»Sie sagten, er sei auf der Hochzeitsreise.«
»Hochzeitsreise! O nein, das kann nicht sein.«

»Das hat man mir aber erzählt. Es war wie eine Verschwörung gegen mich. Ich erfuhr auch vom Tod deines Großvaters.«
»Was hast du gehört?«
»Daß er bei einem Brand ums Leben kam.«
»Hast du irgendwas gehört ... daß ich etwas damit zu tun hatte?«
Er runzelte die Stirn. »Es gab ein paar Andeutungen. Ich wußte nicht, was das zu bedeuten hatte. Es waren so versteckte Bemerkungen. Ich war im Gasthaus abgestiegen, aber auch dort war man nicht sehr redselig.«
Ich sagte: »An dem Abend, als mein Großvater starb, hatte ich Streit mit ihm. Die Leute im Haus haben es gehört, weil er mich anschrie. Er wollte, daß ich meinen Cousin Arthur heirate und drohte, mich hinauszuwerfen, wenn ich nicht gehorchte.«
»Ach, wäre ich nur dort gewesen!«
»In jener Nacht ist er gestorben. Sein Zimmer und das daneben sind ausgebrannt. Das Feuer war auf diese beiden Räume beschränkt. Mein Großvater war tot, als man ihn hinaustrug ... aber er war nicht erstickt, sondern starb an einem Schlag auf den Kopf. Man nahm an, er könnte gefallen sein ... oder auch nicht.«
»Du meinst, sie dachten, es war ein Verbrechen.«
»Sie waren nicht sicher. Der Spruch bei der Untersuchung lautete ›Tod durch Unfall‹. Aber etliche Leute hatten unsere Auseinandersetzung gehört.«
»Guter Gott! Meine arme Pippa. Wäre ich dort gewesen ...«
»Ja, wärst du nur! Aber ich hatte Tante Grace. Sie war lieb zu mir, und Cousin Arthur war gütig ... und meine Großmutter hinterließ mir ein Erbe, das es mir ermöglichte, fortzugehen ... hierherzukommen.«
Er drückte mich eng an sich. »Meine liebste Pippa«, sagte er. »Von nun an werde ich mich um dich kümmern.«
Einen Moment lehnte ich mich an ihn, ihn in dem Glauben lassend, daß es möglich sei ... und vielleicht mich selbst täuschend.
Er sagte: »Das ist nun alles vorbei. Es muß wie ein Alptraum gewesen sein. Ich hätte dort sein sollen. Auf dem

Bahnsteig habe ich gezögert. Ich wollte dich holen, aber dann dachte ich, wie kann ich das tun, wenn sie nicht mitkommen will?«
»Ich wollte ja kommen. Und wie ich es wollte.«
»Liebe, liebe Pippa, hättest du es nur getan!«
»Aber wohin? Zu dem Versteckspiel, das du dir ausgedacht hast? Eine Jagdhütte im Wald! Es ist wie ein Muster, das sich ständig wiederholt. Francine und ich. Wir haben uns stets nahegestanden ... wie ein und dieselbe Person. Manchmal glaube ich, ich lebe ihr Leben nach. Wir waren immer zusammen, bis sie sich so unklug verliebte. Und nun habe ich es anscheinend genauso gemacht.«
»Mich zu lieben wird sich als das Klügste erweisen, das du je getan hast.«
Ich schüttelte den Kopf. »Ach wärst du doch ein gewöhnlicher Mensch, der Haushofmeister vielleicht, für den ich dich anfangs hielt. Ich wünschte, du wärst alles andere als das, was du bist ... mit diesen Verpflichtungen ... insbesondere gegenüber Freya.«
»Wir werden über all dem stehen. Ich werde ein Haus für dich finden. Unser Heim. Ich will dir alles geben, was ich habe.«
»Aber das kannst du nicht. Deinen Namen kannst du mir niemals geben.«
»Ich kann dir all meine Verehrung und meine Liebe geben, Pippa.«
»Du mußt an deine Vermählung denken. Ich habe Freya lieb gewonnen. Sie ist noch ein Kind ... ein bezauberndes Kind. Sie wird dich verlocken, sie zu lieben.«
»Ich lasse mich nicht von meiner Pippa fortlocken. O Pippa, liebste Pippa, horch auf den Gesang der Vögel. ›Die Lerche entschwebt ... In Frieden die Welt.‹ Erinnerst du dich? Pippas Gesang. Die Welt ist in Frieden, wenn wir zusammen sind, du und ich.«
»Ich muß zurück. Man wird mich vermissen. Dich auch, nehme ich an.«
»Wir treffen uns wieder ... morgen. Ich werde etwas finden, wo wir zusammen sein können. Es muß sein, und es hat keinen Sinn, dagegen anzukämpfen. Von dem Augenblick an, als

wir uns begegneten, war es mir klar. Ich sagte mir: ›Die und keine andere auf der ganzen Welt.‹«
Ich schüttelte den Kopf. Ich schwankte zwischen Entzücken und Verzweiflung und fühlte, daß ich schwach werden würde. Ich wußte, daß ich nehmen mußte, was ich bekommen konnte.
Er spürte es auch, denn ich hatte meine Gefühle allzu bereitwillig verraten.
»Auf morgen. Morgen, Pippa. Versprich es. Hier.«
Ich versprach es, und wir kehrten zu unseren Pferden zurück. Als er mir beim Aufsteigen half, nahm er meine Hand und blickte mich flehentlich an, und ich liebte ihn so sehr, daß ich tief in meinem Herzen wußte, ich würde alles tun, worum er mich bat.
Ich zog meine Hand zurück, denn mir war sehr bange vor meinen Gefühlen, und sagte so kühl ich konnte: »Wir dürfen nicht zusammen fortreiten. Man könnte uns sehen. Bitte reite du voraus.«
»Wir reiten zusammen.«
»Nein. Mir ist es so lieber. Es könnte schwierig für mich werden, wieder frei zu bekommen, wenn man uns zusammen sehen würde.«
Er neigte den Kopf, denn er sah ein, daß es so klüger war.
»Vielleicht sollten wir eine Weile vorsichtig sein«, meinte er.
Er küßte mir inbrünstig die Hand und ritt davon.
Ich blieb noch ein paar Minuten und betrachtete das Jagdhaus. Ich hatte keine Lust, sogleich zum Schloß zurückzukehren. Ich dachte mir Entschuldigungen für meine Abwesenheit aus, denn Freya würde wissen wollen, wo ich gewesen war. Ich würde ihr sagen, daß ich nach der vorausgegangenen Nacht das Bedürfnis nach frischer Luft und Bewegung verspürt hätte und deshalb in den Wald geritten sei.
Plötzlich überkam mich das Verlangen, wieder abzusteigen und Francines Grab zu besuchen. Ich fühlte mich ihr so nahe. Ich band das Pferd an und ging um das Haus herum.
Als ich mich dem Grab näherte, hatte ich das unheimliche Gefühl, daß ich nicht allein war. Zuerst dachte ich, ich würde von

jemand verfolgt, der mein Treffen mit Konrad beobachtet hatte. Mir wurde eiskalt vor Angst. Wie kommt es, daß man die Gegenwart eines anderen Menschen spüren kann? Hatte ich ein Geräusch gehört? Oder war es Instinkt?
Ich hatte die Einfriedung erreicht und nahm eine Bewegung wahr ... das Aufblitzen von etwas Buntem. Dann bemerkte ich jemanden am Grab.
Ich zog mich zurück, um mich nicht bemerkbar zu machen; denn ich nahm an, es sei Gisela. Ich stand ganz still und hielt den Atem an. Eine Gestalt erhob sich. Sie hielt eine kleine Schaufel in der Hand und hatte offenbar etwas eingepflanzt.
Es war nicht Gisela. Es war eine junge Frau, größer, blonder als Gisela. Sie stand einen Augenblick still und betrachtete ihr Werk. Plötzlich rief sie: »Rudi! Komm her, Rudi.«
Dann sah ich ein Kind. Es war ein Knabe von etwa vier oder fünf Jahren. Sein lockiges Haar war hell wie der Sonnenschein.
»Komm her, Rudi. Schau, die schönen Blumen.«
Das Kind ging zu ihr und stellte sich neben sie.
»Jetzt müssen wir gehen«, fuhr sie fort. »Aber vorher...«
Ich war verblüfft, als sie zusammen niederknieten. Ich betrachtete das Kind, es hatte die Augen geschlossen und die Handflächen fest aneinandergepreßt; murmelnd bewegte es die Lippen. Doch ich konnte nicht hören, was es sagte.
Sie standen auf. Die Frau hielt in der einen Hand einen Korb, in dem die Schaufel lag, und mit der anderen nahm sie die Hand des Kindes.
Ich zog mich in den Schutz des dichten Gebüschs zurück und beobachtete, wie sie durch das Gatter kamen und in den Wald gingen.
Mein Herz schlug schnell, meine Gedanken rasten. Wer war diese Frau? Wer war das Kind? Und ich hatte wie betäubt dagestanden und sie beobachtet, anstatt daß ich sie angesprochen hätte, um zu entdecken, warum sie das Grab meiner Schwester pflegte.
Ich hatte sie jedoch nicht aus den Augen verloren. Ich konnte ihr wenigstens folgen und sehen, wohin sie ging.

Ich behielt sie im Blick. Es war nicht schwierig, mich verborgen zu halten, weil die Bäume mir guten Schutz boten. Und wenn sie mich sah, so konnte ich ja einfach nur ein Spaziergänger sein.
Sie waren zu einem kleinen, aber hübschen Haus gelangt. Ich blieb stehen und beobachtete sie. Die Frau ließ die Hand des Knaben los, und er lief ihr auf dem Weg zur Tür voraus. Auf der Veranda hüpfte er auf und ab, während er auf sie wartete, dann gingen sie zusammen hinein.
Ich war verblüfft über das, was ich gesehen hatte. Warum pflegte sie Francines Grab? Wer war sie? Und noch wichtiger, wer war das Kind?
Ich war unentschlossen, was ich tun sollte. Konnte ich wohl an die Tür klopfen, nach dem Weg fragen und sie so in ein Gespräch verwickeln?
Aber es war schon spät. Es würde schwer werden, meine Abwesenheit zu erklären. Ein andermal? dachte ich. Ich werde wiederkommen. Unterdessen kann ich mir überlegen, wie ich das hier am besten angehe.
Mir war schwindelig wegen dem, was ich gesehen hatte, und wegen meiner Begegnung mit Konrad, und verwirrt und unsicher fragte ich mich, was als nächstes geschehen würde. Ich sagte mir, daß ich auf alles gefaßt sein müsse.
Ins Schloß zurückgekehrt, mußte ich mich Freya stellen. Sie hatte mich vermißt.
»Wo bist du denn gewesen? Was ist mit dir los?«
»Ich hatte das Bedürfnis nach frischer Luft.«
»Die hättest du im Garten haben können.«
»Ich wollte aber ausreiten.«
»Du warst im Wald, nicht wahr?«
»Woher weißt du das?«
»Ich habe meine Späher.« Sie kniff die Augen zusammen, und ein paar Sekunden lang dachte ich, sie wüßte von meinem Treffen mit Konrad. »Außerdem«, fuhr sie fort, »haben wir hier einen Beweis.« Sie pflückte eine Tannennadel von meiner Jacke. »Du siehst richtig erschrocken aus. Du bist nicht, was du zu sein vorgibst, Anne. Vielleicht planst du einen Putsch. Daher auch deine Unabhängigkeit. Wer hätte je von einer

Gouvernante gehört, die nicht fürchtete, ihre Stellung zu verlieren und auf die Straße gesetzt zu werden?«
»Du«, sagte ich, mein Gleichgewicht wiederfindend. »Und diese Gouvernante steht hier vor dir.«
»Warum bist du fortgegangen, ohne mir Bescheid zu sagen?«
»Du hast tief geschlafen nach deinen Erlebnissen als Ballkönigin, und ich dachte, du hast den Schlummer nötig.«
»Ich hab' mir Sorgen gemacht. Ich dachte, du hättest mich womöglich verlassen.«
»Dummes Kind!«
Plötzlich warf sie sich in meine Arme. »Verlaß mich nicht, Anne. Du darfst nicht fortgehen.«
»Wovor fürchtest du dich?« fragte ich.
Sie blickte mich fest an und sagte: »Vor allem vor der Ehe ... der Veränderung ... vor dem Erwachsenwerden. Ich will nicht erwachsen werden, Anne. Ich will bleiben, wie ich bin.«
Ich küßte sie zärtlich. »Du wirst schon damit fertig, wenn die Zeit kommt.«
»Meinst du? Aber ich bin sehr aufsässig. Ich würde niemals dulden, daß er Geliebte hat.«
»Vielleicht hat er keine.«
Sie sagte sehr bestimmt: »Das will ich ihm auch raten.«
»Es gibt ein englisches Sprichwort: Man soll die Brücken erst überqueren, wenn man hinkommt.«
»Sehr gut«, erwiderte sie. »So will ich es halten. Aber ich werde sie auf meine Weise überqueren.«
»Da ich dich kenne, bin ich sicher, daß du gehörig um das kämpfen wirst, was du haben willst.«
»Das Dumme ist, Sigmund scheint mir ein Mensch zu sein, der durchsetzt, was *er* will. Macht er auf dich nicht auch diesen Eindruck, Anne?«
»Ja, allerdings«, sagte ich langsam.
»Dann wird es darauf ankommen, wer stärker ist.«
»Es muß nicht unbedingt Streit geben, denn es ist doch möglich, daß ihr beide dasselbe wollt.«
»Kluge Anne. Du wirst bei mir bleiben. Ich bestehe darauf. Ich ernenne dich zu meinem Großwesir.«

»Für diesen Posten bin ich höchst ungeeignet.«
»Diese Brücke wollen wir überqueren, wenn wir hinkommen«, zitierte Freya beinahe selbstgefällig.
Ich lachte, aber ich dachte dabei: Was soll ich tun? Ich muß fortgehen. Doch das wird er niemals zulassen. Ich werde bleiben. Wir werden zusammen leben . . . vielleicht im Schatten, aber zusammen . . . wie Francine und Rudolph.
Und ich mußte herausbekommen, wer die Frau war, die Blumen auf Francines Grab gepflanzt hatte. Und was vielleicht noch wichtiger war: Wer war das Kind?

Das Gasthaus »Zum König des Waldes«

Das Glück war mir gewogen.
Am frühen Nachmittag kam Freya schmollend zu mir. Der Graf und die Gräfin wünschten, daß sie mit ihnen sowie Tatjana und Günther den Großherzog besuchte.
»Was ist daran so schlimm?« fragte ich.
»Ich wollte mit dir ausreiten.«
»Das kannst du doch auch ein anderes Mal.«
»Ich bezweifle, ob wir ihn überhaupt zu sehen bekommen, und immer muß man so ein Brimborium über sich ergehen lassen. Ach, wenn ich doch nicht mit müßte.«
»Du hast es ja bald überstanden.«
»Ich nehme an, Sigmund ist dort.«
»Aber ihn möchtest du doch bestimmt gern sehen.«
Sie zog eine Grimasse.
Ich beobachtete den Aufbruch der Gruppe und begab mich gleich anschließend in den Stall. Ich hatte also einen freien Nachmittag, und binnen kurzem befand ich mich auf einem Ritt durch den Wald, an der Jagdhütte vorbei zu dem Haus, das ich entdeckt hatte.
Die Frau war im Garten. Ich erkannte sie sogleich und grüßte sie. Ich erkundigte mich nach dem Weg in die Stadt.
Sie kam an den Lattenzaun, beugte sich herüber und wies mir die Richtung.
Bemüht, ein Gespräch mit ihr anzufangen, sagte ich: »Dies ist ein sehr schöner Wald.«
Sie stimmte mir zu.
»Ist das nicht ein einsames Leben hier?« fragte ich.
»Davon merke ich nichts, denn ich habe viel zu tun. Ich halte meinem Bruder das Haus in Ordnung.«

»Nur Sie beide . . .«, murmelte ich, wobei ich mich fragte, ob ich nicht neugierig und unverschämt wirkte.
Von einem Ehemann war jedenfalls nicht die Rede, und die verschiedensten Möglichkeiten jagten mir durch den Kopf.
»Ich bin an dem Jagdhaus vorbeigekommen«, fuhr ich fort. »Es kam mir verlassen vor.«
»O ja, es steht jetzt leer.«
Sie hatte ein aufrichtiges, offenes Gesicht und war freundlich. Vielleicht fand sie Gefallen an einem Schwatz, da sie zweifellos wenig Leute zu Gesicht bekam.
»Sind Sie zu Besuch hier?« fragte sie.
»Eigentlich nicht. Ich arbeite im Schloß.«
»So?« Sie zeigte Interesse. »Mein Bruder arbeitet für den Grafen.«
»Ich . . . bin die englische Gouvernante der Komteß Freya.«
Das schien sie nicht übermäßig zu interessieren. »Ach ja, ich habe gehört, daß dort eine Engländerin ist. Und Sie sind ausgeritten und haben sich verirrt?«
»Das kann einem im Wald leicht passieren.«
»Nirgends leichter als hier. Aber Sie sind nicht weit von der Stadt. Wenn Sie zum Jagdhaus zurückkehren und sich auf dem Reitweg halten, kommen Sie zu der kleinen Jagdhütte, und von dort gibt es eine Straße. Sie können von da aus die Stadt schon sehen.«
»Dann weiß ich wieder, wo ich bin. Das Jagdhaus schaut interessant aus, aber ziemlich düster.«
»Ja, es wird nicht mehr benutzt.«
»Schade um das schöne alte Haus.«
»Ach ja . . . Früher kam man häufig zur Jagd hin. Sie sollten sich vorsehen, wenn Sie durch den Wald gehen. Wenn es auch fast nur Rehe gibt, zeigt sich doch gelegentlich ein Wildschwein.«
»Ich glaube, ich habe da ein Grab gesehen . . . irgendwo hinter dem Jagdhaus.«
»O ja, dort ist ein Grab.«
»Ein merkwürdiger Ort für ein Grab, finde ich. Warum hat man jemanden dort beerdigt statt auf einem Friedhof?«
»Ich denke, das hatte seine Gründe.«

Ich wartete, aber sie schien nichts mehr sagen zu wollen, daher fuhr ich fort: »Es macht einen sehr gepflegten Eindruck.«
»Ja. Ich kümmere mich darum. Ich mag nicht, wenn es überwuchert ist. Ich finde, das darf bei Gräbern nicht sein. Das sieht so aus, als ob niemand sich etwas aus dem Menschen macht, der dort begraben liegt.«
»Dann war es wohl jemand, mit dem Sie befreundet waren?«
»Ja«, sagte sie. »Sie müssen mich jetzt entschuldigen. Ich höre meinen Buben. Er ist aus seinem Schläfchen aufgewacht. Sie dürften Ihren Weg jetzt mühelos finden. Guten Tag.«
Ich hatte die Situation falsch angepackt und hatte nichts herausgefunden, außer daß sie mit Francine befreundet gewesen war.
Aber ich wollte sie nochmals besuchen. Immerhin hatte sich mir ein Weg geöffnet, wo scheinbar ein Nichts gewesen war.

Als ich durch die Stadt zurückritt, kam ich an dem Gasthaus vorüber, wo ich einst ein Pferd ausgeliehen hatte, und ich beschloß, in dem Wirtsgarten einzukehren. Ich gab mein Pferd in den Stall und setzte mich. Ich hatte das Bedürfnis, mit jemand zu sprechen, und die Wirtsfrau war damals sehr freundlich gewesen.
Als sie mir einen Krug Bier brachte, sagte sie, daß sie sich an mich erinnere. Da sie zögerte, war es nicht schwierig, sie aufzuhalten.
Ich erzählte ihr, daß ich jetzt im Schloß arbeite.
»Ich hab' gehört, die Komteß hat eine Engländerin, die ihr die Sprache beibringt«, sagte sie.
»Das bin ich«, erwiderte ich.
»Und, gefällt es Ihnen?«
»Sehr«, gab ich zur Antwort. »Die Komteß ist reizend.«
»Sie ist beliebt, und der Baron auch. Es würde mich nicht wundern, wenn sie die Hochzeit vorverlegen würden. Ich nehme an, das hängt vom Großherzog ab. Wenn er wieder gesund wird, wird wohl alles weitergehen wie bisher.«
Ich stimmte ihr zu und sagte, ich fände den Wald zauberhaft.

»Unsere Wälder sind durch viele Sagen und Lieder berühmt«, erwiderte sie. »Es heißt, dort tummelt sich alles Mögliche: Kobolde, Elfen, Riesen und die alten Götter ... manche behaupten sogar, sie seien noch dort ... und manche Leute haben die Gabe, sie zu sehen.«
»Es muß ziemlich unheimlich sein, mitten darin zu leben. Ich bin heute an einem Haus vorbeigekommen.«
»Am Jagdhaus?«
»Ja, das habe ich gesehen, aber ich meine ein anderes, kleineres Haus im Wald ... in der Nähe des Jagdhauses. Ich habe mich gewundert, wer da wohnen könnte.«
»Ach ja, ich weiß, was Sie meinen. Das muß Schwartzens Haus sein.«
»Ich habe dort eine Frau nach dem Weg gefragt.«
»Das kann nur Katja gewesen sein.«
»Hat sie einen kleinen Buben?«
»Ja. Rudolph.«
»Arbeitet ihr Mann in einem der Schlösser?«
»Sie hat keinen Mann.«
»Oh ... ich verstehe.«
»Arme Katja. Sie hat es sehr schwer gehabt.«
»Wie traurig. Sie war so freundlich. Ich fand sie ausgesprochen reizend.«
»Ja, das ist sie auch. Das Leben hat ihr übel mitgespielt. Aber sie hat den Kleinen, und sie liebt ihn zärtlich. Ein braver kleiner Bursche.«
»Er ist ungefähr vier oder fünf, nicht wahr?«
»Ja, so lange ist es wohl her, denke ich. Ziemlich geheimnisvoll, das alles.«
»Was?«
»Na ja, wer kann schon sagen, was in solchen Fällen passiert. Scheint ein bißchen unheilvoll ... dieser Teil des Waldes ... wenn man bedenkt, was sich im Jagdhaus abgespielt hat.«
»Sie meinen den Mord?«
»Ja. Es war schrecklich damals. Manche sagen, es war Eifersucht, aber daran hab' ich nie geglaubt. Das war jemand, der Rudolph aus dem Weg haben wollte, damit Sigmund in seine Fußstapfen treten konnte.«

»Sie meinen doch nicht, daß Sigmund . . .«
»Pst! Ich meine nur, das war alles sehr geheimnisvoll . . . und es ist lange her. Wir sollten es lieber vergessen. Wie ich höre, hat Sigmund das Zeug zu einem guten Großherzog. Er ist stark, und sie wollen einen starken Mann. Horch!« Sie neigte den Kopf auf die Seite. »Ich glaube, sie kommen hier vorbei.«
»Wer?«
»Der Graf und die Gräfin mit Sigmund und der Komteß. Ich hab' gehört, sie haben heute nachmittag den Großherzog besucht. Sigmund wird sie wohl zum Schloß zurück begleiten. Ich lauf' mal geschwind raus und guck' nach.«
»Darf ich mitkommen?«
»Aber sicher.«
Ich stand mit ihr und anderen in die Tür gedrängt, und mein Herz klopfte vor Stolz und Bangnis, als ich ihn sah. Er sah prächtig aus, wie er auf seinem Schimmel die Hochrufe der Leute entgegennahm. Und neben ihm ritt Freya mit rosigen Wangen und leuchtenden Augen. Sie sah sehr hübsch aus. Es war offensichtlich, daß sie beim Volk beliebt war.
»Niedliche kleine Person«, hörte ich jemanden sagen. »Sie ist bezaubernd, nicht wahr?«
Dann kamen der Graf und die Gräfin mit Günther und Tatjana. Ein paar Wächter ritten mit ihnen, farbenprächtig in ihren blau-braunen Uniformen mit den blauen Federn an ihren silbernen Helmen.
Als ich so stand und sie beobachtete, wurde mir die Hoffnungslosigkeit meiner Situation von neuem bewußt, und ich sah für mich keinen rechten Platz in Sigmunds Leben. Ich würde seine Geliebte sein, die sich verstecken müßte . . . und würde auf die Tage warten, die er für mich erübrigen könnte. Und wenn wir Kinder hätten, wie würde es um sie stehen? Wie konnte ich so etwas tun? Ich mußte fort!
O Francine, dachte ich, ist es bei dir auch so gewesen?

Als ich zu meinem Zimmer kam, stand ein Lakai an der Tür. Er sagte: »Ich habe einen Brief für Sie, Fräulein. Ich habe den Auftrag, ihn niemand anderem als Ihnen zu geben.«

»Danke«, sagte ich und nahm das Schreiben entgegen.
Der Lakai entfernte sich mit einer Verbeugung.
Noch bevor ich den Brief öffnete, wußte ich, wer ihn geschickt hatte. Er war auf blauem Papier geschrieben, welches das Wappen mit dem Löwen und den gekreuzten Schwertern zierte, das ich schon einmal gesehen hatte.
»Meine Liebste«, stand da auf Englisch, und weiter:

Ich muß Dich sehen. Ich möchte mit Dir reden. Es ist unerträglich, daß Du so nahe bist und doch nicht bei mir. Ich kann nicht bis morgen warten. Ich möchte Dich heute abend sehen. Unmittelbar unterhalb des Schlosses gibt es einen Gasthof. Er heißt »Zum König des Waldes«. Komm dorthin, bitte. Ich erwarte Dich um neun. Bis dahin werdet Ihr zu Abend gegessen haben, und Du kannst Dich fortstehlen. K.

»Zum König des Waldes«. Ich hatte es gesehen. Es lag nahe beim Eingang des Schlosses. Konnte ich es wagen? Doch, es würde gehen. Ich könnte Kopfweh vorschützen, mich zeitig zurückziehen und hinausschleichen. Aber es wäre unklug und würde so ausgehen wie in Granter's Grange. Ich durfte nicht gehen. Doch ich stellte mir vor, wie er wartete und unglücklich wäre. Menschen wie Konrad und Freya waren es gewöhnt, daß alles nach ihrem Willen ging, aber sie würden lernen müssen, daß es nicht immer so sein konnte. Und doch... ich wollte gehen.
Aber ich sagte mir, daß ich nicht durfte. Es war jedoch auch nicht möglich, ihm eine Botschaft zukommen zu lassen. Wie könnte *ich* jemanden bitten, Baron Sigmund einen Brief zu überbringen!
Nein. Ich mußte hingehen und ihm klarmachen, daß ich ihn nicht wiedersehen konnte. Ich mußte aus dem Schloß ausziehen. Und wenn ich wieder zu Daisy ginge? Das wäre nicht weit genug, dort würde er mich aufspüren. Nein. Ich wollte zu ihm gehen und ihm erklären, daß wir uns nicht mehr treffen durften.
Es gelang mir ohne weiteres fortzukommen. Freya war ein wenig geistesabwesend. Sie hatte es genossen, unter den Hochrufen der Menge mit Sigmund durch die Straßen zu rei-

ten. Als ich sagte, ich würde mich gern zeitig zurückziehen, weil ich Kopfweh hätte, meinte sie nur: »Dann schlaf gut, Anne. Vielleicht gehe ich auch früh zu Bett.«
So konnte ich ohne große Mühe fort.
Er hielt schon nach mir Ausschau und war bei mir, ehe ich den Gasthof erreichte. Er trug einen dunklen Umhang und einen schwarzen Hut und sah aus wie ein reisender Geschäftsmann, doch konnte diese Kleidung, wie ich sie schon an vielen Männern gesehen hatte, seiner vornehmen Erscheinung keinen Abbruch tun.
Er umklammerte meinen Arm und sagte: »Ich habe ein Zimmer besorgt, wo wir ungestört sind.«
»Ich bin nur gekommen, um dir zu sagen, daß ich fortgehen muß«, erwiderte ich.
Er antwortete nicht, sondern drückte meinen Arm nur noch fester.
Wir gingen in den Gasthof und eine Hintertreppe hinauf. Ich dachte, so wird es immer sein: immer im Schatten. Und auf einmal machte es mir nichts mehr aus. Ich liebte ihn und wußte, daß ich fern von ihm niemals glücklich sein würde. Wie lautete das alte spanische Sprichwort: »Nimm, was du willst«, sagte Gott. »Nimm es . . . und bezahle dafür.«
Das Zimmer war klein, aber vom Kerzenschein freundlich erleuchtet, was ihm eine romantische Atmosphäre verlieh; vielleicht kam mir das jedoch nur so vor, weil ich hier mit Konrad allein war. Er schob die Kapuze meines Umhangs zurück und zog die Nadeln aus meinem widerspenstigen Haar.
»Pippa«, murmelte er, »endlich. Ich habe an dich gedacht . . . von dir geträumt . . . und nun bist du hier.«
»Ich darf nicht bleiben«, begann ich. »Ich bin nur gekommen, um dir zu sagen . . .«
Er lächelte mich an und nahm mir den Umhang ab.
»Nicht«, sagte ich, um Festigkeit bemüht.
»Doch«, gab er zurück. »Das hier ist uns bestimmt, weißt du. Dem kannst du nicht ausweichen. O Pippa, du bist zu mir zurückgekommen . . . und wir werden uns nie mehr trennen.«
»Ich muß gehen«, beharrte ich. »Ich hätte nicht kommen sollen. Ich dachte, du wolltest mit mir reden.«

»Ich will alles«, erwiderte er.
»Hör mich an«, fuhr ich fort. »Wir müssen vernünftig sein. Diesmal ist es anders. Damals wußte ich nicht, wer du bist. Ich ließ mich fortreißen. Ich war völlig unschuldig ... unerfahren und hatte noch nie einen Liebhaber gehabt. Ich dachte, wir würden heiraten und so leben ... wie ein Ehepaar. So arglos war ich. Jetzt ist alles anders. Ich weiß, daß es falsch ist, was wir hier tun.«
»Mein Liebling, diese Konventionen hat sich die Gesellschaft zu ihrer Bequemlichkeit erdacht ...«
Ich unterbrach ihn: »Das ist nicht alles. Vergiß Freya nicht. Ich habe sie liebgewonnen. Was würde sie denken, wenn sie uns jetzt sähe? Es ist falsch, gänzlich falsch. Und ich muß gehen.«
»Das lasse ich nicht zu.«
»Die Entscheidung liegt bei mir.«
»So grausam kannst du nicht sein.«
»Ich bin wohl immer noch naiv. Du warst gewiß schon oft in einer ähnlichen Situation.«
»Vor dir habe ich keine geliebt. Genügt dir das nicht?«
»Ist das wirklich wahr?«
»Ich schwöre es. Ich liebe dich jetzt und immerdar ... und nur dich allein.«
»Wie kannst du wissen, was du in Zukunft empfindest?«
»Ich wußte es sofort, als ich dich sah. Du nicht?«
Ich zögerte, dann sagte ich: »Vielleicht wußte ich, daß es bei mir so sein würde. Aber ich dachte, bei dir würde es anders sein, und du würdest mich sicher vergessen, wenn ich fortginge.«
»Niemals!«
»Es gibt so vieles in deinem Leben, was dich für den Verlust entschädigen würde, wenn eine Frau dich zurückweist.«
»Du willst mich nicht verstehen. Wenn es nur um mich ginge, wäre ich bereit, alles aufzugeben.«
»All der Beifall und die Hochrufe, das bedeutet dir doch viel. Ich habe dich heute beobachtet. Ich stand auf der Veranda eines Gasthofes, als du mit Freya vorbeigeritten bist. Ich habe gesehen, wie du gelächelt hast und wie ihr den Leuten gefal-

len habt, alle beide. Dergleichen machst du sehr gut, weil es dir viel bedeutet.«

»Ich bin dazu erzogen worden«, gab er zu. »Aber ich hätte nie gedacht, daß es so weit kommen würde, weil Rudolph doch da war. Ich war nur ein Zweig des Baumes. Wenn Rudolph noch lebte . . . aber, meine Liebste, was soll's? Laß uns aus dem Leben machen, was wir können.«

»Nein. Ich muß gehen. Ich werde nach England zurückkehren. Das halte ich für das Beste. Ich gehe zu Tante Grace und versuche . . .«

Er hatte meinen Umhang beiseite geworfen und hielt mich in seinen Armen.

»Pippa«, sagte er, »ich liebe dich, und die Zeit ist kurz . . . heute. Doch wir werden auf Jahre zusammensein.«

»Und dein Leben . . . und Freyas . . . ?«

»Ich werde etwas arrangieren. Bitte, mein Liebling . . . laß uns glücklich sein . . . jetzt.«

Meine Lippen sagten nein, doch mein ganzer übriger Körper schrie: Ja, ja! Er war unwiderstehlich, und das wußte er, und ich wußte es auch.

Ich will keine Entschuldigung vorbringen, denn es gibt keine. Wir wurden einfach von der Macht unserer Leidenschaft fortgerissen. Keiner von uns dachte mehr an etwas anderes, als daß wir in diesem Zimmer allein waren.

Es war wie in Granter's Grange. Es gab nichts mehr außer unserer Liebe und unserem gegenseitigen Verlangen. Ich konnte nicht mehr an mich halten und lag, halb in Tränen, halb lachend, in seinen Armen; hingebungsvoll und glücklich schob ich die Wolke aus Schuld und Bangnis beiseite, die sich über mich herabsenken wollte. Dann lag ich still, und er hatte seinen Arm um mich gelegt und fuhr wie ein Blinder mit den Fingern über mein Gesicht.

»Ich will jeden Teil von dir so gründlich kennen, daß es ein Teil von mir wird«, flüsterte er. »Ich muß die Erinnerung an dich bewahren, wenn ich nicht bei dir bin. Ich habe schon ein Heim für uns gefunden. Nicht weit von der Stadt . . . im Wald . . . ein bezauberndes kleines Haus, das unseres werden kann.«

Eine Vision von der Jagdhütte – dunkel, trist, von Gespenstern heimgesucht – brachte mich plötzlich aus olympischen Höhen auf die Erde zurück.
»Es liegt westlich der Stadt«, fuhr er fort und meinte damit, daß die Stadt zwischen uns und der Jagdhütte liegen würde. »Ich werde es dir zeigen. Wir machen es zu unserem Heim. Ich werde jede mögliche Minute dort sein. Pippa, ich wünsche bei Gott, daß es anders sein könnte.«
»Ich tu's nicht«, sagte ich. »Ich kann nicht. Ich schäme mich so. Kannst du dir vorstellen, wie es ist, mit Freya zusammenzusein ... diesem lieben, unschuldigen Kind. Ich habe sie liebgewonnen ...«
»Ich bin derjenige, den du liebst, vergiß das nicht«, ermahnte er mich. »Niemand darf sich uns in den Weg stellen.«
»Aber ich kann nicht mehr bei Freya bleiben, nachdem wir ...«
»Dann komm in unser Haus im Wald.«
»Ich muß darüber nachdenken. Ich kann mich jetzt nicht entscheiden. Was könnte ich ihr sagen? Was würde sie empfinden? Sie wird deine Frau sein, und ich deine Geliebte.«
»So ist es nicht«, sagte er.
»Wie denn sonst? Ich glaube, ich kann es nicht. Nicht mit Freya. Sogar jetzt komme ich mir verächtlich vor. Als sie heute besonders zärtlich gestimmt war, hat sie mich sogar geküßt ... und ich habe ihren Kuß erwidert. Ich war entsetzt. Ich gebe mich für ihre Freundin aus, während ich sie gleichzeitig hintergehe. Ich dachte: Das ist der Judaskuß. Nein. Nein, es wäre besser, ich würde heimkehren. Ich könnte zu Tante Grace gehen, ich könnte ein neues Leben anfangen ... vielleicht irgendwo weit weg von Greystone Manor.«
»Du bleibst hier. Ich werde nicht zulassen, daß du gehst.«
»Ich bin ein freier Mensch. Vergiß das nicht.«
»Niemand ist frei, wenn er liebt. Auch du bist gebunden, mein Liebling, und wir gehören für den Rest unseres Lebens zusammen. Sieh doch ein, daß es der einzige Weg ist.«
»Für mich ist Fortgehen der einzige Weg.«
»Das ist für mich unannehmbar ... und für dich auch. Wäre ich nur frei, um dich zu heiraten, ich wäre der glücklichste Mann auf der Welt.«

»Es geht aber nicht.«
»Es sei denn, wir entdeckten einen neuen Erben. Wäre Rudolph verheiratet gewesen . . .«
»Er war verheiratet.«
»Ach, der Eintrag im Register. Er war aber nicht da, nicht wahr? Wir haben doch nachgeforscht. Gäbe es nur einen Beweis für seine Heirat, und einen Erben dazu. Könnten wir diesen Erben doch vorweisen, wenn der Großherzog stirbt, und sagen: ›Dies ist der neue Herrscher von Bruxenstein.‹«
»Aber er wäre doch in jedem Fall noch ein Kind.«
»Kinder werden erwachsen.«
»Und wie würde es dann weitergehen? Ich nehme an, man würde eine Regentschaft errichten.«
»Ja, so ungefähr.«
»Und du würdest der Regent?«
»Ich vermute, daß es so kommen würde. Aber ich wäre dann frei. Kollnitz würde keine Allianz mit einem Regenten wollen. Bestimmt würden sie wollen, daß Freya den Erben heiratet.«
»Bei dem Altersunterschied käme das aber wohl nicht in Frage.«
»Darauf würden sie keine große Rücksicht nehmen. Es hat schon mehr unpassende Heiraten zum Wohle des Staates gegeben. Angenommen, sie wäre etwa zehn Jahre älter, das würde man nicht als Hinderungsgrund betrachten. Ich bin übrigens acht Jahre älter als Freya. Aber wir verschwenden unsere Zeit mit unnützen Mutmaßungen. Wir müssen es hinnehmen, wie es ist. Ich muß diese Trauungszeremonie mit Freya über mich ergehen lassen, und wir müssen einen Erben hervorbringen. Damit habe ich meine Pflicht erfüllt. Aber dich lasse ich nicht gehen, Pippa, nie, nie, nie. Wenn du fortliefest, käme ich dir nach. Ich würde ganz England durchsuchen, die ganze Welt . . . und dich zurückholen.«
»Auch gegen meinen Willen?«
»Liebe, liebe Pippa, es wäre nicht gegen deinen Willen. All deine Entschlüsse würden zerbröckeln, wenn wir zusammen wären. Habe ich das nicht bereits zweimal bewiesen?«
»Ich bin schwach, töricht . . . unmoralisch. Das steht fest.«

»Du bist liebenswert und anbetungswürdig.«
»Du hast kein Recht, mich in Versuchung zu führen.«
»Ich habe das Recht der wahren Liebe.«
»Was bin ich doch für eine Närrin! Beinahe glaube ich dir.«
»Du bist eine Närrin, weil du mir nicht ganz glaubst.«
»Ist es denn wirklich wahr?«
»Das weißt du doch.«
»Ja, ich glaube, ich weiß es. Wir beide befinden uns in einer ungewöhnlichen Situation. Ob es dergleichen schon früher gegeben hat?«
»Deiner eigenen Schwester ist es auch so ergangen«, sagte er.
»Es war zwar nicht ganz dasselbe ... doch Rudolph hätte sie nicht heiraten können.«
»Warum nicht?«
»Weil er für Freya bestimmt war.«
»Er hat sich aber nie dieser Verlobungszeremonie unterzogen, die einer Eheschließung gleichkommt.«
»Das stimmt. Trotzdem wußte er, daß er ohne Zustimmung der herzoglichen Minister nicht heiraten durfte. Liebling, du mußt es vergessen. Mach das Beste aus dem, was wir haben, und ich verspreche dir, das wird sehr, sehr viel sein.«
»Ich muß jetzt gehen. Es ist schon spät.«
»Nur wenn du mir versprichst, daß wir uns bald wieder treffen. Ich will dir doch unser zukünftiges Heim zeigen. Ich möchte, daß du morgen abend wieder herkommst, ja?«
»Ich kann nicht. Wie soll ich das bewerkstelligen? Es würde auffallen, und Freya würde Verdacht schöpfen.«
»Ich werde morgen um dieselbe Zeit hier sein. Liebste Pippa, bitte komm.«
Ich zog mich an, und er begleitete mich fast bis ans Schloßportal. Es schien mir, als sähen die Wächter mich merkwürdig an. Ich wünschte, ich könnte die wilde, jauchzende Glückseligkeit zum Verstummen bringen, die mich einhüllte und meine Ängste fortschwemmte.

Ich glaubte, Freya nicht ins Gesicht sehen zu können. Falls sie von Sigmund sprechen würde, müßte ich befürchten, mich zu

verraten. Sie war wachsam und kannte mich gut, daher würde sie bestimmt merken, daß etwas geschehen war.
Freya hatte sich verändert, seit wir bei dem Grafen lebten. Sie schien älter geworden, mehr in sich gekehrt und mit sich selbst beschäftigt. Früher wäre ihr wohl sofort aufgefallen, wenn mein Benehmen sonderbar gewesen wäre.
Auch Fräulein Kratz hatte Freyas Veränderung bemerkt und klagte: »Sie ist sehr unaufmerksam im Unterricht. Ich glaube, das Leben hier, das Wiedersehen mit dem Baron und die Erkenntnis, was die Zukunft bringt, hat ihr den Kopf verdreht.«
»Das reicht, um jedem den Kopf zu verdrehen.«
»Sie kann sich nicht lange konzentrieren und möchte dauernd den Unterricht ausfallen lassen. Es ist schwer, sich durchzusetzen. Was sagen Sie dazu, Fräulein Ayres?«
»Bei mir ist es anders, weil wir keinen festgelegten Unterricht haben und einfach auf Englisch plaudern. Wir müssen uns nicht hinsetzen und Bücher studieren, obgleich ich gern möchte, daß sie englisch liest.«
»Wahrscheinlich muß man sich damit abfinden.«
»Das sollten Sie wirklich, Fräulein Kratz, und außerdem haben Sie auf diese Weise doch ein wenig freie Zeit.«
Das gab sie zu. Mir ging es ebenso, und zu meiner Erleichterung sollte es auch an diesem Nachmittag so sein.
Ich sah Freya kurz beim Mittagessen. Sie war in Reitkleidung und sah sehr hübsch aus in dem marineblauen Kostüm, das ihr blondes Haar besonders gut zur Geltung brachte.
»Ich reite heute nachmittag aus, Anne«, sagte sie. »Ich nehme an, du hast dasselbe vor, oder du gehst in die Stadt.«
»Wie du willst.«
»O nein ... so habe ich es nicht gemeint. Ich muß mit Günther und Tatjana gehen und kann nicht mit dir kommen.«
Mein Herz hüpfte vor Freude, denn das gab mir ein wenig Zeit für meinen eigenen Plan.
»Ich wünsche dir viel Vergnügen«, sagte ich.
»Es tut mir leid, daß du nicht mitkommen kannst.«
»Aber das macht doch nichts. Viel Spaß.«
Sie schlang ihre Arme um meinen Hals. »Ich wünsche dir einen schönen Nachmittag, liebe Anne.«

»Ich werde mich amüsieren.«
»Und wir werden viel englisch sprechen ... morgen oder übermorgen.«
Ich ging in mein Zimmer und zog mein Reitkostüm an, und wenig später war ich unterwegs in den Wald.
Den Plan hatte ich gefaßt, als ich am Morgen aufgewacht war. Ich wollte die Frau aufsuchen, die Francines Grab in Ordnung hielt, denn ich war fest überzeugt, daß sie etwas wußte, und das mußte ich herausfinden. Das Kind ging mir nicht aus dem Sinn. Es war eine wilde Vermutung ... aber immerhin war sein Name Rudolph. Warum sollte man einen Vierjährigen am Grab einer Fremden niederknien lassen? Was, wenn dieser kleine Rudolph das Kind war, von dem Francine mir geschrieben hatte? Wenn ich beweisen könnte, daß Francine wirklich verheiratet gewesen war, und wenn ich ihr Kind finden könnte, dann wäre der kleine Knabe der Erbe des Herzogtums. Er stünde in der Erbfolge vor Konrad. Hier in Bruxenstein, wohin ich gekommen war, um das Rätsel um das Leben und den Tod meiner Schwester aufzuklären, konnte ich womöglich gleichzeitig die Lösung für mein eigenes Problem finden.
Vielleicht ging meine Phantasie mit mir durch, vielleicht neigte ich zu sehr zur Vereinfachung. Ich konnte es nur versuchen, aber das wollte ich unbedingt.
Als ich an Giselas Haus vorbei durch den Wald zur Jagdhütte ritt, dachte ich an den letzten Abend, an Konrad, an das wilde, leidenschaftliche Verlangen, das uns beide verzehrte und uns jeglichen anderen Bewußtseins beraubte. Wie konnte ich, die ich mich stets für eine einigermaßen achtbare Person gehalten hatte, mich auf diese leidenschaftliche Affäre mit dem Verlobten meiner Schülerin einlassen? Ich verstand mich selbst nicht. Ich schien nicht mehr die Philippa Ewell zu sein, mit der ich mein Leben lang vertraut gewesen war. Ich wußte nur eins: Ich mußte mit ihm zusammen sein; ich mußte mich hingeben; ich wünsche vor allem, ihm zu gefallen und auf ewig bei ihm zu sein.
Ich band das Pferd an der gewohnten Stelle fest und ging um das Jagdhaus herum, vorbei an dem Grab und zu Katjas Haus.

Als ich gleich hinter dem Jagdhaus in den dichteren Teil des Waldes kam, hörte ich Pferdehufe. Ich trat auf dem ziemlich schmalen Pfad beiseite, um Pferd und Reiter vorbeizulassen.
Es war ein Mann, der mir merkwürdig bekannt vorkam.
Er führte auf diesem Saumpfad sein Pferd am Zügel und sah mich erstaunt an. Als er vorüberging, neigte er grüßend den Kopf, und ich erwiderte stumm seinen Gruß. Im Weitergehen überlegte ich, wo ich den Mann schon einmal gesehen haben konnte. Im Schloß gingen natürlich viele Leute ein und aus; vielleicht war er auch dort beschäftigt.
Mein Kopf war jedoch zu voll mit anderen Dingen, als daß ich meine Gedanken länger an einen Fremden verschwendet hätte. Ich kam zu dem Haus, das ganz still schien. Vorsichtig öffnete ich das Gatter und kam zu einer Veranda, die mit Topfpflanzen bewachsen war. Ich betätigte den an der Tür befindlichen Klopfer.
Stille. Dann Schritte. Die Tür ging auf, und da stand Katja. Sie starrte mich überrascht an; sie erkannte mich nicht gleich.
Ich hatte mir schon zurechtgelegt, was ich sagen wollte, und begann: »Ich möchte Sie gern sprechen, denn ich muß Sie etwas Wichtiges fragen. Erlauben Sie?« Sie machte ein verwirrtes Gesicht, und ich fuhr fort: »Es ist sehr wichtig für mich.«
Sie trat zurück und hielt die Tür weiter auf. »Ich habe Sie doch schon mal gesehen«, sagte sie.
»Ja. Ich habe neulich nach dem Weg gefragt.«
Sie lächelte. »Ah ... jetzt erinnere ich mich. Bitte kommen Sie herein.«
Ich trat in die Diele, und mir fiel auf, wie sauber und blank alles war. Katja öffnete eine Tür, und wir gingen in eine freundliche Stube, die einfach, aber behaglich eingerichtet war.
»Bitte nehmen Sie Platz«, forderte sie mich auf.
Ich setzte mich. »Es ist mir klar, daß Ihnen mein Anliegen sehr merkwürdig vorkommen muß«, sagte ich. »Ich interessiere mich für das Grab der Frau, die mit Baron Rudolph ermordet wurde.«
»So?« Sie war leicht erschrocken. »Warum ... warum fragen Sie mich?«

»Weil Sie sie gut kannten. Sie hatten sie gern und kümmern sich um das Grab. Sie bringen auch den kleinen Jungen dorthin und haben sie sicher geachtet.«
»Ich nehme meinen kleinen Buben mit, weil ich ihn nicht allein lassen kann. Jetzt schläft er. Das ist die einzige Zeit, wo ich im Haus etwas schaffen kann.«
»Bitte erzählen Sie mir von Ihrer Freundschaft mit der Frau, die ermordet wurde.«
»Darf ich fragen, warum Sie das interessiert?«
Ich zögerte erst. Dann faßte ich einen plötzlichen Entschluß, weil ich sah, daß es die einzige Hoffnung war, die Auskunft zu erhalten, die ich mir so sehr wünschte. Ich sagte: »Ich bin ihre Schwester.«
Sie starrte mich fassungslos an. Ich wartete, daß sie etwas sagte, und schließlich begann sie: »Ja, ich weiß, daß sie eine Schwester hatte . . . Pippa. Sie hat immer so liebevoll von ihr gesprochen.«
Diese schlichten Worte rührten mich zutiefst. Meine Lippen zitterten, als ich hervorstieß: »Dann werden Sie mich auch verstehen. Sie wissen, warum ich . . .« Ich spürte sogleich, daß ich nichts erreicht hätte, wenn ich ihr nicht eröffnet hätte, wer ich war; plötzlich hatte sich die Beziehung zwischen uns gewandelt.
Ich fuhr fort: »Ich sah Sie das Grab pflegen und mit dem kleinen Knaben zusammen niederknien. Da wußte ich, daß Sie meine Schwester liebhatten. Deswegen habe ich mich entschlossen, mit Ihnen zu sprechen.«
»Ich habe von Anfang an nicht geglaubt, daß Sie sich verirrt hatten«, sagte sie. »Ich wußte, daß irgendwas im Spiel war.«
»Ich glaube, daß meine Schwester mit Rudolph verheiratet war.«
Sie senkte die Augen. »Es heißt, sie war nur seine Geliebte.«
»Aber es gibt irgendwo einen Beweis . . .«
Sie schwieg.
»Erzählen Sie mir von ihr. Sie hat hier im Jagdhaus gelebt, nicht wahr? Sie waren Nachbarn.«
»Es war ihr Heim. Sehen Sie, man konnte sie nicht im Schloß

aufnehmen. Der Baron hatte seine Pflichten. Er kam, wann er konnte, und er kam oft. Sie waren sehr verliebt. Sie war so ein fröhliches Wesen und lachte viel. Nie habe ich sie traurig gesehen. Sie hatte sich mit ihrer Lage abgefunden. Ich bin sicher, der Baron flüchtete sich zu ihr, wann immer er konnte.«

»Erzählen Sie mir, wie Sie sich kennenlernten.«

»Damals lebte mein Vater noch. Er und mein Bruder waren bei Graf von Bindorf beschäftigt, wie ja die meisten Leute dieser Gegend entweder dort oder beim Großherzog arbeiten. Mein Bruder Hermann arbeitet noch als Kurier beim Grafen und ist daher nicht oft hier.«

»Und weiter?«

»Mir ist etwas Entsetzliches zugestoßen. Es war im Wald. Ich war jung und unschuldig, und es war grauenhaft. Niemand kann das nachfühlen, der es nicht selbst erlebt hat. Da war ein Mann, der mich wohl schon geraume Zeit beobachtet hatte ... ich hatte nämlich manchmal gemeint, ich würde verfolgt. Und eines Tages ... es dämmerte ...« Sie hielt inne und blickte starr vor sich hin, und ich dachte mir, daß sie das Entsetzliche in Gedanken noch einmal durchlebte. »Er war Wächter im Großen Schloß. Er packte mich und zerrte mich zwischen die Bäume, und dann ...«

». . . hat er Sie vergewaltigt.«

Sie nickte. »Ich hatte solche Angst. Ich wußte, daß er einer von den Wächtern war ... und dachte, man würde mir nicht glauben ... darum habe ich nichts gesagt. Es war wie ein Alptraum, aber ich dachte, es sei nun einmal geschehen, und ich müßte es vergessen ... Doch dann ... merkte ich, daß ich ein Kind bekam.«

»Sie tun mir leid.«

»Es ist vorbei. Auch solche Erlebnisse verblassen. Ich denke nicht mehr so oft daran. Nur wenn ich davon spreche, ist es wieder da. Mein Vater war ein sehr frommer Mann, verstehen Sie? Er war entsetzt, als er es erfuhr, und ...« Ihr Gesicht verzog sich, und ich konnte sie mir als das bedauernswerte wehrlose Mädchen vorstellen, das sie damals gewesen sein mußte.

»Sie haben mir nicht geglaubt«, fuhr sie fort. »Sie sagten, ich

sei eine Dirne und hätte Schande über die Familie gebracht. Sie haben mich verstoßen.«
»Und wo sind Sie hingegangen?«
»Ich wußte keinen anderen Ausweg, als zu ihr zu gehen, zu Ihrer Schwester. Sie hat mich aufgenommen. Nicht nur das ... sie hat alles für mich getan. *Sie* hat mir geglaubt. Mehr noch, sie meinte, selbst wenn es so wäre, daß ich mich hingegeben hätte, sei das schließlich keine so schlimme Sünde. Aber sie hat mir *geglaubt*. Sie sagte, sie hätte mir in jedem Fall geholfen. Und das tat sie ... und ich habe mein Kind im Jagdhaus zur Welt gebracht.«
Mein Herz schlug heftig. »Hatte sie nicht auch ein Kind ... das ungefähr zur selben Zeit geboren wurde?«
»Ich weiß nichts von einem Kind«, sagte sie. »Ich habe dort nie eines gesehen.«
»Es wäre gefährlich gewesen, wenn sie ein Kind gehabt hätte. Ihr Sohn wäre der Erbe des Herzogtums gewesen.«
Sie schüttelte den Kopf. »Dazu hätte sie wohl verheiratet sein müssen.«
»Ich glaube aber, daß sie verheiratet war.«
»Jedermann sagt doch, daß sie es nicht war.«
»Hat meine Schwester je von einer Heirat gesprochen?«
»Nein.«
»Hat sie erwähnt, daß sie schwanger war?«
»Nein.«
»Und Sie sagen, Ihr Baby wurde in der Jagdhütte geboren.«
»Ja. Ich war dort gut aufgehoben. Dafür hat sie gesorgt. Und als das Baby kam, haben auch meine Alpträume aufgehört. Ich konnte nicht mehr über etwas betrübt sein, dem ich das Kind verdankte.«
»Und Sie hatten meine Schwester lieb, nicht wahr?«
»Wie sollte man jemanden nicht liebhaben, der alles getan hat ... sie hat mich vor dem schrecklichen Schicksal bewahrt, dem ich sonst ausgeliefert gewesen wäre. Ich war halb wahnsinnig vor Kummer und Angst, denn ich dachte, ich sei verdammt, wie mein Vater gesagt hatte. Sie lachte nur darüber und half mir, ein gesundes Kind zur Welt zu bringen. Sie hat uns beide gerettet. Das werde ich nie vergessen.«

»Und . . . deswegen pflegen Sie ihr Grab.«
Sie nickte. »Das werde ich tun, solange ich lebe und in der Nähe bin. Ich werde es nie vergessen, und ich möchte, daß auch Rudolph es nie vergißt. Ich werde ihm die Geschichte erzählen, wenn er größer ist.«
»Danke, daß Sie es mir erzählt haben.«
»Was haben Sie hier vor?«
»Ich möchte ihr Kind finden, weil ich nämlich glaube, daß sie eines hatte.«
Sie schüttelte den Kopf.
»Ich muß Ihnen etwas gestehen«, fuhr ich fort. »Die Komteß und die anderen im Schloß, wo ich beschäftigt bin, wissen nicht, wer ich wirklich bin. Ich bin hier als Fräulein Ayres. Sie werden mich doch nicht verraten?«
»Niemals«, versprach sie in einer plötzlichen Gefühlsanwandlung.
»Das hätte ich auch nicht von Ihnen gedacht. Und ich mußte es Ihnen sagen, weil ich wußte, daß Sie mir sonst Ihr Geheimnis nicht anvertrauen würden.«
Sie gab mir recht. Ich erzählte ihr, daß ich etwas geerbt hatte und es mir deshalb möglich war, hierherzukommen. Ich wiederholte, daß ich fest daran glaubte, daß meine Schwester und Rudolph verheiratet waren und ein Kind hatten.
»Sie haben Ihren Sohn«, sagte ich. »Da werden Sie verstehen, was meine Schwester für den ihren empfand. Ich möchte ihn finden und für ihn sorgen. Das soll ihn für den Verlust der Mutter entschädigen. Und wenn es ihn wirklich gibt, wie kann ich erfahren, wie er lebt? Das bin ich ihr schuldig.«
»Ich verstehe Sie . . . falls sie ein Kind hatte . . . aber . . .«
»Sie hat mir in ihren Briefen von ihm erzählt.«
»Sie hat sich ein Kind gewünscht, das weiß ich. Ich erinnere mich, wie sie zu meinem Rudi war. Und wenn die Menschen sich nach etwas sehnen, dann träumen sie zuweilen . . .«
Immer dieselbe Erklärung. Aber nicht Francine, dachte ich. Sie stand fest mit beiden Füßen auf der Erde und war keine Träumerin. Das war eher meine Art, und dennoch konnte ich mir nicht vorstellen, daß ich mir einbilden könnte, ein Kind zu haben und sogar in Briefen von ihm zu erzählen.

Ich sagte: »Ich bin Ihnen sehr verbunden, und ich danke Ihnen, daß Sie sich um das Grab meiner Schwester kümmern. Falls Sie je mit mir sprechen möchten, denken Sie bitte daran, daß ich als Fräulein Ayres hier bin.«
Sie nickte.
Ich verließ ihr Haus kaum klüger als zuvor; ich hatte lediglich herausgefunden, warum sie Francines Grab pflegte.
Als ich wieder im Schloß war und in mein Zimmer hinaufgehen wollte, lief ich Tatjana über den Weg. Sie blickte mich auf ihre hochmütige Art an und sagte: »Guten Tag, Fräulein.«
Ich erwiderte ihren Gruß und wollte weitergehen, doch sie fuhr fort: »Ich glaube, die Komteß macht im Englischen gute Fortschritte.«
»O ja«, sagte ich. »Sie ist eine gute Schülerin.« Tatjana musterte mich interessiert, und mir wurde unbehaglich zumute. Ich wünschte, ich hätte meine Brille auf. Mein Haar hatte sich gelöst und schaute unter meinem Reithut hervor.
»Ich glaube, sie hat Angst, daß Sie sie verlassen. Sie erwähnte, daß Sie über eigenes Vermögen verfügen und unabhängig sind.«
»Es stimmt, daß ich mir nicht meinen Lebensunterhalt verdienen muß, aber meine Arbeit mit der Komteß macht mir viel Freude.«
»Dann sind ihre Befürchtungen also grundlos, und Sie bleiben bis zu ihrer Vermählung?«
»Das ist ziemlich weit vorausgedacht.«
»Ein Jahr ... vielleicht auch weniger. Die Umstände dürften Ihnen ja bekannt sein. Ich glaube, Sie stehen mit ihr auf sehr vertraulichem Fuße.«
»Wir sind so gute Freundinnen, wie es angesichts unserer Positionen möglich ist.«
Sie neigte den Kopf und gab mir damit zu verstehen, daß ihrer Ansicht nach eine große Kluft zwischen unseren gesellschaftlichen Stellungen bestand.
Dann sah sie mich eindringlich an und sagte: »Merkwürdig, Fräulein Ayres, ich habe das Gefühl, daß ich Sie früher schon einmal gesehen habe.«
»Wäre das denn möglich, Komteß?« fragte ich.

»Durchaus. Ich war in England, in der Grafschaft Kent.«
»Ich kenne Kent gut. Es liegt im südwestlichen Zipfel von England. Ich habe eine Weile dort gelebt. Aber es ist sehr unwahrscheinlich, daß wir uns dort begegnet sind. Ich würde mich gewiß daran erinnern.«
Ich fürchtete, daß sie das Thema weiter verfolgen würde, doch zu meiner Erleichterung wandte sie sich ab und gab mir damit zu verstehen, daß das Gespräch beendet war.
Ich ging mit wild klopfendem Herzen in mein Zimmer hinauf. Einen Augenblick lang dachte ich, sie hätte mich erkannt, aber dann hätte sie mich bestimmt eingehender ausgefragt.
Ungefähr eine Stunde später kehrte Freya zurück. Ich wunderte mich, weil ich angenommen hatte, sie sei mit Tatjana und Günther fortgewesen. Sie kam in mein Zimmer. Ihre Wangen waren gerötet, und sie lächelte.
»Wir sind kilometerweit geritten«, sagte sie. »Günther und ich und zwei Stallknechte haben die anderen verloren.«
»Ihr habt euch doch nicht im Wald verirrt?«
»Nicht richtig. Aber es war ein langer Weg.«
»Komteß Tatjana ist längst zurück.«
Freya lächelte verschwörerisch. »Ich kann Tatjana nicht leiden. Immer hat sie etwas an mir auszusetzen. Sie bildet sich viel auf ihre Stellung ein und hält mich für einen ungehobelten Wildfang.«
»Da mag sie sogar recht haben.«
»Ja? Bin ich ein Wildfang? Ach, weißt du, das ist mir einerlei. Und du magst doch Wildfänge, oder?«
»Ich hab' dich gern, Freya«, sagte ich bewegt. »Ich hab' dich sogar sehr gern.«
Da schlang sie ihre Arme um mich, und ich dachte an Konrad und an alles, was geschehen war, und schämte mich entsetzlich.
Am Abend dachte ich an ihn, wie er im Gasthaus »Zum König des Waldes« wartete. Sicher war er bitter enttäuscht, aber er mußte einsehen, daß er diesen Betrug nicht so einfach fortsetzen konnte. Auch mußte er verstehen, daß ich, selbst wenn es leichter wäre, wegzukommen, dennoch nicht so ohne weiteres zu ihm gehen könnte.

Es war ein großer Unterschied, ob ich in der Abgeschiedenheit meines Zimmers über dies alles nachdachte oder mich fortschwemmen ließ von einer übermächtigen Leidenschaft, die meine Sinne mit sich riß und mein Anstandsempfinden betäubte, während ich vergeblich dagegen ankämpfte. Er mußte begreifen, daß ich die Situation verachtete, wenn ich in Ruhe darüber nachdachte. Ich schämte mich, Freya ins Gesicht zu sehen.
In der Nacht wachte ich auf. Ich setzte mich im Bett auf und wunderte mich, warum ich so hellwach war. Plötzlich wußte ich es: Es war wie eine Erleuchtung, und sie mußte mir im Traum gekommen sein.
Der Mann, dem ich im Wald auf dem Weg zu Katja Schwartz begegnet war, war derselbe, den ich mehrmals in der Nähe von Greystone Manor gesehen hatte! Es war der Mann, der im Gasthof abgestiegen war und den ich für einen Ferienreisenden gehalten hatte. Ich hatte ihn auch auf dem Weg zu der Kirche bei Dover gesehen, als Miss Elton und ich dorthin unterwegs waren, um das Register anzuschauen.
Welch ein merkwürdiger Zufall, daß er nun hier in Bruxenstein war.
Ich konnte nicht mehr einschlafen. Ich lag da und dachte über alles nach: meine Beziehung zu Konrad, mein Gespräch mit Katja Schwartz, den Verdacht, den ich in Tatjanas Augen hatte aufkeimen sehen ... und den Mann im Wald.

Am nächsten Morgen wurde mir ein Brief von Konrad überbracht. Ich fand es sehr leichtsinnig von ihm, mir auf diese Weise eine Nachricht zukommen zu lassen, denn es war nicht auszuschließen, daß die Briefe abgefangen wurden. Doch ich hatte längst begriffen, daß er sich, wenn er sich etwas in den Kopf gesetzt hatte, von keinen nebensächlichen Erwägungen abhalten ließ.
Er schrieb:

Meine Liebste,
Du wirst am späten Vormittag fort können. Ich werde einen Gesandten schicken und den Grafen beauftragen, daß er diesen mit seiner Fa-

milie und Komteß Freya empfangen soll. Dann hast Du frei. Der Gesandte wird bis zum späten Nachmittag bleiben.
Ich erwarte Dich bei unserem Gasthof, und wir werden in den Wald gehen, denn ich möchte Dir etwas zeigen.
Ich liebe Dich jetzt und immerdar. K.

Ich war gleichermaßen freudig erregt und erschrocken, denn ich sah mich mehr und mehr in eine geheime Liebschaft verstrickt, aus der ich mich nicht aus eigener Kraft würde befreien können, und welche die schrecklichsten Konsequenzen haben konnte. Ich hatte frei, weil Konrad über die Macht verfügte, es zu arrangieren.
Ich langte beizeiten bei dem Gasthof an und fragte mich, ob Konrads Verkleidung viele Leute zu täuschen vermochte. Ich hätte ihn auf Anhieb erkannt, aber das mag daran gelegen haben, daß ich ihn liebte.
Wir aßen in einem separaten Zimmer. Ich war so glücklich wie selten, als ich dort mit ihm saß und seine Hand über den Tisch hinweg hin und wieder die meine berührte. Er war überaus zärtlich und fürsorglich an diesem Tag. Er plante kein hastiges Beisammensein, sondern unsere Zukunft.
Er wollte mir unbedingt das Haus zeigen, das er für uns vorgesehen hatte; ich aber protestierte die ganze Zeit, daß ich niemals einwilligen könne, Freya zu hintergehen.
»Komm, sieh es dir an«, sagte er. »Es ist wirklich bezaubernd.«
»Und sei es noch so bezaubernd, nie könnte es meine Überzeugung beeinflussen, daß es falsch ist und ich mich niemals darauf einlassen darf.«
Er lächelte mich flehend an. »Dann laß uns wenigstens so tun als ob . . . für eine Weile.«
Wir ritten zusammen aus dem Hof des Gasthofes und durch die Stadt. Die Sonne stand hoch am Himmel und schien warm auf uns herab, und einen Moment dachte ich: Ja, ich will so tun, als ob. Ich will diese Stunden genießen und die Erinnerung daran durch die kommenden Jahre bewahren.
Bei unserem Ritt durch die Stadt kamen wir an einem Platz vorüber, wo eine Festlichkeit stattfand. Es war ein hübscher

Anblick. Die Mädchen und Frauen trugen ihre Tracht, weite rote Röcke mit weißen Blusen, und hatten rote Blumen im Haar. Die Männer hatten weiße Kniehosen an, dazu gelbe Strümpfe und weiße Hemden, und von ihren enganliegenden Kappen baumelten lange Quasten fast bis auf den Rücken hinab.
Sie tanzten zu den Klängen einer Violine, und wir hielten an, um zuzuschauen.
Wie hübsch das war: dieser herrliche Sommertag, die vergnügten, zufriedenen Mienen der Leute, während das junge Volk einen Gesang anstimmte.
Plötzlich kam ein junges Mädchen auf uns zu. Es hielt einen kleinen Blumenstrauß in der Hand, den es mir überreichte. Ich nahm ihn entgegen und dankte, und im Nu waren wir von Leuten umringt, welche die Nationalhymne sangen.
»Sigmund!« riefen sie. »Sigmund und Freya!«
Konrad schien nicht im mindesten verstört. Er lächelte und sprach zu ihnen; er hoffe, sagte er, daß sie den Tag genießen mögen, und es sei ihm ein großes Vergnügen, ohne Zeremoniell unter ihnen zu sein.
Er schwenkte seinen Hut. Ich hätte am liebsten kehrtgemacht und wäre, so schnell ich konnte, davongeritten. Ich wußte, daß ihm der Beifall des Volkes eine Menge bedeutete, und als ich ihn so sah, erkannte ich, wie sehr er für seine Bestimmung geeignet war ... und wie schlecht ich dazu paßte.
Sie umringten uns, und einer brachte aus einem Haus mehrere Tücher, die sie zusammenknoteten und quer über unseren Weg spannten. Sie lachten und waren guter Dinge.
»Komm«, sagte Konrad. Er nahm mein Pferd und führte mich. Wir ritten auf die Tücher zu, und unter Seufzern ließ man sie zu Boden sinken. Wir ritten durch die hochrufende Menge auf den Wald zu.
»Du gefällst ihnen«, sagte Konrad.
»Sie hielten mich für Freya.«
»Sie haben sich gefreut, als sie uns sahen.«
»Sie werden bald wissen, daß ich nicht Freya bin. Ich wundere mich, wie sie mich mit ihr verwechseln konnten. Sie sehen sie doch ab und zu.«

»Ich glaube, ein paar haben es gemerkt. Es kann gar nicht anders sein. Ihr erster Gedanke war Freya ... und als sie dann erkannten, daß du nicht Freya warst, haben sie so getan, als ob du's wärst.«
»Was werden sie nun denken?«
»Sie werden lächeln, weil sie nicht von mir erwarten, daß ich die Gesellschaft sämtlicher anderer Frauen meide.«
»Ach ja«, sagte ich langsam, »sie werden lächeln und die Achseln zucken ... wie bei Rudolph.«
»Nicht traurig sein. Es war ein amüsanter Vorfall.«
»Jedenfalls war es aufschlußreich. Ich sehe nun deutlich, wie gut deine Rolle zu dir paßt.«
»Ich muß sie akzeptieren und damit leben. Ich muß dem Land den Frieden bewahren. Dem kann ich mich nicht entziehen. Unser gemeinsames Leben wird seine Schattenseiten haben – ich will nicht versuchen, dir etwas vorzumachen – aber wir müssen einfach zusammensein, und ich weigere mich, es mir anders vorzustellen. Wir müssen nehmen, was die Götter uns bescheren, Pippa ... und es genießen. Denn es wird wunderbar sein, das kann ich dir versprechen. Nur mit dir zusammensein ... mehr verlange ich nicht.«
Wenn er so sprach, war ich schwach vor Wonne. Ich fühlte meine Grundsätze mehr und mehr schwinden, während ich meinen sinnlichen Wünschen, diesem unwiderstehlichen Drängen nachgab. Ich liebte ihn. Jedesmal, wenn ich ihn sah, liebte ich ihn mehr. Ich versuchte, mir ein Leben ohne ihn vorzustellen, aber ich konnte den Gedanken nicht ertragen. Die Zukunft, die ich dann vor mir sah, war so trostlos, daß ich in tiefe Verzweiflung geriet. Dachte ich dagegen über das Leben nach, das er für uns im Sinn hatte, so war ich von einer unbändigen Heiterkeit erfüllt ... aber auch mit ängstlicher Spannung.
Ich wußte, daß ich nahe daran war, der Versuchung nachzugeben. Wenn nur Freya nicht wäre, dachte ich, und dann überwältigte mich die Ungeheuerlichkeit meines Tuns, und ich dachte wieder: Ich muß fort. Ich wage es nicht, so weiterzumachen.
Wie schön der Wald war! Als die Bäume sich ein wenig lichte-

ten, konnte ich in der Ferne die Berge sehen. Sie waren mit Fichten bewachsen, und im Tal sah ich kleine zusammengeduckte Häuser; ich konnte den Rauch riechen, der von den Meilern der Köhler aufstieg, und ich sog die reine Bergluft in tiefen Zügen ein.
»Du liebst diese Landschaft«, bemerkte Konrad.
»Sie ist zauberhaft.«
»Hier wird unser Zuhause sein. O Pippa, ich bin so glücklich, daß du hier bist. Du kannst dir nicht vorstellen, wie ich gelitten habe, als ich dachte, ich hätte dich verloren. Ich habe mich verflucht und einen Narren gescholten, weil ich dich gehen ließ. Nie wieder, Pippa. Nie wieder.«
Ich schüttelte den Kopf, aber er lachte nur. Er war seiner sicher und überzeugt, daß sich das Leben nach seinen Wünschen richten würde.
Wir ritten einen Hügel hinan.
»Horch«, sagte Konrad, »die Kuhglocken. Du wirst sie durch den Nebel hören. Sicher wirst du den Nebel lieben, denn er hat etwas geheimnisvoll Romantisches. Als Junge habe ich ihn blauer Nebel genannt. Man steigt im blauen Nebel durch die Wälder hinauf . . . und nach einer Weile ist man plötzlich im hellen Sonnenschein. Ich bin früher oft hierhergekommen. Das Haus gehört unserer Familie. Manchmal, wenn es heiß war drunten in der Stadt, sind wir hier heraufgeritten und haben den Tag hier verbracht. Zuweilen sind wir auch über Nacht geblieben und haben oft im Freien geschlafen. Mit diesem Ort verbinden sich für mich lauter glückliche Erinnerungen, aber sie werden nichts sein im Vergleich zu dem, was vor uns liegt.«
»Konrad . . .«, begann ich. »Ich kann dich niemals Sigmund nennen.«
»Bitte nicht. Sigmund gemahnt an Pflichten. Konrad bin ich für diejenigen, die ich liebe und die mich lieben.«
»Konrad«, fuhr ich fort, »hast du immer bekommen, was du wolltest?«
Er lachte. »Sagen wir, ich habe mich immer redlich bemüht, es zu erreichen, und wenn man wirklich entschlossen ist, dann gelingt es meist auch. Liebste Pippa, laß deine Bedenken fah-

ren und sei glücklich. Wir sind hier zusammen. Wir ziehen in unser Heim. Es ist ein Haus des Glücks, und wir machen es zu unserem.«
Das Haus war bezaubernd. Es war wie ein Miniaturschloß gebaut und hatte vier pechnasenbewehrte Türmchen an den Ecken. Es war so groß wie eine englische Herrschaftsvilla.
»Komm«, sagte er. »Es ist niemand hier. Ich habe dafür gesorgt, daß wir ganz allein sind.«
»Wer könnte denn sonst hier sein?« fragte ich.
»Die Leute, die das Haus in Ordnung halten. Sie wohnen in der Nähe. Es ist eine Familie mit zwei Söhnen und zwei Töchtern. Sie erledigen alles Nötige im Haus, und bei großen Festen haben wir unsere Dienstboten zu ihrer Unterstützung hergeschickt.«
»Es ist schön«, sagte ich.
»Ich wußte, daß es dir gefallen würde. Auch ich mag es sehr gern. Es ist als Haus Marmorsaal bekannt. Du wirst sehen, warum. Es hat nämlich einen kostbaren Fußboden in der Eingangshalle, die den eigentlichen Mittelpunkt des Hauses bildet.«
Ein von niedrigem Gebüsch gesäumter Torweg führte zu dem Haus. »Wir halten die Sträucher so niedrig, damit es nicht finster wird«, erklärte Konrad. »Ich mag die Finsternis nicht, und du? Wer mag es schon düster haben? Das hat etwas Beklemmendes. Dies war immer ein Haus des Glücks, deshalb haben wir die Bäume gefällt und diese niedrigen, blühenden Sträucher gepflanzt. Das wirkt hübsch und läßt mehr Licht herein.«
»Über dem Tor ist eine Inschrift«, bemerkte ich.
»Ja, die stammt von einem meiner Vorfahren, der eine Weile hier gelebt hat. Er war ein Tunichtgut, das schwarze Schaf der Familie ... deshalb haben sie ihn hierher in den Wald geschickt. Seine große Leidenschaft war die Wildschweinjagd. Er wollte allein sein und widersetzte sich allen Bemühungen, ihn in den Schoß der Familie zurückzuholen. Er ließ die Inschrift an dem Tor anbringen. Kannst du sie lesen?«
»Sie thun mir nichts, und ich thue ihnen nichts.«
»Ein ausgezeichneter Wahlspruch, findest du nicht? Niemand

wird uns etwas tun, niemand wird uns behelligen, das versichere ich dir. Dies ist unser Zuhause, Pippa.«
Er schloß die Tür auf und hob mich auf.
»Ist es auch in England Sitte, daß man die Braut über die Schwelle trägt?«
»Ja.«
»Und da wären wir nun, mein Liebes. Wir zwei ... in unserem neuen Heim.«
Es war schön, das mußte ich zugeben. Der Fußboden in der Halle war mit edelstem Carrara-Marmor ausgelegt. Ich war von ihrer erlesenen Schönheit hellauf begeistert.
An den Wänden hingen Bilder; auf einem großen Tisch in der Mitte stand eine Vase mit Blumen.
Konrad hielt mich eng umschlungen. »Gefällt es dir?« fragte er.
»Es ist überwältigend.«
»Hier werden wir glücklich sein ... das ist das Wichtigste.«
Und da er mit mir dort war, glaubte ich es.
Wir besichtigten das ganze Haus. Alles war in peinlichster Ordnung, und ich nahm an, daß dies auf seine Anweisungen zurückzuführen war. Ich fragte mich, was wohl die Leute im Wald denken mochten. Sicher würden sie ahnen, daß er eine Frau herbrachte ... seine Geliebte ... und sie würden wissen, daß diese hier wohnen sollte. Sie würden lächeln und die Achseln zucken, wie Konrad immer sagte.
Sollten wir so durchs Leben gehen? Während die Leute lächelten und die Achseln zuckten? Und unsere Kinder? Was sollte aus ihnen werden? Wer weiß, vielleicht war ich sogar schon schwanger.
O ja, ich war ein weites Stück den schlüpfrigen Abhang hinabgeglitten, und es würde mir schwerfallen, auf den richtigen Weg, den Weg der Rechtschaffenheit, zurückzuklettern. Ja, ich war tief gesunken. Das wurde mir klar, sobald ich nur an Freyas unschuldiges Gesicht dachte.
Dennoch war ich von der prächtigen Ausstattung des Hauses entzückt: von dem Speisezimmer mit den hohen schmalen Fenstern und den Stühlen mit den hübsch bestickten Polstern; von dem Sonnenzimmer, das dem zu Hause glich; von den

Schlafzimmern, die zwar nicht groß wie in einem Schloß, aber hell und hübsch möbliert waren. Von den Fenstern hatte man einen Blick auf den Wald und die fernen Berge. Es war ein schönes Haus in einer prachtvollen Umgebung.
»Gefällt es dir?« fragte er gespannt.
Ich konnte nur erwidern, daß es ganz bezaubernd sei.
»Und du wirst hier glücklich sein?«
Darauf vermochte ich nicht zu antworten. Im Grunde meines Herzens wußte ich, daß ich nicht vollkommen glücklich sein konnte – weder mit ihm noch fern von ihm –, und ich konnte ihm nichts vormachen.
»Ich werde alle deine Skrupel verscheuchen. Du wirst einsehen, daß dies die einzige Möglichkeit zu leben ist.«
»Von welcher vor dir Barone, Grafen und Markgrafen Gebrauch gemacht haben.«
»Aber es gibt nur diesen Weg. Wir sind unser Leben lang gefesselt, wenn wir nicht ausbrechen. Du mußt das verstehen, Pippa.«
»Ich wünschte . . . aber was hat Wünschen schon für einen Sinn? Obgleich . . .«
»Obgleich was?«
»Ich könnte mir vorstellen, daß hier alles Mögliche geschieht. Dies ist das Land der Sagen, das Land der Gebrüder Grimm und des Rattenfängers. Es liegt ein Zauber in der Luft. Ich spüre, daß in diesem Wald . . . alles geschehen könnte.«
»Wir schaffen uns unseren eigenen Zauber. Komm, sei glücklich. Nimm, was dir gegeben ist. Du liebst mich doch?«
»Von ganzem Herzen.«
»Was ist sonst noch wichtig?«
»Sehr viel, leider.«
»Nichts, das nicht überwunden werden könnte.«
»Niemals könnte ich die Scham über meine Treulosigkeit gegen Freya überwinden.«
»Aber sie ist doch noch ein Kind. Wenn sie erwachsen ist, wird sie es verstehen.«
»Das glaube ich nicht. Nicht, wenn ich diejenige bin, die . . .«
»Vergiß sie.«
»Kannst du das?«

»Ich denke nur an dich.«
»Du bist so ein erfahrener Liebhaber. Du sagst immer, was ich am liebsten hören möchte.«
»Es wird der Zweck meines Lebens sein, dich zu erfreuen.«
»Bitte . . . bitte nicht . . .«, flehte ich.
Er drückte mich eng an sich. Er war in einer ungewöhnlichen Stimmung. Es war fast, als betrachte er unsere Anwesenheit in diesem Haus gewissermaßen als etwas Heiliges.
Ich sagte: »Ist es denn nicht möglich, daß wir zwei wie ganz gewöhnliche Menschen sind, daß du von deinen Pflichten entbunden wirst, so daß wir heiraten und Kinder haben und ein normales Leben führen können?«
»Wenn Rudolph nicht tot wäre, dann hätte es so sein können. Aber er ist zu jung gestorben . . . ohne Erben. Aber wenn ein Kind da wäre und deine Schwester und Rudolph verheiratet gewesen wären . . . ja, dann dürften wir unsere Gedanken in andere Bahnen lenken.«
»Würdest du mich dann heiraten wollen?«
»Das wünsche ich mir mehr als alles andere auf der Welt. Wenn ich dich heiraten könnte statt Freya, würde ich nichts anderes mehr begehren.«
»Ich habe immer geglaubt, daß meine Schwester ein Kind hatte.«
»Selbst wenn, so hätte das für die Erbfolge keine Konsequenzen.«
»Wenn sie mit Rudolph verheiratet gewesen wäre, schon.«
»Aber sie waren nicht verheiratet.«
Beinahe hätte ich wieder gesagt, daß ich den Eintrag doch gefunden hatte . . . aber er hatte ja mit eigenen Augen gesehen, daß er nicht vorhanden war.
»Und es würde alles ändern«, fuhr ich fort, »wenn sie verheiratet gewesen wären und sich herausstellen würde, daß sie ein Kind hatten?«
»Natürlich. Wie sehr man die Heirat auch mißbilligt hätte, es wäre nichtsdestoweniger eine Ehe gewesen.«
Plötzlich durchflutete mich eine abenteuerliche Hoffnung. Das kam vom Zauber des Waldes. Es waren der blaue Nebel, die fichtenbestandenen Berge und das Gefühl, daß ich mich in

einem Zauberwald befand, wo sich die merkwürdigsten Dinge ereigneten.
Und so gab ich mich in unserem neuen Zuhause dem Glück mit Konrad hin. Ich hatte die seltsame Überzeugung, daß ich finden würde, was ich brauchte.

Als ich ins Schloß zurückkam, war zu meiner Erleichterung der Gesandte noch dort, so daß ich unbemerkt in mein Zimmer hinaufschlüpfen konnte. Ich hatte immer Angst, Freya unmittelbar nach einem Treffen mit Konrad zu sehen, weil sie mir vielleicht etwas anmerken könnte.
Ich warf meine Reitjacke ab und setzte mich aufs Bett; ich dachte an die vergangenen Stunden, und dabei fiel mein Blick auf die Frisierkommode. Plötzlich bemerkte ich, daß die kleine Dose, in der ich meine Haarnadeln aufbewahrte, nicht an ihrem Platz stand. Ich überlegte, wann ich sie fortgerückt hatte. Es war eine Belanglosigkeit, und doch fand ich es ein wenig seltsam. Ich versank wieder in Gedanken an Konrad und verfiel in die zwischen Hoffnung und Bangen schwankende Stimmung, in der ich mich jedesmal befand, nachdem ich mit ihm zusammen war. Zuweilen gab ich mich Träumen anheim und stellte mir vor, wie Konrad und ich zusammen wären und sich alles glücklich für uns gefügt hätte. Ich bildete mir ein, ich hätte Francines Kind gefunden, und es sei jubelnd als Erbe begrüßt worden; Konrad sei frei, und wir würden heiraten und für immer glücklich sein. Phantasien ... wilde Träume ... Wie konnten sie jemals wahr werden?
Ich mußte meine Reitkleidung ausziehen. Der Gesandte würde gewiß bald aufbrechen, und dann würde Freya kommen und mir berichten, wie ihr Tag verlaufen war. Sie schien in letzter Zeit gereift; ich nahm an, da ihre Heirat demnächst bevorstand, interessierte sie sich für die Politik des Landes, in dem sie als Großherzogin eine Rolle spielen würde.
Manchmal hatte ich den Eindruck, daß sie das Leben aufregend fand. War sie womöglich im Begriff, sich in Konrad zu verlieben? Das wäre bei einem romantischen jungen Mädchen durchaus zu verstehen.
Ich hängte meine Jacke auf und holte ein Kleid aus dem

Schrank. Dann nahm ich mein Halstuch ab und öffnete die Schublade, in der ich meine Halstücher, die Handschuhe und Taschentücher aufbewahrte. Merkwürdigerweise lagen die Handschuhe, die gewöhnlich unter den Taschentüchern waren, obenauf. Kein Zweifel, jemand hatte die Schublade durchsucht. Warum?
Mich beschlich kalte Furcht. In einer verschlossenen Schublade verwahrte ich die Papiere, die Cousin Arthur mir besorgt hatte, ehe ich England verließ. Die würden meine wahre Identität enthüllen. Wenn jemand sie gesehen hatte, war ich verraten, denn wer immer sie entdeckte, wußte, daß ich nicht Anne Ayres war, sondern Philippa Ewell ... und man würde sich erinnern, daß die junge Frau, die ermordet worden war, Ewell geheißen hatte.
Ich suchte fieberhaft den Schlüssel zu der Schublade. Ich hatte ihn hinten in eine andere Schublade unter meine Unterwäsche gesteckt. Er lag woanders. Ich schloß die Schublade auf und durchsuchte sie hastig. Ich fand die Papiere, aber mir schien, sie lagen nicht so, wie ich sie hingelegt hatte.
Jetzt war ich so gut wie sicher, daß jemand mein Zimmer durchsucht und die Papiere gefunden hatte. Und dann hatte er den Schlüssel an den falschen Platz gelegt. Ich war verraten. Wer konnte das getan haben?
Mein erster Gedanke war: Freya. Ich hatte oft das Gefühl, daß sie mir mißtraute. Sie hatte so eine komische Art, mich anzusehen. Mehr als einmal hatte sie gesagt: »Du bist nicht, was du scheinst!«, und dabei hatte sie so einen abschätzenden Blick gehabt.
Konnte es sein, daß sie beschlossen hatte, es herauszufinden, und in meiner Abwesenheit meine Schubladen durchsucht hatte?
Das würde sich leicht feststellen lassen.
Falls sie die Papiere gesehen hatte, würde ich ihr beichten müssen. Ich würde ihr die ganze Geschichte erzählen, und ich wußte, daß sie mich verstehen würde.
Der Gedanke, daß es Freya war, hatte trotz allem etwas Tröstliches.
Aber es hätte natürlich auch jemand anders sein können.

Die Entdeckung

Im Dom sollte ein Dankgottesdienst für die Genesung des Großherzogs stattfinden.
Konrad war an den Vorbereitungen beteiligt, und die gräfliche Familie hielt sich zwei Tage im Großen Schloß auf, um zu helfen.
Freya und ich waren während dieser Tage öfter zusammen, als wir es in letzter Zeit gewesen waren. Ich war vor ihr auf der Hut, denn ich fragte mich ständig, ob sie die Papiere in meiner Schublade gesehen hatte.
Sie ließ sich jedoch nichts anmerken, und das war eigentlich seltsam; denn ich hätte eher angenommen, daß sie sogleich mit ihrer Entdeckung herausplatzen würde.
Sie war allerdings ein wenig still. Vielleicht war das darauf zurückzuführen, daß ihre Vermählung näherrückte.
Wir ritten zusammen in den Wald. Ich mied sowohl das Jagdhaus wie das Haus ›Marmorsaal‹; und Freya war in so nachdenklicher Stimmung, daß sie mich vorausreiten ließ.
Nach einer Weile banden wir unsere Pferde an, streckten uns im Gras aus und plauderten.
»Der Wald ist schön«, sagte ich. »Horch . . . hörst du die Kuhglocken in der Ferne?«
»Nein«, sagte Freya bestimmt. »Ich bin so froh, daß der Großherzog wieder gesund ist.«
»Darüber ist jeder froh. Es ist ein Anlaß zu einem landesweiten Freudenfest.«
»Wenn er nicht mehr lebte, wäre ich jetzt schon verheiratet.«
»Ängstigt dich diese Vorstellung?« fragte ich vorsichtig.
»Ich möchte lieber noch warten.«
»Natürlich.«

»Warum bist du nicht verheiratet?«
»Aus dem einzigen Grund, weil mich noch niemand gefragt hat.«
»Das wundert mich. Du bist doch sehr attraktiv.«
»Vielen Dank.«
»Und du bist nicht alt, noch nicht.«
»Mit jedem Tag komme ich dem Greisenalter ein bißchen näher.«
»Ich auch. Jeder. Sogar Tatjana . . .«
»Wieso erwähnst du ausgerechnet Tatjana?«
»Weil sie sich für anders hält als alle anderen, wie eine der Göttinnen.«
»Ich kenne eine, die hatte ähnliche Ansichten über sich.«
»Ach, das lag doch bloß an meinem Namen. Was besagt schon ein Name?«
»Daß, was wir eine Rose heißen, mit jedem Namen duften tät' so süß.«
»Schon wieder Poesie! Wirklich, Anne, du kannst einen schon sehr verdrießen. Kommst mit Poesie daher, wenn ich vom Heiraten sprechen will.«
Ich zupfte einen Grashalm aus und starrte ihn an. Ich fürchtete, sie könnte die aufsteigende Röte auf meinen Wangen bemerken.
Ich fragte langsam: »Bist du in . . . Sigmund verliebt?«
Sie schwieg. Dann sagte sie: »Ja, ich glaube, ich bin verliebt.«
»Dann mußt du doch glücklich sein.«
»Bin ich auch. Ja, ich bin glücklich. Glaubst du, ich bin zu jung zum Heiraten?«
»Es ist ja noch ein Weilchen hin. In einem Jahr bist du im richtigen Alter.«
»Ich dachte, jetzt. Woran merkt man, daß man verliebt ist? Ach so . . . das hatte ich vergessen . . . du kannst es ja nicht wissen. Du warst nie verliebt, und keiner war je in dich verliebt.«
Ich schwieg. Schließlich sagte ich: »Ich glaube, man würde es spüren.«
»Ja, das glaube ich auch.«

»So?« Mir war, als warte der ganze Wald mit mir auf ihre Antwort.
»Ja«, sagte sie fest. »Ich weiß, daß ich verliebt bin.«
Sie schlang ihre Arme um mich und drückte mich an sich. Sie küßte mich sanft. Ich drückte meine Lippen an ihre Stirn und dachte dabei: Der Judaskuß.
Ich war entsetzlich verzweifelt und bekümmert.

Der Dankgottesdienst sollte am folgenden Samstag stattfinden. Die Straßen der Stadt wurden geschmückt, und die Leute bereiteten einen Festzug vor, um dem Großherzog bei seiner Fahrt durch die Straßen ihre Anhänglichkeit zu beweisen. Kein Zweifel, das Volk schätzte seinen Großherzog sehr.
Konrad, als der Erbe, würde mit dem Großherzog in der Staatskarosse fahren, und ihr würden weitere Mitglieder der herzoglichen Familie sowie des Adels in ihren eigenen Kutschen folgen. Die gesamte Streitmacht würde aufgeboten, und es sollte sehr eindrucksvoll werden.
»Ich fahre mit dem Grafen und der Gräfin«, erzählte mir Freya. »Tatjana ist wütend, weil sie etliche Kutschen weiter hinten ist. Günther ist das einerlei. Er macht sich nicht viel aus solchen Dingen. Ich glaube, Tatjana kann mich nicht leiden.«
»Wieso?«
»Oh, sie hat ihre Gründe.«
»Was für Gründe?«
»Der Hauptgrund ist, daß sie ich sein will. Sie will Sigmund heiraten und Großherzogin werden.«
»Wie kommst du darauf?«
»Ich weiß es eben. Ich halte nämlich die Augen offen, liebe Anne.«
Sie blickte mich spöttisch an, und einen Moment war ich sicher, daß sie die Papiere gesehen hatte.
»Tatjana ist ehrgeizig«, fuhr sie fort. »Sie haßt es, lediglich die Tochter des Grafen zu sein. Sie wird natürlich eine grandiose Partie machen. Aber sie will den Allerwichtigsten, und das ist natürlich Sigmund ... denn den Großherzog könnte sie ja nicht gut heiraten, oder?«

»Kaum.«
»Also will sie Sigmund, aber der ist mit mir verlobt, und sie hat keine Chance. Arme Tatjana.«
»Glaubst du, sie ist in . . . Sigmund verliebt?«
Ich wollte, ich könnte aufhören, jedesmal eine Pause zu machen, bevor ich seinen Namen aussprach.
»Tatjana ist nur in einen Menschen verliebt, in sich selbst. Es ist sicher nicht übel, in sich selbst verliebt zu sein. Da wird man nie enttäuscht, nicht wahr? Und man hat immer Entschuldigungen für den, den man liebt. Auf diese Weise hat man eine vollkommene Liebesaffäre.«
»Freya, du bist ziemlich ironisch.«
»Ich weiß. Aber du magst mich so, nicht? Meinst du, mein Mann wird das auch mögen?«
»Ich denke schon.«
»Anne . . . ist etwas mit dir?«
»Wie meinst du das?« fragte ich erschrocken.
»Du kommst mir verändert vor.«
»Inwiefern?«
»Weil . . . mal guckst du über die Schulter, als erwartetest du, daß was Schreckliches passiert . . . mal machst du ein Gesicht, als ob etwas Wunderbares geschehen wäre. Das ist sehr verwirrend, weißt du.«
»Das bildest du dir ein.«
»Wirklich, Anne?«
»Natürlich«, sagte ich schroff.
»Vielleicht phantasiere ich. Ich muß wohl doch verliebt sein. Das macht die Menschen ein bißchen verdreht, glaube ich.«
»Allerdings.«
Abermals fragte ich mich, ob sie die Papiere gesehen hatte.

Wieder kam ein Brief von Konrad:

Liebste,
wenn die Feierlichkeiten vorbei sind, möchte ich, daß Du das Schloß verläßt und in unser Haus kommst. Laß Dir für Freya eine Ausrede einfallen und komm. Dort werden wir alle möglichen Pläne machen. Ich sehne mich so sehr nach Dir. Ich liebe Dich jetzt und immerdar. K.

Wie alle seine Briefe, erfüllte mich auch dieser mit Entzücken und Bangen. Als ich aber das Siegel betrachtete, bildete ich mir ein, der Brief sei aufgebrochen und neu versiegelt worden, ehe er mich erreichte.
Ich überlegte, ob das möglich war. Konrad war leichtfertig, das war mir klar. Er war es so gewöhnt, seinen Willen zu bekommen und unbedingten Gehorsam zu verlangen, daß es ihm wohl gar nicht in den Sinn kam, daß er einen ungetreuen Diener haben könnte.
Wenn jemand den Brief gelesen hatte, würde er sogleich wissen, wie es zwischen uns stand. Konnte es Freya sein? Nein. Sie hätte dergleichen nie für sich behalten. Aber mit ihren jüngsten Äußerungen hatte sie mich erstaunt. Warum hatte sie so über Liebe und Heirat gesprochen? Es war, als steckten ihre Bemerkungen voller Anspielungen, als hätten ihre Worte einen Hintersinn, doch ihre Zuneigung zu mir schien unvermindert. Sie hatte gesagt, sie sei verliebt. Wenn sie den Brief gelesen hätte, müßte sie eifersüchtig auf mich sein. Aber davon war nichts zu merken.
Es war ein beunruhigender Gedanke, daß der Brief abgefangen worden sein könnte. Ich versuchte mir einzureden, ich hätte mir das aufgrund meines schlechten Gewissens eingebildet; aber da blieben immer noch die Anzeichen, daß mein Zimmer durchsucht worden war.
Es klopfte, und nach meiner Aufforderung öffnete ein Dienstmädchen die Tür, das im Hereintreten einen Brief aus der Tasche zog.
»Den soll ich Ihnen geben«, sagte sie, »und man hat mir eingeschärft, ihn niemand sonst auszuhändigen.«
Ich dachte sogleich an Konrad, aber er hätte ihn gewiß keinem Dienstmädchen anvertraut. Die Handschrift auf dem Umschlag war mir unbekannt.
»Eine junge Frau hat ihn mir gegeben und sagte, Sie wüßten schon Bescheid.«
Ich konnte es kaum erwarten, bis das Mädchen wieder hinausging, dann öffnete ich das Kuvert und las: »Kommen Sie zu mir. Ich zeige Ihnen etwas, das Sie bestimmt gern sehen möchten. Katja Schwartz.«

Ich war schrecklich aufgeregt und beschloß, sobald ich konnte, zu dem Haus im Wald zu gehen.
Es war nicht einfach. Freya würde fragen, wo ich hinging, und mitkommen wollen. Ich sah keine Möglichkeit, als mich bis zum Tag des Dankfestes zu gedulden. Man würde natürlich erwarten, daß ich daran teilnahm, aber ich könnte sicher eine Ausrede finden, um mich zu entfernen.
Freya eröffnete mir, daß ich mit Fräulein Kratz und vielleicht noch zwei anderen in einer Kutsche fahren würde.
»Liebe Anne«, sagte sie, »es tut mir leid, daß du mit der Gouvernante fahren mußt.«
»Wieso? Dort ist mein Platz.«
»Aber du weißt doch, du bist . . . anders.«
»Im Gegenteil, ich bin als englische Gouvernante hier, und es ist nur recht und billig, wenn ich als solche behandelt werde.«
»Ich habe mit der Gräfin darüber gesprochen.«
»Das hättest du nicht tun sollen.«
»Ich rede, wie und wann es mir paßt.«
»Ich weiß, aber es war unklug.«
»Tatjana war sehr wütend. Sie sagte, du bist eine Gouvernante, und dein Platz ist in der Kutsche bei Fräulein Kratz.«
»Sie hat durchaus recht.«
»Nein. Du bist meine Freundin.«
»Freya, du mußt dich auf deine Stellung besinnen.«
»Das tu ich ja, und deswegen lasse ich sie auch wissen, wenn ich mit etwas nicht einverstanden bin.«
»Ich bin vollkommen zufrieden mit der Gouvernantenkutsche. Es ist doch sehr nett, daß sie uns überhaupt eine Kutsche zur Verfügung stellen.«
»Jetzt spielst du die Bescheidene. Ich habe dich immer in Verdacht, wenn du so bist.«
»In Verdacht? Weswegen?«
Sie kniff die Augen zusammen und sagte: »Wegen allem Möglichen.«
»Was ziehst du zum Gottesdienst an?« fragte ich.
»Etwas Helles, Hübsches. Es ist schließlich ein freudiger Anlaß.«

»Allerdings.«
Der Tag kam. Es war warm, und wie immer, wenn der Wind aus einer bestimmten Richtung wehte, war die Luft von Kieferduft erfüllt. Ich liebte diesen Duft.
Es war ein großes Ereignis – und ein neuerlicher Anlaß für mich, mir schmerzlich der tiefen Kluft zwischen mir und Konrad bewußt zu werden. Was, wenn ich seinen Wünschen nachgab? Es würde häufig so sein, daß er irgendeinem Zeremoniell beiwohnen mußte. Und ich? Wo war ich dann? Wahrscheinlich irgendwo in der Menge. Oder vielleicht gar nicht dabei. Eigentlich war es auch nicht wichtig. Ich liebte ihn genug, um ihm das Leben so angenehm wie möglich machen zu wollen, und wenn das bedeutete, daß ich eine Rolle im verborgenen spielen sollte, so machte es mir nichts aus. Und doch fand ich es in gewisser Weise erniedrigend, unannehmbar ... ich schwankte immer noch zwischen meinem Verlangen nach ihm und etwas in meinem Innern, das mich mahnte, fortzugehen, solange es noch Zeit war und bevor ich mich unentwirrbar verstrickt hatte.
Der Großherzog sah ausgesprochen wohl aus, wenn man bedachte, in welcher Gefahr er sich befunden hatte. Er nahm die Huldigungen der Menge mit milder Duldsamkeit entgegen. Konrad war an seiner Seite in der Kutsche, er sah prächtig aus in einer Generaluniform in zwei Schattierungen von Blau, mit silbernen Tressen sowie einem silbernen Helm mit einer blauen Feder.
Freya fuhr unmittelbar hinter dem Grafen und der Gräfin und den Abgesandten von Kollnitz. Sie wirkte sehr jung und anziehend. Die Leute jubelten ihr zu, und ich war gerührt von ihrem sichtlichen Entzücken über die Zuneigung, die sie ihr entgegenbrachten.
Kinder in Nationaltracht beschenkten sie mit Blumen und sangen mit patriotischer Inbrunst Hymnen, und Fahnen flatterten in den Straßen, wo sich die Zuschauer drängten.
Dann gingen wir in den Dom, und der Dankgottesdienst begann.
Ich saß mit Fräulein Kratz weit hinten, und als ich dem Gesang und den Gebeten lauschte und der Dankespredigt, die

von einem hohen kirchlichen Würdenträger gehalten wurde, kam mir die Mißlichkeit meiner Situation erneut zum Bewußtsein. So mußte es auch Francine ergangen sein. Wann hatte sie erkannt, daß es für sie unmöglich war, mit Rudolph eine normale, glückliche Ehe zu führen? Hatte sie jemals einer Zeremonie wie dieser beigewohnt?
Fräulein Kratz neben mir sang inbrünstig »Ein feste Burg ist unser Gott« mit. Ich bemerkte Tränen in ihren Augen.
Ich verspürte ein starkes Verlangen, fortzugehen. Auf einmal glaubte ich, die Zukunft deutlich überschauen zu können, und mir schien, daß ich für Konrad nur eine Belastung sein würde. Unsere Zusammenkünfte würden immer verstohlen sein, »Heimlich, still und leise«, wie Daisy sagen würde. Ich mußte mich davonstehlen und nach England zurückkehren. Dort könnte ich mich eine Weile bei Tante Grace verstecken und Pläne für ein neues Leben machen.
Ich wollte fort und wollte allein sein, um meinen Entschluß zu festigen. Wenn ich tun wollte, was ich nun als meine wahre Pflicht erkannte, durfte ich Konrad nicht wiedersehen; denn er machte mich wankend und beraubte mich meiner Willenskraft. Er weigerte sich, den Tatsachen ins Gesicht zu sehen und wollte das Leben nach seinen Wünschen gestalten.
Der Gottesdienst war zu Ende. Freya und die erlauchte Gesellschaft würden sich nun zum Großen Schloß begeben, wo weitere Feierlichkeiten stattfinden sollten, und Fräulein Kratz und ich konnten uns ins Schloß des Grafen zurückziehen.
Mir kam der Gedanke, daß Freya nun, da der Großherzog wieder wohlauf war, nicht länger beim Grafen zu Gast sein würde. Sie würde ins Große Schloß zurückkehren, und ich müßte natürlich mit ihr gehen. Ich versuchte mir vorzustellen, wie es sein würde, mit Konrad unter einem Dach zu leben, und ich sah uns mit jedem Tag näher auf eine Katastrophe zusteuern.
Es war vier Uhr, als wir im Schloß anlangten. Ich zog mein Reitkostüm an und brach unverzüglich in den Wald auf.

Katja erwartete mich. Sie sagte: »Mein Bruder nimmt als Bediensteter des Grafen auch an den Feierlichkeiten teil. Ich

dachte mir, daß Sie kommen würden, sobald es eine Gelegenheit gäbe.«
»Ja. Ich bin sehr gespannt, seit ich Ihren Brief erhielt.«
»Kommen Sie herein. Ich will Sie nicht länger im ungewissen lassen.«
Sie führte mich in dieselbe Stube, in der ich schon einmal gewesen war. Sie ließ mich ein paar Minuten allein, und als sie zurückkam, hielt sie ein Blatt Papier in der Hand.
Sie sah mich mit einem merkwürdigen Ausdruck an und schien unschlüssig, ob sie mir das Papier geben sollte; dabei wußte ich, daß es dies war, was sie mir hatte zeigen wollen.
Sie sagte zögernd: »Sie sind ihre Schwester. Sie waren offen zu mir. Das hätte sehr gefährlich für Sie werden können ... aber Sie haben mir die Wahrheit gesagt. Und deshalb meine ich, ich darf Ihnen das hier nicht vorenthalten.«
»Was ist das?« fragte ich, und sie reichte es mir.
Als ich es ansah, fühlte ich, wie mir das Blut ins Gesicht schoß. Meine Hände zitterten. Da war es ... so deutlich, wie ich es damals gesehen hatte ... die Unterschrift, der Beweis für die Eheschließung.
»Aber ...«, stammelte ich.
»Das Blatt ist sehr sorgfältig entfernt worden. Das hat mein Bruder besorgt, und dann hat er es hierhergebracht.«
»Ich wußte, daß ich es gesehen hatte. Ich ... ich kann jetzt nicht klar denken. Das ... das wird alles ändern. Es beweist ...«
Sie nickte. »Es beweist, daß eine Trauung stattgefunden hat. Ich habe nicht daran geglaubt, bis ich das hier sah. Sie nannte ihn immer ihren Mann, aber ich dachte, das tat sie nur, weil sie ihn als solchen betrachtete. Doch er war es wirklich ... wie man sieht. Ich dachte, das bin ich ihr schuldig. Deshalb zeige ich es Ihnen.«
Ich sagte langsam: »Das erklärt so vieles. Ich hatte es gesehen ... und dann war es verschwunden. Manchmal dachte ich, ich sei nicht ganz richtig im Kopf. Was wissen Sie darüber?«
»Ich weiß nur, daß mein Bruder es aus England hierhergebracht hat.«
»Ihr Bruder! Natürlich! Er war der Mann, den ich einige Male gesehen habe. Er ist mir gefolgt ... und nachdem ich den Ein-

trag gesehen hatte, hat er ihn entfernt. Ich ... ich weiß nicht, wie ich Ihnen danken soll. Sie können nicht ermessen, was Sie für mich getan haben. Wie lange habe ich an mir selbst gezweifelt! Warum ... warum mag er diesen Eintrag entfernt haben?«
»Weil jemand darauf bedacht war zu verheimlichen, daß die Trauung stattgefunden hat.«
»Sie meinen ... der Graf?«
»Nicht unbedingt. Mein Bruder ist ein Spion. Er könnte für mehrere Leute arbeiten.«
Ich schwieg. Jemand war darauf bedacht, die Eheschließung zu verheimlichen. Aber wer? Sie waren tot, was konnte es da noch ausmachen? Es gab nur einen Grund: Das Kind.
Ich sagte bestimmt: »Irgendwo ist das Kind. Es ist der Erbe des Herzogtums; denn hier haben wir den eindeutigen Beweis, daß Rudolph und Francine verheiratet waren.«
Wirre Möglichkeiten schwirrten mir durch den Kopf. Ich würde das Kind finden ... es lieben, wie Francine es von mir erwartet hätte. Ich könnte zu Konrad gehen und sagen: »Was wir uns ersehnt haben, ist eingetreten. Du bist frei. Wenn wir das Kind finden können ... wenn es noch lebt, bist du nicht mehr der Erbe. Du kannst deine Bindung mit Freya lösen.« Es war, als sei ein Traum wahr geworden.
Ich starrte unentwegt auf das Blatt in meiner Hand. Es war wie ein Talisman, der Schlüssel zu meiner Zukunft.
Aber das Kind. Ich mußte den Jungen finden.
Katja beobachtete mich aufmerksam. Dann schüttelte sie den Kopf. »Ich dachte nur, Sie sollten wissen, daß sie wirklich verheiratet war. Weiter können wir nicht gehen.«
Sie hatte einen leicht fanatischen Ausdruck in den Augen, und ich hatte den Eindruck, daß sie nicht wollte, daß ich das Kind suchte.
Sie sagte: »Es war ein großes Wagnis für mich, Ihnen das Papier zu geben. Mein Bruder ... und die anderen ... würden mich töten, wenn es herauskäme.«
»Er wird merken, daß es fort ist.«
»Nein. Er glaubt, es wurde schon gestohlen, nachdem er es hergebracht hatte.«

»Wie das?«
»Als er aus England nach Hause kam, hatte er das Papier in einer flachen Ledermappe, die er immer bei sich trug, wenn er verreiste. Er war nach einer beschwerlichen Reise erschöpft. Ich gebe zu, ich war neugierig und wollte wissen, was für Geschäfte er betrieb. Denn ich ahnte, daß es diesmal keine gewöhnliche Mission für den Grafen war, der ihn ziemlich oft in der Welt herumschickte. Ich schaute in seiner Mappe nach und fand das Blatt. Ich wußte gleich, was es war, und daß es die Freundin betraf, die so gut zu mir gewesen ist.«
»Und da haben Sie es an sich genommen?«
»O nein... noch nicht. Er mußte am nächsten Tag in die Stadt zum Schloß, aber vorher mußte er sein Pferd zum Beschlagen zum Hufschmied bringen. Während seiner langen Abwesenheit täuschte ich einen Raubüberfall vor. Ich nahm das Papier und noch ein paar andere Sachen, damit er nicht denken sollte, jemand sei allein deswegen eingebrochen. Außerdem zerstörte ich das Türschloß und brachte alles in Unordnung. Dann vergrub ich die Ledermappe unter der Inschrift auf dem Grab Ihrer Schwester. Ich wartete ab, bis er zurückgekehrt war, ehe ich nach Hause ging, so daß er es war, der die Unordnung entdeckte. Er ist schier wahnsinnig geworden und sagte, er sei ruiniert. Er war wütend auf mich, weil ich das Haus unbeaufsichtigt gelassen hatte, worauf ich erwiderte, ich hätte schließlich nicht wissen können, daß die Dokumente so wichtig waren, denn er hatte es mir ja nicht gesagt. Danach hat er tagelang nicht mit mir gesprochen... aber das ging vorüber, und ich besorge nach wie vor das Haus für ihn. Ein paar von den Sachen sind noch immer rund um das Grab versteckt. Ich habe das Papier herausgeholt, nachdem Sie mir gesagt hatten, wer Sie sind. Ich beschloß, es Ihnen zu geben.«
»Das war sehr geschickt von Ihnen. Dies ist eines von den beiden Dingen, die zu beweisen ich hierhergekommen bin.«
»Ein Kind gibt es nicht«, behauptete sie fest. »Aber der Beweis für die Heirat ist da.«
Ich sagte: »Ich bin mit meiner Suche so weit gediehen, und werde sie fortsetzen.«
»Nun, jetzt wissen Sie es. Ich fühle mich sehr erleichtert. Das

war ich ihr schuldig, meine ich. Sie war so gut zu mir. Niemand war je gütiger ... zumal in der Zeit meiner Not. Ich mußte es für sie tun.«
»Ich bin Ihnen so dankbar. Horch! Ruft da nicht Ihr kleiner Junge?«
Sie nickte und lächelte. »Ja. Er ist aufgewacht.«
»Holen Sie ihn doch«, bat ich. »Ich liebe Kinder, und er ist so ein wonniger kleiner Kerl.«
Sie ging mit geschmeichelter Miene hinaus; binnen kurzem kam sie mit dem Jungen zurück. Er war verschlafen; mit der einen Hand rieb er sich die Augen, in der anderen hielt er ein Spielzeug.
Ich sagte: »Guten Tag, Rudi.«
»Guten Tag«, erwiderte er.
»Ich bin gekommen, um deine Mutter zu besuchen ... und dich.«
Er beäugte mich.
»Was hast du da?« fragte ich und faßte nach dem weichen Spielzeug in seiner Hand.
»Das ist mein Kasperl.«
»Ach ja?«
Ich bemerkte, daß ein Ohr durchnäßt war. Ich berührte es vorsichtig, und Katja lachte. »Oh, manchmal ist er noch ein richtiges Baby, nicht wahr, Rudi? Er hat den Kasperl schon gehabt, als er noch ganz klein war, und er nimmt ihn immer mit ins Bett.«
»Mein Kasperl«, sagte Rudi anhänglich.
»Er lutscht immer noch an seinem rechten Ohr. Das war schon sein Trost, als er ein Baby war.«
Mir war, als drehte sich das Zimmer um mich. Wörter tanzten mir vor den Augen. Wie hatte Francine geschrieben? »Er hat einen Kasperl, den nimmt er immer mit ins Bett.« Lutschte er nicht auch an seinem rechten Ohr, um sich zu trösten?
Ich streckte meine Hände nach dem Kind aus, streichelte es leicht und sagte: »Der Sohn meiner Schwester hieß Rudolph ... wie der Kleine hier. Sie schrieb mir von ihm ... so voller Liebe. Er hatte auch einen Kasperl, den er mit ins Bett nahm und tröstete sich, indem er an seinem Ohr lutschte.«

Katja war einen Schritt von mir zurückgewichen.
»Viele Kinder haben Kasperl«, sagte sie heftig. »Sie haben doch immer was zum Lutschen ... ein Spielzeug, oder den Zipfel einer Decke. Das ist ganz natürlich. Das machen sie alle.«
Sie drückte den Knaben an sich und musterte mich mißtrauisch. Ich aber dachte: Ich glaube, er ist es. Er hat das richtige Alter, den Namen und den Kasperl.
Doch ich konnte nichts unternehmen ... noch nicht. Daher sagte ich: »Ich muß jetzt zurückreiten«, und sogleich entspannte sich die Atmosphäre.
Ich muß es herausfinden, dachte ich. Ich muß Konrad fragen, was wir tun sollen. Wir werden es gemeinsam in die Hand nehmen. Und wenn es wirklich so ist ... kann dann für uns alles gut werden?
Ich berührte Katja leicht am Arm und lächelte sie dankbar an.
»Sie können nicht ermessen, was Sie für mich getan haben«, sagte ich.
Ich hatte das Papier zusammengefaltet und in den Ausschnitt meines Kleides gesteckt. Ich wollte Bruxenstein nicht verlassen, bevor ich es Konrad gezeigt hatte.
Ich verabschiedete mich mit vielen Danken und ritt in den Wald. Katja, den verschlafenen Knaben eng an sich gedrückt, blieb in der Tür stehen und sah mir lange nach.

Ich verbrachte die Nacht in fiebriger Ungeduld. Wieder und wieder betrachtete ich das Blatt aus dem Register und erinnerte mich, wie ich es das erstemal gesehen hatte, als ich mit Miss Elton in der Sakristei stand. Ich fügte alle Bruchstücke zusammen, und allmählich entstand ein klares Bild. Der Mann, der mir gefolgt war und mich vom Kirchhof her beobachtet hatte, war Katjas Bruder gewesen, der beauftragt war, den Beweis für die Trauung zu vernichten. Ich dachte über den Küster nach, der abgestritten hatte, mich schon einmal gesehen zu haben. Er war natürlich bestochen worden. Katjas Bruder war gewiß ermächtigt gewesen, ihm eine beträchtliche Summe zu bieten, damit er leugnete, daß er mir das Register gezeigt hatte. Ich konnte mir vorstellen, wie er in Versuchung geraten war, und im Rückblick hatte ich den Eindruck, daß er ein wenig zu glatt, ein wenig zu sicher gewesen war. Ich hätte die Sache weiter verfolgen und versuchen sollen, ihm eine Falle zu stellen, aber ich war so durcheinander gewesen, daß er leichtes Spiel mit mir hatte.

Und nun hielt ich den Beweis in der Hand. Ich überlegte, wie ich es anstellen könnte, Konrad sofort zu sehen. Ich erwog sogar, zum Großen Schloß zu reiten, ließ aber den Gedanken sogleich wieder fallen, denn das konnte ich unmöglich, ohne die Neugier vieler Menschen zu erregen. Nein, ich mußte mich gedulden und eine Gelegenheit abwarten.

Der nächste Tag ging dahin. Ich vermutete, daß Konrad mit den Gästen beschäftigt war, die zum Danksagungsfest gekommen waren, doch am Nachmittag erhielt ich einen Brief. Er wollte mich im Gasthaus treffen.

Ich stahl mich davon, und es kümmerte mich nicht sehr, ob man mich vermissen würde. Ich hatte Freya den ganzen Tag kaum gesehen. Ich glaubte, sie sei mit Tatjana und Günther weg, doch als ich fortritt, sah ich Tatjana bei den Stallungen und schloß daraus, daß sie zurückgekehrt waren.

Konrad wartete auf mich in den dunklen Kleidern, die er stets bei diesen heimlichen Gelegenheiten trug. Er umarmte mich leidenschaftlicher denn je.

»Ich mußte dich sehen«, sagte er. »Wir gehen hier in das Zimmer.«

»Ich muß dir etwas zeigen«, eröffnete ich ihm.

Wir gingen wieder die Hintertreppe hinauf, und als wir allein waren, küßte er mich auf die vertraute, begehrliche Weise.

»Ich habe eine große Entdeckung gemacht«, sagte ich. »Das kann alles für uns ändern.« Ich zog das Papier aus meinem Mieder. Er starrte darauf, dann sah er mich an.

»Das ist es!« rief ich triumphierend. »Das fehlende Blatt aus dem Register. Ich hatte es nämlich doch gesehen. Doch ehe ich es dir zeigen konnte, hatte jemand es entfernt.«

Er war verblüfft. »Aber der Küster...«

»Der hat gelogen. Er war offensichtlich bestochen. Von dem Mann, der das Papier genommen hat. Jetzt ist mir alles vollkommen klar.«

»Wer war das?«
»Das kann ich dir sagen. Es war Katjas Bruder.«
»Katja . . .?«
»Katja Schwartz. Sie wohnt im Wald, in der Nähe vom Jagdhaus. Sie hat meine Schwester gekannt. Ich habe sie entdeckt, als ich feststellte, daß sich jemand um das Grab meiner Schwester kümmert. Ich faßte Vertrauen zu ihr und erzählte ihr, wer ich bin, und sie hat mir das hier gegeben.«
»Es ist unglaublich«, sagte er.
»Nein, es ist durchaus glaubhaft. Hermann Schwartz hat für jemand spioniert, dem daran gelegen war, dieses Blatt zu entfernen.«
Konrad sah mich merkwürdig an und fragte: »Wer?«
»Das weiß ich noch nicht.«
»Pippa, du glaubst doch nicht, daß *ich* den Auftrag gab?«
»Du?«
»Nun ja, wenn du ein Motiv suchst, wer hatte am meisten zu gewinnen?«
»Konrad . . . du hast doch nicht . . .«
»Natürlich nicht.«
»Aber wer?«
»Das müssen wir eben herausfinden.«
»Es gibt nur einen Grund, warum es nötig war, so etwas zu tun.«
Er nickte. »Wenn ein Kind da wäre . . .«
Ich rief: »Es *muß* ein Kind da sein! Warum hätte Francine es mir sonst erzählen sollen? Warum wäre es sonst nötig gewesen, das Blatt aus dem Register zu entfernen?«
Er schwieg. Er war völlig überwältigt.
Ich fuhr fort: »Wenn wir das Kind finden könnten . . .«
»Es wäre der Erbe des Herzogtums«, murmelte er sehr leise.
»Und du wärst frei, Konrad, für unser gemeinsames Leben.«
»Falls es das Kind gibt . . .«
»Es muß es geben. Jemand will den Beweis für die Trauung beseitigen. Das Kind muß da sein . . . vielleicht irgendwo in der Nähe, Francines Sohn, der Erbe des Herzogtums.«
»Wir werden ihn finden.«

»Und dann?«
Er nahm mein Gesicht zwischen seine Hände und küßte mich.
»Dann haben wir zwei die Freiheit, die wir uns wünschen.«
»Und Freya?«
»Sie wird wohl warten müssen, bis der Junge erwachsen ist. Wie alt ist er jetzt?«
»Ungefähr vier.«
»Da muß Freya noch lange warten.«
»Und du wärst frei, Konrad. Aber . . . es wäre schmerzlich für Freya.«
»Es wäre keine Demütigung für sie. Die Machtpositionen hätten sich lediglich verändert. Wenn wir diesen Knaben finden können, bin ich frei und kann tun, was ich will.«
»Ich glaube, der Knabe ist gefunden.«
»Was?«
»Seine Ziehmutter wird ihn nicht hergeben wollen, und sie wird lügen, was seine Identität betrifft.«
»Was hast du entdeckt?«
»Es ist Katja Schwartz, die Ärmste. Sie gab mir das Papier aus Dankbarkeit gegenüber Francine. Es wird bitter für sie sein, wenn sie dadurch das Kind verliert.«
»Hast du es gesehen?«
»Ja. Es hat das gleiche Alter, es hat blonde Haare und blaue Augen, und es heißt Rudolph wie das Baby meiner Schwester. Sie schrieb mir von ihm. Und was ganz wichtig ist: Francine berichtete mir, daß er ein Spielzeug hatte, einen Kasperl, an dessen einem Ohr er immer gelutscht hat. Als ich jetzt bei Katja war und das Kind sah, hatte es einen Kasperl, und ich erfuhr, daß es schon als Baby an einem Ohr gelutscht hat.«
»Ich werde alles nachprüfen lassen, soweit es die Frau betrifft, und jede Einzelheit herausfinden, die das Kind betrifft.«
»Wenn es sich als wahr herausstellt . . .«, flüsterte ich.
Er sagte mit einem leisen Auflachen: »Ich glaube, du bist eine Hexe. Du kommst verkleidet hierher . . . du entdeckst Geheimnisse, die alle anderen genarrt haben. Du verzauberst mich. Was bist du, Pippa?«
»Ich hoffe, ich bin die, die du liebst. Das ist alles, was ich sein will.«

Dann besprachen wir, wie wir vorgehen und was wir unternehmen würden, wenn wir beweisen konnten, daß der Junge im Wald tatsächlich der Erbe des Herzogtums war.
»Ich müßte hierbleiben, bis er mündig ist«, sagte Konrad. »Es wäre meine Pflicht, ihm das Herzogtum zu erhalten und ihn zu unterweisen, wie er später zu regieren hätte. Wir müßten uns viel im Großen Schloß aufhalten, aber unser wirkliches Zuhause wäre Haus˙ Marmorsaal. O Pippa ... Pippa ... kannst du dir das vorstellen?«
Das konnte ich allerdings.
Er sagte: »Morgen werde ich alles in Bewegung setzen. Es dürfte nicht lange dauern. Katja Schwartz wird beweisen müssen, daß das Kind, das sie bei sich hat, ihr eigenes ist. Falls wir die erwünschten Auskünfte bekommen, werden wir bekanntgeben, daß Rudolph rechtmäßig verheiratet war und einen Sohn hatte.«
Ungefähr zwei Stunden später verließ ich den Gasthof. Als wir aufbrachen, sagte Konrad zu mir: »Ich wollte es dir vorhin nicht sagen – ich dachte, es würde unser Zusammensein verderben –, aber in zwei oder drei Tagen muß ich fort. Nur für etwa eine Woche. Ich muß unsere Gäste nach Schollstein begleiten und muß mit ihnen etliche Verträge aushandeln. Wenn ich wieder zurück bin, möchte ich, daß du ins Haus Marmorsaal ziehst, einerlei, was geschieht. Wir wollen es nicht länger hinauszögern. Es sei denn natürlich, wir finden den Erben, dann gibt es eine Hochzeit. Statt in Sünde zu leben, werden wir uns öffentlich in tugendhafter Konvention verbinden ... was jedermann im Herzogtum wohlgefallen wird.«
Er nahm die Angelegenheit leichter als ich, was mich ein wenig verstörte. Ob er es denn nicht ein kleines bißchen bedauern würde, die höchste Macht im Lande aufzugeben? Bedeutete sie ihm nicht viel mehr als eine formelle Verbindung mit mir?
Ich sah in ihm einen Mann, der vollkommen glücklich sein konnte, solange ich nur da war. Mein Unbehagen wuchs. Wenn ein Außenstehender gefragt worden wäre, wessen Interessen die Geheimhaltung von Francines und Rudolphs Eheschließung und der Existenz ihres Kindes am meisten zu-

gute käme, hätte seine Antwort unweigerlich gelautet: Konrads.
Ich schüttelte diese finsteren Gedanken von mir ab und machte mir klar, daß er das Kind ebenso eifrig zu finden wünschte wie ich. Er hatte das Registerblatt an sich genommen und gesagt, er wolle es hinter Schloß und Riegel verwahren, denn es sei gefährlich für mich, es bei mir zu tragen.
Als er das sagte, war es mir vernünftig erschienen. Doch ich wünschte, ich könnte meine Zweifel abschütteln.

Ich sah ihn erst zwei Tage später wieder, und tags darauf wollte er abreisen. Er kam unerwartet zum gräflichen Schloß, als weder der Graf noch die Gräfin zu Hause waren. Freya war mit Günther und anderen ausgeritten. Ich glaubte, Tatjana wäre auch bei ihnen.
Als ich Konrad kommen sah, tat mein Herz einen Sprung. Unten war ein großes Durcheinander, weil niemand da war, um ihn zu empfangen. Ich hörte ihn in der Halle, wie er alle beschwichtigte auf seine freundliche Art, die ihn so beliebt machte.
»Lassen Sie nur«, hörte ich ihn sagen. »Ich werde mir schon die Zeit vertreiben, bis der Graf zurückkehrt.« Ich stieg ein paar Stufen hinab, und er sah mich. »Ah«, rief er, »da kommt ja die englische Gouvernante. Vielleicht kann sie mir eine halbe Stunde Gesellschaft leisten. Das ist eine gute Übung für mein Englisch.«
Ich ging zu ihm und verneigte mich. Er küßte mir die Hand, wie es hier der Brauch war.
»Lassen Sie uns irgendwohin gehen, wo wir plaudern können, Fräulein . . .«
»Ayres, Herr Baron«, sagte ich.
»Ach ja, Fräulein Ayres.«
Ich ging voraus in ein kleines Zimmer, das unmittelbar an die Halle angrenzte. Er schloß die Tür und lachte.
»Ich konnte mich beim besten Willen nicht auf deinen Namen besinnen. Die süße Pippa kenne ich gut . . . aber Fräulein Ayres, die ist mir fremd.«
Dann lag ich in seinen Armen.

»Es ist gefährlich hier . . .«, sagte ich.
»Bald sind wir frei von solchen Zwängen.«
»Hast du etwas über das Kind herausgefunden?«
Er schüttelte bekümmert den Kopf. »Es besteht kein Zweifel, daß das Kind, das du gesehen hast, der Sohn von Katja Schwartz ist. Sie wurde im Wald vergewaltigt, daher ist uns der Name des Vaters nicht bekannt. Wir haben die Hebamme befragt, die ihr bei der Entbindung beistand und sich hinterher um Katja gekümmert hat. Es war ein gesunder Knabe. Er wurde Rudolph genannt, und mehrere Leute können bezeugen, daß er seither bei seiner Mutter lebt.«
»Aber die Tatsache, daß sie meine Schwester gekannt hat . . . daß ich den Kasperl fand . . .«
»Ja, sie kannte deine Schwester. Das hat sie auch nicht abgestritten. Der Kasperl ist ein gewöhnliches Kinderspielzeug, das im ganzen Land verbreitet ist . . . und man sagte mir, es kommt häufig vor, daß die Kleinen an deren Ohren und Zehen lutschen. Nein, es steht fest, daß der Junge von Katja Schwartz ihr eigenes Kind ist.«
»Dann muß Francines Kind woanders sein.«
»Falls es existiert, werden wir es finden.«
»Aber wie?«
»Ich kann diskrete Nachforschungen anstellen lassen. Verlaß dich darauf, wenn der Knabe lebt, werden wir ihn finden, denn ohne ihn hat das Blatt aus dem Register keine Bedeutung.«
»Für mich schon, auch wenn wir den Knaben nicht finden können; denn es beweist, daß meine Schwester die Wahrheit gesagt hat. Es beweist, daß sie nicht Rudolphs Geliebte war, sondern seine Frau. Und wenn das stimmt, was sie von der Trauung berichtete, dann stimmt folglich auch, was sie von dem Knaben erzählte.«
»Wir werden ihn finden.«
Wir fuhren plötzlich auseinander, denn die Tür war aufgegangen, und Tatjana stand auf der Schwelle.
»Ich hörte, daß Sie hier sind, Baron«, sagte sie. Sie war in Reitkleidung. Offenbar war sie eben erst gekommen. »Sie müssen uns vergeben. Es war sehr nachlässig von uns, nicht hier zu

sein, als Sie zu Besuch kamen. Was werden Sie nun von uns denken.«
Konrad trat zu ihr und küßte ihr die Hand, wie er vor wenigen Minuten die meine geküßt hatte.
»Meine liebe Komteß«, sagte er. »Ich bitte Sie, entschuldigen Sie sich doch nicht bei mir. Vielmehr habe ich mich zu entschuldigen, weil ich zu so ungelegener Zeit gekommen bin.«
»Unser Schloß steht Ihnen jederzeit zur Verfügung«, sagte sie. Ihre Wangen waren gerötet, und sie sah sehr hübsch aus. »Es ist unverzeihlich, daß niemand hier war, Sie zu empfangen.«
»Fräulein Ayres hat Ihrem Hause durchaus Ehre gemacht.« Er wandte sich lächelnd zu mir um, und ich hätte gern gewußt, ob Tatjana das schelmische Zwinkern in seinen Augen bemerkte.
»Das war sehr liebenswürdig von Ihnen, Fräulein«, sagte Tatjana. »Ich darf annehmen, daß Sie viel zu tun haben.«
Das bedeutete, daß ich entlassen war. Ich verneigte mich und ging zur Tür.
»Ich nahm die Gelegenheit wahr, um mein Englisch aufzufrischen«, sagte Konrad.
»Das ist immer sehr nützlich«, murmelte Tatjana.
Im Hinausgehen warf ich einen kurzen Blick auf Konrad und sah, wie er sie anlächelte.
Törichterweise war ich darüber wütend und hätte beinahe vergessen, daß ich schließlich nur die Gouvernante war.
Ich ging in mein Zimmer hinauf. Meine Euphorie der letzten Tage war verflogen. Die Nachforschungen hatten nichts ergeben, und Tatjana hatte mich erkennen lassen, wie gering meine Stellung hier war.
Ungefähr eine Stunde später hörte ich Konrad aufbrechen. Ich sah aus dem Fenster. Tatjana war bei ihm. Sie gingen zusammen zu den Stallungen und schienen in ein sehr amüsantes Gespräch vertieft.

Ich hatte keine Gelegenheit, ihn noch einmal zu sehen, bevor er seine einwöchige Reise antrat. Offenbar hatte sich nichts

Neues ergeben, denn dann hätte er einen Weg gefunden, mich zu benachrichtigen.
Am Tage seiner Abreise wurde mir jedoch ein Brief von ihm überbracht, der die üblichen Zärtlichkeiten enthielt: Er sehne sich, wieder bei mir zu sein, und wenn er zurückkomme, müsse ich bald in das Haus Marmorsaal ziehen, wir dürften nicht länger zögern. Er lasse bezüglich »unserer kleinen Angelegenheit«, wie er es nannte, Nachforschungen anstellen, und wenn etwas ans Licht komme, werde er es mich unverzüglich wissen lassen.
Ein Tag verging, dann noch einer. Freya war zumeist geistesabwesend. In der einen Minute war sie überaus lebhaft, in der nächsten völlig in sich gekehrt. Ich fragte mich, ob ich ihr je von Konrad und mir erzählen könnte. Je mehr ich versuchte, mit mir ins reine zu kommen, um so verächtlicher erschien mir meine Situation. Wie konnte ich sagen: »Ich liebe deinen zukünftigen Ehemann. Wir sind ein Liebespaar und gedenken es auch nach eurer Hochzeit zu bleiben.«
Nie hätte ich geglaubt, daß ich in eine solche Situation geraten könnte. Ich wünschte mir jemanden, dem ich mich anvertrauen konnte. Wenn ich hin und wieder zu Daisy ging, wurde ich jedesmal herzlich empfangen, und ich spielte gern mit dem kleinen Hans.
Am Tag nach Konrads Abreise vertraute ich mich ihr bis zu einem gewissen Grade an, weil Daisy eine natürliche Gabe besaß, Einzelheiten aufzuschnappen und zu einem vollständigen Bild zusammenzufügen. Sie hörte gern Klatschgeschichten über die Herrscherfamilie, und war sie auch nicht an Ort und Stelle, so wußte sie doch, was sich die Leute auf der Straße erzählten. Es schien, daß jegliche Nachricht zu ihr durchsickerte und daß sie zuweilen ein klareres Bild hatte als ich, die ich inmitten des Geschehens lebte.
So fand ich denn Trost darin, mit Daisy zu sprechen. Ich erzählte ihr nichts von der Wiederauffindung des Registerblattes, weil ich es für zu gefährlich hielt, aber ich erwähnte, daß ich Katja kennengelernt hatte, die sich um Francines Grab kümmerte.
»Das war eine Tragödie für sie, aber sie ist glücklich ausge-

gangen«, bemerkte Daisy. »Das arme Ding . . . im Wald vergewaltigt . . . und dann hat ihr Vater ihr die Schuld gegeben. Ehrlich, so manchem Mann gehörte mal ein Denkzettel verpaßt.«
»Kennst du sie, Daisy?«
»Ich hab' sie ein- oder zweimal bei Gisela gesehen. Und die Leute haben über sie geredet.«
»Man hätte meinen können, daß sie das Kind nach einem solchen Erlebnis verloren hätte.«
»Nein, es heißt, das Kind hat ihr den Verstand gerettet. Als sie den Buben hatte, ist sie anders geworden. Es war, als hätte alles auch sein Gutes gehabt . . . weil sie den Jungen bekam. Sie ist immer eine zärtliche Mutter gewesen.«
Hans zeigte mir seine Spielsachen, darunter einen Kasperl, der jenem ähnlich war, den ich bei Rudi gesehen hatte.
Ich fragte ihn, was das sei.
»Mein Kasperl«, sagte er.
»Nimmst du ihn abends immer mit ins Bett?«
Er schüttelte den Kopf. Es sei ein böser Kasperl, erklärte er. Der müsse allein in einem dunklen Schrank schlafen. Er nehme seinen Hund mit ins Bett . . . wenn er brav war.
Daisy betrachtete ihn entzückt. Ihr kleiner Hansi! Sie konnte verstehen, was Katja für ihren Rudi empfand.
»Ach ja, die Kleinen«, sagte sie. »Sie sind schon rechte Plagegeister. Ein Naseweis ist er, unser Hansi. Aber wir möchten um nichts in der Welt ohne ihn sein. Das sagt Hans auch. Hansi war schließlich der Grund, warum er eine ehrbare Frau aus mir gemacht hat. Und weil wir gerade von der Ehe sprechen – ich denke, ehe das Jahr um ist, haben wir die Hochzeit des Jahres. Dann wird sich für Sie einiges ändern, Miss Pip.«
»Ja. Bis dahin muß ich mich entschieden haben.«
»Hoffentlich verlassen Sie uns nicht. Wir haben uns so daran gewöhnt, daß Sie hier sind. Ich denke gern an Sie, wie Sie da oben im Schloß sind. Hans sagt, die halten große Stücke auf Sie. Miss Freya ganz bestimmt. Ich schätze, sie bleibt bis zur Hochzeit beim Grafen und der Gräfin. Wär' auch nicht recht, daß sie mit ihrem Zukünftigen unter einem Dach lebt – nicht

mal unter so einem. Ist ja weiß Gott weitläufig genug! Ich bin neugierig, wann die Hochzeit ist. Es wird ja so manches gemunkelt, wissen Sie. Es heißt, Sigmund hat eine andere im Sinn.«
Ich fühlte, wie ich errötete. Ich sah zu Boden und hob ein Spielzeug von Hansi auf. »So . . .«, sagte ich matt.
»Na ja, Freya ist fast noch ein Kind, nicht? Was kann man da erwarten?«
»Was sagst du . . . man munkelt in der Stadt?«
»O ja. Eine ganze Menge. Er trifft sich sehr oft mit ihr, und weil es nun mal die Natur des Menschen ist . . .«
»Sag mir, was reden sie, Daisy?«
»Also, es ist die Komteß Tatjana. Er sieht sie scheint's sehr oft. Die Leute haben sie zusammen gesehen. Sehr vertraut. Wenn diese Verlobung mit Freya nicht wäre . . . Sie verstehen, was ich meine.«
»Ja«, sagte ich leise, »allerdings.«
»Ob was dran ist, das steht auf einem andren Blatt. Ich schätze, die Hochzeit findet auf alle Fälle statt. Muß sie ja. Politik und so. Sigmund wäre der erste, der das einsieht. Schätze, was immer er für Tatjana fühlt, er wird Freya heiraten. Hansis Kaninchen scheint Sie ja sehr zu fesseln.«
»Es ist niedlich«, meinte ich.
»Ich finde, es ist ein gräßliches kleines Vieh. Aber über Geschmack läßt sich nicht streiten, wie das Sprichwort sagt. Hansi hat es gern.«
Bald darauf verabschiedete ich mich. Ich war verwirrt und völlig verstört.

Als ich ins Schloß zurückkehrte, war Freya nicht da. Ich war in den letzten Tagen so sehr mit meinen eigenen Angelegenheiten beschäftigt, daß ich kaum an sie gedacht hatte. Fräulein Kratz war jedoch mit mir einer Meinung, daß Freya dem Schulzimmer allmählich entwuchs und wir damit rechnen mußten, daß sie hin und wieder den Unterricht ausfallen ließ.
»Seit der Baron zurück ist und wir in dieses Schloß gezogen sind, hat sie sich sehr verändert.«

»Das ist ganz natürlich«, erklärte ich.
Mein Gewissen bedrückte mich. Vielleicht sollte ich versuchen, mit Freya zu sprechen. Ich fragte mich, wieviel sie von dem Klatsch über Tatjana wußte.
Ich sah sie am frühen Morgen. Sie begrüßte mich leicht zerstreut.
Ich fragte sie: »Freya, bedrückt dich etwas?«
»Ob mich was bedrückt?« gab sie in scharfem Ton zurück. »Was sollte mich denn bedrücken?«
»Ich meine ja bloß. Du scheinst mir ein bißchen . . .«
»Ein bißchen was?« Wieder sprach sie gereizt.
»Nachdenklich?« tastete ich mich vor.
»Ich habe über vieles nachzudenken.«
»Wir haben in letzter Zeit wenig englisch gesprochen.«
»Mein Englisch ist wirklich ganz gut, glaube ich.«
»Es hat sich erheblich gebessert, seit ich hier bin.«
»Was natürlich der Zweck des ganzen Unternehmens war«, sagte sie schnippisch. Dann legte sie ihre Arme um mich. »Liebe Anne«, fuhr sie fort. »Mach dir meinetwegen keine Sorgen. Mir fehlt nichts. Was hältst du von Tatjana?«
Die Frage überraschte mich, weil meine Gedanken auch so sehr mit Tatjana beschäftigt waren, und ich erschrak sichtlich.
Freya lachte. »Oh, ich weiß, was du sagen willst. Was du von ihr hältst, spielt keine Rolle. Es steht dir nicht zu . . . es ist nicht deine Pflicht . . . eine Meinung über Tatjana zu haben. Aber das kann nicht verhindern, daß du trotzdem eine hast, und ich möchte schwören, du hast eine Meinung über sie.«
»Ich weiß sehr wenig von ihr.«
»Du hast sie gesehen und hast sicher deine Schlüsse gezogen. Ich glaube, Sigmund hat sie gern. O ja, ich glaube, er hat sie sehr gern.«
»Wie meinst du das?« Ich hoffte, daß sie das Zittern in meiner Stimme nicht bemerkte.
»Genau, wie ich es gesagt habe. Weißt du was? Ich bin sicher, er wäre viel lieber mit Tatjana verlobt als mit mir.«
»Unsinn!«
»Gar kein Unsinn. Sie ist reif . . . mannbar . . . ist das das rich-

tige Wort? Und schön . . . ich denke, sie ist schön. Findest du das auch?«
»Ich nehme an, man kann sie so nennen.«
»Da hast du's. Ist es nicht ausgesprochen vernünftig von ihm, wenn er sie vorzieht?«
»Es wäre ein großer Fehler von ihm«, sagte ich in einem Ton verletzten Ehrgefühls, und ich schämte mich deswegen, weil ich mir wie eine gemeine Heuchlerin vorkam. »Und«, fügte ich matt hinzu, »ich bin sicher, er wäre zu . . . zu . . .«
»Zu was?«
»Zu . . . hm . . . ehrenhaft, nehme ich an, um dergleichen in Betracht zu ziehen.«
»Anne Ayres, manchmal glaube ich, du bist ein Wickelkind. Was weißt du schon von den Männern?«
»Vielleicht sehr wenig.«
»Nichts«, erklärte sie. »Rein gar nichts. Sigmund ist ein Mann, und die Männer sind nun mal so . . . samt und sonders, bis auf die Priester und die, die schon zu alt sind.«
»Freya, ich glaube wirklich, deine Phantasie geht mit dir durch.«
»Ich sehe, was ich sehe. Und ich bin überzeugt, daß ich nicht diejenige bin, die er wirklich heiraten möchte.«
»Und da bist du auf Tatjana verfallen.«
»Ich habe meine Gründe«, sagte sie geheimnisvoll.
Ich wurde das Gefühl nicht los, daß sie deswegen nicht besonders beunruhigt war, und doch wirkte sie gleichzeitig seltsam entrückt.

Der Klingenfels

Wenn ich versuche, mir die Ereignisse jener Nacht zurückzurufen, geraten sie selbst jetzt noch in meinem Kopf durcheinander, doch mir war von vornherein klar, daß sich ein grauenhaftes Muster in meinem Leben wiederholte.
Ich erwachte mit einem furchtsamen Gefühl. Es ging etwas Merkwürdiges vor. Ich spürte es, als ich aus einem Alptraum zu mir kam. Stimmen . . . hastige Schritte . . . seltsame, unbekannte Geräusche . . . und dazu die entsetzliche Gewißheit, daß ich das alles schon einmal gehört hatte. Es war unverkennbar . . . der beißende Brandgeruch, die rauchgeschwängerte Luft.
Im Nu war ich aus dem Bett und rannte in den Flur.
Da wußte ich es.
Im Schloß brannte es.

Ich war wie betäubt. Freya . . . tot! Und auf diese grauenhafte Weise. Das Feuer war in ihrem Zimmer ausgebrochen, und es bestand für sie keine Hoffnung auf Rettung, obwohl der Brand eingedämmt werden konnte.
Jene Nacht war wie eine Ewigkeit und schien auch dann noch kein Ende zu nehmen, als die Feuerwehr abgezogen war und wir uns flüsternd in der Halle zusammendrängten.
Was war geschehen? Niemand vermochte es genau zu sagen. Fest stand nur, daß das Feuer im Zimmer der jungen Komteß ausgebrochen war, und daß sie fast sofort vom Rauch überwältigt worden sein mußte. Man hatte mehrere Versuche zu ihrer Rettung unternommen, aber es war zu spät; niemandem war es gelungen, in das lichterloh brennende Zimmer vorzudringen.

Ich saß zitternd bei den anderen, wartete auf den Morgen und dachte an meine kluge Schülerin, die ich so liebgewonnen hatte.
Als die Dämmerung kam, stellte man fest, daß drei oder vier Räume – einschließlich desjenigen, in dem Freya schlief – ausgebrannt waren; aber dank des dicken Gemäuers war der Rest des Gebäudes unbeschädigt und nur rund um die Brandstätte ein wenig in Mitleidenschaft gezogen.
Fräulein Kratz war neben mir in der Halle und murmelte immerzu: »Es ist nicht zu glauben ... sie war so jung.«
Ich konnte es nicht ertragen, von ihr zu sprechen. Ich würde sie nie vergessen ... würde mir nie verzeihen, daß ich sie hintergangen hatte. Die liebe, unschuldige Freya, die niemandem etwas zuleide getan hatte ... daß sie so sterben mußte!
Ich war unendlich unglücklich, und in meinem Kopf regte sich der Gedanke, wie merkwürdig es war, daß sich etwas Ähnliches schon einmal in meinem Leben ereignet hatte. Ich erinnerte mich lebhaft jener Ereignisse, als in Greystone Manor das Feuer ausbrach, und an die Beschuldigungen, die man gegen mich vorgebracht hatte.
Ich schauderte, da ich hierin ein böses Omen sah.

Den folgenden Tag durchlebte ich in alptraumhafter Beklommenheit. Im Schloß herrschte ein ständiges Kommen und Gehen, und die Leute unterhielten sich im Flüsterton. Ich kapselte mich ab. Ich mochte mich nicht damit abfinden, daß Freya tot war. Bis zu diesem Augenblick war mir nicht bewußt gewesen, wie sehr ich an ihr hing.
Am Abend kam Tatjana zu mir. Sie öffnete die Tür zu meinem Schlafzimmer und trat unaufgefordert ein. Sie wirkte verwirrt, wie zweifellos auch ich. Sie sagte zunächst nichts, sondern stand nur da und sah mich an.
Dann sagte sie: »So ... das ist also Ihr Werk.«
Ich starrte sie verständnislos an.
»Ich weiß alles«, sagte sie. »Sie waren sich Ihrer selbst allzu sicher. Sie hielten sich für so klug. Ich vermutete, daß Sie sich für jemand anderen ausgaben. Ich weiß, daß Sie Philippa Ewell sind, die Schwester von Francine Ewell, der Geliebten

von Baron Rudolph. Ich habe Ihnen von vornherein nicht getraut, weil ich mich erinnerte, daß ich Sie früher schon einmal gesehen hatte. Sie sind in Granter's Grange eingebrochen, wissen Sie noch?«
»Ich wollte mich umschauen. Ich bin nicht eingebrochen.«
»Jetzt ist keine Zeit für Spitzfindigkeiten. Sie sind eine Abenteuerin. Wie Ihre Schwester. Ich habe Ihre Papiere gesehen.«
»Sie waren das also . . .«
»Ich war es der Komteß schuldig, herauszufinden, was für eine Person Sie sind.« Ihre Stimme schwankte. »Das liebe unschuldige Kind . . . ermordet.«
»Ermordet?« rief ich aus.
»Ein bißchen Intelligenz dürfen Sie mir ruhig zutrauen. Ich weiß, wer Sie sind. Ich weiß eine ganze Menge über Sie, auch daß Sie denselben Kniff schon an Ihrem Großvater erprobt haben. Wir haben in allen Ecken der Welt Freunde, die unsere Interessen wahren. Ihre Schwester hat versucht, sich hier einzunisten, deshalb haben wir über ihre Beziehungen gewacht. Sie dachten, es sei bei Ihrem Großvater geglückt, und deshalb haben Sie es hier noch einmal probiert.«
»Ich verstehe nicht . . .«
»Machen Sie mir doch nichts vor. Sie verstehen sehr gut. Der arme alte Herr ist gestorben, nicht wahr? Warum also nicht auch das junge Mädchen? Beide standen Ihnen im Weg. Sie hatten ein starkes Motiv . . . heute wie damals. Aber ein zweites Mal kommt man nicht so leicht mit Mord davon . . . selbst wenn jemand so klug ist, wie Sie von sich glauben.«
»Sie reden Unsinn . . . schieren Unsinn.«
»Das finde ich gar nicht, und andere werden es auch nicht finden. Alles paßt haargenau zusammen. Sie sind auf Rang und Reichtum aus, genau wie Ihre Schwester. Sie endete tot in einem Jagdhaus. Was glauben Sie, wo Sie enden werden, Fräulein Ewell?«
»Ich lasse nicht auf diese Weise mit mir reden«, sagte ich. »Ich bin nicht bei Ihnen angestellt. Meine Dienste sind leider nicht mehr erforderlich. Ich werde dieses Haus auf der Stelle verlassen.«

»Mörderinnen müssen bestraft werden«, erwiderte sie.
»Wie lautet Ihre Anschuldigung?«
»Daß Sie Komteß Freya vorsätzlich ermordet haben, auf eine Weise, die Sie bereits erfolgreich bei Ihrem Großvater angewandt haben. Sie wollen doch nicht leugnen, daß der Herr in einem brennenden Zimmer den Tod fand?«
»Ich leugne es nicht, aber es hat hiermit nichts zu tun.«
»Gestatten Sie, daß ich widerspreche. Es hat sehr wohl etwas hiermit zu tun. Sie haben sich über Ihren Großvater geärgert. Er wollte Sie hinausweisen ... und deshalb mußte er sterben. Ich glaube, Sie sind bei der Sache glimpflich davongekommen.«
»Das ist ungeheuerlich! Mein Geld habe ich nicht von meinem Großvater, sondern von meiner Großmutter. Mit seinem Tod hatte ich nichts zu tun.«
»Ich habe meine Freunde drüben. Ich weiß genau, was vorgefallen ist. Er drohte, Sie hinauszuwerfen, und just an demselben Abend ist er gestorben ... unter mysteriösen Umständen. O ja, ich weiß, man konnte Ihnen nichts beweisen, aber Sie standen unter dringendem Verdacht, nicht wahr? Ihr Großvater befand sich in einem brennenden Raum, aber es brannte nicht lange genug, um den Beweis zu vernichten. Den Fehler wollten Sie kein zweites Mal begehen. Sie haben dafür gesorgt, daß im Fall unserer armen Komteß der Beweis vollständig vernichtet wurde.«
»Sie reden wirren Unsinn. Ich hatte die Komteß lieb. Wir waren die besten Freundinnen.«
»Glauben Sie, ich weiß nicht, wie sehnlich Sie sie loszuwerden wünschten? Sie sind eine ehrgeizige Person, Fräulein. Sie dachten, wenn sie nicht wäre – wenn Baron Sigmund von seinem Verlöbnis mit ihr entbunden wäre –, könnten Sie als Großherzogin von Bruxenstein herrschen.«
Ich starrte sie entgeistert an, und sie lachte bitter.
»Ich weiß von den Zusammenkünften«, fuhr sie fort. »Ich weiß über die zärtliche kleine Romanze Bescheid ...«
Jetzt bekam ich Angst. Ich sah, wie alles zusammenpaßte. Ich erinnerte mich an das Entsetzen jener Wochen in Greystone Manor, als ich unter Verdacht stand. Ich sah in Tatjanas bos-

haftes Gesicht und fühlte, wie das Netz sich um mich zusammenzog.
Sicher, wenn Freya nicht mehr war, hatte ich eine Chance, Konrad zu heiraten. Aber Tatjanas Annahme war einfach ungeheuerlich! Und doch, wenn ich die Beweise gegen mich bedachte, sah ich, daß ich mich in akuter Gefahr befand.
Konrad würde mir glauben, dessen war ich sicher. Ich mußte ihn sehen. Nach dem, was Freya Entsetzliches widerfahren war, würde er gewiß herkommen.
Ich konnte nicht klar denken. Ich konnte mich nur bemühen, gegen die schreckliche Benommenheit anzukämpfen, gegen dieses Gefühl drohenden Unheils, das mich befallen hatte.
»Sie waren schlau, aber nicht schlau genug«, ließ Tatjana sich wieder vernehmen. »Sie waren zu vertrauensselig. Sie kamen her, weil Ihre Schwester auch hier war. Sie gedachten, in ihre Fußstapfen zu treten, aber erfolgreicher zu sein. Sie wollten beweisen, daß sie tatsächlich mit Rudolph verheiratet war. Sie dachten wohl, das würde Ihnen einen gewissen Vorteil einbringen.«
»Sie *war* mit Rudolph verheiratet«, sagte ich.
Sie schnippte mit den Fingern und rief: »Sie Närrin! Wer, denken Sie, wollte Rudolph aus dem Weg haben, wenn nicht Sigmund und seine Freunde? Sigmund war zu schlau für Sie. Er hat mir von Ihrer Gefühlsduselei berichtet. Ich weiß natürlich über Ihre Affäre mit ihm Bescheid. Er fand das sehr amüsant. Er mußte ja herausbekommen, was Sie vorhatten. ›Es war ganz leicht‹, sagte er, ›dem Fräulein große Hoffnungen vorzugaukeln und dabei zu entdecken, was sie für Pläne hatte. Sie ist ziemlich gerissen ... aber sie hat ihre Schwächen, und die habe ich aufgedeckt.‹«
»Ich glaube Ihnen kein Wort.«
»Nein? Das war Ihre Schwäche: Sie waren zu leichtgläubig. Aber wir sind nicht hier, um über Ihr Liebesabenteuer mit Sigmund zu plaudern. Das ist für ihn und für seine Sache ohne Belang. Sie dachten, er würde Sie heiraten, wenn Freya beseitigt wäre. Zu Ihrem Pech war Sigmund nicht der, für den Sie ihn hielten, und wir wußten zuviel von Ihnen. Sie können dieselbe Methode nicht zweimal anwenden.«

»Das ist ein Alptraum . . .«
»Bedenken Sie, was es für die arme Komteß Freya gewesen sein muß.«
Ich schlug die Hände vors Gesicht. Der Verlust meiner lieben kleinen Freundin . . . das Wissen, daß ich als Francines Schwester entdeckt war . . . die Andeutungen über Konrad, die ich nicht glaubte . . . all diese schrecklichen Gefahren.
»Sie stehen unter Arrest«, sagte Tatjana. »Sie sind der Ermordung von Komteß Freya beschuldigt.«
»Ich verlange . . .«
»Ja?« spottete sie. »Wen verlangen Sie zu sprechen? Baron Sigmund ist nicht da. Und selbst wenn er es wäre, würde er Sie nicht sehen wollen. Möchten Sie sonst noch jemanden sprechen, falls es Ihnen gestattet würde?«
Ich dachte an Hans, aber ich wollte ihn nicht da hineinziehen. Der Graf war sein Brotherr. Ich dachte an Daisy, aber sie stand Hans zu nahe. Wen gäbe es sonst noch?
Tatjana lächelte verächtlich. »Strengen Sie Ihren Geist nicht an«, sagte sie. »Ersparen Sie sich die Mühe, denn es würde Ihnen doch nicht gestattet. Packen Sie ein paar Sachen zusammen. Ich lasse Sie zu Ihrem eigenen Schutz von hier wegschaffen. Wenn allgemein bekannt wird, daß Komteß Freya ermordet wurde – und von wem und aus welchem Grund –, wird das Volk Sie nicht der Landesjustiz überlassen. Es wird das Gesetz selbst in die Hand nehmen. Es könnte sein, daß Kollnitz Ihre Auslieferung verlangt. Dann möchte ich nicht in Ihrer Haut stecken, Fräulein Ewell.«
Ich rief aus: »Ich bin unschuldig an dem, dessen Sie mich bezichtigen. Ich sage Ihnen, ich hatte sie lieb. Nie im Leben hätte ich ihr etwas zuleide getan.«
»Packen Sie Ihre Sachen. Meine Eltern und ich sind übereingekommen, daß wir Sie an einen sicheren Ort schaffen, bis Sie vor Gericht kommen. Beeilen Sie sich. Die Zeit drängt.«
Sie ging zur Tür. Dort drehte sie sich um und sah mich gehässig an. »Seien Sie in zehn Minuten bereit«, sagte sie.
Die Tür schloß sich, und ich ließ mich in einen Sessel sinken. Es war wahrhaftig ein Alptraum. Nicht nur, daß Freya tot war, nun wurde ich auch noch beschuldigt, sie ermordet zu haben!

Binnen einer halben Stunde ritt ich, von Wächtern begleitet, aus der Stadt. Beim Schloß standen Leute in Gruppen und unterhielten sich flüsternd. In den Straßen herrschte gedrückte Stimmung. Ich konnte den Rauch in der Luft riechen. Ich sah zum Schloß zurück. Die beschädigte Mauer hob sich deutlich vor dem Sonnenlicht ab.

Wir ließen die Stadt hinter uns und gelangten in den Wald. Wir kamen in der Nähe von Haus Marmorsaal vorüber und ritten weiter. Wir überquerten den Fluß, und dann ging es bergauf. Am späten Vormittag erreichten wir den Klingenfels. Ich kannte ihn von einem Ausritt mit Freya. Damals hatte sie mir die Geschichte des Felsens und der Burg erzählt, die nahe beim Gipfel stand.

In alter Zeit wurden hier Gefangene verwahrt, und wenn sie zum Tode verurteilt waren, hatte man ihnen anheimgestellt, sich vom Felsen in die Schlucht zu stürzen, statt die Hinrichtung auf sich zu nehmen.

Ich glaube, ich befand mich in einem Schockzustand, denn ich konnte nicht ganz erfassen, was mit mir geschah. Gestern noch war ich frei gewesen, um durch den Wald zu reiten, um zu meinem Geliebten zu gehen ... Und nun war ich hier, eine Gefangene und fälschlicherweise des Mordes an einem Menschen beschuldigt, den ich geliebt hatte.

Ich hatte meine liebe Freya verloren, in jedem Fall eine Tragödie, aber unter diesen Umständen ... Ich konnte das Ausmaß des Geschehenen nicht erfassen: Den Verlust eines lieben Menschen, den schrecklichen Verdacht, der auf mir lastete, und meine Schutzlosigkeit gegenüber den Gefahren, die mich umringten.

Wir erklommen eine holperige Straße, die in den Berghang gehauen war, und gelangten schließlich an ein Tor, das von einem grobschlächtigen Mann geöffnet wurde. Er musterte mich streng unter struppigen Augenbrauen hervor.

»Das ist also die Gefangene«, sagte er, und dann zu mir: »Steigen Sie runter. Wir haben nicht den ganzen Tag Zeit.«

Ich stieg ab. Er nahm mein Pferd, das er mit begierigem Blick beäugte. Eine Frau erschien.

»Das ist sie, Martha«, sagte er.

Die Frau packte mich unsanft am Arm und gaffte mir ins Gesicht. Ich war entsetzt über ihren harten, ja grausamen Ausdruck.
»Zigeuner!« rief sie, und ein verschüchtert wirkender Junge in zerlumpten Kleidern kam herbeigelaufen.
Sie befahl ihm: »Bring sie hinauf. Zeig ihr ihre Unterkunft.«
Ich folgte dem Jungen in die mit Steinen ausgelegte Halle, und er wies auf eine Wendeltreppe in einer Ecke. Die steinernen Stufen waren steil, und der Handlauf war ein rauhes Seil.
»Hier entlang«, sagte er.
»Danke«, erwiderte ich, worauf er ein erstauntes Gesicht machte.
Wir stiegen eine ganze Weile in Windungen nach oben, bis wir die Spitze eines Turmes erreichten. Der Junge stieß die Tür auf, und ich erblickte eine kleine Kammer mit einer Strohpritsche, einem Krug und einer Waschschüssel sowie einem Schemel.
Der Junge sah mich bekümmert an.
»Ist das alles?« fragte ich.
Er nickte. Er hatte den Schlüssel von der Innenseite der Tür abgezogen. »Ich muß Sie einschließen«, sagte er mit einem matten Lächeln. »Tut mir leid.«
»Du kannst nichts dafür. Arbeitest du hier?«
Wieder nickte er.
»Wie heißt du?«
»Ich werde Zig gerufen, weil ich ein Zigeuner bin. Ich hab' mich verlaufen und bin hier gelandet. Ist schon über ein Jahr her. Seitdem bin ich hier.«
»Das ist nicht sehr angenehm, oder?«
»Ich hab' zu essen.«
»Werden sie mich hierbehalten?« fragte ich.
»Sie werden versuchen, Sie zu überzeugen.«
»Wovon?«
Er deutete mit einem Nicken zum Fenster. »Kann nicht bleiben«, sagte er. »Sonst krieg' ich weniger zum Abendbrot.«
Er ging hinaus, schloß die Tür, und ich hörte, wie er den schweren Schlüssel herumdrehte.

Was hatte er damit gemeint, sie würden versuchen, mich zu überzeugen? Ich trat ans Fenster und sah hinaus. Ich sah den überhängenden Felsen, der steil in die Schlucht abfiel.
Ich setzte mich auf die Pritsche. Ich war immer noch so erschüttert und so durcheinander, daß ich nicht klar denken konnte. Dies alles wurde immer mehr zu einem grotesken Alptraum. Ich war angeklagt und verurteilt, ohne eine Möglichkeit, mich zu verteidigen. Ich fühlte mich verloren und entsetzlich einsam.
Dann tauchte irgendwo aus dem Hintergrund meines Hirns der Gedanke auf: Konrad wird mich holen. Er wird erfahren, was geschehen ist, und dann kommt er und rettet mich.

Der Junge brachte mir ein Eintopfgericht herauf. Ich konnte es nicht essen. Er blickte mich mitleidig an, als ich mich kopfschüttelnd abwandte.
»Sie sollten aber essen«, meinte er.
»Ich will nicht«, sagte ich. »Habt ihr hier viele Leute wie mich?«
Er schüttelte den Kopf.
»Was haben Sie angestellt, Fräulein?« wollte er wissen.
»Ich habe nichts getan, was diese Behandlung rechtfertigt.«
Er sah mich eindringlich an und flüsterte: »Haben Sie hohe Herrschaften beleidigt? Deswegen wird man nämlich hierhergebracht.«
Er ließ den Teller bei mir stehen, und beim Anblick des erstarrenden Fetts auf der Brühe wurde mir übel. Ich wandte mich ab und sah aus dem Fenster. Berge . . . Kiefern überall . . . der große schroffe Felsen und unten – tief unten – die Schlucht.
Das ist Wahnsinn, dachte ich. Es ist ein böser Traum. Dergleichen widerfährt einem, wenn man vom üblichen Pfad abweicht. Hatten die Leute dafür strenge Regeln für die Gesellschaft aufgestellt? Wer hätte gedacht, daß ich, Philippa Ewell, ziemlich still, nicht besonders attraktiv, die Geliebte eines bedeutenden Mannes in einem fernen Land werden und dann wegen Mordes angeklagt und in diese Burg auf einem Berg gebracht würde, um auf mein Verfahren zu warten . . . auf die Hinrichtung wegen Mordes.

Was in Greystone Manor geschehen war, als ich verdächtigt wurde, den Tod meines Großvaters verursacht zu haben, war nichts im Vergleich zu dem, was mir hier widerfuhr.
Ich war von dem schmalen üblichen Pfad abgewichen. Hätte ich Cousin Arthur geheiratet, wäre ich niemals in die Lage geraten, in der ich mich nun befand. Aber dann hätte ich auch nicht die Wonnen erfahren, die ich mit Konrad erlebt hatte. Ich hatte mich für ein gefährliches Leben entschieden, und jetzt war der Augenblick gekommen, um dafür zu bezahlen. Wieder mußte ich an das spanische Sprichwort denken: »Nimm, was du willst, sagte Gott. Nimm es und bezahle dafür.«
Wir hatten beide genommen, Francine und ich. Francine hatte es mit ihrem Leben bezahlt. Stand mir nun dasselbe bevor?
Der Tag verging, und die Dunkelheit brach herein. Der Junge brachte mir eine Kerze in einem eisernen Ständer. Als sie angezündet war, warf sie unheimliche Schatten in die Kammer, die mehr und mehr wie eine Zelle aussah. Er warf eine Decke auf die Pritsche. »Es wird kalt in der Nacht«, sagte er. »Wir sind hoch in den Bergen, und die dicken Mauern halten tagsüber die Sonnenwärme ab. Sagen Sie nicht, daß ich Ihnen die Decke gegeben habe. Sagen Sie einfach, sie war schon da, falls sie fragen.«
»Zig«, fragte ich, »wer ist alles hier?«
Er zählte auf: »Die Alten und der Dicke und sie und ich.«
»Die Alten sind der Mann und die Frau, die ich gesehen habe.«
»Die verwalten die Klingenburg. Dann ist da noch der Dicke, der ist ein Riese, und der ist da, wenn er gebraucht wird. Nicht für Sie, schätze ich – Sie sind bloß 'ne Frau –, und dann noch sie, seine Frau.«
»Sie sind also zu viert.«
»Und ich. Ich mach die Arbeit und krieg dafür mein Essen.«
»Und wer war sonst noch alles hier?«
»'n paar andere.«
»Was ist aus ihnen geworden?«
Seine Augen schweiften zum Fenster.
»Du meinst, sie wurden vom Felsen gestürzt?«

»Deswegen hat man sie hergebracht.«
»Haben sie das auch mit mir vor?«
»Sonst hätten sie Sie nicht hergebracht.«
»Wer sind sie? Für wen arbeitest du? Für wen arbeiten sie?«
»Für hochgestellte Leute.«
»Ich verstehe. Es handelt sich um eine Art Politik.«
»Sie bringen sie her, damit sie wählen können. Springen oder sich fügen, worein sie sich fügen müssen. Das machen sie, wenn sie es geheimhalten wollen, ohne große Verhandlung und so. Wenn sie eine Sache im dunkeln lassen wollen.«
»Welche Chance hätte ich, zu entkommen?«
Er schüttelte den Kopf. »Da ist der Dicke. Wenn Sie's versuchen, kippt der Sie auf der Stelle runter ... und man würde nie wieder von Ihnen hören.«
»Zig, ich bin unschuldig an dem, wessen sie mich bezichtigen.«
»Darauf kommt es nicht immer an«, meinte er betrübt. Er nahm den Teller mit dem nicht angerührten Essen und ging hinaus. Ich hörte ihn die Tür hinter sich abschließen.

Diese Nacht in der Klingenburg erschien mir wie eine Ewigkeit. Auf der harten Pritsche liegend, versuchte ich, Ordnung in die Gedanken zu bringen, die mir im Kopf kreisten.
War es möglich, von hier zu entkommen? Mein größter Wunsch war, Konrad alles zu erklären. Würde er mich für schuldig halten? Das könnte ich nicht ertragen. Das wäre das Schlimmste an der ganzen schrecklichen Angelegenheit. Er wußte, wie sehr ich wünschte, ihn zu heiraten, und daß ich die Situation, die er mir bot, nicht freudig akzeptieren konnte, zumal die liebe unschuldige Freya dazwischen stand.
Konnte er wirklich glauben, ich hätte sie umgebracht?
Ich malte mir aus, wie deutlich Tatjana ihm die Sache darlegen würde. Alles paßte säuberlich zusammen. »Sie hat es schon einmal getan«, hörte ich sie ihm erklären. »Sie hat ihren Großvater ermordet. Sie ist davongekommen und dachte, das würde ihr auch diesmal gelingen. Gottlob habe ich ihren ruchlosen Verrat entdeckt. Ich habe sie auf die Klingenburg geschickt. Ich dachte, es würde uns eine Menge Ärger ersparen,

wenn sie den Sprung wählte. Und das tat sie natürlich, als sie einsah, daß ihr kein anderer Ausweg blieb.«
Aber ich wollte den Sprung nicht wählen. Ich würde eine Fluchtmöglichkeit finden. Darüber mußte ich jetzt nachdenken. Und schien es noch so unmöglich, es mußte einen Weg geben. Ich mußte zu Konrad.
Aber was, wenn . . .? Nein, ich mußte diese Zweifel abwehren. Sie waren mehr, als ich ertragen konnte. Aber sie blieben bestehen. Es hatte Gerüchte über Konrad und Tatjana gegeben. Und wenn sie stimmten? Tatjana behauptete, er hätte sich auf meine Kosten amüsiert. Ich erinnerte mich, wie unbeschwert er gewesen war, wie er mich zu überreden versucht hatte, ins Haus Marmorsaal zu ziehen. Wie gut kannte ich Konrad? Ich wußte, er hatte eine Gestalt wie die nordländischen Götter und Helden; ich wußte, daß die Erscheinung eines Helden aus alter Zeit gepaart war mit den Artigkeiten und gewinnenden Manieren eines modernen Prinzen. Er gehörte zu der Sorte Männer, die für jede Frau der ideale Liebhaber wären. War er zu attraktiv? War er so ein wunderbarer Liebhaber, weil er so erfahren war?
Doch mit solchen Mutmaßungen vergeudete ich nur Zeit. Ich mußte mir einen Fluchtplan ausdenken. Wenn ich hier herauskäme, das Pferd nähme, auf dem ich hergekommen war, fortreiten würde . . . aber wohin? Zu Daisy. Sie bitten, mich zu verstecken? Zu Gisela? Zu Katja? Ich durfte keine von ihnen mit hineinziehen. Ich befand mich in der Hand meiner Feinde, festgehalten wegen Mordes.
Und die Beweise gegen mich könnten unwiderlegbar erscheinen. Ich war im Schloß, als das Feuer ausbrach; ich hatte eine Liebesaffäre mit Freyas Verlobtem, und es war durchaus denkbar, daß ich, wäre sie nicht gewesen, ihn hätte heiraten und schließlich Großherzogin werden können. In was für einem Ränkespiel war ich da wie in einem Irrgarten gefangen, ohne wieder herausfinden zu können. Überdies war ich unter falschem Namen hierhergekommen. All dies würde mich als Intrigantin erscheinen lassen, und man würde mich für schuldig befinden.
O Freya, du liebes, süßes Kind, wie kann nur irgend jemand

denken, ich könnte dir etwas zuleide getan haben! Und Konrad ... wo bist du? Er hatte inzwischen gewiß erfahren, was geschehen war. Ihn hatte man bestimmt als ersten von Freyas Tod benachrichtigt. Er würde kommen ... er würde ganz bestimmt kommen.
Ich konnte Tatjanas Worte nicht vergessen. War es möglich, daß *sie* diejenige war, die er begehrte? Hatte er die Episode mit mir wirklich »amüsant« gefunden?
Ein anderer Gedanke durchfuhr mich. Er wußte, warum ich gekommen war, und daß ich entschlossen war, den Beweis für Francines Ehe und das Vorhandensein ihres Kindes zu erbringen. Und wenn mir das gelänge, wäre er nicht mehr der Erbe des Herzogtums. Er hatte zwar gesagt, er wäre froh, wenn es so käme, aber war es auch wahr?
So kreisten mir während der langen und schrecklichen Nacht die Gedanken durch den Kopf, und mit dem ersten Dämmerlicht stand ich am Fenster und betrachtete den Klingenfels.

Es war am Nachmittag des zweiten Tages. Die Minuten schienen wie Stunden. Ich war ganz geschwächt, denn ich hatte seit der Brandnacht nichts gegessen. Ich war so erschöpft, daß ich sogar kurze Zeit einnickte.
Niemand außer dem Zigeunerjungen kam zu mir. Seine Gegenwart tröstete mich ein wenig, denn er hatte sichtlich Mitleid mit mir. Er sagte, der Absturz sei geschwind, und man sei tot, bevor man die zackigen Felsen am Grunde der Schlucht erreiche.
Ich dachte an die Vergangenheit. Ich konnte das Meer und die schönen Blumen auf der Insel riechen und erinnerte mich deutlich an die Bougainvillea, die rund um das Atelier wuchsen. Ich sah Francine die Kunden vom Genie meines Vaters überzeugen und sah uns traurig am Bett meiner Mutter. Ich hörte meines Vaters Stimme: »Das ist Pippas Gesang: ›Gott ist im Himmel, in Frieden die Welt.‹«
So grübelte und wartete ich. Die Welt um mich schien mir unwirklich. Ich wollte, daß die Zeit rascher vergehen sollte und hatte doch Angst, damit schneller an mein Lebensende zu gelangen.

Zig brachte mir abermals einen Teller Eintopf, und ich wandte mich schaudernd ab. »Sie sollten aber sehen, daß Sie bei Kräften bleiben«, sagte er.
Ich glaube, daß der arme Junge es draußen vor der Tür selbst aß, weil sie ihm sicher nur sehr wenig zu essen gaben.
Wer waren diese Leute? Wohl Bedienstete des Grafen. Ob er immer seine Feinde zu ihnen schickte, um sie beseitigen zu lassen?
Es war so still in den Bergen, daß man Geräusche aus weiter Ferne hören konnte. Deshalb merkte ich, daß sich Reiter näherten, bevor ich sie sehen konnte.
Ich war am Fenster. Sie kamen auf die Burg zu. Sie waren zu sechst. Konrad, dachte ich. Aber nein! Er war nicht dabei. Ihn hätte ich sogleich erkannt. Er stach immer von allen ab. Als sie näherkamen, sah ich, daß Tatjana ihnen voranritt, und ihre Begleiter sahen wie Schloßwachen aus.
Da wußte ich, daß mein Verhängnis mich ereilt hatte. Ich war sicher, daß Tatjana entschlossen war, mich zu vernichten. Sie hatte mich für schuldig befunden und wollte mich nun dafür büßen lassen.
Ich sah sie näherkommen. Man nahm sich ihrer Pferde an, und sie gingen in die Burg. Ich wartete gespannt und ahnte, daß Tatjana binnen kurzem bei mir sein würde.
Ich hatte recht. Ich hörte, wie der Schlüssel im Schloß herumgedreht wurde, und dann stand sie vor mir.
»Ich hoffe, Sie hatten ein bequemes Quartier«, sagte sie, wobei sie die Lippen verzog.
»Darauf brauche ich wohl nichts zu erwidern«, gab ich zurück.
Ich fühlte mich überlegen. Ich würde sterben, aber ich wollte mich bemühen, tapfer zu sein.
»Wir haben die Beweise zusammengefügt«, sagte sie, »und Sie für schuldig befunden.«
»Wie konnten Sie das, ohne daß ich zugegen war, um mich zu verteidigen?«
»Ihre Anwesenheit war nicht erforderlich. Die Tatsachen sind eindeutig. Sie haben sich mit dem Baron im Gasthaus getroffen. Er bestätigt das. Sie haben klar zu erkennen gegeben, daß

sie ihn zu heiraten hofften, was nur ohne sein Verlöbnis mit Freya möglich gewesen wäre. Ein stärkeres Motiv kann man sich nicht denken. Und Sie haben es bei Ihrem Großvater schon einmal ausprobiert. Menschen, die Ihnen im Weg sind, beseitigen sie einfach. Die Strafe für Mord ist der Tod.«
»Jeder muß eine gerechte Verhandlung bekommen. Das ist Gesetz.«
»Wessen Gesetz? Vielleicht das Gesetz Ihres Landes. Sie sind aber nicht dort. Wenn Sie in einem Land leben, gelten die Gesetze dieses Landes auch für Sie. Sie sind für schuldig befunden und zum Tode verurteilt. Wegen der betroffenen Personen ist dies ein ungewöhnlicher Fall, und es wäre gefährlich, wenn Sie zur Aburteilung zurückkehrten. Das würde eine sehr heikle Situation schaffen. Womöglich gäbe es Krieg zwischen Kollnitz und Bruxenstein. Freya war eine wichtige Persönlichkeit, und ihr Land wird Rache für ihren Tod fordern und die Auslieferung der Mörderin verlangen. Deshalb biete ich Ihnen die Wahl.«
»Sie bieten mir den Klingenfels.«
Sie nickte. »Das erspart uns eine Menge Schwierigkeiten ... vielleicht den Krieg. Sie werden hinabstürzen, und wir schicken Ihre sterblichen Überreste nach Kollnitz. Man wird mit Befriedigung zur Kenntnis nehmen, daß die Mörderin der Komteß tot ist. Man wird sehen, daß der Gerechtigkeit Genüge getan ist. Wir brechen in zehn Minuten zum Felsen auf, und Sie werden tun, was getan werden muß.«
»Das werde ich nicht tun«, sagte ich.
Sie lächelte. »Sie werden überzeugt werden und Ihre Meinung ändern.«
»Ich weiß, was das bedeutet. Und das geschieht auf Ihre Veranlassung?«
»Auf meine und die anderer.«
»Und wer sind die anderen?«
»Der Großherzog, Baron Sigmund, meine Eltern. Wir sind übereingekommen, daß dies für Sie der beste und humanste Weg ist ... obwohl Mörderinnen es eigentlich nicht verdient haben, daß es ihnen so leicht gemacht wird.«
»Ich glaube Ihnen nicht und bin überzeugt, es geschieht ganz

allein auf Ihren Befehl.« Sie hob fragend die Augenbrauen, und ich fuhr fort: »Weil Sie mich aus dem Weg haben wollen, so wie Sie auch Freya aus dem Weg haben wollten.«
»Sie sollten sich bereitmachen. Es ist bald soweit.«
Damit ging sie hinaus.
Ich stellte mich wieder ans Fenster. Der Tod, dachte ich. Ein rascher Sturz, und dann ... Finsternis. Und Konrad? Wenn ich ihn nur noch einmal sehen könnte ... wenn ich ihn sagen hören könnte, daß er mich wirklich geliebt hat ... daß er hieran keinen Anteil hatte ...
Aber ich würde ihn nicht wiedersehen. Ich würde es nie wirklich wissen.
Sie waren an der Tür. Diesmal war es der Dicke, und eine Frau war bei ihm. Sie hatten bleiche, verschlossene Gesichter, die keinerlei Gefühlsregung erkennen ließen; kühl, abweisend, als sei der Tod für sie etwas Alltägliches. Vielleicht war es so. Ich fragte mich, wie viele Menschen sie schon vom Klingenfels gestoßen haben mochten.
Ich nahm meinen Umhang, und der Mann ging voran die Treppe hinunter. Ich folgte ihm, und hinter mir kam die Frau. In der Halle war die ganze Gesellschaft versammelt. Dies war mein Trauerzug. Wie viele Menschen sind schon bei ihrem eigenen Trauerzug dabei? Und alle Anwesenden waren meine Feinde ... außer dem Zigeunerjungen, der mit leicht geöffnetem Mund und echtem Mitgefühl in den Augen dastand.
Hinaus in die kalte Bergluft. Sie war atembeklemmend nach der Enge meines Gefängnisses. Ich sah die kleinen Edelweiß und schimmernde Bächlein, die den Berghang hinabrannen. Alles hatte so etwas Ausgeprägtes, Klares. Sah ich es so deutlich, weil ich es nun verlassen würde?
Tatjanas Augen glitzerten. Sie haßte mich. Sie sehnte den Moment herbei, da ich über die Felskante verschwinden würde ... hinab in die Vergessenheit ... für immer aus ihrem Leben.
Wir ritten eine kurze Strecke, dann mußten wir die Pferde zurücklassen und zu Fuß zum Gipfel gehen. Das Gras wuchs hier oben spärlich, und unsere Schritte knirschten auf der braunen Erde.

Und dann, genau auf dem Kamm des Felsens, an der Stelle, wo ich stehen sollte, um den Sprung zu tun, hob sich plötzlich eine Gestalt vor dem Himmel ab. Sie rührte sich nicht. Sie verharrte regungslos mit dem Gesicht zu uns. Ich habe Halluzinationen, dachte ich. Ist das so, wenn man sich dem Tode nähert? Dann hörte ich den Schrei aus mir hervorbrechen: »Freya!«
Die Gestalt rührte sich nicht. Sie stand einfach da. Sie konnte nicht wirklich sein, war nur meiner fiebernden Phantasie entwachsen. Freya war tot, und ich bildete mir ein, sie dort zu sehen.
Ich drehte mich zu Tatjana um. Sie starrte geradeaus; ihr Gesicht war bleich, sie zitterte vor Angst am ganzen Leibe.
Und plötzlich bewegte sich die Erscheinung auf uns zu.
Tatjana schrie: »Nein . . . nein . . . du bist tot!«
Dann lief sie los, und ich sah sie in den Armen des Dicken zappeln.
Freya sagte: »Anne, Anne . . . sie wollte dich wahrhaftig hinabstoßen lassen. Anne, was ist dir? Glaubst du, ich bin ein Geist?«
Sie schlang ihre Arme um mich und hielt mich fest. Ein Schluchzen erschütterte meinen Körper. Ich war unfähig zu sprechen, unfähig, meine Gefühle zu zügeln, unfähig, an etwas anderes zu denken, als daß sie da war . . . in welcher Form auch immer . . . und daß sie mir das Leben gerettet hatte.
»Aber Anne«, sagte sie, »beruhige dich doch. Ich bin kein Geist. Den hab' ich nur gespielt. Wenn du aufhörst zu zittern, erkläre ich dir, was das alles zu bedeuten hat.«
Sie stieß einen Ruf aus, und mehrere Reiter kamen hinter einer Reihe von Steinblöcken hervor, wo sie sich versteckt gehalten hatten. Günther war unter ihnen. Er sagte zu dem Dikken: »Bring meine Schwester in die Burg. Wir kommen nach.«
»Anne sieht entsetzlich aus«, meinte Freya. »Ist ja auch kein Wunder. Ich wußte, daß Tatjana vorhatte, sie den Felsen hinabstoßen zu lassen. Aber jetzt bringen wir sie erst mal zurück.«
Sie wollte mir erst alles erzählen, wenn wir in die Burg zu-

rückgekehrt waren. Dort gingen wir in ein kleines Zimmer neben der Halle. Freya ließ mich in einem Sessel Platz nehmen, während sie einen Schemel heranzog und sich zu meinen Füßen setzte. Sie hatte es absichtlich so eingerichtet, daß wir allein waren.
Sie sagte: »Ich will vorerst niemanden dabeihaben. Ich möchte es dir allein erzählen. Günther kommt herein, sobald ich ihn rufe.«
»O Freya!« rief ich aus. »Ich kann an nichts anderes denken, als daß du da bist . . . du lebst . . . wo wir doch dachten . . .«
»Na, na, werde nur nicht rührselig. Wo ist meine nette, ruhige englische Gouvernante geblieben? Ich hätte mich von niemandem zwingen lassen, jemanden zu heiraten, den ich nicht wollte.«
»Du meinst Sigmund?«
»Ich wollte Sigmund genauso wenig wie er mich. Warum sollten wir uns in eine Ehe pressen lassen? Lächerlich. Ich weigerte mich, mich damit abzufinden. Günther auch. Weißt du, wir zwei waren nämlich entschlossen zu heiraten, Günther und ich. Das hätten sie nie erlaubt, deshalb mußten wir sie vor vollendete Tatsachen stellen. Das ist nicht mehr rückgängig zu machen, mit oder ohne Verlöbnis. Wir haben geheiratet und die Ehe vollzogen, punktum. Wer weiß, vielleicht bin ich schon schwanger. Das halte ich für sehr wahrscheinlich. Wie könnte ich da einen anderen heiraten?«
»O Freya . . . Freya . . . nicht so schnell.«
»Also, wir beschlossen durchzubrennen. Die Vorsehung war in jener Nacht auf meiner Seite. Ich habe ein paar Kleider zusammengerollt und ins Bett gesteckt, bevor ich fortging. Ich habe das Bettzeug so hingelegt, daß es aussah, als ob Komteß Freya schliefe. Nur für den Fall, daß jemand hereinschaute, damit er nicht Alarm schlug, bevor wir weit genug gekommen waren. Tatjana hatte den Plan, hereinzukommen, mich bewußtlos zu schlagen und Feuer zu legen. Das war mir auf einmal klar, als ich zurückkam und hörte, was geschehen war. Sie war nämlich in meinem Zimmer gewesen, bevor ich wegging. Ich saß mit dem Morgenmantel über den Ausgehkleidern am Fenster und wartete auf den Augenblick, da ich mich fortsteh-

len konnte, als meine Tür leise geöffnet wurde. Ich befand mich hinter dem Vorhang, so daß ich mich einigermaßen versteckt halten konnte, und ich sah sie mit einem Feuerhaken in der Hand an mein Bett schleichen.
Es war dunkel im Zimmer, weil ich keine Aufmerksamkeit erregen wollte ... so saß ich am Fenster und wartete auf Günthers Ruf von unten, daß die Luft rein sei. Ich rief ihr zu: ›Was willst du, Tatjana?‹ Sie war furchtbar erschrocken und sagte, sie hätte geglaubt, mich rufen zu hören. Ich erklärte ihr, daß ich nicht gerufen hatte, und fragte sie, was sie da in der Hand habe. Sie sagte: ›Oh, den habe ich in der Eile gar nicht weggelegt. Ich war mit dem Feuer in meinem Zimmer zugange, als ich dachte, ich hörte dich rufen.‹ Das war natürlich alles sehr merkwürdig, aber ich hatte andere Sachen im Kopf und vergaß es. Bald darauf waren Günther und ich auf dem Weg zu einem Priester. Wir wurden getraut, und es ist wundervoll, verheiratet zu sein, wenn es der Richtige ist.«
»O Freya, liebste Freya ...«
»Keine Tränen. Ich bin da. Du bist in Sicherheit. Diese lächerliche Anklage gegen dich ist nichtig. Man kann schließlich keinen des Mordes beschuldigen, wenn gar kein Mord begangen wurde, nicht? Aber Tatjana hat versucht, mich zu töten, und das wäre ihr auch geglückt, wenn ich nicht just an dem Abend durchgebrannt wäre, um zu heiraten. Du siehst, das Glück ist mir gewogen. Ich bin so glücklich, Anne. Günther ist ein wunderbarer Ehemann, viel, viel besser, als Sigmund es je hätte sein können. Wer will schon so 'ne alte Großherzogin sein? Ich bin lieber Günthers Frau ... und denk nur an die süßen kleinen Babys, die wir haben werden, und die so aussehen wie er ... und ein paar vielleicht wie ich ... ich sehe doch nicht schlecht aus, oder? Günther findet mich schön.«
»O Freya, halt ein!« rief ich aus. »Sei doch mal ernst. Ist Sigmund gekommen?«
»Sie haben versucht, ihn zu erreichen, um ihm zu sagen, was passiert ist. Als ich mit Günther wiederkam, waren natürlich alle ganz durcheinander. Sie waren zu dem Schluß gekommen, daß du die Mörderin warst, und ich erfuhr, daß man

dich zu deinem Schutz fortgeschafft hatte. Du kannst dir die Bestürzung vorstellen, als ich auf einmal wieder da war. Es gibt keinen Mord ohne ein Opfer. Der Graf und die Gräfin waren fassungslos. Du weißt, warum, nicht? Sie dachten, da ich nun aus dem Weg wäre, würde Tatjana Sigmund bekommen. Dann erschien ich. Ein Mord hatte nicht stattgefunden . . . und jemand war zu seinem eigenen Schutz hastig fortgeschafft worden: Meine liebe Anne, die mir kein Haar krümmen würde und mich nur plagt, um mich diese gräßlichen englischen Wörter lernen zu lassen. Warum die Engländer nicht deutsch zu ihrer Sprache machen konnten, werde ich nie begreifen. Es ist viel leichter, viel vernünftiger.«
»Freya, Freya, bitte . . .«
»Ich weiß schon. Ich schwatze drauflos. Weil ich so glücklich bin! Ich habe Günther, das ist wunderbar. Und ich habe dich gerettet. O Anne, ich hatte fürchterliche Angst, daß ich zu spät käme. Ich wußte, daß Tatjana diejenige war . . . und warum. Ich hatte sie ja ertappt, ehe ich fortging. Ich dachte mir, daß sie noch mal zurückgekommen war. Sie hat im Dunkeln auf das Kleiderbündel eingeschlagen . . . sie hatte natürlich keine Lampe mitgebracht. Und als sie meinte, ich sei bewußtlos, hat sie das Bett angezündet. Dann hat sie dir die Schuld zugeschoben. Als ich hörte, daß du in der Klingenburg bist, wußte ich, was sie vorhatte. Deshalb habe ich den Geist gespielt. Sie ist sehr abergläubisch, und ich wußte, sie würde vor Angst von Sinnen sein. Wer wäre das nicht, wenn er den Geist von jemandem sähe, den er ermordet zu haben glaubt? Ich finde, ich habe es ziemlich gut gemacht. Und jetzt hat sie ihre Schuld gestanden – oder sie wird es tun –, und wir zwei bleiben zusammen, du und ich . . .«
Ich konnte nicht sprechen, die Bewegung überwältigte mich.

Wir waren noch keine Stunde in der Burg, als Konrad kam. Er war im Eiltempo galoppiert, und als er mich in seine Arme riß, meinte ich vor Glück zu sterben. Der Übergang von tiefster Verzweiflung zu den Höhen der Seligkeit war zu plötzlich. Und als Konrad mich auf Armeslänge von sich hielt und mich ansah, als müsse er jede Einzelheit meines Gesichts in sich

aufnehmen, um sich zu vergewissern, daß ich wahrhaftig da war, fragte ich mich, wie ich je an ihm hatte zweifeln können.
Freya betrachtete uns zufrieden.
»Alles ist gut«, sagte sie. »Welch ein wunderbares Ende! Jetzt weiß ich, was gemeint ist, wenn es heißt: ›Und sie lebten alle glücklich bis an ihr Ende.‹ Und wenn man bedenkt, daß das alles meinem Geschick zu verdanken ist. Obgleich ich zugeben muß, daß Günther seine Hand dabei im Spiel hatte. Günther!« rief sie.
Und dann waren wir zu viert und hielten uns lachend in den Armen.
Es war ein wundervolles Wiedersehen. Sicher, uns standen Schwierigkeiten bevor – niemand wußte das besser als Konrad –, aber im Augenblick überließen wir uns der ungetrübten Freude des Zusammenseins, einem Glück, das wegen der angstvollen Prüfung, die wir durchgemacht hatten, nur um so größer war. Konrad erzählte mir, er sei entsetzt gewesen, als er im Großen Schloß ankam und hörte, daß Freya tot und ich ihrer Ermordung beschuldigt und zur Klingenburg gebracht worden sei.
Dann hatte er erfahren, daß Freya geheiratet hatte. Er war zum Felsen gerast, und ehe er mich nicht sah, hatte er schreckliche Angst, er könne zu spät kommen.
Und ohne Freya wäre das ja auch der Fall gewesen.
»O Freya«, rief er aus, »wie kann ich dir das je vergelten!«
Freya strahlte uns an, und sie sah aus wie die wohltätige Göttin, als die sie sich in ihrer Einbildung so gern gesehen hatte.
»Ich weiß selbst nicht, wieso ich so gut zu dir bin, obwohl du eine andere vorziehst«, sagte sie streng.
»Und du? Du hast mich sitzen lassen«, gab er zurück, »und bist einfach durchgebrannt.«
»Das ist nichts gegen das, was du mir angetan hast. Verliebst dich in meine englische Gouvernante. Sei's drum. Ich verzeihe dir, weil ich sie zufällig auch sehr gern habe. Und von nun an muß ich sie sogar Philippa nennen, das kommt mir sehr komisch vor. Ich weiß nicht, wie ich das fertigbringen soll.«

Die liebe Freya! Sie konnte nicht über den Augenblick hinausschauen, und da es ein sehr glücklicher Augenblick war, tat sie vielleicht gut daran.
Später sagte Konrad zu mir: »Wir müssen es Freya und Günther nachmachen. Also, wir lassen uns von einem Priester trauen.«
»Du bist immer noch der Erbe des Großherzogs.«
»Aber ich bin nicht mehr mit Freya verlobt. Es wird ein Dispens erforderlich sein und dergleichen, aber sie hat das Verlöbnis unwiderruflich gebrochen. Jetzt heirate ich, wie es mir gefällt.«
»Aber vielleicht gefällt es den Leuten nicht.«
»Sie müssen sich damit abfinden oder mich verbannen.«
»Du riskierst eine ganze Menge.«
»Ich riskiere ein Leben im Unglück, wenn ich meine Chancen nicht ergreife.«
Wir ritten mit Freya und Günther zum Haus Marmorsaal. Wir fanden einen Priester, der uns dort traute.
»Es ist vollbracht«, meinte Konrad lachend. »Jetzt gibt es kein Zurück mehr.«
»Ich hoffe, du wirst es nie bereuen.«
Günther und Freya ritten mit uns zurück in die Stadt, und wir gelangten unbemerkt ins Große Schloß. Dort wurde ich dem Großherzog vorgestellt, und Konrad erklärte ihm, daß wir verheiratet seien. Freya und Günther waren auch dabei, und zu viert standen wir vor dem alten Herrn.
Er gab uns seinen Segen, obschon ihn die Situation sehr beunruhigte, und er meinte, daß wir ein höchst eigenwilliges Verhalten an den Tag legten.
Er sagte mit einem Lächeln, wobei er Konrad mit echter Zuneigung anblickte: »Ich sehe schon, ich muß noch ein wenig länger leben, bis man sich an diesen Zustand gewöhnt hat.«
Er sah mich ernst an. »Ich weiß, daß Sie fälschlicherweise beschuldigt wurden«, sagte er, »und ich weiß auch, daß zwischen Ihnen und dem Baron seit langem eine Freundschaft bestand. Sie haben ein Dasein gewählt, das viele Schwierigkeiten mit sich bringt. Ich hoffe, Ihre Liebe zu Ihrem Gatten wird Ihnen helfen, sie zu überwinden.«

Ich küßte seine Hand und dankte ihm. Ich fand ihn gütig und liebenswert.

Später sprach ich mit Konrad. Er sagte, sein Onkel verstehe die Situation, nachdem er sie ihm erklärt habe. Tatjana hatte danach gestrebt, zu gegebener Zeit Großherzogin zu werden, und sie gedachte diesen Ehrgeiz mittels einer Heirat zu befriedigen. Zwei Menschen standen ihr dabei im Weg: Freya und ich. So faßte sie den Plan, sich unser beider gleichzeitig zu entledigen. Was in England geschehen war, war ihrer Familie bekannt, da sie im Mittelpunkt jener Partei stand, die Rudolph beseitigen und Sigmund an seine Stelle setzen wollte.

»In diesen Kleinstaaten und Fürstentümern sind ständig Intrigen im Gange«, sagte Konrad. »Ich war immer der Meinung, es wäre gut, wenn wir uns zu einem großen Reich vereinigen könnten. Dann wären wir erfolgreicher. Wir wären eine Weltmacht. So wie es jetzt ist, bekämpfen wir uns nur gegenseitig. Es gibt Geheimbünde und Ränkespiele. Man kann keine einzelne Person des Mordes an Rudolph bezichtigen. Das war zweifellos ein gedungener Mörder.«

»Vielleicht Katjas Bruder.«

»Sehr wahrscheinlich. Er war nahe bei der Hand, und es wäre einfach gewesen, ihn zu dingen. Aber wer weiß? Und er könnte keineswegs wegen Mordes verurteilt werden, weil er auf Befehl handelte wie ein Soldat. Deine Schwester ist einzig und allein gestorben, weil sie zufällig anwesend war. Gegen sie gab es keine Intrige ... es sei denn, sie hätte ein Kind gehabt. Pippa, dasselbe könnte uns auch zustoßen, weißt du. Hast du bedacht, in was für ein Dasein du hineingeheiratet hast? Du lebst hier gefährlich. Es ist ein großer Unterschied zu deinem englischen Dorf, wo die Hauptsorge dem Klopfkäferbefall im Kirchendach und der Gemeinderatswahl gilt.«

»Ich weiß, was ich tue«, sagte ich. »Und Francine hat auch gewußt, was sie tat. So will ich es haben und nicht anders.«

Er sagte: »Da ist noch etwas. Das Volk mag unsere Heirat mißbilligen. Kollnitz kann zwar keine Einwände machen, weil Freya es war, die das Verlöbnis gebrochen hat. Aber das Volk hier ...«

». . . sähe es lieber, wenn du Tatjana heiraten würdest.«
»Kaum, denn Tatjana wird ihr Stift gewiß nicht mehr verlassen. Man wird sie dort gesundpflegen, und dann wird sie sehr wahrscheinlich den Schleier nehmen. Das ist in solchen Fällen das übliche. Sie war immer unausgeglichen. Und jetzt, glaube ich, hat ihr Verstand sie verlassen. Er mag wiederkehren . . . und dann wird sie nichts anderes wollen als das klösterliche Leben. Und wir . . . wir müssen abwarten, Pippa. Wir werden ein zweites Hochzeitsfest feiern . . . mit großem Pomp in den Straßen. Es tut mir leid, aber schließlich hast du mich geheiratet und deshalb mußt du es über dich ergehen lassen. Ich denke, die Leute werden dich mögen . . . mit der Zeit. Wie könnte es anders sein? Vielleicht finden sie es sogar romantisch . . . zauberhaft. So sind sie nun einmal. Sie haben auch Freya verziehen und haben sie mit Blumen und Hochrufen begrüßt, als sie durch die Straßen zog. Sie haben Freya immer gerngehabt.«
»Das kann ich gut verstehen«, sagte ich. »Freya ist reizend und jung, frisch und natürlich.«
»Und Günther mögen sie auch. Sie lieben das Romantische, und die Geschichte, wie sie mit dem, den sie liebt, durchgebrannt ist, hat ihre Phantasie beflügelt . . . und mit uns wird es genauso sein.«
»Konrad«, sagte ich ernst, »es ist doch gar nicht dein Wunsch, das alles aufzugeben, nicht wahr? Es bedeutet dir so viel . . . dieses Land . . .«
Ich sah den träumerischen, entrückten Ausdruck in seinen Augen.
Er war hier aufgewachsen. Er gehörte hierher. Ich mußte lernen, mich damit abzufinden.

»Gott ist im Himmel . . .«

Zwei Monate später fand unsere offizielle Vermählung statt, und zu der Zeit war ich bereits fast sicher, daß ich ein Kind bekommen würde. Der Gedanke gab mir Zuversicht. Mein Platz war hier ... und das Kind, das ich erwartete, würde der Erbe des Herzogtums sein.
Konrad sah prachtvoll aus. Ich war in ein weißes, mit Perlen besticktes Gewand gekleidet. Etwas so Kostbares hatte ich noch nie getragen, und Freya versicherte mir, ich sehe blendend aus, jeder Zoll die zukünftige Großherzogin. Die Anwesenheit des Großherzogs bei der Hochzeitsfeier verlieh dieser das Siegel der offiziellen Billigung, und zu meiner Verwunderung bestand ich die Feuerprobe recht gut.
Anschließend fuhr ich in der mit dem herzoglichen Wappen verzierten Karosse durch die Straßen. Ich stand auf dem Balkon des Schlosses, zur einen Seite Konrad, zur anderen der Großherzog, und das Volk jubelte uns zu.
Konrad war hingerissen. Ich hatte mich würdig gehalten. An diesem Abend erzählte ich ihm von dem Kind.

Unser Kind sollte in sechs Monaten zur Welt kommen, und ich lebte zurückgezogen im Haus Marmorsaal im Wald. Für Ausflüge stand mir eine kleine Kutsche zur Verfügung, und da sie bescheiden und unauffällig war, konnte ich ohne Zeremoniell ausfahren.
Ich hatte den Zigeunerjungen ins Haus geholt. Ich konnte nicht vergessen, wie gut er zu mir war, als ich dessen am meisten bedurfte. Seine Dankbarkeit war rührend, und ich wußte, daß ich auf Lebenszeit einen getreuen Diener hatte.
Ich war oft bei Daisy, die über die Wendung der Dinge ent-

zückt war, und jedesmal, wenn ich sie besuchte, war sie mindestens fünf Minuten außerordentlich ehrfürchtig, ehe sie meinen neuen Rang vergaß und ich wieder schlicht Miss Pip für sie wurde.
Und dann . . . Es geschah plötzlich, als ich es schon gar nicht mehr zu hoffen wagte.
Gisela war bei Daisy zu Besuch, als ich unvermutet vorbeikam. Daisy legte wieder ihr übliches anfängliches Getue an den Tag und führte mich in die kleine Wohnstube, wo Giselas Zwillinge Karl und Liesel mit Hansi spielten.
»Mal sehen . . . wo können Sie sich hinsetzen . . .« Daisy huschte mit geröteten Wangen nervös umher, und Gisela war fast genauso schlimm.
»Um Himmels willen, Daisy«, sagte ich, »hör auf. Ich bin doch dieselbe wie immer.«
Daisy zwinkerte Gisela zu. »Hör sie dir an, und das ist nun die zukünftige Großherzogin. Und wie ist Ihr Befinden heute, meine Dame? Was macht das Kleine?«
»Es ist ungewöhnlich lebhaft, Daisy.«
»Ein gutes Zeichen.«
»Ja, aber ziemlich ungemütlich. Und wie geht es Hansi?«
»Hansi ist ein braver Junge . . . manchmal.«
»Und die Zwillinge?«
Sie standen auf und betrachteten mich ernst und nicht ohne Mißtrauen, denn gewiß war ihnen die übergroße Ehrfurcht nicht entgangen, die ihre Mütter mir entgegenbrachten.
»Aber du kennst mich doch«, sagte ich zu Karl.
Er nickte.
»Zeigt mir eure Spielsachen.«
Liesel hob ein Plüschtier vom Boden auf und hielt es mir hin.
»Ist das aber hübsch«, sagte ich. »Wie heißt es?«
»Franz«, antwortete Liesel.
»So ein süßes Lämmchen.«
Die Kinder nickten.
»Sie spielen nett zusammen, die Zwillinge und Hansi«, sagte Daisy. »Gisela tut es gut, herzukommen, und mir tut es gut, sie zu besuchen. So hat man Gesellschaft.«

Ich stimmte ihr zu.
»Warten Sie nur, bis Ihres da ist«, fuhr Daisy fort.
»Dann werden sämtliche Glocken geläutet«, fügte Gisela hinzu.
»Ich hab' auch eine Glocke«, verkündete Liesel.
»Ich hab' einen Fuchs ... einen kleinen Fuchs«, ergänzte Karl.
»Und wie heißt der?«
»Fuchs«, sagte Liesel.
Karl kam ganz dicht an mich heran. »Ich nenne ihn Cubby«, vertraute er mir an.
Plötzlich schien alles stillzustehen. Er hatte das englische Wort für Füchschen gesagt. Ich fühlte mich in die Vergangenheit zurückversetzt, erinnerte mich an Francines Brief. Ich kannte ihn Wort für Wort auswendig, weil ich ihn so viele Male gelesen hatte.
»Wie nennst du ihn?« fragte ich. Meine Stimme klang schrill vor plötzlicher Erregung.
»Cubby!« rief er. »Cubby, Cubby.«
»Warum?« fragte ich.
»So hat meine andere Mami mich immer gerufen«, sagte er. »Ist lange, lange her ...«
Es wurde ganz still im Zimmer. Gisela war sehr blaß geworden. Karl hatte seinen Fuchs aufgehoben und sagte: »Cubby ... braver Cubby.«
Ich hörte mich sprechen. »Er ist es also. Karl ist das Kind.«
Sie leugnete es nicht. Sie stand da und starrte mich an, bleich und mit schreckhaft aufgerissenen Augen.

Gisela sah ein, daß ihr nichts anderes übrig blieb, als die ganze Geschichte zu erzählen. Sie versicherte mir, daß sie es noch niemandem gesagt hatte, weil sie Francine schwören mußte, daß sie es erst dann tun würde, wenn es nicht mehr gefährlich wäre.
Francine hatte im Jagdhaus ein ziemlich einsames Leben geführt. Sie hatte mit Gisela und Katja Freundschaft geschlossen, und durch Katja hatte sie einen Hinweis bekommen auf die Intrigen, die gesponnen wurden. Es mußte ihr bewußt ge-

wesen sein, daß Rudolphs Leben in Gefahr war, und als sie entdeckte, daß sie ein Kind erwartete, verdoppelten sich ihre Befürchtungen. Da sie ohnedies im verborgenen lebte, konnte sie ihre Schwangerschaft geheimhalten, und sie hatte zuverlässige Freunde in den beiden Frauen sowie einem Priester und einer Hebamme, die alle nicht weit vom Jagdhaus wohnten. Rudolph und Francine beschlossen, die Tatsache, daß sie dem Erben des Großherzogs das Leben schenken würde, so lange zu verschweigen, bis man es gefahrlos entdecken könnte. Und mit Hilfe dieser Freunde gelang es auch, das Geheimnis zu bewahren.

Der Großherzog hatte von der Heirat nichts gewußt, denn Rudolph hatte Angst, es im Hinblick auf die politische Lage und die Hilfe von Kollnitz, auf die sein Land angewiesen war, seinem Vater zu gestehen. Es hätte in mehr als einer Hinsicht Schwierigkeiten gegeben, wenn bekannt geworden wäre, daß Rudolph die Verbindung mit Freya verschmäht hatte.

So war denn die große Mauer des Schweigens errichtet worden. Rudolph war ein reizender Mensch gewesen, aber er war schwach und war, wie ich nun sah, in jeder Situation den Weg des geringsten Widerstandes gegangen. So hatte er seine Ehe und die Geburt seines Kindes verschwiegen.

Als der Junge geboren und auf den Namen Rudolph getauft war, wurde die Sache leichter. Gisela brachte um dieselbe Zeit Liesel zur Welt, und es schien ein Geniestreich, sie zur Mutter von Zwillingen zu machen.

So hatte Francine ihren Sohn nahe bei sich und konnte ihn jeden Tag sehen. Die beiden Kinder, Liesel und der kleine Knabe, den sie zur Sicherheit Karl riefen, waren zumeist bei ihr.

Francine hatte gehofft, daß Rudolph es seinem Vater beichten würde, aber er schob es hinaus, und dann kam jene Nacht, da Rudolph und Francine ermordet wurden.

Jetzt schwebte Gisela in großer Angst. Sie liebte ihren angenommenen Buben, und wenn herauskäme, wer er wirklich war, wäre sein Leben in Gefahr. Überdies hatte sie Francine geschworen, daß sie seine Identität nicht verraten würde, bis sie sicher wäre, daß er als der anerkannt würde, der er war.

Wie seltsam, daß das Kind sich selbst offenbart hatte.

Der Großherzog hörte sich die Geschichte mit ernster Miene an. Dann trug er das Geheimnis seinen Ministern vor.
Der Beschluß war einstimmig: Dem Gesetz der Erbfolge mußte Genüge getan werden. Das Kind in der Hütte war der Erbe des Herzogtums und mußte im Hinblick auf seine zukünftigen Pflichten erzogen werden.
Es wurde beschlossen, daß nichts vertuscht werden sollte. Die ganze Geschichte sollte bekanntgegeben werden. Rudolphs und Francines Heirat ließ sich anhand des Registerblattes beweisen; der Priester, der sie getraut hatte, konnte gefunden werden.
Die Hebamme und jeder, der in der Verschwörung des Schweigens eine noch so kleine Rolle gespielt hatte, sollte aufgespürt und die Wahrheit nachgewiesen werden.
Es war eine abenteuerliche, leidenschaftliche und romantische Geschichte, aber so etwas war nicht ungewöhnlich. Die Wahrheit war eindeutig, und das Volk sollte sie erfahren.
Diese Tage sind mir als die merkwürdigsten meines Lebens im Gedächtnis geblieben. Ich erinnere mich, wie ich mit Konrad, dem Großherzog und dem kleinen Karl – jetzt Rudolph – in der herzoglichen Karosse durch die Straßen fuhr.
Der Knabe nahm alles wie selbstverständlich hin, als sei es für einen kleinen Jungen, der in einer Hütte aufgewachsen ist, die natürlichste Sache der Welt, in einer Kutsche zu fahren, während das Volk ihm zujubelt.
Eines jedoch mißfiel ihm, nämlich die Trennung von Liesel; daher holte man Liesel ins Schloß, so daß die beiden auch weiterhin zusammenblieben.
Gisela war außer sich vor Stolz. Zudem war sie unendlich erleichtert. Sie sagte, es sei, als sei ihr eine Last von den Schultern genommen. Sie hatte in ständiger Angst um Karl gelebt, und daß ihre kleine Liesel nun in einem Schloß wohnte und so etwas wie ein gebildetes Mädchen würde und mit Karl zusammen war (denn an ihn würde sie immer als an Karl denken), das war etwas, was sie nicht einmal im Traum für möglich gehalten hätte.
Es war ein guter Tag für sie gewesen, als Francine, die schöne Dame aus England, ihre Freundin wurde.

Es ist erstaunlich, wie schnell Sensationen vergessen sind. Binnen sechs Monaten schien die Geschichte eine Historie aus ferner Zeit. Als der Großherzog ein Jahr später starb, bekam Bruxenstein einen Regenten – Konrad – mit einer Gattin, die, obgleich Engländerin und die ehemalige Gouvernante der Komteß Freya, als Baronin und Gemahlin des Regenten anerkannt wurde. Inzwischen hatte ich einen Sohn, den ich nach seinem Vater Konrad nannte, und Freya, die selbst bald Mutterfreuden entgegensah, stand bei der feierlichen Taufe Pate.
Ich gewöhnte mich daran, Zeremonien als eine Daseinsform zu akzeptieren, und solange ich meine Familie um mich hatte, war ich glücklich. Ich war erleichtert, daß ich anerkannt wurde, denn schließlich war ich nicht nur die Gattin des Regenten, sondern auch die Tante des Erben des Herzogtums. Erstaunlicherweise entstand während der letzten Lebensmonate des Großherzogs eine Freundschaft zwischen ihm und mir. Er war nach dem anfänglichen Schrecken über den Gang der Dinge durchaus nicht verstimmt, denn er sah, daß das Land weiterhin in Frieden und Wohlstand verblieb.
Freya und Günther waren glücklich, und der Graf und die Gräfin, die ich weder sehr gut gekannt noch verstanden hatte, fanden sich stillschweigend mit der Lage ab. Daß sie mit der für Rudolphs Ermordung verantwortlichen Partei verbunden waren, war sehr wahrscheinlich. Ob sie schon damals Pläne hatten, Sigmund mit Tatjana zu vermählen, oder nur wie anscheinend viele Leute das Gefühl hatten, daß Rudolphs Herrschaft für Bruxenstein eine Katastrophe bedeuten würde, habe ich nie erfahren. Ich hatte gemerkt, daß es viele Patrioten gab, die der Meinung waren, Rudolphs Tod sei einem Krieg vorzuziehen, in welchen eine schwache Regierung das Land hätte stürzen können. Es mochte durchaus sein, daß der Graf und die Gräfin zu jenen gehörten. Ich wußte aber, daß Sigmund bei Rudolphs Tod nicht die Hand im Spiel hatte; vielmehr zog er ein Leben in Freiheit vor, wie er es geführt hatte, bevor ihm die Verantwortung für den Staat aufgebürdet wurde.

»Das alles ist Vergangenheit«, bemerkte er, »und man gewinnt nichts, wenn man versucht, sie aufzurollen ... auch wenn wir die ganze Wahrheit nie erfahren werden.«
Damit hatte er natürlich recht.
Tatjana blieb in ihrem Stift. Ob sie wirklich geistesgestört war oder es für angebracht hielt, sich so zu stellen, war noch etwas, dessen ich nicht sicher war. Sie hatte versucht, sowohl Freya wie mich zu ermorden, doch solange sie eingesperrt blieb, waren wir beide bereit zu vergessen, was sie uns hatte antun wollen.
So vergingen die Monate.

Als unser Sohn zwei Jahre alt war, unternahmen Konrad und ich eine Reise nach England. Das Landhaus war für unseren Aufenthalt hergerichtet worden, und es war eigenartig, dorthin zurückzukehren und die Reihe der Hütten zu sehen, wo Daisys Mutter nach wie vor Wäsche aufhängte oder an Sommerabenden draußen saß. Es war schön, daß Daisy mich begleitete, aber wir wollten nicht lange bleiben, weil wir unsere Kinder nicht gern allein ließen.
Ich stand vor Greystone Manor und betrachtete die grauen Mauern. Es schien verändert, denn auf dem Rasen spielten drei Kinder, zwei Mädchen und ein Junge.
Das mußten Cousin Arthurs Kinder sein.
Sophia hieß mich wärmstens willkommen. Sie war sichtlich glücklich, und ich fand es erstaunlich, daß Cousin Arthur, der Francine und mir als Ehemann unmöglich erschienen war, offenbar ideal zu Sophia paßte.
Ich war erst recht verwundert, als ich Cousin Arthur selbst sah. Er war füllig geworden und wirkte erstaunlich zufrieden. Das Familienleben tat ihm offensichtlich wohl, und ich stellte verblüfft fest, daß seine Kinder nicht die geringste Scheu vor ihm hatten. Ich hätte gern gewußt, wie er war, wenn er ihnen Religionsunterricht erteilte.
Als ich mit ihm allein war, wurde er ein wenig verlegen, als ob er mir etwas sagen wolle und nicht wisse, wie er anfangen sollte.
Ich bemerkte: »Die Ehe hat Sie verändert, Cousin Arthur.«

Er stimmte mir zu und murmelte: »Ich muß dir und Francine ziemlich unerträglich erschienen sein.«
»Allerdings«, bestätigte ich. »Aber jetzt sind Sie ein anderer Mensch.«
»Ich war ein Heuchler, Philippa«, gestand er. »Rückblickend, kann ich mich nur verachten. Und das ist noch nicht alles. Ich habe mich wirklich verbrecherisch benommen.«
Ich lachte. »Bestimmt nicht. Was nennen Sie verbrecherisch? Wenn Sie einmal vergessen, Ihr Abendgebet zu sprechen?«
Er beugte sich zu mir vor und nahm meine Hand. »Ich hatte Angst vor der Armut«, sagte er. »Ich wollte mich nicht kümmerlich als armseliger Hilfspfarrer durchschlagen. So wäre es aber gekommen, wenn dein Großvater nicht gewesen wäre. Ich wollte Greystone Manor ... ich wollte es unbedingt. Ich habe es bekommen ... aber ich habe es nicht verdient.«
»Unsinn. Sie haben es zu einem fröhlichen Ort gemacht. Die Kinder sind entzückend.«
»Das stimmt«, sagte er. »Aber ich verdiene mein Glück nicht. Ich bin froh, daß ich Gelegenheit habe, mit dir zu sprechen. Ich habe dir Unrecht getan, Philippa. Ich war bereit ... aber laß es mich erklären. Ich wollte Greystone Manor um jeden Preis, deshalb habe ich mich genauso verhalten, wie dein Großvater es wünschte, und daraufhin beschloß er, daß ich eine von euch Schwestern heiraten sollte. Wie das ausging, wissen wir. Ich habe weder dich noch Francine geheiratet. Ich habe immer nur Sophia gewollt.«
»Ach, Cousin Arthur, wenn wir das nur gewußt hätten!«
»Ich wagte nicht, es jemand wissen zu lassen. Sophia und ich liebten uns schon eine ganze Zeit ... und dann wurde sie schwanger. Ich mußte etwas unternehmen. Dann kam die Nacht, als dein Großvater starb. Du hast mit ihm gestritten, und alle haben es gehört. Er war äußerst gereizt. Ich dachte, nachdem er nun keine Hoffnung mehr hatte, daß du auf seine Wünsche eingehen würdest, würde er uns nicht alle verlieren wollen, und solange er sich in dieser Stimmung befand, sei der Zeitpunkt günstig, ihm zu erzählen, was ich getan hatte. Deshalb ging ich in sein Schlafzimmer. Ich habe ihm gestanden, daß Sophia und ich sofort heiraten müßten. Sein Gesicht

werde ich nie vergessen. Er hatte seine Nachthaube auf, und seine Finger zitterten, als er sich an das Laken klammerte. Er starrte mich ungläubig an, dann stieg er aus dem Bett. Ich glaube, er wollte mich schlagen. Er kam auf mich zu, und ich streckte meine Hände aus, um ihn abzuwehren. Ich weiß nicht, ob ich ihn gestoßen habe oder nicht. Es ging alles so schnell. Er kippte hintenüber und schlug mit dem Kopf auf. Ich bekam einen panischen Schrecken, als ich feststellte, daß er tot war. Ich habe ihn nicht getötet. Er ist gestürzt. Ich sah eine Menge Scherereien auf mich zukommen. Alles würde entdeckt werden ... Ich mußte an Sophia denken ... und mußte rasch handeln.«
»Und deshalb«, sagte ich, »haben Sie Feuer gelegt.«
Er nickte.
»Ich hätte niemals zugelassen, daß du dafür büßen müßtest, Philippa«, beeilte er sich zu sagen. »Wenn es weitergegangen wäre ... dann hätte ich die Wahrheit gesagt. Aber da war Sophia mit dem Kind, das sie erwartete, du verstehst. Wenn wir es vertuschen könnten, wenn es vorübergehen würde ...«
»Aber der Verdacht ist auf mir geblieben.«
»Es wurde keine Anklage erhoben. Man erkannte auf Tod durch Unfall. Es *war* Tod durch Unfall. Und du warst jung, Philippa ... du bist fortgegangen. Ich fühlte keine Schuld ... außer, soweit es dich betraf.«
Meine Gedanken schweiften zu jenen merkwürdigen Tagen zurück. Ich erinnerte mich, wie gütig, wie unvermutet mitfühlend er zu mir gewesen war. Ich hörte das Kindergeschrei auf dem Rasen und ergriff seine Hand.
Ich war auf einmal sehr glücklich. Ich blickte hoch und sah eine Amsel aufsteigen. Da sagte ich:

> *»Die Lerche entschwebt*
> *Zum luftigen Tanz*
> *Gott ist im Himmel*
> *In Frieden die Welt.«*

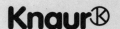

Der Drohbrief
Ein Traum scheint für Julia Wirklichkeit zu werden. Nach drei Jahren der Trennung hält endlich der Schafzüchter Paul um ihre Hand an. Doch auf seiner Farm leben merkwürdige Menschen. Ein anonymer Drohbrief macht Julia mißtrauisch... 192 S. [1445]

Die entführte Braut
Kriminalfall oder Liebesgeschichte? Man liest diese atemberaubende Geschichte in einem Zuge. 160 S. [1004]

Ein Clan von Bedeutung
»Bei weitem der beste Roman, den Dorothy Eden je geschrieben hat...«
(Publishers Weekly)
320 S. [1192]

Die seltsame Hochzeit
Als die 26jährige Luise einen reifen Witwer heiratet, ist die Welt noch in Ordnung. Doch bald kann sich niemand mehr an die Hochzeit erinnern...
160 S. [1050]

Heißer Mittag
Ella Simpson ist fasziniert von einem verfallenen Haus, das sie auf einem Spaziergang entdeckt. Ein Schrei und Stimmen deuten auf geheimnisvolle Vorgänge hin, in die – wie sie feststellt – offensichtlich auch ihr Mann verwickelt sein muß...
224 S. [1444]

Die Spur führt durch die Wälder
Willa Bedford, Sekretärin der britischen Botschaft, ist verschwunden. Grace, ihre Cousine, macht sich auf die Suche nach Willa. Eine Spur führt in die unendlichen Wälder Nordschwedens... 208 S. [1161]

Yarrabee
Zu Beginn des 19. Jahrhunderts ist Australien ein noch unberührtes Land. Dorthin holt sich der reiche englische Weinbauer Gilbert die zarte Eugenia als Herrin auf sein Gut »Yarrabee«...
320 S. [1294]

Sing mir das Lied noch einmal
Die reiche Beatrice hat nur einen Traum: das Geschäft ihres Vaters groß und berühmt zu machen. Sie verliebt sich in den charmanten Habenichts William und heiratet ihn. Dies hält Beatrice jedoch nicht davon ab, eine der erfolgreichsten Frauen Londons zu werden...
352 S. [1443]

Dorothy Eden

Knaur

Die atemberaubende Geschichte einer großen Liebe vor dem Hintergrund des britisch-amerikanischen Krieges. [1502]

Eigentlich wollte er im Westen ein neues Leben beginnen... Doch bei seiner Arbeit in der Welt der Geheimdienste gerät er in viele Verstrickungen. Erscheint Dezember [1593]

England im 17. Jahrhundert: die Geschichte einer Feindschaft zweier berühmter Familien der englischen Gesellschaft. Erscheint Dez. [1435]

Japan um 1630: Soldaten im Dienst von Jesuiten kämpfen mit Armeen des Shogun. [1591]

Hyde, Anthony
Red Fox
Der amerikanische Journalist Thorne gerät auf der Suche nach einem Verwandten an einen politisch brisanten Fall, der die Aufmerksamkeit des KGB auf sich zieht. 432 S. [1582]

Nach vielen Ehejahren von ihrem Mann verlassen, geht eine Frau ihren Weg – zu Erfolg und Glück. [1431]

Viel Buch für wenig Geld

Knaur

Yoshikawa, Eiji
Musashi
Musashi ist ein Unterhaltungsroman mit »tieferer Bedeutung«. Es ist der dramatische Prozeß der Selbstfindung eines bedeutenden Schwertritters im Japan des 17. Jahrhunderts, der Weg eines Mannes, der durch den Staub zu den Sternen geht.
800 S. mit s/w-Abb. [1517]

Clavell, James
Noble House Hongkong
Auf über tausend Seiten schildert Clavell in diesem Bestseller den spannenden Kampf englischer und chinesischer Geschäftsleute um die Macht in einem der ältesten Handelsunternehmen Hongkongs. 1072 S. [1439]

Shōgun
Der Roman Japans. Ein gewaltiges Epos über eine exotische Welt voller Dramatik, Abenteuer und Leidenschaft. Erfolgreich verfilmt. 960 S. [653]
Rattenkönig
Eine Männerwelt hinter Stacheldraht im malaiischen Dschungel – voller explosiver Spannung.
383 S. [625]

Tai-Pan
So nannte man Dirk Struan, der Hongkong zum »Juwel in der Krone Ihrer Britischen Majestät« gemacht hat. Weltbestseller. 638 S. [235]

Buck, Pearl S.
Lebendiger Bambus
360 S. [127]
Drachensaat
234 S. [796]
Die Frauen des Hauses K
128 S. [676]
Die verborgene Blume
Eine der schönsten Liebesgeschichten von Pearl S. Buck. 224 S. [1048]

Romane

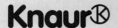

Der Schloßherr
Eine Geschichte voller Intrigen, Verdächtigungen, Liebe und Eifersucht.
192 S. [776]

Die Lady und der Dämon
Kate, Tochter eines Miniaturmalers, hat das Talent des Vaters geerbt und feiert künstlerische Erfolge. Als ihr Förderer, ein französischer Baron, ihre Liebesheirat verhindert, lernt Kate die rauhen Seiten des Lebens kennen.
384 S. [1455]

Meine Feindin, die Königin
Ein farbenprächtiges Sittengemälde vom Hofe Elisabeths I. von England.
384 S. [790]

Verlorene Spur
Zwei unzertrennliche Schwestern werden vom Schicksal auseinandergerissen, doch das Glück beider entscheidet sich – freilich auf sehr unterschiedliche Weise – an einem deutschen Fürstenhof. 384 S. [1403]

Die Ashington-Perlen
Eine junge Frau wird Erbin einer Teeplantage auf Ceylon. Sie gerät in den Bann eines faszinierend-herrischen Mannes und kommt in den Besitz der sagenumwobenen Perlen der Ashingtons, die ihr jedoch kein Glück verheißen...
368 S. [1087]

Der Teufel zu Pferde
Waghalsige Liebesabenteuer in einer Welt aus Samt und Seide.
320 S. [679]

Tanz der Masken
Ein spannender Roman menschlicher Irrungen; die Geschichte eines unseligen Erbes und der alles überwindenden Kraft der Liebe. 384 S. [1328]

Unter dem Herbstmond
»Wenn ein Mädchen sich zur Zeit des Herbstmondes unter die große Eiche setzt, kann sie den Mann sehen, den sie einmal heiraten wird.« – Das verkündet eine alte Sage, die der jungen Cordelia nicht mehr aus dem Kopf geht, nachdem sie in der Schweiz einem geheimnisvollen Fremden begegnet ist... 432 S. [1510]

Victoria Holt